娘道

Mother's Life

郭靖宇◎著

中国青年出版社

(京)新登字083号

图书在版编目(CIP)数据

娘道 / 郭靖宇著. -- 北京 : 中国青年出版社,
2018.9
ISBN 978-7-5153-5254-1

Ⅰ. ①娘… Ⅱ. ①郭… Ⅲ. ①长篇小说 - 中国 - 当代
Ⅳ. ① I247.5

中国版本图书馆 CIP 数据核字 (2018) 第 195939 号

责任编辑	侯群雄　叶栩乔
装帧设计	刘红刚
内文设计	李　平
出版发行	中国青年出版社
社　　址	北京东四十二条21号　　邮政编码：100708
网　　址	www.cyp.com.cn
门 市 部	010-57350370
编 辑 部	010-57350401
印　　刷	北京欣睿虹彩印刷有限公司
经　　销	新华书店
规　　格	710×1000　1/16
印　　张	37.5
字　　数	668千字
版　　次	2018年9月北京第1版
印　　次	2018年9月北京第1次印刷
定　　价	58.00元

本图书如有印装质量问题，请凭购书发票与质检部联系调换　联系电话：(010) 57350337

女子本柔，为母则刚。

天之道，利而不害。人之道，为而不争。
娘之道，哺而无求，养而无求，舍命而无求。

第一章

山陕之交，大河之畔，有一座县城名叫孝兴。城内最大的富户当属隆家。孝兴多数农民都是他家的佃户，在孝兴周围也有不少隆家的土地，甚至方圆几百里都是他们的势力范围。孝兴的百姓信奉河神，为求河神保佑，祈祷黄河风调雨顺，每隔十几年，孝兴就要举行一次隆重的祭河仪式，将一名年轻姑娘“嫁给”黄河，被选中祭祀的女孩称为河姑。

灰蒙蒙的天空下，三十个七八岁的女孩子被隆家的家丁、婆子推搡着来到庭院中。一个壮实的婆子大声吆喝：“老夫人到！”四名壮汉抬着一方小榻来到院中，榻上坐着一个六十多岁的老太太，穿着华丽，瘦小精干。这些穷苦人家的女孩害怕被那老太太看上，一个个都往后退着，胆小的甚至吓得哭出声来。

七岁的瑛子站在队伍最后。瑛子一只脚上的鞋已经烂掉，露出了磨出血的脚趾，另一只脚完全光着，直接踩在青石板上。她的眼角挂着泪水，却狠狠地咽了一口唾沫，心中像是决定了什么似的，壮着胆子向前走了两步，从躲闪逃避的队伍中挤了出来。榻上的老太太瞥了一眼瑛子，问道：“丫头，你有疯病？”瑛子用余光四处扫着，确定老太太是在问自己，从牙缝中挤出一个字来：“没……”老太太追问：“那你挤上来干啥？”瑛子怯怯地答道：“……我想当河姑。”隆老夫人笑了，伸出手去抬起了瑛子的下巴颏。瑛子的眼角有一颗泪痣。老太太又问：“她们都不想当，就你一个人想？是不是以为当了河姑，吃香的喝辣的，一辈子大富大贵啊？”瑛子浑身颤抖，没有立刻回答。老太太厉声道：“告诉我，你爹是不是这么骗你的？”瑛子低下头：“我爹……死了，还没钱埋，快臭了……”老太太的表情僵住了，手一松，瑛子的头又顺势垂了下去。壮实婆子一听这话，大声喝道：“晦气！打出去！”两名婆子上前架起瑛子就往外拖。瑛子大声喊道：“奶奶，您就挑我吧，我愿意当河姑！”壮实婆子又呵斥道：“小丫头片子，你是什么东西？敢管老夫人叫奶奶？快滚，快滚！”隆老夫人突然道：“回来！”已经被拖到了门口的瑛子又被拖了回来。

隆老夫人再次抬起瑛子的下巴颏，仔细端详着：“你还没告诉我呢，为啥想当河姑？”瑛子被折腾得已经没了力气，一个“饿”字像蚊子哼哼一样从牙缝里挤了出来。隆老夫人皱皱眉头：“说啥？老太太我耳性不好，你大点声！”瑛子使出浑身的劲：“饿！”老太太哈哈大笑：“就你了！”于是，瑛子成了孝兴第一个主动上门的河姑。

一个月后，隆老夫人、隆老爷、隆夫人以及一众族人，来拜祭祖宗，祠堂里黑压压跪倒一片。在祠堂窄窄的小后厅里，摆着一条长长的贡案，贡案上坐着“河姑”瑛子。她换上了专为河姑准备的华丽的服装，像是一尊小活菩萨，但她只对面前摆放的贡品有兴趣。她很怕被发现，可还是鼓起勇气伸手去抓面前的贡品。突然，她抓满食物的手停在半空，因为她发现黑暗中一个跟自己年纪相仿的小少爷，正盯着她。瑛子的手一松，食物又掉回到贡品盘里。小少爷笑了，做了个鬼脸……

很快，瑛子就又见到了小少爷。有一天，她正用湿抹布跪在地上擦拭着祠堂的地面。祠堂的大门突然被推开了，小少爷跳了进来，他走向瑛子，瑛子连忙起身。小少爷伸出一只手，他手里拿着一个包子。包子冒着热气，香味立刻吸引了瑛子，她连忙将湿漉漉的手在衣服上蹭蹭，要去拿包子，可是又停住了——她不敢。小少爷热切地说：“吃这个吧，那些贡品谁知道做出来多少日子了，不能吃的。”瑛子摇了摇头，还是不敢接。小少爷又说：“新出锅的包子，香油和的馅儿，你不爱吃？”这回瑛子没有摇头。小少爷催促道：“吃吧，我知道你饿。”他将包子塞到瑛子的手里，做了个鬼脸，笑着跑了。

此后，小少爷就常常偷着给瑛子送包子。这一送，就过了一年。不知不觉，端午节到了。隆家下人们忙得不可开交，有人抱着整坛的黄酒从后厨而出，有人抱着菖蒲、艾蒿，四处悬挂，还有人在门上挂着五彩缕。

小少爷和瑛子并肩坐在祠堂的台阶上，他把一个粽子递向瑛子，说：“今天不蒸包子，是粽子！”瑛子笑着接过。他又拿出一个绣着茉莉花的香包给她：“今天端午节，戴上这个，会带来好运气！”香包很美，瑛子从没见过，瞪大了眼睛：“啥？”小少爷说：“香包，送给你的！”瑛子一听，笑得无比灿烂。瑛子刚接过香包，门外进来四个婆子和四个家丁，吓得她赶紧往后退。而立之年的隆夫人走进祠堂，板着脸，显得尊贵而霸道。小少爷怯生生地喊道：“娘……”隆夫人并没有看小少爷，只是轻声道：“带我儿子走。”立刻有两人上前把他拉走，小少爷一边走，一边不时扭头往回看瑛子。

壮实婆子躬身询问道：“夫人，怎么处置？”隆夫人沉着脸说：“河姑的命和身子都属于河神。小小年纪就会勾搭男人，万一十四岁以前不清白了，河神怪罪，大河泛滥，老百姓是要遭殃的，我们隆家的百年基业也就毁了！”瑛子不明白隆夫人说的是什么，只是瞪大了眼睛。隆夫人轻声嘀咕道：“让她知道当河姑的规矩。”

壮实的婆子一挥手，两名婆子从暗处抬出一条长凳，放在祠堂中间，然后不由分说地将瑛子架了起来，摁在上面。瑛子手里的粽子掉在了地上，还没等她反应过来，裤子已经被扒掉。那婆子厉声说道：“记住，你是隆家给大河之神选的河姑！”一板子打在了瑛子的屁股上。她痛得大叫，但手里始终紧攥着那个香包。壮实婆子又抡起板子：“进了隆家祠堂，十四岁以前不许出去，违者勒死！”啪，又一板子打在屁股上，瑛子撕心裂肺地叫嚷着，攥香包的手更紧了。壮实婆子再次抡起竹板：“你的命和身子只属于河神，除了祭拜，不许私下见任何男人！”

板子接连落下，瑛子已经无力叫嚷，只剩下喘气的劲儿忍受着疼痛，但香包仍拽在手里没松……渐渐地，瑛子的眼前变得模糊，昏厥过去。

七年后，黄河之畔，黄河水咆哮声震天动地，瑛子被绑在一个为祭河准备的特殊装置上。十个穿着红肚兜的童男扯着嗓子唱着：

梨花白，嫁衣红
十里地麦黄吹满头
云开道，风来送
娘娘你赶路莫回头

泪珠儿白，月牙儿红
九万里黄河不回头
千里路，万重山
娘娘你一去莫回头

鼓乐齐鸣，隆老夫人、隆老爷以及隆家宗族一众长辈、婆子、家丁、下人以及隆家的大量佃农、乡亲都聚集在黄河边上。隆老夫人跪倒在地，身后所有人都跟着她跪倒在地。隆老夫人祈祷道：“河神，站站脚，带上你的新娘子吧！恭贺河神大婚，保佑我孝兴风调雨顺，岁岁丰收！保佑隆家多子多孙，福寿绵长——”众人跟着大声祈祷着，纷纷磕头。

瑛子流着泪，想着自己短暂的一生，想起那个曾经偷偷跑来给他送包子的小少爷，她还偷偷将那个旧香包戴在身上；她想起那个一生都关在祠堂里的最爱吃糖的萧姑，她是怎样用慈爱又忧郁的目光看着她……那是前几天的夜里，萧姑将她在怀中，帮她梳着头，带着泪，说："好日子快要到了，到时候你别哭，别闹。嫁给河神挺好，一闭眼睛就什么都过去了。"她哭着说："我不想死，我不想死！"萧姑给她擦擦眼泪："这是河姑的命，你挨不过。"她说："姑小时候也是河姑，你没嫁给河神，不是活得好好的吗？"萧姑苦笑说："傻丫头，我没能嫁给河神，是我命不好，赶上了咸丰皇帝驾崩。要知道，不能嫁给河神的河姑，这辈子也不能离开祠堂，更不能出去嫁人！"她不服气，说："他们说不能出去就不能？我跑，跑出去！"萧姑叹息道："傻丫头，就算你跑出去了，你的命也改不了，嫁人会克死丈夫，嫁几个克几个。到那时，你的命更苦，还不如顺顺利利地嫁给河神。"她抽泣道："可是，我真的不想死！"萧姑含着泪说："死，不是最可怕的，真的，姑羡慕你，你的命比姑好，姑要是能十四岁嫁给大河，又何苦熬这几十年？"

想到这里，瑛子的脸上泪水横流，但她头戴盖头，又有谁能看得到？任她怎么挣扎，都无法挣脱头上那硕大的盖头。

鼓乐声毕，隆老夫人高声喊道："祭河——"有壮汉上前开始祭河典礼，准备将瑛子扔进黄河。就在这时，传来一阵马蹄声。热闹的黄河畔突然一下子安静了下来，那马蹄声越来越近，渐渐变得震耳欲聋。

五六十匹骏马组成的马队，向着黄河之畔奔来。隆老爷大声喝道："不好，是七十二寨的马贼，抄家伙！"家丁纷纷从腰间抽出刀来，还有的拿出了土枪。可是已经晚了，转眼间，马贼已经到了近前，他们手里个个都有家伙，远远地就有人开枪，家丁们纷纷中枪倒地。隆老爷慌了，喊道："保护我娘！"有几名婆子连忙上前架住老太太就走，老百姓也四处奔逃。

红盖头下的瑛子不知道发生了什么，她甚至连哭都不敢哭，只能静静地听着。突然，一匹骏马奔来，马上之人抬手一刀，割断了捆绑着瑛子双手的绳索。瑛子的手得以解放，她拽下了红盖头，露出了凤冠、霞帔，接着，她连忙去解身上的绳索。正仓皇逃离的隆老夫人发现瑛子得脱，大吃了一惊，大声喝道："快去，把河姑推到河里边去，千万不能让马贼把她糟蹋了！"那壮实婆子得令就冲向瑛子，扑到轿子边。"砰"的一声枪响，那婆子后胸中枪，血溅在瑛子的脸上。瑛子吓得大叫一声，手足无措。

一个长着络腮胡子的土匪从马上翻身下来，说："新娘子长得真俊哪，这么小，准是黄花大闺女，归爷了！"说着，他就要上前去抓瑛子。瑛子被吓得连连往后退。隆老爷从地上拾起一把枪来，瞄准那土匪就是一枪。可子弹偏了，络腮胡土匪吓得一哆嗦，连忙回头，从腰间拽出短枪来，砰砰砰，连开几枪，隆老爷中弹倒地。那满脸络腮胡须、相貌丑陋的土匪又狞笑着走向瑛子，瑛子吓得花容失色，连连向后退。突然，她踩空了，整个人跌入了黄河。一身红袍的瑛子瞬间便被黄腾腾的河水吞没了……

伴随着一声惊叫，瑛娘从梦中醒来，她直挺挺地坐起来，满头大汗，手里还拿着缝口袋的针线笸箩。六岁的大女儿盼娣转过头来，说："娘，你做梦了？"瑛娘有些恍惚，看向盼娣，发现她正和四岁大的招娣在炕上扔口袋。她看了看窗外的天色，说："都过晌午了，你们两个丫头怎么不叫娘起来给你们做饭？"四岁的招娣笑道："叫了，娘不醒。"瑛娘有些含糊，自言自语道："怎么干着干着就睡着了，还做梦……"她摇了摇头，起身去做饭。忽然，她转身问两个女儿："丫头，你爹走了几天了？"盼娣伸着两个手指。瑛娘又问："他说几天回？"二女儿招娣嘴快，伸出一个巴掌："五天！"瑛娘点了点头，打开米缸，缸里只有少许小米，她盛出了一瓢又倒回一半，然后加在锅里。

很快，瑛娘做好了饭，炖了一锅窝瓜，一人一碗粥，还有玉米面馍。孩子们吃得香甜，瑛娘不停地做着针线活，却忍不住哈欠连天。她自言自语道："老犯困，干啥都没精神。"盼娣边吃边说："娘，困，您就睡。"瑛娘笑笑："那可不行，大白天的睡觉，不成病秧子了！"

第二天，瑛娘带着盼娣和招娣在院子里玩扔口袋，正玩得起劲儿，她突然又一阵干呕。招娣着急地问："娘，你咋了？"瑛娘扶着额角说："娘有点儿头晕。" 招娣问："娘是不是没吃饭，饿的？"瑛娘摇头。盼娣说："您不舍得吃饭，准是怕我和妹妹吃不饱。"瑛娘笑了："瞎说，咱们家有的是粮食，娘就是不想吃！"又一阵干呕袭来，瑛娘抬头看见挂在墙上的一串晾干的红辣椒，迫不及待地拽下一根来，放在嘴里干嚼。辣椒辣得钻心，可她却嚼得挺香，嚼着嚼着，她突然笑了起来。盼娣端着一碗热茶出来："娘，喝水。"瑛娘的笑容更深了，摇摇手："不喝。"盼娣疑惑地说："娘，你咋这么高兴啊？"瑛娘说："别人是酸儿辣女，娘跟她们都是反的！怀你们姐俩的时候，娘老想酸口，馒头都得蘸着老醋吃，可这一回想吃辣的，肚子里准是弟弟！盼娣、招娣，娘给你们取的名字没白起，真把弟弟给招来了，盼来了！快，快，快对着娘的肚子叫弟弟，快叫！"盼娣和招娣就对着瑛娘的肚子叫着："弟弟！弟弟！"瑛娘看着门口，不觉双目含泪，低声说："要是你们爹知道了，该多高兴啊！"

正在这时，院门被推开了，一个中年女人走了进来。瑛娘问："这位大婶，您找谁啊？"那中年女人上下打量着瑛娘，说："找你。"瑛娘神色疑惑，说："我看着您眼生，是不是找错门了？"中年女人说："错不了，我就找你，你姓孙？"瑛娘解释道："是，娘家姓孙，我当家的姓……"那中年女人一挥手：

“你当家的姓什么我知道，不用你多嘴。看你这个样子，不像个狐狸媚子啊，怎么缠上我家二少爷的？”瑛娘一愣，说：“谁是你家二少爷？准是找错门了，请您出去！”没想到又有两名大汉抬着一把太师椅进来了。椅子放在院子中央，中年女人大摇大摆地坐下。两名大汉也不出门，就站在中年女人的身后。

中年女人坐定，恶狠狠地说：“实话告诉你吧，我姓佘，是隆家的大管家……你明白我的来意了吧？”瑛娘一皱眉头：“隆家？哪个隆家？”佘管家冷笑道：“这方圆几百里，不知道皇帝老子是谁的饿不死，不知道孝兴隆家的怎么活？”瑛娘一愣，“孝兴隆家”这四个字对她来说太有杀伤力了，她不禁向后退了一步，两个女儿紧紧地围在母亲的身旁，不知道发生了什么。半晌，瑛娘缓过神来，吃惊地问：“孝兴隆家？孝兴隆家跟我有啥关系？”佘管家冷哼一声：“装蒜，缠住了我家二少爷，还给他生了两个丫头片子，都这么大了，你不会想跟我说，你不知道你嫁的男人姓隆，是孝兴隆家的二少爷吧？”瑛娘惊诧不已，瞠目结舌：“你……你说什么？！我……我男人姓纪啊？”

佘管家稳坐太师椅，慢条斯理道：“开个价吧，隆家不差这俩钱儿，我家夫人说了，既然被你讹上了，就让你心满意足，成全你！好歹生了俩丫头片子，哪能让你们受穷啊？”瑛娘根本没听进去佘管家说什么，还在惊讶中：“不可能……我孩子爹怎么可能是隆家少爷，不可能……绝对不可能！”佘管家指着瑛娘的鼻子，轻蔑地说：“不开价？够有心计的。那我可说了，我一张嘴，准保是你祖宗八代都没听过的数！你站稳点，别吓一跟头。”话没说完，盼娣忽然把一碗热茶就泼到了她的脸上。佘管家恼羞成怒，呼地站了起来。瑛娘连忙护住女儿：“盼娣，你爹怎么教你的，进门就是客，你怎么能这样？对不住……这位大婶儿，真对不住，闺女还小，您别跟她计较。大婶，我孩子她爹姓纪，绝不可能是隆家的二少爷，绝不可能！您找错门了，您再去别的地儿找找吧，别耽误了您的事儿……”佘管家根本不听辩解，恶狠狠地说：“收起你这一套把戏！敬酒不吃吃罚酒，怎么着，以为我治不了你是不是？我这就去报官，告你拐骗二少爷，看看官府治你什么罪！”她用手抹了一把脸就往外走。瑛娘想追上去解释，可又一阵恶心袭来，连忙跑到一旁，护住肚子干呕着。已经到了门口的佘管家回头看看，忽然想到什么，倒吸了一口凉气。

隆家大院，隆夫人拉着隆继宗的手，有些激动：“继宗，娘想好了，我岁数大了，身体也不好，你回来了，今后，隆家就都交给你了！”隆继宗是听说母亲生了急病，这才赶回来的。眼见隆夫人好好的，他没接话，反而问：“娘，不是还有大嫂吗？”隆夫人只好开口解释：“如今这家里，娘想做什么事，都得想想你大嫂会不会不高兴……唉……真是一言难尽。”隆继宗问：“大嫂怎么了？”隆夫人叹了口气：“这几年，她是越来越不像话了！你大哥走了，你和老三又都离开了家，这眼见着家里没有男丁继承家业，我就想让她在隆家宗亲里抱养一个男孩，可她非要抱养自己的娘家侄儿。你是知道的，那女人是河西万家的，你太爷爷还在世的时候，咱们隆家和他们万家就一直争来争去，快一百年了……现如今，她这么做，摆明了就是要霸占咱们隆家的家业。真要是让她得了逞，为娘怎么对得起你爹，怎么对得起隆家的祖宗！”隆继宗听到这一切，也有些吃惊。隆夫人急切道：“儿啊，娘现在可就指望你了，将来娘会把整个家都交给你，你也得赶紧为隆家延续香火！”隆继宗一时不知说什么好。一见他没反对，隆夫人连忙开口：“娘给你说了一门亲事，是桐城洪家的小姐，媒人替你相过了，人长得漂亮，知书达理，富贵相，多子多福的命！”隆继宗急了：“娘，您说什么呢，难道我没写过家书，我已经娶了媳妇了！”隆夫人说：“我的儿啊，在外面瞎胡闹的事儿不算数。我知道，那个村姑生了两个丫头片子，放心吧，娘会把她们安顿好的！”

隆继宗撩起衣襟，跪倒在地：“娘，我娶的媳妇是个村姑，虽上不得厅堂，却对我有恩。那一年我病倒在古风村，要不是她，我早就死了。这些年，她对我不错。我们在乡下过活，无论是抡锄头种地，还是挑水担柴，她从来都没让我干过。虽然还没给我生个儿子，但两个闺女聪明懂事儿，我是真心喜欢。您让我休妻，我万万做不到。”隆夫人说：“可是儿啊，娘私自作主，跟洪家提的这门儿亲，可不能反悔。洪家，咱得罪不起！”隆继宗把脸沉了下来，起身道：“娘，您又在骗我！我奶奶说过，普天之下，除了皇上老子，我们隆家谁都不怕，什么桐城洪家，听都没听说过，怎么就得罪不起了！”隆夫人无奈地解释道：“儿子，你是不知道，咱们孝兴新来的县长先生姓洪，名凌志，桐城人。我给你说的就是他亲侄女。这位洪家小姐，是个新派，在省城念过大学堂的，听说咱们家提亲，自己跑到孝兴来了，你要是不见，县长先生的面子往哪搁，还不得恨上隆家！现在是民国了，在孝兴，县长官最大，要是得罪了他，隆家可没好。要是和县长结了亲家，那咱们隆家以后的各样生意，还不都如鱼得水？继宗，你从小就懂事，可得顾大局，娘给你跪下还不成？”说着，隆夫人竟也跪在他面前。

隆继宗万般无奈，只能去与洪小姐“相亲”。两人相对而坐，洪凤鸣秀外慧中，果然是一派新式做派，毫无扭捏羞涩之意。隆继宗一直板着脸，沉默不语，气氛很尴尬。无奈之下，洪凤鸣自己找起了话茬：“隆二少爷，我第一次来孝兴，这里有什么好玩的，您给我讲讲吧！”隆继宗抬眼看了一眼她，说：“好玩的？我女儿最好玩！”洪凤鸣一愣。隆继宗缓缓地说：“老大六岁了，唐诗三百首会背一百多首，大字写得也好，没用过毛笔，我一直用木棍在地上教她。”洪凤鸣的脸色变得很难看。“我二女儿四岁，调皮得很，像个男孩子，成天在床上、地上翻跟头打滚。”说着说着，他露出了笑容，回忆起清贫而快乐的从前。洪凤鸣半天才缓过神来：“噢，原来……隆二少爷是丧偶啊，这个媒人倒是没说，最好别让我叔叔知道，他会不高兴的。不过我倒是不介意，您的两位千金一定很漂亮吧，将来我可以教她们弹钢琴。”隆继宗没想到她居然这么想得开，只好狠了狠心，厉声道：“谁说我丧偶？我孩子她娘活得好好的！”这回洪凤鸣可真急了，她一下站了起来：“什么？你们隆家成心戏弄我！”

过了几天，有几个官员来到县长办公室汇报情况。洪凌志问：“粮食发了霉还要卖？就没毒死人吗？”众人摇着头。一个官员说：“隆家粮栈已经把发霉的粮食销毁了，钱也退了。”洪凌志继续发难：“那有没有给政府个交代啊？”众人都愣住了。秘书明白县长的意思，连忙道：“隆家仗着有钱有势，根本不把政府放在眼里！”洪凌志哼了一声。一个老学究摇着脑袋道：“洪县长不要生气，论官职您就是个七品。他们隆家祖上出过二品大员，连朝廷派来的巡抚都不放在眼里。”洪凌志说：“你说什么呢？什么几品官，什么朝廷！”老学究立即不敢言语了。洪凌志发了狠：“我还就不信治不了他们！我听说隆家上上下下一百多口，是吧？”秘书点头。洪凌志指着秘书说：“你，去给我找两个隆家的下人来，让他们替政府盯着，隆家但凡有一点违法乱纪，赶紧来汇报！”秘书连忙点头：“是，我这就去安排。”

与此同时，隆夫人将回来禀报消息的佘管家训斥了一顿：“古风村老绝户孙老头子的养女，老两口死了，连门撑腰的亲戚都没有，这么个乡下女人你都收拾不了？”佘管家有些结巴了：“夫人，您别生气，隆家想收拾谁收拾不了啊，只是，只是那女人……”隆夫人呵斥道：“结巴什么？”佘管家说：“她又有了身孕……”隆夫人闻言一激灵，站了起来。佘管家说：“前两回生的都是丫头，这回万一……”话未落音，隆夫人急急说道：“万一怀的是个儿子，隆家就有后了！快去，把二少爷请来！”

很快，隆继宗被请到了客厅里。隆继宗说：“娘，求您快放我走吧，孩子小，我这当爹的从来没离开过她们，真怕说好的五天到不了家，孩子会哭会闹的。”隆夫人说：“既然这么惦记，就把她们都接来吧！”隆继宗一愣：“您说什么？”隆夫人放软了语气：“之前是娘错了，逼你离家出走。现在你在外面既然已经成了家，让你休妻你又不舍得，那就都接回来吧，反正是一家人嘛！”隆继宗反而迟疑起来：“这……不好吧。咱们家的规矩我是知道的，瑛娘跟咱们家门不当户不对，再说，我们一家四口在古风村挺好的。”隆夫人叹道：“儿子，你不看娘的面子，也要看隆家祖宗的面子吧？祖宗家训，知恩报恩，她救过你的命，又给你生了俩闺女，该把人家接回来！”隆继宗还是不敢相信，追问道：“真的？”隆夫人点了头：“那是，娘这就让管家多套几辆车，敲锣打鼓地把她们接来还不行吗？”隆继宗终于露出了笑容。

回到古风村，安排好了孩子们，屋里只剩下了瑛娘和隆继宗。瑛娘问：“你为什么要骗我？”隆继宗愣了：“我何时骗过娘子？”瑛娘说：“你一直说你姓纪。”隆继宗叹了口气：“我叫隆继宗，因为赌气才离开了家。离开了，还提那个姓干什么，我不是故意骗你的。”瑛娘生气地说：“还说不是故意骗我？你既是隆家的二少爷，你……你难道不认得我？”隆继宗皱了皱眉头：“我当然认得你，你是我的娘子啊！”瑛娘说：“不对，我说的是十年前。我把你背回家，那个时候我就说觉得你面熟，仿佛见过。你一定也认出了我，可是你就是不说，有意骗我，一骗就是十年！”隆继宗更加疑惑：“你说过的话我倒是记得，可是，我又怎么有意骗过你啊？”瑛娘咬了咬牙，忽然跪下。“娘子，你这是干什么？”隆继宗赶忙扶她起身。瑛娘说：“谢谢您，这些年对我这么好，您回去吧，我们娘儿仨在这儿挺好的，饿不死。”隆继宗板起脸说：“都怪那个姓佘的婆娘，看把你吓的。”瑛娘叹了口气：“怪人家做什么，要怪，只能怪我。”隆继宗一愣：“娘子，你这是怎么了，说的什么怪话？”瑛娘说：“二少爷，您难道真的把我给忘了吗？昨天我想了一宿，终于明白为什么见到您就觉得面熟。那是因为……以前在隆家，我们常见面。您是这辈子，第一个对我好的人。”隆继宗难以置信。瑛娘娓娓道来：“那个时候我七岁，您比我小一点儿，应该是六岁。我被关在祠堂里，您常送包子给我吃。新出锅的，香油和的馅……”隆继宗更是一头雾水：“你说什么？我都糊涂了。”瑛娘抬起头来：“您哪里是糊涂啊，您……您是装糊涂！自从那年端午节，你娘发现了我们……我挨了打，您就再也没来过祠堂。您忘了？”隆继宗努力回想，却还是想不起来。“二十年了，二少爷走南闯北，不记得我这个卑贱的人，我不怪您，可是，我一直戴着它……”瑛娘从怀里拿出绣着茉莉花的香包，那香包历经了二十年，已不再光鲜亮丽，“二十年了，我随时都能闻到茉莉花的香味……”

隆继宗问：“这是什么？”瑛娘笑了：“您送我的呀——”隆继宗也笑了：“真的？我们小时候认识，我还送过你礼物？我们在哪儿认识的？”瑛娘望着他，也有些迷惑了：“二少爷，您真忘了？我就是当年的河姑瑛子啊！”隆继宗一下子愣了。“我十四岁那年本该祭大河淹死的，却捡了一条命。河姑是不能嫁人的，可是我又偏偏遇到了您，千错万错都是我的错，请您看在夫妻一场的情分上，放我一条生路吧！”隆继宗打断她：“等一等，河姑？我好像是记得有个河姑，对，没错！爹和奶奶被马贼害死那一年，是跑了一个河姑，当时我还替她高兴来着。”瑛娘睁大了眼睛。隆继宗看她惊异的模样，继续说着：“难道不值得高兴吗？好好的一个大活人扔到黄河里去，那是多么残忍的事情。我现在也有了女儿，谁敢拿我的女儿当河姑试试，我非得跟他们拼命！”瑛娘的眼泪一下子涌了出来。隆继宗又问：“我记得谁跟我说过，那个河姑脸上有一颗痣啊。”

瑛娘用手指着自己的脸，那地方有个浅浅的印记，说：“当年我被黄河水冲到岸上，干爹干娘收养了我，我就把身世告诉了他们。干爹怕别人认出我，就让娘帮我蚀掉了这颗痣，我也就跟着干爹姓孙了。”隆继宗用手摸着瑛娘的脸，笑了：“咱娘真是好手艺，蚀掉了痣，只留下这么个浅浅的印记。”瑛娘却狠下心来：“二少爷明白了吧，我不能跟您回隆家。我是河姑，河姑的命属于大河，不能活过十四岁，更不能嫁人！当初我不想死，是没活够；现在我不能死，因为我成了两个孩子的娘。孩子们还小，不能没有娘啊！”隆继宗安慰道：“好了，别怕。既然你娘已经帮你蚀掉了痣，连我都没认出你来，别人又怎么能认得出来？再说了，真有人认出来，你也不认账，天下长得像的人有的是。你没看见外面那几辆车，都是来接你的。咱们要风风光光地回家，也算为你补办婚礼了。”见瑛娘仍然有些迟疑，隆继宗吓唬她：“告诉你吧，隆家现在全都指望我了，他们是求着我回去的，两个女儿我是必须得带回去的，你不跟我回去，不怕我娶了新媳妇虐待你闺女？”瑛娘连忙上前央求：“孩子她爹……”隆继宗哈哈大笑，拦腰抱住她：“放心吧，以后隆家我做主，你是我媳妇，谁还敢难为你！”

隆继宗回古风村的时候，大少奶奶隆万氏的心腹王婆子也悄悄地跟来了，混在围观的人群中。王婆子定定地看了瑛娘一会儿，忽然溜出人群，朝着孝兴的方向去了。一回来，她就火急火燎地向隆万氏汇报。隆万氏听完，眉毛一挑：“竟有这等事？王婆子，你有多大把握？”王婆子挺了挺胸脯：“九成！大少奶奶，您派我去可派对了，瑛子七岁被老祖宗选中，每月初一、十五，都坐在那儿当活菩萨，我们得给她烧香磕头。好几年哪，我见过她一百多面，那还能看错了？”“我说的嘛，堂堂隆家二少爷居然被一个村姑迷上了，十年不回家，原来是个妖精啊！哈哈哈……”隆万氏痛快地笑了几声，就赶忙来到隆夫人的住处报信。

隆夫人板着脸说：“让继宗带媳妇、闺女回家，是为娘定的，你不答应？老大媳妇，这个家，还轮不到你做主吧？”隆万氏诡异地笑着：“看您说的。您是婆婆，有您在，啥时候也轮不到我做主啊！”隆夫人白了她一眼。隆万氏凑近接着说：“我的意思是，咱们隆家是最讲规矩的。老二这个乡下媳妇啊，没名没分的，就这么回来，走哪个门啊？正门，她算个啥？坏了规矩，对不起祖宗啊！可是也不能让她走偏门后门吧，又不是下人。”隆夫人生气道：“正门不能走，偏门后门也不能走，你就是不想让她进门呀？”隆万氏假意迎合道：“不是，我是这么想的，兄弟媳妇虽无家世，也不是明媒正娶，可给继宗生了两个丫头，没有功劳也有苦劳。这次回来，就先让她拜了祖宗祠堂，再走正门回家，也算给她正了名分不是。”隆夫人一听大悦：“噢，老大媳妇，为娘误会你了。不愧是大家闺秀，懂事，还没见面呢就替兄弟媳妇着想，我刚才真不该发脾气，娘也是盼着你们妯娌间和睦，你别见怪呀。”隆万氏笑着说：“看婆婆说的，我是您儿媳妇，怎么还能见您的怪？”然而，一出门，隆万氏立刻板起了脸，吩咐王婆子：“去，把七舅爷请来，就说我有要事跟他商量。”

隆继宗和瑛娘住在客栈里，两个女儿睡着了，瑛娘一边为女儿收拾着衣服，一边说：“到了孝兴不回家，先住客栈，这得花多少钱呀？”隆继宗坐在桌边吃着饭：“我娘的意思是明天一早开祠堂，咱们先拜祖先再进家门。”瑛娘吓了一跳：“什么？先进祠堂？”隆继宗美滋滋地喝了一口小酒：“对呀，这是祖宗要给你名分。”瑛娘害怕地说：“可是我……听到祠堂心里就害怕。”隆继宗笑了：“我知道，你在祠堂里住过几年。咱们不是说好了吗，不认！不管进祠堂还是回隆家，你全当是头一回。”话是这么说，可是瑛娘仍然心虚。

“哎呀，有什么好怕的？来来来，娘子，陪我喝一杯。”隆继宗上前把瑛娘拉到了自己身边坐下。他给瑛娘倒了一杯酒，瑛娘拿起来刚要喝，想到什么，又放下了。隆继宗问：“怎么不喝？”瑛娘迟疑地说：“我……我不能喝酒。”隆继宗笑了：“胡说八道，你能喝倒我好几个！”“我真的不能喝酒。”瑛娘摸着自己的肚子，“你才一离开家，我就开始恶心。”隆继宗一愣：“恶心什么？”瑛娘低下头，半晌才含羞说道：“我又有了。”隆继宗大喜：“真的？这回跟前两回一样吗？”瑛娘说：“不一样。”隆继宗喜道：“儿子！是儿子！来，娘子，让我听听！”隆继宗把耳朵贴在了瑛娘的肚子上听着，轻声叫道，“儿子！儿子！我是你爹，叫声爹让我乐乐！”瑛娘被逗笑了。隆继宗闭着眼睛，一脸陶醉地低声呼唤：“叫呀，叫呀，我的儿……”瑛娘目光柔和，却微微蹙起了眉头。

第二章

“七舅爷说了，明天你指认那个女人就是当年逃走的河姑瑛子，阻止妖孽进门，他让夫人重重地赏你！”隆万氏志得意满地说。王婆子惊愕道：“啊，大少奶奶，要……要我指认？”隆万氏皱了皱眉：“你不说是看得真真的吗？”王婆子有些打退堂鼓：“我没说看得真真的……”隆万氏怒目瞪道：“那你怎么说的来着？”王婆子的声音越来越低：“我说九成是……九成不是十成呀！大少奶奶，我老了，眼花了，在古风村，我离得也远，万一看错了……”隆万氏不由气急败坏，骂道：“浑蛋！”王婆子赶忙跪倒在地，辩解道：“大少奶奶恕罪！您派我去古风村，我想那么老远，就叫老张婆子跟我一起去的。老张婆子进隆家三十年了，按说她也认得那个河姑瑛子，刚才，向您禀告之后，我又和她合计来着，她说是有点像当年的瑛子，可应该不是。她这么一说，我可就含糊了。大少奶奶，这事可不能含糊，万一是我认错……那二少爷还能饶得了我？我这条老命没了不要紧，可我俩儿子都在府上当差，二少爷要是把他们撵走，那我们全家都得饿死啊！”隆万氏抡起巴掌在王婆子脸上抽了两下，叫道：“滚！”她气得浑身发抖，回到长房，在屋里来回不安地走动，念念有词：“不行，这个女人必须是河姑！非是不可，非是不可……”

客栈里，瑛娘对着镜子不停地用脂粉遮盖着当年蚀掉泪痣留下的印记。熟睡中的隆继宗翻了个身，发现还点着灯，便问：“干什么呢？”瑛娘连忙示意他小声点，盼娣和招娣已经睡着了，就睡在隆继宗身旁。瑛娘来到他身旁，神色忧虑，说：“真的不会有人认得我吗？”隆继宗睡眼朦胧，说：“不会，那个时候你还是个小丫头，这么多年过去了，怎么可能有人认识你？”瑛娘问道：“那……祠堂里面的萧姑，她还……在吗？”隆继宗疑惑地看向她。瑛娘却只是自言自语：“对啊，她一直住在祠堂里，应该七十多岁了……”隆继宗迷迷糊糊地说：“那么大岁数了，谁知道是不是还活着？”

萧姑从黑暗中走出来，一出祠堂的门，就看见月光下有一个女人的身影，犹如鬼魅。那是隆万氏。她连忙上前请安：“大少奶奶，深更半夜的，您怎么来祠堂了，我给您磕头！”隆万氏说：“免了，把你的手伸过来。”萧姑怯生生地伸出一只手来，隆万氏将一只大金镯子放到她的手里。“萧姑啊，明天会有一个女人来祠堂给祖宗磕头，那女人就是当年逃走的河姑！”萧姑难以相信：“逃走的河姑？瑛子？瑛子还活着？”隆万氏继续说道：“不管她是不是那个瑛子，你都要说是。”萧姑一愣：“大少奶奶，这是啥意思？”隆万氏绷起脸来：“照我说的做，这个金镯子就是你的了。之后，我会找个法子让你离开祠堂，回你的娘家安度晚年。我知道，你当时没能嫁给河神，一辈子不能离开祠堂，这是规矩，所以你在这大空屋子里待了六十多年。我也打听了，你娘家的几个侄儿，都在隆家当佃户，日子过得都算凑合，等你出去了，我会赏他们，让他们都好好孝敬你，让你享受享受人间的天伦之乐。”萧姑怯怯地说：“能回家敢情好，可是大少奶奶，要真的是瑛子，我认；要不是，我也不能瞎认啊！”隆万氏突地一板脸，说：“你老糊涂了吧，我说什么你没听清楚？我让你认你就认！你要是识相，拿着镯子回家享福；要是不识相，我会让你不得好死！”萧姑吓坏了，跪倒在地：“大少奶奶饶命，我都听您的！”

第二天一早，瑛娘拎着个纸包回到客栈。正在给孩子换衣服的隆继宗有些不高兴，抱怨道：“大早上起来，你不给孩子们打扮，跑哪去了？”瑛娘答道：“我去买了点东西。二少爷，您快坐，我来给孩子们收拾。”说着，她就要过去给盼娣换衣服。已经换好衣服的招娣趁瑛娘不注意打开纸包，惊喜地叫道：“糖！是糖！谢谢娘！”盼娣一听有糖，也嚷了起来：“我也要糖！”瑛娘突然厉声道：“放在那，不许动！”两个女儿被吓住了，招娣委屈得要哭了：“我要吃糖……”瑛娘坚持道：“放回去，我说了不许动！”招娣吓得只得把糖放回去。隆继宗责备道：“这么凶干什么？看把孩子吓的，不就是糖吗，孩子想吃给她便是。又不是从前在古风村了，咱们隆家还能亏得了孩子的嘴？”瑛娘叹了口气：“二少爷，我知道回了隆家，孩子们自是要啥有啥，可这个糖，不能给她们吃。”隆继宗更不解：“这是为啥？”瑛娘露出怀念的神色，说：“这糖，是我买给别人的。那个人对我恩重如山，她就喜欢吃甜的……”

瑛娘不再说下去，转眼看着俩女儿，说：“招娣、盼娣，来，跟娘一起，给你爹磕个头。”隆继宗不解其意，阻拦道：“这是干什么？”瑛娘说：“二少爷您坐，别管我们，跪下！”瑛娘扶隆继宗坐下，带着两个女儿跪在他面前。瑛娘说：“你们两个小丫头命真好，我生你们的时候，咱家穷，你们的将来也不知道是个什么样儿。哪承想，你们俩今儿个就要变成大小姐了。这得感谢谁啊？你爹，他要不是隆家二少爷，你们俩小土鸭子，怎么能变成凤凰？来，跟娘一起磕个头，谢谢爹！”她带着两个女儿一起给隆继宗磕头。隆继宗不好意思地笑着，没去拦，很明显，他很受用。瑛娘又道：“他爹，我再给您磕个头吧。”隆继宗说："这又是为何？"瑛娘感叹道："误打误撞，嫁给了隆家的二少爷。这两天我尽掐自己，怕是在做梦。"隆继宗笑着。瑛娘有些激动，说："您是什么身份地位，我又是个啥，您要回隆家了，没给我一纸休书，还要让我进祠堂给我名分……我真的不知道怎么谢您，只能这辈子一心一意地伺候二少爷，尽快给二少爷生儿子，报答您的大恩大德！"她又磕了一个头，已是满眼泪水。隆继宗上前扶起她，说："好了好了，一家人客气什么。快给两个孩子换衣服，你也好好打扮打扮。你们娘仨，漂漂亮亮的，跟着本少爷风风光光地回隆家！"

七舅爷一脸怒气，连佘管家上的茶都推到了一边。隆夫人赔笑道："七舅爷这是来兴师问罪的？是，二儿媳妇娘家穷，不是一般地穷，门当户对就别提了。可是继宗跟我说，要不是儿媳妇救他，就活不成了。隆家有祖训，要知恩图报。继宗从小懂事，最听祖宗教诲，所以才……"隆夫人说不下去了，打着哈哈，"七舅爷，古人不是常说'糟糠之妻不下堂'吗？"七舅爷啪地一巴掌拍在了桌子上，怒道："你糊涂！谁问你这些个了？家穷不打紧，糟糠也不怕，你也得知道她的身份来历。身为当家人，那个女人到底是怎么回事，你弄清楚了吗？我怎么听说，她是十六年前祭河时跑了的那个河姑呀？"隆夫人吓了一跳，脸色煞白："这不可能，天底下怎么会有这么巧的事儿？"七舅爷怒目圆睁："怕的不是巧，怕的是那个河姑怨恨，鬼魂变成了妖精，专门回来祸害隆家！"

隆夫人瞠目结舌，瞟了隆万氏一眼，见她正一幅幸灾乐祸的模样，心里明白了几分，她又与佘管家对视一下，叹了口气，冷声道："老大媳妇，昨天我还夸你来着，真没想到原来你是另有打算。七舅爷是你挑唆来的吧？我可问你，你说的可有真凭实据？"隆万氏冷哼道："真凭实据，那倒是没有。娘啊，这种事儿可不得不防。万一，它要真就是那么巧，隆家列祖列宗的脸可就丢光了！要是让个妖精进了门，咱们隆家岂不是要有灭顶之灾？"隆万氏的一番话顶得隆夫人哑口无言。七舅爷站起身来，说："老大媳妇说得好！不怕一万就怕万一，先让她进祠堂这个主意也出得妙，让家里的老人都来认一认。要是人，那没啥说的，请她进隆家的大门。要是妖，立马让她现了原形，想祸害人没那么容易！"

隆家祠堂外，迎接隆继宗一家的车队停住了。盼娣和招娣挑开帘向外张望。盼娣见到大门楼，兴奋地喊道："妹妹快看，这是爹的家，好大的门啊！"招娣笑了："真大！真大！"隆继宗在前，从马车上下来，爽朗笑道："傻丫头，什么叫爹的家，这是咱们家！不过，这可不是咱们隆家的大门，这是祠堂。下来，先跟爹进去，给祖宗磕头！"说着，他把盼娣、招娣从马车上抱下来。这时，又有人搬来凳子，让瑛娘踩着，隆继宗亲手扶着她下了马车。

瑛娘一到祠堂门口，就浑身哆嗦。隆继宗握住她的手，轻声说：“记住我的话，硬气点儿，谁也别怕！”瑛娘强挤出一丝笑容，点着头。进了祠堂院落，大院宽宽敞敞，这正是当年瑛娘被选中当河姑的地方。瑛娘不自觉地回想起了当年的一个个片断。正当她恍神之际，隆继宗却突然不满道：“哎，人呢？开祠堂拜祖宗，我娘她们怎么没来？”确实，院子里只有些下人。

佘管家上前瞟了一眼瑛娘，脸上有些不自在，说：“二少爷，开祠堂这么大的事，得把族中的长辈都请来，这会儿人还没到齐，夫人等着他们都到了一起过来，请您先在这儿候上一会儿……”隆继宗有些不快，沉吟道：“族中长辈？既然要开祠堂，为什么不早点请人？”佘管家敷衍道：“早请了，可老辈儿的几位岁数大了，腿脚慢，到现在都还没来。二少爷别急，我这就去催！”她又瞟了一眼瑛娘，转身走了。

见佘管家走了，瑛娘放松了，四下观察着，高兴起来，她轻声对隆继宗说：“孩子奶奶还没来，正好，我先去把该办的事办了！”隆继宗疑惑地说：“什么该办的事？”瑛娘笑道：“小事，我去去就回。”隆继宗连忙拉住她：“你去哪儿啊？头一回来，跑丢了怎么办！”说着，他给瑛娘丢了一个眼色，瑛娘一下子明白了，四处还有些下人，王婆子、张婆子也在角落里一直盯着隆继宗和瑛娘。隆继宗问：“招娣啊，你是要去茅厕吗？”招娣抬眼看了看爹，一时不明白是怎么回事儿。瑛娘接上话：“啊，对啊，二少爷，闺女要去茅厕，你给我们带个路？”隆继宗点头说：“好，跟我来！”说着，他就带着瑛娘和两个女儿，一家四口朝一个方向走去。王婆子、张婆子交换一个眼色，也尾随而去。

到了隆家祠堂后墙根的路口，隆继宗站住，转过身来。两个尾随来的婆子连忙停住，垂头问好。隆继宗愠怒道：“我闺女上茅厕，你们跟着干什么！”王婆子回答说：“怕二少爷和小姐们需要使唤。”隆继宗板起脸来呵斥：“院子里候着去！”两个婆子连忙退了出去。隆继宗一挥手，瑛娘会意，向一个方向跑去。隆继宗拉起两个女儿，说：“走，爹带你们去茅厕。”

瑛娘快步来到隆家祠堂后门，高耸的大木门拉开一个小缝隙，她侧身挤了进去。关好了门，她朝一个角落里走去，轻声呼唤着：“萧姑，萧姑……”一个苍老的声音从瑛娘的身后传来：“谁呀……”瑛娘一回身，发现黑暗中的萧姑。萧姑向前走了一步，瑛娘看清了她的脸。两人对视良久，这是一对十几年没见面的“亲人”。瑛娘回想起与萧姑相处的一个个瞬间，想起她与萧姑一起擦拭地板；想起在角落里，和萧姑一起吃饭，萧姑把好吃的饭菜都放在了她的碗里；想起自己被打得皮开肉绽之时，萧姑躲在角落里暗自流泪，之后为她擦伤口，敷药；想起发烧时，萧姑用一把扇子帮她降温，眼里充满慈爱……瑛娘还想起，就在自己即将被祭河，被强迫穿上红衣的时候，萧姑在暗处远远地看着，四目相对之际，萧姑流下了眼泪……瑛娘看着萧姑，不觉满脸是泪。

萧姑上前走了两步，简直不敢相信自己的眼睛："瑛子，真的是你，你没死？"瑛娘一下子不自在起来，快走几步，来到萧姑面前，轻声呼唤："萧姑，您还能认得出我啊？"萧姑浊泪盈眶，喃喃说："我当然认得，我当然认得。可你脸上的痣……"瑛娘摸了摸脸上的印记说："痣蚀掉了，我以为脸上没有了痣，就没有人能认出我呢……"萧姑长叹一声，说："傻瑛子，你怎么还回来？不想活了！"瑛娘镇定下来，反倒安慰萧姑："姑，别担心，我嫁给二少爷了，二少爷对我可好了，他说只要有他在，让我什么都不用怕。您看上去硬硬朗朗的，真好！以后我就住在隆家了，我们有的是机会说话。我得走了，久了怕别人起疑心。"她从身后拿出纸包，塞在萧姑怀里，向门口跑去。萧姑一时有些不知所措，目光始终追随着瑛娘。瑛娘即将开门的时候，忽然回头，冲老人甜甜地一笑："姑，十六年没见，我想您！"

萧姑颤颤巍巍地将纸包放在空置的供案上，打开纸包，发现是一包糖。当年，瑛子被当作活菩萨供在供案上，小少爷经常偷偷给瑛子送糖，瑛子不舍得吃，她知道萧姑最喜欢吃甜的，每次都留给她吃。想到此处，萧姑笑了，颤颤巍巍地剥开一块糖，放到嘴里，闭上眼睛含着，含着，流下了眼泪……

隆夫人、七舅爷等一众族中老者三五十人，呼啦啦走进祠堂院落。瑛娘有些担忧，隆继宗一脸坦然。他高兴地迎上去，没成想，来的长者们都一脸严肃，径直走进了祠堂。瑛娘的心中有了不祥的预感。盼娣、招娣哪见过这种阵势，禁不住地打颤。隆继宗笑道："给祖宗磕头那可是不得了的大事，磕了头有了名分，才是一家人，这是规矩。"瑛娘点着头，她知道他是在给自己壮胆。

这时，佘管家从祠堂出来，高声喊道："二少爷，请吧。"隆继宗握紧着瑛娘的手，拉着她走进祠堂。祠堂里摆满了祖宗牌位，几十位族中长辈全都站着。七舅爷咳嗽了一声，说："隆继宗，虽然我不姓隆，可我是你爹的亲舅舅，你们隆家的事，我必须管！今天，你娘把隆家的各位宗亲长辈都请来了，为的就是看看你带回来的这个女人。"隆继宗笑道："啊，七舅爷，您说得对，我和媳妇给祖宗磕完头以后，是应该给各位宗亲见礼。"七舅爷喝了一声："给祖宗磕头，可得等一等！有人说，这个女人是隆家十六年前逃走的河姑！"隆继宗一愣，回头看向瑛娘。七舅爷继续说："如果这是真的，这门亲事隆家可不能认！"隆继宗故作轻松地笑道："这是谁胡说八道，隆家当年那个河姑，我也见过，跟我媳妇有啥关系？”

“隆继宗，这个女人是不是当年的那个河姑，你说了不算，今天请来了这么多宗亲，就是请大家一起来认认人，也帮隆家的祖宗好好断断！我先来！”七舅爷说着走向瑛娘，一抱拳，说，“得罪了。你要不是那河姑瑛子，我自会鞠躬认错，隆家大摆筵席迎你入门。可你要是当年的河姑，那就对不住了！当年那河姑一跑，黄河不是泛滥就是干涸，隆家也险遭灭顶之灾，所以，我们只能即刻将你扔进大河，向河神请罪！”盼娣听得明白，大声骂道：“你个臭老头，你凭什么要把我娘扔进大河！”瑛娘喝止女儿：“盼娣，不许多嘴！”盼娣见母亲生气了，不再说话。瑛娘抬起头来笑道：“行，您是长辈，都是为了隆家好，想认人，认吧，我不就在这儿嘛。”

七舅爷从兜里掏出个老花镜来，戴在脸上，凑近了看，瑛娘微笑着。七舅爷有些含糊，毕竟他不是隆姓族人，对当年的河姑印象也不深，他不能断定，转身离开。紧接着，第二个就凑了过来，每个人都凑近瑛娘看，瑛娘逐渐变得忐忑起来。一个老妇人甚至上前摸了瑛娘的脸，她摸到小小的印记，脸上露出了得意的笑。一直站在瑛娘身旁的隆继宗，脸色阴晴不定，时好时坏。最后一个走上前来的是隆夫人。她凑近瑛娘，瑛娘赔着笑，她从没见过小瑛子笑，故而也有些含糊。

隆夫人最后一个看完，她无法表态。七舅爷皮笑肉不笑地说：“继宗他娘，你和当年的那个河姑打过多次照面，你先说吧，这个是瑛子不是？”隆夫人轻声咳嗽了一下，难以定夺。为难之际，隆继宗上前一步，柔声说：“娘，我知道，这十年儿子没在您身边尽孝，您很不满意，儿子知错了，请娘恕罪。但我相信娘是个宽宏大度正直的娘，不会因为跟儿子生气，就把罪过加在儿媳妇身上的。”他的话让隆夫人难以回答，她转向七舅爷，迟疑着：“七舅爷，这个人有点像当年的瑛子，可我还真拿不准……七舅爷，瑛子您也见过，您觉得呢？”

七舅爷刚要表态，就瞟到了隆万氏射来的目光。前一天夜里，隆万氏塞给他一叠银票。七舅爷定定神，说：“我原本看着也有点含糊，因为她脸上没痣，可刚才有人验过了，她的脸上有个疤，把痣蚀掉了就会留下疤。就凭这一点，我觉得她就是当年的河姑瑛子！”隆万氏心里的石头落了地，脸上露出得意的神色。七舅爷继续说道：“这样吧，觉得她是河姑的站到这一边，觉得不是的站到那一边。”于是，众人左右分开，七舅爷第一个站到了认为瑛娘是河姑的一边。

佘管家踮着脚尖数着，然后向隆夫人回话：“夫人，两边人数一样多，就看您的了。”隆夫人抬眼与隆继宗对视，隆继宗的眼神冷了下来。隆夫人尴尬道：“我刚才不是说了吗，我看不准！”佘管家也没了辙：“这可怎么办，一半觉得是，一半觉得不是……”正在为难之际，七舅爷说：“下人！家里的老下人，进门二三十年的有的是，让他们也来认认！”

各类下人都被集中在一起，包括瘸了腿的隆福，以及王婆子、张婆子等人，二三十个老仆人聚集在一起，排成一排，挨个进来相瑛娘。有些婆子离近了看瑛娘，刚要表态，瞟到了一旁的隆继宗，连忙把话又收了回去。就这样，一个接一个，轮到了隆福。瑛娘抬头看到隆福，心里有些忐忑。当年，就是隆福把七岁的瑛子带进隆家，去候选河姑的。隆福眯着眼看了看瑛娘，突然迅速低下了头。很明显，他是认出了瑛娘。七舅爷迫不及待地说：“你们都是老人，十六年前那场祭河大典，想必大家都记得，站在面前的女人，是不是当年跑了的河姑，都说说吧！”下人们面面相觑，有跃跃欲试的，却被隆继宗的眼神吓了回去。这都被隆万氏看出来了，她说：“等一等，得让他们出去说，这二少爷眼睛瞪这么大，他们哪敢说实话啊。”七舅爷点了点头：“老大媳妇说得对！”他走到隆夫人的面前，说：“继宗他娘，你看……”隆夫人点了点头，于是一众人等都跟出去听下人们的表态，一时间祠堂里只剩下了隆继宗一家四口。

祠堂院落里，下人们都垂首听命。佘管家说：“觉得是的站这边，觉得不是的站那边！”下人们纷纷站了队。佘管家眼神快，很快数了一遍，高声宣布：“这边十四个，那边十三个，夫人，多数人觉得里面那个就是——”“等一等！”隆福的声音传来。隆福慢悠悠地说：“对不住，佘管家，我腿脚慢，还没站好队呢，我觉得里面的二少奶奶不是当年的瑛子，我站那边。”一下子，两边都是十四个人了。佘管家很尴尬：“呃，加上隆福，两边都是十四个了，这可……”隆万氏气急败坏道：“隆福不能算数！谁都知道，他从小就带继宗，准是继宗提前就跟他说好了的！”隆福上前鞠躬，不亢不卑，说：“大少奶奶，我凭着良心说话，屋里的二少奶奶真的不是河姑瑛子。夫人，二少爷是我从小带大的，我最了解他的脾气秉性。之前您答应过的，让他带着妻女风风光光地回家，可现在咱们实在是不太好，若是二少爷一赌气，带着二少奶奶走了，那可……”隆万氏急了：“呸！谁承认她是二少奶奶了，人还没认完呢！”

隆夫人恼怒道：“够了！隆万氏，这么多宗亲长辈都在，你是长房媳妇，注意点儿分寸！”隆万氏只能压下火气。隆夫人说：“隆福说的是，既然下人们也是一半儿一半儿，那就算了。继宗离家十几年，这好不容易回来，咱们这么做确实不好。”隆万氏心有不甘，还想说点什么：“婆婆……”隆夫人沉下脸来，沉声喝道：“怎么，非得逼着他生了气，带着妻女再次离家出走你才高兴？”隆万氏突然嚷道：“怎么能说认人没结果？还有我呢，我说她就是！”隆夫人大怒：“胡闹！你啥时候进的门？十六年前的河姑你见过？”隆万氏急了：“我是没见过，可还有一个人见过！萧姑在隆家六十年了，与当年的河姑朝夕相处过七年，她总该能认准吧！”“对啊，萧姑，萧姑子……”一片议论声响起。七舅爷赶忙说：“对啊！祠堂里有个老姑子，姓萧的，她还活着吧？叫她来认，准保错不了！”于是众人又一下拥进了祠堂。

祠堂角落里，萧姑走了出来，众人自觉地让出一条路。她一步步地向瑛娘靠近。瑛娘强壮着胆子，等待着命运的审判。萧姑凑近了一些，看着瑛娘，看得那么仔细。突然，她笑了，笑容中饱含着神秘。七舅爷问道：“萧姑子，你可看清楚了？”萧姑点点头：“看清楚了。”七舅爷也点点头：“那你说……”隆万氏突然打断七舅爷，说：“等一等！萧姑也是下人，还是到外边去说吧，免得我二兄弟一瞪眼，她不敢说实话！”于是众人跟着萧姑走出了祠堂。

屋子里又只剩下隆继宗一家四口。瑛娘的眼泪夺眶而出，隆继宗一下子明白了，紧紧地握住她的手。隆继宗埋怨道：“你怎么这么糊涂！你刚才是去看她了吧，还送了糖？要是真丢了命，也只能怪你自己！”瑛娘低声哭道：“我死了好，省得妨你。萧姑曾经告诉过我，一旦被选为河姑，命就定了。”两个女儿看明白了，紧紧抱住了瑛娘的大腿。盼娣大哭：“娘，她们为什么让你死？”招娣也哭着：“爹，我们走吧，我们要回自己家！”隆继宗突然咬了咬牙：“谁都不许哭！萧姑那么大岁数了，早就老糊涂了，就算她说你是河姑，你也不能承认！走，跟我出去，听听萧姑子怎么说。”瑛娘心里一点底都没有，还带着泪的脸上满是迷茫。

一出门，就听见萧姑娓娓道来：“二少奶奶的面相真好，一看就是多子多福的富贵命！”隆万氏咆哮道：“让你认人呢，谁让你相面了？我问你，她到底是不是当年的河姑瑛子？”萧姑似乎没听清，自顾自地说：“你说啥？瑛子？大少奶奶您说笑话了，瑛子脸上是有个痣的。”隆万氏恶狠狠地用话暗示着萧姑：“痣是可以蚀掉的！你刚才离那么近没看到她脸上有印记？那就是证据！”萧姑恍然大悟似的，说：“噢，我看清楚了，二少奶奶脸上是有个印记，但是她不是瑛子，瑛子和我一起住了七年，我是绝不会认错的！”隆万氏瞪大了双眼：“萧姑子，你！”萧姑避开隆万氏的目光，说：“我说的可都是实话，真的，夫人，二少奶奶的面相好，多子多福的贵人相，也不知道她给您生了孙少爷没有？”众人面面相觑。萧姑接着说道：“就算没有，您也不用着急，有祖宗保佑，兴许来年就能让您抱上大孙子！”听了萧姑的话，隆夫人心里有些得意，面色柔和了下来。隆万氏咆哮着：“婆婆，您可别听这老姑子胡说八道，她准是被妖女买通了，不信，派人去翻她的东西！”众人都看着隆万氏，萧姑却是一脸的平静。

佘管家领命，带人搜检萧姑那一点点东西，很快就搜到了想要的。她一手拿着一包糖，一手拿着金镯子，递到了隆夫人面前。众人见到金镯子都大为吃惊，萧姑却还是很淡定。隆万氏说："你们看看，我说什么了，一个祠堂里的姑子，居然有这么好的黄货，一定是那个女人用来收买她的！"隆万氏恶人先告状，把矛头指向了瑛娘。隆继宗看向瑛娘，瑛娘一脸的茫然。

七舅爷大怒："好你个萧姑子！自己是什么身份你不知道，没能祭了河神，隆家祖宗好心留你一条命，让你多活了好几十年。你不感恩戴德，居然贪图钱财，私通妖女祸害隆家！来人，把这老姑子乱棍打死！"萧姑不紧不慢地说："等一等！那是啥？从我那儿搜出来的金镯子？我认，我是有这么一样东西，你们仔细看看，那镯子圈里面有个字。"众人连忙仔细检查镯子。萧姑说："我家穷，穷得吃不上饭，我爹才把我卖进隆家当了河姑。我一天书都没读过，一个大字都不识，可是老老太爷教了我四个字，就是这匾上的'千秋万代'。那年我十岁，老老太爷还让我用树枝在地上写过来着，我记住了，一辈子不敢忘。这金镯子里面那字就是'万'，没错吧？"佘管家拿给隆夫人，七舅爷也凑过来看，圈内侧果然有个小小的"万"字，清清楚楚。萧姑犹自说道："大少奶奶是姓万吧？"所有人都看向隆万氏。隆万氏反咬一口，说："好你个萧姑子，你竟然偷了我的金镯子！"萧姑一脸无所谓的样子："大少奶奶是主子，我是个早就该死的老姑子。您说我是贼我就是贼。"一听萧姑话里有话，隆万氏连忙把话岔过去："就算金镯子是偷的，我倒要问问你这包糖是哪来的，我房里可没有这玩意儿！"大家看向糖包，隆继宗看了一眼瑛娘，瑛娘忐忑不安。隆万氏的狗腿子王婆子走向前一步，说："哎，这纸包我见过，一大早，二少奶奶拎着来的。"众人全都愣住了，都将目光投向瑛娘，瑛娘哑口无言。

隆继宗大声喝道："你个臭婆子，胡说八道！"王婆子回道："二少爷你别瞪眼，不光我一个人，张婆子也看见了。回禀夫人，今个儿一大早，大少奶奶就派我们到这院里盯着，我们两个都亲眼看见，这个女人进祠堂的时候手里就拿着这个。后来说要带着孩子去茅厕，再回来的时候，这东西就没了。"隆万氏得意忘形，说："婆婆，你听见了吗，这包糖是她带进来的，现在到了萧姑手里。明摆着就是妖女拿着一包糖贿赂了萧姑，萧姑才替她说话的！"萧姑和瑛娘的脸色都很难看。隆万氏继续说道："萧姑，隆家当家的是夫人，你就实话实说，夫人会护着你的。"她又对萧姑使着眼色。这时，宗族中的一个老太太说："我听说过，萧姑一辈子就喜欢吃甜的，这个女人知道拿一包糖送给她，那就一定是当年的瑛子。"瑛娘强忍着不让泪水流出来。

萧姑突然哈哈大笑："我啊，十四岁那年就该死，又活了这么多年，一直怕死，就是舍不得这口糖！"说着，她居然冲上前去抓过一块糖来，剥掉糖纸扔在嘴里，“我是喜欢吃甜的，从小就喜欢吃，可我又没钱买，就只能去偷。夫人，这包糖果，也是我偷的。”隆万氏瞪大了眼睛：“你胡说八道！你根本出不了祠堂，怎么偷的糖？”萧姑反问：“我根本出不了祠堂，又怎么到你房里偷的金镯子呢？”隆万氏愣住了，尴尬至极。萧姑继续说道：“告诉你们吧，别看我岁数大，可我腿脚好，能登高上树，翻墙越脊！大少奶奶的金镯子就是我跳出院墙，到她屋里偷的！这包糖，也是我翻墙出了祠堂院墙，到街上偷的！”院里一片寂静。萧姑大声说道：“没错，偷的，都是偷的！”

“你……婆婆，你都听到了吧，她是个贼，贼的话不能信。这个贼一定是与那个女人串通好了。”她逼近萧姑，说，“萧姑，念你守了祖宗祠堂几十年，再给你次机会，你别老眼昏花，你给我看清楚了，这个女人到底是不是当年的河姑瑛子，你再敢胡言乱语，家法可是要乱棍打死你的！”面对隆万氏的威逼利诱，萧姑坦然笑道：“我是个贼，我早就该死，我这就去死还不行吗！”说着，她猛地向院子里的一口大铜鼎撞去。只听咣当一声，萧姑的头与铜鼎撞在一起，脑浆迸裂，命丧当场！

在一片惊呼尖叫声后，突然死一般安静下来了。隆万氏瞪大了眼睛，萧姑一死，她再也无法挽回战局。隆继宗长吁一口气。哪承想瑛娘突然大呼一声：“萧姑姑！”隆继宗想去拉她，但没有拉住。瑛娘冲开人群，来到萧姑尸体旁，一下子跪倒：“姑姑！”一时间，所有人都愣住了。瑛娘磕了三个响头，眼泪不停地往下流。七舅爷惊骇道：“哎呀呀，这……这女人果然是当年的那个……她是妖，她是妖啊，要是真让这妖女进了隆家，那还得了！”隆万氏喝道：“佘管家，你还愣着干什么，别让这妖女施妖术，惊了隆家祖宗！”佘管家立刻大声喝道：“来人，将这妖女乱棍打死，扔进黄河！”隆继宗挺身拨开人群，大喝一声：“我看谁敢？”拎着棍子冲上来的下人们面面相觑，不敢动弹。盼娣和招娣喊着娘，跑向瑛娘身边。瑛娘抱住两个女儿，一脸迷茫。她与隆继宗的目光相对，想起了前一夜的情形……那夜，隆继宗拉着她的手说：“傻媳妇，让河姑祭黄河本来就是害人的勾当，是逼死人命的封建迷信，政府早就不允许了！”她不解，问：“孩子她爹，什么是政府？”隆继宗说：“政府就是国家。现在没有皇帝老子了，那些想复辟的也都被打倒了。现在说了算的，是总统。”她更不解，问：“总统能管我们的事？”隆继宗说：“咱们这山高地远，总统是够不着，可孝兴是有警察的，警察上面有县长，他们会管的。”

瑛娘想着隆继宗的话，决定拼死一搏。她起身将两个闺女拉到身后，挺身向前走一步，大声说道：“没错！我就是当年的河姑瑛子。十四岁那年祭大河，本来是要将我活活淹死的！可是老天爷保佑，马贼来了，砍断了捆绑我的绳索，我虽然掉进了大河，却没淹死。顺着河水漂到了二百里外的古风村，被我的干爹干娘救起。后来，我就认识了他……”瑛娘指着隆继宗说，“那一年，我刚好二十岁，去河边挑水，他昏迷不醒晕倒在河边。”隆继宗沉默了，仿佛回到了当年，少女瑛子背着神志不清的他艰难地走着，有好几次都险些摔倒。瑛娘的面色变得温柔起来：“他穿得破破烂烂，一直在咳，一咳就见血，看上去就是个要死的人，一路上我摔倒好几回才勉强将他背回家。我干爹干娘都是好心人，虽看出他得的是会过人的肺病，还是把他留在了家，怕的是他死在荒郊野外，被野狗掏了，连全尸都保不住！他在我家里一住就是半年，为了能让他活下来，我天天要去给人洗衣服，用冰凉的河水一件一件地洗，换来的钱，都给了药铺伙计，让他们帮我捡些药渣子，熬药给他治病。”瑛娘说到此处，隆继宗禁不住泪下。瑛娘的声音更柔和了：“他是个知道感恩的人，病好了，他说喜欢我，要娶我为妻，留在古风村和我一起为干爹干娘养老送终。我吓坏了，我从来没想过我可以嫁人。他拉着我的手，去给二老磕头，二老就答应了……”瑛娘停顿了一下，泪流满面，说：“我知道自己是河姑，不能嫁人，可是干娘跟我说，既然掉进大河没死，就是重新活过了，过去的事都不算数了！女人生下来就是要嫁给男人的，更何况他对我好，我也爱慕他！我想也是，七岁那年当河姑，是因为我爹死了没钱埋，我饿着肚子没别的办法……”老仆人们也都流下眼泪，尤其是隆福。瑛娘话锋一转，说：“可我万万没想到，他是隆家的二少爷。两天前我知道了真相，就把一切都告诉了二少爷，我给二少爷磕头认罪，二少爷说我没错。”

众人看向隆继宗。隆继宗立刻说：“是，我早就知道她的身世，我不在乎！当年她没死，那不是她的错，每个人都有活下去的权利！她嫁给了我，也不是她的错，对美好生活的向往应该得到尊重和保护！”隆夫人等人全傻了眼。瑛娘深情地凝望着隆继宗，说：“她爹，有你这句话，真好。我干娘说得对，我既然掉进大河没死，过去的事就不算数了，我已经不再是你们隆家的河姑了！嫁给二少爷的时候，我不知道他是隆家的人，如果知道，我也绝对不会高攀。今天，话都说清楚了，隆家的门槛高，我可以不进，我这就带两个孩子走。”瑛娘带着两个孩子就往外走。

佘管家大喝一声：“不能让她走！”立刻有人围住了瑛娘和孩子。瑛娘有些手足无措。佘管家不敢擅自做主，低声对隆夫人说：“夫人……这……她……她真是当年的河姑，掉进黄河没死，那她早就是妖精了呀，能放她走了吗？”隆万氏马上接上话：“佘管家说得没错，掉进黄河不死，那还能是人吗？婆婆，各位长辈，这个妖精该怎么处置，你们做主吧。”宗亲们不敢轻易出声，隆夫人和七舅爷对视了一眼，也拿不定主意。七舅爷瞟向隆万氏，隆万氏恶狠狠地给了他一个眼色。七舅爷咳嗽一声，说："既然她已经对河姑身份供认不讳，那就得赶紧把她扔进黄河。不然的话，河神发怒怪罪隆家，方圆几百里的百姓都得跟着遭殃。再说了，这是隆家的祠堂，要是这妖女想来就来，想走就走，隆家祖宗的颜面何在？"一老者赞同道："七舅爷说得对，不能让她走，应该立刻将她乱棍打死，扔进黄河！"瑛娘怒视着他，说："你们敢？随便杀人，无法无天了吗？你们别欺负我什么都不知道，现在跟过去不一样了，虽然大总统离得远，可孝兴有政府，有警察！"老者蛮横地说："这是我们隆家祠堂，什么政府、警察，都管不着！赶紧动手，打死她祭河，以免河神发怒，百姓遭殃！"隆继宗大怒："我看谁敢！"他上前拦在瑛娘身前。一时间，家丁们不敢上前，七舅爷和隆家宗亲们也没了办法。隆夫人轻喝一声："把继宗带进祠堂去！"隆福还在为难，却已有几个家丁上前去抓隆继宗。隆继宗愤怒地挣扎着，可他毕竟是文弱书生，很快就被架着向祠堂方向而去。盼娣和招娣大声哭着："爹……"瑛娘也呼唤着："孩子她爹……"佘管家喝道："还不快把妖女拿下！"一众婆子冲上前来抓瑛娘，两个女儿扑上前去保护她，却很快被婆子抱起。瑛娘拼命与婆子们厮打，挣扎着大叫："放下我的孩子！"

正在不可开交之际，一声枪响，惊得所有人都停了手。一队荷枪实弹的警察冲进了隆家祠堂，婆子们连忙放开瑛娘，盼娣、招娣也挣脱了，扑向母亲。隆继宗推搡开众人，跑过来保护妻女。一家四口得以团聚，泪眼相对。为首的警察是个瘦高个儿，脸相奸滑。佘管家见状上前，喝道："小四儿，你来捣什么乱？"警察队长佘小四压低声音说："姑姑，不是我要来的，是县长大老爷。"众人向门口看去，一个文质彬彬、颇有城府的中年人走了进来，正是孝兴县县长洪凌志。不少人认识他，连忙上前作揖打招呼，可他毫不理会。

"本县得到举报，你们隆家私设公堂……"洪凌志突然发现了尸体，大惊，用手一指，大声质问，"这还逼出了人命？！"萧姑的尸体就躺在那里，正是铁证如山。洪凌志冷哼一声："我还以为消息不实呢，原来是真的。凶手是谁？"隆夫人、大少奶奶、七舅爷等人目瞪口呆，不敢言语。洪凌志看到隆继宗身后的瑛娘，就已经明白了她的身份。瑛娘惊魂未定，死死护着两个女儿。洪凌志胸有成竹，说："问你们话呢，是谁杀的人啊？交出凶手来！"众人面面相觑。七舅爷身为长辈，只得出头，说："县长先生，可否借一步说话？"洪凌志反问道："有什么话不能在光天化日之下说？"七舅爷尴尬道："这个事情是这样的……"洪凌志突然伸手制止："你是隆家什么人？"七舅爷只好赔着笑："我是隆家的长辈，隆家的当家人叫我舅舅，公子们都叫我舅爷。"洪凌志问："亲戚？不姓隆？"七舅爷答道："是的！"洪凌志板着脸说："那就一边去！在隆家发生的事，就让隆家人来答话。”

七舅爷碰了钉子，下不了台，其他人也不敢向前，全都把目光看向隆夫人。隆夫人不得已上前走了几步，说：“洪县长，不知您大驾光临，有失远迎，恕罪！”洪凌志问：“你姓隆？”隆夫人应承道：“是的，先夫过世多年，这些年一直是我当家。”洪凌志点了点头。隆夫人讪讪道：“洪县长，我们虽没见过面，之前却也托人相互捎过话，算是有交情了……”洪凌志不吃这一套，说：“少套近乎！本县长在调查案情。我问你，这个人是怎么死的？”隆夫人只能说：“她……自己死的。”洪凌志嘲讽道：“自己死的？哈……笑话！”隆夫人辩解道：“真的！她自己一头撞在了这铜鼎上，就死了！”洪凌志眯起眼睛，问道：“哦，这么说不是被人杀的，那就是被人逼死的，是谁逼死了人命？”隆夫人无言以对，支吾着：“没人逼死她啊……”洪凌志冷笑道：“没人逼迫，自己找死，有这样的事吗？你是隆家的当家人，私设公堂就是犯法，现在逼死人命，还想狡辩，抓走！”

警察上前要给隆夫人上手铐，佘管家连忙护住，警察一把推开她。佘小四扶住她，说：“姑姑，您又不姓隆，别管了。”佘管家推开佘小四，大喊：“你们不能抓走夫人！”隆家祠堂一片大乱，在佘管家的带领下，家丁、下人和警察对峙着。洪凌志大怒：“胆敢妨碍公务者，全都抓起来。”隆继宗见状不妙，赶紧说：“等一等，我是隆家人，您不是要查案情吗，我来说！”洪凌志用手指着他：“轮不到你！”隆继宗一愣：“为什么？”洪凌志仔细看了他一眼，说：“我见过你的照片，你是隆继宗，没错吧？”隆继宗答道：“正是！”洪凌志说：“隆家私设公堂，逼死人命，你当然不会承认，而且我知道你会说话，巧舌如簧，我侄女已经领教过了，所以，我今天不想听你说！”隆继宗一下子明白了洪凌志来者不善，哑口无言。

洪凌志指了指隆继宗身后的瑛娘，说：“你！你说说，今天是怎么回事，这个人是怎么死的，凶手是谁！”所有人都将目光投向她。瑛娘愣了，四处张望，一脸茫然：“我？”洪凌志点点头：“没错，就是你，你说！”瑛娘不知如何是好，看了看隆继宗，看了看隆夫人，目光偶尔扫过隆万氏。隆万氏吓得魂飞天外，害怕惹祸上身，扭头就要走。洪凌志大喝一声：“谁也不许走！”隆万氏吓了一跳，立马站住。洪凌志露出不屑的神情，说：“我是一县之长，你们以为我会闭着眼睛办案吗？告诉你们，我早就在隆家安插了眼线。可惜，他没能进这个院子。但是，隆家开祠堂的目的，我已经清楚了。认人！想认认这个女人是不是当年的河姑瑛子。如果是，就要把她扔进河里，对吧？”洪凌志走到瑛娘身边，瑛娘不寒而栗。洪凌志说：“他们这是利用封建迷信杀人害命！本县长得到消息，是特意来救你的。没承想，死了的不是你，却是这个老太太。”瑛娘避开他的目光，偷眼看隆继宗，隆继宗也只能干着急。洪凌志注意到了她的眼色，说：“你放心大胆地说，谁的眼色也不要看，我会为你做主。刚才谁想害死你，点出他们的名来，我把他们挨个抓起来坐牢。害死这个老太太的，你告诉我是谁，政府要公开枪毙！”

瑛娘突然笑了，说：“您说什么呢，哪有什么河姑，封建迷信啥意思，我不懂。”说着，他用手指向隆继宗，说，“他是我孩子的爹，我嫁给他的时候，不知道他是隆家的二少爷，前两天才知道。这不，我婆婆就派了好几辆马车，去了古风村，把我们全家都接回来了。今天来这里，就是要让我们一家四口，先拜了祖宗再进家门，也算是给我这个乡下女人一个名分。”洪凌志一愣，回过神来，说：“你别不识抬举。他们指认你是河姑，是要置你于死地，你还替他们遮掩，将来被他们害死，你会后悔的！”瑛娘摇头说：“害死我？哪能啊！”她拉过盼娣、招娣，说，“我是孩子的娘，我死了，两个孩子自是活不下去了。我肚子里面还有一个，害死了我，那就是四条人命，咱们孝兴又不是没王法的地方。您看，有这么多警察，都扛着枪，谁敢随便害人？”隆夫人松了一口气，七舅爷的脸色也见好了。

洪凌志指着萧姑的尸体，质问道：“那这个人是怎么回事？尸体躺在这，你怎么替他们遮掩？”刚放下一颗心的隆万氏又紧张起来。瑛娘矢口否认：“这个人我以前不认识，刚才听别人都叫她萧姑。都怪这老太太搅和，不然，我和孩子他爹早给祖宗磕完头了。是这样，一大早我们才进祠堂，那位大少奶奶，就是我头一回见面的大嫂，说丢了样好东西，是刻着‘万’字的金镯子，结果就在萧姑的住处翻出来了。萧姑承认趁夜里摸进了大嫂的屋，偷了金镯子。我婆婆就说，你这么大岁数怎么能当贼呢？走吧，送你去见官，孝兴新来的县长，是包青天一样公正廉明的大老爷，会给你个公道的判罚。哪承想，这萧姑害怕见官，一头撞死了。这可是祠堂，见了血光真是不好。那位大婶？”瑛娘看向佘管家，佘管家顿时慌张起来。瑛娘装作不认识她，说：“您是大管家吧，快找人把尸首抬走，把这血赤呼啦收拾干净，可别惊扰了隆家的列祖列宗。”洪凌志怒道：“岂有此理，本县长还没有查清案情，我看谁敢动尸体？”佘管家等人停了下来，不敢动弹。瑛娘说：“县长大老爷，您千万别生气。我是个乡下女人，没见过世面，也不知该说啥，不该说啥，今天要不是您点我说话，我可不敢张嘴。”洪凌志气愤道：“你闭嘴吧你！把验尸官找来，查看尸体，案子没有查清之前，这院子里的人一个都不许走！”洪凌志咋呼着，但很明显，底气已经没那么足了。

隆继宗看着瑛娘，脸色轻松些了，说：“娘，我离家整整十年，在外娶妻生女，一直没向祖宗禀告。今天的日子是娘定的，隆家专门开了祠堂，就是要让我带着妻女拜见祖宗，不能因为这点儿误会，扰了大事！”隆夫人没想到隆继宗当着县长、警察这么说，有些为难。隆继宗又凌厉地看着七舅爷，逼问道：“七舅爷，您说呢？”七舅爷也不情愿，可正碰上洪凌志怀疑的目光，只好说：“啊……老二说得对！”隆继宗立刻说：“那我带着妻女拜祭祖宗了？”隆夫人也和洪凌志对上了眼神，仿佛罪犯见到了判官，连忙说：“对啊，给祖宗磕头是大事，来来，别误了时辰。”

庄严的祠堂，隆福递上点好的香，隆继宗和瑛娘给祖先上香。隆万氏恨得牙根痒痒，在隆夫人身后小声嘀咕着：“婆婆，这可不行，这女人是该死没死的河姑，她根本就不是人，是妖！要是让她给祖宗磕了头，就是给了她名分，岂不成了笑话！”隆夫人闻言讥讽道：“你倒是能说会道啊，刚才警察要抓我的时候，你哪去了！有本事你去跟县长说她是妖女，必须打死了祭大河！”隆万氏瞪了一眼，灰溜溜地站到了一旁。一个老者凑近七舅爷，说：“这继宗也太不懂事儿了，真带着这女人给祖宗磕头啊，这成何体统！”七舅爷说：“继宗是顾全大局。他不这样做，那萧姑是怎么死的，要说逼死人命，大家都有份儿，你也跑不了！”老者怒道：“这叫什么话！”七舅爷显然不想再说了：“事已至此，闭嘴吧，我可不想去坐牢。”老者无奈，也只能忍气不语。

跪垫已经准备好，瑛娘将盼娣和招娣领到一旁，示意她们在两个跪垫后面并排站好，自己与隆继宗站到跪垫旁。一位长者高声喝道：“孝兴隆门三十七代孙，隆继宗，携妻隆孙氏，拜祭祖先。”隆继宗与瑛娘双双跪倒，盼娣和招娣也跪在地上。长者高喊：“一叩首——再叩首——三叩首——”瑛娘进隆家已成事实，隆万氏一脸愤恨。隆夫人懒得再看，转过头去，面对着祖宗牌位，长长地吁了一口气，无奈地接受了这一现实。在一旁伺候的隆福脸上露出了笑容，佘管家恶狠狠地瞪了他一眼。隆福也不介意，仍然满脸微笑。

瑛娘抬起头来，泪水不知不觉爬成了行，在心里默念着：“姑姑，我再给您磕几个头。”于是她又磕了一个头。隆继宗想阻拦，可是又没有法子。瑛娘在心里说道：“姑姑，我知道您是为了保全我才这么做的，是我害了您！等那些人走了，我一定会和二少爷为您收尸。以后每年，我都会带着糖去给您上坟磕头。”她再次起身，已是泪水涟涟。

第三章

鹅毛大雪纷纷落下，雪中的隆家百年老宅显得庄严肃穆。佘管家将隆夫人搀扶入内厅。进了屋，佘管家连忙抄起小掸子，帮隆夫人掸掉身上的雪花，为她脱下斗篷，又端了一碗热汤到给她。隆夫人接过汤来焐着手，却没心思喝，喃喃道：“含糊……这签儿抽的，含含糊糊！”佘管家忙问：“怎么，夫人今天去庙里烧香，还抽了签儿？”隆夫人气愤道：“可不！签文写得不明不白，那解签的和尚说得颠三倒四，真让人生气！”佘管家笑道：“夫人，我从小跟着您，要是没记错，您上庙里打签儿算卦可是头一回，为啥事啊？”隆夫人把汤往桌上一搁，说：“还说从小跟着我，我为的什么事你不知道？”隆夫人一怒，佘管家忙赔笑道：“为了二少奶奶呀？夫人，我真是糊涂了。平日里，您都不拿正眼瞧她，却为了她的事去烧香求签？”隆夫人一拍桌子，说：“她算个什么东西，我凭什么正眼瞧她？可是她肚子里的孩子，关系到隆家的祖宗！”佘管家立刻明白了：“您去庙里抽签，要算是男是女？”隆夫人说：“废话！我隆岳氏进隆家三十年，为隆家生了三个儿子。可现如今，老大去了，老三……唉，前两天是来了封信，可什么时候回来只字未提，那西洋距孝兴隔了千山万水，我真是不敢指望呀！现在只有老二在家，那女人虽说出身来历不好，可她肚子里怀的是隆家血脉，要真生出男孩来，就是我隆家正经八百的嫡孙！有了这个孙子，就算哪天我一口气上不来，到了阴间也有脸面去见老爷了！”

夜深了，窗外的小巷里，打更人踏雪而过。瑛娘坐在床边，缝着小布口袋。布口袋很小，瑛娘的针脚更小，更密。隆继宗推门走了进来，皱了皱眉，说：“哎，这大冷天的，你怎么开着窗户？”瑛娘说：“我热，也不知道怎么了，这回出奇地热……”隆继宗哈哈大笑：“儿子嘛，当然跟丫头不一样！老人说过，怀着丫头的娘，冻手冻脚，最怕着凉；怀着儿子的娘，火力壮，冬天可以睡凉炕，哈哈……”笑了一会儿，隆继宗严肃起来：“不过，你现在是隆家的二少奶奶，天黑了，外面还下着雪，你却开着窗户，也太不像话了。”瑛娘马上说：“是，二少爷，我这就关。”隆继宗带着戏腔，唱了一句：“娘子莫动，让我来。”他上前关好了窗户，拉下窗帘。

隆继宗问：“又在缝口袋啊，今年两个丫头都过完生日了，这是给谁缝的？”瑛娘说：“儿子呗！我多缝几个，好让他有东西抓弄。”隆继宗说：“这种活以后就让下人干吧，管家不是派了婆子伺候吗？”瑛娘微微笑道：“那可不行，这口袋可不能让别人缝，这是我当娘的给孩子的念想。别人缝得再好，跟娘缝的能一样吗，再说，自从回了隆家，净享福了，没活儿干，我浑身上下可不舒服了。”隆继宗笑了笑：“你呀，受累的命，有福倒不会享了。你饿不，想吃点啥？”瑛娘笑盈盈地看着隆继宗，说：“包子，刚出锅的，香油和的馅。”隆继宗笑道：“行，我这就让厨房给你蒸去！”说着他就要往外走。瑛娘又说：“这大晚上的，你快别折腾厨子了。”隆继宗说：“你不是说想吃包子吗？”瑛娘说：“我说的是小时候的事。”隆继宗说：“哦，对了，对了，我记得你上次跟我说过，你说我小时候去祠堂给你送过包子，香油和的馅儿，我怎么一点儿都想不起来了……”瑛娘嗔道：“你是少爷，贵人多忘事！”她笑着，脸色绯红。

瑛娘继续缝着香袋，突然低声呻吟了一下。隆继宗连忙过去，关切地问道：“呀，怎么了？”瑛娘看了一眼，回道：“啊，扎着手了……”鲜红的血珠从手指头冒了出来。隆继宗心疼地埋怨道：“你看，我说让下人干吧。”瑛娘叹了口气：“奇怪，干了这么多年针线活，头一回扎到手。真是，都是让你惯的，一下子成了少奶奶，缝个口袋都能扎了手，真让人笑话。”她把手指放进了嘴里吮了吮。隆继宗凑近前来，说：“我来。”他把她的手指放到嘴里吸吮着，瑛娘一愣，脸上露出了甜蜜的微笑。

大年初一，天空中仍然飘着雪。隆家门口挑起了大红灯笼，两挂鞭炮劈里啪啦地响着，空气里洋溢着喜庆的味道。隆万氏满脸堆笑，殷勤地说：“婆婆，儿媳妇给您磕头拜年，祝您大吉大利，多福多寿。”她一个头磕在地上，然后一伸手，身旁的王婆子将一盘热气腾腾的饺子送到她手里。隆万氏谄媚地笑着说：“尝尝我给您包的饺子。”这也是隆家的惯例，大年初一，儿媳们都要给婆母亲手包一顿饺子，以表孝心。隆夫人接过筷子，夹了个饺子放在嘴里，面无表情，只是淡淡地说：“起来吧。”王婆子接过饺子，扶隆万氏起身。隆万氏又吩咐道：“儿子，快给奶奶磕头。”一个瘦个小孩上前，跪在地上：“奶奶过年好！”隆夫人礼节性地一点头：“嗯，好。”她拿了一个红包，递到小孩手里。

隆万氏离开之后，过了一会儿，瑛娘带着两个女儿也来了。瑛娘跪倒在地，盼娣将一盘饺子递给隆夫人，招娣递过一双筷子。隆夫人神色冷漠，爱答不理。瑛娘说：“你们两个跪下。”两个孩子来到瑛娘身边，母女三人一起跪在隆夫人身前。瑛娘将饺子高高举起：“婆婆，过年了，儿媳妇给您包的饺子，请您赏脸尝一尝。”隆夫人瞟了一眼，只见一个小盘里只有九个饺子，小小的，花纹捏得工工整整。她露出些许笑意，说："这饺子是谁包的啊？"瑛娘答道："婆婆见笑了，是我包的。"隆夫人说："看不出来，你手挺巧的。我记得老祖宗活着的时候曾经说，包大馅儿饺子的都是懒女人。勤快女人包小饺子，而且每个饺子的褶，捏得都一样多。你这一大早就到厨房去包饺子，挺着大肚子，也难为你了。"瑛娘说："啊……没有，我把家伙什儿都拿到了屋里。肉是自己切的，馅儿是自己和的，面也是自己和的。"隆夫人点点头，脸上露出了笑容："算是有心。"说着，她夹起一个饺子送到嘴里。

"哎哟！"隆夫人叫了一声。瑛娘吓了一跳，两个孩子也吓了一跳。一旁的佘管家连忙问道："怎么了夫人？"隆夫人没说话，眼睛盯着瑛娘："这是啥？"她把饺子吐出来，用筷子一扒拉，露出一枚小小的铜钱。瑛娘小心翼翼道："婆婆，不会是硌到了您的牙吧，真是罪过。我一共包了一百个饺子，图个圆满吉利数。给您煮的时候，没多煮。我想，煮多了您也吃不了，我就给您煮了九个，长长久久，为的是祝您长寿。一百个饺子里面，独独有一个包了个铜钱，本是哄孩子玩的，哪承想，一下就让您咬到了。"佘管家瞪着瑛娘，有些生气。隆夫人反而笑了："哈哈哈……你当真是一百个饺子就包了这一个有铜钱的？"瑛娘说："是！"隆夫人笑意更浓了，说："我可要查了，查出你骗我，那我可不饶你！"说着，她就用筷子去查验别的饺子。

一会儿，她忽又停下筷子，问："你是专门煮了来给我吃的？"瑛娘说："不是。我包完就放混了。下锅时，也不知道铜钱就在这九个中，真是罪过。"隆夫人笑意盈盈，说："这么说，百里挑一？我吃到了铜钱，那是大吉大利的事儿，你何罪之有？"佘管家松了口气，插了一句："是啊，老辈子都是这个说法。说实话，二少奶奶这饺子包得确实不赖。"瑛娘说："多谢大管家夸奖。来，盼娣、招娣，给奶奶磕头。"说着，瑛娘带着两个孩子一起给隆夫人磕头。盼娣、招娣齐声道："给奶奶磕头，给奶奶拜年。"隆夫人颔首，微笑道："起来吧。"她从身后拿出两个红包交给两个丫头。瑛娘连忙示意孩子们说："快谢奶奶！"盼娣、招娣又叩首，乖巧地说："谢谢奶奶！"瑛娘欣慰地微微点头，说："婆婆，儿媳告退。"

"等一等，"隆夫人喊住了瑛娘，瑛娘一愣。隆夫人又从身后拿出个大红包来，递给了她，说："这个……是给我孙子的。"瑛娘看了看自己的肚子："多谢婆婆！"瑛娘伸手一接，红包很沉。隆夫人说："我记得当年……少说也有二十年了吧，那时候我让人打过你的板子，你还记恨我吧？"瑛娘想起当年的情形，赶忙回道："不敢。"隆夫人点了点头："我听下人们说，你很少出屋？"瑛娘说："是，二少爷不让我出屋，说您吩咐的，怕滑倒了伤着孩子。"

隆夫人说："好。前阵子三天连着来了三个郎中，你可知道为什么？"瑛娘说："是婆婆关照我。"隆夫人说："不对。是我弄不清你肚子里到底是男是女，心里着急。你是孩子的娘，心里应该有数吧？"瑛娘一愣，说："婆婆，最多再有俩月，他就要出来了，到时候您一看不就知道了。"隆夫人迫切地说："你又不是头一回怀孩子，就没点感觉？"瑛娘说："当然是有的。这回跟前两回，什么都不一样。"隆夫人说："能给个准话吗？"瑛娘说："婆婆，这还不准，前两个是丫头，这个不一样……"闻听此言，隆夫人兴奋不已："好！好！瑛娘你听着，你要是真给我生出个孙子来，为祖宗延续了香火，过去的事儿就全都一笔勾销了！"瑛娘脸上满是喜色。隆夫人握住她的手："儿媳妇，娘可是说话算数！"

隆福拖着瘸腿正在扫地，忽听传来一声"无量天尊"！隆福抬头，见一个满头白发的老者大摇大摆地走来。此人正是隆家老祖宗隆老夫人的朋友张神仙。隆福赶紧上前寒暄："哎哟，老神仙，多年不见，您一向可好？"张神仙拱手作揖："好着呢，就是惦记隆家。这不，紧赶慢赶，正赶上过年到了孝兴。"隆福说："哦，老神仙快请！"

隆夫人一听就皱眉头："张神仙来了？唉，也不知道是真神仙还是假神仙，那些年可没少糊弄老祖宗的钱。自从那年祭大河出了事儿之后，他可有些年头没来咱们隆家了，这回这是？"佘管家说："大过年的上门，无外乎是说几句吉祥话，讨您点赏钱。您要是不愿意见，我就给几个钱，打发走！"隆夫人思忖片刻，说："不管怎么样，老祖宗在世的时候拿他当朋友，就算是给婆婆个面子，我也得见见他。"

隆夫人来到外厅，张神仙打一揖手行礼："无量天尊，隆夫人一向可好？"隆夫人回道："好，好！神仙过年好！您可多年没登隆家的门了，今天这是哪股仙风把您吹来了？" 张神仙说："讨杯茶喝，讨杯茶喝！"隆夫人吩咐道："哦，管家，看茶。"佘管家把一杯茶端向张神仙。张神仙拿起茶来细细地品着："嗯，好茶，香啊！"隆夫人疑惑道："您不会真的只为了这一杯茶而来吧？"张神仙把茶放在一旁，表情顿时严肃起来："当然不是。这十七年来我一直在武当山上闭关修行，为隆家老祖宗和隆老爷超度亡灵。一个月前，我夜观天象，突然发现隆家有大事要发生，这才下了武当，日夜兼程……"隆夫人半信半疑，说："哦？您说隆家有大事要发生，什么事啊？"张神仙说："什么事我一时还没看清，隆夫人可以把家里的事说叨说叨，给我提个醒。"隆夫人说："最近家里一切还好啊。去年跟新来的洪县长闹了些误会，这半年上下打点，过年前又送了些好礼物，关系也算是缓和多了；老二隆继宗回来了，儿媳妇也认下了；老三延宗……”张神仙突然打断隆夫人的话：“不是老三，不是老三！你刚才说老二继宗带着老婆孩子一起回来了？”隆夫人说：“是啊。俩丫头，不过，第三个马上就要生了。”张神仙说：“我知道，那女人就是当年跑了的河姑瑛子。”此话一出口，他的神色有点慌张，想掩饰已经来不及了。

隆夫人看在眼里，讥讽道：“哟，这您都知道，您不是在武当山上闭关修行吗？”张神仙很是尴尬，说：“啊……我人虽然在武当，可心一直惦记着隆家。前些日子，您家老祖宗约我上天去了，专门跟我提到了这个事儿，她很不放心！”隆夫人心里不快，问道：“怎么个不放心法啊？”张神仙说：“那个女人的身世既然已经弄清，没死的河姑，那就不会是人了，她必然就是……”隆夫人打断她：“张神仙，你不会是老大媳妇请来的吧？”张神仙有些尴尬：“啊……”隆夫人怒道：“哼！我不管那女人是谁，继宗是我儿，我儿媳妇若生出个男孩儿，那就是我的孙儿，隆家正经八百的后人！这就叫传宗接代，为祖宗延续香火，谁说什么乱七八糟的我都不会听！”

张神仙异常尴尬，半晌才找到新的说辞：“隆夫人，您误会了，我刚才说的是，那……那老二媳妇儿既然是当年的河姑瑛子，她掉进了大河没死，肯定就不是一般的人了，这样的女人生孩子，尤其是回到隆家以后再生孩子，就有了特别的说法。”隆夫人说：“老大媳妇虽然收养了个儿子，可那不是从隆氏宗亲里抱养来的。老二媳妇若是生个儿子，那身上流着的可是祖宗的血脉，什么说法我也不想听。”

张神仙只好再一次改变战术：“是啊是啊！她若生出个儿子那自不必说，祖宗有德，老夫人在天有灵也盼着重孙子呢，但要生出个女孩，那可就麻烦了，必是灾星，祸害无穷，万万不可留啊！”隆夫人一愣：“女孩？不可能吧？我那儿媳妇都打了包票了，这回肯定是个儿子。”张神仙说：“不怕一万就怕万一啊。您想啊，河神没要了她的命，她又回了隆家当少奶奶，那不就是咱们隆家欠大河一个河姑吗？若她生个女孩不还给大河，大河能干吗？”隆夫人半晌没说出话来，站在门口的隆福脸色异常难看。张神仙离开后，隆夫人吩咐道：“佘管家，你给我跟着他，这老东西十有八九是老大媳妇花钱雇来的！”佘管家应声尾随而去。

茶楼的单间里，隆万氏猛地一拍桌子：“你不是神仙吗？你不是说隆家的老祖宗什么都听你的吗？这么点事你都办不成，还什么生儿子就大富大贵，生闺女才怎么样，还想要银票，门儿都没有！”隆万氏转身就要出门，张神仙连忙喊道：“别走，大少奶奶，您现在一出门，您婆婆就知道是您把我请来的了。”隆万氏一愣，怒道：“你说什么？”张神仙说：“不信您从那窗缝往下看，如果我没猜错的话，您婆婆身边的那位大管家，正在下边等着您现身呢。”闻言，隆万氏连忙凑到窗边，正在路边观察着的佘管家进入她的视野。她吃惊不已，忙退回到房中，半晌，说：“她要真生出个儿子来，我儿子怎么办？我在隆家守了这么多年寡，苦不是白受了吗？”张神仙说：“她生不出个儿子来。”隆万氏不解其意，问：“什么意思？你别告诉我说你真是神仙，能算出她生儿生女！”张神仙说：“哎呀，我要真是神仙，哪至于落魄到等着大少奶奶救济？”隆万氏说：“那你怎么知道那女人生不出儿子来？”张神仙说：“事在人为。大少奶奶，难道您没听过一出戏，叫狸猫换太子吗？”隆万氏说：“这……什么意思？”张神仙说：“反正您也走不了，就叫伙计来，点上一桌酒菜，陪我喝两盅，我给您好好讲讲？”

佘管家没看到张神仙从茶楼出门，无功而返。隆夫人皱着眉头问：“这么说，不是老大媳妇把他雇来的？”佘管家回禀：“我等到天黑，也没见那位张神仙出来。八成啊，他是住在那儿。”隆夫人自言自语道：“我原想必是老大媳妇害怕我得了正根儿的孙子，才叫这老头子来胡言乱语。要不是这么回事，我还真得好好琢磨琢磨。”她起身踱着步，“你不知道，老祖宗活着的时候，有些事张神仙确实算准过。这回他说得也在理，河姑没死，又嫁了继宗，若真生个女孩出来，不还给大河，河神恐怕真会动怒。”佘管家说：“可是……上回惊动了县长，他还在咱们家安了眼线，要是照张神仙说的生个女孩扔进大河，岂不落了把柄给政府，万一……”隆夫人沉思着，说：“是啊，是啊……这样，你去把七舅爷，还有三叔公、四叔公都请来。”佘管家应声而去。

不多时，三叔公、四叔公、七舅爷都到了。七舅爷先开口，说：“我老姐姐在世的时候最相信这个张神仙，他的话不能不听。但现在是民国了，这个洪县长不相信河神，动不动就抓人，也不得不提防啊。”三叔公一拍大腿，说：“那还不好办，刚生下来的女娃子就那么大一点儿，直接扔到大河里，也不搞什么祭河的仪式，咱们隆家的人不说，县长又哪来的消息？”四叔公疑虑道：“不是说安插了眼线吗？”三叔公说：“少奶奶生孩子，一般的下人也靠不了前儿，只要身边伺候的都换成贴心的老人，根本走漏不了风声。”七舅爷喃喃道：“说得有道理。怕就怕老二……”三叔公问：“什么意思？”七舅爷道：“这继宗，对他媳妇……再说当着他的面儿想抱走孩子，是男是女，他都不会答应呀！”隆夫人说：“我也是担心这一层。继宗对他俩闺女那是真好，个个都当心头肉。要是当着他的面抱走孩子，那还用得着县长的眼线，他自己就去报官了。”众人陷入了沉思。

七舅爷突然开口道："老二回来这么长时间了，隆家在外面的买卖没让他管过吗？"佘管家看向隆夫人。隆夫人答道："这个家的大小事情，还都由我掌着。"七舅爷说："这就是你的不对了。当年，你代为掌家是因为孩子们小，后来老大受了伤过世，老二老三都不在家里，你才一直做这个当家人。现在老二回来了，俩孩子的爹，都三十了……"隆夫人不悦，说："还不是因为他带回这么个媳妇，闹得沸沸扬扬，家里的事儿才没交给他。"七舅爷哈哈大笑："这不正好是个机会，交给继宗些买卖，让他历练历练，把他支出去，支得越远越好，要真生出个儿子，立刻道喜叫他回来；要生出个丫头，那就……"三叔公喜道："七舅爷的这个主意好，是要把继宗支走，这孩子书生意气，易生事端。"四叔公也说："好主意！好主意！"隆夫人最后拍板："那好，我算着日子差不多了，就支继宗出远门。"隆福从房前路过，听到了里面的议论，皱紧了眉头。

隆继宗听说要将一笔大买卖交给自己，一整天都神采飞扬，兴高采烈。瑛娘也很高兴，说："那可真是好事儿啊！"隆继宗兴奋不已："娘还说了，只要这次办得漂亮，她就一步一步地把这个家全都交给我，都是我儿子带来的好福气！"说着，他摸了摸瑛娘高挺的肚子。"其实我早就想帮家里做事儿了，一来，母亲岁数大了，身体也不好；二来，堂堂孝兴隆家怎么能老让女人掌家？三来，我隆继宗堂堂七尺男儿，饱读诗书，成天闲着，岂不让人笑话？"瑛娘说："就是就是。那您什么时候动身？"隆继宗说："娘说了，让我这两天就走……哎呀，不行，我得赶紧跟娘说去，儿子出来前，我可不能走。"瑛娘拦住他说："哎，孩儿她爹，别去了，好不容易婆婆交给你这么大的事，你还要挑日子？你都应了，回来又说不去，婆婆该以为是我挑唆不让你走了。"隆继宗想了想，觉得也是这个理，便说："我刚才一高兴就答应了，真糊涂！可是我走了，也不放心啊。"瑛娘说："有什么不放心的。我之前生那两个，也没用得着你啊，现在不比以前强多了？再说孩子奶奶正盼孙子，一定会照顾好我们的。"隆继宗面露难色："我怕你们婆媳之间不和睦……"瑛娘笑道："没有，婆婆对我可好了。大年初一给仨孩子都发了红包！还说，儿子一生出来，过去的事儿就一笔勾销了。"隆继宗说："可我还是有点儿不放心，怎么回事呢？"瑛娘说："放心吧，这不还有两个小宝贝帮你看着我吗，是不是，盼娣、招娣？"盼娣、招娣跑到了瑛娘的身旁，大声说："放心吧，爹，我们会帮您照顾好娘的。"隆继宗终于点了点头："好！那我明日就动身。"

隆继宗高高兴兴地走了，隆夫人听过佘管家的禀报，踱了几步，闭上双眼，喃喃自语："儿啊，不是娘心狠，我就是怕万一，万一你媳妇又生出个丫头，神仙的话，娘不敢不听。咱们隆家产业虽多，但祖宗留下的根基是田地，没有一个种地的不拜大河，咱们隆家欠大河一个河姑……儿啊，你可别怨娘，娘也是为了这个家……”隆夫人掉下了眼泪。佘管家劝道：“夫人，您怎么还哭了，您刚才不是说了嘛，咱们防的是个万一。依我看，二少奶奶这一胎一定是个大胖小子。您瞧她那肚子大的，怎么看都像是个男孩。远的我没见过，您怀三个少爷的时候我见过，我自己有儿子的时候也有感觉，这肚子形状……”佘管家正说得眉飞色舞，忽然发现隆夫人的目光凶巴巴的。她瞪了一眼佘管家：“你还有脸说你自己？”佘管家立刻低下头：“对不住，夫人……”隆夫人哼了一声，转身向内厅而去。

佘管家也出门朝另外一个方向走去，一边走，一边在脸上抽了几下，嘟囔着：“打你个没心没肺的东西！”佘管家是个要强的女人，在隆夫人面前说错了话，她很是懊恼。忽然，她看见王婆子和两个婆子模样的人在远处，正在私下嘀咕着什么，王婆子还往对方手里塞了什么东西，两个婆子一脸谄媚。王婆子正要继续说什么，忽然发现了她，连忙噤声，有些尴尬。佘管家走了过去，问道：“大白天不好好干活，在这儿嘀咕什么呢？”王婆子回道：“对不住大管家，都是老姐妹，好多年没见，唠几句家常，我们这就回去干活！”王婆子示意其他两人各自散去。

佘管家起了疑心，念叨着：“哎？这两人是谁房里的？”她看着那两个婆子的背影有些含糊，于是追了过去，拦住了两人，问：“你们俩是哪个院子的？”其中一个婆子小声回答：“呃，我们不是隆家的人。”佘管家疑惑道：“不是隆家的？怎么进来的？”那婆子说：“大管家，您是贵人多忘事，是您把我们挑进来的。”另一婆子也帮腔道：“对啊，一个月前您把我们挑进来，让我们就在这候着，等着二少奶奶临盆，给她接生啊。”佘管家恍然大悟：“哦，你们俩是接生婆啊。”两个婆子连忙道：“是，是！”佘管家沉下脸：“那天挑人，看你们两个本分，才选了你们。你们不好好待着，乱跑什么，那王婆子跟你们嘀咕什么了？”一婆子尴尬道：“啊，没什么，没什么。”另一婆子连忙圆谎：“我们年轻的时候认识，老姐妹好多年没见了，叙叙旧。”

两个婆子虽然这么说，但眼神闪烁不定，佘管家看在眼里，心头一震，连忙去禀报隆夫人。隆夫人霍地站起来：“万家那恶女人想打接生婆的主意？”佘管家回道：“我也不敢断定，但看那情形，十之八九。”隆夫人怒道：“好个混账女人！不要打草惊蛇，我倒要看看她是想偷梁换柱，还是要杀人害命。一旦让我抓到，我就打折她的腿，把她送进监狱，我看她娘家的脸往哪儿搁！”佘管家小心翼翼地说：“夫人，您这是要跟大少奶奶较劲？”隆夫人怒气未消，说：“废话！她进了家门，啥时候拿我当过她的婆婆？就说过年包饺子吧，这是隆家老祖宗留下的规矩，可她啥时候自己动过一回手！仗着自己是万家千金大小姐，饺子她连捏都没捏一下，就是让下人包了，端到我面前糊弄我！哼，倒是老二媳妇头一年进门，就让我舒舒服服地吃了几个饺子，那饺子我吃出了心意！”佘管家附和道：“大少奶奶是不像话，可现在不是和她较劲的时候。万一那两个婆子收了黑钱，接生的时候使坏，那还不是手劲大点儿小点儿的事，您的孙子可就……”隆夫人一听，瞪大了眼睛：“是啊！这可是要紧的事，我孙儿的性命最要紧呀！”佘管家又说道：“还有个事，我做错了没敢跟您禀告。”隆夫人说：“说！”佘管家说：“大年初一那天您不是让我跟着那个姓张的神仙吗，我是没见他拐到长房院里去，可回来后我总觉得不对，私下一打听，那天大少奶奶不在家，天黑了才回来。我想定是他们发现我了，才没露马脚。”隆夫人沉思半晌，说：“我明白了。准是张神仙给出的坏主意。想害我孙子，门儿都没有！”沉默一阵，她吩咐说，“从今儿个起，你给我住到老二院子里去，保我孙子的平安是大计！”

佘管家领了命，来到瑛娘住处，将四个婆子和三个丫鬟叫到院子里训话：“从今儿个起，我搬过来住。为什么？你们心里应该清楚。二少奶奶快生了，这几天吃什么喝什么都先端给我尝尝。晚上睡觉，大家轮流，总得有俩人瞪大了眼睛盯着。别让人害了你家二少奶奶！”众人齐声应着：“明白！”

第四章

内厅里，隆夫人拉着瑛娘的手，慈祥地问道："儿媳妇，感觉咋样？"瑛娘显得有些虚弱，说道："早着呢。娘，我不是头一回生了，我知道我自己没那么快……"隆夫人又问："什么叫没那么快？"瑛娘面露难色。隆夫人劝道："儿媳妇，有啥话你跟娘直说。"瑛娘小声说："这么躺着不让我动，不行，得溜达！我生老大的时候难产，接生婆都没法子了，我自己出去挑了桶水到菜地里去浇园子，什么卖力气干什么，才生出来的；老二也是，折腾了两天说啥也不出来，我就把从山上砍回来的柴火，扛着到村口，又扛回来，一趟一趟地折腾，天黑了又折腾了十几趟才生出来的。"隆夫人点头，大笑不已："好，好！溜达！溜达！"

于是瑛娘捂着肚子，由两个女儿搀扶着她在院子里溜达，婆子、丫鬟怕她出事，不远不近地跟着伺候。瑛娘边溜达边念叨："儿啊，你可真有主意。你爹在家的时候你一动不动，他才走你就要出来。儿啊，你可别折腾娘，你痛痛快快地啊，没看见奶奶都着急了！"确实，隆夫人很着急，她就在几十步之后跟着溜达，伸着脖子，目光一直注视着瑛娘。佘管家在一旁汇报着："都安排好了。"隆夫人点了点头。佘管家继续说着："接生婆是新找来的，她们根本都不知道给谁家接生，大少奶奶再想做手脚也来不及了！"隆夫人点头道："好，太好了。"突然，她有些担忧，说："可万一生出个女儿来，怎么办，你想好了吗？"佘管家轻声道："也想好了，我亲自去办，不会有第二个人知道。"隆夫人叹了口气："我这俩孙女还真挺孝顺，一步都不离开她娘，待会生的时候可不能这样……"佘管家回道："夫人，我明白。"

瑛娘正在散着步，隆万氏走来，好奇地看着她。隆夫人一见隆万氏，连忙加快了脚步走去。瑛娘上前打招呼："大嫂——"隆万氏问："这是……"瑛娘回答说："快生了，我溜达溜达。"隆万氏立刻明白了什么，忽然觉得有些怅然。她刚要转身走开，发现隆夫人快步跟来了，连忙施礼："婆婆好。"抬眼之际，隆万氏在隆夫人眼中看出了凶狠，不禁打了一个激灵。隆夫人没理隆万氏，护法似的，继续跟着瑛娘。隆万氏咬牙切齿地向着自己的院子走去。瑛娘继续溜达，迎面又碰到了隆福。隆福连忙请安："二少奶奶您这是……"瑛娘笑道："溜达溜达，八成快了，应该就是今儿个。”隆福闻言脸色一变，但瑛娘已经渐渐走远。

隆万氏藏在小门后面，恨得咬牙切齿。身后的王婆子说：“大少奶奶，扒了皮的猫都准备好了……”隆万氏大怒：“都这时候了，你还提这有个屁用！你害死我了你，害死我了！”说着，隆万氏一巴掌抽在王婆子脸上。王婆子连连抽自己：“我没用！我没用！谁知道怎么露了行踪，大少奶奶，这事要是败露了，我不会被送大牢吧？”隆万氏气愤不已，在她胳膊上拧了一把：“你个狗奴才，这个时候了，不想着你主子的安危，光想你自己，你最好被枪毙了，枪毙！”

没人看见隆福悄悄套上马车，从后门快马加鞭而去。

瑛娘生产的外间里，隆夫人低声说着：“差不多了……”佘管家点点头，朝屋里挥着手：“大小姐，二小姐。”盼娣和招娣闻声走了出来。佘管家说：“二位小姐，奶奶叫你们吃饭去！”盼娣摇头说：“不，我们要陪着娘。”隆夫人和颜悦色道：“盼娣，咱们隆家有规矩，这种场合千金小姐是不能看的，你是姐姐，听奶奶的话，带妹妹去吃饭。”盼娣和招娣对视一眼，感受到了隆夫人和善中的威严。盼娣只好说：“是，奶奶。”她拉了拉招娣的手，跟着佘管家离开了。

盼娣和招娣走后，隆夫人独自不安地来回踱着步。屋里的惨叫一声又一声，她心里焦躁，冲了进去。两个产婆为难道：“夫人，难产哪，难产！二少奶奶这可不是一般的难产，您给话吧，是保孩子，还是保大人？”隆夫人闻言大惊。没等她答话，瑛娘大声喊道：“当然是保我的儿子，我这条贱命算得了什么，我一定要给二少爷生出儿……啊！”她的泪水滚落下来。隆夫人也感动得流下了泪，大骂接生婆：“你们这两个浑蛋问的什么狗屁话，我的大孙子和好儿媳妇我都要，他们娘儿俩要是有三长两短，我让你们抵命！”两个婆子吓坏了，不知如何是好。隆夫人一把握住瑛娘的手，动情地说：“儿媳妇，你别着急，使劲儿！隆家祖宗保佑，孩子和你一定都安然无恙！”瑛娘满头大汗，摇摇头：“不，婆婆，这回是难，跟前两回不一样，保孩子吧！”隆夫人急了：“不行！继宗不在家，你要有个意外，娘可没法和他交代！”瑛娘艰难地笑了：“婆婆，我知道您心疼我，谢谢您。可是，我真的支撑不住，没劲生了，这个儿子准保比他两个姐姐长得大，不好生，你就让她们拿刀豁开我的肚子，把孩子取出来吧，别管我了！”隆夫人满脸泪水，哽咽道：“不！儿媳妇，有你这句话，娘替隆家祖宗谢谢你，你坚持住，一定没事儿的！佘管家——”佘管家从外面进来。隆夫人吩咐说：“去拿一百块现大洋来！你们两个听着，顺顺利利把我孙子接出来，保我儿媳妇安然无恙，我就赏你们俩一百块现大洋，要是出了差错……”两个婆子连忙表态："夫人请放心，我们尽力。二少奶奶，您再加把劲儿，快了！快了！"瑛娘紧紧地抓住隆夫人的手，两人都流着泪。

又过了不知多久，瑛娘已经有气无力："娘，儿媳妇求你了，保孩子，别管我了，我真的没劲儿了，再生不出来，儿子会憋死的！"隆夫人拭泪道："早知道这样……我不能让继宗走啊，他不在家，要是从我嘴里说出这句话，他知道了一辈子都不会原谅我的！儿媳妇，你再加把劲，娘求你了，你无论如何要好好把孩子生下来！"瑛娘也落泪了："婆婆，承蒙隆家大恩大德让我进了家门，承蒙婆婆对我这么好，没嫌弃我，承蒙二少爷对我这么好，处处护着我，我要生不出这个儿子来，我怎么对得起你们？别管我了，保孩子吧，二少爷不会埋怨您的！"正在此时，产婆抬起头来，说："二少奶奶，再使把子力气，孩子的头露出来了！"众人皆是大喜。瑛娘憋足了劲儿，大口地喘着气，突然大吼一声："啊——"

隆继宗翻身下马，马儿浑身大汗，隆福跟在他身后，同样气喘吁吁。他一刻不停，冲进大门，余光瞟见院落后门的小角落里，佘管家的身影一闪而逝。他没有在意，冲进屋去，正赶上隆夫人从里间往外走，他喊道："娘！"隆夫人一愣，掩饰着慌乱，说："继宗，你怎么回来了？"隆继宗忙问："瑛娘生了，男孩女孩？"隆夫人淡淡地说："你自己进去问你媳妇吧……"隆继宗径自快步走向里间，隆夫人看了他一眼，走出屋去。

隆继宗走进里间，发现只有瑛娘躺在床上昏睡着，他摸着她的头，拉住她的手，她才有了反应。他把瑛娘抱在怀里，轻声地呼唤着："瑛娘——"瑛娘醒了过来，说："孩子他爹，你回来了？我的孩子呢？我儿子在哪儿？快让我看看……"隆继宗疑惑道："啊？儿子？！"瑛娘也疑惑不已，说："刚才屋里好多人，怎么一下子都没了？我记得我把儿子生出来了，儿子呢？"隆继宗愣了。瑛娘又问："婆婆呢？一定是婆婆把孩子抱走了！"隆继宗说："没有呀！我刚才碰到娘了，没见到孩子……"瑛娘一下慌了："孩子！我的孩子！他爹，他们把我的孩子抢走了！"隆继宗瞠目结舌，想起隆福的话，连忙冲了出去。

隆继宗见外间只有丫鬟、婆子，厉声道："我儿子呢？我媳妇刚刚给我生下的儿子呢？"所有人都不答话，隆继宗连忙向外跑去，追上了隆夫人，说："娘，我儿子呢？瑛娘刚刚给我生下的儿子呢？？？"隆夫人面无表情，说："哪有什么儿子？"隆继宗说："难道又是女儿？"隆夫人说："也不是女儿……"隆继宗不解，问道："那——"隆夫人有些为难地说："她生下来个怪物，娘已经让他们扔进黄河去了，也算是替你们赎罪。"隆继宗如遭雷击，连连说："什么？什么？"隆夫人说："你知道，她是河姑，本来不该活在人间的，哪承想生出个怪物，一定是河神的惩罚，这也是咱们隆家该领受的。继宗，你就全当你媳妇没怀过这个孩子……"隆继宗吼道："不可能！瑛娘十月怀胎，怎么会生出个怪物？娘，你骗我！"隆夫人叹道："娘为什么要骗你呢？"

隆继宗一时哑口无言，颓唐往回走，进了门，见瑛娘从里间出来，容颜憔悴，衣冠不整，连忙过去抱住她："你怎么起来了，这可使不得！"瑛娘问："我的孩子呢？我的儿子你找回来了吗？"隆继宗摇了摇头："没有儿子……"瑛娘不信："不可能是闺女，绝不可能！"隆继宗有点无奈："也不是闺女，是个怪物……"瑛娘惊讶道："什么？！"隆继宗叹了口气："你别问了，快回去休息，就当没怀过这个孩子！"瑛娘说："我明白了，是你娘跟你说的吧？"隆继宗没有否定。"我问你，你可见到我生下来的那怪物？"隆继宗摇摇头说："我没有……"瑛娘哭道："孩子他爹，我们上当了！你娘就是要偷走我们的孩子，所以才把你支走！然后……来了好多人，你娘也在，她一直都在，最后我疼晕过去了，再醒来，她们都不见了……我的孩子也没有了，这是阴谋，她们……她们不会已经把我的孩子害死了吧？"隆继宗不敢往下想了，说："怎么可能，我娘是孩子的奶奶，她比谁都更想要个孙子，她怎么可能害死我们的孩子？！"

瑛娘已经有些歇斯底里，呐喊着："我的女儿呢？我的两个女儿呢？不会也被害死了吧？！"隆继宗大骇："对呀，盼娣呢？招娣呢！"他扶着瑛娘出来，大声唤着："我的女儿呢？我的盼娣和招娣呢？"婆子们都低下头不出声。隆继宗抓住一个老婆子的脖领子问："告诉我，我的女儿呢？"那婆子答道："二少爷，我……我哪儿知道啊……"话是这么说，可她却向一个小屋的方向使着眼色，隆继宗会意，冲了过去。他发现门上着锁，厉声说："谁锁的门？"所有人都摇着头。隆继宗大声说道："快去给我找钥匙！"有两个小丫鬟应声跑了。隆继宗拍打着门窗："盼娣！招娣！"里面传来两个小姑娘的哭声。这时，只见瑛娘抓起一把斧子冲了过来。隆继宗喊道："瑛娘，你要干什么？！"瑛娘用尽浑身力气大声地喊着："啊——"她抡起斧子砸向门锁，火光四溅。

门锁落在地上，瑛娘推门冲了进去，两个女儿叫着娘扑向她。瑛娘回头说道："孩子她爹，这回你信了吧，她们要不是先算计好了，要害死我的儿子，为什么要把我两个懂事的女儿关起来？！"隆继宗问："盼娣、招娣，告诉爹，谁把你们关起来的？"招娣哭着说："姓佘的管家！"盼娣说："我们一直在娘的身边，是奶奶把我们骗出来的。"瑛娘哆嗦着："你听听……你听听！！！"隆继宗忽然想起快速闪过的佘管家的背影，一拍脑袋："我想起来了……瑛娘，你放心，我是孩子的爹，我一定会救回我的孩子！盼娣、招娣，跟你们娘在一起，无论如何不许分开！”两个孩子使劲地点着头，隆继宗冲出屋去。

黄河之畔，大河波涛汹涌，咆哮声响彻云霄。佘管家看了一眼襁褓中的婴儿，就要往河里扔。可她运了半天气，还是没敢扔，正在这时，那婴儿哭了起来。佘管家看了看，皱着眉头咬紧了牙关要下手，可最终也没能把孩子扔进黄河。她把孩子放在一块大石头上，一边念念有词，一边也忍不住流了泪：“孩子，你可别怪我呀，我也是奉命行事，来世你投个好娘胎吧，最好别是个女孩，你说你要是个男孩，那对隆家是多大的喜事啊！可惜……唉，再小你也是条命，我下不去手，你就自生自灭吧……这荒郊野外，万一有人把你捡走了，算你命好；要是风大把你吹进了黄河，那就是天意。谁让你娘是个河姑呢，你这条命是她给你的，就算是你替她把命还给大河了！”过了好一阵，她擦干眼泪，也不敢看那襁褓中的孩子，扭头走了。没想到她一走，一路跟来的隆福就从暗处冲了出来，将襁褓里的婴儿紧紧地抱在了怀里。

佘管家办完事，还没等进隆家的门，就正撞见冲出来的隆继宗。隆继宗一看是她，大叫道：“姓佘的，你把我的孩子弄哪儿去了？”佘管家慌乱不已，装聋卖傻：“什么孩子？二少爷，您不是到临县帮夫人办事去了吗，怎么这么快就回来了？”隆继宗大怒：“少打岔，我刚才回来眼见着你从我房里带走了一个包裹，里面包的一定是我的儿子，你把我儿子还给我！”佘管家矢口否认：“二少爷，没有的事。”隆继宗暴跳如雷：“我亲眼所见，你还想抵赖？”佘管家低声道：“二少爷，你消消气，咱们回家说去，行吗？”隆继宗怒道：“不行！把孩子还给我！”说着，他一把抓住佘管家的领子，将她拽着摁到了墙上。一时间很多人围了过来。佘管家叫着：“二少爷，二少爷！”隆继宗逼问道：“你说，你把我孩子弄哪儿去了？”佘管家只好说：“没有孩子，是个怪物，已经被我扔进黄河了……”隆继宗怒不可遏：“好你个恶婆娘，就因为我打过你，你就记恨上我了，居然杀我的孩子报复，我宰了你！”隆继宗一拳砸在了佘管家的脸上，犹不解恨，从看热闹的人手里抢过一条马鞭来，继续抽打她。

刚抽了两下，佘小四带着一队警察，分开人群进来了。佘小四大怒：“隆继宗，你怎么敢打我姑姑？”隆继宗打红了眼，瞪向佘小四：“谁是你姑姑？这是个杀人犯，我要打死她！”隆继宗冲上前去又打，佘小四从后面抱住他。他打得红了眼，回手就是一鞭，抽得佘小四的帽子都飞了。佘小四大怒，掏出枪来，大叫：“你敢打警察，老子毙了你！”佘管家吓坏了，连忙喊道：“小四，别放肆，这是二少爷！”隆继宗怒吼：“你们两个狗奴才，一唱一和地演什么戏，你有本事开枪啊！”说罢，他又向佘小四的头上抽去。佘小四闪身避开，其他警察一拥而上，就将他摁倒在地。

县长办公室里，洪凤鸣正在写大字，另一头，秘书正向洪凌志汇报情况。洪凌志抬起头问：“什么隆家当家人隆岳氏，不就是隆继宗他娘嘛，她以为隆家有钱想见我就能见得到吗，告诉她，本县长公务在身，让她候着！”洪凤鸣放下笔，走了过去，问道：“隆继宗他娘为什么要见叔叔？”洪凌志笑道：“有件喜事忘了告诉你，隆继宗打人被抓起来了。”洪凤鸣说：“打人？”洪凌志说：“对，打的还是警察！”洪凤鸣疑惑地问道：“他那么个文弱书生，打警察？”洪凌志说：“哼，不光动手打，还用马鞭子抽，无法无天呀！”

洪凤鸣很是意外，想了想，忍不住亲自去审讯室看看怎么回事。隆继宗一见是她，疑惑不已。洪凤鸣撇嘴笑着：“趾高气昂的隆家二少爷，怎么成了阶下囚了？”隆继宗冷笑道：“还不是因为你叔叔有意陷害我！”洪凤鸣生气地说：“你自己打人被抓进了牢房，还打的是警察，何故血口喷人？”隆继宗懒得搭理，不再言语，洪凤鸣倒是毫不介意，问道：“说说吧，隆少爷，为什么打人啊？”隆继宗说：“为了我孩子她娘啊。她是个好女人，比你强多了的好女人。”洪凤鸣笑道：“你……你孩子娘好就好吧，何故跟我比？”隆继宗说：“别以为我看不出来，你和我相亲，不就是想嫁进富贵人家吗，我也打听了，你们洪家就是小门小户，要不是你叔叔书读得好，当了官，想攀我们隆家，你们不够格！”洪凤鸣感到又好气又好笑，大声说：“谁要攀你了？我知道你家富贵，我不稀罕！”隆继宗说：“这么大声？趾高气昂的，耍小姐脾气？我告诉你，我孩子她娘比你强一万倍，你，做小妾我都不要！”洪凤鸣气得七窍生烟：“隆继宗，你欺人太甚！你等着，我一定让我叔叔判你重罪！”

隆继宗见洪凤鸣走了，就退回到牢房，不多时，就听到远处一个壮汉轻声道：“嘿嘿，这位，你是个大少爷？”隆继宗没搭腔。另一人问道：“这位少爷你好，你可姓隆？”隆继宗点了点头。又有一人继续问：“隆继宗？你是孝兴隆家的几少爷啊？”隆继宗说：“我行二。”有几个人点着头，眼中露出喜悦之色。隆继宗发觉了众人的异色，连忙抱拳：“诸位，我隆家在孝兴几百年了，听我父亲说，我爷爷、太爷爷都好结交江湖朋友，各位看着面善，想必与我隆家有交情，今日在此相聚，也是有缘，还请各位仁兄多多关照。”这时，一个低沉的声音从远处传来：“看来是真的。”那几个人的脸色突然狰狞起来。壮汉应道：“没错了，自己都说清楚了！”众人一闪身，一个面相凶恶之人露了出来，那人说道：“我们七十二寨跟隆家很有渊源！三个当家的，都是中隆家的圈套，才被官府抓了，掉了脑袋。兄弟们，这份交情，该怎么关照啊？”立刻有七八个人齐声喝道：“宰了他报仇！”隆继宗吓得魂飞天外，不知如何是好，大叫道：“你们……警察！来人啊！救命啊！”

可是已经来不及了，有人一拳打向隆继宗。隆继宗踉跄几步倒在地上，嘴角鲜血直流，几个壮汉围了上来。这时，角落里的一个身影突然挺身挡在了隆继宗面前，说道：“不许杀人！”几个壮汉都愣住了，隆继宗抬起头来，发现挡在他身前的竟是一位眉清目秀的少年。面相凶恶的土匪头子怒道：“你个小兔崽子，居然敢拦着大爷们报仇，找死啊！”少年不卑不亢，说：“我知道你们都是土匪，可这是政府的监狱，随便杀人会罪加一等，直接被枪毙，你们想死呀！要是听我一句劝，放下杀人的念头，有什么仇恨出去再算账，也省得连累了我们这些无辜的人。”一土匪怪叫：“你是哪儿来的小王八蛋？不知道我们七十二寨的威风，敢在这儿拔横！”少年说：“实不相瞒，本人是从京城来的，什么大风大浪我没见过？你们这群臭土匪，在监狱里称霸算什么英雄？”土匪头子一口把唾沫吐在了地上：“两个一起宰了！”

这少年也是个文弱书生，根本不会武艺，一动上手，只有跟隆继宗一起挨打的份。不过他倒是机灵，一边挨打，一边大声呼喊着：“来人啊！杀人啦！警察快来呀……”少年不忘护着隆继宗，自己被打得头破血流。几个警察闻声赶到，众土匪土匪迅速蹲在一旁，假装没事。那少年大声喊道：“他们要杀人！警察，快！快把这位少爷和我换到别的牢房去，他们是土匪，他们真的会杀人！ 这位少爷是孝兴隆家的，隆家可有钱有势，要是让他死在这监狱里，你们警察队长都吃不了兜着走！”隆继宗也连忙说道：“是啊，他们要杀我，要杀我！放了我吧，放了我吧！”几个警察面面相觑，不知是真是假，可这少年满头满脸都是血，又不像假。这时，佘小四走了过来，隆继宗有些害怕。可那少年却来了精神：“哎，这位，您是当官儿的吧，快放我们出去，不然您吃不了兜着走！”隆继宗低声说：“这位公子，别求他，他恨不得我死呢，我就是因为打了他才被抓进来的……”佘小四无奈又愤恨地看了他一眼，招来一个警察，对他耳语了几句。警察进了牢房，将隆继宗和那少年一起拽出牢房。

隆家一众宗亲老爷、七舅爷和隆夫人为了隆继宗被抓的事，都来了，站在县政府院里候信。洪凌志从屋里踱了出来，佘小四连忙上前听命。隆夫人上前寒暄：“县长先生好。”洪凌志点了点头：“呵，又见面了，本县公务繁忙，有什么事快说。”隆夫人说：“小儿被警察抓了，是误会，实在是误会啊！请您告诉他们放人。”洪凌志说：“人放不了，也不是误会。他当众打人，警察管他，他连警察都打。我要是不抓他，孝兴的百姓怕是不知道中华民国来了！这天是民国的天了，这地是民国的地！不是你们隆家的！”隆夫人低声下气地说：“县长先生言过了。打人是有错，可也用不着下狱啊。再说，总得看看打的是谁吧，事情是这样的，家里有点事搞误会了，继宗和自家管家起了矛盾，实属家事。”佘管家连忙上前说：“是啊是啊，是我做错了事，二少爷打我，是家事，我该打！”洪凌志说：“那警察呢？打警察总不是你们隆家的家事吧？”隆夫人看了一眼佘小四，赔着笑，说：“佘队长，那也不是外人……”佘管家连忙接话道：“是是是，他是我娘家侄儿，从小受隆家恩惠，没有隆家，他哪能长那么大啊，所以二少爷打他，也都是我们家里的事儿。”洪凌志回头看着佘小四，佘小四十分尴尬，点头也不是，摇头也不是。洪凌志说：“我的警察队长挨了打，是你们家里的事儿？哦，我明白了，他是在我到任之前当的队长，是你们隆家花钱给他买的吧，这事我可得好好查一查！”隆夫人和佘管家吓得不敢作声了。

佘小四索性上前一步，说：“洪县长，我这警察队长，那可是一点点干出来的，不信您查去，我当差四五年了，兢兢业业呀，不过今天的事儿确实是误会，我跟隆家……”洪凌志瞪起眼睛，怒道：“你闭嘴！身为警察队长，在大街上被人打，你把政府的脸都丢干净了，你还有点儿尊严没有？”佘小四蔫了，大气儿不敢出。“隆继宗到底有罪没罪，本县会把证人证据都查清楚，你们等消息吧！”说完，他一甩手进了办公室。佘管家走到佘小四跟前，责备道：“都怪你！”佘小四高声道：“怪我？怪我什么，我哪知道隆继宗这么大脾气，一点儿面子都不给。再说，他打的是你，你是我姑姑，我袖手旁观，那我还是个人吗？”

洪凌志回到办公室，见洪凤鸣正在擦眼泪，忙上前去安慰：“我说不让你去吧，自讨没趣了不是。放心，叔叔给你报仇，这次非得让他蹲上十年大牢！”洪凤鸣愣了：“十年？打人是那么重的罪吗？”洪凌志说：“我说重就重。”洪凤鸣说：“叔叔，我刚才找人问了，他也是一时心急才打了人。一个当爹的丢了孩子，能不急吗？”洪凌志十分敏感，追问道：“丢了孩子？”洪凤鸣说：“是啊！”洪凌志点点头，说：“我说嘛，隆继宗不像胡闹的泼皮。”洪凤鸣说：“就是，人心都是肉长的。叔叔，看在他爱子心切的分上，大事化小，小事化了吧。”洪凌志说：“那可不行！隆家侮过我叔侄，我怎么能轻易放了！”洪凤鸣心肠软，忙说：“叔叔，就他那个脾气，别说十年，坐两年牢，气也得气死了。”洪凌志笑道：“凤鸣，你不会心里还惦记着隆继宗吧？”洪凤鸣脸色绯红，说：“是又怎么样？婚事不成，可……也算是朋友嘛。”洪凌志打趣道：“你跟他算朋友？哪门子朋友？”洪凤鸣无奈，只好耍起性子，说：“就是朋友，叔叔，你要是真疼我，就依我，别让隆继宗坐牢了。他的孩子好像还没找到呢？”洪凌志对这个侄女百依百顺，只好说：“哼，也不能便宜了他。隆家不是有钱吗，让那个隆岳氏多拿银票来赎她儿子！”

隆继宗和少年被关进了一个小牢房，狱卒送了两碗饭菜。少年吃得香甜，隆继宗也拿起碗筷，刚吃了一口，恶心得直想吐。那少年哈哈大笑，隆继宗有些难堪，说："让你见笑了，这位公子贵姓？刚才听你说是从京城来的，怎么落了难？"少年说："我不是什么公子，以前是过，现在不是了。都怪我不争气，看赌场好玩，就玩上了瘾。结果他们出老千，把我的盘缠都骗了，我恨不过，打伤了人，就被抓进来了。"隆继宗一听笑了起来："啊，你也被人骗光了钱？哈哈，咱俩真是难兄难弟。十年前，我赌气离开隆家，带了不少银票，我想的是到省城、上海、花花世界玩去，玩够了就回家。哪承想在个小镇子上被赌场骗了，骗得一干二净，我又气又急，就得了肺病，要不是遇上我媳妇，我就死在乡下了。"少年笑道："这么说，我与隆少爷还真是有缘分。"隆继宗也笑了："有缘分。对了，请问公子高姓大名？"少年说："小弟时少卿。"隆继宗念叨着："时少卿？好名字，咱们哥俩……"正说着，突然外面传来声音："隆继宗！"隆继宗连忙站起来，警察打开牢门，将他带走。时少卿挥着手说："我就说嘛，隆家有钱有势，一定能把你救出去，恭喜呀，隆少爷。"隆继宗回头大声说："时公子，若后会有期，你我结为兄弟如何？"时少卿点头说："好！能跟隆少爷结为兄弟，是我时少卿高攀，荣幸之至。"

隆继宗被带进县政府的院子里，他远远地看着隆夫人，火冒三丈，可当着县长的面，他又不敢发作。隆夫人迎上前来，发现他鼻青脸肿，伸手去摸，却被他甩开。隆夫人指着隆继宗的脸，冲洪凌志问道："县长先生，您看这儿？"洪凌志反问："怎么了？"隆夫人心疼地说："我儿为何如此模样？这是挨打了呀！"洪凌志说："怎么，就许他打人，不许别人打他啊？你们隆家当真霸道呀！"隆夫人不敢逞强，转身去扶隆继宗。隆继宗并不看她，扭头就往外走了。

第五章

事情不了了之，隆继宗和隆家一干人总算回了家。隆福则带着瑛娘新生的女儿回了隆家，交还到了瑛娘手中。当晚，瑛娘抱着三女儿垂泪：“又是个闺女，又是个闺女。我可真不争气，我怎么又生个闺女啊！”隆继宗低声道：“行了行了，别哭了，还要命不要？”盼娣却说：“妹妹好，我们俩都愿意要妹妹。”招娣也说：“是啊，妹妹多好啊！”盼娣说：“是谁给我娘出的这个鬼主意，生了丫头就要扔了去祭大河？哼，真是气死我了！岂有此理！不行，我还得找他们理论去！”

隆继宗想着这一天的事，越想越气，起身出了门。他来到天井，刚要进客厅，停住了脚步，听见里面传来谈话声。那分明是隆夫人愤怒的声音：“姓张的，你还敢跟我说这些狗屁话？”张神仙吓得面如土灰，连忙道：“无量天尊，我跟你家老祖宗有交情，我看到了不说，对不起她老人家呀！”隆夫人一时被震住了。张神仙连忙说：“行了，话我也放在这儿了，既然隆夫人不信，就此别过！”张神仙扭头就走。隆夫人回味着他的话，有些惊惧。“神仙别走！”隆夫人想了想，起身追到房门口，“你是说，那灾星会克死我？”张神仙故作诡秘，说：“呃……也不一定就是您，不过留着那灾星在家，准还得有人倒霉！”隆夫人扭过头去，看着佘管家，佘管家跪倒在地。隆夫人问：“你跪什么？”佘管家说：“都怪我没下去狠手，我要是把她扔河里，就……”隆夫人沉声喝道：“住口！胡说什么？”佘管家连忙收声。隆夫人吩咐道：“去拿银票送神仙走。”佘管家答应一声，引着张神仙走了。隆夫人进了屋，颓然坐进椅子，脑子里一片空白。隆继宗躲在一旁，暗暗地咬着牙。

第二日一大早，隆夫人、七舅爷、三叔公、四叔公聚在一起商量隆家大事。隆夫人说：“张神仙的话不知道该不该听，我现在没了主意，请教各位长辈了。”三叔公说：“本来是都商量好的事，居然节外生枝。”四叔公接着说：“是啊，又赶上姓洪的县长，成心找碴难为隆家。”七舅爷叹息道：“哎呀，要是还在大清就好了，一个小县令，芝麻大个官，敢管隆家的事？呸！我姐姐当家的时候，每年办寿，那县令都得来磕头！”三叔公也叹了口气：“行了，老七，你就别提老皇历了，要是那时候，哪能犯这难呀？”四叔公摇头说：“唉，继宗从小是个懂事的孩子，除了心眼儿小点儿，没啥毛病，怎么……哎呀，真是家门不幸啊！”七舅爷又说：“对啊，继宗懂事讲理，咱们就把张神仙的话跟他说，让他自己拿主意。他也老大不小了，传宗又没了，这个家迟早是要交给他掌管的。他不拿主意，谁拿主意？”四叔公说：“有理！”三叔公也点头说：“是这么回事！”隆夫人也缓缓点了点头：“也是，我一个妇道人家，又没有我婆婆那般本事，这些年来真是力不从心啊，既然长辈们都这么说，就这么办！反正隆家迟早要交给他，让他自己拿主意！”

隆继宗被召进厅屋，一听这事，先就皱紧了眉头，说：“娘，你们说这些不是在为难我吗？虽说是个女孩，毕竟身上流着我的血，你们让我……难道让我自己把孩子扔进黄河？我隆继宗从小读圣贤书，干不出这样的事情。你们休要逼我！”三叔公起身说：“继宗，在座的都是你的亲人长辈，谁逼你把自己孩子扔进黄河了？可孩子留在隆家总是不吉利呀，对了，要不然就把她过继给别人吧——”七舅爷一听，笑道：“对，过继！这个主意好，让她改个姓离开隆家，就不会坏了隆家的大运！而且她走了，腾出地方来，你媳妇来年就能就给你生个儿子，两全其美！”隆继宗正在琢磨，隆夫人说：“儿啊，娘……胸闷的毛病又犯了，恐怕活不了多少日子了，隆家的未来都得交在你手里，大主意你自己拿吧。”继宗没办法，只得说：“娘，您别着急，我去跟孩子她娘商量商量。”他转身出去了。三叔公一拍大腿：“哎呀，啥事都得跟那女人商量，咱隆家二少爷出息不大啊！”四叔公道：“要是个名门望族的大家闺秀也就罢了，娶了那么个河姑妖女，还当王母娘娘供着……这个家交给继宗，我还真不放心！”七舅爷叹道：“传宗没了，老三又在什么法兰西，不交给他，交给谁？”隆夫人脸色十分难看，攥起了拳头，可也是无奈。

瑛娘的眼泪滴在了婴儿的脸上，哭泣着：“孩儿啊，刚离开娘胎就让你受苦了。跑那大河边上风吹日晒，险些没了命，要怪就怪娘噢，都是娘连累了你，娘对不起你！”大女儿盼娣懂事，上前一步拉住瑛娘的衣角，说：“娘，别哭了，你在坐月子。刚才我听婆子们说，坐月子的女人不能哭，哭了会得大病。”招娣也说：“娘，不哭，不哭，呜呜……”说是不哭，可她还是哇的一声哭了起来。招娣这一哭，盼娣也跟着哭，毕竟都是几岁的孩子。瑛娘也忍不住痛哭失声，再加上床上的老三，娘儿四个哭成了泪人。

已经走进外间的隆继宗，听到哭声，终究没能迈开脚步，他咬着牙回到了隆家客厅。三叔公站了起来，问道：“这么快就回来了？怎么样，你媳妇答应了？”继宗没答话，沉着脸。三叔公又问：“那女人不干？我说继宗啊，你可是隆家少爷，她是个什么东西，连这么个女人的主都做不了，将来你怎么当这个家啊？”这一句话把隆继宗激怒了，他用眼睛瞪着三叔公：“你怎么知道我做不了她的主，我能不能当这个家，你说了算吗？”三叔公一下被说愣了。隆夫人不满地责备道：“继宗，怎么跟三叔公说话呢！”隆继宗不屑地说：“别以为我不知道他怎么回事。年轻的时候号称苦读诗书，要考取功名，结果考了多少年，狗屁没考上，要不是靠我爷爷救济，他能有今天？光绪年间，为了纳妾还逼死过人命，要不是我爷爷出面，他早被朝廷砍下脑袋了！”三叔公气得浑身发抖：“你、你、你……我是你叔公，你爷爷的亲叔伯弟弟，你这么跟我说话，辈分礼仪你都不讲了？好，隆继宗，你们家的事儿我不管了，再不管了！”三叔公一拍桌子就要走，隆夫人连忙上前拦住：“三叔公您消消气，消消气。继宗，你怎么能对长辈这么说话呢，我问你，刚才那女人怎么说的？”隆继宗说：“我没张得开嘴。她十月怀胎，刚生下孩子，当娘的对自己骨肉是什么感情，您难道不知道？这个时候让她把孩子送人，我哪里张得开嘴，娘，要商量，也等她坐完月子再说，行吗？我求您了！”长辈们不再说话，当是默认了。

一个月后，长辈们又来了，隆继宗尴尬地独自站着，他瞟了一眼三叔公，三叔公将头歪向一旁。一边的四叔公目光殷切，七舅爷也在等着他回话。隆夫人说：“继宗啊，说好的，今儿三个长辈都来了，等着你的回话。”隆继宗硬着头皮说：“对啊，说好的，过了满月。过了吗？今天才满月！娘，可不是我挑眼，孩子满月，你不该过去看看，摆上酒席，庆贺庆贺？”众人的脸色都非常难看。三叔公冷笑一声说：“你看我说什么来着，还要摆酒庆贺，那还怎么过继？”四叔公站了起来，说：“继宗啊，那孩子她娘是个什么来历，咱们也都清楚。她生出的丫头本该还给大河，可是……唉，现在把孩子过继给人，怕的是她妨死长辈，这是多为难的事儿吗？你还非得跟那女人商量，又不是什么金枝玉叶，跟她商量事还得挑日子？我们仨岁数也都不小了，难道你让我们明儿个再来，我的二少爷，你也体谅体谅我们这把老骨头吧。”隆继宗硬硬地冒出一句：“谁让你来的，我又没请你！”四叔公瞪起了眼睛：“你！”隆继宗说：“跑一趟还嫌累？我记得小的时候，你做生意赔了钱，债主堵了你的门，你三天两头跑我们家借钱，那会儿怎么不嫌累啊？”四叔公急了：“你，你说什么……”隆继宗说：“怎么？我说的是假话吗？虽然那个时候岁数小，可我记性不坏，我记得你还说过将来要连本带利一起还！娘，查查咱们家老账本，看看他以前借的还清了没有？”“我，我也不管了！”四叔公气得一屁股坐下，不再说话。

隆夫人起身说：“四叔公恕罪。继宗，你太不像话了！”七舅爷却说：“怎么不像话了？好样的！继宗，就凭你这气度，做隆家当家人，我放心了！”三叔公、四叔公一听，都恨得咬牙切齿。七舅爷接着说：“嗯？怎么？我说错了？这么大个家，不得找个有脾气有血性的爷们儿来执掌？继宗说得一点儿都没错，是咱们算错了日子。你们俩老骨头没比我大几岁，再说你们都姓隆，是宗亲，我都没嫌跑腿累得慌，你们也别嫌了，明儿个再来听二少爷回话吧！”“多谢！那我就先告退了。”隆继宗说完转身就走。

瑛娘抱着小女儿，带着盼娣和招娣，本是来给隆夫人请安的，没想到正赶上这一场。听闻隆继宗要离开，她连忙带着孩子们往角落里躲去。七舅爷、三叔公、四叔公也都气哼哼地离开。隆夫人送到天井，准备回屋，角落里传来婴儿的哭声。隆夫人吓了一跳，问道：“谁在那儿？”瑛娘只得从角落里出来。隆夫人不悦，问道：“你在偷听？”瑛娘连忙说：“不……婆婆，今天老三满月，我是带着她来给您磕头的。盼娣、招娣，快给奶奶磕头。”三人全都跪在了地上，瑛娘抱着孩子给隆夫人磕头。隆夫人的气未消，冷哼一声：“免了！”她转身回到屋里，把母女几个晾在了一旁。

夜幕降临，三个孩子全都睡着了。招娣一翻身，喃喃地说着梦话：“妹妹，不要把妹妹送人……”瑛娘凑到她身旁，含着泪哄着女儿：“乖，乖，不送不送。魂儿回来，魂儿回来，招娣好好睡觉，睡觉了，咱们娘儿四个永远在一起。”终于，招娣睡熟了。瑛娘惦记着隆继宗，起身出门，她走到外间张望，那里并没有他的身影。

这时，隆继宗正在隆福的屋子里借酒消愁：“福叔，再陪我喝点儿。”隆福起身夺过他的碗，说：“二少爷，行了，酒大伤身！”隆继宗醉眼朦胧，摇摇头说：“让我喝吧，我心里堵得慌！福叔，你说我怎么张这个嘴？瑛娘是最疼孩子的，这……唉！”他抢过酒碗，一饮而尽。隆福叹道：“唉，话是这么说，可眼前也没有好办法。”隆继宗醉得连话都说不清了：“福叔，你有什么……”隆福说：“二少爷，我是下人，可不敢多嘴。”隆继宗拍着桌子，说：“你说说，我就信你。”隆福说：“您把三叔公和四叔公都得罪了，这可不得了。咱们隆家，就属这二位叔公辈分最大。您得罪了他俩，不就把所有宗亲都得罪了吗？再说，三小姐也确实……”隆继宗打断他，说：“隆福，你要敢说我闺女是灾星，我就跟你急！”隆福说：“哪有什么灾星啊，但隆家上上下下，都在传三小姐的风言风语。将来三小姐长大了，懂事了，听到这些议论也不舒服啊，所以我说，把小姐过继给人不是个坏主意。找个没儿没女家境好的，孩子将来不受委屈。”隆继宗似乎听出味儿了。“老奴现在也没什么正经差事，大不了，我跟三小姐一起过去。就像小时候带二少爷一样，帮您把三小姐带大。二少爷，您总该相信我吧？”隆继宗有些松口了，说：“如此，福叔，多谢了！”隆福叹道：“唉，骨肉分离，孩子她娘肯定难受。但是您要把道理讲清楚了，她也应该理解您的难处。”

隆继宗喝得醉醺醺，进了门，刚想进里间去看孩子，却发现书桌前瑛娘在研着墨，觉得好奇，走了过去。瑛娘含着泪水，默默地研磨着，一下又一下，墨汁漆黑。隆继宗问：“瑛娘，你干什么呢？”瑛娘答道：“研墨。”隆继宗说：“研墨？你要学写大字？”瑛娘答道：“不。”隆继宗说：“那你研墨干什么？”瑛娘说：“我是在为二少爷您研墨。”隆继宗说：“你想让我写什么，我写给你。”瑛娘的泪水滴到砚台里，隆继宗没察觉，拿起笔来，蘸着墨，说：“这墨研得不错，说吧，写什么？”瑛娘直直地盯着砚台，说：“休书……”隆继宗惊道：“胡说八道！”瑛娘说：“我说的是真的，求二少爷……写封休书，休了我吧……”说着，她跪了下来。隆继宗酒醒了一半，说：“你我夫妻快十年了，好好的，怎么要我休妻？”瑛娘说：“我想带着三个女儿回古风村去住。”隆继宗说：“你说什么？”瑛娘哽咽着，说：“我配不上二少爷，您让我走吧。要是没了我，二少爷跟洪县长侄女的婚事一定能成，洪县长也就不会再难为隆家了。洪小姐是大家闺秀，又年轻，长得也一定好看，希望她嫁过来能早点给二少爷生儿子。”隆继宗似乎明白了，柔声说：“你给我站起来！”瑛娘说：“您还没写休书呢……”隆继宗一声断喝：“我让你起来！”瑛娘只得站了起来。“谁跟你说了什么闲话，谁逼你的？”瑛娘说：“没人逼我。”隆继宗问道：“不对！那就是你听到了什么！”瑛娘说：“也没有……”隆继宗逼问道：“瑛娘，跟我说实话，不然我可生气了！”

瑛娘仰起头，满脸泪水，说：“我……我说实话……今天，老三满月，我想抱着她去给婆婆磕头，正赶上二少爷也在……”隆继宗倒吸了一口凉气：“你都听见了？”瑛娘说：“是，都听见了。二少爷为了我跟隆家的长辈们吵起来了，这样不好……”隆继宗说：“他们并没有让我休妻，他们是想让我跟你商量商量，看看能不能把老三……”瑛娘打断他，说：“不能！”隆继宗没想到瑛娘反应这么强烈，无言以对：“这……”瑛娘说：“我十月怀胎好不容易生下来的孩子，她是我身上掉下来的肉！我是个当娘的，除非死了，绝不能将孩子送人。二少爷，我求您了，您写一纸休书，让我带着三个孩子一起走吧。我能干活，回到古风村，我能把三个闺女都养大成人。二少爷，我们娘儿四个真的不能分开！”说着，她已是泪流满面。隆继宗突然说：“不分开就不分开，谁让你们分开了？”瑛娘哭得更厉害。隆继宗大声道：“不许哭！我隆继宗堂堂七尺男儿，还保护不了你们？本来就是说跟你商量，你既然不答应，就全当没这回事。那帮臭老头子说的狗屁话，你一句都不要听！”瑛娘慌了，忙说：“不，二少爷，您将来是要当家的，可千万别因为我跟他们闹翻了。二少爷，我求您了，快给我写休书吧，我墨都给您研好了！”

“写就写！”隆继宗说着，就拿起笔来蘸好墨，在纸上写了七个字“隆继宗永不休妻”。他一放笔，说：“好了！”瑛娘不认识字，拿起纸，已是泪流满面：“多谢二少爷。明儿一早我就带着她们姐妹三个走。我刚生完孩子，这个月子坐得不太好，没有太大力气，怕一路上抱不住孩子。求二少爷开恩帮我套辆马车，送我们娘儿四个回古风村，以后就再也不会麻烦您，再也不会麻烦隆家了。”瑛娘说着，眼泪簌簌地滚落下来。隆继宗说：“你！我那纸上写的什么你不认识？”瑛娘不解，说：“不认识。不是休书吗？”隆继宗眼睛通红，说：“休个屁啊！我告诉你，这七个字是‘隆继宗永不休妻’！”瑛娘抬起眼来，隆继宗一把将她抱住：“我媳妇对我恩重如山，我要是休妻，还是个人吗？不管儿子闺女，都是我的血脉，我得拿命护着。再说了，老三是闺女怕什么，还有老四老五、老七老八呢！”瑛娘悲喜交加，任泪水流淌。过了一会儿，她从隆继宗的怀里抬起眼来，说：“可是明天你怎么跟他们交代？”隆继宗说：“我就跟他们说，要把我闺女送人绝不可能！哼，我还就不信，看谁敢难为我。现在隆家就我一个男丁，这个家本来就该我说了算！”隆继宗给她擦掉泪水：“好了，以后不许再胡说八道！我教闺女认字的时候，你也在旁边跟着学学，省得当睁眼瞎！”瑛娘难为情地笑了，把那字幅紧紧地握在手里。隆继宗装作生气，说：“给我打洗脚水去！都怪你，怕别人再把你闺女偷走了，把丫鬟婆子全打发了。本少爷要洗脚，就你伺候吧！”瑛娘笑意更深，说：“二少爷，你的大恩大德，我这辈子当牛做马伺候你！”隆继宗抚摸着孩子们的脸蛋，也笑了：“不用！回头我当了家，有的是下人伺候，还用得着你当牛做马。你是我媳妇，得有人伺候你才行呢，哼！”

第二天，七舅爷、三叔公、四叔公准时来了，众人也不言语，只瞪着隆继宗。隆继宗咳嗽一声，大大咧咧地，说：“娘啊，我回隆家时日不短了，您身体又不好，这个家今后就交给我当得了！”众人相互对视着，不知该如何回答。佘管家说：“当家的事不急吧，二少爷，昨儿的事，您还没给回信儿呢。”隆继宗皱了皱眉头：“你是什么东西？主子说话，哪轮得到你插嘴，给我下去！”佘管家羞愤难当，恨恨离去。隆夫人不得不表态，说道：“继宗啊，娘知道你懂事，你想替娘分忧，正合娘意。你这老三啊，也是娘的孙女，被迫要送人，娘心里也不好受，刚才跟三位长辈商量了半天，为的就是找个最好的人家，还真有合适的，就是……”隆继宗一翻眼，说：“谁说我要把我三闺女送人了？”四个人全都愣住了。隆继宗接着说：“我是个当爹的，连自己的妻女都保护不了，算什么男人？”三叔公说：“那要看是什么样的妻女！”隆继宗问：“我的妻女怎么了？”三叔公说：“你娶的是河姑！河姑就应该嫁给大河，可是她却跑了！跑了就跑了吧，还敢嫁人，居然还嫁回隆家！这女人就是妖女，你也护着？”四叔公接着说：“张神仙早给算了，你这老三要是男的，是祖宗积德；要是女的，那就是灾星。灾星进门必出祸端！你身为隆家子孙，自己不掂量掂量，还要护着灾星？”隆继宗怒道：“都是什么狗屁话！哪来的什么妖女、灾星，那是封建迷信，我不信！”隆继宗瞪大了眼睛，三叔公、四叔公没在接话。

这时，七舅爷站了起来，说：“继宗，隆家在孝兴几百年了，耕读传家，土地是隆家的根本，哪有种粮食不敬大河的？没有大河哪来的灌溉？哪来的丰收？哪来祖宗的荣光？隆家的列祖列宗前前后后送走过几十个河姑，你说封建迷信，难道是声讨你的祖宗吗？”隆继宗反驳道：“少拿祖宗压我！大哥死了，隆家现在就我一个男人，以后我当家，立新规矩，第一条就是，不许再祭黄河！甭说河姑，拿牲口祭也不许！不就是条河吗，有什么好祭的？”七舅爷气得直哆嗦：“你……你！你！你！你太不像话了。”隆继宗嘟囔着：“仗着是我奶奶的兄弟，真威风！又不是一个娘生的！”七舅爷瞪大了眼睛：“你说什么？”隆继宗说：“你以为我不知道？你是小老婆生的，要不然跟我奶奶的岁数能差那么多？”七舅爷气得满面通红，说不出话来。隆继宗不依不饶：“你们家以前也不算什么大户人家，是我奶奶嫁给了我爷爷，你们全家都跟着沾光，才有了今天。你从小不学无术，就靠着我奶奶是隆家的当家人，在孝兴横行霸道，为非作歹，没少给我奶奶惹祸！现在岁数大了，架子还挺大，仗着辈分四处管闲事，真是恬不知耻！”

七舅爷一拍桌子，怒道：“就凭你敢辱骂长辈，你要当隆家的家，我就不答应！”三叔公也附和：“心里只有自己的老婆孩子，根本不把这个家放在心上，这样的人当家，隆家还有好？”四叔公从怀里掏出一大把票子，拍在桌上：“隆继宗，你睁大眼睛看看，那几年，我做生意是亏了本，没少跟你奶奶借钱，可我都还上了，这些就是票据！你给我看清楚了，我隆老四这一辈子从来没干过借钱不还的事儿。我这把年纪了，被小辈指着鼻子数落还是头一回。我告诉你，这个仇我记下了，只要我隆老四还活着，你想做隆家的当家人，绝过不了我这一关！三哥，咱们走。”七舅爷跟着说：“我也走！”三叔公、四叔公和七舅爷全都走了。

隆继宗也愣住了，回头看向隆夫人：“娘……”隆夫人叹道：“继宗，你……你可真是一点儿都不替娘着想啊！”隆夫人胸口一阵闷痛，坐在椅子上，垂着眼泪，根本不看他。隆继宗有些后悔，但华山只此一条道，怎么也要走到底。

第六章

盼娣和招娣正是爱玩的年纪，见瑛娘慢慢地康复起来，又起了玩耍的心思。这天，她们又在院子里丢沙袋，玩得很开心。盼娣的沙袋丢过去，招娣没接到，连忙回头去找。突然，隆万氏的继子“猴崽子”隆喜功不知从哪儿闪了出来，把沙袋捡到了手里耍着。招娣跑过去，伸出手，说道：“给我！”隆喜功把沙袋往背后一藏，说：“不给！”招娣说：“这是我的！”隆喜功说：“你的？你叫它，它答应吗？”招娣说：“这就是我的，给我！”说完她就去抢。“我就是不给！”隆喜功扭头就跑。招娣要追，盼娣厉声道：“招娣，不许追！”招娣委屈地说：“口袋是我的！是我过生日的时候娘给缝的。”盼娣说道：“那也不许追！娘说了，在这个家不能招惹是非。不就是个沙袋吗，拿去了就让他拿去呗。来，这个给你。”说着，盼娣将自己的沙袋递给招娣，招娣委屈地应了。结果，隆喜功又在不远处探出头来，说：“破沙袋，我扔到茅房里去。”招娣急了：“你敢！还给我！”说着，招娣将盼娣给的小沙袋还了回去，拼命去追。胡同拐弯处，隆喜功正躲在这里，就等着招娣来追。招娣刚刚拐过弯来，他一伸腿，招娣摔了一个大马趴，趴在地上哇哇地哭着，隆喜功却笑着扭着屁股跑了。

盼娣追来，高声地喊：“站住！”隆喜功扭了扭屁股，跑得更快，还喊着：“破沙袋，扔茅房去啰！”两姐妹大怒，拼命追赶过去。很快，盼娣追上了隆喜功，两人相互撕扯，招娣也追来加入，三个孩子打成一团。盼娣被推倒了，隆喜功将她摁在地上，使劲地掐她脖子。盼娣急了，在地上捡起一块石头，狠狠地向隆喜功砸去。石头砸到他眼眶上，隆喜功一下子捂住了眼睛，号啕大哭。

正在这时，隆万氏赶来，她一声尖叫，扑了过来，将隆喜功抱在了怀里，盼娣、招娣连忙跑了。隆万氏向来是个不吃亏的人，很快就将隆喜功拉到隆夫人面前告状。看着没个正形的隆喜功，隆万氏厉声道：“站好！告诉奶奶你姓什么？”隆喜功哽咽着：“我姓隆……呜呜……”隆万氏转向隆夫人，说：“娘，您听见了吗，我儿子姓隆，隆家的长房长孙，现在被那妖女带回来的丫头片子欺负成什么了？”说着，她又对孩子呵斥道：“别哭了，让你奶奶拿你当人，正眼看看你。”隆夫人不得已看了看孩子，见他的眼眶上有瘀青。隆万氏不肯罢休：“她用石头打啊，这眼睛要是瞎了可怎么办啊？我想问问，谁给我们孤儿寡母做主？隆传宗啊，那妖女生下灾星不说，现在又要打死你儿子，这是要断了你的根儿，独霸家业啊！”

隆万氏嚎个不停，弄得隆夫人好不烦心，说：“行了！一个男孩，被两个女孩欺负，还好意思哭？”隆万氏立刻止住哭声：“哟，娘，您这是说的什么话啊？我可是大家闺秀，我教出来的儿子仁厚有礼，那两个小丫头片子是妖女教出来的，长大了没准会吃人！”隆夫人恼怒道：“胡说！”隆万氏说：“咋着？您不给孙子做主，这是逼着我拿菜刀去给儿子报仇？”隆夫人烦躁至极，说：“说的什么话！你也是个长辈，还好意思说什么大家闺秀，还要动菜刀？”隆万氏哭号着：“这年月，大家闺秀比不上妖精，隆传宗啊，你个死鬼快回来看看吧！传宗……”隆夫人忍无可忍，斥道：“别叫魂了！佘管家，你去替我管教管教那两个丫头片子！”

不一会儿，佘管家把盼娣和招娣带了过来。隆万氏厉声道：“佘管家，大少爷活着的时候对你不薄，你要是偏心眼儿，我可饶不了你！”佘管家为难地说：“小孩子之间闹着玩，什么报不报仇的，大少奶奶可别这么说，多难听啊。”隆万氏不满：“还没动手呢，你就要徇私，偏向这两个丫头片子，你是怕二少爷还是怕二少奶奶呀？”佘管家正色道：“二位小姐犯了错，我是替夫人管教她们，我谁也不怕，也不会徇私情。二位小姐，挨打可不能怪我，谁让你们打伤了小少爷呢。”说着，几个婆子将小姐妹俩按在了长凳上。盼娣大声喊着：“不怪我们！是他先欺负妹妹的！”招娣哭着说：“对！是他先抢我沙袋的！”隆喜功自知理亏，直往隆万氏身后躲。隆万氏大声喝道：“佘管家，你磨蹭什么呢？”佘管家无奈，一板子下去，打在了招娣的屁股上。招娣大叫一声，哭得更凶了。见妹妹被打，盼娣大声骂道：“姓佘的，你蛇蝎心肠！”佘管家怒道：“你……你小小年纪怎么说出这么难听的话？”盼娣说：“我爹说的！你打我妹妹，就是蛇蝎心肠，就是不要脸，你不是人！”盼娣越骂越厉害，佘管家被气坏了：“你……我，我就是蛇蝎心肠了，我就不是人了！我奉夫人命，就是要管教你们！”

两姐妹一边受罚，一边大哭。佘管家气劲过了，又有些不忍心。事毕，她来到隆夫人的面前，低声道：“夫人，我闯祸了。刚才打二位小姐，手下得重了……我看大小姐的屁股上都打出血印了。”隆夫人没当回事，说：“让你教训她们，不痛不痒的算什么教训？”佘管家脸色有些难看：“我是怕二少爷怪罪！”隆夫人板着脸说：“在这个家里，得看他眼色了？”佘管家脸色大变：“不是……我……”隆夫人不耐烦地说：“不是就少啰唆，打就打了。他要是怪罪，让他找我来！”话是这么说，佘管家还是有些不安。

瑛娘将睡着了的老三放到一旁，她已经听明白是怎么回事了，用手抚摸着招娣的头，说：“盼娣、招娣，这件事不许告诉爹。”招娣带着哭腔说：“为什么？”瑛娘说：“你爹为了咱们娘儿四个，一直在惹奶奶生气，如果让他知道了，那叫火上浇油。奶奶是你爹的娘，就跟你们和我一样，难道你们想让爹跟他自己的娘闹翻了？”盼娣、招娣似懂非懂地点着头。瑛娘叮嘱道：“记住我的话，不许让你爹知道，不许再招惹长房的哥哥。”招娣争辩道：“我们没招惹他，是他抢我的沙袋！”瑛娘说：“抢就抢了，就算他再欺负你们，你们也不许吱声。以后就在咱们自己院子里玩，别出去，省得惹是生非。”两姐妹很委屈，但还是乖乖地答应着。瑛娘将盼娣、招娣搂在怀里，问：“盼娣，屁股还疼吗？”盼娣低声说：“疼……”她说着又小声哭了。瑛娘别过头去，流下泪水：“都怪娘，是娘连累了你们！”

没过一会儿，隆继宗回来了，醉得晃晃悠悠，进门就问：“闺女呢？”瑛娘擦干眼泪，强笑着回答：“都睡了。”隆继宗说：“睡了？这大白天的睡什么觉啊？”瑛娘说：“咱们隆家太大了，闺女们玩疯了，也累坏了，吃了午饭就睡了。她爹，您……喝酒了？”隆继宗喷着酒气，说：“哼，娘把着权不撒手，我这个大男人不喝酒还能干什么。今天碰到了一个同窗，喝得挺痛快。”隆继宗躺在炕上要睡，又想起了什么，说：“我醉了，想要喝点儿酸的。”瑛娘连忙说：“那我去厨房给您煮点儿山里红。”隆继宗说：“不用不用，我自己去。”瑛娘说：“哎，您是二少爷，哪能进厨房啊？”隆继宗说：“你是二少奶奶也不能去，我自己出去叫下人去煮。仨闺女都睡觉了，你不能出门，看着点，别让老三掉地下。”瑛娘说：“看您说的，她才多大啊，哪儿会翻身。”

“哦，还不会翻身呢，那也不用你去……”说着醉话，隆继宗就出了门，喊一声：“来人！”一个婆子连忙跑了过来。隆继宗吩咐道：“去去去，到厨房煮点儿山里红汤来，越酸越好！”婆子点着头：“是大小姐要喝吧？”隆继宗不解：“嗯？”婆子边走边嘟囔着：“被打得太狠了，肯定发烧，喝点山里红好，去火！”隆继宗厉声道：“站住！你说什么，谁打我闺女了？”婆子一愣：“啊……还能有谁啊，姓佘的那女人呗。仗着自己是管家，平时欺负我们下人也就算了，连小姐都敢打！”隆继宗又问：“佘管家？为什么，她凭什么打我闺女？”婆子摇摇头。隆继宗见问不出所以然来，赶紧回房。盼娣一见到爹进门，连忙闭眼。隆继宗叫道：“盼娣，让我看看你的伤！”盼娣怯生生地叫着：“爹……”隆继宗不由分说，扒开盼娣的裤子，血淋淋的一道大血印子正横在屁股上。隆继宗大怒，眼睛发红，往外冲：“奶奶的，敢打我闺女！”

瑛娘走进来一把将他抱住，说：“孩子她爹，你要去干什么？”隆继宗大叫："谁敢欺负你们娘儿四个，我就跟谁拼命！"瑛娘劝道："您别生气，不怪别人，都是咱们闺女惹的祸！"隆继宗说："胡说八道，我这么小的闺女能惹什么祸？"瑛娘说："她爹，这是小事，您可别再出头了，要怪都怪我没本事，没生下儿子来。人家正看咱们一家五口不顺眼呢，这个时候您可千万别再惹事……"隆继宗问道："人家？谁呀？"瑛娘无言以对。"我是这个家唯一的男人，我就该是一家之主，我难道还要看别人的眼色吗？谁敢打我闺女，我要她的命！"隆继宗借着酒劲，一把就将瑛娘推倒在地，冲了出去。盼娣、招娣连忙起身扶起母亲，一看额角，说："娘，娘，您流血了！"瑛娘咬着牙，手摸着头，急切万分："不要紧，不要紧。我去看看你们的爹，你们俩看着妹妹，别让她掉下来！"

隆继宗把正在看账的佘管家拎了出来，拎到仓库前，把她朝一扇门前推去，命令道："打开这扇门！"佘管家愣住了："二少爷，您要干什么？"隆继宗说："你是管家，身上揣着钥匙，刚才叮叮当当的我都听见响了。拿出钥匙来，打开这扇门！"佘管家摇头："这可不行，夫人吩咐过了，没她的话，谁都不许开这扇门！"隆继宗上前一步，厉声道："张嘴夫人闭嘴夫人，你少拿我娘说事儿！我是不是这个家的主子，你个奴才敢不听我的话？"佘管家也来了脾气，说："我是奴才，可我只听隆家当家人的话！"隆继宗最反感听这话，气得用手点指着："好，你给我让开！"隆继宗一把推开佘管家，上前就去踹门。门没开，几名下人闻声赶来。佘管家连忙在后面拉扯着他："二少爷，您这是要干什么，这扇门不能开，这里面放的是……"隆继宗接话道："我知道，放的是枪！"佘管家说："您知道还要开门？"隆继宗说："我就是要枪！"佘管家说："您要枪干什么啊？二少爷，我求您了，别踹门！"隆继宗恶狠狠地说："我要枪就是为了要你的命，你给我滚开！"隆继宗说着，一把推开佘管家。佘管家吓住了，呆呆地看着他。隆继宗四处寻找，终于在角落里找到了一把斧头。他将斧头抡起，咔嚓一声将门劈开，冲了进去。他从仓库里面翻出了一条枪，端着冲了出来，但很明显，他并不会用枪。

隆继宗用枪顶住佘管家的脑袋，下人们吓得魂不附体。隆继宗大吼："跪下，给老子磕头赔罪，不然我就崩碎你的脑袋！"佘管家反倒镇定了，气得浑身直哆嗦："你是谁老子？我凭什么给你磕头赔罪？"隆继宗骂道："你这个蛇蝎心肠的女人，就因为我闺女往你脸上泼了一碗茶水，你就寻机报复，对一个六岁的孩子下狠手，你不该死？我让你跪下磕头赔罪，是给你一条生路，胆敢迟疑，我立刻送你去见阎王爷！"佘管家说："教训小姐是夫人吩咐的，奉命行事，何罪之有？我虽然是下人，可我要脸，我……我宁愿吃你的枪子儿，也绝不会给你磕头赔罪！”“你……你找死！”隆继宗说着就要开枪。

隆福突然冲了过来，身后还跟着几个下人。他大喊：“二少爷，快把枪放下！”隆继宗用枪对准隆福：“别过来！”隆福只好停下来。隆继宗说：“你们都给我听着，姓佘的公报私仇，对我六岁大的闺女下毒手，我，隆继宗，今天要不开枪崩了她，我就不算是个爹！”说着，他又要扣动扳机。这时，隆夫人在下人的搀扶之下赶来，大喝一声：“住手！继宗，你……你怎么能拿枪对着佘管家？”隆继宗大喊：“这个奴才，狗仗人势，我要毙了她！”隆夫人生气道：“胡说八道！佘管家从小跟着我一起长大，虽是主仆，但情同姐妹！”隆继宗说：“你跟这个狗奴才情同姐妹？我说她跋扈成这个样子，原来都是你惯的！”隆夫人斥道：“你……你这是在指责娘吗？”隆继宗说：“是又怎样？你看我不顺眼，可以冲我来啊，为什么让这狗奴才打我闺女？”隆夫人说：“你说的什么话，娘怎么会拿一个孩子出气？”隆继宗说：“你会！你从小就看不上我，你就是个偏心眼儿的娘。你心里只有老三，可是老三心里有你吗，有这个家吗？他根本看不上这穷乡僻壤，去了法兰西国！你没办法了，才和姓佘的女人勾结在一起，把我骗回了家。指望着我媳妇生出个儿子来，好对隆家的祖宗有个交代。见生了女儿就恼羞成怒，勾结那些老东西们找我的麻烦，差点害死我的小女儿！现在，你又对我大女儿下手……我明白了，打我闺女是你的主意，你是我娘，我拿你没办法。可这狗奴才，我要是也饶了她，我还算个爹吗？我非崩了她不可！”

隆夫人喝道：“你敢！杀人是要偿命的！”隆继宗蛮横地说：“偿命就偿命！”隆夫人气极，说：“隆继宗，你要是敢开枪，我就跟你断绝母子关系！”隆继宗哈哈笑道：“终于说出口了！早就等着这一天呢，对不对？我知道，你每个月都给老三写信，催老三回来接管这个家！老三回来，我活着多碍眼呀，正好，我一枪崩了她，然后给她偿命，遂了你的愿！”隆继宗浑身颤抖，扣动了扳机，可枪却不响。他看着枪，有些迷惑，看到枪栓才明白过来，试探着一拉枪栓，子弹立刻上了膛。他再一次端起枪来，所有人都吓坏了，佘管家瞪着眼睛，流出了眼泪。隆夫人大喊道：“不！继宗，你不能开枪！”隆福吓坏了：“别开枪！二少爷，我求你了！”他扑通跪倒。隆继宗什么都不管不顾：“都给我闭嘴！我今天非杀她不可，啊——”他又一次扣动了扳机，可枪里没有子弹。他气急败坏，连续搂了几枪，枪仍没响，大怒：“奶奶的，子弹呢？子弹呢？姓佘的，你告诉我，子弹你藏在哪了？”佘管家满脸泪水，闭口不语。隆福劝道：“二少爷息怒，快把枪放下。”他上前拉住他，但隆继宗推开他，又冲进仓库。

隆夫人大声地喊着：“佘管家，你还不快走？”佘管家看向隆夫人。隆夫人说：“难道你等他找出子弹来打死你不成？”佘管家咬咬牙说：“我这么大岁数了，从来没被人这般侮辱过，他是主子，我是奴才，他想要我这条老命，我给他就是！”隆夫人急道：“你胡说什么，快走！”佘管家大声叫道：“夫人，我不走！挨他的枪子儿，我也要这口气！”隆继宗找到子弹，往弹匣里装了几发。他再次冲出来之际，瑛娘赶到了，她三步并作两步横在了佘管家的面前，说：“二少爷，把枪放下！”隆继宗喊道：“你给我让开！”瑛娘央求道：“二少爷，杀人偿命，您要是死了，我们娘儿四个怎么活？”隆继宗吼道：“她是奴才，我打死她白打！”瑛娘说：“二少爷，您糊涂了，上次您打了她都要坐大牢，现在您开枪杀人，能白杀吗？县长大人不是说过，民国了，谁杀人都得偿命！”闻听此言，他有些迟疑。瑛娘回过身，说：“娘，佘管家，你们走，二少爷今天多喝了几杯，耍酒疯呢，你们别跟他生气！”佘管家却说：“二少奶奶，您就别在这充好人了，二少爷小时候我是不在这个家，可他从小什么脾气我听说过……我知道我在古风村得罪了您，您记恨我，既然想让二少爷要我的命，就别在这节骨眼上装好人了。我受了这般羞辱，这辈子没法活了！来，一枪打碎我的脑袋，给我个痛快的！”

隆继宗见到瑛娘，酒稍微醒了一些，可佘管家一激，又冒起了火，冲上前要开枪，被隆福从身后一把抱住。隆福大叫：“二少爷，二少爷，二少奶奶说得对啊，您喝多了，您快回去醒醒酒吧！”瑛娘趁机上前抱住枪，抢了下来，叫着：“快来人，赶紧把他架回去睡觉！”几个下人连忙冲上去帮隆福把隆继宗架开。佘管家仍愣愣地盯着他，隆继宗朝她脸上猛地啐了一口唾沫，被下人们架走了。瑛娘上前去劝佘管家，却忘了自己手上还拿着枪。佘管家看着枪口直哆嗦，迅速往后退。瑛娘这才明白，连忙将枪放在地上。佘管家不肯理睬她，将头转向一旁。瑛娘只好绕过佘管家，跪倒在隆夫人面前，说：“娘，对不住，让您受惊吓了，都是我的错！”隆夫人冷冷道：“你承认是你挑唆的了？”瑛娘说：“不，不……我怎么敢挑唆二少爷呢？”隆夫人说：“那你错在哪儿了？”瑛娘说：“我本来不想让二少爷知道盼娣、招娣挨打的事儿，错就错在没藏住，还是让他知道了。”“故意挑唆也就罢了，还在这装相。刚才继宗闹的这一出，都是你手把手教的吧？我儿子从小是什么脾气，我知道！现如今变成了什么样子，根本不把我这娘放在眼里，在自己家里就要开枪杀人！我的话说出去了，就不收回来！我跟他母子之间的情分就此了断，以后让他别叫我娘了！”隆夫人说着扭头就走。跪着的瑛娘不知如何是好，想了想，还是起身去追隆夫人。

瑛娘进屋正要转进里间，隆夫人的声音传来：“别进来！别把你身上的妖气带到我屋里来！”瑛娘愣住了，不知如何是好，再次跪倒：“娘，您息怒，您怪我挑唆二少爷，骂我打我都行，可您千万别怪罪二少爷。二少爷他今天确实就是喝多了，说的都是醉话，办的都是醉事……”屋里，隆夫人的声音传来：“行了，他是醉了，还是成心，我看得出来。回去告诉你男人，他说得没错，我就是偏心眼儿，我就是看不上他，说什么自己是隆家唯一的男人，你让他别做梦了。是，传宗死了，可我生了仨儿子，不是俩！除了他，还有我的延宗呢！既然他不认我这个娘，就让他带着妖妻灾女滚出隆家，不愿意回来一辈子别回来！”瑛娘大惊，喊道：“娘……”隆夫人说：“我再也不想见到你了，别跪在我们门口当丧门星，走！”瑛娘长呼一声：“娘——”屋里，隆夫人将茶杯摔在地上，厉声道：“滚！”

婴儿在床上哇哇地哭，盼娣、招娣也哭着。隆继宗酒醒了几分，问：“孩子哭什么？”婆子帮忙抱起婴儿，说：“三小姐饿了，没奶吃，可不就哭了。”隆继宗问：“孩子她娘去哪了，怎么不回来喂孩子？”婆子说：“二少奶奶去给夫人赔罪了。”隆继宗说：“赔罪？为什么要赔罪？有什么好赔罪的？！”隆继宗起身大踏步走出去，走到过堂之处，发现瑛娘跪在门前。他刚要发怒，正赶上瑛娘又渴又饿，身体一软，险些倒地，他连忙从后面扶住。瑛娘一惊，看见是隆继宗，忙说：“二少爷……二少爷来了，快，快跟我一起跪下请娘原谅。”隆继宗不屑道：“我凭什么要给她下跪？”屋里的隆夫人听到这一幕，站起身来向门口靠了靠，她想听听他说什么。

瑛娘劝道：“二少爷，您今天做得不对。小孩子间打架，咱闺女把大嫂的儿子打坏了，娘是一家之主，怎么不该教训？是，佘管家替娘教训孩子，下手狠了些，可那又算得了什么？咱们孩子又不是什么金枝玉叶，一点委屈都不能受吗？千不该万不该，您不该这样，娘多伤心哪！二少爷，您快跪下，跟我一起求娘原谅！”隆继宗却说：“凭什么求她，有她这样当娘的吗？你也生了三个孩子，你对仨闺女什么时候都是一样的，可是她呢？”屋里，隆夫人侧耳听着。隆继宗继续喋喋不休：“她就偏疼老三，我都怀疑自己根本就不是她亲生的！”瑛娘小声说：“您别说了，娘这回真生气了，要让咱们离开隆家，您还不认错！”隆继宗执拗地说：“我没错！离开隆家？凭什么她让我走我就得走，我是隆家的爷们儿，大哥死了，隆家本来就应该我做主！你以为我怕她？你给我起来，回去给孩子喂奶去。”隆继宗说着拽起瑛娘就往外走，屋里的隆夫人气得直落泪。

第二天一早，隆继宗睁开惺忪的睡眼，发现疲惫的瑛娘正收拾着东西，问道：“你干什么？”瑛娘说：“我们回古风村吧。以前的日子是苦些，但我们一家人高高兴兴的，从来没惹过是非。没灾没难就是最好的日子，二少爷，东西我都收拾好了，来的时候咱们带了啥，回去还带啥，多余的咱啥都不拿，今天就走。”隆继宗说：“回古风村？我堂堂隆家二少爷，她说让我走，我就走？就算走那也叫分家。就算走，我也不能回古风村。”瑛娘愣住了。“以前的日子，太寒酸了，我受够了。我是隆家的二少爷，本来就不应该受穷！我的媳妇、闺女更不能跟着我受苦！隆家的家底有多厚实，你根本不知道。我已经打定主意分家了，哼，非分黄金万两不可！”瑛娘惊异不已：“分家？”隆继宗胸有成竹地说：“对，我这就去告诉他们，开祠堂，分家！”

作为一家之主的隆夫人端坐在祠堂上方的中央，被请来的隆家各位长辈分坐两旁，年青一辈儿的站着，个个神色严肃。站在祠堂中间的隆继宗提出分家的要求，就等着回话。许久，三叔公轻轻咳嗽一声：“分家？祖宗倒是有分家的规矩。凡隆姓子孙考取功名，入朝为官的，那叫光宗耀祖，隆家自当拿出一份家产分给他，让他自立门户。隆继宗，请问你入朝为官了吗？”隆继宗道：“这都什么年月了，哪来的什么朝廷？”三叔公又说：“没有朝廷也有政府啊，你在政府上高就了？”隆继宗一时语塞。三叔公一撇嘴：“没有啊，那你提什么分家？”隆继宗争辩道：“不当官就不能分家吗？我就不信没有这先例！”四叔公说：“先例倒是有的，从你往上数四辈儿，你先祖德明公饱读诗书却未能考取功名，最终选择从商，开了孝兴第一家票号，分号开遍全省各县，可以说是汇通天下，后广置田产，自立门户。他在兄弟间行三，分家之时，不但什么都没要，还捐了黄金五百两，白银一千两，为隆家祖宗建了这座祠堂。他的牌位就放在这儿，隆继宗，你不会不知道吧？”隆继宗回道：“我……我是想自己做生意，可是要有本钱呀，将来我挣一份家业出来，五百两黄金、一千两白银，我也可以捐回来！”四叔公说：“当年德明公决定从商，是从学徒开始的，可没听说过他从家里拿过本钱啊。”

隆继宗理屈词穷，说：“哼，你们俩别阴阳怪气的，前些日子你们出主意逼着我把亲生女儿送人，我没答应，说话莽撞，得罪了你们。你们现在是成心跟我过不去！众位长辈亲人，这两个人记我的仇，他俩的话，我不认。再说，不分家我怎么过，又不是我说要走，是有人撵我走的！”七舅爷点点头说：“嗯，这我倒是听说了。要开枪打死大管家，这脾气，该撵出去！不撵出去隆家得跟着摊官司，不过这可不叫分家，这叫逐出家门！”隆继宗怒道：“你胡说八道，凭什么逐我出家门？”七舅爷站了起来，说：“凭什么？就凭你娶了河姑妖女，现在又持枪行凶，不逐你逐谁？哼，当年你不服管教离家出走，就是背叛隆家，就不该回来！”隆继宗怒道：“又不是我要回来，是她请我回来的！”他用手指着隆夫人。隆夫人脸色阴沉如水。

七舅爷道：“你瞧瞧你，一口一个她，一口一个她，我问你，她是谁？她是你的娘亲！这种不孝之子，不把你逐出家门，岂不坏了隆家的名声。逐出家门什么意思你不懂吗？你净身出户，带着你的妖妻灾女走人，还想分黄金白银房屋土地，门儿都没有！”隆继宗大怒：“你……你们竟然串通一气算计我！”隆继宗用手指着三叔公、四叔公和七舅爷，几个老人都不看他。隆继宗又看向隆夫人：“我明白了，你这是用激将法，我没那么傻，我不会两手空空地走，我不能让我仨闺女忍饥挨饿，露宿街头。我是隆家正儿八经的少爷，既然开了祠堂，就得有个说法，分不到家产，我决不会走，这个家也不得安宁！”隆夫人冷冷地板着脸。隆继宗大叫道：“祖宗们，他们合伙算计我，你们看见了没有！奶奶、爹，她要把我往死里逼，你们睁开眼睛看看吧。”隆夫人并不抬眼看他，一行泪水垂了下来。

隆继宗和瑛娘带着三个女儿，住进了新家。新家的院子不大不小，瑛娘看着满心喜欢，说：“孩子她爹，娘对咱们可真好！”隆继宗沉着脸说：“好什么？”瑛娘说：“您说要分家，她就把这么大的院子给了您，天下哪有这么好的娘！”隆继宗说：“这也算是分家吗，我隆家的家产有多少，我爹就三个儿子，就算只分到三分之一，她也得给我半个孝兴城！”瑛娘瞪大了眼睛：“啊？”隆继宗说：“啊什么，没见过世面，我们隆家的买卖铺户全省都是，田产方圆几百里，好几个县的佃户，种的都是我们家的地。”隆继宗晃晃手里的田契，“这可倒好，就给我这么点田，拿这么处破院子就打发我了，哼！”瑛娘说：“不是还有铺子吗？”隆继宗说：“那也算铺子？县城边上，鸟都不拉屎，有生意做吗，咱们这是被她算计了。不知道给了那些老头子们什么好处，每一个都向着她说话！”瑛娘劝解道：“孩子她爹，您消消气吧，这又有田又有买卖铺户，还有这么好的院子，跟在古风村比起来，咱们的日子不是已经上了天了吗？”隆继宗想了想，情绪好了很多。瑛娘继续说道：“再说了，好汉不吃分家饭。我孩子她爹是最大的英雄好汉，您提分家，本来就不是为了黄金万两，就是不愿意看着我和孩子们受气，对不？”隆继宗听了很受用，点了点头。瑛娘又说：“她爹，您读了那么多书，脑子又这么好，啥事干不成？我信您，咱们以后的日子肯定红红火火的。到那个时候，让他们看着眼馋去。”瑛娘的话解开了隆继宗的心结，他笑道：“对啊，我隆继宗堂堂七尺男儿，自幼苦读，学富五车，我怕什么？当年先祖德明公白手起家，我现在好歹还分到些家产，算是有本钱。等着，等我把买卖做大了，一定让那些老头子们在我面前低头认错！”瑛娘吩咐俩女儿：“盼娣、招娣，瞧瞧你们爹多有英雄气概，给爹鼓掌！”两个女儿拍着巴掌叫爹。隆继宗笑了：“哈哈，走，大闺女、二闺女，进屋，看看咱们新家去！”

入夜，盼娣和招娣都已经睡着了，瑛娘正抱着襁褓中的老三，哼唱着摇篮曲。隆继宗坐在桌旁，扒拉着算盘。瑛娘见老三睡熟了，小心翼翼地将孩子放在床上，来到隆继宗身旁。她轻声问："孩儿她爹，您这算什么呢？"隆继宗抬起头，说："我算算这点儿田能卖多少钱。"瑛娘说："孩儿她爹，卖地干啥？"隆继宗说："不卖，难道要我种地去？"瑛娘说："二少爷当然不能种地，可是我会种啊！"隆继宗说："你是我媳妇，隆家的二少奶奶，你去种地，还不让人笑话？"瑛娘说："那好好的地卖了，这不是败家吗？"隆继宗说："不破不立，不把地卖了，哪儿来的本钱做买卖？"瑛娘说："噢，明白了，二少爷是早想好了，要做大买卖。"隆继宗说："对，做大买卖！铺子我去看过了，虽说偏僻，但是地方不小，可以开个货栈，现在就缺个掌柜的！"瑛娘说："掌柜的？她爹，您那么有学问，又会算账，您不就是最好的掌柜？"隆继宗说："胡说，我是东家，自己做掌柜，岂不让人笑话？研墨。"瑛娘连忙来到桌前研墨。"我这就写个文书，明儿一早贴出去。"隆继宗一脸的得意，瑛娘有些担心，但也不敢多言。

一周过去了，掌柜一职仍无人问津。隆继宗将酒杯蹾在桌上，骂道："奶奶的，准是有人使坏，告示贴出了七八天，我又不少出工钱，怎么没一个上门？"瑛娘劝道："再耐心点儿，谁会使坏啊？"隆继宗说："还能有谁，我娘呗！她要是从中作梗，谁敢来给我当掌柜？"瑛娘说："娘从中作梗，不会吧？"隆继宗说："没看那天在祠堂，我真怀疑她是不是我亲娘。"瑛娘叹道："继宗，娘要听到您这么说，那才真叫心疼呢。我也是孩子的娘，我知道，这个世上没有不疼孩子的娘。娘要真是从中作梗，也是怕您赔了本钱，那咱就别做了呗……"隆继宗说："地都卖了，难道坐吃山空？"

第二天早上，隆继宗来到货栈门口，刚要卸门板，身后忽然传来一个清脆的声音："兄台一向可好？"隆继宗回头看看来人，说："你是？"那人笑道："兄台贵人多忘事，我是时少卿啊！"隆继宗疑惑地说："时少卿？"那人哈哈大笑："对呀，在监狱里，我们共过患难。"隆继宗想起来了，高兴地说："时少卿！对，时少卿！是你呀，快，快，快！进门说话。"隆继宗上前去卸门板。时少卿上前拦住他说："这继宗货栈是您的买卖吧？"隆继宗点了点头。时少卿说道："既如此，您就是东家，哪有东家自己卸门板的呀，请兄台让一让，小弟代劳！"说着，他上前麻利地把门板卸在一旁，伸出手来。隆继宗会意，从腰间掏出钥匙，递给时少卿。时少卿打开门，将隆继宗让进屋去。不多时，两杯热茶摆在桌上，兄弟俩坐在了一起。

时少卿将茶一饮而尽，感慨道："哎呀，兄台的茶叶香啊。自打离开京城，我可有些日子没喝过这么好的茶了！”继宗笑道：“对，你说过你是从京城来的。”时少卿也笑了：“对，没管住自己的手，进了赌场，才落得今天这般地步！”继宗说：“开赌场的，都是骗子。十年前我也……”隆继宗不好意思说下去，尴尬地笑了笑，问道，“对了，我出来以后，你……”时少卿说：“自然是又被关回了那个大号里。”隆继宗吓了一跳：“那……那群如狼似虎的土匪没把兄弟你怎么样吧？”时少卿说：“受了点儿皮肉之苦，算不了什么。”隆继宗内疚道：“这……这不都是我害你受苦了……”时少卿说：“算不了什么，兄台别往心里去。好歹我做生意多年，见过世面，所以没吃什么大亏。”说者无意，听者有心。隆继宗问：“你做过生意？”时少卿说：“那是，京城前门大街上的百年老店，当年我也是当过大掌柜的！”“真的？”隆继宗眼睛一亮，说，“实不相瞒，我这货栈刚刚要开张，正缺个掌柜的。时少卿，时先生，你我也算是患难之交，不知道你愿不愿意屈就？”时少卿掩饰住得意，说：“只要兄台需要，小弟自当留下。给隆家二少爷当掌柜，也是时某的荣幸！”隆继宗高兴地说：“如此，一言为定？”时少卿起身抱拳：“从今以后，您就是我的东家了！”

货栈开张大吉，生意红火。一天，隆继宗志得意满地回到家，一进门就喊：“孩儿她娘，烫酒，陪我喝两口！”瑛娘问道：“今天怎么这么高兴啊？”隆继宗将一个账本拍在瑛娘面前，说：“看看……”他将账本翻到一页。瑛娘笑道：“孩儿她爹，您净笑话我，我连大字都不识几个，还能看得懂账？”隆继宗指着账本说：“看不懂，我讲给你听，咱们家货栈打开张到今儿个正好一个月，这个数是咱的本金，这个数是咱赚的毛利，嘿嘿，四成朝上，纯利少说也得两成四五！要照这么下去，三个月，咱们的买卖就翻番，用不了三五年，我隆继宗就能再买下几个城中间的好铺子。十年，二十年，兴许，整个孝兴，就姓了我这隆了！”瑛娘敬佩不已，说：“我就说了嘛，二少爷读的书多又聪明，什么事都干得成！烫酒烫酒，我这就给您烫酒啊！”

烫好酒，瑛娘将酒倒在杯里，隆继宗一饮而尽，感叹道：“生意这么好，多亏了我的掌柜。在京城做过大买卖的，就是不一样，脑子活，眼力准，只要他看上的货，都好卖！”瑛娘说：“就是那位时先生？”隆继宗说：“对呀！多亏了时先生，这是老天爷眷顾我。要知道，我们俩可是患难之交，大牢里边认识的！”瑛娘说：“时先生能帮咱们家赚钱，那可是贵人，贵人可一定得留住！”隆继宗说：“你这话是什么意思？”瑛娘说：“他这么大的本事，别被别人抢走了。”隆继宗闻言一愣：“我怎么没想到，咱们买卖做得这么好，我娘一定气坏了，她要是多出工钱把时先生撬走了，可就麻烦了！”瑛娘说：“她爹，您别老疑心娘，咱们生意做得好，她只会高兴。我说的是，在孝兴做买卖的东家多了，要是大伙都知道了这位时先生是个难得的人才，会有人跟咱们抢！”隆继宗点点头说：“有理有理，可我怎么才能留住他呢？”瑛娘说：“既然你们是患难之交，不如结为兄弟，再把挣下的钱也给兄弟分一份，岂不就……”“好主意！”说罢，他将酒一饮而尽。

第二天，隆继宗把时少卿请到孝兴最好的酒楼，要了最好的包间，摆了满满一桌，请他喝酒。时少卿不免受宠若惊，端起酒壶，给隆继宗倒酒。隆继宗拦住他，郑重地说：“时先生，我来！”时少卿连忙摆手：“使不得，您是东家，我是掌柜，让您给我倒酒，那不是我不懂规矩吗？”隆继宗说：“今天我摆酒，就是要好好请一请时先生，必须是我给你斟酒。”说着，他就把酒壶抢了过来，时少卿只得安安稳稳地坐下。时少卿拱手道：“东家太客气了，这可是孝兴最好的酒楼，少卿无功受禄，受之有愧呀！”隆继宗笑道：“开张一个月，买卖做得这么好，你功不可没，受之无愧！来，我敬你一杯！”时少卿双手举杯：“谢东家！”

时少卿与隆继宗碰杯，就要饮下杯中酒。隆继宗突然道：“等一等，时先生，以后你能不能不叫我东家？”时少卿不解，说：“那……那我叫您什么？”隆继宗说：“你记不记得在牢里，要不是警察把我带走，咱俩就要结为兄弟了？”时少卿说：“那个时候东家遇难，时少卿仗着胆子帮东家挡了几下拳头，东家说说就是了。现如今您是掌柜，我靠您赏饭吃，这话，以后可不要再提了。”隆继宗正色说道：“不！我孩子她娘说了，你给我做掌柜，帮我挣钱，就是我的贵人，我一定要与你结为兄弟。不仅如此，从今以后，货栈赚的纯利，大哥分兄弟一成！”时少卿一愣，站了起来，说：“东家，这……这……”隆继宗说：“还叫东家？难道我隆继宗不配当你时少卿的大哥？”时少卿连忙摆手说：“这……能跟二少爷结为兄弟，那是我时少卿三辈子修来的福分啊！”隆继宗提起酒杯，说：“好，明儿一早，你我城东关帝庙拜兄弟。干了此杯！”这对亲兄热弟喝得起兴，并没注意到楼梯拐弯处有两个大汉，正在角落里鬼鬼祟祟地观察着时少卿。

时少卿和隆继宗酩酊大醉，相互搀扶着出了酒楼，歪歪斜斜走在街道上。突然，三四个恶汉从暗处冲了出来，拉过时少卿就打。隆继宗一愣，冲上前去，嘟囔着：“不许打我兄弟！”一个大汉说道：“没你的事！”隆继宗道：“他是我兄弟！”大汉回手一拳，正中隆继宗的面门，他被打晕过去。时少卿大喊：“饶命！饶命！哪路的英雄，先别打，报上名号，让我死个明白。”一个大汉薅住了时少卿的脖领子，说：“时少卿，京城大栅栏孙老板你没忘吧？”时少卿一惊：“孙老板？”大汉道：“骗了钱就跑？哼，孙老板说了，跑到天涯海角也得找到你。”说完，大汉就要动手。时少卿央求道：“别，别，请各位英雄转告孙老板，钱，我时某人一定还！”大汉说：“晚了！孙老板说了，钱，你不用还了，让我们哥几个带你的命回去！”几个大汉对着时少卿乱刺一气，血不断地涌出。突然，远方传来警哨声，大汉们逃之夭夭。隆继宗从昏迷中醒过，扶着头踉踉跄跄地站了起来，险些摔倒。时少卿已经被刺成了血葫芦，他冲上前去，抱住他，喊道：“兄弟！兄弟！”

佘小四带着三四个警察跑了过来，低头一看，说：“呦呵，隆继宗，又是你啊？”隆继宗站起身，说：“姓佘的，快去追杀人凶手！”佘小四看看远处，凶手们早已不见踪影。隆继宗催促道：“快去追呀！”佘小四一挑眉，说：“哪儿来的杀人凶手啊？瞧你这一身酒气，人不会是你酒后滋事打伤的吧？”隆继宗怒道：“你这条狗，你胡说八道！”说着，他抡起拳头来就要打佘小四。佘小四的枪却已经顶住了他：“呵，你敢打警察？”隆继宗一见枪，吓得直哆嗦。佘小四说：“少在我面前摆谱，我不是你们隆家的奴才。我听说你要拿枪打死我姑姑，我告诉你，隆家私藏枪支，就该抄家，你试图行凶，就该坐牢。要不是我姑姑为你求情，你早就进了大牢！怎么，今儿也挨打了？”隆继宗的脸被打得青一块紫一块。“记着，仗势欺人，早晚不得好死！”说完，佘小四带着人走了。

隆继宗连抱带拖，总算将时少卿拖进了一家药铺里。一阵忙碌后，隆继宗问道：“先生，他什么时候能醒过来呀？”郎中摇了摇头说：“血是都止住了，可伤成这样，半条命已经没了啊！”隆继宗焦虑地说：“那怎么办？”郎中说：“反正血已经止住了，人您带走，回去慢慢地养。是死是活，全得看老天爷收不收他。您要是听我一句劝，就先备上棺材，再慢慢养。”隆继宗说：“你说的什么话呢？”郎中说：“您别瞪眼睛，我是怕突然咽了气，现准备棺材来不及。”

隆继宗无计可施，只能又将时少卿带回了家。瑛娘听见动静迎了出来，见状吓了一跳，说：“二少爷，您……您这是挨打了？”隆继宗摇摇头：“没事。抬进来，抬进来！”四五个人抬着个门板，门板上是时少卿。瑛娘惊道：“呀，这是谁啊？”隆继宗说：“待会再跟你说，抬进西屋去。瑛娘，你去看住孩子，别让孩子看见吓着。”

不一会儿，时少卿被安置在床上。隆继宗坐在桌旁，愁眉苦脸，他突然一拍桌子：“错不了了，准是她！看着我生意做得有起色，就派人活活地把时少卿打死，我要去告她！”瑛娘吓坏了，说：“您要去告谁啊？”隆继宗说：“还能有谁？你说，谁恨我生意做得有起色？谁想打人就打人？嗯？打了人了警察来了都不管？”瑛娘说：“警察来了不管？”隆继宗恨恨地说：“不但不管，还要收拾我呢！这明摆着是受了我娘的指使，我这就去告她！”瑛娘拖住他，说：“万万不可，她是您娘，这世上哪有儿子告娘的道理，传出去太丢人了！再说，这只是您猜测的，万一告错了，岂不闹出大笑话？”隆继宗说：“错不了！除了她还有谁？自从那年奶奶被土匪撕了票，她成了当家人，她就想当武则天，谁招惹她，她都不答应！”瑛娘说：“反正我不信，娘怎么会雇人打死咱的掌柜？”隆继宗仍不服气，喋喋不休。瑛娘突然有些害怕，说：“人都被打死了，您抬回家里来干啥？”隆继宗说：“死倒是没死，还有气儿。”瑛娘说：“那赶紧找郎中治呀！”隆继宗说：“治了，可……郎中都不留，怕死在铺子里。时掌柜老家在京城，要不是我留他，他怎么会在孝兴遇了难？想当年，我也是死过去了，都是你照顾得好，我才捡回这条命，我就把他抬回来了……媳妇，能不能像当年救我一样把他救活？”瑛娘担忧地说：“我不是郎中，他和您当年可不一样。”隆继宗说：“那也不能见死不救啊。”瑛娘说：“那怎么能，救人性命是积德的好事，我试试吧！”

第七章

这一照顾就是半个月。瑛娘像待孩子一样，悉心照顾，不离不弃，时少卿几次死里逃生，甚至连郎中都劝她放弃。一天，瑛娘像往常一样，为时少卿擦洗胳膊，擦身子。她回身投洗毛巾，时少卿的头动了一下，但瑛娘并未察觉，继续为他擦手。突然，时少卿的手指微动，抓住了她的手。瑛娘先又惊又喜，轻声地呼喊着："时先生？时先生？"时少卿慢慢睁开眼睛，瑛娘高兴极了："时先生，你醒了？太好了，太好了，我这就去叫人把二少爷喊回来。"时少卿的脸上现出异样的神情，瑛娘转身要走，他却抓着不肯放。男女授受不亲，瑛娘有些难为情。时少卿突然张开嘴，好像要说话。瑛娘轻声问道："你想说什么？想吃东西？饿了？渴了？"时少卿想说什么，却表达不出，很着急。瑛娘安慰道："别急，你才醒，说不出来，不怕，慢慢来。"瑛娘想把手抽取来，可这时，时少卿的嘴里终于清晰地吐出一个字：'娘！'瑛娘异常尴尬："你……你叫我什么？"时少卿喃喃道："娘……娘，你……你还活着？"瑛娘一愣，不知如何是好。时少卿又道："娘……娘……你别再走了，少卿一辈子要娘陪……"说着，一滴泪水从他的眼角流了下去。

瑛娘诧异不已，连忙用毛巾轻轻地擦拭着他的眼泪，说："时先生，我不是你的娘，我是隆家二少爷隆继宗的媳妇儿，我叫瑛娘……"时少卿口中默念着："瑛娘，隆家……二少爷？"他的手慢慢松开了："你……太像我娘了……"瑛娘露出惊喜的神色："你听明白我说什么了？你没傻？"时少卿说："隆家二少爷，隆继宗是我东家。"瑛娘惊喜地答道："对。"时少卿回忆着："东家要和我磕头，拜结义兄弟……不对，你就是我娘，我死了，不然怎么能见到你？"瑛娘说："你没死，郎中是说你会死的，可你还是醒了。"时少卿想了半天："想起来了，你抱着我，喂我，和我小时候，娘喂我一样。"瑛娘脸一下子红了。"你叫瑛娘，是东家太太……"瑛娘说："叫我大嫂就好了。"时少卿说："是你把我救活的……"瑛娘说："不，我也没做什么，是你自己醒过来了。"

时少卿伸出手来，再次去摸瑛娘的脸。瑛娘愣住了："你要做什么？"时少卿恳求道："你长得太像我娘了……你能让我摸一下你的脸吗？"瑛娘有些犹豫。时少卿再次落泪："娘是世上最疼我的人，可我小的时候她就死了。我刚才一直做梦，梦见我娘抱着我，喂我，还亲我。”瑛娘十分尴尬。“你让我摸一下你的脸，就算死了，见到阎王爷，我都不会怕。”瑛娘很为难，又无法拒绝：“这……时先生……”时少卿一会儿明白，一会儿糊涂：“求你了……我好想我娘，好想摸摸我娘的脸。”他哭了，像个婴儿。瑛娘只好将脸凑向他。时少卿的手摸到她的脸上，轻轻地，轻轻地……瑛娘顿时满脸绯红。时少卿喘息着：“你……你是人，你不是我娘的魂儿……你没有骗我，你真的是东家太太，我的大嫂……”说着，他头一歪，昏睡了过去。剩下瑛娘不知所措，她觉得自己浑身都在颤抖，毕竟这是除了丈夫以外，另一个摸过她脸的男人。

隆继宗得知时少卿好转了起来，松了口气。但时少卿这一倒下，他就只能亲自前去进货，于是又不得不离开了家。又过了些时日，时少卿的伤好了很多，瑛娘看着他的胃口逐渐开了，心中很是欣慰。吃着吃着，时少卿噎住了，端起汤喝了一口，说：“嫂子做的饭菜真香！”瑛娘连忙避开他的目光，只是微微笑了一下。时少卿又问：“我大哥走了几天了？”瑛娘说：“五天。”时少卿说：“他要的货……光去临县进不齐，还要去河谷……”时少卿边说边算，“还得三天才能回来。唉……我这掌柜的在家躺着让您伺候，还让东家亲自出去跑货，真是对不住……”瑛娘说：“可别这么说，孩子她爹还觉得心里对不住你呢。”时少卿说：“为啥？”瑛娘说：“你要不给他当掌柜，哪会被人打成这样？”时少卿张了张嘴，不敢接话。“其实，是谁打的你，我们心里有数，可是……唉，我也只能劝孩子她爹别追究，只是苦了你了！”“啊……是吧，是吧。”时少卿并不想把自己得罪了冤家，欠人账的事儿说出来。瑛娘说：“请时先生放心，我们不会亏待你，我也一定会劝孩子她爹多给你补偿。”时少卿尴尬地笑笑，低头喝着汤。

忽然，院里的招娣大声喊：“娘，来人了！”瑛娘起身迎了出去，正见一个管家模样和两个伙计模样的人站在院子里。瑛娘一愣，问：“你们找谁？”管家模样的人回话说：“请问，时少卿是不是住在这里啊？”瑛娘警惕地说：“你们找他干什么啊？”管家说：“哈哈，太好了，太好了！你赶紧叫他出来，就说我们是从京城来的！”瑛娘一听，连忙回到屋里去叫人。

坐在餐桌前的时少卿一听，却吓得浑身直哆嗦，直往暗处躲：“嫂子，嫂子，可不能把我交出去啊！京城来的，准是冤家，冤家！实不相瞒，我挨打跟你们一点儿关系都没有，是我在京城结下的仇人。他们来这儿找我寻仇，上回就想要我的命，要不是警察来得及时，我……我早就死了，这些人准是打听到我没被打死，又来了。嫂子，你可千万不能把我交出去！”瑛娘疑惑地说：“不能吧？光天化日的，他们敢大摇大摆地来伤人害命？你不用怕，就在屋里等着。”瑛娘走到外间想了想，顺手抄起一根掸子，让两个孩子赶紧回屋，这才又迎出去。

管家模样的人问："时少爷呢？"瑛娘厉声喝道："孝兴是有王法的地方，我可告诉你们，我认识洪县长！你们想大白天的到我家里寻仇杀人，办不到！我大声一嚷嚷，警察就会来，把你们抓进大牢！"管家不解，说："抓我们？为啥啊？这位大嫂，我们不是歹人。"门开了一个小缝，时少卿朝外观望着。瑛娘说："歹人也不会写在脸上，上次你们杀人不成，这次大白天地追到我家里来了，真是胆大包天！我劝你们快走，不然待会儿警察来了，你们想跑都跑不了！"管家站在院子里直拍大腿："哎呀，这位大嫂，你真的误会啦，我们怎么会杀人呢？时少卿是我们家的四公子！"时少卿这才壮着胆子挤了出来。

管家和两个伙计连忙上下打量："哎呀，四公子！四公子，您这是咋啦？刚才这位大嫂说，谁把您给打了？"时少卿伸出手，指着管家，说："别上前来！你叫什么来着？"管家答道："我？我是时来顺啊，老太爷的管家！"时少卿说："对，时来顺，老东西的管家。你，你刚才管我叫什么？"管家说："四公子啊！"时少卿哈哈大笑："四公子？哈哈哈……你们什么时候拿我当过四公子？时来顺，我问你，跑这大老远地来找我，要干什么？"时来顺说："找您呀！是老太爷专门派我来找您的，下个月初八就是他老人家八十大寿，想请您回去！"时少卿说："请我回去？谁请呀？"时来顺说："当然是您爹，咱家老太爷啊！"时少卿说："不能吧？仨儿子守着他呢，他能想得起来我？"时来顺叹道："四公子，家丑不可外扬。要不，您让我进屋去，赏我口水喝，我慢慢跟您回禀？"时少卿没表态。"实不相瞒，我四处打听，嗓子眼儿都冒烟儿了，好不容易才找到您……"

瑛娘插话道："既然都是家里人，快请进屋，喝水，慢慢说！"时来顺一听大喜，迈开步子就要进屋。时少卿喝道："站住！这不是我的家，这是我东家的家，这位是我东家的夫人。你说进屋就进屋，你算什么东西呀，出去，出去！"时来顺连忙往外退。瑛娘忙打圆场："别别，人家大老远来找你。"时少卿转身对瑛娘说："大嫂，要不这样，我让他们在院里把事儿说明白了，我再跟您回禀？"瑛娘点点头："那也行。你们等着，我给你们端茶来。"

瑛娘把三个孩子都哄睡了，时少卿轻轻地推开门，轻声说："嫂子，借一步说话。"瑛娘刚一出来，时少卿的脸上就笑出了花朵："我睁开眼睛第一个看见的是您，您跟我娘长得一模一样，我当时就觉得，我的好日子快来了。没成想，没承想我时少卿真的时来运转了！瑛娘，您就是我的观音菩萨啊，请受我一拜！"说着，他就要跪倒。瑛娘连忙去拦："这是干啥？"时少卿顺势抓住瑛娘的双手，说："瑛娘，您等着，我一定会回来，报答您的救命之恩！"瑛娘挣脱开手，说："哎，时先生，到底咋回事？他们真的是你家里的人？"时少卿点点头："是！我这就跟他们走。"瑛娘说："去哪啊？孩子她爹回来问起来，我怎么跟他说啊？"时少卿哈哈笑道："实不相瞒，我时少卿也是有身世的人，我爹，是前朝四品大员，在京城有一份不小的家业。我娘是小妾，后来被我大娘给逼死了。我大娘是正室，一共生了仨儿子，个个如狼似虎，从小就不拿我当人，没少欺负我！我那个爹也是老糊涂了，根本看不上我，说我长得就不像好人。你说，我怎么不像好人了？"瑛娘无法回答。时少卿继续说："老东西就觉得正室生的那仨儿子好，个个一表人才，将来都能做大事！的确，他们做的都是大事！我那大哥，跟着张勋复辟。复辟未成，官儿丢了！官儿丢了不要紧，有人恨他，说他破坏民主，是国家的罪人。这不，三个月前，他在大栅栏闲逛，不知道被什么人打了黑枪。枪子儿正中胸口，一命呜呼！还有那老二，从小就喜欢练武，爱玩枪玩刀。这个更不是东西，小时候练射箭，拿我当靶子。他是个当兵的，大军官！可惜，跟错了大帅，替大帅冲锋陷阵抢地盘时，被炸弹给炸飞了，连个全尸都没找到！"瑛娘有些同情。"我那三哥，长得最英俊，招人喜欢！老东西最疼他，含在嘴里都怕化了，惯得无法无天的。我不在家这几年，他迷上了八大胡同，染上脏病，浑身哪儿都烂，高烧不退……上个月，就上个月，嘴里喊着什么芍药牡丹的，也见阎王去了。哈哈哈……"瑛娘说："兄弟，三个哥哥都没了，你咋还笑？"时少卿愤愤道："他们都该死呀！真的，死了活该，没一个好东西。五年前我就是被他们赶出家门的。那个时候，老东西觉得自己儿子多，不需要我，管都不管。可现如今全死光了。巧的是，一个孩子还都没留下！"时少卿哈哈大笑："哈哈，八十大寿，一个男丁都没有。管家还告诉我，我爹时候也不长了，让我赶紧回去，继承家业！哈哈，瑛娘，我们时家也是响当当的大户，刚才我说的话，您一定记着，您就是我的观音菩萨。我时少卿之时来运转全靠您，我绝忘不了您，一定会回来报答您！"时少卿说着知恩图报，眼中绽放的却是另外一种光彩。瑛娘觉得有些不自在，但又替时少卿高兴，也不好回绝。

两个月后，一辆豪华的汽车停在了隆继宗货栈的门口。一位西装革履、手执文明棍的年轻绅士走出汽车，那竟然是时少卿！隆继宗惊得目瞪口呆，有些心虚地上前，说："少卿，真是你，你回来了。"时少卿张开双臂，夸张地呼道："大哥！"两人紧紧拥抱。伙计们连忙上前问候："掌柜的回来了！掌柜的回来了！"时少卿很高兴，一一点着头。可对掌柜的这个称呼，管家时来顺有些不乐意，说："伙计们，这是我们时老爷发的赏钱。"每个伙计都得到一块银圆。一时间，伙计们面面相觑，再没有人叫掌柜的，都连忙作揖："多谢时老爷，多谢时老爷！”时少卿笑着：“客气什么！客气什么！”隆继宗面露愧色，说：“少卿呀，你这是……”时少卿一把握住他的手：“那日，我遇难之时，兄长曾提出结义之事，可还算数？”隆继宗说：“当然算数！”时少卿说：“城东关帝庙，我们现在就去如何？”隆继宗爽快地答应着，两人乘车而去。

结拜过后，隆继宗带着时少卿回了家。时少卿一进门就拿出了礼物，盼娣和招娣都得到了一套时兴的洋装，两个孩子很是喜欢。瑛娘有点儿看傻了，说：“这得花多少钱啊？我这俩闺女从小在乡下长大，哪儿穿过这么好的衣服，这不是糟践了好东西吗？”时少卿笑道：“大嫂果然识货。这两身衣服，是我专门找了给英国领事做衣服的洋裁缝定制的。二位侄女，记得叔叔说过的吧，欠你们一份见面礼，补上了，喜欢吗？”盼娣与招娣连忙说：“喜欢！”时少卿又打开一个木盒，里面是金光闪闪的一套金首饰，说：“大哥，这个是我给三侄女的。”隆继宗一看，推辞道：“兄弟，这礼太重了。”时少卿说：“不算什么，北京城前门楼子下面有个打金货的百年老店，手艺没得说，成色也信得过，只是不知道大嫂是否喜欢？”瑛娘感动得泫然欲泣：“时先生，实不相瞒，我这老三……唉，都怪她是个女孩，生下来没少折腾，还险些把命丢进黄河。这是她长这么大头一回收礼，还是这么贵重的礼，我这当娘的……”时少卿说：“是吗？头份礼，那是我时少卿的荣幸啊！”隆继宗局促道：“兄弟啊，这太贵重了，你让我怎么谢你啊！”时少卿摆摆手说：“大哥，你我今日在关老爷面前磕了头，以后就是兄弟了。我给侄女送些礼物，不应该吗，嫂子，快收下！”说着，他便把首饰盒递给瑛娘。

时少卿又问：“管家，给我大哥准备的礼呢？”管家连忙奉上了大小三个盒子。第一个盒子打开，是一套西装。时少卿道：“这是请英国裁缝做的洋装。”第二个小盒子里是怀表。时少卿又说道：“这块怀表产自法兰西，里外都是纯金。”第三个盒子是鞋。时少卿继续道：“这双鞋子是意大利皮匠做的。我给大哥当掌柜，可谓朝夕相处，自认衣服的尺寸和鞋子的尺码都错不了。请大哥赶紧试试！”隆继宗推辞道：“这……这真是领受不起啊！”时少卿说：“大哥，你要是不收，我这当兄弟的可没面子啊！”隆继宗忙说：“好，我收，我收！”时少卿说：“那就请大哥试试，不合适，我写封信，让裁缝、鞋匠到孝兴来改。”隆继宗有点诚惶诚恐。这时，瑛娘开口道：“兄弟，我做饭去，你们哥俩好好喝点儿。”时少卿点点头：“有劳大嫂了。”

酒菜很快就备好了，瑛娘在院里又单独摆了一桌，招待时管家和下人。隆继宗和时少卿则推杯换盏，相谈甚欢。时少卿哈哈大笑：“我爹对我真好啊，他心里有数，知道快咽气了，怕自己死了家里没人给我撑腰，我继承不了家产，你猜怎么着？”隆继宗顺口问道：“怎么着？”时少卿说：“他先把我那仨哥哥的亲娘，也就是我大娘，下药给毒死了！”隆继宗吓了一跳：“啊，这是为什么？”时少卿说：“你想啊，那老太婆要是活着，能看着家产都归我吗？哎呀，要说真得感谢我那仨哥哥呀，不是官迷就是色鬼，都没急着传宗接代！我爹要是有孙子，这份家业能归了我？”隆继宗问道：“那令尊，时老太爷……”时少卿说：“我回去没十天他就咽了气，一转身，我就成了老爷，哈哈哈哈！”瑛娘一进屋，就听到时少卿有些狰狞的笑声。时少卿先看到她，目光忽然柔和下来。瑛娘避开他的眼神，时少卿也立刻收回了目光。隆继宗大笑，冲着瑛娘招呼：“来来来，我喝不过兄弟，快醉了，你陪着兄弟喝一杯！”时少卿借着酒意说：“好，大嫂，兄弟敬你一杯！”瑛娘说：“我敬兄弟！我这手艺差，只会做点儿粗茶淡饭，让兄弟见笑了。”时少卿说：“哪的话，嫂子做的饭，胜过京城的山珍海味！谢谢嫂子！”二人酒杯相碰，隆继宗没发现瑛娘的尴尬。

入了夜，瑛娘用手反复地抚摸着女儿的新衣服，说：“这衣服真是漂亮！这俩丫头，真是有福，跟着她爹收了这么好的礼。”“我这兄弟……唉……”隆继宗一脸不高兴地叹道。瑛娘问：“孩儿她爹，兄弟怎么了？”隆继宗说：“你说我这兄弟不懂礼数吧，还真不是，给我给三个孩子都送了这么贵重的礼物。你要说他懂礼数吧，唉，我看差火候。他被打得人事不省，在咱们家一躺就是半个多月，要不是你，他早就死了……他怎么能单单把你给落了呢！”瑛娘笑道：“孩儿她爹，这才说明兄弟知书达理。”隆继宗说：“怎么讲？”瑛娘说：“你想啊，虽说他在咱家炕上躺了半个多月，都是我照顾的，可那时候他是病人。现在他好了，我是他的嫂夫人，他怎么可以随便送我礼物呢？”隆继宗还是没弄明白：“这……”瑛娘说：“男女授受不亲嘛！”隆继宗恍然大悟。“再说了，他给孩子们送礼，我这个当娘的自然打心眼里高兴，也就算他谢我了。”“如此说来，我这兄弟的人品了不得，这一层怎么连我都没有想到呢！”隆继宗说着竖起了大拇指。瑛娘笑了。

隆继宗说：“刚才叫你一起吃饭，你不肯上桌，商量的大事你都没听着。”瑛娘问：“什么大事？”隆继宗说：“一开始啊，我看兄弟发达了，成了时老爷，我想坏了，他再也不可能给我当掌柜的了，咱们家货栈的生意就不好做了！哪承想，跟我这兄弟一聊，你猜怎么着，他回来就是要跟我合伙做大生意的！”瑛娘不解地说：“啥？京城那么大一份家业他不守着？”隆继宗说：“兄弟说了，京城虽大，可是想赚钱也不容易。孝兴虽偏远，生意要是做好了，反倒更容易挣钱！我这兄弟是个人物，他说现如今中华大地多少人划土为疆，靠的都是枪炮。我们兄弟要是把生意做大了，就靠银子，将来也能成为一方霸主！”瑛娘笑道："好好过日子就得了，可别称王称霸，动枪动炮怪吓人的。时老爷给你当掌柜的时候，货栈生意就好，说明你们哥俩合财！合伙做生意，准能行。"隆继宗顿了顿，说："那是自然。你可知道兄弟要出多少本钱？"瑛娘摇头。"他要出的本钱是我的几十倍啊！"瑛娘有些担忧地问道："那么多？岂不是他要当东家了？那……你给他当掌柜？"隆继宗说："我也这么说来着，可是他不干，他说我是兄长，永远是他的东家。"隆继宗得意地大笑，"我说今后不论什么东家掌柜，兄弟合伙都是东家，他也认同！他说，钱他多出，力我多出，将来五五分利！"瑛娘说："他出那么多钱，五五分利？"隆继宗高兴地说："可不！看出我们兄弟的情谊了吧。要说，我得好好谢谢你，要不是你把那么个活死人给救活了，哪有今天呀？"瑛娘也很高兴，可心里多少有些忐忑。

隆继宗小心翼翼地把一个刚煮好的鸡蛋剥开，放在了盼娣的碗里。盼娣的声音娇嫩好听，说："谢谢爹！"隆继宗停了一下，说："不对，你是姐姐，要先给妹妹！"他将鸡蛋又放在了招娣碗里。招娣脆生生地说："谢谢爹！""盼娣不急啊，爹再给你剥一个。"说着他又小心地剥开一个鸡蛋，放到了盼娣的碗里。盼娣笑着说："谢谢爹！"招娣说："蘸点儿酱油，蘸点儿醋！"隆继宗哈哈大笑："好！蘸酱油，蘸醋！"说着，他拿起酱油和醋倒进了招娣的碗里，又给盼娣倒了一些。瑛娘端着粥进来，一见这场景，不觉温柔地笑了出来。瑛娘故意说道："你们两个小丫头片子，鸡蛋不会自己剥啊，怎么还麻烦你们爹？"隆继宗摆摆手说："刚煮好的鸡蛋烫嘛，咱家小姐现在没人伺候，我当爹的给剥个鸡蛋有什么大不了的，我愿意！"瑛娘笑意盈盈。隆继宗又说："我这一走少则二十天，多则一个月，我想闺女可怎么办？"瑛娘笑道："爹对你们真好！你们俩丫头片子，好有福气。"盼娣、招娣吃着鸡蛋，幸福地笑了。隆继宗叹口气，说："唉，也不知道老三什么时候能吃鸡蛋？"瑛娘看了看床上咿咿呀呀的老三，说："这丫头给你带来那么多麻烦，你还惦记着她呢，真是难为你了！"隆继宗说："瞧你这话说的，我的骨肉，我能不惦记？要不是有了她，我还在隆家的大宅院里，当我的二少爷，怎么会像今天这样自己做大事？这么说来，我还得谢谢我这个小老三呢！"说着，他上前去亲吻襁褓中的老三，小婴儿咯咯地笑着。

第二天，瑛娘亲自送隆继宗出门。她将包裹放在马车上，叮嘱道："她爹，这回出去日子久，你可小心照顾自己。你爱肚子疼，那是肠胃娇贵，千万别吃凉的，晚上睡觉别蹬被子。"隆继宗笑道："哎，我又不是三岁孩子，让伙计们笑话！"赶车的小伙计果然在偷笑。他拍拍瑛娘的肩，正色道："放心吧！天将降大任于斯人也，必先苦其心志，劳其筋骨，饿其体肤。我小时候净傻读书了，又在古风村耽误了十年，现在才谋大业，不受点苦，也说不过去呀。走了，兄弟这么信任，这一趟，必须马到成功！”瑛娘依依不舍地说：“二少爷保重！”隆继宗跳上马车，伙计扬鞭，马车出发。瑛娘望着那远去的背影，眼中浮现出担忧之色。

角落里的时来顺眼看着隆继宗的马车远去，这才回去跟时少卿报告，说：“走了，马车出的西城门。”时少卿点点头：“嗯，我这个义兄，本分！说好的先奔临县，他是肯定不会拐弯的，哈哈……你说，瑛娘怎样？”时来顺不解，说：“呃，老爷，您的义嫂，我哪敢多嘴……”时少卿说：“我就问你怎么样，不算多嘴，她是不是好女人？”时来顺说：“呃，那当然是好女人，饭菜做得好，对我们这些下人也热情。”时少卿突然说：“她像我娘……”时来顺一愣。时少卿继续说道：“我娘死得早，那年我才七岁，没娘的孩子日子不好过呀，挨打受气都不算什么，心里那种空落落才最让人受不了！直到那天，我以为我没命了，到阎王爷那儿逛了好几圈才回来，睁开眼就看到她，我一下子觉得，活着有了盼头！”时来顺听得吓了一跳，不知这话该怎么接。

入夜，三个孩子睡着了，瑛娘正要熄灯，只听得外面有人轻叩窗子，她吓了一跳，凑了过去，问道：“谁啊？”门外人说：“嫂子，是我。”瑛娘大惊：“你是谁？”门外人说：“我是您的兄弟，时少卿啊。”瑛娘有些疑虑，没敢开门，说：“时老爷？”时少卿站在窗户边上，说：“呃，什么老爷，不是都说好叫兄弟吗，其实，我更愿意您叫我少卿。”瑛娘有些尴尬，说：“少卿……兄弟，这深更半夜的，你有什么事吗？”时少卿说：“有事，急事，请嫂子移驾，出来相见！”瑛娘开了门，有点疑惑地说：“什么急事啊，不会是京城的仇家又找来了吧？”时少卿笑道：“所谓仇家，其实就是债主。我爹死了，家业都留给了我。他们见我发达了，怕我买凶报复，吓得直磕头呢！”瑛娘长出了一口气：“哦，那这大半夜的，你找我……”时少卿突然后退一步，单膝跪地。瑛娘大吃一惊：“兄弟，你这是做什么？”时少卿小心翼翼地从衣兜里拿出一个盒子，慢慢地打开。月光之下，一枚亮闪闪的红宝石戒指，举到了瑛娘面前。

“这是我送给你的礼物！那天，我拉了一车的礼物来，有大哥的，有三个侄女的，唯独没有你的，不知你心里怪我了没有。这枚戒指，我选了好久，就是想等着只有咱们俩的时候，单独送给你！”瑛娘连忙推辞着：“兄弟，嫂子不能要！”时少卿说：“瑛娘，这没有外人，明月之下，只有你我，别再嫂子兄弟地叫了，少卿的一片情，你难道看不出来？”瑛娘倒吸一口凉气：“你说什么，我听不懂！兄弟，你快起来！”时少卿说：“你不收下，我就不起来！”瑛娘说：

“这礼物太贵重了，我没法收。”时少卿说：“那我就在这儿跪一辈子！”瑛娘有些无奈：“好吧，这很值钱吧，嫂子真是受之有愧啊！”她只得把盒子接了下来。时少卿顺势站起，握住了她的手：“你答应了？”瑛娘缩回手，说：“我答应什么了？”时少卿说：“我在做什么你不懂吗？”瑛娘说：“懂什么？”时少卿说：“我是在向你求婚啊！你既然接了，就是答应了！来，瑛娘，我亲手为你戴上！”瑛娘大惊失色，一把将时少卿推开：“你疯了吧？我是有夫之妇，是你嫂子，你怎么能说出这种话来？兄弟准是喝多了，你的管家哪去了，你快回去吧，我给你开门！”说着，瑛娘向大门口走去。

时少卿从身后一把抱住她，说：“瑛娘，我今天根本没喝酒！”瑛娘挣扎着，怒道：“你放开我！”时少卿说：“瑛娘，自从那天从鬼门关回来，睁开眼看到你的时候，我便知道了，你就是我这辈子最亲近的女人！我跟你说过，你长得像我的娘，其实，并不是模样有多像，而是感觉像。你让我觉得像娘一样亲切，我这辈子不能没有你！”瑛娘心烦意乱，甩开时少卿就要走。时少卿又上前一步，拦住她：“虽说你大我几岁，我不在乎！你已经生了三个孩子，我也不在乎！”瑛娘又羞又怒，可又不好发火，说：“你不要再说下去了，今天的话要是让我孩子她爹听到，你怎么做人？”时少卿说：“我不在乎。”瑛娘愣住了，很是意外。“我一回来，就与他结拜，就是想好让他别太恨我。隆继宗是个好人，可是瑛娘，他姓隆，隆家对你怎样？你十四岁那年要拿你祭河，就因为你生了一个闺女，把你全家都撵了出来，这样的家里养出来的少爷，能是什么好东西吗？别看他现在对你好，用不了多久，他就会变心的！你把一辈子都给了他，你能得什么好？瑛娘，我跟他不一样。我从小受气，看够了别人的白眼，谁对我有恩，我知道用心去报答。真心爱慕的人，我会拿命去对她好！真的，我时少卿对着明月发誓，我一辈子对你好，就像对我娘一样好！”

瑛娘不知如何是好，说：“什么胡言乱语，你真是喝多了，你快走，就当没来过，不然，以后就没法再见面了！”说着，她快步向屋里走去。时少卿再次拦住她，说：“我知道，隆继宗娶了你，你觉得他对你有恩，你错了！当初是怎么回事我都打听清楚了，那个时候他落了难，你不救他他就死了。活过来以后不娶你，他就吃不上饭，得饿死！所以你不用觉得对他有什么愧疚。而且我也一定会对得起他。我们不是合伙做生意吗，我想好了，你跟我走，投在货栈里面的钱我一文都不带，全留给隆继宗，如何？”瑛娘惊得张大了嘴，说：“我跟你走？”时少卿说：“对啊，我时少卿愿意为了你改名换姓，大上海、武汉、广东，去哪儿都行！”他越说越兴奋。瑛娘又羞又怒，说：“这算什么？”时少卿说：“私奔啊！为了爱，私奔，我不在乎！”

突然，瑛娘一巴掌打在他脸上。他一愣，忽然跪倒在瑛娘面前，说：“瑛娘，实话告诉你吧，隆继宗这次出去做生意，他根本不是一个人走的，那个县长的侄女洪小姐陪着他呢！”瑛娘怒道：“你胡说八道！”时少卿摇了摇头，说：“我就知道你不会信。我可以多给你点儿时间，让你明白隆家的二少爷到底是个什么样的人！早晚有一天，你会知道，天底下，只有我是最爱你的男人！”时少卿站起身就走了，留下心慌意乱、不知所措的瑛娘。

第八章

茶楼的单间里，洪凤鸣和时少卿陷入了僵持。洪凤鸣说：“他让你传话给我，说要和我见面？照你这么说，隆继宗根本不是什么好东西，婚事没成，倒是我的福气。”时少卿说：“哎哎，洪小姐，您这是什么意思？”洪凤鸣说：“我承认，这一年我没离开孝兴，确实是对隆继宗不死心，因为我觉得他是个重情重义的男人。他为了妻儿，放着那么大的家业不要，自己独立门户，开起了货栈，更让我由衷地敬佩。真没想到，一切都是假象，隆继宗也是个道貌岸然、拈花惹草之辈，跟别的阔少爷没什么区别！”说完，她就要往外走。

时少卿说：“洪小姐留步，不是你想的那样……其实，我们东家约您，就是想跟您交个朋友，并没有别的意思。”洪凤鸣驻足思忖。时少卿一看她上钩，就乘胜追击：“您不愿意去也就算了，东家心里的苦，也只有东家自己知道。”洪凤鸣不由问道：“他苦什么？”时少卿说：“被一个会妖术的女人控制了十年，能不苦吗？”洪凤鸣一愣：“这世上哪来的妖术？”时少卿说：“洪小姐是新派，当然不相信这一套，不过东家确实做不了自己的主。很多次，心里本来想好了，可要开口的时候，就觉得灵魂被控制，仿佛有另一个人在替他说话。”洪凤鸣说：“这世间真有这样的事，有人会妖术？”时少卿说：“也许是做蛊啊……”洪凤鸣十分惊讶，问道：“那个女人会做蛊？”时少卿说：“也不确定，都是我和东家的猜测。东家想见洪小姐，也是想把自己的经历和您讲一讲，您读的是洋学堂……”洪凤鸣说：“隆继宗会相信我吗？”时少卿说：“东家说，虽只与您见过几面，但感觉格外亲切，他想在离孝兴远些的地方与洪小姐见面，方可不被妖术控制，说出真话。”洪凤鸣有些疑惑，但十分好奇，想弄个明白，便说：“就算我想见他，又怎能追得上？”时少卿有意无意地诱导着，说：“我倒是有一辆汽车，是我们东家留下的，可以送你……”洪凤鸣动了心。时少卿又说：“我还有几句话想叮嘱洪小姐。您要是想让他敞开心扉，可能得先和他交朋友，让他更加信任你。”

生意谈得不错，隆继宗很是高兴，突然，他在大街上看到洪凤鸣就站在不远处，有些惊讶，他不想和她碰面，转身加快了脚步。洪凤鸣大声说：“隆继宗，你没看到我吗，还是不认识了？”不得已，隆继宗只好回身，说：“是洪小姐，这么巧，您也来了临县？我还有些生意要谈，先走一步，告辞！”洪凤鸣说：“我是一个人来的。”“一个人来的？”隆继宗有些不明白她的意思。洪凤鸣说：“我出来得匆忙，盘缠没带，隆老板能否代为安排？房钱嘛，回到孝兴我会还你。”隆继宗说：“那倒不必，我住的客栈就还不错，很干净，我就让他们再给洪小姐开一个上房便是。”

伙计走去开房了了，洪凤鸣却仍盯着隆继宗看，那目光让他很不自在。隆继宗没话找话，问道：“洪小姐匆匆忙忙来临县，有什么事？”洪凤鸣想起时少卿说的话，说：“我就是想来散散心，幸好碰到了你，不然真不知如何是好！”隆继宗笑道：“这么说，是缘分了……”洪凤鸣也笑着：“缘分……”隆继宗连忙岔开话题：“洪小姐吃饭了没有？”洪凤鸣笑道：“还真没吃。”隆继宗说：“那我可否做东请洪小姐用膳？”洪凤鸣摊开手，说：“反正我没钱，你不做东，我便只能挨饿！”

酒菜上齐，两人相对而坐，虽然仍有些尴尬，看上去还算惬意。洪凤鸣说：“真没想到，还能和你坐在一个桌上吃饭。”隆继宗说：“是啊，能在这里碰到，还有幸请洪小姐吃饭，以前真是想都不敢想，对了，你会饮酒吗？”洪凤鸣回答得很爽快：“酒？喝就喝。”二人端杯，洪凤鸣闻了闻，就将一大杯全都喝了进去，眼泪都呛出来了。隆继宗十分惊讶，阻拦已来不及。洪凤鸣说：“这酒真好喝，别人都说酒辣，怎么我觉得甜甜的？”说着，她又给自己倒上了一杯：“来，这杯我敬你。”话音未落，洪小姐又干了，隆继宗只好相陪，就这样连喝三杯，洪凤鸣脸色大变，瞬间通红，使劲地咳着，咳着咳着便泣不成声。

隆继宗左右为难，关切地说：“洪小姐，洪小姐……”“你别一口一个洪小姐，我不爱听！我有名字，我叫洪凤鸣。”说到这儿，她醉笑道，“这个名字绕嘴吧，我爹起的，他希望我能像凤凰一样鸣唱。我爹可疼我了，从小到大没让我受过一点儿委屈！可是你……你隆继宗欺人太甚！叔叔派人接我的时候跟家里说得清楚，孝兴隆家要向我提亲，可是……你，你们隆家，你让我哪有脸面回老家桐城，哪有脸面去见亲人同学？呜呜……”说着说着，洪凤鸣越哭越厉害。隆继宗尴尬不已，连连说：“对不住，洪小姐，真的是对不住。”洪凤鸣抓过酒壶接着倒酒。隆继宗上前抢过酒壶，说：“洪小姐，你不能喝了！”洪凤鸣说：“别叫我洪小姐，我有名字……”隆继宗讪讪地叫道：“凤鸣小姐……”洪凤鸣笑了：“你叫得还挺好听，再叫一次。”隆继宗只好轻声叫着：“凤鸣小姐……”洪凤鸣已经醉了，手松了酒壶，头一斜，倒在桌子上。

将洪凤鸣安顿在房间里，隆继宗轻轻地掩好门，向自己的房间走去。突然，黑暗中闪出一个大个子，竟是一瘸一拐的隆福，他喊道：“二少爷。”隆继宗有些惊讶，问道：“福叔？你怎么到这儿来了？”隆福说：“我不放心您，专门来看您的。”隆继宗有些疑惑：“是吗？进屋说话去。”进到房间，隆福根本没坐，直接跪下了。隆继宗又吓了一跳：“福叔，你这是干什么？”隆福说：“二少爷，我求您了，你可千万不能啊！”隆继宗一头雾水，说：“不能什么？”隆福说：“二少奶奶虽然没给您生下一个男孩，可她……没有功劳也有苦劳。”隆继宗更是迷惑：“你什么意思？”隆福说：“二少奶奶的命已经够苦的了，您要是跟洪小姐这样，她可就真没法活了！”隆继宗说：“什么乱七八糟的！”隆福说：“二少爷，您约了洪小姐一起出来，二少奶奶她知道了，正带着孩子来找您，所以专门让我……”隆继宗说：“谁约了洪小姐一起出来的？那女人居然让你跟踪我？好你个隆福，你是隆家的人，居然吃里爬外，给那个外姓的女人当起了……这叫什么，我想想……对了对了，在上海滩这叫私人侦探！你居然给那个女人当起私人侦探，跟踪自家少爷？”隆福连忙解释道：“不不不！不是这样！哪有什么侦探不侦探的，我也没跟踪您，我就是刚好碰到……哎呀，不管怎么，请二少爷听老奴一句劝，千万不能与洪小姐来往啊！我怕这次就是个圈套，洪小姐就是诱饵，他们为了报复隆家，报复您啊！”隆继宗一下愣住了：“有这种可能？”隆福说：“当然了！她恨你恨得咬牙切齿，这突然又和你一起喝上酒了，而且还……你们俩刚才没……”隆福比画着。隆继宗说：“胡说八道！福叔，你把我当成什么人了，我隆继宗是那么随便的人吗？”隆福说：“没有就好，没有就好。不过，你们孤男寡女，都喝多了，住在一起，能不让人多想吗？这要让二少奶奶亲眼看见，你说没事，她会相信吗？”隆继宗说：“也是。不过，瑛娘怎么知道的信儿呢，谁告诉她的？”隆福说：“二少奶奶只是托我来看看您，也没跟我讲。”隆继宗冷静了下来，说：“没看出来，瑛娘还挺有心眼儿，居然把你搬出来了，这事是有些蹊跷。这个洪小姐，挺可怜的，算起来，都是让我害的……这样，她喝多了，睡得挺沉，一时半会儿醒不了。我事也办完了，连夜就走。我写封信，明天你帮我转交给她，多作揖道歉，千万别惹她生气。我信上会说明，我很疼爱妻女，没有休妻的念头，让她知难而退！”隆福夸道：“这样好！二少爷自立门户以来，办事真的是越想越周到了！”被隆福这么一夸，隆继宗觉得很有光彩。

第二天早上，洪凤鸣醒来，觉得有些口渴，见床边正放着一个茶壶，伸手一提，壶里有水，倒出茶来。她想了想，暗道：“这个隆继宗照顾人还挺周到。”她又低头看了看，发现自己的衣服都很整齐，长出一口气：“倒还算个君子……

我是来帮他的，怎么把自己喝醉了？”洪凤鸣自责着起身，出了门，叫道：“伙计。”远处跑过来一个伙计。她问道：“请问，孝兴来的隆先生住在哪间房？”伙计说：“哦，隆先生啊，昨晚结账走了。”洪凤鸣问道：“什么？”伙计说：“噢，您的房钱，他也帮您都结过了。”

洪凤鸣正要发怒，隆福从隆继宗房间走了过来，说：“请问，是洪小姐吧？我这有封信，是我家二少爷给您留下的，请您过目。”洪凤鸣问：“你是谁？”隆福说：“我是隆家的下人，叫隆福。”洪凤鸣打开信，越看越气，怒道：“我好心好意来看他，他居然说这样的话，他隆继宗好了不起啊！”隆福说：“二少爷一向直率，话说得不对的地方，请洪小姐见谅。”洪凤鸣说：“哼！我问你，隆继宗到底是什么意思，既让我来，又不辞而别，还说这些不咸不淡的话，他是成心羞辱我吗？”

“洪小姐息怒，信上写了什么我不知道，是不是二少爷叫您来的，我也不知道。不过二少爷跟我说，他并没有请您，而是在这儿碰上您的……其实都无所谓。”隆福的脸上一直堆着笑容：“昨天，您喝醉了，二少爷和我说，我家二少奶奶是个好女人，在他落难之际，与他结为夫妻，给他生了两个女儿，日子过得虽艰难却快活。后来，夫人把他们接回隆家，本以为苦尽甘来，却……”隆福叹息道：“三小姐出生前前后后发生的那些事，想必您也都知道了。患难见真情，二少爷与夫人闹翻，分家单过。这中间，二少奶奶的艰辛，更是可想而知。我是下人，有句话本不该说，说了也请您千万别怪罪。洪小姐，求您放过二少奶奶吧，她带着三个孩子不容易呀！”洪凤鸣越听越气：“你说什么？我什么时候为难那个女人和她的女儿了？你们都拿我当什么人了？你给我滚，滚出去！”

瑛娘自从隆福走后，就一直提心吊胆。一听自家院子里传来砸门声，她连忙从屋里迎了出来，喊着：“来了，来了。”门口站的正是洪凤鸣。瑛娘说：“洪小姐，您有事？”“有事。”洪凤鸣毫不客气，大踏步地走进院去，直接进了屋。一进屋，她就问道：“你们到底想干什么？先是让掌柜的去求我，然后又故意戏弄我！怎么，你们两口子嫌害我害得不够，要羞辱我，逼我上吊吗？做梦！”瑛娘被镇住了，她不知道到底发生了什么，支吾着：“洪小姐，我，我……”突然，哭声从床上传来。“对不住，对不住！”瑛娘一边说，一边跑进屋去，将三女儿抱在怀里摇晃着：“闺女别哭啊，家里来了贵客，你忍一忍，等下喂你，别哭，别哭啊。”洪凤鸣还在气头上，想骂什么，但见孩子哭得可怜，她也是个女人，实在是骂不出口，便说：“你先喂孩子吧，我也不是什么贵客，我就是来找你讨个说法，你喂完孩子也不晚！”瑛娘连连道歉：“对不住了，对不住了。盼娣，快给洪小姐倒茶。”

盼娣吓得直点头，上前去倒茶。瑛娘抱着孩子进了屋。盼娣好不容易才将茶倒好，颤颤巍巍地端到洪凤鸣面前，怯生生地说：“您请用茶。”洪凤鸣接过茶来，看着盼娣。盼娣跟她对视着，孩子的天真无邪让她更加无处生气。她本想喝茶，可是又想到时少卿和她说的妖术，没敢喝。这时，招娣端着一盘花生过来，说道：“您吃花生吧。”这孩子更小，洪凤鸣的心一下子软了。她与幼小的招娣对视着，点点头：“多谢。你们也吃啊！”招娣摇头说：“娘说了，在客人面前，轮不到我们吃。”盼娣接着说：“您吃吧，娘喂妹妹，要一会儿工夫的，您别干等着。”洪凤鸣只能尴尬地点头，她拿起花生，招娣却一直盯着她，她又不好意思吃了，剥开一个递给招娣。招娣摇头。洪凤鸣说：“吃吧，你娘不会说你的。”招娣甜甜地吃着，说：“谢谢。”洪凤鸣又剥了一个给盼娣：“你也来一个。”盼娣也吃了，说：“谢谢您。您真漂亮。”洪凤鸣突然感觉唐突，脸都红了。

瑛娘哄好孩子，从里间出来，满怀歉意：“对不住，让您久等了。你们两个，到外边玩去吧。”两个女儿懂事地应着，出屋去了。瑛娘问：“洪小姐，您刚才说什么？”洪凤鸣道：“我就问你一句话，你到底是人还是妖？”瑛娘愣住了。“别以为我会怕你，我根本不相信这世上有什么真正的妖怪。不过，有些心肠不好的，学一些妖术祸害人，我倒是信。你要是会妖术，大胆地使出来，我不怕你！”

瑛娘愣了半晌，苦笑道：“我要是真会妖术，一定施展，给二少爷生出个儿子来！”洪凤鸣说：“这么说，你不是妖？”瑛娘说：“您看我像吗？”洪凤鸣若有所思。瑛娘又问：“刚才孩子哭，您说什么我没听清楚，谁羞辱您了，怎么回事？”洪凤鸣说：“看你的样子，不像装糊涂。我告诉你，我去临县，是隆继宗让掌柜的求我去的，不是我自己要去的！”

“掌柜的？”瑛娘大吃一惊，“您说的不会是时少卿时老爷吧？”洪凤鸣说：“怪了，你管你家掌柜的叫老爷？”瑛娘说：“他先前是我家货栈掌柜的，不过后来回了京城，一下子变成了有钱的大老爷。现在和二少爷一起做生意，本钱都是他出的……您说是他让您去的临县？”洪凤鸣说：“对啊！”瑛娘联想到那天晚上发生的事情，不由退了两步，长叹了一口气。洪凤鸣问：“怎么了？”瑛娘叹息道：“我错怪了孩子她爹，也错怪了洪小姐，一切都是我的错……”洪凤鸣说：“怎么又成了你的错？难道是那时少卿在撒谎骗人？”瑛娘说：“不，时老爷是个好人，他还年轻，最多是一时糊涂。”

这下，洪凤鸣更加疑惑。瑛娘突然想起了什么，说：“对了，洪小姐，时少卿人不错，他爹是前清四品大员，过世了，留下好大一笔家产。他也是读过书的，见过世面，跟洪小姐也算是门当户对……”洪凤鸣更觉莫名其妙，说：“你说什么哪！”瑛娘说：“说错了您千万别怪罪。我不是媒婆，不过也是好心，我知道洪小姐还没找到婆家，时少卿也没娶过媳妇，我当嫂子的给兄弟说亲合适。我看你们俩真挺般配的，不也是好事一桩？”洪凤鸣有些恼怒：“看不出来，你还挺热心肠。我是嫁不出去吗？用得着你给我当媒人？”她顾不上生气了，扭头就走。

洪凤鸣再见到时少卿时，怒不可遏：“时少卿，你这个搬弄是非的小人、骗子！你就不怕警察抓你去坐牢！”时少卿笑道：“警察抓我坐牢？我怎么了，警察抓人总得有个罪名吧，我是杀人放火了，还是奸淫妇女了？”洪凤鸣斥责道：“无耻！你等着，我一定要把真相告诉隆继宗！”时少卿说：“洪小姐息怒。瑛娘的话你也不能全信。隆继宗是我的东家，我是他的掌柜的，东家交代掌柜办事，怎么能全让东家太太知道呢？”洪凤鸣说：“你还想骗我？你以前是掌柜的，可早就不是了。京城来的时老板有钱，大把的银票投给了继宗货栈，这种事不难打听。可我就是不明白，你为什么要骗我，这样做对你有什么好？”时少卿说：“是，我不再是掌柜的了，但我跟隆继宗还是磕头的兄弟，大哥跟兄弟可是无话不说的，隆继宗真的喜欢你，要不是那个当过河姑的女人会妖术，他早就……”洪凤鸣打断他：“你胡说八道！瑛娘是个好女人，我今天见到她了。她绝不可能会什么妖术！时少卿，我警告你，不管你打什么主意，你都不会得逞！以后，你休想再利用我！”说完，洪凤鸣拂袖而去。

瞧见洪凤鸣离开后，时管家进来了，看到时少卿不高兴，小心翼翼地问：“看这意思，老爷要做的事儿不太顺利？” 时少卿说：“这件事儿，很难……从京城出来我就想好了，再难我也得干到底！要是轻易能得到，那还会是好东西吗，越是难得到，越珍贵。这个道理，我早就想明白了。”

隆继宗回来了，一家人吃过晚饭，瑛娘将两个孩子支了出去。隆继宗一如往常，像是什么事也没发生过，说：“孩子们都吃饱了，你也快吃吧，菜都凉了。”瑛娘没上桌，跪倒在地。隆继宗说：“你这是……”瑛娘说：“福叔回来告诉我，二少爷生气了……这些日子思来想去，真觉得是自己的错。二少爷对我恩重如山，我怎么能怀疑您呢？”隆继宗说：“哼，为这事啊？我还以为你会装糊涂呢。”瑛娘说：“我怎敢跟二少爷装糊涂。”隆继宗说：“那你告诉我，我约了洪小姐一起去临县游山玩水，这是谁告诉你的？”瑛娘看了看他。“你要说实话，这事就算过去了，你要不说实话，我可真要生气！”

有一瞬间，瑛娘想要将实话和盘托出，但猛然想到时少卿毕竟是隆继宗的义弟，人又年轻，做出这样的事，或者是一时糊涂，她不能毁了他。半晌，瑛娘说：“是……是我猜到的。”隆继宗说：“胡说！你怎么可能猜到？”瑛娘说：“真的，我梦见你和她在一起……醒了，就瞎猜，二少爷，都是我的错。”

隆继宗低下头，仔细地打量着瑛娘，弄得她不知所措。突然，他大笑起来：“三个孩子的娘了，做个梦也能打翻醋坛子，哈哈……难怪别人怀疑你是妖怪！不过你也真够神叨的，梦得这么准。说来也是奇了，你说怎么这么巧，刚好洪小姐也去了临县。哎，这事我想了半个月，都没想明白。”瑛娘尴尬地笑了笑：“都怪我不守妇道，胡乱猜忌，请二少爷责罚。”隆继宗说：“既然你说了实话，这件事情就算过去了，以后不要再提了。”“二少爷这么大度，让我的脸更没地儿搁了。我给您磕头！”说着，瑛娘就去磕头。隆继宗得意地领受了。瑛娘起身，一件大事了却，她松了口气。

隆继宗蒙在鼓里，一无所知，与时少卿商量货栈的事。时少卿恭维道：“大哥就是大哥，一出马，咱们这生意可算是旗开得胜啊！”隆继宗摆摆手说：“惭愧惭愧。兄弟在省城搞到了这么多的货源，可我销出去的货实在有限，辜负了兄弟的厚望。”“别这么说。大哥已经很尽力了，只不过是路线选得不好，你比如……”时少卿在地图上画了一条线，划过一片大山，点着三个镇子的区域，说：“若能从这条路把货运过去，在这三个镇子上设立咱们的分号，生意可就活了。而且我已经打听了，咱们手里这些紧俏货到了那边，价钱都能翻番。”隆继宗张了张嘴，没说出话来。时少卿问：“怎么样，辛苦大哥再跑一趟？”隆继宗有些为难：“兄弟，这条路是要经过七十二寨的，走不得。”时少卿皱了皱眉头：“七十二寨？这看着都是山啊，怎么会有那么多寨子？”隆继宗说：“贤弟有所不知，七十二寨并非是七十二个寨子，是指距孝兴县城七十二里的那一个山寨。”时少卿故作不知，说：“哦，一个山寨？”隆继宗说：“没错！七十二寨远近闻名，别说咱们商家，就连当兵的行军都绕着走。”时少卿又问：“那是为什么？”隆继宗说：“这七十二寨有土匪啊，而且凶残得厉害，谁要是跟他们结了仇，那可就麻烦了……”

时少卿说：“这年月还有土匪？政府不剿匪吗？”隆继宗说：“剿是剿的，打从光绪年间，孝兴衙门就专门设了匪捐。可是剿了这么多年，听说是越剿越多。其实七十二寨到底有多少山贼土匪，无人知道。我们隆家就更忌讳了，十几年前，我爹和我奶奶就是死在七十二寨的土匪手里。”时少卿笑道：“大哥，那是什么年月的事了，这几年谁听说过七十二寨的土匪行凶？咱哥俩在大牢里，不是都看见了吗，土匪头子早都被抓起来关在大牢里了，小土匪们估计也早就散了。要不然这样，这条路是凶险，兄弟我走一趟？”隆继宗说：“说好的，兄弟保省城货源，销路由我来跑，只是……兄弟你看，咱们能不能避开七十二寨，再往其他的地方试试？”时少卿说：“躲得了一时，还躲得了一世？省城的货单都下了，要是销不出去，可就得赔钱。钱倒是无所谓，反正老爷子留下的家业也是白来的，我不在乎。要赔就赔我的，不动大哥的本钱。”隆继宗动情地说：“兄弟，这怎么行？”

“其实大哥不必怕土匪，这些人无外乎是些身体强壮的流民，拎着大刀片子吓唬人的。要是身上有真家伙，谁怕他呀？”说着，时少卿掏出了一把枪，搁在桌上。隆继宗吓了一跳：“这是什么东西？”时少卿说：“大哥，这是洋人做的左轮手枪，好东西。大哥带上它防身，真来了土匪，你一掏出来，他就吓跑了。再说，你大白天的从这条路上过，能有啥危险？要是一点儿风险都不冒，那货运到这三个镇子的价，凭什么翻番？富贵险中求啊，我的兄长！”隆继宗被激了起来，说：“兄弟说得对，富贵险中求。”他拨弄着手枪，“真要是碰上土匪劫道，我就杀他几个，替我爹和我奶奶报仇！”

等隆继宗走了，时少卿脸上露出诡秘的笑容。之后，他又将洪凤鸣约到茶楼。洪凤鸣来倒是来了，一脸不悦，说：“你又想干什么？”时少卿说：“隆继宗出门去做生意，奔的是何乡、临曲、凉关三镇，走的是七十二寨。七十二寨，洪小姐听说过吗？”洪凤鸣说：“当然听说过了。叔叔前两天还为不能彻底剿灭七十二寨的土匪急得吃不下饭呢。隆继宗是老孝兴人，他难道不知道闹土匪，偏去那里做生意？”时少卿说：“当然是我逼他去的了。我们合伙做生意，本钱我出得多，他就得听我的。我让他打通销路，把货销到那三个镇子上去，他好意思不去吗？他还说富贵险中求，不怕七十二寨的土匪。”“他简直是疯了！”洪凤鸣突然意识到什么，“你跟他不是结拜兄弟吗，你为什么要害死他？”时少卿说：“我也是没办法。我时少卿落魄过，可一夜之间，什么都不缺了，就缺一个女人……天下女人多得是，我偏偏就看上了一个。她死心塌地地跟着隆继宗，他不死，我难遂心愿。唉，隆继宗是我义兄，我也于心不忍，可是瑛娘和我……要想让她一心一意地做我时少卿的正室夫人，我只好出此下策。”洪凤鸣骂道：“我明白了。你早就与那个叫瑛娘的女人勾搭成奸，所以才要害死隆继宗！他真是瞎了眼，会跟你这浑蛋结拜为兄弟！”她气愤地起身而去。时少卿故意喊道：“哎，你干什么？”洪凤鸣说：“我去追隆继宗回来，不会让你得逞的！叔叔那里有汽车，一定能追得上隆继宗的马车！”她想到这，径自跑了出去。

“哎，哎，你……”时少卿故意喊着追了出去，但洪凤鸣已经不见了踪影。他也没再追，只是微笑着自言自语：“没办法，不下点儿猛药，瑛娘永远不可能属于我。”

隆继宗躺在马车上睡得正香，忽听喇叭声嘀嘀作响，猛地惊醒过来。一辆汽车停在马车前面，洪凤鸣从汽车上跳了下来，跑了过来。隆继宗叫住马车，跳了下来。洪凤鸣大声说道：“隆继宗，你不能闯七十二寨，他们是要让你送死！”隆继宗不解，说：“洪小姐怎么知道我要过七十二寨？”洪凤鸣说：“你别管我怎么知道的，反正你不许去，给我回去！”隆继宗说：“洪小姐，我给您写的那封信，您没看吗？我说得清楚，您是您，我是我，我们没有缘分，走不到一起！请您不要再跟着我了！”

洪凤鸣急得直跳脚：“隆继宗，你个不识好歹的东西，我是来救你命的！”隆继宗头也不回，说：“我这条命不值得您操心，请回吧！伙计，赶车！”说着，他跳上了马车。洪凤鸣继续说道：“隆继宗，你这个笨蛋！你难道看不出来吗，你的女人和时少卿早已勾搭成奸！让你走七十二寨，就是让你送死，那对狗男女好明目张胆在一起！”

隆继宗突然停住，怒道：“你说什么，你疯了吧？时少卿是我的结义兄弟，他怎么会惦记嫂夫人？再说，瑛娘对我忠心耿耿，怎么可能有二心？”隆继宗突然意识到什么，说：“你怎么知道他们勾搭成奸，要害死我？”洪凤鸣还真难以用一两句话回答。隆继宗见她答不上，说：“我明白了，你还是不死心，编谎话骗我，想让我休妻娶你，你好恶毒。”

洪凤鸣的泪水流淌下来，说：“你爱信不信！我真傻，当初你羞辱了我，我恨不得杀了你才解心头之恨，可时至今日，听说有人要害你，我还是忍不住追来给你报信。好，你走吧，全当我没来过。”

第九章

时少卿站在门口，手里还捧着一坛子酒，叫道：“大嫂。”瑛娘回话道：“你大哥没在家。”说着，她就要关门。时少卿抵住门，不让瑛娘关上，说：“大哥出门做生意去了，我是知道的。今天，我是专门来看大嫂的。”瑛娘正色说道：“你大哥不在家，这样不好！”时少卿说：“大嫂，上次是我不对，大半夜的跳墙来找您，孤男寡女的在院子里确实不好。今天不一样，这大白天的，三个孩子又都在家，您就不能请我进门坐坐？”瑛娘说：“有什么话你就在这说吧。”时少卿说：“唉！人在生死关头，对有些事记得格外清楚。我的伤是全好了，可这些天我就惦记着……惦记着那些日子，大嫂给我炖的汤，炒的菜。弄得我最近吃什么都不香。大嫂要是能再给我做顿饭吃，陪我喝上两盅，之前的事儿我也就全忘了，行吗，大嫂？”瑛娘说：“不行，你不要这样了。再说，我也不会喝酒……”时少卿说：“嫂娘嫂娘，老嫂如娘，虽说你不老，可我躺在床上奄奄一息的时候，真拿你当了娘，想吃顿娘做的饭，不给做了？”瑛娘抹不开脸面，一下子没了主意。

瑛娘担心时少卿有什么非分举动，就让盼娣和招娣到院子里去玩，她用一只手将老三抱在了怀里，一只手把碗递给时少卿，说：“兄弟，喝碗汤。”时少卿礼貌地接过汤，说：“嫂子做的汤真好，这个味道我一辈子也忘不了。”他含着泪喝了汤。瑛娘想拦住他，说：“烫。”时少卿却说：“不怕！”说着，他强忍着烫，将汤一饮而尽。瑛娘又拿起汤勺盛汤，说：“好喝就再来一碗。”时少卿说：“不了，我得留着点儿地方喝酒。嫂子，你也尝尝吧，这可是我买来的全孝兴最好的酒。”说着，他将碗满上。瑛娘心地善良，说：“兄弟，嫂子本来不会喝酒，但今天就喝上这一碗。说好了，喝过酒以后，之前的事，就全过去了，我当什么都没有过，兄弟也就全忘了。”时少卿说：“好，我答应嫂子。来……”

两个碗碰到一起，瑛娘一口将酒喝掉，脸不变色。时少卿愣了：“嫂子好酒量啊！”瑛娘淡淡一笑：“兄弟也干了吧！”时少卿咕咚咕咚喝下，有些勉强。瑛娘见时少卿放下碗，道：“酒我喝了，过去的事就全过去了。”时少卿点点头：“全过去了。”瑛娘如释重负：“好！兄弟喜欢吃嫂子做的菜，就多吃点儿。我哄孩子去了。”瑛娘起身抱着孩子进了里间。

时少卿仿佛早打好了主意，不慌不忙地将酒碗里倒满酒，咕咚咕咚一饮而尽。不久，瑛娘刚刚将孩子哄着，放在床上，就听到咣当一声。她来到餐桌前，发现时少卿已经醉倒在地，空了的酒坛子一个个东倒西歪。瑛娘喊着："哎，兄弟……时老爷……"时少卿醉得不省人事，瑛娘只得把他安顿在客房里。见他一时半会儿醒不了，瑛娘只得回到自己的房间，关好了门。见盼娣、招娣还在炕上玩耍，她心里有种隐约的不安，吩咐道："你们俩，别玩了，快睡。"说着，她熄灭了灯。

不一会儿，只听窗外传来砸门声，瑛娘吓了一跳，起身下地。没等她来到外间开门，隆继宗已经撞门而入。瑛娘吓了一跳，说："孩儿她爹？"瑛娘刚刚从床上爬起来，穿戴并不整齐。隆继宗上下打量，气从中来，问道："奸夫在哪里？"瑛娘吓了一跳："什么？"隆继宗推开她，冲进客房。

客房内，时少卿袒胸露背，睡得人事不省。隆继宗大怒："好你个贱女人！"说着，一巴掌抽在瑛娘的脸上。瑛娘被打得晕头转向："孩子她爹，你误会了，兄弟喝醉了，他不省人事，我没有办法才让他睡在家里醒酒。"隆继宗骂道："你闭嘴，还敢狡辩，你们早就勾搭成奸了吧？他在这儿养伤的时候，你们是不是就……"瑛娘脸色煞白，委屈地说："没有！""没有？没听说过这种事情不打自招的，我打死你这个淫妇！"隆继宗又一巴掌抽在了她脸上，瑛娘被打倒在地。

正在这时，跟来的洪凤鸣冲了进来。她气喘吁吁，说："隆继宗，你都看见了，我没骗你吧！"瑛娘看到她，怒从心起，洪凤鸣却是一脸不屑。瑛娘怒道："原来是你挑唆是非！姓洪的，我与你无冤无仇，为什么要害我？你抢我男人，我跟你拼了！"瑛娘抄起趁手的家伙便去打洪凤鸣，洪凤鸣连忙躲到了隆继宗身后。瑛娘哭骂道："我打死你这个心如蛇蝎的女人！"

突然，隆继宗从腰间拔出了枪来，对着瑛娘。瑛娘如遭雷击，她完全没想到自己的男人会保护别的女人，还用枪对着自己。隆继宗骂道："你这个淫妇，敢打洪小姐，我一枪毙了你！"瑛娘瞠目结舌，瞪着他，泪水哗哗直流。正在这时，盼娣和招娣从外间跑了进来，瑛娘顿时万念俱灰。瑛娘道："隆继宗，你想娶这个女人，用不着用这种办法来羞辱我，我这就成全你们！"说完，瑛娘向墙上撞去。

盼娣、招娣大声地喊着："娘——"两个孩子抱住了瑛娘的大腿。时少卿被惊醒了，一下子从床上蹦了起来，见此情景，说："瑛娘，你看到了吧，看到他是什么样的男人了吧？他为了别的女人，用枪对着你，要打死你啊，瑛娘！"时少卿转身用手指着隆继宗："隆继宗，你拿枪对着一个女人算什么，你有本事对着我来！”

时少卿这一激，隆继宗真的把枪口转向了他，骂道：“我毙了你这个奸夫！”时少卿说：“没关系，为了瑛娘，我甘愿一死！瑛娘，谁是值得信赖的男人，今天你可看清楚了……”瑛娘大喝道：“你住口！二少爷，你就是想要瑛娘死，瑛娘也要死个明白！之前时少卿确实对我说了好多不三不四的话，可我回绝他了。我没告诉你，是怕耽误你们合伙做生意。今天他来找我喝酒，说只要我陪他喝一杯，他就不再惦记我了，结果他自斟自饮喝醉了。我和他绝不是你想象的样子！”隆继宗骂道：“看看你们俩，若不是奸夫淫妇，怎么会这样！”

瑛娘哭道：“这个姓洪的女人跟你说了什么，你一口一个淫妇地骂我，你要是想娶她，就给我写休书便是，为什么侮辱我？”隆继宗说：“你就是淫妇，今天我要当着孩子的面毙了你！你们两个听着，我打死她，是因为她不守妇道！”瑛娘大声地喊着：“隆继宗，我是你结发妻子，你可以打死我，但不许在我女儿面前污我的清白！盼娣、招娣，你们听着，你娘配不上你爹，当年要知道他是隆家的二少爷，我绝不会嫁给他！如今，他要是娶县长的侄女，如花似玉的洪小姐，嫌娘绊他的脚，今天娘遂了他们的心愿。他是你们的亲爹，你们长大了不许恨他！隆继宗，你要有良心，好好待我的三个女儿，尤其是老三，给她找个乳娘喂她，她还小，没有奶会饿死……你想杀我就开枪，我绝不躲枪子儿！”

隆继宗气得直抖：“你还敢和孩子们说这些……”时少卿大喝一声：“隆继宗，开枪对我来，杀个女人你算什么英雄。”隆继宗冷笑道：“别急，我要先杀了家里的淫妇，再收拾你！”隆继宗用枪对准了瑛娘。瑛娘遭此冤祸，心有不甘，说：“二少爷，我对天发誓，我没做过对不起你的事！”隆继宗说：“狡辩，受死吧！”瑛娘闭上眼，隆继宗扣动扳机，连续扣了两下，可子弹并没有打出来，卡了壳。隆继宗看着枪，愣住了。

时少卿狰狞地哈哈大笑：“隆继宗，你真开枪啊？她是你三个孩子的娘，你这种无情无义的男人，也配娶媳妇？”瑛娘睁开泪眼，恍若隔世。时少卿说：“瑛娘，他对你开枪了，要不是子弹卡住了，你就被他打死了！你嫁给他十年，我都替你觉得不值！瑛娘，我对你一片真心，你跟我走吧，我放在货栈的银票都不要了，咱们都给他留下，免得你不安心。”隆继宗傻了，看着瑛娘。瑛娘呆呆地看向他：“继宗，你真的开了枪？你想打死我？”隆继宗的手颤抖着，不知该如何回答。

时少卿说：“你这个傻女人，怎么到现在还不明白，隆继宗他要杀你，他已经开了枪！”瑛娘从地上抄起擀面杖来：“时少卿，我告诉你，就算我男人真的一枪打死我，我也心甘情愿，也绝不会遂了你的龌龊念头！你这条狼，你给我滚！”一擀面杖打在时少卿的背上，痛得他嗷嗷直叫。瑛娘气坏了，又一擀面杖砸了过去，被时少卿抓住。时少卿作着最后的努力：“瑛娘，你好好想想，要不是隆继宗这一枪没打响，你就已经死了！跟着这样的男人，你真的值得吗，跟我走——”

“闭嘴……等等，你怎么知道二少爷的枪打不响？”瑛娘说。时少卿愣了。“我记得这枪是你给他的……一定是你在枪上动了手脚，今天这件事，都是你的阴谋诡计！”隆继宗看着手里的枪，恍然大悟：“时少卿，我真是瞎了眼，居然与你八拜结交，原来你一直惦记我娘子，我打死你这个恶贼！”说着，他将左轮枪朝时少卿砸去。时少卿一闪，那左轮枪把他身后的一个瓶子砸得粉碎。隆继宗又抄起一个花瓶向时少卿砸去，要不是他躲得快，那瓶子就砸在了他的脸上。洪凤鸣吓得直叫。时少卿才躲开隆继宗的攻击，瑛娘又一擀面杖砸在了他背上。时少卿只得夺门而出，落荒而逃。

招娣和盼娣吓坏了，抱在一起哭。瑛娘还要去追，隆继宗大喝一声：“瑛娘，你护住孩子，我去追那奸贼！”时少卿已经跑出院子，隆继宗在院子里抄起一把硬家伙，追了出去。

时少卿的管家和伙计已经备好了汽车在外面接应，见隆继宗追打时少卿，都抄出家伙来抵挡。隆继宗打不过，只能指着远处的时少卿叫骂：“时少卿，你这个奸贼恶狗、小人，你等着，我一定去官府告你，告你勾引良家妇女！”时少卿回道：“隆继宗，就你这样的窝囊废，也配娶这么好的女人，你等着吧，瑛娘早晚会回心转意，跟我走的！”说话间，时少卿跳上汽车，扬长而去。

而瑛娘家里，最尴尬的人变成了洪凤鸣。她不好溜走，只得轻声道：“大嫂……”瑛娘怒从中来，说：“姓洪的，我看得出，你想嫁给二少爷，如果你和二少爷两情相悦，我会成全你们的。可我没想到你居然这么歹毒，勾结时少卿玷污我的清白！你也是个女人，就不怕遭报应吗？我瞧不起你这个表面端庄、内心龌龊的女人，你给我从我家里滚出去，滚……”洪凤鸣被骂得哑口无言，腿脚都不听使唤，动不了了。

两个大些的女儿哭成了泪人，老三的哭声也传来了，瑛娘不得不带着两个女儿进到里屋去哄老三。洪凤鸣万般羞愧，懊恼地跑了出去。一出门，正碰上脸色铁青的隆继宗。洪凤鸣忙说：“隆继宗，我受了时少卿的蒙骗，可我真的不是跟他一伙的！”隆继宗没有理她，冷冷地说：“但愿吧。”

等孩子们睡下，瑛娘才拖着沉重的身躯来到一地狼藉的客厅。隆继宗正闷着头懊恼，见瑛娘出来，连忙站起身。瑛娘心里生出一种别样惊颤，说：“别过来！”隆继宗羞愧难当，低声道：“瑛娘……”瑛娘道：“你站好了。”隆继宗很是诧异，却见瑛娘慢慢跪了下来。“你这是干什么？是我对不起你呀！”隆继宗说着，就要上前扶起瑛娘。瑛娘大声道：“别过来！”隆继宗只好停下脚步。

瑛娘说：“二少爷，我从小家境贫寒，为了给我爹买口棺材，自愿卖进了隆家。河姑的命属于大河，我根本就不该活过十四岁。二少爷娶我的时候，也不知道我是河姑，现在若是嫌我晦气，就休了我吧！”隆继宗说：“你怎么又提这事？我不是说过嘛，我隆继宗绝不休妻！”瑛娘摇了摇头：“不，您是什么身份，我又算个什么？二少爷可怜我，可我得有自知之明，就因为我是河姑，二少爷有家不能回。本该坐享荣华富贵，现在却每日劳顿奔波不得休息。”隆继宗说：“不关你的事！我跟我娘十一年前就闹翻了。你忘了，要不是你救了我，我早就病死了，我隆继宗可不是恩将仇报之人！”瑛娘说：“要说报恩，你娶了我这个河姑，还让我给你生了三个孩子，什么恩情都报过了。二少爷，休了我吧，我带着三个孩子走，我不能再拖累你了！”隆继宗有些气恼，说：“你说的什么话，你什么时候拖累过我？”瑛娘说：“二少爷已经不信我了，我还赖着不走干什么？”隆继宗一下没了词儿，半晌，他腿一软，也跪在了地上。

瑛娘吓了一跳：“二少爷，这可使不得！”她说着就用膝盖往前挪着。隆继宗道：“你也别过来！离远点儿好，我脸上挂不住！”瑛娘愣住了。“刚才你哄孩子半天不出来，我一个人在这儿思前想后，恨不得找个地缝钻进去。我堂堂七尺男儿，白读了那么多圣贤书，居然被时少卿这小子骗了，我真是糊涂啊我！”隆继宗说着给了自己一巴掌。瑛娘向前爬过来，急道：“二少爷，别！”隆继宗说：“你别过来，我该打！我今天对你动了手……我真是……我真是该打！”说着他又一巴掌抽在了自己的脸上。

瑛娘不顾一切地爬了过去，拦住了他：“别打了，二少爷！”隆继宗哽咽道：“瑛娘，今儿的事都是我的错，我瞎了眼，结交了时少卿这条狼，还听了别人的挑唆，怀疑你！我居然还对你开了枪……我可造了大孽了！”瑛娘幽幽地说道：“不怪二少爷，你也是上了他们的当。死了一回我才明白，活比死难多了。要不是放不下我三个女儿，我真希望二少爷一枪打死我！”隆继宗说：“别说了，瑛娘，我错了，以后再也不会了！”隆继宗哭得稀里哗啦，将瑛娘紧紧地搂在怀里：“媳妇儿，明天我就把所有货款都还给时少卿，让他滚蛋！我自己当掌柜，做小本生意，我也不求大富大贵了，只要咱们一家能平平安安、团团圆圆的就好！”“平平安安？团团圆圆？”“对！平平安安！团团圆圆！”两人紧紧地抱在了一起。

大年三十，佘管家顶着雪，走过天井来到内厅。隆夫人见佘管家回来，立刻迎了上去问道：“怎么样？邮政所的人怎么说？”佘管家回道：“没有，这半年，整个孝兴就没收到过从西洋来的信。”隆夫人焦躁不安，说：“哎呀，我的延宗啊，我的延宗，你可是娘的心头肉啊，到底出了什么事啊，一点儿音信都没有，急死娘了！”佘管家劝慰道：“夫人，您往开了想，三少爷贪玩，肯定是在西洋玩高兴了，忘了给家里写信。”隆夫人叹道：“那不可能，延宗最懂事了，怎么可能忘了他娘？”佘管家说：“再兴许，三少爷写信了，可兵荒马乱的，信被弄丢了，也说不准啊。”隆夫人点点头：“也是，邮政所的那些浑蛋，八成是他们搞错了，把我儿子来的信给弄丢了！”“就是，就是，夫人，您喝点儿热乎的，顺顺气。”佘管家说着，扶隆夫人坐下，递上了一碗汤，又说：“年夜饭的菜单子出来了，您过过目？”

一说到年夜饭，隆夫人刚舒展的眉头又皱了起来。佘管家说：“要不我给您念念？今年的年夜饭啊，八个凉菜，四个素小炒，四个荤小炒，四个蒸大碗，四个烩大菜，一共八凉十六热。八个凉菜是……”“我不吃！”隆夫人一拍桌子，佘管家吓了一跳。“这么大一个家，年夜饭，能上桌的还剩下了谁，只有那姓万的女人，还有她从娘家带回来的猴崽子。让我跟他们一起吃年夜饭，还八凉十六热，我能吃得下去吗？”佘管家说：“毕竟是过年嘛，老祖宗留下的规矩，这顿饭不吃是不行的啊……”隆夫人叹道：“规矩规矩，家都散了还要什么规矩？八凉十六热是吧，都端到长房院里，给她和猴崽子吃去！”佘管家小心翼翼地问道：“那您呢？”隆夫人说：“早上喝了碗粥，现在还堵得慌呢，我什么都不吃！”说着，他咳了起来。佘管家连忙上前，帮她摩挲后背：“这一入冬您就咳，吃了十几副药也不见好，我昨儿个又去问郎中了，郎中说，从脉象上看，确实没啥实病，我琢磨着呀，您就是想少爷们想的。”

隆夫人板着脸说：“什么叫少爷们？我就想延宗一个！”佘管家笑道：“夫人，您别嘴硬了，二少爷离开家这么长时间，您嘴上是没提过，可心里边一直惦记着。自打继宗货栈开张，您不是隔三差五地就让我去打听吗？秋天，二少爷货栈囤的棉布多了，压了货款，您不还让我……”隆夫人心乱如麻，打断她：“行了行了，别说了！”佘管家劝道：“毕竟是亲生的，娘和儿子还能结死疙瘩？您要是不好张嘴，我替您去当个说客？”隆夫人说：“用不着！我是隆家的当家人，开了祠堂将他逐出家门，就没有反悔的道理！再说，没听说过让娘向儿子低头的！”佘管家说：“是啊，这都两年了，二少爷也不自己找个台阶下！这大过年的，他不该来给您磕个头吗？”隆夫人越听越心烦，说：“都是那妖女狠毒，迷了我儿的心窍！她也是三个孩子的娘，她就不会将心比心吗？”隆夫人气得咬牙切齿，佘管家不敢再接话。

“我不去！”隆继宗也赌着气，扭过头不说话。瑛娘劝道：“瞧瞧你，这都两年了，还耍小孩脾气？我也是三个孩子的娘，将心比心，要是我的孩子跟我较劲，我这个当娘的可受不了。”隆继宗说：“谁跟她较劲了？是她，她成心跟我过不去！”瑛娘说：“那就更不会了，天下没有不疼自己孩子的娘。你看咱们家，老大、老二哪个不调皮，有时候也气得我够呛，抓过来照着屁股上打几巴掌，可孩子一哭，我心里就疼，更别说记恨她们了。娘啊，指定是跟我一样，当时跟你生气，过后也就忘了。”隆继宗说：“她跟你不一样！你这个娘，没挑的！你对老大、老二、老三，都是一样慈爱。可她呢，心里只有老三，从小就没拿我当过她的亲生儿子！”瑛娘说：“怎么可能呢，是你想偏了。”隆继宗说：“怎么不可能？论读书，我比老三读得好，想去西洋深造，是我先提出来的，可是她就是千万百计地阻挠我，却偷偷给老三买了船票，哼！”瑛娘笑道：“孩子她爹，这么说我要感谢娘了？”隆继宗不解：“什么？”瑛娘说：“娘要是给你买了船票，我哪儿还有缘分嫁给您呢，又哪来的三个闺女？”隆继宗也笑了：“也是。”

瑛娘说：“这样，你要是不愿意去，我带着她们仨去给奶奶磕头？”隆继宗说：“你还去呀？你忘了，去年大年初一她根本没让你进门，我仨闺女在大门口冻了半晌，都冻坏了，你不嫌丢人我还嫌丢人呢！”瑛娘说：“去年是分家的头一年，娘还在气头上，没让进门就没让进门呗，又能算个啥？这又过去一整年了，娘的气儿也该消了。要不，咱们全家一起去吧。一家人哪能系死疙瘩，娘是长辈，咱们不去拜年，难道让娘来看咱们啊？”隆继宗说：“我不去，万一碰一鼻子灰，多难看啊！”瑛娘说：“要不这样，明天我早点儿去给娘去送饺子，娘要是让我进了门，就说明她不生咱们的气了，你再去，还不成吗？”隆继宗想了想，说：“你去也是白去，我们隆家，光做饭的厨娘就十好几个，她缺你包的饺子？”瑛娘说：“那能一样吗，娘还夸过我包饺子的手艺好呢！”隆继宗说：“要去你自己去，大冷的天，别再带着我仨闺女挨冻。”瑛娘说：“那说好了，娘要是让我进门，你可得去！”“我倒是该回去拜祭祠堂，不管怎么样我是隆姓子孙。”隆继宗也给自己找了个台阶。

正在一旁玩耍的老三啊啊地叫着，她快两岁了，可还不会说话。瑛娘和隆继宗全都笑了。“看这孩子吃的。”瑛娘上前为老三擦脸，“老三，明天是大年初一，一大早娘要去奶奶家，醒了以后不许闹，让爹给你梳小辫，好不好？”老三能听懂话，但却不能回答，只是呆呆地看着娘。

夜里，瑛娘小声嘀咕着："她爹，老三还没个名字呢。"隆继宗点头说："是啊，这孩子命不好，一生出来就被说成是灾星。一来二去的，就把起名字给耽误了。"瑛娘说："今儿个是除夕，明天就初一了……"隆继宗说："就是啊，过年了，给老三也起个名！老大叫盼娣，老二叫招娣，这老三……就叫念娣吧。等她会说话了，让她多念叨着，给我念叨来个大胖小子！"瑛娘说："盼，招，念……真好，这回儿子指定来了。我这小老三，也总算是有了名字了，我替孩子谢谢她爹。"隆继宗笑道："孩子也是我的，用你谢？"夫妻二人都笑了出来。

隆夫人一听禀报，就站了起来，沉着脸："我缺她的饺子吃？让她回去！"隆福低声道："夫人，外面下着大雪，二少奶奶来得这么早，也是一番心意啊！"隆夫人说："你不用替她说好话，她要是好人，就不会挑唆隆继宗跟我分家。告诉她，我不想见她，也不想吃她包的饺子！"

隆福应声要走，转身之际瞟了瞟隆夫人身边的佘管家。佘管家端着架子，没有任何表情。隆福又停住脚步，说："夫人，您别生气，今天是大年初一，能不能容隆福多说两句？"隆夫人把头扭向一侧。隆福说："去年大年初一，二少奶奶带着三个孩子来拜年，夫人没见。二少爷这一年也就没回过家，夫人，这里边……"隆夫人抬眼说："你的意思是怪我？我要是给了这女人面子，继宗就回来了？"隆福说："那倒不是。只不过二少爷的脾气秉性我还了解一些。二少爷脸皮薄，他兴许是不好意思回来看您，所以才让二少奶奶前来探路……"隆夫人一听这话有理，沉思片刻，看了一眼佘管家。佘管家忙说："夫人，昨天年夜饭您都没吃，要不就尝尝她包的饺子？我记得您说过，她包饺子的手艺还凑合。"这次，隆夫人没有再表态反对。

瑛娘在隆家客厅的天井点起了炉子，放上一口小锅，从隆福手里接过一壶水，向锅里倒着。水是开水，冒着腾腾的热气，瑛娘倒完，将锅盖盖上。隆福连忙撑起一把伞帮瑛娘遮着。瑛娘点头致谢，将食盒打开，盒内首层是摆放整齐的小盘，每个小盘里摆放着很多小碟，每个小碟里各有一点饺子馅。食盒的第二层是擀好的饺子皮，瑛娘一手拿皮一手拿馅，现包现往锅里下。外面的雪越下越大了。

不一会儿，饺子煮好了，瑛娘小心地装好，来到客厅，双膝跪倒："瑛娘给婆婆拜年。"说着，她连着磕了三个头。隆夫人脸上没有任何表情。瑛娘起身再次跪倒，这次，隆夫人看得一愣。"儿媳妇替大女儿盼娣给奶奶磕头。"瑛娘紧接着又磕了三个头。隆夫人领受着，但脸色并不是很好看。瑛娘再次起身，紧接着又跪倒。“瑛娘替女儿招娣给奶奶磕头。”瑛娘磕了三个头再次站了起来，刚要跪。隆夫人拦住了：“行了！剩下的那个是灾星，免了！”瑛娘微微笑着：“孩子快两岁了，昨天晚上她爹刚给她起了名，叫念娣。有了名字就算是个人了，是人就得行孝道，今天过年，就让我替她给您磕三个头吧。”说着，瑛娘已经跪倒磕了三个头。隆夫人想发作，佘管家冲她直使眼色，她只好强忍下来。

瑛娘回过身来，从隆福手里接过饺子，高高举起，又跪在隆夫人面前，说：“请婆婆尝尝儿媳妇包的饺子。”饺子仍然小巧精致，隆夫人拿起筷子，有些迟疑。瑛娘说：“那一年瑛娘包了铜钱，硌了婆婆的牙，到现在还后怕呢，这回没敢包，婆婆可以放心吃。”隆夫人夹起一个饺子尝了尝。瑛娘说：“我今天给您包了十个饺子，十个饺子十样馅，请婆婆多尝几个吧。”隆夫人一愣，说：“十个饺子十样馅？哼，老爷在世的时候，家里过年也没包过十样馅的饺子，你日子过得不错啊？”瑛娘说：“承蒙婆婆惦记，二少爷开货栈，尽心尽力，生意好有钱赚，我们的日子自然就过得好。”隆夫人说：“那也用不着来我面前显摆吧！”瑛娘说：“不敢不敢。我们小家那边包饺子自然用不了十样馅，可这盘饺子是孝敬婆婆的。快两年了，儿子儿媳没能在婆婆面前尽一点儿孝，好不容易过年了，能给婆婆包几个饺子，自当竭尽全力。不怕婆婆笑话，为了凑满这十样馅，图个十全十美的吉利，我也真是挺为难的，算计了好几天呢。”

佘管家也有些感动，说：“十样馅？哎呀，夫人，这二少奶奶真是一片苦心，要不您就都吃了吧，昨儿晚上就啥都没吃……”瑛娘一愣：“怎么，婆婆没有吃年夜饭？是病了吗，哪儿不舒服？”隆夫人瞟了一眼佘管家：“用得着你多嘴？”佘管家连忙后退。隆夫人点点头：“好，你放那儿吧，你这么跪着举着，我也吃不下。”瑛娘起身将饺子放在隆夫人面前，向后退了几步。

隆夫人看了看瑛娘，说：“继宗书生意气，从小就清高，没想到被你鼓动得开上了货栈，还自己掌柜，不分白天黑天地在货栈里盯着……他对你可真好啊！”瑛娘说：“二少爷确实对我好，不过开货栈不是我的主意，二少爷尽心尽力，是自己要强。”隆夫人点了点头：“继宗从小就死要面子……好了，你的心意我领了，回去吧。”“多谢婆婆。”瑛娘还想说什么，但没说出口，转身走了。

佘管家说：“夫人，您有些话咋该说不说呢？”隆夫人说：“什么话我该说啊？”佘管家瞟瞟隆夫人，说：“您要是想二少爷，就让二少奶奶传个话呗。要不我追出去，跟她说？”隆夫人说：“用不着！我让这女人进了门，吃了她的饺子，就算是给了她面子。她要是懂事，自然会劝继宗来见我，还让我求她不成？”

隆继宗终于走进了祠堂，他在祖宗牌位前跪倒，磕了三个响头，久久没有起身。他回想起瑛娘的话来：“二少爷，给祖宗磕完头，您无论如何要去看看婆婆。我去送饺子的时候看出来了，娘想您想得厉害。我听说她连年夜饭都没吃，准是病了，您不惦记？娘也岁数不小了，在孝兴就您一个骨肉，您都不去看她，她得多难过啊？”

隆继宗想到这里，叹了口气。他有些犹豫，思来想去，还是转身向门外走去。刚要出门，隆福走了过来，说：“二少爷，隆福给您拜年了！”继宗见到隆福格外亲切，连忙回话：“福叔过年好！”说着，他从怀里掏出个红包，“这是专门给您准备的。”“哎呀，多谢二少爷。”隆福起身接过红包，满脸欣喜：“听说二少爷回来了，全家上下都很高兴！”隆继宗犹豫着：“是吗？时候不早了，我也该回去了。”隆福说：“二少爷等一等！”隆继宗问：“还有什么事吗？”隆福说：“既然来了，就不去给夫人磕个头吗？”隆继宗说：“……算了吧，我去了，她也不一定高兴。”说着，他就要往外走。

隆福提高声音叫道：“二少爷！”说着，他再次跪倒在地。隆继宗回头一看，赶紧回身把他扶起来：“哎，福叔，你这是干什么？”隆福垂着泪，说：“二少爷，这两年夫人的身体一直不好，尤其是去年冬天，一直咳，连屋都很少出。”隆继宗听说母亲病了，也有些动容。“夫人从小是万千宠爱的大家闺秀，没受过半点儿委屈。嫁进隆家，为老爷连生三子，也算是立下了汗马功劳，可是那年老祖宗和老爷同遭不幸，隆家的重担就全落在了夫人一个人的肩膀上。”隆继宗不领情，说：“哼，她就是愿意掌权。连你这么好的人都遭排挤，让那个姓佘的女人顶了大管家！”隆福连忙说：“二少爷，话不能这么说，隆福是个大男人，给老爷当管家贴身伺候自是妥当。夫人当了家，当然是女管家更合适。”隆继宗说：“你怎么替她说上话了，她一直就看你不顺眼。”隆福说：“夫人看我不顺眼，那一定是我这个当下人的做得不够好。这些年夫人怎么当的这个家，我看得一清二楚，她不容易！二少爷，恕老奴说句不该说的话，就算看在祖宗的分上，您也不应该对母亲不恭敬！”

隆继宗说：“我……我什么时候不恭敬她了？是她从小就看不上我，偏心眼儿！”隆福笑了，说：“二少爷小的时候多是老奴伺候，老奴怎么没看出来夫人偏心眼儿，要我说，是二少爷有点儿小心眼儿才对！”隆继宗急道：“福叔，大过年的你教训起我来了？”隆福说：“老奴不敢，但恳请二少爷无论如何去给夫人磕个头拜个年。隆福也是受人之托呀。”隆继宗问：“受人之托？谁人之托？”隆福说：“是啊，是二少奶奶特意嘱咐我的。”隆继宗有些不高兴：“是瑛娘让你求我的？”隆福说：“是啊。二少奶奶说了，隆家和夫人都需要二少爷，您也离不开隆家和夫人，娘和儿子有什么解不开的疙瘩呢？今天又是大年初一，于情于理，您都该去给夫人磕个头。”隆继宗无奈地叹息一声：“好吧，不就是磕头拜年吗，就算是为了我媳妇！”隆福高兴地说：“太好了，太好了！您和夫人一见面，那点误会就烟消云散了！夫人的病，也就好了！”隆继宗有些不情愿，但还是走向了隆夫人的房间。

长房院子里，张神仙又下山了，他嬉皮笑脸道：“大少奶奶过年好！您总算是想起我来了，今天是大年初一，给大少奶奶拜年，祝您吉祥安康，祝小少爷平安富贵！”隆万氏神色不悦，说：“屁话！我婆婆成天找人写信往西洋寄，催着隆老三回来！”张神仙说：“没用！没用！我早就帮您打听了，这两年来，三少爷从来没往家里寄过一封信。如今这世道，天下大乱，不光是咱们民国，那法兰西国、意大利国，四处都在打仗。子弹炮弹又不长眼睛，我估计咱家三少爷，早就不在人世了！”隆万氏又惊又疑：“此话当真？”张神仙说：“这大过年的，我这话，算是在您这儿讨个吉利吧？”张神仙看着隆万氏。隆万氏迫不及待地说：“算！”张神仙说：“那就好！您想啊，他要还活着，能不来信吗？我听说您家夫人急坏了，大年三十还派人往邮政所跑呢，没错吧？”隆万氏说：“那你也帮我算算，今天隆老二会不会回来？”张神仙揣摩着，说：“二少爷？不能吧。不是已经分了家吗，当着宗亲说了那么多难听的话，还有脸回来？不能！不能！”

隆万氏讽刺道：“你算错了！我告诉你，隆老二已经去祠堂拜祭祖宗了，完事就得去给老太婆磕头！”张神仙心里想着托词，口上问道：“有这事？”隆万氏说：“你赶紧去给老太太拜年，再给她撂下几句狠话，要不然，她就该用八抬大轿把老二一家全请回来了！”张神仙说：“这……让我想想，让我想想！噢……对了，我前两天掐指算来着，隆继宗的三丫头快两岁了，不知道大少奶奶听说了没有，这丫头有点儿怪，到现在还不会说话！”隆万氏说：“那有啥怪的，我就张嘴晚，快三岁了还不会说话呢！”张神仙说：“她是灾星，怎么能跟您相提并论呢？放心吧，大少奶奶，我有辙了。我一定说得夫人绝不敢让二少爷一家回来！”

隆万氏问：“当真？”张神仙说：“那是，啊，对了，大少奶奶，我最近摊上了点儿事，手头有点儿紧，不知道大少奶奶能不能救济救济……”隆万氏一转身，将一张银票扔向张神仙：“别人是不见兔子不撒鹰，你是不见钱不张嘴呀！”张神仙嘿嘿笑道：“多谢大少奶奶！大少奶奶是大善人，一定会得好报！小少爷一定会接下隆家的金山银山！”

隆夫人一听帘栊响动，激动地站了起来，向前迎了几步：“是继宗来了？”哪承想挑帘子进来的却是张神仙：“无量天尊，隆夫人，张某给您拜年了，祝您万福金安，大吉大利，祝隆家风调雨顺，买卖兴隆！”隆夫人的脸冷了下来：“啊，是张神仙啊，佘管家，别让他白来，给些银钱帮我送客。”张神仙却不肯罢休，说：“夫人，快两年没见面了，您不请我喝杯茶唠唠家常？”隆夫人不耐烦地说：“改日吧，你快走，待会儿继宗要来，万一看见你在这儿，一不高兴再走了。”张神仙早就准备了说辞，忙说：“二少爷要来？那正好，我有个事得提个醒！”

佘管家见状，将红包塞到张神仙手里，黑着脸说：“行了，你快走吧，什么事回头再说，夫人今天没空！”张神仙哪肯罢休，说：“那可不行，二少爷马上进门，我来得正是时候！我说我昨天怎么梦见老祖宗了，原来是她老人家托我来传话，请夫人附耳过来！”隆夫人喝道：“你就别装神弄鬼了，有话快说！”张神仙故作玄虚，说：“夫人，那颗灾星快两岁了还不会说话，您知道吗，这里边可暗藏玄机啊！”隆夫人说：“都分了家了，她会不会说话我哪知道。你有事快说，再胡言乱语，我叫人轰你出去。”张神仙见时机到了，说：“好，多一句废话没了，还剩八个字，您记住了，爱信不信。灾星开口，家破人亡！”隆夫人吓了一跳。

张神仙掂了掂红包，笑了笑：“我是老祖宗的朋友，老人家在天之灵托付我，我不敢不来。我知道这大过年的说这话不吉利，也不招人待见，所以这赏钱我不能拿，我压根就不是为钱来的！”说着，他把钱往桌上一拍，扭身走了。隆夫人被这八个字惊住了。

不一会儿，隆继宗来了，一头跪倒磕头，并没有抬眼看隆夫人：“娘亲在上，继宗给您拜年。”隆夫人看到隆继宗明显壮实了，皮肤粗糙了，眼色有些浑浊了，神色中的书生意气少了，多了一份沧桑和干练，不由感到欣慰，恨不得冲上前去抱住他，但她看了一眼佘管家，忍住了。佘管家也抹着泪。隆继宗站起身来，隆夫人再也抑制不住，冲上前去一把把他抱在怀里：“儿啊，娘想你！娘想你啊！”隆继宗觉得这种亲热很是尴尬，有些不自在。隆夫人也觉得自己有些失态，忙说：“坐坐坐，佘管家，快，给二少爷看茶。”

佘管家应着倒茶去了，隆继宗和隆夫人双双落座，两个人的眼神相遇，隆继宗就躲开了，隆夫人也很尴尬。不多时，茶放在了隆继宗的眼前，他与隆夫人干坐着，谁都不知道该说什么好。隆继宗端起茶喝了一口，站起身，说："娘，那我回去了。"隆夫人赶紧起身挽留："继宗，留下陪娘吃顿饭吧？"隆继宗说："我现在是一家之主，家虽小，也是一个家。这点儿了，还没开饭，我要是不回去，三个孩子肯定不敢动筷子。"说完，他扭头就往外走。

隆夫人心如刀绞，快走两步，一把拉住他，说："继宗，等一会儿，娘还有话说！"隆继宗停下脚步，看着母亲，她的神色有些疲惫，眼角的皱纹明显深了，白头发更明显了，不由感到一阵心悸。隆夫人说："这……按说这大过年的，我不应该说，可话憋在肚子里面，娘心头难受。我问一问，你那第三个女儿是不是还不会说话？"隆继宗说："啊，是，还没说话……"隆夫人问："她多大了？"隆继宗愣了愣。隆夫人继续说道："十九个月了吧？转眼就两岁，你不觉得很奇怪吗？"隆继宗有些生气："娘，您要再说她是灾星，我可不爱听！"隆夫人犹豫着："我刚刚得了八个字，不说出来对不起祖宗！"隆继宗说："从哪儿得来的八个字？别给我再来封建迷信的那一套。"隆夫人说："总之，有人算过咱们家的命数，这八个字关系重大啊！"隆继宗忍耐着，说："到底是哪八个字？"隆夫人盯着他，一字一顿地说："灾星开口，家破人亡！"

隆继宗瞪大了眼睛："你……我刚才进来的时候，就看见张神仙出来，准是那个江湖骗子说的！他奶奶的，等我追出去扒了他的皮！"说着，他就往外走。佘管家连忙拦住："别，别，别，不是张神仙说的！"隆继宗斥道："不是他说的，难道是你编出来的？"佘管家一下子给镇住了。隆继宗转头说："我好心好意地给你磕头拜年，你竟然说出这样的话！"隆夫人闻言有些后悔。"我昨天给孩子起了名字，叫念娣，隆念娣！虽说是个女孩，那是我的亲生骨肉。将心比心，要是当年有人说，你的三儿子隆延宗是灾星，应该扔进黄河里去，你会怎么样？"隆夫人吓傻了，一句话都说不出来。"哼，我说不来，是瑛娘想方设法求我来，真是自讨没趣！"说着，他怒气冲冲地走了。

隆夫人怔怔地流下泪，半晌，她一拍桌子，怒道："继宗说得对，张神仙就是个骗子，我怎么能听他的话！佘管家，你带几个人，去，给我打折他的腿！"佘管家应声就去唤人，隆夫人又把她叫住："等会儿，我儿子，我儿子才回来，又走了，以后再也不回来可怎么办哪？"佘管家说："您刚才不是让我准备银票吗？"隆夫人连忙说："对对对，银票！快去追继宗，把银票给他！"

第十章

隆继宗气哼哼地要出门，客厅里的下人们都上前给他拜年。一个下人道："二少爷过年好！小姐们都好吧？"隆继宗有点儿不耐烦："好！好！"又有一个婆子说："二少爷过年好！也给二少奶奶拜年！"隆继宗心不在焉地应答着："好。"

这样一耽搁，隆继宗就没出得了门。佘管家赶到，大声呼唤："二少爷慢走！"隆继宗一听是佘管家，懒得搭理，只顾着要出门。佘管家紧走两步，拉住他："二少爷慢走，还有事情！"隆继宗不情愿地被佘管家按着坐到了椅子上。隆继宗没好气地说道："有话快说！""这个给您。"佘管家将一叠银票递向隆继宗。隆继宗问："什么意思？"佘管家说："夫人让我给您的。"隆继宗说："给我银票干什么？"佘管家说："帮您呀！"隆继宗说："我有自己的生意，挣的钱够花！"

佘管家说："二少爷还跟夫人置气？她毕竟是您母亲，不瞒二少爷说，自从您提出分家，夫人可是着实生了您的气。不过……既生气，又惦记您。经常让我私下打听，您的身体好不好，都交了些什么朋友，做些什么生意，赔了还是赚了，缺不缺本钱……"隆继宗冷冷地说："用不着吧？"佘管家说："二少爷怎么不领情啊，去年秋天，您不是囤了好多布料销不出去吗，夫人就让我……"佘管家说漏了嘴，隆继宗瞪大了眼睛看着她。"夫人不让我说的，您瞧我，真是嘴欠！"隆继宗说："那几个大单是你买走的？"佘管家说："那是夫人怕您压了本钱……""那就麻烦你转告她，好意我心领了，以后我的事让她别再操心了。这银票你还给她，既然分了家，我拿她的银票算什么？"说完，他站起来又要走。

佘管家说："别啊，二少爷，这银票您不拿我交不了差。夫人说了，这笔钱算是借您的，我打听到这一开春，隆继宗货栈在省城订了不少货，要做大买卖，这钱能派上用场。"隆继宗说："我不想拿隆家的钱。"佘管家说："这是夫人的私房钱，是夫人带来的嫁妆。当时我是她的陪嫁丫鬟，我知道的，错不了！拿着吧，这是夫人的一片苦心，您要是不拿，她会伤心的！"隆继宗向里间望了望，软了下来："唉，要说我现在还真是缺钱周转。转告我娘，多谢了。生意周转开了，立刻奉还！”他接过银票。

隆万氏这会儿正好端着饺子，带着隆喜功进来，一看这情形，阴阳怪气道：“我可在门口听了半天了，有这么当婆婆的吗，也太偏心眼儿了。我们长房孙少爷想请个洋教师都不给拿钱。这边倒好，分了家还硬往手里塞啊！”隆继宗百口莫辩，银票确实已经在他的手里。“说什么打翻了，从此不见面了，都是糊弄鬼的呀，就是为了算计我们长房的孤儿寡母啊！偷偷地把家当全都从私底下捣鼓到老二家里去，让我们娘儿俩将来什么也落不下是不是？孩子他爹，你睁开眼看看吧，看看他们怎么欺负我们的！”隆万氏不依不饶。

隆夫人闻声从里间出来，说：“大过年的哭天喊地，成何体统！”隆万氏得理不饶人，说“呦，许你们偷偷摸摸往外捣鼓家底儿，我说个话都不行了？要不来个痛快的，煮上一锅毒药，毒死我们娘俩儿，杀人灭口得了！”说着，隆万氏将一盘饺子狠狠地摔在地上，饺子撒得四处都是。

“成何体统，这成何体统！”隆夫人气得直哆嗦。隆继宗也很生气：“姓万的，你胡说什么，我和娘之间有什么偷偷摸摸的？”隆万氏高声道：“你手里拿的是什么？既然分了家，你拿家里的银票干什么，你还要不要脸？”隆继宗气得将银票摔在地上：“谁说要拿了！”一见他把银票扔在地上，隆夫人急道：“继宗！”隆继宗冷冷地看了一眼隆夫人，扭头就走了。

孝兴酒楼二层，隆继宗一杯一杯地灌着酒。店小二走来劝他：“二少爷，今儿个过年，要不，您回家喝去吧……”隆继宗一抬眼：“怎么，我没给你酒钱？”店小二说：“不是不是，小店要打烊了，我们也想回家过年。”隆继宗说：“把酒给我备足了，你们走，不用你们伺候！”店小二说：“这，这不合适呀！”“这是给你的赏钱。”隆继宗把一块大洋拍在桌上。店小二拿了大洋，哭笑不得：“今儿这是怎么了，两位贵客，哪个也送不走。”隆继宗睁着醉眼，问道：“怎么，除了我，还有人不回家过年？”店小二苦笑道：“有啊！那位我也惹不起，是县长大老爷的亲侄女。”隆继宗闻言酒醒了一半：“嗯？她在哪儿？”

原来洪凤鸣一个人坐在另一个座里自斟自饮，也有些醉了。隆继宗起身，来到了她面前，轻声唤道：“洪小姐？”洪凤鸣一愣：“隆继宗？大过年的，你怎么不回家？”隆继宗说：“你不是也没回家吗？”洪凤鸣说：“我是无家可回。”隆继宗问：“你叔叔呢？”洪凤鸣说：“回老家桐城了。”隆继宗又问：“那你怎么没一起回去？”洪凤鸣白了他一眼：“回去要是被人问起婚事，我怎么答？”洪凤鸣一句话戳在了隆继宗心口上，他不知说什么好。

“你不回家过年，你太太和三个女儿能答应？”洪凤鸣问。隆继宗说：“我在哪儿喝酒是我的自由，还能被她们管住了？对了，我记得你不会喝酒来着，上次在临县只喝了三杯你就醉倒了！”洪凤鸣笑了：“那是前年的事了吧。”隆继宗说：“两年了，洪小姐还没找到婆家？”洪凤鸣一听，瞪大了眼睛，看着他。隆继宗连忙解释：“不是，我不是这个意思，你刚才说了，还没找到……”洪凤鸣醉眼朦胧，说：“婆家是没找到，不过酒量练出来了，再想灌醉我，没那么容易！”隆继宗笑了：“真的？我那儿剩的酒多，洪小姐可愿意移驾同饮？”洪凤鸣说：“大过年的你我一起喝酒，你不怕别人说闲话，传到你媳妇耳朵里，又打翻了醋坛子？”隆继宗说：“我已经给了店小二赏钱，让他们都走了，这酒楼里连个伙计都没有，谁能看见？”洪凤鸣明显有些醉了，说：“好，一起喝酒过年！”

隆继宗与洪凤鸣喝了许久，两人醉意更浓。隆继宗破口大骂：“他奶奶的时少卿，什么东西，猪狗不如！他还是我的结拜兄弟，古有关云长千里送嫂，可他呢？他居然惦记我媳妇！我真是瞎了眼了，怎么认了他当兄弟！”洪凤鸣说：“别说我没提醒你啊，你尽快再雇两个掌柜的。”隆继宗疑惑地问：“干吗？”洪凤鸣说：“做生意总要往外跑吧，雇人帮你跑，你最好别离开孝兴。”隆继宗更加疑惑：“什么意思？”洪凤鸣说：“你成天往外跑，就不怕哪天时少卿把你的娇妻美眷劫走？”隆继宗说：“不可能！瑛娘怎么会跟他走？”洪凤鸣说：“不怕贼偷就怕贼惦记！”隆继宗说：“惦记也没用，我媳妇我自己心里有数，再说了，那时少卿已经被我赶走了！”洪凤鸣说：“赶走了？半个月前，就在这个酒楼，我见过他。”

隆继宗顿时一激灵：“你说什么？”洪凤鸣说：“我还听说他吩咐手下人盯着你，打听你的行踪，好像他整个秋天都住在这儿，只不过很少出门，八成是怕撞见你吧。当时他就坐在这儿……”洪凤鸣又指了指自己喝酒的雅座：“我就坐在隔壁。后来他发现了我，嬉皮笑脸的。我质问他怎么还有脸来孝兴，他说他想做的事，做不成，绝不死心。”“你说他一直在孝兴？专门打听我的行踪？”隆继宗回忆起除夕夜和瑛娘的对话，心里犯了嘀咕。

洪凤鸣劝道：“隆继宗，你琢磨什么呢，喝酒！”隆继宗端起酒杯：“好，喝酒！”二人一饮而尽。洪凤鸣说：“你媳妇人不错，好好待她。”隆继宗说：“哎，今天在这儿过年喝酒的只有咱们俩，不提她！”洪凤鸣说：“也好，也好，真是巧了。”“无巧不成书，同是天涯沦落人。来，我敬你一碗！”说着，他便去用碗倒酒。“这酒挺烈的，不能用碗。”洪凤鸣劝道。隆继宗说：“我今天偏要用碗喝！”

冬去春来，黄河开冰，气势浩荡，无与伦比。隆继宗把隆福唤到货栈，给他沏了一杯茶，说：“福叔喝茶。”隆福受宠若惊，说：“二少爷亲自为我沏茶，真是折煞老奴了。”隆继宗说：“福叔，咱俩情同父子，你客气啥。今天叫你来啊，是有事求你，我想让你给佘管家传个话。”隆福说：“佘管家？我知道她得罪过您，但您是主子，千万别跟一个女流之辈一般计较。”隆继宗笑道：“我跟她计较什么？我呀，是想跟她侄子，就是那个当警察队长的，交个朋友，请她帮着引见引见。”隆福说：“跟警察交什么朋友，二少爷有什么事吗……”隆福说：“你不用明白，帮我传话就行了。”

佘管家一听隆继宗要结交佘小四，十分高兴，连连嘱咐佘小四要为隆继宗好好办事。佘小四拗不过姑姑，只得赴宴。一见他来，隆继宗连忙站起身来，招呼道：“佘队长，久违了。”佘小四端详着隆继宗，看看酒菜：“你请我喝酒？”“对呀，请坐。”说着，隆继宗给佘小四倒上酒。佘小四语带嘲讽，说：“你是隆家二少爷，脾气大得很，你这酒杯我有点儿不敢端啊……”隆继宗倒是恳切得很，说：“我是脾气不好，上次打了你一巴掌，今天赔罪，敬你一杯！”佘小四也不客气，拿起酒杯喝了，隆继宗也干了。

佘小四说：“其实你打我一巴掌，那毕竟是情急之下，我也没记你的仇，可是我姑姑……”隆继宗边倒酒边说：“你姑姑从小服侍我娘，跟着我娘陪嫁到隆家，只不过我小时候正赶上她身体不好，告假回了乡下，所以我们才不熟识。后来听我娘说起，才知道她们情同姐妹。”佘小四瞪了他一眼：“情同姐妹？呵呵，从你们主子嘴里说出这样的话来，我后背直冒凉风啊……情同姐妹，你还拿枪要……”隆继宗忙说：“所以，我再罚一杯，给令姑母赔罪。”说罢，他又干了。佘小四毕竟心里敬畏他，不再计较，也喝了。

隆继宗继续道：“佘队长，要是从我娘和你姑姑那里论，咱们也应该兄弟相称啊！”佘小四有点儿不好意思：“这，这我可高攀不上啊……”隆继宗说：“是我高攀！你是警察队长，我是一介草民，来，兄弟，我再敬你一杯！”佘小四见他这么说，心里还是挺得意，口上却说道：“这，这我多不好意思啊。”说着，二人又干了一杯。

三杯酒下肚，佘小四已经换了称呼：“二少爷，说起来，隆家对我姑姑和我那真是大恩大德，咱们一家人也就别说两家话，您摆这么一桌好酒，到底有何吩咐啊？”隆继宗发现佘小四变了口吻，知道一切都在自己的掌控之中，微微一笑，说道：“是这样，兄弟，我想请你帮我捉奸。”佘小四一愣：“捉奸？”隆继宗点点头：“没错！”说着，他拿出一张银票，放在桌上，推给了佘小四。

佘小四赶忙推辞道："哎，二少爷，您这是干什么，您不是说兄弟吗，就不兴这个了……"隆继宗不容他往下说，接口道："我知道，你手里的枪，是替政府效力的，为我这一介草民办私事，不合适，再说，还得劳驾你的手下啊。"佘小四不解，说："可是我还是没明白，捉奸，捉谁啊？怎么个捉法？"

这一天，吃过早饭，隆继宗说："瑛娘，我这次走，时间可能要长一点儿，起码一个月。"瑛娘疑惑地问："昨儿你不是说过了？"隆继宗说："啊，是吗，我昨天说过了？盼娣、招娣，爹要走一个月，你们想不想爹啊？"盼娣、招娣异口同声地答道："想！""来，过来亲爹一下。"盼娣、招娣分别上前亲了亲他。招娣笑着说："扎！""哼，净瞎说，爹昨天才刮的胡子。"隆继宗也笑了。瑛娘道："还有念娣呢，来，念娣也亲亲爹！"说着她抱起念娣凑近了他，哪承想念娣哭了起来。瑛娘说："这孩子，你看，让你和爹亲近亲近，你哭什么啊？二少爷，您别生气，这孩子脸儿小，你一瞪眼睛，她更害怕。"隆继宗说："小孩子，哭就哭吧，我干吗要瞪眼睛啊，你也是，她不愿意亲我，你别难为她嘛。"念娣只是怯生生地哭着。

时少卿吃着点心，管家从外面跑了进来，时少卿问："走了？"管家回话："走了，我看着出的城！"时少卿又问："这次去一个月？"管家说："没错，昨儿他亲口和货栈里的伙计说的！"时少卿点了点头："一个月，足够了，就算瑛娘铁石心肠，我也要让她熔化。"管家说："老爷，您想要什么样的女人没有啊，我真没想到您为了这么一个三个孩子的娘……"时少卿斥道："你给我闭嘴！三个孩子怎么了，她在我心里是最了不起的女人！我必须让她跟我走，一辈子陪伴在我的身边！你说我能成功吗？"管家说："这……我可不知道……"时少卿说："不知道？我，比隆继宗年轻，英俊，风流倜傥！我爹留给我的家业，比隆继宗分家得到的那仨瓜俩枣多了不知道多少倍！我凭什么不能成功？"管家说："可是上回……"时少卿说："上回瑛娘没跟我走，才说明她是个重情重义的好女人！她要真是个水性杨花之辈，我时某也看不上！越难得到的，越是最好的……"

瑛娘打着哈欠，收拾着碗筷，突然有些恶心，她停下了手里的活，摸了摸自己的肚子。她倒了口水喝，慢慢地坐在椅子上琢磨着："我说怎么这么困哪，一天到晚睡不够，原来……"她看了眼在炕上玩着小口袋的念娣，自言自语："念娣，你爹给你起这个名字好啊，我估计你会张嘴说话的时候，你弟弟就来了！哈哈，这回娘啊，可得长点儿心眼儿，在你弟弟坐稳当之前，不告诉你爹！谁说小老三是灾星，我们是福星！”

夜幕降临，天上挂着一弯明月。三个孩子本来都在炕上睡着了，念娣却突然哭了起来。瑛娘用手轻轻拍着：“念娣乖，念娣乖，天黑了，夜深了，虫儿睡觉了，鸟儿睡觉了，念娣也睡觉，念娣睡觉。”瑛娘一手拍着念娣，一手摸着肚子，暗暗地高兴。她喃喃道：“菩萨保佑，这回一定来个儿子，我也就对得起继宗，对得起隆家的祖宗了。”

这时候，隆继宗和佘小四正躲在一个可以看到自家大门的角落里。佘小四身后还跟着四五个荷枪实弹的警察。他调侃道：“二少爷，我真没想到啊，您这么尊贵的少爷，也有人敢给您戴绿帽子，呵呵……”隆继宗不悦，说：“你给我闭嘴！”佘小四说：“就您这点事儿吧，其实我姑姑说过。隆家的二少爷何等尊贵，您怎么能娶个河姑哪？就为这么一个女人，娘都不认了，值吗？”“你少说两句行不行？”“行，我再打听打听，抓住了，您打算怎么办？”隆继宗说：“我亲手宰了这个女人，然后去给我娘磕头认错！”“亲手宰了就算了，咱不能动私刑，万一被洪县长抓住把柄，治您的罪咋办？奸夫淫妇交给我，指定替您出气……”

隆继宗瞪着空旷的街道，不再言语。佘小四自言自语：“京城来的有钱大老爷，看上一个仨孩子的娘，我怎么有点儿不信呢？”佘小四正说着，突然张大了嘴：“还真来了啊？”

只见时少卿鬼鬼祟祟地来到瑛娘家门前，左右端详，见四周没人，一挥手，从远处招来一个伙计。那伙计训练有素，往墙根儿一蹲，时少卿踩在他的肩头上。伙计一起身，时少卿借势一搭墙头，蹿了进去。隆继宗气得咬牙切齿就要冲出去，却被佘小四一把拉住，说：“等等，等等。二少爷别激动，这事儿可不能现在就去抓，要抓现行！”隆继宗气得直喘粗气。佘小四说：“这奸夫还有帮手，而且轻车熟路啊，这不定来多少回了呀？”隆继宗一拳砸在墙上。

床上的瑛娘刚刚睡着，突然听到有人在敲窗户，她起身问道：“谁啊？”时少卿答道：“是我。”瑛娘警觉：“你是谁？”“瑛娘，你难道听不出我的声音了吗？我是时少卿啊。”瑛娘吓了一跳：“你……你怎么还敢来？”时少卿说：“因为你在这儿啊！去年这一年，我一共来了孝兴八次，每一次最少住一个月。因为怕见到隆继宗，所以多数时候都躲在客栈里睡觉，闭着眼睛想你……”瑛娘怒道：“闭嘴！龌龊东西，赶紧滚！再不走，我喊警察抓你了！”

时少卿说："你不会的。我知道，你是天下最善良的女人。你从小家境贫寒，被卖进了隆家做河姑。就像我，小老婆生的孩子，没人待见。你我都是一样的苦，就应该相依为命……"瑛娘思忖着怎么应付，没有回话。"去年我来了八次，虽然都打听到了隆继宗什么时候离开孝兴，但一直不确定他什么时候回来。我怕贸然来见你，一天两天，无法让你明白我的真心。这回打听清楚了，隆继宗要走一个月。一个月不长，但足够了。瑛娘，自从我认识了你，只要闭上眼睛，眼前就都是你。我这一辈子最幸福的，就是受伤的时候，每天可以躺在你的怀里，由你喂我吃喝，你那么温柔，那么体贴。"瑛娘忍无可忍，骂道："你闭嘴，别再说了，你快滚！"

时少卿哪肯罢休，继续表白道："瑛娘，我时少卿已经下定了决心，这辈子非你不娶，只要你愿意，我们可以带着你的三个女儿一起走！三个小姑娘非常可爱，我会视如己出，让她们做我时家的千金小姐，上最好的学堂，将来去国外留学！""狗屁！我闺女有爹，她爹对她们好着呢，用得着你！""隆继宗？哈哈，瑛娘，我觉得你根本没有我了解他。他是个自私的男人，甭说孩子了，他心里连你都没有！可我时少卿不一样，我这辈子从没对哪个女人动过真心，我要把所有的爱都给你，为了你，我不惜一切代价！"瑛娘心烦意乱，说："快走，不然我真的要喊警察了！"

时少卿不依不饶，不管不顾，说："咱们别这么说话，你到院子里来。你看着我，我看着你，这样才能互诉衷肠。"瑛娘喝道："你痴心妄想！""我知道你会开门的。这月份乍暖还寒，你怎么舍得我一个人在外面冻着啊？你知道的，我从小身体虚弱，两年前还受了重伤，一旦中了伤寒，也许会把命都丢了的。你是好女人，怎么可能看着亲手救回来的一条命又没了？要不你把门开开，让我进去暖和暖和吧？"瑛娘怒道："你快滚！""我就知道你不会开门，你是有夫之妇，最讲规矩了，夜里给别的男人开门，当然不好。没关系，我自己能打得开，我开门进去，我们慢慢说话！"说着，时少卿就从兜里拽出一根细细的带钩的铁钎子，他来到门前，将铁钎子从门缝塞了进去。

瑛娘听到外面的响动，连忙从厨房里抄起一把菜刀。这时候，时少卿的铁钎子已经从门缝里插了进来。瑛娘死死顶住门插："我可告诉你，我有菜刀，你敢进来，我砍死你！"时少卿死皮赖脸道："太好了，我每天都想你想得要死，若是能死在你的手里，心甘情愿。"瑛娘气坏了，大声地喊道："盼娣、招娣，都起来！来坏人了！"

两个女孩儿被惊醒了，念娣在床上哼唧着，但是没哭。盼娣和招娣蹦下床来，光着脚，跑到外间，看着瑛娘，不知道该怎么办。瑛娘吩咐道："拿家伙！

坏人要是敢进来，就跟娘一起和他拼命！”

突然，有人在撞门了，随即，门外传来子弹上膛的声音。盼娣和招娣虽然已经拿起了擀面杖和棍子，可听到动静，都吓坏了，跑到瑛娘的身后，不停地惊叫着。瑛娘吓得直哆嗦，但努力镇定下来：“坏了，贼人不是一个人来的！待会儿你们躲屋里去，护住妹妹，放心，有娘在，谁也别想伤害你们！”两个女儿跑进里间，瑛娘高高举起菜刀，决定拼命。

只听有人在喊：“快啊！”又有人命令：“加把劲！”大木头直接撞向瑛娘的房门。门被撞开，有人率先冲了进来。瑛娘看准机会，忽然从门后出来，喊道：“我砍死你这个贼！”来人见瑛娘来势凶猛，一闪身躲过。瑛娘见砍空了，回身再砍，盼娣与招娣从里间门口偷偷张望，忽然大声叫道：“爹！”瑛娘吓坏了，菜刀举在空中。冲进来的竟然是隆继宗！

隆继宗大怒：“你个贱人，还敢砍我？”他给了瑛娘一个嘴巴，瑛娘被打蒙了，而此时佘小四端着枪冲了进来。隆继宗大喝：“奸夫呢？”瑛娘愣了：“什么？”

隆继宗和佘小四冲进客房，发现是空的，他们又冲进了里屋，只见炕上的念娣正在哇哇大哭。隆继宗回到外间，喝道：“你把时少卿藏哪儿了？我亲眼看见他跳进了咱们家！”盼娣大声道：“在外面！他要进来，我娘要和他拼命！”隆继宗看向盼娣：“你说什么？”盼娣说：“我娘要和坏人拼命，爹，快去抓坏人！”继宗看到孩子们手里的棍子和擀面杖，知道盼娣没说谎，连忙冲到外面去。跟进来的佘小四皱起眉头，也快步冲出去。

时少卿躲在院子里，见四下没人，就想要冲出去。他万万没想到，佘小四留了两个扛枪的警察在外面戒备。没等他迈出门槛，两杆大枪直直地对着他，把他堵了回来。隆继宗追出来，冲上去就要暴打，没想到时少卿掏出一把枪，枪口正对着隆继宗。时少卿大声叫道：“别过来！谁敢过来，我打死谁！”佘小四一撇嘴：“哟呵，有枪。这事儿可大了，这有枪的主儿可都不好惹！二少爷，您往后退，可千万别伤着！”佘小四假装害怕。时少卿得意起来：“让我走！不然我打死你们！”

佘小四举着双手：“别！别！别！时老爷是吧，我知道你这枪快，我们惹不起你，您想走？那您走好！”说着，佘小四向时少卿身后的警察使了个眼色，那警察猛地冲过来，一把把时少卿的胳膊架了起来。时少卿扣动扳机，子弹打向了天空。隆继宗吓得退后好几步，佘小四却一个箭步冲上前，攥住时少卿的腕子，把枪卸了下来。佘小四掂量了一下：“呵，真是把好枪，值一百块现大洋吧？”

隆继宗这才壮着胆子上前，一拳打在了时少卿的脸上。时少卿试图挣扎，两名警察把他摁倒在地。

佘小四凑上前去，说：“我说二少爷，刚才我勘查了一圈，咱家二少奶奶是这份的！”说着，他伸出了大拇指。隆继宗点点头：“是啊，我媳妇……当然是这份的！”佘小四说：“可是刚才，我亲眼看见您打了二少奶奶一巴掌……”隆继宗恼羞成怒：“我家里的事，不用你管！”

佘小四指着时少卿：“那这个……”隆继宗说：“这恶贼私闯民宅，试图奸淫妇女，你说怎么办？”佘小四说：“他是未遂，押回去最多就关个儿把月，再说他有钱，到时候上下疏通，没准儿三天就得放人。”“什么？兄弟，我不管你想什么办法，得帮我出了心头这口恶气！”

“那还不容易？借一步说话。”佘小四一拉隆继宗，来到房门口。“二少爷，一会儿我在他屁股上捅一刀，这孙子肯定撒欢儿了跑，他一跑，我就在后面开枪。不瞒您说，每年冬天我都去山里边打兔子，枪法不赖，我保证啊，一枪打碎他的脑袋！”隆继宗说：“太好了！兄弟，我重重赏你！”

屋里的瑛娘听到了外面的对话，大吃一惊，连忙冲了出去，大声道：“不能打死他！”隆继宗问：“怎么不能？”瑛娘说：“二少爷，这人虽然轻薄无耻，但罪不至死。更何况杀人得有罪名，万一县长找您的麻烦怎么办？”佘小四说：“二少奶奶，他是持枪歹徒，杀人未遂要跑，被我当场击毙，还用得着罪名？”瑛娘说：“可也不能随便杀人啊！”佘小四说：“不能随便杀好人，这种人我崩了他，还能立功呢！”隆继宗点头说：“没错！既解了我心头之恨，佘队长又立了功，何乐不为？”

瑛娘跪在隆继宗面前，说：“二少爷，您是最慈悲的。我记得在古风村，杀个鸡您都不忍下手。时少卿虽然不是好东西，但与二少爷是患难之交，更何况你们拜了关公，是义兄义弟啊！再说，三个孩子在屋里都听着，要是让她们知道二少爷杀人，还不吓着？”隆继宗很为难，不杀吧，解不下心头之恨；杀了吧，也是后患无穷。

瑛娘朝时少卿大喊：“时少卿，你还不赶紧磕头赔罪，让你义兄放你一条生路！”时少卿赶紧挣脱，跪上前来：“大哥，我知错了，求你放我一条生路！我再也不敢惦记嫂子了，立刻离开孝兴，永远不再回来！”隆继宗一甩手，不再理会时少卿。时少卿见状转身就要走。

佘小四却不干了，喝道：“等会儿！”立刻，警察又将时少卿摁倒在地。佘小四说：“这就要放人啊？二少爷、二少奶奶，这可不成啊，你们是不是忘了，我是警察啊，你们俩菩萨心肠不想要他的命，那我就只能公事公办了，时少卿私闯民宅，持枪胁迫民女，被我当场抓获，弟兄们，把他押回去，等着上峰定罪！”时少卿连忙大喊：“大哥救我，大嫂救我！别让他们把我带走，抓回去我准没好下场！”瑛娘还想去求佘小四，隆继宗一把抓住她往屋里拖。瑛娘无奈，只得看着警察将嗷嗷乱叫的时少卿带走。

三个女儿都吓坏了，在瑛娘身边哭号着。瑛娘淡淡地看着进门的隆继宗，说：“你根本没出门做生意，假装说走，就是要回来捉奸……”一语中的，隆继宗说不出话来。瑛娘幽怨道：“你根本不信我，从来就没信过我！你们三个，都不许哭了！跟娘走，回古风村。”隆继宗理屈词穷：“哎呀，你……”瑛娘对孩子们说着：“在二少爷的眼里，娘是个不守妇道的女人，不配做他媳妇！”说完，她就进里间去收拾东西，三个女儿跟着，哭得更厉害了。

隆继宗连忙追进去，说：“行了！我知道错了，你还较上真了？非得我给你磕头啊？”瑛娘含泪摇头：“时少卿说得对，我根本不知道你是什么样的人……”隆继宗急了：“你还敢提那贼人？要不是你替他求情，我亲手毙了他！”瑛娘不说话，泪水不住地往下流。隆继宗讪讪说：“都怪你，长得俊，生了三个孩子了，还招惹这么多是非！”瑛娘怒目瞪向他。隆继宗解释着：“是，我是不该怀疑你。可时少卿他……鬼鬼祟祟的，让我不得不怀疑！想想真是悬哪，他居然在孝兴蹲坑踩点，跟个贼似的住了一年，这要不是洪小姐提醒我，真没准让他得了逞！”瑛娘也怒了，说：“你说什么？又是那姓洪的女人？她什么时候跟你说的？怎么说的？为什么她说什么你都信？你既然起了疑心，为什么不直接问我！”

隆继宗气短了几分：“你看你看，你又打翻醋坛子了！”瑛娘说：“不行，我找她去！”“你上哪儿找她去呀？”“她不是县长的侄女吗？我知道哪儿能找到她！”“行了，瑛娘，你还嫌我丢人丢得不够吗？”瑛娘说：“两年多了，她一直赖在孝兴也不找婆家，是不是早就跟您好上了？”隆继宗说：“没有的事！”瑛娘流着眼泪：“我又是谁？我凭什么这样质问您？您是隆家的二少爷，您想做什么，我都管不着……二少爷让一让，让我带着孩子走吧。您要是心疼我们娘儿仨，就让伙计套辆马车送我们回古风村。”隆继宗说：“哎呀，我说了，没有的事，当着三个闺女的面，我发誓！之前没有，以后我也不会再见洪小姐，好了吧！若是违背誓言，天打雷劈！”瑛娘一下子心疼了：“别！二少爷可别说这样的话！”隆继宗一把把瑛娘搂在怀里：“对不起，瑛娘，我错了，别再怪我了！”

第十一章

面对狱警，时少卿只能嬉皮笑脸地和狱警们套近乎，说："各位警察大哥，兄弟我时少卿是个爱交朋友的人。只要我能好好地出去，各位就都是我的朋友了，我愿意拿二百块现大洋答谢各位！""二百太少了！"佘小四说着，走进门来。一个警察道："队长，二百可不少，我长这么大都没见过那么多现大洋。"佘小四板起脸说："你听他胡说八道！他要有二百现大洋，能去当贼？你瞧这个小白脸子，像有钱的样吗？刚才已经查到了他的案底，两年前他就进来过，知道为什么吗，骗钱！这时候了，还装什么时老爷，你们瞧他这模样像老爷吗？"说着，他打了时少卿一巴掌："隆家的主子有话了，把这个人招呼好了，隆家管酒管肉，赏现大洋！"时少卿还想说什么，但已经被人塞住了嘴，按到了上刑的架子上。

几天之后，四个人抬着一块门板，进了瑛娘家的门。隆继宗一见趴在门板上的是时少卿，怒道："奸贼，居然能活着从牢里出来，算你有本事！"时少卿示意手下："把我放下来。"四个人把门板慢慢放在地上。时少卿又说："扶我起来。"管家连忙上前将时少卿扶了起来。时少卿往前挪了几步，深深地给他鞠了一躬。他的屁股上、腰上有伤，这一弯腰下去，疼得满头大汗。时少卿轻声说："大哥，我错了。可你也真够狠的，大牢里都使了钱，要我的命，要不是阎王爷不稀罕收我，咱们哥俩这辈子可就见不着了。"隆继宗不屑道："我本来也不想再看见你。送客！"说完他转身就走。时少卿忽然大声道："隆继宗，你等一等！"隆继宗说："你还想怎么样？"

时少卿一伸手，管家递上一把小刀。瑛娘连忙护住孩子，隆继宗摆手示意瑛娘别怕，对时少卿怒目而视。只见时少卿从外衣里面拽出衬衫角来，那衬衫上全是血。他低着头，慢慢地用刀子割着，把带血的衬衫角割了下来。时少卿举着衬衫角，说："割袍断义，从今天起，时少卿与隆继宗不再是兄弟了！今后若是狭路相逢，可别怪我得罪！"时少卿的目光中充满了杀意。隆继宗不屑地盯着时少卿，然后转身和瑛娘进了屋。

冬去春来，两岁大的念娣被瑛娘抱到了餐桌前，桌上是一碗卧着荷包蛋的面条。正要出门的隆继宗被瑛娘拉住：“她爹，你先别走。今儿啥日子你忘了？”隆继宗一愣：“啥日子？”瑛娘指了指桌上的面条和念娣。隆继宗皱了皱眉头：“老三的生日？”瑛娘说：“可不，念娣今天整两岁了。”隆继宗长叹了一口气，来到孩子的面前：“两年前的今天，你娘可受苦了，你个小丫头也险些被扔到黄河里。”瑛娘说：“说这些干啥，你再吓着念娣。”隆继宗蹲下身，看着一脸懵懂的念娣：“丫头，你两岁了，叫声爹？”念娣看着隆继宗，完全没有要张嘴的意思。隆继宗疑惑道：“不会是哑巴吧？”瑛娘连忙说：“瞎说！这孩子心里啥都明白，就是不愿意说，这叫等福！”

“还等福？你这个当娘的可真会给哑巴孩儿找辙。爱叫不叫，丫头，过生日了，给你娘磕个头，你娘生你可不容易！”隆继宗说。念娣立刻跳下椅子来，给瑛娘磕头。隆继宗一愣，哈哈大笑：“这丫头真听明白了，看来是不傻，来，爹抱抱！”他把念娣抱了起来，举得老高。念娣在父亲的怀中露出了甜美的笑容。

和念娣亲热了一会儿，隆继宗来到院子里，招招手，让玩口袋的盼娣和招娣都过来，一手抱了一个，又亲亲她们的脸颊。盼娣问：“爹要出门啊？”隆继宗点头：“对，去省城！”招娣问：“去省城干吗？”隆继宗回答道：“进货！给咱们家的继宗货栈进货。”

瑛娘送隆继宗出门，有些不舍：“二少爷，这次进货咋要您亲自去啊？”隆继宗叹了口气：“买卖要想赚钱，货得紧俏，囤货得足。所以去年冬天，我就请省城的徐老板来了孝兴。徐老板可是大买卖人，路子野，什么货都能搞得到。这不，来信儿了，说给咱们备的货，把他的大仓库都装满了！这么多的货，我不得亲自去接。再说了，徐老板帮咱们忙了一冬天，我也得亲自去答谢。”瑛娘说：“徐老板人真好，二少爷还没去呢，就给备好了货，准垫了不少钱。”隆继宗摇摇头说：“哪能让人家垫钱，备货的钱是我出的。”闻听此言，瑛娘张大了嘴。隆继宗有些生气，继续说道：“哼，姓万的婆娘狗眼看人低，以为没有娘给的本钱，我隆继宗就做不了生意，这回倒要让她瞧瞧。”

瑛娘问：“那二少爷哪来那么多本钱？”隆继宗说：“借的。我隆继宗自立门户这两年，也交了不少朋友。靠继宗货栈的招牌，借得到钱。”瑛娘又问：“那不得给人家利息……”隆继宗说：“我宁愿付点利息，也不愿意搭娘的交情，更不能让那姓万的婆娘说三道四！”他跳上马车，伙计一扬鞭，马车渐渐远去。瑛娘目送着马车消失，眼中有些担忧。

坐在马车上的隆继宗问伙计：“车雇好了吗？”伙计回话：“雇好了！牛大

胡子跟我打了包票，二十套车，最好的牲口，最好的把式。这会儿，应该早到了徐老板仓库了。”隆继宗笑道：“二十套车，回孝兴这一道上，咱们也算是浩浩荡荡啊！”伙计奉承道：“那是！二少爷的买卖越做越大，跟着二少爷混，我们脸上都风光！”

突然，远处的火光吸引了伙计的注意力：“二少爷您看，着火了！”远处浓烟滚滚，火光冲天，慌乱的人群四处逃散着。伙计说：“我怎么看着像徐老板仓库的方向？”隆继宗急道：“不好！快！”伙计连忙扬鞭。

然而已经来不及了，大火熊熊燃烧，很多车把式聚在仓库外，却只能远远地看着。警察吹着哨，指挥着伙计们撤离。隆继宗跳下马车就要往仓库里冲，被伙计和一个大胡子车把式拦住。大胡子说：“哎，隆老板，这么大的火，您不要命了？”隆继宗望着远处的大火，两眼直犯愣：“徐老板……徐老板人呢……”大胡子摇头：“没见着。”

隆继宗见有警察，便冲了过去，说：“警察，徐老板呢？徐老板呢？”警察瞥了一眼隆继宗：“哪个徐老板？”隆继宗说：“这个仓库的东家，徐老板啊！”警察说：“仓库的东家？我还找他呢，半天都不见人，烧死在里边了吧？”隆继宗说：“那可不行！货他没交到我手里，得把银票退给我！”说着，他就要往仓库里冲。警察一把揪住他，说：“你哪儿来的？滚一边去，别在这儿添乱！”“你放开我！”隆继宗一着急，一拳砸向警察，将他嘴角打得直流血。

警察大怒，吹响了哨，四五个警察过来按住了隆继宗。那警察道：“这暴民妨碍救火，还打警察，抓起来！”隆继宗大喊着：“放开我！放开我！”又一名警察被隆继宗的胳膊肘打中了鼻子，流血不止。警察抡起枪托砸向他，隆继宗被打晕在地。

瑛娘独自在家做针线活，忽然感到一阵恶心，连忙找水喝。喝完水，她用手指揉着太阳穴，自言自语：“这回倒好，酸的辣的都不想，就是困。”说着说着，她笑了，拍了拍肚子：“我可告诉你啊，你得是个男的，不然，娘可真没脸见你爹了。”三个女儿躺成一排，都在炕上睡着了。

突然，一阵急促的敲门声传来，瑛娘连忙起身。一开门，瑛娘见是隆福，连忙道：“哎呀，福叔，您来了，快，进屋说话。”隆福满脸焦急：“不！二少奶奶，您快跟我回府上！”瑛娘一愣：“回哪个府上？”隆福说：“隆家啊！”瑛娘说：“我……这不年不节的，我回去也没个由头，不合适吧？”隆福说：“哎呀，二少爷回来了！”瑛娘惊道：“什么？”隆福说：“夫人把二少爷从省城大牢里接回来了，浑身是伤，人事不省啊！”

隆继宗终于醒了，他睁开眼，一甩胳膊，正在号脉的何老先生的老花镜都被他打丢了。隆继宗怒道：“去去去！我没病，我就是咽不下这口气！”隆夫人劝道：“继宗，别闹，你这一路上一直吐血，娘的心都碎了！”隆继宗依然愤愤不平：“谁让你去接我的，我受了小人的算计，赔得倾家荡产，哪还有脸回来，你还不如让我死在牢里呢！”隆夫人叹道：“儿啊，赔几个钱算什么，咱们隆家……”三叔公也劝到：“是啊，继宗，留得青山在，不怕没柴烧！”四叔公也说：“就是啊，你自立门户出去做买卖，本来就是逞能嘛！你从小除了读书啥也不会干，长辈们谁不知道，你不赔谁赔啊？”七舅爷这回倒是主持了公道，说：“我说四叔公，孩子都病成这样了，你说的叫什么话！”四叔公知道话说过头了，立即闭了嘴。七舅爷接着说：“继宗，虽说我不姓隆，可是这个家我能做半个主，只要你在你娘面前磕头认罪，我们这些当长辈的，都不会跟你个小辈计较！只要你回了隆家，钱又算得了什么，你赔的那点儿对你娘来说……”

隆继宗气坏了，轻声道：“让他们出去……”隆夫人问：“你说啥？”隆继宗吼道：“让他们出去！！！”隆继宗突然一口血喷了出来，吓得屋里一阵大乱，长辈们只好纷纷退出。隆夫人握着他的手，帮他摩挲着胸口。

这时佘管家上前说：“夫人，大少奶奶来了，说要来看二少爷……”话一出口，闭目养神的隆继宗立刻瞪大了眼睛。隆夫人怒道：“初一那天要不是她，继宗就接了我的银票，要是不借高利贷，就算货款让人骗了，他也不至于急成这样！这个时候来干什么，看我们娘儿俩的笑话啊？！让那姓万的女人滚！滚！”

隆万氏听到这话，气得扭身就走，却正赶上隆福带着瑛娘和孩子匆匆赶进门来。隆万氏一见是瑛娘，瞪圆了眼睛，拦住去路。瑛娘连忙行礼：“大嫂好。”隆万氏却说：“站住！外人想进就进，还有没有规矩了？”隆福一愣：“哎，大少奶奶，二少奶奶怎么变成了外人？”隆万氏道：“分了家就是外人，七舅爷、三叔公、四叔公，分家的时候你们可都在场。”长辈们一时语塞。隆万氏指着念娣：“呦，这应该就是那颗灾星吧，也带来了？”隆万氏狰狞的表情，吓得念娣哇的一声哭了出来。瑛娘一拉念娣，说：“不许哭！”念娣登时停住了。

隆继宗忽然睁开眼睛，支撑着身体要起来。隆夫人忙问：“继宗，你要干什么？”隆继宗道：“我听见我闺女哭了，她们来看我了，快叫我媳妇带着闺女们进来！”

佘管家受命出门，就看见瑛娘和隆万氏对峙着。瑛娘低声说：“大嫂、各位长辈，你们嫌弃念娣，我不让她进屋，可我是继宗的媳妇，你们总得让我看看他吧？”没等隆万氏说什么，佘管家开口了：“二少爷请二少奶奶带着孩子们进去！”隆万氏一听，立起了眉：“什么二少爷？人家早就自立门户了，人家在外面是隆老板，隆大老爷！瞧你这一脸的奴才相，使着这个家的银子，给外人当奴才，你什么东西！”佘管家生气道：“谁是外人？”隆万氏不依不饶：“我刚才说了，分了家了，连屋里躺着的那个，他们全是外人！这里间，是隆家的正堂，我是隆家的长房媳妇，今天还就当一回门神了，外人想进去，没门！要夫妻团聚，好啊，抬回你们自己家去！”隆万氏说着一叉腰，把门挡住了。

瑛娘只好说道：“大嫂，瑛娘从小没读过书，也没见过世面，不会说话，理论不过你，但现在我男人病了，躺在里面，我就是拼死，也得进去看看！若有冒犯，得罪了！”瑛娘一咬牙，迎头向隆万氏撞去，撞开她，一直冲进了里间。

隆万氏起身要追打，佘管家喝道：“行了，你别闹了！夫人急得这一路上已经犯了好几回病了，你想逼死夫人不成？”七舅爷怒道：“就是，老大媳妇，差不多得了！”隆万氏看向三叔公、四叔公，见他们个个横眉冷对，只好软了下来：“我还不都是为了隆家好？好好好，我不管了，我婆婆都不要规矩了，我算老几啊！”说着，隆万氏转身走了。

瑛娘与隆继宗一见面，两人泪水长流。隆夫人叹息一声，有些不悦，却也只能让到了一旁。瑛娘快走几步，拉住他的手。隆继宗用微弱的声音叫着：“瑛娘……”瑛娘哽咽着：“怎么会这样？他们凭什么抓你，为什么把你打成这样？”隆继宗摇摇头：“都是时少卿那奸贼，我中了他的圈套……”说到时少卿，他咳了起来，瑛娘连忙帮他拍打后背，隆继宗的嘴角里淌出了血。瑛娘吓坏了：“血？！”

隆夫人抓过一条手帕，帮他擦拭着：“行了，他已经这样子了，你问那么多干什么！”没想到隆继宗却说：“您出去，让我和瑛娘说说话……”隆夫人问：“你说什么？”隆继宗又说：“我求您了，我想跟我媳妇说会儿话……”隆夫人只得气愤地离开。

瑛娘劝道：“娘说得对，你累了，什么也别说了，省点儿力气，好好歇着。郎中开的药在哪儿，我喂你！”隆继宗又摇了摇头：“我什么药都不吃，我恨！恨自己妇人之仁，没杀了时少卿那个畜生！”瑛娘也是又悔又恨：“……是他害了你？”隆继宗说：“这恶贼，我变成鬼也要掐死他！只是，瑛娘，我对不起你……货款全被骗了，咱们……欠了债……”瑛娘说：“不怕，从前咱们在古风村是最穷的人家，日子不也过得挺好的嘛。你说过，不求大富大贵，咱们一家平平安安，团团圆圆就好。”隆继宗说：“对，我是说过这样的话，可我为什么还要逞强，借那么多钱，备那么多货呢？”瑛娘劝道：“事情都过去了，二少爷别埋怨自己。”隆继宗说：“我就是想争口气，没承想，倒更让外面那些人笑话我了……”说着，他又咳上了。

瑛娘说：“别说了，二少爷！”隆继宗强打精神，问道：“我的闺女呢？我刚才听到老三哭了，闺女们怎么不进来看我？”瑛娘连忙掩饰道：“我没让她们来……”隆继宗说：“不对！准是我娘没让进来！”瑛娘有些尴尬：“不，不怪娘！”隆继宗说：“不怪她怪谁？要不是她听信谗言，说我闺女是灾星，哪有今天！抬我回去，我要回自己的家。”

瑛娘拗不过隆继宗，只好出门。佘管家一见她，就问道：“二少奶奶，二少爷怎么样？”瑛娘垂首道：“他……他说，他想回家……”隆夫人急了：“什么？！这话是继宗说的？是你要把他带走吧，他都已经病成这样了，你就放过他吧！”瑛娘心乱如麻，辩解道：“娘，您这话从何说起……”“你心里清楚！”隆夫人说完转向一旁，不再理瑛娘。

瑛娘只能过去哀求着：“二少爷的脾气娘也知道，我刚才哄了他半天，可他非要回家不可，求娘就让我把他带回去吧……那年二少爷病倒在古风村，也一直吐血，是我照顾好的。我知道二少爷，他最怕的就是不顺心意。”隆夫人说：“他在亲娘身边会不顺心意了？你也是三个孩子的娘，将心比心，继宗病成这样，你要把他从我这里抢走，你到底安的是什么心？！”瑛娘不知该如何解释。隆夫人说：“当年是当年，现在是现在。当年我儿子是个不到二十岁的小伙子，身体壮实得很！这些年已经被你这个妖女祸害得不像个样子，整个人都掏空了，何况还有个灾星，你把我儿子带回去，想妨死他吗？”对此，瑛娘是百口莫辩。

佘管家打着圆场：“二少奶奶，还是让二少爷留在这儿治病吧，夫人已经把全孝兴最好的郎中都请来了。您那边缺医少药的，回去就能治好了？再说，夫人疼二少爷，您也得体谅当娘的一片心哪！”“好吧，我再去劝劝二少爷……”瑛娘擦干泪水，进屋去了。看着瑛娘的背影，隆夫人仍气得直哆嗦。

瑛娘让隆继宗倚在自己的怀里，给他喂药。隆继宗缓缓摇头：“我不想喝药，怎么还不抬我回去？”瑛娘劝着：“二少爷，这儿比咱们家好，这么多人伺候着……”“我不要他们伺候，抬我回去！”说完，他又咳了几声。瑛娘一脸为难：“二少爷，您就别为难我了……”“怎么，是我娘不让？我自己走！”隆继宗竟然这就要起身。瑛娘连忙拉住他：“二少爷！二少爷！”

佘管家挑开帘子，隆夫人从外面进来。隆继宗一看隆夫人，停止了动作，躺下去，转过头去不再看隆夫人。瑛娘叫着：“娘……”隆夫人冷着脸，说：“你跟继宗说什么了？我这个当娘的进来，他连看都不看我一眼。”瑛娘不知该如何解释：“我……”隆继宗开口了：“让我回去，我要回自己的家！”隆夫人急了：“要不是我亲自去省城打点关系，你能从牢里出来？是我雇了汽车把你从省城接回来的，一路上你虽然没怎么说话，可你一直攥着娘的手，就像小时候，娘哄着你睡觉！可是这个女人一来，你怎么就不认娘了，她给你施了什么妖术？”隆夫人气得指着瑛娘：“你个妖女，给我滚出去！”佘管家想劝劝，可根本插不上嘴。

隆继宗一直攥着拳头，终于忍耐不住，一拳砸在榻上，猛地起身：“她不是妖女！”隆夫人气道：“儿啊，我可是你的亲娘，你怎么为了这么个女人，三番五次的和为娘的……你真是把娘的心都伤透了。娘就不明白了，在你的心里，娘还不如这个妖女吗？”

隆继宗回避开隆夫人的目光，说：“瑛娘，带我回家，死，我也要死到咱们自己家去！”隆夫人惊呆了：“你说什么？隆继宗，你再说一遍？？？”瑛娘见隆继宗和隆夫人较上劲了，连忙跪倒：“娘，继宗气性大，尤其是现在病着，您可千万别跟他计较。您看这样好不好，就依着他，先让我把他带回去……”隆夫人怒不可遏：“都是你挑唆的！你这个祸害，你怎么不去死！”说完，隆夫人抡起巴掌，抽在了瑛娘的脸上。

“瑛娘！”隆继宗想上前去拦，一用力气，一口血又吐了出来，晕了过去。瑛娘大叫：“二少爷！”隆夫人也叫着：“继宗！”外间一阵大乱，郎中们、族中长辈全都向里间冲去。

过了很长时间，隆继宗微微地睁开眼睛，瑛娘和隆夫人轻轻地唤着他。可隆继宗并没有看隆夫人，他紧紧地攥着瑛娘的手。瑛娘低声道：“孩子她爹……”隆继宗发出微弱的声音：“水，水……”瑛娘大喜：“水！二少爷要喝水，快给倒些水来，不要太烫。”隆福赶忙答应着去准备。隆夫人听到儿子要喝水，放下了心，脸上满是关切的表情。隆家的长辈和郎中们也都在屋里等待着，一见隆继宗有好转，又有郎中过来号脉。

佘管家端着一碗药过来，说：“按徐郎中开的方子，已经煎好了药。二少奶奶，要不你给二少爷喂点吧。”瑛娘连忙接过药来：“二少爷，喝药了。”隆继宗轻轻地挥了挥手。瑛娘只好说：“佘管家，先放一放，等二少爷喝两口水，我再慢慢给他喂。”佘管家只能将药放在一旁。

隆福将水递给瑛娘，瑛娘轻轻地将他的头抱在怀里，一勺一勺地给他喂水，隆继宗张嘴喝了两口。忽然，两个孩子的声音响起：“爹！”竟然是盼娣和招娣！她们将念娣留在原地，自己悄悄跑了过来。

听到孩子的声音，隆继宗精神了不少，围在一旁的隆家长辈和郎中连忙让开，盼娣和招娣来到了隆继宗的床榻之前。隆继宗一手拉着一个孩子，目不转睛地看着她们，挤出了笑容，那笑容中充满了幸福。但他太累了，没过多久，又闭上了眼睛。两个孩子一见他闭了眼睛，都哭喊着。

终于，隆夫人听烦了，用手在桌上一拍：“别喊了！让你们爹好好歇歇吧！”盼娣与招娣一见隆夫人瞪着眼睛，连忙看向瑛娘，瑛娘也跟她们使眼色，于是两个孩子不再哭了。屋里突然安静下来，所有人都把目光集中向昏迷不醒的隆继宗。

“爹！”突然，又一个清脆的声音在众人身后响起。不知道什么时候，小小的念娣竟然也尾随着两个姐姐，跟着进来了。隆继宗猛地睁开眼睛，父女二人远远地对视着。

隆夫人想让人轰念娣出去，可隆继宗醒了，而且念娣已经进了门。她有些拿捏不准该怎么说话。盼娣、招娣高兴地说：“娘，妹妹会叫爹了！”隆继宗使劲地伸着手，他想摸一摸念娣。瑛娘立刻会意：“念娣，快，快过来！”

念娣在众人的注视下走向隆继宗。隆继宗使劲地向念娣够着，念娣却还多少有些怕，一点一点，慢慢地走向他。隆继宗着急了：“再叫一声！”念娣终于走到隆继宗面前，再一次叫道：“爹！”

隆继宗摸了摸念娣的脸蛋，脸上露出了欣慰的笑容。笑着笑着，他突然吐了一口黑血，吓得三姐妹全都哭起来。他再也没有力气，整个人瘫倒在榻上。郎中们束手无策，瑛娘只能紧紧地抱住他。

隆夫人大怒：“灾星！灾星！把这颗灾星给我扔出去！”佘管家连忙上前，架起念娣就要往外扔。瑛娘忙喊着：“放下我的女儿！”隆夫人看了一眼瑛娘，更生气了：“轰出去！全都轰出去！”众人一起上前，将瑛娘和三个女儿往外轰。瑛娘挣扎着：“不！继宗，继宗！”

躺在床上的隆继宗也听到了瑛娘的喊声，他强忍着疼痛，又睁开了眼睛，想呼唤瑛娘，却眼睁睁地看着妻子和女儿们被轰了出去。他一着急，头一歪，人就咽了气。隆夫人大声喊着：“继宗！快啊，郎中，你们倒是快看看我儿子怎么样了！”

瑛娘和三个女儿被轰了出来，在院子里抱头痛哭。婆子们站在门口，不再让她们进屋。突然，里间传来一声凄厉的哭喊：“我的儿啊！”隆福从里间出来，老人家一瘸一拐，满脸的泪水。瑛娘冲上前来：“福叔，二少爷他……”隆福张了半天嘴，终于挤出一句话来：“二少爷他……咽气了……”

“什么？！继宗——”瑛娘大叫了一声，一头撞开婆子们，冲了进去，三个女儿也跟着往里边挤。众人知道二少爷已经归西，都不敢再阻拦。瑛娘扑向隆继宗，三个女儿都跑了进来。瑛娘大声叫喊着：“跪下，给爹磕头！”三个女儿连忙跪下磕头。瑛娘大叫着，仿佛想把他呼唤回人间：“继宗！继宗——”

隆夫人已经泣不成声：“谁让你们把她放进来的？轰她走，要不是她的灾星闺女开口叫爹，怎么会妨死我儿子？！”瑛娘用手指点着隆夫人，拼尽力气吼道：“都是你！继宗最疼他的三个闺女，你非逼着不让他跟孩子在一起，才把他气死的！”隆夫人瞪大了眼睛：“你个妖女，血口喷人！”

三叔公、四叔公、七舅爷齐齐上前。高大的四叔公一声断喝：“好了好了，都别吵吵了！”三叔公也说：“人已经死了，你们争这些还有什么用？”七舅爷道：“现在最重要的是料理丧事！”

隆夫人说：“我这个当娘的当然会给继宗料理丧事了。佘管家，还不快把这个女人和她的三个丫头赶出去！”瑛娘站起身来，说：“我是隆继宗的未亡人，我要把我孩子她爹的尸首抬回去，为他守灵发丧。”一时间，两个人僵住了。

“你！你成心跟我作对！”隆夫人又要发作。刚刚进门的隆万氏看准时机，冲到隆夫人面前，说：“婆婆，你何必跟她生气呢，您的身子要紧！”说着，隆万氏就将隆夫人向一旁拉去。隆万氏嘀咕着：“婆婆啊，快让她走吧，二兄弟这是没得善终啊！您别忘了张神仙说的话，‘灾星开口，家破人亡’！既然已经分了家，您让她把人带走，亡的就是她们那个小家，可千万别让那颗灾星逮着，要不然咱们整个隆家就都完了呀！”隆夫人听了这话，隐隐觉得有理，虽然悲痛欲绝，却不再言语。

时少卿听到噩耗，手中的茶杯落在了地上，碎了。他颤颤巍巍地站了起来：“死了？不能吧。我特别关照过狱警，不要他的命的呀？”管家狞笑着：“这隆继宗从牢里出来的时候我看见了，伤得不重。”时少卿说：“那怎么会死了？”管家说：“气死的。这个人就是肚量小，知道中了老爷的计，活生生地气死了。嘿嘿，老爷，您真是高明，好比诸葛亮三气周瑜啊！”时少卿突然抽了管家一巴掌，怒道：“浑蛋！隆继宗是我大哥！”时少卿懊悔难当，他不敢相信，但他明白，自己确实害死了隆继宗。

瑛娘家堂屋，已经被改造成了灵堂。瑛娘跪倒在灵前烧着纸，她一句话都不说，三个孩子都穿了孝，不停地哭着。隆福跨进门来，他是第一个给继宗吊唁的人。隆福一头跪倒：“二少爷。老奴，给您磕头了，您一路走好！”说完，隆福磕了三个头。瑛娘给隆福叩了一个头还礼，三个孩子也跟着还礼。隆福起身走向瑛娘，说：“二少奶奶，您节哀，三位小姐还小，您可得保重！需要的时候吩咐一声，我隆福就算是搭上这条老命，也会为二少奶奶效力！”说完，隆福拭泪，转身要走。

“福叔稍等。”瑛娘说着起身走进里间，出来时手里拿着一些钱递给隆福。瑛娘说：“我是个妇道人家，没见过世面，就辛苦福叔帮忙置办一口好棺材。二少爷从小大富大贵，到了那边也要让他住得舒服一点儿……三天之后，我要为二少爷出殡，也请福叔帮忙雇响动班子和抬棺材的苦力，都要最好的，千万别让婆婆那边挑眼……”隆福接过钱，抹了抹眼泪：“放心吧，二少奶奶，这些事儿，老奴能做好！”瑛娘鞠躬道：“多谢福叔！”

隆福一瘸一拐地走出门，正赶上时少卿和他的一众随从进了院门。隆福看见时少卿，眼睛里顿时冒出了火，他从墙边抄起一把锄头，就向时少卿砸去。时少卿吓坏了，他身边的随从连忙上前将隆福架住。管家道：“老头儿，我们家时老爷是来吊唁隆继宗的！”隆福咬牙切齿地骂道：“我打死你个畜生！”时少卿自知理亏，示意打手不要难为隆福，又挥了挥手，让人把隆福推了出去。他整了整衣襟，垂着头，向屋里走去。

三个孩子见来的人是时少卿，都不说话，也不还礼。瑛娘看着时少卿，那目光冰冷得可怕。时少卿哭着说：“大哥，大哥！我时少卿是恨你，恨你不念兄弟之情把我送进了大牢，还让那些警察狠狠地打我。我也想让你受受我在牢里受的苦，哪承想……我……我真没想到大哥就这么走了呀！我时少卿活了二十多年，从小就不招家人待见，也没交过什么过命的朋友，头一回……头一回有人跟我八拜结交，还是响当当的隆家二少爷……可是没想到，我这个当兄弟的把大哥给害死了！大哥，我真是追悔莫及啊！”时少卿说着，在自己的脸上抽了三个巴掌，哭得上气不接下气。

他又磕了三个响头，才转向瑛娘。时少卿一边擦眼泪，一边道：“嫂子，我错了，我真没想到会把大哥害死。那天我说割袍断义，也是一时的气话。我做错了事，大哥惩罚我是应该的，我有什么脸面跟大哥割袍断义……千错万错，都是我的错，可是事已发生，我真是后悔也来不及了。大嫂，今儿一早得到消息，我就想用我这条贱命给大哥抵命！可是我翻过来又一想，人死不能复生，我抵了命也没什么用。”瑛娘仿佛什么都没有听到。“大嫂，现在大哥已死，我必须得活着好好照顾嫂子和三个小侄女，这样才是对得起大哥！大哥这个人我知道，他从小清高，除了我以外，也没什么别的朋友。大嫂，您要是信得过我，就带着三个孩子跟我回京城吧，我在京城有房产有买卖……”

“滚！”瑛娘从牙缝里挤出了一个字。时少卿向前挪了一步：“大嫂，您想想，隆家本来就认定你是妖女，说我三侄女是灾星，现在大哥一死，隆家上下肯定更恨你们。孝兴这地方，他们隆家一手遮天，您以后的日子没法过！”瑛娘恶狠狠地咬牙骂道：“滚！”时少卿说：“嫂子，我求您了，您就跟我走吧！”

瑛娘终于忍不住了，抡起面前的烧纸盆向时少卿的头上砸去。铜盆正砸在时少卿的头上，他一动不动。瑛娘喝道：“滚！”时少卿泣道：“嫂子要解气，就砸死我吧！”瑛娘气坏了，连砸三下，血立刻从时少卿的头上淌了下来。时少卿抹了把血，说：“嫂子，您的这口恶气出了吧，要是出了，您就答应跟我走吧！”

三个孩子吓得抱在一起，哭了起来。瑛娘随手将铜盆扔在地上，转身冲向厨房。不一会儿，她拎着一把开了刃的大菜刀从厨房出来了。时少卿吓坏了，连忙站起身：“哎，嫂子，嫂子！”“我砍死你这条狼！”说着，瑛娘就将菜刀抡向时少卿。时少卿吓得撒腿就跑，一直跑到瑛娘家门外。他边跑边说：“嫂子，是我对不住您！嫂子，你消消气，好好想想，还是跟我回京城吧，我可是为您和孩子们好啊！”“你给我滚！”说着，瑛娘将菜刀扔了出去，菜刀落在石板地上，激得火花四溅。瑛娘追不动了，气得近乎癫狂。

王婆子是受了隆万氏的命令，来看热闹的。看够了，她回到隆家汇报：“时少卿是个小白脸，二少奶奶怎么打他，他都不还手，就是磕头作揖，赔礼道歉，说二少爷是他害死的，还说要带二少奶奶回京城。”隆夫人强忍着怒火，挥手示意王婆子退下。王婆子起身之际，与她的主子隆万氏交换了一个眼色。隆万氏看着脸色铁青的隆夫人，假装不经意地嘟囔了一句：“我本来想着再怎么也妯娌一场，就派王婆子过去看看有什么需要帮忙的，哪承想撞上这一出了。”

隆夫人再也忍不住了，一拳狠狠地砸在了桌上。佘管家连忙上前：“夫人！”隆夫人咬牙切齿地说：“查，派人去给我查清楚！这个从北京来的时少卿跟那妖女到底是什么关系，他们到底干出了什么丢人现眼的事儿，才气死了我儿子！”

第十二章

隆福给棺材最后磕了一次头，瑛娘带着三个孩子穿着重孝，还了礼。隆福上前询问："二少奶奶，都准备好了，时辰也差不多了，要不……"瑛娘点点头："起灵。"

来到屋外，瑛娘自己扛着幡，站在队伍的最前边，响动班子吹奏起来。最后一把纸钱灭了，瑛娘就要摔瓦罐儿起灵。这时，七舅爷和三叔公、四叔公一起，从队伍后面挤了进来。

瑛娘一见是三位长辈，面露感激："盼娣、招娣、念娣，这三位都是你爹的长辈，他们是来送你爹的，快，跟娘一起，给长辈们叩头。"说着，瑛娘跪下，带着三个孩子磕头。三叔公摆了摆手："免了免了，起来吧，起来吧！"三叔公本是来挑理的，见状不免有些心软，说："我们是来送继宗的，可我们是长辈，要是看到有不合适的地方，我们得挑挑理，继宗媳妇，你也别见怪。"瑛娘说："看您说的，您不挑理谁挑理啊，我做得哪不对，您尽管说。"三叔公说："你是继宗媳妇，未亡人，你非要跟他娘争着办丧事，我们也说不出啥话来。你悄没声息地把继宗埋了也就算了，可你既然场面弄这么大，那就得合规矩啊！"瑛娘问："瑛娘不明白哪儿不合规矩？"

三叔公眼里只有瑛娘扛着的幡，可是他没张嘴，却拉了拉四叔公，让四叔公说。高高壮壮的四叔公是个直性子，说："你是个妇道人家，又当过河姑，你说哪不合规矩？"说完，四叔公一甩袖子，很不高兴的样子。瑛娘想了想，说："我曾经是河姑，可十几年前就嫁给了继宗。县长先生也做过主，河姑是封建迷信，早就不算数了。我和继宗拜过天地，是正经的夫妻，我为他出殡怎么就不合规矩了？"七舅爷开口道："哎呀，我说吧，你肩膀上扛的是什么？"瑛娘回话道："幡儿啊，出殡难道不需要扛幡儿吗？"七舅爷看着三叔公和四叔公，说："哎，看看，她明白！"

三叔公问："既然明白那是幡儿，你怎么扛上了？"四叔公说："这扛幡儿可是有规矩的，孝兴城可不比你们乡下，你跟街坊邻居打听打听，你该不该扛幡儿？"七舅爷干脆挑明说："你扛幡儿算什么？这扛幡儿的，得是男人，而且得是隆家的后人！你既然闹了这么大动静出殡，需要有人打幡儿，那你得去隆家把长房长孙请来，侄子给二叔扛幡儿，那还说得过去！”三叔公、四叔公纷纷附和：“就是，就是。”

一直负责张罗的隆福有些尴尬，他觉得太难为瑛娘了，便走上前来，说：“我说七舅爷、三叔公、四叔公，二少奶奶……”瑛娘突然开口，一字一句说：“我肚子里，怀着二少爷的后人。”所有人闻言都是一愣。瑛娘斩钉截铁地说：“我相信，这一次怀的一定是个儿子！他就是继宗的后，他尚未出世，我这个当娘的，替肚子里的儿子扛幡儿，请问三位长辈，合规矩吗？”三叔公、四叔公面面相觑，都看向七舅爷。七舅爷也愣了：“这……这倒是没听说过……”三个人都说不出话来了，瑛娘的脸色异常平静。

瑛娘回过身来，对着灵柩说：“继宗，二少爷，孩子她爹，今天隆家的长辈和这么多的街坊邻居都来送您了，您看到了吗？我不争气，嫁给您十几年，只生了三个闺女，幸好又有了身孕，这一次一定是儿子！就让我替他给您扛幡儿吧，若有何不妥，也请您多担待！”说着，瑛娘跪倒，给棺材磕了一个头。

瑛娘转过身，不再看隆家的三位长辈，端起瓦罐儿，啪地摔在了地上。唢呐立刻响起，隆福一挥手，八个大汉扛起棺材。隆福向天上扬起了一把纸钱，出殡队伍就此起灵。三叔公、四叔公、七舅爷还没想明白，可瑛娘已经扛着幡儿，带着棺材，从他们面前走过去了。

突然，众人向远方望着，纷纷议论：“还有汽车来送啊？”三叔公、四叔公、七舅爷也向众人指的方向望去，发现远处确实有一辆汽车，三四个打手还跟在汽车旁向这边张望着，车内坐着的正是时少卿。时少卿从车上下来，双膝跪倒，向灵柩远去的方向磕了一个头。三叔公、四叔公、七舅爷面面相觑。

隆夫人听了三个长辈的话，也张口结舌：“这……”正说着，隆万氏挑帘从外边进来，急切地说：“哎呀，婆婆，我也听说了，那个妖女的话，您可不能信啊！即便她怀了孩子，也不可能是我兄弟继宗的！您不是说要查吗，快让人去查，那妖女和时少卿到底什么时候有的奸情，她肚子里怀的，肯定是偷来的孽种！”隆夫人权当没听见隆万氏的煽风点火，只是狠狠地瞪了她一眼。

半晌，七舅爷一拍桌子，说：“我也不信！”众人都将目光看向七舅爷。七舅爷道：“这边刚一起灵，那边汽车就开过来了。那个时少卿，这回我算是跟他碰了面了，此人一脸奸相，看着就不像个好东西。”三叔公点头说：“是啊，你们俩走后，我又留了半晌，街坊邻居的议论我也听到了一些。之前，继宗就带人捉过奸，还不止一回。瑛娘和那个时少卿到底是什么关系，是该查清楚！”四叔公也说：“就是啊，她说她肚子里有孩子，是继宗之后，啥意思？她整那么大架势给继宗出殡，突然说肚子里有孩子，难道想让隆家认账？”三个长辈的话都说完了，隆夫人可就挂不住了。

隆夫人板着脸说：“哼！现如今也没有开封府了，要是包青天还在世，我就去告状，请他来查一查断一断，看看我儿子是不是被这妖女和时少卿合谋害死的！”说完，隆夫人一阵干咳。

正在这时，佘管家进来，说：“夫人，钱老板和徐老板要见您。”隆夫人没好气地说：“这两个人不是放高利贷的嘛！他们来干什么？”佘管家说：“说咱家二少爷跟他们借了钱，现在听说人没了，来催债。”隆夫人说：“催债？到这儿来干什么，你告诉他们，早就分家了，让他们找那个叫瑛娘的女人催债去！”

隆福见势头不好，赶紧来到瑛娘家汇报情况。隆福说：“二少爷这次去省城办货，可真是没少借钱，可是……我真没想到他是从钱老板和徐老板这种人手里借的钱，这两个人是孝兴有名的奸商，专放高利贷！要是不还钱，什么手段都用得出来！”瑛娘说：“借了人家钱，本来就是要还的，干吗等着人家使手段？”隆福说：“二少奶奶手里有钱？”瑛娘说：“没有。二少爷说生意要做大，之前给我留下的那些家用，也都拿去办货了。买棺材和置办丧事，已经把家里剩下的钱都用光了。”隆福说：“那您……”瑛娘说：“没有欠债不还的道理。更何况，二少爷最要面子，我不能丢他的人。还好，分家的时候不是分来了货栈吗，债主要是上门，就把货栈抵给他们。”

话音未落，外面已经传来一阵喊声：“有人吗？有人在家吗？”隆福连忙往外迎去。钱老板和徐老板带着几个打手，就站在瑛娘家门口。钱老板一愣：“哎呀，这不是隆家看大门的隆福吗？怎么，刚把我们送走，你就赶过来报信儿了？”隆福有些尴尬。钱老板问：“隆继宗他媳妇呢？让她出来！”

话音未落，瑛娘已经从屋里出来了，说：“是钱老板和徐老板吧？”钱老板说：“没错！隆继宗借了我们的钱，你得还钱啊，这是借据。”隆福接过借据，仔细查看，点了点头：“二少奶奶，确实是二少爷的笔迹，还画了押。”瑛娘点点头，她手里拿着一张房契，说：“福叔，这是继宗货栈的房契，你拿去与二位老板交割，把账还清。钱老板、徐老板，感谢你们信得过我孩子她爹，肯借钱给他。我是他的未亡人，在这替他拜谢二位老板。”说着，瑛娘轻轻地鞠了一躬。

钱老板叹服道：“隆家二少奶奶，是个人物，了不起，佩服！”徐老板却说：“钱老板，那继宗货栈铺子是够大，可地段差点儿，而且这光景也不好转手，万一卖不上价咋办？”瑛娘说：“今儿一大早，我去货栈看了看，里里外外的还有些货，要是把那些货也估清了，加上铺子一起，够不够？”徐老板嘟囔着："货……货值几个钱？"

钱老板人倒还耿直，说："行了，老徐，隆继宗死了，二少奶奶刚成寡妇，能有这番气魄实属不易。你我都是做买卖的，常在江湖上混，什么人没见过，什么事儿没经过，进门之前你怎么说的？二少奶奶要是不认账，咱还不得费周折，费周折不得花钱？就凭二少奶奶这份爽快劲儿，你差不多得了！"徐老板琢磨了一下，说："好，全听你的。"瑛娘点头说："那就多谢二位老板。福叔，拜托了。"

送走了两位债主，办好了交接。盼娣、招娣、念娣三姐妹在里间默不作声。隆福在屋里踱着步，满脸愁云。瑛娘端着一碗热米汤从外间进来，隆福忙上前说："二少奶奶，这是货物盘点的清单，连房契、地契都抵给了钱老板和徐老板，这是他们给写的文书，这两笔账，就算是清了。"瑛娘把碗递了过去："福叔，忙活了一天，您辛苦了，喝一碗米汤吧。"隆福说："二少奶奶客气了，帮您办点差事是我应该的，您千万不要见外！我还有一桩事得跟您禀报，二少爷的债主，可不止刚才那二位老板……"

"薛员外？临县的薛员外？他来有什么事吗？"听到禀报，隆夫人疑惑地问道。佘管家回道："薛员外说跟咱们隆家是三代的交情，听说二少爷过世了，特意赶来吊唁，可是消息到得晚，也就来晚了。"隆夫人点头说："这薛家跟咱们隆家确实有交情，人家跑这么远来吊唁，也真是有心，快请！"

薛员外一落座，说："去年冬天，继宗去我那儿，我们爷俩可是把孝兴隆家和临县薛家这几代人的交情从头到尾都叙了一个遍。那天酒喝得不少，继宗真是风流倜傥、一表人才！可惜了，这老天爷专妒英才，这才几个月不见，竟然……消息到得晚，所以来迟了，请当家人千万莫怪啊！"隆夫人道："薛员外，您大老远地赶来吊唁小儿，我感激不尽。您刚才说得对，隆家与薛家几代人的交情来之不易，以后可得传下去啊……"薛员外说："我也是这个意思。人没了，交情可是得传下去！您是隆家的当家人，就请您把继宗从我这儿挪借的那点儿钱还上吧。"说着，薛员外把借据呈了上来。

隆夫人一愣："薛员外，继宗跟你借了钱？"薛员外点点头："是啊！他可是打着咱两家的交情，来跟我借钱的！"隆夫人脸色骤变："你不是来吊唁小儿的？"薛员外说："是来吊唁的呀！咱两家有交情嘛，可这欠钱不还，以后就没法再论交情了。"隆夫人冷冷地说："还钱你找继宗媳妇去。你难道不知道，隆继宗早早就跟我分了家，他那媳妇连丧事都不让我办，我能替她还钱吗？"薛员外愣道："啊？有这事？我早知你们分了家，怎么能把钱借给他呀？""那就是薛员外的事儿了，我可管不着！”隆夫人说完，起身就往里间走。薛员外忙起身追着喊：“哎！隆夫人，隆夫人……”

气急败坏的薛员外来到瑛娘家，一进屋，就拍桌子摔凳子，吓得念娣直要哭，盼娣、招娣连忙护住念娣。瑛娘不满道：“这屋里只有我们孤儿寡母，薛员外闹这么大动静干什么，有话直说便是！”薛员外说：“好，那我就有话直说。告诉你，你丈夫隆继宗欠着我的钱，这笔钱要是不还，我就把隆继宗从地底下刨出来，砸烂他的棺材，让他曝尸荒野！”瑛娘不卑不亢道：“请您放心，十日之内我一定还钱。”薛员外瞟了一眼瑛娘：“说得好听！我听说你刚刚把继宗货栈抵给别人了，我倒想问问，你还拿什么还钱？”瑛娘说：“刚才您进院的时候，不是看到那位老人家了吗，他手里拿着的，是我要卖房子的布告。我不认字，但继宗借了您多少钱，我已经知道了，连本带利该还多少，我也知道了。我卖这个院子，就是为了还您钱。”薛员外闻言将信将疑。该承受的，瑛娘都已经做好了准备。

念娣独自吃着一碗面条，她筷子用得不好，把面都弄到了桌子上，她有点儿怕，不停地瞟瑛娘。瑛娘笑道：“不怕，念娣，娘不说你，你自己都会吃饭了，娘高兴。以后就算没了娘，你也饿不着了。”念娣突然哭了出来。瑛娘说：“不许哭！你爹在天之灵看着咱们呢，看到你哭，他会伤心的。”念娣哭得更厉害了，瑛娘强忍着泪水为孩子拭去眼泪。

这时，招娣从门外跑了进来：“娘，时少卿来了！”瑛娘一愣：“你姐姐呢？”招娣答道：“在外面。”瑛娘瞪眼道：“看着你妹妹！”说完，瑛娘抢步冲出了门，见盼娣手里拿着根棍子，正对着时少卿。

时少卿很尴尬：“瑛娘，你都教了孩子些什么呀，我是孩子们的叔叔，你说你……你怎么把隆家的大小姐教成了这样？”瑛娘吩咐女儿：“盼娣，收起棍子来，回屋去，跟你两个妹妹在一起。”盼娣摇头道：“不！娘，我就在这儿，坏人要是敢欺负您，我就打他！”瑛娘板起了脸：“让你回屋去！”盼娣看了看瑛娘的脸色，把棍子丢在地上，回了屋。

时少卿一抬手，管家拿着三份布告走来，说：“二少奶奶，这是您家贴出去的布告，我们家时老爷让我都揭下来了。”瑛娘一瞪眼睛：“揭下来干什么！”时少卿说：“大嫂，这您还不明白，布告揭了就是说，这房子我要买啊！”瑛娘说：“你要买？”时少卿说：“嫂子，您价要得太低了，我怕别人占了您的便宜。这是我买房子的钱，您拿着，我比您告示上写的加了一倍。”时少卿示意管家把银票给瑛娘。瑛娘喝道："滚出去。"时少卿看看管家，说："听见没有，我大嫂让你滚出去呢！"管家连忙退出。

时少卿上前半步，轻声道："嫂子，这两年光景不好，就算我不把布告揭下来，您这院子在孝兴想找个买主也不容易。我知道，债主上过门了，您要不卖房子，就打发不走债主，您就卖给我吧，拿着，嫂子。"时少卿递过银票，瑛娘却不接。"哎呀，嫂子，我知道债主逼得急，万一十天之内没人来买房子，您怎么办？我大哥的在天之灵看着您为难，不也跟着着急吗，拿着吧，嫂子！"瑛娘说："我只要原价，多一个子儿都不要你的。""也好。"时少卿将两张银票拿回一张，"嫂子要强。"

"你在这儿等着，我去给你拿地契。"瑛娘转身朝屋里走去。时少卿说："拿地契干啥，这房子我买了，但还给嫂子住。"瑛娘回身说："你什么意思？你这是买房子吗？"时少卿说："大嫂，大哥死了，我这当兄弟的就该照顾嫂子呀。瑛娘，我那天说的话，您再好好想想，早晚会明白我的心意。这房子您先住着，我每天都会让管家来，您有什么事情就吩咐他。"说着，时少卿冲外喊着："管家，进来。"管家又跑了进来。时少卿命令道："你听着，这边吃的用的，不许亏着。有什么时令水果蔬菜，我能吃到的，我嫂子和三个侄女也不能少，你若伺候不周，当心我打你板子！"管家点头："是。"

瑛娘说："时少卿，你这个浑蛋，给我滚出去！"时少卿说："哎，嫂子，您怎么又急了？您要是不用这个奴才伺候，我不让他来就是了。这是我买房子的银票，您先拿着。"时少卿说着，把银票硬往瑛娘手里塞。瑛娘抄起银票，撕得粉碎，扔向时少卿。

"好，嫂子撕了解气就撕，我这还有。"时少卿不急不恼，又从怀里拿出第二张银票。瑛娘怒道："你滚不滚！不滚我拿菜刀砍你！"时少卿说："砍吧，砍死我您得抵命。您三个孩子……不，是四个，我知道您肚子里又有了一个。四个孩子怎么办？嫂子，我已经道过歉了，我今天再给您磕个头。您干脆现在就回心转意，跟我走吧！"说着，时少卿真的跪下磕了一个头。

瑛娘气坏了，她拿这个无赖毫无办法："好。盼娣，去找你福爷爷，说这个时少卿到咱们家来调戏民女，让警察抓他！"时少卿无奈地说："嫂子，您这是何苦呢，我一番好心哪！"趁时少卿刚起身，瑛娘一口唾沫吐在了他脸上。时少卿也不气恼，擦了一把脸，低头无语，扭身走了。瑛娘气得满眼都是泪。

几天后，时少卿问管家："今儿是第几天了？"管家回话说："十天。"时少卿又问："有买主吗？"管家摇了摇头："要说那么好的院子，卖那个价钱真是不高。不过这孝兴太小，隆家势力太大，一般人就算想买，也不敢蹚这道浑水。”时少卿点着头：“我就知道。”

隆夫人也问佘管家：“那女人不是贴出布告要卖宅子吗，有人买了吗？”佘管家上前回话：“没有，谁不知道那房子是咱们隆家的，懂事的都不会去买。”隆夫人道：“哼！薛员外不好惹，我倒要看看，那女人怎么对付！”

瑛娘将一碗茶递到薛员外的面前，低声道：“薛员外，您请喝茶。”薛员外一推茶碗，说：“茶就不喝了。上次你说得明白，十日之内还钱，今天期限到了。”瑛娘说：“我就跟您明说了，没钱。”薛员外说：“什么？！”瑛娘说：“这处院子是孩子她爹留给我的最后一份家业，我本想卖个好点儿的价钱，也剩下些养孩子们。可今天期限到了，我没找到买主。您看这样行吗，我就把这处院子直接抵给您。你要是觉得这处院子值，那就请您高抬贵手，放过我们孤儿寡母。凭着良心说，这个院子，不止这个价。”

薛员外一时不知该说些什么，这时，隆福急匆匆赶来了。瑛娘问：“福叔，我们谈好了，这个院子不卖了，直接抵给薛员外。”隆福大惊：“可是您带着三个小姐住哪儿啊？”没等瑛娘回话，隆福上前抱拳说：“薛员外，求您看在老太爷和老老太爷都跟薛家祖辈有交情的份儿上，就先别让二少奶奶还这笔钱了。隆夫人对二少奶奶有些误会，但早晚会过去，那个时候隆家自然会派人去临县还您这笔钱的！”薛员外问：“你是谁啊？”隆福回答：“我是隆家的下人隆福。”薛员外又问：“一个下人，也能做得了主子的主儿？”隆福闻言满脸尴尬。

瑛娘道：“福叔，您的好意我心领了，继宗最要脸面，他欠的债，怎么能让婆婆还？薛员外从临县来孝兴十几天了，不能让人再等下去了。”说着，瑛娘就把大红手印按在了文书上。

三个孩子偎在瑛娘身边，或靠、或躺、或坐，屋中，只有一盏孤灯闪烁着微光。瑛娘嘱咐孩子们：“盼娣、招娣、念娣，明儿个我们就要回古风村了。古风村的房子破，你们可不许嫌弃。”三个孩子懵懂地看着她。瑛娘叹了口气：“唉，这么好的家，咱们整整住了两年。这两年好吃好喝，享了不少的福，多亏了你们的爹。你们仨，这一辈子都不许忘了爹的好，记住爹的忌日。还有，过年、清明、中秋……将来不管你们走到哪儿，都得给爹烧纸磕头。”三个孩子点点头。瑛娘接着说道：“还有，福爷爷是好人，你们永远也不许忘记他。他一辈子没娶媳妇，没儿没女的，将来你们要找机会报答他！”三个女儿再次点头。

瑛娘说：“好，睡吧。明儿一早还得赶路呢。”盼娣怯怯地说：“娘，我睡不着。”瑛娘摸摸她的头：“睡不着啊，那娘给你们唱个歌谣。”说着，瑛娘哼起了西北童谣，三个女儿认真地听着。唱着唱着，瑛娘潸然泪下。

瑛娘带着三个孩子从路口拐过弯来，终于露出欣慰的笑容：“到了，到了。咱们总算是回到家了！”盼娣和招娣都认识古风村，她们非常开心，跑向自己的家。

瑛娘从怀里摸出钥匙打算开门，可到了家门口，发现门并没有上锁。“不对啊，两年前搬走的时候，我亲手上的锁。这是招贼了？”瑛娘说着，推门进去。

一进门，瑛娘愣住了，同时被吓到的还有院子里干着农活的老两口。一见瑛娘进来，老太太问道：“你们找谁呀？”忽然，老太太认了出来：“哎呀，是瑛子！”老头也认出来了：“真是瑛子！”老太太道：“盼娣、招娣都长这么大了，这个是老三吧，有两岁了吧？”老头问：“瑛子，什么风把你们吹回古风村来了？”瑛娘不好意思道：“……您是村东头的郝大叔吧？大婶……你们怎么住到我家来了？”

两位老人愣了。郝大叔说：“你的家？这房子还有你们的地，隆家二少爷都卖给我了啊？”瑛娘吓了一跳：“什么？这是什么时候的事？”郝大叔想了想：“去年春天吧！”瑛娘喃喃道：“不能吧？”“真的，这我们还能糊弄你？老婆子，进屋拿文书给瑛子看。”不一会儿，郝大叔把一纸文书递给瑛娘。瑛娘愣愣地看了半天，开口说道：“郝大叔，郝大婶，瑛娘是个睁眼瞎，不认字！可我知道这房子是我爹亲手盖的，还有地，是我爹我娘还有我，我们自己开的荒，怎么会卖给你们呢？你们说是我孩子她爹卖的，有没有证人？”

古风村的人一听说瑛娘母女回来了，都到院子里来看她。如今见瑛娘询问情况，自然有人开始作证。一个老汉说：“就在这院子里，隆家二少爷摆下了酒席，说答谢老邻居，他还替你给大伙都敬了酒。”另一个老汉接着说：“是啊是啊！在酒桌上孩子他爹说的，在孝兴做了大买卖，住了大宅子，这乡下的房子、地都没用了，过些年，刮风下雨的没人管，房子该塌了，问老街坊邻居们谁愿意要，就卖给谁。”

郝大叔满脸的惭愧：“是啊，是啊！怎么，他没跟你商量？”郝大婶说：“瑛子啊，我们可是把这辈子攒下的那点儿钱都给了孩子他爹，才换了这三间房和两亩半地。这不，写文书那天大伙都在，我在这古风村住了一辈子，可从来没说过半句瞎话！”瑛娘喃喃道：“孩子他爹做买卖要路过古风村，我知道，要回来看老邻居，我也知道，可我……”

作证的老汉问：“瑛子，老汉我打听打听，你咋带着仨孩子回来了？隆家二少爷又看上别人家黄花大闺女，把你休了？”瑛娘不知该如何回答。老汉愤愤不平道：“那他可太不是东西了，咱们古风村是你娘家，我们找他算账去！”一群街坊邻居连声附和。

瑛娘连忙解释：“没有，没有，没有的事！”盼娣刚想说出实情：“我爹……”这两个字刚出口，瑛娘一把捂住她的嘴：“盼娣，别乱说！”盼娣露出了不解的眼神。瑛娘编起了瞎话：“是这样，我想大伙儿了，就带着仨闺女回来看看。再有就是，我也觉得这房子还有那两亩半地，荒着挺可惜的。没想到孩子她爹想得周到，去年就替我卖给郝大叔了。他可真是的，也没跟我说一声。大家都挺好的，是吧，挺好就好。盼娣招娣，咱们走吧……”

郝大叔说：“那哪儿行啊！这么大老远回来，还带着仨孩子，老婆子，快做饭去！隆家二少爷把房子、地都卖给了咱们，咱们明摆着是占了便宜的！瑛子回来了，咱得好好做顿饭谢谢人家！”一个邻居说：“你就不应该一口一个瑛子叫着，得叫二少奶奶！”郝大叔点点头：“对对，二少奶奶！”郝大婶说：“二少奶奶，您带着孩子们进屋，我做饭去！”瑛娘摇头说：“不了，不了！盼娣、招娣，咱们走。”瑛娘说着，拉起孩子们就往外走。

很快，郝大婶就拿着笸箩，里面装着鸡蛋、饼子，追了出来：“二少奶奶，瑛子，饭都不吃哪行啊？这早上剩的还有些干粮、鸡蛋、咸鸭蛋，带上，都带上！”瑛娘真的不想拿，可她看到盼娣、招娣都舔着嘴唇，连忙点头称谢。郝大婶将吃的全都塞在了瑛娘的包裹里，郝大叔和街坊邻居们将瑛娘一直送了好远。

是夜，母女四个无处可去，只好躲在一处烽火台的背风处。瑛娘将三个孩子紧紧地搂在怀里，不远处的篝火已经快熄灭。看着三个孩子吃过干粮，疲惫地睡着了，瑛娘悄然起身，沿着烽火台转向另一侧，蹲在蒿草中小声哭了起来：“隆继宗啊，你个没心眼儿的货，做生意被骗也就算了，怎么把我爹我娘留给我的家当也卖了！你这一下，可真让我们娘儿五个无家可归了，继宗啊……继宗……”

“娘！”忽然，她身后传来稚嫩的喊声。瑛娘回头，看见念娣站在远处，定定地看着她。瑛娘看到念娣的目光，实在忍不住了，冲过去一把将她抱在了怀里，泪如泉涌。

次日，到了镇上，瑛娘将一个银戒指放在当铺的铺面上。掌柜的抬起头，掂了掂：“这能值几个钱，还有别的吗？”瑛娘想了想，将耳环摘了下来，也放在铺面上，可掌柜的仍是一脸的嫌弃。瑛娘垂下头，不好意思道：“掌柜的，就求您接了当吧，孩子饿了两天没吃饱饭了。”掌柜的撇着嘴：“这么点儿玩意儿，还得让我写一回单子，你可真不嫌麻烦人！”

换了钱出来，瑛娘抱着睡着的念娣，坐在了一个小摊上。一碗肉放在中间，盼娣、招娣同时用筷子去夹，可是，两个孩子又将筷子收了回去。瑛娘看着了，说："咋了？馋了还不吃？"盼娣说："娘先吃。"招娣说："妹妹醒了再吃。"瑛娘欣慰道："你们俩先吃吧，给妹妹剩几块就行。"可是姐俩还是不夹。瑛娘笑了："前几年在古风村，俩月能有一回肉吃就不错了，你们俩也没有这么馋。这两年，跟着爹过好日子，天天有肉吃，倒把你们惯坏了。吃吧，吃吧，哈喇子都快流出来了吧，快吃！"笑着笑着，瑛娘的眼眶里噙满泪水。她为两个孩子夹起肉，两个孩子这才大口大口地吃了起来。

第十三章

盼娣问："娘，我们要去哪啊？"娘儿四个面容憔悴，已是狼狈不堪。瑛娘看着眼前的市镇，脸上露出了笑："这就是蘑菇镇了，盼娣、招娣、念娣，娘小时候就住在这儿。唉，这么多年了，这镇子一点儿都没变样。就是人都面生，这么半天了，娘还没见到一个面熟的呢。"

镇子上人很少，而且都行色匆匆。瑛娘等了一会儿，终于，远处走来一个有些面善的汉子。瑛娘赶紧上前打听："这位大哥，问您一下，您是蘑菇镇的老人吗？"汉子答道："是啊。"瑛娘忙询问道："我想跟您打听一户人家，这家姓柳，原来住在镇子的西头，是茅草搭起来的窝棚。"汉子点点头说："噢，知道，那年发大水，全冲走了！"瑛娘又问："那那户人家呢？水再大，也不会连人都冲走了吧？"汉子摇摇头："那谁知道？"瑛娘闻言有些泄气。汉子突然又道："不过姓柳的，蘑菇镇上倒是有一家，镇东头柳记木匠铺，你自己去看看吧，是不是你要找的人。"说完，汉子走了。

"木匠铺？"瑛娘脸上立刻露出笑容，"蘑菇镇就一家姓柳的，肯定是你们姥姥家，你们姐仨听见没有，姥姥家有木匠铺，有铺子，日子过得一定还不错，走！"

柳记木匠铺到了，铺里没有生意，只有一个骨瘦如柴的中年人，懒洋洋地收拾着工具，一副没精打采的样子。瑛娘带着三个孩子赶来，远远地望了望那汉子，随即快走了几步，越走越近。那汉子抬头看见瑛娘，不自在地眨眨眼睛："要饭的，看我干啥？"一听见汉子张嘴，瑛娘笑了，凑得更近："你……你可是柳栓子？"柳栓子疑惑道："哎，你咋知道我的大号？你谁啊？"瑛娘有点儿激动："哥，虽然这么多年没见了，可我打老远一看就知道你是我哥！哥，我是瑛子啊！"柳栓子吓了一跳："啊——鬼呀——"瑛娘忙说："哥，你别害怕，我怎么可能是鬼呀？"柳栓子拿起一把锯来："你别过来！"瑛娘叹道："哥，看你，你胆儿也太小了吧，这大白天的，哪儿来的鬼呀？"柳栓子这才稍稍放松了些："不是，不是……你不早就被扔到黄河里去了吗，你不是鬼是什么？"瑛娘说："掉进黄河里也不一定全淹死呀。哥，你看，这是我仨闺女，孩子都这么大了，我怎么可能是鬼？"

瑛娘连忙拉过三个女儿，柳栓子将信将疑，放下了锯。瑛娘吩咐孩子们："盼娣、招娣、念娣，叫舅舅。"孩子们没等张嘴，就被柳栓子打断："等会儿！"柳栓子上下打量着瑛娘，半晌才开口："看你这面相，倒是有点儿像我妹子。"柳栓子又看了看三个丫头，再把目光凝聚到瑛娘的脸上："可我妹子的脸上有痦子呀，你没有。你个逃荒要饭的，想糊弄我骗饭吃吧，赶紧走！"瑛娘急道："哥，我真的是瑛子！"柳栓子问："我凭啥信你？"瑛娘说："你把咱娘请出来，让娘看看！"柳栓子说："娘？我娘二十年前就归西了，咋看你呀？"

瑛娘悲痛道："娘……娘……我还以为能见您一面呢，没想到您早走了……"柳栓子不耐烦地打断她："行了，行了，那是我娘，你哭什么。你脸上没痦子，我怎么能信你是我妹子？"瑛娘说："痦子蚀掉了，哥，你看，我这儿有印儿。"栓子凑近瑛娘看着："是有个印儿，可是……"瑛娘道："哥，我带着仨孩子走了一路，渴得厉害，你给我弄碗水，我慢慢跟你说，行吗？"

盼娣三姐妹一人拿着一个破碗喝水。瑛娘的泪水滴进碗里，又被她和着水一口喝下。"妹子……这么说你真是我妹子？"柳栓子有些激动，"听你说的咋跟唱戏似的，自打你七岁那年，我十三，你进了隆家当河姑，咱俩就再也没见过。你说老天爷真是有眼啊，祭河的河姑没被淹死，你还……冲到哪儿了，什么村儿来着？"瑛娘也是泪眼婆娑："古风村……"柳栓子点点头："姓孙的老两口子真不错，老太太帮你蚀掉了痦子，后来你还嫁了人，嫁的还是隆家少爷？"他突然意识到什么，一拍桌子站了起来："你再说一遍，我没听错吧，你嫁进了孝兴隆家？"瑛娘点点头："对呀，你妹夫是隆家的二少爷隆继宗，我嫁给他的时候并不知道。老大、老二都挺大了，我怀着老三，跟着他被接回孝兴隆家。"柳栓子问："那这么说，这仨孩子都是隆家二少爷的亲闺女？"瑛娘继续点头："是啊。"

"哎哟我的娘呀，哎哟我的娘呀，这，这……"柳栓子琢磨着，半天不知道说啥好，末了叹口气："只可惜我妹夫年轻轻的就没了啊，可他没了，孩子们也都是隆家小姐呀。你也真是，咋能跟孩子他奶奶闹翻了呢？这个婆婆可不是一般人家的婆婆，这……啊，对了，你们是从孝兴走着来的？"瑛娘答道："是啊。"柳栓子说："哎呀我的娘呀，从孝兴到蘑菇镇，好家伙，走几天哪？我仨外甥女都饿坏了吧，进屋，舅舅给你们做饭去。舅舅家的米剩得不多，但一顿饱饭管得起！走，走，走，快进屋！"

不一会儿，四碗饭、一盆菜就被端上来了。瑛娘一家四口吃得狼吞虎咽，柳栓子在一旁不吃，只是打着哈欠。"哥，你咋不吃啊？"瑛娘疑惑起来。柳栓子道："你们先吃，你们先吃，吃饱饱的！"瑛娘停住了筷子："哥，我饱了。"

柳栓子埋怨道："瞎说，快三十年没回娘家了，头回回来可不能掺假，多吃多吃！"瑛娘不好意思道："哥，有句话我得实话实说……我这次回来可不是串亲戚，我是带着仨孩子来投奔你的……"正在打哈欠的柳栓子惊讶地张大了嘴巴。瑛娘接着说道："我看出来了，哥哥家日子过得也艰苦，可我真是走投无路了，不然不会来……我知道，当年隆家买我当河姑，给了咱家地，我会种地，在古风村我种过，种得可好了，打的粮食比别人家都多！"

柳栓子有些尴尬："地呀，娘没的那年我就卖了……我这么瘦也种不了地呀，再说我不是跟着学了木匠手艺嘛，不卖地，哪儿来的这个木匠铺啊？"瑛娘有些失望："噢，那……"柳栓子说："妹子，我听出你啥意思了，你来投奔我就对了，你是我亲妹子，死了男人，带着仨丫头不回娘家你去哪儿啊？"瑛娘不好意思地笑了。柳栓子又说："快吃快吃，待会儿你嫂子回来，我跟她商量……"

瑛娘一拍脑门："对了，我都忘了问了，哥哥成家了？"柳栓子说："我多大岁数了还不成家？你嫂子出去了。"瑛娘说："那哥哥几个孩子？男孩女孩，都多大了，是不是也成家了？"柳栓子有些尴尬："啊……这……你嫂子不太争气，进门十好几年了，没给我生孩子呢……"瑛娘一愣："十几年都没生孩子，那有没有看过郎中？""哎，你嫂子回来，你可别问这个，她脾气不好，一提不能生孩子的事她就急……"柳栓子嘱咐瑛娘。

瑛娘寄人篱下，当然理解哥哥的意思："噢，好的，我不提……"柳栓子有些尴尬地笑着："脾气大了点儿，可人长得俊。"又闲话了一会儿，瑛娘把碗推向柳栓子，说："哥，我真的吃饱了，你吃点吧。"柳栓子推辞着："别，我早上吃得晚，你吃，你吃。"

这时，突然听见外边有人大喊："柳大枪，给我出来！"瑛娘听到这个称呼，很是纳闷："这是叫谁啊？"柳栓子摇摇头："谁知道叫谁，妹子你别管，我看看谁这么横？"

说完，柳栓子梗着脖子就出了门，一出门，见到门口那彪形大汉就哈低了腰："哎呀，是石大哥呀，什么风把您吹来了？"石大哥不耐烦道："少废话，柳大枪，说好的第二天还钱，今儿是第几天了？连我都敢蒙，你小子肉皮子紧了？"说着，石大哥一抬脚，将柳栓子踢了个狗啃泥。瑛娘正好出门，大喊一声："哎，你们为什么打人？！"瑛娘冲过来去扶柳栓子。

石大哥道："哟呵，这娘们儿是谁呀？新相好的？好你个柳大枪，有钱找娘们儿，欠着我的不还，你找死吧！"说着，石大哥一把抓住柳栓子，就要打。瑛娘上前去拦。柳栓子连忙解释："石大哥，兄弟哪有什么相好的啊，这是我妹子，遇了难了逃荒到我这儿。瑛子，你回屋去，回屋去，这没你的事！”说着，栓子就把瑛娘往屋里推，瑛娘不明就里。

柳栓子连连说：“石大哥，您息怒，您息怒……咱哥俩谁跟谁啊，有话咱们慢慢说……”石大哥说：“说个屁，还钱！”柳栓子说：“我没说不还您钱，我媳妇马上就回来，她回来了我立马就能还您钱！”正说着，远处走来一个妆容艳俗、神色疲惫的女人。那女人见了债主上门，扭头要走。柳栓子冲向她，一把拉住：“哎，你咋才回来呀？”

站在门口的瑛娘看着这一切，有些纳闷儿。只见柳栓子和女人撕撕扯扯，终于，女人将钱给了柳栓子，柳栓子将钱还了过去，点头作揖，石大哥这才走了。柳栓子又来到女人面前，点头作揖，嬉皮笑脸，拉着她往家门走。

瑛娘此时连忙上前，问候到：“嫂子好。”女人一愣，问柳栓子：“这是谁呀？她管谁叫嫂子？”柳栓子回答说：“当然是管你叫嫂子了，这是我妹子，亲妹子，我跟你说过的，我娘就生了我们俩，我妹子叫瑛子！妹子，这是你嫂子段金花！”“你啥时候跟我说过你有个妹子？”段金花一横眼睛，吓得柳栓子直缩脖。

等柳栓子好说歹说解释完，段金花盘腿坐在炕上，一脸不乐意：“嫁给隆家二少爷有钱有势的时候，咋不回来找你哥哥啊？”瑛娘低声道：“我……我自幼卖给隆家当河姑，卖的是死契，不敢轻易回来，怕给哥哥添麻烦。”段金花道：“哦……那现在回来就不怕给你哥添堵了？难道你不知道，虽说离县城远，可是蘑菇镇半数人家都是隆家的佃户，隆家要是来找你的麻烦，难道让你哥哥替你顶罪？”瑛娘疑惑道：“隆家为什么要来找我的麻烦？”段金花说：“你刚才自己说的，你卖的是死契！你是河姑要嫁给河神，掉黄河里没死你还敢嫁人？嫁谁不好，你还嫁给了隆家少爷，人家能饶得了你？”瑛娘说：“嫂子，现在是民国了，不兴封建迷信。县长大人早就替我做了主，我活着没罪，嫁人也没罪，隆家不会找我的麻烦！”段金花说：“呵，瞧你这厉害劲儿……你是谁呀，县长大老爷给你做主？”一句话呛得瑛娘不敢说话了。

段金花又转向丈夫：“柳栓子，你也听见了啊，你妹子跟她婆婆可都闹翻了，这可不是什么省油的灯。咱家有啥啊，早就穷得啥都没了，能养得起这四口人？”没等柳栓子说话，瑛娘忙说：“嫂子，我不白吃饭，我能干活！洗衣服做饭什么都会，我还可以出去找活干，给别人洗衣服、带孩子，我还会种地……”

段金花愣了一下，随即翻了个白眼：“会种地管啥，家里有地吗？再说，你在隆家当过二少奶奶，你说你会种地，谁信啊？柳瑛子，不是我们不愿意收留你，是我们实在穷得厉害，你还是赶紧带着孩子走吧。”柳栓子直跟段金花挤眉弄眼，示意她给自己面子。瑛娘咬了咬牙："嫂子，你要是这么说，我可得跟你理论理论。我们家是穷，我小时候住的是草房，夏天屋顶漏雨，冬天四处漏风。那年我爹死了，连口棺材都买不起……现在，你们哪儿来的这个木匠铺？还不是隆家买我当河姑，给了钱给了地。也可以这么说，这个家是我用自己的命换回来的。现在我落了难，怎么就不能回来？"

段金花不满道："哟哟哟，还跟我厉害上了？"柳栓子没办法，露出哀求的神色。段金花见柳栓子的模样，突然严肃起来，看着瑛娘，说："你我都是女人，你要是听我一句劝，最好现在就带着你的仨丫头片子滚，省得将来后悔！"瑛娘摇摇头："我不走，这是我的娘家，我回来投奔的是我娘家亲哥哥，我没别的地方可去！"段金花有些急了："你真是不知好歹！"

柳栓子突然大喝："行了，我妹子刚才说得没错！咱家这点儿家底，都是靠她卖进隆家换回来的，当年我爹死了，我娘病着，要是没她我早饿死了！段金花，我告诉你，你平时欺负我可以，可这件事你做不了主儿！瑛子是我亲妹子，就算我吃不上喝不上，也得养活她们娘儿四个！"瑛娘闻言很是感动，段金花却又气又急，皱紧了眉看着兄妹俩。柳栓子转向瑛娘："瑛子，她的话你权当没听见，我是爷们儿，这个家还轮不到她做主！"

就这样，瑛娘一家四口被安置在了柳家一处破屋子内。柳栓子抱着一大捧干草进来，说："这草热乎，在外面晒了一天了，垫上垫上，垫厚实点，地上凉。"瑛娘连忙掀起自己带来的破被子，让柳栓子将草铺到了下面。柳栓子低声道："妹子，哥家里只有那一个炕，只能让你们先住这儿了，委屈你们娘儿四个了。"瑛娘连忙说："哥哥能收留我们就是大恩大德，谢谢哥哥！你们仨，谢谢舅舅。"没等孩子们开口，柳栓子笑了："说啥呢，娘亲舅大，当舅舅的都疼外甥女，你们先睡吧，走了好几天了，孩子们准都累坏了。"说完，柳栓子转身出了屋。

瑛娘蹲下身来，对孩子们说："盼娣、招娣、念娣，舅舅把咱们留下了，可是舅妈不太愿意，所以你们仨千万不要惹舅妈生气。还有，就是你们都大了，也该懂事了，舅舅家的日子过得也不宽裕，吃饭的时候差不多就得了，饱了就别再吃了。你们两个大的，有点儿眼力见儿，多帮着舅舅、舅妈干点儿活。人心都是肉长的，咱们多干活少吃饭，舅妈也就不会难为咱们了！"三个孩子连忙点头。

第二天，瑛娘一大早就起来了，在院里洗衣服。段金花扭着屁股从屋里出来。瑛娘连忙起身："嫂子，早啊。"段金花哼了一声，扭身走了。正赶上柳栓子打着哈欠从屋里出来，瑛娘问："哥，嫂子这一大早，干吗去了？"柳栓子望了一眼段金花的背影，说："爱干吗干吗，管她呢。这一大早你就洗上衣服了？"瑛娘洗出来的一大堆，都是段金花的衣服。柳栓子乐了："把那娘们儿的脏衣服也都给洗了？妹子，你打小就勤快，这当了这些年隆家的少奶奶，还这么勤快！"瑛娘道："哥，以后可别提什么少奶奶了，我现在啥都不是了，咋能白吃娘家的饭，家里有啥活儿，都尽管跟我说！"柳栓子笑道："有妹子真好，那娘们儿懒，啥活都不干！"

瑛娘问："对了，哥，昨天那人那么凶，上来就打人，还跟你要钱，到底咋回事？"柳栓子很尴尬，说："啊……嗨，还不是你嫂子惹的祸，欠了钱……行了妹子，你就别问了，谁让你嫂子长得俊呢，受点儿委屈，我都认了。"瑛娘狐疑地点了点头，又想到什么，说："哥，还有个事，我得告诉你，不过，你得先瞒着嫂子……"柳栓子说："啥事，说吧。"瑛娘说："我们不是娘儿四个，是娘儿五个……"柳栓子不解："啥意思？"瑛娘说："我肚子里面还有一个……"柳栓子惊讶不已："哎呀我的娘呀，真的？"

"是。哥，我不能骗你，用不了几个月，我肚子就得大起来……不过请哥放心，我一点儿都不娇气，怀孩子不耽误干活。除了家里能干的，我还想出去接点儿活，比方给人洗衣服、做针线什么的。以前在古风村，就经常能找到这样的活干，也能赚几个钱呢。有时候街坊给钱不方便，就换些粮食。还有，我坐月子也不需要人伺候，我大闺女挺懂事的，啥都能帮我，只求哥哥嫂子别嫌弃我……"

"那咋会呢？妹子，肚子里这个是男是女啊？"说着，柳栓子又笑了，"哎，问了也白问，这事儿你哪知道。""是男孩，一定是个男孩！"瑛娘却是一口咬定。"郎中号过脉？""没有，不用号，这是我第四回生孩子了，心里有底儿。""噢……那孩子……也是隆家二少爷的？""哥，你说什么呢，你拿我当什么人了？""妹子，你别生气，是就好，是就好，这隆家……"柳栓子想说什么，却停住了，"妹子，昨儿忘了告诉你了，我之前就接了个木匠活，得出趟门，快了得十天，慢了最多半拉月。待会你嫂子会带粮食回来，你们一家该吃啥吃啥，可千万别看那娘们儿的脸色，其实呀，她人不坏，就是嘴厉害点儿。"瑛娘点点头："好。"

说完话，柳栓子就往外走。瑛娘疑惑道："哥说走就走？"柳栓子回头说："不是说走就走，早就答应人家的。"瑛娘有些不知所措："哥，早上还没吃东西吧，我锅里做好了，你吃点儿热乎的再走。"柳栓子说："不了，留着你和孩子们吃吧。"瑛娘问："那哥就这么空手走？""啊？"柳栓子一愣。"你不是要去做木匠活吗，不带家伙什儿？"瑛娘问道。柳栓子一拍脑门："对对对，你瞧哥都糊涂了，不带家伙事儿咋干木匠活啊？"说着，栓子回屋去准备工具了。

柳栓子走了许久，段金花才从外面进来，把半袋粮食扔到桌上，说：“你哥让我买的粮食，省着点儿，别吃不到他回来。”瑛娘忙说：“嫂子回来了，给您留着饭呢，我再给您热乎热乎？”段金花摆摆手：“不用，我在外面吃了，管好你那仨丫头就得了。”说着，段金花又要出去。瑛娘问：“嫂子，天都快黑了，您还要出去，不在家住吗？”段金花一瞪眼：“关你屁事！”瑛娘立刻收声，看着段金花扭着屁股走了。

段金花这一走，直到瑛娘插了门，吹灯准备睡觉的时候才回来。瑛娘听到了外面的动静，就悄悄地推开门缝看着。门外传来段金花的声音：“哎呀，石大哥，我没骗你，那死鬼不在家。”石大哥调笑着：“他不在家不是正好？”段金花浪笑道：“瞧您说的，我身上可没钱，一个子儿都没有了……”石大哥说：“我今天不要钱，我就要你！”段金花扭捏着：“哎呀，石大哥，你就放过我吧。”石大哥说：“放了你还行？那我还是不是爷们儿了，你长得这么俊，跟着柳大枪真是瞎了，今儿个你让我美了，明儿个大哥带你走！”石大哥一把将段金花拦腰抱起，走进屋去。瑛娘偷看到这一幕，气得满脸通红，难过至极。

第二天一早，瑛娘将一碗粥和干粮、咸菜放在桌上，瞪着段金花。段金花饿坏了，端起碗来喝粥，吃起干粮。瑛娘突然大喝一声：“段金花！”段金花吓了一跳：“干啥？”瑛娘指责道：“我哥哥才走，你就把男人往家里领啊？”段金花愣了，看了瑛娘半晌：“你……你还管上我了？我不往家领男人，吃啥喝啥啊？”瑛娘义正词严道：“人穷，要穷得有骨气！你这样，对得起我哥哥吗？！”段金花一拍桌子：“我对不起他？是他对不起我！嫁给他算是我倒霉！”瑛娘气得直哆嗦：“不守妇道，你就不怕我哥哥回来知道了，休了你？”段金花反而哈哈大笑：“休了我？哎哟，我的姑奶奶，我求求你了，快让他休了我吧！你最好让他直接拿刀子抹了我的脖子，省得我活着受这份儿罪！”瑛娘气愤地站起身来：“你不要脸！”段金花愣住了，回过头来看着瑛娘：“我当然是不要脸了，我要是要脸，早就去死了，怎么会活着让人戳我脊梁骨！”瑛娘不知道段金花是什么意思，仍旧愤恨不平：“哥呀，你怎么娶了这么个女人，真是给柳家的祖宗丢人！”

段金花笑了：“给祖宗丢人？以后不会了，我今儿就走，再也不回来了。反正有了你和你的孩子们，再也不用我养活他了……”瑛娘说：“你说什么？”段金花说：“你们多值钱啊，隆家出来的，唉……你要是不回来，我还真不知道什么时候能熬出头呢。”说着，段金花喝完最后一口粥：“柳瑛子，你管我叫一声嫂子，我吃了你做的一顿饭，咱俩也算有缘分，谢谢啊。”段金花一推碗，向门外走去。

瑛娘想了想，追了出去，拦住她的去路：“你干什么去？”段金花道：“家里就一铺炕，我走了，你跟你仨闺女就不用睡地上了。”瑛娘问：“你要跟昨天那个男人私奔？”“私奔？这个词儿真好听。”段金花咬了咬牙，“我才不会跟哪个男人私奔呢，是个男人就靠不住！”说完，段金花绕过瑛娘又要走。

瑛娘再次拦住段金花：“不行！你给我回去，我哥回来之前你不许走！”段金花笑了：“咋着？你要跟我动手啊？你肚子里揣着孩子呢，真动起手来你吃亏。”瑛娘一愣，疑惑道：“你怎么知道？”段金花说：“柳栓子都告诉我了，但愿他这次去县城，能多要些钱回来，那样，你也好过点儿。”瑛娘一愣：“我哥哥去了哪个县城？”段金花说：“废话，当然是孝兴县城了！你不是隆家的二少奶奶吗，这么大一块肥肉，他能不去沾点油腥？”

段金花绕过瑛娘走了，瑛娘又追了两步，喊道：“嫂子！”段金花再次回过身，不耐烦地问：“还有什么事？”瑛娘快走几步来到段金花身旁，说：“嫂子，我哥这人从小就窝囊。但是哥对嫂子挺好的，他跟我说过，嫂子长得俊，心眼儿好。嫂子，你就留下吧，只要你改，昨天晚上的事我可以不告诉他。”段金花笑了，笑着笑着笑出了眼泪，她含着泪说道：“管好你自己吧，怕的是将来你比我可怜！”她似乎还想说些什么，但终于头也不回地走了。

段金花走后，瑛娘继续拼命洗衣服，柳栓子家的院子里，晾衣杆上、大盆里都是各式各样的衣服。突然，她看见远处一瘸一拐走来的柳栓子。柳栓子拄着一根木棍，浑身是伤，狼狈不堪。瑛娘大惊，快步跑向柳栓子：“哥，你这是怎么了？”柳栓子摇摇头：“没怎么着，没怎么着……”瑛娘又问：“你这是挨打了？谁把你打成这样？”柳栓子刚要说话，见有人挑着担子从旁边路过，示意瑛娘：“妹子，咱屋里说去，别让外人听见，丢人。”

瑛娘连忙扶住柳栓子进屋，给他备上了饭菜。栓子将一小盘咸菜全都倒进了半碗粥里，稀里呼噜地吃了起来。瑛娘有些心疼，说：“哥，你这是……饿坏了吧，还有呢，我再给你盛去。”柳栓子摇头：“不用，不用，饱了。”瑛娘问道：“哥……去了孝兴县城？”“是啊。”柳栓子一抬眼，被隆家家丁打出的伤口痛得他龇牙咧嘴，“你咋知道？”瑛娘说：“嫂子告诉我的……您在县城揽的木匠活？”“是啊。”“那咋这么快就回来了？”“没干成！”“那你干木匠活的家伙什儿呢？”“丢了！”瑛娘满眼狐疑：“哥，到底出了啥事？”“哎呀，都怪我，咽不下这口气，去了隆家！”柳栓子叹气道。瑛娘不解：“哥，你去隆家干啥？”柳栓子说：“妹子受了气，我这个当哥哥的不得替你撑腰？”“这么说，你是被隆家打的？”“可不，下死手啊！”“你干木匠活的家伙什儿，也是被他们给……”“对，被一个恶娘们儿，好像是管家，抢了，让人给扔进黄河里去了！扔了我的家伙什儿，就是断了我的活路啊！”

实际上，柳栓子这一趟，是想到隆家狠狠敲诈一笔。但佘管家却命家丁将他痛打一顿，又扔了他的家伙什儿。柳栓子当然只好灰溜溜地回了蘑菇镇。

“哥哥，你……”瑛娘急得直哭。柳栓子故意说：“没事儿，妹子，你别哭，没能替你撑腰做主，对不住啊，妹子。”“哥，让你受苦了……”“亲兄妹，说这些干啥。你嫂子呢，这臭娘们儿又哪儿野去了？”“嫂子……嫂子她……”“咋了？”“哥才走第二天，她，她也走了。”“走了？”“她还说以后再也不回来了。”柳栓子张大了嘴，半天，突然哭了出来：“我媳妇儿……我媳妇儿也不要我了，老天爷呀，老天爷呀，我的媳妇儿啊……”瑛娘自责道：“哥，你别太难过，都怪我们，我们娘儿四个要不回来，嫂子也不能……”柳栓子说：“不怪你们，妹子，你别管我，你先出去让我哭会儿。我的媳妇儿啊……”瑛娘手足无措，也跟着流泪。

入夜，瑛娘将三个孩子安顿在地铺上，让她们睡觉。她自己也要睡去的时候，响起了敲门声。柳栓子的声音传来：“妹子，是我。”瑛娘连忙起身。柳栓子推门进来，抱着一床破被子。瑛娘有些惊讶地问：“哥，你这是干啥？”柳栓子挠挠头：“这是我的铺盖，从今儿起，你们娘儿四个到那屋去睡炕，我睡这儿。”瑛娘说：“这可使不得，哥！”柳栓子说：“哎呀，有啥使不得的？孩子们都小，你肚子里边还有一个。”瑛娘说：“这真的不行，哥，你能收留我们，已经是大恩大德了，我们咋能还把你的炕占了？”柳栓子说：“一家人不说两家话。你嫂子走了，我现在孤身一人，睡哪儿都一样。快，快，快，今儿个就换，我的仨外甥闺女，到那屋睡炕去！”盼娣、招娣、念娣都看着柳栓子，不知如何是好，瑛娘更是一脸的感动。

母女四人搬到了炕上，盼娣和招娣睡着了，念娣却不睡，在炕上玩着口袋。瑛娘上了炕，问：“念娣，你咋不睡觉啊？”念娣冲瑛娘甜甜一笑。瑛娘捧着念娣的脸，说：“告诉娘，炕上是不是比地上舒服？”念娣点头。瑛娘说：“这是舅舅把自己的炕让给了咱们，因为咱们回来，舅妈走了，舅舅成了一个人，他没儿没女，等到舅舅老了，你们可得好好孝敬他，就像孝敬娘一样。”念娣却使劲地摇头。

瑛娘假装生气地训她：“哎，你这孩子，听不懂娘的话吗？做人就要知恩图报，舅舅对咱们这么好，你们将来要不孝敬他，娘死了都闭不上眼。”念娣仍然摇头：“不！”瑛娘假意推搡：“你个傻丫头，真是傻得厉害，快睡吧！”念娣忽然哭了。瑛娘心疼起来：“好了，好了，娘知道你还小，听不懂娘说的话，别哭了别哭了，再哭把两个姐姐吵醒了。告诉娘，为啥不睡啊？”念娣噘着嘴。

瑛娘笑了："你还生上气了，来，亲亲娘。"念娣在瑛娘的脸上亲了一下。瑛娘又说："娘猜，你不睡觉，是想让娘给讲故事对不对？"念娣点头。瑛娘宠溺地说："好，娘给你讲一个关于孝顺的故事，这个故事的名字叫《卧冰求鲤》。娘啊，是听你姥爷讲的，那个时候，娘也就你这么大点儿……"说着，瑛娘将念娣搂在怀里……

一夜过去，到了早饭时间，盼娣、招娣、念娣都已经坐好，准备吃饭。一锅粥和几个饼子放在桌上，招娣将手伸向一个饼子。瑛娘刚好从外面进来，说："放下，等舅舅回来一起吃！"招娣委屈道："娘，我饿了。"瑛娘正色道："饿也得等着，舅舅不回来，谁也不许吃。"三个孩子只得强忍饥饿。

瑛娘一转身，又到院里洗起了衣服。洗了很久，柳栓子才晃荡回来。瑛娘发现哥哥，起身说："哥，你回来了，咋这早就出去了？"柳栓子回道："啊，赶早上集，看看能不能找点儿活干。我说妹子，这衣服咋越洗越多了？"瑛娘不好意思道："我在镇子上揽了好几家洗衣服的活儿，这不，还帮人拆洗了三条被子，两条褥子。就是给的都不是钱，就换回两瓢玉米和一瓢高粱。"柳栓子叹道："妹子，你可真能干。"

瑛娘说："快进屋吃饭吧，哥。"一进屋，柳栓子愣住了："咋，都没吃，等着舅舅呢？哎呀，我说瑛子，孩子这么小，再让你给饿坏了，快吃快吃！"说着，柳栓子拿起饼子来，分给盼娣、招娣、念娣，两个姐姐都接了，可是念娣不接。柳栓子问："哎，小老三，吃啊？"念娣努着嘴，摇着头。瑛娘说："哥，别管她，你快吃。"柳栓子笑了："哎呀，我就稀罕这小老三，看着就招人喜欢。"说着，柳栓子在念娣脸上掐了一下。

瑛娘也坐下吃饭，问："哥在集上找着活了？"柳栓子摇头："没有，不过哥倒是帮你揽了活儿。"瑛娘很兴奋，说："什么活儿？"柳栓子说："也是拆洗被褥的活，人家说了，给现钱。"瑛娘说："真的？""那是，我妹子能干，才来几天啊，在蘑菇镇都出了名了！""哪户人家的活？""就是镇子西头第三家，高门楼，门口贴着大福字，就那家，我跟人说了，你上门去取。""成，那我这就去！""忙啥，吃完饭再说。""哎！"瑛娘高兴地应着。能帮上哥哥，她很高兴。

几个人一起吃着饭，只有念娣不怎么吃，自顾自玩得入神。

吃过早饭，瑛娘去收衣服。柳栓子从屋里溜达出来，看着瑛娘的背影，直到她消失。

瑛娘按柳栓子的介绍，果然见到一户高门楼、贴福字的人家。她高兴地上前敲门，只听里边有人喊："进来！"瑛娘一推，门虚掩着，就迈步走了进去，站在屋门口喊着："大叔，我是柳栓子的妹子，听说您家要拆洗被褥，我来拿。等拆洗完了，我再给您送回来！"那个声音又在屋里响起："进屋来吧！"瑛娘刚要进屋，想了想，又停住了脚步："大叔，我就不进门了，能不能劳驾您送出来？"门开了，石大哥从里边晃了出来："急啥？进屋说话呗。"瑛娘吓了一跳："是你？"石大哥愣了一下："咋，你认识我？噢，对，对，对，咱俩碰过面。真没想到，柳大枪有你这么俊的妹子，我听说你还做过有钱人家的少奶奶，有钱人家的大米白面养出来的细皮嫩肉，就是跟乡下女人不一样啊！"说着，石大哥就往前凑。

瑛娘连连后退，说："我哥哥说您家有被褥要拆洗？"石大哥点点头："有，所有的被子、褥子，我都想让你帮我洗洗，进屋来拿吧……"说着，石大哥就动手动脚，瑛娘见情形不好，扭头就走。石大哥拦住她："都进了我家门了，你还想走？"说着，他拦腰就将瑛娘抱住。

瑛娘不知如何是好，情急之下，就向石大哥的胳膊咬去。石大哥吃痛松了手，瑛娘趁势就跑。石大哥用手点指着："你敢跑？我可告诉你，柳大枪欠了我的钱，他说了，让你替他来还账，你要是敢跑，我就打死柳大枪！"瑛娘听了稍一恍惚，扭头再次往外跑。石大哥怒道："他奶奶的，小娘们儿你等着，早晚我得收拾了你！"

瑛娘慌乱地跑着，哪顾听石大哥说什么。她总算跑回了家，见门前一片安静，心头忽然升起不祥的预感，进门就叫："盼娣、招娣！"没有人回答。瑛娘自言自语道："这几个孩子，跑哪儿去了？"找来找去，她找到柳栓子家最后的一间破屋。一进屋，她发现盼娣和招娣被捆住了，嘴也都用布勒上了。瑛娘大惊，喊道："盼娣、招娣！"她连忙去给两个孩子松绑。两个孩子号啕大哭："娘——"瑛娘忙问："谁把你们捆起来了，怎么回事儿？"招娣道："舅舅！"瑛娘疑惑道："舅舅？为什么？妹妹呢？"盼娣哭道："妹妹被舅舅带走了！"招娣说："舅舅可凶了！"盼娣又说："他不让我们俩喊人，就把我们俩绑起来了！"瑛娘感到一阵头晕目眩："什么？！"

瑛娘不敢耽搁，带着两个孩子匆匆跑到街上，她拉住一个长者问："大叔，你有没有看见柳栓子，他扛着一个孩子，两岁大！"长者摇头。瑛娘见人就问，已经急得有些神经质了。

这时，一个老汉开口道："找柳栓子呀，那你可得找对地方！"瑛娘忙问："大叔，你知道在哪儿能找到柳栓子吗？"老汉点点头："他的外号叫什么你不知道，柳大枪啊！找他，你得去大烟馆！"瑛娘震惊不已："大烟馆？大叔，那大烟馆在哪儿啊？”老汉摇摇头：“蘑菇镇可没那种地方，往东，五里地外的七家屯；往西，十里地外的马家堡，都有那害人的大烟馆。你去这俩地方找他吧，一找一个准！”

瑛娘带着两个孩子飞奔到七家屯的烟馆外。一听她来找柳栓子，门口那壮汉不耐烦道：“滚！滚！滚！什么柳栓子柳大枪的，不认识！”瑛娘低声恳求道：“这位大哥，您进去帮我找找吧，他扛着一个两岁大的小姑娘……”壮汉瞪眼道：“什么？你听说过扛着孩子来烟馆的吗，你疯了吧，滚！”

母女三人只好又来到马家堡烟馆寻找。干瘦的、脸上贴着膏药的烟馆老板说：“柳栓子，蘑菇镇的大枪啊，他来过，现在账上还欠着钱呢，你是他妹子，替他来还钱的？”瑛娘问：“他今天有没有来？他带着我闺女呢。”烟馆老板一撇嘴：“他敢来？欠钱不还，还想再来蒙着抽啊？你告诉他，让他赶紧把欠我的钱送回来，不然明天，我就派人去抄家！”

母女三人跑了很多地方，但仍然一无所获，只好暂时回到柳栓子家。瑛娘反复地念叨着：“念娣……念娣……我的念娣……”突然，盼娣大声叫出来：“娘！”瑛娘向盼娣指着的方向望去，看到柳栓子从远处走来。瑛娘跟疯了一样冲向柳栓子：“哥，念娣呢？”柳栓子一抬眼，说：“谁？”瑛娘说：“我闺女，念娣呢？”“你闺女你问我干啥？”柳栓子甩开瑛娘，向家的方向走去。

瑛娘看了一眼盼娣与招娣，小姐妹的眼神很是坚定。瑛娘再一次冲向柳栓子：“我的俩闺女都看见了，是你把念娣抱走了，你告诉我，你把我的孩子抱到哪里去了？”柳栓子怒道：“我不知道！你们这两个小丫头片子，张嘴就说胡话，谁把你妹妹抱走了？奶奶的，学会撒谎了，我抽你……”说完，柳栓子脱下鞋来就去追打盼娣和招娣。盼娣和招娣吓得跑到瑛娘的身后。柳栓子意在吓唬，也不真打，趿拉着鞋向屋里走去。瑛娘回过身去看盼娣和招娣，两个孩子同时哭了起来：“娘……”

柳栓子径自朝有炕的屋里走去，倒在炕上便要睡。瑛娘追进屋来，跪倒在地：“哥，你快告诉我吧，你把念娣带到哪儿去了？这孩子从来没离开过我，她怕见生人，爱哭！”柳栓子点点头：“可不是爱哭呗，这一道上烦死我了！”瑛娘说：“那哥到底把她带到哪儿去了？”“哎呀，你就别问了。”栓子不耐烦地翻了个身。瑛娘大喝：“柳栓子！”柳栓子惊得一下从炕上蹦了起来。“柳栓子，你把我孩子带到哪儿去了，你告诉我！”“我不跟你说了嘛，你别问了！”“我闺女，我凭什么不问？”“我告诉你啊，瑛子，我可是为了你好！”“你说什么？”“你别忘了，我去过孝兴隆家了！我打听清楚了，你那老三是个灾星，刚会叫爹，就妨死了她亲爹我妹夫！你说你个没心没肺的玩意儿，还拿她当宝贝呢，还把她往我家里领。你看看，你看看，才来没几天，就把我漂亮媳妇儿妨跑了吧。你想让她妨死我这个亲舅舅，你好占了我的家是不是？”

瑛娘想发怒又不敢，只好恳求道：“你……你到底把我闺女怎么样了？”柳栓子说：“我把她卖了！嘿，这人贩子不给现大洋，直接给宝贝！”说着，柳栓子从怀里掏出个黑疙瘩来，“瞧，这么大一块宝贝，足够我美上一个月的！哎，我还真没想到啊，两岁大的丫头，还是个灾星，值这么多！”瑛娘如遭雷击：“柳栓子，你把我闺女卖了，换了大烟膏子？”柳栓子垂涎道：“这是宝贝！这人贩子太够意思了，这宝贝纯哪，绝对是上等货，比石大哥那儿抽的好多了！姓石的最不是玩意儿了，烟膏子里边不定掺了多少黄土呢，还他娘的一个子儿都不便宜！”“你……你这个畜生！”瑛娘从屋里冲了出来，“盼娣、招娣，你妹妹被卖给人贩子了，快走，咱们追去！”两个孩子连忙点头，母女三人向一个方向跑去。

第十四章

瑛娘拖着疲惫的身躯，带着盼娣、招娣回到柳家，她的眼睛通红，如同丢了魂魄似的。柳栓子蹲在门口张望着，看见瑛娘的身影，急忙起身快步迎过去。柳栓子假意道："哎呀，妹子，你可回来了，真是把哥哥给等苦了！"瑛娘一把抓住柳栓子的脖领子："你把我的女儿卖给哪个人贩子了，你还我的念娣！"柳栓子说："哎，妹子，我跟你开个玩笑你还当真了？"瑛娘说："你说什么？"柳栓子一脸无辜地说："我是孩子的亲舅舅，我咋能把她卖给人贩子呢？孩子早就回来了，哭着要找她娘，找她俩姐姐，我费了半天劲儿才给哄睡着了，你快进屋看看去！"瑛娘来不及思考，冲向屋去，盼娣与招娣紧随其后。

她们冲进屋来，却发现没人。正在她们愣神之际，柳栓子跟了进来，说："在里屋呢！"瑛娘闻言连忙冲向里屋，却仍然没看到念娣。跟在最后的是盼娣，她还没进门，柳栓子忽然抬起一脚，将她踢进屋去。"进去吧你！"柳栓子恶狠狠道。盼娣被踢了一个趔趄，扑进了瑛娘的怀里。在她身后，柳栓子立刻紧紧地关上了门。瑛娘扑向门，发现门内的插手已经被拆掉。柳栓子从外面将门插好，又将两根木板顶在门口，抡起锤子用大钉子封住了门。

"你要干什么？放我出去！"瑛娘大叫。"出去？你老实待着吧，幸好我学过木匠活儿，把门插手给调到外边来了，再想出来，门儿都没有！"柳栓子得意道。瑛娘喊道："柳栓子，你到底要干什么？"柳栓子狞笑着："干什么？你说我要干什么，我是真没想到，你那小丫头都能换回宝贝来！我打听了，这俩大的更值钱，再养上几年卖进窑子，我就发了！"瑛娘发疯似地喊着："浑蛋！你放我出去！"她使劲砸着门。"还有你，我真没想到，仨孩子她娘还能卖上好价钱。告诉你，石大哥看上你了，尤其是听说你在隆家当过少奶奶，他就更喜欢了！"柳栓子抡着锤子，又钉了两个钉子。

瑛娘破口大骂："柳栓子，你不是人！"柳栓子恬不知耻地说："我知道你肚子里怀着崽子，妓院的老鸨子有的是招儿，一碗药下去就没了。男人都死了，你还生他的孩子有啥用，谁养活啊，隆家又不给钱！"瑛娘难以置信，她想不到自己的亲哥哥如此无耻，一时无语，急出了眼泪。"你还别看不上石大哥，他手里边有宝贝。他还要跟我合伙，把这个木匠铺改成烟馆儿呢。咱家的铺子临街，开烟馆太合适了。到时候我就成了半拉老板，后半辈子的烟儿，都有指望了！”柳栓子扬扬得意。

瑛娘恨得咬牙切齿：“你凭什么卖我的闺女？凭什么卖我？”柳栓子说：“就凭我是你哥哥。当年要不是卖了你，我早就饿死了。买你当河姑，隆家可没少给钱，让我宽裕了半辈子。我万万没想到，这两年缺钱儿花，你又回来了，我的命可真好啊！”瑛娘气得直哆嗦：“你、你、你……你胡作非为，会遭天谴，警察会枪毙你的！”

“我是你亲哥哥，你死了男人，回来投奔我，你就归我了。长兄为父，你不懂？我卖你，卖你的丫头，都是天经地义，警察才不管呢。我告诉你，这就是你的命，你就认了吧！”柳栓子突然哈哈大笑了起来，“老天爷真长眼，看不得我受苦，把你们娘儿四个送回来救济我来了！”

瑛娘死了心，知道这个哥哥利欲熏心，不可理喻了。她扑向窗子，试图打开窗户。柳栓子听着门里的动静，不屑道：“想从窗户跑？告诉你，我是个好木匠，早把窗户钉严实了，还有啊，屋里所有铁家伙我都收起来了，想撬开门窗，别做梦了。你就乖乖等着吧，我还得找石大哥再谈谈价去，谈好了，明儿个就把你送过去！”柳栓子说完，打着哈欠离开了门口。瑛娘发现窗户也无法出去，绝望了，大声地骂着：“柳栓子，你个畜生，你放我出去！”

夜幕渐渐降临，天上的月亮像一把杀人的尖刀。瑛娘的泪水已经干涸，两个孩子哭累了，睡在她的身上。突然，轻微的动静从门外传来。动静越来越大，瑛娘能感觉到是有人在撬门。她起身来到门前，骂道：“柳栓子，你个畜生，你给我听着，你没有权利卖我，更没有权利卖我的女儿！你赶紧放我出去，我可认识孝兴的县长大老爷，他要是知道你作恶，一定会派警察抓你，用枪子儿崩了你！”两个孩子惊醒了。正在撬门的却是段金花：“行了，你小点儿声吧。”瑛娘听到声音一愣。段金花低声道：“柳栓子不在家，你骂他他也听不见。”“嫂子？段金花？你快放我出去！”瑛娘听出了段金花的声音。

“废话，不是为了放你出去，我回来干啥？”段金花没好气地说。瑛娘很意外，说：“你……你是回来救我的？”段金花叹了一口气：“你还记得吗，我跟你说过，有一天你比我可怜。我不是没劝过你，让你赶紧带着闺女走，离开柳栓子，可你不听我的呀。现在后悔了吧，活该！世上就没卖后悔药的！”此时，一块大木板被段金花卸了下来。

两个孩子来到瑛娘身旁，娘儿仨的手紧紧地拉在一起，她们仿佛看到了生的希望。段金花用凿子和斧子卸第二块木板，说：“我也是倒了霉了，我跟你无亲无故的，以前连面儿都没照过，可是我就是惦记你，八成是上辈子欠的，也赶上你运气好，要不是他抽大烟去了，我就算是想救你也救不了！”段金花又将第二块大木板卸了下来，扔在地上，然后将门插手打开，推开了门。瑛娘连忙带着两个孩子冲了出来。

手持斧子、凿子的段金花向后退了两步，说：“别过来啊！”瑛娘满眼泪水，说：“嫂子……”段金花摇摇头说：“你也别谢我，我用不着你谢！”瑛娘忙说：“嫂子，要是没有你，我和我的两个闺女都得被那畜生卖了，我们娘仨给您磕头！”段金花摆摆手说：“用不着！都是女人，都是当娘的，今天我救你，救的是当年的自己……”段金花突然涌出泪水，扭头就走。

瑛娘带着两个女儿快步追赶。瑛娘叫着：“嫂子您别走，那畜生把我闺女卖了，您知道他卖给哪个人贩子了吗，我得把她找回来！”段金花回过头来，愣了。瑛娘恳求道：“嫂子，我求您了，您要知道就告诉我吧！”段金花惨笑道：“我……我怎么会知道？我要是知道，我早就把我儿子找回来了！”“你说什么？”瑛娘诧异道。段金花面色惨白，说：“带着你俩闺女赶紧走吧，好歹你有仨闺女，他卖了一个还给你留了俩。当年我……我就一个儿子，被他卖了这么多年了，我也没找回来！”瑛娘更是震惊不已：“嫂子，你嫁给我哥哥之前，有了儿子？”段金花说：“屁话！我嫁给他的时候是黄花大闺女，我哪儿来的儿子，他卖的是他自己的亲生儿子！”瑛娘难以置信：“什么？这个畜生……”段金花叹道：“你别一口一个畜生了，栓子是你哥，我嫁给他的时候他也不这样。要怪，就得怪那大烟膏子，自从他抽上了，就不再是人了……卖了亲生儿子，还逼着我出去当暗娼，全都是为了他的那口烟儿！”瑛娘这才明白，自己误解了段金花。段金花接着说：“柳瑛子，你听着，你要是跑得慢，再让栓子抓回来，可别说是我救的你。你说了我也不认，我还想多活几年呢。我儿子被卖给人贩子的时候都四岁了，他认识家，早晚有一天他会回来找我的，我得活着等他！”段金花说完扭头就走，泪水洒了一地。

“柳栓子……你真是畜生……娘当年让我卖身葬父，换回几亩地，就是为了不让你饿死，怕柳家断了香火！可你……你居然为了一口大烟，连自己的亲生骨肉都卖，还卖了我的念娣！念娣啊，娘害了你……从你生下来你受了多少苦，你爹宁愿跟你奶奶闹翻了，都不舍得把你送人，可是你却被这个畜生给卖了……有一天我到了阴曹地府，见到你爹，我怎么跟他说？”瑛娘忽然疯了似的冲向段金花扔在地上的那把斧子，把斧子攥在手里，说：“盼娣、招娣，你们俩先走，回孝兴奶奶家去！告诉奶奶，就说我死了，她一定会收留你们！”盼娣、招娣哭道：“娘，你要干啥？”瑛娘咬牙道：“我等着，等着柳栓子那个畜生回来，我跟他拼命！”盼娣说：“娘，你打不过他，你跟我们一起走吧！”招娣抱住瑛娘的腿，哭号着："娘……你别……我要娘……"瑛娘伤心、痛苦、仇恨，百感交集。"走吧，娘，快走吧，待会儿舅舅回来了，咱就走不了了。""是啊，走吧，娘。"盼娣和招娣都去拉瑛娘。

瑛娘无奈地将斧子扔在地上，可是走了几步，她又站住了。她摇摇头，说："不行，我不能给那畜生留着这个家。盼娣、招娣，你们可知道，这个家是娘七岁的时候卖了自己换来的……可是他却要开烟馆祸害别人，我要是给他留着，老天爷都会报应我的！"

不一会儿，大量的刨花、柴火、干草堆在了木匠铺外，瑛娘将火把扔向柴禾堆，火苗骤起，映在她的眼中却是森森寒意。远处，盼娣、招娣正在等着。瑛娘拉起两个女儿的手："走！"很快，在母女三人的背后，火光冲天。

柳栓子晃荡着肩膀，引着石大哥回来了。柳栓子说："放心吧，我那妹子刚死了男人没几天，就是不好意思，石大哥的身手我是知道的，您稍微……"他比画着，"女人嘛，都是打出来的，一回，以后准保服服帖帖的。"石大哥点点头："好，是得让她见识见识我的厉害，咬死我了！"

突然，两人看到远处的火光。"着火了？啊？！"柳栓子突然意识到什么，"我家！"柳栓子快步向家跑去，段金花则躲在暗处观察着。此时的火势已难以控制，几十个街坊邻居站在外面指指点点。

柳栓子焦急地喊着："救火呀！救火呀！各位街坊邻居，麻烦你们帮着救救火呀！"可是没人肯帮忙。柳栓子忙说："石大哥，您快帮忙招呼人救火啊！"石大哥看着他，说："这么大的火，你妹子烧死了吧，爷今儿晚上还想当新郎呢，奶奶的，丧气！"说完，石大哥扭头就走了。

"我的家啊……我的家啊……"柳栓子喊叫着蹲在地上，他突然想到了什么，瞪大了眼睛，"宝贝，我的宝贝还在屋里呢！"他想起他卖了念娣换来的大烟膏，起身向火海冲去。躲在人群后面的段金花大喊一声："栓子！"她从人群中冲了出来，一把抓住柳栓子："你干啥去，不要命了！"柳栓子一看段金花，连忙说："段金花，你回来了，正好，你快进去，进去，就在我炕上的小柜里，你把我的宝贝拿出来，这么大的一疙瘩呢！"

段金花问："什么宝贝？"柳栓子大喊："废话，什么宝贝你不知道？装什么糊涂，快去给我拿！"段金花说："火这么大，为了块大烟膏子，你想烧死我啊！""哎，你个臭娘们儿，你还敢跟我瞪眼睛？"柳栓子一巴掌抽在段金花的脸上，说，"你去不去？"段金花说："不去！着了火，是老天爷对你的报应。你还不把大烟戒了，要不然，不知道还有什么报应等着你呢！"柳栓子又一巴掌抽在段金花的脸上："用得着你教训我？臭娘们儿……我娘不让我抽大烟，都被我饿死了，你还敢废话？你去不去？"段金花说："不去！""你不去我去！"柳栓子转过头来看着火海，"宝贝！我的宝贝！"他一头冲向火海。

镇子中心热闹的地方，盼娣、招娣和瑛娘分别打听念娣的情况，然而一无所获。三个警察站在远处，发现了瑛娘。为首的一挥手，众警察向瑛娘走来。

此时，瑛娘正在询问一位老者，见警察正看着自己，她连忙满脸堆笑着上前问道："警察大老爷，我闺女被人贩子拐卖了，我想可能是卖到咱们这个镇子上了，你们有听说谁家买了孩子吗？"为首的警察摇了摇头。瑛娘恳求道："要不您帮着我打听打听吧，我闺女两岁大，还不怎么会说话，爱哭，长得像我。"

为首的警察开口说："你是从蘑菇镇来的吧？"瑛娘连忙点头："对呀对呀，你怎么知道，是不是你们抓到了人贩子？"那警察道："人贩子倒是没抓着，你瞧瞧这个。"说着，他打开一张画像，说："这是不是你啊？"瑛娘一看画像，果然是自己，连忙道："是我，是我，这上面画的就是我！"另一个警察得意道："头儿，我说对了吧，我看着就像！"为首的警察点头说："小子好眼力，算你立功，抓起来！"两名警察上前就抓住了瑛娘。

盼娣和招娣发现瑛娘被警察扭住了，连忙冲了过来，喊道："娘！娘！你们为什么要抓我娘！"瑛娘辩解道："警察大老爷，你们搞错了吧，我不是人贩子，是我闺女被拐卖了，我想让你们帮我抓人贩子！"为首的警察厉声道："我知道你不是人贩子，你是纵火烧死人的凶犯！""什么？！"瑛娘大吃一惊。"你是叫柳瑛娘吧，小名瑛子。"警察问。瑛娘点着头。为首的警察说："那就更错不了了，你放火行凶烧，死了你的亲哥哥柳栓子！"瑛娘摇头说："什么？不可能！我是点了火，我烧的是房子，那房子是我七岁的时候用自己的命换回来的！我点火的时候，那畜生不在家！"为首的警察说："别狡辩了，尸体都找着了，我亲眼看见的。告诉你，我们哥儿仨是从蘑菇镇一路上追你来的，带走！"说着，警察拉起瑛娘就走。

盼娣、招娣扑上去，喊道："你们放开我娘！"警察推搡开她们，说："滚一边儿去！"可是盼娣、招娣哪肯松手，紧紧抓着警察。为首的警察怒了："嘿，你们这两个小丫头片子。"其他警察上前左右一扒拉，就将盼娣与招娣推倒在地上。瑛娘急得大喊："盼娣，招娣！别打我的孩子！"盼娣爬起来继续追，要不是瑛娘喝止，警察的皮鞭险些就抽在她身上了。

招娣坐在地上哭着："娘……娘……"瑛娘吩咐道："盼娣，带着妹妹回奶奶家，一直往东就是孝兴县城！"盼娣大喊："娘！"瑛娘说："别管娘，娘没烧死人，警察抓错了，等他们放了我，我去奶奶家找你们，咱们再一起去找妹妹！”招娣起身叫着：“娘……”瑛娘又说：“盼娣，听娘的话，快带招娣回奶奶家，要是有不认识的人跟你们搭茬，没准儿是人贩子，可千万别搭理！”

瑛娘被警察拖着走了，两个孩子在后面哭喊着：“娘——”

瑛娘被关进监狱，靠在牢房的角落里，目光呆滞。这时，一个狱警从监狱通道经过。她连忙冲向栏杆，大声地喊着：“警察大老爷，您放我出去，放我出去吧！你们抓错人了，我是放了火，可我烧的是房子，家里没人，我没烧死人！”狱警懒得理她，只是瞥了她一眼。瑛娘又喊道：“放我出去！我闺女被人贩子拐跑了，她才两岁，还不懂事呢，万一被人贩子害死，那是一条命啊！我生下她不容易，她打小就没离开过我，你们放了我吧，让我去找我的闺女！”

狱警给嚷得心烦意乱，回身从肩上卸下枪，喝道：“别嚷嚷了，老子一从这儿过你就嚷嚷，烦死人了，再嚷嚷我直接给你枪子儿，送你见阎王去！”瑛娘一下子闭上了嘴，狱警气哼哼地走了。

瑛娘喃喃道：“我不想死，我死了就没有人去找念娣了，我不能死，不能死……”

终于找到隆家的盼娣和招娣没能进屋，只是站在天井处忐忑地等待着。她们听见屋里传来摔杯子的声音，还有隆夫人的声音：“不知好歹的丫头，还敢回来？让她们滚！”盼娣和招娣对视着。隆福低声恳求：“夫人，二位小姐不会说谎，二少奶奶摊了官司，被警察抓起来了，请您出面救救她吧！”隆夫人道：“让我救那个女人？门儿都没有！摊官司好啊，我这就派人去打点关系，让政府判她死刑！”隆福央求着：“夫人——”隆夫人又摔碎了一个杯子。

招娣说：“姐，这老太婆不会救娘的，咱们走！”盼娣为难地说：“娘让咱们回来找奶奶，没说让咱们走啊。”招娣又说：“老太婆不救娘，我一辈子都不管她叫奶奶，我不愿意留在这儿！”盼娣拉住招娣，说：“可是招娣，咱们去哪儿啊？”招娣一挺胸，说：“要饭也不留在这儿！你忘了，那姓佘的女人会打死咱们的！”盼娣点点头：“你说得对，我们走，永远也不回来！”姐妹俩决定后，便向天井里的小门走去。

突然，有人断喝：“站住，你们两个不许走！”盼娣、招娣回头，清晰地看到了来人的模样，西装革履的“隆继宗”赫然站在那里！招娣惊喜道：“爹！”她喊着爹，就要冲上去。盼娣紧跑两步，从后面抱住招娣，大声喊着：“招娣！”招娣挣扎着说：“姐，你放开我，那是爹！”盼娣说：“爹早死了，他是鬼，快走！”招娣一惊，两个孩子一起向小门跑去。两人慌乱跑着，忽然，她们看见“隆继宗”已站在院落里。两个孩子被吓得乱叫，但“隆继宗”只是冷冷地看着她们。

两个孩子偷眼观瞧“隆继宗”。“隆继宗”开口道：“喊够了没有？”两个孩子不敢搭话。“隆继宗”又说道：“好了，不要再怕了，这个世界上根本没有鬼，我确实不是你们的父亲隆继宗，我是你们的三叔隆延宗。”两个孩子不敢相信。隆延宗接着说：“你们两个一个叫盼娣，一个叫招娣，来，让我好好看看。”说着，隆延宗一步一步地走向盼娣与招娣，两个孩子吓得直流泪，又不敢躲开。

这时，隆福一瘸一拐地从客厅追了出来：“大小姐、二小姐，不要怕，这位是三少爷延宗，是你们的亲三叔！”盼娣与招娣喊着：“福爷爷！”她们终于找到了依靠，都紧紧地抓住了隆福的衣襟，躲在他身后。隆福说：“三少爷，您和二少爷长得太像了，不能怪二位小姐胆儿小。”隆延宗笑道：“隆盼娣、隆招娣，我没叫错吧，来，你们两个站出来，让三叔好好看看你们。”

隆延宗的声音很温柔，两个孩子终于壮着胆子站了出来。可当他上前想摸她们的肩膀时，她俩仍然猛地躲开了。隆延宗笑道：“好，你们两个一定听说过很多鬼神的故事，所以害怕我。我是不相信有鬼的，但是我可以按照你们听过的故事，向你们证明我不是鬼。”两个孩子将信将疑。隆延宗说：“首先，传说中鬼不敢在光天化日之下出来吓人的，你们看看，今天有大太阳，我就站在这儿。”烈日炎炎，阳光刺得盼娣和招娣难以睁开眼睛。隆延宗又说：“还有一种说法，说人是有影子的，可鬼没有。你们看，我的影子和你们的影子一样。”两个孩子朝地上看了看，确实有影子。隆延宗接着说：“第三，人死了，尸体就凉了，可我的体温和你们一样，是热的，谁来试一试？”说着，隆延宗伸出手掌，两个孩子相互对视着，却都不敢伸手。隆延宗沉下了脸，说：“隆盼娣，我听说二哥已经教了你读书，你的大字写得还不错呢，你连摸我一下的胆子都没有吗？”在他的鼓励下，盼娣跃跃欲试，慢慢伸出了手，隆延宗一把抓住了她的手。盼娣先是被吓了一跳，但很快安静了下来。

招娣看着盼娣，怯怯地喊道：“姐……”盼娣点点头：“他的手是热的。”隆延宗说：“何只是热，三叔让你们两个折腾得，都出了汗！你也试试？”说着，隆延宗又伸手去拉招娣的手。两个孩子被他握住了手，也就不再害怕了。

隆延宗仔细地观察着：“你们两个长得不太像啊，不过都有地方像三叔。像三叔就是像你们的父亲，知道为什么吗？因为三叔和你们父亲是孪生兄弟。”隆福点头说：“二位小姐，孪生兄弟的意思就是双胞胎，不知道你们听说过没有？三少爷和你们的爹是一起生下来的，他们长得一模一样。”隆延宗问道：“看你们俩这小脸儿脏的，告诉三叔，是从哪儿赶回来的呀？”盼娣低声回答：“长德镇。”隆延宗惊讶地说：“嚯，好几十里地呀，就靠两条腿跑回来的？”盼娣与招娣点头。隆延宗心疼道：“那还不累坏了。隆福，赶紧让厨房给我两个侄女做饭，之后让她们洗澡，睡觉。”

盼娣和招娣对视着，突然同时挣脱开隆延宗，跪倒在地。盼娣说：“三叔，求您了，救救我娘吧！”招娣说：“警察说我娘烧死了人，把她抓起来了。”隆延宗点点头说：“刚才隆福已经告诉我了，救人是我们大人的事，你们两个不要管了。”盼娣问：“三叔，您真的会帮我们救娘？”隆延宗想了想，说：“会啊，你娘是我的二嫂，警察要是冤枉了她，我当然会救她。”盼娣看向招娣，说：“招娣，快给三叔磕头。”招娣急道：“三叔，您一定要救我娘出来！”隆延宗点头，姐妹俩对视了一眼，双双向隆延宗磕头。

隆夫人有点儿不满，问：“你怎么把那两个丫头片子留下了？”隆延宗道：“二哥的骨肉应该留在家里啊。”“哎呀，你是不知道，这两个丫头片子……”隆夫人不满地撇嘴，又不愿意说出难听的话。隆延宗笑道：“娘，这两个孩子我见到了，都像天使一样纯洁可爱，只要接受良好的教育，她们将来一定会成为让娘满意的大家闺秀。二哥走了，我会担负起教育她们的责任，请娘放心。”一提到隆继宗，隆夫人伤心落泪：“你二哥真是苦命啊……”佘管家连忙扶住隆夫人：“三少爷，您就别提二少爷了，夫人受不了。还有就是……我这个下人能多句嘴吗？”隆延宗点头：“佘管家请说。”佘管家道：“那两个孩子是二少爷的骨肉，应该留在家里，可就怕是妖女的奸计。三少爷你不知道，那妖女厉害，万一她勾结县长，专门派这两个孩子回来陷害夫人，不得不防啊！”

隆延宗笑了：“县长？芝麻大的小官儿，咱们隆家什么时候怕县长了？”隆夫人长叹一声：“延宗，一言难尽啊……”听了隆夫人的解释，隆延宗踱着步：“要把侄女嫁给二哥，攀附富贵未成，丢了脸面，才跟隆家结的仇，这倒是也合情理。四十多岁未娶，却为了侄女的归宿煞费苦心，这个洪县长不是坏人嘛。”隆夫人不满地说：“你还替他说好话？”隆延宗说：“我们有义务以博爱去尊重他人，我对这个洪县长非常理解。”隆夫人一愣：“你……”隆延宗道：“娘，可恶的不是洪县长，是柳瑛娘。她多次利用洪县长和隆家的矛盾，挑唆娘和二哥的关系。还与人偷奸，最终和奸夫合伙害死了二哥，这个女人，一定要让她受到应有的惩罚！”隆夫人说：“老天爷要长眼，早该一个雷劈死她！”隆延宗摇头说：“娘，这种事情不能指望老天爷。机会不是已经来了吗，她纵火行凶，洪县长一定会秉公执法，判她死刑的！”

隆夫人问："你怎么能确定，那两个丫头不是说警察抓错人了吗？"隆延宗笑道："娘，您就说吧，您想不想要这个柳瑛娘死？"隆夫人咬牙切齿道："她害死了我儿子，我恨不得将她千刀万剐！"隆延宗点头说："那您就别管了，我们隆家的产业再大，也是孝兴百姓。洪县长官儿再小，他代表着政府。我去跟他交交朋友，把误会化解了，顺便让他判那个女人死刑，为二哥报仇，替娘解恨！"

县长办公室里，洪凌志说："时少卿，你刚才听见了吧，隆家的三少爷在外边候着呢。"时少卿微微点头："听见了。"洪凌志说："你跟隆继宗很熟悉，一定知道隆继宗为了柳瑛娘，跟整个隆家都闹翻了！"时少卿又点点头："知道，知道，我都知道。"洪凌志接着说道："我也知道，隆继宗在省城进了监狱是拜你所赐，隆夫人一直觉得是你跟柳瑛娘通奸，合起伙来害死了隆继宗！那这个时候，隆家刚从西洋回来的三少爷来拜访我，要干什么呀？我想，应该是求我严惩凶手，枪毙了柳瑛娘吧！"时少卿装作糊涂："凶手？哪儿来的凶手？"说着，他从皮包里拿出一张银票，推向洪凌志。

洪凌志一皱眉："你这是干什么？你当我洪某人是贪财之辈吗？"时少卿说："当然不是，初次见面，不成敬意。"洪凌志说："你公然行贿官员，不怕我叫警察来抓你？""怎么会，怎么会，当官的不打送礼的，更何况，我只不过想请洪县长秉公办案而已。"说着，时少卿又拿了一张银票，放在洪凌志面前。

洪凌志一拍桌子："你好大的胆子，如此嚣张！"时少卿道："洪县长，您先别生气，麻烦您看一眼银票。"洪凌志瞟了一眼，银票上的数目吓了他一跳。时少卿抓住时机问道："这么一点儿钱怎么能叫行贿官员啊。"洪凌志脑门都冒汗了："这还少？我一年的俸禄也不及这一张啊！"时少卿笑道："所以说嘛，国家亏待您了。"说着，时少卿又将一张银票放在了他面前，洪凌志变得有些犹豫。确实，银票的数目太吓人了。

时少卿说："我已经替您去过蘑菇镇了，那个被烧死的家伙是个大烟鬼，他将柳瑛娘的女儿隆念娣卖给了人贩子！"洪凌志问："有这事儿？"时少卿点头说："千真万确！"说着，时少卿又将一张银票放在了桌子上。洪凌志为难道："哎呀，时先生，够多了，够多了，你刚才没骗我吧？"时少卿拍着胸脯说："鄙人时少卿从来不会骗人，您可以马上派人去蘑菇镇调查，我要是欺骗县长，您可以治我的罪！"洪凌志道："要真是有这样的事……"时少卿马上接话道："您就应该替瑛娘做主啊！她的孩子，就是那个生下来就要被人狠心扔进黄河的孩子，才两岁大啊！被大烟鬼卖给了人贩子，难道不值得同情吗？"洪凌志点点头说："我听着都要掉眼泪了。"时少卿道："就是啊，洪县长，您心里装的都是黎民百姓，我相信您一定会为瑛娘做主！"洪凌志说："时少卿，你说的要是事实，我一定替她做主！"

时少卿抱拳道："多谢洪县长，您还有客人，我先走了，静候佳音。"洪凌志说："等等，你把银票拿回去，现在是新政府，不兴这些！"时少卿说："谁的银票？"洪凌志说："你的呀！"时少卿笑道："我什么时候拿银票来了？"洪凌志一愣："你？"时少卿又一抱拳："不打扰您办公了，少卿告退。"说完，他扭头就走了。

犹豫片刻，洪凌志还是将银票装进了抽屉里。时少卿自觉办成了这件事，心里放松了不少。他走出县长办公室，看见有个人站在院子里。那人抬眼望了时少卿一眼，点头微笑。时少卿吓了一跳，半晌才缓过神儿来。他想说什么，又放弃了，慌张地离开。

秘书送时少卿出了院子，走到隆延宗身边，说："隆先生，您请吧。"隆延宗好奇地问："刚才那个人是谁？"秘书回道："是从京城来的时先生。"隆延宗停住了脚步："时少卿？"秘书点点头："对呀。"隆延宗自言自语："我说他怕我呢……哦，女的摊了官司，男的立刻来救驾，果然有奸情……"他自觉心里有数了，整了整衣襟。

到了县长办公室，隆延宗彬彬有礼，对着洪凌志深鞠一躬。洪凌志有些恍惚："呀，你？你长得……"隆延宗笑道："洪县长这么惊讶，想必是见过我兄长，对吗？我和二哥是孪生兄弟，所以长得很像。"洪凌志叹道："这哪里是像，简直就是一模一样。"隆延宗抱拳说："我听说我二哥在世之时，洪县长对他多有抬爱，延宗在此替隆家谢谢您。"洪凌志说："抬爱倒算不上，不过，你跟你哥哥虽然长得一样，说起话来却是截然不同……你这次来，有什么事啊？"

瑛娘听到时少卿的声音，面无表情地转过身去。于头儿喊着："柳瑛娘，时少卿时大老爷来看你！"瑛娘也不回身，面无表情。于头儿又喊："哎，你没听见我说话啊，转过身来！"瑛娘仍不理睬。于头儿急了："嘿，柳瑛娘，我叫你呢，你聋了！"时少卿拦住于头儿，示意他不要大喊大叫。于头儿会意，嬉皮笑脸道："那我就不打扰了……"说完，他走了。

时少卿心疼地看着瑛娘，说："瑛娘，我去了蘑菇镇，可是去晚了……那个叫柳栓子的是你哥哥吧，他居然把你女儿给卖了，有这么当舅舅的吗？得到消息，我心急如焚，我想我一定要先找到你，可是，又晚了一步……还好，我这里有熟人，就赶紧先赶回孝兴来打点关系。怎么样，他们给你安排的这个地方还算清静吧？吃的也请你放心，于头儿已经吩咐人去最好的饭馆子给你买了，待会儿就送来。”瑛娘一动不动，仍不理睬。时少卿说：“当初我让你跟我走，你就是不肯。那个时候我就说，孝兴是隆家的地盘，他们那么恨你，什么报复你的手段都会使的！刚才我见到隆继宗的弟弟了，那小子刚从西洋回来，就来拜见县长，为什么？肯定是隆家派来打点关系的，他们想让你死在牢里！”瑛娘一怔，但还是没有回头。

时少卿见四下无人，低声道：“还好我早有准备，在他之前见到了洪县长，狠狠地使了银子。告诉你吧，洪县长已经答应了，判你无罪，过几天就放你走。”瑛娘对时少卿毫无信任，头还是没有转过来。时少卿叹了一口气：“瑛娘，这次从牢里出来可别再犯傻了，跟我走吧。我保证一辈子不会再让任何人欺负你，不会再让你受一点儿委屈，吃一点儿苦！”瑛娘脸上露出不屑的表情。

时少卿恳求道：“瑛娘，你还在生我的气吗？你就不能回过头来让我看看你吗？”瑛娘仍无动于衷。时少卿摇摇头：“好了，我不为难你。那我先走了，免得待会儿你又动了气……待会儿饭菜来了，合不合口你都多吃一点儿。还有就是，虽然洪县长嘴很严，没说几天能把你放出来，但是我估计最多十天，我每天都会来看你。你不搭理我没关系，可是我不来看你，会心神不宁。我不再啰唆了，走了，瑛娘，你好好的啊……”时少卿说着就要走，却又有些恋恋不舍，突然想到什么，说：“现在谁管盼娣、招娣呀？要不交给我吧，我一定帮你照顾好！”

一听到孩子，瑛娘的情感决堤了，顿时恨从心中起，大叫：“时少卿！”时少卿满脸的惊喜：“瑛娘，你肯叫我的名字了？”瑛娘回过头来，说：“把我下了大狱，是你的奸计吧？”时少卿诧异道：“你说什么？”瑛娘说：“你给了警察多少钱？他们抓我，就是为了让你现在来讨好我，对不对？”时少卿没想到瑛娘是这么理解的，真是有苦难言，无奈地说：“瑛娘……”

瑛娘打断他：“闭嘴，别叫我的名字！我放火时家里根本没有人，说我放火行凶，一定是你编造出来的！”时少卿百口莫辩。瑛娘继续道：“当初你挨了打，郎中说你已经死了，是我和二少爷救活了你的命，你却忘恩负义，良心何在？你勾结徐老板骗走二少爷的货款，买通省城警察陷害二少爷入狱，活活把他气死！你背信弃义，畜生不如！现在你为了讨好我，又唱上了这出大戏，先让警察把我抓起来，再让我相信，是你使了银子救我出去，你以为我就会对你感恩戴德了？不是你，二少爷不会死！我们娘儿五个不会无家可归！念娣也不会跟我骨肉分离！我的女儿已经丢了五天了，要不是你，我可能早就把她找到了。时少卿，你会遭报应的，老天爷有眼，一定会一个雷劈死你的！”

时少卿跪倒在地，赌咒发誓：“瑛娘，你骂我忘恩负义、背信弃义，我都认，可这回真不是我的计策。四处贴的都是布告，上面写得清清楚楚，你放火行凶烧死了亲哥哥。我知道你恨我，可是你不能冤枉我啊！”这下，瑛娘有些不解了。时少卿思考着什么，说：“我明白了，我当时还纳闷儿来着，你放火烧死了人为什么不跑？原来你是在找孩子呀！我那个三侄女叫念娣是吧，我见过她几回，梳着三根小辫，漂亮极了。丢了五天了……五天，人贩子应该走不远……瑛娘，我帮你把孩子找回来！”

瑛娘一愣，仿佛抓到了救命的稻草，说：“你说的是真的？”时少卿脸上突然划过一丝狡猾，说：“对呀，你的事，就是上刀山下火海，我时少卿也是在所不辞。不过你得答应我，我帮你找到念娣，你从牢里出去，可一定要跟我走。”瑛娘一下子怔住了。时少卿连忙说：“你不说话，我就当你答应了。等我的好消息吧！”说完，时少卿头也不回地离开了。

第十五章

佘管家拿着一摞田契走了过来，见隆延宗和隆夫人坐在榻上，手拉着手正说话。佘管家回禀：“夫人，田契都拿来了。”隆夫人点点头：“放这儿吧。”佘管家放下田契，想走又有些犹豫：“夫人，我多句嘴，三少爷，您要这些田契干啥呀？”隆延宗说：“送人。”佘管家诧异道：“啥？这么多地送人？夫人，这……”隆夫人也惊讶：“延宗，你要送谁呀？”佘管家低声道：“夫人，您也没问过三少爷呀？难怪二少爷活着的时候说您偏心眼儿，您这问都不问一句就让我去拿田契……”隆夫人瞪了一眼佘管家。佘管家自知失言，说：“对不住，我话多了……”

隆延宗笑道：“您是我娘的大管家，什么都不闻不问，那就是不称职。我一回来就听说了，这些年多亏您照顾我娘，家里的事也料理得一清二楚。有您这么好的管家，是隆家的福分，您辛苦了，延宗在此拜谢。”佘管家连忙摆手：“不敢当，三少爷，我从小就是夫人的丫头，夫人抬举我才让我当管家，您这么客气，折煞我了！”

隆延宗问：“我今天在政府里见到了佘队长，叫佘小四的，是您侄儿？”佘管家一时有些尴尬，连忙看夫人：“啊，是啊，我那不争气的侄子拜见三少爷了？”隆延宗道：“人家是警察队长，不能叫拜见，是我有幸结识，与佘队长攀谈甚欢。”佘管家笑成了一朵花，忽地瞟见隆夫人冷冷的目光，自知失态，连忙低下头：“哎呀，三少爷，不打扰您和夫人说话了，我先下去了。”佘管家连忙退下。

隆延宗对隆夫人说：“娘，难怪二哥说您偏心，问都不问，您就把这么多田契拿给我，您也太惯着我了！”隆夫人有点儿尴尬，转移了话题：“你要送给谁呀？”隆延宗正色道：“洪县长。”隆夫人张大了嘴：“这洪县长好大的胃口！”隆延宗说：“不是他的胃口大，是咱们隆家出手大方。”隆夫人还有有些不舍得，说：“用得着吗？”隆延宗说：“自此之后，洪县长就变成了隆家的奴才，您说划算吗？”隆夫人不置可否：“这……”隆延宗说：“自从洪县长上任，孝兴人人皆知他和隆家有矛盾，也耽误了咱们家不少生意，这回我要让全孝兴的人都知道，洪县长在为我们隆家当差办事。”隆夫人突然动了恻隐之心：

“他真会枪毙那个女人？”“当然，柳瑛娘做的那些恶事，该上十回断头台，我恨不得亲手枪毙她！”说着，隆延宗伸起手来，假装瞄准。

可隆延宗没有想到，盼娣和招娣突然从屏风后面哭着冲了出来。盼娣大喊：“三叔，你骗人，你答应要救我娘的！”招娣也喊：“你是坏人，说话不算话！”招娣上前就去打隆延宗，他只能躲。隆夫人大惊：“哎，这两个孩子……来人！”佘管家和两个婆子从外面进来，上前抱住盼娣与招娣。盼娣挣扎着：“隆延宗，你是个骗子！”招娣怒斥：“你要害死我娘，我杀了你！”隆夫人刚要发怒，被隆延宗制止。

隆延宗和蔼地问：“我问你们，你们姓什么？”盼娣一时没反应过来，说：“我姓隆……”隆延宗一本正经地说：“这就对了，既然姓隆……”盼娣突然说：“不，我不姓隆，姓隆的没好东西！”隆延宗刚准备好的话被噎了回去：“你……”盼娣恨恨地说：“你别想糊弄我！你和老太婆一样，都是坏人！”隆延宗板起脸训道：“不像话，怎么敢对奶奶无礼？”招娣大叫：“老太婆就是坏人，你更坏！你等着，我一定要杀了你！”隆延宗假装生气：“真是缺少管教，佘管家，把她们关回屋里去，先饿两天不给饭吃。等我忙完了，吊起来打，直到打规矩了为止！”佘管家愣住了：“啊？”隆延宗一瞪眼睛，佘管家和下人们连忙将盼娣和招娣带了出去。盼娣大声地喊着：“你们是坏人，我恨你们！”招娣也叫嚷：“我也不姓隆，放我走，我要自己去救娘！”

隆延宗脸色很难看。隆夫人无奈道：“唉……为了这两个丫头，为娘也被那女人指着鼻子骂过。”隆延宗摇摇头：“孩子这么不守规矩，可见当娘的不是好女人！”隆夫人劝道：“延宗啊，这两个孩子虽不像话，也够可怜的，你替哥哥管教她们，千万不能打，更不能饿着！”隆延宗说：“娘，我就是吓唬吓唬，等她们怕了，我再跟她们好好谈心。这个世界上最厉害的不是枪炮，而是教育。教育可以重塑灵魂，她们还小，身上有二哥的血脉，我跟她们一定是心心相通的。”隆夫人说：“还真是，你跟继宗是孪生，跟这两个孩子最容易亲近，把她们培养成大家闺秀，就指望你了。”

隆家长房屋内，隆万氏来回踱着步，口里念念有词：“死了隆继宗，又回来个隆延宗，哎呀，我的命怎么这么不好啊，这个家什么时候能归我掌管啊？”被派去打探情况的王婆子低着头，也后悔自己跟错了主子。隆万氏咬着牙说：“老太婆也真够鬼的，桐城还有那么多地呢，瞒得滴水不漏，拿我们长房当傻子糊弄，不行，找他们理论去！”王婆子连忙阻拦：“大少奶奶，您可别去，要是让夫人知道我偷听，非得打折我的腿！”隆万氏一瞪眼：“你……”王婆子说道："这三少爷可不比二少爷，打小就八面玲珑，脑袋瓜子特别好使，您斗不过他！""放屁！"隆万氏抬起巴掌来要抽人，吓得王婆子直躲。见王婆子躲了，隆万氏只好用手点指着："你少长别人威风，我就不信隆延宗三头六臂！"

嘴上虽这么说，隆万氏还是有点儿忌惮，琢磨着："他贿赂洪县长，我这就写信告诉我哥哥，法办他们！"王婆子问："大舅爷有本事？"隆万氏一仰头，说："废话，我哥哥在省城官居要职，整倒洪县长，抓起来隆延宗，最好把我哥哥派到孝兴来当县长。他可是我儿子的亲爹，得了隆家的家产，他也有份。"王婆子说："那得从长远打算，我今天就是听到个影儿。要想人赃并获，那得等隆家的田产真的姓了洪，佃户们向洪家交租子的时候再下手。"隆万氏乐了："对！行啊，王婆子，平时觉得你笨，没想到你还有点心眼儿。"王婆子赔着笑："大少奶奶，等您掌管隆家，我也给您当个管家，准保比那姓佘的能干！"隆万氏挥挥手："行了，别显摆了，你先去帮我办件小事。那两个丫头片子被隆延宗留在家里，我心里别扭……"隆万氏在王婆子耳畔吩咐了几句。

拎着个小食盒来探望瑛娘的洪凤鸣有些尴尬。于头儿说："洪小姐，您还给她带吃的呀？哎呦，真是多余，您看，这鸡鸭鱼肉啥没有啊，她一筷子都不动！"瑛娘仍背对着人，她已经一天没吃东西了，脸色惨白。洪凤鸣点头说："谢谢你，你去吧，让我跟她说几句话。"于头儿领命而去。

洪凤鸣转向瑛娘，说："大嫂，我来看你了。"瑛娘没回头。洪凤鸣接着说："大嫂，你真不应该带着孩子去蘑菇镇，你自己亲哥哥什么人品德行，你不知道吗？你这不是带着孩子们入了虎口吗？再说，他卖掉了你的女儿，你应该立刻报告警察，怎么能放火烧死人呢？"

瑛娘回过头来，脸色很平和："我没烧死人。"洪凤鸣一愣。瑛娘慢条斯理地说："洪小姐，我是放了火，可当时屋里边没人。说我放火行凶，那是警察弄错了，我相信政府公道，很快会放我出去的。"洪凤鸣忙问："你，你说的是真的？"瑛娘说："真的假不了，假的也真不了。要是有谁想勾结警察陷害我，也做不到。洪小姐，你恨不得我被判枪毙吧，老天爷长着眼睛呢，瞎不了。"瑛娘说着又回到了牢房中间，淡定地坐下，宛如一尊佛。

洪凤鸣一头雾水，没办法，她只好去找叔叔打听情况。洪凌志一听，说："这个女人了不起呀，自从她进了大牢，我这里就高朋满座，怎么，你也来掺和？"洪凤鸣说："我刚才去牢里看她了，她说她没烧死人。"洪凌志不屑道："人犯的话能信吗？"洪凤鸣争辩道："她是个好人！我去过古风村，打听了几户人家，人人都说她好，夸她孝敬养父养母，特别能干活。以前，隆继宗就跟我说过，瑛娘是他的救命恩人，去了古风村我才知道，当年要是没有瑛娘，隆继宗真的就曝尸荒野了。”

洪凌志不爱听这些，只是喝着茶。洪凤鸣接着说：“您知道吗，隆继宗什么活都不会干，种地养鸡全靠瑛娘，她勤俭持家，任劳任怨，在乡下也把隆继宗伺候得跟少爷一样……”洪凌志问：“你说这些跟她放火行凶有什么关系？”洪凤鸣愣了。洪凌志又问：“我听说你还自己下厨鼓捣了半天，给那个女人做了饭菜？”洪凤鸣有些尴尬：“您怎么知道？”洪凌志说：“废话，我不点头，你能进得了大牢？结果怎么样，京城大老板送的成桌的酒席，你亲眼看见了吧？”洪凤鸣问：“那是别人送的？”洪凌志说：“难道监狱还会给杀人犯鸡鸭鱼肉？”洪凤鸣有些意外。

洪凌志一脸疑惑地说：“送酒席的，跟这女人到底什么关系？我记得你跟隆继宗一起去捉过奸呀。”洪凤鸣说：“那次是我被坏人利用，我和隆继宗都误会了瑛娘。”洪凌志不屑地说：“误会？恐怕是被糊弄了吧？再说，她说没杀人就没杀人？警察已经勘查过现场，尸体都找到了，那还错得了？”洪凤鸣问：“那……那她会被判什么罪？”洪凌志说：“当然是杀人重罪。”洪凤鸣说：“就算她真的烧死了人，也是有原因的。柳栓子将她的女儿卖给了人贩子，她是为了自己的孩子放火杀人！”洪凌志说：“胡说八道！她是河姑、妖女，你老替她说话干什么？”洪凤鸣说：“叔叔，您怎么也相信封建迷信？”洪凌志自知理亏，说：“我，我是被你气糊涂了！”洪凤鸣坚持道：“你是一县之长，应该为这个可怜的女人主持公道！”洪凌志说：“笑话，杀了人，我判她无罪，别人会怎么说我，说我收了奸夫的贿赂？我要召开公判大会，当众枪决柳瑛娘！”

聚贤楼二楼的雅间，摆着水煮芸豆和两壶酒，这副酒菜是洪凌志的心头之好。可是，洪凌志和隆延宗既不动筷子，也不动酒杯。田契摆在桌上，隆延宗推给了他。洪凌志看着，心花怒放：“这，这真是受之有愧呀。”隆延宗道：“公平买卖，你情我愿。”洪凌志突然想到什么，从怀里掏出一张银票：“这是我一整年的俸禄，就是太少了。”隆延宗接过银票，看都不看，放在了一旁，拿起文书：“这是买卖田契的文书，你我签字画押，就交割完成了。”“那……我就不客气了？”说着，洪凌志拿起毛笔来，蘸着墨要签名。

隆延宗干脆地说：“柳瑛娘与人偷奸，谋害亲夫在前，放火行凶，杀人害命在后。”洪凌志笑道：“你娘恨这个女人，枪毙她是还隆家公道，判决文书会这么写。”隆延宗说：“早一天枪毙，我娘早一天出了这口恶气。”洪凌志说：“好，三日之内，如何？”隆延宗说：“极好，隆家的宗亲都会到场，为您秉公执法鼓掌喝彩。”洪凌志说：“这样一来，孝兴人就都知道，我跟隆家前嫌尽释，握手言和。”隆延宗笑道：“县长真是明白人，我这次回来，就不走了，以后隆家的事儿……”洪凌志说：“就是我的公事。”隆延宗起身抱拳道：“多谢洪县长。”洪凌志似乎不敢相信，说“那我可以签字画押了？”隆延宗微微笑道：“您请。”

洪凌志刚要签字，想到了什么，忽然笑道：“西洋留学十载，像你这样的洋派人物我以前也见过几个，个个儿张嘴民主自由，闭嘴罗曼蒂克，可你不一样啊？”隆延宗说：“实不相瞒，我确实去了西洋，可没两年就觉得没意思了。我不喜欢洋人看我们的那种高傲眼神儿，便买了去东方巴黎的船票。”洪凌志说：“上海？”隆延宗说：“对，上海滩是个好地方，土洋结合，鱼龙混杂，想学什么都学得到。”洪凌志笑道：“原来如此！”

微醉的隆延宗一个人溜达回了隆家。隆福见状，连忙迎上前去：“三少爷，请留步。”隆延宗问：“有事儿？”隆福鼓着勇气，说：“您刚回来，有些事情还不清楚，可千万不能偏听偏信，酿成大错呀！”隆延宗一愣：“什么意思？”隆福说：“二少奶奶是个好女人，对二少爷一心一意，对三位小姐无比慈爱，如今她被冤枉，关进大牢，三少爷应该想法子搭救，可千万不能落井下石啊！”隆延宗怒道：“混账！你是什么人，跟我这么说话？我念你是家里的老下人，这次不跟你计较，你好自为之！”他拂袖而去。

隆福一咬牙追了上去，喊道：“三少爷！三少爷！”隆延宗猛地回头，隆福一愣，隆延宗的拳头正停在他的眼前。隆延宗说：“二哥小时候跟娘不亲，是你带大的，看在你对我二哥忠心耿耿的分上，我饶过你。但是我告诉你，你老了，瞎了眼了，看不清好坏，以后，闭上嘴，好好看大门！”他转身要走。隆福却毫无畏惧，又拦住他，说：“二少奶奶绝不会干出不守妇道的事儿，她为二少爷生下了三个小姐，是隆家的功臣！她肚子里还有身孕，万一是男孩儿，那就是二少爷留下的根儿！隆延宗，你若勾结县长陷害二少奶奶，对得起二少爷吗？”隆延宗气坏了，怒道：“你说什么？”他冲上前来一拳打向隆福，隆福被击中，栽倒在地上。隆延宗指着隆福骂道：“隆福，我记得当年爷爷念你忠诚，赐你姓了隆，既是隆家的人，你就不应该为外姓女人说话！”

隆福据理力争，说：“二少奶奶是二少爷的结发妻子，怎么是外姓女人？”隆延宗怒道：“你还敢顶嘴！”隆福的眼角流着血，眼前一片模糊，他艰难地站了起来：“隆延宗，就算你不让我姓隆了，我也要为二少奶奶申冤，绝不会让你得逞！”说完，隆福扭身一瘸一拐地走了。

隆延宗晃晃悠悠地走到隆家祠堂里，他将隆继宗的牌位从高处请到一张桌上，桌上放着一壶酒，他倒了两杯，举起杯子，说："二哥，像咱俩这样，在中国叫缘分，在西方，科学上调查，这是几千分之一的奇迹。从小，看到和我长得一模一样的你，心里就特别高兴，我觉得自己在这个世上不孤独，永远有个伴儿。可是……这么年轻咱们就阴阳相隔……二哥，我想你……我敬你一杯！"说完，他将自己手里的酒洒在地上。隆延宗拭着泪，说："虽说长得一模一样，可你说话比我晚，走路比我晚，除了功课好以外，什么都不如我，尤其不会讨大人喜欢，即便挨了打都不肯认错，心眼儿小，爱记仇。娘喜欢我，不过是因为我嘴甜罢了，可你怎么能记恨娘呢？二哥，这个你不应该，我罚你一杯！"说着，他将牌位前的那一杯酒端起来洒在牌位前。

隆延宗继续倒酒，又将两个杯子斟满，说："爹和奶奶遇难后，娘成了当家人，那年大哥从马上掉下来摔成了残废，你却要去西洋读书，我跟你争了，可你一定不知道我为什么跟你争？第一，你身体比我弱，成天念书，大门不出，二门不迈，远赴西洋能让谁放心？第二，那个时候我结交了不少江湖朋友，成天打架，惹是生非，继续留在孝兴，非得给隆家闯出大祸！第三，我知道，你惦记着家业，可我从来就没想过。我出去闯荡江湖，你留下继承家业，岂不是两全其美？可没想到我才去了西洋，你就生气离家出走了……"隆延宗叹了一口气，无比后悔，说："唉……当时我先和你说清楚就好了，我总觉得咱俩心心相通，我的心意你能明白！二哥呀……怪我，都怪我！我自罚一杯！"他将酒一饮而尽，然后将酒杯摔在地上，怒道："可恶的柳瑛娘，我认识她，她是当年祠堂里的小瑛子！我觉得她可怜，还经常给她送吃的，真不知道她使出了什么手段，居然能让你娶了她？更没想到，一个河姑，嫁进隆家不知感恩，还不守妇道，与奸夫合谋害死了你！二哥，三日之内，柳瑛娘会被枪决，也算三弟替你报仇了，请二哥满饮此杯！"他将酒洒在了灵位前。

一阵风吹进了房间里，盼娣和招娣两姐妹都惊醒了过来。招娣迷迷糊糊地抱怨道："姐，我冷。"盼娣也冷，她睁开眼睛发现了什么："妹妹，你醒醒，快看！"只见窗子大敞四开。招娣问："姐，这是怎么回事儿？"盼娣说："肯定是福爷爷帮咱们把窗户撬开了，妹妹，快跑。"招娣点头："好！"

很快，盼娣跳出窗来，将招娣抱下窗台，姐俩向门口的方向跑去。她们都没察觉，躲在角落里的王婆子拿着锤子和凿子，正在观察。盼娣和招娣跑来跑去，跑到了厨房。盼娣看了看四周，说："从这儿穿过去有个后门，咱们就能逃出去了！"

这时，灶膛里的火吸引了招娣的注意力。招娣招呼盼娣："等一等，姐。"盼娣驻足："怎么了？"招娣说："舅舅把妹妹卖给了人贩子，娘烧了他的家，三叔要害死娘，咱们也烧了他的家！"盼娣一惊："啊？"招娣问："姐，你敢不敢？"盼娣犹豫着。"反正我敢！"说着，招娣就去抱柴火。盼娣咬了咬牙："烧就烧！"于是姐俩都去抱柴火，远处角落里的王婆子吓得瞪大了眼睛。

梆子声四起，有人大喊着："救火呀！救火呀！"正将隆继宗牌位归位的隆延宗听到梆子声，大惊失色。

已经歇下的隆夫人也惊醒了，穿戴整齐后，她从卧房来到客厅。佘管家迎了上来，说："夫人，您起来了！"隆夫人问："哪儿着火了？"佘管家回禀："厨房，着得不大，三少爷早就带人去了，应该能扑灭。"隆夫人问："是哪个厨娘当班，没看好灶膛吗？"佘管家说："好像是有人放火……"隆夫人惊道："什么？！"

隆万氏拉着隆喜功、王婆子等一众下人也从四面八方赶来，隆延宗也赶来了。隆夫人询问道："延宗，怎么样？"隆延宗上前说："火已经扑灭，请娘放心。"隆夫人又问："我听说有人放火，怎么回事儿？"隆延宗道："我也正要查呢。"佘管家问："谁最先发现着火了？"王婆子答道："是我。"佘管家疑惑道："你们长房离厨房那么远，你是怎么发现的？"隆万氏连忙打圆场："啊，是我饿了，让王婆子去厨房帮我弄点儿吃的。"王婆子点点头说："我还没到厨房，就见到火光冲天，吓得赶紧喊救火，恍惚地看见两个人影从后门跑了！"佘管家紧皱眉头："还是两个人？赶紧报告警察，肯定是七十二寨的土匪又来了！"王婆子嘀咕着："不像土匪，两个人影很小，倒像两个小姑娘。夫人，我可没看准噢，有点儿像大小姐和二小姐……"隆延宗愣了："什么？佘管家，我不是让你把她们关起来了吗？"佘管家也愣了："对呀。"隆延宗吩咐道："快去看看，她们还在不在？"佘管家领命而去。

不一会儿，佘管家跑了回来，说："夫人、三少爷，两个小姐跑了……"隆夫人和隆延宗都有些意外。佘管家说："按三少爷的吩咐，我让人把窗户从外面钉起来了，可刚才一看，后窗四敞大开的，钉子早被人给起了。"隆夫人怒道："是有人成心放走的！"

王婆子瞟了一眼隆万氏。隆万氏装作关心，说："哎呦，那会是谁呀？"隆延宗突然想起了什么，说："隆福，肯定是隆福，你们去把隆福找来！"一会儿，有下人跑来报信："禀告夫人、三少爷，隆福没在他的住处。"隆延宗命令道："给我找，看他躲哪儿去了！"又过了一会儿，有下人回禀："家里四处都找遍了，没有隆福。”

佘管家难以置信地看着隆夫人：“真是他放走了二位小姐，还纵火？”隆夫人也觉得纳闷儿，看向隆延宗：“延宗，你怎么知道是隆福？”隆延宗沉默不语。隆夫人气得直哆嗦。佘管家说：“夫人，隆福能干出这种事来，我可万万没想到！我接替他当的管家，当时很多下人不服，大伙儿都觉得隆福是最忠诚本分的人，真是知人知面不知心啊！”隆夫人摇摇头：“隆福本来忠诚本分，这些日子跟那女人太近了，肯定是被迷惑得了失心疯！延宗，那个柳瑛娘是妖女！”隆延宗说：“娘，这个世界上根本没什么妖怪，只有人心中的邪念。不行，我得连夜去追。”隆夫人说：“追谁呀？”隆延宗说：“盼娣、招娣，我的两个侄女。”隆夫人说：“这俩丫头片子放火要烧了咱们家，还追她们干什么？”隆延宗说：“当娘的不是刚刚放火行凶吗，她们俩是跟着学坏的。我在二哥灵位前发了誓，一定要照顾好这两个孩子，我得说到做到！”

监狱大门口的狱警轰赶着盼娣和招娣：“一边儿去！一边儿去！这是什么地方，谁家孩子这么大胆，敢来这儿捣乱！”盼娣哀求道：“警察先生，求求您了，放了我娘吧！”招娣也说：“是啊，放了我娘吧，我娘没干坏事！”狱警问：“你娘是谁啊？”盼娣回答道：“我娘是柳瑛娘！”狱警说：“那个放火杀人的重犯？”盼娣反驳道：“我娘没杀人！”招娣大声道：“对，我娘没杀人！”狱警不耐烦地说：“你们两个说没杀就没杀了？再捣乱，连你们俩也抓起来！快走！快走！快走！”说着，狱警用枪指着姐妹二人，两人吓得直哭。

正在这时，佘小四路过，上前问道：“哎哎哎，用枪指着小孩子干什么？”狱警连忙把枪收起来。佘小四看着盼娣与招娣，说：“呦，这不是隆家的大小姐和二小姐吗，怎么跑这儿来了？”

一见有警察打扮的人对自己熟悉，盼娣与招娣连忙求助。盼娣说：“警察先生，麻烦您放了我娘吧，她没烧死人！”佘小四摇了摇头，说：“你娘有没有烧死人我不知道，你们俩放火要烧死你们的亲奶奶，我可知道！”两个孩子一听吓了一跳。佘小四说：“隆家的房子是你们的爷爷、太爷爷、太太爷爷，不知道多少辈人一点点儿盖的，那得花了多少黄金白银呀？别人羡慕还来不及呢，你们俩小丫头片子居然敢放火烧，忘了自己姓什么了？”两个孩子目目相觑，很是心虚。佘小四又说：“我姑姑，就是你们隆家的大管家，佘大管家知道吧？”两个孩子一听佘大管家，都瞪大了眼睛。佘小四接着说：“一大早我就听我姑姑说了，三少爷四处找你们呢，你们俩跟我走吧。”

说着，佘小四一手一个，抓起两个孩子就走。招娣看准时机，在他的腕子上咬了一口。佘小四本能地一松手，两个孩子撒腿就跑。佘小四气得在后面直喊：“别跑！别跑！你三叔找你们呢！”狱警凑了过来，说：“佘队长，这俩丫头片子敢咬你，你也不收拾她们？”佘小四一翻白眼：“屁话，我有多大的胆子啊，敢收拾隆家的小姐？”说着，佘小四又接着喊：“站住！别跑！”他向两个孩子追去。

两个孩子藏在了角落里，佘小四跑过来，四处看着，正赶上一个挑担子的从此路过。他上前拉住挑担子的，问道：“哎，有没有看见俩小姑娘？”挑担子的一见是警察，吓得胡乱指了一个方向：“往那边儿去了吧……”佘小四向那人指的方向追去，躲在暗处的盼娣与招娣松了口气。

盼娣说：“坏了，他们知道我们放火了，让警察来抓我们！”招娣倒是不在乎：“抓起来更好，就能见到娘了！”盼娣摇头说：“不行，咱们要是也被抓起来，谁救娘啊？”招娣觉得姐姐说得有道理，说：“那你说怎么办啊，姐？”盼娣想了想：“趁天才亮，快跑，先跑出城去再说！”于是，姐妹俩向佘小四的反方向快步跑了。

监狱单人牢房里，瑛娘仍然背对着牢门和一桌新的饭菜。时少卿皱着眉头问：“饭菜是新送来的？”于头儿回答道：“是啊，按您的吩咐，每顿都做新的，四凉四热，荤素搭配，可是柳瑛娘她一口不吃啊。”时少卿点点头：“你去吧。”

等于头儿走远，时少卿叫道：“瑛娘……”瑛娘转过身来，说：“你找到我的孩子了？”时少卿没法回答，说：“我……我是没找到孩子，可也算找到了……”“什么意思？”“我找到那个人贩子了。”“他把我的孩子卖到哪儿去了？”“他……他没把念娣卖掉……”“他把我孩子怎么样了，你快说！”“瑛娘，这些天我不敢怠慢，回去就雇了不少人，我自己也跟着一起，分四条路找孩子。这不，一天一夜就把人贩子找出来了，可这人贩子太可恶了！”

瑛娘心一紧，问道：“孩子怎么样了？”时少卿说：“瑛娘，你可得挺住啊，你不是还有两个女儿呢吗，她们也需要娘啊，你要是有个三长两短的，我大侄女、二侄女就更可怜了……”瑛娘急道：“你快说，人贩子到底把我的念娣怎么样了？”时少卿挤出几行泪水，说：“这个畜生，嫌孩子哭闹得厉害，就把念娣扔进了黄河……”瑛娘闻言险些栽倒。

时少卿大叫：“瑛娘！瑛娘！”半晌，瑛娘才缓过神儿来，呆滞地看向时少卿。时少卿说道：“瑛娘，你别太难过，从这孩子生下来，你就没过过安生日子，我大哥隆继宗他……唉，不是有人说这孩子是灾星吗，被扔进黄河也许就是她的命……”瑛娘转过身去，半晌，才从巨大的悲怆中醒过神来：“那人贩子呢？”时少卿低声道：“我也把他扔进了黄河，替你报了仇！”瑛娘说：“你就没审审他？”时少卿忙说：“审了，他是从蘑菇镇一个叫柳大枪的人手里买的孩子，柳大枪不就是你哥哥柳栓子的绰号吗，错不了！”瑛娘眼神一凛，问：“那他花了几块大洋买的念娣？”时少卿愣了一下，立刻掩饰：“噢，五块，你说你哥哥有多可恶，就为了五块钱……”

瑛娘走到时少卿面前，轻声道：“时少卿，你给我滚……”时少卿不解，仍喊着：“瑛娘？”瑛娘说：“告诉你，人贩子是用一块大烟膏子在我哥哥手里换走的念娣，根本就没给钱！”时少卿愣了。“你根本没去帮我找孩子，你这个骗子，我险些被你骗了，你快滚吧，我永远都不想再看到你了，我一辈子都不会再相信你！”时少卿很是尴尬。“滚！”瑛娘转过头去坐在地上，双手合十，“老天有眼，我闺女一定安然无恙，我的念娣不会有事的，孩子，等着，娘很快就会从这里出去，娘一定会找到你！”

念娣被一个中年人抱着，放在了饭摊的长凳上。念娣一直沉着脸，中年人坐在念娣的身旁，满脸欢喜，说：“丫头，你看啊，这有肉，有包子，有面条，你想吃什么就吃什么。”看到念娣不动手，中年人笑道：“你自己还不会吃饭？那我喂你，先吃个包子好不好？”说着，中年人拿起包子来，细心地掰了一半，送到念娣嘴边，可念娣还是不吃。中年人劝道：“这包子挺香的，丫头，你就吃一口吧。”念娣仍然不吃。中年人有点惊奇：“你不饿？一整天没吃东西了，你这么小，肚子没咕咕叫？”念娣仍然板着脸，没有任何表情。中年人无奈，说：“好，你不想吃我也不逼你。咱们爷俩有缘分，你看噢，人贩子要把你扔进黄河的时候，正好让我碰见，我可是花了大价钱把你从他的手里买过来的，也算是你的救命恩人！我姓林，叫林振邦，四十岁了，膝下一个孩子都没有，以后你就跟着我过。你管我叫一声爹，咱们爷俩今生的缘分，也就算定了，怎么样，叫爹？”

听到“爹”字，念娣就想起了父亲一口血吐在地上的情景，一下子哭了起来。这一下吓得林振邦手足无措，说：“哎呀呀，丫头，丫头，你可别哭啊，你可别哭啊，你不愿意叫就不叫！”可念娣哭得更凶了。林振邦摇摇头：“你这孩子就是爱哭，你不哭得这么凶，人贩子能把你扔进黄河吗？”念娣像是听懂了，哭声小了一些。林振邦把念娣抱在怀里，说：“千万别哭了，你这么哭，别人还以为我是人贩子呢！”念娣不再哭了，但满脸委屈。

而就在念娣和林振邦的背后，盼娣与招娣走了过去。盼娣四处踅摸着，就是没有看见被林振邦抱在怀里的念娣。

招娣说："姐，刚才我好像听见妹妹哭了，你听见没有？"盼娣摇着头说："哪有这么巧的事儿，妹妹都被人贩子拐走多少天了，娘不是带咱们俩在这个镇子找过吗，没找着！"

招娣叹了口气，突然看到一旁灶台上刚出炉的包子，她有些眼馋："姐，你有钱吗？"盼娣摇头："没有。"招娣很失望。盼娣也看见了包子，咽了咽口水："别看了，没钱人家不会给咱们包子吃，忍忍吧，快走！"盼娣和招娣向远处跑去。

林振邦拎着包好的吃食，抱着念娣，向前走着，正赶上隆延宗带着几个伙计从远处赶来。隆延宗四处张望着，说："刚才有人看见她们俩进了这个镇子，你们细心点儿，一定要给我找到！"下人们点着头，三四个下人向远处跑去，有一个下人跟着隆延宗，一起在街上仔细地寻找。

隆延宗与林振邦正好打了个照面。隆延宗问道："请问这位先生，有没有看见两个女孩，一个这么高，另一个这么高。"隆延宗边说边用手比划着。林振邦满脸堆笑，说："对不住，没看见。"

林振邦怀里的念娣看见了隆延宗，眼睛睁得大大的，突然哇的一声哭了出来。念娣一哭，弄得林振邦和隆延宗都有些尴尬。林振邦连忙哄孩子："哎哟，丫头，怎么了，见着生人就怕，是不是？"隆延宗连忙后退行礼："吓到您女儿了？对不住！"林振邦哄着念娣向远处走去。

隆延宗身边的伙计一直看着念娣，觉得有些眼熟，说："三少爷，刚才那个人怀里抱着的，好像是二少爷的三小姐！"隆延宗停下脚步，回头看着，只见林振邦把孩子扛在肩头，不紧不慢地走着。隆延宗想了想："二哥的三闺女？不能吧。那孩子不是被人贩子拐走了吗，那位先生的穿着打扮，举止谈吐，不像是人贩子呢。"下人也是模棱两可，不愿多事，忙说："八成是我看错了。"此时，林振邦带着念娣已经渐渐走远了。

时少卿坐在县长办公室里，心急如焚。洪凌志一进办公室，他连忙站起身来："洪县长好，时少卿恭候多时。"洪凌志懒得理他，敷衍着："噢，你来了，什么事儿啊？"时少卿说："当然是柳瑛娘的事，请问洪县长，我哪天能接她出狱啊？"

洪凌志走向自己的办公桌，说："你过来。"时少卿连忙跟了过去。洪凌志打开抽屉，将银票拿了出来，确认了张数，递给时少卿，说："银票你拿回去吧。"时少卿一愣："洪县长，这是干什么？"洪凌志缓缓说道："柳瑛娘放火杀人，系故意行凶，罪无可赦，明日处决。"时少卿大吃一惊："什么？！不能吧，洪县长，咱们不是说好的吗……”洪凌志一瞪眼：“谁跟你说好的？时少卿，你跟柳瑛娘不明不白，这种脏事本县长懒得管，赶紧拿着银票滚，不然我叫警察抓你，告你行贿政府官员！”时少卿闻言慌了：“洪县长，您无论如何刀下留人，要是觉得银票少，我可以再加！”洪凌志一拍桌子：“你真的以为我会贪赃枉法？布告都贴出去了，我怎么刀下留人？赶紧拿着银票滚蛋，不然我立刻叫警察！”时少卿见洪凌志真急了，只得拿起银票，灰溜溜地走了。

戏班子晁家班在一个镇子口搭好了台子，唱的是武戏，画好花脸的小伙子们在台上连翻带打，一会儿刀一会儿枪，耍得不亦乐乎。隆延宗带着一众伙计赶来，几天来，他们已经找得筋疲力尽。

看戏的人不少，隆延宗指挥着伙计在戏台周围四处寻找。他们不知道，这会儿，盼娣和招娣正站在晁班主的面前。

晁班主端着小茶壶喝着，问道：“你们俩要学戏？看你们这打扮，像是大户人家的小姐，班子里可不敢招富贵人家的孩子。”盼娣摇头说：“我爹死了，我们是孤儿。”晁班主问：“那你们为啥要学戏呀？”招娣回道：“我要学武，去救我娘！”晁班主讶异道：“救你娘？怎么回事儿？”“我娘被警察冤枉，抓起来了！”招娣哭着说。晁班主摇摇头，说：“班子只招学戏的，不招学武报仇的，你们俩快走吧，走吧。”招娣赖着不走，说：“不，我不走，班主您就收下我吧！”晁班主摇头拒绝：“在我这儿学武，也对付不了警察的枪，快走！”招娣上前赖着：“收下我们吧！”

晁班主扒开招娣拉着自己的手，扭头走了。招娣有些着急：“姐，咋办啊？”盼娣安慰妹妹：“你看，这里好多小孩，班主一定会要我们的。”招娣四下看看，晁家班的确都是小孩。盼娣说：“留在这儿起码警察抓不到，也有饭吃。”招娣点点头说：“对呀，万一被抓回去，三叔肯定会打死我们！”

不一会儿，演出结束了，一大盆馒头被搬到了舞台中间，戏班的人都上来排队吃饭。招娣远远地看着，她饿了，有点期盼地看向盼娣。盼娣拍了拍她：“妹妹，你等着。”说完，盼娣快步走向大木盆，抓起几个馒头就走。学徒们全看傻了，有人喊：“大师哥！”一个画着丑脸的小伙子从台上一个跟头翻了下来，连续好几个空翻，一个亮相拦在了盼娣面前。他正是戏班子的大师哥晁天宝。

晁天宝并没有盼娣高，但看上去非常敦实。他瞪着盼娣：“呔！偷馒头的贼，哪里走？”盼娣摇摇头：“我不是贼，我和妹妹要留下学戏！”晁天宝一愣。盼娣说：“你们不收，我们就跟着你们一起吃饭！”晁天宝道：“呀哈，嘴还挺硬，师弟们，拿下！”

师兄弟们几个摁着盼娣和招娣的肩膀，将两个人押回到晁班主的面前。晁天宝上前邀功：“师父，抓了两个女贼！”晁班主看着小姐俩，很无奈：“我不是说了吗，我不收你们，你们快走吧！”盼娣与招娣双双跪倒。招娣说：“师父，实不相瞒，我们没地儿可去了，警察正在抓我们，您就收下我们吧！”晁班主一愣：“什么？警察抓你们两个小姑娘，怎么回事儿？”

这会儿，街道上已经贴出了告示。隆延宗笑道：“这洪县长还真是办事，明天就枪毙柳瑛娘，咱们可得加把劲儿啊，找不着我两个侄女，没法赶回孝兴目睹公判大会！”

伙计们跟着隆延宗快步离开，告示前已空无一人。端着小茶壶的晁班主走来，看着告示，一眼就看到了柳瑛娘的名字，见四下没人，将告示撕了下来。

晁班主一回到戏班，就将盼娣、招娣叫到了面前，问：“你是盼娣？”盼娣点头。晁班主又问：“你是招娣？”招娣也点头。晁班主接着问：“你们说你娘被警察冤枉，抓了起来？”盼娣忙答：“对！”晁班主问：“你们的娘叫什么啊？”招娣抢着说：“我娘叫瑛娘！”晁班主点了点头：“她娘家可是蘑菇镇？”招娣点头：“对！”晁班主又问：“你们姥姥家姓柳？”盼娣和招娣一起点头。

晁班主心里有数了，说：“噢……爹死了，娘也……也是苦命的孩子，你们真的愿意留下？”盼娣说：“愿意。”晁班主点着头：“好吧，那就收下你们了！”盼娣、招娣很高兴，喊道：“谢谢师父！”晁班主说：“不过，学戏可要吃苦，你们俩能吃得了苦吗？”姐妹俩使劲点头。晁班主点点头：“那就好，天宝！”晁天宝闻声跑了过来。晁班主吩咐道：“告诉师弟师妹们，收拾家伙，咱们这就走！”晁天宝一愣：“为啥？师父，您不是说要安营扎寨，多演几场吗？”晁班主摇头说：“不在这儿演了！往西走，过黄河，今儿个就拔营起寨！”

第十六章

佘管家搀扶着隆夫人，伴着三叔公、四叔公、七舅爷等隆家一众宗亲来到广场上。广场上有主席台、行刑台，旁边还有一个不大不小的台子，上面支好了凉棚。佘管家指着凉棚说：“夫人，这个棚子是洪县长专门让人给咱们隆家搭的。”隆夫人闻言有些得意，三叔公、四叔公相互对视着。三叔公问：“这姓洪的县长什么时候对咱隆家这么客气了？”四叔公也说：“就是啊，以前和隆家不是一直……”七舅爷赞扬了一句：“延宗他娘，你这个当家人这回算是英明，隆家家业再大，在孝兴也得和父母官打好交道。”隆夫人笑道：“七舅爷，我不糊涂，自从洪县长走马上任来了孝兴，我就一直想跟他打好交道。可我是个妇道人家，官场上的门道，江湖上的规矩，都弄不太明白，这一来二去的，不是弄巧成拙结了仇吗，幸好老三回来了……”七舅爷说：“这么说，是延宗跟县长交的朋友？”隆夫人点了点头。三叔公赞叹道：“嗬，延宗远渡重洋，留学深造这十年，可真是没白去！”四叔公点点头：“是啊，这才回来几天，就让隆家跟洪县长化干戈为玉帛，高啊！”听到长辈夸隆延宗，隆夫人自是更加得意。众人得意扬扬，上了看台，按身份落座，隆夫人坐到了前排单独的座位上。

洪凌志带着一众官员走上高台阶，到主席台上落座。洪凌志向隆夫人的方向张望，隆夫人也看向他，两个人远远地点头致意。只是，隆延宗并不在，洪凌志有些意外。

候斩处被单独隔开，重兵把守，戴着手铐脚镣的瑛娘被押了过来。见候斩处全都是荷枪实弹的警察，个个凶神恶煞，瑛娘明白，自己真的要被枪毙了。她大声嘶喊着：“我冤枉！我冤枉！我冤枉啊！”负责监斩的警察头子大喝一声：“别喊了！”瑛娘噤声，不甘地看向警察头子。

警察头命令道：“来人，把这娘们儿的嘴勒上，这么大喊大叫的，待会儿影响县长念判决书。”瑛娘更大声地喊着：“冤枉！冤枉！”警察马上上前将她的嘴勒住，瑛娘一时无法发出声音。

黄河之畔，四五辆马车载着晁家班的队伍正在河畔休整，每辆车上都堆着演出用的箱子，睡着了的盼娣和招娣躺在不同的两辆车上。河边风大，盼娣醒了，她慢慢地跳下车来，去推招娣。招娣醒了，问：“姐，我们这是在哪儿啊？”她们只听得黄河的水声震耳欲聋。盼娣明白了：“这是黄河边上。”招娣问：“姐，师父是收下了咱们，可没说什么时候教武功，过了黄河，就算是学会了武功，咋回来救娘啊？”盼娣也着急：“就是啊，娘还被关在大牢里受苦呢，咱俩不能过黄河！”

晁天宝走了过来，问：“你们两个，醒了？”盼娣和招娣点着头。晁天宝笑了：“师父真是神机妙算，一碗酒，保证你们睡到今天晌午，省得你们一大早醒过闷儿来，哭哭咧咧的，惹他老人家心烦。”盼娣与招娣对视着，努力回忆之前发生的事情。

一天前，晁天宝端着两碗酒，说：“盼娣、招娣，师父叫呢！”正在啃着干粮的盼娣、招娣连忙来到晁班主面前。晁班主坐在高处，手里拿着一个小酒盅。晁天宝拿出大师兄的做派，把两碗酒送到了盼娣、招娣手里，吩咐道：“你们俩，敬师父一碗！”盼娣、招娣答应着，向晁班主鞠了个躬，端着酒走上前。晁班主笑了：“干啥？师父的酒在这儿呢，这两碗是给你俩准备的。”盼娣愣了：“啊？师父，我们不会喝酒。”晁班主瞟了一眼晁天宝。晁天宝开口道：“会不会喝也得喝，这是入师门的规矩。这碗酒要是喝不下去，你们俩立刻走人，还想跟我们晁家班学武，没门儿！”盼娣和招娣很是为难。

端着小酒盅的晁班主微笑着：“听见没有？大师兄说了，祖师爷留下的规矩，师父也没法破啊！”招娣咬了咬牙：“喝就喝！”于是，两个孩子开始喝酒，但她们还不会喝酒，刚抿了一小口，就被辣得直咧嘴。晁天宝道：“喝喝喝，这一碗全得喝了啊，一点儿都不许剩！”

想起了昨天的事，盼娣和招娣连忙快步跑到晁班主面前。晁班主看她俩，问：“醒了？”两人点点头。晁班主叹道：“大醉一回就算是重生了！忘掉之前所有的事，从此以后跟师兄们好好学戏，什么都不要再想了！”招娣急了：“师父，不行啊，我们俩得救娘！”盼娣也急道：“是啊，师父，我们一定好好学，可是我们得知道什么时候才能学到本事，回去救我娘！”晁班主摇摇头：“傻丫头，我那天已经说过了，在我这里学的玩意儿，打不过警察，更胜不了枪子儿，你们小姐妹俩，救不了娘的……”

“就是死我们也要救娘！”招娣哭了起来。“你们的娘——”说着，晁班主从腰里拽出一张布告来，“这上面写着呢，你们的娘不会在牢里待十年的……”晁班主展开布告，他不知道盼娣和招娣认字。两个孩子抢着凑上前去看，看着看着，招娣张大嘴哭了起来：“娘——他们要枪毙我娘——”盼娣也哭号起来。布告上，画着X的柳瑛娘的名字异常醒目。

晁班主很诧异："这么小的女娃子，居然都认字。"两个孩子哭着跪倒在地。盼娣哀求道："师父，求求你了，快带着我们去救娘吧！"晁班主摇了摇头："孩子，这上面写得清清楚楚，今天就要枪决，谁也救不了了……你们娘受难的时辰应该已经到了，你们俩就对着黄河磕个头吧，送送娘……"

盼娣和招娣哭得很绝望，晁班主上前架起两个孩子，自己的眼眶也湿润了。两个孩子上前两步，跪倒在黄河之畔，对着大河磕头。盼娣、招娣大哭："娘——娘——"两个孩子不断地磕头，奔腾的黄河咆哮着，似乎在回应她们。

孝兴城广场上，警察局长凑到洪凌志身旁，说："时辰到了。"洪凌志点了点头。警察局长来到麦克风前，大声道："肃静——"广场一下安静了下来。他命令道："将人犯柳瑛娘押上来！"

众目睽睽之下，柳瑛娘被押上行刑台。瑛娘不断挣扎着，想用牙把勒嘴的带子咬碎。突然，她停住了动作，朝隆家众人所在方向望去。她皱了皱眉头，明白了，隆家这么多人来观看自己行刑，而且受到了这般的礼遇——这一定是隆家想要自己的命。

远处，一辆小轿车缓缓驶来，停下了。车窗里的时少卿扫视四周，愤愤地自言自语："专门给隆家搭了凉棚，这姓洪的吃了隆家多少好处？奶奶的，这个从西洋回来的隆延宗，跟我大哥长得一模一样，可心肠却要狠得多！"

洪凌志走到麦克风前，咳嗽一声，所有人都将目光集中到主席台上。洪凌志说："各位同僚、各位知识贤达、各位商界先进、各位学生栋梁、各位农牧渔工、父老乡亲，本人到孝兴主政三年有余，还是第一次主持公审公判大会，今日要判决死刑的犯人，就是悍妇柳瑛娘！犯妇罪大恶极，罪不可赦！公开枪决，就是要警醒世人，违法作恶，国法不容！"洪凌志的身后，大字写着标语"悍妇柳瑛娘公审公判大会"。洪凌志继续说："下面宣读政府对柳瑛娘的判决书。"

听到自己的名字，瑛娘怔住了，她看向洪凌志，想知道自己究竟犯了什么罪。主席台上，洪凌志的声音显得异常洪亮："悍妇柳瑛娘，孝兴蘑菇镇人，假冒孙姓，嫁与隆家二公子隆继宗，育有三女。不守妇道，与人通奸，勾结奸夫骗取继宗货栈之巨额货款，并与奸夫合谋害死亲夫，其奸恶令人发指！孝兴隆家当家人宅心仁厚，念其育有三女，并未报官。不想半月之后，柳瑛娘又在其娘家蘑菇镇纵火行凶，烧死娘家兄长柳栓子，其凶残难以置信！二罪合一，罪不可赦，现判处死刑，立即执行！"人群中有些老百姓指指点点。瑛娘一直在用牙咬着勒嘴布，她想为自己鸣冤。

洪凌志朗声道："准备枪决！"警察局长一挥手，两名刽子手跑向行刑台，两条大杆枪同时端了起来，枪栓被拉得巨响。瑛娘无法咬断勒嘴布，只能用尽全身力气，发出含混不清的声音：“我冤枉——”虽说嘴被勒着，但是瑛娘的声音几乎所有人都听得见。车里的时少卿心如刀割，不忍抬头。凉棚里的隆夫人嗤之以鼻，隆万氏撇着嘴，一脸不屑。洪凌志也听到了瑛娘的喊声，但假装没听见，高声喊道：“预备！”说着，他举起手来。他的手只要挥下去，瑛娘的命可就没了。

就在此时，人群中一阵大乱，人高马大的隆福挤开人群，高声喝道：“枪下留人！”佘管家连忙冲下台阶，拦住隆福。佘管家低声道：“隆福，这可不是你胡闹的地方，你赶紧回去，别给隆家丢人现眼！”“你让开！”隆福拨开佘管家，冲到了广场中间。“枪下留人哪！柳瑛娘她是被冤枉的！”隆福高声叫道。

台上的洪凌志瞪大了眼睛，怒道：“你是什么人？竟敢到这里来捣乱，妨碍公务是要坐牢的！”隆福不卑不亢，说：“洪县长，刚才她喊出来的声音，你难道听不见吗？她有冤情，为什么不让她鸣冤？”警察局长不耐烦道：“你赶紧滚一边儿去，少捣乱，要被枪毙的人犯，没一个不喊冤的！”洪凌志说：“警察局长身经百战，对人犯临死前的伎俩清楚得很！她喊冤，就是为了拖延时间，想晚死一会儿！”隆福摇头说：“不，我们家二少奶奶是真冤！大伙看看，她被勒着嘴，若是没有冤情，为什么不让她讲话？这样草菅人命，在大清朝也是没有的事！”洪凌志大怒：“浑蛋！你说出这样的话，不会是复辟党吧！”隆福说：“我就是隆家的下人，看大门的，复什么辟？”

七舅爷本来就看隆福不顺眼，站起身来大喊：“洪县长好眼力，这个隆福他就是想复辟，不信你让人把他的帽子摘下来看一看，他脑袋瓜子上还顶着猪尾巴呢！”隆家很多人都知道隆福留着辫子，可隆福平时戴个瓜皮帽，将小辫子扣在下面，外人并不知道。隆福愣住了。洪凌志大喝一声：“有这等事？来人，把他的帽子摘下来！”

佘小四冲了上来，在两个警察的协助下，摘掉了隆福的帽子。隆福的小辫子垂了下来，广场上响起一片嘲讽之声。洪凌志道：“果然留着辫子，这等腐朽还敢在光天化日之下闹法场，隆家的当家人，这可是你们家的下人？”隆夫人有些尴尬，说：“是。”三叔公咳嗽一声：“虽说是隆家的下人，可他仗着年轻的时候立过一些功，可不拿自己当奴才！当家人是个女人嘛，她心软，一直就没教训他！”四叔公搭茬说：“就是，一个老奴才这么大胆子，都是管教得少！”隆夫人更是尴尬不已。洪凌志看出了隆夫人的为难，说：“既然是隆家的下人，那就给隆家个面子，你们将他带回去好生看管，别再让他再出来给你们隆家丢人了！”

佘管家看隆夫人点头，连忙挥手："来几个人，快把隆福给带回去。"三四个壮实的家丁冲上前来。没想到隆福一挥手，怒道："都给我一边去！"家丁们多是隆福当管家时调教的，一见隆福发怒，哪敢上前。

佘小四和两名警察看着隆福发威，刚要动怒，隆福已经开了口："我是隆家的下人，可我不是奴才，我跟隆家可没有卖身契！只要我乐意，随时可以离开隆家！"隆家人闻言很是生气。隆福继续说道："再有，我这一把年纪了，该做什么不该做什么，我早就活明白了，用不着谁来管教我！"隆万氏凑到隆夫人面前说："这老东西可越来越不像话了！"

隆福接着说："县长先生，怎么，我留着辫子就不配在这里讲话？那好，我剪了它，父老乡亲们，谁带着剪子呢，借我隆福一用！"还真有好事者，一个扛着招牌的剃头师傅闻言大声道："我这有！我这有！"剃头师傅挤过人群，将剪子递给隆福。隆福接过剪子，一下子将小辫子剪掉，甩在了地上。

瑛娘看着隆福剪掉了自己的辫子，眼泪涌上了眼眶。她记起两年前的一天，隆继宗曾对她说起过隆福的辫子。那天，瑛娘感叹道："福叔对你可真好。"隆继宗说："那是，小时候我懒得走道儿，他就拿肩膀扛着我，最多一回，扛了我十里地！"瑛娘笑道："十里？那还不把福叔累坏了？"隆继宗说："没事，那时候他腿脚还好，身体又壮实。我呀，怕掉下去，就揪着他小辫子，可稳当了！"瑛娘问："福叔还留着辫子？"隆继宗回答说："嗯，有人给他算过命，说他不能剪辫子，剪了辫子命就没了，所以他一直留着。平时不敢让别人看见，就用帽子把小辫子给扣住，主要是怕被政府当复辟党！"

想到这些，瑛娘泪如雨下。

隆福向行刑台走了两步，跪倒在地："二少奶奶，二少爷那么信任我，他走了，我理应照顾好您，照顾好三位小姐，可是……都怪隆福……早知道会有今天，当初你们离开孝兴，我就应该跟着伺候！"隆福说着已是老泪纵横。

隆福接着说："看到了要枪毙您的告示，我就直奔了蘑菇镇。到了那儿一打听，您放火的时候房子里并没有人，那柳栓子不是您烧死的！我就想，得为您洗清冤屈呀！于是我就在蘑菇镇找到了证人，可是……老朽无能，走在半路上让那证人跑了！我想再回蘑菇镇，可来不及了。我怕到时辰赶不到法场，就自己来了！不过二少奶奶请放心，政府不是糊涂政府，县长不是浑蛋县长，他们一定会查明真相，不会不明不白地枪毙您的！"瑛娘点着头，她对隆福充满了信任和感激。

实际上，隆福的话，是说给在场的老百姓，说给洪凌志听的。洪凌志的脸色非常难看。隆福起身说："洪县长，隆福刚从蘑菇镇回来，那儿的人都知道，柳栓子不是好东西，他是个大烟鬼，把我家三小姐卖给了人贩子，还要将大小姐、二小姐和二少奶奶全卖了。二少奶奶一气之下才放火点着了房子，那个时候柳栓子并不在家，绝不是二少奶奶行凶杀人，请县长明察！”隆福一口气将话说完了。

洪凌志怔了半天，脸色通红，转过头看向警察局长，问：“谁办的案子？”警察局长回话：“是我亲自督办的！”洪凌志道：“隆福说的这些话……”警察局长瞪了一眼隆福：“一派胡言！县长，我这里有这个案子的所有卷宗。光蘑菇镇目睹犯妇行凶的就有不下十人，验尸作证的也有八人之多，个个签字画押，铁证如山，怎么能错得了？”说着，警察局长举起卷宗给洪凌志。

洪凌志接过卷宗，确实，一大串大红手印摁在卷宗之上。他看了一眼隆福，没搭理他，转身对凉棚中的隆夫人大声道：“你们家这个看门的老头……是不是……”隆夫人反应没有那么快，不知道该说什么。隆万氏立刻接话道：“隆福老了，前两年还得过失心疯，喝了半年的药才稍微好一点儿，花了家里不少钱呢！准是这阵子没好好吃药，又犯上疯病了。县长先生，他刚才说的都是疯话！佘管家，你还不派人赶紧把隆福绑回去！”

佘管家连忙一挥手，隆家的十几个下人都冲过去绑隆福。隆福挣扎着，叫喊着：“我没疯病！二少奶奶冤枉！冤枉！你们不能草菅人命！”隆福已经拼了老命，下人们很难拽动他。被绑着的瑛娘十分感动，泪眼模糊，但又帮不上忙。

正在这时，洪凤鸣挤进广场，大喊：“你们住手！”众人都知道她的身份，停住了手。洪凤鸣说：“洪县长，这位老人家我见过不止一次，他根本没有什么疯病。”洪凌志一愣：“你来捣什么乱？他有没有病，隆家的人难道不比你清楚？”洪凤鸣被噎住了，换了一个语气，高声道：“尊敬的县长先生，您是我的亲叔叔，也是我人生的第一个老师。从小您教我写大字，长大后您教育我什么是三民主义。”洪凌志听了有些尴尬。洪凤鸣接着说：“这位老人家刚才说得没错，既然是公审大会，为什么不让柳瑛娘鸣冤？不听人辩解就直接枪毙，民权在哪里？大家都看到了，柳瑛娘被勒着嘴，这合乎情理吗？她有什么冤情，为什么不让她说出来，难道你们当官的不敢？”瑛娘使劲地挣扎着，她想咬断勒嘴布。

柳瑛娘的这一动作，一下子成了整个广场的焦点，老百姓中立刻有议论。一个大伯说：“就是，怎么不让说话啊？”一个卖菜的大姐说：“隆家出来的少奶奶要被枪毙，我们还真想听听她说啥！”一个老大娘说：“就是，就是，大伙儿都来了，你们着什么急放枪啊，到底咋回事，让大家弄个明白呀！”

卖菜大姐高喊：“让这个女人说话！”大伯也喊：“让这个女人说话！”很多人都跟着喊：“让这个女人说话！”

洪凌志有些招架不住了，说：“这……谁勒了她的嘴啊？”监斩处的警察头目跑了过来，说：“回禀县长，这个女人一直在乱喊乱叫，我们怕她影响公审，这才勒住她的嘴。这也是惯例，人要死了，都会胡言乱语，任凭她胡说就没法审判了！”洪凌志连忙说：“大伙儿听见了没有，这是惯例！”老百姓们一下安静了下来。

洪凌志转身说：“凤鸣，这没你的事，赶紧离开！”洪凤鸣说：“怎么能说没我的事呢？我跟柳瑛娘认识好几年了，我就不相信她会杀人！在场的父老乡亲们，我是洪县长的侄女，我叫洪凤鸣，桐城人，自从我叔叔到孝兴上任，我就跟着来了。在孝兴三年，也没认识太多的朋友，但是被绑在那里的柳瑛娘，和她的先夫隆继宗，算是我的朋友。昨天我去了古风村，柳瑛娘一家在那儿住过十年，村里的人都认识她，听说瑛娘要被枪毙，好几位乡亲说什么都要和我一起来送她……”话音未落，一众古风村乡亲挤了出来，最前面的正是郝大叔、郝大婶。

郝大婶一见到被绑在行刑台上的瑛娘，满脸都是泪水。郝大婶哭着问道：“瑛子……你女婿死了，婆家虐待你，你没地儿住了才回的古风村，咋不跟大婶说实话啊？”郝大叔埋怨自己：“就是啊，也怪我脑袋瓜子笨，没看出来。”郝大婶又说：“家里三口窑，你要是实话实说，娘儿四个都留下，跟大叔大婶一起住，咱们也住得下呀！”郝大叔也说：“就是，你要留在咱古风村，哪能出事呢？都怪大叔，图便宜买了你们的窑和地！”郝大婶泣不成声：“是啊，我们对不起你爹娘啊！”瑛娘被绑着，面对老乡亲，真是百感交集。这时，古风村一个乡亲开口了：“行了，老郝，你们两口子别哭咧了。”郝大叔、郝大婶渐渐收声。

这个乡亲转向洪凌志，说：“上面站着的大官老爷，瑛子是我们从小看着长大的，她心善，小猫小狗都不伤。她还救过隆家二少爷的命，要不然，也不会嫁给隆家，这样的女人怎么可能是杀人凶手？”郝大叔的邻居接话道：“就是，瑛子是好女人，干不出你刚才念的那些事！她和她女婿两人好得很……她女婿在古风村住了十年，稍微重点儿的活儿瑛子都没让他干过，你到古风村去打听打听，谁不知道？说瑛子勾结奸夫，害死亲夫，我不信！准保有人造谣！”郝大婶大声说：“我们从古风村大老远来就是来作证的，我们能证明瑛子是好人，快把她放了吧！”被绑着的瑛娘热泪盈眶。老百姓议论纷纷，广场上嘈杂之声骤起。

洪凌志高声说：“肃静！肃静！这里是公审公判大会，不是让你们说东家长西家短的，你们看！”他高高举起卷宗，卷宗上满是大红的手印。洪凌志说：“上面这么多人摁了手印，证明她烧死了她亲哥哥。杀人偿命，天经地义，你们都退下！”

汽车里，时少卿气道：“狗日的洪县长，也不知道隆家到底给了他多少钱，他这么替隆家办事！”车旁站着的管家知道时少卿气不顺，不敢插嘴。

警察上前驱赶着乡亲们：“退后！退后！”古风村的乡亲们一见警察，没了主意，都想往后退。洪凤鸣怒视着轰人的警察：“你们干什么？你们的枪口应该对着老百姓吗？”警察们都知道她的身份，不知道该如何是好。洪凤鸣走上前去，说：“洪县长，您说得没错，今天是公审大会，不是说家长里短的时候。我只请求你让柳瑛娘开口说话。她到底是不是有冤情，你难道不应该听听吗？”洪凌志压低声音说：“没你的事，快回去！”

人群中一个老太太突然高声道：“这个姑娘说得有理，被绑着的那女人，看面相就不像坏人，你们当官的也不能说枪毙就枪毙吧！就算要挨枪子儿，还不让人诉诉苦了？我们大伙儿都想听听到底是咋回事儿，这老勒着嘴算个啥啊？”

“就是！就是！让她说话！”“什么惯例，你们警察就会编故事糊弄我们老百姓！”“让柳瑛娘说话！”“让她说话！”一时间炸了窝，老百姓一阵大乱，纷纷议论。

洪凤鸣也压低声音说：“叔叔，您听见了没，这是老百姓的心声！”洪凌志埋怨道：“都是你捣的乱！”洪凤鸣说：“我是不想让您犯错。”洪凌志恶狠狠地瞪了一眼她，只好对着麦克风高声道：“肃静！肃静！既然大伙儿都想听她说，那就让她说，我这个一县之长也想把事情弄清楚！”瑛娘的嘴被松开，她深深地吸了两口气。

所有人都屏住了呼吸，等着听瑛娘说什么。瑛娘深吸了几口气，尽量平心静气，轻声说道：“记得三年前，我随夫君回孝兴隆家的头一天，县长先生就给我做过主，您说，这个世界上没有妖怪，现在是民国了，拿活人祭黄河就是利用封建迷信杀人害命，您会为我做主的！县长先生，您说过这样的话吧？”洪凌志一愣：“……啊，是啊！”瑛娘接着说道：“我曾经是河姑，七岁那年，我爹暴病而亡，他是家里唯一的劳力，他一死，娘、哥哥和我就没了指望。娘哭了三天三夜，病倒了，郎中说，要是没钱抓药，也得归西。正赶上隆家派人到蘑菇镇找河姑，我就求我娘，我说，娘，送我去试试吧，万一被选上，换些钱回来，给爹置口棺材，给您抓药看病，也算是我没白来这世上一回……”听到这些，有不少老百姓开始抹眼泪。瑛娘说：“后来，我真的当上了河姑，一直被关在隆家的祠堂里，七年，从没见过白天的太阳，夜晚的星星。直到十四岁那年，他们给我穿上了大红嫁衣，说我的好日子到了……黄河之畔……”

她停顿了一下，接着说：“我不是有意要逃的，可能是因为没捆住手脚，掉进大河里才没被淹死，又被浪头冲上了岸。古风村的老孙头夫妇救了我，要收我当干闺女。我把实话都告诉了他们，我说我是河姑，会给二老带来不吉利！可是两位老人家说，他们是穷苦人，不在乎什么吉利不吉利，更不能眼睁睁地看着我饿死在荒郊野外！他们说，只要我能为他们养老送终，他们就拿我当亲闺女一样待！”

郝大叔说：“没错！老孙大哥对瑛子就像对亲闺女一样！”郝大婶也说：“瑛子也好啊，真的给老孙夫妇养老送终，那份孝顺，在我们古风村也是头一号！”

瑛娘说：“我本是不想嫁人的，可有一天去河边洗衣服，正好一脚踢在一个人的身上，那个人病倒了，气弱得很，我怕他被野牲口掏了，就把他拖回了家。那个时候，我真的不知道他是隆家的二少爷，不过就算知道，我也得救他！二少爷病好了，说看上我了，没等我答应，就拉着我的手，去给干爹干娘磕头。后来干爹为我们办了酒席，正式拜了天地……我们在古风村住了十年，二少爷和我一起为干爹干娘送了终。十年间，我给他生了两个女儿，又怀上了身孕，才被接回了孝兴隆家。婆婆……”

瑛娘叫出了“婆婆”二字，坐在凉棚里的隆夫人没想到还有自己的事，不禁一凛，看向了台上的瑛娘。瑛娘面向隆夫人道：“儿媳妇小时候是河姑，配不上二少爷，对不起您！可我从来没做出过不守妇道的事儿，更没有勾结谁害死继宗。这样罪名强加在我身上，我冤哪——”她含泪道：“你们编造证据，说我烧死了我哥哥，我不在乎……可你们不能为了枪毙我，就污我的清白！”瑛娘瞪大了眼睛，她把全部力量都用在了这句话上。

隆福看着瑛娘，掉下了眼泪，车里的时少卿无比自责，洪凤鸣同情地看着瑛娘，隆夫人的心情更是复杂无比。

瑛娘高声道：“二少爷对我恩重如山，我和他情深似海！我柳瑛娘对天发誓，我没做过对不起二少爷的事！若有半句谎言，请老天爷现在就打雷劈死我！”

隆家的下人里边也有为瑛娘打抱不平的，曾经在继宗货栈干过活的几个伙计挤了出来。一个年长的伙计说：“就是！我是继宗货栈的伙计，二少爷常跟我们夸二少奶奶，说二少奶奶不守妇道，谁信哪？”曾经给隆继宗赶过车的年轻伙计也站了出来说：“二少爷去省城办货，是我赶的车，二少爷是被时少卿那个奸贼算计的。时少卿还买通了警察，让二少爷在大牢里挨的打，回来才吐血死的，怎么能说是二少奶奶害的呢，哪儿挨哪儿啊？”隆家的下人们也跟着点头，胆子大的甚至跟着附和。

佘管家气得咬牙切齿，可是百姓群情激愤，已经压不住了。她悄悄看向隆夫人，隆夫人的面色很难看。一个村民说："早就听说隆家有钱有势，县长官儿再大，也得听他们的！我看，想让瑛子死的，是隆家！"另一个村民点头说："就是，上面坐着的那位，你是瑛子的婆婆吧，如果你看不上我们古风村出来的穷丫头，那我们可以带走她啊！瑛子怎么招惹你了，你这个当婆婆的就这么狠心，非得让县长编出罪名来枪毙她！"郝大叔说："我是个老实人，不会说话，但我想问问，你给了县长多少钱啊，要瑛子的一条命！"郝大婶也说："就是，说出来听听！"隆夫人没法回答，气得直瞪眼。

隆福咳嗽一声，说："隆家的当家人，人品端正，自然是干不出与人勾结、陷害二少奶奶的事！但是县长先生，我想请问，您凭什么这么写判决书？为什么要污二少奶奶的清白？如果我没猜错的话，是从西洋回来的三少爷找过您吧？"隆夫人吓了一跳，洪凌志更是尴尬。隆福道："二少奶奶和隆家的当家人是有点儿矛盾，但最多也就是婆媳不和！您这份判决书上这么写，合适吗？难道真的是收了三少爷的好处，专门加上污蔑二少奶奶清白的罪状，讨好隆家当家人？"

洪凌志连忙掩饰："胡言乱语！我身为一县之长，怎么可能编造罪状？判决书上之所以这么写，那是有证据的！"他回头看着官员们，"你们谁跟我说过来着，去年就有警察去隆继宗家捉过奸。"警察局长连忙凑了过来："是我向您汇报的，是佘小四带人去捉的奸！"瑛娘身后的佘小四被警察局长指着，张大了嘴。

洪凌志忙说："对，佘小四，你去捉过奸，还开了枪，奸夫被抓进了大牢，难道不是吗？"佘小四一下子被问傻了。洪凌志对他使着眼色，说："隆继宗念夫妻一场的份上，饶过了柳瑛娘，给了她改邪归正的机会！可是她不知悔改，又与奸夫勾结，骗了隆继宗的钱，冤枉隆继宗入狱，才把隆继宗害死的！虽没有直接行凶，但也是间接凶手，这审判书写得有什么毛病？"佘管家也使劲眨着眼睛，向舍小四传递着信号。所有人都将目光看向佘小四。

佘小四浑身直哆嗦，他天生胆儿小，面对这种架势，有点儿怯场，他来到瑛娘面前，神情复杂地看着她。瑛娘看向佘小四，心凉了半截，她知道他的身份，他不会说好话。

佘小四快走几步，来到洪凌志面前，敬了一个礼，开口说道："报告县长，报告局长，去年隆家的二少爷隆继宗找我去他们家捉过奸，可是……柳瑛娘是好样的，她跟那时少卿没有奸情！"洪凌志气坏了："佘小四，你可想好了再说！"佘小四点头说："我想好了，真的没有奸情，我带人撞开的门，捉奸那得要在床啊，这事我懂！我冲进去看了，对了，隆继宗当时冲在我前面，险些挨了柳瑛娘一菜刀！”佘小四讲得起劲：“时少卿那奸贼不忠不义，他与隆继宗是结拜兄弟，却惦记着义嫂，深更半夜去扒人家的墙头，图谋不轨！柳瑛娘手握菜刀，护着孩子，要与贼人拼命。打不过贼人，那就要同归于尽哪！这些事儿，把时少卿下狱的时候我都写在卷宗里了。局长，您没看清楚，还是没跟县长汇报清楚啊？”

警察局长气得直翻白眼：“行了，你下去吧！”佘小四摇摇头说：“我没说完呢，隆继宗后来也明白了，是他误会了柳瑛娘，他还给媳妇儿跪下磕头认错来着！”警察局长道：“行了，你说这些干啥！”佘小四一拍胸脯：“这事儿千真万确，做人得有良心，我佘小四绝不胡说八道！”瑛娘长出了一口气。

古风村乡亲说：“哈，审判书上果然胡写呀！县长大老爷也缺钱，为了拍有钱人的马屁，不要良心哪！”全场一片哗然。

“就是啊，什么东西！”“哪有这么办差的！”“这女人的清白比命还重要，这么冤枉人，还得了啊？”“冤枉！冤枉！柳瑛娘是真冤枉啊！”

洪凌志气得脸色发青，扭头瞪向警察局长：“你这差事是怎么办的？既然没有奸情，这审判书为什么要这么写？”洪凌志将罪责全都推到了警察局长身上。警察局长还想争辩，见洪凌志瞪大了眼睛，只得承认下来：“对不起，县长，都是卑职失职，卑职失职！”警察局长回头瞪着佘小四，咬牙切齿，他却装傻充愣。台下的嘲讽声、起哄声更盛。

洪凌志转过身来，说：“肃静！肃静！孝兴的父老乡亲们，洪某惭愧，警察局失察，洪某也就失察了。既然通奸之事不实，洪某人认错，在此，向柳瑛娘，向孝兴的父老乡亲鞠躬致歉。”洪凌志鞠躬，所有人都肃静了。洪凌志接着说：“就像古风村的乡亲们说的，柳瑛娘曾经是个好人，到孝兴以后也没做过对不起隆继宗的事，可是她在蘑菇镇放火行凶，烧死了人，这是铁打的事实，错不了！”说罢，他抬眼看向瑛娘：“柳瑛娘，我想请问，你在蘑菇镇放火烧了柳栓子的房子，你认不认？”瑛娘回答道：“我认，是我放的火，但那房子是我把自己卖进隆家当河姑换回来的，不是柳栓子的！”洪凌志说：“卖身这件事，我不赞成，但那是几十年前的事了，我们也就不去理论了。即便像你说的那样，是你卖身葬父剩下的钱置办了娘家的房子，可房子早就归了你娘家。你爹娘都死了，由你哥哥继承，一点儿错都没有。你烧的仍然是柳栓子的房子，柳栓子当时在屋里睡觉，你把他烧死了，就是行凶！”瑛娘辩解道：“我……柳栓子没在屋里睡觉，是他先把我们母女几个锁在房子里的，我是逃出来的。”洪凌志问：“放火是，你怎么知道他不在？你进屋去看了吗？”瑛娘不知该如何回答。洪凌志抓住不放：“说呀！”瑛娘有点儿心虚：“我没听到动静，我觉得他应该不在……”

洪凌志道："十个证人作证是你点的火，八个证人辨认尸体画了押，你难道不应该偿命吗？"

瑛娘被指责得无话可说，大喊一声："我……我不想死！我也不能死！我还有三个闺女哪！我的老三才两岁就丢了，现在是死是活不知道啊……"洪凤鸣劝道："瑛娘，你别着急。"瑛娘忙问："洪小姐，你不是答应让你叔叔抓人贩子，帮我找回念娣，有消息吗？"洪凤鸣看了一眼洪凌志，低下了头。

瑛娘说："父老乡亲们，我三闺女叫念娣，隆念娣，十天前在蘑菇镇被我哥哥柳栓子卖给了人贩子，现在不知下落呀……她刚会张嘴说话，梳三根小辫，头顶一个，两边一边一个。她从小就爱哭，哪位父老乡亲要是看见了我女儿，可千万告诉我呀！"柳瑛娘的求助让很多人动容。

一个老太太问："怎么，你哥哥把你闺女卖给了人贩子？"柳瑛娘点头。老太太怒道："这是当舅舅的吗？什么东西，烧死活该！"古风村一位乡亲也说："对，烧死活该！"郝大叔高喊："烧死活该！"郝大婶说："烧死都便宜，要我说应该碎尸万段！"

洪凌志挥挥手："肃静！肃静！柳瑛娘，你女儿被人贩子拐走了，本县长有责任帮你把她找回来！我向你承诺，一旦找到你女儿念娣，立即把她送回隆家，由隆家当家人抚养，如何？"柳瑛娘无话可答，隆夫人一听却是直打寒战，她最怕这颗"灾星"。洪凌志说："你的女儿被拐卖是很值得同情，但这并不是你放火行凶烧死人的理由！你既然烧死了人，就要负法律责任。老话讲，杀人偿命，天经地义。好了，耽误的时间够长的了，准备行刑！"洪凌志再一次下令，两个刽子手再一次举起了枪。

瑛娘绝望地高喊："不——不——我肚子里还有身孕，打死我可以，让我先生下我的儿子——"洪凌志一愣："你说什么？"所有人都看向柳瑛娘。瑛娘哭着说："父老乡亲们，我肚子里有身孕，已经两个月了，我不能死啊，我死了孩子也就没了，我对不起隆继宗啊！"众人相互看着，洪凌志一时也不知如何处理。警察局长凑了过来，说："县长，不可能的事，你看她小腹平坦，怎么像怀孕？这是女人怕死的手段，我见得多了！犯妇柳瑛娘，你是诡计多端不好对付。我告诉你，你再找什么借口来也没用，政府已经在判决书上盖了章，今天就是你的死期！洪县长，请您宣布行刑！"

洪凌志当机立断："立刻行刑！预备——"刽子手再一次端起枪。古风村的老邻居们哭成一片，继宗货栈老伙计和隆家下人心情复杂，隆夫人及隆家宗亲满是期盼。隆福跪倒在地上，洪凤鸣转过了头去。

突然，只听得有一个沙哑的声音大喊道："等一等！"这个从人群中挤出来的人正是段金花。段金花冲上前来，说："不要开枪！要杀人对着我来吧，我愿意吃这颗枪子儿！"瑛娘愣住了："嫂子？"一见段金花，隆福就冲了过去。隆福忙问："是你？你怎么半路上跑了？"段金花低声道："我……我胆儿小，这么丢人现眼的事儿，谁愿意来啊？可……我心里边闹得慌，还是偷偷来了……我就想躲在人堆里送送瑛娘。哪承想这么热闹，我哭了一茬又一茬，实在忍不住了。我要是眼睁睁地让他们枪毙瑛娘，我就不是个人了！"

警察局长厉声道："你是谁？"段金花答道："我是瑛娘的嫂子，被烧死的那个柳栓子的媳妇，我叫段金花！"警察局长和洪凌志面面相觑。段金花质问道："你不是有十个证人、八个手印什么的吗，咋没找我呀？那天警察来蘑菇镇的时候，我可没见着你。哎呦，官老爷，你手下管得可不好，都喝多了，浑身酒味，随便问问就走人了，什么找证人认尸体，签字画押，我可一个都没见着，是他们酒醒了自己摁的手印吧？"瑛娘心情复杂地看着段金花。段金花继续说道："十五年前，我嫁给了柳栓子，刚开始他对我很疼爱，我给他生了个大胖小子，他给起了个名叫来福。哪承想没两年他抽上了大烟，六亲不认！娘不让他抽，他就活活地把娘饿死了。没了烟钱，他就把亲生骨肉卖给了人贩子，换了钱买大烟！他不是人哪，我儿子也让人贩子拐走了呀，都十多年了……"段金花呜呜地哭了起来。

洪凌志不耐烦道："别哭了！这里不断家务事，把她轰出去！轰出去！执行枪决——"段金花一瞪眼："等一等！老娘还没说完呢，凭什么轰老娘走啊！"洪凌志厉声道："看着就不是什么好东西，扰乱法场，妨碍公务，轰出去！"有警察上来就要架走段金花。洪凤鸣喊着："为什么不让人把话说完？"洪凌志气急败坏道："你闭嘴，没你的事！执行枪决！"

隆福道："你们听这个女人把话说完，柳瑛娘有冤情！"洪凌志再次举起手："准备开枪——"被架走的段金花扭头大声喊着："是柳栓子自己找死的！柳瑛娘放火的时候他根本不在屋子里，是因为一块大烟膏子落在屋里，他舍不得，自己冲进火堆才被烧死的。他死了活该，跟柳瑛娘没关系！"段金花一口气喊出了事实真相，全场顿时一片哗然。

一个老太太高喊一声："原来是这样啊，枪下留人！"古风村的乡亲们和郝大叔夫妇齐声喊道："枪下留人！"隆福大喊："不许开枪！"伙计们在老伙计的带头下也喊着："不许开枪！"大家一拥而上，整个行刑台前被堵了个人山人海，吓得执行枪决的刽子手连连后退，枪口朝了天。

拦在最前面的是隆福和洪凤鸣，郝大叔和郝大婶，老邻居、老伙计们……瑛娘热泪盈眶，她没想到这么多人为她求情。隆夫人、隆万氏和隆家的一众宗亲惊得目瞪口呆。洪凌志从未想过会犯众怒，一时也不知所措。

第十七章

隆家客厅里，隆福面向隆夫人跪倒在地："夫人，隆福对不住您！"隆福向隆夫人叩首。一旁的佘管家因佘小四的表现，满脸愁云，小心翼翼。隆万氏站在另一侧，早已气得哆里哆嗦："吃里爬外，丧心病狂呀！为了讨好那个妖女，他当着那么多人的面，成心让婆婆下不来台！隆家在孝兴几百年了，祖宗脸上的光全都被他丢干净了！"隆夫人阴沉着脸，不说话。隆万氏尖叫着："家法呢？佘管家，这种狗奴才可不能轻饶，快把家法请出来打死他！"隆福忽地逼向隆万氏。隆万氏大惊："你要干什么？"隆福怒道："我这一跪，跪的是隆家当家人，不是你！今天在法场上我已经说了，我没有卖身契，我不是奴才！想打我，你凭什么？"隆万氏被噎了回去："你……"隆福回过身来抱拳说："夫人，今天让您下不来台了，隆福知错，从此之后，不再端隆家的饭碗，就此告辞！"

隆夫人突然道："隆福，你先等等！"隆福闻言只好驻足。隆万氏却不干了："让他走！这种人留在家里，没准儿会谋害主子！"隆夫人轻声道："天都快黑了，你这一天没在家，不该回去看看你儿子吃没吃饭，做没做功课？"隆万氏不甘地说："婆婆……"隆夫人轻声而威严地说："去吧，这儿没你的事。"

隆万氏生着气扭头离开，刚来到天井，就遇见怒气冲冲的隆延宗从外面进来。隆万氏连忙说："哎呀，三兄弟，你可回来了，今天你没在，咱们隆家的脸……"隆延宗快步走着，打断隆万氏："我都知道了！"见有热闹要看，隆万氏哪肯走，就留在了门口。

隆延宗一进门就叫道："娘！""老三，你可回来了……"隆夫人要说什么，却没说出口。隆延宗点点头："娘，我都知道了，出了乱子，柳瑛娘没被枪毙。"隆福轻声哼道："出了乱子？那叫民心所向！"隆延宗转身看着隆福："对了，隆福，我听说第一个站出来煽动闹事的就是你？"隆福一挺胸膛："是又怎么样？三少爷西洋拳厉害，有本事你当着夫人的面再打上我几拳！"隆福瞪大了眼睛。佘管家责怪道："隆福，你怎么跟三少爷说话呢？"隆福抱拳说："夫人，隆福刚才给您磕了头，就算是告别了。到今天，我进隆家整整五十年了。老太爷、老夫人对我恩重如山，扪心自问，我对隆家也是忠心耿耿！五十年了，恩情不断，可缘分尽了，我也该走了，告辞！"没等隆夫人说话，隆福转身就走。

隆延宗喝道："你给我站住！"他快走几步，拦在隆福面前："你还知道我爷爷奶奶对你有恩啊？你一把年纪，也算是人高马壮，怎么度量这么小？就因为我打了你一拳，你就当着孝兴百姓的面，让我娘难堪，你还好意思说忠心耿耿？"隆福一阵大笑："我隆福从小就不是个机灵鬼，既没眼力见儿，又不会说俏皮话，老太爷对手底下人管教很严，恨我脑袋瓜子笨，没少打我，甭说一拳，皮鞭子我这背上也没少挨！"说着，隆福拍了拍自己的肩膀："老太爷说过，他不光是老爷，他还要给我当师父，教我做事、做人！严师出高徒，这道理我懂，所以挨多少回打，我从来没记恨过，因为老人家打得对，我度量也没那么小！可是你——"隆福用手点指着隆延宗："隆延宗，二少爷和你是双生子，比一般的亲兄弟还亲！你从西洋回来，不问青红皂白，就要置二少奶奶于死地，你到底是什么居心？有你这样恶毒的主子，我隆福绝不会再留下！"

隆延宗困惑道："你说什么？柳瑛娘害死了我二哥，枪毙她，就是给我二哥报仇！"隆福不屑道："哼，我懒得跟你讲道理。夫人，您保重！"隆福说完转身一瘸一拐地离开了。

见隆福走了，一直在门外偷听的隆万氏重新进了门，说："还有没有规矩了，主子不像主子，下人不像下人！婆婆，就这么让这老东西走啊？这要是传扬出去，以后隆家还有下人拿主子当回事儿吗？"隆夫人板着脸说："我让你回去管你儿子，你怎么还不走？"隆万氏仍赖着不走："婆婆——"隆夫人加重了语气："回去吧！延宗不是小孩子，你挑唆两句他就会去打人？闹哄一天了，你让我耳朵根子清净清净行不行？"隆万氏气得一甩袖子，扭头走了。

隆夫人瞟了一眼身旁的佘管家："你也下去。"佘管家也走了，屋里只剩下隆夫人和隆延宗。

隆延宗说："娘，儿子是好意，没想到却让您当众出丑，真是对不住。"隆夫人拉住他的手说："延宗……作为隆家的当家人，被那些穷人指着鼻子骂，娘自然是咽不下这口气，可是……娘这心里也有点儿糊涂……"隆延宗问："您糊涂什么？"隆夫人叹气道："为什么那么多人替柳瑛娘说话？你是没见着啊，好多老百姓要替她挡枪子儿！难道她真会妖术，迷惑了人心？"隆延宗摇摇头说："不可能，我向您保证，这世界上没有妖怪，也没有鬼魂！"隆夫人低声说："那就是她真占了理，咱们做得不对？"隆延宗一下子愣住了："这……"隆夫人却异常冷静："延宗，娘问你，你真的打了隆福？"隆延宗低下头，说："是，那天喝了点儿酒，打了他一拳。"隆夫人点了点头："以隆福的人品，他不会因为记恨你，成心跟娘作对。你小时候嘴甜，讨娘喜欢。可你二哥不知道为什么，就是跟娘不亲。有人跟你奶奶说，你们是双生子，互相抢老祖宗留下的福分，日子久了，怕一个克死另一个，你奶奶这才点了隆福带你二哥。”

隆延宗恍然：“是这样呀！”隆夫人说：“当时我也想不通，恨隆福，其实就是嫉妒。嫉妒我生的儿子跟我不亲，跟下人感情却很好。可是这么多年过去了，我仔细品，隆福的人品靠得住。”隆延宗不由得点了点头。隆夫人接着说道：“自从分家以后，你二哥他们小家那边到底怎么样，我也都是道听途说，隆福却跟他们走动密切。难道真的有些事儿，是娘臆断猜测，冤枉瑛娘了？”隆延宗低声轻唤：“娘……”隆夫人双手握住了他的手：“从法场回来，娘就心烦意乱，不怕别的，就怕真做错了事儿，对不起你二哥呀！”隆延宗说：“娘，我明白了！既然柳瑛娘没被枪毙，我正好有机会把这件事情查清楚，解了娘的疑惑。”

隆延宗一回来，隆夫人往日的强势不复存在，倒更像一个等着父亲撑腰的受气女儿。

县长办公室里，洪淩志生气地皱起了眉头，说：“时少卿，今天在法场上，我看见了你的汽车，你想必听到了，那么多人控诉你，你坑害义兄，非礼义嫂，简直就是奸佞小人，你不赶紧离开孝兴，还大摇大摆地到我的办公室来，你一点儿脸面都不要吗？”时少卿恭维道：“我是小人，可洪县长您是真君子啊！那些穷老百姓的话您都能听进去，有您这样的好官，真是苍生之福！”洪淩志被时少卿夸得简直不知如何是好。时少卿说：“今天您中断了公审大会实属英明之举，顺应民心的官，才是最好的官！您什么时候释放柳瑛娘？”洪淩志道：“哼，公审大会是被迫中断的。没枪毙柳瑛娘，不代表她没罪！就算她放火的时候柳栓子没在屋子里，可她要是不放火，柳栓子能死吗？无端放火就是犯罪，何况还死了人！”

时少卿劝道：“洪县长，您这是何苦呢？刚才我是走着来您办公室的，一路上都听见老百姓念您好，说从来没见过这么顺应民意的父母官，这样的口碑要是传到了省城，高升指日可待啊！”洪淩志瞥了一眼时少卿：“我堂堂正正、清清廉廉地做官，升不升迁，听天由命。”时少卿继续说道：“您的清廉，我是领教了。您看，我上次留下几张银票，您一张不要，都让我拿回去了。对了，说到银票，我回去数了数，数目不对……”

“你说什么？你要敲诈我？”洪淩志气急败坏，恨不得上去抽时少卿一巴掌。时少卿说：“哎，不是，不是，您别着急，多了一张……”洪淩志惊讶地说：“什么？不会吧？”“真的，真多了一张。”说着，时少卿从衣兜里掏出一张银票放在桌子上。洪凌志瞟了一眼，吓了一跳，这张银票的数字比之前四张之和都大得多，他愣住了：“你……”时少卿连忙说：“怪我，我上次走的时候，没数清楚，多拿了这么一张，完璧归赵，您收好。瑛娘的事，我等您的消息，不急，不急……什么时候放人都行，我绝不催您。”时少卿说完，扭头就走。

洪凌志看着银票，确实有点儿哆嗦：“时少卿，这个你拿走。”刚要出门的时少卿停住了脚步，扭头说：“对了，我还想给您提个醒，隆家那位三少爷，跟我义兄隆继宗是双胞胎，可眉宇之间的感觉完全不一样，这个人不善！您要是答应了他什么事儿没办成，他八成会翻脸，您多加小心。”一句话刺中了洪凌志的软肋，他愣住了。

令时少卿没想到的是，他一推门迈出腿就看到了隆延宗。隆延宗看见时少卿，眼里直冒火。时少卿关上门，避开隆延宗的目光。隆延宗上前拦住了他：“时少卿！”时少卿抬起眼看向隆延宗，忽然露出轻蔑的表情：“隆延宗……”隆延宗怒道：“你是害死我二哥的凶手！”时少卿摇头说：“我义兄是丢了货款，着急上火，自己把自己气死的。你说我是凶手，这是诬告！”隆延宗怒道：“你心里明白！”时少卿说：“我明白你很会诬告。今天洪县长念的那份判决书，还诬告瑛娘是凶手呢，也是你的主意吧？结果怎么样，成了天大的笑话！害得洪县长向一群穷老百姓鞠躬认错，隆延宗，我要是你，都没脸再来见洪县长！”时少卿说着，扭头就走，隆延宗快走几步，抓住时少卿挥拳就要打。

一旁的秘书赶忙拦住隆延宗：“哎，隆少爷……”不远处的警察发现苗头不对，连忙跑过来，枪口对准了隆延宗：“放开他。”时少卿挑衅道：“打啊，你倒是打我啊，你敢在县政府里行凶，我倒要看看，警察抓不抓你坐大牢？”隆延宗紧握的拳头突然松开，微微一笑，放了时少卿：“诸位，我脾气不好，让你们看笑话了。我跟时先生有几句话要说，请行个方便，放心，我绝不会再动手，有劳了。”隆延宗说完一抱拳，于是秘书和警察都退下了。

隆延宗说：“时少卿，让洪县长在判决书上加上柳瑛娘与人通奸，害死亲夫这条，是我的主意。二哥死得不明不白，我得还他一个公道！明人不做暗事，我承认。我现在问你一件事，你敢不敢承认？”时少卿满不在乎：“问吧。”隆延宗问：“你跟柳瑛娘有没有奸情？”时少卿想了想，说：“我对瑛娘情深似海。”隆延宗逼近时少卿：“那她呢？”时少卿答道：“她对我恩重如山。”隆延宗说：“我问的是你们俩有没有奸情，你别绕弯子！”时少卿说：“我凭什么告诉你？你猜啊。总之，为了柳瑛娘，我愿意倾家荡产，搭上命也在所不惜。用不了几天，她就能从监狱出来，我会带她走，老天有眼，有情人终成眷属。”隆延宗说：“明白了，你能说实话，也算坦荡。”时少卿说：“我时少卿不是好人，但我坏得光明磊落，告辞。”时少卿走了，隆延宗望着他的背影，眼神里充满了杀意。

秘书上前说：“隆少爷，您屋里请吧。”隆延宗瞟了一眼县长办公室：“我这会儿没心情见洪县长了，你告诉他，今天晚上老时辰，老地方。”隆延宗说完，大踏步离开了。

聚贤楼外，月亮高悬于天空之上，酒楼亮着灯。跟以前一样，二楼又被隆延宗包了下来。他的面前摆着整只的鸡、大块的羊排，而他的对面只摆了一盘芸豆、一壶酒、一个酒杯。洪凌志上楼来了，隆延宗说道：“来了？请坐。”嘴上这么说，可他连身都没起。洪凌志看着菜：“啊，今天这是……”隆延宗道：“洪县长只爱吃水煮芸豆，我可不行，这两天累坏了，我二哥留下的两个侄女跟我有点儿误会，从家里跑了出去，唉，我带着人四处找，好几天没好好吃饭了，我就不客气了。”洪凌志只得有些尴尬地坐下。隆延宗仿佛刚想起来什么，说：“对了，喝酒啊，都给您准备好了。”隆延宗话是这么说，却只给自己斟酒，洪凌志也只好自己动手。他举杯向隆延宗示意，隆延宗随便一比画，就把酒喝了。

洪凌志有些生气，但没说什么。他吃了一口水煮芸豆，说：“延宗兄是去找令侄女了，难怪没有参加公审大会。”隆延宗说：“没参加，不过都听说了，老洪，让你难堪了，对不住啊！来，再喝一杯。”隆延宗也不再一口一个“洪县长”了。说着，他又只给自己倒了酒，洪凌志也只好自己满上。

这回，隆延宗先举起了杯子，跟洪凌志示意，可是当他刚要和他碰杯的时候，他却自己先干了这一杯，洪凌志只得陪着干了第二杯。接着，隆延宗开始吃羊排。洪凌志尴尬道：“真没想到啊，孝兴的老百姓，一旦有人煽风点火，还真跟着凑热闹……”隆延宗摇摇头：“没事，没事。我知道你也是万不得已。”洪凌志松了一口气，连忙给隆延宗倒酒：“多谢延宗兄体谅。来，洪某敬你一杯！”隆延宗敷衍着：“哎，客气什么，老洪？还麻烦你给我倒酒，来来来，干了！”这回两只杯子碰到了一起。洪凌志站起身：“干杯！”隆延宗也起身一口干了。这杯酒下肚，洪凌志露出了笑容，可是隆延宗一落座，立刻板起了脸。

隆延宗道：“洪县长，我之所以把桐城的土地卖给你，是因为要枪毙柳瑛娘，并加上通奸的罪名。可是现在……您得给我个交待吧。”洪凌志一愣：“你刚才不是说……”隆延宗说：“我刚才说了，今天没有枪毙柳瑛娘，你也是万般无奈，我体谅。可是你答应我的事儿，就这么不了了之，也不合适吧，那么多的土地……”洪凌志说：“我可不是白拿的，你是卖给我的，你自己定的价格。”隆延宗说：“好，我这就把交易文书拿到省城，给我爹的故交好友们看一看，那些叔叔伯伯，当官的可不少，大官也有几个。”洪凌志有些恼怒：“隆延宗，你，你这是设好圈套要挟我！”隆延宗冷冷地说：“是又怎么样？”洪凌志气得一拍桌子站了起来。

隆延宗看了他一眼：“呦，老洪，你脾气比我还大？我还没拍桌子，你就拍上了？你别忘了，文书在我手里，你不该坐下，赔个笑脸？”洪凌志不得已缓缓坐下，愤然道：“我出的钱少了些，说不过去。买卖不成仁义在，地契我还给你，文书你撕了就是。”隆延宗笑了：“那可不行。地契在你手上，你还我，我不要；文书在我手里，让我撕了，我也不干。”洪凌志说：“那你要怎样？”隆延宗说：“我要柳瑛娘死，公审公判就算了，什么罪名我也不管了，你尽快枪毙她！”洪凌志吃惊地说：“这，这……这枪毙人不是小事，想不出罪名来，万万办不到！”隆延宗说：“你是一县之长，什么罪名还不是你说了算？不急，老洪，我慢慢吃，你就慢慢想，夜长了，总想得出来的！”隆延宗笑着，话里却不容半点儿马虎。被将了一军的洪凌志如坐针毡。

第十八章

第二天，隆延宗又来了，坐在县长办公室里。洪凌志笑得有点谄媚：“不然，就说柳瑛娘通匪吧。延宗兄，这个罪名怎么样？”隆延宗点点头道：“我隆延宗是最讲交情的，只要枪毙柳瑛娘，为我二哥雪恨，您的这分情谊，我就算是记下了。下次去桐城，我可要吃洪家的田里打下来的粮食！”洪凌志笑了：“当然，当然，到了桐城，一定是我请客。”

两人正说着，洪凤鸣突然从里间冲了出来：“叔叔，隆延宗，你们……”洪凤鸣在屋里把刚刚的话全都听得一清二楚。洪凌志有些尴尬：“这是我侄女，本人来孝兴三年，还没有官邸，侄女一直跟着住办公室，让延宗兄见笑了。”隆延宗点头微笑：“洪小姐，我是见过的。”洪凤鸣的脸色却非常严肃：“我明白了，原来你们之间有交易，所以柳瑛娘才会被强加罪名，公开枪毙！”隆延宗不想与洪凤鸣纠缠：“啊，洪县长，你们慢慢聊，延宗告退。”可是洪凤鸣一声断喝：“站住！”隆延宗只好驻足。洪凤鸣说：“你和隆继宗长得一模一样，可他心地善良，你却如此狠毒！柳瑛娘是你的嫂子，含辛茹苦生下三个女儿，现在肚子里还怀着孩子，你怎么能忍心买通官吏，陷害于她？”洪凌志喝道：“凤鸣，你胡说什么，回屋去！”

洪凤鸣摇摇头：“刚才你们的话我都听到了，叔叔，你曾经发誓做一辈子好官，对得起你读过的圣贤书，对得起国家的信任。可现在……我真没想到，你会跟他同流合污，陷害一个可怜的女人！”洪凌志板着脸说：“有你这样跟叔叔说话的吗？这没你的事，回你屋里去！”洪凤鸣倔强地说：“我不！当年你跟隆家结仇，就是因为我的婚事。要是没有我，柳瑛娘不会有今天！同为女人，我对不起她。昨天在法场上，有那么多父老乡亲和我一起保护瑛娘，让我明白了公道自在人心！虽然得罪了从小养育我的叔叔，但是我觉得光荣！”洪凌志无言以对，自知理亏，一时不知如何是好。

隆延宗说：“洪小姐，你怎么一直替那个淫妇说话？”洪凤鸣怒道：“不要侮辱她，她是个好女人，判决书上那些文字都是你们编造出来的！”“是吗？”隆延宗一声冷笑，“法场上的事我都听说了。不瞒洪小姐，我也犹豫过，怀疑是不是自己武断，误会了柳瑛娘。可就在昨天，时少卿已经承认了他和柳瑛娘的奸情！”洪凤鸣皱了皱眉：“什么？”隆延宗说：“他亲口说的，就在这间办公室的门口。”洪凤鸣愣住了：“我不信！”隆延宗义正词严：“我用我的姓氏和生命起誓，我没说谎。”洪凤鸣看着隆延宗，他的目光很坦诚。

洪凌志插话道：“好了，凤鸣，这里不是你说话的地方。”而隆延宗却不依不饶，说：“不管怎么样，洪县长，昨天我说了三日之内要柳瑛娘死，今天可是第二天了……”洪凌志忽然疲惫地从沙发上起身，慢慢走向办公桌，打开办公桌，拿出田契，来到隆延宗面前。洪凌志说：“田契在我手上，我还你，你爱要不要；文书在你手里，让你撕了，你肯定不干。那就拿到省城，给你爹的故交好友看去吧，多大的官儿我都不怕，怕也没用啊……我来孝兴之前，就有人提醒过我，说你们隆家不好惹，我还没理会，现在终于算是领教了……”

隆延宗万万没想到洪凌志会这么说：“洪县长，老洪，你这是干什么？我们是朋友……”洪凌志摇摇头说：“朋友？洪某不敢高攀。隆延宗，别以为你设好了圈套就能要挟我，洪某人不会做你的傀儡！”隆延宗不解：“老洪，你这么大一个人，就因为侄女说了几句话，你就……”洪凌志伸手制止隆延宗：“家兄过世早，侄女凤鸣从小跟着我读书。我曾发誓，要给她做榜样，可惜上了你的当，动了贪念，让她很失望，我也很自责……但我不与你同流合污，不光是因为凤鸣，我是一县之长，不能失了民心！”

隆延宗道：“你以为这是在法兰西国啊？孝兴的老百姓能跟法兰西的国民素质比吗？他们都是没有受过教育的愚民，他们是受了柳瑛娘的蒙蔽，你听他们的，那就是愚蠢！”洪凌志瞥了一眼隆延宗：“我知道你留过洋，可我最看不上崇洋媚外的忘本之人！这个案子，本人审不了了，我会移交到省里去。包括这田契，如果你不拿走，我也亲自送到省里去！我会跟上峰坦白认错，承认自己一时糊涂！受贿的罪名，我担了；行贿的罪名，你也跑不了！”隆延宗问：“你是要跟我鱼死网破？”洪凌志一拍桌子：“你想怎么样？”隆延宗威胁道：“我从小见过的孝兴县令、县长，总也有五六个，还真没哪一个敢成心与我们隆家为敌！姓洪的，你不考虑后果？”洪凌志满不在乎道：“自上任以来，洪某人已经把隆家收拾得服服帖帖了，你没听说吗？”隆延宗冷冷地说：“那是我不在家，母亲大人慈悲，哥哥软弱。要不然，就凭你一个七品芝麻官……”洪凌志打断隆延宗：“官再小也是一县之长，你仗着家里有钱，想让我唯命是从，做梦！”“敬酒不吃吃罚酒，姓洪的，你等着！”说完，隆延宗扭头就走。桌上的田契被留在了那里。

隆延宗气哼哼地出来，没想到一出门，就与时少卿撞了个满怀。时少卿见是隆延宗，一愣，绕过他，向办公室走去。

一见时少卿来了，洪凌志冷哼了一声，二话不说，拉开抽屉拿出了银票，说："时少卿，这张银票不是我的，你拿回去。"时少卿忙说："啊，不，真是您的。"洪凌志一瞪眼："你若再恶意行贿，我立刻叫警察抓你！"时少卿愣住了。洪凌志大喊着："拿回去！"时少卿吓得连忙将银票拿了起来。洪凌志指着时少卿说："我告诉你，自当官那一天起我就发誓，这辈子做个清廉的好官，不受任何人的贿赂！可是为了柳瑛娘，我险些犯了错。不是因为别的，是因为你们行贿的数额实在太大了，大得惊人，大得让我动了贪念！自从你把厚厚的一沓银票放在我的办公室里，我好几天晚上都没睡着觉，现在回想起来，我明白了一个道理，拿不该拿的钱，心里会不安的！"

时少卿想讨好，但插不上话。洪凌志接着说："柳瑛娘在蘑菇镇放火烧死人一案，本人将移交上峰重新审理，你听明白了吗？你们想让她死的，或者想救她出去的，都到上面去打点关系吧，不要再来烦我！"时少卿连忙抱拳："多谢洪县长指点，少卿告辞！告辞！"

时少卿跨出门来，发现隆延宗没走，还在等他，立刻收敛了惶恐，表现出气定神闲的样子，大摇大摆地向外走。走了几步，时少卿站住脚，跟在他身后的隆延宗也停住了脚步。时少卿回过身来，说："你跟着我干什么？"隆延宗道："想问问，你到底给姓洪的上了多少钱？"时少卿笑了："自然少不了，我知道，你也一直在给洪县长上好处，结果碰了一鼻子灰吧？说到底，你的手笔不够大。"时少卿颇有深意地向隆延宗使了个眼色，隆延宗气坏了。时少卿不屑道："都说隆家有钱，可毕竟是乡下的土财主，就那么回事儿吧。"说完，他扭身就走。

隆延宗快走几步拦住他："时少卿，别怪我没提醒你，从今天起你小心点儿，出门最好选白天，走路最好走大路！"时少卿一撇嘴："怎么，隆延宗，难道你还是山贼土匪不成？"隆延宗恶狠狠地说："为宰了你这个奸夫，你家三爷随时可以变成山贼土匪！"时少卿笑道："都说强龙不压地头蛇，可我时少卿还真不信这个邪！隆延宗，你两个哥哥都死了，隆家就剩下你一根独苗儿了，你也小心一点儿，别哪天时老爷略施小计，斩下你的龙头，你娘，可就剩下哭了。"隆延宗气坏了，挥拳就去打。时少卿连忙大叫："来人哪！"没想到隆延宗的拳头停在了半空，猛地一抖胳膊，笑了。他凑近时少卿，说："留着嗓门儿见阎王爷的时候，你再叫唤吧。"时少卿说："谁先见阎王爷还不一定呢！"隆延宗说："那就走着瞧吧！"时少卿毫不示弱："走着瞧！"两人互相瞪着，目光里满是杀意。

在瑛娘原来的家中，时少卿躺在曾经养伤的炕上，若有所思。管家从外间倒了一杯茶进来，端到时少卿面前：“老爷，您喝口水吧。”时少卿没搭理他，管家只得将茶杯放在一旁的桌上。时少卿突然轻声道：“备车。”管家问：“您要去哪儿啊？”时少卿说：“省城。”管家一愣：“怎么突然想起来去省城，这个时候出门，可得走夜路啊！”时少卿猛地坐起：“洪县长软硬不吃，想救出瑛娘，必须去省城！”管家说：“那也不急一时半会儿吧，您才搬过来，外面正给您做饭呢……”时少卿说：“当年为了救我活命，瑛娘没日没夜伺候我，就在这铺炕上，她用小勺一口口地给我喂药喂汤，要是没有她，我早死了！现在她在监狱里受苦，我能吃得下饭吗，备车，立马去省城！”

不多时，车很快就开出了孝兴县城。到了野外，忽然，司机猛地踩了一脚刹车，汽车停住了。正闭目养神的时少卿惊醒，发现一棵被砍倒的大树横在路上。管家打开车门向外喊着：“谁砍的树啊，有人没有？”半晌，也没人搭话。管家无奈，只得对司机说：“下来，下来，咱俩把树弄一边去。”

管家和司机下了车，两人走向倒在路中间的大树。树很沉，两人使着劲，艰难地把树推动了。可他们没发现两条早已经布好的绳子，伪装好铺在了地上，而绳子的另一端就在远处的树丛中。树丛里，两名穿着黑衣蒙了面的男子看准时机，一使劲，绳索套上了管家和司机的腿。管家和司机被拽了个仰八叉，摔倒在地上。两个蒙面人迅速从林中冲了出来，将管家和司机控制住。时少卿发现了，大惊，连忙打开车门下车，从腰间拽出枪来，朝蒙面人射击。蒙面人显然没有想到时少卿有枪，连忙连滚带爬跑进林子，藏在了树后。

可巧有一队巡逻警察听到了枪声，他们立刻警觉，全都精神了起来，端起了枪。为首的警察局长一挥手，众人向枪声传来的方向飞奔。

见蒙面人都藏了起来，时少卿赶紧走向管家，想救人。管家突然瞪大了眼睛，喊着：“老爷，小心后边！”时少卿意识到不好，猛地回头，只见一个蒙面剑客仗着一柄西洋剑，向时少卿袭来。时少卿连忙开枪，剑客一侧身，子弹从他的面前飞过。剑客似乎吃了一惊，又挥剑去刺时少卿。时少卿又要开枪，可没等扣动扳机，对方的剑已经划破了他的手臂。枪飞了出去，落在地上。他的胳膊向下淌着血，只得连连后退。蒙面人仗剑逼近。

时少卿大声喊道：“等一等！来的是哪路英雄，我有钱，你要多少我给你多少，咱们不如交个朋友！”那人恶狠狠地说道：“时少卿，我不要钱，只要你的命！”时少卿听到对方说出自己的名字，不由一愣。就这片刻，蒙面剑客已经一剑刺向他。时少卿连忙躲闪，可上衣还是被剑刺破了。管家不顾一切地爬了起来，挡在时少卿面前。

蒙面剑客沉声喝道：“老先生，你让开！我要的是他的命！”管家喊道：“老爷，快跑！”管家说着扑向了剑客。剑客无奈，只得应付着管家的撕扯。躲在树后面的另外两个蒙面人发现时少卿的枪没了，马上出来帮忙。一人一拽绳子，管家又被拽倒了，司机想冲上来帮忙，也被蒙面人拽倒。

趁这个空当，时少卿重新拿起了枪，再次向蒙面剑客射击。剑客手疾眼快，一挥剑正抽在枪身上，枪再一次被击飞。时少卿的胳膊本来就受了伤，这一次被震得直哆嗦。剑客抬起一脚正踹在时少卿的胸口，时少卿倒退三四步，撞在车门上，蒙面剑客乘胜追击，又挥剑向时少卿刺来。时少卿突然大喊一声：“隆延宗！”

来人正是隆延宗。他一惊，剑停在了时少卿的胸前。时少卿叫道：“没错儿，就是你！你胆子真大，光天化日之下竟敢行凶！”隆延宗道：“是，我告诉过你，天黑了别出门，出门别走小路。可我也并没说，白天出门走大路我不会宰了你！”时少卿说：“隆延宗，有本事你把面具摘下来！”隆延宗说：“这可不行，我只要你一个人的命。怎么，想拉奴才垫背？我可不想滥杀无辜灭口。”

时少卿只想拖延时间，说：“隆延宗，你我也算不打不相识，有缘分，有什么话说开了，以后还能做朋友！”隆延宗怒道：“话不是早就说开了吗？我这一剑必须刺破你的胸膛，为我的兄长报仇，这就是你我相识的缘分！”他挺剑就刺，时少卿一声惨叫。

突然，远处传来密集的枪声，隆延宗的剑停在了空中。警察局长高喊着：“不许动，放下武器！”说话间，一大队警察端着枪冲来。蒙面的隆家家丁大喊：“三少爷，快跑！”隆延宗自知逃跑无望，大声喊道：“你们俩快跑！”两个家丁无奈，只好扭头就跑。

有警察发现逃跑的家丁，就要开枪。隆延宗上前去抓那个警察的枪口：“别伤他们！”枪打空了，阎局长气坏了，抡起马鞭子向隆延宗抽来。隆延宗向后一闪身，用剑招架，竟将马鞭子削断了。阎局长大怒：“还敢反抗，老子崩了你！”阎局长扔掉半截马鞭，将子弹推上膛。

隆延宗连忙将剑扔在地上，举起双手：“等一等！阎局长，误会，误会，我是隆延宗。”说着，隆延宗摘掉面具。阎局长愣了：“隆家三少爷？”时少卿突然大喊：“阎局长救命啊，您可是亲眼所见，隆延宗光天化日之下行凶，要不是您来了，我可就没命了呀！”阎局长瞥了一眼时少卿，问：“你是谁？”时少卿忙说：“鄙姓时，叫时少卿，我是……”阎局长打断了他：“噢，你就是那个时少卿？”说着，阎局长又转向隆延宗：“奶奶的，听到枪响我还以为是土匪呢，敢情是你们俩啊！时少卿，你受了伤？”时少卿点头：“是啊，是啊。”阎局长又问：“隆延宗，你干的？”隆延宗点点头：“没错，这个恶人罪该万死！”阎局长道：“嘿，我是警察局长，谁该死得我说了算吧？你刚才还跟我要剑，还试图抢警察的枪，抓起来！”警察们一拥而上将隆延宗摁住。隆延宗的手被捆住，绳子的另一端拴在了汽车上。虽被缚，但仍不改不羁的神情。

车内，时少卿正在包扎伤口，疼得龇牙咧嘴。时少卿说：“阎局长，大恩不言谢，您救了我的命，从今以后就是我时少卿的恩人了！”阎局长问：“我打听打听，你跟隆家结仇，是不是因为柳瑛娘？”时少卿点头说：“正是。”阎局长说：“你可够不开眼的，哪儿找不着个女人，何必呢，隆家不好惹！”时少卿说：“怎么不好惹？隆延宗死了，隆家不就没了？阎局长，光天化日之下杀人，这是死罪！”阎局长心中为难，不置可否。时少卿又说：“您放心，洪县长恨隆延宗恨得咬牙切齿，一定会顺水推舟的。”说着，时少卿用受伤的手从兜里夹出两张银票来，阎局长瞟了一眼前座的管家和司机，将银票握在了手里。

洪凌志听过阎局长的禀报，诧异道：“有这等事？你阻止了命案，算是有功，辛苦了。”阎局长点头哈腰：“看您说的，卑职惶恐。”洪凌志怒道：“这个隆延宗真是胆大妄为！”想起时少卿递上的银票，阎局长趁机煽风点火：“何止胆大，他是嚣张！您知道吗，回来这一路上，他一直在骂您！”洪凌志瞪大了眼睛：“他凭什么骂我？”阎局长说：“就是啊！他骂得还很难听，简直是不堪入耳！”洪凌志说：“走，我亲自去审审他！”

阎局长陪着洪凌志去监狱，正赶上佘管家陪着隆夫人过来。隆夫人连忙招呼道：“洪县长，请留步。”洪凌志有些意外，说：“隆夫人？”隆夫人道：“洪县长，听说小儿给您惹了麻烦，我是特意替他来赔罪的。”洪凌志说：“给我惹了麻烦，什么意思？光天化日之下行凶，跟我有什么关系，难道是我指使他干的？”隆夫人连忙赔着笑：“洪县长，我这个妇道人家不会讲话，您别挑我的理。”洪凌志哼了一声。隆夫人接着说：“延宗自幼知书达理，受的都是正统教育，又刚刚从西洋留学回来，说他光天化日之下行凶，我可不信！洪县长，他一定是中了奸人的圈套，被人陷害的，您可要明辨是非呀！”

洪凌志说：“笑话！阎局长亲自带队巡逻，正遇上隆延宗行凶，那么多警察都亲眼所见，请问，哪儿来的奸人设下圈套？是非如此分明，还用得着分辨吗？”隆夫人被问得哑口无言，只得低声下气说：“洪县长，耽误您一会儿工夫，借一步说话？”洪凌志说：“对不起，洪某人公务在身，你要是有事，就在这儿候着吧！”洪凌志根本不搭理她，急匆匆地走了。

两名狱警收了时少卿的贿赂，隆延宗一进牢房便被吊在刑架。隆延宗问："为什么把我吊起来？你们有什么权力这么做？"一个狱警问："隆家三少爷？"隆延宗点了点头："不错，是我。"另一个狱警说："听说你了不起呀，连当官的都不放在眼里！"隆延宗不屑地哼了一声："是又怎么样？"一个狱警突然出拳打在隆延宗的肚子上，他疼得弓起了腰。隆延宗握紧拳头，骂道："混账东西，敢对你家三爷动手？"另一个狱警撇撇嘴："你跟谁称爷哪，到了这儿全是孙子！"说着，一巴掌抽在隆延宗的脸上。

隆延宗从小到大，从没遭过此等侮辱，更是愤恨激动。那个狱警接着说："听说你从小还练过武，家里又有钱，在孝兴街上想打谁打谁，那叫一个霸道！没想到今天落到我们哥俩儿手里了，怎么样，舒服不？"隆延宗怒道："王八蛋，再敢打一拳，三爷要你们的命！"两名狱警不屑地对视了一眼。一个狱警道："呦呵，霸道，确实霸道！"另一个狱警说："你还想要报复？那得看你有没有命出去！"说完两人朝着隆延宗的腹部一阵拳打脚踢，隆延宗的脸上渗出了汗水，嘴角也流出了血。

狱警问："怎么样，嘴还硬不？还要不要我们的命了？"隆延宗咽了口血水："说，谁指使你们干的？"一个狱警说："当官的呀！"另一个狱警也说："对，当官的！要恨你就恨当官的去，我们俩就是当差的，上头有令，我们就伺候你！"

"明白了，洪县长……"他突然怒吼道，"姓洪的，你个卑鄙小人！口口声声说要做好官，却在背地里收受时少卿钱财，想要害死你家三爷。姓洪的，你等着，三爷饶不了你！"

审讯室外，刚刚进来的洪凌志愣住了。阎局长道："洪县长，您听听，又在骂您呢！"洪凌志气得冲进审讯室，用手点指着隆延宗："隆延宗，你……"隆延宗怒视着他："果然是你……"两个人彼此误会，说的根本不是一码事。

洪凌志问："你凭什么血口喷人，污蔑本官？"隆延宗怒视着他，一口血水吐在了他脸上，阎局长连忙上前递上手帕。洪凌志擦着脸，恼羞成怒。隆延宗说："桐城洪姓，宵小鼠辈，你听着，有本事你打死三爷，若让我活着走出监狱，我一定收拾了你，我们隆家不会放过你的，你早晚不得好死！"阎局长趁机说："洪县长，您看见了吧，嚣张啊！"洪凌志一甩袖子，扭身就走。阎局长用手指点着隆延宗，向两个狱警使了一个眼色，说："别光打呀，上刑，上刑！"洪凌志走了，身后传来隆延宗的惨叫声。

过了一夜，被上了刑的隆延宗已伤痕累累，晕倒在刑架上。等了一宿的隆夫人也已经筋疲力尽。佘管家劝道："夫人，先回去吧，天都亮了，再这么站下去，您身体受不了啊！”隆夫人摇头说：“我不走！”佘管家叹道：“这……唉……”

她们又等了很久，终于，洪凌志拖着疲惫的身躯从办公室里出来了。隆夫人上前拦道：“洪县长……”洪凌志伸手制止隆夫人，拿出田契，说：“你是隆家的当家人，有话你我摊开了说，这是你们隆家在桐城的田契。”隆夫人说：“早就是您的了……”洪凌志怒道：“少来这一套！”隆夫人一愣。洪凌志说：“我是被你儿子隆延宗灌醉了，才签的文书。这田契怎么到的我手里，我压根儿就不知道！我今天就会派人把这份田契送到省城，这是隆延宗恶意行贿的证据。你们隆家不是想要我的命吗，好，洪某人奉陪到底！”隆夫人忙说：“哎，洪县长，误会，误会呀！”洪凌志命令道：“来人，把她们轰出去！”警察跑来，端着枪将隆夫人和佘管家轰了出去。

第十九章

十天后，隆夫人在雷雨中回到了隆家。一进门，等在屋里的七八个长辈连忙迎了上去。隆夫人有些诧异："各位长辈都来了？"三叔公道："我们得到消息，说你今天从省城回来，能不来吗？"四叔公也说："大伙儿急呀，一早就在这儿等着你了！"三叔公说："延宗他娘，省城的关系疏通得怎么样，什么时候能把延宗放出来？"七舅爷急道："就是，这都十天了，都说进大牢就是下十八层地狱，再耽搁下去，延宗的命恐怕也就没了……"

隆夫人一脸铁青。佘管家劝道："好了，各位长辈，夫人心里明白，她比你们谁都急，可恶的是那洪县长，他……"隆夫人伸手示意佘管家不要再说了。半晌，隆夫人开口道："你们都担心延宗，我这个当娘的，谢过各位长辈……自打延宗进了大牢，十天了，我夜里边从来没闭上过眼睛。这次去省城，该疏通的关系都疏通了，该磕头作揖的地方我都去过了，该打点的人也都送了钱。可是……延宗有把柄落在了洪县长手里。那姓洪的，铁了心要跟咱们隆家作对到底，把证据都交到了省里去……所以，一时半会儿，延宗，怕是出不来了……"众人面面相觑。

七舅爷结结巴巴道："这……这……这……"三叔公叹道："都怪那个柳瑛娘！当年真是选错了河姑啊，就这么个女人，你看看把隆家害成了什么样子？"四叔公说："就是，也不知道当年老嫂子怎么就看上了她，真是引狼入室，不对，是引妖入室！老嫂子真是明白一世，糊涂一时！"七舅爷骂道："这跟我姐姐有什么关系，她老人家都升天二十年了，轮得到你们数落？"三叔公、四叔公都不言语了。

静默了一会儿，三叔公道："延宗他娘，你也是，既然斗不过柳瑛娘，你何苦怂恿延宗替你报仇？"四叔公也说："就是，我们早知道了，为了给你出气，延宗拿了那么多田产去行贿，事儿没办成，又要挟人家，那还不逼着姓洪的翻脸吗？"隆夫人无话可说，脸色非常难看。佘管家赶忙说："三叔公、四叔公，夫人一路颠簸，都累坏了。你们这是来帮忙的吗，我看你们是来给夫人添堵的！"

七舅爷咳嗽一声，说："延宗他娘，隆家就剩这么一根独苗了，他可不能再出任何差错！实不相瞒，你去了省城，我们老哥几个也没闲着，上上下下没少使钱，就想去牢里边看看延宗，可是根本见不到啊！”三叔公、四叔公附和着：“是啊！”隆夫人叹道：“那洪县长恨延宗恨得咬牙切齿，当然不会让咱们隆家的人进去看他！”

三叔公说：“怕就怕延宗脾气倔，不知道服软，在里面吃亏丢了命啊！”四叔公垂头丧气，说：“可不，皮肉之苦是免不了，要是落个残疾也不好看哪，这么大个家，将来还指望着他呢！”众人都安静了下来。

七舅爷看着佘管家，突然想起什么，说：“佘管家，你娘家侄儿是警察，干吗不让他给想想办法？”隆夫人像突然抓住了救命稻草，说：“对呀，佘管家，看看你侄儿有办法没有，只要能让我这个当娘的看看儿子，花多少钱都行！”佘管家一下子成了主子们目光的焦点，她有些尴尬，忙说：“哎，好，我这就派人去找他！”

聚贤楼的包间里，摆好了一桌酒菜。阎局长进了门就问：“哟，人呢？”佘小四连忙答话：“我在这儿呢。”阎局长问：“谁说你了，别人呢？”佘小四道：“没别人，我请您喝酒，就咱俩。”阎局长一板脸：“我是缺酒喝咋的？下这么大雨，咱俩大老爷们儿有什么好喝的。你小子鬼鬼祟祟地说要找我喝酒，我还以为你帮我找了娘们儿呢！”佘小四局促道：“局长，我知道您好这口儿，可我真找不着……”阎局长一撇嘴：“你当了好几年的队长，连个女人都找不着，你也忒笨了吧？”说着，阎局长抄起桌上的汤勺，狠狠地在佘小四的脑袋上敲了一下。

佘小四诚惶诚恐：“是，我笨，我笨。”阎局长看看桌上的饭菜：“这席面还不错，得花你半个月的薪俸吧？下这么大本儿，想干啥啊？”佘小四笑了：“是这样，监狱的于头儿不是病休了吗，我想……”阎局长一瞪眼睛：“滚一边儿去！在法场上我那么给你使眼色，你都不顺着县长的意思说，你这么个榆木疙瘩脑袋，还想去干那个肥差，我呸！你也不撒泡尿照照自己什么德行，请我吃顿破饭，就想办这么大的事儿，没门儿！”佘小四道：“不光请您吃饭，还有点儿小意思。”说着，他掏出一张银票递给阎局长。

阎局长拿起银票，笑道：“还整这个。”他一看银票的数额，吓了一跳：“你小子这么有钱？”佘小四没敢回答：“这……”阎局长说：“你不会不知道这银票上是多少钱吧？”佘小四说：“知道。不是我的……”阎局长说：“不是你的？偷来的，抢来的？”佘小四说：“不，不，是我的。今儿孝敬了您，以后就不是我的了。”阎局长笑了：“嘿，你小子倒是会说话！本来得罪了县长，我就应该扒了你这身皮，可你这么孝敬我，我要是不把监狱的美差给你，好像也有点儿不太合适啊？”佘小四不住赔着笑。阎局长点点头：“那就这么定了。下次再请我吃饭别这么素，啊！”佘小四点头哈腰：“是，明白，明白！”阎局长又说：“你要是不知道去哪儿找娘们儿，我告诉你！”佘小四毕恭毕敬道：“是！是！”

佘小四一进县长办公室，就来到洪凌志的面前，立正敬礼：“洪县长，佘小四向您报道！”洪凌志抬起头来：“是你呀，你现在管监狱？爬得够快的啊！”佘小四忙说：“不是，才定下来的，我还没去监狱上任呢。听说您招呼，就先赶来向您报到。”洪凌志沉着脸，说：“也好，你认得柳瑛娘，去，代表县政府向她宣读上方的判决！”佘小四问：“省城的判决书下来了？怎么判的，是无罪释放还是——”洪凌志不耐烦道：“你是没长眼睛，还是不认字啊？”佘小四不敢再啰唆，拿了判书退了出来。

佘小四来到瑛娘的牢房里，低声叫道：“柳瑛娘——”瑛娘看向他。佘小四说：“省城的判决书来了，这挺老长的好几篇字儿，我也认不全，就不给你念了啊。大概意思就是，之前孝兴的判决书有偏差，你谋杀亲夫不实，放火行凶不实，故而……”瑛娘连忙问：“什么时候放我出去？佘队长快放我出去吧……”佘小四打断了她：“我没说完呢，这故而呢，枪毙免了，但是你在蘑菇镇纵火，事实证据确凿，判处你一年徒刑。也就是说，你还得在这大牢里面住上一年，明白了吗？”瑛娘急道：“佘队长，我要是在这里被关上一年，我的三个女儿怎么办？”佘小四摇了摇头：“比起枪毙，这不是强多了？就一年，你就在这儿好好待着吧。”瑛娘蔫了。佘小四接着说：“对了，现在我管监狱，有我在，不会有人为难你。”说完，他就往外走去。瑛娘抓着栅栏向外喊着：“佘队长，我等不了一年，我的孩子呀，你快放我出去呀，佘队长！”

佘小四不愿回头，轻轻摇了摇头，由着两名狱警带路，来到了关押隆延宗的囚室。佘小四问：“他怎么样，还服管吗？”狱警忙说：“还好，还好。”两名狱警有点儿尴尬，佘小四却仿佛没有察觉：“我进去看看。”一个狱警打开了牢门。佘小四挥了挥手：“你们先下去吧。”两名狱警转身走了。

佘小四进屋，见隆延宗正在睡觉，就喊着：“隆延宗，隆延宗，起来！”佘小四见四下无人，低头小声说：“三少爷，是我，我是佘小四儿！我费了大劲了，才讨了这份倒霉的差事，都是因为你！”隆延宗毫无反应。佘小四说：“哎，隆延宗，你架子也太大了，不理我？”他突然觉得有什么不对，发现隆延宗的身下有一摊血正在往外洇。“血？！”佘小四使劲去扒拉，却发现他已昏迷不醒。

佘小四吓坏了，惊恐地大喊："来人哪！"两名狱警跑了进来。佘小四问："他死了？"一个狱警道："应该还没有，今儿早上我摸过，还有气儿……"佘小四这才颤颤巍巍地上前去摸，确实，隆延宗有微弱的呼吸。

佘小四问："他是怎么回事儿？"狱警说："我们不知道……"佘小四说："给这个号里添张床！"很快，一张床被铺好，隆延宗被抬到了床上，脸上露出痛苦的神色。佘小四命令道："翻过来，把人翻过来！"两名狱警把隆延宗翻过来，让他趴着。佘小四扒开衣服一看，整个后背全都被打烂了，伤痕累累，惊骇道："这……打成这样了，你们都不知道？！"两个狱警不敢言语。

"快去请郎中！"两个狱警对视一眼，没有动身。佘小四问："你们怎么不动啊？"狱警低声道："对不住，佘头儿，局长吩咐过，不准给他请郎中。"佘小四又问："他要是死在监狱里怎么办？"狱警接着道："局长说了，这个人要是活着出去，县长、局长，还有咱们孝兴所有吃官饭的，都得遭殃倒霉。可他要是死在监狱里，还有人给赏钱。"佘小四顿时傻了。另一个狱警说："佘头儿，我们知道您跟隆家有交情，您要是非得请郎中给他治伤，那就对不住了，我们哥儿俩得跟局长汇报！"佘小四忙说："别介，你们说得对，隆延宗太横了，自作孽，怎么能给他治伤呢？他死在这儿，咱们大伙儿都少了麻烦。局长吩咐过的事，当然听局长的，走，看看别人去！"他起身出了牢房。

惨淡的月光从高处的窗户洒进来，照着柳瑛娘。她已经哭累了，但嘴里仍在喃喃地念着："放我出去，我要找我的闺女，盼娣、招娣、念娣……放我出去……"佘小四来到瑛娘的牢房外面，蹲下身，说："柳瑛娘，我听说自打我念完审判书，你哭了一天？"瑛娘陡然精神起来，将手伸向佘小四："放我出去！放我出去！我要找我的孩子！"佘小四摇摇头："你老这么哭哭咧咧的，把兄弟们弄烦了，会给你上刑的！上刑懂吗，就你这身子骨，随便给你上点儿刑，肚子里的孩子就没了，我看到时候你还哭不哭！"瑛娘一下子止住了哭，下意识地用手摸着肚子。佘小四叹道："人得认命。我要是你，就得好好想想这一年在牢里边怎么能过得好点儿。你听着啊，我现在派给你个差事，你要是干好了，以后吃的用的，我都会关照你。你要是干不好，我就让兄弟们给你上刑！"瑛娘惶恐，不知该不该答应。

"跟我出来。"说着，佘小四打开了牢门，带着瑛娘七拐八拐，向重犯牢房走去。来到隆延宗的牢前，佘小四冲里边比画着："里边这个人伤得很重，你帮他收拾收拾，伤口上点儿药。"说着，他把一个盒子递给了瑛娘，瑛娘向里边张看，有水桶、水盆、碗等，都是佘队长置办的。

瑛娘说："男的？不行，男女授受不亲，我不管！"佘小四道："嘿，你忘了，你跟时少卿怎么回事儿？当年你不就是给他治过伤吗？"瑛娘急道："所以我才不能管，带我回去！"佘小四只好放下身段，说："哎呀，这是什么地方，不是隆家的深宅大院啊，男女是有别，可现在我找不着别人！"瑛娘问："那你怎么不自己给他治伤？"佘小四叹道："那能行吗？这个人得罪的人太多了，要是让别人知道我在帮他，我的差事就丢了！"

瑛娘观察着佘小四，试探着问："关我什么事？"佘小四说："隆继宗说过，你是菩萨心肠，对了，我听说洋人的医院里边护士都是女的，不一样给男人治伤换药，还在屁股上打针，托着脑袋喂药呢！"瑛娘摇头说："我不是护士！"佘小四威胁道："柳瑛娘，我告诉你，这份差事你要是不干，我立刻取消你的单人关押，把你送到大牢房去！一个屋里关着二三十个女犯人，有谋害亲夫的，有下耗子药毒死好几十人的，还有逼着亲闺女去卖淫的，什么样的人都有，你要是愿意，就去试试？你肚子里的孩子用不了几天，就得让她们祸害没了！"瑛娘说："我的三个女儿都丢了，我这个当娘的还怕死吗？要是找不着我的孩子们，我和儿子活着有什么用？"佘小四没辙了："你……"

瑛娘突然说："我听出来了，你想求我帮你救这个人，好啊，我帮你，不过你也得帮我！"佘小四不悦道："你忘了这是哪儿了吧？你是囚犯，我是管着监狱的头儿，你跟我谈条件？"瑛娘扭头说："不愿意谈，就送我回去。"佘小四叹了口气："嘿！行，柳瑛娘，有两下子，你想让我帮你什么？"瑛娘恳求道："佘队长，你帮我找三个女儿。"佘小四为难地说："我……我是管监狱里的头儿，我离不开，怎么帮你找闺女？"瑛娘说："你是警察，一定有办法，就算自己不能去，你也可以派人去啊！"佘小四问："我要是不管呢？"瑛娘坚决道："那我也不管！"佘小四气得直咬牙："我告诉你，这个人可是有家世的，你要是帮忙把他治好了，他们家里的人都会帮你找孩子！"瑛娘摇摇头："不行，我只要你答应我！"佘小四无奈，点点头："好好好，我答应你。"瑛娘说："大丈夫一言既出，驷马难追！"佘小四只得点头："行。快着点儿，别出太大动静儿，我在外边放风。"

佘小四说完要走，瑛娘还是不放心，说："你是好人，不会骗我，一定会帮我找女儿的，对吧？"佘小四急了："哎呀，你怎么这么啰唆啊，放心吧，我说话算数！"得到佘小四的许诺，瑛娘的脸上终于露出了一丝笑容。

瑛娘撩开隆延宗的衣服，又拿出药来仔细闻，判断每个药瓶里都是什么药。佘小四在不远处放风，他有些提心吊胆。瑛娘将药面调成糊，放在一旁备用，又用事先准备好的热水帮隆延宗清洗伤口。她小声说着："先生，我帮你清洗伤口，可能会很疼，忍着点儿啊。”瑛娘说着就用毛巾去擦，可她没想到的是，无论她手轻手重，对方都没有反应。隆延宗趴在床上，瑛娘看不见他的脸。她越擦越害怕，用手凑近了隆延宗的脸，去摸他的脖子，突然叫了一声。

佘小四闻声冲了进来，问：“怎么了？”瑛娘道：“他是凉的，已经死了！”“不对呀？”佘小四连忙过去摸隆延宗的鼻孔，长出了一口气，“吓死我了，是有点儿凉，可是鼻孔有气儿，没死。”瑛娘哀求道：“佘队长，我真的治不了，你快让我走吧！”佘小四说：“救人一命，胜造七级浮屠。你想想你仨闺女，你把他救活就是做了好事，老天爷长眼都看着呢，兴许你仨闺女在外面就也能碰见好人！”

瑛娘一听闺女，一下子软了下来，问：“他真的还活着？”佘小四道：“你试试，有气儿。”瑛娘无奈，又来到隆延宗面前，用手去试鼻息，发现确实仍有呼吸，这才放下心来。佘小四说：“你快着点儿，我接着放风去。虽说我现在是牢头，可是屁用都不管，其他的兄弟要是知道咱们救他，嘿，那事儿可就大了！”

瑛娘将调好的药一点点敷在隆延宗的身上，很快，整个后背都被敷满了药。接着，她用布将后背盖好。佘小四从外面探进头来：“前胸，前胸也有伤，还有脸上……”瑛娘闻言点头，轻声说：“先生，我给你翻个身，帮你上药，可能会很疼，你别吓着噢。”她使劲去翻隆延宗的身体，但翻不动，只得去扳隆延宗的脸。

一见那张脸，瑛娘大叫了一声。佘小四冲了过来：“你小声点儿！”他忽地愣住了，发现瑛娘坐在地上，呆若木鸡。佘小四一拍脑门：“哎呀，我怎么这么糊涂啊，我忘了，二少奶奶，你别怕，他可不是鬼！”瑛娘喃喃道：“他当然不是鬼，我男人是天下最好的男人，死了也会成仙升天的！他这是回来带我的，孩子她爹，我对不起你，我把三个闺女都弄丢了，我这就跟你走……”说着，瑛娘起身就要去撞墙。

佘小四赶紧冲进去一把从后面抱住了瑛娘：“柳瑛娘，我跟你说，你要是死在牢里，我的饭碗可就没了！”瑛娘使劲将他甩开，又要去寻死。佘小四低声解释：“他不是隆继宗，他是隆家的三少爷隆延宗！”瑛娘愣住了。佘小四说：“你跟二少爷一个炕上睡了那么多年，他就没跟你说，他三弟隆延宗跟他是双生子，长得一模一样？”瑛娘摇着头。佘小四叹道：“也怪我刚才没告诉你，我知道，他想勾结县长害死你来着，可是不管怎么样，你爷们儿跟他是比亲兄弟还近乎的兄弟。你就看在二少爷的分上，把他从鬼门关拉回来吧！”

“我不！我不！”瑛娘将脸转向外面，不敢看隆延宗的脸，“你让我去死吧，你让我去死吧，我不能看见他，不能！”瑛娘面对着外面，泪眼婆娑。佘小四无奈地摇着头，看着躺在床上昏迷不醒的隆延宗："隆延宗，叫你作孽，你亲嫂子都不救你了，你就等着死吧！"

突然，隆延宗呻吟了一声。瑛娘吓了一跳，她不敢回头。佘小四说："邪了，你给他上的药管事了，他出声了，柳瑛娘，你快看！"瑛娘不敢回身，可她听到了隆延宗的声音。隆延宗喘着粗气，含混不清地说："饿……饿……"佘小四问："他说什么呢，我怎么听不清楚？"瑛娘一阵阵心悸，到底心软，轻声道："他说饿……"

佘小四把瑛娘带到监狱的厨房里，从暗处拎出一只鸡来，说："这儿有只鸡，我藏一天了，就怕它叫唤。这还有药材，我姑姑说跟鸡一起炖，补身子！"

时间不久，瑛娘拎着一个瓦罐再次来到隆延宗的牢房。瑛娘将汤倒在小碗里，强忍着委屈，将他的头托起来，用勺喂着。病痛中的隆延宗一边喝着，一边呻吟，突然一阵干咳，吐出血来。瑛娘看着地上的血，回想起隆继宗吐血身亡时的情景，不忍目睹，连忙用布帮他擦拭。隆延宗再次发出声音，他睁不开眼睛，但却明明白白地是在要吃的。瑛娘无奈极了，只得再次给他喂汤。

突然，外面传来声音。佘小四紧张极了，因为两个狱警正向他走来。一个狱警问："呦，佘头儿，这深更半夜的，您干吗呢？"佘小四编着瞎话："嗯，没事儿，我睡不着觉就喜欢在这监狱里溜达。"瑛娘不敢发出声音，可正在这时，隆延宗突然轻吟一声。无奈之下，瑛娘只得用手捂住他的嘴："别出声！"

两个狱警向隆延宗的牢房方向看着。一个狱警问："佘头儿，您没事吧？"佘小四干巴巴地答了一声："没事啊。"另一个狱警说："那个隆延宗死了？"佘小四说："没有，还那样，管他是死是活，走，我请你们哥儿俩喝酒去！"一个狱警说："哪能让您请啊，我们哥儿俩早就想请您了，您是头儿啊！"佘小四说："头儿才该请客嘛。实不相瞒，今天我发了笔横财，你看……"佘小四从兜里掏出现大洋来，"见者有份，咱们哥儿仨三一三十一！"两个狱警说："哎呦，佘头儿，您太仗义了！谢谢佘头儿！"佘小四将一捆现大洋掰开，拍在两人手里，三人朝外走去。

瑛娘这才慢慢地松开了他的嘴。隆延宗不断地咳，瑛娘只得去帮他摩挲后背，可一碰到了伤口，他就痛苦地呻吟出声来。隆延宗慢慢地睁开双眼，瑛娘的面孔由模糊变得清楚。隆延宗问："你是谁？"瑛娘不知该如何答话，只得拿起勺子，继续往他嘴里喂汤。隆延宗喝了一口汤，说："你是谁？我好像认识你……"瑛娘刚想说话，没想到隆延宗为了说出这句话，用尽了全身的力气，一歪头，晕倒了。瑛娘长出了一口气。

回到单人牢房里，瑛娘想起香油和馅儿的包子和香包的事情，以及隆继宗茫然的表情，她喃喃自语："原来，我从小认识的那个，根本就不是孩子她爹……我说的嘛，二少爷怎么会这么健忘……"瑛娘哭笑不得，想着想着，泪流满面。

突然，佘小四的声音传来："柳瑛娘，大白天的，你哭什么？"瑛娘连忙拭干泪，她发现佘小四身边跟着四五个警察。瑛娘站了起来，佘小四一挥手，警察们离开。佘小四压低声音说："你还不赶紧睡觉，养足精神，晚上还有差事呢，我今天找郎中抓了药，晚上你给他熬！"他瞪了瑛娘一眼，扭头离开。

又到了夜晚，瑛娘一手拎着药罐子，一手拎着汤罐子，跟着佘小四走向隆延宗的牢房。瑛娘突然问道："我闺女有消息了吗？"佘小四尴尬道："啊……我……"瑛娘转身就往回走。佘小四说："嗨，柳瑛娘，你想干什么？"瑛娘道："你言而无信，我也不管了。"佘小四说："我今儿还没来得及帮你找闺女呢，但我说话算数，明儿一定派人帮你去找！"瑛娘看着他，露出极不信任的目光。佘小四叹道："二少奶奶，你可真厉害，你信我一回，我佘小四不糊弄你！"瑛娘这才转身向隆延宗牢房走去。

进了隆延宗的牢房，瑛娘准备好东西，朝隆延宗嘴里灌汤。隆延宗睁开了眼睛，说："你又来了？老天爷怎么知道我喜欢女人，要死了还派个女人来伺候我！"瑛娘见他脸上浮现出轻浮的神情，板起了脸。隆延宗叹道："可惜呀，这个女人又老又丑，看着就让人恶心。老天爷，你难道不知道我喜欢法兰西女人吗？"瑛娘听着隆延宗的调戏，咬紧牙关："你留着点儿力气吧，把药喝下去！"瑛娘说着将他托了起来，延宗挣扎着，紧闭着嘴。瑛娘说："你为什么不喝？"隆延宗笑了："别以为我不知道你是谁。"瑛娘一愣。隆延宗胡乱猜着："什么人能到这地方来？一定是洪县长派你来的吧，他给我喂的是什么，砒霜还是鹤顶红？他一定是怕我活着出去弄死他，才派你来毒死我的，是不是？"瑛娘这才明白，隆延宗说的和她担心的不是一回事。

隆延宗道："我告诉你，我是不会喝的，除非你砸碎老子的钢牙往下灌！"瑛娘无奈，换了一种语气："这是药，不是毒，你伤得这么重，不喝药会丢了命的，你自己掂量掂量。"隆延宗一扭头："老子早就不想活了！"瑛娘说："可是你就不想想你娘吗？你娘生了三个孩子，你两个哥哥都没了，你要是再死了她怎么活？"隆延宗不由打量着瑛娘，说："你怎么知道我家兄弟三个？你认识我娘？你是隆家什么人？"瑛娘不知该如何回答。隆延宗连声发问："你的声音好耳熟，我头一眼见到你就觉得似曾相识，你到底是谁？我怎么想不起来，你快说，你到底是隆家什么人？"瑛娘只得说："你们隆家不是有个大管家吗，姓佘——"隆延宗说："是佘管家派你进来的？"瑛娘顺着他的意思说："对呀……"隆延宗说："那准是我娘吩咐的。对了，佘管家有个侄子是警察，一定是他想办法把你弄进来的！”瑛娘说：“对，是他，现在是他管这个监狱。”隆延宗来了精神，说：“太好了，那你让他帮我传话出去！”瑛娘说：“传什么话？”

隆延宗说：“让他告诉我娘，说我死不了，不管是谁，想要我隆延宗这条命，都没那么容易！昨夜有人给我上了药，对了，就是你。虽然很疼，但我能感觉到我的伤在好，所以我睡得很香。我想明白了一件事，北京来的时少卿再有钱，他带的银票不可能比隆家在桐城的田产还值钱！那个姓洪的狗县长为什么跟我们隆家结仇，只有一种可能，就是妖女柳瑛娘连县长都勾搭上了，那姓洪的也是柳瑛娘的奸夫！”瑛娘闻言气得脸色发紫，将药摔在了地上，扭头就走。隆延宗愣了：“你……你……”由于说话过于用力，他又一次晕倒了。

听到动静，佘小四从外面走进来，问：“柳瑛娘，你这是怎么了，好不容易熬的药，你怎么给摔了？”瑛娘气得浑身发抖。佘小四又来到隆延宗身旁摇晃着：“隆延宗，你醒醒！你醒醒！”隆延宗昏迷不醒，佘小四转头看向瑛娘。瑛娘没有回头，轻声道：“我再也不来了，就算你枪毙我，我也不来，这个人该死，死了活该！”说完，瑛娘转身就往外走。

佘小四没有办法，只好拉住瑛娘，说：“柳瑛娘，隆延宗之所以有今天，祸可是从你起的。”瑛娘愤怒地瞪着他。佘小四道：“你想啊，他要不是因为你，怎么会成了阶下囚？是，他不明真相，往你身上乱加罪名想害死你，可那一定是受了小人的挑唆，才干出的傻事！现在他是个要死的人，你不能跟他计较！”瑛娘板着脸，毫无反应。佘小四说：“二少奶奶，我是这么想的，既然三少爷不知道你是谁，你也装糊涂得了。这牢里边跟外边压根儿就不是一界。界，你懂吗，打个比方，外边是人间，这里边就是地狱。你们俩都到这个地方，之前就算有不共戴天之仇，又能怎么样，要是都能回到人间，到时候再算账吧！”瑛娘无语。佘小四继续说着：“我知道，你恨隆延宗，巴不得他死，让你救他真是为难你了。可是……我也没法子啊，隆夫人，就是你婆婆，天天催着打听消息，我怎么给回话？照实说，隆夫人一着急还不得死过去？”瑛娘有些心软。佘小四恳求道：“他只要还有一口气，好歹是条人命，要不，你就当当观音菩萨……”瑛娘不知该怎么回复。

佘小四苦口婆心道：“说实话，就算咱俩再尽力，他也不一定就能缓过来，就是个死马当活马医的事儿。可要谁都不管他，等着他死，我还真有点儿不落忍……不瞒你说，我看着都掉泪，再帮帮他吧，还是那句话，你们是亲戚呀！”说到这儿，佘小四突然一拍脑门：“奶奶的，他是你们家亲戚，又不是我们家亲戚，你说我跟着掉什么眼泪呢？”佘小四对自己的情感有些费解。

佘小四在门口放哨，瑛娘再一次来到隆延宗的牢房里。隆延宗这次醒着，他瞟了瑛娘一眼，又闭上眼睛装睡。瑛娘吹着汤，将洗干净的喂汤工具都拿了出来，轻轻搬动隆延宗的头。刚要把吸管插入隆延宗的嘴里，他突然睁大了眼睛。瑛娘吓了一跳，但仍竭力保持着冷静。

隆延宗道："这两天是你一直在给我喂药？"瑛娘不语。隆延宗又说："是药不是毒，看来你没骗我，是隆家派你进来的，让你受苦了……"瑛娘仍不语，把管子放在一旁，盛了一勺药，要喂隆延宗。隆延宗说："不急，我问你，我的话你传了没有？"瑛娘强忍着怒火，点了点头。

隆延宗长长地出了口气："我隆延宗远渡重洋游历世界，又回到大上海闯荡江湖多年，哪承想，还是意气用事中了小人的奸计，在自己的家翻了船，丢人哪……今天你再帮我传话，让我娘放心，从今日起，我不再跟洪县长较劲，更不会得罪监狱里那些小鬼，我好好吃饭，好好养伤，君子报仇十年不晚！等我出去的那一天，再让奸人们领教三爷的厉害！记住了没有？"瑛娘忍着愤怒与难受，点点头。说着说着，他又咳了起来。瑛娘想上前，可又不太情愿。隆延宗说："你愣着干什么，还不快帮我捶一捶？"瑛娘极为无奈，只得把委屈憋在肚子里，起身去捶。

第二十章

佘管家拿着一封信快步走过隆家庭院，跨进客厅门来，说："夫人，省城来的信。"隆夫人打开信封，看着看着，手都哆嗦了。佘管家连忙问道："夫人，您别着急，上面写的什么？"隆夫人声音颤抖着，说："判了……省城的判决书今日就会到达孝兴，他们判我儿子有罪，要坐一年大牢……"佘管家问："一年大牢？"隆夫人微微点头："胡秘书长是老爷年轻时最要好的朋友，要没有他从中斡旋，延宗这辈子都不一定能从牢里出来。胡秘书长说，这是最好的结果了，让咱们忍了。那姓洪的嫌判得轻，还不依不饶地向省城申诉呢！"佘管家说："夫人，您想开点儿，反正就一年。三少爷留洋，一去就是十年，少多了……"隆夫人不悦地说："留洋去的是法兰西，那过的是什么日子，现在蹲的是大牢，熬的又是什么日子，监狱就是地狱！我儿子在地狱里边受苦，当娘的可怎么活？"隆夫人抽噎着。隆夫人突然想到什么，说："你侄子给信儿了没有，延宗好不好？"佘管家说："我正问呢，问着呢……"佘小四一直没给她准信。

走到僻静处，佘管家狠狠地掐了佘小四的胳膊一下。佘小四被掐得直叫唤："哎，你掐我干什么？"佘管家白了他一眼："三番五次地派人给你捎信，为什么不见我？"佘小四道："新官上任三把火，我刚到监狱里高就，忙得很，抽不开身！"佘管家怒道："放屁！还高就？你为啥到监狱里来，你忘了吧，花了那么多钱，是让你过官瘾的呢？夫人天天睡不着觉，你成心不见我，到底是啥意思？"佘小四说："要是再早三天，就算你找到监狱来，我也不会见你。"佘管家问："为啥？"佘小四说："那时候隆延宗能不能活过来，我也没谱。"佘管家惊道："你说什么？"佘小四不满道："看着机灵，比他哥哥还不识时务，进了监狱还叫嚣着要整死洪县长，你说他能得好吗？"佘管家担忧地问："那……那他现在到底怎么样了？"佘小四说："要不是遇上我这个贵人，早就死透了！当然，贵人不是我一个，牢里边，还有个大大的贵人，会治伤，会喂药，还给他炖汤做饭，活生生把他从鬼门关拉回来了。"佘管家听到这儿，长出了一口气。

佘小四接着说："不过呢……昨天喝了一罐子药就吐了血，又晕过去了，到底是死是活，还真说不准。"佘管家说："小四儿啊，三少爷是夫人的命根子，是隆家最后的指望了，你无论如何可得把他救活呀，隆家将来一定会好好谢你的！”佘小四说：“你回去告诉隆夫人，要谢别谢我，谢里面那位大贵人，现在隆延宗的死活都握在她手里。”佘管家问：“贵人是谁？你告诉我！”佘小四笑了：“现在还早，以后再告诉你吧！”

这一天，瑛娘拎着药罐和汤罐走向隆延宗的牢房，佘小四跟在后面。瑛娘突然停下脚步，回头说道：“佘队长，你答应我的事……”佘小四道：“办了。”瑛娘问：“我的女儿有消息了吗？”佘小四叹道：“哪那么快呀，不过我真办了。我佘小四当了这么多年警察，也认识几个朋友，请他们喝了酒，也给了钱，让他们帮你去找闺女了。”瑛娘又问：“你没骗我吧？”佘小四急道：“花了我好几块现大洋呢，我倒真想骗你。快走吧。”见佘小四没好气的样子，瑛娘知道他没骗自己，放下心来。

来到隆延宗的牢房，瑛娘把东西放好。突然，她听到动静，回过头来，只见隆延宗支撑着身体坐了起来。瑛娘又惊讶又尴尬。隆延宗问：“我饿了，你给我做什么吃的了？”瑛娘连忙倒汤。隆延宗摇摇头：“光喝汤不解饱，我想吃包子，刚出锅的，香油和的馅。”隆延宗的脸上流露出小时候的那种神情。

瑛娘一愣，半晌没说出话来，她以为隆延宗认出了自己，整个人都僵住了。隆延宗看着瑛娘，笑了：“我知道你没有，这是什么地方？”他摇了摇头。瑛娘定下神来去盛汤。隆延宗说：“你的手艺真不错，每天能做这么好的汤。”瑛娘只顾着盛汤，一句话也不说。隆延宗又说：“要是没你们俩，我怕真是活不下来了。我娘真的是挺有办法，把你派进监狱来，救了我。”

瑛娘把汤端到了隆延宗面前，递给他。隆延宗问：“认识快一个月了，一直没请教您的贵姓芳名？”瑛娘看了看他，不说话，摇了摇头。“没有名字？”瑛娘仍然不说话。“你为什么不说话？你不是哑巴，刚来的那两天还说话的。你的声音很好听，我还觉得特别耳熟来着。”瑛娘回避着隆延宗询问的目光。“我一直觉得我们以前认识，就是想不起来在哪儿见过，你能不能给我提个醒啊？”

瑛娘又把药盛好，放在了隆延宗面前。隆延宗笑了：“看来你是不愿意搭理我，我哪儿得罪你了？”瑛娘冷冷地站在一旁，示意他喝汤喝药。隆延宗点点头：“我明白了，我娘派你进监狱来伺候我，一个月了不见天日，你肯定待烦了，想家了，所以心情不好，想家了，不愿意说话。请问大嫂，你家里有些什么人，几个孩子，对不住啊！”瑛娘鼻子一酸，强忍着泪水。隆延宗继续说着：“你让佘队长传话给我娘，不能总让你一个人在这监狱里受罪，让她换个别人来，明天就换！”眼泪顺着瑛娘的眼眶流出，隆延宗见状说：“你怎么哭了？我说对了？大嫂是想孩子了？”瑛娘咬紧牙关，百感交集地转过头去。

第二天，佘小四打开牢房门让瑛娘进去，然后锁好门，准备离开。瑛娘突然说：“佘队长，他想吃包子。”佘小四漫不经心地说：“噢，也是，病好了，胃口也就好了，光喝汤不管事了。成，明儿我在外面买几屉包子进来。”瑛娘说：“他想吃什么样的包子我知道，你买些肉和面来，还有葱、姜、香油，我给他做……”“那也好，那也好。”佘小四答应着离开了。瑛娘回想起当年的隆家小少爷，忍不住又落了泪。

晚上，瑛娘来到隆延宗的牢房，她打开食盒，包子的味道飘了出来。半倚在床头的隆延宗闻到香味，强撑着起身。瑛娘把食盒递过去，隆延宗看了看包子，又看了看瑛娘，迫不及待地拿起包子咬了一口，叹道：“刚出锅的，香油和的馅儿，就是这个味儿！你怎么知道我们隆家的包子是什么味儿啊，看你的年纪跟我相仿，我是不是从小就认识你啊？”瑛娘的脸上没有表情。隆延宗说：“你别这么举着，放下放下。”瑛娘将食盒放下，又转过身去，将一碗汤盛好放在他面前。隆延宗道：“这包子太香了，哎，你也吃一个吧。你在监狱里陪着我受苦，我挺过意不去的，来，别见外，吃一个。”说着，他就把包子举到了瑛娘的面前。闻到包子味儿，瑛娘突然一阵恶心，扭身向牢房门口跑去，扶住铁栅栏一阵干呕。隆延宗愣住了，将包子放回了食盒，慢慢地站起身来，虽然很艰难，可还是硬撑着站直了身子。等瑛娘再转过身来的时候，她发现隆延宗一脸的敬意，有些不好意思。隆延宗问：“你怀着身孕？”瑛娘沉默着。隆延宗说：“我隆延宗何德何能，与您又是哪儿来的缘分，您有孕在身，却能为了我在这大牢里受苦，您就是我的恩人，请受延宗一拜！”说着，他深深地鞠了一躬，由于动作过大，险些栽倒。

瑛娘连忙扶住了他，可又迅速将手松开。隆延宗诚恳地说：“这位大嫂，请留下姓名，隆延宗一定终生铭记您的恩情！”瑛娘摇摇头：“你还是忘了吧，权当我们从来没见过……”隆延宗愣住了，他没有想到瑛娘会这么说。瑛娘避开隆他质疑的目光，她的声音很轻，但内心已经像铁一样冰冷。

回到牢房，瑛娘对正在锁门的佘小四说：“他已经好了，不需要我了，从明天起，我不再见他了……”佘小四说：“为啥？”“你就别问了……”瑛娘说着转过头去。佘小四却说：“要我说你就是傻！他是隆家的三少爷，将来早晚要当家做主，你现在是他的救命恩人，还不把你的苦好好跟他诉诉？”瑛娘没想到佘小四会这么说。“我让你救他，打的就是这个主意。他是老爷们儿，总不能跟那些老娘们儿一样冤枉你吧？就算不为自己想，你也得为你仨闺女想啊。要想让她们重回隆家，当大小姐，就只能指望着隆延宗了！”瑛娘决然道：“等我出去，一定会自己找到女儿，隆家再大富大贵，我和孩子们也不会沾隆家的边儿。你的好意我心领了，请你不要再劝我，我不会再见他了！”

又过了几天，佘小四带着几名狱警正在巡查，有狱警将一份饭菜通过小门递给隆延宗。隆延宗问：“哎，姓佘的，给我治伤送药的那个女人呢？”佘小四看了看旁边的狱警，说：“女人？哪儿来的女人？监狱里男囚女犯是分别关押的，隆延宗，你都落到这步田地了，还在摆大少爷的谱儿，在监狱里还想有女人伺候，你做梦吧！”隆延宗一愣，但见他向自己挤眉弄眼，便不再出声。“我看你就是想女人想瘾症了！”佘小四假装生气，骂骂咧咧地带着狱警走了。

隆夫人听了佘管家的汇报，沉默良久，说：“我就说嘛，这么多天提心吊胆睡不着觉，原来我儿在大牢里险些把命丢了……那几天我浑身不舒服，前胸后背都疼，一闭上眼睛就有恶鬼抓我打我，那准是我的延宗在监狱里挨打呀！”佘管家说：“对，母子连心，这就是母子连心哪！”隆夫人转过头来看佘管家。“夫人恕罪呀！”佘管家跪倒在地，“我那不争气的侄子早就告诉我信儿了，我没敢跟您说，怕您着急……夫人，都怪我，怎么责罚我都行！”

隆夫人上前搀扶起佘管家：“行了，行了，冤有头债有主，成心跟我过不去的，是洪县长，我怎么能怪你呢？我是真没想到，小四儿这回还立功了！哎呀，老爷的在天之灵要是知道了，准会高兴的。当年你们出了丑事，老爷自责得很，一提起来就跟我鞠躬认错。”佘管家连忙垂下了头：“也不都是小四儿的功劳，他说牢里边还有个贵人，给三少爷治伤喂药。可我问是谁他又不说，不过三少爷准知道。我也答应小四儿了，将来咱们隆家一定好好报答人家！”隆夫人点头说：“那是，对隆家有恩的，一定要好好报答；跟隆家作对的，也甭想好！洪县长、柳瑛娘，这一笔笔的账，我心里都记着呢！”隆夫人咬牙切齿。

佘小四将几个布口袋塞进铁栅栏，隆延宗打开口袋，惊喜道：“牛肉干、枸杞、蜜枣，都是我爱吃的，这是我娘让你送来的吧？”佘小四点点头：“没错，是你娘求我姑姑让我给你送来的，慢慢吃，吃不了藏起来，别让别人看见。”他说完离开。隆延宗叫道：“等一等。”佘小四停了下来。隆延宗问：“佘队长，那个女人呢？你是不是已经安排她出狱了，传我的话，她是我隆延宗的恩人，重重赏她！她肚子里怀着身孕还接这份苦差事，日子过得一定艰难，让你姑姑帮我去问问，要是没地方住，就给她房子，没有田种，就给她田产！她好像还有几个孩子，千万不能让他们再吃苦！”

佘小四叹了口气："哎呀，隆家要早这样，那女人哪至于落到今天这种地步呢？"隆延宗说："你认识她？她跟我们隆家有什么瓜葛？"佘小四说："不光我认识她，你们隆家的上上下下都认识她，全孝兴的老百姓也都认识她，就你一个人不认识她！可这么好的女人险些被你害死……"隆延宗一愣："她到底是谁？"佘小四说："你以为你隆家三少爷有多了不起，你娘真能从外面弄个女人进来伺候你？我告诉你吧，你娘四处使银子想看你一眼都办不到！"隆延宗犹豫着说："你是说……"佘小四说："这女人本来就是犯人，被你们隆家害了，才进了大牢！"隆延宗不知该如何相对，说："你说……她难道是……"佘小四点点头："就是她！"

佘小四快步来到瑛娘的牢房，唤道："柳瑛娘，你快跟我来，快跟我来！"瑛娘瞟了一眼他，将头又转了过去，她已经下定决心不再见隆延宗。佘小四急了，掏出钥匙打开牢门，冲进去凑近瑛娘耳畔说："柳瑛娘，你快跟我去看看隆延宗，他又不行了，突然口吐鲜血，昏迷不醒！"瑛娘大惊失色。

佘小四在前面带路，瑛娘快步跟在他的身后，眼神中满是焦虑。来到牢房，佘小四打开牢门，示意瑛娘进去。瑛娘进门后，佘小四将牢门锁上，连忙离开到不远处去望风。

瑛娘看到躺在床上背对自己的隆延宗，不知如何是好。她走上前去，伸出手想去试隆延宗的鼻息。隆延宗突然起身，坐了起来，吓了瑛娘一跳。瑛娘愣住了："你没事儿？为什么要骗我？"隆延宗问："柳瑛娘，你肚子里的孩子是我二哥的？"瑛娘被这突然的变故吓住了，张大了嘴，半晌没说出话来。过了一会儿，她说："当然！"

隆延宗突然哈哈大笑："你骗谁啊？我是不相信这世界上有妖，但你，一定会什么歪门邪道，连我都被迷惑了……我说看你眼熟呢，祠堂里的小瑛子！早知道你长大以后兴风作浪，害死我哥哥，当年我就应该在包子里下些老鼠药，药死你！"瑛娘咬紧牙关，怒目圆瞪。隆延宗又说："我知道，你被关在祠堂里七年，不见天日，心生怨恨，我可以理解。可你也太狠毒了，你卖身葬父是自愿的，为何报复我隆家？"瑛娘心如死灰，一句话都说不出来。隆延宗接着说："是你求佘小四儿给我治伤的吧？还有意让我看出你有了身孕，真有心机呀！先让我对你心生感激，再告诉我你肚子里的孩子是二哥的，到现在了还贼心不死，想用肚子里的孩子来争隆家的家产？"隆延宗一声冷笑，"我才不会被你蛊惑呢，你生出来的，也一定是个妖孽！"

"隆延宗，你骗我来，就是为了羞辱我？可是你有什么权利诅咒我的孩子？！”瑛娘后退着，惨淡地笑了，“孩子生下来，我会让他姓隆，但姓的是隆继宗的隆，跟你们那个隆家没关系！早就分家了，我绝不会把孩子交给隆家，更不会让他去争什么家产！我有三个女儿，肚子里又有了儿子，要不是因为四个孩子，我早就跳进黄河去陪二少爷了！活着是多么难，多么苦的事儿啊……当年要是没有土匪捣乱，我顺顺利利地祭了黄河，哪有今天？哪会受你的这般侮辱？！我恨，恨这不公的命，恨老天爷不长眼！若有来世，我绝不托生成人，我要托生成你们隆家屋檐上的石雕神兽，瞪大眼睛看着，看着你们隆家早早晚晚遭报应！”瑛娘毫不犹豫地转过头去，来到牢房门口，使劲地喊着：“让我出去！让我出去！”佘小四跑了过来，说：“喊什么，喊什么，小点儿声！”瑛娘的声音更大了：“放我出去！”

送瑛娘回到牢房之后，佘小四一脸的尴尬，说：“对不住啊，我万万没想到隆延宗这么浑蛋！”瑛娘怒道：“你跟他一起骗了我！你一直在骗我，你根本没有帮我找过女儿！”佘小四委屈地说：“你要是这么说可就冤枉我了，我还真帮你找了。你大闺女、二闺女，在隆家放了一把火之后，跟着一个戏班子走了，那个戏班子还挺大，有好多小孩，叫盖家班，晁盖的盖，你可记住了啊！盖家班往西过了黄河，啥时候回来不知道。不过我想只要你出去，一路往西打听，这戏班子总得搭台唱戏吧，你总能找得着！”瑛娘念叨着：“盖家班……盖家班……”佘小四叹道：“二少奶奶，我心里清楚，隆家对你不公，你这回救活隆延宗，又为隆家立下了大功。隆延宗要有良心，将来当了家，得对得起你！”瑛娘却沉浸在自己的世界中：“盖家班……盼娣、招娣，戏班子苦不苦？师父对你们好不好？能不能吃饱饭呀？娘想你们……”

佘小四又来到隆延宗的牢房，沮丧地说：“隆延宗，你是人吗，你说要当面谢柳瑛娘，我就帮你把她骗来了，这下可好了，她以后再也不会信我了。”隆延宗叹道：“她的眼神让我不敢直视，如果她在说谎，不会有这样的眼神！”佘小四说：“她当然没有说谎！”隆延宗说：“那我二哥是怎么死的？难道不是因为柳瑛娘偷人，与那时少卿合谋害死的？”佘小四说：“你们富贵人家的事我哪知道啊？我从小在山沟里长大，穷得天天饿肚子，后来我姑姑说，你们隆家大恩大德，要给我买个警察的差事当。我一听花费现大洋的那数，吓得差点儿没尿了裤子！后来我就明白了，这世上只要有钱，啥事都能成。不管发生了什么想不明白的事，归根结底也都是为了钱。富贵人家明争暗斗，造谣诬蔑，往死了整人，不全都是为了钱吗？这个傻女人要不是嫁给了隆继宗，怎么会成为别人的眼中钉？怎么会被扣上那么多罪名？”

隆延宗还是不肯相信，说：“不可能，这女人一定学了旁门左道，会用妖术迷惑人，你是被她迷惑了！”佘小四又好气又好笑：“我被她迷惑了？新鲜，我咋不觉得呀？”隆延宗说：“时少卿亲口承认，与柳瑛娘有奸情！”佘小四急道：“我去捉过奸，亲眼看见过，他们没有奸情！我倒要问问你，我是好人，还是时少卿是好人？”隆延宗被问愣住了。佘小四说：“三少爷，不都说你从小眼观六路，耳听八方，拔根眼睫毛能吹口哨吗，我怎么觉得你是个傻子啊？你宁愿相信时少卿那恶人的话，都不愿意相信我这个好人的话，你倒真像是中了什么妖术！”佘小四气得扭身出门，重重把门锁上，走了。

隆延宗呆傻了半晌，他万万没想到自己是聪明一世，糊涂一时，居然被气愤冲昏了头脑，从来没理智地分析过这件事情。

很快，入冬了，雪花飘落，笼罩大地。管家推开门，走进小院。时少卿正在饭厅吃饭，他走上前，刚要说话，哪成想时少卿上来就骂人：“什么东西？你炖的这也叫鸡汤，挺好的东西瞎了！就这手艺，你还敢说自己是厨子？”站在一旁伺候的厨师吓得哆里哆嗦，还想解释。时少卿不耐烦道：“滚！滚！滚！”厨师连忙退下。

管家叫道：“老爷。”时少卿一见管家，更是气儿不打一处来：“你个废物还有脸回来，半个月前我就说，得去牢里给瑛娘送棉衣了，这么点儿事你都办不成！结果怎么样？下雪了！外面下上大雪了，我的瑛娘还在牢里挨冷受冻！”管家道：“老爷息怒，息怒！容我跟您细禀，监狱里管事的这个佘头儿，软硬不吃，油盐不进，我真是为难啊。后来我打听了，他不是别人，是隆家大管家的亲侄子。”时少卿道：“我知道是他！当年抓我的、打我的都是他！他是隆家的人，所以我才担心我的瑛娘，担心隆家利用他害死瑛娘！”管家回话说：“这个您放心，监狱里的兄弟们说了，他还是很关照柳瑛娘的。就是知道您要来探监，死活不肯通融。刚得了信儿，姓佘的离开了监狱，一时半会儿回不来。趁他不在，兄弟们带您进去。”

时少卿瞥了一眼管家：“你怎么不早说啊？东西都准备了吗？”管家说：“准备了。”时少卿说：“都带上，还有我在省城给瑛娘选的小棉袄！”管家说：“准备好了！”时少卿又问：“吃的呢？”管家说：“已经派人去饭馆子订饭了。待会儿您到了监狱，饭菜准保送到！”“好！好！太好了！”时少卿迫不及待地冲了出去。

趁着佘小四到隆家汇报情况，时少卿溜进了牢房。看到瑛娘的背影，他满眼深情地叫唤了一声：“瑛娘……”听到声音，瑛娘一个激灵，回过头来，眼里充满了怒火。她万万没想到，时少卿还敢来。时少卿低声道：“对不住，我才找到机会来看你，你受苦了。”瑛娘转过身来，面容消瘦，肚子却已经显怀。时少卿问：“你的身孕这么显了？孩子在肚子里怎么样？也没少让你受罪吧？”

瑛娘看着时少卿，摸了摸肚子：“儿啊，记住这声音，这是个奸人、骗子、凶手！就是他，害死了你爹，害得你跟着我坐大狱，害得咱们和你三个姐姐骨肉分离！你长大以后一定替爹娘报仇，将这个畜生碎尸万段！”说完，瑛娘转过头去，不再看时少卿。

时少卿无比委屈：“你恨我，骂我也就算了，干吗扯上孩子？”瑛娘不理他。时少卿道：“瑛娘，请你放心，你从监狱里出来以后的事，我都安排妥当了。你们以前住的房子，我买回来了，屋里的家什摆设又添置了些。这两天我正在帮你试厨子，试了几个都不满意。我算了，你出狱的时候孩子才两个月大，我一定找一个手艺好、勤快干净的厨子，给你和孩子做饭。”瑛娘像是根本没听见。时少卿又说：“还有就是，监狱管事的是隆家的人，成心为难我，所以我没法经常来看你，来给你送饭，你可别怨我！今天让他们订了一桌饭菜，马上就到，我跟他们说了，你有身孕，不喜油腻，要吃补养的，待会儿你试试合不合口。”瑛娘的脸上冷若冰霜。“还有就是，你看这个……”时少卿拿出一个包裹，打开，里面是一件棉袄，“这是我上次去省城专门给你选的棉袄，布料、棉花都是从江南来的，贴身穿又柔软，又暖和。”瑛娘根本不回头，时少卿举着棉袄，很是尴尬。

这时，两个狱警帮管家拎着食盒过来了。管家说：“老爷，饭菜都到了。”时少卿连忙转过身，对狱警道：“辛苦二位兄弟了，快，找张桌来，给瑛娘摆上。”

隆夫人将两个包裹精致的信封亲手交到了佘小四手里，说：“佘队长，还得辛苦您把这两个交给延宗。”佘小四笑了：“这什么呀？”隆夫人说：“这里边是两张照片，是我从门当户对的十几位小姐中精挑细选出来的，让延宗自己挑一挑。哪一个满意，就在哪一张照片的背后画个标记。”佘小四疑惑道：“选媳妇儿？他还在牢里呢，选媳妇儿有啥用啊？”佘管家道：“夫人交代的事，你照办就是，哪儿来的废话？”隆夫人制止佘管家：“我想等延宗一出来，就给他成亲，用喜事冲一冲晦气。到时候现选，哪儿来得及？”佘小四点点头：“噢，明白了，我一定给您办好。”隆夫人又说：“还有这件棉袄，告诉延宗一定要穿上，这可是我这个当娘的亲手做的。”佘小四接过棉衣，说：“放心吧。”

隆万氏接过县长秘书递过来的茶，道：“谢谢。”洪凌志说：“去年与万专员在省城见过一面，闲聊时，他提起有个妹妹，嫁到了孝兴隆家，原来就是大少奶奶啊，失敬，失敬。”隆万氏道：“嗨，我哥哥早就跟我说，与洪县长曾是同僚，相交甚欢，让我寻机拜访，可我毕竟是个寡妇，一直在家守丧，一拖再拖，今儿个才来。”洪凌志问：“你有事儿？”隆万氏欲言又止：“我……”洪凌志说：“其实大少奶奶一来，我就知道是什么事了。隆家的事啊，我这个小小的县长得罪不起，我请示了上峰，省里只判了一年。虽难以服众，可洪某也不想跟隆家闹得更僵，于是就做了顺水人情，没再追究。今天大少奶奶来，要是想求我为隆延宗减刑，就请免开尊口！隆延宗趾高气扬，目无法度，也该让他在牢里吃点儿苦头，长长教训！”隆万氏突然说：“就怕他吃不着苦头！”洪凌志惊讶道：“什么意思？”隆万氏说：“有些事我都看不惯，不说也罢……隆家不知道花了多少钱，也不知道钱都进了谁的腰包，反正不会是洪县长。您是清官，廉洁得很，孝兴百姓谁不知道啊！”洪凌志说：“花钱做什么了？我怎么越听越糊涂？”隆万氏说：“就因为隆延宗坐牢，牢头儿就换成隆家的奴才，您不知道？”洪凌志一愣。隆万氏说：“佘小四是佘管家的侄子！”洪凌志一拳砸在桌子上：“我怎么早没想到这一辙？”隆万氏见挑唆成功，不再言语。

瑛娘面壁站着，毫无动静。她的身后是摆着的饭菜和满脸焦虑的时少卿。时少卿劝着：“瑛娘，我都打听了，几个月来你一直不好好吃东西，也是，这监狱里的吃食我是领教过的，难以下咽！今天这些菜，可是我一样一样叮嘱过的，既不油腻又补养身体，你就赏脸吃一些嘛！”瑛娘仿佛没听到一般。

一旁，狱警嘀咕着，管家一直作揖。他走到时少卿面前，说：“老爷，差不多咱就回吧，万一姓佘的回来撞上了，兄弟们就为难了。”时少卿急道：“我才来，怎么就让我走？我有一肚子话要跟瑛娘说，你们都离远点儿！”远处的狱警急得直使眼色。管家轻声道：“时老爷，怕就怕姓佘的知道您来探视，恼羞成怒，要是给瑛娘用刑，那可怎么办？”时少卿一愣，他确实有些担心。管家又说：“老爷，女人脸皮都薄，您要是走了，她兴许就吃了。”时少卿觉得在理，长叹：“也好，瑛娘，我走了，你保重。今年冬天，我就长住孝兴了。等你出狱的时候，我会亲自来接你，让你的孩子坐汽车回家。”瑛娘仍然不吭一声。时少卿却仿佛得到了默许，说：“那就这么定了，我走了！”他鼻子一酸，竟然流下了泪水。管家很是意外，偷眼观瞧，瑛娘的脸仍是冷冷的。

时少卿出了监狱门，上了汽车。他的车还没走多远，另一辆汽车就驶来了，是洪凌志。洪凌志走下车，看着远处时少卿的汽车，问：“那是谁的汽车？”秘书敷衍着，说不到要点。洪凌志喊着：“来人！”守门的狱警立刻跑了过来。洪凌志咆哮着："我问你们，那是谁的汽车？"狱警支支吾吾："是……是一位姓时的老板，好像是北京来的。"洪凌志怒道："时少卿？！他来探视柳瑛娘？哼，这监狱是管得真好啊！"洪凌志气坏了，大踏步冲进监狱。

狱警见是洪凌志，连忙敬礼。洪凌志喝道："把门给我打开！"听见是洪凌志的声音，瑛娘连忙回身冲向铁栅栏。洪凌志一进门，迎面撞见瑛娘急切的目光。瑛娘问："县长大老爷，您来了，您答应帮我找三个女儿的，找到了没有？"洪凌志有些尴尬，一转头，看到桌上摆着的饭菜，以及时少卿送来的东西。他黑着脸指着饭菜问身后跟来的狱警："这是怎么回事儿？"狱警们不敢吱声。洪凌志怒道："柳瑛娘是在服刑，你们要把她伺候成老佛爷呀？扔出去，全给我扔出去！"

另一边，隆延宗的牢房里，佘小四正举着两个信封，正等着。隆延宗摇头说："我不看！爱情是美好的，婚姻是神圣与崇高的！这种包办婚姻，是人性的枷锁，是对爱情的玷污！"佘小四直咂嘴："哎呦，隆延宗，你在监狱里都有人帮你说媳妇儿，还让你挑，羡慕死我了！你还说什么枷锁、玷污，这是你娘的一番好意，你别不识抬举？"隆延宗道："你回去告诉我娘，她的这种好意我不接受，我也不想害了别人家小姐！"佘小四不解："你们家那么有钱，嫁给你谁都求之不得，怎么能说是害了人家呢？"隆延宗正色道："七尺男儿，大仇不报，我怎么有脸活在这个世上？就算从监狱里出去，我也不会成家。不收拾了姓洪的，我隆延宗誓不为人！"

洪凌志正躲在一旁，再也忍不住了，冲了进来，身后还跟着狱警和十来个警察。佘小四吓得灵魂出窍，支支吾吾："洪县长？！这……这……这大下雪的天，您怎么来了？"洪凌志怒道："佘小四，你玩忽职守，当然不知道我要来！"佘小四看着洪凌志身后的狱警们，狱警们全都低下了头。洪凌志走向隆延宗，说："我人就在这儿，你要怎么收拾我呀？"

隆延宗突然收敛了所有锐气，恭恭敬敬地鞠了一躬："洪县长好。"洪凌志道："少来这一套！"隆延宗说："我现在是阶下之囚，洪县长是正人君子，一定不会乘人之危，为难我，让我不能活着离开监狱？"洪凌志说："那是自然！""有这句话我就放心了。"隆延宗向所有的狱警抱拳，"诸位兄弟都听到了？洪县长不会为难我，若有人对我用私刑，害我死在牢里，那就是谋杀！"用过私刑的两个狱警有些心虚。

洪凌志说："隆延宗，跟你比起来，我确实是正人君子！你放心，我绝不会用私刑让你死在牢里，我等着你出狱报复我，洪某人不怕你！"洪凌志扭头要走。佘小四忙说："洪县长，您走啊……"洪凌志驻足："把佘小四的枪给我下了！”佘小四大惊：“啊？！”洪凌志道：“既然你愿意给隆家做奴才，为什么当警察？拿国家的薪俸，伺候你家的三少爷，你想得可真美呀。扒掉他的衣服，他从今以后不再是警察了！”

第二十一章

佘小四丢了官，独自买醉，他边喝边嚷嚷：“我怎么办呢，除了当警察我啥也不会……”他喝光了一壶酒，又叫道，“拿酒来！”店小二上酒，他伸手去拿，酒壶却被一只大手摁住。他一愣，看到隆福就站在面前。他下意识起身，去摸腰里的枪，可是腰里啥也没有。隆福问：“佘队长，你这是干什么？”佘小四说：“隆福？法场上我摘了你的帽子，害得你剪了小辫子，你是要来报仇的？你别看我没枪了，可就你，你个老东西还不是我的对手，来来来！”佘小四摇摇晃晃地起身，亮出个黑虎掏心的架势。隆福说：“谁要打你了？我这一把岁数，怎么会跟你打架呢？我是见你一个人喝酒，怕你醉了，来看看你。”佘小四愣了半晌，又哭了起来：“福叔……你真是好人，这时候你还能陪我喝酒，我这眼泪止不住啊……”

隆福没想到佘小四伤心成这个样子，连忙上前安慰。等佘小四哭够了，说出了前因后果，隆福惊讶地反问：“洪县长一句话，你就丢了差事？”佘小四点点头：“可不，他是县长，收拾我个小警察，那还不就是一句话呀！”隆福唏嘘道：“哎呀，我才知道你管监狱，还想跟你打听打听二少奶奶呢？”佘小四摇摇头：“能怎样啊，我被扒了官衣，她还能活着出了大牢？”隆福大惊：“怎么回事儿？二少奶奶就判了一年，难道洪县长又要搞什么诡计枪毙她不成？”佘小四叹道：“枪毙？哎呦，谁会为她浪费个枪子儿啊？”隆福问：“那你怎么说活着出不了大牢？”佘小四道：“你想啊，她肚子都那么大了，过不了多久就得生了。本来我在监狱里当差，还能偷偷地请个接生婆进去帮她，现在我不在了，谁管？一个女人在牢里边生孩子，啥都没有，不就是落个母子双亡！”隆福愣住了。

隆夫人拿着一份地契反复地端详。那是一份二十亩水浇田的契约，上面有隆老太爷的亲笔字和印章。她抬起头来，说：“这块地……”隆福接话道：“隆福不要了，请夫人给折成现钱。”隆夫人吩咐道：“佘管家，去报官，这地契有诈！”隆福一愣：“夫人，怎么有诈？”隆夫人说：“若按这张地契，这二十亩水浇田三十二年前就是你的了，可如果我没记错的话，这块地至今还在隆家。”

隆福说："对呀，三十二年前就归我了，可我一直没自己种。"隆夫人说："隆福，你是隆家的老人，即便是你跟延宗闹翻了，离开隆家，我仍然敬重你！可你……你居然伪造地契，回来骗钱！你……老太爷要是知道有今天，绝不会教你写字！"

佘管家惊讶道："夫人，你说这是？"隆夫人点点头，说："这地契上的字一定是隆福伪造的！他跟老太爷多年，会模仿老太爷写字，至于印章嘛，也一定是他偷着盖上的！"隆福说："夫人，你要是不想要这二十亩地，也无妨。你把地契还给我，我卖给别人去。"隆夫人道："大胆！佘管家，还不去报官？"佘管家连忙答应："好。"

隆福问道："夫人，您怎么就一口咬定我隆福伪造了地契呢？"隆夫人说："这地三十二年前就是你的，你自己不种，却让隆家佃户种着，打下来粮食归隆家，你也太好心了吧？有了二十亩这么好的水浇地，你还用给隆家看大门，你早就出去当员外了吧？老太太在的时候，你怎么不敢把地契拿出来，你是怕她一眼就识破吧？"

隆福笑了："夫人，您可记得老太爷驾鹤西去多少年了？"隆夫人沉吟："这……"她看了一眼佘管家。佘管家提醒道："三十二年。"隆夫人道："三十二年，又如何？"隆福说："没错，老太爷是怎么走的，您可还记得？"隆夫人说："去省城的路上，马贼打了老太爷的黑枪，虽说没打中，可老人家受了惊吓，回来一病不起……"隆福问："对啊，那黑枪没打中老太爷，您可知打到哪儿了？"隆夫人一愣。隆福拽开棉袍，使劲向下一褪，露出肩头，回过身去，背对着隆夫人，一个大疤痕赫然露在她们眼前。

"三十二年了，子弹还在里边，一到阴天下雨，我这后脊梁就钻心地疼！"说着，隆福将衣服穿好，回过身来，"夫人，三十二年前，老太爷赏了我这二十亩地，可我没把它收过来，是因为老太爷对我恩重如山，我觉得替老太爷挡住这颗枪子儿是我的福分！可现在我缺钱花，离开隆家这半年，我已经把所有的积蓄都花光了，值钱的家什，好点儿的衣服，都当光了，就剩下这二十亩地了。我不得不把地契拿出来，但我不想卖给别人，毕竟这是隆家的地，所以我才来求夫人！"隆夫人惊诧不已，佘管家更是意外。隆福接着说："您若是还不信，我也没法子。那您就直接把我关进监狱，也就省事了！"隆夫人有些尴尬："隆福，不管你说的是真是假，你跟过老太爷，婆婆当年对你也很信任，我就信你一回，拿了钱，你好好置一份家业，安度晚年吧！"隆福抱拳道："隆福多谢夫人！"

拿到钱的隆福，毫不犹豫地到了县政府大门口。他向嘴里咕咚咕咚地倒了几口酒，就将酒壶摔在地上，看门的警察立刻警觉起来。一名警察冲了过来："老头儿，你要干什么？！”“干什么？我要打人！”说着，隆福劈头盖脸就向警察打去，一巴掌抽在了警察的脸上，立刻有四五名警察端着枪冲来，将他围在中间。隆福狂笑道：“快把我抓起来吧，进了大牢，我就有吃有喝有地方住了！”

不多时，隆福就被几个狱警押进了审讯室。隆福连忙抱拳：“三位官爷，吉祥，吉祥啊！”一个狱警把鞭子在空中抽得直响：“老头儿，听说你活腻了，敢打警察？”隆福忙说：“没有的事儿，没有的事儿。”狱警问：“没有？没有你怎么进来的？”隆福小声道：“是这样，我专门惹了点事，就是为了进来坐牢。”狱警气乐了：“嘿，听说过争着娶媳妇的，没听说过争着进大牢的！老头儿，你有疯病吧？”隆福说：“我腿瘸，别的病没有。”狱警问：“那你进来想干啥？”“孝敬三位官爷啊。”隆福说着把手伸向怀里。狱警警觉，喝道：“你要干什么！”隆福笑着，从最里边的衣服里拽出叠成小卷的银票，慢慢地一一展开：“幸好我把现洋换成了银票，要不可带不进来，三位请笑纳。”几个狱警面面相觑。

一个狱警接过银票来看，说：“嗬，你个老小子够有钱的！”另一个狱警道：“这老头没准儿是土匪的眼线，这银票拿了可要烫手啊！”其他几个狱警立刻觉得有道理。隆福摇摇头说：“我怎么可能是什么眼线？我叫隆福，以前是隆家看大门的。你们想想，有没有见过我？”

几个狱警相互对视着，一个狱警说：“想起来了，他确实是隆家看大门的。”于是几个狱警们都回过身来，嘀咕着。一个狱警说：“既然是隆家的人，进来不外乎是为了让隆延宗过得舒服点儿……”另一个点点头说：“没错儿。”几个人都认同这一点。

一个狱警问：“老头儿，你孝敬我们哥儿仨为了什么呀？”隆福道：“我忙活一辈子，闲不住，想让三位官爷在这牢里边给我找点儿活干，比如做做饭，伺候伺候人……”另一个狱警道：“看来咱们是猜对了。”几人哈哈大笑。一个狱警说：“行了，我们不难为你，你该干吗干吗，权当我们没看见！”隆福抱拳道：“多谢三位官爷！”

牢门上的小铁门打开了，有人将一份吃的递了进来。那人说：“开饭了。”瑛娘没在意，也没搭理。那人见她不听，又嘱咐了一句：“你有孕在身，你不吃孩子就没的吃，你是当娘的，跟谁生气可都不能亏着孩子！”瑛娘一愣，回过身去，发现站在门口的是隆福。

“福叔！”瑛娘扑了过来，“您怎么……”隆福笑了：“我找了份新差事，专门在这儿做饭，以后每天都能见到二少奶奶了，这多好。”瑛娘看着隆福的囚服："不对，福叔，您也穿着囚服，到底怎么回事儿？"隆福笑着说："二少奶奶，您好好养胎，我的事就不劳您费神，接着这个……"隆福一伸手，递进了两个鸡蛋。"趁热吃啊。"说完，隆福离开。

瑛娘喊道："福叔，您等一等！"隆福只好硬着头皮回过身来，他看到的瑛娘面黄肌瘦。瑛娘问："我已经进大牢几个月了，我的孩子，我的孩子们，你可见过？"隆福稍加犹豫，脸上便挤出了笑容："恭喜二少奶奶，我找到大小姐和二小姐了。"瑛娘大喜："您是追上了盖家班？"隆福一愣："盖家班？"瑛娘问："我的两个女儿不是跟唱戏的盖家班走了吗？"隆福露出难为情的表情。瑛娘又问："那您是在哪里找到她们的？"隆福试探地说："古风村哪……她们离开隆家就回了古风村，买下您那三口窑的老郝收留了她们。"瑛娘说："回了古风村？这两个丫头真有主意。我一直嘀咕来着，戏班子怎么会平白无故收下我两个闺女，姓佘的果然又骗了我！"

见瑛娘面露喜色，隆福松了口气。瑛娘接着问："她们在古风村好不好？"隆福点点头："好！街坊邻居都是好人，三天两头地往老郝家送粮食，谁家要是杀只鸡呀，准得请二位小姐去吃鸡大腿！"瑛娘露出久违的笑容："太好了，福叔，我最近一直做噩梦，还以为我的盼娣和招娣……原来她们俩回了古风村，有那么多老邻居对她们好，唉呀……梦都是反的，反梦啊……"

隆福说："还有三小姐，我也有了消息，被清风镇一个姓郭的人家收养了。郭家是个富贵人家，我见到了郭员外，跟他说明了原委，可人家很谨慎，没让我见三小姐。不过郭员外答应了，只要是孩子的亲娘到了，他们一定让孩子出来相认！"瑛娘惊喜道："真的？我的念娣还活着？！"隆福点点头："那当然，郭员外很喜欢三小姐，说孩子到他家长高了不少！"瑛娘跪倒在地，连连叩首："二少爷，三个孩子都找到了，都找到了！"隆福看着瑛娘的背影，神情复杂。

瑛娘又爬起身来，跪倒在隆福面前："福叔，您帮我找到了三个孩子，从今以后您就是她们的亲爷爷，我给您磕头！"说着，瑛娘又一个头磕在地上。隆福连忙摆手："二少奶奶，快起来吧，我先走了，时间不能太久，要不然警察该拿鞭子抽我了。"瑛娘看着隆福一瘸一拐的背影，喜悦异常。

不久，隆延宗也发现了正在盛饭的隆福。隆延宗问："隆福？"隆福点头："是我。""你怎么进来的？"隆延宗四下望着，并没有发现其他狱警跟随，"是不是佘小四出了事，我娘让你进来伺候我的？"隆福摇头："我早就不是隆家的人了，凭什么伺候你？"隆延宗有些尴尬。隆福道："在县政府门口打警察的巴掌可真痛快呀，判我入狱半年，正好赶上二少奶奶生产，兴许呀，还能赶上和二少奶奶一起出狱哪，嘿嘿！”隆福有意气他。隆延宗问：“你为了那个女人去打警察？甘愿为她坐牢？”隆福回身，板着脸说：“是又怎么样？”隆延宗露出难以置信的目光。隆福说：“从二少爷四岁起，就是我带他，那是老太太托付给我的。二少爷何等尊贵，可他跟我说过，我们情同父子！现在二少爷走了，二少奶奶怀着二少爷的骨肉，我隆福就算豁出这条老命，也要保二少奶奶母子平安！”

转眼就是大年三十了。在隆延宗牢房前，隆福将一盘饺子递了进去。隆延宗一愣：“饺子？嗬，他们这么好心，还给我饺子吃？”隆福不搭话，扭头就走。隆延宗吃了一个饺子，说：“这是隆家饺子的味道，隆福，不会是你专门给我包的吧？”隆福回过头来，说：“三少爷嘴可真刁啊，一下子就吃出来了，我可没那么好心，要谢你就谢二少奶奶，她说一个人吃不了，让我分几个给你！”隆延宗叹道：“隆福，你进来两个多月了，我一直想跟你好好聊聊，今天是除夕，你能陪我说会儿话吗？”隆福回过头来，看着那张与隆继宗十足相似的面孔，叹了口气，将一小壶酒隔着铁栏杆给隆延宗倒上。

隆延宗闻到酒香，感叹着：“多谢，真没想到我还能喝上酒。”隆福说：“这壶酒是当官的喝剩下的，我藏了十几天了。今天大年三十，没人巡夜，就给你解解馋吧！”隆延宗一口将酒喝下：“真香啊！”隆福又给他倒酒。隆延宗道：“隆福，你也喝一口。”隆福却摇摇头：“我可不敢喝，按日子二少奶奶早该生了，我得精神着点儿。”隆延宗问：“就是怕柳瑛娘生孩子没人照顾，你才进来的？”隆福点点头：“对呀。”隆延宗又问：“那你……怎么买通的那些警察？”隆福道：“幸好三十二年前，替老太爷挨了一枪。老太爷赏我的地，是让我成家立业，自立门户的，我拿它换了钱，跟你娘换的。有钱能使鬼推磨，要不然你哪能喝得上酒？”延宗惊讶不已：“你做这一切，都是为了那个女人？你不会也被迷惑了吧？”隆福叹道：“我岁数大了，眼花了，但心里边明白，二少奶奶若不是好女人，会有那么多孝兴百姓为她挡枪子儿？”隆延宗喃喃道：“难道真的是我娘对她有偏见？难道我真的中了时少卿的诡计？隆福，你跟我好好讲讲，二哥带着柳瑛娘回到隆家，前前后后到底怎么回事儿？”隆福深吸了口气：“要讲二少奶奶，得从她七岁那年讲起，您可知当年挑选河姑，老太太就是派我去的蘑菇镇……”

隆福讲了很久很久，从瑛娘进隆家成为河姑，一直到她与隆继宗天人永隔。隆福说：“二少爷也曾经误会过二少奶奶，后来他弄清了真相，非常后悔。就在他过世前一个月，还找我去陪他喝过酒。那天二少爷多饮了几杯，掉了眼泪，他说他对不起二少奶奶，要一辈子好好待二少奶奶和孩子们，弥补自己的错！”隆延宗一口干掉了一杯酒，说：“隆福，还有吗，再给我倒一杯！”隆福将酒壶递了进去，隆延宗将酒都倒了出来，也就只有一杯了。

隆福叹道：“二少爷最后悔的，就是引狼入室，与那时少卿拜了把子！时少卿这个人，无比奸诈狠毒，他说假话的时候，连眼睛都不眨一下，三少爷，你怎么能相信他的话呢？”隆延宗心虚，硬着头皮说：“难道是我错怪了柳瑛娘？”隆福说：“三少爷，你大白天的劫道杀人，是被时少卿激怒了吧，若非如此，又怎么会有牢狱之灾？三少爷已经吃了亏，还不知道自己是上当受骗？”隆延宗长吁一口气：“糊涂，我真是糊涂啊……”他说着将最后一杯酒倒进嘴里，感觉无比苦涩。他顿足捶胸道，满眼泪水：“我险些置柳瑛娘于死地，不是更对不起二哥？二哥，我……”突然，隆福问：“三少爷，你听见了什么声音没有？”延宗一愣：“没有啊，什么声音？”“是二少奶奶的叫声，要生了，肯定是要生了！”隆福扭身就跑。

瑛娘捂着肚子正在呻吟，她尽量把声音压得很低，豆大的汗珠哗哗往下流。隆福夹着一叠布，拎着水壶快步赶来。隆福问：“二少奶奶，还能不能走动？”瑛娘微微点头：“能动……”隆福吩咐道：“快，把盆拿过来。”瑛娘艰难地起身，拿起木盆来到铁栅栏旁。隔着铁栅栏，隆福先将一叠布递了进去：“二少奶奶，这些布是我一块块攒的，都洗干净了，待会儿你一定用得着！”瑛娘感激地说：“多谢福叔……”

隆福又往返几次，给盆里加上已经烧好的热水，说：“只有一个木盆，这些热水也不知道够不够，二少奶奶，您就将就吧。”瑛娘点着头：“这已经很好了。”瑛娘慢慢拖着木盆，向木床的方向移动着。隆福道：“我这就给您做饭去，生孩子需要力气，我多给您煮几个鸡蛋？”瑛娘说：“不着急，我都生过三个了，我知道没那么快。”隆福突然想起什么，从怀里边拽出一样东西来：“对了，这个给您。”瑛娘接过来，发现是一把剪子。隆福笑了：“在牢里，这玩意儿可不好找，我用了一张不小的银票，才换来的。”瑛娘感动极了：“福叔，您想得真周到。”

不知过了多久，隆福又拎着一壶热水走来，他回避着，不往里看，低头问：“二少奶奶，水凉了吧，我又烧了一壶热的，怎么给您啊？”瑛娘无力地说道：“福叔，他该出来不出来，哪有用热水的命啊。您就别管我了，就算是豁出我这条命，我也要把他生出来，您放心吧！”说着，瑛娘又一声惨叫，背着身的隆福流下了眼泪。

听着瑛娘的喊声，隆延宗突然跪倒在地，双手合十：“隆家的列祖列宗，二嫂正在生产，求列祖列宗保佑她顺利平安，若是个男孩，我二哥隆继宗就后继有人了！”

瑛娘仍在声嘶力竭地号叫着，可是孩子还没动静。她又深深地吸了一口气：“儿子，我知道娘的身体里暖和，你不愿意出来，可是不行啊，再这样下去，咱们娘儿俩就都没命了。对不住了，娘无论如何也要把你生下来！”瑛娘一咬牙，攥紧了拳头，在自己的肚子上使劲地砸。隆福听到声音急坏了：“二少奶奶，您在做什么？”瑛娘道：“放心吧福叔，隔着肚皮，我打不疼他，出来吧，儿子，这世上再苦再难，你也得出来！娘，还有你三个姐姐，会陪着你长大的，别怕，出来！”瑛娘又朝自己的肚子砸了两拳，由于疼痛，她更加用力地叫嚷着。

监狱女牢房里，女囚犯们面面相觑。“哪有这么叫唤的？赶上杀猪了！”“完了完了，八成是生不出来了！”“我看，娘和孩子都得没命，这大过年的，真够可怜的。”“谁说不是呢？”

隆延宗向声音传来的方向望去，也预感到不好。他跪倒在地，低声祈祷：“列祖列宗，延宗在这儿给你们磕头，求你们显灵，保佑二嫂吧！”说完，他在地上咚咚咚地磕着头。

天亮了，一缕晨光透过窗户照在瑛娘的脸上。瑛娘睁大了眼睛：“儿子，你和娘再一起使把子力气，最后一次！你要再不出来，娘就豁开肚子，把你取出来！”瑛娘已经下定了决心。牢房外的隆福劝道：“二少奶奶，别着急，您再歇会儿，歇会儿。”瑛娘摇摇头说：“不行，血流得太多了，再生不出来，孩子准得憋死……待会儿我豁开肚子，您就去喊警察开门，帮我把孩子拿出来。”隆福急道：“二少奶奶，别！”

瑛娘道：“最后一次，儿子，使劲儿！”说着，她大声地喊着：“啊——”背着身的隆福急坏了，他知道瑛娘用尽了全身力气。突然，瑛娘有了感觉，她连忙起身用手够向孩子出生的地方：“使劲儿，儿子，我的儿，使劲啊！”瑛娘的双手摸到了孩子的头，她将孩子向外拽着，用力地拽着。外面的隆福急得浑身是汗，眼睛都瞪出了泪水。

突然，瑛娘重重地倒在床上，她已经没有力气了，但脸上却出现了幸福的模样。她转过头去，看着放在一边的剪刀，用带血的手抓起剪刀，再次起身，剪断了脐带，用布擦着孩子。擦着擦着，她突然慌乱起来：“孩子，你怎么不哭啊，你为什么不哭？”隆福紧张得浑身是汗。瑛娘起身下床，抓住婴儿的双脚，将孩子整个倒着提溜起来，拍打着婴儿的屁股。终于，婴儿哇的一声哭了出来。

哭声传来，整个监狱的人都松了口气。“哎呀，生出来了！生出来了！”“这哭声够有劲儿的，估计是个小子！”

隆福转过身来，喊道："二少奶奶！"瑛娘将孩子用布包好抱在怀里，虚弱地笑了："福叔，是个儿子！我给二少爷生了个儿子！"隆福万分欣喜，跪倒在地："二少爷，二少奶奶为您生了儿子，母子平安哪——"瑛娘看着孩子，热泪盈眶："继宗，我终于给你生了个儿子！二少爷，您快看看，看看……"瑛娘怀里的婴儿哭个不停。

隆福一瘸一拐地跑到隆延宗的牢房前，望眼欲穿的隆延宗连忙起身，问道："隆福，怎么样？"隆福满眼笑意："三少爷，道喜，二少奶奶生了，给二少爷生了个小少爷！"隆延宗再次跪倒："隆家的列祖列宗在上，二嫂生了个儿子，二哥后继有人了，隆家有人延续香火了！"

不知不觉，漫山的杏花绽放，春天已经来临。

洪凤鸣摆放着碗筷，洪凌志从办公室出来，笑着："有意思，有意思。"洪凤鸣问："叔叔今天怎么这么高兴？"洪凌志道："我刚签了字，柳瑛娘明天就要出狱了。""真的？太好了！""有意思的是，柳瑛娘居然在牢里生了个大胖小子，大年初一生的！""叔叔，女人生孩子是多么难的事，更何况是在牢里，一定受了不少苦，有什么好笑的？""我笑的是有热闹可看了。"

洪凤鸣问："什么热闹？"洪凌志说："我刚才问了一下，隆延宗也没有几天刑期了，我就做了一个顺水人情，让他也早出来几天。明天监狱门口，一定是一出好戏！"洪凤鸣说："什么意思？"洪凌志笑道："那个时少卿，自从柳瑛娘进了监狱，就住在孝兴没走。一年呀，一直在等柳瑛娘，这奸夫淫妇也算是情深意切呀！明天柳瑛娘出狱，他能不去接？隆延宗要出狱，隆家能不去接？两头撞上，还不是好戏？"洪凤鸣说："你明知道他们两边儿有仇，干吗让他们撞上，不地道。"洪凌志十分得意："隆延宗不是要报复我吗，仗着隆家有钱有势，谁都不放在眼里。我听说时少卿也不是善茬，在北京很有家世！强龙遇上地头蛇，先让他们俩斗斗，斗得越热闹越好，最好动刀动枪，我让隆延宗坐一辈子大牢，看他怎么报复我！"

第二天，监狱大门口，隆家迎接的队伍套了两辆马车，隆家人翘首以盼。哪承想，大门打开，第一个出来的却是隆福。三叔公疑惑道："那不是隆福吗？什么时候进去的？"四叔公道："半年了，犯了疯病，到政府门口去打警察！"

隆福见到隆夫人，远远地行了个礼，然后走到了另一旁，伸了伸懒腰，坐在了地上。七舅爷不满道："哎，隆福，你怎么越来越没规矩了，隆家这么多长辈都在，你不该过来见礼吗？"隆福起身道："对不住，老几位，我已经不是隆家的人了，礼数不周，你们就别挑眼了啊！"七舅爷说："我问你，延宗在里面怎么样，他有没有挨打啊，脸上没落下疤吧，胳膊腿儿没落下什么毛病吧？”隆福懒得搭理，说：“待会儿三少爷出来，你们一看就知道了。”四叔公道：“你既然不是隆家的人了，也不把我们放在眼里，那就赶紧走，别让我们看着碍眼！”

隆福说：“对不住，我不走，我在这儿等着接小少爷！”三叔公问：“哪儿来的小少爷？”隆福笑着：“继宗货栈已故东家隆继宗隆老板的遗孀，在牢里边给他生的儿子！哈哈，三个月了，小家伙壮实得很，那眉宇间的模样，太像隆老板小时候了！”众人相互对视着。隆万氏瞪大了眼睛：“婆婆……”

这时，瑛娘从监狱里走出来，怀里抱着孩子。隆福连忙迎了上去：“二少奶奶，咱们走吧，人家是来接三少爷的，咱们不自讨没趣了。”瑛娘点点头：“多谢福叔，我明白。”

瑛娘虽这么说，却径自走向隆夫人，轻轻鞠了一个躬。瑛娘说：“夫人，我给二少爷生下了一个儿子，大牢里生的，所以我给他取名叫牢生。”瑛娘看了看怀里的孩子，“牢生，这是奶奶，你爹的亲娘。来，娘抱着你，给奶奶磕个头。”说着，瑛娘跪倒在地，隆夫人不知该如何是好。

隆万氏可是急了，三步并两步冲到前面，说：“等会儿，你说这孩子是隆家的，我们可不认！我二兄弟死了多久了，谁知道这是你跟谁偷的野种。你坐了一年的大牢就变出个儿子来，还要认祖归宗，柳瑛娘，为了争隆家的家业，你可真是贼心不死啊！”

瑛娘根本不看隆万氏，说：“牢生，是人就有父母，就要行孝道。娘抱着你给奶奶磕头，就是要教会你行孝道，这样才对得起你爹给了你的这条命。”说完，柳瑛娘抱着牢生，连磕了三个头。

隆万氏急得直跺脚：“这……这……这成什么了，婆婆，不能认！不能认啊！”一众宗亲长辈都看傻了眼，隆夫人也被突如其来的变故弄蒙了。

磕完头，柳瑛娘起身，头也不回地向另外一个方向走去。三叔公忙叫道：“这……这……柳瑛娘，你等一等。”瑛娘只好停下，但她没有回头。三叔公说：“继宗他娘，这孩子到底是不是隆家的，你可得拿个主意啊。要是真的，他们这一辈儿，可就这么一个男丁！”

“说什么呢，三叔公，我们长房长孙不算数啊？”隆万氏拉着隆喜功上前，又哭又闹，“哎呀，我孩子他爹呀，你睁眼看看吧，长房长孙没人认，外面不清不白的孩子，他们要当宝贝呀！”

瑛娘听到背后的吵闹，脸上露出不屑的表情。她刚要走，一辆轿车开来，拦住了他的去路，汽车后面还跟着四个打手模样的人。隆家所有人都向汽车的方向望去。时少卿从车上跳了下来，说：“瑛娘，你终于出来了！哎呀，孩子生了，让我看看，让我看看！”说着，他凑近了瑛娘，要看襁褓中的孩子。瑛娘抡圆了胳膊，狠狠地抽在他的脸上。

时少卿被抽得一愣，定了定神，说：“我该打，让你坐了一年的牢，这是受了多大的委屈，你还在牢里面生了孩子，得吃了多少的苦头，都是我的错，你再打我一巴掌，我心里才好受！”说着，时少卿又将脸凑了过去。

瑛娘怒道：“滚！”

时少卿觍着脸说：“瑛娘，你别生气，家里我都安排好了，找到了最好的厨子，手艺真不错！伺候月子的也找好了……啊，不对，不对，孩子应该已经三个月了吧，不叫坐月子了，是伺候你的，还有孩子的奶妈，都找齐了。瑛娘，我保证，以后不会让你和孩子再受半点儿委屈，快上车吧，我们回家！”说着，时少卿拉开车门。

瑛娘气得直哆嗦，但不愿意再和他理论，绕开他，朝前走去。隆福跟着瑛娘，走过时少卿之际，向他吐了口唾沫。管家作势要打：“嗨，你个老不死的，敢啐我们家老爷！”时少卿制止道：“算了，瑛娘还在生我气，慢慢会好的。走，跟着我的瑛娘！”他是故意说给隆家人听的。说完，他上车，追着瑛娘去了。

隆夫人气得脸色发白，隆万氏连忙挑唆：“奸夫淫妇，昭然若揭呀！”

正在这时，牢门打开，隆延宗终于走了出来，隆家众人一拥而上，围住了他。“娘……”隆延宗跪倒，给隆夫人磕头。隆夫人将他搀起，端详着：“儿啊……”七舅爷打量着，说：“哎，这胳膊腿儿，哪儿都没事！”三叔公说：“脸上也没落下疤，这就好，这就好，隆家重振家业，有指望，还有指望！”四叔公也说：“是啊，延宗，以后你可别再惹事了，隆家都指望着你呢！”“各位长辈，让你们担心了，延宗在这里磕头赔罪。”说着隆延宗跪下叩了一个头。“快起来！快起来！”三叔公、四叔公和七舅爷高兴坏了。

隆延宗起身道：“娘，你们有没有看见二嫂？”隆万氏接话道：“哎哟，你说柳瑛娘啊，看见了，刚走！”隆延宗一愣：“走了？你们怎么不拦住她，你们没见她怀里抱着我二哥的亲骨肉吗？”隆万氏急了：“你怎么知道那是你二哥的？”隆延宗也急道：“一句两句说不清楚，二嫂往哪儿走了，我得赶紧去追她！”

隆夫人劝道：“儿啊，你在牢里受苦了，咱们先回家。”隆延宗摇摇头：“不行！我一定要追上二嫂，带她一起回隆家，不然她一无住处，二无钱财，孤儿寡母怎么生活？”隆万氏继续挑拨道：“放心，她相好的开着汽车跟着呢，人家说了，家里一切都准备好了，不用你操心！”隆延宗一愣：“什么？时少卿？”隆万氏点点头：“对啊，柳瑛娘是被时少卿接走的。”

三叔公脸一沉，说：“不是接走的。刚才你没看见她抽了那姓时的一巴掌？”隆万氏说：“看见了，挨了抽的都不还手，那是打情骂俏！”四叔公摇头说：“我看着不像！”隆万氏说：“还要怎么像啊？姓时的都说了些什么，你没听见啊？别人老了眼花，你老了耳聋啊？”四叔公怒道：“你……”

七舅爷赶忙出来打圆场：“三叔公、四叔公，看今天这出，柳瑛娘跟时少卿还真说不清楚。我看那个孩子，不追也罢，万一是野种，岂不贻笑大方。今天我们是来接延宗出狱的，其他的事以后再议。延宗啊，先回家。”

隆延宗看向隆夫人。隆夫人露出期盼的目光：“儿啊，先回家吧。”隆延宗想了想，一咬牙：“娘，你们先回去，我去去就来。”说着，他狠心甩开了隆夫人的手，向瑛娘离开的方向追去。隆夫人一阵眩晕，心里只叫苦，说：“哎，跟上，快跟上延宗！”所有人都追着隆延宗而去。

瑛娘快步走着，隆福看了一眼身后，说：“二少奶奶，这无赖一直跟着，真是让人心烦，您先走，我去跟他们拼命！”瑛娘停下脚步，说：“福叔，不用搭理他们，他们也不敢把我怎么样。”

正走着，洪凤鸣拦住了去路，说：“瑛娘，我来晚了，对不起！”一见是她，瑛娘笑了，笑容里充满了歉意。“这是送给你的。”说着，洪凤鸣从身后拿出一束花来。瑛娘问：“为什么？”洪凤鸣道：“我听叔叔说，你在监狱里生下了孩子。”她走向孩子，轻轻摸了摸他的小脸，赞美道：“真好看！”看了一会儿孩子，洪凤鸣又看向瑛娘：“这半年，我好几次要去看你，可叔叔都不让。有一回我偷着去了，结果叔叔叫警察把我抓了回去，还大骂了我一顿。其实我想去看你，就是惦记你。我知道生孩子不容易，更何况是在监狱里。这束花，送给了不起的母亲，你一定要收下！”

“好，我收下，谢谢洪小姐！”瑛娘接过花，说，“我记得我说过恨你，现在想想，真不应该。在法场上，要不是你带来了古风村的乡亲们，我就挨枪子儿了，我要是死了，也就没有他了。”瑛娘对着牢生说：“牢生啊，面前的这位，是我们的救命恩人，来，娘带着你，给恩人鞠个躬！”说着，瑛娘抱着孩子给洪凤鸣鞠了一躬。

洪凤鸣忙摆手：“千万别这样，千万别这样！瑛娘，你跟我走吧，我的住处够大，我把床让给你和孩子。”瑛娘说：“洪小姐，我得回古风村。我的三个闺女都找到了，老大、老二在古风村，老三在清风镇。我先去古风村接上盼娣、招娣，然后再去清风镇找我的念娣……我们一家五口就要团聚了！”洪凤鸣看向瑛娘后面的隆福，隆福直使眼色。洪凤鸣只好笑着点点头：“那太好了，一家团聚真好，恭喜！”

瑛娘说：“洪小姐，还有件事想麻烦您。”洪凤鸣说：“不用客气，你说。”瑛娘说：“我身后跟着一辆汽车，还有一堆坏人，我和福叔拿他们没办法，求您帮我拦住他们！”洪凤鸣看看汽车，看到坐在车里的时少卿，便点点头：“放心吧，瑛娘，你们走。”瑛娘道过谢，和隆福快步离开。

那汽车刚要跟上，洪凤鸣上前两步，来到车前面，叫道：“时少卿，你给我下来！”时少卿只好推开车门，从车上下来。洪凤鸣问：“时少卿，你还嫌害瑛娘害得不够吗？”时少卿不解：“洪小姐，怎么，变成好姐妹了？”洪凤鸣说：“你少阴阳怪气的，我告诉你，瑛娘不想让你跟着她，你离她远点儿！”时少卿说：“那可不行，我得带我的瑛娘回家！”洪凤鸣骂道：“你个龌龊东西，别说这些让人恶心的话！”时少卿说：“好好好。管家，洪小姐咱可是得罪不起的，既然她拦住了汽车，那你们就跟着我，跑着去追瑛娘！”说着，时少卿就去追。

洪凤鸣快走两步，说：“站住！我说什么你没听懂吗，瑛娘不想让你跟着她！”时少卿说：“哎呀，洪小姐，瑛娘身上没有钱，带着孩子怎么活？我已经为她安排好了一切，接她回家，是为了她和孩子好。你就让让路吧。”洪凤鸣说：“没门儿！你个流氓，只要有我在，你别想欺负瑛娘！”时少卿说：“管家，给我拉住她！”管家上前拉住洪凤鸣，说：“老爷快走！”

时少卿带着人刚要去追，后面传来一声断喝：“时少卿！”隆延宗飞奔而至，时少卿愣住了。见到此人，他不敢轻举妄动。隆延宗快步来到他的面前，时少卿阴阳怪气地说：“恭喜啊，隆延宗，你活着从监狱里出来了？”隆延宗点点头：“时少卿，我活着出来，就是为了索你的命！”时少卿不屑道：“怎么？光天化日之下你又要行凶，这可是孝兴县城！”隆延宗摇摇头：“我没那么傻，我警告你，离我二嫂远点儿！”

时少卿无心搭理，向远处望去，瑛娘和隆福的身影已经看不见了。他连忙吩咐手下：“哎呀，你们快去追瑛娘呀！”隆延宗也要去追，却被时少卿上前拦住：“哎，隆延宗，好不容易又见面了，急什么，多聊几句如何？”隆延宗说：“跟你这种奸诈小人，有什么可聊的？”时少卿说：“我挨了你一剑，你坐一年大牢，咱俩也算是扯平了。你我本来没什么过节，一笔勾销了如何？”隆延宗冷笑道：“你说得真轻巧！”时少卿说：“冤家宜解不宜结嘛！瑛娘不愿意跟我回北京，她说喜欢孝兴，尤其是喜欢住了很久的那个小院子。当年她不听我的，抵给了放高利贷的薛员外，我多花了不少钱才买回来的。现在，家具、被褥都换新的了，伺候瑛娘的下人我也安排好了，还有帮着奶孩子的奶妈、做饭的厨子……

一个男人爱上一个女人怎么办呢，就陪着她呗。我以后就在孝兴长住了，你说这巴掌大小的地方，大家低头不见抬头见，结了冤家多难受啊。再说，毕竟你姓隆嘛，我的瑛娘也不愿意我跟你结仇……”隆延宗气急了，一拳砸在时少卿的嘴上。时少卿倒在地上，嘴上冒着血，脸上却露出奸诈的笑容。

管家立刻高喊：“来人啊，警察快来啊，抓人啊，有人打人啦！”三名警察立刻从小胡同里跑了出来，隆延宗这才知道又上了当。隆家人正好赶来，看到警察用枪对准了隆延宗这一幕，隆夫人吓得六神无主。

阎局长快步走来，喝道：“怎么回事？”时少卿爬了起来，说：“快把隆延宗抓起来，刚出监狱他就行凶，无法无天哪！”阎局长道：“隆延宗？你又打人？抓起来！”

隆夫人连忙上前恳求道：“阎局长，我儿子刚从监狱里出来，一年哪，你不能再抓他了，求您高抬贵手，高抬贵手！”阎局长摇头：“高抬贵手？我可不敢。跟你们隆家，只能秉公办事，不然的话，就会被诬告，愣着干什么，抓人！”阎局长瞟了一眼时少卿，时少卿还以微笑。

洪凤鸣忽然上前，说：“等一等，阎局长，你们为什么抓人啊？”阎局长道：“隆延宗当街打人，当然要抓……”洪凤鸣说：“当街打人？您看见了？”阎局长说：“这……这……”时少卿忙说：“他打了我呀，你看这都流血了。”洪凤鸣问：“时少卿，隆延宗什么时候打的你？”时少卿一愣，说：“刚刚呀，他一拳把我打倒，你亲眼看到的，这么多人都看到了！”洪凤鸣说：“谁看见了？诸位父老乡亲们，你们有人看到了吗？”围观的老百姓不敢吱声，没人表态。洪凤鸣又说：“我是离他们俩最近的，我都没看到，你们谁看到了？”老百姓怕惹事上身，纷纷摇头。

洪凤鸣转过头说：“阎局长，刚才是时少卿自己摔倒在地上，我亲眼所见，隆延宗没动手。”管家急道：“洪小姐，你不能胡说啊，阎局长，我看见了，隆延宗打了我家老爷！”洪凤鸣问：“你是谁啊？”管家答道：“我是时老爷的管家。”洪凤鸣瞥了他一眼：“你是他的管家，当然向着他说话。阎局长，刚才时少卿带着好几个打手在光天化日之下调戏良家妇女，我看不过去，就拦住了他。结果他让管家和我撕扯，隆延宗路见不平，才上来帮忙的，却被时少卿诬告。阎局长，你要是抓走隆延宗，我可要告诉我叔叔，我怀疑你拿了某些人的好处！”

阎局长十分为难，说：“这……这怎么能呢。隆延宗，你有没有打人？”隆延宗赶紧说：“当然没打。”阎局长指着管家说：“那你们乱叫什么，警察是随便听你们使唤的吗？”阎局长自己找了个台阶，带着手下撤了。“走！”时少卿恨恨地说。他和管家上了车，灰溜溜地走了。

隆延宗上前致谢，说：“洪小姐，多谢搭救。”洪凤鸣说：“隆延宗，你得管管自己的脾气，有人专门等着你犯浑呢！”隆夫人走过来，感激地说：“洪小姐，多谢！”洪凤鸣礼貌地点了点头，转身离开了。隆夫人说：“延宗啊，你又险些中了奸计，回家吧，先跟娘回家！”隆延宗不得不暂时咽下这口恶气。

第二十二章

总算甩掉了时少卿一伙，瑛娘和隆福赶到了塔林。高耸入云的千年古塔，屹立在山脚下，满眼是青松翠柏。瑛娘坐在石阶上休息，隆福端来一只破碗给她，说："二少奶奶，山上的泉水，喝一口吧。"瑛娘点头道谢："多谢福叔，在往前的路我都认识了，我走得再慢，用不了两天就能到古风村。您就别再送了，老这么耽搁您，我心里过意不去。"隆福笑了："耽搁？我这辈子没什么要紧的事了，耽搁啥呀？"瑛娘道："您的一番好意，瑛娘心领了。您为我离开了隆家，又进了监狱，我真是不知道该怎么报答。现在我顺利地生下了牢生，以后就真的不能再麻烦您了。不过福叔，咱们说好了，不管您将来在哪儿养老，都得告诉我，您是我们一家五口的恩人，四个孩子的爷爷！等孩子们长大了，得让他们给您养老送终。"

"二少奶奶，有您这句话，我就心满意足了。"隆福欣慰地笑着，又说，"您坐好了。"瑛娘不解其意，只好坐好了，没想到隆福突然跪倒在地。瑛娘一惊，连忙起身去扶："福叔，您这是干啥？""二少奶奶，我骗了您，请您恕罪！"说着，隆福一个头磕在地上。

瑛娘愣了："您怎么骗我了？"隆福说："二少奶奶，我一进监狱就跟人打听，他们说您很少吃东西，已经饿晕好几回了，日夜流泪，思念三位小姐。我见您面黄肌瘦，身体虚弱，站都站不稳，真怕保不住肚子里的小少爷，所以我就……我就说找到了三位小姐，两个在古风村，一个在清风镇。那是是我编的瞎话。"瑛娘闻言站了起来，脸色大变，嘴唇都在颤抖着。"自从二少奶奶入狱，我一直在找，孝兴东南西北的县城乡镇我都找遍了，可三位小姐一个也没找着……"

瑛娘倒退两步，一屁股坐在地上，口中喃喃念叨着："盼娣……招娣……念娣……我的三个闺女……这一年你们去哪了，去哪儿了？"她站起身，仰望天空，大声喊着，"你们快告诉娘，你们是不是还活在这世上？"这一刻，天上的云仿佛都静止了，千年古塔也无法回答瑛娘的提问。

过了一会儿，瑛娘从巨大的悲怆中慢慢缓过神来。隆福急得直掉泪，说道："二少奶奶，那半年工夫里，我虽然没偷懒，可我又老又瘸，走道比别人慢，说话比别人笨，没找到三位小姐，是老奴无能。二少奶奶，您可千万往宽了想，老天有眼，三位小姐都是富贵命，虽说失散了，但也绝碰不到坏人。早晚有一天，你们一定会母女团聚的。二少奶奶，您刚生完孩子，千万不能太难过。保重自己，带好小少爷，才是当务之急。您看，我这还剩下最后一张银票……”说着，隆福从衣服里掏出一张被卷成小卷的银票，“虽说钱不多，但好歹够给您安置一个落脚的地方。您先住下，我接着去找三位小姐，您看如何？”

“福叔，您真是好人，您骗了我，可是我得谢谢您……那个时候我大着肚子，天天吃不下饭，睡不着觉，要不是您跟我说三个闺女都有了下落，我可能真挨不到这孩子出世，更没力气把他顺利生下来。”瑛娘看了一眼孩子，牢生睡得很甜。瑛娘又说：“福叔，您一把年纪，腿又不好，风里雨里地帮我找孩子，这分恩情，瑛娘永远记在心里。操劳一辈子了，您才该安顿下来颐养天年。我不知道您进到牢房去照顾我，是花了多少钱才打通关系，可能瑛娘这辈子都还不上。这分情，我也只能记下了……您说了，这是最后一点儿钱了，您就留着养老，找孩子的事儿，也不用您操心了……现在想想，佘队长是个好人，他言而有信，我帮了他，他也还真派人帮我找孩子去了。他告诉过我，盼娣和招娣跟着个戏班子走了。那个戏班子还挺大，叫盖家班，他们一路往西过了黄河，我一定能找到他们！”

“盖家班？”隆福皱着眉头，“我倒是听说三少爷追上过一个戏班子，但是没找着大小姐和二小姐，那个戏班子，好像也不叫盖家班！”瑛娘点点头说：“这就对了，他要追上的是盖家班，不就找到我俩闺女了吗？就是因为他们弄错了，才没找着。我自己去找，一定会找到我的盼娣、招娣，这两个孩子要学了戏，真好，她爹就喜欢唱两句！”瑛娘笑了，笑着笑着有些心酸。

她定了定神，看着隆福，说：“福叔，这下您放心了吧。那两个孩子都懂事，我大闺女又会干活，只要找到她们，就有人帮我带牢生了。到时候我腾出手来，再去找老三，谁知道念娣受了多少苦？”隆福也忍不住泪流满面。瑛娘长叹了一口气：“不想了，不想了，孩子都丢了一年多了，后悔也来不及了。总有一天能找到我的念娣，到时候我一定好好补偿孩子。福叔，瑛娘给您行个礼，咱们就在此别过吧！”瑛娘说着深深地给隆福鞠了一躬。

隆福点点头：“也好，二少奶奶，我骗了您，也真没脸再跟着您了。既然您有消息，就往西去找大小姐和二小姐。我往东去，帮您找三小姐。那半年我找的多是镇子、村庄，这回我往山里找。哪怕是深山老林里只有一户人家的地方，我也找个遍。万一能打听到三小姐的一点儿音讯，也算是替您分忧了。对了，二少奶奶，您把这张银票带上！”瑛娘摆摆手，说：“福叔，万万不可，我已经花了您太多钱了，我真的不能再要了！”隆福说：“二少奶奶，您带着小少爷呢，比我需要钱。您要是不拿着，隆福就只能跪下来求您了！”说着隆福又要下跪。

瑛娘连忙上前，流着泪，说：“福叔，您是长辈，我哪里受得起。好，福叔，我拿着，若有来生，我愿意托生成您的儿女，在您身边尽孝，报答此生恩情！”隆福说：“别这么说，可千万别这么说，您是主我是仆，您这么说，可是折煞我了。今天是三月初十，来年三月初十我们还来这儿相见，如何？”瑛娘说：“好，就听福叔的！”隆福拱拱手：“二少奶奶保重！”瑛娘说：“福叔保重！”

隆福走了两步，又回身说：“二少奶奶带着孩子，切莫走夜路，当心遇到牲口！”瑛娘点点头：“记住了！您腿脚不好，该歇着就歇着，孩子丢了一年多了，不急一时一晌。”隆福又走了几步，回过身来还想嘱咐什么，可不知说什么好。他挥了挥手，瑛娘也挥手致意。

古塔冲天，隆福一瘸一拐地走了，瑛娘抱着孩子目送着他，眼里饱含着热泪。待隆福的身影已经消失，瑛娘才慢慢地跪在地上：“福叔，瑛娘给您磕头……”瑛娘久久地跪在地上。

隆家客厅里，隆延宗拉着母亲的手。隆夫人说：“我还是不信，你没见着，时少卿都到监狱门口来接妖女了，那一男一女，摆明了就是……”她硬生生将“奸夫淫妇”四个字收了回去，说，“真是丢人哪，丢人！”隆延宗说：“时少卿诡计多端，刚才我不又险些中了他的圈套？”隆夫人说：“是，我知道这个人坏，可若无奸情，他到底为了什么？你看他，打不还手，骂不还口，你能说出个让娘信服的道理？”隆延宗说：“我说不出来，当初我也是深信不疑。可是，我这条命是二嫂救回来的。那个时候我身受重伤，人事不省，她要是不管我，我就干等着咽气了。娘，若二嫂真的不清白，必会铁了心与隆家为敌，她怎肯救我？她难道不知道我一定会为二哥报仇吗？”隆夫人也想不明白：“是啊，她救了你，娘也真是被弄糊涂了。”隆延宗又说：“对了，说到这儿，那佘小四呢，这兄弟真不错，为了我连差事都丢了。娘，您叫他来家里，我请他喝酒。”隆延宗其实是不愿意跟母亲讨论瑛娘。隆夫人听到隆延宗称佘小四为兄弟，多少有些别扭，说：“好说，叫他来就是。”

佘小四很快就来了，进了屋子，却还是一副萎靡不振的样子。佘管家责怪道：“瞧你个孬货，蔫头耷拉脑的，你精神点儿行不行，三少爷请你喝酒，这是多大的面子啊！”佘小四嘟囔着：“我不想喝酒……”佘管家骂道：“窝囊货，丢了差事就活不起了？”“我就是不想喝酒，没心情！”佘小四一屁股坐在椅子上，也不往圆桌方向来。

佘管家无奈，只好赔着笑脸来到圆桌旁，说："三少爷，这是个不识抬举的货，自打丢了官儿，天天这副德行，要不然就让他回去吧，他哪儿配陪您喝酒啊。"隆延宗道："这是我们哥儿俩的事，跟你没关系，忙去吧。"一听隆延宗说哥儿俩，佘管家的脸上忽然绽放出笑容："哥儿俩？"隆延宗低声道："佘兄对我有救命之恩，我正欲与他结拜兄弟。"佘管家的眼里闪着亮光，高兴得不知如何是好，临走了，还在佘小四的胳膊上狠狠地掐了一把。"你干什么呀你！"佘小四揉着胳膊，一脸的不耐烦。

隆延宗上前问道："佘小四，你属啥？"佘小四无精打采地说："属啥有什么用啊？"隆延宗说："看你在监狱里那么威风，我猜你属虎的！"佘小四说："狗屁，我属蛇！"隆延宗笑了："有意思，你姓佘也属蛇，我姓隆也属龙，痴长你一岁。贤弟为了我丢了差事，请受愚兄一拜。"他深鞠一躬，佘小四大大咧咧，也没放在心上。

隆延宗又将佘小四摁在主座上，说："我听说贤弟这半年不怎么出门？"佘小四嘀咕着："出门让人笑话去啊？以前官儿再小我也是个队长，腰里边斜挎着枪，身后跟着兄弟，那威风！现在咋出门啊，再说，当警察队长好几年，我都忘了得罪过什么人了，这要是谁背后给我一闷棍，那我小命不都丢了？"

"你当警察得罪的无外乎就是流氓无赖，有什么好怕的。从今儿个起，大摇大摆地上街，真有人敢算计你，你就崩了他！"隆延宗从腰间掏出一把左轮枪，拍在桌上。佘小四吓得连连摆手："这，这不行，我现在不是警察了，拿这玩意儿就成了土匪强盗杀人犯！"隆延宗笑了："不是警察拿枪，那就是土匪强盗杀人犯，那你说我呢？"佘小四连忙摆手："不是，不是，三少爷，我可不敢说您，您大富大贵，是隆家的三少爷，想干啥都行。我不行啊，我是山沟里来的穷小子，丢了差事，夫人开恩赏了我不少钱，这几年也算是没白混了。我打算离开这是非之地，回乡下置几亩地，娶个媳妇儿，老婆孩子热炕头得了！"

隆延宗笑道："贤弟虽姓佘，但第一次相见，我就在你脸上看到了龙相，他日蛟龙出水，一定是一呼百应的大英雄！老婆孩子热炕头，我不信，贤弟应该胸有大志啊！""胸有大志？你看出来的？我都没觉得。"说着，佘小四自斟自饮，那酒辣得他够呛。

隆延宗也倒了一杯酒，说："等我当上县长，让你当警察局长如何？"佘小四一愣："你净逗我，你拿什么当县长啊？"隆延宗哈哈大笑："你不是说我是隆家三少爷，想干啥都行吗？"佘小四摇头道："可是县长你当不上！"隆延宗问："怎么当不上？我是名门之后，留学过西洋，连前总理的儿子都是我的同窗，我想弄个官儿当当，当不上？"佘小四迟疑道："这你们有钱人的事儿，我听不懂，你刚从监狱里出来……”隆延宗说：“民国的先驱，哪个没在清朝坐过监狱？不拘一格降人才嘛。我这么好的家世，这么好的学识，我又不想当大官儿，就想当孝兴县县长，岂不是孝兴黎民百姓之福？”

佘小四又摇摇头。隆延宗见佘小四还不信，就编着瞎话哄他：“洪凌志来孝兴好几年了，有何政绩？实话告诉你，上峰早对姓洪的不满意了，我取而代之是迟早的事！”佘小四有些相信了：“真的？真会有这一天？”隆延宗说：“那是，不怕做不到，就怕不敢想！来，贤弟，愚兄敬你一杯，这个事，就算这么定下来了！”佘小四笑了：“你要当了县长，我倒是愿意当警察局长。你不能以貌取人，我可是个好警察。不信你去打听打听，大伙儿都信服我！”

隆延宗举起酒杯，与佘小四干了一杯，继续说道：“兄弟，当官儿的事要从长计议，现在当务之急，是得离开家。”佘小四不解：“离开家？”隆延宗说：“对，我娘老看着我，怕我出去惹祸，可有些事不办，我隆延宗真的是没法在这世上为人哪！”佘小四忍不住问道：“什么事儿？”

隆家客厅，隆延宗跪地磕头：“娘，儿延宗给您请安。”隆夫人笑说：“不年不节的，这是干啥，快起来。上次在牢里，佘队长给你带的照片，你准没看吧，这两家的闺女还都等着呢，你挑挑吧？”隆夫人点点头，佘管家就把两个姑娘的照片递给隆延宗。隆延宗看了看，又瞟了瞟满脸笑容的佘管家，说：“长得都够土气的！”隆夫人一愣：“土气？不会呀，娘可是在十几个姑娘里边挑出来的。”

“就是土气嘛，太土了。”隆延宗上前拉住隆夫人的手，“娘，我一回来就赶上二哥过世，心里是又急又气，做了很多糊涂事，正经事一件都没跟您禀告。娘啊，我在法兰西国已经娶媳妇了。”隆夫人吃惊道：“什么？”隆延宗说：“您儿媳妇是洋人，白净，漂亮，金发碧眼，还能生养。她嫁给我到现在六年了，一共生了四个，全是儿子！”隆夫人露出难以置信的神情。隆延宗笑道：“我争气吧。娘，昨天我去祠堂磕头，已经跟祖宗禀过了。我跟我爹说，爹，对不住，儿子不争气，没经得住洋女人的诱惑，就给咱们隆家换了换种。四个儿子，都是洋的，也个个金发碧眼，像小牛犊子一样壮实，我爹可高兴了。”隆夫人惊得目瞪口呆：“这是真的？”隆延宗说：“当然是真的。我走的时候跟您儿媳妇约好了，说等我回来一年以后，她就带着您的孙子们坐船回来，认祖归宗。现在都一年多了，估计早就到了，我得到省城接他们，约好的是省城会合，他们不知道孝兴怎么走。”

隆夫人还是不敢相信，说：“你是编瞎话糊弄娘吧？”隆延宗说：“娘，我从小到大什么时候跟您编过瞎话。怎么，我娶了洋女人，给您生了洋孙子，您不高兴？”隆夫人思忖着：“这……要是真的，也没啥不高兴的。四个孙子，虽是洋的，那不也得姓隆吗？”隆延宗说：“就是啊。我得赶紧去省城接他们，这就得走！”隆夫人说：“不行，我不放心！”隆延宗说：“我就知道您不放心。我昨天跟佘小四说好了，让他陪我去。佘小四毕竟当过那么多年警察，见多识广，有他跟着我，您总该放心了吧？”佘管家连忙接话：“是啊，我那侄子倒是说三少爷要带他出去，可没说这么急啊，今儿个就要走？”

“万一我老婆孩子到了省城，等不到我，再回了西洋怎么办？娘，你快让佘管家多给我准备盘缠，我估计他们从西洋没少带东西，我得雇两台汽车才能拉得回来！”隆延宗这么一说，倒像是真的了。隆夫人忙说：“好好好，备盘缠，备盘缠！”隆延宗一脸得意。

树林里，上次跟着隆延宗劫道的两名家丁赶着马车，马车上坐着隆延宗和佘小四。隆延宗突然说：“停！”马车停在路边，前方正是一个三岔路口。隆延宗问：“咱奔哪边走啊？”家丁指了一个方向，说：“省城当然是奔这边了。”佘小四说：“谁要去省城啊？”家丁一愣：“三少爷不是说要去接洋媳妇洋少爷吗？”佘小四放声大笑。隆延宗也笑了：“在西洋，是有几个洋姑娘喜欢我，可我没看上她们。我说黄皮肤黑头发黑眼睛的中国人，还是得娶中国媳妇，生中国孩子，这才是正宗！”

两个家丁恍然大悟，对视而笑。一个家丁说：“敢情您糊弄夫人哪？我们还以为是真的。”隆延宗说：“你们哥俩已经跟我出来了，就不能瞒你们。我隆延宗这次出来，就是要干大事的。头一桩，就是把我二嫂，和她在监狱里生的儿子，接回隆家。”

佘小四说：“三少爷，你有没有想过，你把柳瑛娘接回来，夫人能答应吗？”家丁也说：“就算夫人答应了，那大少奶奶……”隆延宗问：“怎么啦？”另一个家丁叹道：“二少奶奶之所以跟夫人不和，都是因为大少奶奶挑唆的呀！”隆延宗又问：“连你们都能看得出来，那怎么不早说？”家丁低下了头：“三少爷又没问过，我们哪敢多嘴。”隆延宗叹了口气：“都怪我当时气性太大了，冤枉了二嫂，隆家对不起她呀！现在就是将功补过，我一定要追上他们娘儿俩，接他们回隆家，我娘不会不答应，更由不得大嫂挑拨是非！”

佘小四点点头：“那敢情好，这几天我正惦记二少奶奶呢，怕她从监狱里出来没法过活呀！”隆延宗咬咬牙：“还有一件事必须要办，就是宰了时少卿！”两个家丁面面相觑，佘小四倒是已经有了心理准备。隆延宗说：“这奸贼一定去追二嫂了，我们只要一路往西，定会与他狭路相逢！”

荒郊野岭，一座孤零零的大车店前，停着一辆汽车。管家从大车店里走出来，轻叩玻璃。车里的时少卿醒了，一脸不悦：“这是到哪儿了，我的瑛娘还没有消息？”管家回话：“老爷您别急，已经打听到了，昨儿夜里，柳瑛娘就住的是这家大车店，今儿一大早才走。现在还不到晌午，凭她两条腿能走多远，咱们这汽车一加油不就追上了。”时少卿急道：“那还不快去追！”管家说：“不急，不急，省城镇远镖局的镖师已经到了，就在这儿候着呢。”时少卿说：“那和追瑛娘有什么关系？”管家说：“既然来了帮手，您就不用亲自去追了，就在这儿等着多好。”时少卿说：“我的瑛娘，我为什么不自己去追？”

管家说：“老爷，我一直纳闷，一日夫妻百日恩，你在瑛娘家养伤那么长时间，你跟她……她不应该对你这么绝情啊，你们俩当年到底有没有……”时少卿说：“胡说八道。那个时候瑛娘是我大嫂，当然没有了！”管家又问：“后来也一直没有？”时少卿说：“没有！”管家说：“我说嘛，所以这个女人才会一直不理睬老爷呀！我擅自做主，已经帮您订了这家大车店的上房。我的意思是，让镖师把瑛娘带回来，女人嘛，一旦她是您的了……以后也就听话了！”

时少卿思忖着，半晌才说：“你是说，我们一旦做了夫妻，瑛娘就会对我……”管家点点头：“那是！”时少卿说：“你这个主意不错。这个地方好，我跟瑛娘就在这里入洞房！”

大车店上房里，三个彪形大汉站在时少卿面前。时少卿看见镖师们个个威武，满脸欣喜。三个彪形大汉身后，露出第四个人。这人又矮又小，却长得非常有个性。时少卿脸上顿时露出了鄙夷之色：“三位英雄，他也是镖师？”三个大汉点着头。时少卿不满道：“滥竽充数，糊弄我的钱呀？”

没等三个大汉说话，那第四人笑了，露出满嘴的金牙：“对不住了，时老爷，鄙人这副身板，确实有点儿对不住东家。”一个镖师道：“时老爷，您有所不知，这一位，可是我们镖局的头把，江湖人称满口金满大侠！”时少卿还是不信，说：“他是头把？哼，你们镖局不是号称威震黄河吗，真让人笑掉大牙。我想问，他有什么本事？”

满口金道：“贪财！”时少卿一愣：“什么？”满口金说：“本人就是个贪财的主儿。这不，挣点儿小钱怕丢了，全都打成金牙镶嘴里了。”满口金龇着牙给时少卿看，时少卿更加厌恶。

一个镖师道：“满大侠，您就别跟时老板开玩笑了。”满口金笑道：“我哪敢跟东家开玩笑啊。东家看不上我，那就不用雇我了。从省城来回的盘缠，您能不能赏了，赏了我就走。”时少卿很不高兴，哼了一声：“打发他走！”管家掏钱给满口金。

镖师还想挽留，喊道道：“满头儿……”满口金摆摆手：“我走了无妨，你们几个可千万把东家伺候好了！”时少卿瞟了一眼满口金。满口金只是龇着金牙笑，一句怨言没有。

瑛娘将牢生抱在怀里头，艰难地走着。她轻声说着：“儿啊，戏班子人多，要过黄河只能走这条大道。咱们娘俩儿就顺着这条道找下去，早晚能找到盖家班。找到盖家班了，也就找到你的两个姐姐。这些日子你跟着娘风餐露宿，受苦了噢。”婴儿仿佛听懂了，不哭不闹地看着母亲。

突然，一声马嘶传来，瑛娘向身后看去，三匹马从不同的方向打着尘土而来，拦住他的去路。马上之人都蒙着面，一个个不怀好意。瑛娘说：“诸位，让让路啊。”

拦路的正是时少卿雇来的三个镖师。一个镖师说：“没看我们蒙着面吗，劫道的。让劫道的让路，你是说笑话吧？”瑛娘坦然说道：“劫道？几位大英雄，我是穷苦人，带着孩子赶路，身上什么也没有，你们就放过我吧！”镖师摇摇头说：“那可不成，劫道的怎么能放过漂亮女人呢？”说着，这个镖师一挥手，另两个镖师从马上跳了下来，逼向瑛娘。瑛娘恐惧极了，两个镖师一抖手，一个大布袋子套向了瑛娘，然后被装上了一个黑咕隆咚的大箱子。

不多时，套在瑛娘头上的布被拽掉，她怀里抱着的孩子哇哇大哭。瑛娘四处张望，发现两名大汉退了出去，屋里没有其他人。瑛娘从箱子里出来，冲向门，发现门已经从外面锁住了，去推窗户，窗户也被钉死了。

瑛娘惶恐之际，发现里间露着一个小门缝，有一双眼睛正盯着她。她吓坏了，断喝道：“谁？！”门缝里露出了时少卿的脸，他推开门，从里间走了出来。瑛娘大惊：“时少卿？！”时少卿柔情道：“瑛娘……”瑛娘怒道：“你和强盗勾结，把我抓到这儿来，你要干什么！”时少卿从身后拿出一个小盒子来，说：“你看这是什么？”盒子打开，是那枚红宝石戒指。时少卿说：“还记得那个月圆之夜吗？我向你求婚，你是答应了我的。经历了这么多事情，你应该知道，我时少卿对是你一心一意的。”瑛娘愤怒地转过身去。时少卿说：“我承认，我的过错，给我深爱的女人造成了巨大的伤害。但我时少卿会用一生去弥补你的，我对天发誓！”

时少卿绕到瑛娘面前跪倒：“瑛娘，戴上它，跟我回京城，我会让你一辈子享福，绝不允许任何人欺负你！”瑛娘大叫道：“闭嘴，放我走！”时少卿说：

“走？你要去哪儿啊？我知道，你一路上都在打听一个戏班子，就算我大侄女、二侄女真跟戏班子走了，就你这样能找得着吗？”瑛娘不知该怎么回答。时少卿接着说：“山陕交界，土匪横行，你带着孩子，要是出了意外，死在荒山野岭，都没有人给你收尸！你想让这个刚出生的孩子被狼叼走吗？”瑛娘说：“不用你管！你要是还有点儿良心，就放我走！”

时少卿说：“我当然是有良心的，管家出过主意，说让他们把你带回来的时候，先把孩子抢走。管家的意思呢，是说孩子在，娘的心思都在孩子身上，不会认真听别人的话。可我知道，你是天下最好的娘，拿孩子当心头肉，更何况你那么多年就想要个儿子，让你们母子分开，你会死的，所以我没答应。我告诉管家，有孩子在，我不在乎，我早就做好了给这个孩子当爹的准备。我会视他如同己出，将来还可以把时家的家产都传给他。”瑛娘痛苦地摇着头：“闭嘴！让我走。”瑛娘又朝门走去。

时少卿拉住她，说：“你先把孩子放下，跟我说会儿话，要不待会儿撕扯起来伤着了孩子，你可别怪我没提醒你。”见时少卿目光中露出厉色，瑛娘有些害怕。瑛娘说：“你要干什么？”“听话，先放下孩子为好。”瑛娘把孩子抱得更紧。时少卿说：“这里没几个客人，我的手下很快会把他们轰走。老板和店小二我都给了钱，就算你叫破天也没有人会理睬。今天是你我的好日子，我要跟你拜天地，你应也罢，不应也罢，都得入洞房！”说着，时少卿将里间的门推开，里面已经被布置成了大红洞房。瑛娘怒道：“你无耻！你个畜生！来人啊，救命啊——”可整间客店都被清空了，没有人听得到瑛娘的呼救。时少卿笑了：“怎么样，我说得没错吧，看看你的洞房，满意吗？我还给你准备了衣服，大红喜袍、西洋的连衣裙，随你挑。”

看到两套衣服挂在墙上，瑛娘被逼入了绝境。时少卿将戒指取下，向前走了一步：“来吧，瑛娘，我给你戴上？”瑛娘向后退着，时少卿步步逼近。时少卿轻声细语：“瑛娘，我已经够有耐心的了，你想想，我等了你多少日夜了，我时少卿想干的事，没有干不成的，今天是我们的好日子，谁也改不了！”瑛娘已退无可退，她已退到榻前，说：“你让我把孩子放下。”时少卿点点头：“这就对了。”

瑛娘把孩子放在了榻上，顺势把手伸进了包裹里：“时少卿，你为什么非要逼我？”时少卿道：“你是个好女人，我知道你忘不了亡夫。如果我不这样，咱俩一辈子也成不了夫妻！他们告诉我，这叫霸王硬上弓，好啊，今天我就要当霸王。”瑛娘的目光冷冷的。时少卿接着说：“你看，儿子多乖，他都不哭了，来吧，瑛娘，我这就抱你入洞房，我们这辈子都长长久久地在一起！”

说着，时少卿抱住了瑛娘，激动得浑身都颤抖着。可瑛娘从包裹里拽出一样东西，直直地送进了时少卿的肚子。瞬间，血从时少卿的白衬衫上淌了下来。一把剪刀已经有一半刺进了他的肚子，他发出一声声嘶力竭的号叫。二楼楼梯口站着的管家听到叫声，冲进客房，几名打手也冲了进来。瑛娘见状将剪刀抽了出来，时少卿捂住了肚子，痛苦地呻吟着。管家扶住时少卿，喊道："老爷！老爷！"

时少卿的脸痛苦地扭曲着。瑛娘有些后怕，一手抱起孩子，一手握紧了剪子。管家恶狠狠地说道："柳瑛娘，你个不识好歹的东西！给我宰了她！"时少卿伸手制止他，说："你胡说什么！瑛娘对我有救命之恩，这一刀……不，是剪子，瑛娘，你扎了我一剪子，过去我欠你的，就算一笔勾销了！"瑛娘说："放我走，不然我就在这儿自尽！"打手们怎肯让她离开，管家更是怒目而视。

时少卿忍痛挥挥手："放她走……"管家急道："老爷！""放她走！放她走！"时少卿大声吼着，眼里瞪出了泪水。瑛娘连忙抱紧孩子往外走。时少卿轻声道："我们之前的恩怨，了结了……明天我再追上你，你可要给我机会，回心转意……"瑛娘哪敢答话，仓皇逃离。

瑛娘落荒而逃，却没有注意到另一个方向驶来的一辆马车，马车上坐着隆延宗、佘小四和两个家丁。佘小四眼尖，大声道："二少奶奶！三少爷，我追她去！"隆延宗叫住佘小四，用手指了指大车店门口："看见那辆车没有？"佘小四定睛一看："哟呵，不会是时少卿那奸贼的吧？"隆延宗眯着眼睛："先把车赶远一点儿。你们两个，去打听打听，看看到底发生了什么，千万不要打草惊蛇。"家丁翻身跳下马车，向大车店走去。

瑛娘抱着孩子跑出了老远，才突然发现自己的手仍僵僵地攥着剪刀。她使劲地将剪刀甩在地上，又从包袱中拽出块布来使劲地擦着手。终于，她把手上的血擦干净了。她从来没有伤过人，这一剪子捅下去，让这个善良的女人很是内疚。她好不容易平复了呼吸，继续向前走。突然，前面露出一个人头来。瑛娘愣住了，那人头越走越高，来的正是隆延宗。

他挡住了瑛娘的去路，说："二嫂，我是来接你回家的。"瑛娘摇头说："我早就没有家了，你让开，别耽误我赶路。"隆延宗轻声说："二嫂，跟我回去吧，隆家可以保护你，起码不用你自己拿剪子去跟坏人拼命！"瑛娘一愣，说："你怎么知道的？"隆延宗说："你在大车店里跟时少卿拼命，就证明这孩子是我们隆家的血脉。"瑛娘一时语塞。隆延宗怜惜地看着孩子，说："长得真像我们隆家人！"瑛娘连忙把孩子抱向一旁，不让他看。

隆延宗说："二嫂，孩子这么小，哪经得起四处颠簸？现在你又扎伤了时少卿，他会放过你吗？难道让孩子跟着你一起冒险，跟我回去吧！"瑛娘冷冷地说："隆家害我害得够惨了，就因为我是河姑，千方百计想置我于死地。我的三个女儿都丢了，现在就剩下这一个儿子，你说要接我回去，还不如干脆说，你是要抢走我的孩子！告诉你，孩子是我的，我不可能给你们隆家！"

隆延宗说："二嫂，这孩子是隆家血脉，他们这辈儿他是头一个，也是目前唯一的一个！"瑛娘说："那又怎样？不是还有你吗，你们家有的是钱，让你娘给你娶媳妇，生一堆龙子龙孙去！"说完，瑛娘绕过隆延宗就往前走。

隆延宗大喝一声："小瑛子！"瑛娘一愣，停住了脚步。隆延宗说："你也太不懂事了，我们隆家是大户人家，不像你们乡下人，想怎么做就怎么做！这孩子是隆家的男丁，就必须拜祭祖宗祠堂，认祖归宗。根据家谱，祖宗早就为他起好了名字，未来，他要继承隆家香火，支撑隆家家业！"

瑛娘说："什么家业，分过家了，你们的我不稀罕。我自己长着手脚，能养大我的儿子。就算再苦再穷，也不会沾你们隆家一点儿边。名字？我早就给孩子起好了，你娘没告诉你吗，他是在牢里生的，就叫牢生。多好，这辈子活得牢牢生生的！"隆延宗说："我从隆家出来就打定了主意，无论如何都要把你和这孩子接回去，你往山下看一看。"瑛娘往山下看去，只见佘小四和两个家丁守在套好的马车旁。

隆延宗说："车我都套好了，你要是不听话，我就只能让他们绑你回去了！""你敢！"说完，瑛娘扭身就走。隆延宗伸手去抓，不料瑛娘回手一巴掌抽在他脸上。隆延宗愣住了，瑛娘也愣住了，她不知道自己为什么会抽这个男人。隆延宗并没有生气。可这一巴掌反而让两个人更加尴尬。瑛娘醒过神来，埋头就走。

隆延宗喊道："二嫂，隆家是有对不住你的地方，我，更是浑蛋，该打。你抽我一巴掌，也算解气了吧？跟我回去吧，这个孩子必须要回隆家。"瑛娘说："你就别做梦了，我要带着他去找他的三个姐姐！"隆延宗说："就你这么个找法，没等找到孩子，你们娘儿俩恐怕得把命丢了，你这不是糟践自己吗？"瑛娘决然道："跟你回隆家才是糟践自己。再逼我，我就带着孩子寻死！"隆延宗无奈，眼睁睁地看着瑛娘带着孩子走了。

远处的一棵树后，闪出了满口金的脑袋，他眯了眯眼睛，显然，他已经偷听很久了。

隆延宗心情沉重地走到马车前。佘小四问："不跟咱们走？"隆延宗摇了摇头："隆家伤她伤得太深了，但愿她吉人天相，一路平安。"佘小四又问："三少爷，那咱们——"隆延宗冷冷地说："先把另外一件事办完，再去追二嫂，但愿那时候她能想明白。"

隆延宗捡了一块砖头扔在地上，说："这是那个大车店，时少卿受了伤，就住在里面。这里刚好出了孝兴县界，是个天高皇帝远没人管的地方，要是错过了，可就不好再找机会了。"几人纷纷点头。隆延宗眼里冷意更深："我要时少卿的命！"

大车店上房里，时少卿一脸不悦，说："你怎么又回来了？"满口金说："好歹您赏了盘缠不是，我回来给您报个信，有个叫隆延宗的转眼就到。"时少卿和管家对视了一眼。管家说："时老爷的仇家来了，诸位，你们可一定得保护好老爷！"满口金龇着牙，说："我再多句嘴，隆延宗可不是自己来的，他们好像还都带了家伙，带火儿的。"满口金比画着，满脸的笑容。

时少卿不耐烦道："笑笑笑，你笑什么笑！行了，你信儿也报完了，滚吧！"一个镖师说："时老爷，大敌当前，你怎么能让满大侠走呢？满大侠可是高人，高人中的高人！"时少卿冷冷地说："我怎么看不出来？管家，给我枪，我就守在这大车店里，只要他敢来，我一枪崩了他！"管家连忙去摸枪，可腰间空空的，摸了半天没摸着。

满口金说："你们一共两把枪，刚才我顺手都给收了。"管家一愣，看向时少卿，时少卿看向满口金。满口金说："时老爷，您这管家是个马大哈，我怕他把您的枪给丢了，您想用的时候找不着，所以我帮您收到包里去了。"时少卿连忙去抓自己的皮包，发现皮包里有一把枪。

一名打手也去摸自己的腰间，枪也没了。打手讶异道："我的枪也没了！"满口金说："你的呀，在时老爷的腰上。"时少卿难以置信，摸向自己的后腰，吓了一跳，缓缓将枪拿了出来。时少卿这才叹服道："满大侠果然是高手，佩服，佩服！"

一个镖师夸耀道："满大侠是这条路上的天下第一！"满口金摆摆手说："哎呀，什么天下第一，你别把东家给吓着。时老爷，您刚受了伤，疼，所以腰上的事，您就顾不得注意了。"时少卿暗自心惊，忙说："时某以貌取人，之前多有得罪，请满大侠恕罪！"满口金说："无妨，无妨。现在大敌当前，不要客套。"时少卿说："大敌当前，该怎么应对，请满大侠指教！"

隆延宗爬上大车店的房顶，摸到时少卿的卧室，拿枪对准房间里的床，可房间内却空无一人。突然，门被推开，隆延宗的枪下意识地指向了门。从外面进来的正是满口金，他已经换上了店老板的打扮。满口金假装吓了一跳，嗷嗷直叫。隆延宗连忙将枪收了。满口金说："这屋里的客官刚走，你是谁呀？"隆延宗连忙抄枪追了出去。

时少卿捂着肚子上了车，绝尘而去。在远处张望的佘小四和家丁，只能看着干着急。隆延宗从屋里冲出来的时候，车早已经没了影子。

佘小四和家丁连忙迎了上去，众人会合。佘小四急道：“走了！走了！追吧？”隆延宗说：“他们开的是汽车，咱们怎么追得上。再说，他带着保镖呢，就算是追上也没有十足的把握。算了，再找机会吧。”

这时，满口金从屋里追了出来，说：“那位大爷受了伤，说是回孝兴治伤去了，他还要往西去追一个女人，跟我约好了，两天后还住我这儿，定钱都交了。”隆延宗不由暗喜，说：“店家，那我们哥几个在这儿先住几天如何？”满口金说：“那可不成。那位大爷有钱，我们得罪不起。”隆延宗说：“他不是两天后才回来吗，等他回来，我们再把上房给他腾出来，你们不也多赚几个？”满口金假装琢磨着：“这倒也是……”佘小四掏出几块现大洋来，说：“老板，我们都饿一天了，麻烦你帮忙张罗一桌酒菜。”满口金接过钱，笑得金牙灿灿，一边往店里走，一边说：“好嘞，这就去张罗。”

隆延宗起了疑心，说：“这店老板真喜庆，看见我的枪，也不怕。”佘小四满不在乎地说：“嗨，敢在这地界开店的，还不得天天和马贼强盗打交道？”隆延宗点点头：“也是，咱们就守株待兔，不过小心为上。”

天黑了，瑛娘抱着孩子走在路上，不停念叨着：“儿啊，你别怕噢，咱娘俩快点儿走，前边总会有人家的。福爷爷交代过，不让走夜路，今儿个是被逼得没法了。你是娘的小福星，有你保佑，咱们娘儿俩肯定平平安安的。”

正说着，前面树林里有些异动。瑛娘紧张地四处张望，林子里突然蹿出两条大汉来。瑛娘大惊：“你们是谁？要干什么？”一个大汉道：“把你怀里抱着的给我！”另一个大汉说：“有人给了赏钱，要你的孩子，拿过来吧！”说着，两名大汉上前就抢。瑛娘挣扎着：“我的孩子，放开我的孩子！”可她哪里抢得过，孩子很快就被大汉夺走了。瑛娘在后面追赶着：“还我孩子！还我孩子！”拐过山坳，一辆汽车停在那里。看见汽车，瑛娘醒悟过来，大声骂道：“时少卿？时少卿，你还我孩子！”瑛娘眼见大汉进了汽车，接着汽车就开走了。

孩子哇哇地哭着，时少卿哄着孩子：“噢噢，小宝贝儿，别哭，我是好人，我是要认你当儿子的，我会一辈子拿你当我的亲儿子。叫爹，叫爹呀，你老哭什么？”时少卿一边哄着孩子，一边回头透过窗子看了看后面的瑛娘。瑛娘拼命地追赶着汽车，大声地喊着：“还我孩子！还我孩子！”时少卿吩咐说：“开慢点！开慢点！你开这么快，我的瑛娘能得追上吗，别把她累着！”

汽车慢了下来，可瑛娘仍然追赶不上，而且只要她稍微跑得快一点儿，那车也开得就快一点儿。她跑累了停住，那辆车也停住。瑛娘明白了时少卿的用意，大声骂道："时少卿，你这个畜生！我怎么不把剪子搅一搅，搅碎了你的肠子，要了你的狗命！"瑛娘气坏了，可她不得不继续跟着汽车跑。

酒菜下肚，隆延宗觉得有些不对劲，可此时佘小四已经歪倒在桌上，另外两名家丁也倒了。"坏了，我们着了道儿！"隆延宗挣扎着站起来，看到满口金进来，连忙去摸枪，可什么都没有。

满口金从身后把枪掏了出来："别摸了，这儿呢。行啊，隆家三少爷，最后一个倒，酒量不错！"满口金由实变虚，又由虚变实，终于，隆延宗也栽倒在地。

满口金又从佘小四的怀里拽出了一把枪来，玩着两把枪。一个镖师凑了过来，满口金说："这玩意儿比刀好使，以后咱们哥几个走镖，也得学会用它了！"满口金将枪收了起来，吹了个响哨。从屋里四处蹿进来几个人，正是时管家，还有几个打手和三个镖师。管家看着倒地的隆延宗，赞叹道："满大侠，高啊！"满口金一咧嘴，说："少拍马屁，全都捆上，捆结实点儿！"管家连忙答应："是是，捆上，捆结实了！"

大车店外撑起了灯笼，汽车又开了回来。瑛娘仍在后面追着，累得气喘吁吁。时少卿抱着孩子下了车，瑛娘见到，连忙快步跑来。管家从大车店里出来，时少卿将孩子交给了他。

"时少卿！"瑛娘上前就要跟他拼命。两名大汉架住了他。时少卿捂着肚子，脸色惨白："哎，千万别伤了我的瑛娘！"瑛娘怒吼着："时少卿，你要报仇对着我来，你害我的孩子，畜生不如！"时少卿柔声说："在你的嘴里，我一直就是畜生不如，但你真的误解我了。我早就找人探过路了，往前几十里都荒无人烟，而且荒郊野岭常有野兽出没，我是怕你和孩子走夜路遇了险，才迫不得已的。瑛娘，这一路让你跑得辛苦了，我也很心疼。进去吧，你稍微吃点儿东西，喝点儿热茶，听我审一个人。"瑛娘露出诧异的目光。时少卿又说："相信你知道了真相，一定会原谅我，带着孩子跟我走的。"瑛娘自知不是时少卿的对手，只得沉默着。

大堂正中间，时少卿捂着伤口艰难地坐下，他的正对面，被绑着的隆延宗仍迷迷糊糊，还没彻底清醒。满口金走过来说："时老爷，这边就都交给您了，杀人的事，我不行。"时少卿拱手说："多谢满大侠。"满口金笑道："多给赏钱就行！我认识一位治红伤的郎中，住得离这儿不远，我现在就去请他。"时少卿说："不急。等我宰了隆延宗，咱们一起去看郎中。"满口金连忙摆手："别，别，我就不陪了，我见不得杀人。先走一步，先走一步。"说完，满口金走出了门。

时少卿一挥手，一个大汉端着一盆水泼在了隆延宗的脸上。隆延宗慢慢醒来，看清了时少卿的脸，又恨又恼，破口大骂："时少卿，你这个奸贼！"

大车店隔间里，瑛娘突然听到隆延宗的声音，屏住呼吸，认真地听着。只听见时少卿说："隆延宗，我本不想与你为敌，可你穷追不舍，想要我的命，我也是被你逼的！"隆延宗无话可说，晃着脑袋，试图让自己清醒些，说："时少卿，有本事你放开我，你我一对一，像男人一样决斗！"时少卿说："我知道你有两下子，你的西洋剑我也领教过，我可不是你的对手。再说，你现在都这样了，想跟我决斗。你觉得可能吗？"隆延宗骂道："你个卑鄙之徒，你想干什么？"时少卿说："你要是个爷们儿，我问你几句话，你敢如实回答我，我就佩服你。"隔间里，瑛娘不由得竖起耳朵听着。

时少卿说："我问你，那日瑛娘在蘑菇镇放火被抓，我到洪县长那里去通融，他已经答应我要放人了，可是突然就改了主意，是不是你捣的乱？"隆延宗满不在乎道："是又怎么样？"时少卿说："我留下了那么多银票，洪县长都出尔反尔，那你们隆家到底给了洪县长多少好处，不会是百亩良田吧？"隆延宗说："你猜对了，不止百亩，怎么样？"时少卿说："我通融关系，是因为我知道瑛娘是被冤枉的，可是你，竟然将百亩良田拱手送人，就为了要瑛娘的命。她是你二嫂，你为什么这么狠毒？"时少卿大声说着，他是说给屋里的瑛娘听的。瑛娘听到这儿，冷汗从脸上缓缓流下。

第二十三章

时少卿又问："我再问你，公判书上说瑛娘与人通奸谋害亲夫，也是你干的好事？"隆延宗点点头："是我干的。"时少卿冷笑道："好！承认就好！"时少卿瞟了眼隔间，继续说道："孝兴老百姓救下了瑛娘，我又去找洪县长，让他就坡下驴判瑛娘无罪，我时少卿几乎倾家荡产，可洪县长还是不答应，什么原因？是你咬住不放，非要置瑛娘于死地，对不对？"隆延宗又点点头："对，是我戳穿了你行贿的事实，吓得洪县长不敢要你的银票。"时少卿说："你害瑛娘含冤入狱，一年啊！她肚子里怀有身孕，在监狱里受了多少苦，想起来我是日日流泪，夜夜难眠！隆延宗，刚才我问的这些话，你可都是如实回答，我没逼你，对吧？"隆延宗仰头哈哈大笑："是又怎么样？"

"我时少卿长这么大，从来没亲手伤过人，可今天，我要毙了你，替瑛娘报仇！"时少卿掏出手枪，"隆延宗，你可看好了，这是你的手枪，我杀了你都白杀！"说着，时少卿抬起枪口对准隆延宗。

隆延宗突然哈哈大笑："时少卿，你刚才这番审讯是给谁听的？"时少卿一愣。隆延宗说："如果我没猜错的话，柳瑛娘就在这个大车店里，对吧？"时少卿别戳穿，一时愣住了。隆延宗更加确信自己的想法，大声道："二嫂，时少卿是个奸诈小人，如果你没在这儿，他不可能跟我说这么多废话。我看出来了，他审我就是为了讨好你，就是为了让你恨我，恨隆家，你可不能中了他的奸计。二嫂，你出来！"时少卿下意识地向隔间方向看去。

没有等到瑛娘的回应，隆延宗很是失望，可时少卿却越发自信起来。他转过身来，说："隆延宗，你确实跟我大哥隆继宗不是一回事儿，脑袋瓜子聪明，不白给。是，瑛娘就在这儿，咱俩说的话她都能听得见！你们隆家早就把她伤透了，我要是瑛娘，恨不得食你的肉，喝你的血！"时少卿端起枪来，"隆延宗，到了那边给我大哥带句话，我会好好照顾瑛娘，还有他们的孩子。不过，孩子会跟我姓时……"时少卿抬枪准备射击。

隆延宗突然大喝一声："柳瑛娘，我明白了，孩子是我二哥的，可你跟这奸贼也早就不清白了。你们俩合谋让我中了圈套，就是为了杀我，你们奸夫淫妇在一起才没有后顾之忧！"隆延宗继续说道，"小瑛子，早知你会变得如此狠毒，小时候我就应该放一把火，把你活活烧死在祠堂里。我诅咒你，妖女，我娘说得对，你就是个妖女！”时少卿伸手就狠狠地抽了隆延宗一巴掌：“住口！不允许你骂我的瑛娘！”隆延宗怒骂：“奸夫！”时少卿反而笑了：“舒服，我就喜欢你这么称呼我，好了，我要为我的女人报仇了！”

突然，一声断喝传来：“等一等！”瑛娘走了出来，一脸肃杀。时少卿叫道：“瑛娘——”瑛娘冷冷地说：“把枪给我……”时少卿说：“你要干什么？”瑛娘说：“让我亲手毙了他才解恨！”瑛娘死死地盯着隆延宗，隆延宗也盯着瑛娘。

时少卿劝道：“瑛娘，别脏了你的手。你刚才都听到了，心里明白就好。当时我倾尽所有救你，要不是他，你不会在监狱里受苦受罪。我的心意，你明白了吗？”瑛娘说：“我明白了。”时少卿说：“明白了就好。孩子就在楼上，管家把他哄睡着了。你到楼上去，护着孩子，别让枪声吓到他。”瑛娘说：“不！我不亲手毙了他，难解心头之恨！时少卿，你把枪给我，我非得自己宰了他！”时少卿说：“你是个女人，这种事情不是你该干的，有我替你效劳。”瑛娘坚持道：“不！我不用你，把枪给我！我必须亲手宰了他，不然我咽不下这口气，我会憋闷死的！”时少卿暗自欣喜。

瑛娘说：“时少卿，我与你清清白白，可隆家却一直污蔑我！直到今日，一想到那判决书上的字眼儿，我就恨不得跳进黄河。我现在明白了，都是他干的，我不亲手崩了他，怎么能消除我心中的恨？”瑛娘的这番话让隆延宗无地自容。瑛娘突然转过头来看向时少卿：“时少卿，你不是想带我走吗？好，你把枪给我，让我先打死他，也就算跟隆家有个了结了。自此以后，我就不再是以前的那个瑛娘，我会永远忘记过去，忘记孝兴，忘记隆家！”

时少卿大喜：“真的？瑛娘，你终于回心转意了？给……”他把枪递给瑛娘，说，“我告诉你，这个地方是扳机，只要你把枪口对准他，使劲一扣就行了。”时少卿演示着，瑛娘接过了枪。时少卿叮嘱说：“可能会有点儿响，你稍微离远点儿，别让血溅在你身上。还有，你要是不愿意看，可以闭上眼睛。”瑛娘摇摇头：“不，我不会闭上眼睛，我要看着他去见阎王！你离远点儿！”时少卿往后退着。

瑛娘拿枪对准了隆延宗：“隆延宗，你刚才说的那些话都是真的？”隆延宗点点头：“是的。小瑛子，我们小的时候也算是朋友，可是我……我一时糊涂，把你害得这么惨。直到刚才，我又中了时少卿的奸计，冤枉了你。”瑛娘眼里有恨，她恨隆延宗不辨是非。隆延宗说：“这样也好，我死在你的枪下，也是罪有应得。不过，我想恳求你带着孩子回隆家。那是我二哥的骨肉，隆家需要这个男孩！”瑛娘道：“闭嘴！这是我的孩子，是继宗货栈隆继宗的孩子，不是孝兴隆家的！”

隆延宗急道：“他是害死我二哥的凶手，你难道要让孩子认贼作父？”瑛娘冷冷地说：“当然不会！”隆延宗一愣，时少卿也呆了：“瑛娘，你——”瑛娘突然转过身来，将枪口对准时少卿。瑛娘说：“时少卿，你审隆延宗我都听到了。他一直冤枉我，想害死我，我早知道，你让我看这出戏有什么用？”时少卿说：“瑛娘，我是想让你知道，我对你是一番深情厚谊啊！”

瑛娘说：“我也审审你，我问你，是不是你联合徐老板，骗了二少爷的货款？”时少卿低下头，说：“是，我跟你认过错。”瑛娘又问：“是不是你勾结省城的警察，让二少爷进了监狱？”时少卿摆摆手：“不是，这个真不是。是我大哥他脾气急，打了警察，才被抓进监狱的。”瑛娘又问：“那是不是你买通警察，让二少爷挨了打？”时少卿说：“这个倒是我干的，我就是想让他也吃吃我吃过的苦。哪承想，我大哥他既不禁打，气性又太大……”瑛娘说：“你这个畜生，二少爷从小就身体虚，你恩将仇报害死了他，你还想狡辩？孩子他爹，今天我给你报仇了！”瑛娘扣动扳机，时少卿一闪身，子弹打偏了，一个酒坛子被打得稀碎。瑛娘再次射击，时少卿躲到柜台后面。瑛娘连忙上前给隆延宗松绑。隆延宗道：“多谢二嫂！”瑛娘白了他一眼。

大车店外，听到枪声，管家觉得不对，赶紧带人向屋里冲去。管家一进门，举枪就向瑛娘射击。柜台后的时少卿急了，大喝：“不许开枪，别伤了我的瑛娘！”

瑛娘着急地解着绳子。一名镖师出现在二楼，抽出刀来。隆延宗发现，叫道：“二嫂小心！”镖师纵身一跃，已从楼上跳了下来，扑向瑛娘。瑛娘连忙回身用枪对准镖师。镖师僵住了，刀停在空中。“滚！”瑛娘吼道，她并没有开枪，但她的目光震慑住了镖师。

管家快速靠近躲在柜子后面的时少卿，时少卿夺过枪瞄准隆延宗。瑛娘发现了，起身挡住隆延宗，时少卿即将开枪的手停住了。瑛娘却抬起枪来，又冲时少卿开了一枪。管家连忙把时少卿扑倒，时少卿摔得直叫唤。管家急道：“老爷，你倒是开枪啊！”时少卿怒喝：“我的瑛娘拦着他呢，你没看见吗？”管家说：“这……这……老爷，您给我枪，让我打死这个女人！隆延宗练过武，要是给他松了绑，咱们可要吃亏了！”

时少卿再次抬起头来，发现瑛娘马上要将绳子解开了，他再次举枪，瑛娘再次拦在隆延宗面前。管家大声催促道：“开枪！老爷开枪！”时少卿还是不忍。隆延宗将手上的绳子挣脱，又艰难地去解腰腿上的绳子。管家催道：“老爷，再不开枪咱就跑吧！”

时少卿愣神之际，瑛娘瞄准了他，最终却将枪口抬高了一寸，放空了一枪。管家赶紧又将时少卿拽回柜台。管家急道：“最毒妇人心哪，老爷，这娘们儿一直对你开枪，你还不快点儿一枪打死她！”时少卿摇摇头：“不！瑛娘是故意打偏的，我的瑛娘不会杀我！”

“老爷，你把枪给我！”管家去抢枪。时少卿说：“不！我绝不能打死瑛娘，我们走！”说完，时少卿连忙往外跑。

瑛娘绷紧的神经一下松弛，手垂了下来。佘小四和家丁们总算挣脱了束缚，也冲出来加入战局。佘小四捡起地上的一把刀，帮隆延宗砍断腰间和脚下的绳索。隆延宗终于挣开束缚，说：“二嫂，把枪给我。”瑛娘稍一犹豫，隆延宗就将她手里的枪抢了过来，冲了出去。然而，汽车已经绝尘而去。隆延宗只能悻悻地返回大车店。

仿佛在为这惊魂的一夜画上句号，隆延宗一进门，就听见牢生的哭声从楼上传来。瑛娘如梦方醒：“孩子，我的牢生！”她连忙向楼上跑去，将孩子紧紧地抱在怀里。牢生哭泣不止，瑛娘也泪流满面。

时少卿的汽车停在一处荒野。伤口包扎完毕，他咬牙切齿地说：“我咽不下这口气，真的咽不下！诸位英雄，兄弟们，跟我一起回去，跟他们拼了，若能杀了隆延宗，我时少卿愿意拿出全部的家产分给大伙！”众人都愣住了，不知如何是好。

满口金说：“时老爷，先等会儿。”时少卿看向满口金。满口金说话之前总是先咧着嘴笑，满嘴金光灿烂：“拼命不算啥，我们行走江湖的，脑袋早就系在裤腰带上了，杀了隆延宗也不难，可我得先问一句，要是那个柳瑛娘跟着在里面掺和，子弹可不长眼睛，把她的脑袋瓜子崩碎了，时老爷心疼不心疼？”这一句话戳在了时少卿的痛处，他神情有些落寞。满口金摇摇头说：“既然如此，时老爷，就算了吧。”

时少卿本来也泄了气，可他突然道：“不行！”众人又将目光聚焦到时少卿。时少卿回想起瑛娘能为隆延宗挡枪，却将枪对准自己，几近疯狂，他咬牙道：“我要亲手杀了我的瑛娘，然后再崩碎自己的脑袋，跟她一起死！对，就这么定了，这样，我才能和她一辈子在一起！”管家急了，喊道：“老爷，不能啊……”时少卿置若罔闻，喃喃自语：“不这样的话，瑛娘就会回到隆家，隆家有了大胖小子，就一定会好好待瑛娘，那样的话，瑛娘也就把我忘得一干二净了！不行，我不能让瑛娘忘了我，就算不能日夜厮守，我也得让瑛娘一辈子对我牵肠挂肚！”

管家突然舒展开眉头，说：“我有个主意，保准柳瑛娘舒服不了，她一辈子也忘不了您！”时少卿问：“什么主意？”管家道：“满大侠身怀绝技，让他把柳瑛娘的儿子偷出来，看她还能忘了您吗？”时少卿愣了。满口金也愣了，说：“啊，偷孩子？这事，我……”管家站起身来，说：“满大侠，您开价吧，什么价都行！只要把孩子偷出来，瑛娘她就得对我家老爷牵肠挂肚，我家老爷就不至于寻死了！”

满口金很是为难。时少卿说：“老东西，老东西，你可真够坏的，瑛娘已经够可怜的了，我要是再偷走她的儿子，她可就真的生不如死！”突然，他哈哈大笑起来，“对呀，我得不到瑛娘就是生不如死，既然这样，就让瑛娘跟我受一样的罪！挺好，挺好！”时少卿捂着伤口，上前单膝跪地，“满大侠，您就成全了我吧！管家，把身上所有银票都给满大侠！”管家连忙从兜里掏出了一沓银票。

满口金异常为难，但看着银票，他又有些不舍，最后，他一跺脚：“我满口金行走江湖只为一个财字，良心根本就没长在我肝儿上，不就是孩子吗——”满口金伸手接过银票，揣在怀里，“时老爷，天亮之前，我回来交货！”

大车店里重新摆上了一桌丰盛的饭菜，隆延宗和佘小四正在吃着，饭菜是两个家丁做的，他们忙活着端茶送菜。一个家丁打趣道：“三少爷，你们放心吃啊，饭菜都是我们俩亲自做的，这回肯定没蒙汗药。”佘小四笑了。隆延宗说：“兄弟们，二嫂和孩子受了惊吓，今天夜里无论如何不能让她们走了，咱们大伙儿轮班站岗，保他们娘儿俩睡个安稳觉。”佘小四拍着胸脯说：“放心吧，我当警察这么多年，夜里蹲坑我最有本事，我负责守大门！”隆延宗点头说：“好，拜托兄弟！”

瑛娘怀里抱着孩子，在屋里不停地来回走动着，口中念念有词：“我的儿啊，你三叔留咱们在这儿住一宿，那咱们就住。他是好意，探过路了，往西好几十里都没个人家，他是怕咱俩遇上狼。天一亮咱就走，也不跟你三叔打招呼了，要不然他又要废话。你三叔我打小就认识，虽说他害得娘差点儿被枪毙，又坐了大牢，不过娘不恨他，因为他就是个不辨是非的睁眼瞎，他没坏心眼儿，从小就没有！儿啊，你长大了要是还能遇见他，你也不许恨他。他跟你爹是双生子，长得跟你爹一模一样，你要是想知道你爹长得什么样，看见他就知道了。”虽然只有三个月大，但孩子却一脸认真，仿佛是听懂了。瑛娘又轻声哄着：“睡吧，儿啊，你生下来就跟着娘受苦，还从来没在这么好的屋里睡过觉呢，睡吧。”孩子困了，眼皮在打架。瑛娘笑了：“看把你困的，噢——噢，我的儿啊，睡吧。”

终于，孩子闭上眼睛睡着了。

瑛娘把婴儿放在床上，越看越喜欢："我的牢生，你可真是娘的宝贝，要是没有你，娘哪有脸活到今天。这辈子，无论还有多少艰难多少苦，咱们娘儿俩都在一起，不许分开，噢。"瑛娘的泪落在婴儿的脸上，她一惊，又笑了，说："哎呦，娘的眼泪都掉在宝贝的脸上喽，对不住，娘给你擦擦。"瑛娘拭去牢生脸上的泪水，又在小脸蛋上亲了一口。

这一天一夜，惊心动魄，熄了灯，劳累的瑛娘揽着婴儿在床上睡得很香。一束月光从天上泻了下来，正映在床上。瑛娘毫无察觉，可这时大车店的房顶，瓦片被揭开，露出苍穹。一张脸不大不小，刚好堵住了瓦片的缝隙，那正是满口金。满口金望着床上抱着孩子的瑛娘，满眼的不忍。

次日清早，大车店门前，马车已经套好，隆延宗站在门口，向远处张望着。佘小四从大车店出来，说："时辰差不多了，二少奶奶还没醒……"隆延宗道："她太累了，又遭了惊吓，就让她多睡会儿吧。"佘小四为难道："三少爷，昨儿晚上可是开了枪，万一走漏了消息，待会儿警察可就来了。咱们倒不是怕警察，是怕添麻烦，主要是您……"隆延宗点点头："好，我去叫二嫂。"

隆延宗轻轻地敲着门："二嫂，天色不早了，你醒醒，二嫂……"瑛娘惊醒，发现天已经大亮，很是不好意思。"怎么睡得这么沉啊？"瑛娘自责道。她一起身，突然意识到什么。"孩子？牢生？我的牢生呢？"瑛娘拉开门栓，打开门瞪着隆延宗："隆延宗，我别着门，你什么时候进来把我的孩子抱走了？"隆延宗一愣："孩子？没有啊？！""那我的孩子呢？我的孩子去哪儿了？"瑛娘大声地喊着。听到喊声，所有人都跑了过来。

牢生此时正在时少卿怀抱里。时少卿说："好！我看到这孩子，就能想起我的瑛娘！你哭了？好啊，你娘这会儿肯定也哭着呢。她找不着你，一定难受死了！瑛娘，我不能和你在一起，就跟你不能和他在一起一样难受！"满口金看着时少卿，眼里藏着愧疚。

时少卿说："老金，走，喝酒去！"满口金摆摆手："酒就不喝了，这趟镖我们哥四个算是走完了。时老爷，咱们就此别过！我劝您也别喝酒了，赶紧走，能走多远是多远！"时少卿问："什么意思？"满口金道："偷人家孩子到哪儿都不占理儿，这事要是走漏了，你想走可都走不了了！"满口金和三个镖师抱拳告辞。

时少卿点点头："拿人钱财，替人解恨，这才是好江湖人，给多少银票都值！满大侠说得对，咱们也走，直接回北京！”

大车店里，瑛娘把隆延宗逼到了大厅。他大喊：“隆延宗，你还我的孩子！”隆延宗无奈地举着双手：“二嫂，我真的没抱走孩子！”瑛娘急道：“不，一定是你趁我睡着了，偷走了我的孩子！”隆延宗想解释，可又没法解释。瑛娘又说：“是你娘让你这么干的吧，我的念娣刚生下来就被她偷走过。女孩就说成是灾星，要扔进黄河！儿子你们隆家要怎么处置，你是把他害死了，还是送回了隆家，按你说的认祖归宗去了？你说呀！”

突然，二楼的佘小四大声喊着：“三少爷、二少奶奶，你们快来看！”跑上来的瑛娘顺着佘小四手指的方向抬眼望去，房顶上两块瓦被撬开了，可以看到蓝天。瑛娘愣住了。隆延宗说：“我明白了，肯定是有人从房顶上下来偷走了孩子。二嫂，你就一点儿动静都没听到吗？”瑛娘难过地低下头：“……我睡得特别沉。”

佘小四突然说：“二少奶奶不会是被什么人用了迷香吧？”众人看向佘小四。佘小四解释道：“我当警察的时候听说过，有些贼趁夜里偷东西，进门之前先用迷香，什么时候来的什么时候走的，你都不知道！”隆延宗说：“二嫂，我绝没有偷走孩子。我猜，一定是时少卿这奸贼找人干的，我这就去追他！佘小四，你留下保护二嫂！”不等瑛娘反应过来，隆延宗已经冲了出去。

大车店门口，隆延宗翻身上马。瑛娘追了出来，喊道：“隆延宗——”隆延宗掉转马头，说：“二嫂放心，就算是追到北京，我也一定追上时少卿，把孩子给您抢回来！”佘小四也跑了出来。隆延宗大声喊道：“佘小四，看住我二嫂，千万别让她想不开！”隆延宗说完打马而去，两名家丁紧随其后。

佘小四说：“二少奶奶，咱们就在这儿住几天，等三少爷回来。”瑛娘反倒冷静了下来，说：“佘队长，你说，若真是时少卿偷了孩子，他会怎么样？”佘小四嘀咕着：“他一个大男人能怎么样，要么掐死……要么扔黄河里……”瑛娘露出惊恐的目光。佘小四连忙又说：“不会！不会！那样的话，时少卿也太没良心了！”说到这儿，佘小四更担忧了：“可时少卿就是个没良心的货呀，二少奶奶，您往开了想。”

瑛娘自我安慰着：“不会，我不相信时少卿会害死我的孩子！孩子没奶吃一定会哭，时少卿身边没女人，他不会哄孩子，哭着哭着把他哭烦了，他就会把孩子随便扔给哪户人家，对不对？”佘小四赶快点头：“对！对！孩子一定还活着！”瑛娘说：“我们这就去找，离这儿最近的人家，挨家挨户地问！”“行，听您的！”佘小四不敢理论，生怕刺激到瑛娘。

牢生的确是哭得很厉害。管家说：“老爷，这孩子太烦人了，前面就是黄河，要不然咱们停一下……把他扔河里算了！”时少卿皱着眉，想了想：“好吧。”汽车就停在黄河岸边，时少卿抱着孩子下了汽车。时少卿喃喃念道：“瑛娘，我的瑛娘，别怪我心狠手辣，实在是你太无情！得不到你，我这辈子注定是笑不起来了，所以我也不能让你骨肉团圆，天天高高兴兴！”牢生仍哭个不停。时少卿看着孩子说：“小兔崽子，你死了可别怪你娘，你娘是个好女人，你怪不着她！我时少卿不是东西，你娘救过我的命，我恩将仇报，弄死了你，要恨你就恨我，谁让我是条狼呢！”说着，时少卿将孩子高高举起，下面就是波涛汹涌的黄河。

突然，一行泪水从他的脸上淌了下来。时少卿慢慢地将婴儿放下，说：“不行，我下不了手！”管家走了过来，说：“老爷，让我来！”时少卿道：“这是瑛娘的孩子，我看见他就会想起瑛娘，我为什么要把他扔进黄河？！”管家语塞。时少卿自言自语：“对呀，我要是生气了我就打他，他就是我的手垫，越打越解恨！我要是想瑛娘了，我就让她的儿子管我叫爹，一定能解我相思之苦！过瘾，想想都过瘾！哈哈哈哈哈……”时少卿形似癫狂，放声大笑着。孩子哭得更厉害了。时少卿接着说：“他长大了得管我叫爹！我虽然不能娶瑛娘，可她的孩子，她唯一的儿子得管我叫爹，这不是也挺好吗？走，回京城，从此以后，这小兔崽子就是咱时家的小少爷了！”

北京的一个大宅院门口，牌匾上赫然写着“时府”二字。隆延宗站在不远处张望。两名家丁跑了过来，轻声道：“三少爷，就是这儿。”隆延宗说：“好不容易来趟北京，走，前门楼子全聚德，带你们吃烤鸭去，吃饱了喝足了，你们哥儿俩回客栈睡觉，我晚上再来！”

入夜，隆延宗翻身跳进了时府。时管家一个人正优哉游哉地喝着小酒，听到有人轻轻叩门，问：“谁呀？”没人回答。管家道：“吱一声！”敲门声仍然在响。管家生气道：“谁呀，不会放个屁呀！”管家说着起身开门，隆延宗顺势撞开门，一伸手卡住了管家的脖子。

管家大惊：“隆延宗？！你居然敢跑到北京来行凶？”隆延宗低声喝道：“老东西，时少卿人呢？”管家说：“你们不怕我报官让警察抓你！”隆延宗说：“别拿警察吓唬人！时少卿偷走了我隆家的血脉，拐带人口，真到了警察那儿，我倒要看看谁会坐牢！”管家说：“拐带人口？没有的事！”隆延宗喝道：

“别废话，时少卿在哪儿？”管家只好说：“时老爷伤透了心，回来后一直闷闷不乐，买船票去了东洋！”隆延宗大惊。管家说：“你们肯定已经把时府摸个遍了，对吧，没找着我家老爷吧？他真的走了，隆延宗，我没跟你撒谎。你们放开我，我不报官。”说到这儿，时管家有些得意，“这可是北京，有王法的地儿，你们要是真弄死我，你们也跑不了！”隆延宗也知道，管家说得没错，要是将事情闹大，自己也势必吃不了好果子，也就从时府退了出来。

从这几天打听到的消息来看，时少卿是很有可能到东洋“散心”去了。隆延宗抱着最后一丝希望，问家丁：“那他带了孩子没有？”家丁低声道：“还真没有人看见他到底带没带孩子。”隆延宗说：“这个王八蛋，你下了东洋，我追到东洋去！”一个家丁问：“东洋那么大，你去了怎么找啊？”另一个家丁也说：“三少爷，咱们出来有些日子了，老不回去，夫人也会着急的！”“回去？回去我怎么见二嫂？怎么跟她交代？”隆延宗长吁短叹，但也知道一时之间不可能再找到时少卿和牢生了。

瑛娘听了隆延宗的话，久久不语。隆延宗和佘小四都紧张地看着她，怕她突然崩溃。过了半晌，瑛娘目光呆滞，说：“若真是时少卿偷走了我的孩子，他回了北京，又没人看见他带孩子……我的牢生，怕是已经不在人世了……”说着，瑛娘泪水夺眶而出，“我的儿啊……娘对不起你！儿啊……”

见瑛娘行将崩溃，隆延宗慌了，忙按住瑛娘的肩膀，喊着：“二嫂，你要冷静啊！”佘小四也叫着：“二少奶奶——”瑛娘似乎回过神来了，她定定地看了看面前的两人，神情变幻莫测，许久方才说道：“我没事，没事……”

佘小四反而更不放心了：“二少奶奶，你可得撑住啊，你还有三个……”他说不下去了。瑛娘的四个孩子，如今连最小的牢生也丢了，更别提早就失散了的盼娣、招娣和念娣。

瑛娘站了起来，摇摇晃晃地往楼上去了。隆延宗追上她，说：“二嫂，您要做什么？”“我？”瑛娘脸上浮现出恍惚的笑容，“我要去好好休息啊。不养足精神，怎么能去找我的牢生呢？”说完，她径自到楼上客房中休息去了。

隆延宗阴郁地一拍桌子：“是我没用，害得二嫂与侄儿侄女们骨肉分离！”见隆延宗脸色越来越阴沉，佘小四赶忙劝他：“三少爷，过去的事先不要再提，您想好将来怎么安置二少奶奶了吗？夫人那边，对二少奶奶可是……”隆延宗长叹一声：“二嫂身无分文，又丢了孩子，正是最无助的时候。之前的事，是隆家负了二嫂。不管娘怎么说，我要将她带回隆家，安排人好生照料，再慢慢寻找侄儿和几个侄女的下落！”佘小四没什么话事权，只能点点头。

但第二天早上，客栈里哪儿也找不见瑛娘的踪影，她仿佛就这么从人间消失了！隆延宗发了疯似的在周边寻找，但一无所获。

大厅中，隆夫人坐在椅子上，问："延宗，你给我说说，到底是怎么回事？"隆延宗风尘仆仆，半晌没有说出话。隆夫人又问："你不是去省城接你的洋媳妇和我四个孙子去了吗？怎么又和柳瑛娘搅和到了一起？"隆延宗猛地跪倒。隆夫人说："不用跪，站起来说话！"隆延宗说："不，娘，让我跪着向您禀告，我对不起二哥、二嫂……"

佘管家房间里，佘管家和佘小四也说着体己话。佘管家说："小四，瞧这些天折腾的，你都瘦了。"佘小四抹着眼泪。佘管家问："你哭啥啊？"佘小四哭着说："二少奶奶可怜啊！天下怎么有这么可怜的女人，想想我心里就难过啊……姑姑。"佘小四像个孩子一样，抱住佘管家号啕大哭，弄得佘管家不知如何是好。她很不自在，但还是用手抚摸着佘小四的头。

隆夫人从座位上下来，扶起了隆延宗，痴痴地望着："这么说，柳瑛娘……"隆延宗点头："我可以断定，牢生是隆家的血脉，可是我没保住他，儿子无能啊……"隆延宗淌下泪水。隆夫人叹了口气："这个柳瑛娘也真够可怜的，生了四个孩子全都丢了，一个当娘的，这可怎么活啊？"隆延宗说："是啊，我就是担心二嫂会寻短见，所以才让人跟着她。但没想到，二嫂还是走了……"隆夫人劝道："延宗，你也别难过了，柳瑛娘是咱们家的河姑，她命里就不该嫁人！她违背了上天的旨意，所以才会受惩罚！一个人要想死，多少人拦着都没有用，事已至此，以后在这个家里就不要再提……你就当没这个二嫂，你要是爱惜隆家血脉，就赶紧娶妻生子，为祖宗传递香火！"隆延宗已经泣不成声。

隆万氏也听说了，倒叹了一回气，说道："我是没有福气啊，白当了一回女人，自己一个孩子也没生过。柳瑛娘比我有福气，生了四个，可惜全丢了！哎哟哟，我要是她呀，早死去了……"王婆子搭话道："死了也是活该，河姑的命不能改，河神不答应！"

黄河之畔，就在十八年前祭黄河的地方，祭台已经破败，满目疮痍。瑛娘踏上祭台，回想当年景象，不由泪如雨下。望着滔滔黄河水，她跪倒在地，双手合十："今日我柳瑛娘，不拜天不拜地，更不拜这该死的大河！我拜我的四个儿女，盼娣、招娣、念娣、牢生，娘对不起你们啊！"瑛娘连着磕了几个头，起身，喃喃道："我的命属于大河，不该嫁人，更不该生下你们，让你们到人间受苦是娘的错，生而不养更是娘的错！牢生，你才三个月，都没来得及叫我一声娘，多好的孩子呀，你真是投错胎了……念娣，其实娘早想过，你应该也不在人世了，你从小就爱哭，爱噘嘴，爱板着脸，人贩子卖到谁家，谁愿意天天听你哭啊？也不知道你受了多少苦才走的，娘真后悔把你带到这世上来……盼娣、招娣，兴许你们还活着，但愿盖家班善待你们，娘真没脸活着找你们了。娘这就走，到阴曹地府找你们的爹赔罪去！”瑛娘说完，一头朝黄河冲去！

就在她要跳河的刹那，一个黑衣大汉突然拦腰将她抱住，一把扔到旁边的地上。瑛娘仿佛没感觉到疼，起身再次冲向黄河，黑衣大汉再次拦住了她的去路。瑛娘恳求道：“这位大哥，我知道你是好心，想救我的命，麻烦你让一让，我真的没法活了，我没脸活在世上了！”

瑛娘绕过大汉，再次想跳河，结果又被大汉拽了回来。这次，一把钢刀架在了她脖子上。瑛娘这才发现，大汉不是要救她，而是要绑她。大汉道：“你不能死，跟我走！”瑛娘看着大汉手里的钢刀，说：“求你杀了我吧，我正好不想活了，只求你把我尸体扔进黄河！”说着，瑛娘将脖子往大汉手里的刀上蹭去。黑衣大汉吓了一跳，连忙把刀收了起来。瑛娘见刀收了，再次朝河里奔去，再次被黑衣大汉拉住。

大汉说：“你不能死！我跟了你好几天了，我知道你在四处找孩子，一个三个月大，吃奶的孩子，对吧？”瑛娘问：“你怎么知道的？”大汉答：“我有一个三个月大的孩子，没奶吃呢。”瑛娘说：“真的？你捡到了我的牢生？你在哪儿捡到的？”大汉说：“你跟我走吧！”大汉不愿意再答话，将瑛娘带走了。

家丁带着几名下人向隆延宗汇报。家丁说：“我是没亲眼看见，压根儿就没追上二少奶奶。去大河的路实在太多了，我们也不知道二少奶奶走的是哪一条路。我们就四处打听，有人亲眼看见她疯疯癫癫地奔黄河去了……”另一下人也说：“是啊，不止一个人看见过。”隆延宗摇摇头：“不怪你们，我娘说得对，一个人真想死，多少人都拦不住……”隆延宗咬紧了牙关，强忍悲痛。

而这时，瑛娘被大汉一把推进了一个破庙里，孩子的哭声吸引了她的注意。瑛娘这才发现大汉身后背着一个包裹。大汉解开包裹，里面是个骨瘦如柴的孩子。大汉将孩子抱向瑛娘，说：“你的孩子丢了，你一定有奶，对不对？这孩子已经七八天没吃奶了，我求求你，你喂喂他吧！”瑛娘接过孩子看了看：“这不是我的牢生……”大汉说：“当然不是你的，这是我的孩子！”瑛娘摇摇头：“我凭什么帮你喂孩子？我四个孩子都丢了，我对不起孩子他爹，我要死，到那边向他爹赔罪去，我没工夫帮你！”

“你不许走！”大汉拉住要跑的瑛娘，“谁让你有奶呢，我就赖上你了！”

说着，大汉把孩子往瑛娘身上一推。瑛娘本不想接，但又怕孩子掉到地上，还是下意识地接住了。

大汉退后两步，猛地跪地。瑛娘一惊，说："你干什么？""这位大嫂，我孩子就拜托你了！"大汉说完，磕了一个头就要走。瑛娘急了："你给我站住！我说了，我不会帮你喂孩子。你走了，就不怕我把他掐死？"大汉回过头来，眼里流下泪水："想掐死就掐死吧，反正你不喂他，他也得饿死。这小兔崽子，我喂他米汤，他不喝，我喂他糖水，他也不喝！我是真的没招了，我现在给他找到了一个有奶的女人，也算对得起他了。你愿意喂就喂，愿意掐死，那也是他的命，我管不了了！"

大汉转身要走。瑛娘又叫道："站住！你刚才说你是孩子他爹，你凭什么不管？"大汉回过头来，说："我有大事要办！"瑛娘说："有什么事你也得管孩子！"大汉说："我堂堂七尺男儿，不给媳妇报仇，如何在世上为人？这小兔崽子命贱，可也是一条性命，又跟你丢了的孩子一般大，这就是你们俩的缘分！大嫂，你就积积德吧！"说完大汉又要走。

"你给我站住！他是你孩子，这条命是死是活你得管，交给我算什么？"瑛娘说着就要把孩子塞给大汉，可是大汉不接，孩子险些掉在地上，瑛娘只得又抱住。大汉说："我也舍不得他，可我必须去报仇！"瑛娘说："你要干什么我不管，但是你不能把孩子交给我！"大汉说："大嫂，我知道你孩子丢了不是一天两天了，刚才我也看出来了，你是真心想寻死，死也不差这一两天。大嫂，你就帮我喂他两天，行不行？"瑛娘说："不行！我一刻也活不下去，我不能管你的孩子！"

"大嫂，你听我说两句！"大汉一抱拳，"在下姓高，有个贱名叫柴禾垛子，自幼父母双亡，在一个姓陈的财主家当长工，快三十了，也没娶上媳妇儿。老爷家有个丫鬟，叫小玲，她说她喜欢我，我们俩就私定了终身。我没日没夜地干活，终于还清了小玲当年的卖身钱。我们想自立门户，成个小家。可是那姓陈的老王八蛋看上了小玲，非要纳她当妾，死活不让小玲走。没办法，我只能带着她私奔。我们跑到一百里外的深山老林，砍树盖房，开荒种地。在山上，有了自己的小家。去年秋天，小玲怀了孩子，到冬天，我就一直趴在雪地里，就为了多打点儿猎物，得几张好皮子，为的是孩子生下来能过得好点儿！哪承想……十天前陈财主带人找到了我的家，趁我进山打猎，烧了我的房子，抢走了我媳妇，把我的孩子扔在野地里！我追到陈财主家，想要回小玲，可是……她已经被那老王八蛋祸害了，后来又被活活打死……你说，我要是不给小玲报仇，我还算是个人吗？"瑛娘愣住了，不由得掉下了眼泪。

高柴禾垛子又说："大嫂，就耽误你两天，我要是手起刀落，砍下那陈财主的脑袋，立刻就回来接孩子，要是不顺利，把命丢了，这孩子就交给你了！愿意喂，你就把他养大，让他给你养老送终。若不愿意喂，你就随便把他扔在一个人多的地方，谁愿意抱走就抱走，是死是活，全看他的命了！对了，大嫂，再说一遍，我叫高柴禾垛子，叫什么其实不重要，你记住我姓高就行。将来有机会，告诉他他爹姓高，他爹是为了给他娘报仇死的，他爹他娘都拿他当眼珠子、命根子！"高柴禾垛子热泪盈眶，扭头就走了。瑛娘愣在那儿，不知该怎么办，怀里的孩子嗷嗷大哭。

瑛娘看向那孩子，说："你别哭了行不行？你一哭，我就想起了牢生，我那苦命的孩子。对不住，我真的没法管你……不是我狠心，是我心里难受，我一刻也活不下去……"瑛娘把孩子放到庙里的供桌上，扭头要走。可是听到孩子的哭声，她还是无法迈开步子离开破庙。

第二十四章

时间过了很久，破庙里，婴儿仍在不住地啼哭。瑛娘心烦意乱地念叨：“你别哭了，哭也没用，我是不会喂你的，我连我亲儿子都喂不上，我怎么喂你。喂了你，我更对不起我的牢生了！”

正在这时，外面突然传来一阵嘈杂之声。瑛娘以为是高柴禾垛子回来了，连忙起身向外听着。透过破庙虚掩着的门，瑛娘看到了钢刀和火把。

陈财主的大夫人以及几个家眷，带着打手们，打着火把进来了。一个打手指着破庙说：“就这儿，大太太，前两天有人看见高柴禾垛子从这儿出入，还抱着个孩子！”一个妖艳的女人道：“老爷说了，小玲刚给野男人生过孩子，准是高柴禾垛子的，要不然他能杀了老爷吗？”另一女人说：“听，有孩子的哭声！”

庙门被踹开了，持钢刀的打手们冲了进来，大夫人随后进庙，没发现高柴禾垛子，却看到蓬头垢面抱着孩子的瑛娘。

打手搜了一圈，回禀：“太太，高柴禾垛子没在。”妖艳女人指着瑛娘怀里的婴儿是：“孩子，这孩子准保是高柴禾垛子的！”大夫人下令道：“来人，先摔死这孩子给老爷报仇！”

有打手就冲向瑛娘抢孩子。瑛娘忽然站了起来：“你们干什么？这是我的孩子！”大夫人上前叫骂道：“你别找死。这孩子他爹姓高，是个杀人犯，这个小兔崽子就是个小杀人犯！你跟着掺和，就是帮凶，把孩子交出来，不然连你一起砍了给老爷报仇！”瑛娘争辩道：“我跟你们无冤无仇，你们凭什么杀我，这真是我的孩子！”大夫人狐疑道：“你的孩子你不喂，让他哭成这样？”妖艳女人跟着说：“就是，胡说八道！”瑛娘说：“孩子哭，是被你们吵吵嚷嚷吓的！”说着，瑛娘转身假装解衣扣，就要喂孩子。

打手忙说：“大太太，真有人看见过高柴禾垛子抱着个孩子进了这个破庙！”大太太问：“你们谁知道小玲生的是儿子还是闺女？”打手摇头：“没听说过。”大太太命令道：“把孩子抢过来！”

打手从瑛娘手中抢过孩子。瑛娘挣扎着：“还我孩子！”襁褓被拨开，大太太看了一眼，说：“你说这孩子是你的，那我问你，是男孩还是女孩？”瑛娘知道，万一说错了，自己和孩子都得没命。她估摸着，说：“那是我儿子！你们要是伤了我儿子，我就去官府告你们，让警察把你们全都枪毙了！”大太太不甘地挥了挥手：“走！非得抓着高柴禾垛子剁成肉酱，给老爷报仇！”打手将孩子还给瑛娘，呼啦啦跟着大太太一拥而出，瑛娘这才长出了一口气。

惊魂未定的瑛娘下意识地扒开襁褓，点点头：“男孩，你还真是个男孩，幸好你是个男孩，不然咱俩都没命了！你这个臭小子，我上辈子是欠了你的还是怎么着，我自己儿子都没吃上我的奶呀……”这么说着，瑛娘真的解开衣扣喂了孩子。她皱着眉头，忍着疼痛，轻声道：“吃吧吃吧，反正也给你吃了，让你吃个够！吃空了我的奶，我再去跳黄河，也干净……”

等孩子吃过奶，瑛娘就出了破庙，抱着孩子，四处询问高柴禾垛子的下落：“这位大叔，你有没有见到过一个穿黑衣服的大汉，高高的，壮壮的？”老人摇摇头。瑛娘拉住两个小姑娘，说：“二位小姐，你们有没有见过一个穿黑衣服的大汉，眼睛大大的，又高又壮。”两个姑娘相互对视。一个姑娘说：“你不会也要找那个人吧，他们都在找。”

瑛娘顺着姑娘手指的方向看去，正见陈财主的大夫人坐在一个轿椅上，被七八个打手簇拥着走过街道。见到壮实的男人，打手们就上前查看。瑛娘连忙低头，直到大夫人等人走远。

之前说话的姑娘道：“你找的是杀人凶手。四处都贴着他的画像呢！”另一个姑娘也说：“对呀，那边就有，你过去看看。”

瑛娘向镇子中心贴告示的地方走去，凑上前，只见一张布告贴在墙上，上面正是高柴禾垛子的画像。旁边有个老人念叨着：“就是他，高柴禾垛子，陈财主家的长工，反了天了，跟丫鬟私奔生下了野种不说，还回来杀人行凶啊，听说陈财主的脑袋，被他一刀给砍了下来！”瑛娘看了看怀里的孩子，贴边儿溜了。

两张照片在七舅爷和两位叔公手里传着。四叔公道：“要说长相家世，这两个姑娘都过得去，怎么延宗还看不上？”隆夫人摇头：“几位长辈再帮着想想，谁家还有更好的姑娘？”三叔公、四叔公认真地琢磨着。

四叔公说：“肖员外家的二小姐应该长大成人了吧，那丫头我小时候见过，蛮标致的！”三叔公插话道：“标致什么，别人家的小姐是女大十八变，越变越漂亮。肖二小姐，净往横了长，跟相片上这两位没法比。”四叔公也摇头：“是吗，那还真没谁了。关键是得门当户对，一般人家，隆家也不能跟他攀亲呀。尤其是延宗，现在是一根儿独苗，这更得慎重啊！”三叔公叹道：“是啊。”

七舅爷一直在喝着茶，咳嗽一声，说：“其实呀，有个最合适的人选，她和延宗简直就是天造地设的一对儿！”隆夫人迫不及待地问道：“七舅爷，是谁家小姐，说来听听！”七舅爷说：“洪县长的侄女，洪凤鸣！洪小姐人才出众自不用说，在省城读过洋学堂，那两个小姐能比吗？桐城洪家虽然没什么家底儿，可那也是响当当的书香门第，没错吧？洪小姐的叔叔是孝兴县长，咱们隆家是孝兴的首富，谁敢说不是门当户对？”隆夫人摇头说：“七舅爷，您糊涂，咱们隆家跟洪县长结仇都结成这样了……”

三叔公插话道：“是啊，般配是般配，要是不般配，当年也不会为继宗提亲。当年要是不提亲，也不至于跟洪县长结了死疙瘩！”四叔公也摇头：“就是，都水火不相容了，还提个什么亲。就算提，人家能愿意吗？”七舅爷却说：“肯定愿意！那洪凤鸣早就过了谈婚论嫁的年纪了吧，早有人私下议论，说洪小姐得了花痴病，非继宗不嫁。为这事，洪县长急得三天两头牙疼。隆延宗跟继宗是双生子，长得一模一样，又留学西洋，风流倜傥，咱们若是提亲，她能不愿意？再说，冤家宜解不宜结，隆家还能跟孝兴的父母官结一辈子仇？结仇有什么好处？”

隆夫人似乎动心了，说：“洪小姐的人品相貌倒是不错，就是不知道延宗……”七舅爷插话道：“我可把话放在这儿，在孝兴就没有第二位姑娘比洪凤鸣更出色了，延宗要是连她都看不上，你就别指着抱孙子了！”隆夫人叹了口气：“也是，那这么着，等延宗回来，我跟他商量商量。”七舅爷摇头说：“不可！千万不能跟他商量！”隆夫人疑惑道：“这是为什么？”七舅爷说：“你跟他商量他能答应吗？他从小争强好胜，要是答应了，不等于跟洪县长认㞞？他脸上挂不住！”三叔公点点头：“为了面子，就算他心里喜欢，嘴上都不会答应！”七舅爷继续说道：“这事就得你当娘的做主，到时候张灯结彩办喜事，入了洞房，一见洪凤鸣如花似玉，他也就顾不上面子了！”

隆夫人犹豫着：“行，就照七舅爷说的办，不过……这桩婚事不好找媒人。”七舅爷拍着胸脯说：“这有什么难的？我是长辈，我就来当这个媒人！”看着七舅爷一副胸有成竹的样子，隆夫人点点头：“如此，有劳七舅了！”

洪凌志本来端着茶，一听七舅爷的话，愣住了：“再说一遍，给谁提亲？”七舅爷满脸堆着笑容：“隆家三少爷隆延宗。不瞒洪县长，老朽上次替人保媒，那可是二十五年前了。”“你就是个老浑蛋！”洪凌志把茶杯狠狠地摔在了地上，七舅爷吓得站了起来。洪凌志怒道：“隆延宗是个什么东西？卑鄙之徒，流氓无赖！别以为我不知道，隆延宗心里最恨的就是我，他一直在找机会想要整死我！你来替他向我侄女求亲，是隆延宗的诡计吧，凤鸣要是进了隆家，还不得被他们害死！”“洪县长，这……”七舅爷把事情想简单了，给骂得哑口无言。洪凌志打断他："我让你住口！你个老浑蛋，回去告诉隆延宗，休想打我侄女主意，好好做人，别再让我抓住他，不然我亲手枪毙了他！滚，给我滚出去！"七舅爷老脸挂不住了，急道："洪凌志，你……亲事不成，我们不高攀！可我这么大岁数了，在孝兴也是有头有脸的人物，你总得讲点儿礼貌吧？""跟你个老混蛋还讲礼貌？滚！"洪凌志一声咆哮，七舅爷落荒而逃。

这天，天渐渐黑了，洪凤鸣夹着书，心情愉快地走出茶楼。忽然，她被两名恶汉拦住。一个恶汉调戏道："姑娘，这大晚上的一个人，多寂寞啊，让我们哥儿俩陪陪你吧。"洪凤鸣吓了一跳，向后退了一步，大喝："你们两个好大胆子，你们不认识我吗，我姓洪，我叔叔是孝兴县长，你们敢动我一根汗毛，我叔叔一定会亲手毙了你们！"恶汉反而笑了："呦，是县长的侄女啊，要不跟你叔叔说，招我当侄女婿吧，我愿意上门，改姓洪也行。"说着，两名恶汉上前对洪凤鸣动手动脚。

洪凤鸣气得大喊："来人哪！来人哪！"一个恶汉道："你喊也没用，这条街没人，警察巡逻都不往这儿来！"另一个恶汉也说："就是，小娘子，你就从了吧，哥哥我喜欢你！"这下，洪凤鸣真有些害怕了，吓得直往角落里退。

忽然，一声断喝传来："住手！大胆毛贼，居然敢调戏良家妇女，孝兴难道没有王法吗？"一个恶汉连头都不会，说："嗬，来个挡横的，你是谁呀？"那人挺胸昂头道："连我都不认识？孝兴隆家你三爷，隆延宗，就是我！"洪凤鸣看向英雄抖擞的隆延宗。

两个恶汉露出更加轻蔑的笑容，一个说道："嗬，隆老三啊，听说你刚从牢里边出来吧？"另一个说："就是就是，警察没打折你的脊梁啊？"一个说："少管闲事！你俩哥哥都死了，隆家就剩下你一根独苗了，赶紧滚蛋，留着小命守你们隆家的家产去吧，别耽误大爷的美事！"一听两个恶汉侮辱家门，隆延宗也不多做声，欺身而上，一阵西洋拳是又快又狠，将两人打倒在地。两个恶汉被打蒙了，爬起身，抱头鼠窜。

隆延宗还要去追，洪凤鸣大声喊道："隆延宗，别追！"隆延宗愣了："你认识我？"洪凤鸣从暗处走出来，有些尴尬："是啊，你不记得了，是我呀，我是洪凤鸣。"隆延宗上前看了半晌："真的是你……早知道我就不救了！"说完，隆延宗扭头便走。

洪凤鸣气坏了，捡起书追了上去："你站住，隆延宗，为什么是我你就不救？我叔叔是把你关进了监狱，我都知道，错在你，你不该反思吗？对了，我还要问你呢，瑛娘现在怎么样了？"一提到瑛娘，隆延宗神色黯然："我也不知道……我做错了很多事，最不该的就是冤枉了二嫂。当初要是没有你仗义执言，救我二嫂，我就更铸成终生大错了……谢谢！”说着，隆延宗鞠了一躬，转身就走。

洪凤鸣朝着延宗的背影说道：“这条街偏僻，能送我一段吗？”隆延宗愣了。洪凤鸣不好意思道：“我怕刚才那两个坏蛋再回来。”隆延宗笑了：“噢，乐意效劳。”

两个人来到大街上，隆延宗问她：“你怎么一个人在外面喝茶读书，天黑才回家？”洪凤鸣答道：“我叔叔没有官邸，我也跟着住在他的办公室。白天他公务繁忙，我不好打搅他办公。我还蛮喜欢那个茶馆的。”隆延宗问：“噢，你可能还没吃晚饭？”洪凤鸣说：“嗯……是没吃呢。”隆延宗又问：“那你回去有饭吃吗？”洪凤鸣说：“有时候有，有时候没有，没事，我习惯了。”

“我说你这么瘦嘛，不好好吃饭怎么行？要不这样……”隆延宗瞟了一眼洪凤鸣，“算了，不好，我还是送你回去。”洪凤鸣说：“有什么不好的？你有话直说吧。”隆延宗说：“我本来是想请洪小姐吃饭，可我又一想，咱们没那么熟，太冒昧了。”洪凤鸣说：“我们不熟吗？我觉得很熟啊。我今天还真挺饿的，回去也肯定没饭吃，我可不想饿着肚子。哎，我不是没钱吃饭，就是一个人吃饭没意思……”隆延宗笑了：“那洪小姐想吃什么？”洪凤鸣说：“我都行，你说吧，你今天救了我，我请你。”

隆延宗将洪凤鸣带到一个豪华酒楼的单间里，不一会儿，一桌精致的饭菜摆了上来，单间里除了酒桌之外，还有榻可供人休息。酒楼老板道：“三少爷，都齐了，您看……”隆延宗点点头：“好，你们都下去，我跟洪小姐不用你们伺候。”所有人都退下了。

洪凤鸣惊讶地看着富丽堂皇的装饰，说：“这间酒楼真好，我怎么从来没听说过？”隆延宗笑而不语。洪凤鸣又问：“这楼上楼下怎么也没见别的客人？”隆延宗笑道：“这是我们隆家的产业，不接待外面的客人。”洪凤鸣说：“哎，刚才说好的，我请你！”隆延宗笑道：“行，不过这儿的酒菜很贵的。”洪凤鸣道：“再贵，一顿饭我还请得起。”隆延宗点头：“那就谢了，坐吧。”两人双双落座。

洪凤鸣举杯：“隆延宗，我敬你一杯。”隆延宗与洪凤鸣一饮而尽。隆延宗道：“饿了，快吃吧。”洪凤鸣咽下一口饭菜：“嗯，真香！”隆延宗不无得意地说：“那是，这个酒楼有孝兴最好的厨子。”

两人推杯换盏，酒过三巡，洪凤鸣晃了晃头：“我不能再喝了，如果再不回去，我叔叔该着急了。”隆延宗没接话，只是自顾自说：“我知道，二哥在世之时跟洪小姐是朋友。现在我们也算朋友了，今日你我对饮，让我一下子想起了二哥……”

提及故人，洪凤鸣思绪万千：“隆继宗已经走了一年多了，你也别太难过了……”隆延宗长叹一声：“难得今天遇上你，要不然我也没个可以倾诉的人。”隆延宗一下子触动了洪凤鸣的神经，她强忍住悲伤，泪还是掉下来了。

隆延宗问：“你怎么哭了？”洪凤鸣摇摇头：“看到你，我又怎么能不想起隆继宗？隆继宗是个好人，是我在孝兴唯一的知己，可惜了……”隆延宗举杯：“干一杯，敬二哥！”洪凤鸣点头：“敬隆继宗！”酒杯碰到一起，两人一饮而尽。

洪凤鸣握住酒壶倒酒，她端起酒杯：“再喝一杯，让我们一起敬瑛娘，祝愿她平平安安，尽快找到孩子。”说到瑛娘，隆延宗一下子忍不住了，流下了泪。隆延宗摇头：“这一杯我不喝。”洪凤鸣问：“为什么？”隆延宗哽咽道：“二嫂她……她投河自尽了……”“什么？！”洪凤鸣一听，泪如雨下。

两人越说越伤心，酒也喝得越发起兴。洪凤鸣叹道：“要是没有我，隆继宗跟柳瑛娘还住在古风村，儿女成群，多么幸福。我有罪，我有罪啊！”隆延宗摇头道：“洪小姐何罪之有？你若有罪，我隆延宗更是罪不可赦！你我两个罪人连干三杯，敬二哥二嫂的亡灵。”洪凤鸣点头：“好，连干三杯！”隆延宗与洪凤鸣连续干杯，一饮再饮。

又是几杯酒下肚，洪凤鸣扶着额头，嘟囔着：“我……我是不是醉了？”隆延宗道：“人生在世，难得一醉。”“记得当年，我和隆继宗就醉过一回，今天这么一醉，又回到了从前。”“从前是永远也回不去的。洪小姐，我听说当年有媒人上你的门，替我二哥提过亲？”“有！有！”“今天有个笑话，又有媒人自告奋勇，要替我去向你提亲。我跟你叔叔却是死对头，你说好笑不好笑？”洪凤鸣也哈哈大笑：“笑话，真是天大的笑话！”“换大碗，就为了这笑话，咱俩干上一碗！”“大碗就大碗！”两个人又换成大碗，一饮而尽。

洪凤鸣有些醉了，闭上眼睛。隆延宗看着她，又看了看单间里的床榻，终究没有为了给七舅爷出气行不轨之事。他亲自将洪凤鸣送回县政府，这才长长地舒了一口气。

忍着宿醉过后的头痛，隆延宗跪在隆夫人面前，说：“娘，儿子得离开孝兴一段时间了。”隆夫人大惊，问：“延宗，你这是要去做什么？”隆延宗说：“我记得从前，孝兴要是新来个县令，不进县衙，都得先来隆家给我爷爷奶奶磕头请安。现如今，洪凌志也就是个小小的县长，却根本不把隆家放在眼里！娘，我明白了一个道理，咱们隆家光靠有田有地、有金有银，都不成了，咱们家得有个当官的。大哥、二哥都走了，家里现在没别人指望了。我从今以后走仕途，不为别的，就为了撑住隆家的这份家业，对得起列祖列宗！”

隆夫人欣慰道：“延宗，你懂事了，娘终于等到这一天了。男子汉大丈夫，先成家后立业，上次那两位小姐，你先选一个，把婚事了了，娘也就放心了。”隆延宗摇头：“不，先立业后成家，这样才能更专心。我今天就去省城，请娘恩准。”

佘管家道：“三少爷，你才消停下来又要走，夫人她放心不下呀！”隆夫人制止了佘管家：“隆延宗说的也有道理。先立业后成家也罢，就盼着你早点儿让娘抱上孙子。”隆延宗道：“放心吧，娘，您长命百岁！”

隆夫人说：“佘管家，帮延宗多备些厚重的礼物，既然想当官儿，就算是买，也要买个大点儿的官回来！咱们隆家别的都没了，就是还有钱！”隆延宗笑了：“多谢娘。除了那些长辈之外，我还有些自己的路子，在法兰西留学的时候，大帅的公子是我的同窗。”隆夫人惊喜道：“真的？那我儿此番岂不是马到成功！”隆延宗又说：“不光如此，前总理的外甥也是我的挚友！”佘管家赞叹道：“哎呀，三少爷，您真了不起！”

隆延宗道：“娘，您放心吧，慢则一年，快则几个月，我就能混出点儿模样来。佘管家，你侄子佘小四和我处得不错，我去省城想带着他。”佘管家高兴地说：“您带着他，你们哥儿俩也有照应……不不，您看我，真是胡说八道。我那侄子是个什么东西，丢了差事，三少爷赏他口饭吃，那是大恩大德。您是主子，他就是您的仆人，您尽管使唤！”隆延宗笑了：“瞧您说的，佘兄对我有恩，我们早就兄弟相称了。”隆延宗说得真诚，但这回佘管家可不敢接话了。

瑛娘拖着疲惫的身躯回到破庙，想了想，将襁褓放在了供案之上，孩子已经睡着了。瑛娘说：“孩子，我得走了，我本来是要寻死的，让你爹给搅和了。他说最多两天，可到今天，我整整喂了你一个月了，我真的不能一直在这儿等下去了。我得去死，只有到那头，才能跟我的孩子们团聚……”瑛娘起身要走，孩子这时却醒了，大哭起来。瑛娘回过头来，泪眼婆娑：“孩子，你是知道我要走还是咋着，我告诉你，今天就算你哭断气儿了，我也得走！我跟你爹没交情，他给我磕了一个头，我喂了你一个月，我也算对得起你爹了。”

孩子仍然哭着。瑛娘叹道：“你爹杀了人，我想这会儿恐怕也早就被仇家追上杀了。你就哭吧，大点儿声，让别人听见。你是个男孩，长得又壮实，一定会有人愿意要你的。可是我不行，因为你，我已经在这世上多活了一个月了，我真的得去追我的孩子们了……孩儿啊，要有缘分，来世再见吧！”

就在瑛娘即将跨出庙门之际，襁褓中的孩子叫了声“娘”，那只是孩子的哭泣中带出来的，像是“娘”的声音。瑛娘却猛地回过身来：“你是在叫娘吗？”她情不自禁地走回来，将孩子抱在怀里。那孩子仍然发出像叫娘一样的哭声。

“你这哭声怎么跟叫娘一样？”瑛娘不由得落泪了，“你爹把你交给我的时候说你三个月大，我带了你一个月，四个月大的孩子怎么会叫娘？我自己的儿子都没叫过我一声娘，就丢了。难道是老天爷把你送给我当儿子的吗？有你在，我就不死了！就凭你叫我一声娘，娘说什么也要把你养活，让你长大成人！”瑛娘猛地将孩子紧紧地搂在怀里，泪眼蒙眬地抬头望向神像，忽然睁大了眼睛：“关公？关老爷！”香案上供的正是关公。“儿啊，娘真是糊涂了，和你在这破庙里住了一个月，竟不知道这是关老爷的道场！”说着，瑛娘跪到地上：“关老爷，这孩子管我叫了娘，我想把他养大，求您给这孩子起个名吧！盼娣、招娣、念娣、牢生，你们有弟弟了……”瑛娘哭着哭着，说道：“一二三四五……关老爷，我就叫他五儿吧，您看行吗？五儿，娘叫着你的名字，就能想起你的三个姐姐和一个哥哥，好，就这么定了，你的名字叫五儿！五儿，娘今天就带着你往西走，找你大姐、二姐去！”

瑛娘带着五儿走了一些天，这天晚上正遇上瓢泼大雨。她无处躲闪，只能栖身一户人家的门楼之下，将孩子紧紧地抱在怀里。瑛娘怜惜地看着怀里的孩子：“五儿啊，还好，这家的门楼高，咱娘儿俩避避雨。五儿，你饿了吧，来，娘喂你。”瑛娘解开衣服，将五儿的脸藏在衣服里哺乳。奔波了近一个月，瑛娘变得更加消瘦。

第二天，云消雨散，晨光铺满大地。房檐还在往下滴水，瑛娘身后的大门开了，一只文明棍从门里探了出来。这是一个五十多岁的富家老爷。他发现了怀抱五儿睡着的瑛娘，用文明棍扒拉了一下。

瑛娘惊醒，连忙起身：“这位老爷，对不住，对不住，昨儿夜里大雨，我抱着孩子借您的门楼避雨，我这就走！”瑛娘刚要离开，那人道：“带着个孩子怪可怜的。来人！”从屋里跑出一个管家模样的人来。那人说：“你帮我问问她，愿不愿意在咱们家找份差事啊？”

管家看了瑛娘一眼，连忙从高台阶跑了下来：“我们家老爷问你呢，愿不愿意找份差事啊？”瑛娘一愣，有些犹豫：“啊……不，我要赶路……”管家又看了看那老爷，那人使着眼色。管家道：“哎，你不识抬举，看你这样子，有些日子没吃饱饭了吧，我们老爷宅心仁厚，可怜你，想把你留下，你不为你自己想，也不为你怀里的孩子想想吗？”

瑛娘想了想，说：“多谢老爷，要不我打个短工，十天八天，最多半个月，您看如何？”富户点头说：“好，让厨房做点儿好的。”管家领命。瑛娘喜道：“五儿，碰上善人了，那咱们就歇几天再走。”

瑛娘背着孩子进了厨房，赶紧向一个管事婆子鞠了个躬：“大嫂，您是管事的吧？我是新来的，您看给我派点儿啥活干？”婆子瞟了瑛娘一眼，没做声。瑛娘说：“您别看我背着孩子，不耽误干活，我啥都会干！”婆子低头不语，抱着菜走了。

瑛娘只得尴尬地堆出笑容，来到第二个婆子面前，说：“这位大嫂，我帮你烧火吧。”烧火的婆子看了她一眼，并不搭话。

管家走了进来，说：“哎，你怎么乱跑啊。这家里是有规矩的，回屋里等着去。”瑛娘说：“管家，老爷答应我留下打短工，我不能白吃饭，我得先干活啊！”管家说：“你也不容易，带着孩子走了好些天了吧，这样，你先好好歇歇，想干活明天再说。”瑛娘离开厨房，没发现婆子们都用异样的眼神看着她。

夜晚，三四个菜摆上了桌，瑛娘惊讶道：“这么多？我吃不了。”“这是老爷赏赐你的，你知道感恩就行了！”管家说完就离开了。

瑛娘把五儿放到一旁，说：“儿啊，这家老爷真是大善人。娘多吃点儿，娘吃饱了，你就有得吃了，省得你不饱，老饿得哭！”瑛娘也饿极了，大口大口地吃起了饭。吃着吃着，她忽然听见隔壁的房间传来哗哗的声音。

瑛娘有些疑惑，推开隔壁的门，发现几个婆子正在打热水。瑛娘上前说：“我来帮你们。”婆子露出冷冷的脸，说：“不用，这是我们的差事，你就等着享福吧。”瑛娘愣住了：“享福？我是来干活的，打这么多热水是要干啥？”干活的婆子不理她，走了。

瑛娘也没多想，狐疑着，把肚子填饱了，哄着孩子。这时，一个管事的婆子进来叫她：“你该洗澡了。”瑛娘更加迷惑：“洗澡？在老爷家哪儿有我洗澡的地方啊？这位大婶，您弄错了吧，我是新来打短工的，就干十天八天的活，我洗什么澡啊，别脏了老爷家的盆。”婆子不耐烦道：“让你洗你就洗，我家老爷喜欢干净，既然进了我们家的门，就得洗澡，这是规矩！”说完，婆子走了。瑛娘更加莫名其妙：“规矩？这家规矩比隆家规矩还多。”

洗过澡，孩子在床上玩着，瑛娘坐在旁边梳着头。瑛娘说：“打个零工还让洗澡，儿啊，你今儿晚上好好睡，明天你可不许哭，娘得使劲干活，好好地报答人家！”瑛娘边说边梳着头，将一头秀发散开。

正在这时，门开了。瑛娘一见来人，连忙站了起来：“老爷？”进来的正是那人。瑛娘说：“您怎么进来的？我记得我别了门了！”那老爷说：“这是我的卧房，你别上门就能拦住我吗？”瑛娘一愣：“您的卧房？对不住，我赶紧带着孩子走。”瑛娘说着抱起孩子。那老爷说：“走什么？你没待错地方，今儿晚上你就睡这儿，陪我睡！”瑛娘吓了一跳：“不，我是来打短工的！”富户冷笑道：“你吃了我的饭，还在我的房里洗了澡，不陪我睡，你走得了吗？”瑛娘急了：“我……老爷，您是大善人，求求您，放了我吧！”瑛娘转身拉开房门就要走，没想到管家带着一个打手拦在门外。那老爷说：“别敬酒不吃吃罚酒，要是听话，你儿子就能活命。要是不听，先把你儿子摔死！”

“不！”瑛娘抱紧孩子，吓呆了。管家说：“别不识抬举，一个臭要饭的，又不是大户人家的千金小姐，陪我们家老爷睡是你的福分！”瑛娘急道：“你们强抢民女啊？！”那老爷笑了：“别说，早上碰见你的时候，还真没想到你长得不赖。告诉你吧，我们家是个赌场，老爷我自己也赌，一二十年了，一直赢，日进斗金！可最近这俩月手气背，牌九、麻将、掷骰子，赌啥输啥。昨日上山求签，老神仙指教，说今儿个一大早我打开家后门见到的第一个女人，只要娶了当小老婆，我的赌运就翻过来了！”瑛娘拼命摇头：“不！我不能嫁人！”

那老爷说：“我没说要娶你，开门第一个女人是你，算我倒霉！我怎么会娶一个奶孩子的娘？我又去请教神仙，神仙说了，既然碰到的不是黄花大闺女，那就不用娶了，只要陪我睡上一觉，就能转运！”瑛娘哀求着：“老爷，您换个人吧，我不行！我命不好，克死了男人，还丢了四个孩子，您要是动我的话，肯定跟着倒霉，您放了我吧！”

富户怒道：“臭要饭的还挺会吓唬人，我告诉你，今儿晚上有个大场，不睡了你我的手气翻不过来！你知道赌得有多大吗，就算是你命不好，真的把我克死，我也得先把你睡了！把孩子抱别的屋去！”管家和打手上前就将五儿夺了去。

瑛娘要去追，被那老爷一把拽住。那人狞笑着：“娘子，你就从了吧，你把我陪好了，明儿一早他们自会把孩子还给你；你要是跟我挣巴，我那管家手上一使劲，你儿子就咽气了！”

瑛娘吓坏了，看着富户淫邪的笑脸，不知如何是好。正在这时，外面传来一声枪响。富户慌道：“怎么回事儿？快去看看！”管家随手就将孩子扔向瑛娘。瑛娘连忙接住孩子，吓得直哆嗦。

一众七十二寨的土匪冲了进来，为首的几名土匪，花名夜猫子、母夜叉、小九。夜猫子大喊一声：“兄弟们，他们家专设赌局，方圆百里的大赌棍都在这儿赌钱。二当家的派咱们下山，就是奔赌资来的！”母夜叉叫着：“黄金珠宝现大洋，全要啊！”夜猫子又喊道：“还有女人，山上的兄弟有些日子没开荤了，听说他们家女人不少，全带回山上去！”二十几个土匪齐声道：“是！”

管家和几个下人四下散逃，被土匪们一个个杀死。几个赌客从屋里跑出来，有的想抵抗，也被土匪击毙。那老爷躲进房间，被追来的夜猫子一枪射杀。瑛娘吓坏了，连忙抱着孩子躲了起来。刚躲起来，土匪就进来搜查，在角落里发现了瑛娘。“这还有个娘们儿！走吧你！”土匪上前去拉瑛娘。瑛娘死死地抱住孩子：“放开我！放开我！”瑛娘怎敌得过土匪，还是被抓走了。

院落中间堆着金银珠宝现大洋，另一个角落是绑着的十几个女人。脸上带着刀疤的鬼见愁迈着大步，走进了院子。瑛娘一见，连忙抱紧孩子，转过头去不敢出声。鬼见愁拿起两根金条来，笑着掂了掂：“好货真不少啊，点数，跟大当家的那头报一下。这回七十二寨好买酒买肉，连着过一个月的年！”众土匪狂笑着应和：“好，好——”

夜猫子上前道：“二当家的，还带回来十几个女人呢，您先挑——”鬼见愁瞟了一眼：“我不要，分给弟兄们享用！”众土匪一阵乱叫：“谢谢二当家的！”五儿被吓得哭出声来，瑛娘吓坏了，连忙抱紧孩子。

夜猫子直皱眉：“哎，让你们带些娘们回来，怎么连孩子都带回来了？扔到后山去喂狼！”

有土匪上前抢走了五儿，瑛娘挣扎着，哭喊道：“还我孩子！”众人围着瑛娘东一下西一下推搡着。鬼见愁突然大喝一声：“等一等！”鬼见愁拨开人群来到瑛娘面前，用手抬起她的脸，认真地看着。瑛娘不敢抬头看，左右躲闪着，可想躲也躲不了。

“你是隆家的那个二少奶奶，柳瑛娘？”鬼见愁哈哈大笑。瑛娘松了绑，被拉到一旁，吓得哆里哆嗦。“你上过法场又下来了，我都知道！你当时肚子里怀着孩子呢，就是这个吧？在监狱里生个大胖小子出来，柳瑛娘，你可真是个了不起的女人！”瑛娘只是说道：“还我孩子。”鬼见愁哈哈大笑：“把孩子给我。”土匪立刻将五儿交给了鬼见愁。

鬼见愁抱着孩子，说：“哈哈，隆家的少奶奶就是不一样，长得真是俊。喂，小兔崽子，以后我就是你爹了！”鬼见愁转过身对众土匪说，“你们都给我听着，她叫柳瑛娘，从此以后就是我鬼见愁的女人了！去给大当家的传话，今儿晚上让他带着兄弟们来喝我的喜酒！”土匪们嗷嗷乱叫，瑛娘吓得浑身发抖。

第二十五章

鬼见愁进屋，见大红喜袍放在一旁，瑛娘抱着孩子直哆嗦。鬼见愁说："怎么，他们准备的红衣裳不合你身材？我知道你给隆家当过少奶奶，什么好衣服都见过，你不稀罕穿，我也不计较。睡在一起才叫夫妻，什么红不红的，都免了！"瑛娘颤抖着："你放我走吧……"鬼见愁摇摇头："那可不行，你爷们儿我好久没沾过荤腥了！好了，把孩子搁一边儿，爷们儿来了！"说着，鬼见愁就扑向瑛娘。

瑛娘一闪身躲开了："别！二当家的，我的身世你清楚，孩子他爹对我恩重如山，我得为他守寡，不能对不起他！"鬼见愁怒道："放屁！人都死了有什么对得起对不起的？你这么年轻，难道守一辈子活寡？"瑛娘说："你别逼我，不然我寻死！"鬼见愁笑了："我是土匪，跟我玩这一套，你觉得有用吗？"见鬼见愁面露凶光，瑛娘也怕他伤了孩子，语气变软了："二当家的，我不是成心要惹您生气，可是……可是……"鬼见愁说："你磕巴什么？"瑛娘说："我正在奶着孩子，不能啊……"鬼见愁说："你以为我是生瓜蛋子？女人奶着孩子就不能伺候男人，糊弄谁呀？"瑛娘说："我说的是真的，这孩子才四个月，米汤也不喝，糖水也不喝，我要是没了奶，他就得饿死。求二当家的了，看在这条命的份上，容我两年！"鬼见愁说："两年？你以为我是傻子呀，你等着，我找个懂的来问问！"

不一会儿，土匪领着一个被称作兰婆子的老太太进门。兰婆子瘦小枯干，进门就行礼："哎哟，二当家的，我的二祖宗，给您道喜了，祝您龙凤呈祥、鸳鸯璧合、花开成双、花好月圆、喜结连理、多子多福！"鬼见愁不耐烦道："行了行了，我问你，一个女人奶孩子要多少时间，半年够不够？"兰婆子一愣："啊？奶孩子？噢，那要看大户人家还是平常人家，要是大户人家，喂到三岁半的都有！"鬼见愁一拍桌子："放你娘的屁，三岁半？你让爷再等她三年？"

兰婆子看到瑛娘抱着孩子，说："二当家的，您新娶的压寨夫人是个奶孩子的啊？"鬼见愁一瞪眼："是又怎么样？"兰婆子自己抽了一个嘴巴："瞧我这张臭嘴，瞎打听啥。刚才您问我什么来着，奶孩子是吧？咱七十二寨不讲那么多规矩，什么三岁半不三岁半的，您是大英雄，不拘小节，您说了算，生下来孩子一天不喂，也行！”瑛娘忽然觉得这老太太有些眼熟。

鬼见愁又摇了摇头：“一天不喂可不行！孩子虽然不是我的种，但我娶了他娘，他就是我儿子！一天不喂，那我儿子不亏着了？你就告诉我，寻常百姓家喂多长时间？”兰婆子说：“要是一般人家，够吃够喝，女人不用出去扛长活，娘要是真疼孩子，怎么也得喂到两岁。”鬼见愁急了：“两岁？死老婆子，你骗我呢吧？”兰婆子连忙说：“我的二祖宗，我还想多活两天呢，我哪敢骗您啊？您还不知道我嘛，老实巴交的，从来不会骗人。”鬼见愁摇头说：“不行，两年我等不了！”兰婆子又说：“那就半年。”

对这个答案，鬼见愁还是满意的，但他又假意道：“半年，够吗？”兰婆子点头说：“够，穷人家靠女人干活贴补家用的，就能喂到半岁。只要孩子长出小牙根儿来，跟着大人喝点儿米汤啥的，就饿不死了，再大一点儿牙出全了，就能吃干粮了，那还用喂奶吗。这小孩啊，是三爬六坐……”鬼见愁挥挥手：“行了行了，谁问你这些了，你去吧！”兰婆子忙不迭地说：“是，二当家的，再给您道喜，祝您和和美美，健健康康，六六大顺，久久常常！”鬼见愁道：“滚吧！”“是，我滚了！”兰婆子退下之际，又瞟了瑛娘一眼。

瑛娘与兰婆子对视，那笑容她太熟悉了。她吓得浑身直哆嗦，脑海里浮现出当河姑的岁月……这时，鬼见愁已经逼近。鬼见愁道：“刚才老太婆的话，你都听见了吧？喂上半年奶，孩子就死不了了！你刚才说他现在四个月大，好，那我再等你俩月。这俩月你和孩子睡这儿，我睡外边。”鬼见愁指了指屋里的炕和外面的榻。鬼见愁接着说：“俩月以后，咱俩洞房，到时候你再多一句废话，我立刻摔死你儿子，把你赏给兄弟们！”瑛娘只得点头。鬼见愁说：“既然不用干活，老子出去跟兄弟们喝酒去了！你想不想喝，我让他们给你端酒菜来？”没等瑛娘回答，鬼见愁已经转过身去走到门口：“来人，给我媳妇儿上酒上肉！”鬼见愁出门，瑛娘这才长出一口气，看着孩子，欲哭无泪……

佘管家搀着隆夫人来到内厅，一身中山装的佘小四，笔直挺立，毕恭毕敬地给隆夫人鞠躬。佘小四道：“夫人，三少爷让我替他给您请安。”隆夫人忙说：“你快说，延宗怎么样，有没有书信？”佘小四说：“三少爷没写信，不过有要紧的事让我传话。”隆夫人问：“什么要紧的事？”佘小四说：“回孝兴的事，这要是办成了，三少爷不日就可就任孝兴县长。”隆夫人喜上眉梢：“真的？”佘管家插话道：“三少爷可真是厉害，这么快就当上大官了。”

佘小四说：“是啊，三少爷有本事，到了省城之后，只拜见了两位长辈，就在政府里谋到了差事。三少爷聪明，有脑子有文采，又有同窗帮衬，两个月不到连升三级。听三少爷说，他现在的官，已经跟洪县长一般大了！”佘管家听了连忙说：“恭喜夫人！贺喜夫人！”佘小四接着说：“夫人、姑姑，连我都跟着三少爷沾光了，我现在也在政府里做事，您瞧……”佘小四指着自己的中山装，“我现在是三少爷的特别助理！”

佘管家美得不行，隆夫人更是一脸得意：“好，既然延宗的仕途走得这么顺，那就让他好好干，回孝兴干啥？”佘小四道：“夫人，三少爷说，他到省城当官就是为了回孝兴，不扳倒洪县长，他誓不为人！”隆夫人说：“好不容易走上正路，还记着前仇，非要跟姓洪的作对，这又是何苦？”佘管家说：“三少爷这不也是惦记着家，想给您撑腰嘛。”隆夫人摇头说：“他的仕途要紧，我这就写封信给延宗，告诫他忘了过去的那些事，在省城好好当官！”

佘小四阻拦道：“夫人，三少爷知道您会这么说，他让我告诉您，说他如今是箭在弦上，不得不发！”隆夫人问：“什么意思？”佘小四说：“这些日子，三少爷一直上下活动，七十二拜都拜过了，就差这一哆嗦。而且消息已经走漏，洪县长也已经知道了。万一不能取而代之，那洪县长肯定会报复，狠狠地收拾隆家！”隆夫人很是无奈：“那他派你回来，究竟要做什么？”

很快，三叔公、四叔公、七舅爷就被请到了隆家内厅。待长辈们坐定，隆夫人说：“延宗年轻，意气用事，他有这么个想法，我觉得不太周全，想听听各位长辈的意思。”三叔公道：“两个月之内三升迁？光仗着他爹的故交好友就办得到吗？光凭银票就买得来吗？要是个榆木疙瘩脑袋，就算有银票都送不到正地方！”四叔公点头道：“三哥说得对，就凭这么快当上了官，我信得过延宗！”七舅爷也说：“官场上混得挺顺，却没忘了回孝兴给他亲舅爷报仇，这是孩子孝顺。让我们仨抻头办这事，这是孩子认亲！”四叔公说：“没错，亲戚就是打断骨头连着筋，到什么时候都是一条心！”见大家这么说，隆夫人喜上眉梢。

七舅爷又说：“延宗这个主意也高明，联络孝兴的商贾富户，告洪凌志的状，这有何难，我去办！”四叔公道：“我也愿意跑腿！毕竟我姓隆，有些人家会给我面子！”三叔公跟着说：“我岁数大了，就不跑腿了。我在家起草状纸，有些年没写文章了，这篇文章我必须写好，要对得起延宗对他三叔公的信任！”隆夫人笑了：“照各位长辈这么说，你们都觉得延宗做得没错？”三叔公竖起大拇指：“何错之有？隆姓子孙有些年头没出这份的了……”四叔公点头道：“延宗大智大勇，四叔公我是佩服！”七舅爷道：“隆家振兴，指日可待！”

隆延宗手里拿着文件，在省城政府院内快步走着。只听身后有人喊着：“延宗兄！”隆延宗驻足，看见一个四十多岁的中年人，脸上堆满了笑容走来。隆延宗一愣：“万专员？”万专员道：“哎，咱们是实在亲戚，叫我大哥就好了。”隆延宗说：“不敢，延宗怎敢跟万专员称兄道弟？”万专员说：“我是你大哥的大舅哥，你不叫我大哥，难道不认这门亲戚？”隆延宗道：“不是，我是怕别人听见，说我隆延宗对长官不敬……”万专员说：“你这又没外人。”隆延宗说：“那以后没外人的时候，我就管您叫大哥。大哥好！”万专员说：“这就对了。你老家孝兴有很多商贾富户、小官小吏什么的，最近都在写信，告洪凌志的状，像是有人精心安排的，是兄弟的手笔吧？”隆延宗按住喜悦，说：“大哥哪里话，我怎么会？”万专员说：“实在亲戚，跟我还隐瞒？隆家和姓洪的结了仇，水火不容，我妹妹早就告诉我了。”隆延宗不再接话。

万专员看四下无人，轻声道：“刚才大帅拍桌子了，骂洪凌志是个王八蛋！”隆延宗暗喜，却故作惊讶：“是吗？”万专员道：“不日上峰将有新的部署。我听说你想回老家？”隆延宗点点头：“延宗愿意替政府分忧。”万专员说：“你不怕耽误了前程？你这么年轻，留在省城，前途不可限量！”隆延宗说：“孝兴地方偏远，匪患猖獗，民不聊生，可她是生我养我的地方。为了家乡，延宗怎敢贪恋省城的安逸？”万专员说：“说得好，你的这番表态，我会找机会禀报上峰！”

县长办公室，洪凌志叫道：“凤鸣啊——”正在读书的洪凤鸣连忙起身回道：“叔叔，什么事？”洪凌志说：“求你件事啊——”洪凤鸣说：“什么事？您吩咐就是。”洪凌志说：“帮我写一篇文章。”洪凤鸣说：“叔叔，您开玩笑吧？您的文笔那么好，又有秘书，写什么文章还需要我啊？”洪凌志说：“我文笔虽不差，但毕竟上了年纪，没有你的那分朝气。你虽是个女孩子，但字里行间有力量。”洪凤鸣有些不好意思，说：“叔叔，您别夸我了，到底写什么？”

洪凌志说：“剿匪的檄文！”“剿匪？”“对啊！两个月前，河西镇发生匪患，一富户全家被杀，十几名女眷都被掠走，是七十二寨土匪的恶行！匪患如此猖獗，作为一县之长，我当然要剿匪！”“叔叔，您的这分勇气值得敬佩，但您毕竟是一介书生，七十二寨的土匪规模可不小，剿匪，没那么容易……”“就任县长以来，我管着地方武装，隔几天我就会去打靶练枪。别看你叔叔平日舞文弄墨，要带兵去剿匪，我也可以当将军！”“叔叔怎么突然要剿匪呢？”“哼，为了保乌纱帽！隆延宗瞄上了我的这个位置，四处买通关系，还挑唆孝兴的商贾官吏，告我的刁状。我若不主动出击，就只能等着被他取而代之！”“有这种事？”“我早跟你说了，他是个龌龊小人，流氓！”洪凤鸣也很生气：“叔叔放心，我一定把这篇文章写好！”

不久后，洪凌志拿着几张纸，兴奋地来到办公室，夸道：“好文章！铿锵有力，我看着都热血沸腾啊！”阎局长问：“洪县长，您这是在夸谁的文章？”洪凌志说：“我侄女的！让他们用大字写成布告，贴满孝兴县城的每一个村镇！再转一份给省城，向上方报告，我洪某人要亲率孝兴所有武装，剿灭盘踞百余年的土匪窝子——七十二寨！让那些人知道，没有我洪某人，孝兴安定不了！”

三叔公、四叔公、七舅爷等人又聚集在隆家客厅。三叔公道：“告状信的事，姓洪的肯定是知道了，这次剿匪就是对着咱们隆家来的！”四叔公点头：“就是！三哥，我不知道让你拿多少捐，我可是被狠狠敲了竹杠！”七舅爷也叹道：“不光姓隆的倒霉，我才有多少田产土地，就那么几个买卖铺户，也被往死里敲诈啊！”

正说着，佘管家拿着一份文书进来，交给隆夫人，说：“您快看看，这是政府摊派到咱们隆家剿匪的捐，勒令天黑之前，就得凑齐了送过去！”隆夫人拿来一看，吓了一跳，上面的数额巨大。隆夫人说：“这么多？”四叔公咬着牙：“姓洪的摆明是在报复咱们！”三叔公说：“我不捐！我再写告状信告他去！”他起身就要走。

隆夫人突然道：“您等一等，延宗那边也来了消息，说一切都很顺利。”三叔公、四叔公对视一眼。三叔公问：“顺利？”隆夫人点头：“姓洪的来孝兴好几年了，早不剿匪，晚不剿匪，偏偏现在要剿匪，这说明什么？说明他没别的办法，就剩下最后这么一步棋了。”七舅爷倒吸一口凉气：“延宗他娘，你不愧是当家人，说的有道理！姓洪的这时候剿匪是想立功，让上面知道他在孝兴有所作为，没光吃饭不干活！”

隆夫人道：“他这是垂死挣扎，他收了捐，把柄可就落在咱们手上了。我不信一介书生能真的带兵去剿匪，到时候咱们再去告状，证据确凿！”三叔公抚掌道：“对啊！延宗他娘，说得好！不就是出点儿钱吗，就算是要割块肉，我也给他割！只要能扳倒姓洪的，值！”四叔公点头道：“就是，三哥舍得我也舍得，给他钱，然后瞪大眼珠子盯着，看他是真剿匪还是瞎咧咧！”七舅爷也同意，说：“对！用不了多少时日，他就得露马脚。那时候再去告他，一告一个倒，延宗回孝兴，那是指日可待！”几个老头和隆夫人达成一致。

云中鹤将剿匪的告示推到鬼见愁面前。鬼见愁一咧嘴：“大哥，笑话我呢，这纸上密密麻麻的，它们都认识我，我一个也不认识它们啊……上面写的啥，您直接告诉兄弟得了！”云中鹤说：“剿匪，姓洪的要举全孝兴之力剿匪。”“什么？”鬼见愁哈哈大笑，“他白日做梦吧？”

云中鹤说：“这布告上还说，他要集结附近几个县的兵力一起来荡平七十二寨！”鬼见愁不屑道：“姓洪的我见过，一个先生，没想到吹牛的功夫如此了得。”云中鹤说：“二弟啊，以往过年过节，当官的都会贴这样的告示，为的是跟老百姓收银子，但这一次不同，孝兴的眼线传来消息，姓洪的要动真格的。”鬼见愁满不在乎地说：“七十二寨这块风水宝地，一百年前，祖师爷扯起了大旗，七十二路英雄聚集于此，直到今天，甭管是大清朝的皇帝老子，还是哪任县长司令，没人攻上来过，姓洪的他不知道？说要荡平七十二寨，他也太不自量力了吧，我看他是找死！”

云中鹤道：“攻上七十二寨，我也不信。怕的是大兵压境，两败俱伤。咱们山寨上这点儿家底，攒起来不易，真要两军对垒，打上个把月，咱们的子弹怕是不够。那时候，就只能弃寨而走，祖师爷留下的这个家，可就没了……”鬼见愁说：“大哥，您有什么锦囊妙计，直说吧！”云中鹤笑了：“兄弟，我知道你手下有能人，想麻烦你走趟孝兴，在姓洪的出兵之前，给他点儿颜色看看，最好，让他们不敢来！”鬼见愁说：“杀鸡儆猴？”云中鹤说：“没错，得让他们知道七十二寨不好惹！”

六个月大的五儿在炕上玩耍着，瑛娘给鬼见愁盛饭，鬼见愁往碗里倒了酒。鬼见愁说：“你过来。”瑛娘不得不走向他。鬼见愁突然一把搂住了她的腰，把她揽到了身旁。瑛娘急道：“别，二当家的，说好的两个月，还不到日子呢！”鬼见愁乐了：“看把你吓的，我没说今天睡你，就是抱抱，跟你说说贴心的话。告诉你，爷们儿要下山几天。”瑛娘一愣。鬼见愁说：“土匪下山，去干的都是刀尖上舔血的活，说，怕不怕我死在山下？”瑛娘想了想，说：“二当家别说不吉利的话……”鬼见愁点点头：“这还差不多，像我媳妇！你放心，我死不了。我死了，我这漂亮媳妇就守了寡了，我儿子就没了爹了！那可不行，来来来，陪我喝碗酒！”

瑛娘摆手拒绝：“二当家的，我不会喝酒……”鬼见愁愣了一下：“也是，没几个娘们儿会喝酒。”说着，鬼见愁自己干了一碗酒，接着说道：“我不在家这几天，兰婆子睡在外面伺候你们，有什么事吩咐她。她在这山上待了快二十年了，熟门熟路。”说完，鬼见愁起身，正赶上兰婆子进门，抱着铺盖。鬼见愁吩咐：“兰婆子，你可要伺候好我夫人！”兰婆子点头：“二当家的放心，我就会伺候人，伺候一辈子了！”鬼见愁转身离开。兰婆子看着瑛娘笑，瑛娘也假意露出笑容。

隆延宗和万专员并排坐在回孝兴的汽车里。万专员问：“延宗兄，怎么闷闷不乐啊，对新任命不满意？”隆延宗摇摇头：“啊，没有。”万专员道：“又拿大哥当外人！延宗兄年富力强，能文能武，不比姓洪的强多了，派你回孝兴，封的这叫个什么官？剿匪督察？从前都没听说过！”隆延宗笑了：“隆督察，听起来，蛮威武的。我一定认真督察，看看洪凌志会不会真剿匪！”万专员也笑了：“没错，姓洪的这回是棋走险着，虽说暂时保住了乌纱帽，可七十二寨的土匪是他想剿就能剿得了的？借剿匪之名收了那么多的捐，将来我看他怎么交代……”隆延宗正色道：“若他剿匪不力，或根本就是冒个名，并无剿匪之实，我也会向上峰如实禀告。”万专员点头：“好，到时候我这个特派员，自会给出公正的评判，兄弟心中所想之事，自然水到渠成。”

佘小四快步跑进隆家客厅，说：“回来了，回来了！三少爷已经进城，先去政府忙公务了，让我回来报个信。”隆夫人欣喜不已。佘管家道：“太好了！那是回来当县长的了！”佘小四摇头：“不是县长，叫剿匪督察，就是监督姓洪的剿匪。”佘管家问：“那谁官大，谁官小？”佘小四挠了挠头：“三少爷是从省城回来的，应该是三少爷官大吧？”佘管家一拍手：“那就好，我看看他姓洪的这回……”佘小四插话道：“哎，等会儿，姑姑，上面好像还给姓洪的加了一个官职，叫剿匪总指挥。夫人，您说监督官大，还是总指挥官大？”一下子，隆夫人和佘管家的脸都沉了下去。

隆夫人抚着胸口：“这一提剿匪，我心里怎么就直突突啊……”佘管家叹道：“这七十二寨的土匪太凶恶，隆家和他们又有旧仇，这三少爷卷到里面，确实挺让人担心的。”佘小四又说：“啊，对了，跟三少爷一起回来的，还有一位大官，叫特派员，姓万，好像是大少奶奶的娘家亲哥哥。”隆夫人倒吸了一口凉气：“就是那猴崽子的亲爹？”佘管家点头：“应该是吧，大少奶奶娘家就一个哥哥。”隆夫人担忧地说：“万家也跟着掺和，我这心里边越来越乱……”

正在这时，王婆子冲进门来：“夫人，给您道喜了，咱们隆家可是有大喜了！”佘管家道：“三少爷高就，夫人已经知道了，用得着你这咋咋呼呼地来报喜？”王婆子一愣：“三少爷高就，我可不知道。是大少奶奶让我来告诉夫人，省里来的大官，万专员要亲临隆家，这可是大喜事，让夫人去门口迎接。”佘管家瞪大了眼睛。

隆夫人淡淡地道：“知道了，你先下去吧。”王婆子催促着：“那您快着点儿，专员马上就到了！”隆夫人喝道：“我让你下去！”“是……”王婆子黑着脸下去了。隆夫人怒道：“岂有此理！她娘家哥哥来了，算什么喜事，还让我去迎接？”佘管家也是愤愤不平：“就是，她难道不知道辈分吗？您是长辈，他们应该来给您请安才对！”

佘小四在一旁插嘴：“夫人，我多句嘴成吗？”隆夫人点点头。佘小四说：“万专员确实是大官，在省城也是号人物，您是长辈当然不用去接他，不过，可也别得罪了他……”佘管家不满：“你说的什么狗屁话，夫人还怕得罪他？”隆夫人伸手阻拦佘管家，说：“不，他说得有道理。省城大员，确实不该得罪。你替我去迎接万专员，就说我病了，怕风，出不了屋。”佘管家领命而去。

佘管家走到隆家的高台阶上，往下看着，隆万氏早就出来了。一看远处汽车开过来，隆万氏就挥着手绢。车停了下来，下车的正是万专员。没等隆万氏过去打招呼，隆喜功蹦着高扑了上去，大叫着：“爹！”站在高处的佘管家睁大眼睛。隆万氏也觉得不太合适，说：“喜功，你瞎叫什么？你姓隆，应该叫舅舅。”隆喜功噘着嘴：“不嘛，这是我爹！”

万专员把隆喜功抱在怀里，说：“听你娘的话，我以前是你爹，现在是你舅舅。”隆喜功撒娇：“不嘛，爹……”万专员道：“儿子放心，舅舅也会像爹一样对你好的！叫舅舅，我从省城带了好吃的，你不叫我不给啊。”隆喜功噘着嘴，不情不愿地叫了一声：“舅舅。”万专员哈哈大笑：“哎，真乖！快，把礼物都拿出来！”马上有人打开汽车后座，拿出一堆礼物。站在高处的佘管家将这一切尽收眼底，脸色很不愉快。

“哥，好几年不见，想死妹妹了……”隆万氏说着说着，带上了哭腔。“哎，你都多大了，还跟哥哥撒娇？”说是这么说，万专员还是把隆万氏搂在怀里安慰着。万专员突然说：“哎，你婆婆呢？她不是当家人吗，怎么没出来接我？”隆万氏问：“哎，王婆子，人呢？”王婆子小声回禀：“我禀告过了……”佘管家见时候到了，上前几步，说：“万专员，欢迎大驾光临，隆家蓬荜生辉。我家夫人身体不适，出不了屋，让我替她来迎接您。”“噢，不舒服啊，那转达我的问候。”说着，万专员便不再搭理佘管家，又转向隆万氏，“带我去看看喜功住得怎么样？”隆万氏知道隆夫人没病，只是不愿意出来接，她恶狠狠地瞪了佘管家一眼，拉着哥哥的手进了隆家的大门。

隆延宗端端正正地站在县长办公室里。洪凌志走向他，叫道：“隆督察！”隆延宗回道：“洪县长！”两人一见面就呛上了茬儿。洪凌志轻声道：“你真有两下子，几个月前还是阶下囚，这么快就混上了督察，你们隆家的银票，可真是好使啊！”隆延宗笑道：“我一直以为你是个酒囊饭袋，没想到低估了你，剿匪这步棋走得够高明，隆某人佩服！”洪凌志抱拳：“蒙上峰信任，本人是剿匪总指挥，还请隆督察多多配合。”隆延宗点点头：“放心，我一定一督到底，绝不含糊！”洪凌志说：“你以为洪某人剿匪是做做样子，糊弄上峰？”隆延宗说：“难道不是吗？”洪凌志说：“阴谋诡计都是你这种龌龊小人使的，我洪某光明磊落！”隆延宗说：“好啊，隆某拭目以待！”

七十二寨万籁俱寂，鬼见愁睡觉的榻上，这会儿正睡着兰婆子。瑛娘点上灯，凑近兰婆子，仔细地分辨着。兰婆子恍惚间睁开了眼，吓了一跳，连忙坐了起来，连声道：“哎呦呦，您起来了？您还没睡着呢，我怎么就睡着了，真是罪该万死！罪该万死！我记着我熄了灯了，怎么又亮了，您有什么吩咐？”瑛娘摇着头：“你不姓兰，我认识你。”兰婆子吓了一跳：“我看着您面生，我们从来没见过……”瑛娘道：“不，二十多年前我就认识你，你姓隆！”兰婆子，不，隆老夫人吓得瞠目结舌。呆了半晌，她扶着榻边颤颤巍巍地下地，哀求道：“二当家的夫人，您要是真认识我这个老太太，也请您高抬贵手，放了我这条狗命，我真的没活够啊！到了七十二寨，十几年了我都没死，这说明我阳寿没到，老天爷还不收我！要是因为您的一句话，让我见了阎王，您不是作孽吗。我求求您了，您别说出我的秘密，我准保好好伺候您，我给您磕头了！”说完，隆老夫人就要磕头，瑛娘连忙架住她，自己跪倒在地。

瑛娘说：“老人家，您要是给我磕头，可就折煞我了，您好好看看，您不认识我了吗？”隆老夫人仔细地看着瑛娘：“我……我不认识你……”“我以前这有个痦子。”瑛娘用手指着自己的脸。隆老夫人想着：“痦子？”瑛娘道：“我老家在蘑菇镇，七岁那年爹死了，正赶上隆家找河姑，我娘就求人把我送到了您面前。我说我饿，您就留下了我……”隆老夫人大吃一惊：“瑛子！你居然没死？那天在大河边上……”瑛娘点头：“是，老人家，我掉进了大河，可能是因为没绑着手脚，就没被淹死。再醒过来的时候，我已经被冲到百里之外的古风村。您呢？您怎么会在土匪山上活到了今天？”

隆老夫人叹了口气，心有余悸地回忆道：“十多年前土匪把我抓到山上，想让隆家再来个男人赎我。我儿媳妇没那么傻，她一定不会派孙子上山来送赎金。土匪见不着隆家的男人，就会杀了我。兰婆子和我换了衣服，替我死了……兰婆子比我小十岁，我五十大寿那年想做善事，大冬天的一出家门，正遇上兰婆子一家老小来要饭。我想，缘分！就把她一家人都留下了，儿孙都给隆家当佃户。兰婆子手脚勤快，最有眼力见儿，打不还手，骂不还口，真是个老实人。是她用自己的命，换我多活了这十几年哪……”隆老夫人又说，“瑛子呀，老太婆我七十多岁了，活到今天真不容易，你在我们家当河姑，起码我管你吃了好几年的饱饭吧，你看你命多好，掉进黄河都没死，你这身上肯定着了仙气儿了！对，你准是菩萨转世，我给菩萨磕个头吧，菩萨都是好心肠，绝不会戳穿我的，我可不想被他们碎尸万段啊！”说着隆老夫人要磕头。瑛娘连忙阻拦：“奶奶，您不能给我磕头！”隆老夫人吓坏了：“你叫我啥？”瑛娘低声道：“奶奶，我嫁给了您的二孙子，隆继宗！”

隆延宗把沙袋重新挂了出来，左右开弓。隆夫人来到庭院里叫他：“延宗，怎么连饭都没吃就打上拳了？”隆延宗回话：“马上要剿匪了，我得活动活动筋骨。”隆夫人急道：“剿匪是洪县长的事，你可别掺和！”隆延宗点点头：“对啊，我活动筋骨不是为了对付土匪，是为了对付姓洪的！他剿匪就是个借口，我得好好盯着他，看看他使什么计谋。”说完，隆延宗继续打拳。

另一边，洪凤鸣走进办公室，也发现洪凌志将双脚放在沙发上，手拄着地，艰难地做着俯卧撑。洪凤鸣很是意外：“叔叔，您这是在干什么？”洪凌志气喘吁吁地停下来：“剿匪，要爬山越岭，带兵打仗，要身先士卒。我总不能让隆延宗看我的笑话吧！”洪凤鸣道：“叔叔，你不用太在乎隆延宗，跟您比，他算得了什么，您难道还要看他的脸色？”

洪凌志摇头：“倒不是要看他脸色，我是在用他督促自己！来孝兴好几年了，居然有人弹劾我，我扪心自问，我这县长当得确实不咋的。我后悔呀，若上任之初就大力剿匪，荡平七十二寨这匪窝，还有人敢弹劾我吗？若真有这份政绩，我也早就高升了，还会等到今天为保个乌纱帽，现上轿现扎耳朵眼？”洪凤鸣低下头：“叔叔，都是我拖累了你。”洪凌志摇摇头：“哪儿的话，一县之长，本应励精图治，为国分忧。前些年我是荒废了，没事儿写写闲诗，喝喝小酒，玩物丧志啊！”

洪凤鸣说道：“叔叔每天都在忙政务，我又不是没看到。”洪凌志叹道：“忙也是瞎忙，那么大个土匪窝子在我的治下，我就不是个合格的县长！”洪凤鸣说：“叔叔，说要剿匪，什么时候出发啊？”洪凌志说：“明天一早召开誓师大会，我要告诉老百姓，尤其是隆家，收的剿匪捐都用在了哪儿，省得他们将来告我敲竹杠！开完大会就出发，敲锣打鼓，浩浩荡荡，让七十二寨的土匪也知道，我是真要剿匪，别存侥幸心理。这也叫敲山震虎，兴许我大军开到之际，匪众早就跑了！哪有土匪真敢跟政府大军对抗的，我不信！”洪凤鸣笑道：“对，知道叔叔亲征，吓也把土匪们吓跑了。”

隆老夫人冷笑了一声：“什么灾星开口，家破人亡，张神仙真能胡说八道！

这个老浑蛋就是个江湖骗子！”瑛娘道：“奶奶，他可是冒着您的名，说您在家的时候最信任他！”隆老夫人怒道：“狗屁！那年大河祭的日子，还是他算的呢。他说大吉大利，祭河以后，可保二十年内风调雨顺，隆家兴旺发达……结果呢？家破人亡！等我回去，一定收拾了他！”瑛娘沉默不语。隆老夫人说：“你要是不来，奶奶这辈子都不敢想能逃出七十二寨！”瑛娘连忙说：“奶奶，您要是认路，我们现在就逃，趁鬼见愁不在。”隆老夫人摇头：“万万不可！他叫鬼见愁，心眼比鬼还多。咱们想要逃走，非得等他回来。”瑛娘问：“为什么？”隆老夫人说：“此时此刻，门前房后都有他布下的喽啰，专门盯着你，等着你逃呢！”瑛娘闻言倒吸一口凉气。“你要是敢跑，可就惨了，这些年老太太我在山上见得可多了，”隆老夫人脸上露出惧色，“他真的会生吃活人哪！”瑛娘吓坏了。

隆老夫人又说：“不过，要是鬼见愁回来见你好好等着他没跑，他就容易大意，那个时候机会就来了。这些年我早就探好路了，走后山，有个悬崖，顺着藤条子爬下去，就能逃出土匪窝。可惜奶奶我岁数太大了，双手没劲，抓不紧藤条子，所以一直没敢跑。你身体壮实，一定能带着奶奶，咱娘俩一起逃出去。对了，不是娘儿俩，是娘儿仨！还有我重孙子呢，真没想到，这是我亲重孙子，我得好好看看去！”

隆老夫人一高兴，就奔炕上的五儿去了。瑛娘一下没拦住，犹豫着，到底该不该告诉隆老夫人真相。看着炕上睡着了的五儿，隆老夫人大喜：“重孙儿啊，刚才听你娘说，你大爷和你爹都走了，你们这辈儿你是头一个！哎，这眉眼儿怎么不像隆家人哪？”隆老夫人嘀咕着，笑容凝结在脸上，回头看向瑛娘，目光里充满质疑。

“奶奶，实不相瞒，这个不是您重孙子……”听完瑛娘断断续续地讲完牢生和五儿的事情，隆老夫人长叹一声：“这就是命，不过要是没有这小子，你也早就被鬼见愁祸害了。以你的刚烈性子，你就得寻死，这孩子也算是救了你一命……你怎么打算？”瑛娘说：“虽说他不是我亲生的，可毕竟吃了我的奶，走到哪儿我都得带着他！”隆老夫人点点头：“好，那你怀里抱着他，背上背着我，能拽着藤条爬下悬崖吗？”瑛娘坚定地说：“能，我有力气！”隆老夫人欣慰道：“那就好，睡觉，睡觉，鬼见愁不定啥时候回来，这两天你得好好睡觉，多吃点儿，把精神头养得足足的，要不然，机会来了咱也跑不了！”

当年行刑的孝兴法场，现在又用来举行誓师大会了。老百姓都已经站好，警察和大兵们军容整齐。还是上次的凉棚，隆家的长辈们已经落座了，隆夫人坐在最前面。隆万氏领着隆喜功趾高气扬地来了，王婆子跟在后面，脖子仰得老高。隆万氏上了台，也不跟长辈们打招呼，环顾一周，说：“呦，怎么我又连个坐的地方都没有啊？”众人抬眼看她。隆万氏说：“今儿个这是什么场合啊，政府凭什么给隆家支个凉棚，还真以为是捐钱捐得多哪？哪有这样的美事！我告诉你们，要不是我亲哥哥万专员大驾光临，一到孝兴就先去了隆家，政府才不会这么厚待呢！”闻听此言，隆夫人和长辈们都很不高兴。隆万氏又说：“佘管家，你成心让我戳在这儿，不给我哥哥万专员面子，是不是？”

佘管家看了隆万氏一眼：“就这么几张椅子，长辈们都坐下了，谁让你来晚了呢。”隆万氏怒道：“嘿，你这个狗奴才，敢跟我顶嘴？”七舅爷站了起来：“老大媳妇，争什么，你带着孩子坐到我这儿来。我本来就不姓隆，戳在旁边站着，挺好！”隆万氏瞟了隆夫人一眼，大摇大摆地就坐在了七舅爷的椅子上，叫着隆喜功：“过来，喜功，待会儿听你舅舅给这些不识时务的训话！”隆夫人气得咬牙切齿，三叔公、四叔公面露鄙夷，佘管家气愤不已。

万专员带队，洪凌志、隆延宗、阎局长等人上了台。台上贴着几个大字：“剿匪誓师大会”。众人落座，阎局长上前说：“万专员，请您训话。”万专员摆摆手：“我最后讲。隆延宗，你是上峰委派的剿匪督察，你先代表省政府，表示一下坚决支持剿匪的决心。”隆延宗整了整衣襟，就要上前。洪凌志说：“等等，这是孝兴，我是一县之长、剿匪总指挥，我先尽地主之谊，这才合适。”隆延宗僵住了。万专员神色微变，说：“好，洪县长先讲，洪县长先讲。”

广场远处的茶楼二楼单间里，鬼见愁、夜猫子和母夜叉正从窗户里探看着整个广场。母夜叉手里，端着的分明是一台大弩！

第二十六章

洪凌志整了整衣襟，走向麦克风，说：“尊敬的万特派员，孝兴的各位同僚、各位知识贤达、商界精英，各位学生栋梁、农牧渔工，各位父老乡亲们——”洪凌志故意没提及隆延宗，隆延宗微微一笑。洪凌志接着说道：“今日，我们在此隆重召开剿匪誓师大会。匪者，以聚众抢劫为生，乃是残害人民的禽兽！自清道光年起，匪众在孝兴以西私建山寨，名曰七十二寨，打劫过往商队，侵扰附近居民，百余年来剿而不灭！”茶楼单间里，鬼见愁正竖着耳朵聆听，母夜叉擦拭着那张大弩。

广场上，洪凌志慷慨激昂：“匪众妨碍生产，阻断交通，烧杀抢掠，奸淫妇女，无恶不作！革命先驱推翻封建，缔造民国，却仍有七十二寨这样的毒瘤难以根除，真是国之耻辱，孝兴之耻辱！洪某人身为一县之长，未能及时肃清匪患，保民安居乐业，更是万分惭愧！在此，特向孝兴百姓鞠躬致歉！”人群中，洪凤鸣仰望着叔叔，心里非常骄傲。隆延宗看到洪凤鸣，洪凤鸣白了他一眼。

洪凌志继续说道：“诸位都看见了，今天，这一庄严场合，专门设置了凉棚让隆家高处就座，有人可能要问，是不是因为隆延宗以督察之职回了孝兴，我这个县长要给同僚面子？错！政府礼遇，是因为隆家贡献的剿匪捐最多！”众人看向隆家的凉棚。

洪凌志接着说：“多年前，隆家在黄河之畔私设祭台，遭土匪袭击，隆督察的先考，就是被七十二寨的土匪一枪毙命的。所以，隆家对土匪深恶痛绝。他们深知匪患不除，家无宁日的道理。在隆家当家人的率领之下，各位宗亲踊跃捐款，这是隆家对政府的支持，对洪某人的信任，绝不是隆家出钱，让政府为他们报仇！”隆夫人闻言气得够呛。洪凌志又说：“隆家的义举，可敬，可嘉，故而政府礼遇！我建议为隆家鼓掌，感谢他们支持剿匪！”老百姓热烈鼓掌。

万专员鼓着掌，凑近隆延宗，说：“隆督察，老洪话里有话啊……”隆延宗笑而不语。万专员道：“他这么说，就算剿匪失利，你这个督察又怎么向上峰弹劾，人家都说了，要为你们家报仇。”隆延宗当然明白，说：“我是督察，代表的是省政府，又不是隆家……”

母夜叉盯着洪凌志：“呦，姓洪的一表人才呀，有这个头儿，这扮相，当什么县长啊，真是可惜。进戏班子唱老生，绝了！”鬼见愁笑了：“你一松手，让他去阎王爷那边唱老生，更绝！”

广场上，洪凌志转过身来对万专员说：“万专员、隆督察，今日洪某人树起剿匪的大旗，就是要真剿匪，绝不是虚张声势！”隆延宗与万专员对视了一眼。洪凌志说：“洪某人在此发誓，就算是流干热血，舍了项上人头，我也要孝兴永绝匪患，报效国家！”

台下响起雷鸣般的掌声，洪凤鸣崇拜地望着叔叔，就是儿时那种仰望的眼神。连隆延宗都不得不为这番精彩的发言鼓掌。隆夫人、隆万氏等一众宗亲也只有鼓掌。

母夜叉道：“二当家的，时候差不多了。”鬼见愁回头说：“告示贴好了没有？”一直在墙头抹着糨糊贴布告的夜猫子回话：“好了！”鬼见愁点点头：“那就送他走吧！”母夜叉一松手，弩箭激射而出。

就在老百姓的掌声之中，一支弩箭飞来，穿透了洪凌志的前胸。万专员吓得瞠目结舌，将身子缩到了桌子下面。阎局长大叫：“县长！县长！”洪凤鸣高喊：“叔叔——”佘管家拦在了隆夫人的身前，隆万氏吓得嗷嗷乱叫，捂住了隆喜功的眼睛。台上台下一片大乱。

洪凌志重重地倒在地上，隆延宗冲上前抱住他，呼唤着：“洪县长！洪凌志！”洪凤鸣高声地喊着：“叔叔！叔叔！”见外面安全了，万专员这才爬出来，喊道：“快来人，送洪县长去医院！急救！急救！”弩箭穿透洪凌志的胸膛，血流了一地。洪凤鸣万分悲痛，呼喊着：“叔叔——”

隆延宗走下主席台。万专员也走了过来，说：“好悬哪，凶手神出鬼没，防不胜防哪，咱们的安全都没法保证啊！”隆延宗问：“洪县长呢？”万专员小声道：“送去医院了，看那架势，早咽气了……我刚才去凶手匿藏之处看过，是土匪干的，他们居然还留下了布告！”

隆延宗点点头：“我也看见了，没来得及细读，上面写了些什么？”万专员说：“你还是不看为好，我已经让人把布告收起来了。”隆延宗问：“为什么？”万专员道：“我怕民心大乱哪！”隆延宗急道：“笑话，政府难道惧怕土匪？布告在哪儿，拿过来！”有两个秘书模样的人拿着布告正往远处走，听到喝令，站住了脚步。

万专员劝道：“隆延宗，出了这样的乱子，安民是大事！”隆延宗根本不理万专员，冲了过去，抢过布告。布告有七八张纸，都被他摊在地上。有几个胆大的老百姓围在他身后，也想知道土匪写了什么。

远处的隆万氏凑近万专员，发现他抖得活像筛糠。隆万氏问：“哥，你哆嗦什么？”万专员强打精神：“谁哆嗦了！”

隆延宗越看越恨，怒极反笑：“从没见过如此猖獗之匪，父老乡亲们，你们怕土匪吗？”老百姓都面露恐惧之色，隆夫人在佘管家的搀扶下担心地看着隆延宗，隆家的各位长辈也都围观看着。三叔公说：“瞧你问的，哪有老百姓不怕土匪的？”四叔公道：“就算原本不怕，县长都被杀了，还能不怕吗？”七舅爷也说：“是啊，都说七十二寨的土匪有仇必报，这洪县长还没剿匪呢就遭了报复，这可如何是好啊？”

隆延宗正色道：“三叔公、四叔公、七舅爷，刚才洪县长在台上说得清清楚楚，这次剿匪你们捐的钱最多，土匪有仇必报，就算你们躲在家里关上门窗，他们也找得着你们！”三个人都愣住了。三叔公不解：“延宗，你这是……”隆延宗打断了他：“我想说的是，谁也不用怕土匪！土匪谋杀洪县长，是因为他们怕了，听说政府要剿匪，他们才狗急跳墙！本人是省城委派的剿匪督察，我向大伙儿保证，一定剿灭土匪，还大家太平日子！”

一个富绅高喊：“隆老三，好样的！”一个老乡说：“有这样的官儿，我们就不怕土匪了！”另一个老百姓道：“就是！我们信隆延宗！”有人鼓起掌，很快掌声四起。

隆家大门口，疾跑而来的佘小四高喊一声“报喜”，就冲了进去。他穿越天井，跑进内厅，高喊着：“报喜呀，夫人！”隆夫人在佘管家的搀扶下从里间出来。佘管家埋怨道：“你叫唤什么，土匪进城杀人，夫人受了惊吓，哪有什么喜呀？”佘小四满面喜色：“大喜！省里刚刚来了口头任命，咱家三少爷成孝兴县县长了！”隆夫人心花怒放。

佘管家祝贺道：“大喜！恭喜夫人！”佘小四捯着气：“代……代理的。”佘管家说：“代理的也好啊。夫人，现在代理，将来自然就是正经八百的了。”隆夫人点头：“对，好事！你把延宗叫回来，我陪他去祠堂磕头，光宗耀祖的事，得让祖宗知道！”佘小四摇摇头：“不成，三少爷不光是代理县长，还接下了剿匪总指挥的差事，正在调兵遣将，说要亲自去探探七十二寨的虚实呢！”隆夫人倒吸一口凉气：“什么？！这可不行！”

阎局长站着，隆延宗在屋里来回踱着步，而坐在一旁的万专员则垂着头，打着自己的算盘。隆延宗突然发问：“阎局长，我问你，土匪扎根七十二寨快一百年了，官府始终未能剿灭，这是为什么？”阎局长愣了一下：“土匪人多势众，不要命呗！”隆延宗摇头：“错！七十二寨土匪再多，难道还有孝兴百姓多吗？”阎局长道：“那指定没有。”隆延宗说：“始终未能彻底剿灭土匪，是因为七十二寨山高路险，防范甚严。古人云，知己知彼，方能百战百胜。土匪居然能事先占领有利地形，在誓师大会上刺杀洪县长，而我们，连土匪窝子到底是怎么回事儿，他们住的是房子还是山洞，究竟有多少人，多少武器，一概两眼一抹黑，这怎么行？”阎局长点头：“您说得对。”

隆延宗说：“我决定成立侦察队，探探七十二寨的虚实！”阎局长顺口说道：“好！”隆延宗又说：“侦察队由本人亲自带队，你任副队长。”阎局长面露难色：“隆县长，我去不合适吧，咱俩都走了，孝兴县城可就空了！”隆延宗道：“有万专员坐镇，怎么空虚了？你身为警察局长，若不能身先士卒，怎么振奋军心？”阎局长语塞：“我……”隆延宗道：“你若不去，我立刻免了你的职务！”阎局长咬着牙说：“隆延宗，你这是公报私仇！”隆延宗说：“私仇？你我何来私仇？”

阎局长说：“你少装糊涂！”“噢，我进过监狱，你的手下狠狠地关照过我，我一直以为是洪县长授意的，莫非是你？”“不，不，不，不是我！”“那我们有什么私仇？”“没有……”

“我这边出两个人，你也挑两个机灵的手下，我们六个人组成侦察队，你负责准备好马匹枪械、指南针和信号弹……”隆延宗看了看表，“一小时后在这里会合。”

阎局长无奈地应答了一声，刚要出门，佘小四就冲了进来，跑向隆延宗，在他耳畔嘀咕了一会儿，随后进来的是隆夫人。

隆延宗走到隆夫人面前，说：“娘，您怎么来了？”隆夫人说：“你要还认我这个娘，赶紧把县长辞了！土匪凶残，你爹就死在他们手上，你奶奶也被撕了票儿，你不是不知道！你是隆家最后一条根儿，要是再出了事，岂不是灭顶之灾！”隆延宗说：“娘，儿子现在是孝兴的代理县长，委任说得清楚，命我两个月内剿灭土匪，不得有误。我现在辞官，就是抗旨不遵，上峰要是治我一个临阵脱逃的罪，可以立刻枪毙！”隆夫人给骇住了：“这……”隆延宗说：“娘，我奶奶、我爹都死于土匪之手，身为隆家子孙，不正应该剿灭土匪，报仇雪恨吗？”隆夫人叹道：“可你是县长、总指挥，在县城督战不就完了，用得着自己去冒险？”

“娘，洪县长可是光天化日之下死在剿匪誓师大会上的，在县城就能安然无恙？”隆夫人闻言愣住了。隆延宗继续说：“娘，儿子从小拜师学过武，留学过西洋，这些年，拳脚也一直没放下，请娘安心回家，我向您保证，一定完好无损地回来！”隆夫人握住隆延宗的手，抹上了眼泪：“延宗，你可不许骗娘，你要是有个三长两短，娘可就没法活了！”隆延宗连忙说：“佘管家，快送我娘回去，让人看见她哭哭啼啼的，岂不动摇军心？”佘管家道：“夫人，三少爷说的是，咱回吧。”隆夫人还是不放心：“儿啊……”隆延宗打断她：“娘帮我去祠堂，让我爹保佑我旗开得胜，马到成功！”

两名精明强干的警察站在阎局长身后，隆延宗带着佘小四和另一个警察走来。隆延宗问：“人齐了？”阎局长点头：“齐了，这哥俩是我手下最好的兵！”隆延宗点头说：“好！现在还不到晌午，咱们快马加鞭，争取今夜三更摸上七十二寨！”阎局长愣了：“这就走？不行不行，怎么也得给一天工夫，让我跟老婆、孩子交代交代吧？”隆延宗摇摇头：“土匪行刺洪县长得手了，行凶的土匪一定直接回七十二寨去邀功。按土匪的规矩，今天夜里就是他们喝大酒庆功的时候，也就是我们的最好机会。怎么，阎局长，你怕了，想临阵脱逃？”阎局长咬牙道：“谁怕谁呀，你是隆家的独苗，那么大家业等着你，你都不怕，我还有什么可怕的？”隆延宗微微点头：“好样的！这才像个警察局长！”

当夜，月色掩映下的七十二寨灯火通明。云中鹤哈哈大笑：“鬼见愁，我的兄弟，难怪大伙儿都服你这个二当家的，你真是了不得啊！我原以为你会把那姓洪的绑到犄角旮旯干掉算了，你真是艺高人胆大啊！”鬼见愁道：“我就是要在人多的时候下手，要不然，没动静啊！”云中鹤点头：“好！经此一役，七十二寨，又能安稳几十年！摆酒，给二当家的庆功！”

鬼见愁身后的夜猫子和母夜叉，一听要喝酒，大声欢呼。鬼见愁却说：“你们俩别起哄，大哥，我怕路上有警察拦截，所以没敢走大道，绕来绕去，绕到这个时辰才回来。后半夜了，杀羊宰牛也来不及了，庆功就算了吧。”云中鹤摆摆手：“咱们是土匪，喝酒还讲什么时辰，大哥亲自给你宰羊去！”鬼见愁小声说着：“大哥的好意兄弟心领了，可今儿晚上兄弟有事啊！”云中鹤一愣：“啥事啊？”

鬼见愁挠挠头：“实不相瞒，娶媳妇俩月了，还没入洞房，说好的，就今儿个……”云中鹤笑了：“这是大事，大事！那这么办，庆功酒明儿个喝，兄弟先回去忙着！”云中鹤和鬼见愁相视哈哈大笑。

鬼见愁带着母夜叉和夜猫子出了门，小九等几十个土匪围了上来。小九等人抱拳道：“恭喜二当家的得胜还朝！”鬼见愁摆摆手：“立功的是母夜叉，明天摆酒庆功，大伙好好敬他！”兄弟们回应着：“是！是！”鬼见愁招招手：“小九，你过来！”

小九上前，鬼见愁伸出胳膊把他拉到身边，在他耳边问道："我不在家这几天，我的压寨夫人怎么样啊？"小九回答："每天就在家哄孩子，连门都没出过！""这么老实？""没错！后窗户都没推开过。""看来这娘们对我死心塌地了？"母夜叉插话道："那是，大哥这么威武，什么样的娘们儿见了大哥不得死心塌地啊！"鬼见愁笑了："好！那从今儿个起，岗就撤了吧！"小九点头："得嘞！省得兄弟们听您的墙根！哈哈……"众人一阵坏笑，鬼见愁一挥手，大家散去。

鬼见愁一进门，正看到"兰婆子"。"兰婆子"连忙献殷勤："哎哟，二当家的，二祖宗，您回来了，我给您端热水来，烫烫脚？"鬼见愁摇摇头："不用，出去！""兰婆子"点着头："哎……"鬼见愁道："快走啊！""兰婆子"赶紧出了门。

这一切，瑛娘都听得清楚，可她没回头，仍给孩子打着褓褓。孩子已经睡着了。鬼见愁从后面一把抱住了她的腰，瑛娘惊呼一声，鬼见愁却用力一转，两人面对面了。鬼见愁说："行啊，柳瑛娘，怎么没想着跑啊？"瑛娘说："往哪跑啊？七十二寨这么大，满山都是二当家的兄弟，我要是跑，还不是找死？"鬼见愁说："今儿个是啥日子，你还记得吗？"瑛娘说："我本来是忘了，可二当家的这么猴急，一下子想起来了，我上山，两个月了吧？""正好两个月！说好的，今儿是洞房花烛夜！"说着，鬼见愁抱起瑛娘就要往床上扔。

瑛娘却说："二当家的，快把我放下！吵醒了孩子，可就什么都不成了！"鬼见愁一愣："哎，也是，怎么把这小兔崽子给忘了？"说着，他大踏步来到门外，喊着："兰婆子！"隆老夫人从角落里的小屋跑来："二当家的，您叫我？"鬼见愁吩咐道："把我儿子抱走，从今儿开始，他跟你睡！"隆老夫人连忙点头："啊，是是。"

隆老夫人抱着孩子出去了，鬼见愁又要对瑛娘动手动脚。瑛娘连忙说："等一等，二当家的，您刚才说什么洞房花烛夜，您现在这是急上炕，叫什么洞房？"鬼见愁问："啥意思？"瑛娘说："虽说我是个寡妇，好几个孩子的娘，可嫁人是个大事，不能没个说法……"鬼见愁笑道："你还想让我雇八抬大轿抬你呀？这是山寨，你娘家在哪儿，我哪儿抬你去？"瑛娘说："花轿我也没指望过，但是总得有个说法？""让老子跟你拜天地？好，来，拜！"说着鬼见愁拉起瑛娘就要拜。

瑛娘摇头："不，不用。""为啥？""二当家的是大英雄，您就是天，您就是地，这种俗礼，用不着。""说得好，老子也是这么想的，我就是天，我拜谁啊？那你到底想要个什么说法？”“我……我一直等二当家的回来，一天都没吃东西了。洞房花烛夜，总得有个酒席吧，连杯酒都不喝，你我算什么夫妻？”“这个实惠！等着，我这就让他们摆桌酒席来！”

鬼见愁扭头出去了，瑛娘攥紧拳头，牢牢记着隆老夫人的嘱咐。

不一会儿，酒菜就送进来了。鬼见愁抻着腰：“本想今儿个干活，明儿个喝酒，哪承想媳妇不干，媳妇儿，你能喝？”瑛娘摇头说：“我不能喝，但嫁人是喜事，不能喝也得喝，来，二当家的，我给您倒上。”瑛娘去拿酒坛子。鬼见愁笑道：“你可瞧好了，我们山上喝酒没酒盅，全是碗，你敢陪我喝？”瑛娘说：“舍命陪英雄！”瑛娘从隆老夫人处得知，这个鬼见愁，三碗必倒。

瑛娘正给鬼见愁倒酒，鬼见愁拦腰又把她抱在了怀里。鬼见愁道：“其实你不用喝，有你这句话我心里就美了！”瑛娘说：“二当家的，你先放开我。”鬼见愁说：“干啥？洞房花烛夜了，你还不让爷们儿抱，你想要什么花样？”

瑛娘只好装作娇羞的样子，撒娇道：“看你说的，人家敬你酒呢，你这么抱着，怎么敬啊？”瑛娘将鬼见愁的手移开，端起了酒碗，“这一碗，敬我们的缘分，两个月前在人堆里，您一眼就看到我，我到现在还记得，这是缘分。为了这分缘分，瑛娘愿意陪二当家的干一碗！”鬼见愁听得舒服，说：“好，媳妇儿，干！”两只碗一碰，鬼见愁一口干掉。

“该你了！”鬼见愁看着瑛娘。瑛娘慢慢地将一碗酒喝掉，把碗放下，装作有些醉了。鬼见愁哈哈大笑：“我就说不让你喝嘛，你个娘们儿，这么一大碗酒你哪儿扛得住？行了，跟爷们儿上炕吧！”鬼见愁搂住瑛娘。瑛娘说：“等一等，我得再敬二当家的一碗。”鬼见愁说：“为啥？”瑛娘故作娇嗔，道：“这酒好喝嘛，瑛娘从来没喝过这么好的酒，二当家的再陪我喝一碗嘛。”鬼见愁一副火急火燎的样子，说：“不行！酒再好也不能贪杯，贪杯耽误事！你要是喜欢喝，以后天天有！来吧，我的宝贝，我想死你了，我这心里边直往外冒火！”

瑛娘假装生气：“二当家的，你又急，摆酒席就是为了糊弄我，是不是？”鬼见愁闻言只得停住了。瑛娘道：“我再敬一碗感恩酒。”鬼见愁说：“怎么说呀？”瑛娘说：“瑛娘命苦，要不是二当家的认出了我，我和儿子早没命了，这又是一分恩情。二当家的，瑛娘敬恩人！”鬼见愁心里美极了，却道：“一家人不说两家话，你是我媳妇儿，什么恩人，喝！”鬼见愁举起碗来一口干掉。瑛娘看着酒碗，故作艰难，又一点点儿地将酒喝掉，假装更醉了一些。此时，鬼见愁眼中的瑛娘已经有些打晃。

“缘分也敬了，恩情也谢了，咱们两口子该上炕了吧？”鬼见愁满脸通红，说着就抱住了瑛娘。瑛娘佯装不胜酒力，推着鬼见愁：“二当家的，你坐。”鬼见愁说：“不行，坐不下了，我急得不行啊！”瑛娘说：“还有第三碗，非喝不可！”鬼见愁说：“不行，再喝一碗我就什么都干不成了！”瑛娘说：“这一碗必须喝，是交杯酒，既是洞房花烛夜，不喝交杯酒不算夫妻！”“交杯酒？”“对呀，喝了交杯酒，才能长长久久，一辈子厮守！”“那是得喝，那得喝，来！”

瑛娘和鬼见愁摆好了交杯的姿势，可鬼见愁有点儿眼晕，耍着花招，不想喝。“我先干为敬。”瑛娘说完一口干掉，将酒碗翻给鬼见愁看，“二当家的，这碗酒你不喝？”“你都喝了，我不喝，那还叫爷们儿吗，何况你爷们儿是盖世英雄！”鬼见愁将酒一口倒进了嘴里。

瑛娘说：“二当家的，吃点儿东西。”鬼见愁已经开始晃悠，摇摇头：“不吃，这回该陪爷们儿上床了吧！”瑛娘已经没有退路，她突然假装恶心，向放在地上的一个木盆跑去，干呕起来。鬼见愁以为瑛娘喝醉了，哈哈大笑，说：“我以为你好酒量呢，没想到跟我一样，就能喝三碗。”瑛娘十分为难，不知该如何相对。可就在这时，鬼见愁栽倒在炕上。瑛娘这才长出了一口气，屏住呼吸去看，鬼见愁已经睡着了，鼾声如雷，连忙吹灭灯，扭身就往外走。

巡逻的土匪过后，瑛娘出了门，向隆老夫人住的小屋摸去。她在门口轻叩了三声，门被拉开了。瑛娘挤进屋来，关上门，叫着：“奶奶。”老太太眼里放着光：“你把他撂倒了？”“撂倒了。”“你没喝醉？”“没醉。”“一点儿事都没有？”瑛娘点点头。

隆老夫人大喜：“太好了，孙子媳妇，看，你儿子也长脸，睡得呼呼的。”瑛娘连忙走到襁褓旁去看，五儿果然睡得很踏实。瑛娘说：“咱们走吧！”

七十二寨的外寨空无一人，角落里的瑛娘见状要走，隆老夫人拉住了她，说：“别着急，孙子媳妇儿，忍住了，等巡大夜的过去再走。巡大夜的一共两拨，一拨四个人，等两拨都过去，咱娘儿俩才走得了。”

一会儿，第一拨巡大夜的队伍来了，又渐渐走远。又过了一会儿，第二拨巡大夜的队伍走来，就在他们即将离去之际，孩子突然哭了一声。隆老夫人吓坏了，连忙一把捂住孩子。一个土匪起了疑：“哎，好像有孩子哭？”另一个土匪道：“去你的，肯定是叫猫呢！”巡大夜的队伍走了。

隆老夫人不敢撒手：“这咋办？这样咱娘儿俩也跑不快呀。”瑛娘也心急，说：“是啊，奶奶，孩子哭怎么办啊？”隆老夫人瞟见地上有个筐，说：“你把孩子给我，我捂住他的嘴，我们俩钻筐里，你背着走，背得动背不动？”瑛娘回道：“背得动，可筐这么小，奶奶憋在里面行吗？”隆老夫人说：“我瘦，憋屈不到哪儿，来吧！”

隆老夫人钻进筐里，瑛娘将孩子递给她。瑛娘背上筐，从角落里快步冲向另一边暗处。

隆延宗等人也摸上了山，隆延宗走在最前面，他看准一个暗处，向大家挥了挥手。众人连爬带跑，蹿蹦跳跃向那暗处跑去，后面跟着的人都很矫健，只有跑在最后的阎局长险些露了马脚。众人都到了暗处，佘小四和另一个警察正画着图，阎局长说：“还真摸上来了，三股土匪巡山，都让咱们给闯过来了，隆延宗，你了不起呀！”隆延宗说：“本来就没什么难的，所谓天险，无外乎就是山陡了点儿。”阎局长叹道：“一百年了，当官的从没摸上过土匪的山寨，您可是开天辟地呀！”阎局长说着伸出大拇指。隆延宗笑了：“少拍马屁，那是当官的只想收捐，没一个真正想剿匪的。我们三个往这边，你们三个往那边，一定要把土匪的岗哨清楚地画在图上！”众人点着头。

鬼见愁的酒醒了，见瑛娘不在，出了门，一脚踹开“兰婆子”的房门，只见屋里也是空空如也。鬼见愁咬牙切齿骂道：“准是跟这老婆子勾结，跑了！”鬼见愁越想越气，大喊一声：“来人哪！”很快，夜猫子、母夜叉和小九等土匪来到他面前。鬼见愁恨恨地道：“那娘们儿跑了，是兰婆子给她带的道儿，帮我琢磨琢磨，她们能往哪儿跑？”母夜叉说：“前山那么多人站岗，指定是翻墙奔后山了！”夜猫子点头：“没错，兰婆子在山上十几年了，准保知道后山悬崖那条道！”鬼见愁一声令下，众人向后山追去。

山寨东侧，隆延宗指挥佘小四把岗哨的位置画了出来。一见有土匪从寨子里出来，他们就连忙再躲起来。山寨西侧，阎局长憋得气喘吁吁，身后的两人在认真画着图。阎局长毕竟岁数大了，又缺乏锻炼，已经是满头大汗。

到了后山悬崖，瑛娘放下了背着的筐，说：“奶奶，到了，这就是悬崖。”隆老夫人从筐里露出头来：“那棵大树下面，缠着一大串藤条，是我提前准备好的，你把它甩下去！”

很快，在一棵很粗的大树下，瑛娘找到了藤条。她一边解着藤条，一边往悬崖下顺，藤条一点点深入到悬崖峭壁。终于，藤条甩到头了，瑛娘拽了拽，藤条的另一头绑在大树的底部，很结实。

瑛娘又背起筐，说：“奶奶，我可要下了。”隆老夫人再次露出头来：“下吧，奶奶信得过你！”瑛娘说：“奶奶，这悬崖挺深，万一我抓不住……”隆老夫人说：“咱们已经从土匪窝子跑出来了，你要是拽不住就撒手。咱们娘儿仨就算摔死，也比被抓回去掏心挖肺强！”瑛娘咬紧牙关，抓紧藤条，向着悬崖下面探出身去。

她抓着藤条，一点点向下滑，身后背着大筐。悬崖上的石头甚至有被带落的，瑛娘也只能咬牙坚持，她的手上已经有鲜血滴下。隆老夫人又一次露出头："孙子媳妇，奶奶不能帮你，还给你添累赘，对不住啊。你忍一忍，千万抓紧了，到了谷底，咱娘儿仨就算是逃出去了！"瑛娘咬牙道："知道了，奶奶。"

正在这时，悬崖之上，鬼见愁等人已经追来。母夜叉发现藤条，说："二当家的，你快看，藤条上吃着劲呢，她们肯定就在下面！"鬼见愁一咬牙："小九，把她们拽上来！"五大三粗的小九应道："是！"小九挽起袖子，铆足了力气往上拉着藤条。

正在下滑的瑛娘感觉不对，焦急万分："奶奶，有人在拉藤条，怎么办？"隆老夫人说："坏了，肯定是土匪追上来了，下面还有多深？"瑛娘说："不知道，看不见底啊！"隆老夫人说："孙子媳妇，撒手吧，你后背朝地，让奶奶给你垫着！""不行，奶奶！"瑛娘使劲往下顺着，可藤条一直在往上拽，她们等于原地没动。

隆老夫人急道："快撒手吧，让他们抓住，咱们娘儿仨死得更惨！"瑛娘还想说什么，可手上也确实没劲了，一撒手，连人带筐往下掉了下去。下落中，瑛娘再次抓到了藤条，但是她的手全被划破了，满手是血。她再也抓不住了，最终还是掉了下去。

上面正在用力拽的小九突然向后一仰，摔了个大跟头，有人帮忙把藤条拽了上来，却没有看到人。鬼见愁大喝："浑蛋！"说着，他就要向下开枪。母夜叉拦住他："二当家的，别费枪子儿，我下去追她们，一个娘儿们带着老婆子和孩子，能跑多远？抓回来，您想怎么处置就怎么处置！"

母夜叉说着就要下去，可就在此时，远处突然传来了枪声！鬼见愁等人听到的枪声来自七十二寨西侧。原来，侦察中阎局长脚下一绊，摔倒在地，喊出了声。巡逻的土匪听到声音，大喊一声："有奸细！"阎局长想跑，土匪瞄着就是几枪。阎局长抱头鼠窜，一颗子弹正打在他腿上，他身子一软，倒了下去。另两名警察架起阎局长，继续向前跑。

鬼见愁听到枪声此起彼伏，甚是担忧："别管那女人了，跟我来！"众人跟着他向枪响处奔去，没人再去管谷底的瑛娘。

隆延宗总算和阎局长汇合了，后面的枪声却越来越密集，更多的土匪加入追击。又过了一个山坡，阎局长气喘吁吁道："不行了，我跑不动了……谁也别管我了，把枪给我留下几支，我给你们断后！"隆延宗道："那不行！是我要求你身先士卒的，我不能扔下你不管！"阎局长却说："笑话！我是警察局长，剿匪是我分内之事，我死了，跟你没关系，你们快走！”“不行，我背上你，要走咱大家一起走！”说着，隆延宗来到阎局长面前，弯腰，示意阎局长上身。

阎局长用手推开隆延宗：“滚一边去！你背着老子，让老子替你挡枪子儿啊！”隆延宗愣了。阎局长说：“我告诉你们，老阎我也是十几岁就扛枪的人，打仗我懂。我要不断后，咱谁也活不了，把枪留给我，你们快走！”隆延宗哽咽道：“老阎！”

阎局长说着拿过枪对准了自己：“你们不走，我先打死我自己！”隆延宗留下了泪，抱拳道：“老阎，是我逼着你跟我一起上山的，对不住了！”阎局长说：“少废话，答应我一件事。”隆延宗说：“你说！”阎局长说：“我虽然好色，但媳妇只有一个，照顾好我的老婆、孩子！”隆延宗说：“放心吧，阎大哥！”

两个警察把枪交给阎局长，带着哭腔：“局长……”阎局长训斥道：“别他娘的像娘们儿似的，快走！”隆延宗一咬牙，挥挥手，五个人飞奔而去。

阎局长抓起枪来，吐了口唾沫：“娘的，死在剿匪的路上，老阎我是英雄！”说着，他拿起枪来，疯狂射击，本来已经追得很近的土匪一下子被压制住了。阎局长一口气打光了所有子弹，换枪再次射击，土匪再次被压制。不久，子弹打光了，阎局长干脆扔掉了枪。他大笑：“嘿，痛快，兄弟们，跟我冲啊！”

看到冲出“战壕”的阎局长，鬼见愁等人傻了，冲锋的只有阎局长一个人。鬼见愁、母夜叉、小九开枪，三把枪同时打中了阎局长，阎局长扑倒在地。

瑛娘渐渐苏醒，她发现筐还在身后，活动了一下身体，喊着：“奶奶？奶奶？您没事吧？”隆老夫人微弱的声音传来：“摔死我了……”瑛娘使劲解开绳子，打开筐，扶出了老太太。隆老夫人叹道：“没想到我这把老骨头还挺禁摔，好像手脚都没折。”瑛娘双膝跪地，说：“奶奶，让您受苦了！”隆老夫人说：“说啥呢，你带我逃出了虎穴，我还没给你磕头呢，还不快走？”瑛娘突然说：“孩子！我的孩子怎么不哭啊？”隆老夫人也吓了一跳：“不会摔死了吧？”

瑛娘连忙打开襁褓，发现孩子还在憨憨地睡，两人都长出了一口气。隆老夫人笑了：“这小兔崽子，这时候居然睡得这么香！”瑛娘说：“奶奶，您还进筐里，我背着您！”“孙子媳妇，你别逞能了，山上我是怕我腿脚慢被土匪看见，这都下来了，四条腿总比两条腿强！”说着，老太太迈步就往前走。

第二十七章

一众土匪从山下听到枪声，赶来围堵，山上的鬼见愁也率众追来。隆延宗等人很快陷入后有追兵，前有堵截的境地。他们且战且退，很快又被几十个土匪围住，只好藏进了树林。

“隆县长，我掩护，您带着大伙儿从那条路撤吧！”佘小四指着的是一条小路。隆延宗问：“你什么意思？”佘小四道：“不引开敌人火力，谁也跑不了！”隆延宗说：“就你这副德行，留下来必死无疑！”佘小四说：“是啊，我知道我废物，所以才应该留下我嘛。再给我一把枪，我能多顶一会儿！”隆延宗说：“不行！是我带你来的，怎么能让你替我死？”佘小四说：“三少爷，我警察队长被撸了，是跟着你才又混上的官衣，知遇之恩，我总得报答呀！”隆延宗喝道：“少废话，下了他的枪！”一个警察闻言，上前一把抢过佘小四的枪。此时，鬼见愁、夜猫子、母夜叉、小九等人已经越来越近，侦察小分队危机四伏。

隆延宗说：“我数三个数，我们俩往那边引开敌人火力。佘小四，你带着他们俩从那条路快速下山，把七十二寨的地图带回去！”佘小四急道：“不行！”隆延宗严肃地说：“这是命令！”佘小四摇头说：“命令也不行！洪县长刚死，您要是再出事，孝兴必定民心大乱。孝兴百姓和剿匪的成败，全指着您哪！”隆延宗说：“剿匪必胜，这毫无疑问。我死了，上面会派一个更合格的县长来剿匪！”

佘小四说：“您能说这样的话，您就是最合格的县长！”隆延宗摇了摇头：“我回孝兴，本是为了报复洪县长。我一直以为他剿匪，只是为了保住乌纱帽。直到洪县长倒下的那一瞬间，我才明白他是真心要剿匪，是我害了他。老阎那么大岁数，拼了命给大家断后，我要是贪生怕死，回去有什么脸面见老阎的妻儿？佘小四，我的兄弟，我求你了，听我的命令！一……”佘小四手足无措：“县长……大哥！”隆延宗继续数着：“二……”佘小四不知所措：“延宗……三少爷！”隆延宗没理他：“三！”

话音刚落，隆延宗和一个部下迅速向一个方向冲了出去，他们边跑边射击，土匪的火力立刻追着他们去了。鬼见愁高喊：“宰了他们！”夜猫子等土匪疯狂射击，子弹紧紧咬着他们的身影。佘小四望着隆延宗的背影，满眼泪水，说：

“猫着腰，跟我走！”三个警察跟着佘小四，沿着另一条路跑了。

众土匪朝崖下猛烈射击射击，地上火星四溅。母夜叉说：“行了，省点儿子弹，这悬崖深着呢，跳下去不死也得摔胳膊折腿儿，这会儿也被打成筛子了！”原来隆延宗见躲无可躲，索性跳下了山崖。

鬼见愁骂道：“奶奶的，这么多年还是头一回让奸细摸了上来！”夜猫子说：“山下的岗哨肯定是知道咱们杀了县长，灭了官府的威风，就大意了！”鬼见愁狠狠地说：“每道岗管事儿的，都给我抽二十鞭子，让他们长长记性！”夜猫子领命：“是，这交给我了！”鬼见愁突然想起来了，说：“柳瑛娘，柳瑛娘呢？还不快去给我追！”母夜叉连忙又带土匪朝崖下追去。

瑛娘抱着五儿，搀着隆老夫人在树林中走着，说：“奶奶，天亮了。”“快让我歇会儿。”隆老夫人一屁股坐在一块大石头上，喘着粗气，“我走不动了，再也走不动了……”瑛娘说：“奶奶，让您受苦了。”隆老夫人疑惑道：“哎，那会儿听见了枪声，怎么没见枪子儿打下来啊？那悬崖对土匪来说可不算啥，一宿了，一个追兵都没有，奇怪了……”瑛娘也觉得奇怪：“是啊……”隆老夫人突然哈哈大笑：“谁说你是妖女？我看你是福星，哈哈……”

瑛娘说：“奶奶，虽说土匪没追，可咱们也不能大意。我估摸着这一宿最多走了二三十里，土匪要是追起来，那可快。”隆老夫人说：“二三十里？再往前最多十五里就该有人家了。孙子媳妇，你还有劲没有？”瑛娘点点头：“有。”隆老夫人说：“再背奶奶一段吧，奶奶实在是走不动了，一步都走不动了，奶奶给你作揖了！”瑛娘说：“奶奶，这是干啥，我背着您还不应该吗？让您走了这么久，我心里还怪难受的呢，来，您上来！”隆老夫人叹道：“孙子媳妇，你真好……”就这样，瑛娘怀抱着孩子，背上背着老太太，娘儿仨步履蹒跚地向前走着。

不知道走了多久，她们来到一个小镇上，瑛娘独自来到岳家店当铺里，向掌柜问话。掌柜的抬起头说：“我是姓隆，你是谁啊？”瑛娘浑身都是伤，脸上还有泥巴，说：“外面有一位老人家让您出去见她。”掌柜的不耐烦道：“哪里来的老人家，这么大谱，让我去见她？滚出去！”瑛娘说：“那位老人家是您的熟人，您不出去，她会不高兴的！”掌柜的撇着嘴：“我管她高兴不高兴，再说，谁知道你是不是蒙我的。我们这儿离七十二寨可不远，你当心我告你通匪！滚！滚！滚！”掌柜的一挥手，伙计拎着棍子出来了，瑛娘连忙退了出去。这里离土匪山近，掌柜的警惕得很。

瑛娘只能回去和抱着五儿的隆老夫人汇报了实情。隆老夫人怒道：“什么？小喜子长脾气了？你再进去，直接叫他小喜子，告诉他，不出来给我磕头，我以后就不让他姓隆了！”瑛娘有些担忧，说：“他们拿着棒子，要打人！”隆老夫人笑了：“孙媳妇，照我说的做，他们不敢打你！”

这一回，瑛娘一进门就大喝：“小喜子！外面的老人家说了，你再不出去给她磕头，以后就不让你姓隆了！”掌柜的惊呆了：“你叫我什么？”瑛娘重复了一遍：“小喜子！”掌柜的捋了一把胡子：“外面的老人家是男是女？”瑛娘道：“是位老太太，你还不赶紧出来！”

掌柜的脸色剧变，飞快跑了出去。他太快，没注意到坐在门口的隆老夫人。隆老夫人说道：“小喜子，我在这儿呢！”掌柜的回头一看，浑身一激灵：“我的妈呀，鬼啊！”隆老夫人白了他一眼：“什么鬼不鬼的，我要是鬼，敢大白天的出来吓人？”掌柜的有些心虚，上前仔细辨认。隆老夫人说：“我没死，在土匪山上受了十几年的罪！是我孙子媳妇把我救出来的。”

掌柜的跪倒在地：“老祖宗，真的是您哪，您还活着！”隆老夫人点点头：“可不，听说你要打她，反了你了！按辈分，你得叫她二娘！”掌柜的一愣：“二娘？”隆老夫人说：“对呀，这是我二孙子隆继宗的媳妇，你不得叫二娘吗？”隆喜儿连忙说：“啊，二娘好，我有眼无珠，请二娘千万不要怪罪！”

瑛娘被弄得有些不自在。隆老夫人笑了：“别不好意思，他就是这个辈分！他从小在咱们家做学徒，没什么别的本事，除了会赶车，就是嘴甜。为了落个好差事，天天管我叫太奶奶，我当时求重孙子心切，就让他姓了隆，还给他起了个名字，叫隆喜儿。”隆喜儿道：“老祖宗赐姓之恩，隆喜儿这辈子都不敢忘！”

隆老夫人说：“要不是姓了隆，他能当上这家当铺的掌柜的？孙子媳妇，你别看这里偏僻，越是这种地方，当铺生意越好，你看他胖的，这些年没少贪吧？”隆喜儿有点脸红，说：“老祖宗，看您说的，我哪敢贪啊？”隆老夫人笑了：“贪点儿就贪点儿吧，我不会跟你计较。赶紧给我套车，哎，不行，这牲口拉车太颠了，非得把我这把老骨头颠散架了不可。这样，你给我备顶好的轿子，要八人抬的，多雇轿夫，雇上三八二十四个，轮班倒着，日夜兼程，赶紧送我回家！”隆喜儿点点头：“是！”隆老夫人又吩咐道：“还有，多准备些干粮，酱牛肉，烂乎点儿的，我和你二娘饿了一天一宿了！”隆喜儿连声答应：“是！是！”

隆家客厅里，隆夫人、七舅爷、三叔公、四叔公、隆万氏等人都在，一众人神情焦虑，都盯着佘小四。佘小四嗫嚅道：“夫人，对不起您，没保护好隆县长……”说完，佘小四跪倒在地，众人一阵惊呼。隆夫人胸口一阵疼痛，跌倒在椅子上，佘管家连忙上前，一边摩前胸捶后背，一边呼唤着隆夫人的名字。

隆万氏心中暗喜，嘴上却说："快快快，快去请张神仙来，让张神仙去祠堂做法，一来超度我三兄弟延宗的亡灵早日升天，二来保佑我婆婆转危为安啊！"

佘小四从隆家出来，带着剩下的三名警察都回了县长办公室里。听了汇报，万专员手直哆嗦，说："阎局长阵亡，你们可都是亲眼所见？"佘小四点头："亲眼所见。"万专员提高声音，大声质问："那隆县长阵亡，有谁看见了？"所有人都摇着头。

万专员突然大喝："莽撞！这就是莽撞！昨天我听他说要趁土匪懈怠，去七十二寨侦察，就觉得他是逞强！这下好了，代理县长也死了，谁保卫孝兴的安全，谁来保卫本专员的安全？"众人不语。万专员说："佘小四，我听说你当过警察队长？"佘小四点头："以前是当过，后来……"万专员说："甭管什么后来了，我现在就任命你当警察局长，可以调动孝兴所有武装。你一定给我保护好孝兴县城，尤其是这县政府！"佘小四有点儿蒙，没想到自己居然连升三级。

万专员哆嗦着去拨电话："我是万专员，帮我接省城，一号专线……"

张神仙正在隆家祠堂打坐念经，隆万氏走进来，见四下没人，命王婆子将门关上。隆万氏走到张神仙面前，拍了拍在他的后背："行了，没别人，你就别装神弄鬼了，早就睡着了吧你？"张神仙这才睁开眼睛："大少奶奶净说笑话，这入定可不是睡觉。"隆万氏不屑地哼道："不就是坐着睡嘛，过来。"

两人到了角落里，隆万氏说："我记得你说你学过郎中？"张神仙说："那是，寻常小病，张某人可药到病除！"隆万氏说："那你赶紧给我弄点儿药！""大少奶奶哪里有恙？""好好的，你咒我呀！""那您是要给谁用药？""还能有谁呀，隆延宗他娘呗！"

张神仙吓了一跳："大少奶奶要对夫人下毒？这可使不得呀！"隆万氏白了他一眼："瞧把你给吓的！谁让你下毒了？"张神仙摸着一头的冷汗。隆万氏问："她是什么病，你看出来了吗？"张神仙说："夫人是心口疼的老毛病，急火攻心所致。"隆万氏说："对呀，你再给她来点儿猛药，让她心头的急火烧得更旺点儿。""这……""就算是出了差错，谁都拿你没办法，又不是下毒。""这方子我不能开，我又不是郎中……""给你脸还不要脸了？你以前做的坏事还少啊，我哥哥就在孝兴，要不要我让他派警察把你这个江湖骗子抓起来枪毙？""别！大少奶奶饶命！""你现在帮我，将来就是功臣，我成了当家人，不得重重赏你？""是，我这几年一直为大少奶奶效力，不就是为了这一天吗？""那你还不快写方子？""我……夫人她……您再少安毋躁，多等些日子，我……""你再啰嗦一句，我这就去找我哥哥！"张神仙只好活生生地把要说的话憋了回去。隆万氏又道：“赶紧！”张神仙只好屈服。

掌灯时分，四十多岁的吕婆子守在隆夫人榻边，旁边桌上放着一碗飘着热气的烫药。隆万氏拎着一个食盒进来：“吕婆子，你下去吧，我陪会儿我婆婆。”吕婆子没动身。隆万氏说：“我让你下去，你没听见？”吕婆子说：“大少奶奶，佘管家有命，不准我离开。我要是出了这个门，让佘管家知道了，她非得打折我的腿！”隆万氏不屑道：“佘管家，什么东西，你听谁的？”吕婆子说：“大少奶奶，您别难为我。”

“行，我不难为你。”说罢，她端起药碗来闻了闻，“什么破玩意儿？”她一扬手，将药全都倒进了痰盂里。吕婆子吓坏了：“大少奶奶，您这是干什么？”隆万氏说：“我请了最好的郎中，开了最好的方子，亲自给婆婆熬了药，待会儿婆婆醒了，你就把这碗药给她喝下去。”说完，隆万氏把食盒里的药端了出来，放在床头。

吕婆子连连摆手：“大少奶奶，这可不行啊！”隆万氏说：“这是药不是毒，不信用你的银簪子试试？”吕婆子的头上插着银簪子，但是她不敢。隆万氏步步紧逼：“你不敢试啊，那我试给你看！”隆万氏将吕婆子头上的银簪子夺了下来，放进了碗里。“看见了没有？是药不是毒！”隆万氏将银簪子扔给吕婆子。

吕婆子吓得哆里哆嗦，隆万氏将手上的金镏子撸了下来，塞到了吕婆子手里，说：“拿着，将来我当了家，还会重重赏你！”吕婆子惊恐地摇摇头：“大少奶奶，这个我不敢要。”隆万氏恶狠狠道：“不要就是想跟我作对？”吕婆子看着隆万氏，目光中充满恐惧。

隆万氏说：“我亲哥哥来了孝兴，他的官比县长大多了，想抓谁就抓谁，想枪毙谁就枪毙谁，你想跟我作对吗？”吕婆子吓坏了：“不敢，大少奶奶……”隆万氏看了看病中紧皱着眉的隆夫人，就拎着食盒走了。她没看见，隆夫人的眼睛并没有完全闭上。

佘管家皱着眉头，说：“小四啊，我还是不相信三少爷就这么没了，要不，你再去七十二寨找找，兴许……”佘小四咧着嘴：“让我回七十二寨？姑姑，您这不是往死路逼我吗，三少爷那么高的武艺，都没能活着回来，我好不容易……您让我回去？”佘管家被说愣了，也觉得有些不太合适。佘小四说：“我说姑姑，咱娘俩走了得了。”佘管家说：“走？夫人病着我怎么能走？”“有个事我得告诉你，我现在当警察局长了。”“呀，这是好事啊，当了这么大的官，你怎么还要走啊？”

“要是有隆延宗那样的县长，警察局长还有个当头，现在？哼哼……”佘小四冷笑着说，“现在是有人想让我当替死鬼！还有您，姑姑，万一夫人咽了气，肯定是大少奶奶当家啊，那个时候她饶得了您吗？我记得小时候，您带着我在山里开了几亩荒，那个时候日子苦，可不用担心掉脑袋。走吧，姑姑，咱回山里面再也不出来了！”

佘管家突然骂道：“你放屁！夫人就是老毛病犯了，怎么可能咽气？那姓万的女人心肠不好，想当这个家，有我在，就不能让她得逞！再说，谁说三少爷死了，隆家的血脉就断了？还有一条根儿呢！”佘小四愣住了：“还有？哪儿呢？”佘管家也愣了半晌，说：“你少打听！”

佘管家咬着牙走了，剩下一碗面条，佘小四大口吃着，边吃边流着眼泪，唉声叹气：“幸好子弹长眼睛，没削着我脑袋，让我还能活着回来吃这碗面，真香，隆家的面条就是香，比外面的肉多呀。佘小四，佘局长，佘局长？佘小四！姑姑不走，你还真就得当局长。奶奶的……”佘小四从腰间拽出枪来，“我就不信土匪还敢来，来吧，你佘爷爷也不好惹！”说着，佘小四吃面的速度更快了。

佘管家来到隆夫人卧房，进门就问：“夫人醒了没有？”吕婆子摇头。佘管家走到床边，说：“夫人，您能听见我说话吗，有劲儿，您就睁睁眼睛，把药吃了。”隆夫人努力睁开了眼睛。

佘管家看吕婆子：“太好了，快帮忙，把夫人扶起来。”

佘管家把隆夫人抱了起来，吕婆子上前帮忙让隆夫人靠在床头。隆夫人说不出话来，却用手指着药，示意佘管家扔掉，吓得旁边的吕婆子瞪大了眼睛。佘管家不明真相，说：“您要吃药？太好了，我喂您。”隆夫人想把药推开，可是她没有劲儿，张大嘴想说话，又说不出。佘管家道：“夫人，这药苦，您忍着点儿，喝下去就好了。”

隆夫人被灌了一口药，可她连吞的劲儿都没有了。药流了出来，佘管家连忙上前将她的下巴颏擦干净，说：“哎呀，夫人这是不想喝药。夫人，您不要过于悲痛，不要寻死啊！”隆夫人又气又急，流下眼泪。佘管家连忙说：“夫人，还没找到三少爷的尸首呢，我就不信他没了。您无论如何也得先把药喝下去，您的身体更要紧！吕婆子，你帮我摁着点儿夫人，我把药给她灌下去！”吕婆子连忙上前摁住隆夫人，佘管家亲手将药全都灌进了隆夫人的嘴里。

不知过了多久，隆夫人慢慢睁开了眼睛，在一旁守候的佘管家连忙上前扶住她。隆夫人说：“让下人们都出去。”佘管家示意，下人们都退出，吕婆子也走了。

隆夫人摇头说："还好，那碗毒没药死我！"佘管家一愣："毒？哪儿来的毒？"隆夫人说："就是你给我灌下去的那碗！"佘管家说："不能啊，那是我亲手给您熬的药，怎么会是毒呢？"隆夫人说："你不在的时候被人换了！"佘管家怒道："什么？！有这等事！"

佘管家说着就要出门。隆夫人厉声道："站住，你干吗去，不许声张！"佘管家愤怒至极，喘着粗气："夫人，这到底是谁要害死您？""是谁都不重要了，我的三个儿子都跟着老爷赴了黄泉，我活着还有什么意思……"隆夫人哭得很伤心。佘管家也跟着直掉泪："小姐，您忘了，当年嫁进隆家之时，您在老爷面前立过誓言，不管到什么时候，都要为隆家的家业着想。您只有好好活着，才能镇得住这个家呀！""我力不从心了……""不！当年老祖宗和老爷一起遇了难，就是您撑住了这个家呀！""那个时候能撑得住，是因为我有三个儿子。虽然他们还没有长大成人，却是我的靠山，是隆家的希望。现在，他们三个都走了，我还拿什么力挽狂澜？"

佘管家也想不出话来安慰隆夫人，两人默默地对视着，流着泪。隆夫人说："姓万的女人从嫁进来的那天起，就没安好心。她的亲哥哥在这个时候来孝兴，一定也是她的主意。我真没想到会输在她手里，而且输得这么惨……"佘管家说："夫人，再猖狂她也是您儿媳妇，长幼尊卑在，这个家她做不了主！您要是怕她霸占家产，现在就下令，我动家法，打死她！"隆夫人叹道："现在是民国了，私设公堂是要犯法的。又有她哥哥给她撑腰，咱们收拾不了她。只有一个法子，召集隆家宗亲长辈，开祠堂！"佘管家惊讶地问道："开祠堂？""对，把佘小四叫来，从今儿个起，让他正式改姓隆！""小姐，您这是要干什么？"

隆夫人瞥了她一眼："你还揣着明白装糊涂？"佘管家一下子明白了，连手都在颤抖："不行啊，夫人，万万不行！""没什么不行的！为了隆家家业长青，我要开祠堂宣布，老爷在外边还留下了一个儿子！""丢死人了！丢死人了！不行啊，小姐，我都这么一把岁数了，就要个脸皮。您要是这么做，不是逼我一头撞死吗？""你死了有什么用？就算你想死，也得看看时候吧？现在我病成这样，你去死，难道眼睁睁地将家业拱手送人？当年你跟我发过誓，不是你先勾搭老爷的，是老爷喝醉了酒，坏了你的身子，难道你骗了我？""没有！小姐，我这一辈子从来没跟您撒过谎呀！""谅你也不敢。当年我没赐你一条白绫子，让你把小四生了下来，这是隆家对你的恩德！到了这个时候，你还想什么脸皮？我看你是糊涂！赶紧，趁我这会儿有力气，开祠堂，我绝不能输在那姓万的女人手里！"

隆夫人心意已决，佘管家只能听从。哪承想她一下子起身太快，胸口一阵剧痛，一口气没上来，再一次晕倒了。佘管家没了主意，慌乱地喊着："来人哪！来人哪！快去请郎中！"

八个轿夫抬着轿子，快步走在官道上，后面还跟着十六个轿夫的队伍，也算是浩浩荡荡。隆喜儿凑到轿子边上，说："老祖宗，用不了一个时辰就能进城了，剩下的这段路太平，您尽管放心，我快走两步去前面打探消息，如何？"轿子里，隆老夫人点头道："去吧。"有人牵马过来，隆喜儿翻身上马而去。

瑛娘说："奶奶，快回孝兴了，又有喜儿伺候您，我也就放心了，让他们停下轿子，我该走了……"隆老夫人问："走？你往哪儿走？"瑛娘说："我和婆婆闹翻了，不能回隆家。"隆老夫人说："那不都是误会嘛，你救了我，之前的事就全都不算数了！"瑛娘说："那也不行，我一心寻死，就是为了去那边跟继宗和我的孩子团聚……现在没死成，我也没有脸回隆家呀。既然已经把您送到了孝兴，我也该去找我的盼娣和招娣了。"隆老夫人说："这还说得过去，当娘的惦记孩子，天经地义。可你一个人怎么找呀，你是从七十二寨跑出来的，你可知道，那土匪的眼线四处都是，还没等你找到孩子呢，就先被土匪祸害死了！"瑛娘闻言有些害怕。

隆老夫人劝道："好孩子，听奶奶的，跟我先回家，到了家我做主，派人帮你找孩子去！像隆喜儿这样靠得住的人，隆家有的是，一定能帮你把孩子找回来！"瑛娘还是有些顾虑："多谢奶奶，可我还是不能跟您回隆家！"隆老夫人沉下脸，说："怎么，你听隆喜儿说这一路上平安了，你就放心了？万一再有什么岔子，我一个七八十岁的老太太，身边一个体己人都没有，你让我怎么对付？"瑛娘有些为难。隆老夫人说："送佛送到西，好歹儿你也得把我送进隆家的门。"

隆家长房客厅里，七舅爷捋着胡子，琢磨着。隆万氏道："七舅爷，长辈里就属您跟我最亲，今儿个您可得替我说话呀！"七舅爷皱眉道："老大媳妇，你是不是有点儿太着急了？""急？我都嫁到隆家十几年了，头发都快熬白了，还能算急？""你婆婆刚刚病倒，这个时候你要当家，说不过去呀！""那要看你怎么说了。七舅爷，这些年我可没少孝敬您，这个时候您不帮我，合适吗？""哎呀，老大媳妇儿，就算我帮你说话，可姓隆的那群老头子们能答应？"

隆万氏坐到了椅子上，换了种口气："您儿子孙子里面没一个争气的，就老二还算是读过几年书，你一直想在政府里给他找个差事，是吧？"七舅爷一愣：

“是啊，可是……”隆万氏说：“上回你自告奋勇，给隆延宗和洪凤鸣当媒人，就是为了巴结洪县长，给你儿子谋个前程吧？现在的孝兴，我亲哥哥做主。你家老二，就他一句话。只要你帮我，我就能做我哥哥的主！”“这……这……那我先替犬子谢谢喜功他大舅！”

任凭郎中号脉，隆夫人仍然昏迷不醒。佘管家焦急地叫着：“夫人，夫人，您醒醒啊！”正在这时，外面突然传来敲锣的声音：“开祠堂！开祠堂！上下人等，全到祠堂外听命！”佘管家一愣，冲了出去，对敲锣的人大声喝道：“你犯了疯病吧，夫人昏迷不醒，什么人敢开祠堂？”敲锣的回话：“大管家，您不知道啊，三叔公、四叔公、七舅爷等诸位长辈都到了，是他们命我召集人的啊！”

这时，听到锣声的隆夫人也慢慢地醒了过来。郎中连忙说：“夫人，您醒了？”隆夫人虚弱地说：“快，来人扶我一把。”一个小丫鬟连忙上前扶住了隆夫人。

八人抬的大轿也已经进了孝兴县城，隆喜儿来到轿子边，边走边说：“老祖宗，咱已经进了孝兴县城，不过有个消息不太好，我得先跟您老人家说一声……”轿子里坐着隆老夫人和抱着孩子的瑛娘。隆老夫人说：“说吧。”隆喜儿说：“您老人家可坐稳当了。”“别吓唬我，老太太我什么没经历过，快说！”隆喜儿说：“三少爷隆延宗，刚刚接任孝兴代理县长，头一天就夜探七十二寨，结果……为国捐躯了！”“什么？！”隆老夫人真的吓了一哆嗦。一旁的瑛娘也是异常惊讶。

隆喜儿问：“老祖宗，您老人家没事吧？”半晌，隆老夫人道：“我说没有土匪下悬崖追咱们呢，原来是我孙子攻上了七十二寨……这个小老三，我记着他从小就不爱读书，专爱舞枪弄棒，没想到长大还真是个英雄人物！”老太太咬紧牙关，忍住了泪水，“身为一县之长，亲入匪穴，为国捐躯，也……也算是名垂千古了！”

隆喜儿又说：“还有，老祖宗，我不敢讲啊……”老太太一咬牙：“说吧！有什么事就全说出来，老太太我还不至于被吓死！”隆喜儿道：“隆家正在开祠堂，好像是长房大少奶奶隆万氏要接当家人！”隆老夫人倒吸一口凉气：“万？隆万氏？我大孙子传宗娶了河曲万家的女人？”隆喜儿点点头：“老祖宗说得没错。”隆老夫人摇着头：“传宗他娘是糊涂了，怎么能答应这门亲事！万家与隆家较劲好几十年，他把闺女嫁到隆家，肯定是惦记霸占隆家的家业呀！”

瑛娘插话道：“不对呀，婆婆怎么了，为什么要把当家人的位子传出去？”隆老夫人也奇怪：“就是啊，我儿媳妇怎么了？”隆喜儿说：“听说病倒了，人事不省。”瑛娘吃了一惊，看向隆老夫人。隆老夫人叹道：“这个不争气的货，怎么这个时候病倒了。你赶紧回隆家去报信，就说我回来了！”隆喜儿领命。他刚翻身上马，轿子里又传来隆老夫人的声音：“等一等。”隆喜儿连忙回身。隆老夫人说：“隆喜儿，报信的时候，你要见机行事！”“明白！”隆喜儿说完就跑了。

隆喜儿走了之后，瑛娘终于大哭了出来：“隆延宗，孩子他三叔，年纪轻轻怎么会……”隆老夫人此时却异常地冷静：“行了，孙子媳妇儿，现在不是抹眼泪的时候，记住，你怀里抱着的是我的重孙子，隆继宗的种儿！”瑛娘为难道：“奶奶，家里的人都知道我把孩子丢了。”隆老夫人说：“丢？那怕什么，你就说后来又找着了，你把孩子从人贩子手里抢回来了！”“不行啊，奶奶，我信口胡说，对不起继宗！”“你要是说漏了才对不起继宗呢！我那三个孙子都叫什么，传宗、继宗、延宗，老太爷用心良苦哪，为的就是隆家香火传延！现在他们哥儿仨都走了，万家虎视眈眈，要是让他们得逞了，你就是隆家的罪人！”“我……”“记住了，一口咬定你怀里抱着的是隆家的血脉，老太太我才能震得住场面！”“不行，奶奶，我不会骗人，我也不能撒谎。”“哎呀，你个死脑瓜骨，镇不住场面，隆家就完了，你想让奶奶给你磕一个？”“啊，不，奶奶……”“孙子媳妇，我求你了，你这也是帮奶奶，帮隆家！”

佘管家进了祠堂，正赶上七舅爷发言，她在角落里听着。七舅爷说：“今天召集大家来，是家里边有些大事，想请大伙儿商量商量，给出出主意。张神仙昨夜入定上天，见到了我老姐姐。神仙，我老姐姐咋说的，你跟大伙儿学学。”站在一旁的张神仙摇头晃脑：“老祖宗让我给诸位宗亲长辈问好，她让我转告大家，当家人隆岳氏这些年操持这个家不容易，累了，是到了有人替她分忧的时候了。”三叔公、四叔公看着张神仙，一脸的怀疑。

七舅爷道：“老姐姐说得对呀，延宗他娘身体不好，经不了事了，这次噩耗传来，她一下子就晕了过去。都说国不可一日无君，家也是一样，一天也不能没个做主的呀！眼巴前的，延宗为国捐了躯，这都第三天了，家里连个孝都没挂，成何体统？”三叔公、四叔公对视一眼，宗亲里已经有人开始议论。隆万氏环顾四周，甚是得意。七舅爷继续说着：“我已经问过长房媳妇了，她愿意替婆婆担起这个家。长房隆万氏，大家闺秀，识大体顾大局，知书达理，识文断字，嫁进隆家这些年，上，孝敬婆婆；下，长房长孙带得不错嘛！”隆万氏故意把隆喜功拽到身边，隆喜功显得甚是乖巧。

七舅爷又说：“在隆家最难的时候，她愿意担当重任，这份为婆婆分忧的孝心，理当褒奖。她正年轻力壮，脑子又好使，做隆家的当家人，正合适！”佘管家走到祠堂中间，说："不行！夫人只是一时病倒，她之前交代过，无论如何不能让大少奶奶当家！"隆万氏恼怒道："哟，你一个下人，谁让你进的祠堂？"众人都看着佘管家。隆万氏说："各位宗亲长辈在商议大事，你应该在外面候着，你难道不懂吗？说我婆婆不让我当家，难道让你当家啊？你这个奴才，痴心妄想，还做上了主子梦了。把这个姓佘的女人拖出去关起来，商议完大事再做处置！"

佘管家据理力争："你凭什么要关我？我是大管家，夫人病倒了，我能做这个家的主！夫人是说要开祠堂，但不是这个事！"隆万氏一拍椅子扶手："你们还愣着干什么，快把这疯婆子拖出去！"四个家丁有些为难，不敢动手。隆万氏怒道："隆家的宗亲长辈都在这儿，你们究竟听谁的？"隆家宗亲没人帮佘管家说话，家丁们只得上前将他拖了出去。佘管家喊着："放开我！放开我！"

七舅爷道："大伙儿要是没什么意见，我看就这么定了。"三叔公说："等一等，你刚才说的话我不爱听。你说延宗为国捐躯三天，隆家没挂孝，就说明没人做主了，急需换当家人，这个我不能认同。活要见人，死要见尸，我想请问，尸体找到了没有？万一人没死，那不闹出大笑话了？"四叔公也说："延宗他娘不就是一时着急，胸口疼的老毛病犯了吗？以前又不是没犯过，最多三五天就好了，这个时候换当家人，万一延宗他娘缓过来，咱们这些当长辈的，怎么交代？"三叔公、四叔公一说，七舅爷有些尴尬，答不出话来。隆万氏也没辙。祠堂里一时僵持着。

正在这时，外面突然有人喊道："万专员到——"隆万氏连忙站起身来，说："快请！"三叔公皱了皱眉："隆家开祠堂，这外人来……"隆万氏连忙说："哟，三叔公，万专员是我亲哥哥，长房长孙的亲舅舅，不算外人。七舅爷不也是我公公的亲舅舅吗？"

话音未落，万专员已经踏进门来。万专员道："就是啊，我哪是外人，我妹妹嫁到隆家十几年了，隆家也没人到省城走走亲戚，真是生分。你们生分，我可认亲，隆家诸位宗亲长辈，万某这厢有礼了。"

众人知道万专员的地位，不得已全都站了起来，三叔公、四叔公也只好抱拳还礼，七舅爷则一脸谄媚。万专员大剌剌地一屁股坐到空着的主位上，四叔公起身想上前阻拦，可已经来不及了。

万专员问："哎，这位老先生，有什么不妥吗？"四叔公语塞："这……"万专员又问："按辈分，我该叫你什么？"隆万氏插话："哥哥，这是四叔公。"万专员点点头："噢，叔公啊，你坐吧，坐吧，不用客气。"四叔公的脸涨得通红，只得转过身坐下。

万专员咳嗽一声，说：“隆家是孝兴的大户，祖上出过很多了不起的人物，也为国家做了很多贡献，尤其是这一次，代理县长隆延宗亲上七十二寨勘查匪情，勇气可嘉，为国捐了躯。得到这个消息，我无比沉痛。听小妹说这个时候她婆婆又病倒了，也让我很是担心。这么大一个家，没当家人总是不行的。妹子，你这个长房媳妇就该替婆婆分忧，撑起这个家！”三叔公、四叔公闻言都很不满，但又敢怒不敢言。万专员又说：“隆家的诸位宗亲长辈，土匪谋杀了洪县长之后还留下了一份布告，上面写的什么，你们知道吗？”宗亲们面面相觑。万专员说：“七十二寨的土匪说，他们有仇必报，谁与他们为难，诛灭九族！诛灭九族啊！隆延宗直捣七十二寨老巢，这对土匪来说，可是不共戴天的大仇，他们能善罢甘休吗？我想绝不可能！”听到这，一众宗亲长辈确实感到忧虑和恐惧。

万专员看着三叔公、四叔公，说：“叔公们肯定都姓隆了，以你们这辈分，这名望，土匪要想找到你们很容易吧？”三叔公、四叔公都一脸惧色。万专员说：“不过请你们放心，我妹妹做了当家人，我这个当哥哥的一定会倾尽全力，部署好警察和武装，保护隆家以及你们这些宗亲！”此言一出，所有人都面面相觑。

三叔公连忙抱拳：“如此，多谢万专员了。”耿直的四叔公也不得不服软：“是啊，多谢万专员。”七舅爷赶紧说：“隆家的长房媳妇儿，又早就有了长孙，她当这个家，本来就是天经地义。如果大伙儿都没什么意见，那就请新当家人隆万氏拜祭祖宗！”这回，没人再提反对意见。

七舅爷道：“来人，把椅子撤了，隆家的新当家人要拜祭祖宗！”隆万氏十分得意，万专员也频频点着头。张神仙抓住机会走上前，说：“恭喜当家人！”隆万氏喜形于色，说：“多谢神仙！”诸位长辈道：“恭喜当家人！”隆万氏眉开眼笑：“多谢诸位长辈。”

一个跪垫被摆在隆万氏的膝前，隆万氏居中而立，隆喜功则站在她身旁。众宗亲长辈分站两列，作为见证。一名长髯老者站在高处，担任司仪，唱道：“壬戌年六月初七，天下大吉，隆家新任当家人隆万氏，拜祭……”

这时，外面突然传来喊声：“报——”长髯老者的声音被打断。报信的下人跑了进来：“报诸位宗亲长辈，岳家店当铺掌柜的隆喜儿求见！”七舅爷说：“来交账的？少他娘的扯淡，让他候着，等大事办完了再说！”

话音未落，隆喜儿已经冲了进来，高喊着：“等一等！等一等！”隆喜儿进来四下看了看，快步来到七舅爷身边，在他耳畔嘀咕着。

七舅爷不耐烦地说：“你说什么？！你疯了吧？”隆喜儿说：“千真万确，不信请七舅爷到外面看看！”七舅爷难以置信，看向三叔公、四叔公。三叔公、四叔公问："怎么回事儿？"隆喜儿又来到三叔公、四叔公身旁，轻声地嘀咕着。四叔公愣了："这……"三叔公目瞪口呆："真的有这种事？"隆喜儿点点头："千真万确，请各位长辈随我到祠堂门口迎接！"

第二十八章

隆家祠堂大门口，八人抬的大轿威风凛凛。隆家宗亲一众人拥出门来，万专员、隆万氏、张神仙紧随其后。

一见轿子旁站的是瑛娘，张神仙大喝一声："妖女上门，大难临头！"隆万氏连忙说："快来人，快把妖女赶走！"瑛娘怀里抱着孩子，有些紧张。七舅爷没好气地骂道："隆喜儿，你一直在岳家店，不认识这个女人，她是妖！我说你小子满嘴胡说八道，我老姐姐升天快二十年了，怎么可能死而复生？准是这妖女施了妖法，把你迷惑了！你个混账东西，差点儿搅和了大事儿！"

轿子里传来隆老夫人的声音："孙子媳妇儿，谁大呼小叫呢，黄七贵吧？"众人都竖起耳朵听着。隆老夫人道："你让他上前来，还有，隆家添字辈的老哥几个都谁活着吧，隆添兴、隆添广、隆添德、隆添跃，活着的一起上前来。"瑛娘有些为难，说："奶奶，这我可……"隆老夫人说："怕什么，你是在替我说话，不管什么辈分，我怎么说，你怎么叫！"瑛娘深吸一口气，大声道："老人家让我传话，请黄七贵、隆添兴、隆添广、隆添德、隆添跃上前来。"众人全愣住了，张神仙猜测着，万专员看着隆万氏。

隆万氏道："哟，这妖女妖法惑众，胆大包天了，这些名字是你叫的吗，这还了得，赶紧乱棍将她打死！"有十来个下人在，可谁都在相互观望，没一人上前。

瑛娘微微欠身鞠躬："对不住各位长辈，我替轿子里的老人家传话，只能直呼其名，老人家说了，刚才叫到名字的如果还活着，就请上前来。"

四叔公说："莫非里面坐着的真是老嫂子，能点得出老六、老七的名字。"三叔公点头："是啊。"他走上前两步，说："我六弟、七弟都不在了，现在隆家添字辈的，就剩我隆添兴和老四隆添广活着。轿子里坐的，你是人是鬼呀？"

隆老夫人在轿子里听得清楚，笑了："三兄弟，听你这嗓门够亮堂的，八成活得不错。孙子媳妇，把帘子撩开！"瑛娘应声上前，把帘子撩开。外面的阳光很强，帘子里自是黑漆漆的。隆家几位长辈面面相觑，不敢上前。

七舅爷远远地张望着，隆老夫人看到了他，怒道："黄七贵，别人怕我你也怕？赶紧过来！"七舅爷愣了，看向三叔公、四叔公："真是我老姐姐的声音，也是她的模样。”七舅爷说着就小心翼翼地凑了过去。隆万氏急道：“哎，七舅爷……”可七舅爷根本不理会她，凑近轿子，认真地看着：“姐，真的是你，你还活着？不会是妖女把你的鬼魂招来了吧？”

隆老夫人又气又乐：“这大太阳天，我要是鬼，还不早就被晒得灰飞烟灭了，你再近点儿，把脸巴子伸进来！”七舅爷继续往前凑着，隆老夫人突然伸手掐住他的脸蛋子，“你个小兔崽子，把你亲姐姐当鬼了，白瞎了我从小疼你，忘了你才满月你娘就死了，你可是吃我的奶长大的！”隆老夫人一松手，七舅爷赶紧去摸自己的脸：“我疼？我疼！姐！”他跪倒在地，老泪长流，“我的老姐姐呀，我想死您了！”

七舅爷这一跪，三叔公、四叔公也都凑了过去。四叔公问：“老嫂子，真是您呀，您怎么会还活着？”隆老夫人说：“我当然还活着！”三叔公疑惑道：“当年您不是被土匪撕了票吗？”隆老夫人骂道：“要我给撕了票，那现在还有我吗？当年是兰婆子替了我，我才活到现在。”众人不敢说话。隆老夫人怒道：“亏你们这些老爷平时耀武扬威的，没见我的尸首，居然也没一个人上山去救我，还都不如隆福那个奴才！”三叔公、四叔公心虚地低下了头。“行了！孙子媳妇，背我进祠堂！”隆老夫人说道。瑛娘连忙上前，隆老夫人将手搭在她的肩上，瑛娘将她背了起来。

眼见着瑛娘就要往祠堂里走，隆万氏上前去拽张神仙，让他说话。可是张神仙根本不敢抬头，他回避着隆老夫人，怕被认出来。隆万氏气急败坏，大喊一声：“等一等，一定是那妖女施了妖术，把奶奶的魂儿招回来了，这一个是鬼，一个是妖，你们可不能让她们进祠堂！”一听这话，下人们也都有些发怵。隆万氏大喊：“快用棍子去给我打，是不是鬼魂，一试就知道！”下人中还真有人信了，举起了棍子。

隆老夫人大喝一声：“我看谁敢！”正在这时，隆夫人的身影从远处出现，她仔细辨认着，终于看清了隆老夫人的脸，呼唤着：“娘，娘啊——”她甩开丫鬟，三步并两步跑了过来，跪倒在地：“娘，真的是您，您还活着？”

隆老夫人和蔼地问：“儿媳妇，我听说你病了？”隆夫人点点头：“好些了。”隆老夫人说：“快起来。”隆夫人起身，隆老夫人伸出手去，隆夫人用手抓住了隆老夫人的手。所有人的目光都注视着这两只握在一起的手。三叔公、四叔公长出了一口气。下人们都将棍子慢慢地放下了。隆老夫人道：“儿媳妇儿，既然好一些了，就拿出当家人的威风来，先把隆万氏给我轰一边儿去。”

隆万氏一听，连忙快走几步来到了隆夫人面前，说：“婆婆，您好了？您可不能受她的迷惑呀，她是跟着妖女一起回来的，她不是我奶奶，肯定是鬼魂儿！”隆万氏说着，凑近前想去扶隆夫人的胳膊。隆夫人转过头，一巴掌抽在她的脸上。隆万氏被抽傻了，瞪大了眼睛，半晌说不出话来。隆夫人恶狠狠地瞪着隆万氏。

“你怎么打人呢？”万专员如在云里雾里，根本搞不清是怎么回事。隆老夫人问：“你是谁呀？”万专员说：“鄙人姓万，怎么了？”隆老夫人笑了笑：“噢，她亲哥哥，省城来的万专员。知道你来孝兴了，到隆家来干啥？会亲家？那就对不住了，今天我们不见客。这是我隆家祠堂，外人一律不得入内！知事，送客！”隆万氏又气又急又恼，说不出一句话来。万专员看着她，十分无奈，干着急。

隆老夫人接着说：“改日你来，按规矩得先给我儿媳妇磕头，再给我磕头，万家也是大户人家，起码的礼仪，你不会不知道吧？”万专员一时语塞。隆老夫人不再理会，说：“隆万氏，你要是不打算再姓隆，立刻跟你哥哥走，我们隆家不留！孙子媳妇儿，进祠堂。”瑛娘瞟了一眼隆万氏，隆万氏恼怒地看着她。

瑛娘一手抱着孩子，一手托着背上的隆老夫人，一步步走向祠堂。隆夫人也在一旁一直搀扶着。

进了祠堂，瑛娘将隆老夫人扶到椅子上。隆老夫人坐稳后，示意她过来。瑛娘只得将耳朵凑近。隆老夫人轻声道：“其实奶奶走得动，让你背着，其实就是怕你不愿意跟着我回隆家！”瑛娘有些尴尬，隆老夫人脸上露出狡猾的笑：“进了祠堂，就算回了家了，奶奶跟你说的话，你可记住了，你怀里抱的是我重孙子！”孩子睡着了，被瑛娘用一个布兜兜在前胸。

一众人等都进了祠堂，站在两侧，无人敢坐。隆老夫人四下看着，正瞟见想溜的张神仙，他叫道：“姓张的，你给我站住。”张神仙像被施了定身术，一动不动地站在那里。隆老夫人道：“过来过来。”张神仙回身，点头哈腰。隆老夫人又说：“我叫你过来呢。”

张神仙硬着头皮来到了祠堂中间，谄笑着：“老祖宗，您别来无恙？”隆老夫人勃然大怒：“你这个骗子！当年祭河的日子是你算的，说得天花乱坠，却害我儿丢了性命，害我在七十二寨给土匪当奴才！我恨你恨得彻夜难眠，终于想明白了，是你把祭河的日子泄露给了土匪，隆家才遭遇了这场浩劫！”张神仙吓坏了，忙分辨道：“老祖宗，冤枉啊，日子没选好，您老人家打我骂我，怎么罚我都成，我没通匪啊！”隆老夫人怒道：“狡辩？说，土匪给你分了多少好处？”“真没有啊！老祖宗饶命，饶命啊！”说着，张神仙跪倒在地。隆老夫人骂道：“就算你没通匪，可我根本没死，你却成天装神弄鬼，号称入定上天去见我，什么灾星开口家破人亡，都是你行骗的借口！”张神仙不敢争辩，告饶着：“我……我……老夫人饶命！”

“你还敢号称神仙，我告诉你，老太太我这十几年才是真的修炼成神仙了！”隆老夫人用手指着脑门，“我这儿多长出一只眼睛来，谁作了什么恶，谁憋着什么坏水，都看得见！隆喜儿，带几个人把这姓张的骗子，给我拖到祠堂后院去，乱棍打死，然后扔进大河！”张神仙吓傻了：“不！老祖宗饶命！”隆老夫人根本不再看他。

张神仙看见隆万氏，赶忙跪着爬过去：“大少奶奶，救救我呀！”众人面面相觑，隆万氏避之不及，哪敢插话趟这浑水。

隆夫人说：“娘，现在民国了，有警察，私下用刑打死人，不行啊！”隆老夫人笑了：“你们不行，我行！打死姓张的是我发的话，在场的有一个算一个，加上你隆万氏。”隆老夫人指向隆万氏，隆万氏吓得一哆嗦。隆老夫人接着说：“都是帮凶，我就不信谁敢走漏风声告诉警察！”无人再敢言语。

张神仙见隆万氏没了指望，连忙又爬向隆老夫人，咣咣磕头：“老祖宗饶命！看在我跟您认识三十年的分上，您饶了我吧！”隆老夫人不予理会，只吩咐着：“小喜子，你还愣着干什么，小时候的机灵劲儿呢？”隆喜儿朝祠堂门外喊着：“来人哪！”应声进来四个家丁。隆喜儿掏出块手绢来，上前一把勒住张神仙的嘴，喝道：“拖下去！”张神仙挣扎着，被四个家丁高高地抬出了祠堂。隆万氏倒吸一口凉气。

隆老夫人干咳了一声：“隆万氏，你没跟你哥哥走，说明你不愿意离开隆家？”隆万氏连忙说：“奶奶，我是您孙子媳妇，您别赶我。对了，咱娘儿俩还是头一回见面，孙子媳妇给奶奶请安。”说着，隆万氏连忙跪倒，并喊道：“喜功，过来给太奶奶磕头！奶奶，您看好了，这可是隆家的长房长孙。”隆喜功跪在隆万氏身旁。

隆老夫人瞟了一眼，说：“这孩子是姓隆吗？”隆万氏说：“奶奶，瞧您说的，他当然姓隆了！”隆老夫人问：“我听说传宗刚跟你成亲，就从马上掉下来，摔成了残废？”隆万氏说：“是有这事……”隆老夫人白了她一眼：“这孩子是你娘家侄儿？”隆万氏说：“是……不是！这孩子从三岁就进了咱们家，他从小就姓隆，今年都第七个年头了。”隆老夫人冷笑道：“隆家有隆家的规矩，你不能生养，想抱养，先得从你男人的亲兄弟膝下选，这叫一门两不绝。再不济，就从隆姓宗亲叔辈兄弟们的膝下选，这叫一门永不绝。你倒好，抱养个娘家侄子算什么，隆家的家业难道可以改姓万吗？”隆万氏顿时张大了嘴，无言以对。

隆老夫人问："儿媳妇，这些，你当婆婆的没告诉她？"隆夫人答话："娘，我说过，可是她不听。"隆万氏气得直咬牙。隆老夫人道："是，我的三个孙子都死了，可你想靠着改了姓的侄子、当官的哥哥，霸占隆家家业，门儿都没有！"

隆万氏说："奶奶，您说话怎么这么难听。"隆老夫人瞥了她一眼，说："好听的有，看在传宗的分上，这个孩子愿意姓隆就接着姓吧，我暂时不会把他赶出隆家！"隆万氏气得站起身来，拉着隆喜功站到一边，不再言语。

隆老夫人扫视了一周，说："诸位宗亲，隆家有后了，你们看见没有，我二孙子隆继宗媳妇儿，柳瑛娘怀里抱着的就是我亲重孙子，正经八百的！这可是瑛娘费尽千辛万苦，从深牢大狱里生下来的。这孩子是隆家的指望，未来的继承人！"隆老夫人一定性，所有人都看向瑛娘和她怀里的孩子。隆夫人诧异地看着隆老夫人，又将目光投向瑛娘。

两名婆子服侍着隆老夫人坐在了正位上。隆老夫人摩挲着头发："哎哟，这个澡洗得真舒服，十几年了，身上就没这么干净过。孙子媳妇儿，来，把重孙子给我抱会儿！"瑛娘把孩子递给了老太太。

隆老夫人接过襁褓，说："这孩子真好，关键的时候一点儿都不添乱。孙子媳妇，我帮你抱会儿孩子，你也去洗个澡。"瑛娘摇摇头："不，奶奶，怎么能让您帮我带孩子？"隆老夫人笑了："好几天了，你我的命一直捆在一起，把孩子交给我，你还不放心？"瑛娘摆摆手："不是。"隆老夫人和蔼地说："那就去吧，好好洗洗，洗掉七十二寨土匪窝子的血腥气，洗掉这些年含冤受苦的冤枉气，也洗掉你死了男人丢了孩子的晦气……"瑛娘在隆老夫人的眼里看出了深意，默默地点了点头，跟着婆子们去了。临走，她瞟了一眼站在一旁的隆夫人，还是有些忐忑。

隆夫人见瑛娘去了，赶紧凑过来看孩子，问："娘，您说这孩子真的是我们隆家血脉？"隆老夫人点点头："错不了。"隆夫人皱皱眉："看着倒清秀，可我怎么觉得，这鼻子，这眼儿，不像继宗——"隆老夫人笑了："是吗？是不太像继宗，像孩子他爷爷！"隆夫人有点儿迷糊："……是吗？"隆老夫人说："我儿子几个月大的时候跟他一模一样。哎呦，我的大重孙子，真是稀罕死我了。这么好的大孙子，你怎么不认呢，非得把瑛娘往死里逼，到底是为什么？是隆万氏暗地里使绊子你没看出来，还是张骗子的胡言乱语你信了？"隆夫人一下被问住了："这……"

隆老夫人道："瑛娘跟我说了，你一直觉得是她挑唆继宗跟你分家。可你也不想想，继宗从小什么脾气，要不是你偏疼老三，继宗跟你不亲，我能让隆福带他吗？分家，也准是继宗的主意，不能怪瑛娘！”隆夫人无言以对。隆老夫人又说：“瑛娘跟我说，你们这么多年误会太多，她都不敢回隆家。我劝她，说你婆婆是大家闺秀，见过世面，心胸宽广，不会跟她计较。”隆夫人有些不悦，说：“娘，您都这么说了，我还说什么。柳瑛娘也没少告我的状吧？”隆老夫人摇摇头：“告状？一句都没有！”隆夫人难以置信：“不会吧？”

隆老夫人叹道：“真的！她只说她对不起隆家，对婆婆不孝，，我的话你还不信？”隆夫人有些诧异。隆老夫人接着说：“你从娘家带来那个丫鬟，姓佘的呢，我听说她当了大管家？”隆夫人点点头：“一直在门外候着呢，您没叫，我就没敢让她进来。”隆老夫人吩咐道：“叫她进来，我看看。”隆夫人朝门外叫着：“佘管家，你进来。”

天井里，听到传唤，佘管家连忙进门，上前叩头：“给老夫人请安！”隆老夫人道：“抬起头来。”佘管家抬起头来。隆老夫人眯着眼端详着：“哎哟，年轻时候还能看，这一上岁数，可不打眼了。我记着你比你们家小姐小来着，怎么看着比她还老啊？”佘管家有些尴尬：“老夫人，瞧您说的，我是下人，怎么敢跟夫人比呢？”隆老夫人点了点头：“瑛娘告诉我，现在隆家上上下下的事都是你管？”佘管家点点头：“啊，能帮夫人分忧，是我的福分。”

隆老夫人道：“可你脾气也够大的，我大重孙女，二重孙女都挨过你的打，从家里跑了也是被你吓的？”佘管家尴尬极了，不知道该怎么回答。隆夫人插话道：“娘，柳瑛娘是救了您的命，但您也不能只听她一面之词。佘管家是教训过两个孩子，可那是我让她替我管的。您不知道，那两个丫头片子也太……”隆老夫人摆摆手，打断她：“行了行了，我刚才还夸你心胸宽广呢，我又没说你的不是，训她两句你都急！”隆夫人只得闭嘴，无奈地转过头去。

隆老夫人指着佘管家问：“你有个娘家侄儿是吧？”佘管家一愣，说：“对，有一个。”隆老夫人问：“能不能叫来，让我看看？”佘管家愣了，看向隆夫人。隆老夫人说：“你看她眼色干嘛，我回来了，你得听我的呀。我想看看你侄子，立马着急得就想看，我不管他在哪儿，在干啥，你立刻去把他给我叫来！”佘管家连忙答应着退出。

隆老夫人想着什么，又转向隆夫人：“儿媳妇儿，她就一个娘家侄儿吧？”隆夫人点头：“啊，就一个……”隆老夫人一拍椅子：“那就对了。”隆夫人有些忐忑。

不一会儿，佘小四来了，站在隆老夫人面前，说：“您就是隆家老祖宗？嘿，我听说您在土匪山上待了十几年，居然活下来了，您能糊弄得了土匪，可真够棒的！老祖宗、老神仙，佘小四给您请安了，祝您吉祥，长命百岁！不不不，我看您现在就快一百岁了，我祝您活到二百岁，三百岁！”佘管家见佘小四嬉皮笑脸的，有些担忧。

隆老夫人点着头，神色慈祥，说：“嘴儿挺甜，凑近点儿让我看看。”佘小四往前走了两步。隆老夫人说：“站直溜了，让我看看！”佘小四一个立正，站得挺直。隆老夫人点点头：“嗯，个子不小，好了，你下去吧。”佘小四一头雾水：“这就让我走了？找我没别的要紧的事儿？”隆老夫人摇头：“没有。”佘小四说：“嘿，我现在可是孝兴的警察局长，防范匪患的重任都在我一个人的肩上，你们这不是耽误我执行公务吗？”佘管家训道：“小四，你怎么跟老人家说话呢！”佘小四抱拳道：“得嘞老祖宗，谁让您这么大岁数呢，有什么事儿随时叫我。隆家的事儿，我随叫随到！”佘小四转身大踏步走了，还真有点儿威风气儿。

隆老夫人看了看佘管家：“刚才我可问了，你就这么一个娘家侄儿，是他没错，对吧？”佘管家点点头：“是，我就这么一个不争气的侄子。”隆老夫人一拍桌子：“我啥意思你没听懂啊？还侄子，你糊弄我，糊弄得了吗？”佘管家愣住了。

隆夫人不解其意，劝道：“娘，您……”隆老夫人一摆手：“我儿子跟我最贴心，当年咋回事儿，他早告诉我了！”隆夫人和佘管家脸上难看极了。佘管家一下子跪在了地上，嗫嚅着：“老夫人……”隆老夫人叹道：“你倒是挺争气，生了个儿子，可你说这……你家小姐生了仨儿子，个个英俊潇洒，一表人才！你说你，好不容易生个儿子，长成这样……真到了十万火急的时候，需要他站出来给隆家顶事，也够丢人的。”佘管家不敢抬头，隆夫人也很尴尬。

佘管家说：“老夫人，我错了，请您治罪！”隆老夫人笑了：“要治你的罪，当年就打折你的腿了。我问我儿子了，他说是他淘气，不是你成心勾引的。再说了，你家小姐都容下你了，还让你回来给她当大管家，我凭啥治你的罪呀？”隆老夫人转向隆夫人，“说你心眼儿小，你心眼儿有时也真不小。儿媳妇，你也是苦命人啊，传宗、继宗、延宗，三个都没了，这么大个家，当时人丁兴旺，今天，却是我们这一堆寡妇操持……唉……”隆老夫人满眼的泪水。

隆夫人强忍悲伤：“娘，延宗的丧事，您看该怎么办……”隆老夫人道：“我孙子为国捐躯，丧事一定要大办，要让孝兴百姓记住隆家的功劳！”

县政府院落里为县长洪淩志设立了灵堂。一双泥泞的皮鞋踏了进来，一个人来到棺材前，扑通一声跪倒下来。洪凤鸣愣住了，抬起了头，发现来人竟然是隆延宗。洪凤鸣吓了一跳："隆延宗？你不是死了吗？"隆延宗问："谁说的？"洪凤鸣道："他们说你掉下悬崖，被土匪乱枪打死了！"隆延宗说："我是掉下了悬崖，但是半道抓住了一棵小树，吊了半宿，土匪也没发现我，我就这么又活下来了。"

洪凤鸣点点头，突然愤怒地大叫一声："浑蛋！"她上前狠狠地将跪着的隆延宗推倒。隆延宗不解："洪小姐，你这是为什么？"洪凤鸣怒道："是你害死了我叔叔，你还有脸来吊唁。你已经当上了县长，你的诡计得逞了，你该心满意足了吧，你还来这里干什么？你走开，我叔叔不想看见你！"

隆延宗慢慢地站了起来，看着棺材，沉吟半晌，说："老洪，你是个好读书人。我贿赂过你，没有成功，说明你有自己的底线，对得起圣贤之书！老洪，你也是个好官，那天你在台上演讲，慷慨激昂，振臂高呼，我能感受到你沸腾的热血！我也读过书，但我不如你。要不是你，躺在这儿的就是我了。你身先士卒，为国捐躯，是延宗的榜样，请受我三拜！"说着，他再次跪倒，磕了三个头。

洪凤鸣扭过脸去，说："用不着你假惺惺的，你走开，别打扰我叔叔的清静！"隆延宗说："洪小姐，我已经摸清了七十二寨的地形，而且在山上和土匪周旋了两天，发现七十二寨不过是一群乌合之众，并没有什么可怕的。请洪小姐放心，我一定亲自剿灭七十二寨，消灭所有土匪，为你叔父，为洪县长报仇雪恨！"

隆延宗刚出灵堂，就被人围住了。众人议论纷纷："真的是隆县长！""隆县长没死！""隆县长，您什么时候回来的？"

佘小四闻声跑了过来，见是隆延宗，又惊又喜，喊道："隆县长！有人说看见你进了城，我还以为是瞎说呢，还真是你啊！你真的没死，太好了！"佘小四险些哭了出来，"你赶紧回家看看去，你娘心口疼的毛病又犯了，险些送了命！还有你奶奶，好不容易从土匪窝子里面逃回来，见仨孙子都没了，肯定难过！"隆延宗惊呆了："我奶奶？你瞎说什么，我奶奶已经死了十几年了……"佘小四连忙说："她没死！一直住在七十二寨，是二少奶奶把她救回来的！"隆延宗更是惊讶："二少奶奶？你说我二嫂也回来了？"佘小四点头说："对啊！还有你大侄子，就是丢了的那个！二少奶奶简直神了，丢了的孩子都被她找回来了！"

"是吗？"隆继宗心头闪过一丝疑惑。不及多想，他快步向外走去，走到一半又停住了，定了定神："奶奶没死，这是喜事！老人家一向深谋远虑，以后家里的事，娘就不用再操心了。二嫂找到了牢生，这更是大喜事，隆家后继有人了，我也就没什么好牵挂的了……佘小四！"

佘小四立正敬礼："到！"隆延宗问："你怎么又穿上了警察的衣服？"佘

小四道："阎局长牺牲了，万专员就命我接替，说是为了保护孝兴县城，我看是他是为了让我保护他！"隆延宗笑了："真的？好啊，记得我曾经开过玩笑，说我当了县长，就让你当警察局长。没成想没等我提拔你，你自己就混上了！"佘小四也笑了："你以前是跟我开玩笑啊？我还一直当真呢！"

隆延宗点点头："上次去七十二寨，你表现很英勇，不怕死，脑子清楚，你当局长很合适！"佘小四高兴地说："多谢隆县长信任！""集合孝兴所有兵力，随我再上七十二寨，你敢不敢？""啊？啥时候去？""今天就出发！""这不行，你还是得先回家去看看。""不，我身居代理县长的要职，剿匪是我的第一重任。家，我就先不回了！"说完，隆延宗径自走向办公室。

听了佘小四的汇报，隆夫人大喜："我儿还活着？快叫他回家来啊！"抱着孩子的瑛娘和隆老夫人对视，都是满脸的欣喜。佘小四有些尴尬："夫人，三少爷说他暂时不回来了，让我替他给老夫人、夫人、二少奶奶请安。"隆夫人疑惑道："他不回家，他干什么去了？"佘小四答道："隆县长说了，他要再上七十二寨剿匪！"说完，佘小四转身就走。

"哎！哎！"隆夫人一急，胸口又有些疼。佘管家连忙上前扶住她。隆夫人焦急看着隆老夫人："娘，您听见了没有，延宗他又要去那个龙潭虎穴！"隆老夫人点点头："我听见了。"隆夫人急道："佘管家，你快去，多带人，就是绑也要把他绑回来！"隆老夫人制止道："等等，我孙子是一县之长，你叫家里人去绑他？警察还不把你派的人都给绑起来呀！再说，这剿匪是得民心的事，要是让孝兴百姓知道你这个当娘的阻挠，那隆家岂不名声扫地？"

隆夫人有些尴尬："那怎么办？"隆老夫人说："想让你儿子回家，对吧，得你这个当娘的亲自去。"隆夫人马上点头："行，我亲自去！"隆老夫人又嘱咐道："千万别拦着他去剿匪，不然他肯定不跟你回来。你只跟他说，要破七十二寨，他奶奶我有锦囊妙计。去吧。"隆夫人愣了一会儿，点头离开。

佘管家搀扶着身体虚弱的隆夫人离开，隆老夫人站起身来相送，没站稳。瑛娘手疾眼快，扶住了她，可她手里的拐杖一下子落在地上。隆老夫人颤抖着手，连连说："坏了！坏了！"瑛娘疑惑道："奶奶，孩子三叔没死，这是好事啊。"隆老夫人摇了摇头："隆家的灭顶之灾，就要来了……"瑛娘问："奶奶，您怎么这么说？"隆老夫人看着瑛娘，目光高深莫测。

孝兴城墙广场上，佘小四高喊："立正！"几十名警察站得笔直。一名军官也喊着："立正！"几十个大兵也是精神抖擞。隆延宗走来了，警察和士兵们交头接耳："真的是隆县长！""他活着从土匪山上回来了！""真是了不起啊！”

隆延宗举手示意，众人安静下来。隆延宗说：“诸位，几天前，我和阎局长等五人，趁天黑摸上了七十二寨，顺利地完成了侦察任务。阎局长遭遇不测，英勇牺牲。大家和我一起默哀，送送阎局长的亡灵。”众人一起默哀。

默哀毕，众人抬头。隆延宗说：“我已经彻底摸清了土匪的底细，跟队伍失散以后，我一个人又在七十二寨停留了两天，不仅混进了山寨的腹地，还和土匪的什么大当家的、二当家的、三当家的、四当家的，在一个桌上喝了酒。”众人闻言惊讶不已。隆延宗说：“你们说，土匪是不是一群乌合之众？”

有警察笑道：“连您都认不出来，土匪真是废物！”一个大兵说：“就是就是，看来土匪没什么了不起的！”

隆延宗点头道：“听说咱们要去剿匪，那土匪是怕得晚上都睡不着觉！我敢保证，只要咱们的大军开上山，他们一定吓得屁滚尿流，抱头鼠窜！”众人纷纷鼓掌。隆延宗说：“兵贵神速，我们现在就出发，先把队伍开到离七十二寨前山和后山最近的两个镇子集结待命，等待时机，兵分两路攻山，一举消灭土匪！”

“是——”众人发出整齐的吼声。

就在此时，佘小四低声叫着：“隆县长——”隆延宗朝佘小四手指的方向看去，只见一辆马车停在远处，佘管家搀着隆夫人下来了，隆夫人朝隆延宗直挥着手。隆延宗见状，暗自道苦。

佘小四连忙说：“诸位兄弟，磨刀不误砍柴工，隆县长从土匪山凯旋归来，连家都没回，一直在安排攻打土匪。他老奶奶从土匪山回来了，娘儿俩快二十年没见面了。隆县长他娘，隆夫人，前两天听说县长为国捐躯，急得都晕过去了。兄弟们说，出发之前，隆县长是不是该回家看看啊？”隆延宗瞪了一眼，责备着：“佘小四，你……”佘小四又说：“兄弟们，觉得我说得有道理的就鼓掌！”所有人都鼓起掌来。隆延宗无奈，只好走上前去迎接隆夫人。

走进隆家客厅，隆延宗热泪盈眶，跪倒在地：“奶奶，孙儿延宗给您磕头。”他一个头磕在地上，久久不起。隆老夫人起身，隆夫人和佘管家连忙上前搀扶。隆老夫人颤颤巍巍走到隆延宗面前，凑近了，仔细端详着，嘿嘿笑道：“好小子，长大成人了，隆家的未来就指着你了！”隆延宗笑道：“奶奶，您看，我马上要领兵出征了，您可千万别说动摇军心的话。”隆老夫人看了一眼隆夫人，说：“嗯，你三儿子聪明，难怪你从小就喜欢他。没等奶奶开口呢，他就猜到我要说什么了。”隆延宗说：“我此次进山，不仅摸进了山寨，还跟土匪头子在一个桌上喝了酒，他们都不知道我是谁！对付这群废物，孙儿有绝对的把握，准保杀他们个片甲不留，请奶奶放心！”

隆老夫人问：“你刚才这番话，在校场上也说了？”隆延宗说：“说了啊，我得鼓舞士气！”“我估摸着你编这番瞎话，就是为了糊弄扛枪的大兵。”“奶奶，您怎么这么说？”“你先给我讲讲，你掉下悬崖，怎么就没死？”“当时我从山崖下滑落，坠落间抓着一棵小树，身体吊在了半空。我紧紧地贴在悬崖峭壁上，仗着自己的臂力，撑住了身体。土匪从山崖之上向下射击，子弹从我眼前擦过。我屏住呼吸，一直贴在悬崖边上，直到土匪们离开。”

隆老夫人点点头：“到底是大小伙子，有把子力气呀。你二嫂要是有你这力气，我们娘儿仨早就顺着藤条爬下去了，也不至于半道儿掉下去。你是不知道，险些摔折奶奶的老腰！”隆延宗笑了：“奶奶，您坐下说。”隆老夫人问：“不急，我问你，你真的混进了土匪窝子，还跟土匪头子一起喝了酒？”隆延宗说：“那是。”隆老夫人又问：“那土匪头子都叫什么呀？”

隆延宗一愣，说：“大当家的叫云中鹤，剩下的什么二当家的、三当家的、四当家的，我就叫不出名来了。”隆老夫人笑了，说：“三当家的？四当家的？二十年前，他们早就被你爹绑了送去官府砍了脑袋。要不然，我们隆家怎么跟七十二寨结的仇啊？”隆延宗愣住了。隆老夫人拍了拍延宗的脸蛋：“就你这长相，细皮嫩肉的，一看就不是土匪。你想混进七十二寨，哼，你蒙得了别人蒙不了我！”

隆延宗被揭穿，十分尴尬。隆老夫人说：“你最多也就逮着个落单的土匪，还刚好赶上他是大当家的身边的人，不然，你连云中鹤的名号都不知道！”隆延宗讪讪道：“奶奶，您真是料事如神。我逮的那土匪，是云中鹤的远房侄子，我审了他三个时辰，也没审出什么漏洞。”

隆老夫人点头：“这就对了，云中鹤老奸巨猾，一般土匪都不知道他的名号更别说你混进去吃饭喝酒了！你要是心疼你娘，就听奶奶的话，把官儿辞了，匪也别剿了。不然，你要是丢了命，你娘也活不成了！”隆夫人在一旁抹着眼泪。

隆延宗狠了狠心，说：“大丈夫要对得起祖宗，更要对得起国家。现在孝兴危难，我贪生怕死，就是对不起国家！我爹死在土匪手上，我不为父报仇，就是对不起祖宗！奶奶，您不能陷我于不忠不孝呀！”隆夫人红着眼说：“延宗，你心里装着国家，装着祖宗，都没错，可你不能拿命去拼啊……”隆延宗咬着牙，说：“娘，我已经做好了准备，就算粉身碎骨，我也得和土匪血战到底！”

隆老夫人突然说道：“就怕你中了土匪圈套，全军覆没，我的三孙子，到那个时候，孝兴城怎么办？土匪还不进城烧杀抢掠，奸淫妇女，烧了隆家的房子，毁了隆家的祠堂，那你可就更对不起国家，对不起祖宗了！”隆延宗大怒：

“奶奶，我说了请您不要动摇军心，我绝不会失败！”隆老夫人摇了摇头：“孙子，打仗不单是硬碰硬的事。哎，对了，你是怎么回来的，你娘没告诉你，要破七十二寨，老太太我有锦囊妙计？”隆夫人说：“娘，延宗懂事，一见着我就回来了，什么都没用我讲。”隆老夫人点点头。

隆延宗笑道：“什么锦囊妙计？奶奶，您想让我回来，我已经回来了，给您磕了头，也看了我娘。我娘深明大义，她一定会支持我的！”隆老夫人摇摇头，说：“你就直接说你奶奶老糊涂了，不深明大义，反对你得了！”隆延宗说：“您老人家反对也没有用，剿匪，势在必行！”

隆老夫人说：“那我的锦囊妙计，你到底是听还是不听啊？”隆延宗说：“就不用听了吧。”隆老夫人说：“那你打算怎么攻上山去，你跟我说说。”隆延宗说：“我兵分两路，从前山后山一起进攻！”隆老夫人摇着头：“哎呀，不行，不行！七十二寨山势险峻，土匪众多，你兵分两路，你有多少人马啊？一旦队伍被打散了，那就是一盘散沙，满盘皆输！”

隆延宗想了想：“那我干脆就把队伍打散，分成十个小队，趁天黑摸上去，先消灭外围巡逻的土匪，逐渐收缩包围圈……”隆老夫人说：“得了，得了！满山都是陷阱，处处都是绳套子，没等你包围土匪呢，土匪先把你们逐个包围了！”“那我就围而不战，断掉土匪下山的路，让他们没粮没盐，饿死在山上！”“山上的粮食，养的猪、鸡、鸭、羊，够土匪吃上两年的！”“那我可以等到冬天放火烧山！”“哎，就这是个正经主意。那你得等上半年吧，土匪可是有仇必报，这半年他们早就派人摸进孝兴，先点了咱们隆家的房子了！”

隆延宗没辙了，说：“那……奶奶，那你说这仗我该怎么打？”隆老夫人说：“七十二寨土匪众多，可这些年，真正的头目只有两个，大当家的云中鹤和二当家的鬼见愁。两人各管一半人马，除非他们俩不和，起了内讧，你再趁机杀上七十二寨，方可大获全胜！”“这主意是真好，可怎么能让土匪起内讧呢？”“这就是我的锦囊妙计，得派一个人去施反间计。”

隆延宗说：“哪去找这么一个人？”隆老夫人说：“一般的人，去了也没用，除非是……这个人就在咱们家里……”隆延宗问：“谁？”隆老夫人说：“你二嫂，柳瑛娘！”隆延宗一愣：“二嫂？这绝对不行！她才出虎穴，难道要我又把她送回去不成？”隆老夫人说：“不用你送，她已经回去了……”隆延宗大惊：“什么？”隆夫人也很吃惊：“娘，柳瑛娘回七十二寨了？！”

那天，隆家客厅只剩下隆老夫人和瑛娘两个人。瑛娘不解地问：“奶奶，您为什么说隆家的灭顶之灾要来了？”隆老夫人反问道：“你可知七十二寨挑着的大旗上，写的是什么？”瑛娘努力回忆着，答道：“奶奶，我记得是四个大字，可我不认识！”

隆老夫人叹道：“那四个字是‘有仇必报’！延宗要带大军去剿匪，这一仗明摆着不好打，他一时半会儿打不赢。七十二寨必定会派出恶匪潜入孝兴，来报复隆家！隆家上上下下一百多口，连男带女，恐怕一个也活不了……瑛娘，这些年你可不容易，你走吧，能走多远走多远，别让隆家连累了你！”瑛娘道：“奶奶，您说的这是什么话？危难之际，我怎么能走呢？您放心，我一定日夜陪着您，要死，我也跟您死在一起！”隆老夫人抹着眼泪：“有你这么好的孙子媳妇儿，隆家祖宗真是积德了呀！其实有一个法子，可以免了这灭顶之灾……就是……奶奶说不出口……”隆老夫人其实是在用苦肉计，瑛娘丝毫没有察觉。

瑛娘问：“什么法子？您说呀！”隆老夫人摇摇头：“不行！不行！隆家已经够对不起你的了，怎么能再让你……”“我？我能让隆家免遭灭顶之灾？”“就是啊，除了你，谁也做不到。”“那奶奶吩咐就是。”“不行，不行！孙子媳妇，我还是别说了，那七十二寨的土匪吃人，我咋能让你回去呀？”“回七十二寨？”

第二十九章

瑛娘侧着脸，一动不动地盯着隆老夫人。隆老夫人被看得有些不自在，说："孙子媳妇儿，你这么看着奶奶干啥？"瑛娘苦笑道："老人家，我柳瑛娘是您亲选的河姑，祭河没死就成了妖，对隆家不吉利。您想要我死，不难，干吗编这么多瞎话，让我回七十二寨去送死？"

隆老夫人摇摇头："孙子媳妇，奶奶没编瞎话啊。"瑛娘说："我回土匪山就能解救隆家？我倒要听听您哪来的道理。""你难道看不出来，鬼见愁他喜欢你。那是个吃人肉喝人血的恶鬼，我就从来没见他对谁那么好过！""那又怎么样？""七十二寨在孝兴一直安插有耳目，你跟我回隆家的事，指定传到了云中鹤的耳里。而你三兄弟现在是一县之长，正要带着大军去剿匪。这个时候，你回七十二寨去劝降鬼见愁，必定会让两人互相猜疑！""不可能！您说了，土匪有仇必报！我从山上跑了出来，再回去，鬼见愁还不立刻就杀了我，怎么可能制造怀疑？""……也是有这种可能的，这不管是什么计，倒是都没有十足的把握。""奶奶，我走了，我本来就不想跟您回隆家，我得去找我的孩子们……"

"对！找孩子！找孩子！奶奶答应过你，派人去帮你找孩子。瑛娘，虽说奶奶的计策并不高明，但还是有一线希望。你若肯去，隆家一定帮你找回孩子！奶奶我八十多岁的人了，我拍着胸脯发誓。"瑛娘看着隆老夫人。隆老夫人道："隆家买卖铺户遍布全省，找孩子总比你一个人顶事儿吧？"这回，瑛娘听进去了，她缓缓点着头。

瑛娘将孩子交给隆老夫人，说："既然事不宜迟，我这就走。这个孩子就托付给您了……"隆老夫人说："你是奶奶的救命恩人，回七十二寨要是让土匪吃了，奶奶可就对不起你了……"隆老夫人流下了眼泪。"我死了不是坏事，起码可以和继宗团聚。"说完，瑛娘扭头就走。

隆老夫人叫道："等等，瑛娘，你……你这次万一……我说的是万一啊，万一回不来了……我们找到你的孩子，我的重孙女，你有什么话留给她们没有？奶奶记在心上，帮你转达！"

瑛娘回头说："那就请奶奶告诉她们，不许恨隆家。"隆老夫人诧异。瑛娘说："您告诉我的孩子们，她们的娘，七岁那年，要不是被您看上，早就饿死了，那样哪儿来的她们？在隆家祠堂里住了七年，吃得好，穿得暖和又干净，是隆家对我的恩情。祭黄河没死成，她们的爹愿意娶我，更是大恩大德！分家的事，我至今都很后悔，要是当年能劝阻孩子她爹，孩子们今天就不会没了家，流落江湖……奶奶，你要告诉她们，这上七十二寨，是我自愿去的，若挽救隆家，也算我将功补过了……”

隆老夫人泣不成声：“孙子媳妇儿，奶奶对不起你……”瑛娘柔声道：“奶奶，我贱命一条，不值得您为我掉眼泪。还请您转告我的孩子们，长大了，都要做好人，孝敬太奶奶，奶奶……我走了！”瑛娘转身就走，隆老夫人泪如雨下。

隆老夫人说完，叹道：“一个丢了孩子的娘，真是让人心疼。她明知上七十二寨就是一个死，可她就那样答应我了……”隆夫人和佘管家互相对视，也觉得不可思议。隆延宗摇着头：“奶奶，您糊涂啊！”隆老夫人叹道：“我不糊涂，我就是自私！谁让你是我亲孙子呢，到裉节儿上，我还得惦记隆姓子孙，我是知道我拦不住你这头犟驴，才让柳瑛娘去施这反间之计啊。这也算是死马当活马医，万一土匪起了内讧，七十二寨不攻自破，你剿匪大功告成，光宗耀祖，可以稳坐孝兴县长之位，永保隆家太平！”

隆延宗问：“那您有没有想过，二嫂会怎么样？”隆老夫人抹了把老泪：“鬼见愁生性多疑，柳瑛娘不是他的对手，必死无疑……”隆延宗道：“奶奶，您的心也太狠了吧！”隆老夫人叹道：“这就是她的命，她的命本来就是隆家买来的！孙子，你给我听好了，我是让小喜子亲自赶着马车送她回去的，只要她顺顺利利上了七十二寨，反间计就已经成了。哪怕鬼见愁立马杀了她，云中鹤都不会相信了！柳瑛娘就是一根火柴，只要她一点，七十二寨必定大乱！你只要按兵不动，等待消息，坐收渔翁之利！”隆延宗又气又急，无奈至极。隆老夫人劝道：“孙子，你就信你奶奶的，镇南关大捷的冯子材是我娘家亲表哥，我也算是将门虎女，从小跟表哥学过《孙子兵法》！”隆延宗急道：“您用二嫂的命做引子，于心何忍？隆家已经够对不起她了，我隆延宗绝对不会让这样的事情再发生，绝不！”

佘管家从外面跑了进来，禀报道：“夫人、老夫人，三少爷根本没回县政府，直接骑着马出了东门，看那架势，是去追二少奶奶了！”隆老夫人说：“让他去吧，他追不上，小喜子的马车赶得快着呢。佘管家，你侄子……”隆老夫人特意强调了“侄子”二字，“他不是当上警察局长了吗，我既然已经把那个女人的命送出去了，反间计可不能半途而废。你叫他来，我告诉他该怎么办！”佘管家应声而去。隆老夫人皱着眉头盘算起来。

一辆马车从七十二寨山口里面赶出，正赶上隆延宗打马过来。赶车的正是隆喜儿，他一见隆延宗，愣住了："哎哟，三少爷。"隆延宗翻身下马，问："我二嫂呢？"隆喜儿说："按老祖宗的吩咐，我把二少奶奶送到了距七十二寨山口五里地外就回了。"隆延宗道："你赶车也太快了，我快马加鞭都没追上你。"

隆喜儿只当隆延宗是在夸奖他，得意道："那是，当年要不是因为我车赶得好，哪能到老太爷身边当学徒呀？"隆延宗大怒："浑蛋！"满脸笑容的隆喜儿脸色立刻僵住了。

隆延宗再次翻身上马，隆喜儿一把拉住马缰："三少爷去哪儿？"隆延宗勒住马，说："隆延宗堂堂七尺男儿，怎能让嫂子白白为我送命，你让开！"隆喜儿说："三少爷，您和二少奶奶可不一样，您的命金贵，再往前就危险了，您不能去！""我叫你让开！"隆延宗挥舞马鞭向隆喜儿抽去，隆喜儿只得一抱脑袋闪开。隆延宗再一鞭抽向马屁股，马儿飞驰而去。

瑛娘走在山道上，隐约看见树丛之后有人头闪动。走到了一个相对开阔的地方，她举起了手，说："出来吧，我是个女人，身上又没有带火的家伙！"土匪一下缩了起来，没了动静。瑛娘又说道："出来吧，我正愁找不着人带路呢！"

这时，几名土匪现身，为首的问："你是谁？"瑛娘说："我是二当家的压寨夫人，我叫柳瑛娘，送我上山！"为首的土匪说："听说奸细摸上山那天，二当家的压寨夫人跑了，可只听说过没见过呀！"瑛娘说："鬼见愁的脾气你们不知道？带我去见他，耽误了事，你们可担待不起！"为首的土匪一挥手，一个土匪拿了一条绳子绑住了瑛娘的手，另外有土匪用黑布蒙上了她的眼睛。

另一边，十几个土匪发现了隆延宗。为首的正是母夜叉。母夜叉问："这是谁啊？"一个土匪眯着眼说："太远，看不清楚。"另一土匪道："不像山上放下去的眼线，打扮不对。"母夜叉说："管他是谁，大敌当前，先撂倒了再说！"

弩箭从高处射向隆延宗，正中马头。马儿发出一声嘶鸣，高扬起前蹄，将隆延宗掀翻在草丛中。隆延宗就地一个十八滚，以一块大石头作掩护，向另外一个方向快速穿行。

母夜叉怒道："奶奶的，想跑？"他又射出一弩，弩箭正钉在隆延宗身旁的一棵树上。隆延宗躲在树后，看到了那把弩，想起洪县长的死状，浑身一凛，转身向远处奔跑。

母夜叉咬牙切齿道："想跑？追！"追了一段之后，也没发现延宗的踪迹，一个土匪问："不会是被您一弩箭射死了吧？"母夜叉摇头："不可能，我看见他跑了。"另一个土匪道："兴许人射死了，跑的是头豹子。"母夜叉抬手一巴掌抽在这个土匪的脸上："放屁，是人是豹子，我看不出来？接着搜！"土匪们没有发现，在一个不易发觉的地方，隆延宗屏住呼吸，靠四肢支撑，悬在了半空的崖壁之上。

到了土匪换岗的时间，一支队伍往山下跑来。隆延宗突然现身，勒住一名落单的土匪的脖子，拖进了林子里。从林深处，一把匕首架在土匪的脖子上。隆延宗问："今天的暗号？"土匪摇头不语，隆延宗稍稍使劲，刀刃陷入了土匪的脖子，鲜血顺着刀刃流了下来。隆延宗恶狠狠道："你要是不老实，老子就要了你的命！老老实实地说，老子不杀你。"

土匪老实了，隆延宗缓缓地松开了手，说："说，今天的暗号是什么！"土匪回答："天高皇帝远。""对什么？""老子爱吃肉。""没耍花样？""没有！"

隆延宗将匕首插在地上，把土匪绑成了肉粽子，嘴也塞得结结实实。隆延宗换上土匪衣装，说："我就是隆延宗，孝兴县长。你老老实实在这而，等我荡平七十二寨，算你立功，给你条活命！"土匪使劲点着头。隆延宗背起土匪的长枪，消失在夜色中。

瑛娘被人拽着走过山寨的大门，有好事的土匪围着起哄。很快，就有几十名土匪跟着瑛娘进了内寨。鬼见愁远远地看着她。

待走近了，有土匪摘掉瑛娘的蒙眼布。鬼见愁打量着，来回踱着步："呀哈，真的是你？你怎么又回来了？"瑛娘小声道："我心里放不下二当家的。"鬼见愁道："你说什么？大点儿声，让兄弟们都听见！"瑛娘高声道："我心里放不下二当家的！下了山，这几天睡不着觉，一闭眼睛，想的都是二当家的！"鬼见愁哈哈大笑，众土匪也都笑开了。

夜猫子伸出大拇指："二当家的，您厉害呀！"鬼见愁道："柳瑛娘啊柳瑛娘，你可真不是一般的女人，从我七十二寨逃出去了还敢回来，哈哈哈哈……你忘了我叫什么了？鬼见着我都犯愁！我是个吃人的主儿，你真的不是怕我，是想我？"瑛娘说："又怕又想。"鬼见愁大笑："说，你为什么跑？"瑛娘说："我不能让我儿子跟着你当土匪！"

鬼见愁点点头："也是，哪个娘想让儿子当土匪呀。那你现在就舍得了你儿子？"瑛娘道："舍不得又能咋的，谁让我想你呢！"土匪们一阵怪笑。鬼见愁说："你们都听见了？"夜猫子答道："听见了！大哥，这是个好女人，敢爱敢恨哪！”众土匪又是一番热闹。鬼见愁看着瑛娘，不再说话，瑛娘也看着他。夜猫子道：“兄弟们，自打奸细摸上了山，二当家的就从来没有过笑模样，今儿个大嫂回来了，咱们敲锣打鼓，让二当家的和大嫂热热闹闹地入洞房，去去晦气，怎么样？”众土匪欢呼：“好啊！”

鬼见愁摆摆手：“敲锣打鼓可以，酒不能喝！大当家的吩咐过了，宰了隆延宗之前，谁也不许喝酒！”众土匪点头：“不喝酒！不喝酒！”

土匪们起着哄，将一块红盖头盖在了瑛娘的脑袋上。有的土匪吹着唢呐，有的土匪敲着鼓，绑了一块红绸子的鬼见愁抱起瑛娘。鬼见愁边走边吩咐着：“行了，行了，起起哄就得了，山上山下的岗哨都不能松懈。老子的喜事儿，你们得把家门给我看牢实了！”夜猫子领命：“是！”

鬼见愁抱着瑛娘进了屋，把她放到床上。鬼见愁揭开红盖头，没承想看到瑛娘满眼泪水。鬼见愁问：“大好日子，哭什么？”瑛娘红着眼圈说：“我男人死了，我理该守寡一辈子，可今天大红盖头盖在了我的头上，是不守妇道，我对不起孩子他爹！”鬼见愁冷笑道：“我就知道，你刚才说的话没一句是真的。我不傻，跟我唱戏，我听得出来。说吧，你回来是干什么来的？”瑛娘哆嗦着：“……回来救二当家的命！”鬼见愁一撇嘴：“我要你救命？新鲜！”说话间，鬼见愁从腰间拽出刀来，一把插在桌子上，半个刀身没入炕桌。

瑛娘说：“咱们也算有交情，不然我怎么敢回来劝你？你现在投降算是立功，隆延宗是我孩子的三叔，他会给我面子，你哪怕在监狱里住上一辈子，也比被剿匪大军打成筛子强吧？”鬼见愁哈哈大笑：“剿匪大军？孝兴一共有多少条枪，你以为老子不知道啊，还没我山上的人多呢，而且是一群酒囊饭袋！来剿我？隆延宗真是不知死活。他忘了他爹是怎么死的了？跟我作对，我一定要亲手砍下他的脑袋！”

瑛娘说：“鬼见愁，人家是官，你们是匪，你还这么猖狂？我可真是为了你好才回来的，你要是不听劝，我立刻就走！”鬼见愁一把掐住瑛娘的脖子，将她摁倒在炕上：“还为了我好？你就是个傻子！招安？隆延宗怎么不自己来？你忘了法场上念过的那判书，隆家根本就不拿你当人，他们就是让你回来送死的！你个傻子，我真想掐死你！”鬼见愁一使劲，瑛娘的脸憋得通红。

鬼见愁突然松了手：“掐死你太便宜你了，老子白等了你那么些日子了。今儿个新郎官我非得当，明儿个再把你绑在外面，让七十二寨所有兄弟每人赏你一颗枪子儿！”

正说着，有人敲门：“二当家的！”鬼见愁不耐烦道：“什么事？”土匪回话道：“大当家的有请！”“奶奶的……”鬼见愁气得直骂街，可他忍住了。

“好饭不怕晚，臭娘们儿，再多等会儿！”说着，他找出一根绳子来，将瑛娘的手脚和身子捆得结结实实。

然而，鬼见愁走了没多久，就有人跳窗进来了。瑛娘吓了一跳，还以为自己看错了，跳进来的正是隆延宗。隆延宗叫道：“二嫂！”瑛娘大怒：“你怎么来了？！奶奶说得明白，你是隆家唯一的后人，不能有差错，你怎么跑到山上来了？”隆延宗做了个噤声的动作：“你小点儿声，我是来救你的，咱们赶紧走。我摸到这儿不容易，时候长了怕鬼见愁回来。”说着，隆延宗就上前给瑛娘松了绑。

瑛娘摇摇头说：“我不走！奶奶交给我的事还没办成，我不能走！你快走吧，别连累了你！”隆延宗说：“二嫂，你怎么这么傻呀，奶奶是让你回来送死的，你还不明白？”瑛娘说：“我当然明白，好多年前我就该死了。就是因为我贪图活着，妨死了二少爷，又丢了四个孩子，现如今我哪有脸活着？”隆延宗说：“四个孩子？不对呀，你不是找到了儿子吗？”瑛娘一愣，连忙拭泪掩饰。延宗问：“怎么，那孩子是假的？”“我……”瑛娘无言以对。隆延宗说：“行了，什么都别说了，就想想你丢了的孩子们，他们早晚是要回隆家的，到时跟我要娘，你让我怎么回答他们？”瑛娘犹豫着：“我……”“跟我走！”隆延宗拉起瑛娘从后窗跳了出去。他们躲开巡逻的土匪，向外寨跑去。

瑛娘带着隆延宗，来到上次逃出寨子的豁口。翻出豁口后，隆延宗松了一口气，说：“幸好有你，要不然早被土匪发现了！”瑛娘问：“七十二寨的土匪巡逻可严了，你怎么进来的？”隆延宗回道：“毕竟是群乌合之众，巡逻再严也有漏洞，算我运气好吧。快走，二嫂！”隆延宗再次拉住瑛娘的手，可是这次瑛娘将手抽了回来：“我自己能跑。”隆延宗明白了，说：“噢，好好。”两人消失在夜色之中。

云中鹤点点头说：“兄弟深明大义就好，我原本怕你喜欢那娘们儿，不舍得。”鬼见愁道：“我是稀罕那娘们儿，可她敢对七十二寨不利，就得死！当年咱们兄弟聚首的时候，说得明白，七十二寨就是咱们的家。家得来不容易，我怎么可能为个娘们儿，毁了咱们的家？”云中鹤拍手道：“好！说得好！兄弟，隆家老太太狡猾，隆延宗也是个不好对付的主儿，这娘们儿回来，指不定有什么阴谋诡计，要不，让大哥跟你一起审审？”鬼见愁伸手引路：“大哥请！”

云中鹤和鬼见愁在一众土匪的跟随下，走向鬼见愁的房间。鬼见愁推门而进，可是屋内空无一人，绑人的绳子扔在炕上，后窗大开。鬼见愁怒道：“奶奶的，我把她绑上了啊！”云中鹤闻言皱起了眉头。鬼见愁说：“大哥，不好，肯定有奸细摸进来了！”云中鹤大喝一声：“敲锣，抓奸细！”

七十二寨后山树林里，正在奔跑的隆延宗和瑛娘听见了远处传来的锣声。隆延宗驻足细听，大惊失色："锣声？不好，二嫂，我们被发现了！"瑛娘跑不动了，喘着粗气。隆延宗顾不得那么多，一把拉住她的手，说："快跑！"瑛娘有些不自在，可情势危机，也由不了她，只能由她拽着她疯狂地奔跑。

很快，他们来到了后山悬崖，瑛娘说："就是这儿。"可藤条已经被砍断，散落在一旁。隆延宗抓起藤条重新缠在树上，示意瑛娘："二嫂先下。"瑛娘摇头说："不，你先走。"隆延宗催促道："哎呀，你快点儿吧！"瑛娘说："孩子他三叔，我答应了奶奶，没做成哪有脸回去？"隆延宗拿出匕首来："你走不走？"瑛娘说："不走！反正我要死，你现在就成全了我吧！"隆延宗将刀架在自己的脖子上："你要是不走，我就先抹了自己的脖子！"隆延宗目光坚决，瑛娘无法拒绝，只好妥协。两人顺着藤条开始向下爬。

不一会儿，鬼见愁也带人赶到了，他发现藤条上吃着劲，命令道："开枪！"土匪们朝悬崖下面一阵射击。吊在半空的隆延宗和瑛娘只得缩身躲在凸出的山石下面。瑛娘有些撑不住，身体向外倾斜，险些被子弹打中。隆延宗顺着藤条滑下，一把抱住瑛娘，用自己的身体护住她。隆延宗怀里的瑛娘万般无奈，急道："孩子他三叔，你快走吧，别管我了！"隆延宗问："这悬崖还有多深？"瑛娘说："我也不知道，上回是从半道摔下去的。"隆延宗说："你和奶奶摔下去都安然无恙，咱俩的运气也没那么不好。二嫂，松手！"隆延宗说着松了手，瑛娘也确实撑不住了，两个人一起掉了下去。

隆延宗摔在了地上，问题不大，可瑛娘脚崴了，动弹不得。又一波子弹打来，隆延宗搀起瑛娘，连忙逃走。鬼见愁见势不妙，咬牙切齿地吼道："下去追！"鬼见愁一声令下，立刻有两名土匪顺着藤条爬了下去。

就在鬼见愁也要下去追击的时候，云中鹤赶到了，说："兄弟，你就别下去了。"鬼见愁怒道："臭娘们儿，气死我了！""你说怎么这么巧呢，我刚想审审她，就有人把她救走了，兄弟，你成心的吧？"鬼见愁一愣："大哥，此话何意？我怎么就成心了？""这才几天啊，奸细又混上山了，你不觉得奇怪吗？"

云中鹤的一个手下插话道："二当家的，我今天巡夜时看见一个小白脸面生，我问他，他说是你远房亲戚，两个月前上的山，可有此事？"鬼见愁又一愣："远房亲戚？你不知道我他娘的是石头缝儿里蹦出来的，哪儿来的亲戚？"云中鹤那手下摇着头："二当家的，奸细不会就是你们家那亲戚吧？"鬼见愁气坏了："你胡说八道什么，当着大哥的面，你敢挑拨离间，我宰了你！"鬼见愁拔枪就射，那人想躲，可还是慢了一点，枪子儿正中胸口，当场毙命。

云中鹤愣了，上前一把抓住了鬼见愁的枪："鬼见愁！当着我的面，你杀人灭口？”鬼见愁急道：“云中鹤！你不信我？”云中鹤咬着牙：“本来是信你的，可现在还真不信了！来人，把鬼见愁给我拿下！”云中鹤手下四五个人一拥而上，将他摁住。

晨光洒下，隆延宗搀扶着瑛娘，没命地奔跑。终于，瑛娘停了下来，说道：“好了，天都亮了，土匪没追来，他三叔，咱们歇歇吧……”隆延宗和瑛娘都累坏了，两人一屁股坐在石头上，喘着粗气。

突然，一阵密集的脚步声引起了瑛娘的注意，她连忙握住一根棍子，隆延宗则靠到一棵大树后面观察着。原来是一群警察正在林中搜查，领头的正是佘小四！警察们似乎也感觉到周围有人，端起枪，小心翼翼地搜寻着。

隆延宗见状大叫：“佘小四，是我！”佘小四发现了隆延宗，大喜，带人冲了过来：“哎呀，县长！太好了，我们终于和县长汇合了！”警察们群情激奋。

隆延宗问：“你们怎么来了？”佘小四压低声音，说：“是你奶奶，隆家老祖宗的意思，她说二少奶奶来施反间计，让我们摸到七十二寨山下，听到枪声就上去接应。”隆延宗大喜：“太好了，来了多少人？”

佘小四说：“全来了，倾巢出动！到了山下，我便兵分三路，大家在一起找您呢！”隆延宗点头：“二嫂受伤了，你先派人送她回隆家。”佘小四一见瑛娘，喜出望外：“哎呀，二少奶奶，您也安然无恙，太好了！”瑛娘听到了隆延宗的话，心里很不是滋味。

夜猫子、母夜叉、小九等几拨土匪在前山会合了。母夜叉一听消息，吃了一惊：“什么？把大哥抓了？凭什么？”夜猫子咬牙说：“我看云中鹤是想趁机铲除异己，把咱们哥们儿全都给灭了！兄弟们，说怎么办吧！”众匪大吼：“跟他拼了！”母夜叉点点头：“对，他不仁，就不能怪我们不义！竟然敢对大哥下手，我们要是干看着，还算兄弟吗？”众土匪说：“母夜叉说得对！”夜猫子点头：“那就这么定了！所有兄弟跟我回山寨去救二当家的，然后听他的号令！”

于是，鬼见愁手下一众土匪向寨内冲去。很快，关押鬼见愁的房间门被砸开，众匪发现他被绑在一个架子上。鬼见愁大叫：“兄弟们，快给我松绑！”

鬼见愁解了绑，顺手抄起了一把大刀，带着一众土匪冲到外寨。正好一队土匪在巡逻，那带头的一见鬼见愁凶神恶煞般冲来，立刻端起了枪。鬼见愁一言不发，冲上前，抡起大刀，砍飞了他的枪，又一刀砍掉了他的脑袋。有土匪大叫：“快去告诉大当家的，鬼见愁反了！”巡逻的土匪们四散奔逃。

夜猫子、母夜叉等人猛烈射击，巡逻的土匪纷纷被射杀。一会儿，云中鹤带人从内寨冲了出来，他疯狂射击，压制前方，鬼见愁带人猛烈还击。土匪们迅速分成两个阵营，各自占据有利地形，暂时停止了交火。

有土匪凑近云中鹤说：“大当家的，把兄弟们都叫回来吧，要不然会吃亏的！”云中鹤点头：“好，召集兄弟们都回来，先宰了造反的鬼见愁再说！”有几名土匪小头目立刻跑去召集人手。

鬼见愁在对面大骂道：“云中鹤，你个白脸曹操！你居然对我下手！”云中鹤不甘示弱：“鬼见愁，你把奸细引上山，我身为七十二寨之主，难道不该管教你？”鬼见愁怒道：“你少他娘的胡说八道，我什么时候引来奸细了？”云中鹤冷笑道：“那隆家的二少奶奶，你非要娶她！结果呢，孝兴新任县长，剿匪的总指挥隆延宗，上七十二寨跟走亲戚一样！鬼见愁，是你给行的方便吧？没错，你们就是亲戚！你娶了他二嫂，不就成他亲二哥了！”

鬼见愁急得骂道：“云中鹤，我压根儿就没见过隆延宗！你听信小人谗言，想害死我，独霸七十二寨！二十多年了，我从来没有过二心，咱俩的交情今天算是到头了！兄弟们，给我打，宰了云中鹤，咱们另立旗号！”云中鹤有点儿心虚，因为现在他人少：“等一等！事儿还没说明白呢，着什么急啊？”

母夜叉低声道：“大哥，别跟他废话了，他是拖延时间，等他的人都来了，咱们可就要吃亏了！”鬼见愁一拍脑门：“母夜叉说得对，兄弟们，动手！”双方又交上火，一时枪声四起。

隆延宗等人听到枪响，连忙找了掩体躲藏，却没发现枪子儿飞来。一个警察从远处跑来，喊道：“隆县长，枪声是从山寨的方向传来的。土匪巡逻的队伍都在往回撤，一个岗哨都没有了！”

隆延宗惊喜不已：“难道奶奶的反间计起作用，土匪内讧了？”佘小四伸出大拇指：“你们家老祖宗够厉害的！”隆延宗振奋道：“兄弟们，土匪内讧打起来了，我们压住阵脚，等着打扫战场！”

山寨中激战正酣，不断有人中枪倒下，双方死伤无数，云中鹤和鬼见愁也都挂了彩。而隆延宗的大部队已经摸到山寨之外，静静等待着。

枪声逐渐稀疏。隆延宗说：“时机到了，兄弟们，一鼓作气，荡平七十二寨！”警察的呐喊声传来，云中鹤和鬼见愁这才发觉，连忙调转枪口，一起向隆延宗带领的队伍射击。

隆延宗大喝：“七十二寨的恶匪听着，我是剿匪总指挥隆延宗，缴枪不杀！”云中鹤和鬼见愁在火力的打击下，朝同一个方向撤退，但已经都是残兵败将，溃不成军。

云中鹤骂道：“鬼见愁，你得逞了，隆延宗就是你引来的！”鬼见愁怒道：“放你娘的屁，我还说是你引来的呢！”鬼见愁朝隆延宗射击，险些击中他。

云中鹤问："鬼见愁，你真的没勾结隆延宗？"鬼见愁撇着嘴："废话！"云中鹤长叹一声："我使了一辈子计策，今天却中了别人的离间计！兄弟，我对不起你！""现在说有个屁用，我的兄弟全都快死光了！""是啊，我的人也都死光了，都怪我，都怪我！""云中鹤，算你说了句有良心的话，你快跑吧，我掩护！""我岁数大了，跑不动了，死我也要死在七十二寨！"云中鹤疯狂射击。

两个人离得远远的，鬼见愁看着他，心里又恨又气，又有些怜惜。夜猫子说："大哥，咱们走吧！"鬼见愁点头，一挥手，带着几名亲信，向后山撤去。众军警乘胜追击，越战越勇，冲进内寨。

此时，云中鹤身边只剩几个兄弟了，很快被隆延宗等人包围了。隆延宗喊话："老头，你就是云中鹤吧，还不出来投降！"云中鹤站了出来，说："哪个是隆延宗，也让我云中鹤看看你的真容！"隆延宗也走出来，说："我隆延宗在此！"云中鹤叹道："真是长江后浪推前浪，我云中鹤叱咤江湖几十年，居然败在这么一个后生手里！"隆延宗说："缴枪不杀，饶你一命！"

云中鹤摇着头说："我云中鹤，生是一条好汉，死也要英雄。投降？门儿都没有。我七十二寨有仇必报，宰了你，我就算给兄弟们报了仇！"他突然双手都握着枪，朝隆延宗射击。隆延宗手疾眼快，迅速还击，云中鹤中枪倒地。警察们冲了上去，剩下的残匪纷纷投降。

第三十章

隆延宗最终还是没追上逃窜的鬼见愁，他和佘小四在山寨里会合，警察和士兵们正打扫战场。佘小四说："隆县长，一把火点了这七十二寨，以绝后患。"隆延宗问："为什么要烧了它？"佘小四说："这是土匪窝子啊，当然要烧！"隆延宗说："你烧了，过些年再有土匪聚集于此，可以再盖。这附近荒无人烟，连个向政府报告的人都没有。"佘小四说："那怎么办？"

隆延宗说："这里地势险要，物产富饶，土匪开了些荒，庄稼长得都不错，又有庄稼地又有房子，我倒是想着让受了灾的流民到这里来安家。住的人口多了，土匪也就不敢来了！"

佘小四点头说："那我回去就起草告示，让无家可归，无地可种的人都报名，我给他们登记造册，然后送到这里来，让他们安居乐业，兼顾防范土匪。"隆延宗笑道："告示可得写像样了，别给政府丢人……"佘小四拍着胸脯："放心吧您……"

隆万氏来到县政府办公室，冲着万专员嚷嚷："哥哥，你怎么出尔反尔，不能让隆延宗当县长啊！"万专员说："隆延宗剿灭了七十二寨的土匪，他不当县长谁当？"隆万氏说："你啊，你要是愿意留下，他凭什么跟你争？"万专员说："你糊涂啊！我能在这种地方当县长吗？我要是有个三长两短的，咱们万家将来指着谁？哼，你真是嫁出去的女泼出去的水，就惦记着自己，根本不想想娘家！"

隆万氏说："大哥，你在这儿当县长，还能有人能吃了你不成？"万专员说："七十二寨那么大，土匪那么多，就都等着他隆延宗去一举剿灭，没一个跑了的？七十二寨，有仇必报，谁当县长都是下一个活靶子！你有没有脑子啊？还有你，听我的劝，赶紧带我儿子搬回娘家去住！"隆万氏说："我不走！这么多年守活寡我都忍过来了，我要是走了，可就再也回不来了，这么多年我不就白等了吗？"万专员说："那就别怪我没提醒你啊，但愿土匪明察秋毫，报复不到你头上。我可是要走了，谁知道隆延宗会不会把土匪也给带回来。"说着，万专员继续收拾物品。

隆万氏心里伤心，哭啼起来："我嫁到隆家这么多年，娘家头一回来人，可你，你就待这么两天，在我最难的时候要走，你还是不是我亲哥呀？"万专员不耐烦道："你别连哭带号的了，我没把儿子一起带走，你就念我好吧。你好自为之，我那么大个儿子要是跟着你在隆家倒了霉，我可饶不了你！"隆万氏伤心不已，哑口无言。

孝兴县城城门口，彩旗高挂，锣鼓震天，两侧挤满了欢迎的孝兴百姓。隆延宗率领剿匪大军凯旋而归，浩浩荡荡开进县城。隆延宗一马当先，走在最前面，他胸前挂着大红花，宛如一个新郎官。穿着孝的洪凤鸣也站在欢呼的人群中，她笑意盈盈地看着隆延宗。隆延宗也看见了她，有些尴尬。

洪凤鸣突然喊道："隆延宗，了不起！"很快有人跟着喊："隆延宗，了不起！"隆延宗觉得脸上无比的光荣。更多的人一起高声喊："隆延宗，了不起！"走在一旁的佘小四也是心花怒放，满脸灿烂。

此时，不远处的一个房顶上架着一张大弩，趴着一个人，此人正是准备偷袭的母夜叉。

当时，逃出七十二寨的只有鬼见愁、夜猫子、母夜叉和小九四个人。鬼见愁一拳砸在树上，狠狠地说："此仇不报，我鬼见愁死了都没脸去见阎王爷！"母夜叉说："大哥，报仇的事交给我！"鬼见愁说："不行，我怎能让兄弟去冒险？"母夜叉说："大哥，您这辈子九死一生，活到今天不容易！我死了不算什么，您活着，七十二寨就能东山再起！现在想要报仇，只能智取，无法强攻。您就派我去吧，我好歹有这张弩，我把箭头喂饱了毒，保准取了隆延宗的性命！"

母夜叉趴在屋顶上，露出凶狠的目光。

这时，一顶轿子迎面而来，拦住了隆延宗等人的去路，隆夫人从轿子上下来，佘管家搀着。三叔公、四叔公、七舅爷等一众隆家宗亲都在，众人是来迎接隆延宗的。隆延宗勒住马，高兴地喊着："母亲！"房顶上的母夜叉已经瞄准了隆延宗。母夜叉轻声道："小九，准备跑！"小九点点头："得嘞！"母夜叉扣动弩，弩箭划破长空，呼啸而至，正中隆延宗的胸口。隆延宗根本来不及反应，整个人被弩箭震得从马上掉了下去。众人惊呼，所有军警都端起了枪。

隆夫人本是满脸笑意，一见这场景，发出一声惨叫："延宗——"佘管家、三叔公、四叔公以及七舅爷全傻了。两边不知情况的老百姓蹲下了身，个个捂住脑袋。

佘小四大叫："抓奸细！"一队警察追了出去。佘小四赶紧又跑向隆延宗，喊道："县长！县长！"隆夫人冲向隆延宗，洪凤鸣也冲了过来，只见隆延宗倒在地上，外衣被扎破了，弩箭却掉在了一旁，并没有刺透他的身体。

隆夫人呼唤着："延宗！延宗！"佘小四也在一旁喊着："隆县长！"洪凤鸣急切地叫着："隆延宗！隆延宗！"

隆延宗慢慢睁开眼睛，坐了起来，所有人都吓傻了。佘小四上前就要去捡弩箭。隆延宗一把拉住他，说道："别动！这箭头上一定喂了毒。"佘小四吓了一跳，赶紧把手缩了回去。佘小四心疼得直落泪："隆县长，三少爷，您——您真是神机妙算啊！"

原来，在剿灭土匪后，佘小四向隆延宗汇报："一共俘虏土匪七十八名，击毙一百零二名！"隆延宗问："有没有找到那把弩？"佘小四说："弩？对呀，那个使弩的跑了！"隆延宗因此做了一个决定："回孝兴的时候，我要骑一匹高头大马，披红挂彩！"

隆延宗将身上的大红花拽了下来，脱掉了外衣，只见一块铁板绑在他胸前，铁板的中心只被戳出了一个白点。隆延宗拍了铁板一巴掌："真是块好铁，够结实！"隆延宗本来穿的就是马靴马裤，现在又脱掉了外衣，露出洁白的衬衫，加上护心铁板和捆绑着铁板的皮条子，看上去非常像一个西洋剑客。他来到马鞍，伸手拽出自己的西洋剑。

隆夫人阻拦道："延宗，你干什么去？"隆延宗说："放心吧，娘，土匪的弩箭暗算都没伤着我，再见面的时候，就算是吓，我也能把他吓死！"说完，隆延宗骑马飞奔而去，洪凤鸣毫不犹豫地追了出去。"快，跟上，保护县长！"佘小四一声令下，十几个警察端着枪跟了上去。隆夫人和佘管家面面相觑，老百姓看着隆延宗等人飞奔的背影，惊魂未定。

不一会儿，隆延宗就赶上了小九和母夜叉，两人一见隆延宗，吓得魂飞魄散。小九大惊："他还活着？"母夜叉瞠目结舌："你！你？"母夜叉完全傻了，直到他看到隆延宗身上绑着的铁板，才恍然大悟："原来你早有防备，我真后悔，没瞄准你的脑门子！"隆延宗说："哼，可惜世上没卖后悔药的，当土匪的下场都是死路一条！"母夜叉咬着牙："小白脸，没想到你还真有两下子，有本事让我领教领教你的西洋剑！"说着，母夜叉一扬双钩，摆好了架势。

"好啊，我这把剑好久没派上用场了！"说完，隆延宗挺剑就要上前。此时，隆延宗身后洪凤鸣跑来，一声大喊："隆延宗！"隆延宗停住了脚步。佘小四也带队赶到，观察着形势。

洪凤鸣喊道："他们是土匪，罪该万死，你跟他们讲什么单打独斗，你还不赶紧下令开枪，枪毙了他们！"佘小四也大声道："隆县长，让我一枪毙了他们得了！”隆延宗说：“洪小姐，我知道你怕我这个少爷打不过土匪，吃了亏。可我今天偏想让警察兄弟们评一评，我这个县长称不称职？”洪凤鸣急道：“你这是逞能！他是土匪，你是县长，你跟他拼命，不值！”隆延宗正色道：“我必须亲手刺破他的胸膛，才算为洪县长报仇！”洪凤鸣愣了：“我叔叔……”隆延宗点头说：“没错，你叔叔，就是死在他的手上。使弩的，你认不认？”母夜叉一挺胸：“认，我母夜叉做过的事，当然要认！”隆延宗怒道：“母夜叉？哼，你这个不男不女的败类，看剑！”

隆延宗挺剑便刺，两人打在一起，不可开交。隆延宗的气势毕竟占优，胸前又有大铁板防护，母夜叉一钩子砍在铁板之上，火花四溅，却根本伤不了他，有惊无险。洪凤鸣看得是提心吊胆，恨不得上去帮忙打几拳。

小九见势不妙，冲上来助战，一斧子险些伤到隆延宗。几个警察大喊一声，冲上前去，将小九拦在一旁。小九虽然身高力大，可警察毕竟人多势众，七八个回合之后，小九惨叫一声，身体重重地摔在地上，立刻毙命。

见小九死了，母夜叉痛号一声：“小九——”他回过头来，双目圆瞪，双钩耍得上下翻飞。隆延宗找准间隙，一剑刺向母夜叉。与此同时，母夜叉的钩子狠狠地向隆延宗钩去，隆延宗一摆头，钩子从他的眼前划过。隆延宗慢慢地直起身来，母夜叉的背后，西洋剑穿透而出。隆延宗一撒剑柄，往前一推，母夜叉的身子带着西洋剑重重地摔在地上。佘小四和众军警大声欢呼。

洪凤鸣早就急得满手是汗，满眼泪水，她大喊一声：“隆延宗！”冲上前紧紧地抱住了他。隆延宗愣住了，不敢动弹。

隆夫人、三叔公、四叔公、七舅爷都在隆家门口翘首以待。终于，隆延宗在众人的簇拥之下回来了。隆夫人喜出望外，热泪盈眶，叫道：“延宗！”隆延宗赶紧快走几步上前。隆夫人拉住他的手，端详着：“儿啊，你回来了！”

没等隆延宗开口，佘小四先显摆上了：“夫人，刚才您是没见着，我们隆县长那西洋剑耍得，这份的！”佘小四竖起了大拇指。隆延宗带着笑容，说：“一边儿去。”佘小四道：“我没说完呢，隆县长手刃了悍匪，这回咱孝兴太平了！太平了！”

隆夫人连连点头：“好！好！我儿剿灭了土匪，平平安安回来，给他爹报了仇，也给祖宗争了光，喜事，大喜事！佘管家，放鞭炮，放上一整天！施粥一个月，救济穷人，让吃不上饭的老百姓也跟着隆家祖宗沾沾光！”

话音未落，就有下人点着了早已准备好的鞭炮，鞭炮噼里啪啦地响着，迎接隆家三少爷凯旋！

隆家客厅里，隆老夫人更是喜形于色。隆延宗上前磕头：“奶奶，孙儿延宗给您磕头！”隆老夫人起身上前搀扶：“隆县长，大英雄，大功臣，老太太我岁数太大，没到外面去迎接，你可多担待呀！”隆延宗说：“您才是最大的功臣，要是没有您的锦囊妙计，我怎么能这么顺利，打了大胜仗。”隆老夫人脸上露出微笑：“这么说，我还帮上忙了？”隆延宗点点头：“帮上忙了，帮上大忙了！为这个，孙子再给您磕个头！”隆延宗再次磕头。隆老夫人笑道：“好了，好了，快起来吧！快起来吧！”

隆延宗起身问道：“我二嫂呢？这么热闹，怎么没见她人？”隆老夫人愣住了，她看向站在一旁的隆夫人，隆夫人也愣住了。隆老夫人问：“怎么，柳瑛娘她没死？”隆延宗说：“当然没死，我派人把她送回家里来了。”隆老夫人和隆夫人再次对视。隆老夫人说：“难道不是因为柳瑛娘回了七十二寨，云中鹤起了疑心杀了她，才和鬼见愁反目，土匪内讧，你们才趁机攻上的山？”隆延宗说：“是啊，云中鹤和鬼见愁是因为二嫂起了内讧，可之前我就已经把二嫂从七十二寨救出来了啊！”隆老夫人惊呼：“什么？救出了瑛娘，你也打了胜仗？哎呀呀，真是天助我隆家！瑛娘的命可太大了！也许是跟我隆家的缘分没了？这不能啊。老太太我这两天一直在祠堂，给她念往生咒呢！”

隆延宗听得一头雾水：“什么呀奶奶？娘，我二嫂她到底在哪儿？”隆夫人摇着头说：“我怎么知道，没有人把她送回家来呀。”

“这？”隆延宗一扭身，向门外走去，大声喊着：“来人哪！”一个婆子从小门里跑了过来。隆延宗问：“佘局长，警察局的佘局长，有没有见到他去了哪儿？”婆子回禀：“他说饿了想吃面，应该在大管家房里吧？”隆延宗沉着脸，向佘管家住处方向的月亮门走去。

佘小四此时正在佘管家屋里吃面。他用力嗅了一下，端起碗就呼噜噜地吃了起来。佘管家看着佘小四，忽然流了泪。佘小四吃完一口面，抬起头来，吓了一跳：“姑姑，你怎么掉上眼泪了？”佘管家道：“姑姑是高兴呀，真好！你看，剿灭了土匪，你还好好回来了！这回警察局长算是坐稳当了噢，跟着三少爷你们兄弟俩，别提多好了，姑姑想想就高兴啊！”

正说着，隆延宗就冲了进来。佘管家一愣，连忙抹去眼泪：“三少爷来了，有什么吩咐您喊一声得了，我这房间又脏又破的，您……”隆延宗说：“佘管家，你先出去。”佘管家愣了一下：“是！”她赶紧出了门。

佘小四问：“县长，您有事儿啊？”隆延宗上前一把薅住佘小四的脖领子：“我让你把我二嫂送回家来，人呢？”佘小四连忙摆手：“您别生气，实在对不住，都是我的错。我看咱打了胜仗，您挺高兴的，就没敢跟您汇报，我是怕您扫兴啊……”隆延宗问：“我问你，我二嫂人呢？”佘小四说：“咱们不是要跟土匪开战吗，我就想把精兵强将都留下，所以就派了俩笨蛋护送二少奶奶回来……”

隆延宗不耐烦地说：“哪这么多废话，我二嫂人呢？”佘小四说：“二少奶奶她是神仙啊，你说我派那么俩废物哪能看得住啊，他们就把二少奶奶给丢了……”“什么？大活人给丢了？”“说的也是啊，可就是丢了……”

原来，两名警察得令护送瑛娘回隆家。但她的脚崴了，一行人只好先到岳家店药铺给她治伤。瑛娘坐在一条凳子上，将红肿的脚架在一旁，一个郎中帮她揉了揉脚，上了药。

这七十二寨之行，隆家是想用她的命来换取胜利，她想着想着，流下了泪，又淡淡一笑，抹去泪水，咬紧了牙关。“富贵薄情，越是富贵越薄情……”瑛娘苦笑着叹息了一声。

郎中抬起头来打了一个酒嗝：“你说什么？哪儿疼？”一个警察一脸的嫌弃：“这么大酒味，郎中，你喝多了吧？”另一个警察说：“我告诉你啊，这位可是大人物，你要是把人治坏了，可吃不了兜着走！”郎中笑道：“我是喝了点儿酒，不过您放心，我这治跌打损伤是祖传的，治不坏，包好！”

瑛娘看了一眼郎中，没太在意，将眼神投向街道。突然，她的眼睛一亮，一个穿着破破烂烂的小丫头从她眼前走过。瑛娘没有看清个小丫头的脸，只看到了背身。那小丫头蓬头垢面，头发很脏，但头上系着三根小辫，简直跟念娣一模一样。瑛娘大声地喊道：“念娣！”小丫头没有回头，跟着几个小乞丐往一个方向走着。瑛娘顾不得许多，起身就向那小丫头追去。正在帮瑛娘包脚的郎中措手不及，药和木板撒了一地。

瑛娘快走几步拦住了小丫头：“念娣！”小丫头看向瑛娘，她的脸脏兮兮的，面容却与念娣绝不相同。瑛娘愣住了，小丫头也吓坏了。

警察和郎中追了过来。警察急了，说：“二少奶奶，您这是干啥啊？快，您快回去，把伤治利索了！”瑛娘想往回走，可她根本走不动了。两名警察想上前搀扶，她又不让。郎中递过一根棍子：“您拄着这个……”

瑛娘拄着棍子，一边走，一边回头看看那群小乞丐，喃喃道：“好像我的念娣，我的念娣会不会跟他们在一起？”

回到药铺，瑛娘又坐下治伤。一个警察催促道：“郎中，你快点儿，我们还得送二少奶奶回孝兴呢。”另一个警察也说：“是啊，你手脚麻利着点儿！”郎中不耐烦地说：“再快也得半个时辰，你看，我那边还熬着药呢。”郎中指着旁边的药锅：“这药得熬成胶，再晾凉了，还不能太凉，半凉不热的时候才能敷在脚上。这可是我爷爷教的，我爷爷是他爷爷教的，这规矩可改不了！”

警察摆摆手：“行了，你快点儿吧！”另一个警察小声嘀咕着：“人一喝多了就是废话多。”两个警察相互对视着，他们饿了。其中一个警察凑上前来：“二少奶奶，您饿不饿啊，要不我们哥儿俩去给您买点儿吃的？”瑛娘仍在恍惚中，说：“我不饿，你们去吃吧，别管我……”两个警察离开了。

过了一会儿，瑛娘突然问道：“郎中，这儿经常有要饭的小孩吗？”郎中不以为然地回答：“哪个镇子上没有要饭的小孩啊，经常三五成群，有时候一片一片的……”瑛娘问：“这些小孩儿都是从哪儿来的？”郎中说：“有受了灾，家里人死绝了的，也有被人贩子卖了的，趁人不防备就跑出来了的，跑出来又找不到自己的爹娘咋办，就只能要饭呗。”瑛娘问：“被人贩子卖了的孩子会跑出来要饭？”郎中说：“对呀！数这样的最多。”瑛娘又问：“我的孩子就被人贩子卖了！郎中，你有没有见过我的孩子，女孩，现在该有三岁了，梳三根小辫，跟刚才那个小闺女一样。”

郎中说：“这位少奶奶，您有警察护着，肯定是贵人，您孩子怎么还能丢了，您逗我吧？您别看我喝多了，我听得出来！”瑛娘说：“我的孩子真的丢了，那孩子爱哭，不会哄人高兴，怕是人贩子或是花钱买了她的人家都不会喜欢。照你这么说，她兴许活着。我说福叔四处打听都找不着，我的念娣一定是从人贩子那儿跑了，跟着别人要饭呢！郎中，你常年在这里摆摊治病，见多识广，你给我出出主意，如果我的孩子成了小叫花子，我怎么才能找到她？”

“这……这就难了，除非你也变成叫花子。你看我这主意不错吧，你也变成叫花子，跟着他们一起走，就能混进他们的堆里，混熟了，再跟叫花子打听你丢了的孩子，准能找到！”

“叫花子？好……好……我就也当叫花子！”瑛娘仿佛看到了希望，可又犯了犹豫，“不对啊，我之前落难，跟叫花子一样，可别的叫花子一见我就躲，我怎么才能混到他们的堆里？”郎中坏笑着：“那是因为你是女人，还年轻漂亮，就算你穿得再脏再破，也要饭吃，别人也不拿你当叫花子。”瑛娘问：“为什么？”郎中说：“年轻漂亮的女人还用要饭？不定哪天碰上个好人家，不就……除非是男的，又没力气干活的，那才真的只能当叫花子！”说者无心，听者有意。

两个警察断断续续讲完弄丢瑛娘的经过，其中一个警察说：“隆县长，那郎中喝醉了酒，跟二少奶奶胡言乱语了什么，他也记不住了，反正我们一回去，二少奶奶就不见了。”另一个警察搭茬：“隆县长，都怪我们俩，当时实在是饿得受不了了，就去吃了口东西，我们该死！该死！”两个警察抽着自己的脸。隆延宗叹了口气，吩咐道：“佘局长，派出十个人去，五人一组，从二嫂失踪的那个镇子开始，顺不同方向去找，一定要把她找回来！”

隆老夫人房里，五儿哭个不休，连带着隆老夫人也睡不着。她睁开眼睛，叹道：“这怎么哭起来没完没了了？”一个婆子在另一张床上哄着五儿，闻言说：“老祖宗，要不我把孙少爷抱别的屋去吧，这么吵，您天天睡不着觉也不行啊。”隆老夫人一瞪眼：“抱别的屋去？我重孙子哭死了我都不知道，给我抱过来！”婆子将五儿抱过来递给隆老夫人。

隆老夫人接过孩子哄着：“重孙子儿，你可真够拧的，都给你找了仨奶妈了，谁的奶你都不吃，你说，那个娘她也不是你……”隆老夫人突然停住了。婆子正看着老太太，一见隆老夫人抬起眼来瞪着她，连忙低下了头。隆老夫人长叹一声，改口道：“就算她是你亲娘，你也不能就认她一个人的奶呀……”

婆子为难道：“老祖宗，这么下去孙少爷他非得饿死不可呀……”隆老夫人叹道：“那也没办法，只能说这孩子命贱，没有在隆家当少爷的福分！”婆子听得直皱眉头，却是大惑不解。

瑛娘在叫花子群中找了几天，并没有发现念娣。眼见着叫花子越来越多，瑛娘拉住了一个少年乞丐，问：“兄弟，这怎么这么多叫花子？”少年乞丐回答：“都是赶路的。”瑛娘又问：“大伙儿这是要去哪儿啊？”少年乞丐回道：“孝兴呗！孝兴隆家，那是大善人家，施粥一个月，大伙儿都是奔他们家去的！一个月，天天都能吃上热乎的，还不挨打，谁不去？”说完，少年头也不回地跑了。

“孝兴隆家？”瑛娘摇了摇头自语道，“不可能，念娣丢了的时候虽然还不怎么说话，但她心里明白得很，隆家的饭，她才不会去吃呢。”

说着，瑛娘失望地向另外一个方向走去。她拄着拐走着，与另一个同样拄着拐的叫花子擦肩而过。瑛娘轻轻瞟了一眼，也没太在意，继续往前走。走着走着，突然，瑛娘愣住了，吓得魂飞天外。与她擦肩而过的那人，脸上有一道深深的伤疤，正是鬼见愁！

她回头看，又见一个拄拐的乞丐追上鬼见愁同行，并回头来看，瑛娘连忙低头，这张脸她也熟悉极了，正是夜猫子。“鬼见愁？夜猫子？孝兴隆家……”瑛娘浑身的血液都被吓得冻住了。

佘小四推开隆家天井旁的侧门，见四下无人，做贼一样快步走向佘管家的房门。佘小四一进屋，佘管家就埋怨道：“你咋才来呀，不是跟你说了吗，不能等天黑再过来，万一……”佘小四一脸的不高兴：“万一怎么了？我倒是想早来，隆县长正在部署重要指示，我是警察局长，敢走啊？”

佘管家说：“三少爷又给你们啥指示啊？”佘小四说：“隆县长要打拐，这可是深得民心。再见着那种缺良心拐卖妇女儿童的人贩子，我佘局长一枪子儿一个，全毙了他们！”“好，人贩子最可气了，个个该杀！”“就是，从今以后有我佘小四在，保天下无拐！”“嘿，这话说的，有英雄气魄！”

佘小四不好意思地笑了：“这话是学来的。隆县长说，有他隆延宗在，保天下无拐。我跟着鹦鹉学舌。”“那也不错，跟着三少爷学，挺好！”“指示不是瞎指示的，指示完我得抓落实，明儿个我可就不能再来了，还有我那几个兄弟，也得撤回去干活了。”“那哪行啊，你们都走了，谁保隆家家宅平安？”“哎呀，土匪都杀光了，家宅早就平安了！跑个把儿的，还敢到孝兴来？”

佘小四接着说：“姑姑，你可千万别让县长知道，他是个好官，要是知道我假公济私，天天给他看家护院，非把我这局长撸了不可！”“可是……”“行了，姑姑，没什么可是了，这些天我背着隆县长天天晚上来，已经够意思了。再说，兄弟们一到天黑就藏进隆家，跟做贼似的，这让别人知道了还得了。出了什么事，谁担待得起？现在不是以前了，我是警察局长，正式的，省城任命的，你以后支使我也得掂量合适不合适！那啥……我饿了，让厨子给煮碗面去呗？”“行！警察局长，你了不起！”佘管家没好气儿地走了。

隆家客厅，隆老夫人、隆夫人和隆延宗老少三代正在一起吃着饭。隆延宗说：“我不光要打拐，还要封掉孝兴境内所有的大烟馆。若当年没有人贩子、大烟馆，二嫂又怎么会落得……”隆延宗眼眶湿润了，端起酒杯一口将酒干掉。隆夫人和隆老夫人对视着。隆延宗又说道：“奶奶、娘，我曾经答应过二嫂，要亲自帮她找回盼娣和招娣，可刚刚上任，真的是抽不开身，我想派隆喜儿多带些人手，过黄河去寻找那个盖家班。奶奶和娘觉得如何？”

隆老夫人点头：“好，好，让小喜子去吧，他靠得住。”隆延宗笑了：“多谢奶奶。娘，我吃饱了，去练一会儿拳。”隆夫人劝道：“再多吃点儿吧。”隆延宗摇摇头，起身向院子里走去。

隆夫人站起身，心事重重，回到隆老夫人身边坐下。隆老夫人转着眼珠，说：“儿媳妇，你瞧出什么来没有？”隆夫人一愣：“什么？”“你儿子……”“我儿子？延宗长大成人了，当了县长，心怀社稷，想的都是黎民百姓的疾苦……”“不是问你这些，别的！”“他日夜操劳，好像有些累，脸色不太好……”“哎呀，也不是这些，再往别地儿想想！”“娘，我真的想不到了……”“亏你是个当娘的，你儿子刚才说的这几件事，每一样都是绕着柳瑛娘，你没听出来？”“是啊，娘，您的意思……”

隆老夫人轻轻地叹了口气：“你不是给老三提过亲嘛，赶紧的，把那几个姑娘的照片都拿来让我相相，赶紧给他成亲，不然要出大乱子！”隆夫人愣住了：“您是说，我儿延宗也被那柳瑛娘把魂儿……”隆老夫人伸手制止了她：“住口，千万别说出来。就算是真有这么回事，也别把窗户纸捅破了，有些事你装糊涂就过去了，但要是把事挑明了，没准还就成了真了！”

入夜，鬼见愁与夜猫子翻墙跳进隆家。夜猫子突然说：“大哥你听，有小孩的哭声！”鬼见愁道：“小孩？好啊，没准是柳瑛娘的崽子，顺着哭声摸过去，先宰了柳瑛娘那婊子！”

此时，五儿正被隆老太太抱在怀里。隆老夫人摇着头：“这孩子，好几天没吃奶了，哭的劲儿还不小！”看着五儿的脸，老太太心烦意乱，皱着眉头。

鬼见愁和夜猫子一出门，瑛娘就跟上了他们。她气喘吁吁地跑到隆家大门口，不顾一切地去砸门。门开了，看门的下人不耐烦道：“去去去，臭叫花子，深更半夜的，你干什么？”瑛娘摘下帽子，说：“是我，我是柳瑛娘！”下人一惊：“二少奶奶？”瑛娘说：“快把锣给我找来！”

第三十一章

佘管家正帮着隆夫人安顿睡前的床铺。隆夫人远远地听到孩子的哭声，有点心烦意乱。佘管家说："夫人，您睡吧。"隆夫人说："孩子哭成这个样子，我哪里睡得着？"佘管家的脸上有些难看："都怪我废物，没找好奶妈。不过您放心，又找了两个，明儿一早就来。"隆夫人叹道："这都几天了，这孩子一刻不停地哭，我怕的是……"佘管家连忙阻拦道："哎哟夫人，这深更半夜的，您可别说不吉利的话。待会儿我过去，和老夫人商量商量，先把孙少爷抱到我屋里一个晚上，让您和老夫人睡个安稳觉。"隆夫人点点头："这样也好，兴许老夫人信得过你。我倒没啥，实在是怕老太太……那么大岁数了，天天睡不了觉怎么行？"

鬼见愁和夜猫子蹑手蹑脚窜进隆家客厅的外厅，见里面没人，又穿过客厅，来到天井。孩子的哭声时断时续，夜猫子竖起耳朵听着，往内厅的方向一指。鬼见愁点头，和夜猫子就向内厅摸去。

鬼见愁和夜猫子摸进了后厅，孩子的哭声越来越大。他们俩对视一眼，正要冲向老太太卧房，远处突然传来阵阵锣声。两个人受惊非小，迅速背靠背靠在了一起。夜猫子问："大哥，我们不会是露了行踪吧？"鬼见愁咬着牙："谁他娘的知道，走！"鬼见愁一挥刀，二人朝内厅冲去。

瑛娘扔掉了拄棍，腿仍有些瘸，但她顾不得疼痛，瞪大了眼睛，使劲地敲着大锣。锣声传来，佘小四猛地坐了起来，警察们也都惊醒。佘小四大喊一声："兄弟们，抄家伙！"一众警察冲出房间。

鬼见愁和夜猫子撞开客厅的后门，发现左右各有一个小门，可孩子的哭声已经停止，他们判断不出哭声是从哪个门里传出来的。夜猫子为难道："大哥，两屋都亮着灯呢！"鬼见愁咬咬牙："一人一屋，捡值钱的抓一个，准能保命！"夜猫子点点头。二人各自抬脚，向离自己近的房门踢去。

鬼见愁踹开的是隆老夫人的房门，坐在榻上的隆老夫人刚好站起身来，一见鬼见愁，吓得瞠目结舌，下意识地叫了出来："二当家的？"鬼见愁一瞪眼睛："老太婆？"

另一边，隆夫人的房门被夜猫子撞开，佘管家连忙用身体护住隆夫人。夜猫子笑了："嗬，隆延宗他娘，我见过你！"说着，他冲上前去，佘管家挺身护主，被夜猫子一个巴掌抽得倒在地上。他上前抓住隆夫人就往外拽。

鬼见愁拽着隆老夫人，夜猫子押着隆夫人，两个人又从后门回到了内厅。几个婆子听到声音赶来，一见土匪绑了夫人和老夫人，吓得四处逃窜。

隆延宗冲到天井，一见鬼见愁和夜猫子，就瞄准了他们，大声地喊着："放下我娘！放下我奶奶！" 两人见到隆延宗都不忧反喜。鬼见愁哈哈大笑："隆延宗，你在家啊，正好，我们哥儿俩算是没白来！"

这时，佘小四带着一众警察冲了进来，一排枪指着两名土匪。隆延宗一愣，看着佘小四，说："你们怎么在我家？"佘小四道："我姑姑早就料到土匪会来报复，一直让我们住在这儿……"见情况不妙，佘小四压低声说："隆县长，怎么办呀？"此刻，隆延宗也不知道该怎么办。

隆老夫人咳嗽一声，说："孙子，没什么不好办的，开枪，别管我，也别管你娘，开枪！"隆延宗一愣："奶奶——"佘管家跑了过来，说："不能啊！三少爷，可不能开枪啊！夫人……"隆夫人怒喝道："别哭哭啼啼的，让到一边儿去！延宗，你奶奶说得对，土匪都是杀人的魔王，我和你奶奶既然已经被抓了，想活是不可能了，想想你爹，不用管我们，开枪！为你爹报仇！"

鬼见愁哈哈大笑："真没想到啊，隆家的女人都够了不起的！隆夫人，我们还是头回打交道，也是女中豪杰呀！"隆夫人回避着鬼见愁。鬼见愁道："死老太太，你可真是成了精了！天天晚上给我洗脚，动不动就下跪磕头，一直假装兰婆子，在七十二寨对付了十几年，我愣是没看出来！"隆老夫人说："鬼见愁，知道我的厉害？还不缴械投降！"

"放屁！"鬼见愁刀上一用劲，老太太闭上了眼。鬼见愁压低声音，说："死老太婆，你想早点儿死，可没那么容易！"说完，鬼见愁大声地说道："隆延宗，我们七十二寨挑的那杆大旗，想必你是见识过了，有仇必报！二百来号兄弟都死在你的手里，今天我们哥儿俩就是回来报仇的！看着你奶奶和你亲娘被抹了脖子，你心里边一定不好受吧？"隆延宗怒目圆瞪，却又不敢动弹。"你心里不好受，我心里可就舒服了。怎么样，我这就把你奶奶的脑袋割下来当球踢，给死去的兄弟们报仇？"

隆延宗急道："鬼见愁，你有本事就冲我来。我奶奶快八十岁了，你这样对她，算什么英雄好汉？"鬼见愁冷笑道："谁是英雄好汉？我他娘的是土匪，我管她多大岁数呢。夜猫子，今天这场面也不错，这地方富贵干净，咱哥儿俩不走了，砍下这两个女人的脑袋，就到阎王爷那儿找兄弟们喝酒去！"隆延宗急得眼泪都掉出来了："别！"

瑛娘觉得时候差不多了，扭头就要往外走，不想暴露自己的身份。这时，不远处传来一声尖叫，一个婆子跨进院来：“不好了，夫人和老夫人都被土匪抓住了，要砍脑袋呀！”

瑛娘向里望了半晌，终于，她咬了咬牙，扔掉了锣，一瘸一拐向里走去。有人认出了她，惊讶道：“二少奶奶？”瑛娘挤到门口，不敢太暴露，露着半个脸朝内张望，倾听着。隆喜儿认出了瑛娘，吓了一跳。瑛娘赶紧示意他不要出声。

只听佘小四大声喝道：“鬼见愁，你放了老祖宗和夫人，我做主，今天饶你一条命，让你们走！”鬼见愁瞥了他一眼，说：“你是什么东西？”佘小四挺胸道：“孝兴县警察局局长佘小四！”鬼见愁点了点头：“噢，隆延宗的狗啊，你这种人说的话，我全当放屁！”

隆延宗道：“鬼见愁，佘局长说了算，你放了我娘和我奶奶，我让你们走。”

鬼见愁笑道：“实不相瞒，前几天咱们交火，我们带响的家伙都打光了。剩下不多几个枪子儿，也全给了我的好兄弟母夜叉和小九。母夜叉兄弟好身手，对我这个大哥也忠诚，他先来了，是怕我送命，结果……这回我们哥儿俩来，就这两把刀子，放开这两个女人，我们还能活着离开隆家？隆延宗，手里没点儿抓挠，我可信不过你呀！”

隆延宗说：“你放了她们，我跟你们走！”夜猫子哈哈大笑：“我知道你会武，我大哥不会上你当的！”隆延宗说：“我把枪给你，你们押着我走，还不行吗？”

隆老夫人张大了嘴。隆夫人急道：“延宗！”鬼见愁点点头：“这个主意不错！隆延宗，其实我也不想拼命，好死不如赖活着，这个理儿谁不懂？你过来，把枪给我，我就放了你奶奶，我兄弟自然会放了你娘。有你护送我们哥儿俩离开隆家，我更放心！”

“好！君子一言，驷马难追！”说完，隆延宗一步步走向鬼见愁。隆老夫人突然大喝一声：“隆延宗，你别过来！”隆延宗停住脚步。隆老夫人说：“你好糊涂啊！鬼见愁、夜猫子，都是使枪的好手，现在就剩下刀子了，还敢来咱们家，说明他们压根儿就没想活着离开。你把枪给他，只能多搭上几条人命。延宗啊，我的三孙子，听奶奶的，快开枪，我和你娘死了不要紧，只要你答应奶奶，早点儿娶媳妇为祖宗传宗接代，我死而无憾！”

鬼见愁一下勒紧了隆老夫人，不让她再说话。隆夫人接话道：“对啊，延宗，你不能把枪给土匪，是你剿灭了七十二寨，他们最恨你，你把枪给了他，第一个死的就是你啊！”夜猫子勒紧了隆夫人，勒得隆夫人喘不上气来。隆延宗说："你们轻一点儿，别伤着我娘和我奶奶！"夜猫子和鬼见愁放松了手。隆延宗问："鬼见愁，我再问你一遍，你可说话算数？"鬼见愁点点头："算数！把枪拿来，我们哥儿俩押着你走，放了这两个女人！"隆延宗转向隆夫人："娘，我只能相信鬼见愁了，儿子若不救您，那是不孝！"隆夫人说："你丢了性命才是大不孝，你再往前走一步我就先死！"隆夫人说着就用脖子去蹭刀子。夜猫子连忙将刀拿开，不耐烦地催促道："隆延宗，你是个娘们儿吗？说好的事磨磨唧唧，在等什么？把我大哥整烦了，我们哥儿俩可就下刀子了！"

"好，我把枪给你！"说完，隆延宗将握枪的手一松，枪便挂在了他的手指上，他一步一步走近了鬼见愁。隆夫人喊道："延宗我儿，你好糊涂啊！"隆老夫人闭上了眼睛："天哪，老太爷啊，你个死老头子，亏你年轻的时候号称自己是智多星，三个孙子的脑袋瓜子怎么都不转个儿啊！"

隆延宗咬着牙说："奶奶，就算是我爷爷我爹还活着，就算他们看着我，我也得这么做！"隆延宗彻底放弃了，鬼见愁伸手够向枪，只剩一寸之遥。

突然，只听门外一声断喝，是隆喜儿的声音："等一等！"隆延宗连忙收起枪，所有人都朝门外看去。只见隆喜儿将瑛娘的头推向一边，用一把匕首对着她的咽喉，像摁着一只待宰的羔羊一样，将瑛娘押了进来。众人都愣住了。隆喜儿道："我抓住了他们的同伙，鬼见愁，放了夫人和老夫人，要不然，我先宰了你的女人！"

鬼见愁一脸的诧异："什么？我的女人？"他看了看瑛娘一眼，又看了一眼夜猫子，哈哈大笑，"他们这是演的哪出大戏呀？"瑛娘抬起头来，故作惊讶道："二当家的、夜猫子，你们还活着？"夜猫子怒道："柳瑛娘，你个臭娘们儿，你巴不得我们死吧？"鬼见愁说："我鬼见愁可没那么容易死，你来得正好，待会儿爷爷带你一起去见阎王！"瑛娘点了点头："好，能跟二当家的一起死，我也算是值了！"瑛娘的脸上看不出一点儿破绽。

隆喜儿说："这个女人放火烧祠堂，被我抓了个正着！"隆老夫人皱了皱眉头，看向瑛娘。隆夫人却一愣："祠堂？柳瑛娘，你……"

瑛娘道："二当家的，我以为您和其他兄弟一样，都已经死在山上了……思来想去，没别的法子，就只能趁夜摸进隆家。我知道，隆家的人把祠堂看得比自己的命都重。我想，点了他们的祠堂，才能算给二当家的报了仇，哪承想您还活着！"鬼见愁摇着头："编！我看你往下怎么编！替我报仇？我也得信你啊！"瑛娘瞪着眼睛："鬼见愁，你不信我？我可是为了你才回的七十二寨。自从你说要娶我，让我给你当压寨夫人，我对你就没有过二心。你居然不信我，我跟你拼了！"说着，瑛娘就要去拼命，却被隆喜儿一把抓回摁住。

隆喜儿道："别动！鬼见愁，自己的女人你都不认，我倒要看看你心不心疼！"说着，他一刀就扎向瑛娘的胳膊，往后一带，衣服立刻划了一道口子，皮肉被割开，鲜血翻涌。

"你干什么？"隆延宗冲向隆喜儿。隆喜儿说："三少爷，您糊涂呀，您早就应该看出来，这个女人通匪。她对鬼见愁死心塌地，您要是早枪毙了她，何至于让她点了隆家的祠堂！"

正在这时，外面传来一声声的吆喝："快救火呀！救火呀！祠堂着火了！"家丁、婆子们一听祠堂着火了，都向祠堂方向跑去，甚至连被绑架了的隆夫人、隆老夫人都不再管了。

隆延宗看向瑛娘："二嫂，你真的点了祠堂？"瑛娘怒斥："呸！谁是你二嫂，你这个人面兽心的畜生，你和老太婆甜言蜜语地骗我回七十二寨，就是让我回去送命的！要不是二当家的一番话把我说醒，我还被你蒙在鼓里呢！"

鬼见愁嘬着牙花子琢磨着。夜猫子也糊涂了："大哥……"鬼见愁摇摇头："等会儿，越说越像真的了，柳瑛娘，我问你，既然我一番话把你说醒了，你为什么要跑啊？"瑛娘说："我没有跑。"鬼见愁怒斥："你胡说八道！"瑛娘道："是隆延宗用枪逼着我走的！"鬼见愁愣住了："隆延宗，你真的摸进了七十二寨？我想起来了，你还冒充了我远房表亲，让云中鹤对我起了疑心，你真有两下子呀！"夜猫子接话："隆延宗亲自施的反间计？大哥……"鬼见愁伸手制止了他。

瑛娘装作痛心疾首："二当家的，都怪我，我知道是因为我，您和大当家的才起了内讧，让隆延宗占了便宜。当时我大声喊人来着，可是他把我打晕了……"鬼见愁突然哈哈大笑："柳瑛娘，我差点儿让你糊弄了，你这是给我施苦肉计呢，可是你目的是什么呀？"瞬间，隆老夫人看明白了一切，隆夫人却糊涂着，不敢轻言妄语。

瑛娘叹道："老天爷，我柳瑛娘七岁当河姑，我的命属于大河，我不该贪生怕死，不该嫁人，更不该在自己的男人死了以后又对别的男人动了心。鬼见愁，你个臭土匪，可惜我对你一片苦心，为了你，我点了隆家的祠堂，你却说我糊弄你。我能有什么目的？头一眼看见你，知道你还活着的时候，我还妄想过让你带我走，哪承想你根本不值得托付……来呀，动刀子吧，快点儿下手，别让我活在这世上丢人现眼了！"

瑛娘和隆老夫人以及隆夫人对视了一眼。瑛娘继续说道："我柳瑛娘只求老天爷保佑，让我来世托生成男人，我就再也不用依靠别的爷们儿了！"

外面的喊声不断地传来："快救火啊，火快烧过来了！"

隆夫人和隆老夫人的脸色都很难看。隆老夫人突然大喝一声："隆延宗，你要还是隆家子孙，你就别管我们了，快开枪，解决了土匪，然后赶紧带着人去救火。隆家的祠堂要是保不住，祖宗留下的基业可就没了！"隆延宗有点儿慌了，向外看着。

鬼见愁问："柳瑛娘，你真的点了他们家的祠堂？"瑛娘咬紧牙关："我没有！我怎么会点了隆家的祠堂，为你这么个臭土匪报仇？我真是瞎了眼了，我怎么会看上你？鬼见愁，我咒你下辈子还是土匪，你永远托生不成好人！"鬼见愁哈哈大笑："柳瑛娘，你还真贴心，你怎么知道我下辈子还想当土匪呢。当土匪太过瘾了，想杀谁杀谁。你知道吗，我生吃过孩子肉，经常炸活人的心肝肺下酒，你不怕我，愿意跟我走？"瑛娘摇头："我不愿意！我真后悔这辈子遇到了你！"

隆延宗有些慌了。隆喜儿又举起刀子来："三少爷，您快带人去救火，这儿交给我！鬼见愁，快放了夫人和老夫人，不然我立刻要了她的命！"说着，隆喜儿又在瑛娘的胳膊上划了一刀，瑛娘疼得大叫。

鬼见愁指着隆喜儿："浑蛋！你他奶奶的，你把我的女人送过来，我拿老太婆跟你换！"隆喜儿押着柳瑛娘上前去交换。瑛娘用没受伤的手紧紧地捂住伤口，血从指缝中洇了出来。她的另一只手很自然地插进腰间，被大布襟子遮住。

隆喜儿走近鬼见愁，大声道："放了老夫人！"鬼见愁却说："你再近点儿。"就在交换人质之际，鬼见愁耍了个花招，一把将两个女人全都揽在了怀里。

隆喜儿急道："鬼见愁，你！"鬼见愁哈哈大笑："想拿一个柳瑛娘换隆家的老祖宗？我鬼见愁岂能做赔本买卖？"瑛娘问："鬼见愁，你就不怕他割破我的喉咙？"鬼见愁笑道："放心，你男人干这种事好几十年了，从来没吃过亏！瑛娘，胳膊疼不疼啊？"瑛娘带着哭腔说："疼，疼得厉害，你快带我走吧。"鬼见愁道："走？现在走不了啊，我们多待会儿，等隆家的祠堂烧成灰了以后再走，那多好啊！"瑛娘催促道："快走吧，我疼得受不了了。"

"好，你先忍忍……"鬼见愁转向隆延宗，"隆延宗，你刚才出的那个主意不错，这么着，你把枪交给我兄弟，我立马放了你奶奶和你娘，然后让我兄弟押着你，我带着我的女人一起走！只要我们安全出了孝兴县城，我保证一根毛都不伤你的，如何？"

隆老夫人开口道："隆延宗，刚才你没看到吗，他不讲信用！"鬼见愁用刀子逼近隆老夫人："你闭嘴！"隆延宗叹道："奶奶，现在没别的办法，我只能再信他一回。鬼见愁，你可要说话算数，我给你当人质，保你们出城安然无恙！”

鬼见愁点头：“好，快着点儿吧，我的女人流着血呢！”鬼见愁朝夜猫子使了个眼色，夜猫子会意。其实，他俩早就商量好了，这次必须宰了隆延宗报仇，其他人，多杀一个算一个，他们根本没打算活着出隆家……

夜猫子看着一步步走近的隆延宗，宛如豹子看着猎物。

鬼见愁凑近瑛娘的耳边，轻声道：“瑛娘，咱俩到阎王殿里去拜堂吧！”瑛娘吓了一跳，但也小声地回复道：“谁要跟你去见阎王？我要跟你在人间做夫妻，你答应带我走的！”鬼见愁摇了摇头：“下辈子吧。你瞧这架势，咱们走不了了……”瑛娘已经明白了鬼见愁的意图。

鬼见愁问：“你告诉我，你恨不恨隆延宗？”瑛娘转了转眼珠：“恨！”鬼见愁道：“你瞪大眼睛看着，只要我兄弟一接过枪，他就没命了！”

隆老夫人听到了这句话，大声喝道：“孙子，你不能给他枪！”鬼见愁怒道：“死老太婆，我看你再敢出声！”他将刀对准隆老夫人的哽嗓咽喉，猛地往高一举，隆老夫人瞪大了眼睛，不敢出声了。鬼见愁大声道：“隆延宗，把枪交给我兄弟，我鬼见愁说话算数，你要是反悔，我立刻下刀子！”

隆延宗摆手：“好，鬼见愁，我知道你诡计多端，但我信你一回，你千万别伤了我奶奶！”隆老夫人急道：“别，延宗！”隆延宗说：“奶奶，您信孙子的，别再说话了，千万别激怒他！”隆老夫人的眼泪稀里哗啦地流着，隆夫人哽咽着。

“娘，您放心，有这么多警察在，谅土匪不敢怎么样！”隆延宗说着就将枪递向了夜猫子。夜猫子张开了手等着去接枪。鬼见愁说：“瑛娘，我们的好时候就要到了，今天的陪葬不少！”

鬼见愁握紧了刀，就要对隆老夫人下手，就在这千钧一发之际，只听一声沉闷的枪响！所有人都看向了瑛娘。

在窗外偷听的隆万氏吓得大叫一声，直往王婆子怀里钻。鬼见愁瞪大了眼睛，身体僵硬，一动都动不了。瑛娘看着他，脸上没有任何的表情。隆老夫人仍在尖刀之下，不敢轻举妄动。隆夫人惊呆了，而佘管家还不知道枪声是在哪儿传来的。夜猫子下意识地去看鬼见愁，已知不好，赶紧去抢枪，可是来不及了，隆延宗一手抓住枪，一手握住夜猫子拿钢刀的手，两个人较上了劲。

钢刀之下，就是隆夫人，她想躲又躲不开。夜猫子发狠，刀向隆夫人刺来，但佘小四的枪也紧跟着响了。子弹划过隆延宗，正打中夜猫子的头，从他的后脑勺穿射而出。隆夫人吓得尖叫一声，佘管家连忙上前搀扶住她。

只见鬼见愁瞪大了眼睛，再一次抡起刀刺向隆老夫人，又一声枪响，子弹打中了鬼见愁，他的后背窜出了血花。瑛娘不敢回头，但从她僵硬的动作可以看出，是她开的枪。鬼见愁咬牙切齿地骂道："臭娘们儿，你还是骗了我……"

鬼见愁的刀撒手，人也倒了下去。隆延宗连忙上前扶住隆老夫人。隆夫人突然大喊一声："还愣着干什么，还不快去祠堂救火？"隆延宗、佘小四都看向隆夫人。隆老夫人却摇着头说："哪有什么火，延宗他娘，你现在还没看明白，，是你儿媳妇给土匪使的苦肉计！"

瑛娘的身体仍动弹不得，血涌得更厉害了，她藏在布襟下的手里攥着一把枪，子弹已经将布襟打烂，枪口仍然冒着烟。的确，这一切都是瑛娘安排的。

隆喜儿忽然大叫一声："哎呀，二少奶奶，您流了这么多的血！"瑛娘这才从恍惚中缓过神来："噢，没事……"隆喜儿跪倒在地："二少奶奶，我这两刀子下得狠了，请您恕罪！"瑛娘摇了摇头："不，喜儿，多亏了你。"

隆延宗走上前说："二嫂有勇有谋，巾帼不让须眉，隆延宗佩服！"隆老夫人点点头："到底是县长，这两句话说得好，有勇有谋，巾帼不让须眉！瑛娘，了不起！""奶奶，您没事就好。"瑛娘转过头去，"婆婆，让您受惊吓了。"

隆夫人恍然大悟："不不不，这，这我才弄明白，刚才是你的计策，那是什么人敲的锣？"隆喜儿插话道："也是二少奶奶，是她发现了鬼见愁的行踪，回来报信的！"隆夫人叹道："好悬哪，娘，让您老人家受苦了……"隆夫人上前拉住隆老夫人的手。隆老夫人摇了摇头："跟在七十二寨那些年头比起来，这也算是受苦？"佘管家惊魂未定，说："佘小四，快快快，赶紧把这两个土匪的尸首扔出去！"有警察上前将两具尸体抬了出去。

瑛娘转向隆老夫人，说："奶奶，我想求您一件事。"隆老夫人点点头。瑛娘恳求道："我身无分文，想求您赐口棺材，让我给鬼见愁收了尸。"隆老夫人有些犹豫。隆万氏却开口道："我看行，早就听说了，你给七十二寨土匪头子二当家的鬼见愁当了压寨夫人，他是你男人嘛，你不收尸谁收尸啊？"

隆夫人大喝一声："你闭嘴，这没有你说话的份，滚一边儿去！"隆万氏吓了一跳："哎呀，婆婆，你怎么这么对我呀，人家听说土匪来行凶，我就怕您和奶奶有什么三长两短，这才冒险来了，您怎么……"隆夫人怒喝："我让你滚一边儿去！"隆万氏一跺脚，抹着眼泪，哭着跑了。

隆夫人道："柳瑛娘，你不能给他收尸，他是罪大恶极的土匪头子，你是我们隆家的少奶奶，这事儿传扬出去，好说不好听。""婆婆，我知道，但我还是……"瑛娘跪下道，"婆婆，求您恩准。"隆夫人十分为难："你……"

隆老夫人伸出手来，示意隆夫人不要再多说："柳瑛娘，我明白，鬼见愁救过你的命，今天，若他对你无情无义，也不可能上了你的当。他不上当，你也就救不下我和你婆婆。土匪是有仇必报，你是有恩必报，所以你才要为他收尸，对不对？”瑛娘点了点头。隆老夫人说：“柳瑛娘心里边有一个字儿，你们都不认识，那是因为她闯荡过江湖，而你们都圈在这深宅大院里，那个字儿，就是义！隆喜儿，这事交给你了，明儿个你去选一口最好的棺材，替你家二少奶奶埋了鬼见愁！”

瑛娘摇了摇头：“不，只要奶奶肯赏棺材，我自己就可以了，不需要别人帮我。隆喜儿，麻烦你帮我套辆车，我这就拉着鬼见愁的尸首走。”隆老夫人问：“你伤成这样了，要去哪儿？”瑛娘语塞：“我……”隆老夫人道：“你是个妇道人家，你自己去给鬼见愁下葬，真的要让别人戳隆家的脊梁骨？”瑛娘说：“我会把他的尸首拉得远远的，不让别人看见，我这就走。”

隆老夫人喝道：“站住！我知道你的心思，奶奶出了个馊主意，送你回七十二寨送死，伤透了你的心。今儿个我就在这儿磕个头，给你赔罪还不行吗？”说着，隆老夫人就要下跪。瑛娘连忙先一步跪倒在地：“奶奶，您可千万别折煞我了。”隆老夫人道：“你是隆家的功臣，你得留下，要不然传扬出去，别人会笑话隆家！你也得替你三兄弟想想，你帮他剿灭七十二寨，却要一个人流落江湖，靠要饭去找你丢了的孩子，他这个一县之长，脸面何在？”瑛娘下意识地看了一眼隆延宗。

隆延宗连忙上前说：“是啊，二嫂，请你留下。”佘小四也说：“对呀，二少奶奶，都怪我把您给弄丢了。县长让我派出了两拨人马，四处找您哪。还有，县长让我们把所有的人贩子都抓起来，要让孝兴天下无拐，他就是觉得对不起您哪！”隆喜儿也劝道：“是啊，二少奶奶，三少爷让我明儿一早就动身，带人过黄河去追唱戏的盖家班，帮您把大小姐和二小姐找回来！”

瑛娘再次看向隆延宗，隆延宗反倒有些不自在了。瑛娘咬咬牙说：“奶奶，您和隆县长的好意我都领，可是我还是得走……”瑛娘不顾一切，起身就走。突然间，孩子的哭声传来。

隆老夫人说：“瑛娘你听，你儿子在哭呢，自打你走后，这孩子可一口奶都没吃过！”瑛娘愣了：“什么？”佘管家道：“二少奶奶，奉夫人之命，我给孙少爷找来了三个奶妈，可是他谁的奶也不吃啊！”隆夫人也说：“这孩子一天到晚地哭，哭得你奶奶好几天都没睡觉了。这可是你的亲儿子，你怎么能舍下他呢？刚才大伙说的都是真的，举隆家之力帮你找孩子，难道不比你一个人强？”

隆老夫人摆了摆手：“行了，你这当婆婆的，这不是讲道理的时候，快把瑛娘带到我屋去，让她喂喂儿子！”瑛娘哪还用人带，早就不顾一切地朝房里冲去了。

客厅里只剩下隆老夫人和隆延宗。隆老夫人怒道："人贩子就该都杀光，偷人孩子，弄得人家母子分离，这种人罪该万死！"隆延宗点头说："人贩子易杀，可丢了的孩子难找。奶奶，我心里一直憋着一件事……"隆老夫人问："什么事？"

隆延宗思忖良久，说："按说二嫂刚刚救了您，救了隆家，我不该……可兹事体大，关系到隆家的血脉，我不敢不说呀，现在这个孩子……"隆老夫人伸出手来，示意隆延宗噤声，隆延宗愣住了。隆老夫人吩咐："你出去看看外面有人没有？"

隆延宗连忙往外走去。王婆子正留在天井边偷听，隆延宗一出门，吓得她扭头就走。隆延宗喝道："站住，干什么的！"王婆子连忙说："我是长房院里的王婆子，大少奶奶让我在这儿等着，看看夫人和老夫人还有什么吩咐没有。"隆延宗怒道："深更半夜的，有什么事用得着吩咐你们长房的人？滚！"王婆子赶紧离开。

赶走了王婆子，隆延宗快步回到客厅，说："奶奶，您知道？"隆老夫人点头："我当然知道。"隆延宗叹道："二嫂千不该万不该，不该拿别人的孩子冒充……"隆老夫人说："她没有！"隆延宗十分惊讶。隆老夫人说："是我让她这么干的！那个时候，你生死不明，你娘又病倒了，隆家的家产，那姓万的唾手可得啊！奶奶是个死了十几年的人了，没点儿什么依仗，回这个家我心里都没底儿！"隆延宗这才明白是怎么回事。

隆老夫人说："瑛娘跟我说了，孩子是怎么回事儿，你心里一清二楚。你要真有本事，就帮你二哥把血脉找回来！"隆延宗说："我一定尽力。"隆老夫人长叹一声："我也就说说罢了，上哪儿找去呀？那三个丫头也难，除非她们长大成人了，懂事了，自己回来。唉，也不知道我这老太太，还能不能活到那一天……延宗，孩子的事可不能再让别人知道了，一旦走漏了消息，你二嫂可就真的没法在这个家待了！"隆延宗点点头："放心吧，奶奶，我明白了。"

朝阳再一次照耀着隆家的百年老宅，又是崭新的一天。

隆老夫人听了隆夫人的话，吃了一惊，说："姓万的女人换了你的药？那跟下毒有什么区别？没想到她竟如此歹毒！"隆夫人说："娘，您是知道我的，能忍的事我一定忍，可这件事我真的不能忍！我已经叫佘管家去拿人了，只要吕婆子招了，录下口供，就请婆婆为我做主！"隆老夫人愤愤道："好，只要证据确凿，娘给你做主。咱们隆家，还从来没出过这种大逆不道的事情！"

这时，佘管家急冲冲地跑了进来，隆夫人问："怎么，人没抓来？"佘管家惶恐地说："没有。跟她住在一块的婆子说，她昨天夜里慌慌张张地跑了！"隆夫人连忙说："跑了？去，抓那个王婆子来！"

没等佘管家出门，隆万氏就闯了进来，哭哭嚷嚷："哎呀呀，哎呀呀，婆婆，您替我做主啊！"隆夫人紧皱眉头："你有什么事，用得着我做主？"隆万氏装腔作势："跑了！您派到我身边的王婆子，昨天夜里跑了，还偷走了我不少金银财宝啊！"隆夫人怒道："我派到你身边的？那王婆子与你狼狈为奸，早就是你的走狗了！怕是你担心罪名败露，让她跑的吧？"

隆万氏说："我有什么罪名？"隆夫人说："你干的好事，你敢不承认？"隆万氏毫不示弱，说："我干什么了？"隆老夫人插话道："哎，你是当婆婆的，可不能乱讲话。既然偷了金银财宝，佘管家，让你侄儿带着警察去抓，把长房院里跑了的贼抓回来！"

隆夫人伺候着隆老夫人用餐。隆老夫人拍拍隆夫人的手，说："你也坐这儿，陪娘喝一盅。"隆夫人摇摇头："娘，您喝吧，我没心情。"隆老夫人说："还跟姓万的生气呢？"隆夫人叹道："这女人太狡猾了，居然让她的帮凶都跑了！哼，我已经跟佘小四说了，就算是跑到天边，也得给我抓回来！"

隆老夫人笑了："天边？那出了孝兴的县界了，他警察局长管不着，咋抓人去呀？"隆夫人说："娘，您还有心情笑话我？""要我说呀，都是你的错。我们隆家发家倚仗的是仁厚，万家发家靠的就是奸诈，你难道不知道？""我……""既然知道，为什么要答应这门亲事？""都怪我，当年您和老爷一起出事，我真是……唉……都怪我一时乱了阵脚，才让他们乘虚而入！"

隆老夫人叹了一口气："你看，承认了吧？听娘的，忍一忍，就过去了。"说着，她给隆夫人倒了一杯酒。隆夫人说："娘，您让我忍，这种事情我忍得了吗？"隆老夫人叹道："忍不了也得忍。如果我没猜错，那两个婆子被她支回她娘家了。你儿子是县长，人家娘家亲哥哥可是省城的专员，你难道上她娘家抓人去？"隆夫人哑口无言。隆老夫人继续说道："抓不回人就没有真凭实据，没有真凭实据咱可真拿她没办法。她不是张神仙，姓张的是个江湖骗子，无依无靠，打死了扔黄河里没人会管。万家既有钱，又有大官，不是善茬。如今娘回来了，有娘帮你盯着，量那姓万的也不敢再捣鼓什么歪门邪道！"隆夫人只得强压心中的怒火。

"来来来，娘敬你一杯，忍了，忍了噢！"隆老夫人像哄小孩一样哄着隆夫人。隆夫人也端起酒杯来："我敬娘。"两个酒杯碰在一起，两人对饮。隆老夫人说：“现如今隆家最大的事，就是延宗的婚事。你这个当娘的，赶紧把这事操持起来！”

隆夫人点点头，突然又想到了什么，说：“只是……娘啊，前两天咱们一直担心延宗被柳瑛娘勾了魂，现在……”隆夫人有些说不出口。屏风后，瑛娘听到这话吓了一跳，赶紧躲了起来。隆夫人接着说道：“现在瑛娘又回来了，住在一个屋檐下，抬头不见低头见的，延宗哪有心思找媳妇？”隆老夫人微微点头：“这倒真是个为难的事……”隆夫人又说：“这些日子，我想起好些事来，延宗小时候就常往祠堂跑。那个时候，瑛娘正在咱们家，为这事，他们可都挨了打。”

隆老夫人皱眉：“有这事？”隆夫人摇着头：“最怕的是叔嫂间日久生情，真出了有悖伦理的事，让祖宗蒙羞，让天下人笑话呀！”瑛娘怔住了，默默退下。

瑛娘推开隆家祠堂大门，走进祠堂，关上门；隆延宗推开祠堂后门进来，也关上门。

瑛娘将隆继宗的牌位取下，放在供桌上；隆延宗将供奉在后面的瑛娘的牌位摆正。

瑛娘看着隆继宗的牌位，含泪点着了一束香；隆延宗看着瑛娘的牌位苦笑着，拿起了三支香。

瑛娘将香插在香炉里；隆延宗将香摆放在牌位前。

瑛娘轻声道：“二少爷，我来看你了，这一年多四处漂泊，都没给你上香烧纸……”

隆延宗低声叹息：“你这块没用的木牌子，白受了我这么多日香火……”

瑛娘道：“二少爷，奶奶让我留在隆家，可孩子们都不在身边，我真是日夜不得安宁啊，你说我该怎么办呢……”

隆延宗在另一边说道：“你说我拿你怎么办好呢？烧了？埋了？总不能让二嫂看见你吧？这也太尴尬了……”说完，他将牌子拿起来，在桌上一蹾。

听到声音，瑛娘吓了一跳，连忙厉声道：“谁在后面？谁在祠堂里？”

隆延宗愣了，他万万没想到瑛娘会来。瑛娘担心祠堂安危，壮着胆子快步冲向后面。隆延宗无处躲藏，只得将牌位拿在手里，藏在身后。

他刚刚藏好牌位，瑛娘就赶到了，两人对视。瑛娘一愣：“三叔？”隆延宗尴尬：“二嫂？”两人几乎同时发问：“你怎么在这儿？”又几乎同时回答：“我没想到……”

隆延宗道：“我没想到这么晚了会有人来。”瑛娘点头：“我也是，对不起，不打扰了。”她转身欲走。

隆延宗叫道：“二嫂，你是来拜祭二哥的吧？我和你一起，好吗？”

第三十二章

半晌，瑛娘沉下脸："不好，你要拜祭你二哥，可以等到白天再来。我好不容易把孩子哄着了，只有这会儿才得闲。你走吧，让我和孩子他爹待一会儿。""噢……"隆延宗答应着，却不动弹。他背后藏着瑛娘的牌位，很是不方便。瑛娘有些生气了："你倒是走啊？这深更半夜的，你我孤男寡女，让人看见会说闲话的。"隆延宗为难道："我走……二嫂，你先走，我这就走。"瑛娘皱皱眉："你磨磨蹭蹭地干什么？你是从后门进来的吧，我要等你出去，好别上门。"隆延宗不知如何回答。

瑛娘发现隆延宗有些可疑，说："你手里拿的什么？"隆延宗迟疑着："啊……一块破木牌子而已。"瑛娘一见是牌位，很是吃惊："这是哪位先人的牌位？亏你是隆家子孙，居然敢说是块破木牌子？"隆延宗无言以对。瑛娘道："真是罪过，快给我，我帮你供到高处去。"

瑛娘做过河姑，祠堂的规矩都懂，她接过隆延宗手里的"灵位"，尽量举到高处，表示对祖宗的尊重："你是从哪儿拿下来的？这位先人是什么辈分？原来摆放在哪里？"隆延宗摇摇头说："二嫂，这就是一块随便的木牌子，不用供的。"瑛娘正色道："胡说，祠堂里哪有随便的一块木牌子。每个牌位上都住着一位先人的灵魂。对待祖辈先人，万万不可不敬。你快告诉我，这块牌位该摆回哪里去？"

隆延宗更加为难："二嫂……这……这……"瑛娘怀疑道："他三叔，你今天怎么吞吞吐吐的？"隆延宗闻言更加尴尬。瑛娘生气了："隆延宗，你到底在搞什么鬼？"

隆延宗叹道："我知道你不认字，这上面写的是你的名字。"瑛娘看向灵位上并不认识的字，突然笑了："是吗？真没想到，你以为我死了，还给我做了一个牌位，还摆在隆家的祖宗祠堂里，真是多谢了。"瑛娘深深地鞠了一躬。"哎，二嫂，你别这样。"隆延宗上前去搀扶。

就在二人接触的一瞬，瑛娘像被电了一样，连忙后退。见到瑛娘的反应，隆延宗也有些尴尬。半晌，瑛娘想到什么，喃喃道："我正愁不知道自己该住在哪儿合适，这块牌位倒是给我提了醒，从明天起，我就搬到祠堂里来住。"隆延宗说："二嫂，这哪是住人的地方，你以前住过的院子一直空着呢！"瑛娘正色道："那是我和二少爷一起住过的地方，我怎敢回去。我一闭上眼睛，就能看见二少爷，还有我的盼娣、招娣、念娣……"隆延宗劝道："那你就像现在这样跟奶奶住在一起，不也挺好的吗？奶奶房里下人多，有人帮你照看孩子。"瑛娘摇摇头："孩子不是隆家的血脉，怎么能让隆家的人伺候，我会把他带到这里来，一个人把他带大。"

隆延宗说："你这又是何苦，这里怎么住啊？"瑛娘说："你二哥的灵位在此，我和他夫妻一场，他走的时候，我没能为他守灵，现在我住在这儿，就算是守灵了。"瑛娘看着自己的灵位，"正好还有这块牌位，把它和二少爷的摆在一起，也就算我陪着他了……"隆延宗说："你是个大活人，快把牌位给我，让我把它砸了，烧了！"瑛娘说："那就更不吉利了。牌位做好了，再毁了，你是咒我不得好死？"

隆延宗忙说："二嫂，我没这个意思。"瑛娘说："我知道你没有，这牌位做得真好，既然是给我做的，就送给我。孩子他三叔，你这分心意，我会永远记着。你回去吧。"瑛娘一手抱着牌位，一手示意隆延宗快走。隆延宗默默地望着瑛娘，可是瑛娘不再抬头。隆延宗无奈，慢慢地走向后门，轻轻地拉开门出去了。

瑛娘抬起头来，目光幽幽的，祠堂的后厅虽然不大，但她一个人抱着自己的牌位站在那里，还是显得空空旷旷的。

三年后……

隆延宗快步穿过院落，向外走去。一个四五岁大的孩子发现了他，跑了过来，大声地喊着："三叔——"隆延宗一见他顿时高兴起来，叫道："牢生。"就在孩子跑到他身边的一瞬，他迅速用两只手掌伸进孩子的腋下，举着孩子转了两圈。

被叫作牢生的五儿说："三叔，咱们俩大战一场吧！"说着，五儿拉开架势，样子很神气，仿佛要跟隆延宗比武。隆延宗笑道："今天不行，三叔有公务在身。"五儿不依，说："不嘛，我要大战一场！"隆延宗板起脸说："哼哼唧唧，哪像个男子汉大丈夫，马步！"五儿立即扎起了马步。

隆延宗喊起了口令："一！"五儿出拳。"二！"五儿再次出拳。"三！"五儿左拳挡，右手出拳。"四！"五儿右手挡，左手出拳。"五……"五儿在隆延宗的指挥下，练习着打拳的基本功。隆延宗笑了："不错，回去练上一百遍，明天三叔再陪你大战一场。"隆延宗走了，五儿朝他的背影做了个鬼脸。

隆夫人扶着老夫人来到餐桌前，一坐下，隆老夫人就掐手算着日子。隆夫人问："娘，您这是算什么呢？"隆老夫人道："昨晚上梦见瑛娘了，我这掐指一算，她搬到祠堂去住，到今儿个，三年零五个月。"隆夫人看了一眼正在盛汤的佘管家，说："娘啊，您这记性可真好，您要是问我呀，我都记不住。"隆老夫人说："那是你没用心思记。"隆夫人一愣。隆老夫人又问："儿媳妇，这三年多，瑛娘咋样？"

隆夫人说："作为继宗媳妇，她一直在祠堂里给亡夫守灵；作为儿媳妇，逢年过节也没差过礼，都是一大早就来给长辈磕头，每年的大年初一，亲手和馅包饺子，孝敬奶奶，孝敬我这个婆婆，也没什么好挑的；作为孩子的娘嘛……"佘管家接话道："孙少爷也教得不错！虽说顽皮，经常满院子瞎跑，可从来都不干讨厌的事儿。眉清目秀的，还爱笑，看着就招人喜欢。"

隆老夫人又问："这三年多，没人说过她的闲话？"佘管家摇头："没有，家里外边的给她竖大拇指！"隆老夫人叹道："坏了！我说我梦见她了呢，这是要坏事儿啊。"佘管家疑惑道："老祖宗，您孙媳妇这么贤惠，坏什么事？"

隆老夫人摇头："越贤惠越坏事！儿媳妇，我问你，延宗没深更半夜地往祠堂跑过吧？"隆夫人肯定地答道："没有，这个绝对没有！我们隆家的子孙怎么会做出乱了规矩的事情。"隆老夫人点头："就是啊，瑛娘贤惠，延宗也没坏规矩，可是他就是不成亲，提谁家的闺女他都不看上一眼，这里边有事儿啊！我猜想，咱们家的隆大县长八成是在等……"隆夫人闻言脸色很不好看，佘管家端着碗的手停在了半空中。

突然，一阵鞭炮声从外面传来。隆老夫人疑惑道："这不年不节的，谁家放炮仗干吗？"隆夫人道："八成是城门口，欢迎保安团的。"隆老夫人皱着眉头，叹了口气："唉，这几年，天下大势就是打仗。全中国狼烟四起，战事不断呀！"

佘管家接话道："就是啊，今天这个大帅打败了那个大帅，明天那个大帅又派人行刺了这个大帅。不管是这个大帅还是那个大帅，只要一打仗就得让老百姓充军饷，我看，他们打仗就是为了搜刮民脂民膏！"隆夫人叹气摇头："所以，这些年最难的就是延宗。他身为一县之长，为了少让老百姓受祸害，操碎了心，咱们隆家也没少往里面搭真金白银。"

隆老夫人说："搭点儿就搭点儿吧，总算是天下太平了。现在上边派个保安团来，是个啥意思？"隆夫人回道："延宗说了，上边的意思是要军政分开，以后，延宗还是一县之长，管政务。军事上的事，就归人家保安团管。"

隆老夫人问："那打没打听，派来的这个保安团咋样？"佘管家说："打听了！这支队伍不错，作战勇猛，军纪严明，很少祸害老百姓。”

隆老夫人点点头：“队伍好，准是当官的好。”佘管家说：“是！团长姓高，绿林出身，为人仗义，是难得的英雄。听说在战场上救过大帅的命，大帅认了他当把兄弟呢！”

隆老夫人又有些担忧：“大帅的把兄弟？那延宗以后不得要看人家的眼色？”隆夫人说：“娘的脑筋转得真快，我都没想到这一层。不过请娘放心，只要他不是小人就好，您别忘了，您孙子也是带兵剿灭七十二寨的大英雄。”佘管家也说：“就是就是。对孝兴百姓来说，再大的英雄也不如三少爷。对了，这个高团长也有毛病，好色！三房姨太太，一个戏班子来的，还有俩，青楼里出来的。”隆老夫人摇摇头：“当兵打仗，都是脑袋别在裤腰带里，随时候着去见阎王，多两个女人倒也算不了啥毛病。”

隆延宗带人将高团长一行迎接到县政府，两人在县长办公室里会晤。高团长人高马大，性格倒是爽直，说话大大咧咧：“既然咱俩搭伙，有话我得说在前头。我这个人有毛病，好色！见到漂亮娘们儿就走不动道，不过，对良家妇女，我不会来邪的歪的，请你放心！”隆延宗不知道该怎么接话，佘小四也在一旁也笑得尴尬。隆延宗只好说：“这是高团长的私事，我们无权过问。”高团长撇撇嘴：“什么公的私的，既然咱俩搭伙，你的事，我的事，都是咋回事，互相得知道啊！敢问隆县长，咱家我大嫂喜欢金银首饰还是绸子缎子，你给我提个醒，改日我登门拜访，别送错礼！”隆延宗有些厌恶，说：“抱歉，延宗尚未娶妻。”

高团长一皱眉：“什么？混账！”隆延宗一愣，以为他在骂自己，佘小四也很诧异。高团长继续说道：“真是混账！高棒子！”高团长的副官高棒子从外面跑了进来：“到！”高团长怒斥：“你个混账！隆县长还没娶媳妇呢，这么重要的军事情报，你怎么没侦察到？”高棒子给了自己一个嘴巴：“对不起团长，兄弟失职！”高团长吩咐：“去，把我那仨娘们儿叫进来！”高棒子转身跑了出去。

不一会儿，三个妖艳的女人被高棒子带了进来。“团长，我来了。”“团长，什么事儿啊？”“团长，你叫我们干什么呀？”三个女人说着话，叽叽喳喳的。高团长说：“见过隆县长！”三个女人连忙齐刷刷地行礼：“隆县长好！”

隆延宗有些尴尬，说：“见过三位大嫂。”高团长一摆手：“不用叫大嫂，挑一个！”隆延宗一愣：“什么？”高团长道：“挑一个还不明白？我让你挑一个，我送给你！”隆延宗抬头望去，三个女人笑着。他皱皱眉说：“高团长，请不要开这种玩笑。”高团长一本正经地说：“谁跟你开玩笑了？既然咱俩搭伙，我的女人就是你的女人，看上哪个直说，我立刻送给你，绝不含糊！”隆延宗无比尴尬。高团长大大咧咧道：“哎呀，我知道你是名门望族的大少爷，送你一个女人不耽误你将来明媒正娶大家闺秀！”隆延宗突然厉声道：“高团长，我说了，请不要再开这种玩笑！”

高团长一愣，高棒子立刻从腰间拽出枪来。佘小四也不含糊，拽出枪来。三个女人吓得直尖叫。隆延宗回头看着佘小四：“佘局长，你干什么！”佘小四指着高棒子：“他……”高团长看了看隆延宗，又看了看高棒子，说：“收起来！”

高棒子将枪收了起来，佘小四这才收枪。高团长又看着隆延宗，忽然哈哈大笑起来。高团长说：“你说对了，我跟你开玩笑呢，这么漂亮的女人，我还不舍得呢。你也太不识逗了，还急了？”

隆延宗这才沉下一口气，心平气和道：“高团长……”高团长打断了他，说：“行了，什么军政要务的，回头再说。你刚才不是说有欢迎宴会吗，开始吧，饿了，走，吃饭去！”说完，高团长一挥手，带着女人们和副官离开，隆延宗被噎回了。

佘小四上前道：“县长，这姓高的……”隆延宗琢磨着，说：“我之前打听过的，高团长治军有方，是来孝兴最好的人选。不过看来，这个人倒挺有个性，我们小心交结为上，切不可轻易树敌。”

孝兴县政府里院里，十几个伙计排着队往外院上菜。外院席开十桌，摆得满满的，另有不少士兵在院子里站岗。隆延宗端起酒杯，说：“诸位！本人就任县长四年以来，今天是头一回在政府的院子摆酒席，为的是欢迎高团长和保安团的将士们。保安团的到来，是孝兴百姓的福祉，从今日起，孝兴的安全就拜托诸位了！”隆延宗把酒杯举到高团长面前，说：“高团长请！”

高团长瞟了一眼隆延宗端着的小酒盅，说：“换碗！”立刻有士兵抱了一摞碗来，摆在桌上。高团长一挥手说：“全倒满了！”六个碗都被倒满了酒。高团长指着碗说：“你要是诚心敬我，你干三碗，我干三碗。”同一桌的高团长的三个女人，高兴地鼓起掌来。

佘小四在察言观色，见隆延宗有些为难，站了起来，说：“高团长，隆县长是文人，酒量差点儿，这样，我替他敬您三碗！”高团长瞥了他一眼：“你？”佘小四点点头：“是，我姓佘，是警察局长。”高团长挥挥手：“你算老几啊，滚一边去！”佘小四脸上挂不住了，脸色由青转白，由白转红，眼睛也涨红了，一触即发。其他桌的警察站了起来，而更多的军官也站了起来。

高团长并不理会，说：“姓隆的，嫌碗大，你不愿意喝，没关系。可今儿个这么大个场面，总得找点乐子助兴吧？几年前，你亲自带人攻上七十二寨，剿灭了盘踞在那里上百年的土匪，省里的大员都把你吹成神仙了，说你能文能武，胜过当年的赵子龙。我呢，偏不信邪，要不这样，咱哥俩比画比画，让兄弟们乐呵乐呵咋样？”

军官们一片乱叫：“好——”一个军官站上了椅子，叫道：“打这个小白脸子，叫他不给团长面子！”众军官附和：“对，打他！打他！”

隆延宗有些恼怒，摸不清底细，也不好发作，就摆摆手说：“不就是喝酒吗，拿杯子喝和拿碗喝有什么区别，来，我喝！”高团长摇摇头：“晚了！刚才你不端碗，这会来不及了。”

说完，高团长挽着袖子就往里院走去，隆延宗再一次遭受冷落，强捺住怒火，放下酒碗，快走两步拦住了他，说：“高团长，可否借一步说话？”高团长一瞪眼：“往哪借啊？明人不做暗事，有话直说！”隆延宗无奈，说：“保安团今天才到孝兴，我作为县长，尽地主之谊，设宴欢迎兄弟们。我是县长，你是团长，你我要是动了手，这传出去，岂不让人笑话？”高团长说：“以武会友，谁敢笑话？你们，愿不愿意看我跟隆县长比画比画？”军官们高喊着：“愿意！愿意！”

隆延宗说：“高团长，就算要比武，也不是今日！刚才兄弟多有得罪，我先自罚一碗，再敬你三碗！”“我都说了，晚了！”说完，高团长硬拉着隆延宗往里院走去。

众人把隆延宗和高团长围在中央。隆延宗十分尴尬，高团长看了看他，猛扑过去，说：“看打！”隆延宗不想比试，被打得连连败退，只有招架之功。高团长一个黑虎掏心，他躲得晚了，脖子上留下一个大红印。佘小四惊呼，女人们和军官们却喝彩连连。

隆延宗被逼急了，忍无可忍，施出他擅长的西洋拳，这回两人打得不分上下。隆延宗越打越气，招招用尽全力，而高团长也拳拳不离隆延宗的要害。两人打得难分难解，气喘吁吁，身上都多少挂了些彩。这已经不再是比武，而是真打。

警察、军官、女人们都不再喝彩，每个人的心都悬着，担心二人彻底翻脸。佘小四看准时机，跑了过来，说：“就比到这里吧，隆县长和高团长是棋逢对手，将遇良才，平手，平手！”高团长不满道：“平手算什么比武？拳脚打平了，比兵器！抬我的刀来！”立刻有两名士兵跑了出去。

佘小四看着隆延宗，隆延宗恶狠狠地瞪着高团长，根本不看他：“去把我的剑拿来！”佘小四为难道：“不是，隆县长……”隆延宗一瞪眼：“我让你去给我拿剑！”

高团长从士兵手里抄起一把大砍刀，隆延宗从佘小四手里接过西洋剑，两人摆好架势，眼里充满了杀气。高团长大喝一声：“今日我和隆延宗以武会友，死了伤了全都认命！”隆延宗狠狠地点头道：“好，死伤有命，不得追究！”佘小四急道：“二位长官，别啊，今天就到这里吧，点到为止！”

话音未落，两人已经打到了一起。这一番打斗，两人都用了全力。突然，隆延宗找准机会，一个进攻，剑刺向高团长胸口，高团长连忙挥刀防守。两人你往我来，刀光剑影，身影交错，只把众人看得胆战心惊，大气儿不敢出。

几招过后，隆延宗撤剑不及，被高团长的大刀将剑磕飞，高团长抡起大刀砍去，隆延宗已经无处可躲，众人惊呼。佘小四紧张地拽出枪来，所有警察都掏出了枪，高团长的手下自然也都亮出了家伙。

可高团长的刀停在了半空中。有挑事儿的军官高喊：“砍死小白脸！”高团长却慢慢地将刀放下，插在地上，喘息着。军官们齐声喊着：“高团长赢了！高团长赢了！”高团长一挥手，骂道：“赢个屁，你们好好看看！”高团长转过身来，胸口是两道西洋剑划过的印记。高团长道：“刚才隆延宗抓住了我的破绽，要不是他收了力道，我就开膛破肚了！”

高团长抱拳道：“隆延宗，你果然了不起！我放肆挑衅，你一直彬彬有礼。我逼你跟我动手，你居然始终保有分寸。你要真给我开膛破肚了，今天可就真不可收拾了。了不起！了不起！你确实是个英雄！”

隆延宗站了起来，坦荡地说：“不是我留了分寸，是剑道不够，没够着。”高团长有些惊讶：“当真？”隆延宗喘息着，说：“若是我的剑再长一点，你可就真的开膛破肚了！”高团长说：“那你就没想后果？”隆延宗说：“没想。你死我活，要想太多，我自己先就没命了！刚才是我输了，我输得心服口服。”高团长指着胸口哈哈大笑：“我给你留面子，你居然说实话，我越来越喜欢你了！”隆延宗一愣：“难道高团长是故意给我找台阶下？”高团长笑了：“你以为我就是一介武夫？那我能混上团长当吗？”隆延宗叹道：“没想到乱战之中，你还能想得这么周全，佩服！”

高团长微笑着：“真佩服，假佩服？”隆延宗说：“真佩服！”高团长说：“那你我结为兄弟如何？”隆延宗立即回应道：“好！求之不得！”

清早，隆延宗翻了个身，慢慢地睁开了眼睛：“我这是在哪儿啊？”高团长声音传来：“还能在哪儿，在你大哥我的兵营！”高团长就睡在隆延宗的身旁，说：“告诉你啊，大哥我比你早醒了十分钟，喝酒我又赢了！”隆延宗笑了：

“好，你赢你赢，你是大哥，输给你我服气。”

高团长说：“早醒这十分钟我就在琢磨，我兄弟一表人才，文武双全，又是大户人家的少爷，怎么到现在没娶上媳妇呢，家里边不催你？”隆延宗被问到了痛处，说：“催！天天催！我奶奶、我娘一见到我就唠叨，我耳朵都快起茧子了。”高团长疑惑道：“那你为什么不娶，是眼眶子高，没一个女人能够入你的法眼？”隆延宗摇摇头说：“那倒不是。从前有个姑娘我很喜欢，我在欧洲留学，我们俩是在凯旋门下认识的。”高团长问：“洋婆娘？”隆延宗说：“不，中国人。”高团长问：“那怎么没娶了她？”隆延宗有些沮丧：“她要求在教堂里完婚，并答应她一辈子不回中国，我做不到。”高团长说：“那是不行，那你不就是假洋鬼子了？再后来呢，就没别的女人能看上眼儿了？”

隆延宗犹豫道：“有……”高团长来了兴趣，坐了起来：“说来听听。”隆延宗也坐了起来，竟然有些扭扭捏捏：“这个……我从来没跟外人说过，因为说不出口。”高团长兴趣更浓，侧过头来，说：“你我都是一个头磕在地上的兄弟了，还有啥话说不出口的。”隆延宗沉吟着：“我今天想说，一来喝醉了，二来我愿意说给大哥听，也想让大哥帮我出出主意。大哥啊，我心里边一直装着一个女人，满满的，装了好几年了。有她在，我这心里根本无法接受别人。”

高团长说：“那还不容易，就是她了，立马找人提亲！”隆延宗说：“可是不行！”高团长问：“为啥？没有合适的媒人？大哥我来啊！我告诉你，我也是能文能武，我给你当媒人，保证把亲事说成了！”隆延宗仍然有些犹豫说：“不是……”

高团长说：“不是啥呀。这女人家住得远？那不怕，我调汽车，调骑兵，再远我也帮你去提亲！”隆延宗说道：“她住得不远，就住在我的家里！”高团长更是觉得惊奇：“什么？！已经在你家里了，那还有啥难的？睡一个炕上不就完了吗？”隆延宗鼓了鼓勇气：“不行，她是我的二嫂……”

高团长吓了一跳，站了起来：“什么？！那你二哥呢？”隆延宗刚要说什么，高团长又说，“等会儿！这条情报我好像得到过。隆家原来有哥仨，大哥二哥都死了，你二嫂现在是个寡妇，没错吧？”隆延宗答道：“是。”高团长问：“你二哥死了几年了？”隆延宗说：“快五年了。”

“那你还在乎什么。我明白了，准是你们有钱人家长辈多规矩多，抬出什么祖宗啊，脸面啊，压你。甭理他们，只要你心里喜欢，大哥替你做主，谁敢废话，我就让卫兵把他抓起来！”高团长说。隆延宗叹道：“没人压我，是我自己迈不过去这个坎儿。”高团长瞪着眼说：“那就是你不对了，你都三十好几了吧，这么苦着自己不行啊！这世上本来就没有坎儿，可你要是害怕不敢往前走，就四处都是坎儿！你听大哥的，先把意思有意无意地说出去，看看家里人的反应，要是没人反对，麻溜地就坡下驴；要是有人反对，咱们再想办法嘛。”

隆延宗点着头，突然想到什么，说：“对了，大哥，咱俩刚见面的时候，你说你也是孝兴老家，可当兵的时候却隐瞒了，到底是为什么？”高团长眼中掠过一丝悲愤，口上却笑道：“哎呀，我那都是永远也回不去的过去了，以后再唠。”

瑛娘从祠堂后厅来到前厅，喊着：“牢生！牢生——”可四下都没有人。瑛娘自语道：“这孩子，又跑哪儿去了？”

突然，大门被推开了。瑛娘问道：“谁呀？”隆延宗走进门来。瑛娘一愣，下意识地去摸头发、衣服，担心衣冠不整。

隆延宗走上台阶，喊道：“二嫂。”瑛娘说：“孩子他三叔，这不年不节的，你怎么来了？”隆延宗说：“三年多了，过年过节，我来拜祭祖宗，也从来没见过二嫂，我知道二嫂是有意在躲着我。”瑛娘板起脸，说：“既然知道，怎么还来？”隆延宗说：“三年前有句话，我没能说出口，至今仍非常遗憾。二嫂，你知道我为什么一直没娶媳妇的，那是因为我心里……”瑛娘马上打断他：“孩子他三叔，当年没有说出口的，就请你永远不要说出口！”

隆延宗说：“不，我要说！不知道从何时起，二嫂在我心中有了一个特殊的位置，让我经常想起，即便几年不见，却难以忘怀。”瑛娘说：“那因为我是你的嫂子！”隆延宗接过话说：“不仅如此——”瑛娘根本不容他往下说：“再有，就是因为你做过对不起我的事儿，害我坐了大牢、丢了孩子、颠沛流离！”隆延宗说：“在我的心里，对你也不光是歉疚。这几年我慢慢明白了，瑛娘，其实，我……可能从很小的时候……”瑛娘脸色涨得通红：“不要再说了！你要是不想逼我一头撞死在祠堂里，你就住口！”隆延宗只得噤声。“快走，你快走！以后再也别来了！”瑛娘说着就向后厅走去。隆延宗快走几步去追，可后厅已被安上了门，瑛娘关上门，他被关在门外。

“瑛娘，我知道我今天太唐突了，我也知道隆家的礼法、规矩，不允许我那样做。但是除了你，我不会娶别的女人，因为我心里只能装得下你。”隆延宗说完转身走了。倚在门上的瑛娘神色慌乱，简直不知如何是好。

隆延宗回到隆家院子里，远远地就听见高团长的大嗓门：“兄弟，你回来啦？”隆延宗一愣：“大哥？你来怎么不先知会我一声？”高团长大大咧咧道：“哎，既然你我是兄弟，你们家就是我们家，我回自己家还用得着跟谁知会？”

隆延宗笑了：“大哥说的也是。”

高团长说：“我刚才已经去给咱奶奶、咱娘都磕过头了，你看——”高团长指着身边的高棒子，“高棒子怀里抱着的这些，可都是奶奶和娘送我的，连我那三个女人，个个都有份。不愧是大户人家，孝兴首富，咱奶奶和咱娘，太有面儿了！”隆延宗说：“既然来了，着什么急走啊，留下吃饭。”高团长摇摇头说：“哎，不了，昨儿个才喝大，今天哪有接着喝的道理。对了，你的事儿我也帮你垫了话。”隆延宗不明其里，说：“我的事儿？什么事儿？”“你装什么糊涂啊，待会见到你娘就知道了，走了！”高团长大踏步走了。

隆延宗穿越天井来到内厅，一进门吓了一跳，屋里摆满了各种各样的礼物。隆夫人道：“刚才高团长来了，进门就给你奶奶和我磕头，还送来这么多礼物。我知道你们俩义结金兰成了兄弟，他要来咱家，你怎么不事先告诉娘一声，娘也好有个准备啊！”隆延宗说：“他也没告诉我。”隆夫人说：“幸好你奶奶屋里还有些值钱的东西，拿出几样当了回礼，要不然咱们隆家可真是缺了礼数了。”隆延宗点点头，抬头看向隆老夫人。

隆老夫人满脸笑容，正冲他做着鬼脸。隆延宗说：“奶奶，您笑什么？”隆老夫人说：“你拜的这位义兄，人挺好，奶奶喜欢！”隆延宗说：“噢，没吓着奶奶就好。”隆老夫人笑了：“奶奶在七十二寨混过十几年的，谁还能吓着我？”隆夫人插话道：“你奶奶高兴着呢。你那义兄刚才给我们道喜了，说你有了心上人，就快要成亲了，怎么娘都不知道？”

隆延宗大惊：“什么？娘，你别听他胡说！”隆老夫人眉开眼笑，说：“高团长可不像胡说八道的人。延宗，你的心上人是哪家小姐？”隆延宗连连摆手：“没有，真的没有！”隆夫人皱眉道：“哎，延宗，昨天才拜的把兄弟，你都肯跟人家掏心掏肺说实话，怎么跟自己的娘、自己的奶奶却要一再遮掩。这些年为了你的婚事，我和你奶奶都操碎了心！你要是心里有人，就说出来，少让我们操点儿心，行不行？”隆延宗摇头道：“娘，我义兄他草莽出身，就爱开玩笑，你别信他的！我心里没有任何女人，从来就没看上过谁。”隆夫人和隆老夫人对视，满脸狐疑。

隆延宗一转眼珠，说：“不行！我找他算账去，叫他胡说八道！”说完，他就想往外溜。隆老夫人喝道：“孙子，别溜，回来。”已经快走到门口的隆延宗只得转过身来：“奶奶，什么事？”隆老夫人道：“奶奶问你，你这辈子不打算娶媳妇了？你不该给祖宗传宗接代？”隆延宗低头不语。隆老夫人又说：“不说话就是知道自己该干啥，对吧？你到底打算娶个啥样的？”

隆延宗抬起头来，回想起高团长对他说的话，便硬着头皮说：“二嫂那样的如何？”隆老夫人愣住了，隆夫人瞪大了眼睛，两人面面相觑。隆延宗的脸变得通红，说：“你看看，你看看，都是跟义兄学的，我也开上玩笑了！不行，我得找他算账去！”

隆夫人一屁股坐在椅子上：“坏了，这下可成了真了。”隆老夫人叹道：“怪我不该把她留在隆家。”隆夫人咬着牙：“妖孽，妖孽！柳瑛娘一定是妖孽！你看她在祠堂里大门不出二门不迈，可她不定施了什么妖术，将我儿延宗的魂儿勾走了！”隆老夫人狠了狠心：“扶我去祠堂，带上条白绫子！”隆夫人一愣。隆老夫人道：“我说什么你没听见吗？去我屋里请条白绫子出来，我要亲眼看着她吊死在祖宗祠堂！”

佘小四在隆家祠堂院落里大声地喊着：“二少奶奶，二少奶奶！”瑛娘听到声音，快步走到祠堂门前，想开门又犹豫，问道：“谁啊？”佘小四答道：“是我啊，我是佘小四！”瑛娘一愣：“佘局长啊？什么事？”佘小四说：“打拐的人又回来了，这回带回来四个六岁的小姑娘，其中有一个长得特像您家的三小姐，您快跟我去县政府认人吧！”

瑛娘闻言很是激动，刚要开门，却又停住了，追问了一句：“佘小四，你不会是帮隆延宗骗我出去吧？”佘小四愣了：“二少奶奶，您说什么呢，隆县长为什么要骗你？”瑛娘一下被问住了。佘小四说：“对了，隆县长还特别命令我，四岁的男孩也要找，真是好生让人奇怪。不过这次也找回来三个，个头大小都跟您家牢生少爷差不多。”

瑛娘激动不已：“这么说你没骗我？”佘小四皱了皱眉头：“二少奶奶，您今天说话怎么怪怪的。这都好几年了，我也没能帮您把三个小姐找回来，可我一直挺尽力的，要说骗您，我就更不敢了。”

瑛娘又问：“那我去县政府认孩子，不会碰到隆延宗吧？”佘小四摇头：“不会！您不是早就吩咐了嘛，不要赶上县长在的时候让您去认孩子，这几年，哪回不是照着您的吩咐做的？今儿个是休息日，县长跟新来的保安团高团长喝多了，不会去办公室。”瑛娘终于放了心：“那你等等，我这就来。”

隆家祠堂后厅的小门被推开了，两个人影如同鬼魅，正是隆夫人扶着隆老夫人进来了。隆老夫人走累了，喘着气，隆夫人回身关上了小门。祠堂后厅，五儿正在宣纸上乱画着。隆老夫人凑近了，只见五儿毫无章法，写的不是字，也称不上画。隆老夫人问：“重孙子，你这是画的什么呀？”五儿连忙把笔放在一旁，跪倒在地：“太奶奶好，给太奶奶磕头。奶奶好，给奶奶磕头。”

隆老夫人点头：“起来吧。”五儿挠了挠头：“太奶奶，奶奶，我这画的是……”隆夫人打断五儿：“你娘呢？”五儿道：“我娘出去了。”隆夫人疑惑：“出去了？你娘不是从来都不离开祠堂吗？”五儿说：“刚才佘叔叔来了，说让我娘去认被人贩子拐走的姐姐，我娘就去了。”

隆夫人看着隆老夫人。隆老夫人点点头：“一年是有这么两三回，警察把从人贩子那里救回来的孩子，岁数相当的，让她去认，正赶上今天了。”隆夫人道：“那您……”隆老夫人叹了口气：“大老远走过来挺累的，我就不回去了，咱们就在祠堂里等着她，今天非得有个了结！”

确认过几个孩子的面貌，瑛娘失魂落魄，垂着头发呆。突然，有人呼唤她的名字：“瑛娘！”瑛娘转过头来，惊讶道：“洪小姐？”“瑛娘，”洪凤鸣跑上前来，拉着她的手，“好几年不见了，你还好吗？”瑛娘微微点头：“洪小姐，好几年不见，你好不好？”“我……不好！瑛娘……”洪凤鸣抱住瑛娘失声痛哭。

瑛娘四处望着，发现院子里没人，这才轻轻地拍着她，安慰着。洪凤鸣带着瑛娘来到自己的房间，不好意思地擦着眼泪：“刚才让你笑话了。”瑛娘摇摇头：“瞧你说的，我是个啥，哪敢笑话别人？”

“好久也没个熟人说话，刚才一见到你，就像见到我的亲姐姐，就没忍住。”洪凤鸣鼻子一酸，又委屈起来。瑛娘安慰道：“没事没事，想哭接着哭。”洪凤鸣笑了：“这回忍住了。”她转过身去，倒了一杯水递给瑛娘：“我不哭了，瑛娘，你喝水。”

瑛娘问：“洪小姐，这几年你一直住在这？”洪凤鸣说：“是。我也回过桐城老家，除了讽刺和挖苦，就是白眼儿，我实在受不了，就又回来了。还好，隆县长一直没撵我走。”瑛娘说：“哦……可这也不是长久之计，毕竟是县政府。”洪凤鸣说：“是啊，我住不了几天了。我找到了工作，孝兴中学聘我去当国文先生，他们答应给我提供一个宿舍。”

瑛娘说：“你上过最好的学堂，当先生肯定差不了。对了，你今年多大了？”洪凤鸣害羞地低下头：“就是这个不好意思说，都快老了。”瑛娘笑了：“都快老了还没嫁人，对不对？”洪凤鸣点头：“就是。”

瑛娘叹了口气：“唉……你叔叔死得突然，在孝兴没亲没故的，也就没人操心你的婚事。你刚才说我像你的亲姐姐，我这个当姐姐的给你保个媒如何？”洪凤鸣叹了一口气，说：“算了吧，我……也……不想嫁了。”瑛娘问：“为什么？”洪凤鸣说：“世界虽大，可缘分有限，能让我动心的，也难找……”

瑛娘沉吟着，突然说：“隆延宗怎么样？”洪凤鸣一愣：“隆县长？”瑛娘点点头说："你要是能看得上就点个头，我今天就帮你保媒！"洪凤鸣有些难为情，半晌才开口："可是，人家恐怕看不上我。"瑛娘说："你怎么知道？"洪凤鸣指着一扇门，说："打开那扇门，就是他的办公室，可是这三年多，他从没来过。哪怕是跟我要一杯茶，或者问候一声。"瑛娘说："那说明隆延宗是正人君子。你就别管他了，我就问你，我要给你们俩说媒，你愿不愿意？"

洪凤鸣又愣住了，不知道该怎么回答。瑛娘道："愿意就点头，不愿意就摇头，就这么简单。"终于，她缓缓点了点头。瑛娘笑了："我明白了，你等我的信儿。"

第三十三章

军营里，高团长往一个小酒盅里倒满了酒，推向隆延宗：“哎，兄弟，你再喝一口，这叫回回酒，越喝越有。”隆延宗摆了摆手：“行了大哥，昨天的酒劲还没散呢，我可不是酒鬼。”高团长看着紧皱眉头的隆延宗，哈哈大笑：“我的隆大县长，剿匪大英雄，这么点儿小事就难住了？”隆延宗说：“大哥，我还真难住了！”

高团长说：“我问你，你的那个事，你跟家里人说了没有？”隆延宗迟疑着：“就算说了吧。”高团长问：“什么叫就算？”隆延宗说：“反正，我提了‘二嫂’这俩字。”高团长说：“那就是说了！你奶奶和你娘怎么说？她们反对了？”隆延宗说：“话一出口，我就跑了，她们到底是反对还是不反对，我也不知道。”

高团长哈哈大笑：“兄弟，你又不是大姑娘，害什么臊啊？”隆延宗闻言都不好意思抬头了。高团长又说：“你要娶二嫂，这事儿说起来确实有点……可自古大英雄那不都是……大帅怎么说来着……噢，不拘一格！就是这词儿。只要你觉得问心无愧，管它什么规矩，喝上三杯酒壮胆，回家就直接问你奶奶，我要娶二嫂，行不行？她要说不行，问她为啥不行，跟她理论。大帅常说世上没有讲不通的道理，你奶奶又不是陈……”

隆延宗问：“陈？陈什么？”高团长愣了一下，说：“这个你就别问了！喝酒、壮胆、回家、讲理去！”隆延宗想了想，也觉得有道理，抓起一杯酒，一口喝了下去。

佘小四发现瑛娘站在县政府院子里，就走过来打招呼：“二少奶奶，我还以为您走了呢，怠慢了，真是怠慢了，我这就送您回去？”瑛娘说头：“我先不走，我找隆县长有事。佘局长，他什么时候回来？”佘小四挠了挠头：“这可说不好，今天是休息日，天下太平，老百姓安居乐业，又没什么紧急政务，也许隆县长一整天都不回来。”

瑛娘说：“那我就在这儿等他一整天，明天早上他准得来吧？”佘小四问：“二少奶奶有急事？”瑛娘说：“那是，急得很！”佘小四说：“要不您先回去，我去找隆县长，然后让他到祠堂去见您？”瑛娘说：“不用，我要找他的事儿就得在这说。”佘小四说：“可这都晌午了，这也没什么吃的。”瑛娘说：“我不饿，有口水喝就行。”

佘小四说：“可小少爷呢？就您一个人带他，您不回去，小少爷饿着咋办？”瑛娘说：“他鬼着呢，祠堂里那么多供品，他饿不着！”佘小四只好说：“那行吧，您在屋里等着，我四处找找县长去。”

隆延宗进屋，发现客厅里空荡荡的，一个人没有。他来到内厅的后门，向里面喊着：“娘，我回来了。娘……奶奶，我饿了，怎么还没开饭啊！”可里面没有任何回声。

此时，隆老夫人正坐在祠堂正中间的椅子上。两个婆子将一张小桌挪到了她的面前，隆夫人也坐下，桌上有几样饭菜。不远处也有一张矮桌，摆放着饭菜和包子，五儿坐在小凳上，一边吃饭，一边侧头看着隆老夫人。

隆老夫人看了一眼五儿，五儿突然笑了，一边笑一边咬着包子。隆老夫人问：“小子，你笑什么？”五儿回答：“以后太奶奶和奶奶天天来这里吃饭行吗？”隆老夫人不露声色，仍然挂着笑容：“行！重孙子，今天的饭好不好吃啊？”五儿点头：“好吃！特别好吃！”隆老夫人问：“比你娘做的好吃吗？”五儿说：“好！我娘老是让我喝粥、喝粥、喝粥！”

隆老夫人笑了起来。隆夫人看了一眼五儿，有些心疼，转过头来，小声嘀咕着：“柳瑛娘搞什么鬼，把我孙子带到祠堂来，平日不让我见也就罢了，还天天让孩子喝粥，以后我自己带，孩子想吃什么我给什么！”隆老夫人叹了口气，不再言语。

隆延宗没找着隆夫人和隆老夫人，出门喊道：“佘管家！”话音未落，佘小四从外厅进来，说：“隆县长，您在家呢啊，我正四处找您呢。”隆延宗问道：“找我干什么？”佘小四说：“不是我，是二少奶奶找您，有急事！”隆延宗问：“二嫂？她在哪？”佘小四说：“在县政府您的办公室，等着您呢！”

“她怎么会去我办公室？”隆延宗连忙往外走，走了两步，突然站住，“我不能去！”佘小四一愣。隆延宗说：“二嫂要找我说什么，我心里清楚得很，我不去！”佘小四说：“她等了半天了，办公室里可没吃没喝的！”隆延宗说：“那我也不能去！我要先跟我娘、我奶奶说清楚，再去找她。”佘小四判断着隆延宗的神情，恍惚着觉得有事，又不敢细问。

隆延宗皱了皱眉，自言自语：“我奶奶和娘都不在家，你说她们大白天的能去哪？”想了想，他说，“你去厨房，让他们给我做饭，你陪我一起吃。”佘小四答应着走了。

县长办公室里，瑛娘来回踱着步，自言自语："隆延宗，你多大岁数了，甭说隆家是大户人家，就是小门小户，到了这个岁数不娶媳妇，街坊邻居会说你……说你有病！"瑛娘义正词严，可说完之后，看着自己举在半空中的手，又觉得不妥，说："这话不是我该说的，像是婆婆该说的。"瑛娘自己小声嘀咕着，又开始不停地来回走着，走了几个来回，再次停住脚步："隆延宗啊隆延宗，你是隆家的最后一条根，这么一把岁数了，怎么还胡闹？你不该想想隆家祖宗对你的期盼吗，你早就该娶媳妇为隆家传宗接代了！你说，当年牢生要是没丢，隆家也还算有个指望，可现在……"说着说着，瑛娘说不下去了，哭了起来："奶奶让我拿五儿……这种事糊弄得了一时，糊弄不了一世啊，再说，祖宗们的在天之灵都看着呢！"她用手指着隆延宗的办公桌："隆延宗，我就盼着你成了亲，有了儿子，我好带着五儿……"说到这，瑛娘已是泪流满面。

隆延宗和佘小四也吃上了饭。突然，隆延宗想到什么，问："你姑姑呢？这房里的下人，好像也都没在。"佘小四说："夫人和老夫人都出去了，我姑姑和下人们还不都得陪着！"隆延宗皱眉："可是去哪儿了？你别吃了！"佘小四刚刚拿起包子，连忙又放下了。隆延宗吩咐道："你去帮我找找，我要找我娘、我奶奶有急事。"佘小四起身要走，想了想，说："今儿个这是怎么了，二少奶奶找您有急事，您找老太太和太太有急事，这是一串啊！嘿嘿……"隆延宗说："废什么话，去！""我这就去，我这就去。"佘小四嬉皮笑脸，临走抓起一个包子就往嘴里塞。

不一会儿，佘小四回来了，见隆延宗还坐在饭桌前发愣。佘小四说："县长，找着了，你奶奶、你娘，还有我姑姑，都在祠堂。"隆延宗疑惑道："祠堂？""对，看架势有点儿不对劲……""怎么不对劲？""我姑姑带着好多人，连男带女，男的都拎着棍棒，女的拿着绳子，好像要抓人似的。我没敢打草惊蛇，就回来给您报信儿了。""去祠堂抓人？"隆延宗有一种不祥的预感。

隆延宗和佘小四潜伏进祠堂里，果然看见五六个壮汉，手持棍棒，埋伏在暗处。佘管家坐在墙垛旁，她身后的几个婆子，有两个拿着绳子。隆延宗轻声说："你去把你姑姑叫过来。"

佘小四快走几步，咳嗽一声，家丁和婆子们都警觉起来，佘小四瞟了他们一眼。众人见是警察局长，握着棍棒的手都僵住了。佘管家问："小四，你来干什么？"佘小四说："找您啊，来了半天了，想吃碗面都吃不上！姑姑，您让厨子给我做碗面去。”

佘管家白了他一眼：“你又不是没有俸禄，以后少来隆家白吃饭。我这有要紧的事，你别捣乱！”佘小四问：“什么要紧的事儿啊？”佘管家说：“你别管！”佘小四轻轻一拉佘管家，压低声音道：“不是我要找你，是县长找你，还不跟我走！”佘管家只好快步跟着佘小四走去。

来到一条巷道，佘管家看见隆延宗的背影，连忙快走几步，问：“三少爷，您咋来了？”隆延宗转过身来，问道：“你们在干什么？”佘管家结结巴巴：“没，没干什么……”隆延宗说：“又拿棍棒又拿绳子，要捉贼吗？”佘管家说：“咱们家有什么贼可捉啊，自从您当了县长，孝兴都快夜不闭户了。”

隆延宗厉声道：“那我问你，你们到底在干什么？”佘管家一哆嗦：“三少爷，您别急……说实话，我也不知道要干什么……”隆延宗说：“你是管家，带着这么多人来祠堂，不知道要干什么？”

佘管家说：“真不知道！今儿一大早，对了，就是您刚走，夫人就让我召集人手，好像老太太还让带上了一条白绫子……”隆延宗问：“白绫子？什么白绫子？”

“您不知道？隆家的规矩，要处死不守妇道的女眷，都是给条白绫子，让她自己在祠堂里吊死。她要是不愿意自己死，那就得来硬的，多上人手用白绫子把她勒死。”话语中，佘管家对瑛娘很是同情。隆延宗惊呆了：“她们想吊死二嫂？”佘管家不敢抬头。隆延宗追问道：“是不是？”

佘管家缓缓点头：“没说，但应该是吧。”隆延宗说：“可是为什么？为什么？有没有告诉你为什么？！”佘管家说：“没有，自从二少奶奶重回隆家，她可没犯过什么错啊！再说，她救了老太太，救了三少爷，救了整个隆家，又生下牢生小少爷，是大大的功臣哪！今天到底是为什么，我也正犯嘀咕呢，可是三少爷，夫人吩咐，我只能照做，哪敢问啊！”

隆延宗皱起眉头，想起自己说“二嫂”后，隆夫人和隆老夫人的眼神中瞬间划过的寒意，不由得打了个激灵。他从祠堂后门悄悄潜入祠堂，躲在门后。后厅炕上，五儿已经甜甜地睡着了。

只听见隆夫人对隆老夫人说：“娘，您喝口水吧。”隆老夫人慢慢地睁开眼睛：“嗯，打了个盹，口干舌燥的，正想这口水喝呢。”她接过茶杯喝了一口，又将茶杯还给隆夫人。隆老夫人问：“孩子呢？”隆夫人说：“睡了，睡着了，睡得挺香的呢。”隆老夫人瞟了一眼隆夫人，隆夫人接着说：“这孩子真好，说话算数！说好的让我给讲两个故事，讲完了，他没听够，我想再给他讲第三个，他说不要了，怕奶奶累着。哎，真是比长房的猴崽子强多了。那个到隆家快十年了，就没说过一句让我舒心的话！牢生才多大啊，四周岁刚过那么一点儿，就这么知道体贴人。哎，这孩子是在牢里生的，我问了他娘好几回生日，可就是不告诉我，直到现在，我这个当奶奶的，都没给孙子过过一回生日。”

隆老夫人摇着头：“瑛娘不告诉你，是因为她心里另有打算。”隆夫人一愣：“什么打算？”隆老夫人叹道：“了了今天这件事儿，我慢慢告诉你。”隆夫人看到老夫人一脸严肃，坐到侧面的椅子上，轻声道：“娘，这个家里谁都知道，我是最看不上柳瑛娘的。当年因为继宗，我和她闹得不可开交，可今天要赐她白绫子，我还真有点儿下不去手。”

隆老夫人叹了口气：“你是大家闺秀，当年选你当儿媳妇，就是因为你心地善良。恶人我来做，待会儿瑛娘回来，你躲得远远的！”隆夫人摇摇头：“那可不行，她年轻力壮的，您不让下人们进来帮忙，就咱们娘俩都已经够悬的了。我要是不在您旁边，那可不得了……”隆老夫人笑了：“怎么着？你还怕瑛娘跟我动手？”隆夫人道：“娘，毕竟您是想让她死啊，人被逼急了，什么事做不出来？万一她对您……”隆老夫人摆了摆手：“这么多年了，你还是不知道瑛娘是什么样的女人！这孩子最孝顺了，能七岁卖身葬父，就是明证！”

隆延宗一直听着，却没有出声，他想弄个明白。隆老夫人叹道：“她一直说继宗对她恩重如山，那是因为她知道自己是河姑，不该嫁人。这些年，逢年过节她来磕头，那是真心实意的；过年包饺子，孝敬婆婆，孝敬奶奶，那也是真心实意的；她是在替继宗尽孝！我是继宗的奶奶，她跟我动手，岂不是大不孝？不会，她绝不会！如今我赐她白绫子，是让她去陪继宗，只要我说出口，她一定照做，不会有半点儿含糊，你信不信？”

隆夫人迟疑着：“娘，您就这么有把握？”隆老夫人说：“难道我就白活了八十多岁了？”说着，隆老夫人眼里突然泛出了泪水，咬着牙半天说不出话，她摇了摇头：“我真是白活八十多岁了……该想的我都想到了，就是没想到隆延宗，竟是个情痴！”

隆延宗像是被打了一巴掌，隆夫人听到这话也低下了头。隆老夫人叹道：“延宗他娘，我告诉你，柳瑛娘不是妖女。这世上没妖，压根儿就没有，所以我才打死了张神仙。”隆夫人抬起头。隆老夫人接着说：“今天，让瑛娘在祖宗祠堂里自缢，错不在瑛娘，错在隆家的祖宗！祖宗太重男丁，尤其是最近这一百年，隆家血脉珍贵，得个男孩儿不容易，每一个都是在蜜罐里长大的，都被惯得不成样子了。老太爷是有机会考取功名的，就因为他那傲慢性子，连考官都不放在眼里，才名落孙山。”

隆夫人不知这一折，听了还是有些吃惊。隆老夫人又说：“延宗他爹是多好的材料，要不是因为永远也放不下骨子里的清高，哪至于一辈子窝在孝兴这穷乡僻壤？”隆夫人缓缓点了点头。“再看看你这三个儿子，老大传宗，我和他爹都出了事儿，那时候他就是这个家的顶梁柱，可也改不了从小贪玩的臭毛病！就因为那匹从西边买来的马漂亮，跑得快，他就连骑了半个月，结果从马上掉下来，摔成了残废！老二，就更甭提了，从小跟你这个娘都不亲，要是在一般人家，早就打烂他的屁股了！可在咱们家行吗，有老太爷护着，谁敢动一根手指头？末了，被小人算计，活活气死，多大点儿心眼儿？要是从小不惯着，该管教管教，该打就打，怎么会这样？”

隆夫人想起已经故去的两个儿子，不觉落泪。隆老夫人仰天长叹：“延宗倒是他们哥儿仨里边的佼佼者，能文能武，能屈能伸，剿灭了土匪，当了县长，光宗耀祖！哪承想，情痴……”隆延宗听得呆愣愣的。隆老夫人接着又说：“刚才眯了一会儿，我想明白了，三年前为什么瑛娘搬到祠堂来住，她就是在躲延宗。如果我没记错，这三年，她从来没跟延宗碰过面，就算是延宗来祠堂祭祖，她都躲着。”隆延宗恍然大悟。

“可是延宗……”隆老夫人长叹一口气，“咱们隆家是什么人家，要娶二嫂这话，他都说得出口？他要不是隆家的最后一条根，我就用家法打死他。可是，我现在能吗？打死他，我怎么跟祖宗交代？我就只能……只能逼瑛娘死。瑛娘，可怜的孩子，你若不记恨，来世就再托生到隆家来，托生成个男孩儿。这辈子我们对不起你，让隆家的后人补偿你吧！”

隆夫人突然道：“娘，那就没别的办法了吗，比如，撵她走！”隆老夫人说：“走？让她走，还用得着撵吗？”“那就让她走嘛，您这么大岁数了，逼死人命也不吉利啊！”“她走了，孩子怎么办？”“当然是留下了，那是咱们隆家的血脉！”“你觉得瑛娘会把孩子留下自己走吗？”

“你有这份善心，我替瑛娘谢谢你。瑛娘不死，延宗就不会死心！我也是没别的办法，为了隆家的血脉延续，只能做一回恶人了。”隆老夫人已是满脸泪水，隆夫人也低头垂泪。这一切，隆延宗听得一清二楚。他没有出来理论，而是默默地退了出去。

隆延宗失魂落魄地走回了窄巷，佘小四迎了上来，问：“县长，到底是怎么回事啊？”他闭上眼睛，他没办法告诉佘小四真相。佘小四又问：“县长？”隆延宗缓缓睁开眼睛：“你去看着点儿，无论如何别让二嫂离开我的办公室。”佘小四看着表情沉重的隆延宗，不敢多问，答应着走了。

隆延宗沉默半晌，竟不知该如何是好。他在街上漫无目的地走着，不知不觉来到保安团的营房。他走进高团长的卧室，高团长正在睡觉，鼾声震天，他就默默地坐着。

不知过了多久，高团长醒来，看到隆延宗，有些惊讶，说："哎，兄弟，你啥时候来的，怎么不叫醒我？"隆延宗神色阴郁，眼神干枯，说："我险些害死我心爱的女人。"高团长打了个哈欠，一晃脑袋："你说什么，等我醒醒……"他窜下炕，往脸上浇了一点儿水，又拍了拍脑门，说："你刚才说什么？再说一遍。"隆延宗叹道："大哥，我险些害死我心爱的女人……幸好她不在家，躲过了一劫。"高团长愣了半晌："幸好……唉……"他忽然长叹一声，"我当年要是有机会幸好，就好了！兄弟啊，实不相瞒，我才害死了自己心爱的女人！"隆延宗本来想问下去，没想到高团长就竟然号啕大哭，不愿再多说一句。

隆延宗走到县政府门口，警察立正敬礼，但他仿佛没有看到一样，只是一步步向自己的办公室走去。走到办公室门前，隆延宗愣住了，他听见里面传来了瑛娘的声音。

瑛娘说："隆延宗，咱俩从小就认识，我在祠堂里不见天日，也没什么好吃的，你可怜我，常去给我送刚出锅的包子，香油和的馅儿，那个时候我就知道你是个好心人。"回忆着过去，瑛娘有些感动。她继续说道，"洪凤鸣虽是个大小姐，但现在比我还可怜，疼她的叔叔不在了，爹娘也早就死了，回桐城老家没人收留，花一样的年纪错过了，想找个像样的婆家难啊！你知道吗，她现在最需要你这样的好心人！她对你有情，你要是对她也有意思，你们俩就将就将就吧。"瑛娘停了片刻，又自言自语道，"哎呀，我说的是什么狗屁话？隆延宗跟洪小姐本来就是天造地设的一对，怎么能叫将就呢？我这张笨嘴，这怎么给人当媒人？"

瑛娘一个人在屋里踱着步，叹了一声："我跟洪小姐也认识六年多了，起初我恨她，恨她跟我抢男人，后来知道那是误会！洪小姐是好人，那年在法场上，是她第一个站出来救下我的命。"瑛娘随即又否定了自己："这是我们之间的事儿，跟你说了没用。"

她想了想，决定换一个说法："我告诉你，洪小姐出身名门，知书达理，人长得漂亮，我要是跟她比起来，我是掉在地上飞不起来的麻雀，她是天上的凤凰，你难道眼瞎吗？你要是连她都看不上，还能看得上谁呀，隆延宗啊隆延宗，你不娶媳妇，不是又要害得我背上妖女的罪名吗？"说到着，她又愣住了，"哎呀，怎么又说到我了，我凭什么跟洪小姐比，这里边没我的事儿，我可是媒人！"瑛娘调整情绪，再次捋顺思路："隆延宗，我告诉你，洪小姐是难得的人才，娶了她，是你一辈子的福分。我这辈子没给别人说过媒，就给你当这一回媒人，你别不识好歹！”

瑛娘转过身来，可没想到隆延宗早已进门，正站在离她不远处。瑛娘吓了一跳，说：“你……你什么时候来的？”隆延宗强自笑了一下，说：“二嫂要给我当媒人，想给我说哪家的姑娘？”看到隆延宗的笑容，瑛娘有些恍惚，也有异样，忙接过话头，说：“噢，对呀，我是专门来给你说媒的……我突然想起一个特别好的姑娘，跟你再合适不过了。”隆延宗装作浑然不知：“谁啊？”瑛娘用手指着办公室后面那扇门，说：“洪凤鸣洪小姐啊。”

隆延宗说：“洪小姐？对啊，洪小姐是个好姑娘，之前我就很喜欢她，一直想追求她，怎奈她在为叔叔守孝……洪县长过世三年多了，守孝也该结束了吧？都怪我糊涂，我早就该向洪小姐提亲了。”瑛娘闻言无比诧异。“不过婚姻大事还是应该请个媒人，既然二嫂愿意替我做媒，那就有劳二嫂了，延宗在此谢过。”隆延宗一抱拳，深深鞠了一躬，然后抬起头来，笑着看向瑛娘。“啊……我这就去给你说媒去。”瑛娘倒像做了贼一样，慌乱起来。

不一会儿，县长办公室里，那扇“尘封”了三年的门又打开了，洪凤鸣走了出来，瑛娘跟在身后。隆延宗看到洪凤鸣，有些尴尬，可瑛娘比谁都更尴尬。

洪凤鸣说：“隆延宗，二嫂来说媒了……”隆延宗道：“若承洪小姐不弃……”洪凤鸣大方地表态：“我愿意！”隆延宗笑了：“多谢。”洪凤鸣说：“隆县长既是真心诚意，就定个婚期吧，越早越好，你我都不年轻了，耽搁不起。”隆延宗一愣，说：“噢，对对，婚期嘛……”见隆延宗犹豫，洪凤鸣便笑了：“隆县长，你我都是接受过新思想新教育的，定个结婚的日子，就不用拿着你我的生辰八字，去找阴阳先生看了吧？”隆延宗说：“当然不用。”

洪凤鸣说：“既如此，我有个建议。”隆延宗忙说：“洪小姐请讲。”洪凤鸣说：“我很快就要到县中学去教书了。当老师，不能随便请假，你是一县之长，更忙，也不能结婚耽误了军政要务，所以结婚最好选在休息日。要是尽快，不如就下一个休息日，隆县长要是答应，就请二嫂回去问问长辈们是否同意。”

隆延宗点点头：“下个休息日，我看行。”他又转身看着瑛娘，说，“二嫂，既然您是媒人，就请您回去问问奶奶，问问娘。”瑛娘迟疑道：“延宗，结婚可是大事儿，婆婆早说了，要好好准备聘礼，怕来不及呀。”

“聘礼？”洪凤鸣笑了，“要婆家的聘礼，那是封建遗毒，我一样都不要。也不用大办酒席，只请至爱亲朋吃个便饭就好。延宗是一县之长，铺张浪费说不过去。”隆延宗也点头：“同意。”

瑛娘看了看洪凤鸣，又看了看隆延宗，说：“你们俩都这么想？那我就回去向奶奶和婆婆禀告……这么说，我这个媒人当成了？”隆延宗点了点头，洪凤鸣也点了点头，像两个老师肯定了学生的答卷。

瑛娘有些兴奋，说：“太好了，那我先赶紧回去。你们俩好好商量商量，看还有什么需要我这个媒人的，尽管吩咐！”瑛娘说完就往外走。

隆延宗正想往外追，洪凤鸣叫道：“隆延宗。”他只好停住脚步。洪凤鸣走到他身旁，轻声问道：“娶我，你不委屈吧？”隆延宗不由一愣，说：“这话怎么讲？”洪凤鸣说：“你答应亲事，是有什么难言之隐？”隆延宗忙说：“没有，自相识以来，就一直对洪小姐有好感，倒是我很意外，当年我……做了那么多不像话的事儿，我以为你不会答应嫁给我呢……”洪凤鸣笑了：“只要你不为难就好，谢谢你。”隆延宗说：“谢？这个谢字，我可不敢当。”洪凤鸣说：“一个嫁不出去的老姑娘，有人愿意娶，当然要谢了。”隆延宗笑道：“瞧你说的，你比我年轻好几岁呢，要谢，也该我谢你才对啊！”洪凤鸣笑了，那笑容很甜，很妩媚。

隆延宗问：“你笑什么？”洪凤鸣说：“当然是为自己高兴啊。等了这么多年，我终于等到了，而且是孝兴县长，孝兴最有才华的，最勇敢正直的君子。我高兴！我替自己高兴！”说着，洪凤鸣流下了眼泪。

隆延宗伸过手为她拭去了眼泪，洪凤鸣紧紧地靠在他怀里，他抱住了她。半晌，隆延宗轻声道：“凤鸣，我不能陪你了，我得赶紧回到家里去。你等着，下一个休息日，我给你一个最完美的婚礼。”洪凤鸣闭着眼睛，幸福地点了点头。

瑛娘走在街上，而远处，佘小四和隆延宗疯狂地追赶她。岔路口，隆延宗终于看到了她的背影，他剧烈喘息着，说：“快！咱俩抄小路，一定要赶在二嫂之前回到祠堂。”

瑛娘走进隆家祠堂院落，佘管家以及她身后的下人立刻警觉起来，大家藏在暗处悄悄观察着。突然，佘小四端着枪冲了过来，有人要喊，被佘小四制止。

佘小四说：“谁也不许出声！”佘管家问：“你拿枪干什么？”佘小四挺胸说：“干什么？奉隆县长之命，看着你们！”

气喘吁吁的隆延宗再次挤进祠堂后门，躲进暗处。瑛娘推开祠堂大门，发现祠堂里坐着隆夫人和隆老夫人，有些惊讶，连忙整理衣襟，快跑几步走上台阶，说：“奶奶、娘，你们怎么来了？有什么事吩咐，派个人叫我过去就是了。”隆老夫人沉着脸，说：“瑛娘，你今天出去的工夫可够长的呀？”瑛娘点点头：“是，奶奶。”隆老夫人问：“干什么去了？”瑛娘的喜悦之情溢于言表，说：“噢……本来是件小事儿，可没想到，今天出去办成了一件大事！本打算明天一早再过去向奶奶和婆婆禀告，真没想到你们来祠堂了。”

隆老夫人和隆夫人对视一眼，问："什么大事啊？"瑛娘自豪地说道："我今天当了一回媒人，给孩子他三叔说成了婚事！""你说什么？"隆夫人一脸诧异，"说成婚事？柳瑛娘，你不是犯疯病了吧，说什么疯话？"瑛娘想解释："娘，我……"隆夫人打断她，看了看隆老夫人，说："娘，她准是听到风声了，在这胡说八道呢，想为自己开脱，您别理她！"

瑛娘问道："婆婆，您这是怎么了，我给延宗说媒，您不高兴？"隆夫人说："你说媒？谁信哪？你说的哪家小姐？"瑛娘沉住气，说："请婆婆放心，您准保满意。"隆夫人倒是着急了："谁家小姐，你倒是说啊？"瑛娘说："是已故洪县长的侄女，桐城洪家的洪凤鸣小姐。"

"洪小姐？"隆夫人皱了皱眉头，十分惊讶，觉得难以置信，"洪凤鸣的叔叔是延宗死对头，她愿意？"瑛娘连连点头："愿意啊！可愿意了！"隆夫人又问："就算她愿意，延宗能答应吗？"瑛娘满面喜色，说："已经答应了，还和洪小姐商量好了婚期，让我回来向奶奶和婆婆禀告呢。"隆夫人看了看隆老夫人。

隆老夫人乐道："婚期都商量了？看来是真事儿！"瑛娘点头："当然是真事儿了！洪小姐接受过新思想新教育，聘礼都不要，还说不让大办酒席，日子想定在下个休息日，也就是六天以后……"

"六天以后？"隆夫人一下子炸了，"我儿子要成亲，我这个当娘的还什么都没准备呢！六天哪够啊，咱们隆家多少年没办喜事了，早就盼着延宗成亲，好好热闹热闹，也去去这些年的晦气！再说，延宗是一县之长，光宗耀祖，隆家的功臣，这婚事要是对付着办了，隆家怎么对得起他。还有，你知道咱们隆家有多少亲戚，六天，喜帖都送不完！要是落下了谁，忘了请了，岂不落埋怨。你说你这个媒人，这日子定的，你怎么不想想家里的难处？"隆夫人喜出望外，依然忘了她们来祠堂是干什么的了。

后厅，正拿着毛笔在纸上瞎画的五儿，发现了隆延宗，大声喊道："三叔！"五儿这一喊，前厅的三个人愣住了，五儿边跑边喊着："三叔，你来了！"没等隆延宗反应过来，他已经被五儿拽着走向前厅。

五儿脆生生地说："娘，三叔来了！"瑛娘连声道："太奶奶和奶奶在此，你大呼小叫的，不懂规矩，过来！"五儿连忙闭上嘴，乖乖地来到瑛娘身旁。

隆夫人回过头来，看看隆延宗，指着瑛娘，说："延宗，刚才她说替你说媒，是真是假？"隆延宗点点头："是真的。婚期是定得紧了点儿，不过是我和凤鸣商量好的，二嫂只是帮着传话，您不能怪二嫂啊。"隆老夫人看了看隆延宗，又看了看瑛娘，心里已经有了数。隆延宗说：“奶奶，这些年我没娶媳妇，让您着急了，是我不对，请您原谅。”隆延宗给隆老夫人深鞠一躬，隆老夫人有些感动。隆延宗又转向隆夫人，说：“娘，不孝有三，无后为大，儿子三十好几了没成家，是为不孝，今天算是知错能改，也请母亲大人原谅。”说完，他又给隆夫人深鞠一躬，隆夫人很是欣慰。

隆延宗接着说：“六天以后，我就成亲。桐城洪家书香门第，凤鸣的叔叔也当过孝兴的县长，两家门当户对。凤鸣受过良好的教育，温文尔雅、心地善良，我很喜欢她，我们婚后一定会很幸福，会早日生儿育女，让奶奶高兴，让娘放心。”

“哎！哎！这就好，这就好！”隆夫人高兴地流下了眼泪。“好！好！瑛娘，你又为隆家立下大功一件！”隆老夫人满心欢喜，看似早已忘了前嫌。

瑛娘也高兴，却也有种说不出来的心酸。但她根本不知道，隆延宗的婚事对她的生命曾有过怎样的威胁。

转眼婚期就到了，隆家院落里，男女下人分列两边，一见隆延宗和洪凤鸣进来，齐刷刷跪倒，齐声呼喊：“恭喜三少爷、三少奶奶！”

下人们磕头祝贺，洪凤鸣很不自在，她停住了脚步。隆延宗问：“怎么了？”洪凤鸣说：“这样不好。”隆延宗这才看向磕头的下人们。洪凤鸣大声说：“起来。全都起来！”众人都低着头，不敢起身。隆延宗说：“三少奶奶叫你们都起来。”众人这才起身。

洪凤鸣笑了笑，说：“大家好！以后见到我不用磕头，不管什么时候，哪怕是过年也不用磕头。最好，也别叫我三少奶奶，我马上就要到中学去教书了，你们以后可以叫我洪先生或者洪老师都行，就这样，说定了啊！”下人们面面相觑。隆延宗笑道：“都听到了啊，就按洪先生说的办！”

隆延宗牵着洪凤鸣步入隆家祠堂，走到中央，双双跪倒在黄色的垫子上。有司仪高声喝道：“孝兴隆门三十七代孙，隆延宗，今日大婚，携妻隆洪氏给祖宗磕头！一叩首，二叩首，三叩首。礼成！”

隆延宗和洪凤鸣起身转过来，隆姓宗亲，三叔公、四叔公等人，以及族中尊贵的女眷们都站在一旁。司仪道：“新人给隆姓宗亲长辈鞠躬！”隆延宗和洪凤鸣鞠躬。三叔公等人都很高兴，笑得合不拢嘴。隆延宗和洪凤鸣转向另一边，七舅爷等亲戚长辈们站在那里。司仪说：“新人给亲戚长辈鞠躬。”二人再一次鞠躬，七舅爷笑开了花。

隆家客厅里，隆延宗和洪凤鸣双双跪倒。隆延宗说：“孙儿隆延宗。”洪凤鸣道：“孙媳洪凤鸣。”两人一起说：“给奶奶磕头！”三个头磕下去，隆老夫人的脸笑成了一朵花。

隆老夫人道：“哎哟，这个洋人结婚的衣服倒也好看，就是不红，没点儿喜气。”众人有些尴尬。洪凤鸣说：“这个好办，奶奶，您喜欢大红，我和延宗这就系上大红花。”佘管家打着圆场说：“这个主意好，这个主意好！”

两个婆子立刻托着托盘而来，托盘上各有一朵系着红绸子的大红花。佘管家和佘小四分别帮二人戴上了红花。隆老夫人点了点头：“这就好多了。难怪我孙子说喜欢你，还真是个聪明懂事儿的大家闺秀。来，你凑近点儿，让奶奶好好看看。”洪凤鸣走上前，蹲身在隆老夫人面前，并揭开了盖在脸上的白纱。隆老夫人仔细地看着洪凤鸣，笑容忽然僵了一下，随即说道：“我孙媳妇真好看！去吧，给你婆婆磕头去！”

隆延宗和洪凤鸣又跪在隆夫人面前磕头。隆夫人忙说：“起来，快起来！哎呀，洪小姐……不对，儿媳妇，真没想到咱们娘儿俩缘分这么好，终于成了婆媳了。”洪凤鸣笑了：“谢谢婆婆。”隆夫人说：“你说新人新事新办，不要聘礼，我这个当婆婆的真过意不去，没啥给你的，这个，婆婆戴了半辈子了，是件好东西，能传世的宝贝，送给你了。”隆夫人把一个铿绿的镯子戴到了洪凤鸣的手腕上。

洪凤鸣看着镯子，说：“这礼物太贵重了！”隆夫人说：“哎，这个你要是不要，娘可就伤心了！”洪凤鸣看向隆延宗。隆延宗笑道：“娘的心意，收下。”洪凤鸣点点头：“多谢婆婆！”隆夫人也笑了：“一家人不说两家话，谢什么！”

站在一旁的隆万氏直撇嘴。隆延宗牵着洪凤鸣来到她面前，说：“凤鸣，这位是大嫂。”洪凤鸣行礼：“见过大嫂。”隆万氏说：“兄弟媳妇好，以后一家人了，多多亲近啊！”

回到房间，隆老夫人坐在榻上，皱紧了眉头。隆夫人进来，说：“娘，外边的酒席都摆上了，您请吧？”隆老夫人摇头：“没胃口……”隆夫人说：“娘，怎么了？刚才一见延宗媳妇，咋就不高兴了，您不满意？”隆老夫人说：“孙子媳妇确实是大家闺秀，聪明伶俐，知书达理，跟延宗也般配，可我就是觉得……”隆夫人说：“您觉得什么？”隆老夫人说：“我觉得……在她脸上，我看不着重孙子呀？”隆夫人想了半天才明白什么意思，哈哈笑了起来：“娘，您啥时候学会看相了？看一眼脸，就知道将来能不能生儿子？”

隆老夫人说：“我哪会看相啊，我就是觉得……但愿我是瞎觉得……费了这么大的劲，延宗好不容易成了亲……按说不能吧。”隆夫人说：“不能，不能！当年替继宗提亲时，我就拿她的生辰八字找人算过，她呀，是多子多福的命！”隆老夫人说：“真的？”“那还能有错！”“你不是请那个骗子张神仙算的吧？”“不是不是。”“噢，不是就好。多子多福的命，那我就放心了。瞧我这老太太，老眼昏花，瞎看什么！”隆老夫人说着说着，自己高兴道：“走，吃席去！”婆媳二人互相搀扶着向门外走去。

客厅外间里只摆了四桌酒席，坐的都是军官、警察和政府官员。隆延宗带着洪凤鸣前来敬酒，众人欢呼，站了起来。高团长也来了，说：“新娘子不盖红盖头，还亲自来敬酒，好！大帅上次说这叫什么来着？新风尚？对，就是新风尚！兄弟，你不愧留学过西洋，这个头带得好！”隆延宗微微一笑：“让大哥见笑了。”

高团长道：“佩服！佩服！你们隆家有钱，谁不知道，我以为你娶媳妇，不得摆他个百儿八十桌的，哪承想，就这样……”高团长指了指屋里的四桌酒席。

洪凤鸣笑道：“高团长，您刚才不是说了嘛，新风尚！国家还很贫穷，还有很多穷苦的人吃不上饭，我们没有任何理由铺张浪费！”高团长伸出大拇指：“好！说得好！兄弟们，给隆县长和夫人鼓掌！”众人纷纷鼓掌。

隆延宗举杯说：“多谢大哥，多谢诸位同人，我们夫妻敬大家一杯！”高团长说：“给我换大碗来！”隆延宗说：“大哥，别，喝醉了不好。”高团长说：“我是你大哥，你娶媳妇我高兴！我换大碗，你还用酒盅。我喝醉了没事，你是新郎官，可不能醉。我这人一高兴，不换大碗，我就觉得不痛快！”有人拿来一个大碗，给高团长倒上酒。高团长一饮而尽，众人皆哈哈大笑。

客厅的内厅也只有四桌酒席。中间的一桌，隆老夫人居中而坐，三叔公、四叔公、七舅爷等长辈们相陪。另外的男人两桌，女眷们一桌。隆万氏被安排在女眷桌的角落里，一副丧眉耷眼的样子。

三叔公听见外面的热闹，高兴地说：“你别看请的客人不多，还真是热闹，喜庆！吉利！”隆老夫人点点头：“是啊，我觉得这样挺好，就办八桌酒席，请的都是最近的亲人，省下来钱，能多置些地，哈哈哈……”七舅爷笑着打趣隆老夫人：“我的老姐姐，你们隆家什么家底儿，你还计较这几十亩地？”隆老夫人一瞪眼：“计较！二十年前你欠我三亩地，啥时候还？”七舅爷愣了：“姐，有这事吗？”隆老夫人哈哈大笑，众人也都笑了。七舅爷知道被算计了，摇头笑着：“老姐姐！”

隆老夫人说：“延宗和他新媳妇要新事新办，开始我心里挺别扭，后来想明白了，喜事办得多排场，那都是给别人看的，没用！”众人纷纷附和：“没错没错，说得对，说得有道理！”

三叔公突然道：“老嫂子，要说延宗的婚事，可真愁坏大伙了。实不相瞒，我跟老四为这事，好几宿都没睡着觉。”四叔公点头：“可不是，三哥一见面就跟我唠叨，一唠叨就是一宿，咋睡？”三叔公说：“我一唠叨你就烫酒，是喝了一宿，谁唠叨一宿了？”四叔公嘟囔着：“反正是没睡成。”隆老夫人笑了，众人都跟着笑。

三叔公说：“我忘了打听了，什么高人说成的这桩媒呀？”隆老夫人说：“说媒？他二嫂帮着说的。”三叔公一愣：“柳瑛娘？”隆老夫人点点头：“对，就是瑛娘。”角落里的隆万氏一听，更加气愤。四叔公说：“柳瑛娘说的媒，那她怎么没来呢？这新婚酒席上，新郎新娘得谢媒人，这是规矩啊！”三叔公附和：“对对对，是有这规矩。”

隆老夫人也愣了，看着隆夫人：“对呀，瑛娘怎么没来？”隆夫人有些尴尬：“她是延宗的二嫂，又不是客人，自己应该来呀，我这忙得焦头烂额，哪有工夫给她下请帖啊？”隆老夫人赶紧吩咐：“佘管家，你去祠堂把你家二少奶奶请来！”

外厅里，军官、警察、官员们正在喝酒，一直有人在敬高团长。高团长满面红光，一身酒气。佘管家带着瑛娘和五儿穿过外厅，高团长瞟了一眼，这一瞟，他愣住了。瑛娘浑然不觉，带着五儿走过天井，进入内厅。

三叔公喜道：“来了来了！继宗媳妇，听说延宗的婚事，你是大功臣哪？”

瑛娘面色微红，说：“不敢……三叔公、四叔公、七舅爷，各位长辈好。”瑛娘鞠了一躬。隆老夫人吩咐道：“你快过来，坐到我身边。”瑛娘摆摆手：“那怎么行，我随便有个地方坐就好了，老祖宗身边的位置万万不敢！”隆老夫人道：“哎，媒人嘛，得上座！重孙子，来，坐太奶奶怀里来！”瑛娘低声说：“奶奶，这样不好吧？”隆老夫人笑了：“有什么不好的，重孙子过来！”五儿窜了过去，一下坐到了隆老夫人的怀里，瑛娘只好跟着过去。就在瑛娘起身的时候，高团长拉起了门帘，探进头来。

四叔公说：“继宗媳妇，三年多了，听说你一直在祠堂里给继宗守灵，真是这份的！我们这些长辈都很敬佩！”说着，四叔公伸出了大拇指。三叔公也说：“是啊，可守灵归守灵，几年不出祠堂，一出来就办成了一件大事，了却了隆家祖宗的心愿，真是了不起，了不起！”七舅爷吩咐隆延宗：“新人给媒人敬酒！你们敬完了，我们这些长辈还要敬！”瑛娘连忙推却：“不用了，其实我也不算什么媒人，就是帮着传个话。”七舅爷道：“哎，媒人不就是传个话吗？这婚姻大事，自古就需要个好媒人传话。婚事成不成，关键看媒人！继宗媳妇，你居功至伟，有什么好客气的？”

隆延宗站起身说：“二嫂，我和凤鸣敬您，多谢您成全了我们的婚事！”隆延宗说得干净利落，眼神里一点儿犹豫都没有。洪凤鸣接话道：“是啊，二嫂，多谢您保媒，我跟延宗，敬您！”一对新人，两杯酒高高端起。瑛娘只得端起小酒盅，说：“祝你们白头偕老，早生贵子……”瑛娘还想说什么，可想了半天，摇了摇头，说：“对不住，二嫂没念过书，嘴又笨，就会说这两句。”

三叔公竖起拇指：“说得好！白头偕老，早生贵子，这就是最完美的婚姻！继宗媳妇，你过谦了！”众人附和：“对对对！说得好！”瑛娘有些难为情。

隆延宗、洪凤鸣再次举杯：“二嫂请。”瑛娘还礼：“新郎、新娘子请。”瑛娘和隆延宗、洪凤鸣都一口将酒干掉。

众人都没有注意到，高团长已经转到了瑛娘的背后，就在瑛娘放下酒杯之际，高团长轻声唤道：“这位大嫂？”瑛娘微笑着回头，看向高团长：“您是……”高团长断断续续地说：“是我呀！四年前！黄河边！破庙！我的孩子！”瑛娘万万没有想到，当年的杀人凶手高柴禾垛子，会突然出现在她的面前！

第三十四章

瑛娘吓得不知如何是好，胸口一阵疼痛，晕了过去，险些栽倒。五儿在一旁喊道：“娘！”

高柴禾垛子听到五儿喊娘，连忙看向孩子。隆夫人和洪凤鸣迅速上前架住了瑛娘。瑛娘半天才缓过来，抬眼瞟了一眼高柴禾垛子。高柴禾垛子又上前询问：“大嫂，这孩子……”瑛娘只能假装一口气没上来，闭上眼，顺势瘫在了洪凤鸣身上。族中长辈都惊慌失措，客厅里一阵大乱。

隆老夫人眼珠一转，说：“快把瑛娘扶到我屋里去，让她歇会儿！”瑛娘突然想到五儿，伸出手来叫着：“我的儿！”五儿上前拉住瑛娘的手。瑛娘在下人的簇拥搀扶下，往客厅的后门走去。高柴禾垛子却不依不饶，上前两步，喊着：“哎，是我啊，大嫂，是我啊！你不认识我了？”瑛娘哪敢回头。

隆延宗也是惊讶不已，问道：“大哥，你认识我二嫂？”高柴禾垛子说：“认识啊！我……”隆延宗问：“你们什么时候认识的？怎么认识的？在哪认识的？”隆万氏一听也来了精神：“就是啊，怎么认识的？你刚才说孩子？怎么回事？哪个孩子呀？”

高柴禾垛子酒醒了一般，这才意识到问题，一巴掌拍在自己脑门上：“哎呀，哎呀呀！我真是糊涂了，酒喝多了。延宗啊，自从那天跟你磕头拜了把兄弟，我就喝多了，这些天也没断过酒。今天你家的喜酒好喝，我这一高兴，又喝多了。”隆延宗看着高柴禾垛子，知道他在隐瞒着什么。高柴禾垛子装着醉酒了，说：“我这一醉就犯糊涂，认……认错人了。我认识一个大嫂，跟你二……二嫂长得很像，可是……”高柴禾垛子眼珠一转，“我认识那位，早就撒手人寰了，我亲眼看着她咽的气儿，人怎么可能死而复生呢？你看，刚才我把你二嫂吓坏了，抱歉，抱歉！”

高柴禾垛子抱拳说：“在座的众位长辈，我自我介绍一下，几天前我带着队伍换防，来到了孝兴。我是保安团团长，有个贱名，叫高柴禾垛子。大家也可能听说了，我跟隆家三少爷延宗县长，一个头磕在地上，八拜结交，不是亲兄弟胜似亲兄弟。既然我们俩是兄弟，各位长辈家人也就都是我的长辈家人了，我在这儿给大家敬个礼！”说完，高柴禾垛子一个立正，行了一个军礼，“今天是大好的日子，我喝多了，真是丢人！我这就回军营醒酒去，对不住了兄弟，对不住了娘，对不住了奶奶。”说着，高柴禾垛子向隆延宗、隆夫人和隆老夫人抱拳致歉。

众人疑惑地看着高柴禾垛子醉醺醺地走了。隆老夫人眼珠滴溜乱转，隆夫人满脸狐疑，而隆万氏却是失望至极。

瑛娘失魂落魄地躺在床上，五儿懂事地帮她捶着后背。五儿问：“娘，您舒服一些了吗？”“好多了，儿子。”瑛娘将五儿抱在了怀里。

婆子推开门，隆老夫人走了进来，瑛娘连忙挣着站起身。隆老夫人瞟了一眼，示意她坐下。隆老夫人对五儿说：“重孙子啊，你刚才没吃饱吧？奶奶拣好的，单给你摆了一小桌，就在外面呢，快去吃吧。”瑛娘说：“快谢谢太奶奶！”“谢谢太奶奶！”五儿说完就跑了出去。

下人们扶着隆老夫人坐到炕上，隆老夫人挥手示意，下人们都退出房间关上了门。瑛娘走到隆老夫人面前跪下：“奶奶，不好了！”隆老夫人问：“怎么不好了？”“今天来的那个人……”“是孩子的亲爹？”“奶奶怎么知道？”“真的是……天下竟有这么巧的事？”“是啊，这些年，您让我管这孩子叫牢生，叫着叫着，连我自己都相信他是我的亲生骨肉了，可是今天孩子亲爹找来了，我，我该怎么办哪？”“你刚才做得很好啊！换了我，都不一定有你这计谋。”“我有什么计谋？”“当着那么多宗亲长辈的面，要被高团长问起孩子的事儿，可就没退路了。你棋高一着，晕了！晕得好，晕得妙！”

“奶奶，那不是计谋，我是真的被吓晕了……”瑛娘泣不成声。“别哭了，快起来，坐过来。”隆老夫人拉着瑛娘坐在她的身旁，“接下来打算怎么办？”瑛娘说：“把孩子还给人家呀，还能怎么办？孩子本来就是人家的……当时这孩子他爹要去杀人，才托给了我，我等了他整整一个月，他没回来找孩子，我以为他摊了人命官司被砍了头，哪成想……现在人家当上大团长，我当然得把孩子还给人家啊！”

隆老夫人摇了摇头：“不行……老太太我在祖宗祠堂里打了包票，说这孩子就是我的亲重孙子……这两年，也有人怀疑过，说他长得不像隆家人，我也都顶回去了，这可是欺骗祖宗啊，要在祠堂里用白绫子吊死谢罪的！老太太我也不能例外，瑛娘，你想逼死我？”

“不！瑛娘绝不会连累奶奶，宗亲长辈们怪罪，我只说是我自己花言巧语骗了奶奶，要死我去死！奶奶，这么多年了，我自己的孩子一个都没找到，吃我奶长大的五儿也要还给别人，我活着还有什么意思？能在隆家祠堂里用白绫子吊死，是最好的归宿了。”

隆老夫人说："可是，你不能把五儿也害死啊！"瑛娘惊道："您说什么？""你把五儿还过去就是要害死他！""不能吧，他是孩子的亲爹！""这高柴禾垛子的底细，我可早打听清楚了。他有仨小老婆，没一个善茬。这些女人嫁给他，不为别的，就为他手里的银票！现如今，国家大势就是兵荒马乱、战火不断，高柴禾垛子今天是团长，明天一打仗，一个冲锋，可能就死了。你把孩子交给他，万一他有什么闪失，那仨小老婆为了分钱，会先把孩子掐死的！"

瑛娘没想这么多，一下愣住了："这……"隆老夫人说："你要是听奶奶的，咬死了，不承认！""可是……""没有可是，绝不能承认！他那个孩子不好好吃奶，饿死了！现在这个是你丢了的牢生，又被你自个儿找到了！"

高棒子来到军营高柴禾垛子的办公室，说："团长，有了一些情报。"高柴禾垛子道："说！""隆县长的二嫂柳瑛娘，那是个人物，在孝兴是无人不知，无人不晓啊！""噢？""当年，孝兴法场上，上演过一出枪下留人的好戏！"高棒子讲述了听来的当年法场的种种情形。

高柴禾垛子倒吸一口气："有这样的事？听起来跟说书唱戏一样。"高棒子点头："是啊。后来她因为放火，被判入狱一年，在牢里面生下一个儿子。按年头算，应该刚过四岁。""是吗？""可是后来，她把孩子丢了。"

高柴禾垛子一跃而起："这就对了，她的孩子丢了，所以她才急得要跳黄河寻死，是我救了她，让她帮我喂一天孩子。她身边那个管她叫娘的，应该就是我的儿子！"高棒子摇头说："团长，可隆家的人说，她的孩子是丢了，后来又失而复得，然后连娘带孩子被抓上了七十二寨。在七十二寨上住了半年，她不但好好的没被土匪祸害，还把隆家的老祖宗，就是隆延宗的奶奶给救了回来。"高柴禾垛子叹道："有这事？不可思议。"高棒子说："隆延宗剿灭七十二寨，最大的功臣就是她！柳瑛娘救回老太太之后，二上虎穴，给鬼见愁和云中鹤施了离间之计，土匪内讧，隆延宗才趁机攻上山。"

"原来如此……当初见到她的时候，她就是个要寻死的叫花子，穿得比我还寒酸，没想到这么了不起！"高柴禾垛子思量着，今儿个夜里，我去会会她，我儿子怎么样了，我得问清楚。高棒子说："柳瑛娘这几年带着儿子一直住隆家祠堂。"高柴禾垛子点了点头。

隆老夫人一个人坐在炕上沉思着，有人轻轻地敲门，她应道："进来。"佘管家推门进来，一脸的微笑："老太太，您叫我啊，有什么吩咐？"隆老夫人一瞪眼："笑？不笑你还好看点儿。"佘管家连忙收敛了笑容。隆老夫人说："都说年轻的时候长得丑的，到老了能体面点，可你……”佘管家觉得冤枉，又不敢分辩，垂下了头。隆老夫人又说：“我真纳闷，当年我儿子怎么会对你……你说，你是不是给我儿子下了药？”佘管家嘟囔着：“老太太，事儿都过去三十年了，您要是觉得不算完，爱怎么罚怎么罚，拿家法打我也行。”佘管家话里面带着刺儿。

隆老夫人说：“怎么着，数落你两句就不高兴了？”佘管家说：“不敢，我也年过半百了，老祖宗您不能老拿过去的事……”隆老夫人说：“当年没有戳穿你，是给我儿子面子，按隆家的规矩，勾搭主子，还怀上了孩子，是要处死的！我装了糊涂，是因为我菩萨心肠，不是你没罪！今天，给你个戴罪立功的机会，你要是干得漂亮，过去的事，一笔勾销，老太太我永远不再提！”佘管家无可奈何，明知这是隆老夫人的套路，但也无力反抗。

隆家大宅，一身黑衣的高柴禾垛子贴着墙根走来，他穿的正是当年与瑛娘相遇的那身装扮，身着军装的高棒子跟在他身后。高棒子说：“团长，要不我跟您一起进去吧，也好有个照应。”高柴禾垛子说：“不用。就这么点事儿，我问清楚就行。再说，你穿这身儿进人家的祠堂不合适，你就在这接应我。”说罢，高柴禾垛子示意高棒子蹲下，他踩上他的肩膀，高棒子一起身，高柴禾垛子就翻过了高墙。

暗处，佘管家和佘小四看得一清二楚。佘管家连忙说：“来了，来了！老太太真是神机妙算，开枪，打死他！”佘小四咬咬牙：“好啊，胆敢夜闯县长家的祠堂，让你领教领教本局长打野兔子练出的枪法！”佘小四抬起枪来瞄着，突然瞪大了眼睛，一愣神的工夫，高柴禾垛子已经摸进了祠堂，他失去了机会。

佘管家责问：“你怎么不开枪啊？”佘小四说：“这人有点儿眼熟，好像是高柴禾垛子高团长！”佘管家急道：“管他是谁呢，老太太说了，只要敢夜闯祠堂的，不管是谁，格杀勿论！”佘小四有些犹豫：“那怎么行啊？高团长那是保安团团长啊！”佘管家说：“老太太说了，要杀的就是他！”

瑛娘听到祠堂大门的响动，立刻停止了口中的摇篮曲，起身向前厅走去，问：“谁？”高柴禾垛子回过身来，看向瑛娘：“是我啊！白天我穿着军装，吓着大嫂了。现在我换上当年的衣服，大嫂，你总该认识我了吧？”瑛娘愣住了，半晌，说：“白天，我就认出你了。”

“那大嫂故意不认我，是有难言之隐？也是，你是富贵人家的少奶奶，你要说认得我，难免会让那些老人家们猜东猜西的。”瑛娘不语，高柴禾垛子一抱拳，“大嫂，这一别快四年了，你一向可好？”瑛娘说：“好，就算好吧……”高柴禾垛子看着瑛娘，试探着问：“想想当年的事，我真是鲁莽！今天在酒席宴上，我又鲁莽了一回，高柴禾垛子在此，给大嫂鞠躬请罪。”瑛娘摆摆手：“哎，你不用这样。”

“那时，大嫂遭遇不幸，像个叫花子，可我也能够看出，大嫂是个心地善良的大好人，所以我才敢……”高柴禾垛子故意不说了。瑛娘摇了摇头：“你就不用客气了，为什么不直接问我孩子的事？”高柴禾垛子尴尬地笑了笑：“我那孩子贱命，交到大嫂手里之时，就已经快断气儿了。更何况，我和大嫂说得明白，只求你帮我奶奶孩子，带上两天，可是我一去不回，怎敢奢望孩子还活着？”

瑛娘说：“他活着。”高柴禾垛子大喜：“真的？他在哪儿？”“他睡着了，你小点儿声，别吵醒他。”说完，瑛娘便往后厅走去。

高柴禾垛子兴奋不已，跟在瑛娘身后，走到后厅。五儿睡得很香，高柴禾垛子呆呆地看着，热泪盈眶，声音都有些颤抖：“儿子，我的儿子！”他扑通跪倒：“大嫂，真没想到你把我儿子救活了养大了，我给您磕头！”高柴禾垛子连磕三个响头。

瑛娘强忍住泪水，说：“高团长，我们外面说话？”瑛娘转身向外面走去，高柴禾垛子抹着眼泪，追了出来。瑛娘转过身，说：“高团长，这孩子，我暂时不能还给你。”高柴禾垛子不解：“为什么？这些年，我想儿子啊，我想得都快疯了！您不还我，什么意思？”

“若孩子跟着你，你能保证万一……”瑛娘想起隆老夫人的话，叹了口气。“我说的是万一啊，不是咒你。万一你死在战场上，你能保证孩子，不会被你的太太们害死吗？”高柴禾垛子说：“太太？我哪来的太太？”瑛娘说：“你不是有三个吗？”

高柴禾垛子说：“那都是小老婆。杀了陈财主后，我就去当了兵。当兵上战场，别人都是为了立功、升官、发财，可我就是为了死，死了好去跟我孩子他娘团聚！没想到老天爷不收我，子弹到我面前都拐弯，不到两年我就当上团长了。保媒说亲的天天登门，说的都是黄花大闺女，大家闺秀也有，教书先生也有。可是我觉得，我要再正经八百地娶媳妇，对不起孩子他娘，所以就一块收了仨小老婆，长得都挺俊，陪我喝酒、打牌、睡觉，都挺好，可我从来没对她们动过心思。大嫂，儿子要是跟了我，我向你保证，立刻把她们仨全休了！”瑛娘半晌说不出话来。高柴禾垛子观察着，又说：“你怕儿子跟了我将来受委屈……这孩子命可真好，摊上你这么好的一个娘，我再谢谢你！”说着，高柴禾垛子又鞠了一躬。

瑛娘还是摇头，说：“你先别谢我，那我也不能把孩子给你。”高柴禾垛子问：“为啥？”“孩子以为自己姓隆。”“那就告诉他其实他姓高不就完了吗？”“孩子以为他爹早死了。”“那就告诉他死过又活了，就是我，不就完了吗？”“孩子以为，我是他的亲娘。”“那就告诉他，你是养母，不就完了吗？”“孩子不是小猫小狗，他是人！”

高柴禾垛子愣住了，看着瑛娘眼里的泪水：“喔，你说得对。”瑛娘又说：“还有，他若现在离开隆家，这祠堂之内至少得有一个人吊死，向隆家的祖宗谢罪。”高柴禾垛子不解：“噢？还有这样的事？”瑛娘说：“高兄弟，我恳请你多宽限一些日子，让我慢慢想办法。”高柴禾垛子为难地说：“你让我等到猴年马月啊？”瑛娘说：“也许不用那么久，我想等明天先跟孩子他三叔好好商量商量。”

高柴禾垛子点点头：“我兄弟是个正人君子，一定会替我想出好办法。好，大嫂，我等！”瑛娘说：“多谢，那就请您先回吧。”

“好，我这就回。”高柴禾垛子快走几步，又站住脚，转回身来，说，“大嫂，我知道你本名柳瑛娘，是个了不起的人物。我高柴禾垛子以小人之心度君子之腹，还以为你会赖账不还我儿子呢，所以深更半夜地跳墙进来，还绕了半天弯子，真是丢人现眼！”瑛娘闻言一愣。高柴禾垛子接着说道：“哪承想，您这么光明磊落，真是让人佩服。我儿子跟您结缘是他的福分，高柴禾垛子有幸认识您，是我命好，我静候佳音。”

高柴禾垛子走出门，又走到了枪口之下。佘管家催促道：“佘小四，你开不开枪？”佘小四摇摇头：“不能开枪！高团长到底是来干嘛的还不知道，但你看他这样子，肯定不是偷东西的！”“那他就是偷人的！”“姑姑，你说什么哪？”“老太太真是开了天眼，早就看到奸情了。你说这大半夜的，姓高的来找柳瑛娘干什么？还在祖宗祠堂里，真是丢人现眼呀！确实该死，你快开枪！”“不能开啊！”

“你个废物！”佘管家上前就去抢枪。争夺中，枪响了，子弹擦着高柴禾垛子的肩头过去，立刻有鲜血流出，高柴禾垛子摔倒在地。

佘管家说：“老太太可是说了，只要开了枪，就必须得打死姓高的，要不然后患无穷！”佘小四为难道：“可是……”“小四，姑姑求你了，快开枪吧！老太太是神仙，听她的错不了！”“我是警察啊，我不能听她的！”“你不听她的，姑姑就得死，你想让我给你磕头啊？”佘管家说着跪倒，要给佘小四磕头。

佘小四无奈，只得举起枪，胡乱朝高柴禾垛子方向开了一枪。高柴禾垛子一见不好，就地一滚，向祠堂方向跑去。他冲进祠堂，直奔后厅。

一见有外人进来，被惊醒的五儿吓得叫了声娘，躲在瑛娘身后。高柴禾垛子手指瑛娘，骂道：“柳瑛娘，你说得比唱得都好听，你骗我，想要我老高的命，好霸占我儿子，是不是？”瑛娘皱着眉头，说：“你说什么？”“没工夫跟你啰嗦，给我滚开！”高柴禾垛子上前将瑛娘推到一旁，抱起五儿就往外走。

五儿连打带闹，大叫：“放开我，放开我！”高柴禾垛子躲着，可五儿却一直在打他的脸。瑛娘一声大喊：“放下孩子！难道你想让我儿子给你挡枪子儿吗？”瑛娘把“我儿子”三个字说得很重，高柴禾垛子愣住了，将孩子放到炕上。

瑛娘从笸箩里捡起一把剪子，递给高柴禾垛子：“你押着我出去，要是来枪子儿，我替你挡！”高柴禾垛子一愣。瑛娘急道：“你快点儿啊，隆家看家护院人多，都有枪，再慢点儿你更走不了了！”高柴禾垛子接过剪子，一推瑛娘，往外走去。

五儿在炕上大喊着：“娘——”瑛娘回身喊道：“就在这等着！不许哭！”五儿就像被施了定身法，一动不动，看着瑛娘。高柴禾垛子也没想到孩子这么听瑛娘的话。

高柴禾垛子押着瑛娘出来，佘管家一见，不知该如何处理。佘小四也没辙，说：“姑姑，这……怎么办，二少奶奶！”佘管家摇摇头：“这……老太太可没说。”

正在这时，看家护院的家丁，端着四五条火枪冲了进来。佘管家吩咐：“你们来得正好，快把贼拿下！”佘小四率众人就要往前冲。瑛娘大喊一声：“谁也别过来！”佘小四等人不敢动弹。

高柴禾垛子愣神之际，一旁的墙上传来高棒子的声音：“团长，我在这！”瑛娘和高柴禾垛子都向高棒子看去。瑛娘低声说：“你快走，我挡着。”

高柴禾垛子点点头，瑛娘迎面向端枪的家丁和佘小四走去。瑛娘移动着身体，挡住射击视线。高柴禾垛子跑到高墙前，高棒子一伸手拉住了他，两人翻墙而去。

正在这时，隆延宗冲了进来，他看了看瑛娘，又看了看佘小四和佘管家。佘管家一见隆延宗，立刻低头，想要溜走。隆延宗问：“佘局长，怎么回事？”“这……”佘小四说不出话来。隆延宗用问询的目光看向瑛娘，可瑛娘喘息着，一转身，向祠堂走去。

隆延宗厉声道：“佘小四，我在问你！怎么回事？”佘小四支支吾吾解释着，说：“我也实在是没办法啊，我……”隆延宗怒道：“浑蛋！这些年我是怎么教你的？你拿的是公饷，你不是隆家的奴才，更何况你已经看清了是高团长，你怎么还敢开枪？”“我……哎……”佘小四想解释，可确实解释不清楚，抬起手来，在自己脸上抽了一巴掌。

“你抽自己有什么用？快去军营，向高团长请罪！”隆延宗意识到事情的严重性。佘小四说：“我……我不敢去，那高柴禾垛子手下如狼似虎，去了还得好啊？”隆延宗说：“你不去？我立刻扒掉你这身衣服，送你去坐牢！”

佘小四突然急了，大喝一声：“凭什么？”隆延宗一愣。佘小四说：“是，我受过你们隆家的恩惠，可我这些年没少报答！你以为我不懂公是公私是私啊，你以为我愿意打高团长的黑枪啊，我难道不知道得罪了高团长不得好吗？还不都是你奶奶逼的！说什么我不是隆家的奴才，可你们一直就拿我当奴才！我跟你出生入死过，你要送我去坐牢，隆延宗，你有没有良心？”隆延宗没想到佘小四会质问自己，怔住了。

这时，瑛娘从祠堂后厅方向走来，问：“隆县长、佘局长，怎么吵起来了？”隆延宗摇了摇头：“二嫂，没你的事。佘小四身为警察局长，犯下大错，法理难容。”佘小四梗着脖子说：“你们隆家仗势欺人，出了错让我背黑锅，我不服！”隆延宗瞪眼：“佘小四！”瑛娘摆了摆手：“行了，他三叔，你先静一静，都是好兄弟，这么大吵大嚷的，何必呢？”隆延宗看了一眼瑛娘，指着佘小四的手收了回来。

瑛娘看向佘小四，说：“佘兄弟，你也是，怎么能跟三少爷顶嘴呢？”佘小四看了一眼瑛娘，软了下来。“你先啥也别想，回家睡觉去吧。”瑛娘温柔的目光，让佘小四不得不退了出去。

隆延宗自言自语道：“岂有此理，岂有此理！”瑛娘摇头说：“错都在我。”“你说什么？”“酒席宴上你难道没看出来吗？高团长认识我，他就是孩子的亲爹。”“居然有这么巧的事？”“是啊，太巧了。”“你把这件事情跟奶奶说了？”“说了。”

隆延宗张大了嘴，难以置信：“老人家这是要干什么？”瑛娘说：“你别怪奶奶，她是怕我背上欺骗祖宗的罪名，这件事情该怎么办，我本想明天一早就去找你商量的……”

佘管家跑了进来打断了她的话：“三少爷，老太太请您去呢！”隆延宗一听是奶奶，气不打一处来：“我也正要去找她呢！”隆延宗转身就走，瑛娘看着他的背影，心情十分复杂。

一个稚嫩的声音传来：“谁是我亲爹？”瑛娘回过身来，发现五儿正愣愣地望着她。五儿说：“我爹早死了，牌位上有他的名字，他叫隆继宗，他长得和三叔一模一样，是你告诉我的！”瑛娘无法面对五儿，说：“大人们说话，以后你不许偷听。快跟娘睡觉去。”瑛娘说着，拉起五儿向后厅走去。

隆老夫人一见到隆延宗，就吩咐道：“三孙子，连夜动身去省城。”隆延宗皱皱眉：“你让我去省城干什么？”隆老夫人说：“告状！姓高的夜闯民宅，奸淫妇女，让大帅夺了他的兵权，治他的罪！”隆延宗摇摇头：“我义兄到祠堂去找二嫂，那是有原委的，再说，他什么时候奸淫妇女了？”隆老夫人没想到隆延宗急了，一旁的隆夫人和佘管家也傻了眼。隆延宗说：“佘管家，你先扶我娘回去，我有话单独跟我奶奶说。”佘管家点点头。隆夫人嘱咐道：“延宗，你可别跟奶奶……”隆延宗点点头。隆夫人只好离开。

等众人走了，隆延宗厉声道：“奶奶，这件事情你做得不对！”隆老夫人说：“行啊，三孙子，涨脾气了，教训上奶奶了？”隆延宗不依不饶：“幸好子弹没打到高团长的要害，要不然麻烦更大了，杀人是有罪的，不管是谁！”隆老夫人说：“在自家祠堂里杀贼，何罪之有？没听说过。”“你明知道高团长为什么去祠堂，他是贼吗？”“夜闯民宅就是贼！”

“你要是蛮不讲理，我可不跟你耽误工夫了！”说完，隆延宗就要往外走。隆老夫人摇了摇头，语气软了：“延宗，奶奶知道做错了，你别走啊！”“你错在哪了？”“我没找对人手，哪承想佘小四枪法还这么差劲呢？”隆延宗气得瞪大了眼睛：“奶奶，你明知道高团长是孩子的亲爹，咱们把孩子还给人家不就完了吗，为什么要杀人？”

隆老夫人说：“行，那你到我那柜子里拿两条白绫子出来，再准备两口好棺材，我和瑛娘我们娘儿俩一起吊死，一起出殡，也给你们省笔开销。”隆延宗说：“你说的这是什么话？”“我是一家之主，欺骗祖宗，我不去死，祖宗威严何在？就算族人们看我岁数大了，对我网开一面，瑛娘还能活吗？多少人恨她恨得牙根儿痒痒，早就巴不得她死呢！”“亏你心里还想着瑛娘。”“这叫啥话？我对瑛娘跟对自己的亲孙女一样！”

隆延宗冷笑道：“哼，我不娶妻你们就嫁祸她，想让她自缢，对您的亲孙女，您会这样吗？”隆老夫人的脸色很是难看：“你……你怎么知道？”

正在这时，外面一片大乱。隆喜儿冲了进来：“老夫人、三少爷，不好了！咱们隆家被当兵的包围了，大炮都架上了！”隆老夫人和隆延宗都是一惊：“什么？”

隆家大门口已经架上了炮，士兵们将大门围得水泄不通。换上军服的高柴禾垛子在几名副官的陪同下走来，他的胳膊经过了简单的包扎，用绷带吊了起来。

高棒子说：“打您黑枪的那个，是警察局长佘小四！”高柴禾垛子点点头：“我看见了，又高又瘦，像个大马猴子似的那个。”

高棒子道：“就是他。团长，他可是隆延宗的亲信，当年在监狱里管事，为了隆延宗，被前任县长扒过官衣。”高柴禾垛子说：“你什么意思？”“人心隔肚皮，有些人，不得不防。”“你是说……”高柴禾垛子摇了摇头，“不可能！我兄弟凭什么打我的黑枪？”“可是除了他，谁还有这么大的胆子？”高棒子凑近高柴禾垛子，“咱们来之前，孝兴的军政要务可都是他一个人说了算，现在……”“我抢了他的军权？”高柴禾垛子一拍脑门，“对呀，隆延宗是隆家少爷，从小都是别人宠着他，供着他，他的心眼儿和我的心眼儿不一边大！”高柴禾垛子正在气头上，把罪过都归在隆延宗身上。

高柴禾垛子吩咐道：“给我大声喊，打黑枪的小人隆延宗，出来受死！”士兵们齐声大喊：“打黑枪的小人隆延宗，出来受死！”高柴禾垛子阴沉着脸，一挥手，副官凑了过来。高柴禾垛子道：“隆延宗跟我磕过头，亲手宰了他别人会笑话我不义！但这孙子太不是东西了，不杀难解我心头之恨，待会他一出来你们就开枪，我根本不想和他理论！”

站在天井里向外张望的隆夫人和佘管家，听到喊声，吃惊地对视这。这时，隆延宗跨出门来，朝外走去。隆夫人拉住他，说：“延宗，你干吗去，外面喊什么，你没听见吗？”隆延宗说：“听见了，义兄误会了，我去跟他解释。”隆夫人阻拦道：“解释？他那个样子，是能听你解释的人吗？”

隆老夫人的声音从里间传来：“你娘说得对。”她颤颤巍巍地挑帘栊出来，“三孙子，你不能出去。那高柴禾垛子认定是你打黑枪算计他，你出去就是火上浇油。这么着，找几个胆大的，把我抬出去，我跟他聊聊。”隆夫人说：“怎么能劳动娘呢，不就是个团长吗，我去会会他，看他胆敢把我怎么样？”

隆喜儿跑了进来，喊道：“老夫人、夫人、三少爷，二少奶奶出去了！”隆夫人大惊：“什么？”隆喜儿道：“她听到动静，就赶了过来。我让她不要去冒险，可她不听我的。”隆延宗大怒，要冲出去。隆老夫人下令道：“拦住他！”隆喜儿一把抱住了他的腰，任隆延宗猛力挣扎，也无法摆脱。

大门拉开，高柴禾垛子见出来的是瑛娘，不由一愣，子弹已经上膛，几位副官不敢轻举妄动。高柴禾垛子怒骂道：“隆延宗是个缩头乌龟啊，派了个女人出来！”瑛娘平静地说：“高团长，你要干什么？”高柴禾垛子道：“这个女人不知道咱们来干什么，兄弟们告诉她！”士兵们齐声大喊：“打黑枪的小人隆延宗，出来受死！”瑛娘不动声色。

外面的叫喊声传来，隆延宗大喊一声：“放开！”隆老夫人瞪起了眼睛：“今天都是我的错，要不你直接对奶奶来算了！”隆延宗摇着头：“家里的事回头再说，奶奶，你让他们让开，我得出去！”隆夫人急道：“延宗，你出去没用！你要丢了命，娘可怎么活？”隆老夫人道：“还有你的新娘子呢，才过门！”

隆延宗说：“我一个大男人躲在家里，算什么，让人家怎么看？”隆老夫人说：“你就别管算什么了，这个时候逞强不得！”隆延宗不管不顾，又要往外冲。隆老夫人下令：“给我拦住他！拦住他！”隆喜儿等人挽着手拦成了一个圈，把隆延宗圈在天井里。

瑛娘伸手冲院里比画着：“高团长，可否借一步说话？”高棒子连忙说：“团长，你可不能上当，隆家一定有埋伏，大门后面不定藏了多少条枪呢？”高柴禾垛子点头：“听见没有，我兄弟不答应。”

瑛娘无奈，说：“高团长，今天的事儿跟隆延宗没关系，你怎么赖在了他的头上？”高柴禾垛子撇撇嘴：“少替你相好的说话！”瑛娘气愤地瞪着他，骂道：“你胡说什么？”

“胡说？哈哈……隆延宗都告诉我了，他想娶的是你，但是他娘和奶奶不答应，还要拿白绫子勒死你，他是为了你才娶了那个姓洪的女人。”高柴禾垛子哈哈大笑。“你……”瑛娘一愣，这是她第一次听到这个消息。旋即，她伸手从腰间拽出那把剪子来，逼在自己脖子上，大喊：“不许你再胡说！”

高柴禾垛子摇摇头：“你吓唬谁啊？你我虽相识，可交情也没那么深吧，我会在乎你的死活？我告诉你，今天隆延宗不自己出来受死，我就要大开杀戒！兄弟们会冲进去杀光所有人，烧了这房子！大不了，我带着兄弟们占山为王去！兄弟们，你们跟不跟着我干？”高棒子道：“团长，您说打哪儿就打哪儿，您说杀谁就杀谁！”士兵们齐声大喊：“听高团长的！”喊声震天。

瑛娘冷冷道：“杀光所有人？连我儿子一起吗？”高柴禾垛子一愣。“我现在就死，只要我死了，我儿子永远都是我儿子，他会为他娘报仇的！”高柴禾垛子震惊了。瑛娘说：“你要不想这样，就不许再胡说八道，立刻撤兵！”高柴禾垛子被镇住了。

“我只数五个数，你不撤兵，我就自尽！”瑛娘说得干净利落，根本不给高柴禾垛子插嘴的机会。“一！二！”高柴禾垛子万万没有想到瑛娘已经开始数数了。瑛娘继续喊着：“三！四！”高柴禾垛子咬紧了牙关。瑛娘没有停顿，大喊：“五！儿子啊，替我报仇！”说着，瑛娘举起剪子就要奔自己颈部戳去。

高柴禾垛子赶忙大喊：“等一等！”剪子停在了瑛娘的喉咙处。高柴禾垛子急红了眼：“柳瑛娘，好！我惹不起你！撤军！”瑛娘的眼睛瞪得血红。

隆老夫人听到了撤兵的消息，问：“就这么撤兵了？自己的孩子没要？挨了枪子儿也拉倒了？不能，不能！这高柴禾垛子又不缺心眼儿，他要是缺心眼儿也当不上团长啊！三孙子，你二嫂这招缓兵之计用得好，你快走，连夜去省城，告他的状，不能让他缓过神来，就罢了他的兵权，最好枪毙了他！”屋子里只有隆延宗，他问：“我义兄怎么得罪您了？”隆老夫人摇头：“他倒是没得罪我，可是隆家得罪他了！先下手为强，后下手遭殃，你还等什么？”隆延宗正色道：“您明知隆家不对，就该向人家赔礼道歉。奶奶，您岁数大了，糊涂了，这件事情，请您不要再插手。”隆老夫人理亏，被训斥也不敢还嘴，灰溜溜地低下了头。

而另一边，隆万氏给惊魂未定的隆夫人递了一杯茶：“婆婆，您喝口茶吧？”隆夫人瞥了一眼她：“大晚上的，你给我茶喝，不让我睡觉了？”隆万氏假意自责：“哎呀，婆婆，你看看我，刚才一直为隆家担心，急得都忘了现在是半夜了。”她把茶放在一旁，说，“婆婆，有件事给您提个醒。”隆夫人白了她一眼：“什么事？”隆万氏道：“那个高团长，跟柳瑛娘好像挺近乎啊，酒席宴上那出，大伙可都看见了，他俩到底是怎么回事？大夜里的，姓高的翻墙去祠堂里找她？一个团的大兵压境，她柳瑛娘三句两句就退了兵，这也太蹊跷了吧？”

隆夫人说：“你到底想说什么？”隆万氏挑唆道：“婆婆，有件事我可不能瞒在心里。当年柳瑛娘抱着她儿子回来，我就怀疑过。随着孩子越长越大，我越发觉得长得不像我二兄弟！今天见到那姓高的，倒是对上了。我怎么觉得，跟他像爷儿俩啊？”隆夫人一拍桌子：“你少在这胡说八道，滚！”隆万氏毫不示弱，她就是要气隆夫人：“我这可是为隆家好！别养了半天，养的是野种！”“你，你，你……”隆夫人胸口一阵疼，一旁的佘管家连忙上前扶住她。

第三十五章

隆延宗提了一小坛酒，来到高柴禾垛子的军营门口。他站在门前，用力将酒举高：“昨夜义兄受伤，都是隆家的错，今日提酒前来请罪，请高副官通禀。”高棒子看了看远处，路上一个人没有，又看了看隆延宗，他坦然地笑着。高棒子点点头：“好，请隆县长稍等。”隆延宗一个人在门口转悠着，站岗的士兵都端着枪，格外警惕。

营房里，高柴禾垛子问：“一个人来的？还带了酒？”高棒子点头：“是。”高柴禾垛子直摇头：“不见！”

见高棒子一个人出来，隆延宗板着脸说：“请高副官传话，问义兄，怕我是荆轲不成？”高棒子愣了愣，转身回去。

于是，高棒子在军营内外来回传起了话。

“你告诉隆延宗，我高柴禾垛子当兵前就是个荆轲，只身一人，一把砍刀杀了陈财主。今天，我也绝不是秦王，因为我光明磊落，没那么多歪心眼子算计人！想要见我？让他提着佘小四的人头来！”

“没有这个道理，他深夜化了装，私闯民宅，警察局长为了捉贼开的枪，就算有些草率，那也不叫错！你问问高柴禾垛子，还拿不拿我当兄弟？”

“还敢提兄弟？我是他大哥，他这么对我，你让他滚蛋，不然我今天就割袍断义。”

“割袍断义也要面对面，你让他出来，当着我的面儿割了袍子，我不缺一个不讲道理的义兄！”

高柴禾垛子急了：“奶奶的，割就割！”他捌开衣襟，拽出衬衫一角，抓起一把匕首，问，“这样算不算割袍？”高棒子小声说：“隆延宗让您当着他的面儿……”高柴禾垛子摇着头：“我他娘的要是出去，就上了他的当了。这种事儿就怕见面，他是县长，读过大书，三言两语就把我糊弄了，我能出去吗？”高棒子说：“那……怎么办，您割了袍子，他要说不算数呢？”高柴禾垛子说：“他敢来，就证明他心里没鬼。昨天都是你胡说，我也是脑瓜子一热，就听了你的了。”

高棒子很尴尬，傻笑着。高柴禾垛子骂道：“笑个屁啊，现在他在门口将我的军，你让我咋办？”高棒子也没招：“是啊，咋办？”高柴禾垛子踱了两圈，大喝一声：“备马！”

不一会儿，隆延宗听到马嘶，一回头，看到高柴禾垛子骑着高头大马出现了。他一拉马，马的两只前蹄腾空。高柴禾垛子一声大喝：“让开！”隆延宗只得躲闪。高柴禾垛子快马加鞭，飞奔而出。隆延宗大喊：“义兄！”高柴禾垛子根本不理他。

这时，高棒子牵出一匹马来：“隆县长，这是匹小马，是我们团长坐骑的驹子，你骑上它，自然能追上高团长。”隆延宗不明白高柴禾垛子想干啥，无奈地接过缰绳。

高柴禾垛子一马当先，隆延宗紧随其后。在一个破庙门口，高柴禾垛子下马进了庙。隆延宗也翻身下马，进门发现高柴禾垛子正仰望着破旧的关公像。

没等隆延宗开口，高柴禾垛子大声道：“别看这个庙破，可供的是真神，关公，关圣帝老爷！隆延宗，虽然你我磕过头，但没拜过关公，今天你我把话都说开了，要是还做兄弟，我们就一起拜拜关老爷。要是不再做兄弟了，我们就当着关老爷的面儿，割袍断义。”

隆延宗沉默了好一阵，打开一坛酒，说：“大哥，向您赔罪……”高柴禾垛子伸手制止道：“你先等会儿！知道我为什么带你到这来吗？”隆延宗说：“这有关公像？”高柴禾垛子说：“不对！四年前，就是在这个破庙里，我把我三个月大的、死了娘的、没奶吃的儿子交给了你二嫂柳瑛娘。”隆延宗一愣。

高柴禾垛子接着说道：“我要去给孩子他娘报仇，又怕孩子饿死，所以我必须把孩子交给一个有奶的女人。当时柳瑛娘的孩子丢了，正在四处找，急得要跳黄河，是我在黄河边上，把她扛到这的。”

隆延宗点头：“这二嫂已经告诉我了。”高柴禾垛子难以置信：“真的？”隆延宗说：“她亲口说的，你是孩子的亲爹。”

高柴禾垛子抢过酒来，喝下一大口：“看来柳瑛娘是个好女人，坦荡。当年把孩子托付给她是托对人了！”隆延宗也抢过酒来，又喝了一口：“昨夜，要不是你鲁莽，今天一早，二嫂就会找我商量这件事该怎么办。”

高柴禾垛子问：“你会怎么办？”隆延宗说：“想办法把孩子还给你呀！”“你说的是真的？”“当着关老爷的面儿，我隆延宗若说一句假话，天打雷劈！”“好，那你现在还吧，把孩子还给我，打我黑枪的事儿我可以不计较！”“这……”“我知道你做不到，说，谁想要我的命啊？你可别告诉我是佘小四啊，他最多就是个打手。我问的是谁是幕后黑手，你给我交出来，我就一辈子跟你做好兄弟！”隆延宗一下被问住了。高柴禾垛子说：“你不说，我就跟你割袍断义！”

隆延宗拿起酒来喝着：“请大哥不要再追究这件事了。”高柴禾垛子说：“不行！老子冲锋陷阵挂了花那叫光荣，这倒好，被人打黑枪算计？就算我不计较，我的兄弟们会干吗？绝不会干！隆延宗，把幕后黑手交给我，让我处置。”隆延宗说：“不行。”“我是你的结拜大哥，要算计我的家伙，比我跟你还亲？”“你说对了。我不能告诉你是谁，不然，就是不孝！”“我明白了，是你娘。我有情报，你娘是隆家的当家人，杀伐决断都掌握在她的手上。”隆延宗说：“不是！”“那还能有谁啊？”高柴禾垛子愣住了，轻声问道，“不会是你奶奶吧？”“我说了，我不能告诉你！”“你这不已经告诉我了吗？”隆延宗低头默认了。

高柴禾垛子笑了：“嘿，新鲜，那小老太太瘦得不像样，还挺心狠手辣！可是我不明白了，她要我的命干什么呀？”隆延宗说：“你就别打听了，大哥，这件事情就当什么都没发生过，行吗？你要是想解恨，掏出枪来，给我这儿来一枪！”隆延宗指着自己的肩膀。

高柴禾垛子抢过酒坛子喝了一口：“按说，既然咱俩是结拜的义兄义弟，我这个当义兄的，就该给你面子。可到底是怎么回事，你必须得给我说清楚了，兴许我能替你分忧解愁呢！”隆延宗说：“说不清楚！”高柴禾垛子说：“你必须得说！”隆延宗说：“不说！”

“隆延宗，跟我使横的？你以为我没有防备？”高柴禾垛子一吹哨，高棒子带着七八个士兵冲了进来。延宗愣住了。高柴禾垛子道：“我可以是团长，也可以是土匪。我把你引到这来，还有个目的，就是绑票！在我的军营门口绑，眼线太多了，全县城都知道了，闹到省城，那可不划算。现在我绑了你，谁都不知道。我也不要金银财宝，就要我儿子。儿子到了我的身边，我立刻撕票，把你分尸扔在山上，野兽会吃得连渣都不剩，我还就不承认绑过你了。你说，这主意高明吧，谁都不能把我怎么样！”

隆延宗斥道：“高柴禾垛子，你真是个浑蛋！”“浑蛋也是被你逼的！四年啊，我日思夜想的儿子还活着……”高柴禾垛子撸起一只袖子，胳膊上是大大小小的刀疤：“你看！这是什么？”隆延宗一愣。高柴禾垛子说道：“我一直以为，我儿子死了，我觉得对不起他，每当想起孩子，心里难受的时候，我就在这划上一刀放血！”高柴禾垛子热泪横流，隆延宗触动很大。

“你还没有当爹，你不明白我的心情！”高柴禾垛子叹道。隆延宗不忍直视，说：“大哥，你先让兄弟们都出去，我慢慢跟你说。”

等隆延宗说完，高柴禾垛子摇着头：“这是什么家规？你们大户人家也太不讲理了！”

隆延宗喝了一口酒，说：“不许欺骗祖宗，这规矩本是没错的。当年，奶奶带二嫂从七十二寨回到隆家，说了谎话也是迫不得已，可现在……奶奶是最要面子的，一旦这件事情被戳破了，她老人家肯定没法活了。至于二嫂，那还用说吗？大哥，两条人命啊。要是没有二嫂，你儿子活不了这么大，她是你的恩人！为了父子团聚，却不顾恩人的死活，你这样的义兄，我不认也罢！你当着关公的面儿割袍断义或者绑我的票，都随你的便！”

高柴禾垛子抢过酒坛子，咕咚咕咚喝了几口，问：“就没别的办法吗？”隆延宗摇头说：“真没有。”“那我时常看看我儿子行吗？”“也不行，酒席宴上，你非要认二嫂，很多宗亲长辈都看见了，他们疑心都很重。现在就有人怀疑，孩子是你和二嫂的私生子！”“什么人散布谣言，老子枪毙了他们！”“既然你我是结拜兄弟，我的亲人就是你的亲人。那些都是我的宗亲长辈，在孝兴个个德高望重，你枪毙一个试试？”

高柴禾垛子说：“可是……你净说你的理，难道要让我们分散多年的父子，同在一个县城，不能见面？我是你结拜兄弟，你不能光为你的家人想，也得为我想想啊？”隆延宗劝道：“大哥，只能等奶奶她老人家寿终正寝，我会安排二嫂离开隆家，躲得远远的，那个时候，定将孩子奉还！”他走到关老爷面前跪倒，“我隆延宗当着关老爷的面儿发誓，说到做到，请大哥成全！”

高柴禾垛子抢过酒坛子，一口气将酒全部喝干，他将酒坛子高高举起，又摔在地上，酒和眼泪在他的脸上交错纵横。隆延宗低头不语，高柴禾垛子紧咬钢牙。

不久，高柴禾垛子搂着隆延宗哈哈大笑，从破庙里出来。高棒子等人见状都愣住了。高柴禾垛子一瞪眼：“犯什么愣啊？我和义弟和好了，话已经说开了。之前的事，全都一笔勾销！”高棒子嘟囔着：“那孩子……”高柴禾垛子一皱眉头：“什么孩子？”高棒子说：“刚才您不是说您儿子……”高柴禾垛子说：“你耳朵塞鸡毛，听岔了。我高柴禾垛子仨小老婆都是花瓶摆设，收了她们一年多了，没一个怀上的，哪来的儿子？”高棒子不敢再问，隆延宗看着高柴禾垛子，心生感激。

高柴禾垛子刚要进军营，卫兵就向他汇报：“隆家大少奶奶来了！”高柴禾垛子看了眼高棒子：“这女人我见过，有什么情报没有？”高棒子回话：“河曲万家的，省城万专员的亲妹妹。”高柴禾垛子点点头：“噢，对，你跟我说过，她不是个善茬。”

见高柴禾垛子进来，隆万氏笑成一朵花，迎了上去。高柴禾垛子向后一步，抱拳道：“大嫂，高某这厢有理了。”隆万氏说：“哎哟，不敢当，不敢当，高团长，小妹这里给您见礼。”高柴禾垛子一愣：“小妹？这怎么论哪？”隆万氏说：“那您叫我大嫂又是怎么论哪？”高柴禾垛子说：“当然是从我义弟隆延宗那儿论啊。”隆万氏说：“都打了黑枪了，还叫义弟，大哥你可真厚道。我自称小妹，是从我哥哥万专员那论的。”高柴禾垛子说：“哦，万专员，省主席身边的大红人，但我们俩不认识啊。”隆万氏说：“我哥哥怎么说跟您很熟悉呢？他告诉我您是大帅的结拜兄弟，我哥哥跟大帅的交情，想必高团长也听说过吧？”

“听说过，听说过，那我也就不见外了。找哥哥什么事啊，小妹？”高柴禾垛子拍着肚子，假装不怀好意地看着隆万氏。隆万氏娇媚地说：“哎，你一叫我小妹，我立刻觉得自己又活了。在那栋老房子里囚着，我都觉得土埋半截了。大哥一看就是大英雄，了不起的男人！小妹打听打听，当年你是怎么看上柳瑛娘的啊？那么个丧门星，土得都掉渣了，哪配得上大哥啊？”高柴禾垛子一皱眉：“小妹的话，我没听明白，柳瑛娘可是我二嫂啊，别开玩笑。”隆万氏说：“行了，别跟我打马虎眼了。柳瑛娘的那孩子是您的吧，您就跟我说实话，我好歹是隆家的长房媳妇，兴许能帮上大哥呢？”高柴禾垛子说：“孩子？我的孩子？我怎么越听越糊涂啊？”隆万氏说：“您还是不信任我？柳瑛娘那孩子要是跟您没关系，您深更半夜去祠堂干啥啊？”

“噢……”高柴禾垛子假装恍然大悟，“是因为我大半夜地去了祠堂，小妹才起了疑心？告诉你，我呀，打仗的时候被炮弹炸过，脑子给炸坏了，一到晚上就梦游。那天延宗娶媳妇，二嫂柳瑛娘来了，我一看见她，就犯了病，夜里就梦游到祠堂去了。小妹，那天你坐哪桌来着，我要是先看见你，梦游准保找你去。要说长相，柳瑛娘哪能跟小妹比啊，小妹虽说是大嫂，可是看着比二嫂年轻多了。你这腰细得……”说着，高柴禾垛子就去摸隆万氏的腰。

隆万氏吓坏了，急道：“哎，高团长……”高柴禾垛子一瞪眼：“叫大哥！”隆万氏挣脱，说：“高团长，我还有事，我先走了。”高柴禾垛子佯装不舍，叫道：“哎，小妹，你别走啊！你住哪个院子，告诉大哥，今儿晚上梦游了，我好有地儿去！”隆万氏已经吓得跑了出去。

高柴禾垛子看着隆万氏的背影，暗暗摇头：“看来隆延宗没骗我，这大户人家，四处都是杀人不见血的钢刀！柳瑛娘带着我的儿子，熬到今天不容易。”

隆老夫人一听三叔公、四叔公、七舅爷又结着伴来了，没好气地问：“这三个老东西来干什么？”隆夫人回话：“最近家里发生了一些事，三位长辈觉得蹊跷，想跟您理论理论。”隆老夫人说：“我不跟他们理论，儿媳妇，替我挡一阵。”

得了隆老夫人的命令，隆夫人出门迎接了三位长辈，待主客坐定，她瞟了一眼站在一旁的佘管家。佘管家道：“三叔公、四叔公、七舅爷，老太太今天身子不太舒服，你们有什么事跟夫人讲吧。”三叔公为难地说：“这个事跟延宗他娘讲，不太合适啊。”佘管家说：“没什么不合适的，老太太早就说过，虽然她回来了，可夫人还是隆家的当家人。”四叔公点点头：“哎，行，三哥，跟谁说都是说！我先说！这柳瑛娘带着孩子回到隆家已经三年多了，孩子四岁了，长得倒是不错，可就是不像隆家的人啊。”四叔公又道：“前两天，延宗娶媳妇，酒席宴上，那个姓高的团长和柳瑛娘……大家可都看见了，老头子我心里边直犯嘀咕。”三叔公也说：“我也犯嘀咕，延宗他娘，当年柳瑛娘丢了孩子，走的时候疯疯癫癫，大伙都以为她寻了短见。她又回来的时候，有没有把这个孩子的来龙去脉解释清楚？”

佘管家看向隆夫人。隆夫人说：“说清楚了，孩子是丢了，后来她又自己找着了。这也是常有的事嘛，更何况有婆婆做证。”七舅爷疑惑道：“我老姐姐做证？难道她看见柳瑛娘找到孩子了？不对吧，我老姐姐可一直被关在七十二寨，难道柳瑛娘是在土匪窝子里找到她丢的孩子？”隆夫人被问住了：“这……这我就不太清楚了。”三叔公正色道：“作为隆家的当家人，你不能不清楚！”四叔公附和道：“就是，这事能糊涂吗？”七舅爷更是添油加醋：“这个孩子长大了，是要掌管隆家家业的，这都不查清楚，难道要把祖宗基业拱手送人？”

隆夫人站起身说：“七舅爷，你说的这是什么话？怎么叫拱手送人？你怀疑这孩子可以，什么时候就认定是假的了？”七舅爷道：“那你得先认定他是真的才行。”隆夫人急了：“怎么认哪？”七舅爷说：“你是当家人，我们可不管！”隆夫人说：“我就说是真的了，不行吗？”三叔公摇头说：“不行，祖宗留下的规矩一大本呢，延宗他娘，作为当家人，你没好好看过？我是你三个儿子的叔公，血脉传承的事要是弄不明白，我可不答应！”四叔公说：“我也不答应！必须得弄清楚，那孩子到底是不是继宗之后！”

隆夫人说：“怎么弄清楚？有什么法子？”三叔公看看四叔公，又看看七舅爷。三人凑在一起嘀咕了一会儿，三叔公开口说：“我们几个商量了，滴血认亲！”隆夫人一愣：“啥？”四叔公说：“古时候骨肉失散，相认之时都是滴血认亲！”隆夫人看向佘管家。佘管家说：“那谁跟谁滴血啊？孩子的爹，二少爷过世多年，这孩子是遗腹子，长辈们难道忘了？”

四叔公看了眼三叔公。三叔公早有准备，说：“继宗和延宗是双生子，由延宗替他二哥，滴血认亲！”隆夫人沉吟着，不敢轻易答应：“这……”七舅爷连连点头：“这个主意好，我看就这么定了。延宗他娘，请你转告我老姐姐，这事非做不可，不然我们这些长辈可不答应！”

隆喜儿进了县长办公室，隆延宗正在批阅文件，他看见了隆喜儿正在朝他招手，便支开了秘书。隆喜儿上前，掏出一封信，递给隆延宗，说：“这是老祖宗的亲笔信。”隆延宗拿起信来看，看着看着，将信拍在桌子上：“滴血认亲？胡闹！”隆喜儿说：“老祖宗还有几句话让我跟您讲。她说，咱们家跟高团长的误会，指定传到省城去了，让您赶紧去省城多请几天的客。流言蜚语害死人，您在酒桌上打打哈哈，流言蜚语便不攻自破了。”隆延宗说：“用不着，我最讨厌请客喝酒！”隆喜儿说：“之前这句，老祖宗是让你当幌子的，后边还有一句。老祖宗说，让您先避避，她老人家现在没想出别的辙来，您走了，她再琢磨琢磨。”

隆延宗闻言叹了口气，缓缓点点头。收拾停当，他正要上车，却见高柴禾垛子翻身下马，来到了县政府门口。隆延宗问：“大哥怎么来了？”高柴禾垛子道：“送送兄弟啊。”隆延宗说：“我去省城……”高柴禾垛子伸手制止道：“别解释，我不听，大哥相信兄弟！你指定不是去告我的刁状的！”隆延宗笑了。

高柴禾垛子过来一把抱住隆延宗，在他耳边低声说：“兄弟，你大嫂，万专员的妹子，不是玩意儿。”隆延宗点了点头：“多谢大哥提醒。”高柴禾垛子说：“你不在家，我儿子安全吗？”隆延宗说：“放心，安全。”

隆延宗刚要上车，高柴禾垛子又叫：“哎，等会儿！”他把隆延宗拉到一旁，说：“我……我要是想得厉害，能不能……能不能有什么办法看我儿子一眼啊？”隆延宗有些为难，说：“不能，大哥，尤其是这些天，请大哥……”高柴禾垛子再次打断他：“明白！我忍了！我忍！”

看着已经摆好的晚饭，隆夫人皱着眉：“这才成亲三天，延宗怎么就不回家吃晚饭呢？”佘管家道：“三少奶奶也没在家，出去一天了。”隆夫人问：“她出去干什么了？”

话音未落，提着书包的洪凤鸣从外面进来，行礼请安：“婆婆好，佘管家好。”佘管家问道：“三少奶奶，您这是……”洪凤鸣说：“婆婆，之前没跟您禀告，从今天开始，我到县中学教书了，教国文，今天第一课，我给同学们讲的是陈子昂的《登幽州台歌》！”隆夫人听了有些不悦。佘管家说：“三少奶奶，您可是隆家的少奶奶，出去抛头露面当教书先生，不好吧？”洪凤鸣说：“这是新时代了，没有什么男尊女卑。况且教书是很受尊重的。”佘管家轻声道：“那三少爷……”洪凤鸣说：“延宗是支持我的。”佘管家看向隆夫人。隆夫人点点头说：“好，知道了，教书的事儿等延宗回来再商量。”洪凤鸣笑道：“婆婆，您是在等延宗啊？不用等了，延宗去省城出差了，他让我转告您，要去十几天呢。”

各位宗亲长辈都聚在了隆家祠堂院里。隆万氏一赶来就打着招呼：“哎呀，各位长辈都来了，三叔公、四叔公、七舅爷，隆万氏在这里给老几位见礼了。”这时，隆夫人在佘管家的搀扶下也走来了。隆夫人说：“各位宗亲，延宗出差去了省城，让大伙白来了，都请回吧。”众人相互对视，沉默着。

“那可不行！”隆万氏尖厉的声音吸引了所有人的视线。隆夫人瞪着隆万氏，训道：“各位宗亲长辈都在，有你说话的分儿吗？再说，是谁让你来的？”隆万氏脸涨得通红，说：“我还正想问呢，开祠堂这么大事儿，为什么不叫我？”七舅爷打着圆场：“是我跟老大媳妇说的，她是长房媳妇嘛，这么大的事，当然得来共同见证。”隆万氏赶紧接话：“是啊，七舅爷叫我，我就来了。”

三叔公皱眉道：“我说当家人，延宗怎么突然就去了省城，不会是故意躲着，骗我们的吧？”隆夫人不满道：“三叔公，您德高望重，怎么能说出这种话呢？延宗是一县之长，为国家效力的，国家国家，国排在家前面，省里边的长官有事召唤，他能不去吗？”三叔公见隆夫人神色严厉，只好含糊：“也是也是。”

四叔公一摆手，说：“白跑一趟不怕啥，不就是去个省城吗，他早晚得回来呀！我说延宗他娘，你是当家人，给大家打个包票，只要延宗回来，立刻滴血认亲！”七舅爷附和道：“就是啊，延宗他娘，大伙可都是为了隆家好，替你这个当家人操心。”“我明白，等延宗回来，该办的事，办就是。”隆夫人有些不高兴，转身走了，众人也渐渐散去。

等人们都散了，偷看到这一幕的五儿问：“娘，啥叫滴血认亲？”瑛娘一激灵：“说书唱戏里的词，娘也不懂。走，儿子，咱们吃饭去。”

隆老夫人气得直哆嗦：“隆万氏居然……这女人好大的胆子，她要造反啊！你是隆家的当家人，你怎么能纵容她？”隆夫人问：“娘，我什么时候纵容她了？”隆老夫人说：“那她带人围了祠堂，你不管？”隆夫人说：“我怎么管？

她说是为我分忧啊。娘，您想，刚说要滴血认亲，柳瑛娘就要逃走，心里没鬼为什么要逃？是，柳瑛娘救过您，救过咱们全家，为延宗保媒说亲，也立了功，可若那孩子不是隆家血脉，她所有的功，也抵不了欺骗祖宗的罪过啊！这些年我也体会了，瑛娘是孝顺，那天您在祠堂说的话，我都听进去了，也打心眼儿里疼瑛娘，可这件事儿，我要含糊了，怎么配做隆家的当家人？怎么对得起老爷？对得起娘对我的信任？”隆老夫人被问得瞠目结舌。

隆夫人又问：“娘，您一再护着瑛娘，不会是那孩子真有玄机，您早知道吧？”“怎么能呢？欺骗祖宗的事，我能干吗？”隆老夫人脸色很难看，“哎哟，我累了。你是当家人，一切都由你做主，你去吧。”隆夫人一退出，隆老夫人就双手合十祈祷了起来：“三孙子三孙子，奶奶求你了，你晚回来几天！奶奶真是老了，想不出对策了！你要是回来早了，这事儿漏了包，你可就得给奶奶办丧事了！”机敏的隆老夫人第一次没了辙。

第二天，一个媒婆上了隆家的门，开口就说：“隆夫人，给您道喜啊！”隆夫人皱眉：“你是干什么的？我有什么喜事？”媒婆回答道：“我是媒婆啊！奉保安团团长高柴禾垛子先生之命，来提亲的！”隆夫人说：“提亲？给谁啊？”媒婆说：“高团长啊，看上了您家的二少奶奶，让我来说媒。二少爷已经走了好些年了，二少奶奶还年轻，要不然您放她往前走一步？”隆夫人被气得一拍桌子：“混账！我儿媳妇什么时候说要嫁人了？你拿我们隆家当什么地方？来人！把她给我打出去！”佘管家大声喊道：“来人啊！”呼啦啦一下子冲进来四五个家丁。媒婆吓得跪倒在地：“哎呀，隆夫人，您可别打我，我也不想来，是当兵的端着枪押我来的！”

隆夫人正要发怒，隆喜儿跑了进来，说：“夫人，姓高的又派了一拨人来！”隆夫人问：“什么人？”隆喜儿说：“送礼的。”隆夫人纳闷：“送什么礼？”隆喜儿说：“聘礼……”

二十样聘礼，摆得整整齐齐。为首的一个汉子抱拳道：“隆夫人，我们奉命将聘礼送到，您收好。”隆夫人气得直哆嗦：“谁说要收你们的聘礼了，抬走抬走！”汉子连连摇头：“那我们可不敢！聘礼送不到，我们全家都得被枪毙！隆夫人，你行行好收下吧！”汉子一挥手，送聘礼的几十号人扭头就跑。隆夫人气道：“这，这……”这时，唢呐声传来，隆夫人愣住了。佘管家吩咐说：“隆喜儿，快去看看是怎么回事！”

隆喜儿向外跑去，一会儿，他又从大门外跑了进来，大声道：“报——夫人，花轿上门了！十六人抬的大花桥，高团长亲自来接亲！”隆夫人一捂胸口险些晕过去，婆子们吓坏了，连忙上前扶住了她。半晌，隆夫人才缓过劲儿来，无力地说："我不能逞强了，这个家我当不了了……隆喜儿……"隆夫人声音小，隆喜儿不得不凑近听。隆夫人叹气道："你快去禀告老太太，一切请她做主。"

喜乐声传进了隆家祠堂，瑛娘跪在牌位前闷闷不乐，摆在一旁的早饭都没吃。五儿说："娘，吹喇叭的……"这时，一滴泪水从瑛娘的眼里落了下来。"娘，您怎么哭了？"五儿心疼地伸手帮瑛娘拭泪。

瑛娘拉住五儿的手，说："孩子，娘说了谎，娘跟你认错。牌位上的这个不是你爹，你亲爹没死。""是那个高团长吗？""对，就是他。""我不要他！我不喜欢他！""不喜欢也得跟他走。""不！我要留在娘身边！""留在娘身边，你会受连累的，会有人害死你的！""死也要跟娘在一起！"瑛娘一把将五儿搂在怀里，泪水长流。

隆万氏一听禀报，立刻出门来看热闹："哟，高团长，好大的花轿啊！"高柴禾垛子笑道："妹子，喜欢吗？"隆万氏没想到众目睽睽之下，高柴禾垛子还敢调戏她，便说："高团长，我是个寡妇，请你说话注意点儿。"高柴禾垛子撇一撇嘴："我今儿个来隆家就是娶寡妇的，不过要娶的不是你。"隆万氏说："我知道，你要娶柳瑛娘。姓高的，听说你是枪林弹雨里爬出来的大英雄，说说吧，你跟柳瑛娘啥时候开始相好的？"高柴禾垛子说："相好？相好的我有的是，比如你，妹子，昨儿个你去我兵营，不就是想跟我相好吗？"士兵们闻言一阵怪笑。

隆万氏骂道："高柴禾垛子，你放尊重点儿！"高柴禾垛子正色道："想让我尊重，那你得是个好样的。姓万的，我早知道你不是好东西！高某人奉送你一句话，人在做，天在看，你存心害人，早晚遭报应！"隆万氏气得浑身哆嗦，却又知道自己不是高柴禾垛子的对手，只得转身走了。

隆家祠堂的门打开了，隆喜儿搀着隆老夫人颤颤巍巍地走进祠堂，瑛娘听见动静，赶紧迎了上来，叫道："奶奶！"隆老夫人拉住瑛娘的手，示意隆喜儿退下。

门关上了，隆老夫人叹道："瑛娘啊，奶奶把你害了，对不住你啊。"瑛娘摇着头说："别这么说，奶奶。"隆老夫人说："要真滴血认亲，你我可就都完了。我这把岁数倒不惜命，怕的是……害死孩子！"瑛娘惊道："怎么会？"隆老夫人说："就是会。不是隆家子孙，却受了祖宗恩泽庇护，更何况是骗的，想活着离开，做不到！"瑛娘大吃一惊。隆老夫人接着说："要是这孩子被害死了，他的亲爹高柴禾垛子，还不得发疯啊，连隆姓宗亲都得遭殃！"瑛娘也慌得手足无措："这……"隆老夫人说："奶奶正不知如何是好呢，外面的唢呐声，听见没有，高柴禾垛子的花轿来了。”瑛娘纳闷地说：“花轿来干什么？”隆老夫人说：“他请了媒人下了聘礼，要娶你！”瑛娘更是惊讶得目瞪口呆，不知如何是好。

隆老夫人叹道：“高柴禾垛子是个人物，这招儿高明啊，他一定是得到信儿了，专门来救你的！你只要上了他的花轿，隆家的人可就再也管不着你了。你，我，还有你的孩子，咱们娘儿仨就都得救了！”瑛娘连连摇头：“不行！好女不嫁二夫，我不能做对不起二少爷的事。”隆老夫人竖起大拇指：“好样的！继宗没看错你！可是识时务者为俊杰，要不，你先假意应承，上了花轿，到了那头，再跟高柴禾垛子理论，让他放你？”瑛娘还是摇头：“不行。我宁死也不再嫁！”隆老夫人点了点头：“我想到你会这样说，哎，你是个刚烈的女人，我老太太佩服！”说完，她从袖子里拽出一条白绫子，“瑛娘，我岁数大了，胳膊腿不好使了，你帮我把这条绫子挂在梁上，给我打个结，让我自行了结了吧。”

瑛娘一惊再惊，问：“奶奶，这是为什么？”隆老夫人说：“今天这个局面都是我造成的，大红花轿来隆家，娶守寡的女人，这可是从来没有过的事，我不死，还有脸活着？”瑛娘说：“奶奶，您点个头，我再抛头露面一回，让高柴禾垛子回去便是。”隆老夫人说：“你出去就能退了他的花轿？”瑛娘说：“花轿总比大炮好退吧？”

瑛娘从隆家大门里走出来，老百姓指指点点，议论纷纷。瑛娘站定，看了看花轿。高柴禾垛子得意道：“柳瑛娘，满意吧？我打听过了，皇帝老子娶媳妇，也用不了这么大的轿子！这是轿子行里的摆设，我一眼就相中了，我说就拿这个抬柳瑛娘，她准保高兴！”瑛娘冷冷地说：“皇帝要娶的是皇后娘娘，皇后娘娘都用不起的东西，你让我坐，你是想折我的寿吗？”高柴禾垛子一愣。瑛娘又说：“这轿子傻大，上面光秃秃的，真难看！”

高柴禾垛子向轿子看去，发现轿子确实只是红布包成的，上面只有简单的刺绣。瑛娘接着说道：“你要是诚心，就给我做顶新轿子，四人抬的就够，不过花纹样式都得新绣。轿顶上要绣二龙戏珠，轿身一圈加上轿帘，怎么着也得有九条凤凰吧？”高柴禾垛子刚想说什么，瑛娘没给他机会插嘴，“虽说我是个寡妇，可我是隆家人，隆家祖上出过江南织造，你知道那是多大的官儿吗？连皇上登基大典的龙袍，都是隆家祖宗监制的！”

高柴禾垛子听得不耐烦了，说：“不就是做顶新轿子吗，你拿皇上登基吓唬我干啥？柳瑛娘，这么说，婚事你答应了？”瑛娘摇头说：“那得看你心诚不诚，现在这样可不行。媒人，聘礼，花轿，一天上门，你这是要抢人啊？你是趁我孩子他三叔不在孝兴，欺负我们隆家是不是？”

“不是！”高柴禾垛子翻身下马，快步来到瑛娘面前，压低了声音，“我是来救你的，你看不出来？”瑛娘说：“用不着！我是寡妇，会一辈子守寡。”高柴禾垛子说：“你别不识抬举，我冥思苦想，只有这一招。要不然，你，还有隆延宗他奶奶，就都活不成了。这可不是我说的啊，是隆延宗告诉我的，都赖隆家的狗屁规矩，要是小门小户的，哪会有这种事？”瑛娘无言以对。

高柴禾垛子突然大声道：“我高柴禾垛子重情，你柳瑛娘重义，其实咱俩最般配。出门之前，我已经给那三个女人分了银票，把她们全打发了。我高柴禾垛子要明媒正娶，让你做我的团长夫人！”瑛娘压低声音说：“你不是要救我吗？怎么……”高柴禾垛子也压低了声音：“咱俩假戏真唱，到时孩子管我叫爹，管你叫娘，咱们一家三口，美上天啦！”瑛娘没想到高柴禾垛子竟然这样想。高柴禾垛子一转身，大声道：“哈哈……你放心吧，我会把方圆百里所有的绣工绣娘都请来，不就是一个二龙戏珠、九条凤凰吗，三天准好了，三天之后我就来接你洞房！”

瑛娘忽然大声道：“不行！我已经看好日子了，三月十二。”高柴禾垛子说：“你还会看日子？”瑛娘说：“终身大事岂是儿戏，三月十二，早一天都不行！”高柴禾垛子说：“快给我算算还有多少天？”高棒子掐指算着：“报告团长，还有九天！”高柴禾垛子点点头：“好！就是这个日子，愿意看热闹的，三月十二再来，本团长赏酒赏肉！”老百姓们一阵欢呼雀跃。高柴禾垛子看着瑛娘，瑛娘却恶狠狠地瞪了他一眼，转身走了。

高柴禾垛子一挥手，高棒子跑来。高柴禾垛子低声道：“从现在起，带着人封锁隆家祠堂，别让柳瑛娘跑了。她要是跑了，就算把儿子给我留下，儿子也不会认爹。这招高明吧，为了儿子，连娘一起娶，还能救人一命，胜造七级浮屠。”高柴禾垛子哈哈大笑起来。

几天后，隆老夫人被扶进了隆家客厅，她问：“今天是几儿了？”隆夫人回话：“三月初十。”隆老夫人点头：“哦……还有两天。”隆夫人说：“我就盼着延宗早点儿回来。他不回来，那桩公案断不了！”隆老夫人说：“啥公案？”隆夫人说：“滴血认亲啊！您老人家忘了？”隆老夫人说：“这柳瑛娘也真沉得住气，也不来找奶奶商量商量……”隆夫人问：“您说什么哪？”“我说饿了，昨个儿一宿没睡，折腾得饥肠寡肚的，咋还不开饭哪！”隆夫人明知隆老夫人在打岔，却也无奈，说：“娘，您老跟我说实话，柳瑛娘和孩子，您没有什么瞒着我的吧？”“瞒你，没有啊。咱们娘儿俩快四十多年的婆媳了，一条心，一条心。”隆老夫人避开隆夫人审视的目光，暗想：“得，多活一天是一天吧，但愿我三孙子，也能沉得住气，别着急回来……”

不一会儿，瑛娘挎着一个小筐，从隆家祠堂大门里走了出来。高棒子见了她，立正敬礼道：“团长夫人好！”瑛娘不满道：“我还没上高柴禾垛子的花轿！”高棒子只好改口：“柳瑛娘，你要干什么去？”瑛娘说：“怎么？我不能出去？”“当然不能，你要是跑了，我没法向团长交代！”“跑？我儿子又没跟着我，我能舍下孩子跑？”“那你去干什么？”“上坟，烧纸。”瑛娘把筐打开给高棒子看，的确是祭奠用品。

高棒子又问：“你要去哪？”瑛娘说：“那可远了，你要是不放心，就拿着枪在后面跟着我。”高棒子想了想，跟大伙示意继续站岗，看着五儿，自己追着瑛娘去了。

等高棒子回来，高柴禾垛子问：“这两天她挺老实？”高棒子说：“老实，平时连祠堂的门都不出，听说这几年她一直很少出门。”高柴禾垛子问：“她今天去上坟，给谁烧纸啊？”高棒子说：“我看有个老头子，怕有什么闪失，就凑近听了。那老头子是隆继宗的老下人，他们俩一起，给隆继宗烧的纸。”高柴禾垛子说：“隆继宗？柳瑛娘的亡夫？”高棒子说：“没错。她还唠叨，说她要往前走一步，跟亡夫赔罪。”高柴禾垛子高兴道：“真的？”高棒子说：“我亲耳听见的！”高柴禾垛子哈哈大笑：“兄弟，我不但找回了儿子，还给你娶了一个好大嫂！柳瑛娘给亡夫烧纸，说明什么，说明她真心实意想嫁给我了！”高棒子又说：“她还让您明天晚上请顿饭。”高柴禾垛子惊讶道：“吃饭？”高棒子说：“对，柳瑛娘的意思是，上花轿时怕儿子不干，闹出笑话。所以，她让您在孝兴最好的馆子先请一顿饭，让儿子跟您熟悉熟悉，她说孩子拧，顺毛驴，得哄。”高柴禾垛子高兴得眉开眼笑：“顺毛驴？像他爹我！好！请我儿子吃饭，最好的馆子！”

入夜，隆老夫人辗转难眠，支撑着起身：“哎呀，睡不着，憋闷得慌，扶我出去转悠转悠。”婆子连忙上前伺候，扶着隆老夫人来到了客厅。隆老夫人道：“干脆，你们直接送我去祠堂得了。”婆子有些为难：“祠堂有当兵的端着枪站岗，不让靠近！”隆老夫人说：“不怕，我去自家的祠堂，他们敢对我老太太开枪？”婆子嘟囔着：“可是……老祖宗，您为难我们了。”

正在这时，忽然有个声音从天井里传来：“老祖宗。”隆老夫人问：“谁啊？谁喊我？”隆福的声音再次响起：“是我，我是隆福。”隆老夫人一愣：“隆福？你是我们家的管家隆福？进来！”

隆福挑起帘栊进来，跪在隆老夫人面前磕头：“隆福给老祖宗磕头请安！”

隆老夫人惊喜道："真是你，真是你！隆福！"隆福点头："我是天黑以后，从后门进来的，不想惊动别人，就是想见见老祖宗您！"隆老夫人说："隆福，你都这么老了，还有这份儿孝心，我看见你就想起了老太爷啊！"隆老夫人伸出一只手摸着隆福的光头，流下了眼泪。

第三十六章

瑛娘将银票、红包、钱、几样首饰依次摆放在供桌前。五儿问："娘，你在干什么？"瑛娘说："这些，都是这几年太奶奶和奶奶给的，咱们得留下。"瑛娘抱起隆继宗的牌位，供牌位的地方只留下了她自己的牌位。她来到前厅，将隆继宗的牌位摆放在祖宗牌位中间的最下方。她来到黄垫前，正要下跪，发现五儿一直在后面跟着她，便说："来吧，你也跟娘一起。"瑛娘跪下，五儿也跪到另一个垫子上。

瑛娘说："这几年住在这，风吹不着，雨浇不着，你奶奶还派人给盘了炕，到冬天，炕是热乎的，一点儿都不受罪；娘不用做饭，一日三餐都有人送过来……神仙一样的日子呀。这些都是隆家祖宗的庇护，孩子，你和娘一起给祖宗磕三个头，谢恩。"五儿点头，磕了三个头。

瑛娘拉着打扮得干净整齐的五儿出门，高棒子立刻上前敬礼。瑛娘问："现在去吃席，时辰合适吗？"高棒子道："合适！其实我们团长中午就去了，主要是检查检查饭馆子的菜做得咋样。晚上要吃的，他都先尝了一遍，包您和小少爷满意！"瑛娘点点头："好，我儿子都饿了。"五儿摸着肚子，他确实是饿了。

祠堂门口停着一辆轿车，还有两名士兵，牵着两匹马。高棒子问："您看，是坐汽车还是骑马？高团长说了，请小少爷挑！"一见大马，五儿的眼睛发亮："大马！"瑛娘却说："娘想走走，你愿意跟娘一起走吗？"五儿立刻收敛了喜悦，说："愿意。"瑛娘拉着五儿慢步行走，高棒子带着两名卫兵紧紧跟随着。

看着鸡鸭鱼肉、山珍海味，五儿面无表情。高柴禾垛子急切道："孩子，快吃啊！吃啊！这些我都替你尝过了，好吃得很哪！"五儿依然不动声色。高柴禾垛子有些着急："孩子，怎么不动手啊？"瑛娘道："我儿子懂规矩，大人没动筷子，他不会吃的。"高柴禾垛子一愣："哦，是吗？教育得好！那你先请。"瑛娘问："你这是请客啊？"高柴禾垛子点头："对啊，请客！"瑛娘摇摇头说："我怎么觉得像审讯呢？你请客用得着这么多人盯着，让人家怎么吃啊？"高柴禾垛子一听，示意四个站在屋里的大兵："你们全出去！"高棒子附和着："对，全出去！"四名当兵的退下。

高棒子凑近瑛娘，说："我一个伺候就行，总得有个人使唤吧。"高柴禾垛子看着瑛娘，说："他留下，行吗？"瑛娘道："我敢说不行吗？"高柴禾垛子有些尴尬："那……那你就吃吧。"瑛娘说："无酒不成席。"高柴禾垛子看了看高棒子，又看了看瑛娘："上酒！"

不一会儿，桌子上就摆上了精致的小酒盅，高柴禾垛子从高棒子手里接过酒壶，亲手为瑛娘斟上了酒。瑛娘不屑道："拿这玩意喝？绣花啊？"高柴禾垛子惊讶道："嫌盅小？"瑛娘说："我儿子从小爱听故事，最爱听故事里的英雄，英雄可都是拿大海碗喝酒的。"高柴禾垛子看了一眼五儿，五儿只是静静地看着他。

高柴禾垛子吩咐道："换海碗！"高棒子赶忙换了海碗，抱着大坛子，在两个海碗里倒了酒。高柴禾垛子端起一碗酒，说："柳瑛娘，你当年接过了这孩子，没有辜负我的托付，把他养这么大，带这么好。大恩不言谢，我敬你一碗！"瑛娘说："敬我，可是要喝干的。"高柴禾垛子道："那是自然！"瑛娘点了点头，对五儿说："瞧着，看着我们俩，谁像英雄。"五儿点头。瑛娘端起碗来对高柴禾垛子道："来。"两个酒碗碰到一起，高柴禾垛子咕咚咕咚地往下喝，而瑛娘则是一点点儿地喝。五儿瞪大了眼睛看着。一大碗酒，两个人全都干掉了。

瑛娘擦了擦嘴："好酒，不够痛快。你要是真心实意敬我，咱俩再连干三碗。""好！"高柴禾垛子声音洪亮，却突然眼珠一转，说："恩人，商量商量，边吃边喝，咱俩慢慢来，行不行？"瑛娘摇头："不行。"高柴禾垛子道："可这么个喝法，我会醉的，我怕醉了出洋相。"瑛娘说："都说你是大英雄，冲锋陷阵、屡建奇功，是请说书先生帮你编的吧？喝个酒连女人都怕，你也算是英雄？"

高柴禾垛子笑了："激将法。柳瑛娘，你确实厉害！高棒子。"高棒子上前一步："到！"高柴禾垛子道："情报！"高棒子摇摇头说："不是情报，是听说。隆家二少奶奶柳瑛娘酒量超群，怎么喝都不会醉。在七十二寨曾用三大碗酒灌倒了杀人如麻的鬼见愁，背着隆家老祖宗逃离土匪窝。"瑛娘愣了。

高柴禾垛子说："我酒量比鬼见愁好那么一点点儿，可刚才已经喝了一碗，你要再让我来三碗，也会醉倒的。我怕我醉了你带着儿子……"瑛娘点了点头："刚才从屋里出去那四个，准在大门口守着呢，我跑得了？"高柴禾垛子愣了一下："那倒也是。不过这打仗，光有勇不行，还得有谋，关键时刻还要谨慎。现在就是关键时刻，我想，我还是谨慎点儿吧。"

瑛娘笑了，看着五儿："瞧见了吧，他不是英雄。来，那边的大兄弟，给我倒上三碗。”五儿看着瑛娘。高柴禾垛子劝道：“哎，瑛娘，你也别喝了。”瑛娘问：“高棒子……你是叫高棒子吧？你们团长请客没带够酒钱？”高棒子看向高柴禾垛子，高柴禾垛子也无奈，示意他倒酒。瑛娘又连喝三碗，高棒子看呆了，高柴禾垛子也自愧不如。

五儿看着瑛娘，高兴地笑着，伸出大拇指：“娘是英雄！大英雄！”瑛娘摸着五儿的脑袋，说：“高柴禾垛子，自从你闯进祠堂，把孩子吓得好几天晚上都做噩梦。我让你陪我喝几碗酒，就是让孩子看着，高兴高兴，瞧你这𡸣样……”高柴禾垛子觉得很没面子，五儿根本不看他。瑛娘又说：“还有，你的那个什么情报，不准，我是能喝，不过喝多了也醉，人哪，是干不过酒的，哎呀，醉了……我得靠会儿。”瑛娘起身，奔着房间里的那张榻，踉踉跄跄地走过去。五儿连忙上前搀扶，瑛娘靠在榻上，脸色绯红。

高柴禾垛子尴尬不已：“这，这……真不好意思，你看看，瑛娘，就为了让孩子高兴，多受罪啊！”瑛娘道：“受罪？受罪算什么，为了我儿子，我命都可以不要！不像有些人，连酒都不敢喝！”高柴禾垛子咬牙：“我补，我现在就补上！来，给我来六碗！”瑛娘摇摇头：“别整没用的，你有多大出息，我儿子都已经看见了。儿子，你爹……”五儿接话道：“我爹是大英雄！”“还有呢？”“是天下最好的爹！”“还有呢？”“可以给我当马骑！”“还有呢？”“没了……”

瑛娘笑了：“都听见了没？这些就是孩子对他爹的要求，也不太高吧？”高柴禾垛子点点头：“当马骑，这就当马骑，来，骑上来！”说着，高柴禾垛子四肢着地，跪在了地上。五儿噘着嘴：“你又不是我爹，我才不骑呢。”高柴禾垛子很是尴尬：“这……瑛娘，你倒是告诉他啊！”瑛娘扶着头：“我醉了，这会心怦怦直跳，说啥也说不明白啊！”

高柴禾垛子道：“那，那你先歇会儿。孩子，你先吃饭，等你娘歇好了，会告诉你一件大事。”高棒子接了话茬：“对啊，小少爷先吃饭吧，刚从祠堂里出来的时候，你娘不是说你饿了吗，你看看，这鸡鸭鱼肉啥都有。”五儿看着一桌子菜，摇了摇头，表情木讷。高柴禾垛子问：“这些你都不爱吃？”五儿还是摇头。高柴禾垛子急了：“不是不爱吃，那是嫌凉了？我让他们端下去重做！”五儿仍然摇头。高柴禾垛子手足无措：“那，那倒是为啥啊？”五儿说：“面。”高柴禾垛子连忙说：“面？让他们上面！”瑛娘摆手道：“等会儿，儿子给你个机会，你让谁上面呀？”高柴禾垛子愣住了：“啥意思？”瑛娘叹道：“要说你可真笨，点这么多菜有什么用？你也不想想，孩子是在隆家长大的，孝兴最好的馆子，确实就是这家，可也没有隆家的厨子好，你难道没听说过？”高柴禾垛子尴尬地点头。

瑛娘诱导着："现在儿子说想吃面，他难道没吃过面条？"高柴禾垛子还是不太懂："那……那这是……"瑛娘干脆挑明了："他没吃过他爹给他做的面条！"高柴禾垛子恍然大悟："明白了！儿子，爹亲手去给你做一碗面条，如何？"五儿淡淡地说："我要素的。"高柴禾垛子连连点头："好！做素卤！"瑛娘嘱咐道："你最好重新和面，和筋道点儿，面条切细点儿，火候煮得合适了。"高柴禾垛子拍着胸脯："放心！这些活我全拿手。儿子，你要是爱吃，以后爹天天给你做！"瑛娘道："一顿还没吃上呢，耍什么嘴皮子，快去吧，让我眯一会儿醒醒酒。"高柴禾垛子连连点头："对对，爹不废话了，做面条去！"

高柴禾垛子起身就往外走。高棒子问："团长，和面您会吗？"高柴禾垛子咧着嘴："有啥不会的！"高棒子看了看"醉倒"的瑛娘和年幼的五儿，说："我给您打下手！"

二人一离去，瑛娘一下子就睁开了眼。五儿小声问："娘，我演得像吗？"瑛娘点点头："像！好儿子，快帮娘。"瑛娘起身，从腰间拽出一条白绫。瑛娘把绫子的一头紧紧系在屋里的柱子上，然后推开窗户往外看。窗户下面，酒楼后的窄巷里，赶着马车的隆福向瑛娘招了招手。此时，两名站岗的大兵，已经抱着两个大桶睡着了。瑛娘向隆福点了点头，又转过头："来，儿子，快走！待会儿，你可得抓紧了。"

五儿看着一桌子的饭，又拉着瑛娘的袖子："娘，我饿……"瑛娘说："出了城咱就吃饭！""我想吃那个……"五儿用手指着一个大肘子。瑛娘又气又笑："你个小兔崽子，这个时候，你还犯上馋了！""我想吃……""行行行，你先下去，我给你带上肘子！"五儿这才点头，攥紧了白绫子。瑛娘不放心，又将白绫子在他身上缠了一圈。

瑛娘道："儿子，到了底下，爷爷会接住你的，别怕啊！"五儿点头，瑛娘将他顺了出去。从上面往下送白绫子的瑛娘格外小心，小声嘱咐着："抓紧了，抓紧了！"终于，隆福接住了五儿，向瑛娘招手示意，瑛娘这才放心。

一会儿，瑛娘也顺着白绫子爬了下来，将一个布包塞给五儿，说："给你肘子，待会儿再吃。"五儿指着两个抱着大桶睡着了的士兵问："他俩怎么了？"瑛娘看了看两名士兵，又看了看隆福，说："是福爷爷让他们睡一会儿。"隆福笑了："二少奶奶，您真是神机妙算，老祖宗真有蒙汗药。"瑛娘也笑了："不是神机妙算，是她老人家告诉过我，她从土匪窝顺来的。"

绕过睡着的士兵，瑛娘和五儿坐上了马车，隆福挥鞭，马车消失在黑暗中。

高柴禾垛子亲自端着一碗面进了酒楼包间，口中喊着："儿子！面条来了！”可一进门，他和高棒子都傻眼了，他快步来到后窗向下张望，大声喝道：“下面那俩怎么回事？”外面无人应答，高柴禾垛子抽出枪来，冲了出去，高棒子也抽出枪跟随着。

来到酒楼后窄巷，高棒子上前检查两名晕倒的士兵，向高柴禾垛子汇报：“都还活着。”高棒子啪啪地抽打士兵的脸。两名士兵都醒了，晃晃悠悠地站了起来：“团长！”高柴禾垛子问：“怎么回事？”一士兵回答：“茶汤！卖茶汤的老头给我们下了蒙汗药！”高柴禾垛子急了：“有人接应？给我追！别让柳瑛娘把我儿子带跑了！”

马车停在树林边上，五儿从树林里跑了出来，说：“尿完了。”瑛娘道：“来，娘看看，裤子系好了没有？”五儿张开双手，等着瑛娘检查。瑛娘点点头：“噢，系得真好，我儿子真长大了。”瑛娘摸着五儿的头：“儿子，从今儿个起，你不用再叫牢生了，牢生是你哥哥的名字，你有自己的名字，你叫五儿。”五儿歪着头说：“五儿？好听！娘管我叫啥都行。”瑛娘正色道：“娘再跟你说一遍，我不是你亲娘，你有亲爹，你要不要到亲爹身边去？”五儿说：“不！我跟着娘。”瑛娘说：“你爹是大团长，天天可以让你吃肉，让你骑高头大马，坐大汽车。”五儿毫不犹豫地说：“我跟着娘！”瑛娘说：“娘可一点儿钱都没有，跟着娘要受苦，以后正经粮食不能管你饱，你得吃糠咽菜。”五儿还是只说着：“我跟着娘！”瑛娘说：“也许你太奶奶说得对，你跟娘的缘分太深了，分不开，可娘真怕你长大了后悔！”五儿仍道：“我跟着娘！”瑛娘说：“你还会说第二句话吗？”五儿道：“我跟着娘！”瑛娘把五儿紧紧地抱在怀里，笑了：“好，跟着娘。福叔，这孩子铁了心了，我只能带他走了。”

一直在远处听着的隆福也笑了：“五儿，上车坐好，福爷爷可要赶车喽！”瑛娘和五儿爬上了马车。五儿倒在瑛娘的怀里，仰头看着她：“跟着娘真好。”瑛娘用手指点着他的鼻子，逗着他。隆福扬鞭催马，马车启动。

一辆汽车迎面驶来，与马车擦肩而过，汽车上坐着的是隆延宗，他瞟了一眼马车，不由一愣：“哎，怎么像是我二嫂啊，停一下。”司机停车，隆延宗下车向远处眺望。司机询问：“县长，要不要我掉个头追过去？”隆延宗摇了摇头：“我二嫂平时连祠堂的门都很少出，怎么可能离开县城这么远？肯定是我看错了，别追了，万一惊了人家的马，可就不好了。”隆延宗还是有些疑惑，远远地望着，直到马车越来越小，消失在他的视线里。他自语道：“若二嫂真的离开祠堂，何尝不是好事？”

隆家客厅，佘管家匆匆忙忙地跑了过来："老祖宗、夫人，当兵的又把咱们家包围了！"隆夫人一愣："今天是三月十二？"佘管家点头："是，可花轿没来，当兵的又来了！"隆老夫人道："来得正好！儿媳妇，你跟姓高的要人！"隆夫人不解："要人？"隆老夫人点头说："对啊！他把你儿媳妇还有你大孙子拐走了！"隆夫人腾地站了起来，大惊失色："什么？"佘管家也愣了："老夫人，您说什么呢？"隆老夫人气定神闲，说："不信你们去祠堂看看，准没有瑛娘和牢生了。"隆夫人问："娘，这到底是怎么回事？"隆老夫人摆了摆手："家里的事回头再说，退敌要紧，你附耳过来。"

高柴禾垛子咬牙切齿，大步闯了进来。一见他，隆夫人就拍了桌子，站起来："高柴禾垛子，你好大的胆子，光天化日，朗朗乾坤，身为保安团团长，你居然拐骗良家妇女？"高柴禾垛子站在客厅中间气急败坏，说："你说什么？我拐骗良家妇女？我什么时候拐骗良家妇女了，你们猪八戒倒打一耙啊！"隆夫人道："昨天午后，掌灯之前，你手下有个叫高棒子的，从我们家祠堂带走了我儿媳隆柳氏和我孙儿隆牢生，你认不认账？"高柴禾垛子噎住了："有这么回事……"隆夫人咄咄逼人："他们娘儿俩一夜未归，至今毫无音信，你给我个交代！"高柴禾垛子急了："不是，我被骗了！"隆夫人怒道："你把人拐走了，还说自己被骗了？你仗着手握兵权为所欲为啊！佘管家，备车，我这就去省城，状告高柴禾垛子！"佘管家为难道："夫人，咱们家都被包围了，出不去啊！"隆夫人摇着头："我就不信当兵的敢对我开枪！"说罢，隆夫人恶狠狠地瞪了一眼高柴禾垛子就往外走。

高柴禾垛子想拦，却没拦住。盛怒之下，他突然想到了什么，自言自语："老狐狸，还有只老狐狸，我找那只老狐狸算账去！"高柴禾垛子穿过外厅，往后走去，他闯过婆子们的阻拦，进入了内厅。不想隆老夫人就在那儿，她端坐在房屋中间，指着自己的脑门，说："来来来，冲着我这开一枪，用我这条老命，换你这条小命，我们隆家可赚大了！"端着枪的高柴禾垛子又气又怒："你……老太婆……"隆老夫人临危不惧，瞪着眼睛。突然，高柴禾垛子猛地把枪插在腰间，跪在地上，哭号着："奶奶！"隆老夫人一脸莫名其妙，说："哎哎，你闹得哪一出啊？"高柴禾垛子跪着向前爬了两步："我跟您孙子隆延宗早就结拜为兄弟，既然您是他奶奶，那也是我奶奶啊！"隆老夫人摇着头："这会儿管我叫奶奶了？又架大炮，又强抢民女，你可不是孝顺孙子啊！"高柴禾垛子扇了自己几个耳光："错了，都是我的错，您高抬贵手，把我儿子还给我吧！"隆老夫人叹气摇头："没法还了，那娘儿俩被你给逼走了，我哪找他们去啊？"高柴禾垛子说："怎么成了我逼的？"隆老夫人说："不是你又是谁？他们娘儿俩在隆家住得好好的，你说你这一来……”高柴禾垛子看着隆老夫人，真是哑口无言。

隆老夫人又说：“你我都该谢谢柳瑛娘，她带孩子走，是怕我背上欺骗祖宗的罪名，丢了老命。也是怕你背上强抢民女的罪名，丢了小命。她是个好女人，对孩子更是一百个好。她向我保证了，一定把孩子抚养成人！等五儿长大了，懂事了，她自会把孩子交还给他亲爹。”老太太顿了一下，继续说道，“五儿虽小，性子却倔强，他认为你欺负他娘，竟然自己磨了小刀，想杀了你呢！”高柴禾垛子闻言大惊，垂下了头。

隆老夫人又问：“我听说你把你那仨小妾都打发了？”高柴禾垛子抬起了头：“那是！”隆老夫人说：“可我就不相信，你能一辈子不找别的女人？”高柴禾垛子说：“我当然不找了！我要明媒正娶柳瑛娘，找别的女人干什么？”隆老夫人震怒：“放屁！”高柴禾垛子被吓了一跳。隆老夫人道：“别怪你奶奶我说话难听，你也不撒泡尿照照你是谁？隆家的女人改嫁，没听说过，更何况是柳瑛娘！实话告诉你吧，瑛娘要是不跑，只有一条路可走，就是自己寻死，你还说不是你逼的？”高柴禾垛子呆了：“我当时也是想……不娶瑛娘，我儿子到不了我身边啊。更何况，瑛娘确实是个难得的好女人，我是要一辈子好好待她的。”隆老夫人喝道：“住口！你还不知道错在哪里了？”高柴禾垛子自责道：“我愚蠢，弄巧成拙了！”隆老夫人说：“柳瑛娘说了，自此以后，她在暗处，隆家和你都在明处。烽烟四起，战火不断，倘若你真有不测，她一定会让五儿回来，为你披麻戴孝，这下你放心了吧？”高柴禾垛子哭道；“不！我受不了！”隆老夫人训道：“受不了也得忍着！孩子跟着你，真不安全！别说你身边的女人，就是隆家那些老顽固知道了真相，也饶不了孩子！”高柴禾垛子说：“我看他们谁敢，谁敢我杀了谁！”隆老夫人说：“看看你这个性子，动不动就要杀人，杀人难道不结仇？杀人难道不犯法？孩子跟着你，谁能放心？”高柴禾垛子无言以对。

隆老夫人说：“孩子跟着瑛娘最好，瑛娘哄他睡觉，讲的都是忠孝节义！她一定会为你们老高家养出一棵好苗来！”高柴禾垛子慢慢站起身来。隆老夫人又说：“你要是不服，那咱们两家就接着斗下去。刚才我跟你说的那些话，我可就不再认账了。你架大炮要轰我们隆家，花轿上门强抢民女，现在又拐走了人，斗得赢还是斗不赢，你掂量掂量！”高柴禾垛子手指隆老夫人：“我的奶奶啊，您可真是条老狐狸！”隆老夫人继续说道：“要是不斗了，你和延宗还是兄弟，从此以后我就是你亲奶奶。你那三个女人太不像样，回头奶奶做主给你娶一房好人家的闺女，咋样？”高柴禾垛子没有回答。半晌，他转过头，缓缓向外走去。他一边走，一边含着泪，唱起了《锁五龙》：“某单人独一骑我把唐营踹，只杀得儿郎叫苦悲哀……遍野荒郊血成海，尸骨堆山无处里葬埋……”唱着唱着，高柴禾垛子的眼泪淌下来了。

汽车停在隆家大门口，隆延宗一下车就愣住了。高棒子等人正拿枪对着一辆马车，隆夫人和佘管家站在马车旁。隆延宗走上前，叫道：“娘！”佘小四冲了过来，大喊：“县长，姓高的又要造反！”隆延宗制止了他，问：“娘，这是怎么回事？”隆夫人握着儿子的手，说：“延宗啊，你可回来了，娘要去省城告状，这些当兵的不让我走，你可都看见了，咱们隆家不能这么受欺负啊！”隆延宗瞪眼问道：“高棒子，是谁命令你用枪对着我娘的？”高棒子有些不好意思，把枪背了起来：“县长……”隆延宗喝道：“到底怎么回事？”

这时，高柴禾垛子从门里走出来，隆延宗瞪大了眼睛看着他。哪承想高柴禾垛子一见他，就号啕大哭：“兄弟，兄弟……”说着，他张开双臂，将隆延宗紧紧抱住：“兄弟，你可回来了，大哥我心里苦啊，苦啊——”隆延宗不知是怎么回事，有些疑惑，可高柴禾垛子的痛苦是真诚的，他能感受到。哭着哭着，高柴禾垛子居然哭倒在地，用拳头砸着地，隆延宗无奈，也只得蹲下身安慰他。

听说隆延宗从省城回来了，各位宗亲长辈又齐聚在了隆家祠堂里。七舅爷问：“老大媳妇，延宗回来了？”就是隆万氏给长辈们通风报信的，她点头：“回来了，我亲眼看见的。”三叔公道：“我听说前两天还闹出了一出什么抢亲闹剧，说三月十二，也就是今天，那高柴禾垛子要来娶柳瑛娘？”隆万氏连连点头：“对啊！千真万确！”四叔公说：“全孝兴县城都嚷嚷开了，隆家祖宗的脸面都丢光了！没听说过这么不守妇道的寡妇，想往前走一步，偷偷摸摸地，也没人跟她计较，她还敢……要是让她上了花轿，我就不姓隆！”三叔公点头：“就是！勒死她也不能让她再上花轿！”隆万氏挑弄着是非：“哎呀，三叔公、四叔公，你们快好好想想吧，为啥咱们这边要滴血认亲，那边就来了花轿，那孩子他亲爹有主啦！”三叔公沉吟道：“你是说高柴禾垛子……”隆万氏反问道：“您说呢？”四叔公怒道：“若真如此，吊死她都轻，得碎尸万段！”七舅爷趁机说：“还是那句话，妖女是妖早该除，留到今天就是祸害！”隆万氏感觉胜利在望，火上加油，说：“当然了，我也是猜测，不过很快就真相大白了。我已经叫人请婆婆去了，我三兄弟也回来了，滴血认亲不能耽搁！我婆婆是当家人，她都答应各位长辈了，我想她绝对不会反悔的。”三叔公说：“她反悔我也不答应！”众人附和着：“不答应！”七舅爷瞟了一眼隆万氏。隆万氏很得意，恶狠狠地看着祠堂，自语道：“柳瑛娘，我倒要看看你的好……”

正在这时，佘管家进门喊道：“当家人到！”隆万氏回过头来，瞪着隆夫人，三叔公等也都理直气壮地挺直了腰杆。三叔公问：“延宗怎么没来？滴血认亲，别耽搁了！”隆夫人没理他，走到高处，站定后回过身来，说：“今天一大早，几百个大兵端着枪把隆家围了个水泄不通，你们可知道？”四叔公点头：“听说了……”隆夫人不满道：“四叔，你听说了，那怎么不先问问老太太的安危？”四叔公一愣：“延宗他娘，我是长辈，你怎么跟我这么说话？”隆夫人不卑不亢地说：“这是在祠堂里，我是祖宗认定的当家人，这么说话不行吗？”四叔公低下了头。

七舅爷问：“我老姐姐怎么样啊？”隆夫人白了他一眼：“当兵的用枪指着她老人家的时候，你这个亲兄弟哪去了？”七舅爷张口结舌：“我，我……”隆夫人说：“七舅不会说不知道吧？”七舅爷说：“我也听着点影儿……不是说大兵都走了吗？”隆夫人说：“哼！要是人家没走，你也不敢来啊！”七舅爷脸色很难看，也垂下了头。

三叔公走上前一步，说：“当家人责备，我们认。确实，当兵的有枪，我们也没本事对付。可一码是一码，滴血认亲的这件事，关系到祖宗尊严，不能含糊！”隆夫人淡淡地说：“佘管家。”佘管家走上前，说：“滴血认亲，认不成了。”第一个急了的竟是隆万氏，她质问道：“为什么？凭什么？我不答应！”佘管家根本不理她，说：“大伙都听说了，高柴禾垛子把花轿抬到了隆家，要强娶二少奶奶。为了不受贼人侮辱，保住隆家祖宗脸面，二少奶奶她走了。”隆万氏急得直跺脚：“走了？她是跑了！她心里有鬼，她害怕见太阳！她儿子准是高柴禾垛子的野种，错不了！”一瞬间，祠堂之内的气氛僵住了。

隆夫人和颜悦色道：“隆万氏，你来。”隆万氏得意道：“婆婆，你也觉得我说得有道理吧？”说着，她凑上前来。隆夫人吩咐：“再离婆婆近点儿。”隆万氏疑惑着走上前：“婆婆……”就在那一瞬，隆夫人扬起巴掌将隆万氏从台阶上抽了下去。隆万氏一屁股栽倒在地上，哭号着：“打人啊！”隆夫人用手点指着：“我打的就是你这个是非精！你们有谁拿了这个女人的钱，敢不敢站出来！”七舅爷一下蔫了，众宗亲长辈也都被隆夫人吓住了。

隆夫人正色道：“老祖宗还健在，我也死不了，你们有谁受了她的好处，跟她勾结，都不会有好下场的！”七舅爷低下了头。隆夫人转向地上的隆万氏：“隆万氏，自你进门，我儿传宗就摔折了腿，我有没有说过你是丧门星？”隆万氏不敢接话。隆夫人又说：“传宗不能生养，让你过继个隆姓子孙，你不干，把你娘家侄子带来，改了姓，图谋隆家家产，我都没把你撵走，你还不知足？”隆万氏无言以对。隆夫人继续说：“上次我病倒，你买通吕婆子都做了什么，我要是说出去，第一个在祠堂里吊死的就是你！”隆万氏无地自容。隆夫人怒斥：

“不知反省，还在挑弄是非，你真是无可救药！”隆万氏心如死灰，一眼都不敢看隆夫人。

隆夫人抬起头来：“刚才佘管家说了，瑛娘走了，是顾全大局，是怕祖宗丢人，是怕延宗和高团长不睦，是怕隆家惨遭兵火之灾。她宁愿离开隆家，去颠沛流离，去吃糠咽菜，也不上高团长的花轿。瑛娘，是我的好儿媳妇！她在大牢里生下了牢生，延宗和老管家隆福都是见证人，有什么好怀疑的？什么滴血认亲？我看有些人是收了钱财，见利忘义，有些人是岁数大了，耳根子软糊涂，还有些人就是没事闲的，瞎凑热闹！散了吧，今天不管饭！”众人脸上无光，作鸟兽散。

隆夫人走下高台，瞟了一眼隆万氏，目光冰冷，说：“吕婆子跑了，你那个狗腿子王婆子也跑了，我没拿到你的证据，可你想害我，是我亲耳听到的，你赖不了账！我在隆家做一天当家人，你就翻不了身，想当家，更没门！你最好赶紧滚回娘家去，若是娘家不要你，就躲在你那院子里别出来，下次再敢挑弄是非，无中生有，我就用家法打死你！”隆万氏又气又怕，浑身直哆嗦。

终于，隆家客厅里只剩下了隆夫人和隆老夫人。隆老夫人说：“兵都退了，那些老东西们也都走了。儿媳妇，娘跟你说句体己话。”隆夫人上前拉住隆老夫人的手。隆老夫人起身说：“你坐这儿……”隆老夫人示意隆夫人坐在她刚刚坐的正座上。隆夫人摇头：“这不行！有娘在，我哪敢坐？”隆老夫人却说：“你坐你坐！你不坐下，娘没法开口。”隆夫人只好坐下。隆老夫人又说：“我要是下跪，你也受不起，娘给你鞠个躬。”隆老夫人一鞠躬，隆夫人又赶紧站起来了，隆老夫人示意她坐下，她只得又坐下。隆老夫人叹道：“你为人端正，比我老太太适合坐在这。娘有错，娘跟当家人认罪！”隆夫人说：“娘，您错在哪了？”隆老夫人狡黠地笑了：“儿媳妇，看在我是你婆婆的分儿上，你就别刨根问底了，给我留点儿面子。”隆夫人反倒难为情起来：“娘……”隆老夫人说：“娘老了，又犯下重罪，以后家里的事一律不再过问，全交给你了。现在当务之急，是让延宗和凤鸣早点儿开花结果，到那个时候，再有什么风吹草动，咱们也就都不怕了。”隆夫人点头。隆老夫人又说：“至于瑛娘，你记着，到了危难之际，她是我们娘儿俩能够指望的人，是隆家能指望的人。”隆夫人神情严肃地点了点头。

隆延宗呆呆地坐在洞房里，洪凤鸣走了过来，端着一个小碗，说：“厨房送来的汤，趁热喝了吧。”隆延宗勉强笑了一下：“谢谢。”隆延宗一口喝掉汤，放在一旁。洪凤鸣说：“二嫂走了。”隆延宗点点头：“是，走了。我们隆家对不起她！”洪凤鸣说：“我也对不起她。”隆延宗说：“这从何说起？”洪凤鸣说：“瑛娘才是你心里的那个人，可我却成了你的新娘。”隆延宗有些尴尬：“不，凤鸣，没有的事。”洪凤鸣说：“你不用骗我，那天二嫂给我们说媒，她在你的办公室里练习该怎么说服你，我在房间里听得一清二楚，她不知道那扇门并不隔音。”隆延宗更是尴尬，因为他也听见了瑛娘都说了些什么。洪凤鸣叹道：“一个陈腐的时代，一个封建的家族，一个信命的女人，瑛娘是个悲剧。其实我不应该……不应该占据这个本来应该属于她的位置，可是我也是个女人，也有自私的一面，我真的……”洪凤鸣笑了，笑着笑着流了泪：“我真的很爱你，我太想成为你的妻子了！”隆延宗正色道：“好，我承认对二嫂动过情，可那是不被允许的，无论是在家里还是这个时代。我会在心里慢慢地把她忘记……”洪凤鸣却说：“千万别！爱是宝贵的，珍藏在你的心里吧，我不在乎。”隆延宗很意外。洪凤鸣接着说：“我也会在心里，为瑛娘祈福，希望她平安，希望将来还有缘能和她再见面。”隆延宗说：“谢谢你，凤鸣。”洪凤鸣说：“延宗，我虽然找到了工作，但会尽好一个妻子的义务，可即便有了孩子，你能允许我继续教书吗？”隆延宗说：“当然！”洪凤鸣笑了：“谢谢，嫁给你真好。”

第三十七章

多年以后，又是一个冬天。隆老夫人又老了许多，但仍在客厅中间正襟危坐，精神矍铄。隆夫人在佘管家的搀扶下跪了下来，隆老夫人心疼道："哎哟，一入冬你就病，这才下地几天哪，别跪了！"隆夫人的声音很微弱："那怎么行，过年了，儿媳妇给娘磕头拜年。"隆夫人颤颤巍巍地磕头。隆老夫人点点头说："好，好！过了年就是春，天一暖和，你的病也就该好了，噢。"

"多谢娘的吉言。"隆夫人回身转向佘管家，"饺子。"佘管家连忙上前，递上一盘饺子。隆夫人接过盘子，高高举起："娘，这是我给您包的饺子，您尝尝。"隆老夫人道："唉，你还包啥饺子啊？"佘管家说："老祖宗，夫人一大早就去了厨房，亲自剁馅儿给您包的饺子，连擀皮儿的活都不让我替，她说，这是一份孝心。"隆老夫人看着脸色苍白的隆夫人，点了点头："我吃！我都吃了！不能辜负了儿媳妇这份孝心。"隆老夫人热泪盈眶，夹起了一个饺子，放在嘴里："香！真香！"隆夫人看着隆老夫人，微微笑着。

不一会儿，洪凤鸣也冒着雪拎着食盒来了。她进了内厅，跪了下来："给奶奶拜年，请奶奶吃饺子。"她端上一盘饺子，高高举起。隆老夫人笑道："好！吃孙媳妇给包的饺子！"洪凤鸣又转向隆夫人："给婆婆拜年，请婆婆吃饺子。"她又端上一盘饺子，高高举起。隆夫人点头："好！吃饺子！快起来吧。"

洪凤鸣起身。隆老夫人问："老三媳妇，你嫁进隆家多少年了？"洪凤鸣答道："十二年……"隆老夫人哦了一声。洪凤鸣看了一眼隆老夫人，又看了一眼隆夫人，说："奶奶、娘，我知道这些年你们着急，其实我和延宗也急，我心里面更是愧疚。不过现在好了，今天是过年，我也有个喜事要告诉奶奶和娘，我怀孕了。"隆夫人一下子站了起来，惊喜道："真的？"佘管家连忙上前贺喜："大喜啊！给老夫人道喜，给夫人道喜，给三少奶奶道喜！"隆老夫人吩咐道："你光道喜有啥用，快扶着她坐下！"佘管家连忙上前搀扶洪凤鸣。

洪凤鸣笑道："佘管家，我没事，不用扶，还不到三个月呢，干什么活儿都不耽误。"隆夫人和隆老夫人再次对视。隆夫人略带埋怨地说："凤鸣啊，都快三个月了，你怎么才说，咋不早让婆婆高兴高兴啊？"隆老夫人也说："就是啊，你早说，你婆婆也不至于病一冬天啊！”洪凤鸣自责道：“刚发现怀孕那会儿，正赶上太原保卫战，咱们二十八万将士对付鬼子四个半师团，结果还是败了。省城沦陷，延宗的心情很不好。我自己的这点儿小事，就一直没合适的机会说出来。”隆夫人点点头：“那现在你告诉延宗了吗？”隆老夫人道：“瞧你问的，延宗都俩月没回家了，她怎么说啊？”洪凤鸣点点头。

隆夫人说：“也是也是，一直在搞防御，保卫孝兴，这一走俩月，过年都没回来！”隆老夫人叹了口气：“本来是县长，文官，可卢沟桥事变以后，他就变成了半个军人。太原保卫战，他带着孝兴的子弟军给正规军打策应，听说还亲自上了战场跟鬼子拼刺刀……”隆老夫人为此很是担心。

洪凤鸣说：“太原保卫战我们虽然败了，可孝兴子弟表现优异，受到了政府的嘉奖，奶奶没听说？”隆老夫人一愣：“有这事？”洪凤鸣说：“这是延宗的光荣，作为他的妻子，我也觉得光荣！”隆夫人道：“说得好！为抗战，延宗事必躬亲，凡事争前，孝兴百姓有目共睹，都称赞咱们隆家世代忠良，我这个当家人脸上也有光！可是……丢人就丢在长房，我真是晕了头，怎么会让传宗娶了汉奸万家的女人？”门口的隆万氏正好拎着饺子来了，闻言脸都绿了。

隆老夫人叹了口气：“听说了，日本鬼子一进太原城，万专员就当了汉奸，哼，那年在祠堂门口我跟他打过一个照面儿，一看就不是好东西！待会儿隆万氏要是敢来，看我怎么收拾她！”她说着，墩了墩手上的拐杖。

天井的隆万氏气得将食盒扔在地上，扭头就走了，饺子滚落在雪地里。婆子们相互对视，不敢出声。

冬去春来，山花烂漫，大河解冻。县长办公室里，高柴禾垛子急切地说：“我需要兵！这两仗下来，我的兵源严重不足，隆延宗，给我招兵啊！”高柴禾垛子瞪红了眼。隆延宗说：“放心吧，我正在想办法。”高柴禾垛子急道：“得快！我这次下来休整，最多十天，你得想办法在孝兴帮我再补二百个兵，我要年轻力壮的，最好练过武的，上了战场不当尿包的！”隆延宗点了点头：“我要是有儿子，一定让你带走！”高柴禾垛子一愣：“对啊，我儿子今年十六了，他要是在我身边，我……”说着说着，高柴禾垛子怔住了。

隆延宗问：“你会让他跟你上战场吗？”高柴禾垛子低下了头，半晌，说：“不会。”他摇了摇头：“我儿子生下来就没了娘，从小爹也没疼过他，这苦命的孩子，我哪舍得让他上战场。”说着，高柴禾垛子笑了：“隆延宗，我明白你为啥要这么问我了，你是想告诉我，爹娘都是自私的，所以你招兵不容易。我的延宗兄弟，大哥心里有数，你给我招二百个兵，我谢谢你，我请你喝好酒！”隆延宗摆手："我也不光是提醒你招兵不容易，这两年我也经常想起二嫂和牢生，不知道他们在哪，过得怎么样。"高柴禾垛子说："你是真不知道呢，还是瞒着我啊？"隆延宗说："我真不知道，不过最近总有预感，孩子就快回到你身边了。"高柴禾垛子说："别别别，最好别回来，等打完仗，太平了再说吧。现在我才知道，瑛娘带走孩子真是为了我好啊！这些年，有人给我下过毒，设过埋伏，不止一次挨过黑枪，孩子要是在我身边，八成早就被对手害死了……"隆延宗无言，只是心疼地看着高柴禾垛子。

第二天，隆延宗走出房间，发现洪凤鸣正在帮他盛粥，便问："你怎么起这么早？"洪凤鸣笑道："睡不着。"隆延宗笑了笑，说："你睡够了，我儿子睡够了没有啊？"洪凤鸣的肚子已经微微显怀。洪凤鸣说："他呀，我想睡的时候不老实，不让我睡，这会儿啊，估计睡得正香着呢。"隆延宗说："是吗？我听听，我听听……"隆延宗覆在洪凤鸣的肚子上听着，突然一脸惊喜："根本没睡！踹了我一脚！"两人都笑了起来。

这时，外面有声音传来："县长，县长。"隆延宗一听是佘小四，招呼道："佘局长，进来！"佘小四进门，洪凤鸣招呼着："佘局长还没吃早饭吧，一起吃。"佘小四挠挠头，说："那我就不客气了啊？"隆延宗笑道："好像你客气过似的。"佘小四嬉皮笑脸，打着哈哈。隆延宗低声问："这一大早，你怎么来了？"佘小四收敛了笑容，说："征兵动员会，形势不太好……"隆延宗问："怎么个不好法？"佘小四叹道："没人愿意主持这个大会，都说当兵要死人，干这活缺德。"隆延宗一拍筷子："没有人去当兵，这国家是要亡的，怎么能说征兵缺德呢？没人主持我主持！"洪凤鸣说："延宗，你发这么大脾气干吗，主持征兵动员是民间的事，你主持不太合适。更有人说新兵是强征的了。"隆延宗说："那怎么办呢？"洪凤鸣突然问道："佘局长，我够格吗？"佘小四看了看洪凤鸣，高兴地说："当然够格了，您是县长夫人，卢沟桥事变，孝兴人民为抗战募捐的几次大活动，洪老师的发言都是最鼓舞人心，最受欢迎的！您主持那就太好了！"洪凤鸣点点头："那就我来。"

洪凤鸣站在台子中央，深深鞠了一躬，说："孝兴的父老乡亲们，我是洪凤鸣……"一个老乡绅说："我们认识你！一个女人，不在家相夫教子，出来抛头露面的，像个啥，你下去吧！"一个员外道："她倒是想相夫教子，快四十岁了，还没生出孩子呢！"一个百姓反驳道："洪老师肚子里正怀着孩子呢，你没看见都显怀了。"那员外有些讶异，说："哟，还真是啊，多年不下蛋的老母鸡要开怀了，新鲜！”有老百姓责备道：“陈员外，你说话怎么这么难听啊？”陈员外说：“难听你可以别听。我孙子就是她洪凤鸣教的学生，去年十七，非得要去当兵，家里怎么拦都拦不住，都是因为受了她的蛊惑！结果上阵不到十天就挂了花，送进了战地医院，锯掉了一条腿，到现在还没回来呢。今天她又来征兵，缺不缺德？”

洪凤鸣问：“陈员外是吧，你孙子叫陈宇旭？”陈员外说：“是又怎么样？”洪凤鸣道：“陈宇旭品学兼优，若不是国难当头，他一定能考上最好的大学！报名参军之前他是征求过我的意见，我鼓励他说，好男儿理当保家卫国。他在战场上负了伤我是知道的，这几个月以来，我们一直在通信。父老乡亲们，陈员外的孙子受了重伤，成了终身残疾，但他在给我的信中说，为了保卫祖国，他做的一切都是值得的！陈宇旭是国家的英雄，我们为他的爷爷陈员外鼓掌！”众人鼓掌，陈员外不好再反驳。洪凤鸣继续说道：“从九一八开始，我经常带着同学们走向街头，为支持抗战，向孝兴的父老乡亲们募捐。这么多年，大家信任我，支持我，洪凤鸣感谢父老乡亲们！”

一个乡绅说：“不用谢，你不就是想帮你男人隆延宗办事吗？”洪凤鸣微微摇头道：“这位老先生，您只说对了一半，国家兴亡，匹夫有责，男女平等，每个人都是国家的主人，我为我的国家尽力，是我个人的责任。”

另一乡绅撇了撇嘴：“说得好听！我就问你一句，你肚子里的孩子，将来你送不送他去当兵？”洪凤鸣正色道：“这个孩子现在五个月大了，如果他长大成人的时候，我们的国家还没有赶走日本侵略者，我一定送他上战场。洪凤鸣在此发誓，请孝兴的父老乡亲们共同见证！”众人都不再说话，雷鸣般的掌声响起。

洪凤鸣又说道：“国家正在用人之际，好男儿保家卫国，一人当兵，全家光荣……这些道理，我相信父老乡亲们都明白！可是谁家培养一个重劳力都不容易，送去战场都舍不得，我也能理解；骨肉亲情血浓于水，战士们冲锋陷阵，亲人们朝思暮想，我更感同身受。所以今天，除了动员青年人当兵，也要呼吁大伙继续募捐，今天的募捐将全部分给新兵家属，让我们孝兴子弟，在战场上杀敌的时候，没有后顾之忧。”

陈员外说：“你们隆家最有钱，你先捐吧！”一名老师站了出来，说：“陈员外，这些年洪老师可没少捐！”另一老师也说：“对啊，每一回捐款，隆家都是最多的，隆县长还卖掉了几百亩良田，半条街的铺户，都捐给了国家，孝兴百姓谁人不知？”洪凤鸣拦住了那位老师，说：“哎，徐老师，不说这些。在场的父老乡亲们，虽说我是隆延宗的太太，但我始终觉得自己是个独立的人，所以隆家的捐款跟我没有关系。我的工资在上次活动中都已经捐掉了，今天我特意带来了一样东西，现场拍卖，不管卖多少钱，我全捐。”

陈员外问：“什么东西啊？”洪凤鸣道：“嫁给隆延宗的时候，我没有要聘礼，婚礼的当天，婆婆送给了我这个。”洪凤鸣举起了她的手腕，微笑着说：“今天是我第一次戴它出来，我也不知道它值多少钱，不过我记得婆婆说过，这是件可以传家的宝贝。我想在场的一定有人识货。”她将镯子慢慢地褪了下来，举起，说：“请大家出价吧！”

场下一片骚乱，一个用大围巾包裹住头的女人向洪凤鸣望去。围巾下露出柳瑛娘的脸。三叔公、四叔公、七舅爷本来躲在远处，一见镯子，挤了过来。三叔公道：“延宗媳妇，你……你怎么能把这个卖了呢？”四叔公也说：“就是啊！婆婆给你的，那是隆家的传家宝，你应该等你儿子娶媳妇的时候往下传！”洪凤鸣说：“三叔公、四叔公，我为人师表，一言既出，驷马难追，你们若是喜欢，也可以一起出价。”一见几位长辈，瑛娘用围巾将自己遮得更严实了。

马上有人出价：“我出五十块！”三叔公瞪起眼睛：“这么好的东西五十块？你暴殄天物！”又有人喊：“一百块！”四叔公撇撇嘴：“一百块？摸都不让你摸一下！”第一个人又出价：“我出三百块！”第三个人出价：“三百五十块！”陈员外焦急道：“我出三百六十块！”另一员外说：“我出四百块！”七舅爷最焦急，眼睛都瞪红了，一时没有人再出价。众人议论着：“四百块，洪老师会全捐了吗？”

“好，这位老先生出四百块，多谢您支持抗战。四百块第一次……”洪凤鸣环视着众人：“我数到第三次，若没有人再加价就成交了。四百块第二次……”没有人说话，七舅爷焦急地打量着四周。洪凤鸣道：“四百块第……”

七舅爷终于忍不住了，说：“等一等！我出四百零一块！”另一员外道：“你早干什么去了？我出四百五十块！”七舅爷跟着喊：“我四百五十一块！”那员外不满了，说：“我说黄七爷，谁都知道你跟隆家是实在亲戚，你这是给她抬价的吧？”七舅爷抱拳道：“您老兄高抬贵手吧，这个镯子我知道来历，真是想要！”员外笑了：“你知道来历？看来真是宝贝，我出五百块！”七舅爷又喊：“我五百零一块！”员外急了：“你诚心的是不是？”七舅爷又抱拳：“您多包涵，多包涵！我是真的想要！我去年腊月二十三新添了房小的，嫁我之前是黄花大闺女，我总得有件好东西送给人家表表心意啊！”那人摇摇头：“哼，为了小媳妇你可真舍得！我没你有钱，不跟你争了！”

七舅爷又作揖：“延宗媳妇！五百零一块，我的了，我今天正好带着银票呢！”洪凤鸣微微点头：“好吧，五百零一块，成交。感谢黄七贵老先生支持抗战。”说着，洪凤鸣朝他深深地鞠了一躬。这时，她感觉肚子有点儿疼，皱紧了眉头。七舅爷走上台来，交割了银票，双手接过洪凤鸣的镯子。

洪凤鸣走到募捐箱前，说：“父老乡亲们，这是五百元整的银票，这是一块现大洋，现在我把它们捐给即将参军报国的将士！”众目睽睽之下，洪凤鸣将银票都放进了募捐箱，老百姓们大声喝彩。洪凤鸣又鞠躬，站起身来：“请父老乡亲奔走相告，请适龄青年踊跃参军，国家不会亏待他们，人民会牢记他们！”一老师高喊着：“打倒日本帝国主义！”群众齐声高喊：“打倒日本帝国主义！”台下的瑛娘很感动。

洪凤鸣喊着：“一人当兵，全家光荣！好男儿报效祖国！”群众跟着齐声高喊：“一人当兵，全家光荣！好男儿报效祖国！”瑛娘也攥紧了拳头，但她并没有发出声音。洪凤鸣再次喊着：“好男儿报效祖国！人民不会忘记英雄！”有学生模样的年轻人高喊：“我要当兵！”其他年轻人纷纷。洪凤鸣无比欣慰，泪水流淌下来。可突然她一阵眩晕，一捂肚子，栽倒在台上。众人连忙上前抢救。瑛娘焦急地张望着，但是人太多了，她根本挤不上前。

校场上，四五十个青壮年男子站在一旁等着检阅。高柴禾垛子巡视着，说：“不错啊，一天就招来了这么多，我兄弟媳妇了不起！”忽然，他发现一个半大小子歪着眼看自己，问道：“哎，小伙子，你怎么这么看人啊？”半大小子说：“听说你当了旅长了，有什么本事就能当上旅长啊？”跟在后面的高棒子一愣，说：“臭小子，怎么跟长官说话呢？”

高柴禾垛子挥挥手，说：“怎么？你有本事？”半大小子不说话，走向一个磨盘，双手一较劲，将磨盘搬了起来。高柴禾垛子眼前一亮：“嗬！有把子力气，难怪不拿正眼儿瞧人！我就喜欢有性子的兵，跟着我吧，先给我牵马！”半大小子撇撇嘴：“给你牵马？那算什么官儿啊？”高棒子说：“什么？你头一天参军还想当官？”半大小子梗着脖子：“那是，不给我官儿当，我就走！”高柴禾垛子乐了：“挺狂啊！我告诉你，当兵光靠有力气不行。”半大小子摇晃着脑袋，说：“打架我也不服人啊！”高柴禾垛子问：“这么说你练过武？”半大小子点点头：“练过！”高柴禾垛子又问：“多大岁数开始练的？”半大小子伸出三根手指：“三岁。”高柴禾垛子说：“从小就是练家子，难怪这么狂。来，我陪你试试！”半大小子满不在乎，说：“试试就试试……我要是把你打倒了，你能不能让我当团长？”高棒子说：“团长？你胃口可真不小！”

高柴禾垛子实在忍不下这口气，说：“行！小子你看见没有，那边有个擂台。你要是把老子从上面打下来，老子就让你当团长。可是老子要是手重把你打死了呢？”半大小子一愣：“技不如人，打死活该！”高柴禾垛子笑了：“哈哈……来！”

高柴禾垛子和半大小子上了擂台，众人围着看热闹。半大小子凭着力气大，用的都是蛮招，两人上下翻飞，打得天昏地暗。终于，高柴禾垛子将他摁住，即将扳倒，不料那小子一口咬在高柴禾垛子胳膊上。高柴禾垛子疼坏了，怒道：“小子，你咬人？”半大小子说：“上了战场，咬人也是绝招！”

高柴禾垛子生气了，动了真格，两人战成一团。可半大小子也狠，一个扫堂腿险些将他扫倒。高柴禾垛子立足不稳，差点儿掉下擂台，新兵们一片嘘声。高柴禾垛子脸上挂不住了，一招黑虎掏心，几乎将半大小子打倒。可半大小子仗着自己年轻，蹿蹦跳跃，一会儿居然占了上风。突然，高柴禾垛子露出一个破绽，被半大小子踢中了腿。高柴禾垛子倒地，连忙就地十八滚，躺在了擂台上。半大小子高高跃起，一拳砸向他。高棒子大叫：“旅长——”危急关头，高柴禾垛子一缩腿，一个兔子蹬鹰，半大小子毫无防备，正被他一脚踹在胸口上。这一脚又快又狠，半大小子凌空飞起，摔下擂台。

高棒子冲上台，问道：“旅长，您没事吧？”高柴禾垛子起身抖了抖手：“坏了，这脚踢狠了！”这时，倒在地上的半大小子一歪头，吐出了一口鲜血。高柴禾垛子赶紧跃下擂台，抱起了他，大声喊道：“小子！小子！快叫军医！”

病房里，瑛娘好不容易找了过来，她拉住洪凤鸣的手。洪凤鸣慢慢地睁开眼睛，辨认着，惊喜道：“瑛娘……”瑛娘抹着眼泪，心疼不已：“是我啊，孩子他三婶。”洪凤鸣勉强笑着：“太好了，二嫂回来了！”瑛娘关切地问道：“一进城门就看见了你，你怎么样，孩子没事吧？”洪凤鸣摇了摇头，掉下了泪：“医生刚才告诉我，孩子已经没有了……”“什么！？”瑛娘异常悲痛。“还有就是，我也不行了……”洪凤鸣有气无力地说道。瑛娘忍着眼泪，说：“你这么年轻，可不许说这不吉利的话！”洪凤鸣说：“二嫂有所不知，嫁给延宗这么多年，我都没有怀上孩子，我也着急，去省城医院检查，医生说我……医生说我这辈子就没有生孩子的命，最好不要孩子，因为万一怀了孩子流产，可能会让我……”瑛娘打断她说：“不，不会！医生说的也不一定都对！”

“二嫂你有所不知，我从小身体就弱，而且还有心脏上的毛病。今天我最高兴的是，动员会的现场就有人参了军，还有，这辈子能再和你见面，是偏得的缘分。”洪凤鸣把瑛娘的手攥得更紧了，“瑛娘，二嫂，我死以后，你帮我劝延宗续弦，他听你的，他是个优秀的男人，应该有后代！”洪凤鸣说完，晕了过去。

军营里，半大小子被安置在炕上。高柴禾垛子问：“查清了没有？到底是谁家的后生，赶紧把他爹娘找来啊！”高棒子说：“他父母双亡……我查了他的征兵登记，亲属一栏写的就是父母双亡，也没有兄弟姐妹。”高柴禾垛子不由更加焦虑：“哎呀，医生，他这是能不能好啊？”医生刚给他输上液，站起身来，说：“需要观察几天。最好把他带回医院去。”高柴禾垛子摆摆手，叹道：“不用，就让他睡这吧。挺好的孩子，还没上战场呢，让我给伤了，这叫什么事啊？”

夜里，半大小子浑身发冷，一阵阵直哆嗦。高柴禾垛子问：“孩子，你是冷吗？”半大小子牙都在颤抖，根本说不出话来。高柴禾垛子用两条棉被将他盖住，可他还是冷。高柴禾垛子索性趴在了他身边，用手脚将被子压得严严的，两个人的脸离得那么近。

隆延宗紧紧地拉着洪凤鸣的手，泪水滚落下来。洪凤鸣慢慢地睁开了眼睛。隆延宗连忙说：“凤鸣，你醒了……”洪凤鸣笑了一下：“延宗，你来了……”隆延宗说：“对不起，我去检查防御，回来晚了。”洪凤鸣说：“没事，我这不等着你吗？有你送我，我真高兴……”隆延宗说：“刚才医生都跟我说了，你去省城做过检查，怎么不告诉我？既然你的身体不允许你怀孕，为什么要逞强？！”洪凤鸣说：“我本来，想过劝你纳妾，但没开口，因为我知道你不会答应的。”隆延宗默然。“这么多年，没为你生下一儿半女，真是对不起你，对不起隆家。”隆延宗摇着头，泪流满面：“凤鸣，你别说了……”洪凤鸣泪水直流，说：“不，趁我这会儿有劲，让我把话说完。我死了，隆家不要挂孝，家里有老人，不要让他们伤心。”隆延宗紧紧地攥住她的手。“还有，不要在家里设灵堂。答应我，延宗。”隆延宗流泪点头：“好，听你的。”洪凤鸣说：“还有就是，刚才二嫂来看我了……”隆延宗一愣：“你说什么？是你的幻觉吧？”洪凤鸣说：“不，是真的。二嫂答应了我一件事……将来再见面的时候你问她，一定要照她说的做……好了，我没事了，真的累了。”洪凤鸣闭上了眼睛。

夜里，隆延宗用小勺给洪凤鸣喂着水。她慢慢睁开眼睛，报以微笑，但已经喝不下去东西了。隆延宗悲痛欲绝，将洪凤鸣的手贴在自己的脸上。洪凤鸣的脸上一直挂着笑容，但那笑容慢慢地凝固。他伸手去摸洪凤鸣的脸，发现已经变凉，他紧咬牙关，轻轻地亲吻着她的额头，轻声地说道：“凤鸣，走好……”

隆夫人一脸怒气，瞪着隆万氏：“你来干什么？看我们的笑话？”隆万氏跪倒在隆夫人面前，说：“娘，您息怒……儿媳是来劝您节哀的。”隆夫人说：“用不着。”隆万氏说：“娘，这些年您不愿意搭理我，我很难过，心中一直在忏悔，我知道自己错了。当年过继了娘家侄儿，确实是贪图隆家的家业，现在很后悔……”隆老夫人皱了皱眉头。隆万氏又说：“其实主意是我那汉奸哥哥出的，那个时候，我也没看出他是什么人。现在我明白了，出卖国家当汉奸，他就不是个人！是他的馊主意，让婆婆误解我，让我们婆媳不和，我恨死他了！”

隆夫人有些将信将疑，说：“隆万氏，你这是在我们面前唱大戏呢？”隆万氏道：“婆婆，以后叫我传宗媳妇，别叫我隆万氏，听到娘家的姓，我就觉得丢人！还有我儿子隆喜功，听说他舅舅当汉奸，气坏了，婆婆、奶奶，孩子这两年进步可大了，每天在家读圣贤书，用功用得眼睛都看坏了。”

隆老夫人阴阳怪气地问：“是吗？”隆万氏连忙转向隆老夫人，说：“奶奶，我知道您也不信我。确实，我那些年做的那些事，没法让人信任我。可我已经进了隆家的门，生是隆家的人，死是隆家的鬼。这些年，奶奶和婆婆怎么刁难我，我都没离开，对吧。现在娘家出了大汉奸，我就更不可能回去了。今儿一早听到了信儿，三兄弟媳妇走了……我这么一算，现在咱们这个家里，就属我还年轻一点儿，往后，奶奶和婆婆有什么用得上我的，尽管吩咐，哪怕当牛做马我也绝无怨言……”隆老夫人冷笑道：“说得真好听！”隆万氏说：“我知道奶奶是在笑话我，没事，我决定痛改前非，重新做人，奶奶和娘慢慢品我。”隆夫人和隆老夫人对视着，谁也没说出话来。

佘管家正要进屋，听到隆老夫人和隆夫人在谈话，就停住了脚步。隆老夫人问：“我听说佘小四的媳妇快生了？”隆夫人点头：“好像是……”隆老夫人说：“要是生出个男孩，就连爹带儿子一起认回来！”隆夫人紧蹙眉头，说：“娘的意思是……”隆老夫人说：“姓万的那副嘴脸你没看出来？她以为咱们隆家没后了……让咱们指望着她和她的娘家侄儿，没门儿！”隆夫人疑虑地说：“可是……要认小四，就得把当年的事儿翻个底朝天。佘管家那么大岁数了，怕她脸面上挂不住……”隆老夫人说：“她的脸面值几个钱？保住隆家的血脉是大事，她难道不懂？再说了，让小四回隆家，还不得给她个二夫人的名分？到时候开祠堂，我跟大家说，就说当年我儿子收了她，是我的主意！”佘管家又是感动，又是激动，满脸泪水。

入夜，佘管家照例伺候隆夫人睡觉。隆夫人躺下，闭上了眼睛。佘管家轻声道：“夫人，有个事想跟您商量商量……”隆夫人说：“说吧。”佘管家说：“我那不争气的侄子，去年娶了媳妇，怀上了，快生了……”隆夫人说：“我知道，怎么了？”“我这个当姑姑的……”佘管家很是尴尬，“其实是个娘，您是知道的，我这么多年一直觉得心里挺亏欠孩子，现在儿媳妇要生孙子了，我想跟您告几天假，去伺候伺候月子……”隆夫人有些不高兴，但忍住了，说：“应该，去吧。生下来的是男是女，给个信儿……”“哎，太好了！多谢夫人！您睡吧，我去了。”佘管家边说边退出去了。

佘管家走了以后，隆夫人的脸立刻掉了下来，她强撑着坐了起来，气得浑身直哆嗦：“什么东西？什么东西！”她火气上来，重新穿好衣服，来到了老太太的房里。隆老夫人问道：“哎哟，儿媳妇，你咋没睡？”隆夫人摇摇头说：“睡不着，想跟娘说说话。”隆老夫人点点头说：“我也睡不着……来，拉我一把。”隆夫人帮着隆老夫人坐了起来。隆夫人说：“认佘小四的事儿，还是得先放一放……延宗还年轻，媳妇死了难道当一辈子鳏夫，尽快让他续弦，娶个身体壮实的小姐，那还不一进门就……”隆老夫人立即说：“好主意，立刻命人操办！”

过了几天，隆夫人正戴着老花镜看书，佘管家兴冲冲地快步走了进来，说：“夫人，喜事喜事，请您吃喜糖！”隆夫人一愣，说：“糖？我这么大岁数吃不了了，怕粘掉牙。”佘管家有点尴尬，说：“那您也留上两块儿，沾沾喜气呗。”隆夫人说：“我儿媳妇刚死，哪来的喜气儿啊？”佘管家说：“这不是小四……小四和他媳妇争气，给我添了个孙子，我赶紧来跟您报喜！”隆夫人脸色冰冷，说：“小四是你侄子，他儿子你应该叫侄孙才对吧？”佘管家脸色大变，急忙改口：“对对对，一高兴，叫乱了规矩。”隆夫人又说：“你这个假告的时候可真不短，有半个月了吧？”佘管家说：“没，今儿是第七天。”隆夫人说：“家里一堆事等着你呢，觉得你走了好久。我这里有三位小姐的生辰八字，你拿去请人算算，看看哪个跟延宗的最合。”佘管家一愣：“这是……”隆夫人说：“给延宗续弦啊。你是大管家，三少奶奶死了，隆家现在最大的事是啥，你想不到？”佘管家半晌都说不出话来。

隆家大门口，高柴禾垛子抱拳拱手，说：“这年月，征兵不容易，害得兄弟媳妇把命都搭上了。这是个好苗子，好不容易征来的兵，还被我失手打伤了，真是的。今儿我就要上前线去了，也不能带他上战场，不知能否把他留在你们隆家养伤？”隆延宗闻言向半大小子望去，他却躲避着他的目光。隆延宗扶着他的肩膀看了看，说：“听说这小子本事不小，也狂得很！”高柴禾垛子说：“孩子嘛，没点狂劲儿，上战场还不被小鬼子吓尿裤子？说实话，我喜欢这孩子，要不然也不能来给你添麻烦！”“这算什么麻烦？”隆延宗说着又吩咐隆喜儿，“把他抬到我房里去，这可是我义兄得意的好兵，让他吃好喝好养好伤！”

很快，佘管家便将三张写有生辰八字的纸递给了隆夫人，说：“算过了，最好的是这个……”隆夫人不理会佘管家，接过纸来看着：“林家三小姐……”佘管家说：“林员外是个大善人，在临县首屈一指。”隆夫人说：“那好，你赶紧去趟临县，帮我相相，看看这个三小姐咋样？”佘管家有些犹豫。隆夫人脸拉了下来，说：“怎么？嫌远，不愿意跑腿？”佘管家说：“我……不是，看您说的，夫人交代的差事，再远我也得跑啊！我是想说，我那个侄孙子挺稀罕人的，要不哪天您有空，我抱过来给您看看？”隆夫人的脸色更难看了，不耐烦道：“我哪有工夫看外人的孩子，老祖宗说了，延宗的婚事最要紧！”佘管家一脸失望地走了。

几天后，佘管家从临县回来，她已经恢复了情绪，汇报着：“见着了，见着了，我还真见着本人了！”隆夫人忙问：“长得咋样？”佘管家小声道：“像您……”隆夫人皱了皱眉：“你胡说什么？”佘管家说：“我是说长得特别像年轻时候的您。”

隆夫人看了眼隆老夫人。隆老夫人笑道：“那好啊！你看看你们家小姐，嫁给我儿子，立刻就给我生了大孙子、二孙子、三孙子！那就定了吧，就这个林家三小姐了！请媒人，下聘礼！”隆夫人点点头：“娘，那待会儿我跟延宗商量商量，立刻就办！”

没过两天，隆延宗回到家里，隆夫人把他叫到客厅的外间，隆延宗听了后十分为难，说：“续弦？娘，您看看，我义兄才上前线，两百孝兴子弟新兵，送他们上战场的时候，乡亲们个个饱含热泪，我都不敢看他们的眼睛。这个时候，我这孝兴的一县之长，在家娶媳妇，这像话吗？”隆夫人正色道：“不孝有三，无后为大。你奶奶九十岁了，就想抱重孙子，为了祖宗血脉延续，你也得掂量掂量吧？”隆延宗说：“二嫂早为二哥生下了牢生，那孩子早是大小伙子了，还需要什么血脉延续？”隆夫人皱眉道：“可牢生一走十几年，音信皆无……”隆延宗说：“那怕什么，等打败日本鬼子，我相信孩子一定会回来的！”

养伤的半大小子躺在里间，将这些话听得一清二楚。他笑了：“牢生，嘿嘿……牢生在这儿呢！”这半大小子就是五儿，他的声音很小，是说给自己听的。

隆夫人说：“道理我讲不过你，可我是你娘，你的终身大事，我得管！老话说得好，儿女的婚事，父母之命，媒妁之言，这事你别管了，我替你做主！”隆延宗急道：“娘，你这不是难为我吗？”隆夫人说：“有什么难为的？”隆延宗无奈道：“那林家三小姐多大？”隆夫人说：“十九……”隆延宗笑道：“我四十好几的人了，您让我找一个十九的，岂不让天下人耻笑？”隆夫人说：“嫁给你爹的时候我才十六，你四十多岁了没能为祖宗传宗接代，这才让天下人耻笑！”这下，隆延宗无语了。“这事就这么定了。”说完，隆夫人就向外走去。

隆延宗快走几步，跪倒在隆夫人面前，说：“娘，大敌当前，小鬼子对孝兴虎视眈眈，这里今天是太平盛世，明天可能就是血雨腥风的战场！延宗七尺男儿，又蒙政府信任，官居县长之位，敌人来了，我势必会以身作则，杀敌报国。这个时候你让我娶妻，就是动摇军心！”隆夫人也深受感动，不知如何回答。隆延宗又说：“娘，您和奶奶的心意我都明白，我保证，把日本侵略者赶出中国之日，我一定完成你们的心愿，可这个时候你要逼我……我就搬到办公室去住，再也不回来了！”隆夫人一下被噎住了，无言以对。

隆老夫人听到隆延宗的一番心意，长叹一声：“哎，那就等吧……也不知道我老太太能不能活到那一天……”隆夫人也是一脸的无奈。

这时，佘管家进来说：“夫人，林家派人来了……”隆夫人一愣，说：“咱们还没请媒人呢，他们家派人来干什么？”佘管家道：“我也纳闷呢。来的是管家，带了厚礼，说求见您，我只好通禀。”隆夫人点点头：“那就见见呗。”隆老夫人也说：“对，见见，跟人家好好解释解释，问问这位林家三小姐能不能等延宗把小鬼子赶出中国再说？”

佘管家把林家管家领进屋，他听了直摇头，说：“那得等到猴年马月啊？我们家大小姐今年都十九了，耽搁不得！”佘管家一愣：“什么大小姐？不是说三小姐吗？”林家管家笑了：“啊，对，我们家大小姐从小就让我们管她叫三小姐，说三吉利，她喜欢三这个数。”佘管家说：“哦，不是排行老三啊？”林家管家说：“我们家老爷就这么一位小姐，掌上明珠，一枝独秀！”佘管家问：“没别的姊妹？”林家管家说：“没有，兄弟也没有！”佘管家说：“那你家老爷不想着招上门女婿？”林家管家说：“老爷在世的时候是这么打算的，可小姐一直没答应，就耽搁了。”佘管家一愣，问道：“等会儿……你们家林员外已经……”林家管家说：“是啊，去年冬天的事儿……现在家业都交给三小姐了。”

隆夫人插话道：“哦……那也是她派您来的？”林家管家点点头：“对啊！上次佘管家去的，远远地看了我们家小姐。我们家小姐就问是谁家派来的人。我如实禀了，一听说是孝兴隆家，她可愿意了，就让我带着礼品来，看望您，问问您对婚事有啥打算……”隆夫人听了着来龙去脉，皱了皱眉头。

听了回禀，隆老夫人也摇着头：“亲事不成正好，这么有主意的丫头，还是少招惹好。”隆夫人也点头附和：“我说也是，明明是老大，非得让别人叫她三小姐……再说，这事儿哪有姑娘家上赶着的？我也看不上。”

谁知，没几天，这位林三小姐竟然收拾行装，亲自上隆家的门了。临行前，她跪在林员外牌位前，喃喃道：“爹，我的本名叫隆念娣，您从人贩子手里把我买下来，我还不会说话，但我记事早，心里都明白。您对我恩重如山，我本想一辈子不离开您，为您养老送终，哪承想您这么早就撒手人寰了。我已为您守孝了一百天，现在，我要为我的生父生母报仇！”这位林家三小姐，正是念娣。

佘管家见到她，不由一愣，叫道："林大小姐……"念娣正色道："叫我三小姐。"佘管家为难地说："三小姐，没有这道理啊，隆家就是有那么个想法，派我远远地去看了一下您，媒人没上门，不作数的！"念娣瞥了一眼她，说："你是谁啊？"佘管家更是愣住了，跟在一旁的隆喜儿回话说："这是我们隆家的大管家……"念娣没理隆喜儿，转向佘管家，问："老太婆，你姓什么？"佘管家有些生气，说："林三小姐，你也是大家闺秀，这是在我们隆家，我这把年纪了，你要问我姓什么，怎么着前面也得加个贵字吧？"念娣说："鬼啊？我看你长得挺像鬼的，滚一边去，叫你们家的主子出来说话！"佘管家十分生气，怒道："你……你真是疯了，来人，把她赶出去！"

正在这时，隆延宗的声音传来了："怎么回事？"念娣回头看着隆延宗，愣住了。佘管家见念娣失神的样子，更加确定这是个疯子。她刚要解释，念娣已经开口了，问："你是隆延宗？"隆延宗说："这位小姐认识我？"隆念娣说："你看上去，没有那么老……"隆延宗听了也是一头雾水。隆念娣说："我是林家的女儿，听说你太太过世了，我就来了。"隆延宗看了看佘管家，说："哦，我想起来了，是有人跟我说过林家三小姐……"念娣笑了："对，就是我！"隆延宗说："我本来已经向母亲大人禀告过了，可既然你来了，我就当面儿再说一次，不把日本侵略者赶出中国，我不会考虑个人婚事；再有，我四十有余，即便再娶，也绝不会是三小姐这么年轻的，你请回吧。"说完，隆延宗就向外面走去。念娣不动声色，说："我是你们隆家的客，从临县大老远来的，总不能不管饭就赶我走吧？"隆延宗转身点点头，吩咐道："佘管家，招待客人吃饭。"

第三十八章

五儿披着一身高粱禾垛子的旧军服，拄着一根拐杖下了地。他在屋里转悠着，暗自怨道："三叔啊三叔，小时候您最疼我，还教过我打拳，居然没认出我来？"他决定出去转转。

佘管家一脸的不高兴，但还是在隆家客厅的外厅里摆了桌酒菜。她咳嗽一声，说："奉县长之令请您吃饭，林三小姐，请吧。"念娣大摇大摆走到桌前，见饭菜还算丰盛，说："就我一个人吗？"佘管家一愣："啊？你不是一个人来的吗？"念娣说："你们这叫招待客人啊？连个陪客的人都没有，难道隆家的主子都死光了？"佘管家怒道："你……你个疯丫头，再出言不逊就把你打出去！"念娣不屑地说："那我可要到街上好好声张声张，孝兴隆家为大县长续弦，跑到临县相看本姑娘，本姑娘回礼登门拜访，隆家却连个待客之道都没有，戏耍人呢？"佘管家万般无奈，只好向隆老夫人和隆夫人汇报。

隆老夫人板着脸，也是一脸的不高兴："她有疯病，随便找个人去陪她吃饭，把她打发走得了。"隆夫人更不高兴："就是，这么大个人，连个疯丫头都对付不了？"佘管家尴尬不已，忙说："那好，我去对付。"

佘管家走到天井，正在为难之际，五儿凑了过来。五儿叫道："佘管家。"佘管家问："你是谁啊？"五儿一下不知该怎么回答，支吾着："我啊，我……"佘管家上下打量着，说："噢，三少爷带回来养伤的那个。"五儿见佘管家也没认出他，有些失望："嗯，对……"佘管家说："这里可不是什么人都能来的，怎么来的怎么回去！"五儿嘟囔着："小时候经常来。"佘管家问："你嘟囔什么呢？"五儿连忙改嘴："我饿了！要是在兵营，这个点早给我送饭去了！""你饿了？"佘管家突然笑了，凑近五儿，"里面有桌席，只要你说你是隆家的人，老祖宗让你陪客的，你就随便吃。"五儿很是疑惑，但还是点了点头。

坐在饭桌上等待的念娣，只等来了一个比她小三岁的半大小子。五儿嬉皮笑脸地坐下："我奉老祖宗之命，前来陪客！"还没等念娣回话，五儿已经发现了他最爱吃的猪蹄子，惊喜道："哎呀，这个，我从小最爱吃了，可惜这十几年我都没怎么吃着过。"说完，他抓起一个猪蹄啃着，"哎哟，真香，就是这个味。”

念娣皱着眉，说：“你是来陪我吃饭的吗？”“是啊，我这不陪着呢？”五儿满嘴都是肉，说话含混不清的。念娣气坏了：“你们隆家真是欺人太甚，竟然派来个野小子。”五儿把猪蹄慢条斯理地放在盘子里，问：“谁是野小子？”念娣忍不住了，站起身说：“你！我问你，你是这家的主子吗？猪鼻子插葱，装相……”五儿说：“你怎么骂人啊？我很胖吗，你说我是猪？我不是这家的主子，但我也可以是这家的主子！我告诉你，老祖宗是我太奶奶！”念娣问：“真的？”五儿说：“那是！太奶奶派我来陪你吃饭，就是隆家给了你最大的面子！”念娣无奈，只得坐下。

五儿说：“你吃不吃？全孝兴最好的厨子也没有隆家好，你要是不吃，这辈子都得后悔！”念娣嘟囔着：“吃就吃，我都饿了一天了，凭什么不吃？”佘管家在远处听着笑了，自语道：“疯丫头碰到傻小子，没招了，哈哈……”

过了一会儿，佘管家远远望去，看到饭菜已经吃得差不多了。念娣显然是已经吃饱了，她看着还在一边吃喝的五儿，气道：“吃货！”五儿抬头说：“你饱了？我也差不多了……”五儿起身，佘管家走了过来。五儿说：“佘管家，你交给我的任务我完成了，我回屋睡觉了，晚上那顿让他们早点给我送过去啊！”念娣发现佘管家根本不拿五儿当回事，这才意识到上当了。

佘管家说：“林三小姐，既然你吃饱了，我们就不留了，用不用隆家套辆车把你送回临县去啊？”念娣翻了个白眼：“谁说要走了？”佘管家目瞪口呆。念娣慢条斯理地说：“一百多里地来的，你们总得先留我住下吧，帮我收拾一间好客房。”

佘管家无奈，只好如实回禀隆老夫人，说：“老祖宗放心，我专门派了两个婆子看着那疯丫头呢！”隆老夫人叹道：“这叫什么事，还赖上了……”隆夫人自责道：“都怪我，我要是不派佘管家去临县相看她就好了。”

话音未落，有人挑了帘栊进来，佘管家回头一看，吓了一跳。来人正是念娣，两名婆子匆匆跟在后面。佘管家问：“怎么回事？”一个婆子说：“这个林三小姐说她要走，我们就送她。可她突然一拐弯就往里面跑，我们也追不上啊！”

佘管家怒目而视，可念娣根本不看她，径自来到大厅中间，看着远处的隆老夫人，说：“您就是隆家的老祖宗？您老人家有九十高寿了吧，以前您为什么不在隆家？”隆老夫人点点头：“是，我是有好些年不在家。”念娣行了一个万福：“见过老祖宗，祝您福如东海寿比南山，心想事成。”隆老夫人见状也不好发作。

念娣又转身看向隆夫人，想起了当年隆夫人指着她骂灾星时的情景。可旋即，微笑已经浮上了脸，她规规矩矩地行了一礼："隆夫人不愧是隆家的当家人，真是雍容华贵，让人不由得心生敬意，我给您请安了，祝您身体健康事事顺意，祝隆家兴旺发达千秋万代！"

隆夫人眼睛都看直了："啊……这，这位就是你说的林三小姐？"佘管家一脸不待见，回道："是啊，就是她。"隆夫人却是由衷地喜欢："像，还真有点像我没出阁时的样子。你十九？"念娣点头说："对。""说话如此周全，不像是个小孩子。"说着，隆夫人看向老祖宗。

隆老夫人也点头："是啊，长得显小，跟十六七的大闺女似的。"念娣满面喜色，说："老祖宗是在夸我长得好？隆夫人是在夸我懂事？多谢奶奶，多谢婆婆！"隆夫人和隆老夫人闻言都吓坏了。

隆夫人皱了皱眉说："哎，这……你叫我什么？"念娣笑道："您既然已经派人相过我了，早晚都得改口。如今时局混乱，说不定哪天就要打仗，办喜事，自是宜早不宜迟，您说呢，婆婆？"隆夫人无话可说。

隆老夫人连连摆手："不行不行，孩子，你是不知道啊，我那孙子……"念娣接话道："我已经见过隆县长了，我愿意嫁给他。"隆夫人正色道："不是你愿意就行，延宗的意思……佘管家，你没跟人家说清楚吗？"佘管家撇着嘴，一脸不高兴："还用我说，三少爷自己都告诉她了。"念娣微微一笑："说了，但不是他的心里话。"隆夫人一愣："你怎么知道？"念娣道："他的夫人刚刚去世不久，就主动续弦，别人会说他无情无义。但他的眼神已经告诉我了，他挺喜欢我的，要不然他怎么会留我在家吃饭呢？"佘管家心里嘀咕着：我怎么没听出来三少爷有这层意思？念娣继续道："奶奶和婆婆要是想让这门亲事成，自可以替隆县长做主，有句话怎么说来着，生米煮成熟饭，他自然也就认了。"

佘管家大吃一惊："林三小姐，您是个大姑娘，这种话怎么能说得出口呢？"念娣转过身，和气地说："佘管家，我在跟隆家的老祖宗和当家人讲话，你是个下人，一再插嘴，不合适吧？"佘管家脸色难看极了。念娣又转过头去，说："要是隆县长一时难以接受，这样也行，奶奶认我做干孙女，让我在隆家住上一些日子，同在一个屋檐下，抬头不见低头见，日久必生情，那个时候再顺水推舟……"

半晌，隆老夫人突然哈哈大笑："哈哈……我就认你做个干孙女！""给奶奶磕头！"念娣上前一个头磕在地上。隆夫人看着也笑了。隆老夫人吩咐道："延宗他娘，快去我屋里，给孩子准备个红包！"念娣上前拉住隆老夫人的手，说："奶奶，您人真好。"隆老夫人也笑了："是吗？"

安顿好念娣，隆夫人和隆老夫人并排坐在床上聊天。隆夫人说：“我看这林三小姐不错，脑子里有算计，心里边有主意，隆家需要这么一个女人。”隆老夫人也点头：“是啊，我也看着也挺顺眼的，怎么佘管家说……”隆夫人摇摇头：“别理她……娘，那天您说佘小四的事，她八成是听到了，就怕延宗续了弦，她的美梦泡了汤。”

这时，门外传来念娣的声音：“奶奶，我能进来吗？”隆老夫人道：“是我干孙女啊？进来！”念娣进门，见隆夫人也在，满脸堆笑：“您也在啊？”隆夫人问：“刚才不是说让你回房里歇会儿去吗？”念娣笑道：“我年轻轻的，哪歇得住啊，奶奶、婆婆晚上想吃什么，今天我做饭！”隆老夫人干笑道：“做饭就不用你了。”隆夫人说：“就是啊，我们家的厨房大得很，厨子也多。”念娣说：“今天认了奶奶，以后就是一家人了，当孙女的想尽尽孝心。我会做饭，从十岁那年起，爹的寿席都是我一个人做的。每年大年初一，我还会亲手包上一盘饺子，跪在我爹面前，请他吃呢！”

隆夫人一愣：“你们林家也有这规矩？”念娣说：“当然了，孩子孝敬爹娘，儿媳孝敬公婆，到哪都是这规矩。就让我下厨做顿饭吧，兴许隆县长吃了我做的饭……”念娣显得有些难为情，“奶奶……”隆老夫人笑了：“明白，明白！没想到，真没想到。林家也是大户人家，你爹拿你当掌上明珠，你还会下厨房，孝敬父母。奶奶倒要尝尝你的手艺！”

五儿来到厨房，四下张望着。一名管事婆子走过来，说：“干什么，怎么跑到厨房来了？”五儿嗫嚅着：“我……你不认识我？”管事婆子摇头：“不认识。”五儿咽下一口气：“好，哪天让你认识认识，别吓着你！”管事婆子吓了一跳：“你到底是干什么的，快走开！”五儿一挺胸，说：“我是隆县长的贵客。”管事婆子说：“听说了，来养伤的，怎么，饿了？”五儿说：“就是，饿了！”管事婆子说：“那回去等着吧，一会儿把饭给你送过去。”

五儿趁管事婆子转身忙别的工夫，钻进了厨房的一个灶间。这是主厨炒菜的地方，五儿找到了一块酱牛肉。不想，他刚往嘴里塞了一点儿，就听见门外佘管家说：“都过来！这位是林三小姐，老太太新认的干孙女，今天她要亲自下厨做顿饭，你们打好下手。”婆子们领命。念娣点点头：“我看看家伙趁不趁手。”说着，念娣就向灶间走去。五儿无处可逃，只好一缩身钻进了一个柜子里，死死地拉住柜门，心里想着：“可千万别被发现了，偷东西吃太给我娘丢人了！”

念娣没发现五儿，找出了砂锅等器皿。等念娣出来，婆子道：“林三小姐，按您的吩咐，东西都给您备齐了，您过过目。”念娣看着摆放整齐的鸡鱼肉、葱姜蒜，微微点头。婆子问："不用我们帮忙？"念娣说："不用，我在家的时候下厨，就从来不需要人打下手。"婆子满脸不屑，离开了。

灶间里，念娣一边看着砂锅，一边向外张望着，几个婆子在闲聊，并没注意她。念娣突然从袖子里掏出一个小包来，小心翼翼地打开，五儿从门缝隙里往外瞟，正好看见念娣将纸包里的药倒进砂锅，他一激灵，惊得差点发出了声。

一切做完之后，念娣冲外喊着："都齐了，上菜！"婆子们拥了进来，往托盘上摆放着菜。轮到砂锅的时候，念娣说："这个我自己端。"

饭菜摆好，隆老夫人、隆夫人都来了。念娣有些诧异，问："怎么？隆县长不回来吃晚饭吗？"隆夫人问："延宗怎么说的？"佘管家回禀："三少爷派人回来送信，说有公务，明天才能回来。"隆老夫人叹了口气："可惜啊，丫头白忙活了半天，这么好的饭菜，我三孙子吃不着啊！"她转向念娣："孙女，不急，你不是要陪奶奶多住些天吗，等他回来你再专门给他做一顿。"念娣只好点头："那好。"

隆夫人道："那就开饭吧。"念娣却说："等一等，咱们家不会就这么几口人吧，我听说长房还有人。"隆夫人气道："不叫他们也罢。"念娣说："既然是认亲，怎么能落下长房？"隆夫人叹了口气："孩子，你不知道……"隆老夫人制止道："哎，孙女头一天来咱们家，你要说什么啊，别让人笑话！"隆夫人只得收敛。隆老夫人吩咐："去把长房那娘儿俩叫来，一起吃席！"

看着隆万氏和隆喜功娘儿俩进了门，角落里的五儿露出了身形。他看准机会，向角落里的小门快步走去，刚好躲过了两名婆子。见到念娣，隆万氏气得脸都歪了。盛着汤的念娣倒像个主人，说："大嫂请坐。"念娣将汤递给了隆老夫人，隆万氏一脸气愤地坐下。念娣又说："这是长房孙少爷吧？来，也尝尝我做的汤。"隆喜功答应了一声就要坐。隆老夫人瞪起了眼睛："哎，让你坐你就坐啊？光给你奶奶和我鞠躬就行啊，这是我新认的干孙女，你得叫姑姑，给你姑姑也鞠个躬！"念娣将第三碗汤放到了隆万氏面前，冲隆喜功笑着。隆喜功嘟囔着："哦，姑姑好。"他深鞠了一躬，侧脸看着念娣，慢慢起身："姑姑比我还小吧？"

念娣继续盛着汤，说："是亲戚就不论岁数，岁数再小，我是长辈，以后见到我，不许嬉皮笑脸。"隆老夫人点点头："教训得对！这小子就是没正形，姑姑赏你汤喝呢，还不谢？"隆万氏恶狠狠地瞪着隆喜功。隆喜功哼哼着："谢谢姑姑。"他的眼神一直盯着念娣，而佘管家站在一旁，一动不动冷眼看着。

念娣瞟了一眼佘管家，叫道："佘管家。"佘管家上前，说："您有何吩咐？"念娣说："您也喝一碗我做的汤吧！"佘管家一愣："那怎么行？"念娣说："有什么不行的，我听说您在隆家好些年了，兢兢业业的，值得敬佩，再说，要是没有您去临县相看我，我也来不了隆家，您给个面子，尝尝……"刚才还一脸铁青的佘管家，顿时受宠若惊："这哪好意思啊？"说完，佘管家看向隆夫人，隆夫人没理她。

隆老夫人笑了，对着隆夫人，指了指佘管家，说："你瞧，一碗汤就把她交下了。喝吧，以后有什么事，别难为人家。"佘管家诚惶诚恐，说："瞧您说的，老太太，我哪敢啊，多谢林三小姐，多谢林三小姐！"佘管家接过汤，对念娣挤出笑容，念娣也报以微笑。

念娣说："都尝尝吧，趁热，大伙喝汤。"隆老夫人用汤勺搅着汤，慢慢地端到鼻边，很享受。隆夫人用勺子更是讲究，她将汤勺放在碗的内沿，向外轻轻地舀起一勺汤。隆万氏十分生气，咬着腮帮子用勺子搅着汤。隆喜功闻着汤，闻着阵阵清香，双手端起就要喝。一旁的佘管家早就做好了准备，可她见隆夫人和隆老夫人还没喝，只好等待着。念娣的笑容中含着一丝凄惨。

就在众人要喝下汤的时候，五儿大喊一声："别喝！"五儿冲进内厅，所有人都给吓住了。佘管家问："你怎么跑到这来了？"五儿大叫着："这汤不能喝！她下了药！"念娣看向五儿，五儿也看向她。五儿指着念娣说："我刚才饿了，去厨房找点东西吃，正赶上你做饭，我亲眼看见你在砂锅里下了药，你下的是什么药？你看着比我岁数大，怎么还爱捉弄人？"念娣一下子哭了，隆夫人看向隆老夫人。

隆万氏放下碗，迅速从头上拔下银簪子塞到碗里，说："婆婆，你快看看，有毒还是没毒？"话音未落，念娣掉头就往外跑。隆夫人厉声道："抓住她！"佘管家去拦，念娣猛力一撞，汤洒在了地上，碗摔得粉碎。佘管家大喊："来人！抓住她！"没跑几步，众下人立马把念娣摁住，捆绑起来。

不一会儿，佘管家回来禀告："用狗试过了，是毒，剧毒啊！""我的妈呀，儿子，咱俩的命险些没啦！"隆万氏一把抱住隆喜功。隆老夫人怒道："滚远点儿嚎去！"隆万氏立刻站了起来，眼珠乱转："还好还好，奶奶和婆婆安然无恙。奶奶，您说，怎么惩治那凶手？"隆老夫人没理隆万氏，看向隆夫人："看架势，是想毒死我们全家！"佘管家感觉后背全是冷汗，说："是啊是啊，是要毒死全家！幸好三少爷没回来！"隆夫人说："快去报告警察，让他们审讯凶手！"隆老夫人摆摆手说："等一等，这事儿叫警察不好……家里出了这种事，最好别张扬出去,主要是不知道这个林三小姐是什么来历……"隆万氏主动上前说："那交给我审吧，我准保给您审个清楚明白！"隆老夫人想了想，说："也好，带回你院里去审审！"隆万氏喜形于色。

隆夫人则扶着隆老夫人离开餐桌，来到中堂。隆夫人问：“娘，怎么把人交给姓万的了？”隆老夫人示意隆夫人别着急，说：“这种恶事，交给她不是正好？”一会儿，隆喜儿从外面进来，说：“老祖宗您叫我？”隆老夫人吩咐道：“小喜子，你赶紧去一趟临县，好好打听打听林家这位小姐是怎么回事，隆家跟他们无冤无仇，就算是亲事不成，也不至于杀人害命啊！”隆喜儿应声离开。

隆老夫人坐回到椅子上，思忖着，突然说：“这丫头的样子除了像你，还像一个人……”隆夫人问：“像谁？”隆老夫人说：“我一时想不起来了……”隆夫人叹道：“真是晦气，没想到不是个疯子，却是个刺客！”隆老夫人说：“哎，该来的都会来，隆家的多事之秋又到了……”

念娣被绑在长房院子里。隆万氏厉声道：“说，谁派你来的？你为什么要害死我们全家？”隆万氏死死地拽住念娣的头发，可念娣一言不发。隆万氏喝道：“儿子，打！”隆喜功拎过一根皮鞭，抽了两鞭子。念娣疼得直叫。隆万氏又问：“你说不说？”念娣咬牙切齿地说：“你杀了姑奶奶吧！我什么都不说！”隆万氏命令道：“接着打！”隆喜功抡起鞭子来，半天没动手，说：“我……娘，我不舍得……她长得太俊了，要不你把她给我当媳妇吧？”隆万氏怒道：“浑蛋！她是刺客！”隆喜功撇撇嘴：“那怕啥啊，我又不是要娶她一辈子，就让她给我当一宿媳妇……”

“瞧你这点出息！”隆万氏抢过皮鞭说，“滚！”隆喜功被赶走了。隆万氏咬牙切齿道：“我告诉你，小丫头片子，你要是不招，今天我就打死你！”说完，隆万氏狠狠抽着，念娣含泪忍耐。五儿躲在院墙下面在偷听，听到声声惨叫，很是心疼。

念娣仰头，说：“娘、大姐、二姐，我没能给你们报仇！娘——”隆万氏忽然问：“你娘是谁啊？你大姐二姐又是谁？你到底是谁？”念娣咬牙切齿道：“姓万的，就是你挑拨是非，让我爹和奶奶分了家，不然我们一家五口怎么会分开！”隆万氏喃喃道：“林三小姐？三小姐……你不会是那颗灾星吧？”念娣恨声道：“是我！你们杀了我吧！就算变成恶鬼我也会回来，掐死你，掐死姓佘的，掐死那个可恶的当家人！”

“真是妖孽啊！那是你奶奶，亲奶奶！”隆万氏一推念娣的脑门，不再搭理她，“这回我可立功了，立功了！原来是灾星回来报复了！”隆喜功从屋里出来，说：“娘，你审出什么来了，这么高兴？”隆万氏兴奋地说：“她是那颗灾星！柳瑛娘的三闺女！你说我是不是立功了……”

“灾星？二叔家的老三？”隆喜功凑近一看，“我说你长得这么漂亮呢，你大姐二姐长得就漂亮……”念娣怒道：“呸！”五儿站起身来，竭力听着里面的动静。隆喜功说：“那你还美？待会老太婆知道你把她打成这样，准得跟你急！”隆万氏说：“凭啥？她下毒！她是刺客！”隆喜功说：“隆延宗成天抓人贩子，不就是为了找她吗？她下毒不但没罪，准还得当姑奶奶一样供起来，这个家更没咱俩的分儿了。”听到他们的对话，念娣有些诧异。

隆万氏一愣，说：“儿子，我咋没想到啊，不能把她交回去！”她从袖子里边掏出手绢，说：“你帮我按着她，我先把她嘴勒上，别让她乱说话！”隆万氏上前去勒念娣的嘴。隆喜功问：“娘，咋办你想好了吗？”隆万氏恶狠狠道：“想好了，她是灾星，生下来就应该扔进黄河，当年违背了天意，让这灾星长大了，回来投毒，险些把全家都害死呀！现在，我要顺应天意，把她还给黄河！”隆喜功说：“那……那可不能让别人知道……”隆万氏说：“当然不能让别人知道！”

不一会儿，隆家后门，两个下人将一个大木箱子装上一辆马车，隆万氏出门上了另一辆马车，隆喜功跳上母亲的车，两辆马车朝城外驶去。五儿从门口闪出，他决定跟上看个究竟。

客厅里，隆喜儿正在禀报：“那林员外四十好几了，一直没孩子，有一回到孝兴办货，抱养的这位小姐！”隆夫人一愣：“抱养的？”隆喜儿点头：“对！好像是从人贩子手里买的。说这孩子和林员外特别有缘，她进了林家以后，林员外的生意就越来越好，所以对她也就格外宠爱。”

隆老夫人突然问：“昨天你们说她十几？”隆夫人说：“十九。”隆老夫人念叨着：“十九……从人贩子手里买的……”这时，隆延宗急冲冲进门来，问道：“那个林三小姐到底是怎么回事？”佘管家跟在隆延宗后面，说：“夫人，我把下毒的事告诉三少爷了。”突然，隆老夫人一拍大腿，说：“我想起来她的眼神像谁了！像柳瑛娘！”隆延宗和隆夫人俱是一愣。

正在这时，一个下人从外面跑了进来，说：“三少爷，刚才有人说，一大早，大少奶奶命人抬着一个大箱子，从后门走了。”隆延宗忙问：“怎么走的？”下人回道：“套了车。”隆延宗问：“去了哪儿？”下人说：“好像是奔黄河去了……”

隆万氏站在祭台高处，一挥手，示意下人退下。祭台早已破旧不堪。隆喜功跳下祭台，打开箱子，抱出被捆绑手脚、勒着嘴的念娣。他摘掉勒住念娣嘴的手绢，说：“喊吧，随便喊，看是你喊的声大还是黄河的声大。”念娣大声喊着：“娘——”奔腾的黄河，将念娣的声音吞噬。隆万氏冷冷地说：“你叫念娣，对吧，拿你祭黄河是你的命，要恨你可别恨我，恨隆家去，变成厉鬼也别来找我，掐死你奶奶去。”念娣恶狠狠地看着隆万氏。

隆万氏命令道：“儿子，把她推下去。”隆喜功咂着嘴：“哎哟，我可真不舍得，小脸蛋真俊。”说着，他就去摸念娣的脸。隆万氏怒道：“我跟你说了，她是灾星，不能碰！快一脚把她踹下去！”

念娣仰头向天，喃喃道：“娘……大姐、二姐……我来了！”说着，她往前蹭着，想自己跳。隆喜功反而不乐意了：“哎，你别自己下去啊，那我就过不上杀人的瘾了！”说着，他抬起脚来就要踹。

这时，跟在他们后面的五儿突然大喊：“住手！”隆喜功回头一看，说：“干什么的？”五儿大喊：“不许杀人！”隆万氏道：“臭当兵的，你少管闲事！”五儿大义凛然地说：“我就得管！她下毒是我看见的，她有错，可她没害死你们，你们为什么要杀了她？”隆万氏说：“来人，把这臭小子也扔进黄河去！”

退远了的四个家丁跑上前，来抓五儿。五儿劲大，四个人也抬不动他。隆喜功过来帮忙，被他一脚蹬翻。隆万氏连忙叫隆喜功躲到了祭台上。五儿大病初愈，以一敌四稍微有点费劲，但还是将四个家丁都打翻在地。

五儿走上前去解念娣的绳子。隆万氏急道：“你不能救她！隆家对你有恩，你要是报恩，就把她推进黄河里去！”五儿瞪了她一眼：“你只会挑拨是非，我才不听你的呢！”隆万氏跺着脚喊道：“你们几个废物，快起来打他啊！”

几个家丁起来又冲上前，五儿一边解绳子，一边对付四个家丁，再次把他们打倒，有一个家丁险些掉进黄河。五儿一把抓住他，把他甩到一旁，救下了他。眼见五儿将念娣的绳子解开，隆万氏眼睛里瞪出火来，她从小包里摸出一把袖珍手枪。这是她哥哥万专员给的。

隆万氏举起枪，五儿发现了，大吃一惊。隆万氏没开过枪，哆嗦着，大喊一声扣动了扳机，打向念娣。五儿扑向念娣，就地十八滚躲过了这一枪。隆万氏气急败坏，隆喜功一把抢过枪来，说：“给我！”隆喜功再次开枪，五儿抱着念娣向反方向滚动，这一枪又打空了。隆喜功再开枪，可没了子弹，他问道：“娘，怎么回事啊？”隆万氏说：“你舅舅说了，就两颗子弹……”五儿站起身，怒道：“恶婆娘，猴崽子，居然敢开枪打我，我打死你们！”五儿恶狠狠地蹿向祭台，吓得隆万氏和隆喜功抱头鼠窜。

这时，一支马队迎面奔来，马上的隆延宗喊着：“驾！”正要去追打隆万氏的五儿惊喜不已，低声道：“三叔来了……”他转过头来，看着黄河边的念娣，说：“这回你不用怕了，隆延宗来了，没人敢把你扔下黄河。”念娣淡淡道：

“你白救我了，我是灾星，隆家个个恨我，与其被他们抓到折磨死，还不如自己了断！”说着，念娣面对黄河，说：“娘，我没能给您和大姐、二姐报仇，恐怕以后再也没机会了，我活着还有什么用，我这就去找你们！”说着，念娣就跳进了黄河。

五儿想去拉念娣，可没拉到，眼睁睁看着念娣消失在奔腾的河水中。他稍加思索，纵身一跃，整个人随即被黄色波涛吞噬。

瑛娘不住地向远处张望，瘸着腿的隆福从远处走来。她迎了上去，问道：“福叔，怎么样？”隆福叹道：“哎呀，我这个老废物，五儿的消息我一点儿都没打听着啊！”瑛娘很是着急：“这可怎么好，我寻思他长大了，该把身世告诉他了，可才说到一半他就急了，说我是要撵他走，又说要当兵去报效国家，死在战场上给我看……你说我这个命啊，自己的四个孩子都丢了，好不容易把五儿养大成人，又给丢了。要是高柴禾垛子找到我要儿子，我怎么跟人家交代？”隆福摇摇头说：“错不在二少奶奶，孩子大了，有主意了，他要往外跑，咱们拦都拦不住啊！”瑛娘说：“五儿肯定是去了孝兴，我得再去找，没准他已经当上兵了。”隆福说：“他趁我睡着了半夜跑的，咱们是第二天早上追的，他那么大个子，腿又快，起码比咱们早到半天，没准就报上名了呢？”瑛娘说：“他要是进了军营，咱们当然找不着了。不过我听说新入伍的两百新兵都跟着高柴禾垛子上前线了。”隆福说：“两百？那么多，五儿指定在里边！”瑛娘拔腿就往外走。

隆福喊道：“二少奶奶，您这是……”瑛娘说：“我这就追五儿去！”隆福赶紧说：“您等着，我套车啊！”瑛娘说：“不用，您老腿脚不好，别跟着我折腾了，好好歇几天吧。”隆福说：“不行，您一个人走我可不放心，尤其是要过七十二寨。”瑛娘不由一愣，问道：“七十二寨咋了？”隆福说：“又出土匪了！”瑛娘吃惊不已。隆福说：“当年三少爷剿灭了七十二寨，把房子和荒地都分给了老百姓。去年的那场蝗灾，七十二寨附近的田地颗粒无收，老百姓没口粮，只能去逃荒要饭，就又有一股土匪，趁乱占了山寨。”瑛娘叹了口气：“那边小鬼子要打孝兴，这边又出了土匪捣乱……孩子他三叔这县长也不好当啊！”

隆延宗回到隆家，说明了情况，十分气愤，说：“她是个孩子，已经离开隆家十七年了，小时候受过气，一直不明真相，既然她投毒不成，你为什么要把她扔进黄河？”隆老夫人说：“对啊！你难道不知道，这么多年我们一直在找她吗？”隆夫人也是满眼的泪水：“姓万的，你……你可真是一点良心都没有啊！”隆万氏狡辩着：“昨天可是你们让我审清她的来历的，我把她带到黄河边上，是为了吓唬吓唬她，好让她说出实情，我怎么知道她是谁？”

隆夫人怒斥：“你……你不知道她是谁，会带她去祭黄河？强词夺理！”隆万氏说：“她承认自己是那颗灾星，我就给她松绑了。她跳进黄河可不是我推的。隆延宗，你可看着呢，她有帮手，那个人可凶了，还险些杀了我和我儿子呢。”隆喜功一直站在隆万氏的身后，哆里哆嗦，说：“对啊，对啊，我都受伤了！”隆老夫人不耐烦道：“滚滚滚，你们两个赶紧滚！”隆万氏赶紧拉起儿子就走了。

隆夫人安慰道：“延宗，你也别太着急，当年瑛娘也是掉进了黄河里，可她没死。”隆延宗想了想，转头就冲了出去，与守在隆家的佘小四会合。他吩咐道：“沿着黄河去帮我找，一定要把念娣找回来！”

第三十九章

深夜，隆延宗一个人走在孝兴的街道上，没能找到念娣和五儿，他感到无比疲惫。忽然，他听到背后的风声，猛地回头，可一根大木棒向他的额头砸了过来。他冷不防被砸中，倒在地上，鲜血直流。袭击他的是一个壮实的年轻人。年轻人一挥手，黑暗中又闪出两个黑衣人。黑衣人迅速将昏迷的隆延宗装进了麻袋，抬着他坐上一辆马车，驶离了孝兴。

第二天清晨，隆喜儿急匆匆地从隆家大门里走出来。小家丁指着门匾说：“您看，您快看看！”隆喜儿看到门匾上的箭，也吓了一跳，说：“找梯子，把它取下来！”

箭头上扎着一封信，信很快就呈到隆夫人手上，她看着信，流下了眼泪：“娘，延宗这是……”隆老夫人说：“给我！”隆老夫人接过信看着，嘴唇微微颤抖。

隆喜儿站在客厅里焦急不安，他身后，门帘挑开，佘小四冲了进来，急道：“信呢？给我看看……”佘管家从隆老夫人手里接过信，递给佘小四。佘小四拿过信来，嘟囔着：“敢绑县长，哪来这么大胆儿的土匪……七十二寨？”信的落款正是七十二寨。

隆夫人说：“快把我送去，换延宗回来！”佘小四说：“夫人，您说笑话呢，土匪的话能信吗？他们说把您送上山就放县长，这只能说明土匪跟隆家有仇！抓走一个嫌不够本，还想让隆家再搭上一个。”隆夫人有些不知所措：“可是哪来的仇家？”隆老夫人叹道：“仇家狠毒，是想灭隆家的门啊！”隆夫人看着隆老夫人。隆老夫人说：“你想啊，绑了延宗还想要你的命……你们俩要是出了事，我这条老命还能活得下去吗，咱们仨都没了，隆家不就被灭了门了？”隆夫人急道：“是啊，娘，该怎么办好？”

隆老夫人想了想，说：“先把长房的猴崽子，吊在院里边打，审审他。”隆夫人一愣：“长房的？”隆老夫人说：“我们都没了，隆家还不就剩下长房了？”隆夫人说：“您的意思是……”隆老夫人说：“那猴崽子不学无术，交了不少狐朋狗友，土匪没准就是他勾结的！”隆夫人有些不敢相信，说：“他有这么大胆子？”隆老夫人说：“这个时候，宁可信其有，不可信其无，小喜子，你去办！”隆喜儿领命而去。

不一会儿，隆喜功就被吊在了凉亭里。“别打我儿子！”隆万氏想冲上来保护隆喜功，却被两个婆子拦住了。隆喜儿问道：“你招不招？”隆喜功说：“你敢打我？隆喜儿，将来我爹打到孝兴，我将你碎尸万段！”隆喜儿大怒：“你说什么？你盼着你那汉奸亲爹带着日本鬼子打到孝兴来？难怪老祖宗让我打你，你真欠打！”隆喜儿抡起鞭子一阵抽，隆喜功嗷嗷直叫。隆万氏急得大叫：“儿子！儿子！”

拷问了一阵，没什么结果，隆喜儿前往客厅禀报。隆老夫人问：“怎么样？”隆喜儿说：“长房少爷确实不是好东西，盼着他的汉奸亲爹来呢，可依我看，勾结土匪这件事，不像是他干的。”隆老夫人点点头，思忖着。这时，隆万氏冲了进来，气急败坏：“你们……你们……”隆老夫人正襟危坐，隆夫人一脸怒气冲冲，而佘管家甚至不拿正眼瞧她。隆万氏咬牙骂道：“你们欺人太甚了！”

隆老夫人瞪眼道：“现在兵荒马乱，我孙子是一县之长，他出了差错，对孝兴就是天大的事！谁让那猴崽子是汉奸的种呢，我审审他怎么了？”隆万氏恨声道：“你们冤枉我们母子，就是不行！”隆夫人冷冷地说：“受不了委屈，你随时可以离开隆家！”隆万氏感到从未有过的耻辱和羞愤，说：“你就是要把我赶走啊！”隆夫人毫不掩饰心中的厌恶，说：“是又怎么样？”

“我……”隆万氏咬紧牙关，话到口边却改了嘴，“奶奶、婆婆，三兄弟被绑票，我也心急如焚，我儿子再不争气，哪能干出这种事，我们娘俩冤枉啊！”隆老夫人摆一摆手，说：“行了，别在这唱戏了。家里出了意外，我着急打错人了，给你赔个不是还不行？回去吧，我心烦呢！”隆万氏忍着羞辱，恶狠狠地瞪着隆喜儿，转身走了。隆喜儿无所畏惧，也瞪着她。

隆夫人问：“娘，现在该怎么办哪？”隆老夫人说：“别急，我知道土匪做事的方法，他们既然想要你的命，一时半会就不会伤着延宗。怕的就是你傻，真要是把自己送上了山，那你们娘儿俩就一起送命了！”隆夫人闻言更是焦急，不知所措。

瑛娘站在军营门口，高柴禾垛子快步走了过来。随行的高棒子高兴地说：“嘿，旅长，真是柳瑛娘！”高柴禾垛子闻言却放慢了脚步。瑛娘说：“听说您又升官了，旅长大人好。”高柴禾垛子用手点指着瑛娘：“你……”瑛娘又说：“十几年没见，但总能听见您的消息。枪林弹雨的，您可没见老。”高柴禾垛子有些生气，又不知道说什么好：“你……”瑛娘继续说道：“当年我也是被逼无奈，你不至于叫人枪毙我吧？”高柴禾垛子一甩袖子，说：“算了！你……一个人来的？”瑛娘点点头：“对，一个人来的。”高柴禾垛子不再生气，而是焦急起来：“那我儿子呢？”瑛娘说：“我就是到您这里找儿子的。”高柴禾垛子大惊失色：“你说啥？柳瑛娘，你疯了吧，我儿子一直跟着你，你到我这来找？”瑛娘说：“不怕高旅长笑话，儿子大了，不听我的了。我问问您，队伍是不是刚在孝兴招了二百新兵？”高柴禾垛子点点头。瑛娘问：“没都送上战场吧？没有牺牲的吧？”高柴禾垛子说：“新兵哪能随便上战场啊，不经过训练，那还不得赌等着挨枪子啊，那我就是有罪！我把新兵都带出来，那是训练，也闻闻战场的味……你啥意思？我儿子在新兵营里？”瑛娘也不敢十分确定，说：“应该在……”高柴禾垛子急了：“啥叫应该？把新兵全集合了，让柳瑛娘认！”

校场上，二百个新兵排得整整齐齐，瑛娘在人群中走着，一个一个地认着，神色越来越失望。高柴禾垛子紧跟在瑛娘身后。终于，认到最后一个。高柴禾垛子问：“没有？”瑛娘失望地摇摇头：“没有……”高柴禾垛子说：“我就说嘛，我儿子要是在，我怎么能认不出来呢？”“儿啊，你倒是去了哪了？急死娘了！”瑛娘急得直哭。高柴禾垛子忙劝道：“你先别哭！别哭啊！”新兵们都侧头看着瑛娘，他一挥手示意高棒子：“让他们解散！瑛娘，屋里说去。”

到了房里，高柴禾垛子问：“我儿子是哪天离开家的？走的哪条路？你都告诉我，我这就派人找去！”瑛娘不甘心地问道：“新兵都在这吗？”高柴禾垛子点点头：“是啊，都在这啊！”瑛娘摇摇头说：“不对啊，这孩子从小跟着我，我知道他脑袋瓜子里想啥，他应该是来参军的呀！”高柴禾垛子说：“可没有啊，二百个，一个不少，刚才都给你认过了！”瑛娘闻言有些绝望。

这时，高棒子插了句嘴：“刚才是一百九十九，差了一个……”高柴禾垛子一拍脑袋，说：“哦，对，是少了一个，一脚让我从擂台上踹下去那个，现在在隆延宗他们家养伤呢……”他突然一激灵，“等会儿……不会是那小子吧，我儿子现在多高了？”“可高了！”瑛娘用手比画着。高柴禾垛子又问：“壮不壮实？”瑛娘说：“壮实啊！”高柴禾垛子感到一阵眩晕：“难道是……难道是我儿子？跟我在一个炕上睡了好几天，他打摆子我还搂着他来着！他会是我儿子？”

高柴禾垛子转身用询问的眼光看着高棒子。高棒子说：“新兵登记表上，他填的可是没爹没娘……”瑛娘忙问：“他有没有说自己叫啥？”高棒子道：“那我得查查去……”高棒子转身出门。

再回来的时候，高棒子抱着一个大本子，说：“查到了，他登记的大号是柳五儿。”瑛娘惊叫道：“哎呀，就是他呀！离开隆家不久我就告诉他，他不姓隆，也不叫牢生，我就给他起过名，叫五儿，我还告诉他，他爹姓高，他应该叫高五儿，可是他不干，非要跟着我姓柳！”高柴禾垛子难以置信，睁大了眼睛：“他是我儿子？我的天哪，我一脚差点把他踹死。快快快，备马，我要到隆家找我儿子去，晚了他们隆家又该不给了！”

正在这时，佘小四的电话打过来了。高柴禾垛子听着听着，神情愈加凝重。放下电话，他说道：“瑛娘，我那义弟，你的小叔子被土匪绑票了，还是七十二寨的土匪！”瑛娘难以置信，感到一阵天旋地转。

这时，一名副官高声喊着：“报——东侧山区发现日军大部队，有骑兵、炮兵，目测敌军兵力，一个团以上！”高柴禾垛子瞪大了眼睛：“奶奶的，怎么这么快就来真格的了，一个团，这是要进攻孝兴啊！”高柴禾垛子冷静下来，又将电话打了回去，对佘小四说：“我义弟被绑架，我得管，可大敌当前，我自己去不了。这股土匪是新出来的，我估计还没成气候，我借你一个连的兵，再把我的副官高棒子借给你，够不够？”

得到佘小四肯定的答复，高柴禾垛子再次放下电话，对高棒子说：“你去跟佘局长配合，无论如何也要把我义弟救出来。至于土匪，国难当头在背后捅刀子，个个该死，全把脑袋砍下来！”

高柴禾垛子又看了看瑛娘，说：“瑛娘，你放心，儿子是受了伤，可好得差不多了，我离开孝兴的那天，他一顿就吃了八个包子，现在正在隆家享福，你要想找他，就自己回你们隆家找去吧。”瑛娘点点头，又是高兴，又是担忧。

高柴禾垛子想了想，一把拉起瑛娘，往旁边走了几步，瑛娘有些诧异。高柴禾垛子说：“瑛娘，这些年你养大我儿子不容易，老高我谢谢你了。见着儿子以后，你跟他说，虽然他报名参了军，但是不作数了，我们老高家，有我一个人为国冲锋陷阵就够了。我不求他成什么英雄，也不求他有什么显赫的前程，就让他在你身边好好活着，过太平日子就行了。我若战死沙场，你也用不着带他来给我收尸，离炮弹远着点吧，得到信儿，远远地磕个头，我就知足了！”瑛娘万万没想到，多年以后的高柴禾垛子竟是这样的一番表态。

说完，高柴禾垛子来到庭院当中，大声喝道：“集合队伍！目标东侧山区，把阵地先往前推五里！”整个院子立刻行动起来。

隆延宗眼前的景象由模糊变得逐渐清晰，最初映入眼帘的，是写着“有仇必报”四个大字的旗子。他有些诧异，喃喃念道：“七十二寨……”一名青年慢慢地向他走来，身后还跟着另外三个青年。隆延宗问：“你们是些什么人？什么时候开始盘踞在七十二寨的？你们可知道，当土匪是死罪，对得起生养你们的爹娘吗？”那青年哈哈大笑：“你没弄错吧，你被我们绑了票，你不求我们饶你不死，还教训上人了？”隆延宗道：“我是孝兴县县长！”那青年点点头：“知道，绑的就是你！”

隆延宗有些诧异：“你们真的是土匪？我之前怎么没得到汇报？”那青年说：“老子占山为王不到一年，县长大老爷当然顾不上了。”隆延宗想了想，说：“我明白了，去年蝗灾，以前住在这儿的老百姓没打到粮食——要不是狗日的小日本，我怎么会忘了救济灾民？肯定是老百姓吃不上饭，迫不得已……”隆延宗突然问：“小伙子，你们有没有干过什么杀人放火、抢夺财物、奸淫妇女的坏事吧？”青年被问愣了：“什么？”隆延宗说：“如果还没有那就太好了，我可以给你们找一条生路。”

青年皱了皱眉：“你少来这套，七十二寨现在我说了算，该讨生路的是你！”隆延宗怒道：“混账东西！你以为当土匪是好玩的，我给你条生路你不要，你会后悔的！”

身后的几个青年议论纷纷：“大师哥，他嘴挺硬啊！”“好像一点儿都不怕死。”“装的吧？我不信谁不怕死。”“我也不信。大师哥，宰了他算了，看看掉脑袋的时候，他害不害怕？”

那青年点点头：“这主意不错，拿我的弓箭来！”四个人撤得远远的，领头的那青年退后几步站定，问：“想先吃他哪个眼珠子？”一个青年说：“左边那个！”领头的那青年点点头：“好嘞！”说着，他拉弓搭箭，瞄向隆延宗左眼。

隆延宗心平气和地叹了口气，有些伤感地信口念道：“醉里挑灯看剑，梦回吹角连营，八百里分麾下炙，五十弦翻塞外声，沙场秋点兵……”一个青年问：“他说什么呢？”领头的青年皱着眉说：“像戏词儿……不过这出戏，师父没教过啊。”

竹帘后面，供桌前跪着两个年轻女子。桌上供了三个牌位，分别写着“慈父隆公继宗大人之位”“慈母隆柳氏瑛娘之位”“爱妹隆念娣之位”。两个年轻女子正是长大后的盼娣和招娣。盼娣说：“哼，这个伪君子，居然敢自比辛弃疾。”招娣咬着牙说：“一句服软的话都不说，以天宝哥的脾气，非一箭射死他！”那拉弓搭箭的青年正是晁家班的大师哥，晁天宝。

只听晁天宝大声喝道：“绑在那儿等死了，你点什么兵啊，爷爷这一箭先取你左边的眼珠子！”隆延宗置若罔闻，继续念道：“马作的卢飞快，弓如霹雳弦惊……”晁天宝气坏了，嗖地一箭射出。箭在空中飞行，划过隆延宗之际，他的头发都被吹起。可隆延宗连眼都没眨，箭射在了他身后的木板上。四人都是大吃一惊。隆延宗继续念道：“了却君王天下事，赢得生前身后名，可怜白发生！”

晁天奇凑近，轻声道："大师哥，这人还真有点儿本事，他连眼都没眨。"晁天佐也说："是啊，也没哆嗦。"晁天佑赞道："难怪当年能把七十二寨的土匪全杀光，真了不起！"晁天宝回身说："你们三个什么意思？灭自己志气，长敌人威风？"三人连连伸舌头做鬼脸，示意知错了。

晁天宝叫道："隆延宗，我刚才是试探试探你，再给你一次机会，赶紧叫爷爷求饶，不然这一箭，定然射穿你的咽喉！"隆延宗似乎沉浸在自己的世界里，人我两忘，大声吟哦："老夫聊发少年狂……"晁天宝气得咬牙切齿，拉满了弓。隆延宗口中不停，大声念着："左牵黄……"晁天宝道："你找死！"隆延宗吟唱："右擎苍……"晁天宝大吼："死去吧！"

一箭射出，迅速向隆延宗飞来，他没眨眼。箭射贴着他的颈部，钉在捆绑他的旗杆上，箭锋刺破了他的颈部，血流了下来。隆延宗微微笑了笑："锦帽貂裘，千骑卷平岗……"晁天宝大口喘息着，十分躁怒。"为报倾城随太守，亲射虎，看孙郎……"隆延宗的声音显得异常慷慨激昂。

晁天宝怒道："看个屁！我挖下你的眼珠子！"他抄出一把匕首来，冲向隆延宗，匕首贴着隆延宗的眼睛，但是他的手颤抖了。隆延宗看着他，说："小伙子，你刚才是学艺不精，还是手下留情？"晁天宝喝道："你管呢，这一回我可不会手下留情！"隆延宗盯着晁天宝。晁天宝的汗都流了下来，手颤抖得厉害。隆延宗摇着头："你心地善良，没杀过人。"晁天宝喊道："你胡说！老子身上有三条人命！"隆延宗叹道："嘴上逞英雄有什么用，别举着刀子了，你下不了手。"晁天宝被逼入绝境，内心激烈地挣扎着。

这时，晁天奇喊道："大师哥，不是说这个县长大老爷文武双全吗，要不给他松绑，让咱们哥几个活动活动筋骨，不也挺好吗。"晁天宝找了个台阶，说："好主意，看老子怎么收拾你！"他立刻用刀割开绳子。

隆延宗活动活动脑袋，揉了揉脖子上的伤，说："多谢四位英雄放了我，隆延宗在此别过。"晁天宝急道："谁说放你了？"隆延宗笑道："既已松绑，不就是放人吗？你们放心，我隆延宗不是记仇之人，我也看出来了，你们并非歹人，赶紧砍了这旗子，各回各家去吧。"说完，隆延宗就往外走。

"老子是土匪！你不把老子看在眼里，老子打死你！"说着，晁天宝怒气冲冲飞身扑上去。隆延宗只得招架，两人打在一起。

二人上下翻飞，打得天昏地暗。晁天宝的拳脚花哨，但不实用，没过几招便被隆延宗的重拳击中，打倒在地。晁天奇冲上来与隆延宗纠缠在一起，几个回合过后也被打倒。晁天佐、晁天佑交换了一下眼色，两人齐上阵。隆延宗以一敌二，略显吃力，但仍占据着上风。

晁天宝看呆了，示意晁天奇，二人也加入了战阵。隆延宗抵挡了一阵，突然束手而立，任他们擒拿住，他叹道："国家正是用人之际，你们怎么能当土匪？我刚才说了，如果你们身上没背着人命，我可以既往不咎，给你们一个改邪归正的机会。"晁天宝怒道："谁用得着你给机会，你这个小人，连自己的嫂子、侄女都要害死，我才不信你呢！"说完，隆延宗再次被打昏，倒在地上。

夜里，盼娣和招娣不敢放松警惕，带着人在七十二寨内寨巡逻。小十三突然跑了过来，说："大师姐……"盼娣停下脚步。小十三是个十几岁的少年，他兴奋地说："来了来了，大师姐和二师姐最恨的那个老婆子来了！"盼娣和招娣一听，也很兴奋。招娣问："你看清楚了？"小十三点点头："看清楚了！我亲眼看到那老婆子和一个管家模样的人上了马车。这一路我都跟着，马车真是奔山里来的。不过他们不敢走夜道，在四十里以外的大车店住下了，八成明儿一早就上山来换人质。"

盼娣看着招娣，说："你看，今天这一天没白跪吧，娘显灵了，仇人自己送上门来了。"招娣笑了，说："姓佘的管家也一起来了！绑票的信上就忘了点她的名了，真是娘显灵了，这回好，仇人都到齐了！"盼娣叮嘱说："不能大意，通知派下山的岗哨，夜里不准睡觉，都把眼睛瞪大点，防止警察偷袭！"小十三领命而去。

盼娣转向晁天宝，说："天宝哥，隆延宗绑好了吗？"晁天宝咧咧嘴："绑好了。没想到他还真有两下子，这一架打得我腰酸腿疼。"晁天奇也说："可不是，看不出来他有那么大力气！"晁天佐附和道："拳脚功夫也了得，而且很多招数都是我们以前没见过的。"晁天佑嘟囔着："要是让他教教咱们就好了。"

晁天佑刚说完，突然发现盼娣正恶狠狠地瞪着他，连忙说："大师姐，我错了，我又长他人志气，灭自己威风了。"盼娣压低声音说："天宝哥，明天那两个女人到了交给我和妹妹，隆延宗交给你。"晁天宝一愣："交给我？"盼娣说："对！虽然是他买通了县长大老爷，枪毙了我娘，可他和我爹长得一模一样，我们俩下不了手。"晁天宝点点头："早知道这样，今天射箭我就不瞄偏了。"招娣说："不急，等明天，和那两个恶老太婆一起杀！"

隆延宗被关在一间小房里，突然听到后窗户的动静，赶紧凑了过去。后窗户被撬开，有人跳进窗来，隆延宗戒备着。那人摘掉大围巾，竟是瑛娘！隆延宗一愣，险些发出声音。瑛娘示意噤声，上前解开了他嘴上的布条。隆延宗问："二嫂，你怎么来了？"瑛娘道："先逃命再说。"瑛娘为他松绑。

第四十章

像当年那样，瑛娘带路，两人利用后山悬崖的藤条，顺利地滑到了山脚下。一别十好几年，两人似有千言万语，却又不知从何说起。瑛娘打破沉默，叹了口气，说：“十几年没回孝兴了，刚一进城门，就看见凤鸣站在台上征兵募捐，她那么瘦，喊起口号来却那么有劲儿！我听说她有了身孕，把我高兴的啊，真想冲到台上去拉着她的手跟她说，坐月子的时候，二嫂回来伺候你！哪承想……”隆延宗也是满眼的泪水。瑛娘劝道：“孩子他三叔，你节哀啊。”

隆延宗沉默了一阵，说：“凤鸣告诉我，你去医院看过她。”瑛娘说：“对，凤鸣还交代了我一件事儿，孩子他三叔，凤鸣想让你早点续弦，别让她在天之灵不安！”隆延宗说：“我知道了。二嫂，有件大事我得告诉你！”瑛娘说：“是那个傻小子的事儿吧，高柴禾垛子告诉我了。你被绑架的事，我也是从他……”隆延宗打断她，说：“哪个傻小子？”瑛娘说：“就是在隆家养伤的那个傻小子。你没认出他来？那不就是在咱们家祠堂里长大的五儿吗，对了，那几年我只能叫他牢生……”隆延宗惊讶不已。瑛娘笑道：“你真没认出来？”

隆延宗难以置信，愣住了：“这孩子……怎么长大了跟小时候一点都不一样啊？”瑛娘说：“小时候要说他是牢生，还真能糊弄糊弄。长大了，那个黑不溜秋的蛮样，活脱脱像他爹高柴禾垛子。幸好没留在隆家，要不然早漏馅儿了。他的伤好点了吧，能下地了吧？”隆延宗一时不知该如何作答。见他为难，瑛娘说：“瞧我问的，那么大个家，住个伤员，哪轮到你过问，你又没看出来他是五儿。”

隆延宗定定神，说：“是啊是啊，我真没看出来，他的伤，应该好了吧。”瑛娘说：“那就好，那就好。这小子从家里跑出来的，我就怕他有个意外，见到高柴禾垛子没法交代啊……”隆延宗闻言更是心如刀绞。“我跟你一起回孝兴，把五儿领走。我听说奶奶和娘都挺好的，我就不去给她们磕头了，免得生是非。”隆延宗点点头，搪塞着：“咱们回去再说吧。”

一辆马车来到七十二寨山口，晁天奇带人拦住了马车，喝道：“呀……呔！此山是我开，此树是我栽，要打此处过，留下买路财。”高处的七八个人中，只有两个人有枪，还是两条土枪。伪装成家丁的佘小四走上前，说："七十二寨的各位英雄，我是孝兴隆家的，我们的当家人按你们的吩咐，来换三少爷回去。"晁天奇喊道："车上的人下来！"佘小四说："我们夫人和大管家岁数都大了，山道她们走不了。"

小十三凑近晁天奇，小声道："天奇哥，就是这辆车，上面坐着那俩老太太。大户人家的阔太太，能走山路吗，走不动，咱们也不能背着她们吧，估计把她们伺候上山，得天黑。"晁天奇点点头："也是……要不让他们赶车上去？"小十三撇撇嘴："就一个车把式，能有多大本事？"晁天奇说："好，你快跑，给大师姐、二师姐报信儿去。马车一到山寨，就先拿枪瞄准这个车把式，要是有诈，立刻崩碎他的脑袋！"小十三如台上唱戏般应道："得令！"

晁天奇冲马车喊话道："跟着我们走！"他一挥手，七八个师兄弟一排向山上走着，马车在后面跟着。晁天奇不知道，他们身后的山路上，一队训练有素的士兵时隐时现，追随前进，手里都带着精良的武器。马车里坐着的竟然是高棒子，他手里抱着一挺机关枪。原来，当马车驶过城门，小十三接受检查之际，马车里早已使了偷梁换柱，瞒天过海之计，而他还蒙在鼓里。

马车赶进了山寨。高棒子环视四周，低声嘀咕着："早知道就这么几个毛孩子，有两个班的弟兄就收拾了！"晁天宝和盼娣、招娣走到马车前。晁天宝喝道："车把式，这没你的事了，你走吧！"佘小四摇摇头说："那可不行，按规矩，我把隆家当家人送到了，还得把三少爷接回去！"晁天宝大喊着："车把式，子弹不长眼睛，让你走，是为你好！"佘小四抱拳说："谢了。可带不走三少爷，回了隆家，东家也得砍了我的脑袋。"

盼娣轻声道："天宝哥，别跟他废话了，叫那两个老太婆下车。"晁天宝点点头："你不愿意走拉倒，叫那两个老太婆下车！"佘小四说："隆家当家人说了，得先看见三少爷她才下车！"晁天宝要发怒，他看了看盼娣和招娣。盼娣想了想，示意带隆延宗过来。

晁天奇带着人向内寨跑去，不多时，他又带着人跑来，有些惊慌，说："大师姐、二师姐，不好啦，隆延宗人没了！"几个人都有些惊慌。晁天宝刚要往内寨去探个究竟，佘小四大喝一声："你们这群臭土匪，不会不按规矩办事，先撕票了吧？"晁天宝看着盼娣与招娣。盼娣镇定道："是又怎么样？你个车把式快滚出去逃命。车上那两个恶婆娘听着，我们七十二寨有仇必报，你们下来领死吧！"

马车厢的后挡板被高棒子一脚踹开，他抱着冲锋枪一跃而出，咔咔咔一阵扫射，晁家班的弟兄们全都躲藏了起来。盼娣、招娣抽出手枪，加上晁天宝，他们一共有三把手枪。盼娣叫道："打！省着点儿子弹！"

双方交火，盼娣等人被火力压得不起头来。突然，杀声震天，一个连的士兵冲进了七十二寨。盼娣道："坏了，我们中计了！"招娣惊慌道："姐，怎么办？"晁天宝咬着牙，说："跟他们拼了！"他起身连开两枪，盼娣一把拉住了他。盼娣说："天宝哥，自从师父和几位年长的师哥被马财主害死，师兄弟们都跟着咱们。现在来的是大部队，拼命只能把大家伙都害死！"晁天宝也慌了，说："那怎么办？"盼娣想了想，说："招娣，咱们兵分两路突围，能跑出去几个是几个！"招娣点点头："好！天奇哥、天佐、天佑，你们跟我走！"说着，招娣开枪掩护，冲了出去。十几个师兄弟跟着她向一个方向跑去。盼娣道："剩下的，跟着我，有枪的掩护。"盼娣和晁天宝带着其他人往另外一个方向逃去。后面火力凶猛，幸好戏班的人都练过功，连翻带跳，鲜有受伤，但仍有两人中枪倒地。

高棒子将机枪交给一名士兵，拽出手枪来率众追击。到了后山山崖，盼娣、晁天宝等人顺着悬崖爬了下去。不一会儿，追兵也到了，副官看了看悬崖，下令顺着藤条追击。

高棒子很快也赶到了，一个长枪手正远远地瞄着招娣。他看了看，说："带头的是个姑娘？算了……后面那个。"长枪手听命，往招娣后面一瞄，扣动了扳机，小十三应声倒地。

招娣抱住小十三，喊道："小十三！"小十三摇摇头，说："二师姐，我腿上中枪了，跑不了了，你们快跑吧，别管我！"招娣一把拉起他，说："不行！师姐背上你！"小十三使劲摇头："别管我，不然谁也跑不了！"招娣看了看山下追来的士兵，惶惶道："小十三，师姐连累你了！"小十三说："二师姐，都怪我，您信任我，派我去孝兴侦察，可是我走了眼，引来了大部队，我该死，你们快跑吧！"招娣一咬牙，带着众人继续逃跑。

高棒子追来，机枪手用枪对准了小十三，小十三吓得直哆嗦。高棒子说："别浪费子弹了，看着就是个孩子，算俘虏吧……"有人上前将小十三抓获。

招娣带着众人仓皇奔逃，追兵却越来越近，眼见得跑不了了，她看着十几个师兄弟，说："把枪都给我留下，我给你们断后！"晁天奇说："不行，招娣，要死大家一起死！"招娣说："上山当土匪是我的主意，绑架隆延宗给我娘报仇，也是我的主意。我不能把大伙都害死啊，把枪给我留下，你们快跑！"晁天奇上前拽着她，坚决要一起走。招娣甩开他的手，说："天奇哥，快带大家走吧，别浪费时间！"晁天奇咬了咬牙："把枪都留下，大伙快跑！"

高棒子带兵追来，招娣连忙用长枪射击，子弹就落在他面前不远处。高棒子笑了："嘿，根本不会打仗啊，哪有离这么远就开枪的？你们也开几枪，看看他们有多少颗子弹。"士兵们不断地引诱射击。

不一会儿，招娣就把三条长枪里的子弹都打光了，她掏出手枪，开了一枪，起身就跑。有士兵向高棒子汇报："那个女的是在打掩护，别的人都跑远了。"高棒子这才从地上起身，说："是吗，还挺仗义……追，就追那个女的！"

跑着跑着，招娣突然发现前面是悬崖，已走投无路。高棒子带着士兵成半圆状，一步步逼了上来。招娣突然用枪顶住了自己的太阳穴，大声道："别过来！"高棒子冲他身边的人大喝着："都把枪放下！都把枪放下！"众人疑惑地看着高棒子。高棒子说："我让你们放下，放下！"他上前去按士兵的枪，众人只得把枪放下。

高棒子面朝着士兵，向招娣的方向后退着，边退边指着士兵们破口大骂："你们这群笨蛋，让你们追土匪，你们追个小姑娘干吗。一群大老爷们这么多条枪对着一个小姑娘，把人家都逼到绝路上了，你们太不像话了，她像土匪吗？"高棒子用手点指着招娣，他已经离招娣很近了。

骂完了，高棒子转过头来，问道："你是谁家的小闺女？到哪玩不好，跑到这土匪山上来玩？"招娣又一愣："我……"高棒子上前一步："上山来玩也就算了，你还……你哪来的枪？"招娣看了看枪："我……"高棒子又上前一步："我明白了，你是被土匪抢到山上来的吧？"招娣不知该怎么回答："我……"高棒子再上前一步："我猜对了！这不能怪土匪，怪你！谁让你长得这么漂亮呢，是不是土匪头子想抢你当压寨夫人啊？哟，看来我又猜对了！哎哟，姑娘，你就别老端着枪了，这是好玩的吗，走了火可不得了，你给我吧……"说着，高棒子一把从招娣手里把枪顺了下来，往远处一扔，有一名士兵接住了枪。

有士兵叫道："高营长，刚才看清楚了，这女的就是土匪头子！"高棒子笑了："我知道，可是她一开枪，脑浆子都得出来，血赤呼啦的，多吓人啊！"说完，他转身看着招娣："是吧？"招娣瞪大了眼睛，这才知道上了当。

高棒子问："你看着挺俊的，干啥不好，咋当土匪头子啊？""你个骗子！"招娣抬腿就向高棒子踢去。高棒子一躲，顺手抓住了她的脚："呀，踢这么高，是个练家子！"招娣连踢带打，把看家的本事都用上了。高棒子左躲右闪，终于控制住了招娣的双手。高棒子笑道："招式挺漂亮，不过都是花拳绣腿，不大管用啊。"

招娣急了，用头向高棒子撞去。高棒子一躲，三招两式之后，拦腰从背后将招娣抱住。高棒子道："别打了，长这么俊，给我当媳妇吧。"招娣气坏了，一抬脚一歪头，脚踢过自己的肩头，向高棒子的面门踢来，高棒子只得松手后退。

招娣奋不顾身，向悬崖跃去。

高棒子瞪大了眼睛，大喝一声："别跳！"他紧跑两步，猛地跃起，抓住了招娣的双脚，招娣倒挂在悬崖之上。招娣使劲挣扎着："松开我！"高棒子死死拽住她的脚，说："你玩真的啊！年纪轻轻的跳悬崖摔死，你对得起你爹娘吗？"招娣喊着："我没爹没娘！"高棒子道："你胡说，谁都不是从石头缝里蹦出来的。快把你的手给我，给我！"招娣看看高棒子，又看了看悬崖之下深不见底的万丈深渊，只好弓身将双手递向高棒子，高棒子抓住她的手，把她提了上来。

晁家班剩余的兄弟们都在树林里会集。晁天宝点了点数，走到盼娣身边，说："盼娣，除了招娣，还少了三个。"盼娣流着泪，说："师兄弟们，师父死以后，承蒙大伙信任我们姐妹，尊我和招娣为大师姐、二师姐，什么事都听我们的，可是今天……"盼娣擦拭了一把眼泪，说："我隆盼娣给师兄弟们赔罪！"她深深地鞠了一躬，原本或坐或蹲的师兄弟们全都站了起来。盼娣说："其实师父死以后，晁家班就该散了。我们又在一起聚了一年，也算是缘分。今天，大家散了吧。"

晁天宝问："盼娣，大伙散了，你去哪儿？"盼娣说："招娣被当兵的抓走了，我得去救她！"晁天宝说："我跟你一起去！"师兄弟们都说："我们跟大师姐一起去救招娣！"盼娣摇摇头说："不行，今天咱们已经领教了当兵的厉害。"晁天宝急道："那你一个人去，还不是一样！"盼娣说："救不出来，我就和她一起死！"晁天宝挺起了胸膛："师父死之前已经做主了，让咱俩成亲，你也答应了。虽然没拜堂，可我是你男人，要死，我陪你一起死！"盼娣看着晁天宝，感激地点点头。晁天奇道："师父死了，我们都是孤儿，杀了马财主，我们也都是杀人犯，要活一起活，要死一起死。"晁天佐走上前说："对！要活一起活，要死一起死！"晁天佑附和道："咱们师兄弟不能再分开了！"

县政府院落里，两名受伤的伤员躺在担架上，小十三哭哭啼啼地说着："我们真没杀县长，真没有！"隆延宗说："别哭了，我就是孝兴县长隆延宗。"小十三一愣，说："哎，你怎么跑出来的？"隆延宗说："我问你，你们是什么时候占的七十二寨？"小十三回道："去年。"隆延宗又问："为什么当土匪！"小十三答道："杀了人，怕被官府抓到砍脑袋，没办法……"隆延宗说："果然是杀过人害过命，我想救你们都不行了，说，为什么杀人？"小十三说："是马财主强抢民女，抢了大师姐和二师姐去给他当小老婆。晁师父就带着戏班的几个师兄去理论，结果全被马财主给杀了，还当着大师姐、二师姐的面儿，一刀一刀地在师父身上割肉……那老东西办喜事请客的时候，天宝师哥带着我们混进了他家。老东西入洞房，被二师姐用剪子割断了他的喉咙，天宝师哥带着我们抢了家丁的枪，也杀了好几个人，这才救出了大师姐和二师姐。”

“你们是晁家班的？”瑛娘听了，皱了皱眉头。隆延宗也看向佘小四。佘小四点头：“那就是马家堡子命案的正主了。刚才我审了几遍，他们三个的口供相同，应该假不了。”

隆延宗怒道：“你们这群浑蛋，被财主欺负，为什么不报官？出了命案以后，我亲自去过马家堡子，是马财主好色起了歹心，先杀了人，这些案情我已查得一清二楚。当时我就想找到你们这个戏班子，给你们指一条明路，可你们……居然占山为王当了土匪？我问你们，占了七十二寨以后你们有没有杀过人，有没有祸害过老百姓？”三个人都摇头：“没有，没有！”

隆延宗问：“你们既然没祸害过老百姓，为什么要绑票县长？”小十三道：“你没见我们的旗子吗，有仇必报，我们要给大师姐、二师姐报仇！”隆延宗皱了皱眉：“你的两个师姐跟我有仇？”小十三点点头：“对！跟你，还有你娘，仇深似海！”隆延宗一愣：“怎么就仇深似海了？”小十三恨声道：“是你勾结官府，害得师姐的亲娘被枪毙了！”

一直在一旁倾听的瑛娘终于忍不住，冲上前去问：“小伙子，你的两个师姐叫什么？”小十三回答道：“我大师姐叫隆盼娣，二师姐叫隆招娣。”“盼娣……招娣……我的盼娣、招娣！”巨大的悲怆袭向瑛娘。她看向佘小四，说：“晁家班？佘局长，当年在监狱里，你告诉我的是盖家班呀？”佘小四尴尬不已，挠挠头：“晁盖的晁？晁盖的盖？二少奶奶，兴许是我记错了，不对啊，肯定是给我消息的人说错了！”瑛娘仰天长叹：“我的老天爷啊，那六年间，我三次与晁家班擦肩而过，我怎么就没见到我的盼娣和招娣？若我们母女早团聚，她们又怎么会杀人，怎么会成了土匪？”瑛娘突然心口一紧，说不出话来，一头栽倒在地。

高柴禾垛子瞪着眼睛问：“高棒子，你说什么，再给我说一遍？”高棒子立正敬礼，说：“报告旅长，我要娶媳妇！”高柴禾垛子哈哈大笑：“好啊！哪来这么个现成的媳妇？”高棒子说：“剿灭七十二寨，路上顺便捡了一个。”“逃荒要饭的女人？”“就算是吧……长得可俊了！”“光长得俊不行，人咋样？”“好！好得很哪！”“人好最重要！啥时候成亲？”“今天行吗？”

“今天？”高柴禾垛子想着，“鬼子的大部队倒是让我给打退了，你去剿匪也算是大获全胜，要不就今天？”高棒子笑了：“多谢旅长！”电话铃响了，高柴禾垛子摆摆手："你等会儿啊。"

他拿起电话："喂，我是高柴禾垛子，哪位？义弟？太好了，你平安无事啊？"电话另一头的隆延宗说："平安无事。义兄，高棒子是不是带回去一个姑娘？"高柴禾垛子一愣："是啊。"他一边转身去看高棒子，一边不停地应着："好，嗯，好，好……"高棒子一直在想娶媳妇的事情，正心花怒放。

高柴禾垛子挂断电话，叫道："高棒子……"高棒子啪地立正："到！"高柴禾垛子上下打量着他，说："什么时候学会的撒谎啊？"高棒子说："撒谎？旅长是知道我的，我一辈子都不会跟您撒谎！"高柴禾垛子劈头就是一巴掌，说："浑蛋！你他奶奶的把女土匪头子带回来了，不怕睡到半夜她割下你的脑袋？"高棒子一下子蔫了，支吾着："我……"高柴禾垛子又一巴掌抽在了他脑袋上："你还敢顶嘴，快去，把女土匪头子押到这来，隆县长马上就来要人！"

很快，隆延宗的车就到了，他下了汽车，快步走向军营。高柴禾垛子一声令下，五花大绑的高棒子被押了上来。高柴禾垛子说："义弟，义兄对不起你，这小子跟了我这么多年，真没看出来他色胆包天，绑架你的女土匪，他看上了，要娶了当媳妇，怕你来了枪毙，给放跑啦！"隆延宗慌了，上前一把按住高棒子的肩膀，焦急地问道："棒子兄弟，那姑娘往哪跑了？"高棒子摇着头，满不在乎地说："不知道！反正人是我放跑的，好汉做事好汉当，要杀要剐对我来！"隆延宗咆哮道："她是我侄女！我找了十几年没找到的亲侄女！"高棒子傻了眼："啥？"高柴禾垛子也蒙了："怎么回事？"隆延宗哭笑不得，叹道："你怎么能把她给放跑了？"

瑛娘被送进了医院，躺在一张病床上。病床前有个屏风，隆延宗、佘小四、高柴禾垛子、高棒子就在那屏风后面小声地商量着事情。高棒子吭哧了半天，说："我放跑的是哪个……我也说不好……"隆延宗点点头说："高棒子，我再问你，我的另外一个侄女，真的是从后山的悬崖顺着藤条跑了，不是摔死了？"高棒子结巴着说："这……他们跟我汇报说是跑了……"隆延宗怒道："浑蛋！你为什么不去看看？"高柴禾垛子忙出来打圆场，说："义弟你息怒，小声点儿，别把瑛娘吵醒了。"他又用手指着高棒子，"你等着，你今天的罪过够我枪毙你一百回！"高棒子垂下了头。

隆延宗叹了口气："当年的一场误会，十六年以后……难道这就是因果报应？我们出动了正规军，两个孩子一定会以为是我的主意，他们会更恨隆家，更恨我！"佘小四半天没说话，突然说了一句："隆县长，她们跑了不是正好吗？"隆延宗说："你什么意思？"佘小四道："您常说，天大地大国家最大，盼娣、招娣当了土匪，国法难容，她们现在真站在你面前，你怎么办？”隆延宗愣住了。佘小四又说：“就算马家堡子血案是因为马财主好色而起，她们是被逼的，自卫杀人，可光天化日之下绑架县长，这个罪过，谁能帮她们免了？”隆延宗陷入了两难，一屁股沮丧地坐在了椅子上。

“要我说，立刻让全孝兴各乡各镇都贴出告示，就说七十二寨的土匪跑了，要百姓严加防范。光贴告示，不画画像。那两个丫头要是聪明，就不会来了，也省得义弟犯难……也不好，”高柴禾垛子挠挠头说，“要是她们众目睽睽之下再犯下大错，可就更没得救了。怎么能把这两个孩子找到呢？”佘小四摇摇头：“她们不相信隆家，更不相信县长。再说，啥叫找，要是让警察找到了，那就是被抓获的土匪。除非她们自己出来，还能算个投案自首……”众人都沉默着。佘小四突然又说：“糟了，怕的是这会儿她们已经混进了孝兴城，正找机会报复呢。我倒是已经做了部署，可就怕天一黑，巡逻的有个疏忽。对，放火，当年她们就放过火，要是把孝兴城给烧了，这可是罪不可赦啊！”病床上，瑛娘睁开了眼睛，一直在听着。

佘小四叹了口气，说：“盼娣、招娣我从小就认识，都是好孩子，可这十几年不曾见面，真不知道她们变成什么样了，若真是心狠手辣……”高柴禾垛子琢磨着，说：“这个节气风大，一旦放火，火借风势，风助火威，一着一大片，甭说隆家，街坊邻居怕都要跟着遭殃啊！”隆延宗叹道：“我隆延宗真的成了千古罪人啊，到了那个时候，纵有千般借口，谁还能救得了那两个孩子？”“都怪我！”高棒子悔得蹲在地上，用拳头砸着地。

正在这时，有副官跑了进来：“报！高旅长，紧急军情！”他把一份军情简报递给高柴禾垛子。高柴禾垛子命令道：“念！”副官念道：“日寇六个大队分两路，跨吕梁山脉同时进攻孝兴和临县，敌军来势凶猛，上峰让高旅长无论如何要守住阵地！”

“奶奶的，军令如山，义弟，我先走了！”高柴禾垛子一脚踢在高棒子屁股上，说，“你，别在这装㞞蛋抹眼泪了，就算枪毙你，也得等杀光小鬼子再说，上战场给老子打先锋去！”高棒子起身跟随高柴禾垛子离开。隆延宗等人也只好暂时离开。

见隆延宗走了，瑛娘支撑着起身，一把拔下插在手上的针头，扔到了一旁，立刻有血涌了出来。来查房的医生绕过屏风，吓了一跳，说：“哎，你怎么自己把针头拔下来了？”瑛娘说：“这么好的药，应该留给前线杀敌的将士，我是土匪的娘，我不配……”她踉踉跄跄地向外走去。

傍晚，扮成男装的招娣混进了孝兴城，她走到一个卖火柴的摊位前，问：

“这洋火怎么卖？”摊主道：“两个钱一包。”招娣说：“我都要了。”摊主铺开大纸，将仅剩的二十几盒火柴放在纸上，包了起来。看来，招娣已经做好了最后一搏的打算。

孝兴城的另一个角落里，二十几个师兄弟聚集在光线昏暗的藏身处。盼娣说：“现在天干物燥，最合适的就是火攻。本来，我和招娣不想伤及无辜，可这是最后的机会，不放火就没办法为我娘报仇！”众师兄弟们都点头。晁天宝说：“放火就放火！那些有钱人心狠手辣，难道只许他们欺负我们，不许我们报仇？”盼娣拿起一根木棍在地上画着：“这就是隆家。”盼娣在地上画了一个大方块儿，又在旁边画了一个小方块，“这个，是隆家的祠堂，只要想办法先在祠堂放火，多数下人都会去救火，隆家也就空虚了。这个时候我们再从后门进去，从厨房、客厅、管家房同时放火，我就不信，烧不死那两个可恶的老太婆……”

第二天一大早，孝兴城门口，瑛娘背着一块木板，身插木枝，把自己捆绑着从城门洞里走了出来，背着的木板上有朱砂写的字。有人念道：“教女无方柳瑛娘，负荆请罪……愿挨千刀万剐，为二女赎罪……”一个老汉惊讶道：“这不是隆家的二少奶奶吗？”一个妇人也说：“对啊，是柳瑛娘！”这妇人追着问道：“柳瑛娘，你这负荆请罪为的是哪一般啊？”瑛娘没有回答，只是慢慢地走着，她心里希望盼娣、招娣前来相认，但又害怕。

三叔公和四叔公很快得到了消息，赶了过来。四叔公上前一看，愣了，果真是柳瑛娘。三叔公上前几步拦住瑛娘，说：“柳瑛娘，你这是干什么，你不嫌丢人，祖宗还嫌丢人呢！”瑛娘鞠了一躬，说：“三叔公、四叔公，盼娣和招娣还活着。”三叔公愣住了：“你那俩丫头找到了？”瑛娘低声道：“没找到，不过有了消息说她们误入歧途，当了土匪。”三叔公吓了一跳：“土匪？”三叔公看向四叔公，四叔公也甚是诧异。瑛娘说：“虽未杀人越货，可这名声，就是给祖宗丢人！我这个当娘亲的既已听闻，就要告诉孝兴的父老乡亲，孩子没学好，是我柳瑛娘教女无方，跟隆家祖宗无关！”说完，瑛娘继续向前走着。

人群中露出隆喜功的脸，他远远看着，嘀咕道：“哟嗬，那娘们是柳瑛娘啊，她怎么又回来了，这是干吗呢？”几个小流氓围在他身旁，都向瑛娘的方向张望着。隆喜功说：“我娘最恨的就是她，哥几个，跟上瞧瞧去。”隆喜功等人尾随而去。

晁天宝听了消息，走到盼娣面前，问道：“盼娣，你娘是不是叫柳瑛娘？”盼娣点点头：“对啊。”晁天宝皱了皱眉头，说：“她好像没死。”盼娣摇着头说：“不可能，师父亲口告诉我的，她被枪毙了。”晁天奇插话道：“刚才我在街上亲眼看到一个大婶，正在负荆请罪，别人说她就是柳瑛娘！”盼娣大吃一惊，问道：“她在哪儿？带我去看看。”

瑛娘绑着来到一个高台上。远远地，盼娣、晁天宝等人都赶来了。盼娣清晰地看到了瑛娘，十分纳闷：“是娘？我娘真的还活着！”他不顾一切就要挤上去，被晁天宝一把拉住了：“盼娣，当心是圈套！”盼娣愣住了：“对啊，一定是圈套。隆延宗太狠毒了，拿我娘当诱饵！”晁天宝安慰道：“盼娣，别着急，就算他们要杀大婶，你也不能上前，反正今天夜里咱们就要替你娘报仇了！”盼娣强忍着泪水：“我娘还活着，这怎么可能？”

七舅爷从远处赶来，与看热闹的三叔公、四叔公会合。七舅爷问：“柳瑛娘，十几年以前你跑了，现在又回孝兴来干什么，这闹的是哪一出啊？”瑛娘说：“七舅爷好，瑛娘不认字，身后这块板子是求人写的，上面写得清楚，前面是‘教女无方柳瑛娘，负荆请罪’，后面是‘愿挨千刀万剐，为二女赎罪’。”

化装躲在早前自家院子里的招娣，听到母亲的声音，连忙站上高处去张望。院外整条街道都被看热闹的人堵满了。招娣只能看到瑛娘的背影，但能清晰地认出隆福。

七舅爷指着隆福说：“隆福，这些年你一直跟着你家二少奶奶？”站在一旁的隆福连忙点头。七舅爷说：“她没得疯病吧？”隆福摇头：“没有。”七舅爷又看向瑛娘，说：“我还以为她找不着女儿急疯了呢，我问你，你哪两个女儿还活着，她们犯了什么罪？”瑛娘说：“大女儿盼娣、二女儿招娣，误入歧途，上了七十二寨，虽未烧杀抢掠，不算土匪，可绑票了她们的三叔，真是罪不可赦！”瑛娘像是在回答七舅爷的话，但更像是跟在场的老百姓们诉说。

瑛娘说：“父老乡亲们，大伙一定知道前两天，县长隆延宗被绑了票，就是我那两个闺女干的！她们离开孝兴十几年了，我猜想当年一定是看到了政府要枪决我的告示，以为是隆延宗要害死我，所以心生忌恨……本是家事，现在却酿成大祸。一切皆因我这个当娘的而起，我愿意替女儿们接受惩罚！”

七舅爷撇着嘴，说：“真是笑话，娘是娘，闺女是闺女，你替得了她们吗？那两个丫头，从小看着就不是好东西……”没等瑛娘说什么，四叔公却急了：“黄七贵，你看不上柳瑛娘可以，可说话要对着良心！盼娣、招娣，小时候我也见过，那是两个好姑娘，识文断字，彬彬有礼，你从哪看出来她们不是好东西了？”三叔公附和道：“就是，那是两个好孩子。当年是因为误会，才离开了隆家。听瑛娘的意思，这些年两个孩子是流落江湖了？我记得老嫂子说过，隆家对不起这二位小姐，什么时候若回来，隆家要厚待。黄七爷，你老姐姐说这话的时候，你也在场啊！”人群中的盼娣听到长辈们的议论，有些诧异。向外张望的招娣也清晰地记得三叔公、四叔公等长辈。

七舅爷有些语塞："我……我是被她气糊涂了！隆家的小姐当了土匪，你说她还大肆张扬，这不是给祖宗丢人吗？"瑛娘反诘道："七舅爷啊，做了错事瞒着祖宗，难道就不丢人了？"七舅爷哑口无言。瑛娘继续说道："当年，盼娣和招娣离开了隆家，她们的三叔一直很自责，这么多年，为了找回这两个孩子，他也没少操心。他对两个侄女心怀歉疚，可他是个好县长，绝不会辜负政府的信任，徇私枉法，这件事情我若隐瞒，岂不更让隆县长两头为难？"

三叔公挑起大拇指，说："瑛娘说得有理！延宗为官，身不由己，你能为他着想，难得！"七舅爷摇摇头："可是……可是她在这里负荆请罪，你跟谁请啊，这里，上，没有皇帝老子；下连个小警察都没有。"

"我是向孝兴的父老乡亲们请罪！当年，政府下了判决书，法场之上，是孝兴百姓救了我。我这条命是大伙给我的……"瑛娘说，"今日，我这个当娘的再求求大伙，让我为女儿赎罪。大家用石头砸我、用刀子扎我都行，了结了我的这条命吧，只求在我两个闺女被警察抓到的时候，大伙能像当年救我一样，为她们求个情。这两个孩子从小死了爹，又离开了娘，她们的错都是我没教育好啊！"善良的孝兴百姓们被感动了。一个老汉说："柳瑛娘，你别在这受罪了，大伙相信你，你教不出杀人放火的闺女来！来，大叔给你解开！"说着，老汉就要上台解绳子。

瑛娘摇摇头，说："大叔，千万别！离开我那年，老大九岁，老二七岁，这十几年，我这个当娘的没给她们做过一口饭，也没给她们缝过一件衣服。冬天，不知道她们穿得暖不暖；夏天，不知道她们能不能吃上干净的东西，虽日思夜想，可无济于事。今天，就让我替她们接受惩罚吧，让我尽尽当娘的责任。瑛娘在此发誓，今天的一切皆是我自愿，请大家动手吧，瑛娘虽死无憾！"

百姓们听了，议论纷纷："这个当娘的真不容易呀！""是听说七十二寨又出了土匪，可侄女绑了叔叔，说到底是家里的误会！""柳瑛娘你别怕，等你俩闺女来了，大婶替你跟警察理论！"

忽然，一个流氓道："柳瑛娘，你说的比唱的都好听，可再好听，你闺女还是土匪！"另一个流氓附和着："对！老鼠过街，人人喊打。土匪比老鼠可恨多了，土匪的娘，该打！"说着，几个流氓抓起一把菜叶子向瑛娘的脸上扔去，有人顺手从菜摊上里抓起一个鸡蛋，向瑛娘砸去，蛋黄蛋清糊在瑛娘的脸上、头发上。瑛娘闭着眼睛，泪水长流。有流氓起哄道："闺女当了土匪，娘也不是个好东西！""对！她还当过土匪的压寨夫人，她就是女土匪，打她！"一会儿，瑛娘的身上、脸上沾满了污秽之物，额头上流着血。

“住手！”隆福冲上前，拦在了瑛娘身前，更多的菜叶子、鸡蛋扔向了他，他忍耐着。瑛娘急道：“福叔，你让开！”隆福说：“当年是我没照顾好两位小姐，二少奶奶要为小姐受过，隆福理当先受！”他身材高大，几乎将所有脏东西都挡住了。瑛娘无言以表，颤声喊着：“福叔……福叔啊……”

院子里的招娣看着这一切，几次起身要往外冲，可又害怕暴露，只得攥紧了拳头，强忍着泪水。盼娣眼睁睁地看着，满脸都是泪水。晁天宝看不过去，带着几个人挤过人群，跟流氓们厮打起来，一阵大乱。

突然，一声枪响，整个现场安静了下来。隆延宗带着佘小四和十几个警察冲了过来，几个流氓迅速聚在一起，晁家班的师兄弟想跑已经来不及了，也不由自主地站到了一起。

隆延宗一个箭步冲上台去，喊道：“福叔！”隆福低下了头，说：“三少爷，您来了，老奴这副样子寒碜，告退了！”浑身沾满污秽之物的隆福转身向远处走去，露出了同样浑身污秽的瑛娘。隆延宗含着泪，喊道：“二嫂……”瑛娘说：“他三叔，你不要管，让开！”

佘小四扫视着众人，大声喝道：“怎么回事？”隆喜功挤到佘小四面前，说：“佘局长，我看见了，他们打人！”他伸手指着晁天宝等人。晁天宝等人有些紧张，不敢说话。佘小四向他们望去，打量了几眼，基本能确定了他们的身份。这时，一个老妇不满道：“恶人先告状！是他们先往柳瑛娘身上扔烂菜叶子、臭鸡蛋的！”一个老汉附和道：“没错！就是这几个地痞流氓先捣的乱！”

佘小四一见隆喜功就明白了怎么回事，他掂了掂枪，看着几个流氓，说：“你们怎么回事？”流氓们连忙摆手，说：“不不不，是隆家少爷给钱让我们干的！”台上的隆延宗闻言猛地回过身来瞪着隆喜功，用手指点着，喝道：“隆喜功！”隆喜功吓坏了：“三叔饶命，三叔饶命啊！”说着扭头就跑。

隆延宗扫视着晁家班众人，忽然，他用手指着晁天宝，说：“你，射箭的。”晁天奇低声道：“天宝哥，咱们中计了！”晁天宝咬着牙说：“跟他们拼！”师兄弟们摆起架势要拼命，警察们的枪立即上了膛，随时准备射击。远处的盼娣不知所措，手摸向腰间的枪。

隆延宗问：“你们可是晁家班的？”瑛娘听到了“晁家班”，急忙说：“晁家班？晁家班！我的盼娣、招娣，你们在吗？娘当年得到消息，说你们跟盖家班走了，哪承想班主不姓盖，姓晁。就因为这一字之差，娘白白找了你们十几年。还有福爷爷，他瘸着一条腿走了几万里路啊！盼娣、招娣，你们要是在就听着，你们误会三叔了，他是好人，这些年他为了找你们没少花工夫！娘知道你们在马家堡子杀了人，才被迫上了七十二寨，你们的三叔已经说了，那场血案事出有因，不全赖你们，你们赶紧出来伏法吧，悬崖勒马还不晚！我知道你们手里有枪，你们要是再干出伤天害理的事，可就只剩下死路一条！盼娣、招娣，娘想你们，你们出来吧！”

人群中的盼娣轻声唤道：“娘……”院子里的招娣已是满脸泪水，她大声地喊着：“娘！”瑛娘回身向院子方向望去。只见招娣一跃而出，蹿出墙来。有警察将枪对准了招娣，招娣视若无睹，盼娣也快步走到台前。

盼娣和招娣几乎同时奔至瑛娘面前，双双跪倒：“娘！”瑛娘叫着：“盼娣。”盼娣含泪点着头。瑛娘又叫：“招娣。”招娣泣不成声，点着头。瑛娘哭道：“我的孩子啊……”盼娣、招娣冲上高台，紧紧地抱住了瑛娘。

第四十一章

警察用枪押着晁天宝等近三十个师兄弟，几条长枪架在地上，一名副官的托盘上放着三把手枪。高柴禾垛子瞟了瞟枪支，直撇嘴：“这都什么破玩意！”他仔细地端详众人，拍了拍晁天奇，又拍了拍晁天宝，很是欣赏。最后，高柴禾垛子来到盼娣和招娣的面前，打量了一番，对着招娣，问：“你就是隆招娣？”招娣点点头：“是我。”高柴禾垛子道：“长得是挺俊，难怪把高棒子迷得神魂颠倒，连军令都敢违抗。”招娣闻言低下头，有些羞涩。

高柴禾垛子突然大喝一声：“隆盼娣、隆招娣，晁天宝、晁天奇、晁天佐、晁天佑，其他人我记不住名了，反正都有，立正！”一阵忙乱，众人怎么立正的都有。高柴禾垛子怒道：“你们这群浑蛋，胆大妄为，连占山为王这种事都敢干？这要是在太平年月，全都得枪毙！现在，孝兴的老百姓都在为你们请愿，我呢，也准备给你们一个戴罪立功的机会。上战场杀小鬼子，你们会不会认㞞？”晁天宝大喝一声：“不认㞞！”高柴禾垛子说：“好样的！别的人呢？”师兄弟们齐声道：“不认㞞！”高柴禾垛子说：“很好……你们两个丫头……虽说是女子，不应该当兵，可你们绑架了县长，罪不可恕！不立军功，难逃责罚！去当护士，愿不愿意干？”

盼娣摇头：“不愿意。”高柴禾垛子一愣：“什么？”盼娣正色道：“我和妹妹都会打枪，师兄弟们是跟着我才当的土匪，他们要上战场，我怎么能当护士，躲子弹吗？我和招娣从小跟师父学艺，除了唱念做打，练得最多的就是武功，一般男人，不是我们的对手！要是不让我们坐牢，我愿意上战场冲锋陷阵，杀敌报国！”高柴禾垛子笑了：“嘿，好样的！柳瑛娘的闺女真是好样的呀！”招娣附和道：“姐姐说的没错，我们跟师兄弟们一起当兵，请高旅长拿我们当男人！”高柴禾垛子点了点头：“那我就不客气了！隆盼娣、隆招娣，我知道你们离开隆家十几年了，给你们三天时间，回去拜拜祖宗，见见亲人。三日之后，前线指挥部找我报到！”说完，高柴禾垛子一招手：“其他的小爷们儿，跟我走！”晁天宝看向盼娣，晁天奇看向招娣。盼娣一抱拳：“师兄弟们，三日后见！”招娣也抱拳道：“三日后见！”师兄弟们依依惜别。

瑛娘站在办公室门口，透过门缝向外张望，她回过身来，激动不已："孩子他三叔……这不算是徇私枉法吧？"隆延宗说："二嫂放心，我和高旅长都分别请示了上峰，非常时期，非常处理，合情合理。二嫂，你舍得？"

"不舍得。"瑛娘流出了泪水，"这一别就是十几年，终于团聚了，我恨不得天天把她们抱在怀里，喂她们吃饭，给她们梳头，每天晚上唱歌哄她们睡觉。可她们不是小孩子了，更何况是戴罪之身，政府不杀已是格外开恩，我又岂能妄想？孩子他三婶讲得好，'一人当兵，全家光荣'，'好男儿当报效国家'。盼娣、招娣虽是女儿之身，可她们去当兵也是为隆家光宗耀祖，我不舍得，也得舍得！"

隆延宗强忍住泪水，说："二嫂，虽说你不认字，可你识大体顾大局，比长房那姓万的女人强多了！"瑛娘说："我哪能跟大嫂比？"隆延宗说："她丧心病狂，心如蛇蝎！"隆延宗本想想说念娣和五儿的事，可他实在不忍心刺激瑛娘，只得把话又咽回去了，叹了口气，说："难得你们母女团聚，你先带她们回家让奶奶和娘看看。"一想到孩子们要回隆家，瑛娘满脸欣喜，满眼热泪。

瑛娘一手拉着盼娣，一手拉着招娣，走进阔别多年的隆家客厅。来到隆老夫人面前，瑛娘说："盼娣、招娣，这是太奶奶。来，和娘一起给太奶奶磕头！"娘儿仨齐刷刷跪倒。瑛娘说："头一回见面，你俩该说点啥。"盼娣磕头道："祝太奶奶长命百岁，硬硬朗朗。"招娣叩首道："祝太奶奶福如东海，寿比南山。"

隆老夫人点着头，目光在盼娣与招娣脸上来回端详。她伸出手，说："过来，让太奶奶拉拉手。"盼娣、招娣起身，上前将手交给了隆老夫人。隆老夫人仔细地打量着，抚摸着："好，好……虽流落江湖多年，但一看就是隆家姑奶奶的手！"瑛娘笑了："奶奶，您怎么能看得出来？"隆老夫人叹道："瑛娘，你不知道，我也生过一个女儿，长到了十六岁，眼见着就要出阁了，得上了痨病，天天咯血，一命呜呼了！我女儿活着的时候，我就爱拉着她的手，那手柔软、漂亮……和我这俩重孙女一样！看到她们，我就想起自己的闺女了！"盼娣和招娣见隆老夫人伤心，上前去安慰。

隆老夫人郑重地说："你们听着，隆家欠你们的，有太奶奶做主，将来都还给你们！"瑛娘说："奶奶，您说什么呢？"正在这时，一个婆子挑起帘栊，佘管家扶着隆夫人从外面赶了回来。隆夫人一见瑛娘，泪如雨下，叫着："瑛娘……"瑛娘连忙转身，隆夫人看到了立在隆老夫人身旁的盼娣、招娣。隆夫人问："那是我的两个孙女？"瑛娘吩咐说："盼娣、招娣，还不过来给奶奶磕头？”

两个孩子并排走到瑛娘身边，刚要下跪，佘管家突然上前一步，说：“大小姐、二小姐，你们还记得我吗？你们一定记得，我从前得罪了大小姐、二小姐。现在你们回来了，有什么打算，我知道你们有枪，还当了土匪，下毒肯定也拿手。要对我下手之前告诉一声，别让我死得不明不白。”盼娣和招娣闻言很是尴尬。

隆夫人皱了皱眉：“佘管家，你说的什么呢？”瑛娘也很不高兴，说：“佘管家，盼娣和招娣回来了，您不高兴？”佘管家说：“我是个下人，怎么敢说高兴不高兴？”瑛娘又问：“二十年前在古风村，盼娣泼了您一碗热茶，您至今还记恨？”佘管家摇摇头，说：“那我可不敢。我的意思是，有什么仇，有什么恨，都记在我身上，二位小姐可不能怨恨夫人，她是你们的亲奶奶。这些年，为了你们俩，夫人可没少抹眼泪。你们绑了三少爷，说要夫人的命，不应该，你们要有良心！”

瑛娘忙说：“盼娣、招娣，看你们把佘奶奶吓的，给佘奶奶鞠躬认错。”盼娣与招娣对视一眼，鞠躬，盼娣道：“佘奶奶好，我们错了，请您原谅。”招娣也说：“对，请佘奶奶原谅。”佘管家一愣：“你们叫我什么？”盼娣说：“佘奶奶，娘都告诉我们了，当年的一切都是误会。你们误会了我娘，我们也误会了你们……请佘奶奶放心，我和妹妹既然已经回了隆家，就不会再记过去的仇。您能对奶奶如此忠心，我们不能在奶奶的膝下尽孝，也就放心了。”佘管家回头看着隆夫人，隆夫人满脸都是泪。

盼娣与招娣走到隆夫人面前，跪倒在地。盼娣说：“奶奶，我娘说过，您是我爹的亲娘，她让我们一辈子不许记恨您，一辈子都要孝敬您，可是我们没做到，请您恕罪！”招娣道：“奶奶，我娘还说，我们的命是爹娘给的，爹的命是您给的，打断骨头连着筋，奶奶永远是奶奶，我们之前做错了很多事，请你宽宏大量，别怪我们。”隆夫人哽咽着：“盼娣、招娣，我的孙女——”盼娣、招娣齐刷刷磕了个头。

隆夫人腿一软，也跪在了地上，佘管家和瑛娘赶紧过去搀扶。隆夫人却说：“你们别拦着我，继宗死得早，这么好的两个大孙女，却被我逼得离开了隆家，我也有罪，奶奶也给你们磕头赔罪！”盼娣与招娣连忙抱住了她，一旁的瑛娘泪水涟涟。隆老夫人摆摆手：“行了，行了，都别哭了，老太太我受不了。佘管家，咋还不开饭哪，团圆了，庆贺庆贺！”

餐厅里，一家人终于围坐在同一个圆桌前。瑛娘问：“孩子他三叔这几天是不是没回家啊？”在一旁伺候的佘管家点点头：“是啊，一直没回来。”瑛娘点点头，说：“奶奶，有个事您还不知道，前些日子高旅长送来的那个半大小子，就是在咱们家养伤的那个——”隆老夫人点点头：“有这么个人，我知道。”瑛娘说：“那个……就是我儿子。”隆老夫人一愣。瑛娘有些尴尬，说：“就是跟咱娘儿俩在七十二寨，后来我在祠堂里养大的那个儿子……”隆夫人诧异地看着隆老夫人。隆老夫人大惊：“瑛娘，你说那个孩子就是……我怎么没认出来？”隆夫人也说：“我也没认出来啊，我孙子回来了我居然没认出来？”

“这孩子跟着我在山里面，吃的都不是好粮食，干的都是最粗最累的活，长大了也就变样了，所以他太奶奶和奶奶都没认出来……我听孩子他三叔说伤好得差不多了，能不能叫他也来见见两个姐姐，待会我就把他带走。”哪承想话一出口，隆老夫人和隆夫人都张大了嘴，半晌说不出话来。瑛娘问：“怎么？他闯祸了？”盼娣说：“太奶奶、奶奶，你们怎么不说话，我也想看看弟弟……”招娣也说：“就是啊，我们都想看看弟弟……”

佘管家叹道：“二少奶奶啊，就在前三天，咱们家出了一场大变故，不光是小少爷，还有三小姐也回来了！”瑛娘又惊又喜，站了起来，说：“老三？你说的是我的念娣？”佘管家微微点头：“是，就是念娣小姐！”瑛娘喜极泪流：“我的念娣还活着，她在哪儿？”佘管家嗫嚅着：“回来了，又走了……”瑛娘追问道：“去哪儿了？”佘管家看看隆老夫人，又看看隆夫人，流下了泪水：“二少奶奶，我说不出口啊！”

瑛娘看向隆夫人：“娘……”隆夫人闭上眼睛，叹道：“瑛娘……为娘对不起你！”瑛娘又看向隆老夫人：“奶奶，您告诉我，到底怎么回事，我的念娣怎么了？”隆老夫人满眼泪水，也低下了头，客厅里一时间竟无一丝声音。

突然，隆喜儿的声音从外面传来：“老祖宗——”他快步踏进内厅，一见瑛娘，他惊呆了：“二少奶奶？您什么时候回来了？正好……”他跪倒在地，“隆喜儿给老祖宗、夫人、二少奶奶报喜！”隆老夫人忙问：“有什么喜啊？”隆喜儿笑成了一朵花：“老祖宗，真是天神地灵保佑隆家啊，我在临县亲眼见到了三小姐！”隆老夫人颤颤巍巍地站了起来：“你，你没胡说八道吧？”隆喜儿说：“我吃了熊心豹子胆也不敢啊！不光是三小姐，还有在咱们家养伤的那个小伙子，他们俩在一块。听说那天三小姐跳下了黄河，那小伙子也跟着下去了。小伙子水性极好，竟从大河里救出了三小姐。他们俩明天就要拜堂成亲！”大家一时都愣住了。

瑛娘问：“奶奶，隆喜儿说的那个小伙子，可是我儿子？”隆老夫人点头：“就是他。瑛娘啊，刚才奶奶和你婆婆都没脸开口，就是因为你那小老三回隆家，闹出了一场误会。你大嫂，那姓万的恶婆娘，查出了老三的身世，背着我们，要把孩子扔进黄河，你儿子，也跟着跳下去了，我们以为这两个孩子都淹死了……”瑛娘笑了：“竟有这样的事……这傻小子，从小就爱去河里游泳，我怕他淹死，不知道打了他多少回。没承想，竟派上了用场……”

隆夫人突然醒悟，说：“等一等！隆喜儿，你说我三孙女跟我孙子明天要干什么？”隆喜儿说：“拜堂成亲……”隆夫人大惊：“这怎么使得？瑛娘，他们可是亲姐弟啊！”瑛娘看向隆老夫人，隆老夫人也看向她，说：“瑛娘，这十几年，奶奶可啥都没说。现在最要紧的是快赶到临县去，亲眼看清楚了，这两个到底是不是我的重孙女和重孙子！”瑛娘明白了隆老夫人的意思。

盼娣和招娣也都站起身来，说：“娘，我们跟您一起去找弟弟、妹妹。”瑛娘点点头说：“好，我们日夜兼程，应该能赶个来回！”

念娣和五儿从林家堂屋里走了出来，念娣环视着院子里的下人们，说：“我们俩成亲后就离开临县，这个家也就不用这么多人了。我爹生前让我一定要厚待下人，这些银票是我爹留下的，就请管家给大伙分了吧。”管家说：“三小姐，这么多年，老爷没亏待大伙，您要嫁人，将来不在临县住了，打发了大伙就得了，不用再分钱了！”念娣说：“我也舍不得你们。回临县的这一路上，我看见四处都在打仗。有消息说日本鬼子很快就要打进临县。到时候咱们都得走，谁也不要在这儿当亡国奴！所以这些钱，请大家一定要带上！”说着，念娣把钱强塞到管家手里。

徐婆子说：“三小姐啊，自从那一年老爷把你带回家，可一直都是我带你。你突然要嫁人，我得问问这个人靠不靠得住！”念娣笑了，看向五儿。五儿一下子把腰杆挺得笔直，一脸的严肃。念娣说：“他靠得住，他和我同生共死过。”

念娣将五儿救她的经历讲了一遍，五儿有些受用，又很是难为情。徐婆子说：“三小姐，这小伙子是你的救命恩人，咱们林家应该重谢。可婚姻大事得父母做主，您招他当上门女婿，他爹娘同意吗？”念娣被问住了，看向五儿。五儿嗫嚅着：“我……我没爹没娘。”徐婆子看向管家。管家道：“没爹没娘好啊，正好入赘林家，林员外在天之灵可以安息了。”五儿其实不懂什么叫入赘，只是憨憨地笑着。念娣说：“徐妈，您老人家是为我好，我心领了。明天我们俩成了亲，大家喝了喜酒，然后各奔东西，就这么定了！”

等下人们都散了，念娣进了门，问五儿：“做上门女婿，你不后悔吧？”五儿说：“只要你不再寻死了，就值！”念娣忽然转过身来，恶狠狠地瞪向五儿。原来一路走来，念娣几次寻死，都是被他救了回来。为了不让她再寻死，他要求念娣报答他，就是嫁给他，虽然当时他也不知道什么是“上门女婿”……念娣的眼角流出了泪水：“原来你只是怕我死，谁用你可怜，你滚，滚出去！”五儿连忙摇头：“不是！在隆家时我就嘀咕了，将来要是能娶一个像你这么漂亮的媳妇，我就心满意足了，没想到成真的了，跟做美梦似的！我是真愿意跟你成亲，我不骗人！”

念娣说：“可你刚才说没爹没娘就是骗人！”五儿吓了一跳：“你咋知道？”念娣说：“你说这句话的时候眨眼了！”五儿说：“呃……是。”念娣说：“婚姻大事，要父母做主，你要不要找他们商量商量？”五儿说：“不行！不能跟他们商量。我有两个爹，一个在牌位上，我从小就给他磕头，可后来我娘告诉我那个是假的；另一个前两天一脚把我踹成了重伤，这个是真的。我小时候就讨厌他，现在虽然觉得他人挺好，但娶媳妇这事不能找他商量，他肯定说给我找仨小老婆，他自己就有仨小老婆！”

念娣吓了一跳，问：“那你娘呢？”五儿说：“我娘……我娘对我那是真好！就是天天让我回到我爹身边去，我烦了，就背着从家里跑了出来。当时就打定了主意，什么时候干出一番惊天动地的大事来，再回去见她，娶媳妇就不告诉她了！”念娣说：“你这样是不孝。”五儿说：“我离开娘是为了孝顺她！”念娣问：“为什么？”五儿说：“长大后我才明白，娘一个人把我带大，一直被我拖累。有一个特别好的男人想娶她，她都没答应。这次去孝兴，我知道那个男人的太太死了，没有我拖累，娘兴许可以和他……”五儿有些说不下去了，“其实小时候，我就特别希望他们俩，一个是我爹一个是我娘。”念娣说：“天下竟有这么巧的事儿……我也是个孤儿，我爹是个好心人收养了我，因为我拖累，他一辈子没再娶……”五儿说：“那咱们俩真是有缘！”念娣的脸一下子红了：“你才几岁，小屁孩说这种话，真不知道害羞！”五儿说：“刚才你说的，女大三抱金砖，咱俩岁数合适，明天就要成亲了，以后你不许叫我小屁孩。我是你爷们儿，你得给我生儿育女！”

瑛娘带着两个女儿日夜兼程奔向临县。然而日军已经开始攻击临县，她们只能改走山路。一路上，不停地有伤员在往下抬。盼娣拦住一个当兵的，问：“兵哥哥，这是谁跟谁打仗啊？”那士兵说：“打小鬼子啊！小鬼子要攻临县县城，上峰命令，拼光所有弟兄也要拦住小鬼子！”瑛娘大吃一惊，说：“临县？念娣不就住在临县吗？这傻丫头还要成亲呢，快走！”

瑛娘不顾一切地向前冲去，一个军官拦住了她们三人。军官说：“大婶，前面是战场，你们离远点！”瑛娘问：“我要去临县，还有别的路可绕吗？”军官说："去临县？没别的路了。这个时候你们去临县干吗，上峰已经通知临县的老百姓转移了！"瑛娘点了点头，说："可我非得去临县不可！"见瑛娘继续往前走，盼娣和招娣也跟着继续往临县方向前进。

林家的院子里充满着喜庆的气氛。管家站在高处喊着："一拜天地！"院子里，五儿和念娣双双跪倒，向苍天大地叩首。林员外的牌位被请了出来。管家吆喝道："二拜高堂！"五儿和念娣对着林员外的牌位磕头。管家又喊："夫妻对拜！"五儿和念娣面对面鞠躬，额头撞到了一起，两人甜蜜地笑着。

进了洞房，念娣紧紧地依偎在五儿怀里。念娣说："我们拜了天地，可我还不知道你叫什么呢？"五儿笑道："我叫五儿，好听吧！"念娣问："那你姓什么？"五儿沉吟了一下："姓嘛……其实我应该姓高，可是我愿意姓柳，你自己选吧。""柳……"念娣想到了母亲，说，"我喜欢这个姓。"五儿笑道："真是我媳妇，跟我一样，我也喜欢这个姓！你呢，你姓林，我叫你什么？"念娣想了想，说："你就叫我林三姐吧……"五儿说："三姐？你没别的名啦？"念娣说："我两岁的时候，爹给我起过一个好听的名字，可是我想把那个名字留在心里，不让别人叫。因为一听到那个名字，我就会想起死去的爹娘，想起失散的姐姐……"五儿见念娣流了泪，连忙哄道："三姐挺好，我就管你叫三姐。你嫁给我，得一辈子高兴，永远不许难过！"

敌人的炮火一直在轰炸着临县城门，守城官兵伤亡惨重。日军步步紧逼，三门小钢炮临近城墙下，炮弹齐发，将城门轰开。日军一拥而上，攻进城门。国军与日军展开了巷战，但被打得惨败。日军如同野兽，见人就杀，许多老百姓惨遭屠杀，巷子变成了屠杀场。

念娣已经换好了衣服，轻声地唤着："哎，五儿……"五儿翻了一个身，说："媳妇，你怎么起来了？"念娣说："枪炮声都到了家门口了！"五儿说："怕啥，从小我娘给我讲的故事里，大英雄都是临危不惧，别怕，接着睡觉！"念娣拍了拍他肩膀，说："你心可真大，我睡不着。反正你也要去找打鬼子的队伍，不如咱们这就走吧，我也怕连累了管家和徐妈妈。他们为了咱们的新婚，都没去逃难。"五儿听了坐了起来："你说得也有道理，咱们俩不走，他们俩肯定也不会走。"

这时，一个日军小队长经过林家门口。他用日语嘟囔着："红灯笼？"随即用蹩脚的中文喊道："翻译官——"立刻有个翻译官跑过来，用日语问道："皇军，您有何吩咐？"小队长问："这里……红灯笼，妓院？"翻译官看见了红灯笼上的喜字，说："不是，这是民宅，这家办喜事。"小队长怒道："浑蛋！我们在战斗，他们在行乐！冲进去，杀死新郎，新娘是我的！”翻译官说：“太君，这种事情丧德行，不行的！”他上前去拉小队长。小队长大怒，抬起一脚将他踹倒在地。

听到有人踹门，管家的手都在抖。他抄起了一把镐头，见徐婆子没走，喊道：“徐婆子，你倒是快走啊！”徐婆子点着头，向后门跑去。

门被踹开了，两名日本兵冲了进来，管家抡着镐头就砸去，砸倒了一个日本兵。小队长大怒，掏枪向管家射击。五儿和念娣从屋里出来，正看到管家中枪。念娣大喊道：“管家！”小队长用日语喊道：“新娘子，我的，杀了新郎！”一名日本兵抬枪刺向五儿。五儿一把抓住枪，抬腿向那名日本兵踹去。那日本兵猝不及防，一招就被夺去了枪。另一名日本兵欲向五儿射击，五儿将枪当长矛抛了出去，刺刀正中他胸口，日本兵倒地。小队长大怒，向五儿射击，五儿连滚带爬躲过了射击。他捡起一把长枪，学着射击，但是枪没响。小队长继续射击，五儿持着长枪躲闪到了柱子后面。他发现了枪栓，又推又拉，终于将子弹上了膛。突然，念娣大喊：“五儿小心！”五儿斜眼瞥见有日本兵冲过来偷袭，就地十八滚，躲过了刺刀，并抽冷子扣动了扳机。枪响了，偷袭者中枪倒地。五儿大喜，起身继续射击，又一名日本兵中枪倒地。小队长和剩余的两名日本兵疯狂射击，五儿险些中枪，他藏在了院中的一个大水缸后。子弹将缸打漏，缸里的水流了一地。

五儿一时难以脱身，大喊道：“三姐，你跳后墙先跑！”躲在角落里的念娣起身要跑，小队长哇哇大骂着向念娣射击。忽然，徐婆子横闪而出，挡在了念娣身前。子弹正中徐婆子胸口，血喷涌而出，徐婆子倒在了念娣身上。念娣呼喊着：“徐妈妈——”五儿看到这一幕，红了眼，大喊一声，从缸后面一跃而起，连续射击，小队长和剩下的那个日本兵终于中枪倒地。五儿捡起小队长的手枪，奔向念娣，拽起她就走。念娣哭道：“徐妈妈……”五儿忍着泪，说：“徐妈妈，对不住，我一定多杀鬼子给您报仇！”

五儿拉着念娣，两人疯狂地奔逃。突然，念娣被一具尸体绊倒，两个人都摔倒在地上。正在这时，日军的一个小队追来了。一个日本兵大喊：“抓住他们！”日本兵开枪，奔逃中的五儿腿部中弹，摔倒在地上。念娣大喊：“五儿！”五儿叫道：“三姐快走！我给你断后！”念娣抱住五儿，说：“不行！我们成亲了，就算死也得死在一起！”

念娣想把五儿拖到拐角里，可太沉，她拖不动。子弹不时打来，撞在墙上，五儿把念娣推向拐角后。五儿回身开枪，暂时压制住了敌人。念娣又冲了出来，五儿疼得直叫：“你回来干什么，快走！”念娣摇着头：“不——”话音未落，一颗子弹打中了念娣的肩头，她被撞击得摔倒在地。五儿大惊，爬向念娣。念娣说："这下好了，我陪你一起死。"五儿含泪叫道："三姐——"念娣回应着："五儿——"两人泪眼相对。

子弹再次袭来，五儿回身射击，可子弹已经打光。他将枪扔在一旁，紧紧抱住了念娣。远处爆炸的火光，将念娣和五儿的脸映得火红。日军军官挥手示意停止射击，道："我要用我的武士刀，切开他们的胸膛！"他拎着刀一步步走向五儿和念娣。五儿和念娣毫无惧色，脸紧紧地贴在一起。

突然，一支队伍出现在五儿和念娣身后，日军连忙射击。五儿下意识地抱紧念娣，就地翻滚到墙角，惊魂未定地张望着：一个穿长衫的中年人带领着一支抗日游击队，与日军展开了战斗。战士们将手榴弹一颗颗投掷出去，穿便装的游击队员则蹲在墙角射击，混乱中，几个战士趁机冲锋，与日寇展开肉搏。

很快，几个日本兵被消灭了，那个穿长衫的中年人走来，问道："小伙子，还能站起来吗？"五儿和念娣相互搀扶着，尽管两人浑身是血，还是坚强地站了起来。长衫中年人说："听说你杀了好几个鬼子，好样的！快走，现在从北门出城还来得及！"中年人说完转身就走。

五儿突然大声道："等一等！"中年人回头说："小伙子，还有事？"五儿问："你们是什么队伍？"中年人回答道："八路军游击队。"五儿说："八路？我见过你们！你们路过我们家的时候，我娘还给你们煮过面条呢，我能参加你们的队伍吗，对了，还有我媳妇！"中年人有些意外，端详着五儿和念娣，看着五儿和念娣崇拜的目光，点了点头。

临县的城墙上升起了太阳膏药旗，有日本兵在巡逻。而街道上，遍地都是尸骸，被烧毁的房屋冒着烟，一些无家可归的狗在四处乱窜，空气中弥漫着呛人的味道。瑛娘、盼娣、招娣在街巷中穿行，母女三人的手紧紧地握在一起。

终于，她们找到了林家大院，瑛娘冲了进去，盼娣、招娣紧随其后。但林家院落里也只有一地的尸体，有日本兵的、管家的、徐婆子的……就是没有念娣和五儿的踪影。瑛娘四下望着，大声呼唤起来："念娣——五儿——五儿——念娣——"

三个月后。

瑛娘正在擦拭着桌案，突然，祠堂的门被推开，隆延宗走了进来。瑛娘问："孩子他三叔，你咋来了？"隆延宗笑道："报喜，盼娣和招娣立了军功。"瑛娘高兴地说："这两丫头还能立军功？"隆延宗说："古有花木兰替父从军，今有隆家二小姐勇杀倭寇！你看，这是高旅长转给我的嘉奖信。"瑛娘接过信来笑了，用手摸着信：“可惜我大字都不识一个，不过我知道，这上面的字都认识我！他三叔，那两个丫头，没受伤吧？”隆延宗说：“没有。”瑛娘点了点头：“那就好，那就好……要是有一天，有什么不好的消息，你也一定告诉我。在临县我亲眼见过小鬼子杀人，心里面有准备了。你看，我亲手做了两块牌位，哪个孩子要是……就请他三叔帮我写上名字就行了。”隆延宗看着两块新牌位，点了点头。

沉默半晌，隆延宗说：“二嫂，还有个事情要跟您商量，孝兴县城要守不住了……”瑛娘一愣：“不能吧？高柴禾垛子不是说誓死捍卫吗？”隆延宗道：“附近的几个县城都已经失守，孝兴早已成为一座孤城。为了保护孝兴，已经有超过一千名战士牺牲了。日寇正在组织新一轮进攻，为了保存实力，上峰要求高旅长和我放弃守城。这是战区司令部的战略部署，我们必须服从！”瑛娘说：“那……你想怎么办？”隆延宗说：“我想让您带着奶奶和娘躲到山里去。这么多年了，您一直四处奔波，什么苦都受过，什么难都经过，一定能照顾好二位老人。”

瑛娘说：“那这个家呢？”隆延宗说：“所谓家，无外乎就是些房子。日本鬼子恨我，也许会被付之一炬吧……”瑛娘又问：“那祠堂呢？”隆延宗说：“这么多牌位，带不走的……愿意烧，就让他们烧吧。”瑛娘突然说：“我不走！就让我留下为隆家祖宗守祠堂吧！”隆延宗说：“二嫂，我来是让你帮我动员奶奶和娘，你怎么先捣上乱了？”瑛娘说：“奶奶和娘必须离开隆家，但是我不用走。日本鬼子恨你，又不恨我柳瑛娘。我从小就在这祠堂里长大，我是河姑，祭黄河没死，我就必须守着祠堂，这是我的命！”隆延宗耐心地劝道：“什么河姑？什么命？早跟你说了那是封建迷信。祖宗要真是在天有灵，就不会看着日本人践踏我大好河山！这就是一堆破木牌子，什么用都没有，有什么好守的？”瑛娘正色说道：“隆延宗，不许你这么说！”隆延宗长长地吁了一口气：“你要是舍不得，明天就带着二哥的牌位一起走。”瑛娘说：“不……我不走，绝不！”隆延宗说：“二嫂，我命令你明天一早和奶奶、娘一起撤离孝兴。你若不服从命令，我会派人绑你走！”

第四十二章

隆延宗跪在地上，向隆老夫人禀告："山里艰苦，可是安全，小鬼子鞭长莫及。还好，奶奶曾经在七十二寨受过那么多年的苦，我想您……"隆老夫人点点头："听明白了，去跟你娘说吧。"隆延宗有些惊讶，说："奶奶，这么说您答应了？"隆老夫人说："你让我走是为我好，老太太知道好歹。"隆延宗很是高兴："太好了，多谢奶奶体谅，我这就跟娘说去。"

听了隆延宗的禀告，隆夫人问："非走不可吗？"隆延宗点点头："非走不可。日本的指挥官叫池田，是个杀人如麻的战争狂。去年就夸下海口，说一个月之内打到黄河。在他的战略部署中，三天就要攻下孝兴，可至今，他仍没有得逞。所以，他早就扬言，攻下孝兴就要杀光咱们全家！"隆夫人紧蹙眉头："可这么大个家，祖宗留下的基业，不就毁在我这个当家人的手里了？"隆延宗劝道："娘，国破家何在，国存方有家。我们是战略转移，我相信，总有一天，中国能打败日本帝国主义！那个时候，我再接奶奶和您回来。房子没了可以再盖，祠堂毁了也可以再重建。小鬼子亡不了我们的国，就灭不了我们的家！"隆夫人点点头："好，娘听你的。你一起走吗？"隆延宗说："我已经接到上峰命令，要带领政府主要工作人员，和高旅长一起转移。"隆夫人又问："那这么大一家子人，搬到哪去住？"隆延宗说："我想了很久，只有一个地方安全——七十二寨。"站在一旁的佘管家愣住了："七十二寨？"屏风后，隆万氏正在偷听，她屏住呼吸，不敢出声。

隆夫人为难道："那不是土匪窝子吗？"隆延宗说："为什么土匪盘踞在七十二寨那么多年难以剿灭，就是因为山高路险。再说，我把家搬到土匪窝子里去，小鬼子想都想不到，这样不就安全了吗。"隆夫人点点头："安全就好，安全就好。"

隆延宗又说："还有个事情跟您商量，就是大嫂……"隆夫人说："姓万的那个女人，你以后不要管她叫大嫂了。"隆延宗叹了口气："您说，还带着她吗？"隆夫人怒道："带她做什么？她哥哥是汉奸，她娘家侄子也跑了，八成是投奔汉奸去了！咱们是去避难的，带个她不就等于带个奸细？"隆延宗点点头："明白了。佘管家，就不通知长房便是。"

隆夫人咬着牙说：“也不行，就不能留着她！去取白绫子，把她拖到祠堂去勒死！”佘管家领命要走。隆延宗连忙拦住：“娘，这又何苦，不管怎么样，她是大哥明媒正娶的妻子，且守寡多年，也算是苦命人。咱们隆家一向慈善宽厚，得饶人处且饶人……”隆夫人冷哼一声，不再说话。

入夜，佘管家把佘小四拉进自己的屋来。佘小四问：“怎么了，姑姑？”佘管家气冲冲地问：“孝兴守不住了，你怎么办？”佘小四说：“我还没想呢……”佘管家说：“那你老婆、孩子呢？我孙子怎么办？你不能不想啊！”佘小四想起与隆延宗商定的计划，缓过神来，嬉皮笑脸地说：“我吧……其实我压根就不想走！”佘管家一愣：“那……那咋办，大部队一撤，眼见着鬼子就要进城啊！”佘小四说：“那怕啥，鬼子也缺警察局长……我混到这份儿上不容易，我真不舍得丢了啊！”佘管家惊道：“你要给鬼子当官？”佘小四说：“人家用不用我还不一定呢。我就是不想离开孝兴，打小在山里面，穷日子我过怕了，好不容易混到今天，还让我往山里跑？再说，孩子才出了百天，哪折腾得起啊？”佘管家担心道：“可你一直帮着三少爷守城，也亲手处决过奸细、特务，日本人要是枪毙你咋办？”佘小四说：“我看未必，大半个中国都被鬼子占了，现在跑了，将来被抓住更惨！姑姑，要我说，您也别走了，您不是喜欢侄儿孙子吗，您就留下来帮我看看孩子，享受享受天伦之乐吧！”

“我倒是真想，真想……不过……”佘管家流下了憧憬的泪水，叹了一口气，说，“我还是得走，夫人骂我也罢，不让孩子拜祖宗也罢，可她毕竟是小姐，我打小就跟着她……”佘小四问：“姑姑，让孩子拜祖宗？哪个孩子？拜谁家祖宗？”佘管家连忙掩饰，拉住佘小四的手：“我瞎说的。小四啊，无论如何，你可得把命保住了！还有我孙子……我孙子的命可金贵！”

隆老夫人来到祠堂，慢慢地向台阶上挪蹭。瑛娘见是她，连忙快跑几步，上前搀扶，说：“奶奶，您怎么过来的？”隆老夫人笑了：“自个儿走过来的。一道上，我还得躲着巡夜的，谁都没看见我。”瑛娘心疼道：“奶奶要有事，派人叫我就好了，天这么晚了，这一路上台阶沟坎又多，万一摔着您，岂不是罪过。”隆老夫人说：“我要跟你说的话，在祠堂说最合适。来，先陪奶奶给祖宗磕个头！”两人一前一后，跪下磕头。

磕过头，隆老夫人坐在后厅的炕上，说：“瑛娘啊，延宗来过了吧？”瑛娘点点头：“来了，我告诉他我不走。”隆老夫人问：“为什么？”瑛娘说：“我想为隆家守祠堂。”隆老夫人说：“你怎么守？你能挡几颗枪子儿？”瑛娘说：“奶奶，我不能骗您，十天前，福叔告诉我，他在街上见到了一个人……”隆老夫人问：“谁？”瑛娘说：“时家的管家。”隆老夫人惊道：“时少卿的管家？”她有一种难以言说的预感，“这么说，时少卿，他来孝兴了？”瑛娘点点头，说：“今天孩子他三叔说城守不住了，我就明白了时少卿派人来给我递话，是怕我跑了，他见不着我了。不管他是不是骗我，我都得等。”隆老夫人说：“孙子媳妇啊，日本人要进城了，太危险了，你还是一起走吧。”瑛娘说：“当年我丢了孩子，对不起隆家祖宗，对不起继宗，但凡有一点儿希望，我决不能放过！”隆老夫人点了点头：“你要是一起走，奶奶没半句怨言。作为人母，你要留下来，我也没得话说，我是真担心啊。要真见着了重孙子，可得带他来祠堂磕头，祖宗们准高兴！”隆老夫人拉住瑛娘的手，瑛娘凑到她身边，隆老夫人轻声说：“奶奶也有几件事情要叮嘱你，你可记好了……”

隆万氏听到敲门声，顺手抄起一把菜刀来，这是平时就准备好防身用的。她紧张地靠近房门，沉声问道：“谁？深更半夜的想干啥？”门外传来一个的声音：“大少奶奶，是我！”隆万氏问：“你是谁啊？”门外的人答道：“我是王婆子啊！”隆万氏一愣，自语道：“还真是王婆子。”她连忙打开门，王婆子闪身进来，迅速关上了门。

隆万氏皱着眉头，沉着脸：“王婆子，你怎么还敢回来？”王婆子小声说：“我傍晚进的城，趁天黑，从后门溜进来的，没人看见我。”“是我哥哥让你回来的？”“对啊，舅爷派我回来的。”“他怎么说？”“舅爷说，他亲自跟着日本人来打孝兴城，用不了两天，这里就要变天了，让您别怕，一切他都会为您做主！”“哎呀，太好了！你是不知道，他们险些就要要了我的命啊！”隆万氏扎在王婆子怀里，竟然抽抽搭搭地哭了起来。

第二天，隆老夫人打扮得干净利落，端坐在祠堂中间的椅子上，隆夫人、佘管家、隆延宗都来了，立在两边。隆夫人疑惑地问：“娘，您这是……”隆老夫人说：“要走了，打扮体面点儿，让祖宗们看着高兴。”佘管家问：“老人家，您的细软都收拾好了吧？”隆老夫人摇摇头：“没什么好收拾的，金银珠宝都是身外之物，带多了累赘。”隆延宗点点头：“奶奶说得对。马车都套好了，吃完早饭就要集体撤离。奶奶，您是要拜祭祖宗吗，那就抓紧，开始吧。”隆老夫人摆摆手说：“拜就算了，祖宗不喜欢看着咱们阴沉着脸磕头，今儿个，在这吃顿早饭，高高兴兴地走！”

很快，两张木桌被抬了进来，婆子们麻利地上着菜。片刻之间，桌上摆得整整齐齐。隆老夫人问：“瑛娘，酒准备了吗？”瑛娘点点头说：“准备了。”隆老夫人吩咐道：“给大家都满上。”佘管家连忙走上前，说：“二少奶奶，我来……”隆老夫人摇摇手：“让瑛娘来吧，你也坐下。”佘管家愣住了：“我……这哪有我坐的份儿啊，我是下人……”隆老夫人正色道：“我让你坐你就坐！”佘管家看了看隆夫人，隆夫人没搭理她。她只好找了个靠边的角落，自己坐下了。

瑛娘倒了一圈酒。隆老夫人说：“给我也倒上……我用这个大碗。这碗哪，是我当年的陪嫁，陪了我一辈子，头回派上用场。”她从怀里掏出一个金碗来，递给瑛娘。隆老夫人说：“多倒点儿，倒满！”瑛娘只得从命。

“来，这第一口啊，敬祖宗！”说完，隆老夫人端起碗。隆夫人、隆延宗、瑛娘和佘管家也端起酒杯。隆老夫人喝了一大口，众人都喝了一点儿，又将酒盅放下。隆老夫人问隆延宗：“你们不着急吧？咱们不走大部队就不会撤，大部队不撤小鬼子就打不进来，对吧，我的县长孙子。”隆延宗点点头：“是的，奶奶。”隆老夫人说：“那好，你们吃，听我唠叨两句……我今年九十有五，有些话要说，有些话不用说。姓佘的，我让你坐在这桌上，是什么意思，你可明白？”佘管家惊得连忙站了起来：“我……”她看向隆夫人，可隆夫人并没有看她。隆老夫人道：“你是个聪明人，一定明白，不用我多说了吧？”佘管家诚惶诚恐，频频点头。隆老夫人摆摆手：“那你就坐下吧。”佘管家又坐下。

隆老夫人又看向隆夫人，说：“儿媳妇，不管怎么样，这个人靠得住，你们姐俩好好处。”佘管家一愣，她没想到隆老夫人会用姐俩这个称谓。隆夫人看着隆老夫人，点了点头：“我听娘的。”

隆老夫人叫道：“延宗……”隆延宗连忙应道：“在。”隆老夫人说：“小鬼子占了东北到现在，已经七八年了。咱中国人跟日本鬼子这场仗，还不知道要打到什么时候。古代多少英雄都是弃笔从戎才名垂千古，你也一定会走这条路，对吧？”隆延宗起身挺胸昂头，说：“大敌当前，保卫祖国是每个人的职责。”隆老夫人点了点头，说：“答应奶奶，若苍天眷顾，赶走小鬼子之时你还活着，就再续一房，为你自己留下一儿半女，也省得你娘不甘心。”隆延宗不合时宜地看了一眼瑛娘，可瑛娘避开了他的目光。隆延宗只能点头：“是，奶奶，延宗从命。”

隆老夫人的脸色突然变得非常难看。隆夫人赶忙站了起来：“娘！”隆延宗大叫：“奶奶！”佘管家惊慌不已，喊着：“老祖宗！老夫人！”隆老夫人缓过神来，摆摆手道：“没事，刚才那口酒喝急了，你们都坐，坐下。再陪我喝一口，我压压就好了。”说完，她端起酒碗，又喝了一大口，她的手有些颤抖。

隆延宗劝道：“奶奶，您别喝了吧。”隆老夫人笑道：“这陪嫁的金饭碗装满了酒，岂有剩下的道理，我得喝完它！我刚才说到哪了？对，是该走了，都老糊涂了，说了前句忘后句了……我说让我孙子续弦生重孙子来着。我这可是为你好，怕你到老了孤苦伶仃！至于隆家的香火，我不担心，早就传下去了。我头一个重孙子十六岁了，他准保还活着！而且，我老太太有福，重孙子可不止这一个，是吧？”隆老夫人说完看向佘管家，佘管家既不敢答应，也不敢回答。隆老夫人继续说道：“不管是哪个，当汉奸的，不能继承隆家家业！抽大烟的，不能继承隆家家业！不学无术，不求上进的，不能继承隆家家业！儿媳妇，这件事将来你可得斟酌妥当！”隆夫人应道：“是，娘。”

“对了……”隆老夫人缓缓地从右袖口拽出一个锦囊来，“我记着说书先生讲过，诸葛亮动不动就爱给人留锦囊妙计。今儿个娘也假装一回孔明先生，儿媳妇，这个锦囊是给你的，待会儿出了孝兴城十里，你就打开看，上面怎么写的，你照做，能保你性命无忧！”隆夫人一愣：“娘，这……”隆老夫人微笑着示意：“收好。”隆夫人只好接过锦囊。

隆老夫人又说：“延宗，你是人中吕布，有勇有谋，可奶奶也给你留了一个锦囊，待会儿你就看看，兴许能救几条人命……”说着，她从左袖口里拽出一个锦囊，递给隆延宗。隆延宗接过锦囊，说：“谢谢奶奶，我一定看！您快喝粥吧，吃完了大伙好动身。”

隆老夫人没接隆延宗的话茬，转向瑛娘：“瑛娘，奶奶想嘱咐你的最多，可是你不认字，幸好昨天晚上都说了，你可要记住！”瑛娘的泪水滴落在碗里，她咬紧了牙关：“奶奶，我都记住了。”

“来，你们陪我干了这碗酒！”隆老夫人端起酒来，众人连忙也端起酒盅。隆老夫人一饮而尽，众人也都喝了。隆老夫人艰难地将酒碗放在桌上，赞叹着：“好酒，好酒！只有这么好的酒，才能配得上我娘家陪送的这只金碗。”她将碗抱在怀里，脸上露出了笑容，那笑容却突然凝固了。

隆夫人再次站了起来，叫道：“娘，您没事吧？”瑛娘起身跪倒，长呼：“奶奶——”隆夫人、佘管家和隆延宗都看向瑛娘。瑛娘含泪道：“娘，延宗、佘管家，快给奶奶磕头，她老人家要归西了！”隆夫人、隆延宗、佘管家一下子都明白了过来，全都跪倒在地。

隆夫人捂住了嘴，忍着不让自己哭出来：“娘，您刚才喝的是……”隆老夫人挣开眼睛笑了：“瑛娘知道，我从土匪山上偷下来两样药，一样是蒙汗药，已经给瑛娘用过了；还有一样是毒药，鬼见愁说，这毒药好，死得没那么难看……我就在这金碗上抹了不少，还真是管事！”

隆老夫人的胸口又传来一阵剧痛，她剧烈地咳嗽了几下。隆延宗猛地起身往外跑。隆老夫人喊道：“孙子，你干什么去，我活够了，别折腾我了。”他只得返身走到了她身边。隆老夫人拉住他的手，说：“隆家出了你这么个英雄，真是祖宗有德，奶奶欣慰！”隆延宗流下了眼泪。

隆老夫人又将手伸向瑛娘，瑛娘连忙上前拉着她的手。隆老夫人说：“瑛娘，隆家娶到你这样的女人，也是祖宗的福气，奶奶高兴！”瑛娘泪流满面。隆老夫人拉着隆延宗和瑛娘的手，望着隆夫人，说：“儿媳妇，你可千万不能学我，你得好好活着！你是当家人，孩子们的主心骨！”隆夫人含泪点头。

隆老夫人脸上浮现笑容，慢慢地松开隆延宗和瑛娘的手，艰难地双掌合十，笑了：“我来了！”说完，她一闭眼，咽了气。众人泣不成声。

瑛娘含泪起身，说：“奶奶有话……她的棺材早已预备好了，等她咽气后，让人抬到祠堂装进去便是。撤离孝兴，是战区司令部的命令，隆延宗不得因为她耽误一时半刻！奶奶还说，只留下我一人为她守灵，其他人即刻撤离孝兴！”隆延宗急道：“二嫂，你不要拿奶奶当借口，你一起走！”瑛娘含泪说：“奶奶才咽气，我怎敢胡说八道！孩子他三叔，你就别为难我了，奶奶真的让我留下为她守灵，错不了！”隆延宗满眼都是泪水，摇着头。瑛娘说：“奶奶的毒药留给我了，你要是不想让我随她去，就别逼我！”隆延宗紧闭眼睛，咬咬牙，又猛地挣开，说：“好，就照奶奶说的做，二嫂留下守灵，其他人按原计划撤离！”佘管家领命安排。隆夫人又一声哭号：“娘——”隆延宗强忍着悲痛，背过头去。

瑛娘提醒道：“三弟，你快看看奶奶给你留下的锦囊上都说了些什么。”隆延宗打开锦囊来，眼睛越睁越大。看完，他合上锦囊，说：“奶奶想得果然周到……二嫂，这儿交给你了，我立刻去办！”瑛娘点点头，隆延宗转身离去，门口有八个大汉抬了一口楠木棺材进来。

很快，三叔公、四叔公、七舅爷等一众长辈被隆延宗召唤到了祠堂的院子里。七舅爷问：“延宗啊，我老姐姐前两天还好好的，怎么突然就……到底怎么回事？”隆延宗一言不发。三叔公说：“就是啊，延宗，太突然了！”四叔公也问：“老嫂子是怎么走的，是病啊，还是……”隆延宗突然大喝一声：“是让你们气的！”众人全都愣住了。隆延宗破口大骂：“你们这群老浑蛋，我们家对你们都有恩，平日里拿你们这些宗亲长辈也格外敬重，可你们只知道占我们家的便宜，背后里还说上了我的坏话！”三叔公愣了，说：“延宗，哪有这样的事，谁说了你的坏话？”隆延宗道：“我哪知道是谁，说我是废物，弃城而走，贪生怕死！”众人都愣住了，相互看着。隆延宗接着说：“我好心好意劝你们撤离孝兴，你们都不愿意走，怎么，怕跟我走了，连累你们？”四叔公颤抖着手，说：“这叫什么话，我们是怕给你添累赘！你这一大家子人，已经够你忙活的了，再说，小鬼子也不能株连九族吧，我又不是你亲爷爷！”

隆延宗没搭茬，自顾自说道：“还有些人，自己为讨小老婆欢心，一掷千金，却一直欠着奶奶的钱不还，让奶奶很失望！”众人都看向七舅爷。七舅爷急了，说：“哎，你们看我干什么，我原本是要跟老姐姐一起走的，可是老姐姐说不带着我，嫌我家里人太多。”三叔公白了他一眼，说：“是你小老婆太多吧？”七舅爷有口难辩，也不想跟别人理论，说：“隆延宗，你到底搞什么鬼。我老姐姐已经归西了，你不赶紧让我们进去送送，还把宗亲长辈都叫来训斥，你以为你是老几啊？”隆延宗说：“奶奶有话，不用你们送，让我打你们这些老东西！”七舅爷更是摸不着头脑，说：“你说什么？我姐姐绝说不出这种话来！”隆延宗却说：“奶奶说了，亲口说的！”说完，隆延宗抡起鞭子就向七舅爷抽去。

七舅爷连忙躲闪，骂道：“隆延宗，你浑蛋！”三叔公也大喝道：“延宗，你住手！就算黄七爷有错，他是你舅爷，你不可以对他动手！”隆延宗回过身来向三叔公一抱拳：“三叔公，对不住了，奶奶有话，让我打今天来的所有人，从今以后，隆家不认你们这些宗亲长辈！”说完，他挥起鞭子向三叔公抽去。三叔公险些中鞭，众人一片惊呼。四叔公仗着自己人高马大，冲上前来抓住隆延宗的双手，两人较着劲。四叔公说：“隆延宗，你在祠堂里殴打长辈，要遭天打雷劈的！”隆延宗突然轻声道：“四叔公，对不住了……”四叔公一愣，似乎明白了什么，松开了手。隆延宗大喝一声：“隆老四，少在这教训人，我打的就是你们这些充长辈的！”说完，他一鞭子抽在了四叔公肩头。四叔公连忙拽着三叔公就往外跑。隆延宗连抽带吓唬，将三十多位宗亲长辈全都撵出了祠堂。

等做完这件事，隆延宗又来到县政府，一进门就喝道：“来人！”秘书和两名警察立刻跑了过来。隆延宗道：“我得到可靠情报，警察局长佘小四已经通敌叛国！”两名警察愣了，相互对视着。隆延宗命令道：“把他抓起来，绑到刑场上去！”两名警察不情愿地答应着。

很快，佘小四被两名警察推搡着来到城墙广场上，被五花大绑绑在架子上。一个警察边绑边说着：“佘局长，你可别怪兄弟们，是县长的命令。”佘小四怒道：“我呸！隆延宗这个王八蛋，不识好歹，不识时务，不知死活！我是为他好，劝他两句，他还要枪毙我？来啊，十八年后老子又是一条好汉！”

隆延宗的声音从远处传来：“都给我让开！”警察们连忙退后。佘小四一见他，破口大骂：“隆延宗，你六亲不认，不知死活，你等着看你自己的下场吧。”隆延宗从一名警察手里拿过了一支长枪，跳上断头台，将子弹上膛，对准了佘小四。

两人对视许久，隆延宗将枪扔在地上，喝道：“佘小四，念你跟我多年的分上，我不亲手宰了你，死罪可免，活罪难饶！”他猛地抡起枪托子，狠狠地向佘小四头上砸去。血从佘小四的额角淌了下来。隆延宗跳下台子，大喝一声：“谁也不要管他，按照原部署撤退！”十几个警察和七八个士兵撤离了广场。

通往孝兴的山道上，两辆汽车行驶在庞大的日军队伍中间，前面的车上副驾驶位置坐着一个日本高级军官，四十多岁，一脸杀气；后排则坐着时少卿和一个十六七岁的白净少年。后面的汽车上，坐着万专员和隆喜功。隆喜功问：“爹，前面那两人谁啊，怎么跟司令官坐一辆车？”万专员说：“那个时少卿和池田指挥官是结义兄弟，旁边坐着的那个是他儿子，也是池田指挥官的干儿子。”隆喜功撇着嘴：“嘿，您瞧人家那干爹认的，再瞧瞧我姑姑给我找的那个爹，从我见着他起，他就瘫在床上窝吃窝拉的，没两年就死了，连个媳妇都没给我说上！”万专员笑了：“怪他干什么，你亲爹不活着吗。儿子，将来爹当上了省主席，你想娶几个媳妇就娶几个！”隆喜功嬉皮笑脸地抱住了万专员的胳膊：“谢谢爹，还是亲爹疼我！”万专员很是高兴。

一支国军部队正隐蔽在战壕中，监视着山路上的日军。领头的，正是盼娣和招娣。小十三爬了过来，小声道：“大师姐，你真是料事如神，你怎么知道鬼子会走这条道？”盼娣说：“少拍马屁，大师姐失算了，以为鬼子会有个先头部队什么的，咱们打个埋伏就跑，没想到来的是大部队，万一开了火，怕的是咱们根本跑不了！”招娣看向盼娣，她也有同样的担忧。

盼娣说：“招娣，一个一个往下传话，不能全身而退，还打不打？”招娣回头传话：“大师姐问不能全身而退，还打不打？”晁天奇点点头，接着往后传话，就这样一个一个传了下去，队尾是晁天宝。招娣往远处看着，回头向盼娣回禀：“姐，话都传到了。”

盼娣轻声道：“好，同意开火的伸出右手的拳头。”一会儿，话传下去了，所有的师兄弟们都伸出了右拳。盼娣点头：“那好，传我的命令，不能恋战，等敌人近了就把手榴弹都扔下去，然后立刻撤退，尽量把伤亡减到最低！”招娣接着往后传话。一切都在悄无声息中进行。

敌人的队伍越来越近，盼娣从腰间拔出手榴弹，每个人腰间都有两颗手榴弹。盼娣吩咐说：“不要急，等敌人再近点，最好能炸到那两辆汽车，汽车里面肯定是鬼子的大家伙！”众人都屏住呼吸等待着。

等到敌人的部队近在咫尺，盼娣忽然站起，大喊一声：“打！”二十几个手榴弹一起扔下去。手榴弹在汽车附近爆炸，牢生的头撞在了玻璃上，血立刻从他的头上流了下来。时少卿一把抱住他，掩护着，而池田则下车指挥还击。后车的车玻璃也被打碎，司机中弹而亡，万专员和隆喜功伏在车座上不敢动弹。

扔完手榴弹，盼娣大喊一声："撤退！"师兄弟们从战壕里钻出来，整支队伍朝山上撤退。但有一队日军很快追了上来，架起了小钢炮。小钢炮威猛无比，很快阻断了盼娣等人逃跑的路线，跑在最前面的两名师兄弟被炸死。盼娣和晁天宝会合，众人一边退，一边向追兵还击。

晁天宝说："难怪高旅长老说不可轻敌，着小鬼子都是经过严格训练的！"招娣问："敌人马上攻上来了，怎么办？"晁天奇说："大伙的子弹都不多了，再打下去要吃亏了！"晁天宝大声道："是爷们儿的掩护，让盼娣、招娣、小十三先撤！"盼娣说："天宝哥，我是高旅长任命的大队长，哪有先撤退的道理？"晁天宝道："你是女人！"盼娣瞪起了眼睛："主意是我出的，你让我先逃命，是陷我于不义！"晁天宝说："哎呀，媳妇，你就别争了，赶紧走！"盼娣急了，说："谁是你媳妇？我是长官，听我命令，我数一二三，师兄弟们一起冲出去，跟敌人拼刺刀！刚才我们两轮手榴弹起码消灭了二十个鬼子，这一次哪怕多杀一个，咱们都赚了！"师兄弟们齐声道："听大师姐的！"

晁天宝急道："盼娣——"盼娣严肃地说："听我命令！"晁天宝无奈地握紧了大砍刀。盼娣喊："一！"晁天宝看向盼娣，嘀咕着："待会儿你离我近着点，我好照应你！"盼娣瞪了晁天宝一眼，喊道："二！"数到这里，盼娣说："师兄弟们，我们当过土匪，本来早就该被枪毙。隆县长和高旅长给我们指了一条生路，国家给了我们机会，让我们成了军人，军人战死沙场，光荣！准备冲锋！"鬼子越逼越近，众人都看向盼娣，等着她发号施令。

盼娣刚要喊"三"，却愣住了。原来，鬼子身后的山坡上冲来了一支队伍，为首的正是抱着机关枪的五儿。招娣喊道："姐，有援兵。"盼娣愣了愣神，大喊道："打！"师兄弟们连忙射击，鬼子腹背受敌，伤亡惨重。可不一会儿，师兄弟们就打光了子弹。晁天奇说："没子弹了！"晁天佐、晁天佑也说："我们也没子弹了。"

就在盼娣苦思对策之际，对面山坡上一名八路军的女号手，吹起了冲锋号。五儿扔下机关枪，抽出砍刀来冲锋。晁天宝看向盼娣，盼娣点点头，命令道："冲锋！"师兄弟们一下都冲出了掩体，与日寇进行肉搏战。招娣被鬼子击倒，恰好五儿赶来，两人合力杀死了一个鬼子。五儿抬头看了一眼，惊讶道："呵！女将！"招娣抱拳道："多谢！"

夕阳中，司号员始终吹着军号。两支队伍合力将鬼子全部消灭。不少士兵都挂了彩，躺在地上休息，五儿却冲向了那两门小钢炮。五儿上下打量着小钢炮，大声喊道："友军，你们哪个说了算？"众人都看向盼娣，盼娣站了起来。五儿笑道："当官儿的也是个女将！嘿嘿，姐姐，跟您打个商量，这两门钢炮归我们好不好？你们的家伙比我们的好，这玩意要是让我们带回去，就算是立了大功了！"盼娣说："感谢友军搭救，战利品当然归你们。"五儿兴奋不已，八路军游击队的战士也高兴地直欢呼。

五儿大声地喊着："媳妇，媳妇，你过来看看，咱们有炮了！"司号员念娣从远处跑了过来，也很是高兴，她拉着五儿的手，问："你没受伤吧？"五儿说："没有……哎，对了，友军也有两位女将！"念娣向盼娣、招娣望去。五儿介绍道："这是我媳妇，刚才就是她先听到的爆炸声，我们才赶过来救援的。她在我们队里，专门吹冲锋号兼管救护伤员。"念娣上前招呼道："你们好，我叫林三姐，你们呢？"盼娣刚要报上姓名，一名伤员在地上叫了起来："哎呀，我的腿……"念娣只好说："对不住，我先去救伤员！"念娣就这样错过了与两个姐姐相认的机会。

正在这时，站在高处放哨的八路军战士大喊："队长，往东看！"五儿向东边望去，一大批日本兵正赶来增援。五儿说："鬼子的大部队来增援了，咱们赶紧打扫战场，撤退。"盼娣抱拳还礼："搭救之恩，来日相报！"

很快，伤员抬上了担架，五儿和另一名战士扛起了钢炮，挥手告别，向山中撤退。盼娣和晁天宝也指挥队伍，迅速撤离了战场。

盼娣和招娣走在队伍的最后面，担任警戒。招娣说："那个队长，看上去也就十六七岁吧？"盼娣说："可不，不过人家都娶了媳妇了。"招娣说："媳妇还挺俊，看起来比那男的成熟些，有个十八九？"盼娣说："嗯，也就那么大。"招娣突然叹道："三妹要是活着，也差不多那么大了……"盼娣闻言一激灵："刚才她说她叫林三姐，娘带咱们去的不就是临县的林家？"招娣也愣住了，一拍脑门："娘说五儿比她小三岁……我的天哪，刚才肯定就是念娣和五儿！我们快回去找他们！"盼娣拉住招娣，冷静了下来："不行！鬼子的援兵多，我们人单力薄。再说，咱也不知道他们走的哪条路，太危险了！"招娣兴奋地说："姐，那个肯定是念娣，念娣还活着！"盼娣也高兴得直点头："是啊！得尽快把这个消息告诉娘！"两人眼里满是喜悦。

日军进驻原县政府大院，一排日本军官整整齐齐地站着，万专员和隆喜功等十几个汉奸也都站在一旁。池田环视四周，怒气冲冲："空城……隆延宗和高柴禾垛子留给了我们一座空城！隆延宗，诡计多端，既狡猾又凶残……万桑。"万专员连忙上前。池田命令道："去，把隆延宗的家人都抓起来！"

万专员来到隆家，进门发现偌大的隆家，只有隆万氏和王婆子，被日本兵团团围住。隆万氏一见万专员，连哭带号道："哥哥——"万专员怒道："这是我妹子，你们抓她干什么？"他又转身没好气地问隆万氏，"你儿子呢？让他带人搜查，他不先把他娘保护起来？"隆喜功蹿了出来，说："娘，怎么回事，怎么全走了？那几个小丫头，怎么一个都没给我剩？"万专员骂道："瞧你这点儿出息！妹子，怎么回事？"隆万氏摇着头："跑了，全跑了，知道你要来，一早跑得一个都不剩！"万专员说："那你怎么不拦住他们？"隆万氏哭道："我怎么拦啊？走之前险些要勒死我！"

万专员拉起隆万氏，朝内厅走去。来到内厅，他低声问："他们不会把金库也搬走了吧？"隆万氏说："带走好多东西，金条有没有带走我哪知道啊？"万专员说："快带我去金库看看！"隆万氏说："我……我哪知道金库在哪儿啊？"万专员说："你成天说隆家的金条堆积如山，你不知道在哪儿，你没见过？"隆万氏嗫嚅着："我……我是猜的……"万专员气得直哆嗦："浑蛋！我都跟池田指挥官汇报了，这怎么交差？"

这时，突然有士兵喊："报告——"万专员皱着眉，说："进来，什么事？"士兵回禀："祠堂里又发现一个女人！"万专员问："为什么不抓过来？"士兵说："不敢！"万专员竖起眉毛，喝道："抓个女人你都不敢？"士兵说："一个女人守着口棺材，看着瘆人，真不敢抓……"

王婆子走了进来，说："舅爷，是柳瑛娘，棺材里面躺着的是隆老太太。"隆喜功说："你说啥？老老太婆死了？"隆万氏也问："就是啊，死了？"王婆子点点头："今天一早她服了毒。"隆万氏说："你怎么不告诉我？那个老太婆最狡猾，要是知道她死了，我哪至于吓得躲在屋里不敢出来。"王婆子说："您一直躲在屋里，我倒是想告诉您。"

隆万氏一马当先，进了隆家祠堂，隆喜功跟在后面。几个日本兵紧紧跟随着，用枪对准了瑛娘。瑛娘一身重孝，慢慢地在向铜盆里添着纸钱，对来人置若罔闻。隆万氏来回打量着，咬牙切齿道："老太婆啊老太婆，你也有今天！你早不死晚不死今天死，你要是敢多活一天，我就让你吃我的枪子儿，你个死老太婆！"瑛娘说："隆万氏，不得对长辈不敬！"隆万氏哼了一声："柳瑛娘，你自身难保，还敢教训我？"瑛娘站了起来，说："棺材里躺的是隆家老祖宗，你亡夫的亲奶奶。作为长房孙媳，还不赶紧给老人家磕头赔罪！还有你，隆喜功，立刻跪下给太奶奶磕头！"隆喜功道："我不跪！"瑛娘问："你还姓不姓隆？"隆喜功撇着嘴："我才不姓隆了呢，给这死老太婆磕头，我嫌晦气！"瑛娘点点头说："这可是你说的，你不再姓隆了！隆万氏，你也听见了，我会告诉所有族人，隆家长房没有少爷了！”

隆万氏说：“柳瑛娘，孩子信口一说不作数，你要敢散播，我饶不了你！”瑛娘说：“我看他可不像信口一说，我是隆家的人，长房出了变故，告诉族人是我应该做的！”万专员走上前，说：“你跟她废什么话，一枪毙了她，省得她出去胡说。”隆喜功连忙说：“我有枪，我爹给我的！”他从腰间拽出枪来，瞄准瑛娘。突然，他又将枪口对准了棺材，“我先给这死老太婆来两枪，解解恨！”瑛娘大怒：“你敢！”她挡在了棺材前面。隆喜功撇着嘴：“我看在你那仨漂亮女儿的分上，想让你多活一会儿，你还不领情？”隆喜功对着瑛娘就要开枪。

“别动！”隆万氏走了过来，说：“来，儿子，枪给我……”她接过枪来，瞄准了瑛娘：“柳瑛娘，你最不是东西了。你没进隆家以前，我要风得风，要雨得雨。我今天这样，都是被你害的！你个河姑妖女，居然骑在了我的头上，我恨你恨得咬牙切齿，我做梦都梦见喝你的血！”瑛娘看着歇斯底里的隆万氏，面无表情。隆万氏接着说：“孝兴要变天了，你留在隆家就是死路一条，你居然不跑，那可就怪不得我了。这么多年在隆家忍受屈辱，就是因为我人太善了，我要是早下狠手，怎么会这么可怜？今天就从你开始，我要练练狠下心来……儿子，子弹上膛了没有？”“我给您上上。”隆喜功上前一扳枪栓，子弹上了膛。隆万氏咬牙切齿，将手指扣在了扳机上。

一声断喝忽然传来：“住手！”走进祠堂的，居然是一身西装的时少卿。时少卿说：“隆万氏对吧，你干什么，杀人偿命，日本人来了也一样！你要敢动一下，我立马让池田指挥官枪毙了你，你信不信？”隆万氏吓得直往后退。时少卿吼道：“收起你的枪，滚出去！”隆万氏说：“时少卿？！哥，他们是奸夫淫妇。”万专员想制止隆万氏，可她根本没瞧见，仍然喋喋不休：“你个奸夫好大的胆子！这是在我们隆家，你没看见我哥哥在吗？”时少卿瞥了一眼万专员，说：“姓万的，她是你妹妹？赶快把这个疯婆子撵出去！”

“时先生息怒。”万专员凑上前来，低声说，“妹妹，时先生可是大有来头的人物，你客气点……”万专员拽着隆万氏往外走，其他人也都赶紧离开。大门关上，祠堂里只剩下瑛娘和时少卿。

第四十三章

时少卿凝视着瑛娘，如痴如醉，幽幽道："虽说你穿了重孝，可你还是那么美，跟我朝思暮想的一模一样。"他一步步走向瑛娘。瑛娘正色道："这是隆家的祠堂，继宗的牌位也摆在这里，请你想一想什么话该说，什么话不该说。如果没什么事，就请你出去吧。"时少卿停住了脚步，说："听管家说，你见过他了？"瑛娘毫无表情，说："见过了。"时少卿说："那你就……没什么要问我的吗？"瑛娘强忍着情绪，说："祖母大人的灵位在此，我为她守灵，任何事都没有这件事重要。"时少卿说："柳瑛娘，你真是铁石心肠。你这个当娘的，不问问你的亲生骨肉？"瑛娘一愣："真的是你偷走了我的孩子，时少卿，你害得我骨肉分离十六年，你真是禽兽不如！"时少卿狡辩道："我什么时候说偷走了你的孩子？"瑛娘转过头去，抑制着澎湃的情绪。

时少卿绕到瑛娘的面前，幽幽地说："其实我这次回来就没想过隐瞒你，我就是想让你……求我。"瑛娘根本不拿正眼看他。"你不求我，我永远都不会告诉儿子真相！我是他唯一信任的人，最疼爱他的爹……"时少卿炫耀着，可瑛娘仿佛没有听见。时少卿接着说道："瑛娘啊，说出来你可能不信，这么多年，我一直未娶，就是在等着我儿子的娘回心转意，咱们一家人，团团圆圆。"

瑛娘猛地抬起头来瞪着时少卿："离我远点！"时少卿这才意识到自己又伸出了手，试图去碰触瑛娘。时少卿说："好，守灵是头等大事，你守着，我已经等了这么多年了，从一头的青丝等来了早生华发，我不在乎再多等些日子！"时少卿转身缓缓地往外走去，走到门口又停下，转过身来，说："柳瑛娘，我刚才在那恶婆娘的枪下救了你，你不该谢谢我吗？"瑛娘百感交集，把怒火强压于心，深深地吸了一口气，说："多谢时先生救命之恩。"她深鞠一躬。时少卿很是诧异，说："你还真谢啊？你变了……岁月没有改变你的容颜，却把你的性子磨砺了许多，这样的柳瑛娘我更喜欢！"瑛娘抬起头来，面无表情。时少卿转身走出祠堂，关上了门。

瑛娘平静的脸上突然泛起波澜，她转身跪在灵柩前，喃喃自语："奶奶，我的牢生真的还活着！他已经回到了孝兴，我的儿子……牢生……还活着！"她说着说着，哽咽起来。

时少卿跨进原来瑛娘家的院子，头上包着绷带的牢生迎了出来，说："父亲，您回来了。"时少卿慈祥地望着他，说："受了这么重的伤，你怎么不在床上躺着休息？"牢生说："父亲，没事，伤口早就不疼了。我刚才到街上去逛了逛，建筑很古朴，大街小巷都非常美，可为什么店铺都不开张，街上也很少有行人呢？"时少卿想说战争的事，但临到嘴又改了口："这个地方本来人就不多嘛……牢生啊，我们初来乍到，你还是少往外面跑，爹担心你的安全。"牢生说："放心吧，时管家一直陪着我。"时少卿点了点头，问："饭做好了没有？"管家回道："好了。"时少卿又问："有没有鸡汤？"管家说："那还少得了，还是您满意的那个厨子，我又把他给请回来了，就等您回来开饭呢！"时少卿点了点头："走吧，牢生，喝鸡汤去！"他温和地看着牢生，眼里流露出一片慈爱。

佘小四气息奄奄，但还是使劲儿地向远处张望着。见日本人来了，他竭力大声喊道："救命啊，救命啊！"池田踏上断头台，问："你叫佘小四？"佘小四连忙点头："是，我怎么称呼您？"池田又问："你是孝兴的警察局长？"佘小四又点头："是。"池田再问："是隆延宗要枪毙你，才把你绑在这里的？"佘小四再点头："是。"

池田笑了，向后退了一步，抽出了佩刀，说："既然要枪毙，你为什么还活着？这等苦肉计他也敢使，以为我是小孩子吗，哈哈……好，既然他没开枪，那我也不用子弹，这把军刀已经很久没喝过人血了！"说着，池田将军刀指向佘小四的脖子，刀尖近在咫尺，佘小四吓得说不出话来，嗓子里发出奇怪的声音。不能露馅！佘小四强自压抑着恐惧。他一横心，大声骂道："狗日的隆延宗，你真是个王八蛋，你不开枪就是想留着让日本人替你动手，亏我跟了你这么多年，却落得这个下场，你等着，我变成恶鬼也饶不了你！来吧，小鬼子，脑袋掉了碗大个疤，爷绝不眨眼！"池田大喝道："脑袋掉了，你当然没法眨眼。求饶吧，不然的话……"忽然，池田举起了军刀，作势欲劈。佘小四瞪大了眼睛，说："来啊，给爷来个痛快的！""我成全你！"池田抡起军刀向下砍去。佘小四闭紧了眼睛，可刀停在了他的咽喉处。半天，佘小四慢慢地睁开一只眼睛，瞧着池田。

池田笑了，凑近佘小四："你倒像个英雄，我也是英雄，我们应该英雄惜英雄。"佘小四这才睁开了另外一只眼睛，说："你不杀我了？"池田说："你刚才叫我什么？"佘小四有些莫名其妙："我……叫您什么了？"池田说："你好好想一想，你刚刚叫了我什么！"佘小四想了想，说："……小鬼子？"池田微微一笑："没错，就是这个！如果你以后愿意叫我司令官阁下，我可以不杀你。”佘小四兴奋不已：“真的？司令官阁下？”池田问：“这就对了。愿意继续当警察局长吗？”佘小四说：“倒是可以商量……”池田说：“难道我在求你？”佘小四忙说：“不是……报告司令官阁下，佘小四愿意效劳！”池田笑了，一刀斩断佘小四身后的绳子。佘小四一个踉跄，险些摔倒，他回过身来说：“司令官阁下，好刀法！”池田道：“快滚！有人会告诉你，你该干什么！”佘小四笨拙地敬了个礼：“是！”

万专员将隆家的一众宗亲全都用枪督着，押到了隆家祠堂门口。池田大踏步走来，说：“这些都是隆延宗的家人？”万专员点点头：“对。”池田命令道：“死啦死啦的，全都杀光！”万专员一挥手，立刻有伪军举起枪来。一时间大人哭，小孩叫，七舅爷的两个小老婆都往七舅爷怀里扎。

七舅爷推开小老婆，冲万专员喊道：“哎呀，万专员，救命啊，咱们可是实在亲戚哪，你可以问问令妹，自从她嫁进隆家，这么多年我一直都在帮衬她！”万专员不耐烦道：“去去去，少套近乎！”七舅爷上前要去拉万专员的胳膊，万专员掏出了手枪。七舅爷见到枪，一边朝后退了退，一边四处打量着，又跪在池田面前：“皇军，您饶命啊！饶命啊！”三叔公轻声道：“黄七贵给日本人下跪？”四叔公不屑道：“真丢人！”三叔公问：“咱们该怎么办哪，等着挨枪子儿？”四叔公说：“您是哥，我得听您的啊！”

三叔公环视众人，众人也都在看着他，他咳嗽一声，说：“我想问问，为什么要枪毙我们？”没等池田说话，万专员抢话道：“要恨你们就恨隆延宗，他不识时务，专门跟皇军作对，你们是受了他的牵连！”三叔公说：“隆延宗跟日本人作对，杀我们干什么？我们跟那小兔崽子又不是一家人！”万专员说：“你少胡扯，上次开祠堂我见过你个老东西！”三叔公说：“我是姓隆，按辈分我还是隆延宗的长辈，开祠堂我当然得来，可我们这些人已经跟这个隆家分道扬镳了！”万专员怕事情有变，连忙说：“司令官没功夫听你废话，开枪！”七舅爷急道：“不要！我不反你们日本，我还愿意为你们做事哪，别杀我，我没活够啊！”日本兵冲了过来，用刺刀对准跪在地上的七舅爷。七舅爷吓得连忙起身，日军和伪军都举起了枪准备射击，人群一阵尖叫。

突然，池田身后的门打开了，瑛娘从里面走了出来，说：“等一等……”众人看向瑛娘，她却看向万专员。万专员说：“嘿，怎么把她给忘了，司令官阁下，她是隆延宗最亲近的人，是隆延宗的亲二嫂，他们俩之间还有说不清楚的关系！”瑛娘顺着万专员看向池田，说：“看来，您说了算。”池田问：“你是隆延宗的二嫂？”瑛娘点点头说：“不错，我是这个家里的人。除了我，还有隆延宗的大嫂隆万氏，就住在东边第一个院里，她的儿子是隆延宗的亲侄子。你们是要枪毙隆延宗的家人，枪毙我们仨就够了。”万专员气急败坏。瑛娘又说：“不信你问问他们，隆万氏、隆喜功是不是这个家里的人？”四叔公连忙说：“没错，没错！隆万氏和隆喜功才跟隆延宗是一家的！”众人纷纷点头。

池田回头看向万专员，说：“怎么，还有人没有抓到吗？”万专员有口难辨，正想解释，池田却命令道：“东边第一个院子，把人给我抓来！”万专员恶狠狠地瞪着瑛娘。他走上前来，点头哈腰，说：“司令官阁下，您别听她的，她刚才说的隆万氏是我亲妹妹，隆喜功是我儿子，过继给我妹妹的。我妹妹和我儿子虽然住在这个家里，可跟隆延宗不是一伙的！”瑛娘大声道：“亲嫂子和亲侄子不是一伙的，那这些人离得就更远了。这个大官儿，你是日本人，你们日本人懂得亲戚的远近吗？”池田皱了皱眉头，没有回答。

这时，隆万氏和隆喜功被日本兵押来。隆喜功大叫：“爹！”隆万氏快跑几步，说：“哥哥，这是怎么回事啊，抓我干啥啊？”隆喜功上前给池田鞠躬，说：“池田司令官，是我啊，我是跟着您一起来的，坐在您后边那辆车，您忘了？这个是我娘……您枪毙谁也不能枪毙我们呀！”隆万氏也可怜巴巴地说：“是啊是啊，司令官……”

万专员说：“哎呀，你们俩别怕，司令官阁下是个明白人，不会受这个妖女的挑唆！”瑛娘说：“要是司令官阁下这么做，那真是太可笑了。难怪都说你们日本人滥杀无辜……”万专员连忙说：“司令官阁下，她辱骂皇军，这个女人该死！”池田看着瑛娘，眼里露出了凶相：“枪毙她！”两名日本兵冲上前，用枪指向瑛娘。

这时，时少卿的声音传来：“司令官阁下——”池田见到他一愣，招呼道：“时桑？”时少卿看了一眼瑛娘，拉着池田向一边走去，在他耳畔嘀咕着，池田疑惑地转过头来看向瑛娘。他边听边点头，接着笑着走近瑛娘，说：“你身着重孝，家里正在办丧事？”瑛娘点头。池田叹道：“可惜了，第一次见面我没能见到你应有的风采。要知道，你的大名，我时常听我的义弟提起。”瑛娘看向时少卿。

池田和蔼地问：“请问，这些人该不该杀？”瑛娘愣住了。时少卿插话道：“瑛娘，司令官阁下给你面子，你说他们该不该杀？”瑛娘看向众人，族人都哭丧着脸看着瑛娘。瑛娘摇了摇头：“他们都不是这个家的人，是亲戚，不过有的近有的远，今天早上，隆延宗逃走之前，是用鞭子把他们从祠堂里赶出去的。”池田一愣：“用鞭子抽打他的亲戚？我不信。”时少卿的管家在远处说：“司令官阁下，这是真的，我亲眼所见。”池田皱着眉：“嗯，看来这些人是凑数的。万桑，我要找的是隆延宗的家人！被我枪毙，隆延宗会心疼的那种人，在哪里？”

“我知道！”隆万氏说。所有人都看向她。池田看了看隆万氏，说：“带上她走！”说完，他大踏步走了。有日本兵用枪指着隆万氏，隆万氏吓得直哆嗦。万专员拉起她，说：“别怕，司令官阁下是我的朋友，不会难为你。”隆万氏将信将疑，可是也只能跟着走，隆喜功连忙追上去。持枪的日本兵和伪军都跟着一起走了。众宗亲长辈也各自散去。

瑛娘转身要回祠堂，时少卿快走几步迎上来，说：“瑛娘，我来晚了，让你受惊了。”瑛娘看都不看，径直跨进了门槛。时少卿假装不在意，向远处喊了一声：“儿子——”瑛娘一激灵，连忙回头看去。牢生站在不远处，正向时少卿挥着手。瑛娘转身快走几步，定定地看着牢生。瑛娘热切的目光，让牢生有些不好意思，他腼腆地笑了笑，笑容纯真。

时少卿凑近瑛娘的耳畔，轻声道：“那是我儿子，你要不要认识？”瑛娘看看时少卿，又看了看远处的牢生，咬了咬牙，转身向祠堂里走去，关上了祠堂的门。

牢生走向时少卿，问：“父亲，那个女人是谁？”时少卿说：“一个很特别的人，对你……对我……都很特别的人。我们可能会成为一家人……不是可能，是一定！”牢生不解地看着时少卿。时少卿笑了起来，搂过牢生，说，“以后，你会明白父亲的话是什么意思。”

池田带着佘小四乘着汽车前往七十二寨。汽车停在山路上，池田下车观察着地形，一支不到百人的队伍也跟着停在汽车后面。佘小四上前说：“再往前，车可就走不了了。”池田点了点头：“没问题，我喜欢爬山。”池田一挥手，一支十人左右的小队就往半山腰奔去，池田又向另一个方向一指，另一个小队又向另外一面的山腰上爬去。

过了一会儿，池田说：“我们可以出发了。”佘小四轻声说：“池田司令官，有个事情想求您……”池田点点头：“说。”佘小四说：“您要杀的是隆延宗的家人，我有个姑姑是隆家的大管家，那是下人，不是他的家人，求您放过她！”池田看了一眼佘小四，微笑不语。

日本兵冲进七十二寨山寨，挨个房间搜查，可是，山寨空无一人。佘小四长长地出了一口气。池田找了一个地方坐下，向佘小四挥挥手，佘小四连忙走了过来。池田问：“佘小四，你能不能告诉我，这里为什么没有人？”佘小四皱了皱眉头：“司令官阁下，这……这我不知道。”池田说：“万桑的妹妹是不会骗我的，她恨隆延宗，更恨隆延宗的母亲，不是吗？”佘小四说：“司令官阁下，其实，我也听说隆家要来七十二寨住，可这……”佘小四指着空无一人的七十二寨，露出费解的神情。池田突然站起身来，说：“是你通风报信，人才跑光的？”佘小四一愣：“没有啊！”池田将军刀架在他脖子上：“就是你！”佘小四一梗脖子，急道：“你不相信我，你当时就宰了我啊，何苦等到这会儿。你说让我接着当警察局长，去替你们安民，你是成心让我丢人现眼哪？”池田反倒笑了：“很好。佘小四，其实我已经信任你了，当时你为你姑姑求情。你姑姑是隆家的管家，这一点，我早就知道了！哈哈……”军刀顺着佘小四的脖子，慢慢地撤下。佘小四流了一身冷汗，他同样纳闷人为什么不在这里。

原来，隆夫人出城不久，马上把队伍停了下来，改道向瑛娘曾经隐居的山间而去。这是隆老夫人和瑛娘商量出的计策。

到了目的地，隆夫人召集众人，说道：“天下没有不散的宴席，咱们也得散了。不管有没有卖身契的，从今儿个起，你们都是自由身了！”一个老下人说：“散？往哪儿散哪？我们不走，愿意跟着当家人！”一个婆子接话道：“是啊，我们全家都端隆家的饭碗，这么多年了，您去哪，我们去哪，吃糠咽菜我们也认！”隆夫人说：“大伙这么信任隆家，信任我，我感激不尽。带你们从孝兴出来是怕鬼子报复，滥杀无辜，大伙跟着遭殃。出了城也就太平了，有家的就回家去，管家会给你们带上盘缠；没家的就相互间搭搭伙儿，找个地儿安家，管家会给你们发些安家的费用。”

一个丫鬟说：“夫人，我们还是留下伺候您吧。不是说去七十二寨吗，我们都打听了，那山上有不少房子，没房子，我们挖地窨子住也行，我们不怕过苦日子！”隆夫人点点头说：“本来是要去七十二寨的，可老祖宗提醒我，咱们这么多人一起逃难，动静太大，也容易走漏风声。你们看，连小丫头都知道要去七十二寨，那恨咱们隆家的坏人要是也知道了，咋办？”众人面面相觑。隆夫人接着说：“小鬼子恨的是三少爷，我是他娘，小鬼子最想要我的命解恨，你们跟着我，难道想陪我死？”隆夫人指着刚才说话的小丫头，“凤儿，我记得你来家里的时候才八岁，现在十几了？”丫鬟凤儿答道：“十九。”隆夫人点点头：“多好的岁数……回娘家去吧，管家给的盘缠指定够你置办一份好嫁妆，让你娘给找个好人家！”凤儿哭了出来。隆夫人继续说道：“老祖宗说了，小鬼子再凶恶，也蹦跶不了几年。咱们要是都活着躲过这场灾，谁愿意回来，再回来！”说完，隆夫人也淌下了泪水。佘管家连忙上前，说：“快让夫人歇着吧，都到我这里来领盘缠。”婆子们、丫鬟们、家丁们都一起跪下，说着：“夫人保重！”隆夫人点着头，含泪看着下人们，下人领了盘缠，纷纷告辞。

很快，隆福端着一碗疙瘩汤进来，说：“夫人，给您做了盆疙瘩汤，好吃不好吃的，热乎！”佘管家连忙盛了一碗。隆夫人也饿了，吃了一口，说：“香！隆福，你啥时候会做饭了？”隆福说：“我一直会做饭呐。”隆夫人不太相信，说：“你个大男人……做饭也会？”隆福笑了：“做饭有啥难的？”佘管家说：“夫人，咱们隆家厨房里的大厨、婆娘十好几个，当然轮不到隆福做饭吃了。可在乡下，哪分什么大男人小女人的，谁还不会对付一口饭？不会做，难道喝西北风啊？”隆夫人有些费解地点了点头：“哦……”隆福道：“不光做饭，我还会盖房子呢，这房子就是我一块坯一块坯垒起来的！”隆夫人心里一阵歉疚，站了起来，说：“隆福啊，那些年误会太深，让你离开隆家，在外面受苦了。”隆福连忙说：“夫人千万别这么说。受苦不算啥，我就是恨自己废物，二少奶奶的四个孩子都丢了，我发誓要帮她把孩子们找回来，结果找了那么多年，一个也没找着！”隆夫人真诚地说：“继宗从小跟我不亲，却有你这么一个忠仆，我替他谢谢你！”隆夫人说着就要鞠躬，隆福赶紧上前搀扶，说：“这可使不得，您快坐！”

隆夫人落座，说：“这么说，这几年瑛娘就住在这儿？”隆福点头说：“是啊，幸好当年二少奶奶让我盖了这处小院子，现在还真派上用场了！”隆夫人微微点了点头：“这个地方真好，山沟够深，谅小鬼子也找不着！”佘管家说：“是啊，夫人，您就放心住吧！”隆夫人又四下看了看，说，“你们三个，都坐下来，一起吃。”隆喜儿说：“夫人，哪有下人上桌吃饭的规矩啊？”隆夫人叹道：“小鬼子最想要我的命，你们仨没抛下我不管，陪我一起逃难，是我的恩人。以后，咱们就坐在一个桌上一起吃饭，再也没有什么规矩和主仆之分了，都坐下，不然我吃不下！”隆福看隆喜儿，隆喜儿看佘管家，三人只好坐下。隆夫人笑道：“这多好，快都尝尝隆福的手艺，这疙瘩汤可香了！”

高棒子打探情报归来，说：“小鬼子把隆家的宗亲都抓了，可并没有大开杀戒，也没有放火烧房子。”隆延宗点了点头，说：“多亏了奶奶的妙计……”“还有就是……”高棒子有些犹豫，看着隆延宗，不想开口。高柴禾垛子不耐烦道：“你有话快说，有屁快放！”高棒子道：“狗日的佘小四当上了汉奸，还带着池田去了七十二寨！”高柴禾垛子一愣，说：“池田去了七十二寨？浑蛋，这么重要的线索为什么不早点汇报？多好的机会，老子可以打他的伏击！”高棒子说：“我发现啊，旅长，池田这老狐狸太狡猾了！看上去，他就带了两个小队，可实际上有四五百鬼子，配备最精良的武器，分成两路给他打策应，他是拿自己当诱饵，就等着有人打他的伏击呢！”高柴禾垛子深吸一口凉气：“是吗？”

隆延宗突然哈哈大笑。高柴禾垛子问：“你笑啥？”隆延宗道：“要不是奶奶神机妙算，我隆延宗的家人就被小鬼子连窝端了！”高柴禾垛子诧异道：“怎么，你娘不在七十二寨？”隆延宗点头道：“是啊，奶奶是诸葛再世，早就料到了……”说着，隆延宗又笑了起来，可笑着笑着，笑出了眼泪：“可惜啊，老人家怕给我添累赘，又不愿意做亡国奴，她……我都没来得及给奶奶披麻戴孝。”隆延宗的泪水涌了出来。高柴禾垛子搂住他说：“义弟，你别太难过。来，义兄陪你喝两盅。”高柴禾垛子命手下上了酒，与隆延宗碰了一下杯，说：“这盅敬奶奶！老人家，当年我跟您打过交道，您蛮不讲理，不还我儿子，可现在，我谢谢您，敬您一杯！”隆延宗举杯道：“奶奶，延宗敬您！您的叮嘱我都记住了，我绝不给您丢人，不给隆家祖宗丢人！”

一杯又一杯入口，高柴禾垛子已经微醺，说：“义弟，佘小四的事儿，你也别太往心里去。虽说是你一手提拔的，可他不争气当汉奸，也不能怪你啊，我会尽快派人去孝兴，替你除奸！”隆延宗连连摆手：“万万不可！义兄，他是我的人，这个汉奸，得我自己除，你可不许跟我抢！”高柴禾垛子说：“哎呀，我是怕你下不了手！”隆延宗说：“我下得去手，你必须答应我，不能跟我抢！”高柴禾垛子说：“好吧，不跟你抢，来，喝酒！”隆延宗将酒干掉，目光深沉。

第四十四章

佘小四满脸慈爱，抱起儿子亲了又亲："儿子，爹亲亲，好儿子，在家等着爹啊，爹上班糊弄小日本鬼子去了。"说完，他将儿子交给了媳妇："饿了就喂，可别让他哭，我跟你说，他在家里哭，我八百里外都听得见。"小四媳妇呵呵地笑着。佘小四说："笑啥？我们爷儿俩心连着心！"小四媳妇道："放心吧，谁敢让小少爷哭啊？"佘小四问："你怎么也管儿子叫小少爷了？"小四媳妇说："姑姑让叫的，姑姑说越叫越贵气，将来就真成小少爷了！"她摸着儿子的脸，逗着，"是不是，小少爷？"佘小四心里有点儿别扭，但还是笑了，说："行，愿意叫你们就叫吧！"

佘小四走出门，哼着小曲走在路上。突然，角落里蹿出几名大汉，将他的嘴一下勒住了。佘小四连忙摸枪，可他的枪被下了，一块儿黑布套在了他的头上。

监狱审讯室里，佘小四头上的黑布被拽了下来。那几名绑他的大汉说的都是日语。"这样做行吗？听说池田司令官很看重这个人……""让我们这么做的人，是司令官更看重的人，不用怕！"佘小四听到后嘀咕着："日本人……"这时，一个大汉拎起皮鞭走向了佘小四。佘小四大声喊道："皇军，千万别动手，一家人，误会了，误会了！"大汉用生硬的中文说道："没有误会，有人要你的命，受死吧！"说着，他一拳砸在了佘小四的肚子上，皮鞭紧随其后，佘小四被打得惨叫不已。监狱楼道里，时少卿露出得意的目光。

不知过了多久，佘小四已经被打得浑身是血，昏迷过去。一盆水泼在了他的脸上，他渐渐醒了过来。朦胧中，他看到时少卿走进了牢房，很是诧异："时少卿？"时少卿笑了："是我。"佘小四明白了几分，骂道："你个狗娘养的……"时少卿笑道："骂，随便骂。"佘小四说："你是池田司令官的人，我也是，你为什么找人打我？"时少卿说："我这个人啊，报复心理是极强的。想想当年你是怎么对我的。"佘小四大骂，"池田，老子背着汉奸的名声为你效力，你不信任我可以枪毙我，为什么让时少卿这狗贼来？我佘小四死在谁手里都行，死在他手里丢人，时少卿他是个畜生！"

"骂，接着骂！我现在就替池田司令官枪毙你！"时少卿从腰间拽出枪来，子弹上膛，对准了他，"你骗得过池田，可骗不过我！你和你姑姑都是隆家死心塌地的狗，怎么会背叛隆延宗？我跟司令官是结义兄弟，我不能眼睁睁地看着他上当！你这个奸细……”佘小四有些慌，旋即哈哈大笑起来：“是！我曾经对隆延宗死心塌地，可谁愿意一辈子当狗，我姑姑是隆家的奴才，可我不是！这么多年了，我一直听隆延宗使唤，凭啥，就凭他姓隆我姓佘，我不服！”

池田接到禀报，就立刻赶了过来，但他并没有进门。审讯室里，佘小四接着说道：“投靠日本人这件事，我早就想好了，这是大势所趋，我佘小四是有野心的，我想出人头地，只有这一条路，给日本人立了功能发财。我早就听说了，我真希望日本人能把隆家的产业都赏给我！我们佘家要是也有个大祠堂多好啊，几百年以后，子子孙孙都供奉我，给我磕头烧香……”听到这儿，门外的池田笑了。佘小四继续说着：“我什么都算到了，就没算到你时少卿会来孝兴！今天栽到你手里，我认倒霉，怪我当年没打死你，你开枪吧，爷要是眨眼就不是条好汉！”

“好，我成全你这条好汉！”时少卿猛地搂响了扳机。佘小四吓得紧紧地闭上了眼睛。池田吓了一跳，冲进门来，大喝道：“时桑！”枪响了，但是并没有打出子弹，佘小四半天才睁开眼睛。

池田说：“时桑，你在干什么？”时少卿道：“义兄，你来了……我这支枪里，本来是有子弹的，可是我卸掉了。”说着，他从兜里掏出两颗子弹，掂量着，佘小四心有余悸。时少卿看着佘小四，说：“佘小四，你刚才说了，眨眼就不是好汉！”佘小四一头大汗，说：“司令官，救我！”时少卿转身看着池田，说：“司令官阁下，经过我的考察，我认为，佘局长是可以信任的。”池田惊愕地看着时少卿。时少卿说：“义兄，我没事先没有通知你，请原谅。要知道，当年就在这个审讯室里，他险些打死我，我是非常非常忌恨他的！刚才，我突然想起了另一件事……十六年前，不，应该是十七年前，我的瑛娘被绑在了孝兴的法场上，生死关头，当年的这个小警察，替柳瑛娘说过公道话。孝兴百姓也正是因为听到了那些事实真相，才了解瑛娘的人品，在昏庸县长的枪口下救下了瑛娘……一想到这，我就忘记了当年的皮肉之苦，对佘局长就剩下了感激之情，哈哈……”

佘小四难以想象，自己竟然这样渡过了这一关。池田道：“佘局长，我忘了告诉你了，我的义弟时少卿，很快会出任孝兴县县长。将来，你要很好地配合他。”佘小四看着一脸阴笑的时少卿，不知如何是好。

池田和时少卿并肩离开，走到监狱楼道里，忽然，池田回过身来，问：“时桑，我的部下为什么会听你的？”时少卿一愣，十分心惊，冷汗都冒了出来。池田沉着脸说：“我知道你有钱，但我警告你……”时少卿摆摆手说：“义兄，我错了。请看在我们兄弟间十几年感情的分上，原谅我。当年他打过我，到今天我都恨得牙根儿痒痒，是想报复……可我最重要的目的，是为了试探他是否可靠！佘小四带你去七十二寨，我很担心，真怕他是个奸细，害您中了埋伏！”池田摇了摇头，说：“佘小四是可以信任的，他对大日本皇军在孝兴的作用至关重要，你刚才真是吓坏我了！”“对不住，义兄。”时少卿深深地鞠了一躬。池田强压下怒火。

隆延宗听说佘小四被绑了票，坐立不安，十分心焦。直到派出的亲信回报了情况，说：“佘局长真是好样的！打得挺严重，但他挺住了。二少奶奶雇了人，给老太太下葬了，全程都有日本兵盯着，除了二少奶奶，也没别人敢去坟地磕头。”隆延宗叹了口气：“没想到奶奶威风了一辈子，临了，只有二嫂一个人送她。”亲信又说：“还有个消息，时少卿那狗贼要当孝兴县长。”隆延宗十分惊讶，不知时少卿葫芦里卖的什么药。亲信说：“听说他到了东洋以后，一直和池田家族做生意，还和池田结拜为兄弟，也不知道时少卿这个狗贼给了池田多少钱，就要当孝兴县长。”隆延宗一激灵，自语道：“这狗贼看来是奔二嫂来的！”

隆家祠堂中，正在摆放隆老夫人灵位的瑛娘突然听到了动静，她发现声音是从祠堂后门传来的，警惕地走过去，靠近门口，沉声问道：“谁？谁在外面？”外面传来盼娣的声音：“娘，是我。”瑛娘一愣：“盼娣？是你吗？”盼娣回答说：“是我，娘，快开门！”瑛娘连忙打开了门，盼娣从门缝里挤了进来。瑛娘问：“盼娣，你怎么回来了？”盼娣说：“我想娘了，娘……”盼娣与瑛娘紧紧地抱在一起。

盼娣细细讲述了这几天的遭遇，说：“我和招娣都觉得林三姐一定就是三妹，管她叫媳妇的那个半大小子，肯定是五儿！”瑛娘惊喜道：“真的？我的小老三还活着？五儿也还活着，太好了，太好了！”瑛娘高兴得不知如何是好。盼娣笑了：“我就知道娘会高兴，所以赶回来给您报信的。”瑛娘说：“回去告诉你们高旅长，他儿子还活着！让他赶紧去找五儿，父子团聚！”盼娣说：“好，我回去就向旅长汇报！”瑛娘突然想到了什么，说：“你进城很危险吧？”盼娣说：“是，日军岗哨盘查得可严了。”瑛娘又问：“你是怎么进的隆家，没人看见你吧？”盼娣说：“隆家上上下下好像都换了人，我走到后门，趁不注意，溜进来的。”瑛娘闻言有些担忧。

此时，王婆子正在隆万氏耳畔嘀咕着。隆万氏听着听着一愣，问道：“混进来一个女的？”王婆子点点头说：“看门的说是个大个子，好像熟门熟路，直接奔了祠堂。”隆万氏惊喜地拍起了巴掌：“大个子？太好了！指定是柳瑛娘的大丫头！喜功——”隆喜功无精打采地说：“干吗？”隆万氏说：“你不是想在司令官阁下面前立功吗？机会来了，柳瑛娘的大丫头隆盼娣回来了，听说她还立过军功，那指定杀过不少皇军呀，你说要是把她交给司令官阁下……”“那还等什么！”隆喜功说着连忙冲了出去。隆万氏、王婆子、七舅爷等人也跟了出去。

祠堂里，瑛娘隐隐感觉不安，说：“盼娣啊，娘这心里边发慌，你还是赶快走，一刻也别耽搁！”盼娣恳求道：“娘，你跟我一起走吧！”瑛娘说：“娘不能走。”盼娣说：“娘，如今这孝兴就是虎穴狼窝。我听说时少卿又回来了，我和招娣怎么舍得把你一个人留在这？”瑛娘说：“你和招娣惦记娘，娘打心眼儿里高兴。可娘真的不能走，娘也有个好消息要告诉你们，牢生还活着……”盼娣又惊又喜，喊出了声：“牢生？”瑛娘说：“对啊！当年他还在襁褓里就被时少卿这狗贼偷走了，这么多年，我日思夜想，心都快想碎了！没想到他还活着，我已经见到他了，文文静静的，和你爹年轻的时候一模一样。我就算死也得告诉牢生，我是他亲娘，我得让他跟着我回隆家，所以我不能走，绝对不能！”盼娣说：“牢生在哪儿？我们带他一起走不就完了？”瑛娘说：“不行，他管时少卿叫爹，根本不知道自己的身世，想让他跟咱们团聚，只能一点点地来。这孩子最可怜，只吃了我三个月的奶。为了他，娘就算把这条老命搭上，也要守在孝兴！”盼娣说：“娘，您心里就只有他一个儿子，不管我和招娣了吗？还有念娣，还有五儿，我们都惦记您。”瑛娘说：“盼娣，从小就你最懂事，别让娘为难。你们每个孩子都是娘的心头肉，牢生最小，而且他现在认贼作父，不知道我是他的娘，我只能先守着他！”盼娣说：“我这就去杀了时少卿！”瑛娘说：“万万不可！杀了时少卿，牢生就永远也不会相信我是他娘了，盼娣，你赶紧走吧！”盼娣说：“不行！我答应招娣要带您一起走的！”瑛娘急了：“盼娣，你别让娘着急，算娘求你了，还不行吗？”“好吧……娘，您保重！”盼娣无奈，跪下要给瑛娘磕头。瑛娘上前扶起她，说：“哎呀，别磕头了，快走快走！”

盼娣和瑛娘走到门前，刚要打开门闩，外面的王婆子一声断喝：“把门撞开！”瑛娘吓了一跳，赶紧说：“快，从前门走！”她拉起盼娣就往祠堂前门跑。二人刚刚来到祠堂中央，前门就被砰地撞开，端着枪的隆喜功、虎视眈眈的隆万氏，带着一众下人冲了进来，同时后门也被撞开，王婆子带着几名打手冲了进来。瑛娘和盼娣被困在了祠堂中央。瑛娘看着盼娣，盼娣沉着地打量着四周。

隆喜功咧着嘴，嬉皮笑脸：“嘿，嘿，嘿，还真是你，二叔家的老大！打小就是个大个儿，现在长成了大美人儿，你还记得我吗？我是隆喜功！有一回，我把你妹妹绊倒了，嘿，你骑在我身上，好一阵子打，你还记得不？”盼娣不理隆喜功。隆喜功调戏道："其实你打我，我一点儿都不疼，你骑在我身上，我美！"隆喜功说着就凑上前来。

瑛娘斥道："隆喜功，这是祖宗祠堂，你放尊重点！"隆喜功一瞪眼，说："柳瑛娘，我知道你的老相好是司令官阁下的红人，可他救得了你初一，救不了你十五。你闺女，在高柴禾垛子手下当差，打死了多少皇军，说！"盼娣只是瞪着隆喜功。隆喜功又说："隆盼娣，我告诉你，我要把你交给日本人，日本人会把你碎尸万段！"瑛娘和盼娣都有些紧张。隆喜功忽又嬉皮笑脸道："不过，我也可以不把你交给日本人，只要你陪我睡觉就行，哈哈……走吧！"说完，隆喜功就去拉盼娣。瑛娘刚要阻拦，盼娣伸手将她拉到了身后，抬起一脚踢向隆喜功。隆喜功刚闪躲过去，盼娣的第二脚已经到了，将他踹了一个狗吃屎。

隆万氏喝道："给我一起上！"十几个打手抄着棍子冲了上来。隆喜功爬身起来，吼道："都给我让开！"他从腰间拽出枪，对准盼娣，说："我听说你跟着戏班子学了武，没想到你还真能打，你再厉害能厉害得过老子的枪？我给你脸你不要脸，本少爷现在就毙了你！"盼娣在枪口下多少有些紧张。

瑛娘叫道："盼娣……"盼娣叹道："娘，都怪我大意了……"瑛娘上前拦在盼娣面前，说："大嫂啊，请您发个话吧，让喜功把枪收起来，大家都在一个房檐下住，这两个孩子小时候就认识，现在这样动刀动枪的，不好。"隆万氏咬着牙说："有什么不好的，你闺女把我儿子踹趴下的时候，你怎么没说不好啊？隆喜功，你色胆包天，她柳瑛娘的闺女你就别打主意了。她娘就烧死了自己的亲哥哥，你不要命啦，你还不赶紧动手把她抓起来，送给司令官阁下立功去！"隆喜功看着盼娣，嬉皮笑脸道："你瞧，本想让你陪我快活两天，这下可好，你的死期到了吧……动手！"四五个下人一拥而上，盼娣拼命挣扎，但很快被按住。

眼见盼娣要被拖走，瑛娘万分焦急，突然大喝一声："隆万氏！"隆万氏回头，诧异地看着瑛娘。瑛娘说："放过我女儿，我让你做隆家的当家人！"隆万氏一愣，说："你说什么？"瑛娘说："你不是想做当家人吗，我可以帮你……"隆万氏哈哈大笑起来："你帮我？你一个河姑妖女要帮我？笑话，哈哈……你怎么帮？"瑛娘说："放了我女儿，我帮你说服宗亲长辈！"隆万氏说："那些老头子们能听你的？"瑛娘说："他们会听，我刚救了他们的命。"隆万氏说："那又管个屁用，当家人得有金库的钥匙，你有吗？"瑛娘说："奶奶她老人家还真留给我了。"隆万氏瞪大了眼睛："真的？"瑛娘说："你放了我闺女，我就说服长辈们，并把金库钥匙给你！"隆万氏听了有些动心。隆喜功却说道："娘，你别搭理她。把这丫头片子送给司令官，司令官一高兴，封我官儿当，不就什么都有了。什么当家人，有个屁用！"隆万氏斥道："你闭嘴，娘在隆家等了半辈子，等的就是这个！我当了家，以后隆家土地里打回来的粮食，买卖铺户挣回来的钱，就都归我管了！”

瑛娘说：“那你就快放了我女儿！”隆万氏摇摇头说：“不行，你先拿出钥匙来！”瑛娘也摇头：“我闺女要是不能平安离开，就算是杀了我，我也不会把钥匙给你！”盼娣看着瑛娘，心生感动。隆万氏冷笑一声：“呵，可真是个好娘啊，为了闺女连命都不要了，我怎么知道你不是在骗我呢？”瑛娘说：“我柳瑛娘从来没骗过人！”隆万氏说：“你胡说！当年跟你住在这儿的那个牢生，就是你跟高柴禾垛子的野种，你不仅骗了我们，还欺骗了祖宗！”瑛娘有些尴尬，脸有点儿红：“就说眼前儿的，你不放我女儿走，我就不会拿出钥匙来给你！不然，你就先杀了我，那你就永远也找不到金库钥匙了！”隆万氏眼珠一转，说：“我真想信你一回，可就这么空口无凭，万一你骗了我，我可就亏大了！”隆万氏叉开腿，“你从我的胯下爬过去，我就先放人。”隆喜功拍拍手说：“哎，这个好玩！”盼娣瞠目结舌。隆万氏道：“你这个河姑妖女，那么多年跟我平起平坐，老太婆回来以后更是什么都说你好，把你都捧得都骑到我脖子上去了！今天当着七舅爷和我儿子、你闺女的面儿，你从我的胯下爬过去，也让我解解恨！”盼娣怒道：“你个恶婆娘痴心妄想！娘，不用理她，我当过土匪，要不是三叔给我指了一条正路，我早就被枪毙了！我是立过军功，亲手杀过的鬼子不止一个，作为一名中国军人，我早活够本了！”

瑛娘突然说：“你闭嘴！你要再多说一句话，我就不是你娘了！”盼娣愣住了。瑛娘转向隆万氏，说：“大嫂，瞧您说的，我什么时候跟您平起平坐了，更从来没有骑在您的脖子上啊……您不就是想让我出丑吗，爬是吧，这有何难？我每天擦地，都是跪在地上爬的……我这就爬！”瑛娘跪在了地上，一步一步爬向隆万氏，盼娣泪如雨下。隆万氏也真没想到瑛娘会这么做，一时有些惊慌，忽又得意起来：“真爬啊……七舅爷你快看，柳瑛娘在我身下爬呀，你们可得出去传扬，这样，隆家那些老东西就再也不敢提柳瑛娘跟我争当家人了！”

瑛娘心平气和地爬着，爬过了隆万氏的胯下，这才慢慢地站了起来，说：“大嫂，能让我闺女走了吗？”盼娣看着瑛娘，满眼泪水。隆万氏问：“你手里真有金库钥匙？”瑛娘点点头：“真有，这么多人看着呢，我知道大嫂不会言而无信。”隆万氏一挥手：“放那丫头走！”隆喜功急了：“娘，还真放啊？这可不行，好不容易有了立功的机会，我得拿她在司令官面前讨个好啊！”隆万氏将隆喜功拽到了身旁，轻声说道，“等娘做了当家人，你有的是机会讨好司令官！隆家的金库里，金条堆积如山，拿到金库钥匙比什么都要紧！”隆喜功无奈，一挥手，打手们放了盼娣。

盼娣叫道："娘……"瑛娘回头看了盼娣一眼，说："还不快走，以后别再回来了！"盼娣一咬牙，扭身跑出了祠堂。瑛娘的泪水奔涌而出。

隆万氏伸手说："柳瑛娘，钥匙！"瑛娘回头看着隆万氏，说："你跟我来吧。"瑛娘向后厅走去，隆万氏紧紧跟随，隆喜功也跟着。

后厅，瑛娘为自己做的灵位底座上有个机关，一把特制的钥匙正插在机关上。隆万氏瞪大了眼睛，一把抢过钥匙："太好了，太好了！金库在哪儿，快带我去！"瑛娘摇了摇头："奶奶把金库钥匙传给我了，可是金库在哪儿，她没有告诉我。"隆万氏急了："你……柳瑛娘，你这个骗子！"瑛娘正色道："我跟你说我有金库钥匙，可什么时候说过我知道金库在哪了？""你……"隆万氏一巴掌抽向了瑛娘。瑛娘一把抓住了她的手，她很有劲儿，隆万氏被抓得很疼。

隆万氏大喊："儿子！"跟随而来的隆喜功用枪指着瑛娘："松手！"瑛娘甩开隆万氏的手，说："别动不动就用枪指着我，有本事就让我听个响。我已经为老太太守灵下葬，尽了孝，随时可以挨枪子儿！"隆喜功闻言就要开枪。跟来的七舅爷大喊道："别，可别，这是祠堂，见血光可不吉利！"隆喜功怒道："你个老东西，滚一边去！"七舅爷劝说着："喜功啊，你真的不能开枪啊！你忘了时少卿了，我听说她就要当县长了，你要是打死柳瑛娘，那时少卿还能饶得了你？"隆喜功愣住了，瑛娘冷笑着，不理会他们。

次日，众人聚集在祠堂门口，四叔公叹道："时少卿这个王八蛋还真当了孝兴县长，他压根儿就不是孝兴人啊！"三叔公怒斥："他就不是人，是日本人的狗！"隆家另一位长辈道："嘘，二位，谁当县长跟咱们没关系，咱们不议论，不议论。"三叔公点头不语。四叔公说："我可咽不下这口气！对了，今儿是谁召集大伙来祠堂的啊？""我……"隆万氏的声音传来。众人向门口望去，隆万氏、隆喜功、七舅爷等来到祠堂。隆万氏穿着盛装，威风凛凛地进了门。众人都疑惑地陆续走进祠堂。

祠堂里没有摆放座位，众人分两侧站着。隆万氏给七舅爷使着眼色，七舅爷上前说道："诸位，延宗他娘走了……说不好听的，这叫跑了，放下这么多宗亲不管，隆家偌大家业也不顾了！既然这样，也就该换个当家人了。长房隆万氏愿意在这个时候撑起这个家，这叫高风亮节，敢于担当！我看这个事儿就这么定了吧，下面请新当家人隆万氏，带着隆姓族人拜祭祖宗！"众人面面相觑，一时不知如何是好。

四叔公伸手制止道："等一等！什么啊就拜祭祖宗？隆万氏凭什么做当家人？""凭这个行吗？"说着，隆喜功就拽出了手枪。四叔公怒道："来，你小子给我一枪！”“隆喜功，把枪收起来！”隆万氏连拉带拽把隆喜功拽到了一旁。隆万氏转过头来，说：“四叔公……”四叔公皱皱眉：“你好好说话！”满脸堆笑的隆万氏只得收敛，说：“诸位宗亲长辈，刚才七舅爷说了，我婆婆不顾大伙的死活跑了，我想奶奶服毒自尽，恐怕也就是因为这事儿跟婆婆生气吧？”四叔公摇头说：“这个绝不可能！”隆万氏问：“那天我没在场，四叔公在了？”四叔公愣了，有些尴尬。隆万氏说：“我虽然是猜测，可也是有证据的。你们看这是什么？”众人都看向隆万氏手里高高举着的金库钥匙。这钥匙三叔公、四叔公都认得，他们有些诧异。隆万氏说：“这是隆家的金库钥匙！奶奶要不是跟婆婆生气，彻底对她失望了，怎么会把这个传给我？”众人面面相觑。隆万氏接着说：“我既然接了金库钥匙，就得撑起这个家。你们以为我想做这个当家人啊，日本人虎视眈眈的，谁不怕啊？我这不也是没办法嘛……”三叔公、四叔公明知隆万氏胡说八道，却也没办法，懒得理她。

三叔公说：“其实吧，那天隆延宗跟我们动鞭子，就是不认这些宗亲了，大家也把话都说绝了，所以你们这个家的事，跟我们这些人，以后就再也没关系了……我先走了。”隆万氏大喊：“你给我站住！”三叔公刚走两步，只得停下。隆万氏紧走几步，说：“三叔公，你这是成心跟我作对？”三叔公说：“呃，不敢。你儿子手里有枪，你哥哥手下带的兵就更多了，我哪敢跟你作对啊？”隆万氏说：“对宗亲长辈无礼那是隆延宗的错，他虽说是县长，可他不是隆家的当家人！这个家现在我说了算，求各位宗亲长辈捧场，哪个故意砸台子，可别怪我翻脸。”三叔公无奈，只得退了回去。可四叔公咬牙切齿，快忍不住了。

七舅爷说：“诸位，隆家现在没别人了，不让隆万氏接替当家人，那到了年根儿，咱们一起做的那些生意该怎么结算啊？明年种地的种子该怎么发放啊？佃农、长工、下人、短工都是要过年的，谁管发钱哪，总得有个人吧？”

远处有人道：“那不是还有隆柳氏吗？”隆万氏闻言皱起了眉头。一个女性长辈点头说：“对啊，那天可是瑛娘在日本人的枪下救了我们，我赞成她当家！”隆万氏笑了：“你们说我兄弟媳妇？她拥戴我做当家人。”众人面面相觑。隆万氏说：“你们不信？谁去把我弟媳请来？”一直跟在旁边的王婆子领命。

“我在呢。”没等王婆子去请，瑛娘就从后厅走向前厅。瑛娘行礼说：“诸位宗亲长辈好。”隆万氏威胁道：“柳瑛娘，你怎么答应我的，你可得说到做到。”瑛娘点了点头，面向众人，说：“诸位，奶奶升天之前跟我说过，隆万氏要是想做当家人就让她当。”三叔公、四叔公愣了。七舅爷连忙说道：“哎，你们都听见了吧，这可是我老姐姐的口谕！要没有我老姐姐，这个家几十年前就败了，我老姐姐在这个家里一言九鼎！她都这么说了，你们还有什么不认的？”三叔公上前，说：“柳瑛娘，我问问，没人拿枪顶着你吧？”瑛娘摇摇头：“没有。”四叔公问：“那你呢？你给继宗生过儿子，老嫂子可说过，你儿子才是隆家将来的指望，正经八百的继承人，你难道就不想当这个家？”瑛娘又摇了摇头：“我不想。”三叔公皱眉道：“瑛娘，这么多年来，大伙可都知道你是什么性子，难道你跟七舅爷一样，也拿了他们万家的银票？”瑛娘还是摇头：“我没有。”七舅爷急道：“我说老三哥，谁拿了银票了？”四叔公问：“柳瑛娘，我知道你跟黄七贵不是一种人，可你到底有什么难言之隐？”瑛娘淡淡说道：“都没有。”

三叔公、四叔公对视，哑口无言。七舅爷瞪着着三叔公、四叔公，又瞟了一眼隆万氏，清了清嗓子，说：“那就这么定了，从今以后，孝兴隆家的一切田地、房产、买卖铺户、内政外交，都交由隆家的新当家人隆万氏打理！来，请当家人带族人给祖宗磕头，就算是礼成了！”

隆万氏正了正衣襟，来到祠堂中央准备下跪。四叔公气得满脸通红。三叔公碰了碰他，说：“唉，老四，算了吧，连柳瑛娘这么倔强的女人都认了，咱们也……”“不行！”四叔公一声断喝，所有人的目光都看向他。隆万氏转过身来，瑛娘皱了皱眉头，她想上前劝，却已经晚了。四叔公上前几步，说：“我不答应！就凭那天在祠堂门口，你隆万氏向小鬼子泄露了你婆婆的去处，你想做当家人就没门！你知道你在干什么吗？出卖婆婆是为不孝，背叛隆家是为不忠，你还教唆你儿子给小鬼子当汉奸，就是大逆不道！我知道黄七贵拿了你的好处才帮你说话，你怎么不试着买通我隆老四啊？我告诉你，你要是敢到我家去送银票，我一巴掌抽死你个不忠不孝不仁不义的女人！你想做当家人，我活着你永远是做梦！”隆万氏气得张大了嘴。

“你就是找死！”隆喜功再次从腰间拽出枪来，这回他没有停顿，直接扣动了扳机。瑛娘看得清清楚楚，大喊一声：“不——”可是枪已经响了，四叔公前胸中弹，后背鲜血迸出，老人家张开双臂，向隆喜功掐去，正掐住隆喜功的脖子，隆喜功几乎喘不上气来。众人刚要上前去拉，枪声又响了起来，隆喜功的枪顶在四叔公的胸口上又开了两枪，两股鲜血从四叔公后背迸出。众人全都吓傻了。四叔公一个倒仰，重重地摔在地上。四叔公死不瞑目，瞪大了双眼，他没想到隆家祠堂竟然变成了屠杀的刑场。

时空仿佛凝固了，突然有人狂叫，众人四散，一会儿就都跑光了。隆喜功攥枪的手直抖：“我头一回杀人……娘，我想上茅厕……”他吓得险些尿了裤子，捂着裤裆跑了出去。

祠堂里只剩下一具尸体和两个女人，隆万氏慌张地看着瑛娘。瑛娘痛心疾首道：“隆万氏，你儿子居然在祠堂里大开杀戒，杀的还是叔公！你……你……”瑛娘指向隆万氏，已经想不出责备她的语言。隆万氏不敢看瑛娘，瞟向地上的四叔公，四叔公的血洇在地上，向她的脚下流淌来。隆万氏吓坏了：“我的娘呀，我的娘呀！”她也跑了出去。

瑛娘跪在四叔公面前，说：“四叔公，您老人家怎么这么耿直……走好，您走好啊！”她深深地磕着头。

兵营指挥部里，高柴禾垛子接二连三发问：“我儿子还活着？娶了媳妇？当了八路？还当了队长？”盼娣不停地点着头：“是啊，是啊。”高柴禾垛子皱了皱眉头，叹道：“这个傻小子，我们家有我一个人打鬼子就行了，他当什么八路啊？那八路缺枪少弹、缺医少药，万一我儿子有个三长两短，谁给我收尸啊？隆延宗，你去找八路的首长，把我儿子给我要回来！”隆延宗说：“义兄，你先别急。盼娣刚才说了，她是猜的。万一那个人不是五儿，咱们弄错了，岂不让友军笑话？”高柴禾垛子点点头：“就是，就是。我高柴禾垛子的儿子也不一定那么有出息，才十六岁，还是个小毛孩子呢，他怎么可能混上队长？准是你认错人了……再说了，我跟柳瑛娘不能当亲家啊！”盼娣说：“有何不可？难道我妹妹配不上您儿子？”“哎呀，不是！我说的话你不懂！”高柴禾垛子急得一脑门子汗。

隆延宗笑了：“好你个高柴禾垛子，这么多年过去了，你还在打我二嫂的主意？”高柴禾垛子道：“打了又怎么样？上次我们见面了，她现在的态度比当年好多了！当年我可是下过聘礼，大红花轿都抬上了门……要不是上了她的当，我早就娶了她了！”隆延宗摇摇头，笑道：“那不叫娶，那叫强抢民女。当着孩子的面儿，你还好意思说？”

盼娣好奇道：“三叔，怎么回事？”隆延宗笑道：“你问他。”盼娣看向高柴禾垛子，眨着眼睛：“高旅长？”高柴禾垛子尴尬道：“行了，闺女，丢人现眼的事儿你就别打听了。去吧……”盼娣笑着瞟了他一眼，隆延宗示意她退下。盼娣心领神会，退了出去。

高柴禾垛子说：“延宗，我惦记柳瑛娘，是怕她一个人被时少卿那狗贼欺负了……”隆延宗也很忧虑，说：“二嫂既然决定留下，自有她的道理。时少卿这狗贼是该死，但二嫂是他的救命恩人，他总不至于害死二嫂……不管怎么样，这是我的家事，现在大敌当前，来来来……你不是让我参谋吗？”隆延宗走到作战地图旁，指着一个地方，说，“你真的觉得这个地方适合做战场？”高柴禾垛子点点头："我已经去实地摸了八遍了，没有比这儿再合适的了，这一仗我们必然大胜！"隆延宗陷入了沉思。

瑛娘原来的院子已经成了新任县长的官邸，有警察站岗，远远的，戴着大头巾的瑛娘正朝那里张望着。一辆汽车驶来，停在院子门口，有秘书下车将车门打开。时少卿从院子里走出来，进了汽车。秘书关上车门，汽车向瑛娘的方向驶来。瑛娘连忙转过身去，汽车驶过，没人发现她。

瑛娘正要转身，突然听得身后有人议论："呸，这个狗县长！"一个老太太说："时少卿这个名字，十好几年前就听过，跟隆家二少爷是结义兄弟，却惦记着义嫂，真不是个东西！"瑛娘不敢抬头。另一老汉道："东一句西一句，都是听说。到底有没有奸情谁能说得准？"老太太不干了，说："柳瑛娘可是贞洁烈女，当年审判大会有人给她作证！"老汉却说："谁做的证啊，佘小四吗？现在佘小四都当了汉奸了，他的话能信？"瑛娘一愣，却只能忍住，不敢抬头。老汉又说："当年公判大会我也在，我还替柳瑛娘挡过枪子儿呢，可现在我含糊了……"老太太问："含糊啥？"老汉叹道："时少卿是北平人，要是在这没相好的，他大老远跑到咱孝兴来当官儿干嘛？还有，隆家人都走了，就柳瑛娘一个人留在了孝兴，为啥？兴许就等着牛郎织女，久别重逢呢！"老太太迟疑着："嘿，照你这么说我也含糊了……这房子以前不就是柳瑛娘的家吗，现在咋时少卿住着，不会哪天，她也就住过来了吧？"老汉摇摇头："谁知道啊……"老汉、老太太渐渐走远了。瑛娘长出了一口气，苦笑着。

见路上鲜有行人，她鼓足了勇气向自己曾经的家走去。门没有关严，瑛娘看到了牢生的身影。牢生拿着一本书在院子里踱着步，诵道："若有人兮山之阿，被薜荔兮带女萝，既含睇兮又宜笑，子慕予兮善窈窕……"牢生嘴角挂着微笑，神情认真。

瑛娘情不自禁地向前走着，很快就要接近那扇门了。突然，门里出现了老管家的脸，阻挡了她的视线。老管家假装惊诧，看着瑛娘，说："哎，您来了？"瑛娘强作镇定，说："路过。"老管家迎出门，看了看瑛娘，瑛娘透过管家向牢生张望。老管家笑道："不好意思，我家少爷读书的时候不想被别人打扰。""是吗？"瑛娘扭身就往远处走。老管家说："您都来了五六天了，我这么一句话就把您挡了？"瑛娘一愣，说："你怎么知道我来过？"老管家笑道："我家老爷当了孝兴县长，整个孝兴都是他的……"瑛娘有些恼怒："时少卿一直派人盯着我？"老管家说："不也从来没打扰过您吗？刚才走的时候县长跟我说，晚点关门，让您看一眼……您都看清楚了吧？"瑛娘闻言气得直哆嗦，扭身就走。老管家说：“县长让我给您传话，他的办公室就在政府院里，以前隆延宗办公的地方，您一定是去过的，有什么事您随时去找他啊……”瑛娘头也不回地走了。

县长办公室里，池田说：“时桑，为了能够在这个冬季，黄河结冰的日子里，向西北运兵，以展开全面进攻，就必须在这一个月之内，消灭盘踞在北部山区的高柴禾垛子！”时少卿鼓掌道：“好！义兄啊，我还一直替你担心呢，就想着黄河是天险，怎么打过去？结冰的时候运兵，这个主意太好了！”池田皱着眉头，说：“可要消灭高柴禾垛子没那么容易……我听说隆延宗成立了一支孝兴子弟军，不是正规部队，但军事力量很强，一直在配合高柴禾垛子。没能抓住隆延宗的家人，从而制约他，这是极大的失误！”池田瞟了时少卿一眼，说，“我最近听到一些传言，说时桑念念不忘的女人，对隆延宗也很重要，甚至超过了他的家人。”时少卿一愣，赶忙掩饰着：“没有的事，那怎么可能，当年隆延宗险些把我的瑛娘害死，瑛娘恨他入骨啊！”池田说：“时桑，你没有骗我吧？要知道，在大日本帝国的军事目的面前，什么男欢女爱都是微不足道的！”时少卿挺胸立正，说：“我明白！那些是谣传，谣传！”池田盯着时少卿足足看了好一会儿，说：“那好。我要去进行作战部署了，希望可以生擒隆延宗，然后用我的军刀，亲手砍下他的头！”池田走了，只剩下时少卿，他不由擦了擦汗。

盼娣、招娣、晁天宝等师兄弟们都被编入了正规部队，此刻正在防御阵地里隐藏着。炮弹在阵地附近爆炸，晁天宝将盼娣搂在了怀里。盼娣推开他，说：“你干啥？”晁天宝说：“怕啥，我护着点儿我媳妇还不行？”盼娣嗔道：“讨厌，让师兄弟们看着多不好！”晁天宝回头看了看，说：“这群小屁孩，甭管他们，他们还不到娶媳妇的时候呢。我可等不了了，都三十好几了，打完这一仗，我要是还活着，咱俩就成亲吧？”盼娣说：“去你的，成亲，那得我娘在！”晁天宝说：“咱娘不就在孝兴县城吗，大不了我去把她接出来！”盼娣说：“我去接我娘都不跟我走，你就好使啦？”晁天宝得瑟着：“那咋了，丈母娘疼女婿！”盼娣白了他一眼：“美得你！”

不远处，晁天奇猫步凑向了招娣，低声喊着：“招娣——”招娣问：“干吗？”晁天奇说：“你看天宝哥和盼娣……”招娣说：“看他们干吗？”突然，一颗炮弹在附近爆炸，晁天奇连忙一跃而起，搂住了招娣。掀起的黄土向两人砸来，都被晁天奇挡住了。招娣说：“我又不是没学过躲炮弹，用不着你。”晁天奇说：“我愿意为你挡炮弹，就像天宝哥每次冲锋都护着盼娣一样。”招娣一愣，定定地看着晁天奇。晁天奇有些不自在，难为情地说："你这么看着我干啥？我说的是实话。招娣，我喜欢你，这仗打完要是我还活着，你嫁给我得了。"招娣笑了，伸手去摸晁天奇的脑门。晁天奇偏开头，说："干啥？"招娣笑了笑："没发烧，说什么胡话？"晁天奇挠挠头："不是胡话，是真心话！大师哥娶大师姐，我这个二师哥就娶二师姐，这不是正合适的事儿吗？"招娣笑道："是，你也该娶媳妇了……将来不打仗了，我帮你说媒。"晁天奇说："我想娶你！"招娣说："那不可能。"晁天奇说："为啥？"招娣说："你太小。"晁天奇说："我比你大一岁！"招娣说："我心里已经有人了……"晁天奇急了，说："你心里……不会是那个高棒子吧？招娣，咱们是打小一块儿长大的，他算个啥啊？"招娣说："我又没说就是他……"晁天奇说："错不了！等着，哪天冲锋，我在后面给他一枪！""你浑蛋！"招娣一把抓住晁天奇的脖子，把他按在了土墙上，"这种话你都说得出口？我要是报告旅长，非枪毙了你！"晁天奇软了下来，说："我……我那是给你气的，胡乱一说嘛。"招娣说："专心打鬼子！别再动我的歪心眼儿，我们这辈子就是师兄师妹，没别的缘分，你别妄想了！"晁天奇听招娣这么说，急得都快要哭了……

退守兵营里，两百号孝兴子弟军已经集结完毕。隆延宗朗声道："现在，我们虽然暂时撤出了孝兴，但我们是以退为进，撤离不代表将孝兴拱手送给敌人。大伙儿说对不对？"众人齐声呐喊："对！"隆延宗说："于是，就有了我们这支队伍。我想，叫个什么名呢？就叫孝兴子弟军！中国很大，我们顾不过来，孝兴不大，但是我们的家！孝兴子弟保卫孝兴，天经地义！咱们这支队伍的名字好不好？"众人齐声呐喊："好！"隆延宗问："响不响亮？"众人齐声："响亮！"

隆延宗点点头："那就好……我刚刚接到高旅长的电话，仗已经打起来了，我们就要出发上战场了。这是第一次打仗，我们要一战成名！从此以后，让小鬼子听到孝兴子弟军就闻风丧胆！让孝兴父老乡亲，听到孝兴子弟军就鼓掌喝彩，怎么样？"众人齐声高呼："好！"隆延宗说："在场的诸位，有六十七人当过警察，有二十五人在不同的队伍里当过兵，其他人之前从来没摸过枪。但是这两个月，我们一直在训练，相信到了战场上，你们每个人都是个合格的好兵！"众人齐声呐喊："杀敌报国，保卫孝兴！"隆延宗同样是心潮澎湃。

战壕里，正拿着望远镜观察战事的高柴禾垛子异常焦虑，他连连催促道："再给我呼叫祁家营！"通讯兵连忙摇电话。

祁家营阵地是一块高地，敌人炮火异常凶猛。炮火纷飞，电话机在临时指挥部里响着，可根本没有人接听。阵地上，仅剩下几名军官和十几名战士在前线向敌人射击。很快，一名军官中弹倒下。士兵们喊着：“蔡营长，蔡营长！”终于，一名战士抓起了临时指挥部的电话。

旅部指挥部里，通讯兵叫道：“高旅长，通了！”高柴禾垛子抢过电话，说：“我是高柴禾垛子，叫小蔡接电话！”接电话的战士道：“报告旅长，蔡营长已经阵亡——”高柴禾垛子大吃一惊：“什么？你们还剩多少人？”战士回答道：“有效兵力不足两个班，敌人进攻猛烈，请求支援！”高柴禾垛子说：“知道了，传我的命令，哪怕剩下最后一个人也不能丢了阵地！”

高柴禾垛子慢慢地放下了电话，心情十分沉重：“奶奶的，没想到池田会选祁家营当突破口……”这时，勤务兵上前汇报：“报告旅长，隆延宗隆县长来了！”隆延宗进到军营里，说：“高旅长，孝兴子弟军向您报到，请布置任务！”高柴禾垛子点点头：“你就着我当副总指挥。”隆延宗摇摇头：“不。”高柴禾垛子皱着眉：“什么不？”隆延宗正色道：“我要跟孝兴子弟军同生死，共存亡，请您下命令吧！”高柴禾垛子说：“那好，你们负责配合医疗队运送伤员！”隆延宗平静地说：“请把最艰巨的任务交给我们。”高柴禾垛子犹豫着：“这任务很艰巨……你那二百来人，不一定够用，仗打起来，伤员很多！”说完，高柴禾垛子就要走。隆延宗拦住他，说：“高旅长，请把最艰巨的任务交给我们！”高柴禾垛子说：“好吧，你去找高棒子，给他打策应。”隆延宗再次拦下他：“请把最艰巨的任务交给我们。”高柴禾垛子看了看隆延宗，说：“我怕你完不成！”隆延宗说：“我的部队里都是孝兴人，他们宁愿战死也不愿意离开孝兴。请相信我，相信孝兴子弟！请把最艰巨的任务交给我们，若不能完成任务，隆延宗……”高柴禾垛子摆摆手：“你别说提头来见！”隆延宗笑了一下：“若不能完成任务，我一定战死沙场了，没法提头来见。”高柴禾垛子犹豫了一下：“好，有种！隆延宗，我命令你迅速支援祁家营阵地！守住这个阵地，起码给我守上三天三夜！”

祁家营阵地，日军已经开始冲锋，孝兴子弟军比日寇稍晚赶到。隆延宗高喊一声：“兄弟们，拿阵地当孝兴城，把它抢回来！”众人齐声呐喊：“杀！”一场白刃战展开，孝兴子弟个个浴血奋战，隆延宗更是冲锋在前，奋不顾身。如血的残阳中，隆延宗用大砍刀砍死了阵地里的最后一名日本军官，他将大刀插在泥土里，像狮子一样嚎叫。孝兴子弟军夺回了阵地，齐声呐喊，那喊声震撼天地。日军增援的部队赶来，被这喊声震慑住了，竟不敢冲锋。

机关枪手看准机会，大声喊道：“赶紧布置火力！”日军遭受机枪扫射，屁滚尿流地撤退下去。隆延宗用望远镜仔细地观察敌情，喊道：“停火！”枪声停了下来。隆延宗说：“节约子弹，保持体力！我们要坚守阵地三天三夜！炊事班准备伙食！”

第四十五章

高柴禾垛子给隆延宗打来电话，说：“延宗，你们夺回了祁家营阵地，上级要嘉奖。但池田死了心要拿祁家营当突破口，我会尽快调集兵力把你们换下来！”隆延宗说：“报告高旅长，孝兴子弟军士气高涨，弹药充足，不需要另派兵力，小鬼子绝不可能在我的手里抢走祁家营！”高柴禾垛子皱了皱眉：“我就你一个义弟，你可不许逞强！”隆延宗说：“多谢义兄，您也保重。”“那好，保持联络！”高柴禾垛子笑着挂断了电话。

他想了想，叫来侯参谋，吩咐道：“把这一个小时之内各个战场的情况，向我汇报一下。”侯参谋回答的时候有些抖，他掀开了笔记本。高柴禾垛子蹙着眉头，问：“哆嗦什么？你又不是第一天上战场。”侯参谋说：“我今天身体不舒服，胸口一直疼……”高柴禾垛子说：“是心脏的毛病？”侯参谋说：“可能是吧。我老父亲就是胸口疼，一口气上不来咽的气。”高柴禾垛子说：“小李，你替老侯，让他先休息！”侯参谋将笔记本交给了一个年轻参谋，退了出去。高柴禾垛子在地图前研究着，指挥部里安静了下来。

突然，炮弹在空中飞行的呼啸声再一次传来。小李大喊：“旅长……”高柴禾垛子也同时喊道：“隐蔽！”一颗炮弹正落在备用指挥部旁，要不是高柴禾垛子和小李躲闪及时，就被炸死了。指挥部内外一片大乱，炮弹却不断地袭来。

日军炮兵瞄着一个方向，不停发射炮弹。远处火光冲天，小村庄被炮火覆盖。日军指挥官得意地笑着：“目标准确无误，司令官阁下的情报太精准了，持续轰炸！”大炮发射着炮弹。

高柴禾垛子冲出院子时，房东大爷正在抓惊慌四散的鸡。高柴禾垛子突然一跃而起，将大爷扑倒在地，滚到了磨盘下面。一颗炮弹在他们不远处爆炸，大爷吓得直哆嗦。高柴禾垛子愧疚地说：“老大哥，对不住了，都是我们把你连累了！”大爷咧着嘴：“鸡，鸡，那几只都是下蛋的鸡，我儿媳妇坐月子呢，没鸡蛋咋下奶啊？”

高柴禾垛子向炮弹炸过的地方望去，只见一个深深的大坑，那几只鸡都成了尸体。高柴禾垛子说：“别管鸡了，房子也保不住了，大爷，赶紧带着家里人跑吧，这个给你……”他掏出一块怀表，塞在了大爷的手里，说：“记住，我是高柴禾垛子！”大爷吃惊地说：“哎哟，大旅长啊！”高柴禾垛子说：“仗打完以后，你拿着这块儿怀表去找我，我会赔你房子钱、鸡钱！”大爷点点头。高柴禾垛子站起身来，拍了拍尘土，命令道：“迅速集合，按预定方案撤离！”几十人的作战指挥部迅速集结，带着军用物资撤离。

日军作战指挥部里，一个日本军官汇报着：“司令官阁下，经过我炮兵准确打击，那个小村庄已经被炸平了！”池田问：“有没有找到高柴禾垛子的尸体？”日本军官摇摇头：“很遗憾，没有。”池田沉着脸，指着面前的沙盘：“还好，他的撤离路线已经被我掌握。不出意外，明天天亮，我们应该在S山谷与高柴禾垛子狭路相逢……”日本军官迟疑道：“这个地方深入敌军腹地，司令官，您不用亲自指挥吧？”池田摇头说：“不。没能如期攻下孝兴，是我成为一名军人以来遭受的最大失败！我发过誓，高柴禾垛子和隆延宗，我必须亲手消灭！”池田指着沙盘上被标记了S的地方，说：“中国话，死亡的‘死’，就是这个读音。这里，将成为高柴禾垛子的死亡之谷！”

S山谷的道路崎岖，确实像是英文字母S。一支队伍正在紧急撤离，高柴禾垛子走在最前面，表情沉重，他突然想到了什么，回头在队伍中张望着：“怎么没见到侯参谋，老侯呢？”小李上前报告说：“报告旅长，昨天撤离的时候就没见到他……”高柴禾垛子一拍大腿，说：“坏了，昨天老侯心脏出了毛病，那胸口疼起来，行动不方便，准是被小鬼子的炮弹炸死了！”小李默默地低下了头。高柴禾垛子叹道：“仗打完了，要回去找到他的尸体。他跟了我这么多年，我得给他买口好棺材！”

队伍继续行进，进入到望远镜的视野里。池田放下望远镜，他身后的山坡下，打埋伏的日本兵已经子弹上膛，排列整齐。池田微微地笑了起来：“情报，才是战争中取得胜利的第一要素。”他转过身去，轻轻一挥手，日本兵迅速向上行军，来到山坡上，做好了伏击准备。高柴禾垛子浑然不知，给大家鼓着劲：“弟兄们，再加把劲，最多半个小时，我们就到高棒子的阵地了。”

池田根本不再看山谷，他望着远处的蓝天白云，突然大声唱起了日本歌。山谷中，歌声传来。警卫员耳尖，说：“旅长，你听！”所有人都驻足。小李皱眉听着：“还有放羊的唱歌？”高柴禾垛子听了一会儿，说：“我听着不像放羊的。你们谁听得懂？”有个老参谋道：“怎么有点像日本话啊？”众人一听，愣住了，赶紧停了下来。在日本兵的视线中，他们就是两排靶子。

池田背对着日军，一举军刀。另一个日本军官大声地命令道：“射击！”子弹呼啸而至，高柴禾垛子等人猝不及防，本来就几十人的队伍，有一半已经中弹。小李被命中要害，就倒在高柴禾垛子面前。高柴禾垛子傻眼了，大声喊着："奶奶的，中了鬼子的埋伏，还能动的跟我往回撤！"二十几名还能跑的军官、战士向来的方向撤退，轻伤伤员也都连忙爬起来追赶队伍。

池田将军刀收回刀鞘，说："停止射击。高柴禾垛子还活着吗？"日本军官连忙汇报："活着。"池田点点头："太好了！接下来是猫捉老鼠的游戏。他们整夜都在行军，而我们已经休整了四个小时，追击，活捉高柴禾垛子！"日本兵向山下冲去，如同下山的野兽。高柴禾垛子仓皇逃窜，十分狼狈。

祁家营阵地的烟雾很大，遮挡住了隆延宗的视线。战壕里非常安静，但他很警惕。一个孝兴子弟兵说："隆县长，这都等了一个时辰了，小鬼子是不是害怕咱们，不敢再来了啊？"隆延宗摇摇头，说："他们已经来了……"那子弟兵一愣："啊？在哪呢？我怎么看不见？"隆延宗轻声道："上子弹。"其他子弟兵连忙伏到战壕上，拉枪栓上子弹。风向一变，烟雾中突然出现日本兵靠近的身影，这是一支庞大的队伍。隆延宗来不及思索，大喊一声："打！"他拉响手榴弹，扔了出去。这是一场激烈的战斗，双方各有死伤，十分残酷。

与此同时，S山谷里，跑得慢的伤兵很快被日军追上了，为掩护伤员，高柴禾垛子队伍的前队变了后队。高柴禾垛子大声喊着："机关枪手跟我掩护伤员！"一名军官上前说："旅长，让我掩护，您先撤！"高柴禾垛子说："放屁！有种你跟我一起掩护！"军官提枪加入到掩护的队列。日军火力凶猛，机关枪手中弹，军官毫不犹豫地冲上去接替，也不幸中弹。高柴禾垛子大吼："夏老七！"这是他的一个老兄弟。高柴禾垛子急红了眼，亲自抓起机关枪扫射掩护。没多久，子弹打光了。高柴禾垛子高喊："上子弹！"没人应声，他转过头去，发现上子弹的士兵也已经中弹死亡。肖副官冲了过来，大喊："旅长，快撤退！"肖副官拉起他，向前逃跑，一个通讯兵中弹倒地。

日军追了过来，池田观察着地上的尸体，通讯兵已经阵亡，通讯设备扔在地上。他用脚踩了上去，说："现在高柴禾垛子身边的卫兵应该超不过十个人，我相信他的弹药也不多了……不着急，慢慢追，没有必要因为到手的猎物，产生任何伤亡。"

高棒子的休整处，是在一个村庄临时搭建的指挥部。高棒子吩咐通讯兵说："再要一次电话！"通讯兵立刻摇电话，过了一小会儿，说："接不通！"高棒子皱着眉，思忖着，说："不对啊，按照旅长的速度，早就该到了。"

正在这时，盼娣和招娣跑来。盼娣立正敬礼："报告！我阵地右侧山谷里，隐约能听到枪声！"高棒子急道："右侧山谷……坏了！那不就是旅长来的路线

岳丽娜：给我的孩子们

给信长的第1封信

信长吾儿:

北京时间2011年12月31日，有一位小天使睁着大眼睛，没有大声啼哭，却咿呀地哼唧着，似说话又似唱歌，温和地降落人间。他就是你——郭信长。

从你出生的那一刻起，每一分钟你都会带给我们惊喜。365天匆匆过去了，我们清晰地记得：在你出生15分钟后，被送回病房，护士就将光溜溜的你放在爸爸裸露的胸膛上，让你感受亲情和爱；半小时后，爸爸在护士的指导下帮你完成了人生的第一次沐浴；你第一次戴上了尿不湿；护士教爸爸用布单做襁褓，把你包得严严实实，你很适应被裹紧的感觉，因为这和你在妈妈肚子里的状态很相似。

当你在尘世间遇见第一缕晨光的时候，你完成了人生第一次抽血检查。医生在你的小脚丫上取血样时，你表现得很棒，没有哭，好像对针扎的疼痛并不敏感。（为此妈妈曾很长时间担心你的痛觉神经有问题。后来证实你的身体没有任何问题，你是一个坚强的孩子，妈妈为此感到骄傲。）也是这一天，妈妈第一次给你哺乳，但没有成功，只好喂你喝奶水。医生只允许你喝5毫升，我和爸爸都担心你喝不饱，奶瓶看起来太小了！医生在黑板上画图，讲解婴儿奶量的合理递增方式，耐心地说服爸爸千万不要给你喂太多。

来到人间的第三天，你第一次吃到了母乳，至今妈妈都记得，吃饱后你懒歪歪地黏在妈妈怀里那享受的样子。

第四天，爸爸准备了精美的糖果送到护士站，感谢医院对你的照顾，你第一次坐上了像篮子一样的婴儿座椅和汽车。

第六天，你第一次对着大家吐舌头。

第七天，你第一次去看儿科医生，他为你检查是否有新生儿黄疸。很幸运，你的指标一切正常。

第一次发烧，是你出生后15天的时候，37度6，急坏了的爸妈飞奔着带你去医院。医生说：正常，不烧到38度5不需要吃药，不到39度可以不用看医生。爸爸很生气，觉得医生不认真，对付我们，毕竟他快40岁了才有了第一个孩子。可还真被医生说对了，回到家你果真什么事儿都没有了。

第一次打疫防针，是在你出生后30天。那是妈妈第一次听到你大声地哭。

第一次抬头，是在你40天的时候，从那天起妈妈就放心地让你趴着睡觉了，抬头就不会闷着了，对吧？

你49天的时候经历了第一次分离，因工作关系，爸爸不得不离开你。爸爸走后，你一直很蔫，很伤心的样子。要知道爸爸在的时候，恨不得时刻把你抱在怀里，夜里不肯睡觉守着你，直到你饿了，明确地大哭时，爸爸才把你抱到妈妈身边喝奶，吃饱了，就又把你抱走、拍嗝、溜达，直到你睡熟。爸爸会亲手给你洗尿布。（爸妈曾害怕尿不湿太厚、不透气，而给你使用传统的尿布，直到你两个月大时才取消。）你对爸爸的想念持续了好久，直到“大姨妈妈”想到了一个办法，用爸爸的睡衣在你面前比划，你才稍微有了些笑模样。后来，妈妈发现把爸爸穿过的衣服叠好，放在你的枕边，你才会睡得安稳。血缘关系所带来的神奇力量，真是妙不可言。

第一次剃头，是你满100天的时候，仁波切亲自为你念经剃发，并主持了你的百天晚宴。那一天你第一次看见那么多陌生的面孔，有点儿发懵的样子很可爱。

第一次坐飞机，是在你整4个月的那一天，整个航程你表现得很出色，饿了吃、困了睡、醒了玩儿。机长亲自来表扬你，说你比同航班的4岁的孩子还乖。

第一次长牙，你4个半月了，两颗小白牙冲破下牙床挺拔而出，不久两颗上门牙也长出来了。虽然妈妈担心了很久，可你却没有传说中的“出牙痛”，妈妈开始给你添加辅食米糊了。这个月份你还喜欢在床上翻来覆去地玩儿，经常见你钻到角落里跷起双脚咿呀咿呀地自娱自乐。也是在这个月，在大人抱你的时候，你的双脚踩在大人的腿上开始跳来跳去，大人们喊着“站，站，站！”哄你玩儿，每当此时，你都很开心。哦对了，妈妈忘了你是什么时候学会的翻身。

第一次爬，是在你5个月的时候。你有违常规地不会坐先会爬。这恐怕要归功于爸爸。在你还没有满月的时候，我就看见他让你趴在床上，用他的两只大手顶住你的双只小脚，推着你往前爬。我惊愕地问他在干什么，爸爸说：“出去工作前，我要让信长学会爬。”妈呀，他走的时候你还不到50天，要真学会了爬，还不上吉尼斯世界纪录啊？

第一次独坐，是在你整6个月的时候。你有了自己的小饭桌，从那时候起，妈妈要求你吃饭必须坐在这里，否则不给吃，并坚决杜绝边吃边玩的现象。

第一次游泳，是在你7个月的时候。在大家的围观下，你学会了戴着脖圈在充气泳池里飘来飘去。很快你就喜欢上了游泳，一见妈妈拿出泳衣，你就咧开嘴笑。

第一次冒话儿，是在你8个月的时候。妈妈突然发现你经常无意识地说出：“爸……爸爸。”为此妈妈很嫉妒，要知道，关于先叫爸爸还是先叫妈妈这个问题，我们俩已经喋喋不休地争论了好几个月了。过了半个月，你仍然不会叫妈妈，妈妈急得天天抱着你问：“妈妈在哪儿？妈妈呢？叫妈妈！”你面无表情，仿佛什么都没听见。妈妈随口道：“笨！连谁是你妈都不知道。”你抬眼看着我，张嘴就字正腔圆地叫了一声：“妈。”大家狂笑不止，妈妈喜极而泣，这是妈妈等了三十九年的呼唤。

第一次参加演出，你9个月的时候，参加了《打狗棍》的拍摄，扮演妈妈的儿子“小马九斤”，据爸爸反映演得还不错。

第一次与妈妈分床睡，是在你9个半月的时候。妈妈白天拍戏，晚上带你，体力严重透支。早晨四点钟起床去化妆，把你一个人放在房间里又不放心，所以你开始和“二姨妈妈”一起睡觉。也是在这个月，妈妈因中午无法回家给你喂奶，你断了母乳。妈妈没有完成母乳喂养一直到你不想吃为止的愿望，会一生遗憾。《打狗棍》拍摄结束后，爸爸带妈妈去柬埔寨旅游了一个星期，回来的路上妈妈对爸爸说："回到家要是信长还要吃母乳，我就喂他，看还能不能把奶吃回来。"爸爸听了狂笑。妈妈说："我是认真的。"事实是妈妈回来后发现你喝奶粉很习惯，断奶后也没有任何不适应，就再也没有想起这件事儿。

第一次独自站立，是在你9个月的时候。大家都说让你多爬，可是你不喜欢爬，就喜欢让人扶着走。你有一个明显的特质，学会了的东西会很快失去兴趣。比如爬，刚学会爬不久，你一口气儿爬了三遍楼梯，累得晚上睡觉都打起了小呼噜，之后就再也不爬了。

第一次生病，是在你10个月的时候，最高烧到39度4，因为有了之前的经验，这次爸爸妈妈并没有慌。我们为你物理降温，让你安静地睡觉，很快，你的体温降到了38度5，凌晨两点降到了37度2。第二天，你的精神很好，吃饭也正常，妈妈就大胆地让你穿很少的衣服在地上爬，多喝白开水。连续三天，你的体温在37度—38度之间徘徊，没有吃一口药就退烧了。这是我们共同努力做到的，妈妈也很为你的抵抗力感到骄傲。

在你不到11个月的时候，妈妈受邀带你一起为一本亲子杂志拍摄了你的第一个杂志封面。那天你过敏严重，脸蛋红红的，但在闪光灯和照相机面前表现得很开心。

第一次独自行走，是在你11个半月的时候。你可以松开爸爸妈妈的手，张着手臂，晃晃悠悠地向前走上四五步，你为自己的成功表现得格外开心。但你还没克服心理上的依赖，四五步后便会停下来坐在地上回头寻找爸爸妈妈的身影。

第一次吃药，在你11个半月的时候，由于更换新环境，你有些不适应，这段时间也没有办法单独给你做饭，导致你的抵抗力下降，出现了脸色萎黄，胸腔有痰音的现象，虽没有发烧，但食疗6天后仍不见好。爸爸急了，打电话咨询大夫后，给你吃了小儿清肺口服液。汤药很难喝，开始，爸爸采取硬灌的方式，可你坚决不接受，灌到嘴里不咽，都吐了出来，后来大家轮番给你讲道理，你似乎听懂了，但还是不情愿，吭吭唧唧地把药喝下后就嚎啕大哭。

不过药很快见效，用药后一周，你的病全好了。

今天你就满一岁了，收到了来自全世界各地的许多美好祝福，但一切都抵不过未来你将带给我们的惊喜和发现。爸爸、妈妈不想用我们的思想去束缚你的未来，所以信长吾儿，我的小 Vajra，你大胆地向前走。

感谢你带给我无与伦比的幸福和快乐！

有个秘密告诉你：有个小弟弟，或是小妹妹，已经在妈妈的肚子里孕育，明年将会来陪伴你。

这是妈妈第一次写信给你，写在你第一个生日里。

2012 年 12 月 31 日

给信长的第 2 封信

信长吾儿：

从今天起你两岁了！两岁听起来真的还很小，可是妈妈从你满月后就没再把你当成不懂事的小孩子。在你两个月的时候妈妈训练你学习等待；小手刚会握住东西的时候就教你自己扔尿不湿；开始蹒跚学步的时候，就请你帮忙给大家拿水果和纸巾。你从小的表现一直很出色，乐于做家务，乐于帮助人，乐于与人分享你的食物和玩具。2013 年，12 个月至 24 个月的你进步非常大，是值得表彰的一年！

……13 个月后，你会清楚地表达你的喜怒哀乐，会通过观察别人的表情来判断自己正在做的事情对错与否。你经常会说：“这个是爸爸买的。爸爸在哪儿？我要找爸爸！”爸爸真的很疼爱你，即使是写了一夜的剧本，睡眠不到两个小时，只要你找他，他都会爬起来陪你玩，每星期至少拿出一天的时间什么都不做，专门陪你，带你去游泳，亲近大自然或者去参观海洋馆、动物园……有了难题你会第一个想起爸爸。“爸爸有办法！”是你的口头语，爸爸在你心中的地位无可替代。而妈妈总是很凶，看到你摔倒了，磕得很疼，也不去扶你，还阻止其他人抱你起来，只是站在一旁说："信长，谁让你自己不小心摔了的？自己站起来！"有一次，你一定要够台灯上的饰品，妈妈说危险，摔下来会很疼的。你不听，坚持要去拿，妈妈就眼睁睁地看着你从床上爬向床头柜，然后掉了下来。当你的额头着地磕在地板上的时候，妈妈吓了一身的冷汗，却忍住没有去扶你，而是等着你自己抬头说："妈妈我错了。"才上去把你抱在怀里，安慰你。宝贝，将来你会知道，妈妈不是不疼你，而是希望你在生活的点滴中明白，男人应该勇敢，对自己的行为有担当。在我们家，严父慈母倒置了，这恐怕也是爸爸、妈妈的性格所致吧。

信长吾儿，你九个月大的时候参演的《打狗棍》在今年热播了，连续几个月，你和妹妹跟着爸妈一起跑宣传通告，不管是大舞台还是电视台的直播现场，哪怕是单独面对摄像机，你都表现得不慌不忙。你会拿着话筒说："大家好，我是郭信长，今年是两岁了。《打狗棍》开播大吉！"在爸爸的同名小说签售会上，你对着麦克风说："《打狗棍》大卖！"你热衷于模仿四叔跳舞，背诵《打狗棍》里的台词："打狗棍专打疯狗、恶狗、侵略狗；杆子帮，保家、卫国、兴邦！"没有人刻意教你，而这句话正是爸爸剧作中的灵魂。爸爸说："我儿懂我。"瞧着你们爷俩这默契劲儿，真让妈妈觉得酸。看着电视剧，你还经常对妈妈说："小鬼子打妈妈，不怕，我保护妈妈！"这让我们看到了一部作品对孩子的影响，我和爸爸都深刻地感受到，因为有了你们，以后会更加谨慎地对待我们的影视作品。

这一年，爸爸刻意带你参加了很多活动，为的是给你提供不同的场合，锻炼你接受新鲜事物的能力，开阔你的视野，增长见识。而你没有辜负爸爸的期望，能够在新的环境中很快找到自己的位置和感兴趣的事情，从不在活动中给我们添麻烦。

今年家里最大的事情是有了郭信如，你的小妹妹。当信如还在妈妈肚子里的时候你就经常跑过来说："让信长亲亲小妹妹！"然后嘟起小嘴用力地在妈妈肚子上亲着。妹妹出生后，你常对躺在床上的妹妹说："小信如！我

是哥哥，我保护你！”每次你拉着妹妹的手，她都会开心地笑。妈妈决定生下妹妹是不想你一个人孤单，毕竟爸爸妈妈年纪都比较大了，希望将来无论到什么时候，你们的身边都会有亲人陪伴，遇事有商有量，一生互相关爱。妈妈还希望借助妹妹的到来，让你懂得什么是男人，男人应该如何照顾女人，爱要从身边的人和事开始。

上幼儿园后，你学会了上下楼梯，把拖鞋摆放整齐，玩完玩具整理好，物归原处，饭前饭后洗手，吃饭坐在自己的椅子上，并保持小桌的清洁，用自己的小碗吃饭，小杯子喝水。

这一年幼儿园组织了两次大型活动，每次爸妈都陪你参加。一次是运动会，爸爸和你合作贴图，赛跑得了第二名。一次是新年音乐会，妈妈陪你表演《狼来了》和《拔萝卜》。两次活动你都表现得特别棒，丝毫没有怯场的感觉。

……今年也有要批评你的地方，在你20个月的时候，你不再愿意把食物和玩具与别人分享。尽管到了物权归属期和叛逆期，但总是把食物故意扔到地上实在不应该。长大以后你会知道，世界上还有很多孩子没有饭吃，每餐饭当思来之不易。

妈妈还发现你学会了偷偷躲起来，背着大人做坏事，我就不一一列举了，望你来年改正。

总之，不管是好事、坏事，都是你成长的必经道路，爸爸和妈妈会一直陪伴着你长大！

明年，你努力的目标是学会自己大小便，还要学会控制管理自己的情绪。

写到这儿的时候，妈妈见你正忙着帮妈妈收拾佛堂，把燃尽的空烛台盒扔进垃圾箱，并整齐地摆上新蜡烛。虽忙碌，却井井有条，还颠儿颠儿地一路小跑。顿时，温暖的爱意与祥和的空气融汇，让妈妈陶醉。

信长，爸爸、妈妈感谢有你！今后最幸福的事就是我们一家人在一起！

爱你的妈妈

2013年12月30日

给信如的第 1 封信

吾女如儿:

2013 年 8 月 13 日凌晨，历经一天一夜的磨难，你终于来到人间，恰巧是阴历七月七，爸爸说你是乘着鹊桥而来的仙女，从此七夕（中国情人节）对我们这个家的意义更与众不同了。

你比预产期早到了两周，各种迹象表明你会立刻到来，却在最后的关头发了小姐脾气，让主治医生、助产士、麻醉师、儿科护士足足等了你一夜，在妈妈精疲力竭、爸爸跪地祈求奶奶保佑后，你才姗姗而来。

当你终于顺产出生后，妈妈看到赵亚薇大夫惨白的脸上终于露出一丝欣慰。如儿，一定要记住这位医德高尚的医生，她一路指导妈妈在剖腹产一年半后顺产了你，几次紧急情况下，她都仍坚持顺产，不侧切，妈妈在混沌的状态下清晰地听到赵大夫说：“我要是能替替你多好啊。”她是我们家的恩人！妈妈对你说这些不是让你生下来就背负人情债，而是要你懂得世上处处有好心人，而对一个女孩子来说，无论相貌如何，事业怎样，只要心地善良，她带给别人的印象就一定是美好的。

你很幸运，生下来就有母乳吃，血液和身体的各项检查指标都很正常。妈妈一直坚持对你纯母乳喂养，这让你的抵抗力非常强，就连书上所说的婴儿蒸变引起的发烧都没有出现在你身上。但是妈妈发现你天性敏感，神情中总是带着一抹淡淡的忧伤。你不喜欢笑，也不愿意迎合别人的逗笑，就连出去看风景时，你也总是一副若有所思的样子，这让妈妈有些担忧，我们能做的只是尽量地多抱你，让你能够在怀抱中感受安全。

出生的第二天，家里的亲戚朋友都来看你，哥哥扶在你的小床边轻声说：“小信如，我是哥哥！”你微睁双眼浅浅地笑了，这是妈妈看到的你的第一个笑容，给了你的信长哥哥。

你刚刚满月，爸妈就带着你跑通告，做《打狗棍》的宣传，连续一个月各地的宣传大人都吃不消，天津、承德一天跑来回，对你来说是常有的事，可你没有任何不适应。“大姨妈妈”守着你，总是说你表现很乖，尤其是妈妈在台上录节目或接受采访时，你从来不哭不闹。妈妈要感谢你支持我的工作，家人都说你乖巧仁义。

可是到了八个月大，你开始长牙后，性情大变，如果爸妈回来先抱哥哥，你就会撇嘴委屈地抽泣；看到妈妈抱哥哥你就会爬过来试图推开他，实在推不开你就拼命往妈妈怀里挤，还一脸的不高兴；在栅栏里玩时，如果哥哥不小心碰到你了，你立刻嚎啕大哭，仿佛受了天大的委屈，目光迅速寻求救兵，肢体请求紧急救援，以姥爷为首的救兵会以最快的速度抱起你、训斥哥哥，然后你就心满意足地趴在大人的肩头不哭了。通常这种时候妈妈不会出头帮助你，也尽力阻止别人对你的溺爱，因为孩子在一起都会发生争执，你必须学会适应现状，并依靠自己解决问题，不管男孩还是女孩，哭是最没有用的，更何况如果大人帮你出气了，会在哥哥的心里留下逆反和憎恶，当没有大人在身边时，他要是真打你可怎么办？所以，妈妈不纵容你哭，妈妈会用最大的耐心，教导你和哥哥如何和平相处。

也是在你八个月的时候，我们全家去杭州度假，由于西湖边上的西子宾馆没有婴儿澡盆，妈妈只得抱着你洗淋浴，你被突然喷涌而下的水流吓得大哭，直到第二天，仍不肯让妈妈抱。这个事件导致你产生了睡前洗澡恐惧症，只要是把你抱进浴室，你就会大哭大闹，使劲打挺，不肯洗澡。后来爸妈带你去游泳，你开始慢慢适应了水，尽管仍然胆怯，却因为泳池好玩，没有了明显的排斥。没关系，如儿，妈妈会陪着你重新接受洗澡这件事，讲卫生是好习惯，尤其是对女孩儿。

这一年经常会听到家人议论：你这么大的时候哥哥都会说什么了，做什么了……其实妈妈不想听这些，妈妈不会刻意要求你的生长指标，也不想拿你和任何孩子比较，和哥哥也不比。你有你的成长轨迹，妈妈关注的是属于你的快乐和健康。

今天你满一周岁了，过去的一年是任由你生长的一年，因为你是女孩子，妈妈会多一些关爱在你身上，但是妈妈的爱也是有原则的，从明天开始，妈妈就要管束你的坏脾气了。

你和哥哥的到来给我们的家带来了无与伦比的欢乐，每一个精彩瞬间都想刻在脑海里永久保留，于是，从你在妈妈肚子里，妈妈就给你开了微博，记录每天的成长变化。你的成长细节在微博里都有记录，不在这里一一陈述。

你的到来以及未来的成长、教育对妈妈来说是一次次考试，希望我们能共同努力完成这场生命赋予我们的试卷。

信如，我们的小公主，无论发生什么，无论走到哪里，都请记得妈妈、爸爸、哥哥，我们都爱你！爱你……

妈妈于 2014 年七夕之夜

给信如的第 5 封信

吾女如儿:

每次提笔都感叹时光飞逝，今年你又长高了不少。妈妈失落落的，再也闻不到你身上的奶香，听不到你奶声奶气地咿咿呀呀。人性多数时候是自私的，我有的时候会希望你不要长得太快，小小的样子，多依在我身边几年，每天围在我身前身后腻歪着：“妈妈，妈妈……”可是不知不觉，我已经为你写下第五封信了。想想这五封信中每一张纸叠加着你的成长，我的衰老。每年你生日的时候，总是情不自禁地眼含热泪，为你而歌。虽歌却不成赞美的诗，亦没有辉煌的事，生活如流水，清淡且日复一日，唯心中对你的爱如歌飞舞。

宝贝闺儿，你已经从肉乎乎到抽条变成大长腿；从怯生生到勇敢地展现自我；从呀呀学语的幼童变成了思维敏捷、口齿伶俐的大姐姐。你骄傲、倔强的神情藏在浅浅的微笑中，有时含而不露，有时精灵鬼怪……这一年你真的变化好大！

那天，我和爸爸斗嘴，爸爸讨好地凑近你，搬救兵："咱们家谁最厉害？"你眨着亮晶晶的眼睛，看看妈妈又看看爸爸。爸爸看到了希望，继续诱导："是妈妈？还是爸爸？！"你假装漫不经心地："哎呀，都结婚了，生了三个孩子了，还争什么啊？！"

你嗲嗲的声音把全家都逗笑了，虽是玩笑却显现出你小小年纪看待问题的能力已见深度，处理问题柔中带刚，情商非同一般。你的话着实惊到了我。

在幼儿园中文老师讲绘本，讲的是一棵枝繁叶茂、硕果累累的大苹果树，每一个从树下走过的人都会摘一个苹果，慢慢地，苹果被摘光了，到了冬天苹果树连一片叶子都没有剩下。老师问大家听完这个故事想到了什么？你说："想到了我的爸爸妈妈，他们努力工作挣钱给很多人花，最后自己老了。"晚上妈妈接你回家的时候老师兴致勃勃地讲给我听，神情中夹杂着老师为学生而荣的欣喜。那一刻，妈妈好骄傲啊！

每天，你都看似漫不经心，但家里每个人的一言一行，你都会看在眼里，记在心上，你如此透彻的洞察力和感受力定是与生俱来吧？！反正妈妈在四岁多的时候断然是讲不出这些话的。

……当然你也有很刁钻的时候，甩过一句话，就怼得人尴尬不已。有一天你悄悄地趴在爸爸肩膀上问："爸爸你以前最喜欢的是哥哥，为什么现在喜欢我了呢？"爸爸哑口无言，只剩下傻笑了。还有一次，哥哥误伤了你的鼻子，鲜血涌出，妈妈心疼得哭了，你轻描淡写含着一丝揶揄地问："你们大人也会哭啊？"妈妈瞬间就被你逗乐了。

你们兄妹三个人的感情一直都是慕煞旁人的架势，不管是在家里还是在外面经常被大家津津乐道。每天你在幼儿园见到信阳的时候，都会像久别重逢似的冲过去，在他的脸上亲来亲去，喊着："小老弟，小皇帝，小可爱！"弟弟显然早已适应了你的过度热情，对此毫无反应，任由你在他的脸上狂轰滥炸。

在你悄无声息的温情攻势下，爸爸越发疼爱你了。你从来都不会大喊大叫，总是轻声细语地讲话，还喜欢温柔地与家人拥抱。你会在爸爸进门的第一刻冲过来搂住他说："爸爸，我想你了！""爸爸辛苦了！"若是爸爸把你抱起来，你就会顺势依偎在爸爸怀里，搂着他的脖子喃喃细语，把这一天发生的事都告诉爸爸。每当这个时候爸爸就会说：“我的心都化了。”爸爸对于和你有关的事总是百分之二百地重视，对你的要求总是无条件应允。你撒娇耍赖的时候分人就事，看火候，懂分寸，尺度掌握得恰到好处。在爸爸眼里你任何时候都是最可爱的。

一次，你看到妈妈手机里有小朋友走秀的照片，好奇地问这是什么？妈妈简单讲解后，你果断地说：“妈妈，你给我报名，我也要去走秀！”就这样临阵磨枪，在演出前的晚上给你上了一节模特训练课，第二天上午就开始走了第一场。你完全理解音乐，并做到了导演对你的所有要求，准确无误地完成了T台首秀。中间休息的时候小演员们都在爸妈身边喝水休息，只有你仍在T台上走来走去寻找感觉，为后面做准备。你自觉自愿认真做好事情的态度很像爸爸哦！从《娘道》的被动出演，到这次的主动走秀，你的天赋和努力再次证明了自己的实力，下午第二场，你做到了轻松自如，惊得看台上的哥哥直呼：“哇！妹妹好棒啊！！”

这次走秀，让你变得更加自信，你明白了任何事只要用心做，一定能做好。你更爱学习了；提升自理能力的愿望也更积极了；没做过的事不再畏畏缩缩地说“我不会”，而是愿意大胆地去尝试。那天在咖啡店，妈妈鼓励哥哥去向服务生要一个纸杯，哥哥不想去。你立马起身说：“我去！”吧台很高，服务生看不到你，你绕到后面大声说：“姐姐，请给我一个纸杯可以吗？”看到你从怯懦小猫咪变成自信勇敢的大姑娘，爸爸、妈妈由衷地为你高兴！

……如儿，愿你不要辜负你天生的聪颖，多做让人愉悦而有意义的事情，任何时候，付出都是美德。愿你能珍视上苍赋予你的灵性，在未来的日子里不管遇到任何委屈和磨难都能宽容地接纳、坚持，坦然地展现自我。妈妈不会强制地灌输你接受任何标签，不会按照我的喜好干涉你的判断。但生活也如游戏一样，要有规则，在一定的限度内做好自己才不会出大错。做人要懂方圆、有规矩，不要耍心机，在恨你的人面前它会加倍仇恨，在爱你的人面前它会伤对方的心。

上苍给予每个人的配比都是有定数的，尽管爸妈希望并祝愿你的人生之路是平坦、如意的，但是不努力、不付出、不坚持，什么都得不到。你这么小就已经具备了很多良好的品质，犹如一颗好的种子若要长成参天大树，需要漫长的时间来培育和浇灌，磨砺是有意义的，挫折是不可避免的。爸妈爱你，但不能陪你一生一世，未来你要懂得靠自己。

愿世界于你温柔以待，亦愿狂风暴雨任你坚强。

爱你的妈妈

写在如儿五岁生日 七夕前夜

给信阳的第1封信

信阳吾儿：

你满一周岁了，今天阳光绚烂犹如此刻我的心情。在过去的一年里，我很抱歉没给你写微博记录你的成长，很多关于你的图片也还没有来得及整理，因为长时间以来，我和爸爸一直在犹豫是否把你出生的消息告诉大家，可是时间就这样飞快地来到了2016，你已经周岁了。你和哥哥、姐姐一样都是妈妈心头的宝贝，把你隐藏起来是不公平的，于是我决定在今天，1月10日，你的生日——这个美好的日子里把你介绍给大家。

你是上苍送给爸爸、妈妈突如其来的礼物，因为你的到来使得阴霾的天空瞬间烟消云散，一切都慢慢好了起来。你在妈妈肚子里异常地乖，比哥哥、姐姐都乖，从来不捣乱，妈妈怀孕时没有丝毫不舒服，每次产检你的一切指标都正常，毫无悬念，毫无担忧。一直到40周，你还赖在妈妈肚子里不肯出来。为了能在满月后回国和亲人们一起过年，医生只好使用催产的方法。经过十几个小时的努力，爸爸、妈妈终于见到了你！

你出生后在医院里表现得像个小大人，不饿的时候都在安静地睡觉，偶尔醒来睁着眼睛惊奇地四处观望，那样子萌极了。

出生第一天信长哥哥就迫不及待地来医院看你，兴奋地围着你的小床转，喊着："弟弟，弟弟！"你仿佛感应到了哥哥的喜悦，微笑着睁开了眼睛，这是你们小哥俩的初次见面。哥哥非常地疼爱你，逛玩具店时见到适合你的玩具就会说："这个带回去吧，给弟弟。"即便是大一点的孩子才能玩的玩具，若是看着好，哥哥也会说："这个很好玩，但是弟弟不能玩，他太小了，有危险，可以先给妹妹玩，等弟弟长大再给他玩。"有一次，爸爸、妈妈带着信长哥哥去度假，玩得正高兴时，哥哥突然很伤心地说："妈妈，我想弟弟了。"多好，希望你们兄弟永远如初见般相互关爱。

对于你的到来，信如姐姐充满了好奇，她把自己的玩具送给你，在一起玩耍时，她经常会突然强制性地抱住你的头，在你的脸上狠狠地亲上一下，然后学着哥哥的腔调叫着："信阳阳！"

最高兴的莫过于姥姥、姥爷，他们都是年近耄耋的老人。二老每天醒来第一件事情就是来看你，把你抱在怀里乐呵呵地说："又沉了！"就是抱你抱到胳膊发酸，他们也不肯放下，而且两个老人还会因为抢着抱你溜达而争执，你的到来真的给家里增添了太多的欢乐！

你出生后的第一个月基本上是趴在妈妈怀里度过的，只有这样你才不会哭闹，你的体质很好，一个星期后小脖子就挺得直直的，可以把你竖抱拍嗝了；这个月妈妈犯了几次乳腺炎，疼得无法入睡，都是你使劲儿吃奶帮妈妈疏通的，天生就是一个小男子汉，一点儿都不娇气，妈妈谢谢你！

你出生第二个月做了很多了不起的事：43天，你第一次坐上了飞机，飞行时间长达十二个小时，全程你没有一次哭闹，饿了就吃，饱了就睡。下飞机的时候邻座的叔叔、阿姨们都过来看你，称赞你这孩子很棒！

第一次游泳是在你49天的时候，爸爸托着你在泳池里漂着，你看着哥哥、姐姐打水仗表情超级淡定，把你从泳池里抱出来的时候你还依依不舍，好像没和哥哥、姐姐玩够一样。

三个月，你会像模像样地抬头挺胸了，睁着大眼睛，面目表情很像一个勇士。你总是不苟言笑，偶尔皱着眉头若有所思，遇到不满意的事情还会大

声“啊啊”地叫，每当这时就把大人们逗得哈哈大笑。这个月你最大的进步是夜里喂一次奶就可以一觉到天亮。

四个月，你学会了翻身，家里的沙发已经不安全了，你喜欢妈妈用背带把你绑在胸前，但你不喜欢面对妈妈，而要求目视前方，毫无遮拦地欣赏外面的世界。

五个月，你给我们最大的惊喜是独立坐，而且和哥哥一样喜欢拉扯绳子玩儿。妈妈总是抬起你的双脚送到你的嘴边，让你吃自己的小脚丫，每当你抓到自己的小脚丫时都会开心地咯咯笑。

六个月，你长出了两颗牙齿，可爱的它们先后挤出下牙床，还好，妈妈没有发现你长牙痛的现象。你的小手很灵巧，很小的食物都能用食指和拇指一起夹起来。这个月你变得很滑头，白天睡觉一定要大人抱着，溜达着，哼唱着哄你，你才肯闭眼，这应该是姥爷惯出来的毛病。

七个月，我们忽略了你翻爬的本领，大清早，你从床上掉到了地上。当妈妈听到你嚎啕大哭的声音跑回卧室时，看到你仰面朝天躺在地上，妈妈心疼地把你抱在怀里，在你的头上摸来摸去，一口认定后脑摔扁了。但是你神志清醒，没有呕吐嗜睡，我才稍稍放心。妈妈的表现被爸爸认定为产后焦虑症。有一句老话儿，有多少孩子操多少心。是啊，谁让你们都是妈妈的心头肉呢。

八个月，我们回到了北京。显然你很适应各种气候和环境的变化，戒掉了夜奶，从晚上八点钟睡觉，一觉就到早上五点，吃过奶后还能再睡两三个小时。你开始尝试扶着把手站立行走，据说爬行对小脑开发有好处，妈妈果断让你多爬少走，但是你和哥哥一样，也不怎么爱爬，在妈妈的强制下，爬行的时间略长于哥哥而已。这个月你已经有四颗牙了，我们开始给你添加米粉和副食。相对于哥哥、姐姐，这个时间有些晚，是因为妈妈看到一本书上说过早添加副食会导致婴儿过敏。妈妈实在不想让你和哥哥、姐姐一样经常过敏，所以尽量杜绝一切可能。

九个月，妈妈因为要去横店拍戏，不得已给你断奶了。还好，你并没有对奶粉表示出抗拒，这让妈妈稍稍心安一些。恭喜你在这个月长出了八颗牙，你的出牙时间明显晚于哥哥和姐姐，但也属于正常范围。这个月，你对大小便有了明确的意识；你平时不太喜欢和人交流，也许是妈妈和你说话太少的缘故，妈妈不想找借口，因为确实是我年龄大了、精力不够用造成的结果，所以你除了偶尔叫爸爸、妈妈外，几乎不会说别的话。

十个月，你爬得太快了，让二姨不敢有稍许松懈。这个月的重点就是全家人看着你到处爬。对人，你有了明确的选择性，喜爱和拒绝都很坚决。由于工作原因一个月没和妈妈见面，回来后你不再像之前那样依恋，到了晚上就找二姨睡觉，为此，妈妈表示很失落。

十一个月，你的个性越来越强，想要做的事情坚决要做到底，当然你斗争的能力范围仅限于不停地哭闹耍赖。大家一致认为，和哥哥、姐姐比起来，你的脾气最大最坏。你最喜欢的是玩躲猫猫，把手里的食物藏起来，观察大家的表情，然后再拿出来说："猫儿！"从而逗得大家哈哈笑。

十二个月，最明显的进步是你可以独立行走了，二十步，这可不是件容易的事。你会指着餐桌上的食物冒话："鸡蛋。"你也会挥手说："再见。"最重要的是你学会了说："吃。不吃。"当然，不仅这些，一定还有妈妈没发现的成长与变化。

今天你满一周岁了，我们很开心地看到你已经是大孩子了。

从今往后妈妈要开始规整你的言行，不再允许你随意任性。妈妈希望你学会用语言表达自己的需要，而不是用情绪。情绪是提示我们行为好坏的阴晴表，决不可以跑到理性前面，主导行为的对错。新的一年我们一起努力吧！

对了，你强壮，强于哥哥姐姐，你的各个阶段，包括婴儿蒸变时，都表现得超级正常，从来不让大人们着急。谢谢你宝贝，因为你的健康成长，让爸爸、妈妈可以安心工作。爸爸和妈妈都生长在大家庭里，懂得亲人的重要，如果我们的人生算是成功的，那么亲人的帮助和支持是最大的动力，亲人就像一座座高山矗立在我们身边，是我们坚实的后盾。记住爸爸、妈妈的话，和哥哥、姐姐抱在一起，一生不分开，一生相互为后盾，勇往直前。

爱你的妈妈

2016年1月10日

给信阳的第3封信

吾儿信阳：

从今天起你就满三周岁了，不再是躺在妈妈怀里吃奶的小baby了，可是我依然喜欢把你抱在怀里，摇晃你，亲吻你肉嘟嘟的胖脸蛋！每当这时，你总是问我："我不是小baby了对不对？"那声音稚气十足，嫩嫩的。而我总是紧贴着你的脸回答说："你永远都是妈妈的小baby。"拒绝长大显然是不科学的，看着你从蹒跚学步到追着哥哥跑，你明显地长大了……

你现在和哥哥住一个房间，二姨陪你们一起睡，你说哥哥是你的偶像，你叫二姨妈妈。

确实，去年妈妈陪你的时间真的很少。妈妈工作之余在读北大的EMBA课程，承蒙同学和老师们信任被选为班长，加上你们三个宝贝和姥姥、姥爷都需要照顾，一时间有些应接不暇。让自己不断进步，一直都是妈妈的信条。也许步子不大，但一定要努力。很多事情都是一个学习的过程，就像我第一次做妈妈，第一次做三个孩子的妈妈，同时，我也不想放弃做一名好妻子、父母的好女儿、兄姐的好妹妹、朋友间的好闺密，还希望能够通过这次的学习，毕业后成为一名合格的企业管理者。没有任何想要的东西与生俱来，更不可能不劳而获，要付出高于常人百倍甚至千倍的努力才能获得自己生存领域里的相应位置和发言权，这一点我早已深信不疑。要学习独立、自信、勤劳、坚持，甚至学习放弃。否则你即使拥有爱的能力，也是空洞无力的，你会发现当自己想要去体谅、宽容他人的时候竟是那么地力不从心。挫败感源于我们对每一件小事情的不坚持，不努力。不积跬步，无以至千里，不要轻视任何小事情……

这一年，妈妈断了在微博里写你和哥哥、姐姐的成长纪录，好遗憾！起因是妈妈发现你在新加坡的幼儿园里被老师打伤，报了警，这件事情对妈妈打击很大。很后悔不该过早把你送到幼儿园，不是因为没有人带你，仅仅是一厢情愿地认为幼儿园能更好地开发你的心智，而忽略了你的年纪，和不服管教的天性。写到这里妈妈的思绪又乱了，于你、于我那都是一段不堪回首的记忆，我不愿意记录它的细节，因为一想起来我就会伤心不已，甚至有精神分裂的恍惚。但是也有好的一面，坏人受到了应有的惩罚，日后也许会少一些小朋友受到心理和身体上的伤害。遇到邪恶的事情如果总是没有人站出来战胜它，我们生活的环境就会越来越糟糕，要相信邪不压正，要勇敢。

这一年你真的进步很大，在妈妈的监督下你学会了自己吃饭，不再等着老师喂；而且，经常主动和哥哥、姐姐一起给爸爸、妈妈按摩，用稚嫩的声音问我："妈妈，你哪儿疼？我给你捶捶！"你帮助我们倒垃圾、找东西，乐此不疲，一边颠儿颠儿地跑一边说："我长大了，是大孩子了！"信阳，你不光是大孩子，还是勤劳的好孩子！

虽然你只有三岁，却是名副其实的暖男呢！你经常对我说："妈妈抱抱；妈妈让我亲亲你吧！妈妈你累不累？"我要是不小心磕到哪儿了，你立刻紧张地问我："妈妈你没事吧？！"临睡前你看到我在电脑前工作，悄无声息地拿瓶矿泉水放在我面前，还不忘了留给我一个灿烂的微笑，每当这时候，我就会觉得自己是世界上最幸福的人。

谢谢宝贝阳这一年来给我的爱！

老话讲三岁看老，如是真的，愿我儿一生健康，即使是只做一粒种子亦不负使命。

生日快乐，妈妈的宝贝蛋儿！送上我最美的祝福，在你睁开双眼的每一个瞬间！

爱你的妈妈

2018年1月10日 新加坡

TYLER

吗，快，带上你们的人跟我一起去接应旅长！”盼娣、招娣领命召集人马。不一会儿，一队士兵立刻集结完毕，随高棒子向S山谷方向急奔而去。

祁家营阵地，战争正在激烈地进行，子弹呼啸，爆炸声四起，阵地上硝烟弥漫。隆延宗大喊：“孝兴的子弟们，现在敌军兵力几倍于我，弹药更比我方充足得多，这么打下去不是办法，我们要冲出去拼一战，杀退敌人！”孝兴子弟们纷纷喝道：“跟鬼子拼了！”一个孝兴子弟吼着：“杀敌报国！”战壕里的孝兴子弟大喊：“保卫孝兴！”隆延宗道：“只许胜，不许败！吹号！”

号声传来，日本兵停止射击，拔出刺刀，战壕里的孝兴子弟也纷纷操起了家伙。隆延宗大吼一声：“冲啊！”他身先士卒，率先跃出战壕，众人纷纷从战壕里起身，如旋风般冲下山坡。白刃战激烈而残酷，孝兴子弟杀敌无数，己方也损失了十几人，日本兵终于撤退了。隆延宗拄着大刀，气喘吁吁。孝兴子弟兵一个个浑身烟灰，满脸血泪、汗水，飘舞着的军旗已经残破，但显得更加刚劲。

S山谷中，高柴禾垛子慌不择路，听到枪响，他不得不还击，可他一开枪，鬼子就借掩体躲藏。很快，他的手枪没了子弹，肖副官也没子弹了。高柴禾垛子张大了嘴，愣了半晌，恍然大悟：“这是小鬼子的诡计，不远不近地追，就是为了耗光我们的子弹，想活捉我高柴禾垛子，哈哈，想得美！”他一挥手，仅剩的九个人加快了行进速度。很快，跑在最后的一名伤员和架着他的一名士兵，也双双中枪。日军如影追随，池田得意地笑道：“差不多了，一定要活捉高柴禾垛子！”

山坡上，一个人正在向下观察，他挠了挠脑袋，说：“媳妇，你眼神好，快帮我看看，这是谁跟谁啊？”这正是五儿和念娣。念娣白了五儿一眼，说：“你瞎啊，自己看不见，后边追的是日本鬼子，前面跑的是友军啊！”五儿说：“那友军不是要完蛋吗？”念娣点点头：“可不，就剩下这么几个人了，好像也没子弹了。”五儿说：“咋办？咱们救不救？”念娣说：“你是队长，问我干啥？”五儿为难地说：“可咱们人手实在太少了，不太够用啊。”五儿身边只有十几个八路军战士，念娣看了看，也没了主意。

五儿挥手道：“开会！”十几名战士立刻席地而坐，围成了一圈。五儿说：“战友们，下面的情况你们都看见了，友军跟鬼子这场仗是从昨天打响的。今儿一大早首长开会的时候说，这一仗打得非常惨烈，首长已经带着大部队去支援了。咱们接到的任务，是向一个叫高棒子的营长靠拢，支援他……现在路上遇到了紧急情况，咱们如果出手相救，可能全军覆没；不出手的话，友军就指定要全军覆灭！当然，我媳妇是女的。可首长说了，她也巾帼不让须眉！”念娣说：

“你哪这么多废话！”五儿说：“说跑题了，现在表决，同意救的举手！”念娣第一个举起手来，很快所有人都举手。五儿环视众人，说：“好，全体通过！救！”五儿一挥手，十几个人向高柴禾垛子逃跑的方向奔去。

山谷里，高柴禾垛子借助一块大石头做掩体，连他在内，最后的七个人停住了脚步。高柴禾垛子问：“谁还有手榴弹？”说着，他从腰间拽出一枚手榴弹，肖副官从腰间拽出两枚手榴弹。高柴禾垛子笑道：“肖副官，你够鬼头的呀，打了这么久，你还留了俩好家伙。”死亡的恐惧让肖副官有些颤抖：“我是留着保护旅长的……”“好兄弟！”高柴禾垛子在肖副官的肩头拍了拍，“别怕，不许哆嗦！都给我听着，咱们跑不了，可决不能让鬼子活捉我，所以，这三颗手榴弹……”肖副官问：“旅长，您是要用这三颗手榴弹结束咱们自己吗？”众人都望向高柴禾垛子。高柴禾垛子摇了摇头：“那不浪费了，你们往后看……”众人向后看去，远远地，池田的身影出现了。高柴禾垛子说：“追咱们的鬼子里面有个官儿，是个大官儿，没准就是池田那老狐狸呢，等他们近了，咱们把三颗手榴弹都往他身上扔，只要能把他炸死，那就值了！不过得说好了，肖副官，把手榴弹扔没了以后，你得砍下我的脑袋来，还得再补上几刀，剁烂了，要不然小鬼子把我的脑袋挂在孝兴城楼上示众，我可丢不起人！”“旅长——”肖副官哭了，其他人也都哽咽起来。

高柴禾垛子喝道：“不许哭！谁劲儿大，投掷准，就从小肖手里接过手榴弹来！”有两名战士从肖副官手里接过手榴弹。高柴禾垛子将一把刀递到了肖副官手里，说：“别忘了我跟你说的话！”可令他意外的是，鬼子并没有追，而是停了下来。

池田站住了脚步，说：“高柴禾垛子是在等我靠近，他手里应该还有武器，最有可能的是手榴弹，哈哈，开枪！”一阵射击，高柴禾垛子只能躲闪。池田趁机对身边的一名军官耳语几句。那名军官听完，立刻带着几十人向山坡上爬去。接着，池田命令停止射击，大声喊道：“高旅长，出来谈判吧……”高柴禾垛子见日本兵停止了追击，无计可施，只能无意义地拖延着时间，大声道：“你是谁？报上名号！”池田说：“鄙人池田，你应该听过我的名字……”高柴禾垛子咬着牙嘀咕着：“真是池田这老狐狸……”一个战士问：“要扔手榴弹吗？”高柴禾垛子又看了看：“他离得太远，够不着，再等等……池田司令官，久仰久仰！我高柴禾垛子也爱慕英雄，你过来，咱哥俩聊聊如何？”池田冷笑着。

对面的山上，五儿居高临下，正对着对面的山坡，对山下的阵势一目了然，十分焦急。念娣说：“鬼子太狡猾了，五儿你看……”顺着念娣指的方向看去，几十名日本兵已绕到高柴禾垛子的身后，正在向他们逼近。五儿灵机一动，说：

“炮！咱们缴获的炮派上用场了，架炮！”有两名战士将两门炮架了起来。一名战士说：“队长，咱可就两枚炮弹，今儿要是用完了，以后可就再也没有了！”五儿说：“心疼啊？决定营救，咱们这十几号人就得做牺牲的准备，死都要死了，你还心疼炮弹？瞄准了，两拨敌人，一边给一炮！”战士有点为难：“这炮没打过，怎么瞄啊？”五儿说：“蒙！我估摸着跟射弹弓吊线一个道理！”战士们开始比画，摆放炮筒。五儿对着炮管，仔细地吊着线。

高柴禾垛子问：“池田，你怎么不说话了？”池田冷笑道：“高旅长，你手里还有几颗手榴弹吧，想炸我，我不会给你机会的。我亲自来，已经是给你面子了，如果你现在投降，我们还可以交朋友。”高柴禾垛子怒道：“想让我投降，门儿都没有！有本事你就过来，咱俩单挑！”池田摇着头，笑了：“我是来游山玩水的，既然你不想跟我交朋友，那就算了，哈哈……”池田竟又唱起了日本歌，高柴禾垛子有点儿慌。

突然，枪声传来，高柴禾垛子身后的两名战士被击中，是偷袭的日本兵已经就位。高柴禾垛子无奈，只得将手里的手榴弹扔向偷袭的日本兵，另外两名战士也投掷，三颗手榴弹炸死了两名鬼子。包括高柴禾垛子在内的最后五个人已两手空空。高柴禾垛子叹道：“肖副官，该你了，动手吧，砍下我的脑袋！”肖副官浑身颤抖，又哭了：“旅长……”高柴禾垛子吼着：“哭什么，砍下我的脑袋，剩下你们四个，可以投降！”肖副官摇着头：“旅长，我下不去手！”“那我就自己来！”高柴禾垛子一把从肖副官手里抢过刀来，横在了自己的脖子上。

这时，五儿命令道：“放！”炮声响起，炮弹在日本兵身后十米处爆炸，日本兵虚惊一场。池田掠过一丝惊慌，问道：“怎么回事？”而正要自刎的高柴禾垛子停住了动作，说：“是有援军吗？”

一位战士问：“队长，你这线咋吊的呀？”五儿气急败坏道：“那个也开炮！”另一炮打出。万万没想到，这发炮弹就在池田身边不远处爆炸。他被冲击波掀倒，半边身子受了伤，日本兵连忙上前掩护他。

五儿兴奋道：“打中了！鬼子当官儿的被炸倒了，林三姐同志！”念娣拿起冲锋号来吹响了，十几名战士冲下山来。

听到号声，高柴禾垛子喜道：“真有援军！兄弟们，跟我杀出去！”高柴禾垛子等五人也冲了出来。受伤的池田判断着，说：“别管我，是小股敌人。消灭他们，活捉高柴禾垛子！”几十名日本兵迅即拉开了战斗的架势。

五儿身后的战士边冲锋边大喊：“五儿，鬼子比咱们人多！”五儿咬着牙说：“老子看见了。”战士说：“多好几十哪！”五儿满不在乎道：“那就先杀几十个，然后再一对一！”

五儿和战士们冲向敌军，高柴禾垛子也冲向敌军，两支队伍终于会合到一处。五儿险些被刺刀刺中，高柴禾垛子替他格挡了一下。乱战中，两人背靠着背互相掩护着。高柴禾垛子道：“多谢了，兄弟！”五儿摇摇头：“都是杀鬼子，谢啥。”高柴禾垛子一愣：“听你说话这么耳熟啊？”五儿也愣了：“哎，是耳熟……”高柴禾垛子和五儿同时回头，两人来了个脸对脸。高柴禾垛子大惊：“是你！你娘说你是我儿子！”五儿吓得龇牙咧嘴：“怎么是你啊？”俩人正在愣神之际，肖副官大声喊道：“旅长小心！”有鬼子偷袭，五儿和高柴禾垛子连忙迎战。

高柴禾垛子边打边观察五儿：“儿子，这些日子不见，长本事啦！”五儿便拼杀边应道：“我刚救了你的命，你还敢充大辈儿？”高柴禾垛子说：“谁充大辈儿了，我就是你爹！”五儿说：“早知道是你，我才不救呢，浪费了老子两颗炮弹！”高柴禾垛子说：“浑蛋，敢对你亲爹充老子？”

高柴禾垛子突然瞟见受伤的池田被抬上了担架，忙说：“儿子，咱爷儿俩的事儿回头再说，看见那个人了吗，那是鬼子的司令官池田，咱们爷儿俩联手杀了他！”五儿顺着高柴禾垛子手指的方向望去，正看到池田。两人挥舞着大刀向池田冲去，拦截的几个日本兵被两人砍倒。

眼见就要追上池田了，四名卫兵举枪射击，高柴禾垛子连忙掩护五儿，抱住他就地躲闪。五儿骂道：“奶奶的，小鬼子拼刺刀的时候不是不开枪吗？”高柴禾垛子发出一声闷叫，五儿这才发现他的腿中了枪。不远处，池田大声喊道：“杀死高柴禾垛子！”日本兵向高柴禾垛子方向冲来，五儿有些惊慌，急忙开枪还击。

危急时刻，另一支队伍也赶到了，正是高棒子、盼娣、招娣、晁天宝、晁天奇等人。日本兵见状不妙，连忙后撤，试图袭击高柴禾垛子的日本兵也逃跑了。

高柴禾垛子见到高棒子，大声叫道：“高棒子，来得正好，别管我，快去追池田，担架上那个，别让这老狐狸跑了！”高棒子望去，担架上的池田已经撤退了。高棒子命令道：“池田？弟兄们，打！”

我方火力很凶猛，日军有点吃不住了。池田在护卫的掩护下快速逃窜，高棒子带人在后追赶。

五儿见战斗基本结束，命令道：“通知同志们，快撤！”五儿向山上撤离。

盼娣和招娣走近高柴禾垛子，盼娣大声问：“高旅长，你没事吧？”高柴禾垛子摇摇头：“没事，幸好我儿子救了他爹，哎，我儿子呢？”他四下张望，见五儿已经跑上了山坡。他急了，想去追，可无法行动，大声喊道：“儿子，站住！”盼娣和招娣都向五儿的身影望去。

五儿回身看着高柴禾垛子，大声说：“我不是你儿子！”念娣跑到五儿身旁，问：“怎么回事？”五儿撇了撇嘴：“救了半天，救的是高柴禾垛子！”高柴禾垛子大声喊着：“我真的是你爹！你娘没告诉你吗？”五儿对念娣说：“媳妇，别理他，快走！”

招娣说：“大姐你看，是他们俩！那个……是念娣！”盼娣连连点头：“没错！是他们俩！”招娣大声地喊道：“念娣——”盼娣也大声地喊道：“念娣——”念娣驻足，愣住了，回过身来。五儿催促着：“快走啊！”念娣呆住了：“有人在喊我……”五儿说：“她们喊的是念娣！”隆念娣说：“我就是念娣……”五儿呆若木鸡：“你不是叫林三姐吗？”隆念娣说：“我还有个名字，叫隆念娣。”五儿傻了，惊呆了：“隆念娣？”

见念娣站住了，盼娣很兴奋：“她站住了！”招娣点头：“是啊，姐，她站住了，她一定就是念娣！”盼娣大声喊着：“念娣，我是大姐，我是盼娣！”招娣也喊道：“我是二姐，我是招娣！”念娣热泪盈眶，说：“盼娣、招娣，她们是我的大姐和二姐，她们都还活着！”说着，念娣就要向山下跑去。

五儿突然一声号叫：“站住！”念娣愣住了。五儿将刀扔在地上，快步来到念娣面前：“你刚才说你叫什么，隆念娣？”念娣点点头：“对啊。”五儿说：“下面一个叫盼娣，一个叫招娣，是你大姐和二姐？”隆念娣说：“对啊。”五儿又问：“那你娘叫什么？”隆念娣说：“我娘叫柳瑛娘……”

话音未落，五儿发出一声狼一样的嚎叫，顿时泪流满面。念娣问：“五儿，你怎么了？”五儿顿足捶胸道：“柳瑛娘也是我娘！你是我姐，我娶了我自己的姐姐！我，我不成了畜生吗？”五儿用双拳击打着自己的脑袋，像疯子一样。念娣也蒙了：“你说什么？我怎么成你姐了？”“我真是没脸见人了，我这个畜生！”五儿疯了一样向远处跑去。念娣看了看山下，一时顾不得许多，只能去追五儿。

盼娣一愣：“哎，她怎么跑了？”招娣急了，大喊道：“念娣，你站住！”高柴禾垛子着急地说：“你们俩光喊有什么用，快去追，把我儿子和你们的妹妹追回来！”于是，晁家班的师兄弟们跟随着盼娣、招娣，向五儿和念娣的方向追去。

祁家营阵地的战壕里，隆延宗发现大股日军又准备向阵地发起攻击，问道：“我们还有多少弹药？”参谋说：“刚检查过，剩下不到三分之一。”隆延宗问：“死伤人数？”参谋说：“孝兴子弟军共二百一十五人，牺牲五十八人，重伤三十七人，轻伤四十二人，还能打的，将近一百。”隆延宗说：“好……高旅长让咱们守三天三夜，今天是第二天。”参谋说：“今天小鬼子进攻七回，都被我们打退了。这是第八回，怕的是兄弟们拼不过了！”隆延宗也担忧道：“这么多孝兴子弟跟着我，我唯有战死沙场，以报答他们的信任了！”

一个日本军官用望远镜观察着祁家营阵地，命令道：“准备冲锋！这一次，必须拿下阵地！”突然，电话铃响了，通讯兵将电话抱到了日本军官面前。军官拿起电话听着：“什么？司令官重伤？是！明白！”他挂断电话，命令道：“立刻部队，前往救援司令官阁下！”立刻有人打起旗子，向已经攻到半山的日本兵发讯号，日本兵渐次撤离了营地。

数日后，大雪纷飞。孝兴县政府大门口，有日本兵和伪军站岗，雪仍在不断飘落。县长办公室，一只皮靴踏了进来，另一只脚却穿着木屐，来人正是池田，他拄着一根拐棍。时少卿发现连忙起身相迎，说：“司令官阁下，您看上去好多了。”池田微微点头：“是的，但这只脚还是不能胜任军靴。今天是除夕，我是专门来给义弟拜年的。”时少卿说：“司令官是兄长，应该我给您拜年才对。祝您在新的一年里，心想事成！”池田说：“秋天的那一仗，我本来有十足的把握，却在关键时候被人偷袭。那个可恶的敌人，使用的居然是大日本帝国制造的最新型迫击炮，我非把他抓住不可。”时少卿搭话道：“真是太可恶了，抓到就该碎尸万段！”池田说：“那是个八路，人我见过，很年轻，而且现在，我已经知道他是谁了……”时少卿问：“谁啊？”池田说：“柳瑛娘的儿子！”时少卿一愣：“不可能吧？”池田摇摇头说：“我说的不是你家里养的那个乖宝宝。回孝兴这么久了，你难道没得到消息，你去了日本以后，柳瑛娘又有了一个儿子！孩子的父亲，就是我们最大的敌人，高柴禾垛子！”

时少卿一时难以接受，痛心疾首，说：“这……这绝不可能！瑛娘对她的先夫很忠诚，我跟她之间有那么深厚的感情，她最终都没接受我，怎么可能给别人生孩子？”池田咆哮着：“这是事实。近来，高柴禾垛子很得意，逢人就吹嘘他和柳瑛娘的儿子，一炮将我轰成了残废！”时少卿似乎相信，但仍不甘心，说：“义兄，请您看在多年兄弟的情分上，不要杀掉柳瑛娘，我求您！”池田瞥了一眼时少卿，冷冷地说：“时桑，你是我的义弟，该怎么办，你是应该知道的！”

时少卿回到家，刚下车，忽见一个女人向他走来，来人正是瑛娘。时少卿难以置信。瑛娘说：“时县长，今天是除夕，能让我给孩子做顿饭吗？”时少卿很激动，说：“你是说除夕夜，我也可以沾儿子的光，品尝到你做的美味吗？”瑛娘的手里挎着一个筐，说：“我买了一只鸡，炖你当年最爱喝的鸡汤。”时少卿大喜："太好了，太好了！那味道，十几年来一直在我的梦里……"瑛娘打断他，说："那……能让我进去吗？"时少卿忙说："当然！欢迎你回家！"说完，他让了让，恭敬地伸手示意。管家也立刻退后，躬身相迎。瑛娘脸色平静，她接受了时少卿的说法，走进了这个她离开了十几年的家。

瑛娘一进厨房就忙活了起来，厨房添置了很多崭新的家伙什儿，但瑛娘仍是用原来的砂锅、笨刀、大勺、老墩儿……琅琅的读书声从屋里传来，瑛娘听着听着，一阵阵发呆。

牢生的声音阵阵传来："寒蝉凄切，对长亭晚，骤雨初歇。都门帐饮无绪，留恋处，兰舟催发……"瑛娘听得入迷，来到门口，隔着长长的客厅，她可以看见另一间屋里，牢生正在背诗。时少卿从客厅里端着茶壶，走向牢生的房间。牢生接着背道："执手相看泪眼，竟无语凝噎。"时少卿接道："念去去，千里烟波，暮霭沉沉楚天阔。"牢生接着背道："多情自古伤离别，更那堪，冷落清秋节！今宵酒醒何处？杨柳岸，晓风残月。"时少卿又接道："此去经年，应是良辰好景虚设。便纵有千种风情，更与何人说？"牢生笑了："父亲，这是我十岁那年，您教我的……直到今天，我仍然特别喜欢这首词，句句皆有景，字字皆有情！"时少卿说："是啊，我也喜欢，从小就喜欢！牢生，今天是除夕，是团聚的日子，我们一家人团聚了。"牢生一愣，说："一家人？父亲和我，不是每天都在一起吗？"时少卿笑而不答。瑛娘远远地望着与时少卿很是亲近的牢生，心如刀绞。

饭菜已经准备好，时少卿拉着牢生来到桌子前，外面爆竹声声。时少卿说："怎么样，咱们家的炮仗够响亮。坐，儿子！"牢生说："父亲，今天的饭菜好香啊！"时少卿说："那是，精心做的饭菜，自然就香嘛。"瑛娘端着最后一道菜从厨房里出来，刚好听到这句话，她将菜放到桌上，淡淡地说："菜齐了，我给你们盛汤吧。"时少卿拿着架子，说："好。"

牢生抬眼看到瑛娘，一愣，站了起来。时少卿问："怎么了，儿子？"牢生说："父亲，她是？"时少卿掩饰道："呃……今天是除夕，放了厨子的假，这是新找来的厨娘。"牢生摇头说："不对，父亲，我在隆家祠堂门口见过她。"时少卿笑了，转向瑛娘，说："你看，想骗孩子都骗不了……虽只见过一次，可他记得你。"瑛娘难以自已，只得掀开砂锅，掩饰着。

牢生疑惑道："父亲，她到底是谁？那天您跟我说，她是对您，对我，都非常重要的人！今天她来了，您又说我们一家人终于团聚了……"瑛娘盛汤的手停住了，身体僵硬，呆呆地看着牢生。时少卿笑道："儿子，你觉得她是谁，她就是谁。要不，我们邀请她和咱们爷儿俩一起吃团圆饭，如何？""当然可以。"

牢生看向瑛娘，说：“您请坐。您是长辈，我来盛汤。”

没等瑛娘反应过来，牢生抢过汤勺就去盛汤。可砂锅很烫，牢生一不小心碰在锅沿上，烫得手一缩，碗掉在地上，碎了。瑛娘一惊，连忙去抓牢生的手：“烫到了吧，牢生？”牢生惊愕：“你知道我的名字？”瑛娘无言以对，看向时少卿。时少卿说：“对啊，你怎么知道我儿子的名字，我没告诉过你啊？”瑛娘颤抖着，说：“他叫……牢生？”时少卿点点头：“对啊，他只有一个名字，牢生，时牢生。在日本生活那么多年，别人都劝我给他起个日本名字，可我坚决反对，一直就叫他牢生。我知道了，准是管家多嘴，把少爷的名字告诉你了。”

见瑛娘满眼是泪，牢生问：“您怎么了？”瑛娘抹了一把眼睛，摇摇头说：“没什么。你的手没事吧？”牢生说：“没事，就是烫了一下。对不起，父亲，我把碗打碎了。”时少卿说：“碎碎平安，除夕打碎个碗是最吉利的事情了！你们俩都坐下，这碗鸡汤，一定要我亲自盛。”牢生说：“那怎么可以？”时少卿说：“我让你坐下，你就坐下！瑛娘，你也坐下。”瑛娘和牢生都坐下了，时少卿起身，慢慢地盛着鸡汤。

牢生发现瑛娘一直在看着自己，有些不知所措。时少卿将第一碗汤放在了瑛娘的面前，瑛娘推辞。时少卿说：“这第一碗，一定要给你。没有你，我早就死了。你对我，对牢生，都是恩重如山。”瑛娘回避牢生探寻的目光，接受了这碗汤。

时少卿又盛了一碗汤，递给牢生。牢生说：“父亲先请吧。”时少卿摇摇头说：“不，这第二碗是你的！要知道，若没有你，这十几年我不会活得这么快乐，我谢谢你……”牢生尴尬地笑笑。

“这第三碗是我的啦！”刚盛出汤，时少卿就迫不及待地喝了一口，“噢，真香！一碗鸡汤，我的魂仿佛都回到了当年。”说着，时少卿看向瑛娘。

瑛娘强忍住泪水，说：“时县长，大过年的，你一会儿死，一会儿魂的，多不吉利啊！喜欢喝汤，就快喝吧，孩子，你也尝尝我的手艺！”牢生低头喝着汤，瑛娘欣慰极了。

时少卿很快就喝完了一碗汤，满脸春风得意。瑛娘说：“时县长，我刚才找了半天，家里边没有酒啊？”时少卿一愣，说：“酒？我早忌了。”瑛娘道：“今天过年，无酒不成席……”时少卿说：“只要人对，有没有酒，无所谓！”瑛娘只得强硬地说：“我想喝。”时少卿无奈，说：“好吧……管家，瑛娘想喝酒，我知道你屋里有。”管家连连点头：“有，有，我这就拿来！”

一会儿，管家带来一坛酒，分好了壶后退下了。瑛娘用壶倒了两杯，刚要倒第三杯，牢生推却道：“我不会喝酒。”瑛娘点点头说：“对，你还是个孩子，不能喝。时县长，咱俩干一杯？”时少卿看着酒杯，说：“哎呀，我不敢啊，我怕我喝多了，醉了。”瑛娘说：“我都不怕，你怕啥？你醉了，能把我这老太婆怎么样？”时少卿突然哈哈大笑起来：“柳瑛娘啊柳瑛娘，你想哪去了，你以为我怕自己喝醉了非礼你？哈哈……”瑛娘很尴尬。时少卿说：“这么多年都过去了，我怎么还会做当年的傻事？我知道你酒量好，我是怕你把我灌醉了，跟我儿子瞎说八道。儿子，爹年轻的时候出过很多丑，柳瑛娘都知道。万一我醉倒了，她说什么，你可不许听！”牢生有些尴尬，说：“呃，不听。”时少卿在牢生的脸上亲昵地摸了一下：“嗯，我儿子最乖了，你不听我就放心了……瑛娘，你想喝酒，那就喝吧！”

瑛娘端起酒杯，说：“这么多年，孩子……”时少卿摆摆手：“哎，喝酒归喝酒，不需要说客套话，什么都别说了。”瑛娘皱着眉说：“那也不能干喝啊？”时少卿想了想，说：“儿子，刚才我就看出来了，她喜欢听你背诗背词。这样，你背一句诗来，只要有酒字的，我们俩就干一杯，过年了，就算给爹助助兴！”牢生点头到：“遵命……酒逢知己千杯少。”时少卿抚掌道：“好！柳瑛娘，你确实是我的知己，今生今世无人可以替代的知己。”瑛娘无奈地接受时少卿的说法，点了点头，两人碰杯，一饮而尽。

时少卿说：“我得尝尝菜。儿子你也吃，瑛娘的手艺可好了！”瑛娘却说：“我还是想喝酒……”牢生又背诵道：“酒入愁肠，化作相思泪……”瑛娘听到这句词一激灵，端起杯来，自己干了。时少卿一愣：“哎，你怎么不等我？”瑛娘说：“你不是怕我把你灌醉了吗，再说，我想喝酒，跟你没关系。”

时少卿看着瑛娘。瑛娘却看向牢生，说：“孩子，我还想喝……”牢生继续背诗：“呼儿将出换美酒，与尔同销万古愁……”时少卿赞道：“哎，这句好！美酒可以消掉万古愁！为这句，咱俩可以碰一个！”两只杯子碰到一起，可瑛娘一直只看着牢生，又是一杯酒下了肚。

牢生没停顿，又是一句：“花间一壶酒，独酌无相亲。”时少卿摇摇头：“这句太悲了！”瑛娘却说：“我喜欢。”她一饮而尽。

牢生又背诵道：“把酒花前欲问君，世间何计可留春。”时少卿叹道：“纵使青春留得住，虚语，无情花对有情人……这可是好词，我喜欢。瑛娘，我敬你，青春是留不住了，可你在我的心里不老，永远不老！”时少卿端起酒杯来敬瑛娘。瑛娘摇摇头：“时县长，才喝几杯啊，你就说醉话，也不怕孩子笑话你没出息？”说完，瑛娘一饮而尽，没理时少卿。“哈哈……我是酒不醉人人自醉！”时少卿干掉了这杯酒。

瑛娘柔声道：“孩子，接着来。”牢生点点头，背道：“葡萄美酒夜光杯，欲饮琵琶马上催。”“好诗。”瑛娘一饮而尽。

“白日放歌须纵酒，青春作伴好还乡。”“有气派。”瑛娘又一饮而尽。

“今朝有酒今朝醉，明日愁来明日愁。”“这是实在话！”瑛娘再次一饮而尽。

“催花未歇花奴鼓，酒醒已见残阳舞。”“这句听不太懂，但你念得好听，我爱听！”瑛娘仍是一饮而尽。

院子里飘着雪，世界静静的。牢生的声音传来：“明月几时有，把酒问青天。”瑛娘连连点头，又喝了一杯。牢生劝道：“您别喝了。”瑛娘问：“为啥？有酒的诗句你都背光了？”牢生说：“古代文人皆爱酒，背到天亮也背不完。”瑛娘说：“那你就接着背，我接着喝。”牢生说：“您看我父亲……”瑛娘这才侧头去看时少卿，只见他已经醉倒在桌上，满脸通红，人事不省。

瑛娘一激灵，这才意识到机会来了，说：“孩子，借一步说话好吗，我有很多话想跟你说！”牢生说：“我父亲说了，万一他醉倒了，不许我听您说他年轻时候的丑事。”瑛娘说：“我不说那些，我说咱俩之间的事，走，我们去你屋……”牢生说：“父亲大人醉倒了，我应该留在他身边服侍，不能离开。”瑛娘说：“这……孩子……”牢生突然说道：“其实，我知道您是谁。”瑛娘一愣，看向牢生。“您等着……”牢生说完转身走向了自己的房间。

瑛娘像被施了定身法，在原地一动不动。过了一会儿，牢生拿着一张画像走来，说：“你看……”瑛娘一愣，画像上正是自己。牢生说：“这是我母亲的画像，第一次见到您，我就明白了，您是我母亲的姐姐或者妹妹，不然，你怎么会和她长得这么像呢？”瑛娘张大了嘴，半晌没说出话来。牢生问：“我猜得对吧？”瑛娘模棱两可地点了点头。牢生试探着说：“那您就是我的阿姨了？我父亲叫您瑛娘，我就叫您瑛姨，好吗？”瑛娘难以接受，可又不敢表明，便说：“孩子，你哪来的这个？”她指了指牢生手里的画像。牢生说：“小时候，我经常哭着要找娘。父亲没办法，就找人画了这个。从此以后，每当我想娘的时候，就对着她叫几声，有什么心里话，我就跟她说说。挺奇怪的，自从有了她，我晚上睡觉都不再害怕了。有什么委屈，跟她说过之后，也就释然了。”瑛娘泪如雨下。牢生问：“瑛姨，您怎么哭了？”瑛娘摇着头：“我不是你的姨，我是……”

牢生的脸色突然一变：“父亲……”瑛娘回过头去，看到时少卿强撑着站了起来，他脸上还有酒色，瑛娘有些慌乱。时少卿道：“牢生，怎么随便把你娘的画像拿出来给外人看，你怎么答应父亲的？”“对不起父亲，我立刻放回去！”牢生说完，便走向了自己的房间。

瑛娘道：“时少卿，告诉孩子……”时少卿问：“告诉他什么？”瑛娘说：“我是他娘，我没死，牢生姓隆不姓时！”时少卿说：“姓隆？隆延宗的家人，那可是池田司令官最想枪毙的人！”瑛娘愣住了。“你是他娘？呵呵……你也配？你养过他吗？教育过他吗？陪伴过他吗？我真没想到，才丢了孩子，你就又给高柴禾垛子生了个野种！”瑛娘怒道：“你说什么？”时少卿说：“到现在，你还顶着隆家二少奶奶的名分，却和高柴禾垛子有了共同的儿子，不是野种又是什么，你个贱货！”瑛娘忍着泪，说：“时少卿，不许你侮辱我！”时少卿说：“现在这是我的家，如果你受不了，可以随时滚出去！”瑛娘咬了咬牙，扭头就走。时少卿说：“最好滚出孝兴城，永远别再回来，免得池田司令官要你项上人头的时候，我不舍得！”

瑛娘愣住了，回过头来看着时少卿。时少卿快走几步来到她身边，说：“我说的话你没听明白？今天是除夕，县城戒备最松懈的一天，你还不连夜逃出孝兴？你儿子当了八路，偷袭皇军，险些把池田司令官炸死，你快走，别留在孝兴等死了！”瑛娘百感交集，真不知该如何自处。

正在这时，牢生走了回来，说：“怎么，您要走吗？”时少卿说：“她当然得走了，男女授受不亲。她不走，难道住到你爹房里去？隆家的二少奶奶，到时县长家里过夜，这要是传出去，还不成了孝兴最大的新闻？”牢生皱眉道：“父亲，您喝多了，您这样说话很不礼貌。”时少卿踉跄了一下，说：“可不是喝多了，站都站不住了……儿子，扶我回房。瑛娘，我就不送了啊！”

架住时少卿的牢生回头冲瑛娘歉意地微笑着，走了。瑛娘被晾在客厅里，看着牢生的身影消失，她呆呆地站在那里，久久地，久久地……

退守兵营隆延宗房里，隆延宗、盼娣、招娣、晁天宝、晁天奇等人围坐在一个火锅前。隆延宗问：“盼娣、招娣，你们俩怎么不吃不喝，光掉眼泪啊？”盼娣说：“对不起，三叔，我没出息，昨天夜里想娘想得没睡着，刚才招娣一提，我就又受不了了。”招娣也在流眼泪：“三叔，您想想办法，把娘接出来吧！”隆延宗说：“哎呀，我说大过年的，你们俩别哭了行不行，我是你们的亲叔叔，可从来没跟你们在一起吃过年夜饭。来，三叔敬你们，都把眼泪擦干净，把酒端起来！”孩子们只得从命。

晁天宝突然说：“等会儿！隆县长，我有话说……”隆延宗说：“晁天宝，有什么事就说吧。”晁天宝说：“过了这个年，我想娶盼娣，行不？”隆延宗一愣：“啊？这个……”晁天宝说：“您是她三叔，又是县长，还做不了主啊？”盼娣嗔道：“你闭嘴！谁要嫁给你了，三叔，别听他的，他癔症了！”晁天宝急了："盼娣，师父临死前做的主，你可答应了，我们一起给师父磕过头，你不能反悔！"招娣插话道："天宝哥，我姐啥时候反悔了？她不是早跟你说了，打完小鬼子就和你成亲！"晁天宝挠着头："那得啥时候啊？隆县长，您得给我做主！"盼娣说："三叔，别理他。您不常说吗，国难当头之际，个人的事都是最小的事，让他等，我就不信他能急死。"

隆延宗看着两人，笑了："是，国难当头，打鬼子是大事，可我也没说过不允许成亲啊？"晁天宝大喜："你看，三叔答应了！那您给我们定个日子吧，越快越好！"隆延宗沉吟着："这个我可定不了……盼娣，你看这样好不好，找个机会，我给你娘捎个信，让她来给你们主婚。说实话，你娘留在孝兴很不安全，我也一直不放心……"招娣高兴地说："把娘接出来，那可太好了！"盼娣点点头："那三叔早点儿给娘捎信儿吧！"隆延宗说："这事儿交给我。来，咱们先过年，都把酒端起来！"众人将酒碗端了起来，所有的酒碗碰到了一起，齐声道："过年好……"

退守兵营指挥部里也有一个大火锅，高柴禾垛子、侯参谋、高棒子、肖副官等人围在一起。酒杯碰到了一起，众人齐声喝道："过年好！"高柴禾垛子说："干了！"众人干杯，落座。高柴禾垛子叫道："哎呀，老侯……"侯参谋连忙上前，应着："哎，旅长。"高柴禾垛子说："老侯，那天你胸口疼，没跟上队伍，我还以为你被日本鬼子的炮弹炸死了呢！当时把我急得够呛，都老哥们兄弟了，你说我能不心疼吗？"侯参谋抱拳道："多谢旅长惦记，我那天病得真是厉害，不光胸口疼，还头晕脑涨的。撤退的时候，方向都搞错了，没跟上……"高柴禾垛子叹道："幸好你没跟上！指挥部将近六十人，被小鬼子打了埋伏，最后就剩下小肖我们五个，惨哪！"侯参谋点点头："是啊，那么多老弟兄都为国捐躯了，我真是痛心疾首啊！"高柴禾垛子说："光难过不行，以后你肩上的担子更重了，你可得担起来！你现在是首席作战参谋了，再打仗，我可全靠你了！"侯参谋说："请旅长放心，我一定鞠躬尽瘁！"

大雪覆盖了山间小院，新年已至，隆夫人打扮得整洁端庄。佘管家赞道："利落！精神！漂亮！"隆夫人摇摇头："胡说，我什么年纪了，还漂亮？"佘管家笑了："真的很漂亮！"隆夫人说："今天是大年初一，虽说是在山里躲难，我也得穿得利落点！红包准备好了吗？"佘管家说："准备好了。"隆夫人说："待会儿，我亲手发给隆福和隆喜儿。这两个人哪，一个是老太太的亲信，一个对继宗和瑛娘忠诚。现在啊，都跟着咱们，咱们可得打点好，不能亏待人家。”佘管家说：“您是夫人，隆家的当家人，他们是下人，伺候您是应该的。”隆夫人说：“到什么时候说什么话，这以后，什么下人啦，当家人啦，都不要再提了。这房子都是隆福盖的，咱们这叫寄人篱下，你不懂？”佘管家点点头：“好吧，好吧，记住了。”隆夫人说：“开门吧，咱们俩出去给他们拜年！”

佘管家拉开门的一瞬间，愣住了，惊道：“二少奶奶？”门外站着的正是背着一个大箩筐的瑛娘，她手里还端着一盘饺子。隆夫人诧异道：“瑛娘？”

瑛娘进了门，说：“婆婆，过年好。”她端端正正地跪在地上，“今天是大年初一，请婆婆尝尝儿媳给您包的饺子。”隆夫人简直难以置信：“这……”门外站着的隆福说：“二少奶奶走了一宿的夜路，天亮才到，进门就给您包饺子。最好的白面，是她背来的，肉是剁好的，拌馅儿的调料也是从孝兴城带来的，还有香油……二少奶奶怕咱们在山里边没地打香油，带了两瓶子来！夫人您快尝尝吧，这是二少奶奶的一份孝心哪！”一旁的隆喜儿也说：“是啊是啊，馅儿和得可香了！我和隆福可没这手艺，咱们山里也弄不着这么讲究的食材。”隆夫人感动得热泪盈眶，连忙说：“瑛娘啊，你就别跪着了，快起来吧！这都啥时候了，婆婆都落难了，你用不着这样了！”瑛娘却说：“啥时候也得讲规矩。娘在上，儿媳给您拜年，祝您福如东海、寿比南山、吉星高照、万事顺意。”佘管家劝道：“夫人啊，二少奶奶这么费心，您就别客气了！”

隆夫人端端正正地坐下，正了正衣襟，拿起筷子来，夹起了一个饺子。瑛娘笑了：“娘快吃，趁热。”隆夫人把饺子放在了嘴里，嚼了嚼，说：“香，真香！我隆岳氏有这么好的儿媳妇，也算没白生了三个儿子！”隆夫人泪眼婆娑，佘管家、隆福和隆喜儿都受到了感染，热泪盈眶。隆夫人放下筷子，说：“好了好了，为娘已经吃了，你就别这样跪着端着了，佘管家，快接过来！”佘管家上前接过托盘，隆夫人拉住瑛娘的手，将她拉了起来。

隆夫人问：“这半年，你在孝兴还好吗？”瑛娘答道：“还好……娘，牢生还活着。”隆夫人一愣：“真的？”瑛娘说：“真的！昨天，我见着他了，和他一起吃了年夜饭。他懂礼貌，跟谁说话都彬彬有礼；他喜欢背诗，出口成章；他长得和二少爷好像！娘，孩子好好活着呢，可是我没办法告诉他真相，带他回隆家，我该怎么办哪，娘？”瑛娘泪如雨下。

而另一边，时少卿却急了：“什么？跟丢了？”管家和几名伪军军官站在院子里，管家垂头丧气地说：“是啊，柳瑛娘实在太狡猾了，七拐八拐地就把我们拐丢了……我还在雪地里摔了好几个跟头，腰都直不起来了。”时少卿怒道：“这么点事儿都办不明白，还敢在我面前诉苦，我打折你的腰！让你们跟着瑛娘把偷袭司令官的凶手抓回来，哪承想……真是赔了夫人又折兵，我的瑛娘，被我自己放跑了！废物，废物！滚滚滚！”管家想走，可是腰疼动不了，两个伪军军官架着他离开了。

牢生推开了门，说：“父亲大人，怎么您又生气了？”时少卿回头看着牢生，说：“没你的事，回屋读书去。”牢生说：“您昨天喝醉了酒，今天又生气，这对身体不好。我帮您泡了热茶，您进屋来喝吧。”时少卿有些感动，说：“我儿子真孝顺，我一看见你就不生气了。走，陪父亲喝茶下棋去！”

第四十六章

山间小院里，隆夫人连连摇头："不行！瑛娘，我不能让你走，你已经给老太太守了灵，下了葬，就不用再回去了，那姓万的不是个好东西，早晚会害死你！再说，还有时少卿……不行，不行，娘不让你走！"瑛娘说："娘，您放心，我不回孝兴。"隆夫人问："那你去哪儿？你还有什么地方可去？"瑛娘说："我去找念娣，她跟五儿都是八路军，八路军都住在偏僻的地方，我绕山路走，碰不到鬼子……"隆夫人听瑛娘这么说，才缓缓点头答应了她。

瑛娘出了门，隆福拦住了她，说："二少奶奶，跟您一起去吧，我也想看看三小姐。"瑛娘想了想，说："不用了，这儿的日子艰难，天黑了还得防熊瞎子哪，你和隆喜儿都在，我才能放心婆婆。福叔，您也一把年纪了，多保重啊。"隆福泪眼模糊，点点头："二少奶奶保重！"

告别了隆夫人，瑛娘一个人跋涉在山路上。寒风袭来，她瑟瑟发抖。突然，她回过身去，只见路边树林里，人影一闪即逝。瑛娘加快了步伐，树林里的身影也走得更快了。瑛娘停了下来，壮起胆子，说："谁在那儿？跟着我干什么？"树林里闪出一个人，是一个穿着日军大衣的高大汉子。

日本人？瑛娘大惊，随即定了定神，说："哎，当官儿的，你带了多少兵，让他们都出来吧，我老太婆没做亏心事，不怕你们！"那人慢慢走了过来，轻声唤道："娘……"瑛娘吓了一跳，定眼望去，正是五儿，她唤道："五儿？"五儿大声喊着："娘！"五儿甩掉帽子，扑向瑛娘。他跪在雪地里，抱住瑛娘号啕大哭。瑛娘问："五儿，你怎么来了？你怎么打扮成这样？"五儿哭道："我想娘了，我想混进孝兴去找娘，所以就把缴获的鬼子军官的衣服穿上了。可是走到半路我一想，过年了，兴许娘离开孝兴回家了呢，就想先过来看看。"

瑛娘突然板起了脸来，说："你还敢回来找我？我问你，你为啥说走就走，音信全无。去当兵不跟娘商量，连成亲这么大个事都不告诉娘，你是不是不认我了，还回来找我干什么？"五儿愣了："娘，您也知道我娶了媳妇？"瑛娘点点头："当然知道，小鬼子打进临县的那天，我和你两个姐姐追了过去，可你已经跑了。"

五儿忽然掏出枪来，顶在了自己头上。瑛娘大惊，说："你干什么？"五儿说："娘，我今天来就是想当着您的面儿，毙了自己！"瑛娘喝道："你胡说什么，快把枪拿起来！"五儿说："娘，我犯下了大错，畜生不如，必须得死！"瑛娘缓缓地说："有话慢慢说，你别吓唬娘！"五儿说："我不是吓唬您，我说的是真的……我先给您磕三个头，就算报答您的养育之恩。"五儿在雪地上磕了三个头，"娘，您知道我娶媳妇了，但您指定不知道我娶的是谁。我浑蛋透顶，娶了自己的亲姐姐，乱了纲常伦理，只有一死了。这件事都是我的错，不能赖三姐，三姐是天底下最好的女人，以后娘见到她，也就别再提我的名字了，省得她也想不开！"说着，五儿就要开枪。

瑛娘连忙说："住手！我知道你娶的是谁！"五儿一愣："娘知道？"瑛娘说："我要是不知道，会追到临县林家去？"五儿说："娘追到了也来不及啊，那天我和三姐已经洞房花烛了，我做梦都想不到那是我亲姐姐啊！娘，我这脸上臊得慌，实在没脸再活了！"瑛娘喝道："住手！把枪放下，把头抬起来！"五儿流着眼泪，不敢抬头："我不！"瑛娘说："难道我没跟你说过，高柴禾垛子才是你亲爹？"五儿说："我知道高柴禾垛子是我爹，可您是我娘，我和念娣还是姐弟啊！我问了首长，我们这叫同母异父，也不能成亲！"瑛娘脸色缓和了，说："别哭天抹泪的了，从小你就爱哭。我一说我不是你亲娘，你就以为我不要你了，眼泪直掉，娘心疼，就提过两回。现在我再告诉你，我这一辈子只嫁过一个男人，是隆继宗，你爹既然是高柴禾垛子，那我一定就不是你的亲娘啊，你这么聪明的孩子，这一点没想到？"

五儿又哭道："娘，您真的不是我亲娘？"瑛娘说："当然不是！你爹告诉过我，你娘叫小玲，生了你不到三个月，就被一个姓陈的财主害死了。你爹就是要去给你娘报仇，才把你托付给我的！"五儿破涕为笑，说："真的？我小时候还以为您骗我呢！"瑛娘说："你是吃我的奶长大的，可我不是你亲娘。念娣是你三姐，你们俩成亲没毛病，娘听说了别提多高兴了！老辈人说，养子最多是半个儿子，还有人说，女婿也是半个儿。我的五儿啊，你现在是我整个的大儿子啦！"五儿说："娘，那我不用死了？我跟三姐还是夫妻？"瑛娘说："还不快把枪收起来！"五儿起身将瑛娘抱了起来，在雪地里旋转着。瑛娘说："快放我下来，娘头晕！"五儿也转累了，脚底一滑，坐到了地上，就势躺到了瑛娘的怀里。瑛娘又气又爱，用巴掌在五儿脸上拍着："你个臭小子，坏小子！"五儿嘿嘿地笑着。

瑛娘问："念娣呢？我正要去你们队伍上找你们呢。"五儿一屁股坐了起来，说："噢，三姐应该回孝兴找您了吧？"瑛娘吓了一跳："回孝兴了？"五儿点点头说："自从知道了我俩是姐弟，队伍里都笑话我们，我俩都几个月不敢见面了。首长给念娣安排了新工作，快过年了我去看她，同志们告诉我，她请假了，说过年要回家看娘。”瑛娘急道：“不好，她可不能回去啊！”

两人来到孝兴城门口，有几个日本兵正在盘查。穿着日军军服的五儿顺利地走进城门，可两名日本兵拦住了瑛娘。五儿回过身去，用日语说：“她是我的仆人。”日本兵立正放行。瑛娘很诧异，也很紧张，快步跟上五儿。角落里，一个名叫小野的日本军官看着五儿的身影，忽然站起了身。

念娣坐在隆家祠堂后厅瑛娘睡觉的炕上，喃喃自语：“娘，今天是大年初一，您去哪儿啦，您的小老三回来了，您怎么不在啊？您知道吗，念娣想您哪！”念娣用手摸着瑛娘的被褥，把心一横，“您不在也好，念娣不孝，做出了有违人伦的事儿，也没脸再见您了！”

念娣的眼泪扑簌簌落下，起身跪到隆家祠堂正中间，自语道：“隆家的列祖列宗，从小到大，我最恨的就是你们，我觉得是你们逼死了我爹，害得我娘无依无靠，才被迫去了蘑菇镇；如果不去蘑菇镇，怎么会母女分离……那些年，我以为我娘死了，也把仇都记在了你们的身上！我甚至回隆家投毒，差点害死了我的奶奶、太奶奶……千错万错，都怪那个包打听，那年我才十岁，他拿走了我的钱，却拿假消息糊弄我……现在我什么都知道了，我娘、我的两个姐姐还活在世上，可是……我没脸再活下去了……嫁给了自己的亲弟弟……我怎么对得起给我起名字的爹，我怎么对得起生我的娘……现在，我就在祖宗面前了结自己！”说完，念娣将一条白绫子扔向祠堂房顶的梁，她踩上凳子，在绫子上打了一个结，四下看看，一咬牙，将脖子伸进白绫子里。这时，祠堂门开了，她下意识地望去，发现进门的正是瑛娘。她愣住了，叫道：“娘……”五儿发现了念娣，大喊：“三姐，你干什么？”念娣一见，动作更快了，把脖子伸进白绫子，踢开了凳子，五儿赶紧冲上前抱住她。

念娣大喊：“放开我！让我死！我没脸见娘！”五儿一边抱住念娣一边说：“我都问清楚了，我不是娘亲生的，你用不着寻死了！”念娣挣扎着，和五儿一起倒在了地上。念娣问：“你说什么？”五儿说：“我不是娘亲生的！娘说了，咱俩成亲没毛病，娘高兴！”念娣一愣：“真的？”五儿点头：“真的！你还是我媳妇！哎呀，你不是天天想着娘，夜夜梦着娘吗，还不快给娘磕头去！”

念娣这才慌乱起身，不知所措地整理着自己的衣服。一直在远处呆望着的瑛娘，这才慢慢地走上台阶。念娣又惊又喜，又羞又臊。瑛娘满眼是泪，喃喃着：“念娣，我的闺女，你真是我的念娣！”念娣快步走到瑛娘面前，跪倒在地，哭着呼唤道：“娘——”瑛娘把念娣抱了起来，泪水横流，哭道：“我的闺女……

我的念娣……别磕头，让娘好好看看你！”念娣咬着嘴唇，看着瑛娘。

瑛娘用双手摸着念娣的脸：“闺女，我的好闺女。生而未养是娘的错，十八年了，让你受苦了，娘给你磕头赔罪，我对不起你啊！”念娣哭着说：“娘，您这是要折煞我。”念娣跪在了地上。母女俩僵持着。

五儿劝道：“哎呀，娘、三姐，有话咱们离开孝兴后再慢慢说。这里危险，得赶紧离开。”他又对念娣说，“媳妇，咱们用炮轰池田的事鬼子都知道了。娘说她的住处不安全，有鬼子盯着！”瑛娘这才止住眼泪，说：“闺女，这不是说话的地方，我和五儿就是回来接你的，咱们快走！”

祠堂院落有积雪，无人清扫，走在前面的五儿险些滑倒，他稳住身形，回过身来，说：“娘，地滑，您慢点！”三人小心翼翼地走着。

突然，大门被撞开了，小野大尉带着三名日本军官冲了进来。五儿定了定神，连忙用日语说：“你们是干什么的？”小野哈哈笑道：“你的口音难听死了，你一共会几句日语，跟谁学的？”五儿有些慌乱。小野说：“刚才我听到你管这个女人叫娘，哈哈……柳瑛娘的儿子，你是柳五儿，对不对？”瑛娘和念娣对视着，不知所措，五儿冷静地观察着。小野说：“不回答就是默认了。他，就是池田司令官的仇人，活捉柳五儿，献给司令官！”四名日军军官齐刷刷地将腰刀抽了出来。

五儿也抽出军刀，侧身对念娣轻声道：“我缠住他们，你找机会带娘走！”念娣点头。五儿把刀鞘一扔，又把大衣脱下，说：“好，我承认，我就是柳五儿。池田那老小子吃了我一炮，居然还没死，命还挺大！来吧，一起上，让你们见识见识爷的厉害！”小野一挥手，一名军官冲向了五儿。五儿与这名军官战成一团，找准机会，五儿一脚将他踹倒，可另两名军官又一起冲了上来。打斗中，五儿指着小野大喊道：“你也一起来，让老子杀个痛快！”说完，他径自冲向小野，小野不得不加入战团。

五儿以一敌四，自是力不从心，但他是拿命拼，四个日军军官不得不有所顾忌。不一会儿，五儿竟然将四个人都逼离了门口。他大喊一声：“念娣，快带娘走！”瑛娘叫道：“五儿！”“娘，快走！”念娣拉着瑛娘就往门外跑。小野大喊道：“别让那两个女人跑了！”一名日本军官向门口追去，五儿想去拦，却被其他日本军官缠住。

念娣拉着瑛娘在雪地里飞奔，一名日本军官追出，见人已跑远，便掏出手枪来射击。念娣肩头中弹，鲜血喷涌，她一个跟头栽在了地上。瑛娘连忙上前抱住了念娣。念娣疼得喘着粗气，说不出话来。那名日本军官举着枪追了上来，瞄准了瑛娘。念娣喘着粗气，说：“娘，快走！”可瑛娘怎么会走，她死死地抱住念娣，用手捂住她的伤口，使劲地捂着。

突然，一声枪响传来，瑛娘发现那名日本军官胸口中弹，倒在地上。瑛娘回身向身后望去，一个车把式正举着枪，那是晁天宝。晁天宝大喊：“大婶，快上我的马车！”瑛娘问：“你是谁？”晁天宝摇摇头：“别问了，先上车！”说完，晁天宝上前抱起念娣上车，瑛娘只得跟着上了车。

又一名日本军官追了出来，向晁天宝射击，子弹打在了马车上，惊得马一阵嘶鸣。晁天宝连开三枪，将那名日本军官击毙。晁天宝跳上马车，猛地一扬鞭，瑛娘紧紧地搂着念娣，马蹄踏在雪地上，快得仿佛在飞一样。

祠堂院落里，小野有些惊慌，大声地喊着：“外面发生了什么？快去看看！”一名日本军官刚想出门，被五儿抓住破绽，一刀刺进了胸膛。小野大怒，用军刀向五儿劈来，五儿拔刀已来不及，一闪身向小野撞去。小野被撞倒，两人在地上滚着，爬着。最终，小野将五儿压倒在地，举起军刀向五儿扎去，突然枪响了，原来五儿和小野搏斗的过程中，已经掏出了枪。小野倒在地上，浑身是伤的五儿连忙爬起身，朝门外跑去。

五儿跑出门，看到雪地里躺着两名日本军官的尸体，十分惊讶。他刚想跑，四名日本兵听到枪声赶到了。他们发现五儿，并没有开枪，而是叽里呱啦地用日本话喊着。五儿这才意识到自己穿的是日本军服。惊魂未定，他用日本话喊道：“里边，里边！”于是四名日本兵都向祠堂院里冲去。更多的日本兵在一名日本军官的带领下跑来，五儿连忙向反方向奔跑而去。

马车向城门飞奔而来。有日本兵举起枪来，喝道：“站住！”此时守城的日本兵并不多，晁天宝根本不答话，举枪射击，打倒两个日本兵，马车直接向城门洞冲去。远处，一队日本兵追来，向马车消失的方向射击。

山野雪路上，念娣的呼吸越来越艰难，瑛娘不停呼唤着她的名字。晁天宝回头望着，不知如何是好。他使劲儿地赶着马车，马车在雪路上奔跑，可越跑越艰难，前面已无路可走。远处的追兵已至，朝马车开枪射击。晁天宝喊道：“大婶，没路可走了。我引开鬼子，您背着三妹走！”瑛娘看了看晁天宝，说：“孩子，你到底是谁啊？”晁天宝说：“您不认识我，我可认识您！我应该管您叫丈母娘，我是晁家班的晁天宝啊！”瑛娘恍然：“晁天宝？想起来了，见过！”晁天宝说：“我跟您大闺女相好，本来是想趁鬼子防备不严，来孝兴接您去给我和盼娣主婚的……”瑛娘一愣：“啊？”晁天宝说：“丈母娘，别的以后再说，您快背着三妹走，我对付鬼子！”说着，晁天宝不由分说将念娣扶了起来，架在瑛娘的肩上。枪声更密了，晁天宝举枪还击。瑛娘趁乱背上念娣向一条马车无法通行的小岔路走去。瑛娘已经上了年纪，在雪夜里奔走，艰难无比。晁天宝见瑛娘母女已经逃脱，也不恋战，驾车冲出了重围。

一队日军在山间巡逻，一名日本兵向为首的军官汇报："报告，昨夜的雪太大了，根本找不到脚印！"日本军官仰头望着皑皑白雪覆盖下的大山，说："一个女人背着另一个受伤的女人能跑多远，开枪！"一排日本兵齐刷刷地上子弹，向山上胡乱开枪。

正躲在山洞里的瑛娘听到了枪声，昏迷不醒的念娣在梦中呼唤："救命！五儿，救我！"瑛娘连忙捂住念娣的嘴，说："念娣，别出声！"念娣正在昏迷中，脸憋得通红。

日本军官突然一挥手，枪声停止了。日本军官压低声音说："竖起耳朵仔细听！"所有人都竖起耳朵向四处听着，一只乌鸦飞过，发出凄厉的叫声。许久，一名日本兵说："报告长官，没有听到任何声音。"副官上前说道："也许她们被流弹打中，被大雪覆盖，尸体要到春天才能找到。"军官无奈地点了点头："撤退。"

山洞里，念娣慢慢地睁开了眼睛。瑛娘说："好闺女，千万不要出声，鬼子就在山下……"说完，她慢慢松开了手。念娣呢喃着："娘……我还活着吗？"瑛娘点点头："活着呢，有娘在，我的小老三，死不了！"念娣忍着痛，说："娘……帮我把子弹取出来！"瑛娘有些不知所措："啊？取子弹？"念娣说："对，我学过护士……子弹不取，我就没命了，您有刀吗？""有！"瑛娘从怀里拽出一把小刀来，"怕遇到坏人，带了刀防身。""好……取子弹，啊……"念娣一声惨叫，昏了过去。

瑛娘生了一堆火，将刀子烤了烤消毒，她看着昏迷不醒的念娣，狠了狠心，走了过去。瑛娘将念娣的身体翻过来，将伤口对准自己，说道："孩子，我知道这个叫作手术，可娘不会。但你说子弹不取出来，你要没命，那娘可下刀子了，万一……万一你有个三长两短，娘也陪你一起，别怕，我的念娣！"说完，她咬紧牙关，止住泪水，瞪大了眼睛，持刀向念娣的伤口处挖去。刀子一下去，触到了子弹，念娣疼醒了，仰起头来，大叫一声。瑛娘颤抖着说："孩子，扛住，扛住！"

过了许久，一颗子弹被挖了出来，她颤抖着将子弹扔在了地上。血染遍了念娣的衣衫，瑛娘强撑起身子，拽出自己的衣襟来，用刀割下一角衣襟，又将衣襟割成条状，一层又一层地摁在念娣的伤口上。念娣已经痛得昏厥过去，不省人事。瑛娘泪水涟涟，说："孩子，什么药都没有，娘只能帮你按着，不让血流光了。"

远远地，已经能看见山间的小院了。逃出重围的五儿像疯了一样奔跑着，不时地摔倒在雪地里，又立刻爬了起来，向前跋涉。他撞进门去，隆福被吓了一跳，继而惊喜，喊道："五儿！你回来了，快来，快来见过你奶奶！"五儿喘着气，喊着："奶奶好！"隆夫人惊讶不已，说："你……你就是我们家的那个牢生？"五儿喘着粗气，点点头："是，那个时候我叫牢生，现在我叫五儿了。佘大管家，您好。"佘管家连忙说："哎呀，孙少爷啊，上次幸亏你，救了全家人的命啊！"五儿摆摆手，说："过去的事儿先不说了……我娘回来了没有？"隆福说："你娘？没有啊，她说去找你和三小姐了。"五儿颤抖着手："坏了，坏了……"隆夫人一听，冲了过来："你娘怎么了？"

洞中日夜长，不知过了多久，是夜，风凛，呼啸声袭进山洞。念娣呻吟着："娘，冷……我冷……"瑛娘无奈地叹息着："娘在呢，娘知道你冷，娘这就添柴火！"瑛娘往火里添着柴火。念娣仍然小声说着："冷……"瑛娘将她紧紧抱在了怀里，用自己的身体覆盖着念娣，甚至用呼出的热气去温暖念娣的脸。她一边摩擦着念娣的脸，一边说："娘在呢，不冷了啊，不冷了！"

第二天早上，瑛娘醒来，只听念娣用微弱的声音说："饿……我饿……"瑛娘笑了，连忙去检查伤口，说："太好了，孩子，血不流了！"念娣继续哼哼着："饿……""你说什么？"瑛娘凑近念娣。念娣的声音更加微弱："饿……"瑛娘笑了："饿了好，饿就说明你熬过鬼门关了，娘给你找饭吃！"

瑛娘来到洞口，向外望去，外面大雪封山，白皑皑茫茫一片。瑛娘自言自语道："娘给你做什么饭呢？这么大的雪，别说粮食了，连一只鸟娘也找不到啊！出去找粮食，一个来回怎么也要一天……一天……不行，绝对不行，我的念娣熬不过去！"渐渐地，一个念头涌上了瑛娘的心头。

五天后，五儿带着五个战友出现在这山坳里，他拿着一张地图，仰望着山峦，说："就是这，福爷爷告诉我，十几年前，我娘带着我四处找三个姐姐，曾在这附近的一个山洞里过过冬。我娘在那个山洞里留下了半口锅和一些简单的家伙什儿，怕的是第二年冬天没地儿住，还得来。"战友们认真地听着。五儿继续说道："我娘和三姐已经失踪七天了，如果她们不在福爷爷说的这个山洞里，就肯定已经不在人世了……同志们，帮帮我，一定要找到那个山洞！"战友们默默地点着头，分头向山上进发。

山洞里，已经气若游丝的瑛娘仍在喂着念娣："快吃吧，把肉也都吃了。"念娣点着头，说："这深山老林的，能喝到这么好喝的汤可真不容易。娘，你煮的这是什么肉啊？"瑛娘摇摇头说："别问了……"念娣说："这几天娘给我做了三锅汤，我得知道我吃的是什么，它救了我的命——"瑛娘说："飞鸟，一种可大可大的鸟了。也怪了，娘一出山洞，这大鸟就往娘身上扑，要不是我闺女饿，我就把它放生了。”念娣说：“这飞鸟叫什么名字？”瑛娘说：“小时候我娘好像告诉过我，它叫娘鸟……”念娣喃喃念着：“娘鸟？”瑛娘说：“对啊，这名字土，兴许是你姥姥瞎叫的。”念娣说：“如果我能活着离开山洞，您一定告诉我这种鸟长得什么样，我要记住它，一辈子感恩！”瑛娘流着泪，点点头：“好，好！”念娣又说道：“娘，好几天了，我都没见到您吃东西，您也吃啊！”瑛娘说：“娘不饿，你睡着的时候，娘早吃得饱饱的了。”

正在这时，外面突然传来动静。念娣警觉起来，说：“娘，快把刀给我，要是鬼子来了，我就割断喉咙！”“别胡说，鬼子来了，也有娘对付！”瑛娘一手握紧了刀，一手抓起块儿石头来，走到山洞门口。

山洞外，五儿说：“应该就是这个山洞，福爷爷说，娘怕冬天雪滑，专门修了台阶，你们看……”五儿的脚下，有一段用石头简单砌成的路。一个战友说：“可是一点动静都没有啊。”五儿大声喊了起来：“娘——三姐——”

念娣听到了声音，惊喜地说：“是五儿！”瑛娘将刀和石头都扔到了地上，踉踉跄跄朝洞外挪动着，大声应道：“五儿，娘在呢！”五儿快步冲进洞里，将瑛娘紧紧地抱住。

战友们将念娣抬到了一个担架上。一个战友说：“五儿，放心吧，念娣交给我们，摔不着，你陪大婶吧！”瑛娘点头致意：“那就多谢你们几位了！”战友们抬着念娣出了山洞。

五儿说：“娘，咱也走吧。”瑛娘答应着，可她的腿疼得厉害，挪不动步。五儿问：“娘，您的腿怎么瘸了？”瑛娘摇摇头说：“没事，那天在雪地跑，摔的……”五儿说：“让我看看！”瑛娘说：“不用，不用看，我走得了！”“不行！”五儿强行将瑛娘按下坐在大石头上，去撩瑛娘的裙裤。瑛娘急了，说：“哎呀，你别看！”五儿说：“娘，我带着药呢，跌打损伤都管事！”瑛娘说：“不是跌打损伤！”五儿问：“那是什么？”瑛娘说：“我是让子弹烧着了边儿……”五儿说：“枪伤？那更得治治了！”瑛娘说：“不行，你不许看！”五儿饱含着热泪说：“娘，您跟我咋不亲了呢，我是您儿子，您受了伤，儿子看一眼都不行吗？”瑛娘无奈，无法再阻拦了。

五儿将瑛娘的裙裤撩起，震惊不已：“娘，这……这哪是枪伤，到底怎么回事？”瑛娘摇要头：“没怎么回事……”五儿环顾四周，说：“娘，这些天你给三姐吃的是什么？你不会……”瑛娘打断他，说：“五儿，别说了，这件事，到此为止，你无论如何不能告诉你三姐！”五儿的泪水再也止不住了，喊道：“娘——”瑛娘说：“其实也没啥，你们小时候，娘喂你们的奶水都是血水化来的。你三姐断奶早，就当我又多喂了她几天……”五儿无语，只能哭着：“娘……”

瑛娘安慰道："别哭了，快追他们去吧……记住，一辈子不许让你三姐知道！"五儿哭着点点头，背上瑛娘，赶上了队伍。

雪后的阳光十分耀眼，队伍沿着山脊线在林海雪原中艰难地行走着。担架上的念娣精神好多了，五儿背着瑛娘，走在一旁。念娣逼着眼睛，享受着太阳的光照，说："五儿，娘可有本事了，在山洞了她隔一天就能抓到一只大鸟，鸟的名字可好听了，叫娘鸟。鸟肉炖出来的汤很香，要是没有娘鸟，我就饿死了。"五儿嘟囔着："是没有娘，你就饿死了。"背上的瑛娘连忙推了推五儿的头。念娣说："对啊，没有娘，就算是那鸟落在山洞口，我也抓不到它！娘，我刚才还在想，以后再想吃娘鸟的肉，不知道还能不能找得到……"瑛娘点点头："能，能！"

五儿侧头去看瑛娘，瑛娘又推了一下他的脑袋，说："你把娘放下来，娘自己能走！"五儿连连摇头："不行！我得背着娘，一直背着！"泪水大颗大颗往下掉着，五儿紧紧地咬着牙关。

几个月后，八路军驻地，念娣已经完全恢复了健康。她进门便大声地喊着："娘——"瑛娘正在纳鞋底，抬起头说："哎呀，你叽叽喳喳啥，今儿咋这么高兴啊？"念娣说："晁天宝来了，就是救我们的那个，大姐要嫁的男人！"瑛娘忙问："人哪儿呢？"

正说着，五儿带着晁天宝进门了。五儿笑道："娘，大姐夫来了！"晁天宝有些尴尬："哎，兄弟，你可千万别这么叫，上回我管大婶叫了丈母娘，回去你大姐把我好一顿揍，说没成亲呢，不许瞎叫……"瑛娘笑道："大婶不生气，当时小鬼子追得紧，你为了把话说明白，着急不是？小伙子，你站好了，大婶给你鞠个躬，谢谢你的救命之恩！"

"别！这可使不得！"晁天宝说着跪了下来，"您要是看得上我，就跟我去蘑菇镇。盼娣答应了，说只要我能把您接去，就成婚！"瑛娘一愣，说："蘑菇镇？咋在蘑菇镇啊？"晁天宝说："我们的队伍在蘑菇镇休整，要休整俩月呢！"瑛娘看了看念娣："念娣啊，蘑菇镇是你姥姥家，也是你被人贩子拐走的伤心之地。你大姐要在那儿成亲，你愿意去吗？"念娣说："我当然要去了，就是刀山火海我也得去！"瑛娘点点头："好！天宝啊，我去，我们都去！"

"哎！谢谢丈母娘！"晁天宝一个头磕在地上。"快起来，快起来！"瑛娘把晁天宝扶了起来，"孩子，你车赶得好，你还得先送我去另外一个地方……"晁天宝拍着胸脯说："去哪儿，您说！"

不多时，晁天宝的车就停在了山间小院的门口。来到屋里，晁天宝行礼道：

“在下晁天宝，见过奶奶！”说着，他给隆夫人磕了一个头。隆夫人有些诚惶诚恐：“哎，起来吧，这大个子，真好……”瑛娘说：“娘，这后生人好，从小就照顾盼娣，他们的婚事是他们的师父早就给做了主的，可孩子们非得让我去主持婚礼。”隆夫人喜悦地点点头：“这么回事啊，喜事喜事，你这当娘的哪能不去啊！”瑛娘说：“您是奶奶，隆家的当家人，有您在，主婚哪轮得到我啊。”隆夫人有些尴尬，说：“瑛娘，看你说的，我大孙女、二孙女不恨我，我已经心满意足了……”佘管家插话道：“夫人去也行，我也陪着，都去蘑菇镇热闹热闹！”一旁的隆喜儿摆了摆手：“哎，不行——”众人看向隆喜儿，隆喜儿瞟了一眼瑛娘，有些尴尬。

隆夫人问：“怎么回事，你有什么事瞒着我？”隆喜儿看向瑛娘，犹豫着：“二少奶奶……”瑛娘说：“娘，也没什么事。是这样，延宗成立了孝兴子弟军，不是正牌部队，打仗可厉害，打得小鬼子闻风丧胆，鬼子恨着他呢，孝兴城里贴出了布告，说谁抓到您，鬼子赏一千块大洋。”隆夫人突然笑道：“我老太婆大门不出，二门不迈，值一千块大洋了？不错，这辈子也算没白活。我的延宗还好吧？”隆喜儿点点头：“好，好着呢！上个月，我专门去看过，三少爷正在练兵，显得更年轻威武了！”隆夫人说：“你们的意思我明白了。不打败小鬼子，我就只能在这个山沟里猫着，是不是？”隆喜儿说：“不是让您猫着，是这里安全。三少爷没亲自来看您，也是怕给您带来危险。”

隆夫人点点头：“瑛娘啊，孩子的婚事，看来我这当奶奶的是去不了了，可总得表示表示……”瑛娘急道：“哎，娘，这可使不得——”隆夫人打断她，说：“不行，咱们隆家嫁姑奶奶可不是小事儿，老祖宗活着的时候说过，隆家对这两个闺女亏欠，得补偿！”

隆夫人拉着瑛娘进了里间，从炕上拿出首饰，一样一样摆弄着：“我大孙女个子高，长得白，这个配她……”一个镯子被摆在了炕上。“还有这个……这个……”隆夫人又挑出了耳环和戒指。瑛娘连忙说：“这可使不得，那丫头怎么配得上这么好的东西！”“配得上！再好的东西都配得上！”隆夫人拉着瑛娘的手，“瑛娘啊，这半年，我精神头可不如从前了，胸口疼，喘不上气来的毛病也犯得勤。招娣嫁人，我不一定赶得上，你帮我把给她的一份心意也带上，还有老三的……念娣这孩子早就成亲了，奶奶还欠着礼呢！”瑛娘有些不知所措：“娘，这成啥了，本是想跟您禀报一声，倒像是我给仨闺女争口袋来了！”隆夫人笑了：“当娘的给闺女争，也没错啊，来来来，这是老二的……”说着，隆夫人又摆上了给招娣的一套首饰。

隆夫人又开始挑选：“这个给老三……”瑛娘推辞着：“娘，这……”佘管家劝道："二少奶奶，您就别客气了，就让夫人把这份心意表了吧，她心里也能痛快些，兴许，胸口疼的毛病就好了呢。"隆夫人高兴地点点头："是啊是啊，我这一听到喜事儿就高兴，这会儿就好多了！"瑛娘鞠了一躬，说："那我就替三个闺女谢谢奶奶了……"隆夫人点点头："好，好，还得替我多喝两盅喜酒呢！"

"是！娘，"瑛娘说，"还有个事儿……"隆夫人点头示意："说。"瑛娘道："我想请福叔去喝喜酒……"一直站在外间的隆福一愣，说："二少奶奶，不用，不用了。"隆夫人拉着瑛娘的手，拍了又拍："瑛娘啊，你想得周到。隆福为了三个丫头，风里雨里奔波了十几年，是她们仨的大恩人，请他去喝喜酒，应该！"隆福还有些推辞，隆喜儿插话道："你就别客气了，我照顾夫人，出不了差错，你去吧！"隆福甚是感动："二少奶奶，您看，您还惦记着我……"

到了小院里，佘管家忽然拉住隆喜儿，说："隆喜儿啊，你常下山，还有啥消息，也让我高兴高兴？"隆喜儿不明就里，问："什么？"佘管家问："我们家小四咋样了，他有没有跟着三少爷，在不在那个孝兴子弟军里？"隆喜儿摇了摇头："不在。"佘管家追问道："那他在哪儿呢？他过得好不好啊？""好！好得不得了！"隆喜儿讥讽道，"你那侄子，争气！现在孝兴城里除了日本人，就数他说的算！"佘管家愣了："他真的留在孝兴给日本人当官儿了？"隆喜儿撇撇嘴："想当县长没当上，让时少卿那个狗贼给抢了。佘小四啊，还当警察局长，新招的警察比之前多了好几倍！为啥？收拾老百姓怕不够使呗！那耀武扬威的劲儿，真给你们佘家光宗耀祖了！"隆喜儿说着就走了。佘管家愣了半天，咬了咬牙："那怕啥？活得好好的就比啥都强！起码我孙子还在城里住，不至于受冻挨饿，吃糠咽菜！"

马车到了蘑菇镇，瑛娘和隆福坐在马车上，满脸微笑。路边有国军将士列队走过，和晁天宝打着招呼。晁天宝很得意，扭着看着瑛娘和隆福，说："就快到了！"瑛娘点点头："我知道，我打小就是蘑菇镇生人，这镇子没多大……"忽然，瑛娘看见一个满身泥垢的老太太穿着破棉袄偎在地上，立即叫道："停车！"

晁天宝连忙勒住马车，瑛娘不顾一切地跳下马车，奔向那个老太太。瑛娘走近前，仔细地辨认着，发现果然是段金花。瑛娘叫道："嫂子……"段金花睁了睁眼睛，说："谁啊，谁是你嫂子，有干粮没，赏一口。"瑛娘潸然泪下："嫂子，你好好看看，是我啊，我是柳瑛娘，瑛子！"段金花仍是一副痴呆的神情："瑛子，瑛子是谁？"

这时，有人路过，问道："这不是柳瑛娘吗，你咋回了蘑菇镇？"瑛娘点点头："这是我嫂子段金花，对不？"路人点点头："对，是段金花，疯了十多年了，不认人了。"瑛娘伤心地看向段金花，叫道："嫂子……"

段金花突然大喊道："谁说我不认人，我认识我儿子！来福，我的来福就快回来了，我昨晚上都梦见他了！"瑛娘看着段金花，十分难过。这时，晁天宝走了过来，说："大婶，咱们走吧，盼娣就盼着您来呢，准等着急了！"段金花看见晁天宝，突然大叫起来："来福！你是我的来福！"段金花一把抓住晁天宝的胳膊，晁天宝死活也挣不开。段金花含着泪说："来福，你终于回来了！"晁天宝看向瑛娘，有些莫名其妙。瑛娘说："嫂子，你认错人了……"段金花激动地摇着头："没错，错不了，他就是我的来福！大个子，大眼睛，来福，我是你娘！"晁天宝瞪大眼睛说："哎呀，我不是你儿子，你松开我！"段金花松开手，却仍喃喃道："瑛子……柳瑛娘……二少奶奶……我好像是认识……你一定是好人，你会帮我找到我儿子来福的，他被人贩子拐走那年都四岁了，他认识家，大个子，大眼睛，他早晚会回来的！"

瑛娘转身看向晁天宝，突然说："来福，你咋这么说话呢，你娘等你二十多年了，快叫娘！"晁天宝没明白过来，有些发蒙："啊？"瑛娘冲他眨着眼睛，把他往旁边拉了几步，小声嘀咕道："孩子，她是盼娣的亲舅娘，十几年前丢了孩子。她这么可怜，你就委屈委屈，当一回她的来福吧！"晁天宝恍然大悟："您让我演戏啊？"瑛娘点点头："对啊，你不是本来就会演戏吗？""得嘞！丈母娘有令，小婿怎敢不从！"晁天宝快走几步，跪在段金花面前："娘亲在上，来福给您磕头了！"段金花惊喜道："你真是我的来福？"晁天宝点头说："是！"段金花问："那你刚才怎么不认我？"晁天宝说："我……我嫌您穿得太脏太破了，砢碜……"段金花局促道："是，娘这个样子砢碜……"晁天宝答道："刚才那位老人家教训我了，子不嫌母丑，狗不嫌家贫，我要是嫌娘砢碜，就连条狗都不如！娘啊，儿子就要娶媳妇了，走，跟儿子享福去！"说着，晁天宝一把就把段金花抱了起来。

几天之后，晁天宝一身军装，挂着大红花，和同样一身军装，佩戴大红花的盼娣走在蘑菇镇的街道上。老百姓和士兵在两旁鼓掌，念娣和招娣走在盼娣身后，五儿在身前身后撒着红纸，起着哄。

一身军装的高棒子挤了进来，说："晁天宝，你小子好歹也混上中尉了，娶媳妇咋不让新娘子坐花轿啊？"晁天宝一愣："高团长，你咋来了，我没请你啊——"高棒子说："我愿意来，用得着你请。这蘑菇镇是你小子的地盘儿，我不能来？你现在是我的兵，你忘了？"晁天宝说："今儿我是新郎官，我最大，我不怕你！”高棒子一摆手，说：“不行！大伙都见过娶媳妇，可没见过这么着就把新娘子娶回家的。我问问乡亲们，这么漂亮的新娘子，不坐花轿你们答应吗？”老百姓们附和道：“不答应！”一个百姓说：“对啊，为什么不让新娘子坐花轿？”晁天宝无奈，看向盼娣。

盼娣上前说道：“高团长，谢谢您替我撑腰，不过这事儿不能怪天宝哥，是我娘说的，大敌当前，喜事一切从简！”高棒子一愣，随即一笑，说：“你娘这么好，那招娣，咱俩拉着手，一起给你娘磕个头，得了呗！”招娣急道：“去你的，我娘才看不上你呢！”晁天奇闻言更是瞪起了眼睛，众人哈哈大笑。高棒子也笑了：“行，就算一切从简，可这么着也太便宜他晁天宝了吧。晁天宝，你的军功可是我替你报上去的，你这回升官也是我替你说的话！”晁天宝说：“那又咋了？”高棒子说：“你这样娶媳妇我看着生气，你怎么着也得把新娘子背起来吧，不能让新娘子脚着地，这是老辈子的规矩，老少爷们，我说的对不对？”老百姓们跟着起哄：“对！没错！”高棒子说：“晁天宝，我命令你把新娘子背起来！”晁天宝这回可乐意了：“嘿嘿，团长说的有道理，媳妇，上来！”盼娣一侧身，双手搭在晁天宝的肩上，晁天宝把她背了起来。高棒子点点头：“这还差不多，鼓掌！”老百姓们欢笑着，士兵们撒着红纸屑，一路欢声笑语，喜气洋洋。

蘑菇镇黄员外家，喜庆的中堂里，瑛娘和换洗干净的段金花各坐一头。高棒子进门恭贺道：“给您道喜！”瑛娘连忙起身回礼：“哎呀，高营长也来了——”跟进门来的招娣说：“娘，他当团长了！”瑛娘连忙改口：“哎哟，这么大的官儿了，高团长，恭喜恭喜！”高棒子摸摸脑袋：“哎，当多大的官儿都是为了打鬼子，旅长也让我给您道喜，还专门让我捎来了喜金……”瑛娘接过喜金，说：“多谢，他咋不来喝喜酒？”高棒子略带神秘地说：“嘿嘿，我们旅长，有大事儿要干，所以来不了。”招娣也说道：“三叔也没来，好像是大战在即，他们都忙得很！”瑛娘点点头说：“好，打鬼子是大事，咋能耽误……”正说着，段金花突然大声道：“我的来福！”晁天宝正背着盼娣进门，好多人都挤了进来，屋里顿时热闹起来。

一个军官站在高处吆喝道：“晁天宝、隆盼娣成亲大典，正式开始！”段金花笑着自言自语：“晁天宝是谁啊，是柳来福，说错了……”军官知道段金花是疯子，也不理她，喊道：“一拜天地——”晁天宝、盼娣转身对着门口磕了一个头。军官喊着：“二拜高堂——”晁天宝说：“来，盼娣，先拜你娘！”盼娣摇摇头说：“那怎么行，要拜先拜你娘！”瑛娘也示意先拜段金花。晁天宝点点头，说：“好，先拜我娘！娘……我叫啥来着，来福，来福和儿媳妇给您磕头了！”两人一个头磕下去，段金花眉开眼笑，眼泪肆意纵横。

两人对着瑛娘，正欲跪下。瑛娘说：“等等，先拜福爷爷……”坐在侧位的隆福摆摆手：“哎，二少奶奶，这可使不得！”瑛娘正色道：“福叔，您对孩子们恩重如山，这个大礼您受得起！”隆福满眼热泪，看着盼娣和晁天宝跪在自己面前。盼娣说：“福爷爷，我和天宝哥给您磕头，谢谢您对我们姐妹的大恩大德！”隆福擦着眼泪，说：“好，好！恭喜大小姐和大姑爷百年好合，祝你们大富大贵，早生贵子！”两人磕头，瑛娘满意地点着头，也是眼含热泪。

接着，两人跪在瑛娘面前。盼娣说：“娘，我和天宝哥给您磕头，谢谢您的养育之恩！”瑛娘点点头，拉起盼娣的手放在晁天宝手里，说：“天宝，娘把盼娣交给你了，祝你们白头偕老，永结同心，早生贵子，一生平安。”盼娣羞涩地低下头，晁天宝郑重地点着头。一旁的段金花皱起了眉头，嘟囔着：“咋叫天宝呢，我儿叫来福……”

黄员外宅院喜气洋洋，士兵们端着菜肴，进进出出，十分忙碌。晁天宝、盼娣端起酒杯，给一个中年人敬酒，感谢道：“黄员外，多谢您把宝宅借给我办喜事！”中年人正是这家的主人黄员外，他举起杯，说：“你们都是打鬼子的英雄，能在我家里办喜事，黄某脸上有光，蓬荜生辉啊！”瑛娘也端着酒杯过来，说：“黄员外，我是盼娣的娘，我也谢谢你了！”黄员外说：“柳瑛娘，您可是大大地有名，我早就听说蘑菇镇出了个了不起的女人，就是您哪！”瑛娘说：“我在蘑菇镇放过火，摊过官司，让您见笑了……”黄员外说：“事情的来龙去脉，蘑菇镇人都知道，柳栓子咎由自取，那是活该！”坐在不远处的段金花听到这话，忽然睁大了眼睛。

这时，高棒子站了起来，说：“诸位，今天借黄员外的宝地，给我的部下，中尉副连长晁天宝和隆盼娣举行婚礼，我由衷高兴。我大哥高柴禾垛子高旅长，也让我带三句话。第一句，恭喜柳瑛娘！第二句，恭喜新郎、新娘子！第三句，晁天宝、隆盼娣为国杀敌，浴血奋战，屡立战功，精神可嘉，他们过去的历史一笔勾销。还有，晁家班的师兄弟们犯过的错，也全都不作数了！”招娣、晁天奇、晁天佐、晁天佑、小十三等师兄弟们一阵欢呼。高棒子接着说道：“所有当兵的，跟我一起举起杯子，敬柳瑛娘，柳大婶……还有这位大婶，晁天宝的娘，那就是晁大婶！”段金花脸上露出有点僵硬的笑容。

盼娣、招娣、念娣和五儿来给隆福敬酒，隆福老泪纵横。盼娣领头，说：“福爷爷，我们敬您！”招娣说：“娘说过，您就是我们的亲爷爷！”念娣接着说：“对！娘还让我们永远记住您，将来孝敬您！”隆福满面喜色，连连摆手：

“哎呀，三位小姐，不敢当，不敢当——”五儿说：“福爷爷，咱俩在一起时间最长，我调皮捣蛋没少给您惹麻烦，我们姐弟四个一起敬您！”隆福老泪纵横，连连点头：“哎，好，好！我干！”

段金花在一个大碗里倒满了酒，端着举向坐在一旁的瑛娘：“瑛子啊……”瑛娘一愣：“亲家？”段金花摇摇头，笑了，目光不复混浊，而是从未有过的清明：“今天我心里高兴，心满意足了！来，我敬你！”瑛娘端起小酒盅，段金花跟她碰了一下，想将一碗酒都干下去。瑛娘劝道：“您慢点喝！”段金花还是坚持将一碗酒都喝完了。放下碗，段金花说：“幸好我早没寻死，等到了今天，我也体体面面地当了回娘，哈哈……”她放声大笑着，众人都停下来，看向她。段金花止住了笑，说：“哎，都看我干啥，我儿子结婚，我高兴！这酒可甜了，我敬大伙！”说着，她又往碗里倒酒，端了起来，“谢谢黄员外，您是蘑菇镇的大善人，我这些年冬天没冻死，多亏了您施舍我被褥棉衣。谢谢这位大团长，这么大的官儿来蘑菇镇喝喜酒还是头一遭。在场有一位是一位，我都敬你们！谢谢你们来喝我儿子的喜酒，捧我的人场，我段金花先干为敬啦！”段金花又将一碗喝了下去，一亮碗底，仿佛一位江湖女侠，众人全都愣住了。瑛娘打着圆场：“大伙喝，大伙喝啊！”晁天宝点点头：“我娘敬酒，大伙喝，大伙喝！”场面又热闹起来，段金花幸福地笑着。

酒宴结束，瑛娘把三份首饰摆到了桌上。盼娣说：“这首饰真好，可我不要。”瑛娘问：“为啥？”盼娣答道：“每天打仗，爬战壕，拼刺刀，磕坏了对不起奶奶一份心意，也糟践东西。”瑛娘说：“你不要也不能放我这儿，奶奶是给你们的，可不是给我的。”盼娣想了想，说：“我捐。”瑛娘一愣：“捐？”盼娣点点头：“三叔一直在组织义捐，我把我这份首饰捐了，买子弹炮弹打鬼子用，比戴在身上强多了！”招娣也附和道：“我也捐。我不急着嫁人，嫁人也不用这个。从小就听娘说过，我们不图隆家有钱，也不惦记隆家的财产。”念娣跟着说道：“我也捐。虽说这是奶奶的一份心意，我相信她知道了也会理解我们！”

瑛娘点着头，把高柴禾垛子给的喜金也拿了出来，说：“这是高旅长给的喜金，是不是也捐？”晁天宝果断地说：“捐！我和盼娣是死罪，现在都免了，我们要钱有啥用？再说，我俩现在都是军官，国家管吃喝！”瑛娘欣慰地点点头：“好！娘觉得自己像佘太君，儿女都是忠烈！”她摸出一个金镯子来，说，“这个是你们太奶奶归西之前塞到我手里的，我知道老人家是心疼我，怕我遇到坎儿过不去……可如今，咱们国家最大的坎儿就是小鬼子，娘也捐了！”

“我没得可捐，我给你们鼓掌！”五儿站起身鼓掌，晁天宝也跟着鼓掌。

盼娣说："娘，以后您就跟着我们，再也不分开了！"瑛娘摇摇头："你们要打仗，娘跟着你们，岂不是累赘？"招娣嘟着嘴说："娘就是偏心眼！娘跟着念娣和五儿好几个月了，咋就不能跟我们？"念娣笑了："二姐，你小时候可不这样，那会儿什么事都让着我。"招娣说："这回不能让了，娘得在我们这儿住几个月！"五儿说："别争了，还是让娘跟着我吧，娘跟我都跟习惯了！"盼娣道："跟着你还不就是跟着念娣……"招娣点头说："五儿，数你在娘身边的年头最多，你还跟我们争？"五儿嘿嘿笑着。

瑛娘突然说道："谁也别争了……我明天就回孝兴去。"这下，众人全愣住了。晁天宝急道："那可不行，您咋能回孝兴啊？"盼娣说："就是啊，娘不能回去！"招娣说："是啊，五儿和念娣好不容易把您带出来的，您不能回去！"五儿和念娣也担忧地地看着瑛娘。

瑛娘叹道："你们别忘了，牢生还在孝兴……"念娣说："牢生一直跟着狗汉奸时少卿，他早就认贼作父了！"瑛娘板起了脸："不许胡说！这么难听的罪名，怎么能加在你弟弟身上？他被时少卿抱走的时候，才三个月大，啥都不知道，能叫认贼作父吗？"念娣低下了头。瑛娘说："你们现在都好好的，只有牢生他……他连自己的身世都不知道。我若就这样不管他，那我就不配是个娘！"众人都低下了头，不再说话。

正在这时，门被撞开，高棒子冲了进来，喊道："坏了，坏了！"招娣问："怎么了？"高棒子说："你们快去看看吧！"

众人出了门，见段金花坐在椅子上，脸上仍挂着凝固了的浅浅的笑容。瑛娘忍着悲伤，上前去摸她的手，仍有些许温意。一旁的军医说："已经咽气了，所以我就没动她。"瑛娘点了点头，含着泪说："她什么都明白了，你们看，她是笑着走的……盼娣、招娣、念娣、五儿、天宝，你们一起给她磕个头，她是你们的亲舅娘。那年要不是她去刑场上作证，娘早就不在人世了！"五个孩子跪在了地上，齐刷刷地磕了一个头。

"天宝啊，多亏你演了一出好戏，让她笑着归了西，娘谢谢你！"说着，瑛娘给晁天宝鞠了一躬。晁天宝连忙鞠躬还礼："娘，这是我应该的！"瑛娘又转向黄员外，说："黄员外，您把家腾出来给这俩孩子办喜事，已是大恩大德。现在又出了这样的事，我给您赔罪！"说着，瑛娘又给黄员外鞠了一躬。黄员外摆摆手："客气了，客气了，不打紧的！"瑛娘看着五个孩子，说："娘一时走不了了，娘再多住几天，给你们的舅娘料理后事。"

第四十七章

一大早，隆夫人喝着早茶，一旁佘管家却是忧心忡忡。隆夫人说："自从瑛娘走了，你就魂不守舍的，瑛娘跟你说啥了？"佘管家叹道："啥也没说，我就是羡慕二少奶奶。虽说她这辈子没少受苦，可是临了孩子们都找到了，热热闹闹地嫁闺女，多让人羡慕啊！我倒好，生个儿子，险些把命搭上。儿子四十多了，也从来没叫过我一声娘……"隆夫人问："你这是想儿子了？"佘管家说："还想孙子……"隆夫人露出一副没好气的样子。佘管家叹了口气，说："是，小四不争气，给日本人当了警察局长，可他毕竟是从我两条腿中间爬出来的，我心疼他，惦记他，我睁着眼睛都能做梦梦见他……夫人，我想回去看看我儿子，还有我孙子。这些日子，我心里边长了草似的，真的快受不了了，我熬不住了！"隆夫人点了点头："唉，可怜天下父母心……隆喜儿！"隆喜儿从外面进来，说："夫人，您有何吩咐？"隆夫人说："套车，送佘管家回孝兴城。"佘管家摆手道："哎，这可使不得。再让喜儿送我，谁伺候您啊？"隆夫人说："我有手有脚，对付一口吃的，我想也不难。"佘管家摇头说："不行不行！喜儿留下，我自己走，大不了就是多走上一天，我快去快回，来回最多五天！"隆喜儿说："佘管家，您啥岁数了，受不起这个罪。"

隆夫人叹道："谁让她是个娘呢，为了儿子，啥罪都肯受啊……"佘管家一听，吓了一跳："夫人，您……"隆夫人说："都到这个时候了，还隐瞒个啥？这些日子我也有些后悔，后悔前些年没开祠堂把这事儿说明白……喜儿啊，现在家里没别人了，有你在就算咱们隆家人都齐了。有一件事，趁我还活着，得说清楚。四十年前，老爷把她收了房……"佘管家一脸难堪，隆喜儿则大吃一惊。隆夫人看了一眼佘管家，说："我要替老爷给你个名分，你龇牙咧嘴干什么，高兴点！"佘管家羞得不敢抬头。隆夫人说："她早就为老爷生了儿子，就是佘小四……喜儿啊，万一回到孝兴之日我已不在人世，就请你主持开祠堂，让小四改姓隆，认祖归宗！还有，从今儿个起，不要再叫她佘管家，她是二夫人，隆佘氏。"隆喜儿上前抱拳道："恭喜二夫人！我们隆家又有四少爷了，大喜啊！"佘管家跪倒在地："夫人——"隆夫人说："以后也别叫我夫人了，你我姐妹相称！"

佘管家起身，隆夫人拉住她的手，说："你别逞强了，就让喜儿送你一程。"佘管家还是摇头："不行！没人陪着您，我怕天黑了来野兽啊！"隆夫人想了想说："那就这样，只要天黑前能赶回来，隆喜儿能送多远送多远，好不好？"隆喜儿点点头："这个主意好，二夫人，我这就去套车！"说完，隆喜儿转身出去了。

佘管家哭成了泪人："夫人——"隆夫人握住佘管家的手，说："妹子，几十年了，都没给你个名分，是姐姐心眼儿小，对不住了……"佘管家连连摇头："不不不！是我对不起您，您让我随老爷出门做生意，服侍老爷，我便痴心妄想，是我先勾搭老爷的……"隆夫人哈哈大笑："你我都是老太太了，还说当年那些事干啥，你以为从前你不承认，我就信你了？"佘管家闻言又羞又臊。隆夫人叹道："可惜今日不是在祠堂里，没有列祖列宗见证，也没放鞭炮摆酒席，亏待妹妹了……"佘管家摇头："不，您别说这样的话，夫人……"隆夫人说："还叫我夫人？"佘管家改口道："小姐……"隆夫人说："我刚才让你叫我什么了？"佘管家犹豫着，叫道："姐姐……"隆夫人这才应着："哎！"佘管家笑了。隆夫人说："我这还剩下几件像样的首饰，你都带回去，传给小四媳妇，也算是我这个当大娘的一份心意。"佘管家忙说："那我就替小四多谢姐姐了！"

佘小四在孝兴街道上大摇大摆地走着，突然，路边一个穿着蓑衣的老太太拦住了他。佘小四一撇嘴，喝道："干什么的？"老太太抬眼看着佘小四。佘小四吓得一激灵："姑姑……"佘管家示意佘小四别出声，低头向一条窄街走去。佘小四四下观察着，正赶上一队日本兵路过。他停在路边，挥手致敬，日本军官还礼，带着一队日本兵远去。

佘小四这才向窄街追去，见到佘管家，他笑道："行啊，姑姑，您还化了装？"佘管家白了他一眼，说："我是怕在街上跟汉奸打招呼，让人啐唾沫！"佘小四说："哎呀，姑姑，你说话真难听，啥时候回来的？"佘管家说："才进城的。"佘小四说："那回家吧？"佘管家说："掌灯以后，你到隆家祠堂来，我有话跟你说。记住，千万别被人盯上，从祠堂后门进。"说完，佘管家又用蓑衣盖住自己，神神秘秘地走了。看着她的背影，佘小四险些笑出声来。

夜里，佘小四潜入隆家祠堂，果然见到佘管家在等着他，笑道："哎呀，姑姑，我可想死你了，多少日子不见了，我的姑姑哎，您看您都瘦了，来让我掂掂……"说着，佘小四就将她抱了起来，"真轻了，轻了不少！"佘管家忍住笑，板起了脸："放下我！"佘小四放下佘管家，问："怎么样，在山里边过得好不好？”佘管家摇头说：“不好！”佘小四一愣。佘管家叹道：“我本来挺好的，听说你当了汉奸，给祖宗丢人现眼，我就不好了！”佘小四说：“姑姑，我要留下当警察局长可告诉过您了，您也答应了的！”佘管家说：“可那个时候……那个时候跟现在不一样！”佘小四说：“有什么不一样的？”佘管家说：“那时候你姓佘，佘家小门小户，丢人现眼也就丢人现眼了，好死不如赖活着！”佘小四说：“就是啊，好死不如赖活着，更何况现在我活得挺风光的……姑姑你刚才说什么，什么叫那个时候我姓佘，现在难道我就不姓佘了？”佘管家说：“不姓了。”

佘小四一愣，说：“就因为我给日本人干活，连佘都不让我姓了？姑姑，街上人对我白眼，背地里骂我，对着我后脊梁吐唾沫，还趁着大半夜往我们家院里扔驴粪球子，这些我都能忍。可你是我亲姑姑，还连姓都不让我姓了，这有点太……”佘管家说：“不是不让你姓佘了，是隆家的当家人，你大娘，给你姓了！”佘小四有些不解，说：“隆家的当家人？隆夫人怎么成我大娘了？姑姑，人家是主子，咱们是奴才，跟人家论什么亲戚？”

“我的儿啊！”佘管家突然号啕大哭起来。佘小四连忙低声劝道：“姑姑，你别哭，再哭把人招来了！”“我的儿啊——”佘管家拉住了佘小四的手，“以后别再叫我姑姑了，我是你亲娘！”佘小四一愣，难以置信：“什么？您不是说我亲爹亲娘生我那年赶上瘟疫，都死了吗？”佘管家说：“我上无兄长，下没有弟弟！”佘小四更糊涂了：“那我没爹？”“你糊涂啊你！”佘管家在佘小四脸上轻轻拍着，“非得让娘把话都说明白了呀，你咋没爹啊，谁都不是在石头缝里面蹦出来的，你爹就是老爷！”佘小四问：“老爷？哪个老爷？”佘管家说：“还有哪个老爷，隆家的老爷！”佘小四闻言更是吃惊。佘管家叹道：“我已经没什么害臊的了，隆家的当家人，你大娘，已经给了我名分，我现在是隆家的二夫人，你就是我给老爷生的孩子。所以，当年我才给你起了乳名叫小四，那是因为你前面有三个兄长，就是隆传宗、隆继宗、隆延宗！”

“啊？”佘小四一声尖叫，退出好几步，“我的娘呀，活了四十多年了，我是一直就觉得自己的身世有点含糊……敢情我跟三少爷隆县长，我们，我们俩是亲哥俩？”佘管家点头：“就是啊！”佘小四一拍大腿，突然蹦了起来：“不对啊，我俩长得咋一点都不像啊，我这……”佘管家哭笑不得：“小四啊，你这是嫌娘长得丑，没把你生俊了？”“不是……”佘小四有些不好意思，“您真是我娘？”佘管家说：“祖宗们的英灵都在，我敢胡说？”佘小四脸上慢慢露出笑容：“原来从小到大最疼我的人，是我的亲娘……我佘小四也有娘了！娘——”佘小四跪在佘管家面前，可佘管家铁青着脸，毫无亲近之意。

佘小四说："娘，您这是干啥，跟我近乎近乎啊！"佘管家说："你刚才说什么呢，重说一遍！"佘小四说："我说，我佘小四也有娘了……"佘管家说："你姓什么？"佘小四说："哦，我明白了，我是隆家的人，我隆小四有娘了！娘在上，儿子隆小四给娘磕头，谢谢娘把我生出来，谢谢娘把我养这么大！"佘小四磕了三个响头。佘管家泪如雨下，说："走，跟娘给祖宗磕头去！"佘管家拉起佘小四向前厅走去。

佘管家带着隆小四跪下，说："祖宗在上，隆佘氏带着儿子小四，给祖宗磕头了！之前，我儿子他不知道自己是隆家子孙，所以给日本人当了警察局长，这也不能全怪他……现在，夫人已经给了我名分，我儿子也可以光明正大地姓隆了，他知错了，定能痛改前非，今儿个就会跟着我走，找他三哥隆延宗去……"隆小四说："哎，等会儿——"佘管家说："等什么等，你跟祖宗说，以后再也不给日本鬼子当汉奸了，找你三哥去，参加孝兴子弟军，打鬼子，给祖宗争光！"隆小四说："娘，我不能走！"佘管家站了起来，斥道："浑蛋！隆家祖训：凡我隆氏后人，忠君报国，沥胆披肝，持节尽忠者，祖宗庇佑，荫泽子孙；动摇宗祏，误国覆邦者，遭五雷轰顶，断子绝孙。"

隆小四不知该怎么解释，说着："哎哟，我的娘哎，你说这些干什么？"佘管家说："这是隆家祖训，你姓了隆，就得守祖训！本来我是不想管你的，好歹我孙子在城里有吃有喝的，饿不着……可夫人给了你名分，我孙子，那可是正经八百的隆家血脉，将来是能接下隆家家产的，可不能因为有个汉奸爹，给耽误了！"隆小四一愣，说："我看你跟隆万氏也没啥区别，净想着什么家产……"佘管家说："胡说八道！隆万氏想的是往她娘家搂，我想的是守住隆家的祖业，能一样吗？你三个哥哥，只有二少爷继宗有一个儿子，还丢了……隆万氏过继那个猴崽子根本就不能作数，当家人也不会认！现在只有我孙子，将来是隆家的继承人。守住隆家的祖业，就是对得起祖宗，我也就对得起老爷了！"说完，佘管家就哭了起来："老爷啊，您在天有灵，给小四几巴掌，打醒他吧！他身上流着您的血脉，您一身正气，他怎么非要给日本人当汉奸呢？"

隆小四给气得没招，忽然心生警觉，说："行了行了，您别嚷嚷了，再这么哭号下去，待会儿真来人了！"他起身向大门口走去，拉开一道门缝，向外张望着，隆家祠堂院里静悄悄的。隆小四又关上门，向跪在祖宗像前的佘管家走去。可他没发现，王婆子正躲在角落里偷看着。她本是来找金库的，正赶上佘管家进来，就躲到了角落。

隆小四走到佘管家身旁，小声道："娘，我跟您说实话，我留在孝兴不是给鬼子当汉奸，是和三少……我三哥定下的计策。我留在孝兴，让鬼子信任我，才有机会里应外合，杀光小鬼子。”佘管家一愣，又惊又喜：“你说的是真的？”隆小四点点头：“你儿子虽然没出息，可也不会当汉奸哪！”他的声音很小，王婆子使劲儿听也听不清。佘管家这回相信了，低声道：“天啊，祖宗啊，我冤枉我儿子了……”隆小四说：“娘，您赶紧走，趁天黑，我送您出城！”佘管家说：“我还得看看我孙子去！”隆小四想了想，说：“也好，那你这就跟我回家住一天，明儿夜里，我送你出城。”佘管家有些不舍，说：“我好不容易回来的，就让住一天啊？”隆小四说：“娘，大娘的人头值一千块现大洋，谁都知道您跟着她……我是为了您和大娘的安全！”佘管家说：“好，就住一天，跟我孙子亲热亲热，我就赶紧回去跟你大娘报喜去，也省得他们再说你当了汉奸，给我白眼！你跟娘一起，正经八百地给祖宗磕个头！”隆小四点点头：“这成，给祖宗磕头！”

到了家，隆小四和胖媳妇跪在佘管家面前，隆小四说：“儿子隆小四和儿媳妇给娘磕头！”二人磕在地上。佘管家抱着已经快一岁的大胖小子，高兴得眉飞色舞。隆小四媳妇说：“之前叫姑姑的时候，我就觉得您比亲娘还亲，原来您真是孩子的亲奶奶！我可真有福，摊上这么好的一个婆婆！”佘管家说：“儿媳妇啊，你大娘送给你的首饰你可收好了，这每一样啊，都能换上几亩地！”说着，她把首饰推向胖媳妇。隆小四媳妇惊喜道：“真的？这么值钱？”佘管家说：“我还能骗你，咱们隆家的东西，了得，可得一代一代地传下去！”隆小四媳妇高兴极了。

隆喜功听了王婆子的汇报，喜道：“我最恨那姓佘的老太婆，打小没少欺负我，这回看我怎么收拾她！”说着，隆喜功就要往外窜。没等隆万氏拦，万专员喝道：“站住！抓个管家有个屁用，得顺着这个管家，把隆延宗他娘抓回来才行！”隆喜功停住脚步：“也是，皇军赏一千块现大洋呢。”隆万氏怒道：“一千块算个屁，把老太婆抓回来了，可不能交给日本人，你得把她交给娘！”隆喜功点点头说：“老太婆能找到金库，找到金库就有了金条。那我赶紧到佘小四家门口盯着去！”隆万氏说：“娘一直派人盯着呢。”

此刻，狗腿子王婆子一直在角落里盯着隆小四的家。而隆小四一家人正在吃饭。“娘，您吃块肉。”隆小四媳妇给佘管家夹了块肉。佘管家应承着。隆小四也说：“娘，您喝汤。”佘管家也应承着，可根本顾不上吃，一直在一勺勺地喂孩子吃鸡蛋羹。孩子很高兴，吃得很香，嘴上、围嘴上都是鸡蛋羹，甜甜地笑着。祖孙俩其乐融融。

次日清晨，隆小四先出了门，四下张望了一番，没发现躲藏起来的隆喜功和特务。他向院里挥挥手，佘管家走了出来。隆小四扶着她上了早已准备好的车。他自己一骗腿，也坐了上去。车把式扬鞭，马车向城外驶去。隆喜功慢慢地探出头来，示意身后的特务跟上。

而王婆子呢，则带着几个家丁来到隆小四家门口。她一挥手，家丁架上梯子，将几个花灯笼挂在了隆小四的家门口，又把俗艳的对联一贴，隆小四家立刻让人产生了某些遐想。王婆子等人跑了，万专员带着两名喝醉了的日本军官走来。万专员说："这可是个好去处，跟一般的窑子不一样，你们玩好，我就不陪了……"两名日本军官看着花灯笼，一脸淫邪，撞开了门。

马车到了郊外，晨曦乍现。马车上的佘管家一直握着隆小四的手，这会儿说："儿子，就送到这儿吧。"隆小四说："我直接把您送到地方算了！"佘管家说："这不好。"隆小四说："没事，车把式是我兄弟，靠得住！"佘管家说："我不是这个意思，我是不想让你大娘看见你……"隆小四说："为啥，我还想给她老人家磕个头呢。"佘管家说："以后再找机会吧，她一年多没见着三少爷了，我怕她看着咱娘儿俩热热乎乎的，心里难受……"隆小四说："噢，那也行，停车！"马车停住了。隆喜功正带着几个贼眉鼠眼的特务埋伏在山包后。隆小四说："娘，您再受些苦日子，我跟三哥正在筹划，兴许用不了多少日子，就能把池田和所有的鬼子全部消灭了，夺回孝兴城，那时我再去接您和大娘！"佘管家点点头："好，娘等着这一天。儿子，你这么出息，娘这一辈子的苦没白受！"说着，她又要掉眼泪。隆小四说："娘，您可别哭，您笑才对呢！"佘管家抹了抹眼睛，笑道："好，我笑，我笑！我儿子、媳妇、孙子都这么好，我当然该笑了！"她说着张开双臂，将隆小四紧紧地搂在了怀里。隆小四说："娘，那您就走吧，我也往回赶，还得到池田那老鬼子面前装疯卖傻去呢。"马车掉转了马头，隆小四跳上了马车，说："娘，保重！"佘管家冲隆小四挥着手，叮嘱道："照看好我大孙子！晚上睡觉的时候常摸摸，万一他尿炕，别让他溻着！"看着马车远去，佘管家脸上仍然带着幸福的微笑，过了好久才转身离开。隆喜功带着几名特务连忙跟上。

隆小四回到城里，跳下马车，发现自家门口堵着一大群人，门上还挂着花灯笼。他挤进人群，问道："怎么了这是？"一个邻居说："佘局长，您昨天夜里不在家？"隆小四说："怎么了？"邻居一脸惊恐，说："您自己进去看吧……"这时，几名警察从院里出来。隆小四大声问道："怎么回事，我们家怎么了？"一个警察说："佘局长，也不知道怎么回事，这日本人把您家认成妓院了。"隆小四忙问："我老婆、孩子呢？"警察说："日本人喝多了，把小少爷摔死了，大嫂跟他们拼命，挨了三枪！""什么？"隆小四径自往院里冲，警察们架住了他。一个警察说："佘局长，您还是别进去看了，我们怕您受不了——"另一个警察也劝："您节哀吧！"隆小四号叫着："放开我！"他挣开两名警察，冲进了自己的家。

佘管家走了一路，停下来捶了捶腿。远远地，她已经能看见山间小院了。跟踪而来的隆喜功立刻示意几名特务躲在树后。听见动静，佘管家回过身去看了看，一个人都没有，她这才向小院走去。

快到小院门口时，她再次停住脚步，猛地回身，这一次，隆喜功等人躲闪不及。隆喜功立刻掏出手枪来指着她："哈哈，没想到吧，你家大少爷追来啦！"佘管家大叫："夫人快跑！"她扭身就向屋里跑去，隆喜功一挥手，几名特务冲向小院。

隆喜儿正巧出门，说："二夫人，您回来了……"佘管家急道："不好了，我把贼人给引来了！"隆喜儿一听也急了："啊？您快带夫人走！"说着，隆喜儿抄起了一把铁锨，把第一个冲进来的特务拍倒在地。这个特务向后倒去，软绵绵的身体把几名特务都拦在了门口。

佘管家进了门，跑到隆夫人面前，说："夫人啊，不好了，隆喜功，隆喜功跟着我来了！"隆夫人说："怕他做什么，这个不争气的败类！"佘管家说："隆喜功当了特务队长，他有枪，四叔公都被他给杀了！"说着，她架起隆夫人的胳膊就冲向后门，后门正通向后山。

几个特务将被打晕的特务拖到一旁，隆喜功冲着门口就是几枪，守在门口的隆喜儿连忙低头躲闪子弹。隆喜功一挥手，四名特务一头冲了进去，隆喜儿再次抡圆了铁锨，连劈带砍，又有两名特务挂了彩。隆喜功抬手一枪打在隆喜儿肩头，他猝然中弹，倒在地上。隆喜功就要往屋里冲，冷不防倒地的隆喜儿拿着铁锨猛地横扫过来，隆喜功的后脚腕被铁锨砸中，一个仰八叉栽倒在地。隆喜儿支撑起身体，横着铁锨守住大门，但他已经累得气喘吁吁，毫无力气了。

隆喜功捂着脚踝嗷嗷直叫，被特务扶了起来。他大怒："好你个老不死的，让开！"隆喜儿横眉冷对，说："有我在，谁也别想伤夫人！"隆喜功说："你们瞧瞧，这老头子长了一脸的找死相。我告诉你们，当年爷虎落平阳，被这条老狗欺负过，他把我吊起来用鞭子抽啊！你们都给我让开，看看本队长今儿个怎么报仇！"特务们让开，隆喜功举起枪来。隆喜儿抡起铁锨向隆喜功头上砸去。枪响了，隆喜儿中弹，踉跄着朝隆喜功扑去。隆喜功又连开三枪，隆喜儿鲜血四溅，倒在地上。

佘管家搀着隆夫人拼命往前跑，隆夫人脚下一滑，摔倒在地，佘管家连忙搀起她，继续向山上跑。突然，特务的声音传来：“站住——”佘管家自责道：“夫人，都怪我，不知道什么时候就被这群狗给盯上了！”隆夫人摇摇头说：“要怪就怪我心软，走之前没把隆万氏和她的猴崽子勒死！”

两人跑到一块大石头后面藏起来。隆夫人喘着气，说：“不行了，我跑不动了，不跑了，我看他能把我怎么样？”佘管家从包里掏出一把枪来，说：“夫人，您快跑，我还能帮你挡一阵，我有这个……”隆夫人吓了一跳：“你哪来的枪？”佘管家说：“小四给的。夫人哪，我弄清了一件事，小四不是汉奸，他留在孝兴，是和他三哥定的苦肉计！”隆夫人问：“真的？”佘管家说：“真的，您放心。我也算没给您丢人！”隆夫人说：“你回孝兴，就是为了这个事？”佘管家说：“是啊。不承想把特务引来了，您快走，这几个兔崽子交给我！”隆夫人不忍心，说：“你……我……”佘管家说：“小姐，我跟了您一辈子，就算要死，我也得死在您头里儿，到阴间给您探路去，您快走！”

两人还在争执着，隆喜功带着剩下的特务追了过来。一个特务跑在前面，他绕过大石头正看见隆夫人和佘管家，笑道：“嘿！这儿呢！”佘管家猛地抬手就是几枪，正中特务胸口，他身后的特务毫无防备，也中弹倒地。

隆喜功连忙缩身躲了起来，佘管家大喊：“猴崽子，我打死你！”她突然起身向隆喜功冲去，连续开枪，子弹都打在了他面前的石头上，溅起火星。另一名追来的特务抬手一枪，打中了佘管家。她身体一颤，低头向胸口望去，鲜血涌出。隆夫人大喊：“妹妹！”

佘管家不顾一切地扑向隆喜功，一口咬在他脖子上。隆喜功疼痛难忍，怒道：“老不死的，你松口！”他又开了一枪。子弹穿过她的身体，鲜血直涌，她倒在了地上。

隆夫人哭道：“妹妹！”她看着佘管家的尸体，大喊：“妹妹，我来了！”说着，她就向身旁的一块大石头撞去。隆喜功连忙喝道：“拦住她！”一个特务冲上去抱住了隆夫人的腰。隆夫人大叫：“放开我，让我死！”隆喜功得意道：“老东西，我能让你这么痛快死？”说完，他抡起巴掌抽在了隆夫人的脸上，隆夫人绝望地闭上眼。

第四十八章

瑛娘正在集市上买菜，隆福把她拉到一旁的角落里，长叹一声，泪水直流：“咱们的房子被烧了，周围的几棵大树也都跟着着了，一片灰烬呐！”瑛娘急切地问：“那我婆婆呢？”隆福说：“倒是没有找到夫人的尸体。喜儿被烧焦了，我又在后山找到佘管家的尸体，胸口挨了好几枪！”瑛娘一眩晕，险些栽倒：“难道是我们漏了行踪，让日本人找到山上了？”隆福说：“佘管家的尸体旁还有两具尸体。我辨认了半天，像是孝兴城里的小流氓。”瑛娘闻言闭上了眼睛：“二少爷，你在天有灵，保佑娘平安哪！福叔，我们回孝兴！”隆福一愣，没有说话。瑛娘说：“房子被烧了，佘管家和隆喜儿被杀，婆婆不见了，一定是被抓回孝兴了，我得回去！”

隆小四瞪着血红的双眼，拎着一把枪，冲进隆家院落，一直冲进天井，大喊：“姓万的，把王婆子给我交出来！”几名特务站在门口，一见是佘小四，全都提起了枪。隆小四骂道：“你们这群王八蛋，敢用枪对着老子，给我滚开！”隆喜功从内厅出来，说：“佘局长啊，您来了，有何贵干啊？”隆小四大喊：“猴崽子，让你娘把王婆子给我交出来！”隆喜功说：“王婆子，她怎么得罪您了？”“你少给我废话，让开！”说着，隆小四就要往里冲。隆喜功说：“哎，虽然你是警察局长，可打小你是隆家的奴才，你得守规矩，这里边是隆家当家人住的，外人不能随便进！”

隆小四的身份没公开，确实有些为难。可就在这时，传来一阵女人的奇怪的声音。“去你娘的规矩，老子要抓杀人犯，滚开！”隆小四一用力将隆喜功推向一旁，又挥手向拦在门口的其他特务打去，特务们不敢放肆，闪身躲开，隆小四趁机冲进了内厅。

冲进门来的隆小四愣住了，只见隆夫人披头散发，手脚被白绫子捆住了，嘴也被勒住了。她一见隆小四，想发出声来，可又喊不出来，声音更显凄厉。隆小四用枪指向隆万氏，喝道：“隆万氏，你这是在干什么？！”隆万氏吓了一跳。这时，隆喜功带着特务也进来了。

隆喜功用枪对着隆小四，说：“佘小四，你少管闲事，我是奉池田司令官之命去抓的这老太太，你管不着！”隆万氏连忙点头说：“对，我儿子说得对！我们在帮池田司令官办事，你可管不着，别拿枪指着我！”隆小四气得浑身颤抖，侧眼望向隆夫人，低声说：“夫人，我娘呢？”隆夫人无法说话，眼中却露出了哀伤的神色。隆小四问：“我娘死了？”隆夫人点头。

“谁干的？告诉我，我宰了他！”隆小四一回身，用枪指向隆喜功等特务，眼睛里瞪出了血。这时，万专员从外面进来，喝道：“佘小四，把枪放下！你也不看看这是什么地方，由不得你撒野！”一见万专员，隆小四将枪对准了他：“姓万的，老子已经查清楚了，是你和王婆子捣的鬼，引得日本人杀了我老婆、孩子！”万专员狡辩道：“胡说八道！我什么身份，能干那种龌龊事吗？佘小四，你现在这个样子，我怀疑你勾结隆延宗，对抗皇军！”隆小四的眼神阴了下来。隆喜功说：“对，他就是要对抗皇军，他还要救老太婆！”隆小四又将枪指向隆喜功，隆喜功连忙躲闪开。隆万氏说：“佘局长啊，我知道你老婆、孩子死了，心里难受……你跟着日本人，将来有好前程，想娶什么样的娶不上？”隆小四猛地回身瞪向隆万氏，吓得她直往后缩。

万专员说：“佘小四，今天的事，我可以不告诉池田司令官，也请你保密，我审隆岳氏是为了将反日的隆延宗和高柴禾垛子一网打尽，我是想审出结果再向司令官汇报！”隆小四点了点头，渐渐冷静，枪口慢慢垂了下来。万专员又说：“这就对了，佘局长，你是顾全大局的。等我审出线索来，跟司令官汇报的时候，功劳也会记在你身上一份！”“好，那就多谢了。”隆小四回头看了一眼隆夫人。隆夫人露出绝望的目光。隆小四说道：“叫你从小不拿我当人，你也有今天，万专员，审！使劲儿审！”隆小四扭头就走，万专员长出了一口气。躲在暗处的王婆子一屁股坐在台阶上，喘着粗气，庆幸逃过一劫。

等隆小四走了，隆喜功问：“爹，咱们人多，你干吗不一声令下，把佘小四拿下？”万专员说：“他是警察局长！”隆喜功说：“那你也不用巴结他，给他记功吧？”万专员说：“我用的是缓兵之计。妹子，你赶紧审，找到金条是当务之急！要是让司令官知道了，咱们吃不了兜着走！”隆万氏撇着嘴：“审着呢，可她还挺横！”“横？”万专员冲到隆夫人面前，掐住她的下巴，恶狠狠地说，“你个老娘们儿，把金库交出来，不然，我让你生不如死！”隆夫人露出恐惧的目光。

隆家的百年老宅被阴霾笼罩，一阵阴风吹过，写有“隆”字的灯笼在风中摇摆着。客厅里，隆夫人的水衣上遍是皮鞭抽成的血印。她的嘴唇干裂，喉咙里的声音模糊不清：“水……水……”隆万氏端起一杯茶，说：“哎哟，我的婆婆啊，你都三天没喝一口水了，我也知道你渴，快告诉我，金库在哪儿，我就好吃好喝伺候你，像以前一样孝顺你！大年初一，我包好饺子，跪着端给您，请您尝。”听到隆万氏的声音，隆夫人强支撑起精神，看着她。隆万氏突然厉声喊道：“金库，告诉我金库在哪儿？”隆夫人眨了眨眼睛，说：“你做梦……你就是渴死我，饿死我，打死我，也别想得到一根金条！”

隆万氏气得把一碗热茶全都泼在了隆夫人的脸上：“儿子，接着给我打！”隆喜功四仰八叉地靠在一旁的榻上，说：“哎呀，我早打累了，算了吧，快把她送给池田，讨个好得了……”隆万氏急道：“不行！得不到金条，你娘我在隆家这二十多年就白等了，你不打我打！”隆万氏抄起鞭子，照着隆夫人的头上抽去，一鞭子过后，她的额头上被抽出了一道血印。隆万氏也没想到一出手就抽在了隆夫人的脸上，说：“这可不能怪我，都是你逼的，这鞭子挺好使，一鞭子下去就一道，拿镜子给她照照！”

王婆子端了一面镜子来，隆夫人清晰地看见自己的额头上有一道血印。隆万氏威胁道：“怕了吧？再不告诉我金库在哪儿，我就把你的脸抽成花瓜！”隆夫人瞪着隆万氏，说：“隆万氏，你不得好死！”隆万氏怒道：“你……你还敢嘴硬，闪开！”两名婆子连忙退后，隆万氏抡起鞭子，又一鞭子抽了下来，一会儿，隆夫人脸上已经多了三道清晰的血痕。伴随着隆夫人的一声声惨叫，隆万氏抽累了，骂道：“他奶奶的，原来打人这么累啊……王婆子，你来！”王婆子接过鞭子，走向隆夫人。此时，瑛娘从侧面的小门潜进天井，来到客厅外，竖起耳朵向里面听着。

隆夫人看着王婆子，难以置信，说：“王婆子，你也敢？你是我隆家的下人，年轻时不守规矩，跟赶大车的通奸，你给我磕了几十个响头，我心软了，没让他们打折你的腿，你却不思悔改，竟然跟姓万的串通一气，背叛主子！”王婆子大声说道：“你闭嘴！我的主子就是大少奶奶。当年要不是大少奶奶把我藏到娘家去，你早就要了我的命了，你以为我不知道啊。我是进隆家几十年了，跟你也算有交情，那我劝你两句，赶紧把金库交给大少奶奶，不然的话……”一旁的隆喜功说：“哎呀，王婆子，你跟她废什么话，我们的话她都听不进去，能听你放屁，快打快打！”

王婆子抡起皮鞭就抽，隆夫人呻吟了一声，运足气，将一口血水吐在了王婆子脸上。王婆子一激灵，鞭子也扔到了地上，连忙用手绢去擦脸，又急又恼。隆喜功忽然笑道：“娘，你要是想要金条，光靠打看来是没用了。这老太婆她不怕挨打，也不怕死……不如这样，我去叫几个兄弟来，把她扒光了……”隆万氏张大了嘴，她确实没想到这种阴招。隆喜功继续说道：“娘，她不是隆家的当家人吗，她不是威风吗，哈哈，让我的小兄弟们收拾她，我看她招不招！你等着，我叫人去！”隆夫人吓得不知如何是好。隆喜功大步走出内厅，没有发现躲在一旁的瑛娘。隆夫人看了一眼隆万氏，咬牙骂道：“畜生……都是畜生！”隆万氏说：“你骂什么都没用，待会儿我儿子领回来的，那可都是真畜生。婆婆，不如你现在就招了。”

正在隆夫人无计可施的时候，瑛娘冲了进来。王婆子大叫：“柳瑛娘？！”瑛娘目不斜视，只一步步走向隆夫人。隆万氏和王婆子醒过神来，赶紧拦住了她。瑛娘轻声而不失威严道：“让开！”隆万氏咬牙切齿道：“你是回来送死的吗？池田司令官早就想要你的脑袋了！”瑛娘依然冷冷地说：“让开！”“大少奶奶，我去报告日本人！”王婆子显然是吓唬瑛娘的，口上说着却没动脚。瑛娘眼睛都没眨，说：“让开。”王婆子和隆万氏只得心虚地让开了。瑛娘走到隆夫人面前，喊道：“娘……”隆夫人说：“瑛娘，你怎么回来了，你这不是自投虎穴吗？”

隆万氏示意王婆子去叫人，不料瑛娘根本没回身，喝道：“站住！谁也不许走！你们要是敢去叫人，就别想找到金库！”隆夫人叫道：“瑛娘……”瑛娘看着隆万氏，说：“你不是想要金条吗？放了婆婆，我带你去！”隆夫人急道：“瑛娘，老祖宗走的时候说得明白，你忘了？”隆老夫人曾经和她们说过，隆家的根基在金库里，房子没了，还可以用金条重建……瑛娘叹道：“娘，奶奶说的话我都记得，可儿媳妇怎么能看着他们这么折磨您？隆万氏，放了婆婆，我带你去金库！”隆万氏哈哈大笑：“柳瑛娘，我知道你诡计多端，又想骗我，门儿都没有。王婆子，快去把我哥哥和儿子叫回来，柳瑛娘知道金库在哪儿，我们发财了！”瑛娘摇摇头说：“不许叫别人。你哥哥和你儿子姓万，我也不会带他们去隆家的金库！”隆万氏一愣。瑛娘淡淡地说：“不管怎么样，你还是隆家的媳妇，金库，我可以带你去。”隆夫人低声道：“瑛娘……”瑛娘接着说：“不过你得到金条以后，得让我带婆婆走！”隆万氏点点头：“这个好说，你愿意带走，给你，我留着她在家里有什么用。”王婆子说：“大少奶奶，这个女人壮实，就你们俩，万一真打起来您可打不过她，没准她还有枪呢！”隆万氏说：“搜她的身！”王婆子走上前，瑛娘伸开双手让她搜身，王婆子什么也没摸到。

隆万氏从小包里掏出手枪，说：“你没有，我可有。”瑛娘点了点头，又看了看王婆子。王婆子有点发怵。瑛娘说：“你倒是可以带着王婆子一起去，我知道你信得过她。她这么大个子，有力气，你让她多拎上两个大皮箱，把金条都装出来。”隆万氏点点头：“王婆子，快去我屋里，挑最大的皮箱，拿两个！”王婆子点头跑了出去。

隆夫人急道："瑛娘，你不能啊！姓万的是妖怪，是魔鬼，隆家祖宗留下的家底，不能落在她手里！"隆万氏急了，用枪指向隆夫人，吼道："你再嚷嚷，我先枪毙了你！"隆夫人忽然暴喝一声，"来啊，开枪！"瑛娘回过身来，意味深长地喊道："娘——"瑛娘与隆夫人对视一眼，温柔地安慰她："娘，没事的，待会儿我就带您走了，别怕。"

离开客厅，瑛娘引着隆万氏来到祠堂后厅，那是她小时候当河姑被供奉的位置。瑛娘招呼道："王婆子，搭把手……"瑛娘和王婆子将供桌全部移开，露出了墙。瑛娘推开墙上的一块砖，墙隆隆地响着，移到了一边。隆万氏大吃一惊："难怪我把整个家都找遍了，都没找着……"说着，她就要冲进去。瑛娘说："里边黑，还是让我带路吧，金库还远着呢……"隆万氏停下脚步。

瑛娘将烛台递给隆万氏，说："来，大嫂，你也拿上一盏灯。"隆万氏接过烛台，枪端得更高了。瑛娘笑了笑，仿佛根本没有看见枪。她端着烛台，走进暗道，暗道的尽头是一扇门。

到了暗道尽头，瑛娘将烛台放在门边的一个台子，伸出手，说："钥匙。"隆万氏也将烛台放在一旁，把钥匙掏了出来。瑛娘拿过钥匙，插进了锁孔里。金库的门设计得很复杂，有很多机关，瑛娘摆弄了很久才打开。

金库里有很多格子，格子上整整齐齐地摆放着金条、金砖。王婆子看呆了，许久方才大叫："大少奶奶，金子，金子！"隆万氏抓起烛台冲进了金库，王婆子也跟了进去。隆万氏命令道："快把箱子打开，装！"王婆子连忙打开大箱子。金子很沉，每人一次只能拿起两块，为了多装，她们还得摆放整齐。

瑛娘在门口看着贪婪的隆万氏，轻声道："我隆氏门庭，以孝治家，忤逆弑祖，罔悖人伦者，遭五雷轰顶，断子绝孙。"隆万氏不耐烦道："你嘟囔什么，进来帮忙装金条！"瑛娘说："隆万氏，你虐待婆婆，罔悖人伦，死有余辜！"隆万氏骂道："你敢咒我，待会儿我崩了你！"为了装金条，隆万氏早把枪放到了旁边，她没工夫搭理瑛娘，继续装着金条。瑛娘说："奶奶告诉我，开金库的机关在门外，若被关在里面，永远也出不来。隆万氏，你就陪着金子死吧！"说完，瑛娘按下机关，大门开始关闭。

王婆子大喊一声："大少奶奶，不好！"两人扔下金子向门口冲来，可就差那么一点点，门关上了。密闭的那一瞬间，隆万氏和王婆子的惨叫声戛然而止，瑛娘默默地转身向外走去。

瑛娘走出暗道操作机关，冷着脸将暗道门关死。出了祠堂后厅，她找到一把剪子，才又回到客厅。隆夫人看到她，又惊又喜，叫道："瑛娘……"瑛娘上前拉住她的手说："娘，我来救您！"瑛娘抓起一根白绫子，咔嚓一剪子剪开。

然而就在这时，七舅爷从外间掀帘进来。他正了正衣冠，来到内厅门前，朝里面吆喝着：“传宗媳妇，我是你七舅爷啊，虽然接任大典被搅和了，可在七舅爷的心里，你早就是隆家的当家人了，怎么不请七舅爷进去喝茶？”七舅爷朝里面竖起耳朵听着，却没有人搭话。七舅爷又说：“传宗媳妇，七舅爷今天来，还是为了那件小事，就是请令兄举荐我当商会会长。这年头没有让人白帮忙的，这道理我懂，七舅爷家底虽然寒酸，可出几千大洋，不在话下。传宗媳妇，我都打听了，知道你就在这屋呢，你不请，七舅爷可自己进来了！”

七舅爷仍没听见回应，掀帘就要进去，却正赶上瑛娘搀着一身血痕的隆夫人出来。他吓得灵魂出窍：“哎，这是怎么回事？柳瑛娘，你要干什么？”瑛娘懒得跟他理论，架着隆夫人踏上台阶，往隆家后门的方向拐。七舅爷追了出来，大声喊着：“来人哪！来人哪！不能让她们跑了！隆岳氏！柳瑛娘！这两个人都是池田司令官的要犯！抓住她们，日本人大大地有赏！”不一会儿，隆夫人和瑛娘被众人围住。

万专员和隆喜功带着几个特务赶来。万专员大喝一声，问道：“怎么回事？”七舅爷连忙说：“万专员，你快看，柳瑛娘和隆岳氏，可是我发现她们的，请您在皇军面前为我美言，我就想当个商会会长！”万专员一巴掌抽在七舅爷脸上：“滚一边去！”万专员走向瑛娘，说：“柳瑛娘，你怎么把这老太婆弄出来的？”瑛娘不说话，用身体护住了隆夫人。万专员觉得不对，说：“喜功，快去看看你娘！”

隆喜功冲进屋去，可很快又带着两名特务跑了出来，说：“我娘不在！柳瑛娘，你把我娘弄哪去了，不会把我娘害了吧？”说着，他冲上前去抓瑛娘的衣领，瑛娘试图推开他，却被他用枪顶住。

隆夫人担忧地低声喊道：“瑛娘！”瑛娘镇静地说：“娘，您别怕！隆家的下人们，我身后的是我婆婆，隆家的当家人，你们虽说都是后来的，可既然端隆家的饭碗，拿隆家的月钱，就应该保护当家人！”下人们跃跃欲试。隆喜功用枪指了指：“都给我滚远点！”下人们一个个低下头，不敢上前。

隆喜功问：“快说，你把我娘怎么样了？”瑛娘说：“有本事你就开枪打死我！”万专员怒道：“别跟她废话，这个柳瑛娘不好对付，把这两个女人都交给池田司令官算了！”话音未落，捂着腮帮子的七舅爷又插话道：“是我发现她们的，交给司令官的时候总得提我一句吧？”特务们上前将瑛娘和隆夫人按住，往前推搡。

突然，一声断喝传来：“住手！”所有人都向大门望去，只见右手持西洋剑，左手持短枪的隆延宗从大门口冲了进来，犹如天神。

“三叔？”隆喜功有些害怕，可马上又反应过来，喊道，“兄弟们，这是隆延宗，打死他，池田司令官重赏！”说着，隆喜功先开了枪。枪一响，下人、婆子们抱头鼠窜。

隆延宗举枪还击，一枪一个连着撂倒了两个特务。随即，特务缓过神来，纷纷射击。隆延宗左躲右闪，借助院落的亭子作掩护，继续射击，又撂倒了两个特务。隆喜功冲上前去，搂住瑛娘的脖子，万专员和另外一个特务架住了隆夫人。隆喜功大喊：“隆延宗，把枪扔地上投降，不然我打死你相好的！”万专员也喊道：“还有你娘！想要你娘活命，立刻投降！”隆延宗一时不知如何是好。

突然，墙头上冒出一个人来，正是晁天宝。他弯弓搭箭，一箭正中隆喜功的胳膊，隆喜功一声惨叫，摔倒在地上。晁天宝再次搭箭，向万专员射去。万专员一闪身，他身边的特务被射中胸口，倒地身亡。隆夫人吓得浑身瘫软，瑛娘上前架住了她。

隆延宗趁机冲了上来，晁天宝也从墙上跳了下来，两人合力，几个特务很快被消灭。隆延宗红着眼睛，径自冲向隆喜功。隆喜功大骇：“爹！”已经受伤的万专员冲上前抱住隆延宗的腰，大叫：“儿子快跑！”隆喜功趁机向后院胡同方向狂奔。隆延宗抬膝踢向万专员，抓住他的头，将他扔了出去，抬手一枪，万专员的胸口中弹，挣扎着咽了气。

隆喜功跑进隆家窄巷，突然迎面有一人挡住了去路，正是隆小四。他叫道：“佘小四……佘局长救命啊！”隆小四咬牙道：“隆喜功，是你带特务进山，杀了我娘？”隆喜功无言以对：“我……”他还想狡辩，隆小四已经冲了过来，在他胸前连刺三刀，隆喜功倒地毙命。

隆延宗跑到窄巷，隆小四看到他，欣喜不已，但情势危急，不能多说，便喊道：“快让夫人和二少奶奶走！我去东门接应！”隆延宗点点头大声应道：“好！”

隆福和晁天宝赶着马车奔向城门口。马车上装着一些麻袋，一名日本军官拦住马车，示意搜查。有日本兵用刺刀向麻袋扎去，每一刺刀扎出的都是小米和大豆。日本兵撤下，军官仍不放心，亲自来检查。马车底部藏着瑛娘和隆夫人，看着日本军官的皮靴靠近，隆夫人瑟瑟发抖，瑛娘始终紧紧地搂着她。

日本军官刚要去看马车底部，远处传来隆小四的喊声：“皇军——”日本军官抬起头来，隆小四带着三四个警察跑来。隆小四说：“皇军，不好了，隆延宗的孝兴子弟军进了城，火力猛烈，请求支援！”日本军官忙问：“在哪里？”隆小四说：“隆家！就在隆家的方向啊！”日本军官一挥手，有人立刻吹哨，门口的日本兵紧急集合。

“皇军，我给你们带路！”隆小四带着日本兵向隆家的方向跑去。隆小四身后的一名警察留下了，正是换了装的隆延宗，他一挥手，示意晁天宝出城。

隆家院落里，残破的亭子倒在院子里，烧焦了的木材上还冒着烟。池田走过来，表情很难看。万专员和隆喜功的尸体被并排摆在地上。隆小四说：“这是万专员，这是特务队新任命的隆队长！”池田问：“隆……隆延宗在哪里？”隆小四说：“没有找到他的尸体，但听说他回来了，隆家的很多下人都看见他了！”不远处，隆家的下人们哆哆嗦嗦，不敢上前。池田骂道：“浑蛋！大日本帝国控制下的孝兴城，隆延宗想来就来，想走就走？”日本军官们不敢出声，时少卿也不语，隆小四表现出很是失望的样子。

角落里，七舅爷露出头，远远地喊着：“池田司令官……”池田看向七舅爷，时少卿和隆小四都看向他。七舅爷钻了出来，两名日本兵架起刺刀，拦住了他。七舅爷说：“池田司令官，我有办法消灭隆延宗的武装，兴许还能抓到他！”池田问：“你是谁？”七舅爷点头哈腰道：“我是隆延宗的七舅爷，我叫黄七贵，今天就是我第一个发现了隆延宗他娘，还有柳瑛娘！要不是万专员作梗，耽误了时机，我早向您直接汇报，隆延宗就跑不了了，更不可能杀了这么多皇军哪！”

听过七舅爷的主意，时少卿走上前，说：“黄七贵，你这主意真够阴损的。孝兴子弟军里就没你们家亲戚？”七舅爷说：“为皇军效力，我这叫大义灭亲！”池田说：“时县长，黄老先生想当商会会长……”时少卿想了想，说：“既然司令官保荐，不日本县将签署委任状。”七舅爷大喜：“多谢池田司令官，多谢时县长！”池田摆摆手：“好了，你可以去了。”七舅爷高兴地去了。

时少卿走上前，说：“司令官阁下，这个老头子的狗屁主意我不是没有想过，只是，据说孝兴子弟军有好几百人，杀了他们的家人，就等于把半个县城的人都杀了！那是老百姓，不是军人，这要是传出去，是天大的丑闻啊！”池田点点头：“时桑，我不是很喜欢杀人，不过黄七贵这个主意不错，我们可以少杀一些。你说由谁来抓这些反日分子更好呢？”时少卿说：“当然是警察局了！”池田说：“不，只有一个人来干这个差事，才对隆延宗和他的孝兴子弟军是最致命的打击！”时少卿问：“谁啊？”池田说：“你家公子。”时少卿瞪大了眼睛：“司令官阁下，不行，我儿子才十七岁！”池田说：“帝国军队里的很多将领，十七岁已经立下了卓越战功！”时少卿说：“可他不是军人！”池田毫不相让，说：“他可以接替隆喜功，做特务队长。”时少卿说：“那孩子只爱读书，不愿意当官！”池田说：“公开他的另外一重身份，让他做特务队长，专门负责抓捕并处决孝兴子弟军的家人！”时少卿惊骇不已，说：“这些他都干不了！”池田说：“我可以手把手教他，别忘了，我是他干爹，我有这个义务！”时少卿说：“兄长，我求你了，不能公开孩子的身份，我怕万一……我会失去他的！”池田说：“时桑，十五年前你就已经加入了大日本帝国国籍，你应该为你的国家倾其所有。我，池田次助的长子，已经在七年前，长城脚下，为帝国捐躯了，这些你是知道的啊！”时少卿无言以对，默默地低下了头。

一户百姓家，一个老汉从家里被拖了出来。老太太追了出来，哭喊着：“你们放开我老头子！”日本兵举起枪托向老太太头上砸去，老太太头破血流，牢生上前想去搀扶，却被管家拉住。管家说：“少爷，这就算完事了。抓到了一个，还有下一家。”老汉看着牢生，吐了一口唾沫：“呸！臭汉奸！小小的孩子，真给你爹娘祖宗丢人！”牢生意识到对方是在骂自己，羞得满脸通红。管家上前就是一脚，踹在老汉的屁股上：“打！”两名特务冲上去又是一阵拳脚，老汉被打倒在地。管家说：“少爷，走吧，他不会再骂您了。”牢生露出难以置信的目光。

又有一个富户被押了出来，他的一众家人哭着追出来。牢生指着他的家人问管家：“这样不好吧，他有这么多亲人！”管家摇摇头说：“这个您不用管，只要按皇军吩咐的办就行，走吧，下一家。”

牢生被管家连拥带推地带到隆家院落里。正房门口已经搭起临时的高台，正中间端坐着池田，时少卿陪同坐在一旁，日本兵戒备森严。看热闹的人群被放了进来，但都在日寇的枪口威逼之下，而那十个人已经被押到被炸毁的亭子上。

池田站了起来，说：“我是不喜欢杀人的，但今天出于无奈，黄七贵先生，你能告诉他们我为什么要处决他们吗？”看热闹的七舅爷一愣：“啊？您要我说啊？”池田点点头：“对，你说。”七舅爷从人群中走了出来，指点着被绑在中间的那十个人，说：“皇军要枪毙你们，是因为你们让儿孙跟着隆延宗去造反！你说你们不是糊涂吗，你们死了，不能记恨池田司令官，应该恨隆家，恨隆延宗！”

被绑着的老汉大骂：“黄七贵，你什么东西，平日仗着是隆家的舅爷，横行霸道，现在给日本人当了狗，骂起隆家来了，畜生！”另一个老汉也骂道：“他就是个畜生！老汉我三个儿子一个孙子，都在孝兴子弟军，我死了也光荣！不像黄七贵，卖国求荣，断子绝孙！”一个老太太附和道：“对，黄七贵，你当汉奸，断子绝孙！”

“闭嘴！什么叫汉奸，黄七爷我是顺应大势！现在变天了，变天了，你们懂吗？皇军来了，你们就应该当顺民，教唆儿孙跟着隆延宗造反，给皇军捣乱，你们就该死！”七舅爷转过身来，说，“司令官阁下，枪毙！立马枪毙！这些人个个该死，都该被多毙几回！”池田摇摇头：“不着急，你下去吧。”七舅爷退后。

池田叫道：“牢生，你过来。”牢生没想到池田会叫自己，有些不知所措。管家催促道：“少爷，司令官阁下叫您呢！”牢生只得怯生生地走向池田。池田说：“跟大家介绍一下，这位是孝兴新上任的特务队长。今天，这十名罪大恶极的反帝国分子，就是由他拟定名单抓回来的，我们为他鼓掌。”七舅爷带头鼓掌，人群中响起稀稀拉拉的鼓掌声。牢生却垂下了头。

池田命令道：“牢生，你转过头去，让大家看清楚你。”牢生无奈，转过身去，所有人的目光都集中在他的身上。三叔公瞟着牢生，心里犯着嘀咕，和另外两位老者交换着眼色。池田说：“这个人，大家可能不认识。他叫牢生，隆牢生！”牢生诧异，猛地回过头来看向台上的时少卿：“父亲……”时少卿无奈地点头：“牢生，你义父说的都是对的。”池田接着说道：“也许有人知道，他是时县长的儿子，那么就一定会问他为什么姓隆呢？这就牵出了很多年前的一桩公案。时县长，你给大家讲讲吧……”

时少卿无奈至极，站起身来，说：“是这样，犬子本姓隆，就是我们所在的这个隆家的隆。鄙人时少卿，少年时曾在孝兴久居，与隆家二少爷隆继宗结为兄弟。后来隆继宗跟这个封建的大家族不和睦，分了家；他的太太柳瑛娘也被人诬陷，锒铛入狱。出狱以后，柳瑛娘，我的大嫂，就将她在狱中生下的儿子交给我抚养。现在他长大了，我有权利告诉他，他的身世。”牢生难以置信，呆若木鸡。

三叔公小声嘀咕道：“牢生，牢生……柳瑛娘出狱的那天我去接过她，她是说儿子叫牢生，后来带回家来的那个是假的，有一年要开祠堂滴血认亲，结果她跑了！”七舅爷也反应了过来，跟自己的小老婆说：“原来这个才是真正的牢生啊，一直跟着日本人，管时少卿叫爹？”

时少卿说：“牢生，你既然已经接受了义父的任命，当上了特务队队长，以后就要多替皇军效力。”池田接话道：“是的，牢生，掏出你的枪来，替义父枪毙这些反日分子！”牢生摇头，轻声道：“不……”池田说：“哦，对了，你不会。你这个父亲哪……净教你读书念诗了，来，今天我教你用枪！”池田走上前去，从牢生腰间佩戴着的枪套里抽出王八盒子，“牢生啊，这是帝国生产的大正十四年式手枪，全世界最先进的武器。”池田为牢生上了子弹，将枪放在他手里，托起了他的手。牢生小声道：“不，不……义父，我不能杀人！”池田瞪着眼睛：“如果你敢大声说出来，我就立刻砍下你的脑袋！”牢生有些害怕。

池田退后了一步，说：“隆牢生先生，这里是你的家，你身后的一大片房子，你是继承人！你的奶奶、叔叔，都逃走了，从明天起，你就是这里的主人！为了让孝兴人像尊重你的祖先一样尊重你，你的义父我，今天特意安排在这里，对这些可恶的人，由你来亲自执行处决。开枪吧！”牢生哆嗦着：“不……”池田哈哈大笑：“任何人第一次开枪都会有些紧张，来，义父帮你！”

池田转到牢生的身后，握住了牢生的手，两个人的头紧紧地挨着，牢生还没反应过来，枪已经响了，一个老汉倒在了地上。牢生吓得闭上了眼睛。池田轻声道：“睁开你的眼睛，看着你要杀死的人。”牢生被迫睁开眼睛。一个中年人大声喊道：“打倒日本鬼子！”池田说：“你看，他们在骂我们……”剩下的人都在喊着：“打倒日本鬼子！”池田命令道：“开枪。”牢生摇着头。池田狠狠地说：“不许摇头！看着你要杀的人！”他攥住牢生的手连续射击，又有七个人中枪倒在地上，牢生的眼睛里流出了眼泪。

人群中传来哭泣声，有人在呼唤着亲人的名字。七舅爷张大了嘴：“司令官好枪法……”他本来想恭维一两句，可吓得说不出声了。

池田一伸手：“子弹。”有人递上子弹。池田说：“来，我的干儿子，我教你换子弹。”牢生连连摇头：“不要……剩下的两个是女人。”池田脸上满是微笑，按着牢生的手将子弹压进了枪里：“她们是敌人。”牢生浑身哆嗦着，池田又压上几颗子弹，猛地拉起了他的手，又是两枪，那两个女人倒在了血泊中。人群中哭泣声骤起，三叔公不忍直视。

池田点点头：“好了，你父亲真没白把你养大。”时少卿闭上了眼睛，不忍目睹。池田对时少卿说：“从今天开始，就让牢生回到隆家去住。”时少卿为难道：“这……这不合适吧，那么大的宅院，他一个人……这孩子从小就没离开过我！”池田说：“他已经长大成人，隆家那么大的一片家业，我们这两个父亲帮他不费吹灰之力就取得了，他当然要过去住。”时少卿说：“兄长啊，我实在是不放心这孩子。刚才我看着他，他一直在流泪！”池田说：“慢慢地，他会习惯的。也许，他不需要在那里住多久……”时少卿担忧地问道：“你什么意思？”池田说：“我想隆延宗很快就会得到消息，他的亲侄子在隆家祖宗的注视下，大开杀戒……”

孝兴子弟军的军旗下，二十几个人被押到隆延宗面前。一个端枪的孝兴子弟军汇报：“总司令，他们要跑，被我们抓回来了！”一个带头的人说：“我没带一枪一弹，凭什么不让我走？”其他人也说：“对，为什么不让我们走？”

隆延宗看着他们，问：“你们为什么要走？”带头的人说：“我要回孝兴去，杀了隆牢生，替我爹报仇！”众人附和道：“对！杀了隆牢生，给我娘、爷爷、爹报仇！”下面乱哄哄成一片。隆延宗点点头说：“是的，我也听到了消息，你们的亲人遇难了……”带头的人说：“总司令，您就放我们走吧，不杀了隆牢生，其他的兄弟们也得跟着遭殃！他是特务队长，专门抓我们的家人，打算把孝兴子弟军的亲人全杀光！”隆延宗有些为难，说：“这些我也听说了，可这件事情……”

带头的人打断他，说：“总司令，您可别解释！这个隆牢生是谁，我们都清楚！我知道，你们隆家下一辈没有男丁，可我们顾不了那么多，让我走！”众人纷纷喊道：“让我们回孝兴！”

突然，隆延宗大喝一声：“谁都不许走！我去，我去杀了这个汉奸！”众人闻言静了下来。隆延宗说：“你们的心情我理解。几天前，为了救出我的母亲，我回孝兴冒了回险，我是一个人偷偷走的，没告诉大伙。我回去救了自己的娘，就不能阻止你们回去给家人报仇！但是，你们不拿一枪一弹回去，报得了仇吗？”那二十几人面面相觑。

带头的人开口道：“可是，你说你回去杀隆牢生，我不信！”隆延宗问：“为什么？”带头的人说：“他是您侄儿！是您二哥隆继宗和柳瑛娘的儿子！我们都知道，您一直未能给隆家传宗接代，心里愧疚，你能杀了他？”隆延宗正色道：“我们隆家的祖训，是凡我隆氏后人，忠君报国，沥胆披肝，持节尽忠者，祖宗庇佑，荫泽子孙；动摇宗祐，误国覆邦者，遭五雷轰顶，断子绝孙。我作为孝兴子弟军的总司令，在此承诺，我会亲自回去杀了隆牢生，给你们的亲人报仇！”

一个中年人说：“不行！您是总司令，回去太危险了！”隆延宗说：“难道只有我怕危险，你们就不怕？如果不能为我的战士分忧，我还配做什么总司令？大战在即，军心不能散，我一个人回去锄奸足够了。如果我不能活着回来，大家要永远记住我们的誓言——杀敌报国，保卫孝兴！”

说服了众人，隆延宗快马加鞭，在山路上行进。突然，一辆军车拦住了他的去路。他不得不勒住马，十几个扛枪的士兵从军车上跳下来，将他团团围住。一路颠簸之后，隆延宗被押到了高柴禾垛子的指挥部。

隆延宗质问道：“高柴禾垛子，你这是干什么？”高柴禾垛子深深地看着他，说：“为了彻底消灭池田，我们已经算计大半年了。孝兴子弟军是我的左膀右臂，你要是死了，我们就将功亏一篑！”隆延宗叹道：“可不杀了隆牢生，孝兴子弟军就是一团泥巴，彻底失去战斗力！”高柴禾垛子说：“你难道看不出来，隆牢生就是个诱饵，这是池田给你设下的圈套！”隆延宗说：“我知道是圈套！可我得对得起跟着我打鬼子的孝兴子弟！”高柴禾垛子突然说：“你就不怕对不起柳瑛娘？”隆延宗愣了，半晌才开口：“我相信，如果二嫂知道牢生的所作所为，也会大义灭亲。”高柴禾垛子说：“不会！当年牢生丢了，你二嫂要跳黄河！她是个当娘的，她可以用自己的命替儿子抵命，你懂吗？”隆延宗说：“我还是相信二嫂。”高柴禾垛子说：“狗屁！你要是杀了隆牢生，这辈子都别想再见瑛娘的面儿！”隆延宗叹道：“即便如此，汉奸也要除！更何况他是我隆家的后人！让他活在这世上，是隆家祖宗的耻辱！”

高柴禾垛子见说服不了他，只好退一步，说：“就算必须杀了隆牢生，你也不能回去！”隆延宗说：“我知道这是圈套。可那些孝兴子弟本来都不是军人，他们是相信我跟着我才走到了今天，现在，我隆延宗的亲侄子成了汉奸，杀害他们的亲人，我怕死不回去锄奸，难道让他们的亲人们等死？”高柴禾垛子说：“上峰已经给了你们番号，孝兴子弟军现在归我指挥。锄奸，为孝兴子弟报仇，这件事交给我。来人，把中尉以上的官儿全给我叫来！”立刻有勤务兵领命。

隆延宗问：“高柴禾垛子，你要干什么？”高柴禾垛子说：“找个人替你锄奸！”隆延宗说：“我的事我自己解决！”高柴禾垛子说：“大局，大局！你难道不懂大局为重吗？你活着，孝兴子弟军就是一支虎狼之师。你死了，他们就会变成一盘散沙。所以，这件事轮不到你！”隆延宗说：“我的家事，不能让你的部下替我去送死，放开我！”他挣脱警卫，试图自己去解绳子。高柴禾垛子说：“把他捆结实点，嘴勒上！”隆延宗挣扎着：“义兄，你放开……”两名勤务兵上前勒住了他的嘴，他无法再发出声音。

不一会儿，勤务兵回来了，高柴禾垛子大喊一声：“进来！”五六十个中尉以上的军官，一个一个地进到屋中。高柴禾垛子说道：“这个人是我义弟，他的孝兴子弟军是一支了不起的队伍，让我这个正经八百的军人肃然起敬！全体都有——敬礼！”一声令下，军官们齐刷刷立正敬礼。

在敬礼的军官队伍中，后排站着晁天宝和盼娣。他们没想到隆延宗会被绑了起来，十分疑惑。高柴禾垛子说：“我把他绑起来，是不让他回孝兴。他为什么要回孝兴？是因为他亲侄子隆牢生当了汉奸！”盼娣听了不由一激灵。高柴禾垛子接着说道：“这个汉奸罪大恶极，必须得死！但是锄奸难啊，池田老鬼子已经设下了天罗地网，就等着他隆延宗来。隆延宗是孝兴老百姓的希望，是抗战分子的火种，是汉奸的眼中钉，池田歹毒啊，我们不能让他得逞！”军官们都纷纷点着头。

高柴禾垛子继续说：“孝兴子弟军为我们正规军牺牲无数，为了报恩，我决定，出个人替他去锄奸，有没有人反对？”军官们齐声喝道：“没有！”高柴禾垛子又问：“执行这项任务，可能得把命搭上，你们怕不怕？”军官们齐声道：“不怕！”高柴禾垛子点点头：“既如此，我可就派活了，派上谁是谁，我再问一遍，有没有怕死不敢去的？”众人齐声喝道：“没有！”

高柴禾垛子回身说：“义弟，你看见了吧，我高柴禾垛子手下也没有尿兵，你可以放心在我这儿睡三天大觉了！”隆延宗气坏了，使劲地挣扎着。高柴禾垛子又说：“你们猜，我会派谁啊？”众人不语。高柴禾垛子笑了，从兜里掏出一大把纸条来，说：“其实我也没主意……咱们抓阄！”

高柴禾垛子把阄扔在桌上，说：“这一大堆阄里面，只有一个上边写了一个为国尽忠的‘忠’字，谁抓到这个‘忠’字，不用声张，三日内，去孝兴杀了隆牢生，我就自然知道你是谁了。若能活着回来，官升三级；若牺牲了，我给他的家人发十倍抚恤金。废话不多说了，开始抓阄，我也算一个！”高棒子笑呵呵说，“嘿嘿，最好我抓到！”他抓到一个打开看，很失望，但他还是对众人说，“不许声张，谁也不许声张，也不许打听，看了自己知道就行，旅长是怕走漏了消息！”众人各自抓了一个阄，各自回到了兵营。

黄员外家里间里，隆夫人叹着气，吩咐瑛娘：“瑛娘啊，你给我一面镜子，让我看看自己的脸……”瑛娘有些为难，说：“娘，您还是别看了吧，我再给您多上些药，过几天就好了。”隆夫人急躁地说：“我要看，给我镜子！”瑛娘无奈，抱了一面镜子过来。镜子中清晰地映出了隆夫人脸上的疤痕，瑛娘有些担心。隆夫人叹道：“这几道疤算是落下了……好啊，也能时常给我提个醒，让我记住我儿媳柳瑛娘是我的恩人。要是没有你，娘这条命都没了……我真是惭愧啊。”瑛娘说：“娘，您可千万别说这些！”隆夫人问：“瑛娘，你恨过我吗？”“没有……”“你没说实话！”“我……”“说实话！”“恨过，但那是我的错。您是二少爷的亲娘，孩子们的奶奶，儿媳不该恨您！”“别管我是谁，我断事不明，奉事不公，就是可恨！你帮隆家除了隆万氏这个害人精，立了大功，从此以后，你就是隆家的当家人了！”“娘，您说什么呢？”“瑛娘，你不愿意？是怕这个时候接了当家的重担，会招来杀身之祸？”“不是……”“那你是嫌现在的隆家要钱没钱，要人没人，当家人没有用了？”“更不是了，娘！”“既然都不是，你就接下当家人。等将来回到孝兴，替祖宗重振家业！”

隆夫人剧烈地咳着：“你要是不想让我着急，就跪下来谢我，接下娘的托付！”瑛娘无奈，只得跪下，说：“谢谢娘信任我……”隆夫人笑了，也跪了下来，说："祖宗啊，隆家三十七代次孙媳，隆柳氏瑛娘，即日起，便是隆家的当家人了，请你们保佑她！"瑛娘连忙搀扶起隆夫人："娘，您快躺下歇着吧！"两人互相搀扶着站了起来，隆夫人紧紧拉住瑛娘的手："当家人，恭喜啊！"瑛娘无奈，只得含泪说道："谢谢娘……"

这时，招娣忽然从外面进来，搂住了瑛娘的脖子，说："娘，我告诉你一件喜事！"瑛娘问："什么喜事啊？"招娣说："我姐姐怀上了！"瑛娘欣喜道："真的？这可是天大的好事，她人呢？"隆夫人的脸色也亮了起来，一时竟激动得说不出话。招娣说："她和姐夫被叫到旅部开会，快回来了。"

正在这时，客厅里又传来高棒子的大嗓门："伯母，伯母在家吗？"瑛娘一愣，说："喊谁呢这是？"招娣也愣了："好像是高棒子。"瑛娘连忙起身迎了出去。

一见瑛娘，高棒子行了一个军礼："伯母好！伯母吉祥！"瑛娘连连摆手："哎呀，高团长，我可不敢当啊！我记得那些年，你是叫我大嫂的啊——"高棒子有点尴尬，瑛娘身后的招娣抿着嘴直笑。高棒子看着招娣，嘿嘿两声，说："报告伯母，我以前管您叫大嫂是跟着我们旅长叫，现在管您叫伯母，是跟着招娣叫。"瑛娘诧异地看向招娣。

这时，晁天奇也走了进来，叫着："招娣！招娣！"他手里拿着一把花，兴高采烈地，可一见高棒子，立刻板起脸来。高棒子撇着嘴，说："晁天奇，你瞪我干什么，我是你的团长，你见到我不该敬礼吗？"晁天奇说："这又不是在队伍上，是在招娣家。对不住了啊，高团长。"

招娣笑脸相迎："天奇哥，你有事啊？"晁天奇点点头："给，送给你的！"一见菊花，招娣很是高兴。高棒子却嗤笑道："晁天奇啊晁天奇，我说你什么好呢，这菊花是送给什么人的你不知道啊，你连个花都不会送？"招娣一把抢过菊花，说："天奇哥，你别听他的，我喜欢！"

高棒子走上前说："伯母，我略备薄礼，请您笑纳！"他这才将摆在椅子上的一大堆礼盒高高提起，送到瑛娘面前。瑛娘摆摆手说："这可使不得，我怎么能无缘无故收高团长这么重的礼呢？"高棒子笑了："不是无缘无故，伯母，我是来向招娣提亲的！"瑛娘一愣，招娣有些尴尬。晁天奇急了："高棒子，你欺人太甚！"高棒子问："我怎么欺负你了？"晁天奇无言以对："你……"高棒子说："你要是喜欢招娣，你也可以备聘礼提亲啊，那就看看伯母选谁了？"晁天奇急道："我……我是个穷光蛋，没钱备聘礼！"高棒子一摊手，说："那就怨不得我了！你我是情敌，我总不能借给你钱，让你跟我争吧？"晁天奇急得满脸通红。招娣连忙过来打圆场："行了行了，本姑娘还没想嫁呢，高团长，聘礼不收，你拿回去吧！”

高棒子说：“聘礼不收，那就改寿礼，伯母，您什么时候办寿啊？”瑛娘一愣：“啊？”高棒子抱拳说：“大战在即，在下戎装在身，上阵杀敌是职责，刀枪无眼，没准哪天就没了性命，赶不上您办寿了，今日先行尽孝！”瑛娘插不上话，不知该如何招架。招娣点点头说：“寿礼啊？寿礼可以收！”瑛娘埋怨道：“招娣！”招娣说：“娘，不收白不收……”她从高棒子手里抢下礼物，放到一旁，说：“高团长，礼收了。天奇哥，花也收了。你们俩没事就走吧！”高棒子无奈道：“是！伯母，在下告退！”

瑛娘应承着：“哎，这……”招娣一把拉住瑛娘，说：“您可千万别留他吃饭。”已走到门口的高棒子猛地回身：“哎，要留我吃饭啊，那我就不走了，有劳伯母了。您不知道，我从旅部过来的，马都累趴下了，叨扰，叨扰……”招娣无可奈何：“高团长，你可真不客气……”高棒子嘿嘿笑着：“那是，我跟你有什么客气的？”招娣喊道：“天奇哥，你也留下吃饭吧。”晁天奇很意外，兴奋地应着。

瑛娘这才缓过神来：“啊，那我这就做饭去！” 晁天奇先跑了过去，说：“大婶，我给您烧火！”

“那我……”高棒子笑了，“我刚一进蘑菇镇，就闻见卤牛肉的香味，有个铺子，卤货那叫香啊，我这就买几斤肉去！”他转头就往外走。招娣喊着：“还有烧鸡，我娘最爱吃。”瑛娘连忙回过头来，可想拦已来不及。高棒子点头说：“是，烧鸡，我多买几只！”招娣头也不抬，说：“还有酒，无酒不成席！”高棒子兴奋地应着：“明白，来一大坛子！”

第四十九章

吃过晚饭，盼娣独自躺在床上发呆，招娣凑了过来，问："想什么呢，姐？"盼娣突然说："招娣，从明天起，给娘尽孝的重任就交给你了……"招娣不解其意，说："好说……"盼娣又说："将来娘要是恨我，骂我，你也别怪她。"招娣皱眉道："我都想骂你呢，你也太娇气了吧，肚子还没鼓起来呢，就开始偷懒，还把尽孝的重任都交给我，娘需要你伺候啊？"盼娣自顾自地说着："还有，将来再帮天宝哥说个好人家的闺女，他很想要一个儿子……"招娣愣住了："姐，你这是怎么了？"盼娣掩饰着："没怎么……"招娣坐了起来，认真地说："不对，发生什么事了，今天晚上吃饭的时候你就心不在焉的，还抱着枕头跑到我这里来睡，是天宝哥欺负你了？"盼娣说："欺负我，他也敢？你天宝哥多好，你还不知道？"招娣说："那到底是怎么回事？"

盼娣拿出一张纸条，招娣接过，打开，上面是一个"忠"字。招娣问："这是什么？"盼娣说："这是我在旅部抓到的……"招娣大吃一惊："你说什么，是你抓到了……"盼娣说："你也听说了？"招娣说："当然听说了，大伙都听说了，旅长让你们当官儿的抓阄，几十张纸条只有一个'忠'字，被你抓到了？"盼娣闷闷地说："是的。"招娣说："抓到了，就得为国尽忠……"盼娣说："是的，要回孝兴县城锄奸……"招娣说："那也不难啊，我去通知师兄弟们，和你一起去！"盼娣说："不行！这是鬼子的圈套，孝兴城里已经布下了天罗地网，你难道让师兄弟们跟我一起去送命？"招娣为难起来："这……"

盼娣突然说："你知道要除的汉奸是谁吗，是牢生！"招娣惊得目瞪口呆："牢生？高柴禾垛子，口口声声说娘是他的恩人，却让你去杀咱们的亲弟弟。他这是感恩吗，他是诚心跟咱们家过不去，我找他理论去！"盼娣说："你给我站住，高旅长并没有指定我去，也没别人知道我抓到了这个'忠'字。旅长说得很清楚，谁抓到了，不许声张，除掉汉奸为国尽忠！"招娣说："大姐，可牢生是我们的亲弟弟啊！"盼娣说："可他给日本人当了特务队长，亲手枪杀了我们的同胞，就在隆家祖宗的注视下，我们小时候玩耍的庭院，被他变成了杀人的刑场！"招娣也没了辙。盼娣说："原本三叔是要亲自回孝兴铲除这个败类的。高旅长阻止他，就是怕我们隆家骨肉相残。可是，唉，几十个人抓阄，偏偏就我抓到了，这就是我的命，也是咱们家的命，我们只能认命……”

招娣眼泪都要急出来了，说：“姐，可这怎么跟娘交代啊……”盼娣叹道：“是啊，娘一定会恨我的，还好，既然是池田设下的圈套，我也绝不可能侥幸活着回来，所以不需要跟娘交代了。招娣啊，今天我来，就是托付你，以后你要替我孝敬娘。”招娣扑到盼娣怀里，忍不住哭了起来。盼娣拍了拍她的肩膀，说，“不许哭，你还得帮我盯着天宝哥，让他尽早再娶媳妇。还有，念娣和五儿，你这个姐姐也得多操心……”招娣抬起头，说：“姐，娘说过，咱们姐妹永远都不许分开，明天我陪你一起去！”盼娣说：“娘一共生了四个孩子，曾经，我们都丢了。现在，你想让她再一下失去三个？娘受得了吗？招娣，听姐姐的话，你守在娘的身边，一旦消息传来，可千万别让她老人家想不开！”

天色将明，招娣推门进来，手里端着一碗姜糖水。盼娣仔细地梳着头，说：“怎么去了这么久，我还以为你找娘告密去了呢！”招娣说：“哪能呢，都说好的瞒着娘嘛，我是心疼姐，怕姐路上饿，你看……”她将一个包裹放在盼娣面前，说：“我给你煮了鸡蛋，烙了饼，还灌了满满一酒壶姜糖水。”盼娣点点头：“这还差不多，算我没白疼你。”招娣笑了，说：“糖水煮多了，还剩一碗，你趁热喝了吧，我帮你梳头。”招娣抢过梳子，帮姐姐梳头。盼娣接过碗，大口喝着：“天亮以后，要有人问我，你就说我肚子里的孩子闹腾，折腾了半宿没睡觉，在你屋里补觉呢，不许别人打扰，也不许天宝哥来。”“行！”招娣嘴上答应。

盼娣喝完糖水，说：“你磨蹭什么呢，我自己来吧……”招娣摇摇头说：“别，就让妹妹给姐姐梳完吧！”盼娣只好等待着：“交代你的话，都记住了？”招娣点点头：“记住了，娘以后就交给你了，你替我尽孝……”盼娣皱着眉说：“这是我跟你说的话，娘以后就交给你了，你替我尽孝！”招娣幽幽地说：“对啊，娘从前就总夸她大闺女懂事，又能干活，你留在娘身边尽孝，最合适不过了。”盼娣笑道：“什么呀？”招娣说：“还有就是，你肚子里的孩子虽小，可别不当回事。当年咱们当兵，是为了求条生路，这几年你一个女儿身冲锋陷阵，不亚于古代的花木兰，早就算戴罪立功了，就让娘去求求高旅长，以后别再让你上战场了。孩子生下来，你告诉他，他还有个二姨，疼他，爱他……”

“你说什么呢？”盼娣站起身来，招娣想伸出手去搀扶她。盼娣急道：“招娣，你的小心眼儿里打什么鬼主意呢，快说！”招娣不解地反问：“姐……怎么啦？”盼娣说：“这么多年，你我相依为命，我才把实话告诉你，要知道，连天宝哥我都没说，你是我最信任的人，可不许背着我搞鬼！”招娣仍然伸着手，仿佛怕盼娣摔倒。盼娣皱着眉头：“你今天怎么这么奇怪……好了，我要走了，不许掉眼泪，你我姐妹这辈子流的眼泪够多了。我为国锄奸，牺牲了也是光荣的，娘深明大义，将来一定会原谅我！”

招娣为难地点着头，看着盼娣向门口走去。盼娣回头说道：“哎，不是给我准备了吃的吗？”“噢，噢，对。”招娣连忙将吃的绑好，递给盼娣。盼娣将包裹背在身上，伸出手来在她脸上摸了摸：“死丫头，幸好还有你，记住姐的话，一定要守在娘的身边！”招娣支应着，有些心不在焉。

盼娣点点头，回身去拉房门，可就在这一瞬，她头一晕，脚下开始踉跄。招娣长出了一口气：“我还以为这个药日子久了，不管事了呢……”原来，她在糖水里蒙汗药，来自七十二寨的蒙汗药，她从隆福那要来的……

“你说什么？”盼娣回过头来，可她面前的招娣开始变得模糊，她努力睁开眼睛，想让自己保持清醒。招娣却只是伸着手，等着盼娣倒下。盼娣摇晃着脑袋：“招娣，你给我喝了什么……”话没说完，她就一头栽在了招娣的身上。招娣架住了她，含泪笑着：“姐，刚才我跟你说的，你可要记住……”她将盼娣安置在床上，摸摸姐姐的头，说：“你怀了孩子，本来就该犯困，睡吧……最好睡上三天三夜！”招娣刚想走，却按捺不住自己的感情，回头说道：“姐，来生，我还给你当妹妹！”泪水滴落，招娣转身慢慢走出屋子。

天才蒙蒙亮，一匹马在山路上奔跑着，穿了便装的招娣快马加鞭，朝山下飞驰而去。突然，一根埋在土里的绳子被抻直，将马绊倒，招娣飞了出去，被一张大网撑起，将她套住。三名士兵上前将一块黑布给招娣套上，押到高棒子面前。一个士兵夸赞道：“团长，您真是神机妙算啊，还真是名女将要奔孝兴去，按您的吩咐，抓来了！”高棒子点点头：“好，你们下去吧。”士兵们退下。

招娣挣扎着，高棒子说：“隆盼娣，你别挣巴了，我是高棒子。”听到高棒子的名字，招娣停止了挣扎，判断着情况。高棒子从高处跳了下来，说：“你是不是想知道，我怎么会在半路上等着你啊？告诉你吧，我这人打小就有个毛病，什么事情觉得新鲜，非得弄明白不可！昨天旅长让抓阄，之后我就挨个问。我就是想找到是谁，为他摆上一桌送行酒，恁是没找着。最后，就剩下你和晁天宝了，于是我快马加鞭奔了蘑菇镇。昨晚上吃饭，我暗中观察，就弄明白了，全旅唯一的女将，你，隆盼娣，抓到了那个为国尽忠的‘忠’字。晁天宝是个没心没肺的货，他要是抓到了，早就挂到脸上了，藏不住！”招娣又开始挣扎着。

高棒子说：“干吗？我拦住你，没别的意思，就是想替你去，你把机会让给我吧！”招娣愣住了。高棒子又说：“我可不是为了争功，枪林弹雨十几年，我立的军功多了，我也不是怜香惜玉，想替你这个女将，我有我的目的。”高棒子顿了一下，满脸浮出幸福："当年在七十二寨，跟令妹招娣第一回打照面，我就……用什么词儿呢，用句穷酸文人的词儿吧……我就爱上她了！"招娣不再动弹，手有些紧张地握着。高棒子叹道："我担着掉脑袋的风险把她放了，那个时候我就下定决心，这辈子非她不娶！你们的故事我没少听，你们从小死了爹，又和娘失散，姐妹俩相依为命。我知道，你要是为国尽忠了，你妹妹招娣，她肯定一辈子高兴不起来！"招娣的拳头攥得更紧了。

高棒子想了想，说："再说要杀的汉奸，是你们的亲兄弟，你动手，真叫有悖人伦了。所以我才在这把你截住，我替你去。万一我活着回来，你可得替我说情，让你妹妹一定要嫁给我。要是我死了，哈哈哈，高旅长都看出来了，这是池田的圈套。死了好，我打了半辈子仗，早晚是一死，能为自己心爱的女人办点事，死了也心满意足！"招娣静静地听着，流出了泪。

高棒子继续说道："隆盼娣，我要是死了，今天跟你说的这番话，你就不用告诉招娣了。那个叫晁天奇的小子也惦记着她呢，万一我死了，就祝他们百年好合，早生贵子！听明白了吗？"说完，他就过去牵招娣的马，说："我走了！"

招娣终于吐下了口中的布，大喊一声："高棒子，你看好我是谁？"高棒子上前一把拽掉了招娣脸上的蒙脸布，吓了一跳："呀，怎么是你？你……抓阄没你啊，你去孝兴干啥？"招娣说："这你别管，你刚才说的那些都是真心话？"高棒子臊得满脸通红："哎呀，我哪知道是你啊，这帮小兔崽子也不告诉我，真是羞死我了！"招娣说："男子汉大丈夫，还害羞？给我松绑！"高棒子连忙上前去松绑，又突然停住："不行！等我走后，他们自然会给你松绑，带你回去。"说完，高棒子就要上马。

招娣突然问："高棒子，你不想娶我了？"高棒子一愣："想啊！"招娣说："你刚才说的那些话我特别爱听，我决定了，这辈子嫁人就嫁高棒子。你给我松绑，我们一起去孝兴，互相有个照应，要是大功告成，回来就拜堂成亲；要是死，一起死。"高棒子大喜："当真？"招娣点点头："我隆招娣从来不说假话，还不给我松绑？"高棒子大声道："是！"

盼娣吃力地睁开了眼睛，强撑着支起了身体。她回想着，越想越后怕，喊着："招娣……招娣！"没有人回应。她起身，摇摇晃晃着去推门，门却被锁上了。盼娣嘀咕着："坏了！坏了！这个招娣，我可怎么跟娘交代啊！"她大喊着："来人哪！给我开门！"仍没有人应答。盼娣晃着头，努力让自己清醒些，她一把抄起地上的木凳子，向门上砸去。

高柴禾垛子和隆延宗赶到黄员外家，黄员外亲手给他们递茶，说："二位大将军，请喝茶，喝茶！”正在此时，晁天宝从外面走了进来，立正敬礼：“高旅长好！三叔好！”高柴禾垛子站了起来，问：“晁天宝，昨天抓阄，你抓到那个‘忠’字了？”晁天宝摇摇头：“没有啊，抓了张白纸。”高柴禾垛子又问：“那你媳妇呢？”晁天宝一愣：“她应该也抓了张白纸吧？”高柴禾垛子急道：“什么叫应该，什么叫‘吧’？你媳妇抓到了什么你没看？”晁天宝说：“我说要看，她说给扔了。”高柴禾垛子说：“坏了，还真让盼娣给抓到了！”隆延宗忙问：“盼娣人呢？”晁天宝说：“昨晚上她说到招娣房里去睡，姐俩说说话，到现在没见人。”隆延宗忙说：“快带我去招娣的住处！”

话音未落，盼娣跑了过来，大声喊着：“娘——”隆延宗连忙制止她：“小点儿声！”盼娣一愣：“三叔？高旅长？”晁天宝说：“高旅长，你看，我媳妇来了，她肯定也没抽到那个‘忠’字，她不会骗我的。”盼娣哭着脸叹道：“我抽到了！本该由我去孝兴锄奸的，可我放心不下娘，怕她受不了，就把这一切都告诉了招娣。我本想嘱咐她替我尽孝的，可不知道这丫头用了什么花样，给我喝了一碗姜糖水，我就睡过去了！”隆延宗忙问：“什么时候的事？”盼娣说：“天还没亮的时候。她说的话古古怪怪的，一定是替我去了孝兴！”隆延宗一拍大腿，骂道：“高柴禾垛子，你就是个浑蛋！你这是什么狗屁主意，怕我杀了隆牢生以后没法见二嫂，结果却害得他们姐弟相残啊！”高柴禾垛子自责道：“我也是好心啊，好几十人就那么一个阄……我……我……”站在一旁的黄员外连连摆头，使眼色：“哎，哎，二位将军！”高柴禾垛子、隆延宗都向黄员外看去，他身后的窗里映出了瑛娘的身影。

瑛娘转瞬从屋里走了出来，说：“高旅长、他三叔，我的牢生怎么了，为什么一定要杀了他？”高柴禾垛子无言以对，隆延宗无话可说。盼娣哭着扑到了她怀里。瑛娘忙问：“盼娣，你告诉我，到底发生了什么，招娣她去干什么了？”没等盼娣说话，一声“报告”传来，高棒子的卫兵跑了进来。卫兵说：“报告高旅长，我们团长有话让我向您禀报！”高柴禾垛子问：“你们团长是谁啊？”卫兵回答：“高棒子！高团长让我赶回旅部找您，可我到了旅部，听说您来了蘑菇镇，我就又追了过来。”高柴禾垛子皱了皱眉：“别啰嗦了，他有什么话？”卫兵答道：“他说他陪媳妇去孝兴处决汉奸隆牢生！”瑛娘再一次听到牢生的名字，浑身又是一震。卫兵又说：“万一大功告成，回来请您为他证婚！要是死了，也请您算他是为国尽忠，给他立块烈士的墓碑！”高柴禾垛子问：“媳妇？他哪来的媳妇？”卫兵嗫嚅着：“就是……就是这位大婶的二闺女，隆招娣。”瑛娘闻言头晕目眩，不能自已。

隆延宗打着马，飞驰在前往孝兴的山路上。突然，几匹马从不同的方向包抄过来，将他围在了中间。隆延宗勒住马，喝道："让开！"高柴禾垛子抱拳道："义弟啊，这件事情是我想得不周全，哥哥在这给你赔罪，可是这个时候你不能再去孝兴了！"隆延宗怒道："我让你让开！"高柴禾垛子说："就算你把马跑死，天黑之前你也赶不到了。再说，是个鬼子就看过你的画像，你回去不是送死吗？招娣又不是一个人去的，高棒子也算身经百战，兴许小两口能安然无恙地回来呢。"隆延宗悲痛欲绝，仰望苍穹，长叹着："招娣……"他用手点指着高柴禾垛子，说，"你可知道，我跟这孩子见面的时候她才七岁，是我一时鲁莽吓到了孩子，才让她十几年流落江湖，我这个三叔对不起她，更对不起我二哥，我不能一错再错，让开！"隆延宗试图用马冲撞高柴禾垛子等人的马。

高柴禾垛子大喊道："隆延宗！就算你的马再快，赶到孝兴时也是大半夜了，招娣应该早动手了，你拦得住她吗？我待高棒子如亲兄弟一样，我心里也疼，事已至此，不如将计就计！"隆延宗咬着牙说："让开！"高柴禾垛子在马上拉住了他的胳膊，说："这一年来我们不是一直在等战机吗，什么是战机，你想一想，招娣和高棒子去刺杀特务队长成败与否，都是战机！招娣是你亲侄女，你一气之下带兵攻打孝兴城，池田那老鬼子肯定不会怀疑！"隆延宗闻言，渐渐冷静了下来。高柴禾垛子翻身下马，说："我的义弟，兄长鲁莽，铸成大错，请你原谅。你是大英雄，应放下儿女情长，顾全大局，你我兄弟合力杀贼，夺回孝兴的机会来了！"隆延宗泪水奔涌，但也只能接受这一现实。

一身便装的高棒子挑着两捆柴火混进孝兴城门，日本兵将其拦住，有特务上前搜身，连柴火筐全都倒个干净。高棒子一直赔着笑脸，点头哈腰。化了装的招娣也被搜了身，才混进了城。

两人在一条小街道上会合。招娣叹道："幸好没带枪，要不根本进不来！"高棒子诡秘地笑着："就是，小鬼子最近防范可真严，你打听到什么消息了？"招娣说："全城的老百姓都知道，特务队长隆牢生就住在隆家。"高棒子说："你们隆家我也熟，那么一大家子人，现在死的死，逃的逃，真是可惜……你这个弟弟……"招娣打断他，说："他不是我弟弟，我从来没见过他，今夜我下手的时候，绝不会手软！"高棒子说："好，那就先分头弄家伙，总不能靠两只手掐死他！"招娣说："天黑以后还在这会合。"高棒子点点头，挑着柴火筐走了，一边叫喊着："好柴禾！一块钱两担！"

池田踱进县长办公室，时少卿连忙站起身迎接："司令官阁下，您怎么来了？"池田把一张纸条递给时少卿，说："我的心情非常沮丧，你看……"时少卿打开纸条看着。池田摇着头："隆延宗不会来了，本来想钓到一条大鱼，可来的是小虾米……高柴禾垛子搅了局。"时少卿将纸条合拢，说："司令官的情报人员真厉害，难怪上回打得高柴禾垛子屁滚尿流。""我的情报还告诉我，敌人一直期待着一场大的战役，他们想夺回孝兴县城……"池田哈哈大笑起来，"孝兴是我渡过黄河，占领西安、炸平延安的重要军事基地，就凭高柴禾垛子和隆延宗，在我的眼里，他们根本就不是真正的军人，最多是草寇，草寇！"

傍晚，高棒子和招娣重新会合。高棒子腰间别着两把斧子，他拍了拍，说："瞧见没，我磨了一个时辰，快得很！"招娣笑了："瞧你这德性，像李逵……"高棒子摇摇头："哎，李逵不好，到死了都娶不上媳妇，我不想当李逵。我想当程咬金，程咬金也使斧子，而且出了名的怕老婆。招娣，我现在就发誓，以后我什么都听你的。"招娣严肃道："高团长，经过仔细排查，印证了旅长的猜测，特务队长隆牢生就是池田设下的诱饵。他住在隆家，而隆家的深墙大院里不知道埋伏了多少日本兵，你现在后悔还来得及。"高棒子瞪起眼睛："我凭什么要后悔？"招娣说："抽到'忠'字的是我姐姐，我替姐姐，也为我们隆家铲除这个败类，跟你没关系，你没有必要白白丢了性命！"高棒子说："什么叫没关系？我还想劝你赶紧滚蛋呢！旅长叫抽签，说的是中尉以上的军官才有资格，你算老几？"说着，他从腰间拽出一条绳子，"看见没有？这是我给你准备好的，你要是自己乖乖地走，我就不用费力气绑你了。"招娣愣了："你……你要干嘛？你想我把我捆起来？"高棒子说："对啊，杀个小毛孩子本来就用不着你，你找地儿躲着去，等我的喜讯！"招娣动情地说："高棒子，你铁了心要替我死？"高棒子反倒不好意思起来，说："多大点事儿啊，你可别掉眼泪啊，犯不上！"招娣咬了咬嘴唇，踮起脚尖搂住了高棒子的脖子："高棒子，咱俩谁也别撵谁走了，从现在开始，这辈子都在一起！"高棒子有些脸红，不知所措。招娣松开她，说："跟我走，我路熟。"

高棒子、招娣来到隆家后门。招娣说："从这进去就是厨房。当年，我和姐姐就是从这个门逃出来的。"高棒子点头，快步跑了过去，轻轻推门，发现门是锁着的。他张望着，找到一处墙最低的地方，一猫腰，向招娣挥手示意。招娣会意，快跑两步踏上了高棒子的肩膀。高棒子一起身，招娣顺势就翻上了高墙。招娣在墙头上伸出手，高棒子向后跑了两步，猛地加速，蹬上墙，拉住招娣的手，也翻上了墙。

骑在墙头上，高棒子点点头："行啊，有把子力气，爷们儿这么大分量没把你拽下去？"招娣皱皱眉："就知道贫嘴，小点声……"高棒子立刻收声，仔细观察一会儿，两人先后跳下墙去。熟悉地形的招娣在前面带路，高棒子紧随其后。高棒子皱着眉："这么静？一个人都没有？"招娣说："老百姓都说隆家的人已经死绝了，下人们也都跑了。"

高棒子就要往里走。招娣阻拦道："不行！"高棒子笑道："我知道，只要咱们一露头，埋伏的鬼子兵、特务队就都会出来，可咱们也不能被吓回去啊！"招娣想了想，说："跟我来。"她拉着高棒子往天井方向急奔。

红酥手，黄縢酒，满城春色宫墙柳。
东风恶，欢情薄，一怀愁绪，几年离索。
错！错！错！
春如旧，人空瘦，泪痕红浥鲛绡透。
桃花落，闲池阁，山盟虽在，锦书难托。
莫！莫！莫！

内厅里传来牢生的诵读声。他杀了人，夜不能寐，只能靠吟诵诗词排解恐惧。读着读着，他便淌下了眼泪，声音也如哭泣。他靠在椅子上，不知该如何表达自己的痛苦。

高棒子捅破窗户纸，向里望了望："应该就是他吧？""臭汉奸，还敢背陆游的词？"说着，招娣就要去撞门。高棒子拉住了她，说："等一等！"他抬起了脚，示意招娣去看。他那大毡靴子的底儿上嵌着一把小手枪。招娣一愣："枪？"高棒子使劲儿将枪抠了下来："这是前两年缴获日本特务的，里面只有两颗子弹。你枪法好，又离得这么近，应该有把握！关键要快，到处都有埋伏，不宜恋战，你冲进去开枪，打死汉奸咱们立刻就走！"招娣接过手枪，掂了掂："好！"

听到撞门声，牢生紧张极了，坐立不安。一会儿，门被撞开了，门上的机关也激活了，刺耳的铃声轰鸣起来。手握枪的招娣愣住了，牢生也呆呆地看着她，任凭她对准自己。

听到动静，时少卿走了出来，大吃一惊："儿子快躲！"招娣闻言惊醒，扣动了扳机，时少卿一跃而起，将牢生扑倒在地，子弹打空了。牢生唤了一声："爹！"招娣又要开枪，一名日本军官闪了出来，向她射击。招娣下意识地还击，日本军官被击中。招娣回手再开枪，却卡了壳。高棒子冲了进来，说："我不是告诉你了吗，只有两颗子弹！"

时少卿大喊："儿子，掏你的枪啊！"牢生这才意识到自己腰里挂着枪，他把枪掏了出来，对准了招娣。高棒子将一把板斧扔了出去，牢生连忙躲闪，板斧就剁在他身后的家具上。牢生躲过板斧，又端稳了枪，枪口正对着招娣。时少卿大喊道："开枪！"

牢生的手颤抖着，突然喊道："你们还不快跑，待会儿就跑不了了！"话音未落，两名日本军官从后厅的方向冲出，都端着枪。高棒子连忙拉起招娣往外跑，侥幸躲过了子弹。两人跑出内厅，七八个特务围了过来，喊道："站住！"一个特务大声说："司令官有令，抓活的！"高棒子趁机抡起板斧，砍倒一个特务。招娣向小门方向突围，可寡不敌众。高棒子跑过来拉起她，向外厅的方向跑去。

高棒子拉着招娣跑进院落，四周不知从哪儿涌来了那么多鬼子、伪军和特务，两人被围在了中间。高棒子叹道："我说不让你跟我来吧，这下好了，真死在一起了！"招娣说："怎么？你不愿意和我死在一起？"高棒子愣了一下，笑了："愿意……"招娣点点头："早知你这么重情重义，头一回见面就和你入洞房好了……"高棒子说："现在也不晚！爷们带你冲出去！"

高棒子英勇无比，板斧挥舞得虎虎生风，但终究人单力薄，还要是时时照顾招娣，终于还是负伤。高棒子气喘吁吁，摇着头："媳妇，爷们尽力了！"招娣说："杀了我！"高棒子一愣："你说什么？"招娣咬着牙说："他们一直不开枪，是想要抓活的，不能让鬼子得逞，杀了我！"高棒子抡起板斧向招娣的颈部砍去，却终于还是停住了："我下不了手……"招娣一瞪眼："废物！"她用劲力气，向日本兵的刺刀扑去，日本兵连连后退。高棒子又趁机砍死了一名日本兵，却被一把刺刀扎进了肋下，倒在了地上。两人相继被俘。

赶着马车、背着包裹的隆福终于来到了严加防范的孝兴城门。城墙上贴出了告示，很多人在围观。瑛娘看到招娣和高棒子的画像，下了马车，朝城门走去。隆福提醒着："二少奶奶……"瑛娘对潜在的危险视而不见，走到告示前，说："告示上写的啥，他们要对我二闺女咋样？"隆福说："上面说，二小姐今天午时三刻就要被枪毙……"一群军警特务还有日伪军团团将瑛娘围住。面对枪口，隆福下意识地护住瑛娘。瑛娘绕过隆福，坦然说道："你们眼神挺好，认得我？我是柳瑛娘，你们可以把我押到县政府去，我要见时少卿时县长。这位不过是我们隆家的老管家，你们用不着难为他。"警察请示日本军官，日本军官点了点头。瑛娘回身说："福叔，您赶了一天一夜的马车，快找地方好好歇着去吧，别担心我！"说完，瑛娘跟着警察走了。

瑛娘被押到县政府大厅里，时少卿走过来，端详着，说："瑛娘，我的瑛娘，你终于主动来找我了……"突然，他脸色骤变，大声喝道，"你回来干什么？上次我放走了你，池田司令官很生气，你这是回来送死吗？”瑛娘微微一笑：“上次池田老鬼子生气，是因为你派出去的狗腿子半道上被我甩了吧？”时少卿脸色有些难看。瑛娘说：“那天是大年三十，你的狗腿子都喝了酒，又怕遇上豺狼虎豹熊瞎子，要不然我也甩不掉他们。”时少卿说：“我是派他们护送你的，我怕你一个女人走夜路不安全。瑛娘，半辈子了，我对你的心，你还看不懂吗？”瑛娘冷笑一声：“时少卿，半辈子了，你对我说的话，对得起你的良心吗？”时少卿被激怒了：“你……”瑛娘摇摇头：“我呀，也真是不会做人。这次回来有事相求，还不拣好听的说。时县长息怒，在下柳瑛娘，恳请县长大老爷格外开恩，让我见见我的女儿招娣！”时少卿一摆手，说：“不行！她是司令官的要犯，我没法帮你！”瑛娘说：“少拿这种话搪塞我。池田年轻时不学无术，败光了家产，仰仗你时老爷出钱资助，才东山再起，他对你感恩戴德，我说得没错吧？我女儿被你们抓了，午时三刻就要枪决，我这个当娘的就想看她一眼，你不帮我？我可对你有救命之恩哪！”

时少卿想了想，带着瑛娘从办公室里出来，向侧面的小门走去，却正赶上池田在隆小四的陪伴下走来。池田看见瑛娘，一愣，说：“佘局长，那个女人我很面熟啊……”隆小四眼珠一转，大喝一声：“柳瑛娘——”瑛娘站住脚步。隆小四冲了过去，说：“好啊，真的是你！池田司令官，她就是柳瑛娘！偷袭您，把您炸伤了的柳五儿，就是她儿子！”隆小四转向瑛娘，说：“司令官一直在悬赏抓你，你倒自己送上门来了？”说完，他撸胳膊挽袖子，做出一副要拿人的意思。

瑛娘回手就是一巴掌，抽在隆小四的脸上。隆小四被打得一愣，恼怒道：“我……”瑛娘瞪起眼睛：“你个吃里爬外的狗，也配跟我说话？”假装气急败坏的隆小四掏出枪来。时少卿赶忙喝道：“佘局长——”隆小四根本不理时少卿，怒气冲冲地说：“我毙了你！”池田这才上前说：“佘局长……”隆小四这才转过头来。池田说：“柳瑛娘是时桑的客人，怎么，连县长的面子都不给？”隆小四只好收起枪。

时少卿微微鞠躬：“多谢司令官！”池田说：“如果我没猜错，柳瑛娘是要去监狱看她的女儿？”时少卿点点头：“是，我还没来得及向您汇报，就私自做主了。”池田摆摆手：“不用了，人之常情。佘局长，配合皇军管理监狱，也是你的职责，你带着柳瑛娘去吧。”

池田走进办公室，发现时少卿有些心不在焉，便问道：“怎么了，时桑？”时少卿皱皱眉：“我怕佘小四把柳瑛娘放跑了……”池田笑道：“不用怕，这是我最后一次考验佘小四，我已经做好了安排。”时少卿这才松了一口气。池田说："没有钓到隆延宗这条大鱼，来的小虾米却是隆招娣，哈哈，有意思，这个游戏变得更好玩了。枪决隆招娣，仍然在隆家，我要让他隆延宗的祖宗不得安宁！"

瑛娘走进了监狱，隆小四一直跟在他的身后。远远地，歌声传来，隆小四皱眉道："怎么回事？"一名狱警上前说："报告佘局长，是那个男的，一直在唱，一会儿都不消停，就是那首要砍日本人脑袋的歌，唱了一百多遍了！"远处有站岗的日本兵，隆小四使着眼色，狱警连忙收声。

歌声越来越近，拐过一个弯，瑛娘已经看到了双手紧攥着栏杆，扯着脖子唱歌的高棒子。

大刀向鬼子们的头上砍去！
二十九军的兄弟们！
抗战的一天来到了，
抗战的一天来到了！
前面有东北的义勇军，
后面有全国的老百姓，
咱们二十九军不是孤军，
看准那敌人，
把他消灭，把他消灭！
冲啊！
大刀向鬼子们的头上砍去。
杀！

高棒子试图把声音传到某一个方向，并没发现瑛娘的到来。瑛娘只得轻声叫道："高团长……"高棒子回过神来，一愣："大婶，您怎么来了？您……"高棒子向后张望着，才发现瑛娘不是被押进来的。高棒子问："您不是被鬼子抓来的？"瑛娘摇摇头："不是。我是听说你和招娣被抓了，专门来看你们的……"高棒子突然跪倒在地："娘，招娣已经答应嫁给我了，请您成全！"瑛娘一愣："啊，噢……好，好……招娣人呢？"高棒子说："我看见她被押到那边去了，我怕她一个人害怕，一直在给她唱歌！招娣，娘来了！求娘为我们主婚哪！"招娣听到了喊声，难以置信，喊道："娘，您在哪儿，我在这儿呢！"

瑛娘听到声音，连忙跑了过去，又拐了个弯，看到了招娣。招娣大喊："娘

——”瑛娘快走两步，隔着铁栏杆拉住招娣的手：“我的招娣——”四只手攥在一起，瑛娘泪眼蒙眬。招娣说：“娘，您可真有本事，能到这种地方来看我！”瑛娘苦笑道：“娘没本事，日本人贴出了告示，午时三刻要枪毙你，娘没本事救你呀！”招娣点点头说：“我知道，我不怕！人固有一死，或重于泰山，或轻于鸿毛，我死得光荣！虽然没能手刃汉奸隆牢生，可我亲手毙了一个保护他的日本鬼子，还和高棒子一起杀了好几个鬼子、汉奸，我值了！”瑛娘的脸色阴沉下来，说：“你为什么要来杀牢生？”招娣说：“姐姐怀了孩子，那是我们这个家的延续，她最好生个男孩儿，天宝哥答应了，让孩子姓隆，我爹在天之灵一定会高兴，隆姓族人再也不敢看不起我们了！”瑛娘突然喝道：“混账！”招娣一愣：“我说错了吗？”瑛娘铁青着脸，气得直哆嗦。招娣恍然：“娘，您不会是因为我要杀了汉奸隆牢生才生气的吧？您不会的！虽然您没读过书，可您最讲大义。他身为隆家子孙，当了汉奸，连三叔都要杀了他，您一定不会怪我的，对吧？”瑛娘摇头说：“别人可以，你不行！牢生就是牢生，他不是汉奸！”招娣反驳道：“他已经当了特务队长，是日本人的刽子手！他亲手枪毙了十个人，都是孝兴子弟军的亲人长辈！”

“我没亲眼看见，我不信！”她环顾四周，叹了口气，“就是这间牢房，我就是在这生下的牢生。要不是你福爷爷故意犯法，进来照顾我，牢生也许会死在娘的肚子里。出了监狱，我就抱着他一路向西去找你和盼娣，半路上被时少卿那奸贼算计，把孩子丢了……十七年了，娘日思夜想的牢生，怎么可能是汉奸？”招娣露出诧异的目光。瑛娘接着说，“长大以后的牢生我见过，白白净净的，没有一丝凶相。他只会念诗，念得好听极了，他不可能开枪杀人。你和他，都是我十月怀胎生下来的，你们俩身上流着一样的血，你居然要亲手杀了他？”招娣吓坏了，立刻跪倒：“娘！”瑛娘板着脸说：“别叫我娘，我永远不会原谅你！”瑛娘说完，快步离开。招娣万万没有想到会是这样一个结果，大叫了一声“娘”，号啕大哭起来。

一直远远跟随的隆小四，向瑛娘消失的方向追去。拐过弯后，瑛娘扶着监狱的墙，痛哭失声。隆小四赶紧追来：“二少奶奶，快别哭了，往前走右转，有个小铁门，我刚刚给下了锁。出了铁门一直奔北就是监狱后门，我也撤了岗，你快走啊！”瑛娘抬起头来看着隆小四。隆小四叹道：“二少奶奶，我没工夫跟你解释了，时少卿派了好几个人等在外面，你现在不跑，可就来不及了！”瑛娘摇摇头：“我跑了，你娘、你媳妇、你儿子不就白死了吗？”隆小四吓了一跳。瑛娘叹了口气：“刚才打你一巴掌，别记恨我。回来的一路上我都在想，万一遇到佘局长怎么办……我还不能走！我刚才说恨招娣，是怕这孩子带着太多牵挂，走得不干不净，可我……”瑛娘泪如泉涌，说，“对了，我还有一件大事得办，高团长管我叫了娘，我可不能怠慢了新女婿！”说完，瑛娘擦了擦泪，向来的方向走去。

县长办公室里，池田心平气和地喝着茶，可时少卿的心却静不下来。老管家从外面进来，见池田在，便缩在了一旁。池田说：“说吧，你家老爷有什么事情还需要瞒着我吗？”管家尴尬道：“不是，不是！司令官，那我就打扰了……”时少卿不耐烦道：“快说！”管家回禀道：“柳瑛娘从监狱出来没跑，直接去了一个饭馆子……”没等时少卿有所反应，池田说：“饭馆子？哈哈，难怪这个女人让时桑神魂颠倒，她可真是不同寻常啊！女儿就要被枪毙了，她居然还有胃口下馆子？”时少卿有些尴尬，对管家说：“看着她，这次不能再让她跑了，不然，司令官会怀疑是我故意放她走了！”时少卿一语双关。管家会意。

老管家刚出门，一名日本军官进来，用日语报告道：“报告司令官阁下，刚刚收到了情报……”池田摆弄茶杯的手停住了，连忙伸手。池田取过纸条，细细看着，然后神秘地说：“动了，终于动了……他们的所有军事力量，都离开了老巢，大战在即，我已经闻到了炮火的味道！”池田说着站了起来。日本军官询问：“要不要加强县城周边的戒备？”池田摇摇头说：“不，取消所有防御，任凭他们来，不然，真正的战争永远也开始不了！”池田踌躇满志地说，“时桑，这一次，一定可以和老对手隆延宗面对面地较量一下了！”时少卿心不在焉地应付着：“司令官必胜。”池田看了看表，说：“时辰差不多了，叫上我们的儿子，去隆家……”

隆家院落里，被炸塌的亭台上竖起了两根桩子，招娣和高棒子被人押来，捆绑在桩子上。高棒子仍然唱着那首《大刀向鬼子头上砍去》，他的嗓子已经哑了，但目光中仍绽放着神采。有老百姓挤进来看热闹，远远地议论着。“哟，这不是高棒子吗？”“可不是他，都这样了还要砍日本人脑袋哪……”“了不起，可惜了……”一个乡亲挤到三叔公的身边，说：“三老太爷，那个可是柳瑛娘的二丫头招娣？”三叔公老眼昏花，仔细地辨认着：“是那丫头，还真是那丫头！”已经成了商会会长的七舅爷也挤来看热闹，他挺着胸脯，摆着谱儿，可并没有人搭理他。

牢生来了，与其说是他带着特务队，不如说是特务押着他。他远远地看着被捆绑的招娣，整个人都在颤抖。监斩台上，池田和时少卿走来了。池田落座，说：“时县长，你来吧。”时少卿点了点头，说：“诸位，我们都知道，池田司令官阁下是不喜欢杀人的，他是带着对友谊的向往，从日本国来到孝兴的。可是，有些罪大恶极之人，譬如被绑在那里的高棒子、隆招娣，恶意破坏大东亚共荣，破坏社会安定，杀人害命，制造恐慌！就在昨天夜里，就在这个院子里，他们一共谋杀了四名皇军，还有四个警察和两名政府特务人员，逼得司令官阁下不得不处决他们！”

三叔公嘟囔着：“杀了这么多人，值了……”一个百姓问：“三老太爷，您说什么呢？”三叔公连忙掩饰：“啊？我说话了？我连个屁都没敢放，你耳朵有毛病吧？”有百姓偷偷笑着，不去揭穿他。

时少卿说：“在场的父老乡亲们，你们想一想，要不是池田司令官来了，孝兴能有这么长久的太平日子吗？我们都应该感恩，感谢大东亚共荣！像这种恶意行凶的杀人犯，就是反和平、反友谊、反人类，必须公开枪毙，以儆效尤！”见没人附和，七舅爷大声喊道：“没错！该枪毙，多崩几枪！”四周的人都看着七舅爷。七舅爷更来劲了：“池田司令官威武！破坏大东亚共荣者，都得枪毙！”站在台上的时少卿只能带头鼓起掌来，接着日本人鼓掌，汉奸、特务鼓掌，少数老百姓不得已也跟着鼓掌。

时少卿挥手示意，说：“时辰已到，执行枪决！”说完，他向站在台下的牢生望去：“牢生，该你了……”听到自己的名字，牢生突然像触电一般战栗起来。正在这时，门外传来一阵鞭炮声，人们都向门外望去。隆家大门口，隆福用大长杆子挑着一挂鞭炮放着。老人家一边放着鞭炮，一边流下了眼泪。鞭炮燃尽，只剩一片硝烟。瑛娘从硝烟中走来，双手端着一个托盘，托盘上是一份绿豆糕、一碗红烧肉和一壶老酒、两个酒杯。隆福一瘸一拐地跟在身后，身上背着一个不大不小的包裹。老百姓自觉地让开一条路路。

时少卿和池田对视了一眼。招娣异样惊喜，和高棒子一起大声喊道：“娘！”牢生垂泪欲滴，可瑛娘根本不看他。三叔公捏了一把汗，一直站在监斩台旁的隆小四万般无奈。

七舅爷大声喝道：“柳瑛娘，皇军要枪毙杀人的要犯，你要是捣乱，就连你一起枪毙！”瑛娘说：“这里是孝兴隆家，谁人不知哪个不晓？我回我自己家，算什么捣乱？”七舅爷一下被噎住了。

三叔公上前一步，拱手道：“瑛娘……”瑛娘看着三叔公，鞠了一躬：“三叔公，您老人家好啊？”三叔公道：“好，好啊，瑛娘，今非昔比，我知道你是个要强的女人，不过你可别跟小日本……我老糊涂了，说错话了，你可别跟皇军的刺刀和枪子儿较劲啊！”瑛娘点点头：“多谢三叔公提醒，我不是来捣乱的，更不敢跟刺刀、枪子儿较劲。被绑在那儿的，是我的亲闺女。历朝历代，不管是忠勇之臣还是叛国之将，上法场的日子，都允许家人送一送。我这个当娘的，今天是来送闺女的，我想台上的日本大官儿不会不懂规矩。”

池田冷着脸，说：“柳瑛娘，我已经让你去监狱探视了，午时三刻一到，立刻执行枪决，请你让开！”瑛娘正色道：“我要先给孩子们办完喜事！”池田一愣：“你说什么？”瑛娘说：“我女儿七岁就离开了家，二十年颠沛流离，婚姻大事早就耽搁了。今日我才得知她已有了如意郎君，我要为他们主婚！你想杀人，等我办完喜事也不迟。自古红事冲白事，白事都得让路。宁拆一座庙，不毁一桩婚！这都是我们中国人的老理儿！”三叔公点头说：“没错！瑛娘说的句句在理！”老百姓们立刻附和，整个院子里一片大乱。

瑛娘语气软下来，说：“天大地大喜事最大，我这个当娘的，先给孩子做主成亲。你们要是嫌我碍事就开枪，随时可以开枪，连我一起打死！”说完，他径自走向断头台，拦截她的日本兵都不得不后退，池田很尴尬。时少卿打圆场道：“池田司令官一向体恤民情，那我们就等一等，等一等无妨，司令官请坐……”池田坐下，一脸的杀气。牢生注视着瑛娘的背影，他恨不得跟过去，但却挪不动脚步。

断头台上，瑛娘将做好的饭菜放到一根断裂的柱子上。招娣含泪道：“娘，您来送我了！我以为您生我的气，再也不见我了呢！”瑛娘说：“我是生你的气，可我得给高团长面子。高团长，你真的相上了我这傻丫头？”高棒子点着头：“相上了！相上了！”瑛娘说：“她脾气可不好！”高棒子摇摇头：“我不怕！我喜欢！”瑛娘又说：“那日后，你可得多担待她……”高棒子连连点头：“放心吧娘！我们俩早就说好了，成了亲，我学程咬金，什么都听媳妇的！”瑛娘点着头，长叹一口气：“你们怎么来孝兴的，我都清楚了。陪着这傻丫头送命，你不后悔？”高棒子摇摇头：“不后悔！绝不后悔！”瑛娘点点头：“好，我的好女婿……”高棒子连忙应着：“丈母娘！”瑛娘含泪应着：“哎！娘收过你的礼了，那就是聘礼！我今儿个就把闺女嫁给你！他福爷爷……”隆福连忙上前打开包袱，包袱里是大红的绸子、红花。瑛娘将大红花亲手扣在招娣和高棒子的衣襟上，又拿出了一条红绸子，将两端分别交到高棒子和招娣手上。

做完这些，她端详着一对新人，说：“好看，般配……我早怎么早没发现你们俩这么般配呢？”“是吧，谢谢娘啦！”高棒子高兴地咧嘴大笑着。瑛娘说：“成亲是要拜天地的，娘给你们吆喝两声？”高棒子摇摇头说：“不拜！天道不公，让小鬼子侵占了我们的家园，我拜他何用？”招娣附和道：“没错，土地老爷更无能，泱泱大国遍地汉奸，拜他丢人！”高棒子说：“要拜我们就拜娘！”招娣点点头：“对！棒子，我们一起给娘磕头！”说着，高棒子和招娣使劲儿地向下低着头。

瑛娘强忍着泪水，说："好了，我受了，受了……孩子们呀，娘给你们做了饭……"瑛娘转过身去端托盘，隆福连忙帮她接了过来。瑛娘拿起筷子，夹了一块肉，说："高团长，我的好女婿，这碗肉是娘专门给你做的。"高棒子笑了："都说丈母娘疼女婿，多谢娘！"瑛娘将肉喂到高棒子嘴里。高棒子吃着，嚼着："嗯，真香！招娣，你也来一块！"

瑛娘又夹起了一块肉，说："你们既是夫妻了，娘就不换筷子了……没能看着你们入洞房，这也算看着你们吃一个锅里的饭了。来，招娣，你也吃一块！"招娣忍泪点点头，吃下一块肉。瑛娘又拿起一块绿豆糕，说："招娣啊，我想来想去，想不起你最爱吃什么，只记得有一回，娘给你们买了绿豆糕，一共十块。三天，娘每天给你们姐妹三个各一块。三天后，剩下一块不知怎么分好，却发现没了。娘一板脸，你就承认是你偷着吃了。娘还在你屁股上打了两巴掌，现在想想真不应该啊！一块绿豆糕，我闺女都没吃够，今天，娘专门给你买了，吃吧，吃够了！"招娣一口口地吃着，说不出话来。老百姓无不泣泪。

池田有些不耐烦了，示意时少卿。时少卿站起身，说："司令官开恩，已经让你把喜事办完了！来人，把柳瑛娘拉一边儿去！"隆福试图阻挡，托盘被打翻在地，警察拉着瑛娘离开。招娣高喊："娘——"瑛娘回应着："招娣——"

时少卿说："牢生，你还不快一点儿？"牢生小声问："为什么又是我？"时少卿说："这是司令官的意思！昨天夜里要不是爹保护你，你就死在他们的枪下了！那么多皇军、警察为了保护你送了命，你不该替他们报仇吗？掏出你的枪来，枪毙他们，利索一点儿！"牢生无奈，只得掏枪。时少卿又说："站到中间去！"牢生被逼迫着走向庭院中间。

远处的瑛娘看到这一幕，忍不住大声喝道："隆牢生！"牢生听了一激灵，像被钉子钉到了地上，一动不动。瑛娘说："牢生，你的身世原本应该由娘亲口说出来，可既然已经有人告诉你了，你就该知道自己姓隆，你是我的儿子，绑在那里的是你的亲姐姐，一个爹一个娘的亲姐弟。你要对她开枪，你们身上流着一样的血，骨肉相残，你会坠入十八层地狱！"时少卿看了看要发怒的池田，大喝一声："勒上她的嘴！"有人立即上前勒住了瑛娘的嘴，她发不出声音了。

时少卿催促道："牢生，别听柳瑛娘胡说八道，快开枪！昨天夜里他们对你开枪的时候可没客气！"牢生缓缓举起了枪，可他突然大叫一声，将枪扔在了地上。池田的军刀一下蹾在了地上。时少卿轻声道："义兄，您别急，孩子还太小，吓着了，让我来……"说完，他跳下监斩台，抓起枪，将牢生抱了起来。他大喊着："执行枪决！"但牢生根本不去抓枪，喊着："不！"时少卿无奈，只好自己去开枪。枪声响起，高棒子与招娣对视着，慢慢闭上眼睛。隆福老泪纵横，三叔公长叹，隆小四默默闭上了眼睛，牢生心如刀绞。悲痛欲绝的瑛娘流着泪，瘫倒在地。

此时，孝兴子弟军正在秘密地向孝兴城靠近。一个士兵说："总司令，那就是我们的家了！"隆延宗点点头："停下，架炮。"借助山势，几门大炮架好，隆延宗视察着正在装炮弹的战士们。一个军官跑了过来，说："隆县长，这炮架得有点远吧？"隆延宗说："不远，再近鬼子会发现的！"军官急道："真的远了！我是陆军军官学校毕业的，我学过炮兵，请听我的指挥！"隆延宗故意一瞪眼："浑蛋！你是高柴禾垛子派来配合我的，还是监视我的？我是总司令，我定了，就在这开炮！"军官吼道："隆延宗，你这样会打败仗的！"隆延宗挥挥手："把他给我抓起来！"另一名军官在一旁看着，敢怒不敢言。

隆延宗问："炮弹都上好了没有？"士兵回答道："上好了！"隆延宗下令："开炮！"几门大炮同时开炮，炮弹爆炸，离城门远远的。一个士兵用望远镜观察着，跑了下来，报告道："总司令，炮确实架远了，没打着啊！"隆延宗有些慌张，说："不可能！摇高炮筒，接着打！"又一阵炮弹轰出，可炮弹仍在城外爆炸。

打了一阵，隆延宗怒吼道："还有没有炮弹？"负责操作大炮的子弟兵汇报道："报告总司令，剩下的炮弹不多了！"隆延宗很是焦急。观察敌情的士兵报告道："总司令，鬼子出城了，大部队啊！"隆延宗咬牙道："准备战斗！跟鬼子拼了！"士兵急道："总司令，咱们的兵力不够啊！"隆延宗瞪着眼："那也得拼，我的亲侄女被他们枪毙了！还有你们的爹、娘、爷爷，我们得为亲人报仇！"众人立刻准备战斗。

剩下的那个军官上前说："隆县长，能否听我说两句？"隆延宗不耐烦道："有屁快放！"军官说："我们是奉高旅长之命前来配合子弟军的。大伙的亲人被日本鬼子杀害了，我们也很悲痛。可是打仗是要讲战略、战术的，您这样盲目硬拼，只能全军覆没！"隆延宗怒道："你说什么？你咒老子！"他冲上前去抓住了军官的脖领子。另一个军官道："隆县长，就算你枪毙了我们，我们也得说，这仗不能打，请您赶紧下命令撤退吧！"有人附和道："是啊，总司令，我觉得他们说得有道理！"

孝兴子弟军中带头要报仇的人开口了，说："总司令，我们都想报仇，可这仗我也觉得不能打了。咱们这支队伍拉起来不容易，不能就这么轻易断送了啊！"隆延宗听了一拍脑门："哎呀，都怪我！我着急报仇，急糊涂了，撤退！"炮兵问："那大炮怎么办？"隆延宗问随行的军官："请问二位，这大炮怎么办？”一个军官果断地说：“只能放弃了！”隆延宗一拍大腿：“真他娘的可惜，都怪我，撤退！”孝兴子弟军只能撤退。还没走几步，有两个队尾的士兵顺势滚在了山沟里。他们是池田的奸细。

丢盔弃甲的孝兴子弟军逃了一段，隆延宗突然止住了脚步，说：“集合队伍，清点人数。”有人疑惑道：“总司令，万一鬼子追来怎么办？”隆延宗笑了：“池田没那么好骗，他是不会追的。马上清点人数！”一名士兵掏出了哨子吹着，战士们都停住了脚步。集合完毕，战士们开始报数：“一百五十七、一百五十八……”报数声停止。一个士兵上前报告道：“报告总司令，一共一百五十八人！”隆延宗问：“出发的时候多少人？”士兵回答道：“一百六十人！”

隆延宗点了点头，问：“王永辉在不在？”没有人回答。隆延宗又问：“田武林在不在？”也没有人回答。子弟军们相互对视着，议论纷纷：“好像就少了他们两个……”有人忍不住问：“总司令，您怎么知道少了他们两个？”隆延宗点头道：“这就对了……刚才那一仗，是虚晃一枪，真正的战役，即将开始！弟兄们，我们的目标是，砍下池田的人头，收复孝兴县城！”

原来，隆延宗早就怀疑子弟军里有奸细，于是就与高柴禾垛子商议，将计就计，演了这一出戏！

池田召集军官们在政府内院开会。他说：“隆延宗故意把炮架得远远的，放几下空炮，是想诱使我们去追。我接到了准确的情报，高柴禾垛子已经在半路上设下了包围圈，就在这里！”池田指着沙盘上的一处地方，“这地形选得真好啊，像个口袋。中国历代战争中，都有这一阵法，叫口袋阵——诱敌深入，合围歼灭。可他忘了，他的对手是伟大的帝国军人！”一个日本军官道：“司令官阁下是情报战的高手，随时会在对手身边安插钉子，这一点是他们做梦也想不到的！”池田点点头：“没错，利用中国人消灭中国人，这是上上策。我们的情报还告诉我，高柴禾垛子已经决定把他的临时指挥部向前推进八十里，在这里——”池田指着沙盘上的另一个地方，“如果我们立刻行动，今天夜里，我们的炮兵可以被输送到这里——我要让高柴禾垛子先领教帝国炮兵的厉害！”四名军官各自得令，集合队伍，向不同的方向出发，进行战斗准备。

池田从内院最后走出来，隆小四迎了上去，说：“司令官阁下，要打大仗吧，我带着警察局的兄弟们配合您！”池田低声说：“不，你在大后方守住孝兴县城。这一仗之后，我提拔你为县长。”隆小四一愣。池田已经走了，他走向时少卿，说：“时桑，要不要跟我一起去捉拿你的仇人隆延宗？”时少卿摇头说：

“不了，今天，必须有个了断。”池田问：“和柳瑛娘？”时少卿点点头：“是的，要么她心甘情愿地跟我走，我会像多年来一直期盼的那样，诚心诚意地爱她，和她白头偕老……如果她仍不回心转意，我就亲手结束她的性命，为司令官报仇，也让自己的梦，彻底醒了！”池田点点头：“那你留下，多保重。”

第五十章

池田一走，时少卿便马不停蹄地回到了小院。他进了门，径自奔向当年养伤的那个房间，撞开房门，他愣住了。只见瑛娘安详地坐在桌前，在给自己倒茶喝，完全像是个主人。

见到时少卿，瑛娘慢慢地站起来，说：“回来了……”时少卿瞪大了眼睛，不敢相信眼前这一切，他回头发现管家还跟在身后，呵斥道：“出去！”管家连忙转身离开。时少卿关上门，慢慢地走向瑛娘，说：“瑛娘，你不会怪我的，对吗？我也是没办法，你知道，我就是个傀儡，我不开枪，日本人照样会杀了招娣。他们什么样的酷刑都想得出来，还有，他们会把女犯人扔给十几个男人……”“行了，别说了！”瑛娘感到一阵阵恶心。时少卿说：“对不住，瑛娘，我也是想给二侄女一个痛快的……这孩子从小我就喜欢，那年我从北平回来，带给她的礼物是什么来着……”瑛娘愤怒地打断他：“这个也别说了！”时少卿愣住了：“瑛娘？”瑛娘的面色平和了下来：“过去的事都不说了。我柳瑛娘一辈子只生了一个儿子，是牢生。他在你身边，管你叫爹，只听你的话。我那三个女儿的死活，我都可以不管，可儿子是我的命，既然他已经知道了自己的身世，就把他还给我吧！”时少卿说：“还？你让我怎么还啊？”瑛娘说：“让他跟我走！”时少卿说：“往哪走？去钻深山老林？牢生从小跟着我可没受过一点儿苦，他是吃寿司和生鱼片长大的，你让他跟你去吃糠咽菜？这么多年，我时少卿不近女色，专心陪伴着牢生，我容易吗？他读书，我就陪他一起读！你是知道的，小时候我没好好念书，可现在，四书五经、诗词歌赋，我满肚子都是，这都是陪着牢生一起学的，哈哈……”时少卿笑了起来。

瑛娘说：“你是不肯把孩子还给我了？”时少卿说：“就算我肯，他也不会跟你走的，他离不开我。”瑛娘说：“可我得跟儿子在一起！”时少卿说：“我早跟你说了，只有一个办法，就是你留下。你、我、我们的儿子牢生，我们一家三口一辈子不分开，不好吗？”瑛娘说：“那我怎么对得起二少爷？”时少卿见瑛娘有了动摇，便跪下来：“大哥，您已经升天快二十年了，大嫂一直为您守寡，含辛茹苦，她真的不容易！如今，你们的儿子牢生，兄弟我给养大了，他成人了！他也希望他的爹、他的娘能够陪他在一起。我和瑛娘，我们可以不要夫妻之名，我们甚至也可以没有夫妻之实，我们就是在一起陪伴着孩子，就请您答应了吧！”瑛娘眼神一凛，将仇恨暂时收了起来：“你求他有什么用？他要真的在天有灵，会让我受这么多年的苦？我是早就想明白了，脚下的路，得自己走，命也不是天注定的。”时少卿起身回头看着瑛娘：“那现在，你打算怎么走你的后半辈子？”瑛娘淡淡地说：“我已经是个老太婆了，还能怎样？我只求时县长时大老爷能收留我，让我留在儿子的身旁。”时少卿欣喜若狂：“瑛娘，你终于回心转意了！”他上前要去拉瑛娘的手。瑛娘甩开手，说：“别碰我！给我留点尊严……”时少卿赶紧收手：“好，好的。”

瑛娘叹了口气：“起码，在离开孝兴之前，别碰我，我不想让人戳脊梁骨！”时少卿忙问：“你是说，我们带着儿子离开孝兴，就能成为一家人了？”瑛娘缓缓道：“什么能不能，成不成的，你是孩子他爹，我是孩子他娘，不是一家人又是什么？必须离开孝兴，我不能在这个地方……不能！”时少卿点点头：“离开孝兴。在这里我认识了你，留下了美好的回忆，可这个地方也带给我很多痛苦，我恨这个鬼地方。我回来当什么狗屁县长，就是为了你！”说着，他跪倒在瑛娘面前，“瑛娘，我等了二十年！前半辈子我欠你的太多，后半生，我时少卿……”瑛娘打断他，摇摇头：“别说好听的了，我一个老太婆不需要听甜言蜜语。牢生一回来就躲进了自己的屋，不肯出来，我想跟他说说话，他也不理我……我去给他做顿饭吧，但愿做好了，他能出来吃。”说着，瑛娘径自向外间走去，时少卿擦干泪水，竟像孩子一样兴奋。

瑛娘进了厨房，点着了炉灶里的火。时少卿看到在旁边站着的特务，骂道：“你傻站着干什么，还不过来帮我的瑛娘烧火？”瑛娘摆摆手说：“不用，找个外人帮我打下手，我别扭。”时少卿上前说：“那我帮你，我会的！”瑛娘问：“你愿意？”时少卿高兴地说：“愿意愿意！”瑛娘说：“好，我记着你这话。离开孝兴，不管在哪儿安家，用你帮厨的时候，可别摆老爷架子！”时少卿不能自已，忙说：“不摆不摆，绝对不摆！对了，对了，要离开孝兴。管家——”时少卿吩咐道，“我和瑛娘已经商量好了，不日将举家离开孝兴！”管家一愣：“那县长，您不当了？”时少卿摇摇头：“不当了，本来也不稀罕！就等司令官阁下回来，打声招呼就走。你赶紧让下面人多准备些大小箱子，把瑛娘和少爷的东西都装好！”管家应声退下。

时少卿靠在厨房的门口，看着瑛娘，忍不住地笑。瑛娘起身，来到一个脸盆前洗手，时少卿连忙从外面递上一条干净的毛巾。瑛娘挤出一丝笑容：“多谢。”瑛娘来到案板前，拿起来菜刀看了看，又看了看准备好的鸡鸭鱼肉，说：“时县长，你就打算瞪着眼睛看着我做饭呀？”时少卿点点头：“对啊，魂牵梦绕一辈子，我今天就要看看我的妙手厨娘，是怎么把饭煮得那么香的？”

等到饭菜做好，瑛娘敲响牢生的门，说：“牢生啊，娘亲手做了一桌饭菜，你出来吃一点吧。”屋里没有动静。瑛娘叹道：“我知道，你二姐走了，你心里难过，娘也难过。可娘就你这一个儿子，你可不能再有个好歹！”屋里仍然没有动静，瑛娘只得叹着气往回走。

餐厅里，时少卿闻着饭菜的香味，说：“他不愿意来，就不管他，我们先吃。夜里饿了，他自然就会出来找吃的，孩子嘛，都是这样！”说着，时少卿就要动筷子。瑛娘责怪道：“哪有你这么当爹的，就算他要小孩子脾气，你也得去招呼一声，让孩子觉得爹娘都惦记着他。”时少卿听了这话很是受用，说：“是吗？那我就去招呼他一声。”时少卿起身向牢生房间走去，餐桌前只剩下瑛娘一个人。

牢生缩在炕上，眼前都是招娣中弹的情景。时少卿的声音传来：“牢生啊，你要是懂事，就出来陪爹和娘吃饭。你娘回家了，这回是真回家，再也不走了，你不高兴？”没有听到动静，时少卿佯装生气，说，“你这孩子，怎么都不应一声？都怪爹打小把你惯坏了，以后交给你娘管教你！”说罢，他转身走回餐厅。

瑛娘关切地问：“怎么？不来？”时少卿摇摇头：“连个动静都不出，不管他了，我可饿了，也馋了！”瑛娘说：“好，我给你盛鸡汤！”时少卿说：“那我给你斟酒！”瑛娘盛汤，时少卿倒酒，两人都彬彬有礼。

时少卿赞叹道：“哎呀，又喝到这世间美味了！”瑛娘说：“等会儿，你咋不喝酒呢？”时少卿摇摇头：“不行，我的酒量跟你比起来实在太差了！”瑛娘说：“总得干一杯啊！”时少卿笑道：“好啊，我用汤，你用酒，干杯！”瑛娘微微点头：“也好……”时少卿用汤碗去碰瑛娘的酒盅。

瑛娘一饮而尽，说：“你慢点喝，烫！”时少卿确实爱这美味，一碗汤一会儿就全部喝完了，他咂着嘴说：“我还得再来一碗！”瑛娘点点头：“我也得再喝两盅。”她给自己倒了酒，举起杯子，说：“时少卿，我得谢谢你……”时少卿一愣，说：“为啥？”瑛娘说：“你善待牢生，便是大恩大德。”时少卿说：“我是他爹，应该的！”瑛娘说：“我也替他死了的那个爹，谢谢你……”时少卿摆摆手：“你说远了，说远了！”瑛娘干杯。时少卿一口气又将一碗汤喝完，叹道：“香！真香！你这汤炖出了酒味，我现在仿佛醉了……真想拥你入怀，诉诉这几十年的相思苦！”说完，时少卿抓住瑛娘的手，人也跟着凑近来。

瑛娘沉下了脸，说：“这样不好吧？”时少卿忙说：“是，你总说离开孝兴以后才行，可我老等不及！”瑛娘起身，又给时少卿盛了一碗汤：“你还是喝汤吧，我这第三杯酒已经倒上了。”“对！团圆了，要干三个！”时少卿说着，端起了汤碗。瑛娘不再说话，一饮而尽，时少卿也将汤一饮而尽。

瑛娘看着时少卿喝完汤，站起身道："时少卿，掌柜的，大老爷，时县长……你一路走好。"时少卿愣住了："你说什么？"瑛娘问："你可还记得这是什么地方？"时少卿回道："我的家啊。"瑛娘眼神一厉。时少卿连忙改口："不对，你的家！"瑛娘义正词严道："这是二少爷给我和孩子们的家！你和隆继宗八拜结交，却对义嫂图谋不轨，屡教不改！你勾结歹人，骗取财物，气死兄长，已是不仁不义！又偷走了牢生，害我骨肉分离十七载，实乃可恶可恨！更卖国求荣当汉奸，杀死我的二女儿招娣，真是罪大恶极！今日，我为我先夫、女儿报仇，你死有余辜！"时少卿听傻了："你说什么？报仇？你拿什么报？"瑛娘恨声道："这么多年，我一直在想，老天爷为何不长眼，一个雷劈死你！"

"老天爷？他在哪儿啊？他算老几啊？这个世界从来就不是他说了算，谁有钱谁说了算，谁有枪谁说了算……"说着，时少卿从腰间拽出枪来，拍在桌子上，"谁有脑子谁说了算！隆继宗他就是个废物，像你这么好的女人，他就不配拥有！牢生跟着我，是他的福分，我给了他最好的生活，最好的教育，我是他的恩人！至于你那二丫头，是日本人要她死，我不开枪自然也会有人开枪！"瑛娘不再说话，瞪着时少卿。时少卿摇摇头："我原本以为你回心转意了，刚才我还在想，要和你颐养天年，没想到你……真是冥顽不化，无可救药！我时少卿出身名门，聪明过人，风流倜傥，却一生未娶，都是被你给害的！我已经答应池田司令官了，今天就和你做个了断！"时少卿抓起枪，将整张桌子掀倒，饭菜撒了一地。

瑛娘下意识地向客厅方向退去，时少卿端着枪，踏过一地狼藉，逼近了她。时少卿咬牙说："既然得不到，那就把它打得稀巴烂！对了，我想起来了，你是河姑，河姑嫁给黄河没死，就会变成妖！老百姓不是都这样说吗，你就是个妖女！你迷了我的心窍，毁了我的一生！我……"时少卿正要开枪，不料一踉跄，吐出了一口黑血。他捂着肚子，诧异地看向瑛娘："你……给我下了毒？！"

瑛娘说："是奶奶给我的毒药。她说，对你这样的恶贼，毒死，也是替天行道！"时少卿又一口血喷了出来，他的眼神有些迷离："你这个妖女，竟然下毒，我……"他举起枪，可无法瞄准。枪响了，子弹与瑛娘擦身而过，一个大花瓶被打得粉碎。时少卿快走几步，追上瑛娘，一把揪住了她的领子。这回，时少卿不需要瞄准，枪就顶在她的面门。

瑛娘无处可逃，说："开枪吧，杀了你这汉奸，我死而无憾！"突然，一个大花瓶砸在了时少卿的头上，他倒在了地上，牢生出现在瑛娘面前。牢生大喊："柳瑛娘，你快跑！"瑛娘愣了，不知所措。牢生急了："你快跑啊！"时少卿一口一口地吐着黑血，人也开始抽搐。瑛娘说：“儿啊，跟我一起走！”牢生摇摇头：“不！他是我爹，从小陪伴我，养大我的爹，我爹就要死了，我得陪在他身边！”瑛娘急道：“你是我儿子！”牢生大喊着：“你走！你毒死了我爹，你是凶手，你快走啊，走！”牢生不由分说将瑛娘推了出去，然后死死地关住了门。

时少卿还没咽气，伸着一只带血的手，说：“救我，儿子，救我……”牢生抓住了那只手，喊道：“爹——”管家听到响动，冲进来，正看见这一幕，喊道：“老爷——”一见管家，时少卿挣扎着想使劲，可剧毒攻心，他咽了气。牢生悲痛地轻声哭道：“爹……”

管家暴跳如雷，冲出门来，可院子里，隆小四已经带着大队警察站在那里。隆小四抓住枪，一翻腕子将枪卸下。管家急道：“佘小四，你还不宰了她，她是害死县长的凶手！”隆小四命令道：“把这老家伙抓起来。”立刻有两名警察上前摁住管家。

瑛娘低声叫道：“佘局长……”隆小四上前安慰说：“二少奶奶，你不用怕，大队鬼子都跟着池田走了，现在孝兴城，我说了算！”

侯参谋突然捂住了胸口，有卫兵上前搀住他，问：“侯参谋，您怎么了？”高柴禾垛子也关切地问道：“老侯，你胸口疼的老毛病又犯了？”侯参谋点点头：“旅长，我怎么这么不争气啊！”高柴禾垛子瞥了他一眼，说：“那你得赶紧休息。”侯参谋连连点头：“是啊，马上就要打硬仗了，我却不能跟在您的左右，真是罪过！”高柴禾垛子反而笑了：“好！你要是不犯病，我还以为小鬼子不上我的当呢！”侯参谋一愣：“您说什么？”高柴禾垛子抓住侯参谋捂着胸口的手，说：“行了，老侯，别装了。鬼子的炮兵是不是已经布置好了？几点对我开炮啊？现在是六点三刻，你给自己留了十五分钟时间……那定的就是七点开炮，对吧？”侯参谋脸色铁青，跪在地上：“高旅长，既然已经识破，为什么不早枪毙我？”高柴禾垛子笑道：“枪毙你就不好玩了。池田那老鬼子上回赚了大便宜，这回我也想用你找补回来！”侯参谋急道：“高旅长，快跑吧，日本人马上就要开炮了，炮弹一来，咱们谁也活不了啦！”高柴禾垛子摇了摇头：“炮弹？来不了。我义弟的孝兴子弟军英勇无比，在那山沟里潜伏了一宿，伪装得谁也看不出来！”

山沟里，怀表指向六点五十二分，隆延宗突然大喊一声：“打！”枪声四起，日军的炮兵们毫无防备，纷纷中弹。隆延宗首先冲了出来，紧接着，或土地里，或草丛里，或灌木丛里，涌出了大量孝兴子弟军，迅速将敌军杀光。一个子弟兵笑道："总司令，这回咱们可赚大了，用那几门破炮，换了这么多好炮！"隆延宗点点头："鬼子连炮弹都给咱们上好了，调转炮头！"

一个哨兵远远地跑来，边跑边喊："总司令——"隆延宗道："说！"哨兵说："您的时间算得太准了，池田的大部队马上就要到了！"隆延宗点点头："加快动作，让池田龟儿子尝尝咱们孝兴子弟军的厉害！"众人连忙掉转炮头。

炮声传来，侯参谋吓得直捂脑袋。高柴禾垛子冷笑一声，说："我让你活到今天，就是想教教你，什么叫兵不厌诈！"士兵用冲锋枪对着侯参谋，大声喊道："旅长，让我枪毙他吧，替死难的兄弟们报仇！"侯参谋喊着："旅长饶命啊，旅长饶命啊！"高柴禾垛子说："我军中出此败类，都怪我治军不严！待我解放孝兴城，我要当着孝兴百姓的面，公开枪毙他！押下去！"

遭受几轮炮火的攻击，日军队伍已经溃不成军。在池田的指挥下，几名日本军官反复吹哨，才将队伍集结起来。池田大声喊着："镇静！镇静！"一个军官上前说："司令官阁下，这是怎么回事？"池田咬牙说："我们一定是中了敌人的诡计！"另一个军官问："我们该往哪个方向撤退？"池田说："不能撤退，敌人一定会在撤退的方向布下了埋伏！冲锋，向高柴禾垛子的指挥部方向冲锋！"所有汽车都被放弃，步兵集结，跑步向前冲锋。

哨兵将情况报告了隆延宗，他问："旅部的通讯兵有没有观察到敌情？"哨兵回道："观察到了，已经赶回去报信了！"隆延宗点点头："太好了！掉转炮口，对准旅长的临时指挥部！"众人连忙掉转炮口。

已经扑到临时指挥部的日军又吃了一顿炮火，损失惨重。火海中，数百名日本兵聚集到一起。一名日本军官道："司令官阁下，撤退吧！"池田依然坚持道："如果撤退，唯一的路线就是S山谷，那里是最适合打伏击的！高柴禾垛子和隆延宗肯定就在那里等着，绝不能给他们这个机会！先集中兵力，消灭他们！"

S山谷的高处布满了国军将士，小钢炮、机关枪、手榴弹都对准了山谷。高柴禾垛子和隆延宗都认为，在遭受两轮炮击之后，日军将不得不撤退向S山谷方向。高柴禾垛子听到报信，吃惊不小："你看清楚了没有？"通讯兵点点头："看清楚了，鬼子扑向了孝兴子弟军。他们虽然受了重创，可剩下的兵力不少，战斗力也很强！"高柴禾垛子急道："赶紧去增援！"哨声、喊声此起彼伏，山谷中隐藏着的将士全都冲了出来，紧急集合，盼娣和晁天宝等人也冲出战壕。

池田带领人数几倍于孝兴子弟军的日军反扑而来。隆延宗观察着形势，说："被我们的大炮轰了两轮还有这么多兵，说明池田没有分散兵力。旗手，竖起孝兴子弟军的大旗！”立刻有人竖起了大旗。一名军官问：“隆县长，你这是什么意思？”隆延宗说：“我要吸引住池田的火力，我们拖得越久越好，若能拖到高旅长的兵力赶到，形成合围，便可一举歼灭敌人！”

日军一面用小钢炮轰炸阵地，一面继续冲锋。双方激烈交战，互有伤亡。渐渐地，孝兴子弟军有些抵抗不住了。这时，高柴禾垛子率兵赶到，与日军展开激战。

一个日本军官凑近池田，说：“司令官阁下，我们被包围了！”池田用望远镜观察局势，说：“不，这两股敌人兵力都很弱。这不叫包围，我们要决定先吃掉谁！”很快，高柴禾垛子的身影进入了池田的望远镜。他判断着：“这支部队很有意思，多是军官，如果我没猜错的话，这应该是高柴禾垛子的指挥部。他一定是打好了如意算盘，等我进他的圈套。但现在失算了，只好亲自来给孝兴子弟军解围！留下一个中队，缠住孝兴子弟军。集中剩下的所有兵力，活捉高柴禾垛子！擒贼先擒王，我们还有机会扭转战局！”

日军的大部队迅速掉转方向，向高柴禾垛子方向冲来。池田亲自带队，重火力也迅速转移到了这一端。高柴禾垛子见状大吼：“顶住！给我顶住！狠狠地打！狠狠地打！”机关枪手被小钢炮轰倒阵亡，高柴禾垛子亲自抓起了机关枪，突突扫射着。

隆延宗见高柴禾垛子形势危急，带着孝兴子弟军冲锋上前。大约一个中队的鬼子迅速拥上来，与孝兴子弟军厮杀在了一起。隆延宗眼见高柴禾垛子一方将士伤亡惨重，却无力营救。高柴禾垛子已经清晰地看见了池田，而池田也清晰地看见了他。

飞机的轰鸣声从头顶上传来。池田在遭到伏击后，竟向空军部队传达了轰炸S山谷的指令。空袭警报声四起，众人纷纷卧倒，炸弹倾落而下，国军伤亡很大。飞机又回旋而至，一阵猛烈扫射，阻断了众人的增援之路。

而此刻，池田所率部队已对高柴禾垛子部形成了半包围之势。一名军官劝道：“旅长，撤吧！”高柴禾垛子骂道：“我是主帅，怎可临阵脱逃！”另一名军官说：“不撤就来不及了，旅长！您若是有个三长两短，这一仗就大败了，大局为重啊！”话刚落音，这名军官后背中弹，扑倒在高柴禾垛子面前。高柴禾垛子大声地喊着：“老薛！老薛！”他含泪大喊：“撤退！”

日军全力追击。十余名战士留了下来，为旅部的撤离打掩护。池田拿望远镜观察这，说：“五分钟之内，必须消灭他们！”

高柴禾垛子等人跑进一个山谷，队尾的战士大声喊道：“旅长，鬼子追上来了！”高柴禾垛子叹道：“我们的那十名兄弟啊……”另一个军官喝道：“报数！再留下十个敢死队，为旅长断后！报数！”高柴禾垛子说：“我作战部署失误，我最该死！机关枪给我留下，我掩护，你们撤！”军官急道：“旅长，不行！”高柴禾垛子说：“你们都是跟我多年的兄弟，我求求你们了！不然，就算活下来，我的良心也一辈子不得安宁！”军官睁着红眼，说：“兄弟们，和旅长一起，跟鬼子拼了！”众人齐声道：“和旅长一起，跟鬼子拼了！”不等高柴禾垛子反应过来，众人已经各自占据有利地形。他还想说什么，可追兵的枪声已至，也只好找掩体还击。

另一个山坡上，五儿、念娣以及八路军的大部队赶到。首长问：“什么情况？”五儿放下望远镜，说：“报告首长，下面是高柴禾垛子，高旅长。”首长大惊：“快把望远镜给我！”在望远镜的视线中，鬼子已经逼近了高柴禾垛子。首长命令道：“同志们，我们来得正好，打鬼子，解救友军！”

高柴禾垛子听到八路军的冲锋号，也带着部下冲出战壕，与八路军一道与日军搏杀。突然，一把刺刀向他袭来。他体力不支，来不及躲开，暗道不好。然而，刺刀被另一把大砍刀磕飞了。五儿将敌人砍倒，一把抱住即将摔倒的高柴禾垛子。高柴禾垛子一愣：“是你个小兔崽子？”五儿翻了个白眼：“没见过你这么浑蛋的爹，儿子来救你了，你不能叫个好听的？”高柴禾垛子喜道：“你管我叫啥？”五儿大喊：“爹！”高柴禾垛子险些落泪：“儿子！你终于认你爹了！”五儿说：“小时候我什么也不懂，以为你是个强抢民女的大坏蛋呢。现在我知道了，我爹是个纯爷们儿，大英雄——小心啊，爹！”五儿抱住高柴禾垛子就地一滚，又躲过了敌人的袭击。

高柴禾垛子叹道：“好儿子！有你这几句话，爹战死沙场也值了！”五儿吼道：“不许死！你儿媳妇怀上了，你还得帮我哄孩子呢！”“什么？让我哄孙子？哈哈……大喜啊！”高柴禾垛子一听，也越战越勇。

突然，山谷尽头杀声震天，旌旗招展，隆延宗和国军大部队会合，也冲进了山谷。一时间战局骤变，我军已是三倍于敌。高柴禾垛子眼睛一亮，精神振奋：“援军到了！儿子，看好了，那个是池田，咱们爷俩合力去砍他的脑袋！”

高柴禾垛子和五儿径自杀向池田，池田的卫兵连忙上来迎敌，拖住了他们。池田仰天长叹，挥了挥手，一个小队人马掩护着他撤退了。高柴禾垛子掏出了一颗手雷，五儿上前说：“爹，让我来！”他用尽全身力气，将手雷扔了出去。手雷虽然没炸到池田，但跟在最后的两名卫兵被炸死了。五儿想再追上去，却被日本兵纠缠住了。

载着池田的汽车驶进了孝兴城门，见汽车驶来，隆小四连忙敬礼，池田看到他，甚是欣慰。汽车远去，隆小四挥了挥手，早已埋伏起来的警察得令，将仅剩的几名日本兵收拾掉了。

汽车停下，池田下车，径自走向办公室。几个军官和他的卫兵站在院子里，等候消息。隆小四带着警察们尾随而至，冲进院落，几个日本兵猝不及防，全部被消灭了。

听到枪声，池田猛然回头，惊愕地握紧了军刀，向门外望去。一个人的身影出现在门口。池田迟疑着问道："你是……隆延宗？"隆延宗点点头："你猜对了！"此时，隆小四也走了进来。池田恍然大悟，点着头："佘桑，你了不起啊！这么长时间居然没有暴露，佩服，佩服！"隆小四说："池田，我本事不大，但是趁你带兵出城之际，我已经把留在城里的鬼子逐一歼灭了，你束手就擒吧！"

池田发出一阵狂笑："没想到我池田会折翼在孝兴这个穷乡僻壤！"隆延宗说："我浩瀚中华，每一片土地都可以埋葬侵略者的野心！"池田叹道："唯一值得庆幸的是，我终于可以和隆延宗，决一死战了！"隆小四掏出枪来，说："放下武器投降，否则我立刻枪毙你。"隆延宗说："我也期待这一天很久了。"说着，隆延宗抽出了他的西洋剑。

一场恶战过后，池田的肩头被隆延宗刺中，鲜血直流。池田说："孝兴隆家耕读传家，你应该是个书呆子才对！"隆延宗说："下马读书，上马杀敌，中国古代最好的读书人，在国难当头之际，都是最英勇的战士！"池田怒道："少卖弄你们的文明！闭关锁国，东亚病夫，你们的国早就亡了！你这个丧家之犬，只能是我的手下败将！"

池田冲了上来，隆延宗再一次刺中了他的腹部。池田捂住伤口，鲜血直流。隆延宗说："脚下是我们的国土，这里是我的办公室，我们的大部队很快会解放整个孝兴城！天时地利人和我都占，你必死无疑！"池田忽然笑了："你的西洋剑确实厉害，但只能说教你剑法的洋人厉害！中国即便没那么快被大日本帝国全部占领，也早晚会彻底沦落为西洋人的殖民地，你们只能当奴隶！"

隆延宗闻言把西洋剑扔在了地上，池田愣了。隆延宗说："我从小习武，师父是孝兴本地人，降龙山的定慧大和尚。来吧，让你尝尝我的降龙伏虎拳！"说着，隆延宗摆出了拳法的起势。

隆小四说："隆县长，我给你拿大砍刀去！"隆延宗说："不用，我占天时地利人和，池田是困兽犹斗，这就是侵略者的下场！"

池田猛地向隆延宗劈来，隆延宗虚晃一招，将池田绊倒，他的军刀磕在地上，飞了出去。失了军刀，池田气焰顿失。几招过后，隆延宗脚底一滑，突然摔倒在地，池田突然一跃而起，重拳向隆延宗砸去，可他的拳头在离隆延宗脸门一拳之地，便一动不动僵住了。隆小四惊讶地发现，池田的后心冒出了军刀的尖。原来隆延宗摔倒滑行之际，顺手抓起了军刀，刺入了池田的腹部。隆延宗一跃而起，顺手一拧军刀，池田的脸色因极度的痛苦而狰狞。隆延宗正色道：“池田，我佩服你是个好的军事家。但所有侵略者唯一的下场，都是灭亡！”池田死死地瞪着隆延宗，隆延宗轻轻一推，池田仰面倒毙在地。隆延宗长吁了一口气。

隆小四走上前说道：“好险啊，隆县长！”隆延宗回过头，看了看隆小四，叫道：“四弟……”隆小四一愣：“你，你叫我什么？”隆延宗说：“我娘都告诉我了。我们隆家有你这样的子孙，是祖宗的光荣，有你这样的亲兄弟，是我的光荣！”隆小四激动不已，叫着：“三哥！”隆延宗点点头：“四弟！”兄弟俩紧紧地拥抱在一起，热泪盈眶。

盼娣搀着隆夫人走进隆家天井。两个正在打扫的下人连忙下跪请安：“夫人，您回来了。”隆夫人说：“快起来，快起来！你们什么时候回来的？”一个下人回禀道：“听说三少爷把小鬼子都收拾了，我们就赶紧赶回来了！”另一个下人说：“是啊，回来好几十个人了，里里外外都收拾干净了，就等着夫人您回来呢！”两名婆子端着水盆、抹布从内厅出来，一见隆夫人，也赶紧上前行礼：“夫人回来了，给夫人请安！”隆夫人忙走上前说：“快起来，快起来！”两个婆子这才起身，打开门帘，说：“夫人，您快到里面歇着吧。”

隆夫人进入内厅，望着久别重逢的家，不觉潸然泪下。盼娣说：“奶奶，回家了，您应该高兴啊。”隆夫人叹道：“想起了你的太奶奶，你的佘奶奶，还有招娣，我高兴不起来啊！”

“奶奶，您快坐。”盼娣把隆夫人搀到主位上去。隆夫人摇摇头：“不行！我已经把当家人的位置传给你娘了，那个座，以后不归我坐了！”

突然，外面一阵嘈杂。隆夫人问：“外面怎么了，怎么这么乱？”盼娣说：“奶奶，孝兴人民要惩处汉奸。”隆夫人一愣：“惩处汉奸？我听这动静，好像是到咱们家院里来了？”盼娣说：“奶奶，您离开孝兴的那些日子，鬼子杀人都在咱们家的院落里，孝兴人民要报仇，让汉奸也在这里血债血偿！”许久，隆夫人点了点头。

隆家院落里，三叔公来了，孝兴的百姓来了，孝兴子弟军的骨干们都来了。高柴禾垛子、隆延宗双双来到了审判现场，隆小四带着他的警察兄弟们也来到了现场。孝兴子弟军的旗帜和国军的军旗遥相呼应。穿着八路军服装的五儿和念娣也来了，同时还跟来了十几个战友。盼娣扶着隆夫人走来，远远地望着。

高柴禾垛子朗声道：“父老乡亲们，欢迎隆延宗隆县长讲话！”隆延宗很是诧异，可群众们的掌声极其热烈。隆延宗低声道：“高旅长，您是主帅，您来。”高柴禾垛子说：“我是大老粗，不会讲话，老百姓也更信任你，你来！”更热烈的掌声响起，高柴禾垛子将隆延宗推到了主席台中间。隆延宗热泪盈眶，一时竟不知该说什么。半晌，隆延宗攥起了拳头，高高举起：“孝兴，还是我们的孝兴，中国，也必将永远是我们的祖国！”只此一句，隆延宗泪如泉涌。五儿和念娣高喊：“打倒日本帝国主义！”晁家班的兄弟们高喊：“打倒日本帝国主义！”群众们跟着呼喊：“打倒日本帝国主义！”

高柴禾垛子说：“隆县长言简意赅，道出了所有人的心声！那好，废话不多说，鬼子司令官池田，已经被隆县长亲手正法！汉奸县长时少卿，也已经中毒丧命！下面，将汉奸黄七贵、时来顺、侯之江押上来！”

七舅爷黄七贵、管家时来顺和参谋侯之江被押上了刑场，被炸掉的亭子底部早已立起了三根柱子等着他们，三人被五花大绑在柱子上。七舅爷喊着：“延宗，救命啊！快救救你七舅爷！咱们是实在亲戚，我可是你奶奶的亲兄弟！”隆延宗咬牙道：“黄七贵，就在这个院子里，我饶过你一次。可没想到你竟然向日本人递交了孝兴子弟军的名单，并出卖、屠杀同胞，达到你升官发财的目的！有你这样的亲戚，是我们隆家的耻辱！就在孝兴失守的那一天，祖母大人服毒自尽，宁死不做亡国奴，今天，即便她老人家还活着，也绝不会为你这个汉奸说情！”

七舅爷连忙又向三叔公求饶：“老三哥，咱哥俩可是一辈子的交情了，您替我说句话！”三叔公摇了摇头：“父老乡亲们，鬼子屠杀孝兴子弟军的亲人，就是这老东西出的主意。他真该死，我绝不会给他说情！”这时，七舅爷又发现了隆夫人，喊道：“延宗他娘，你是隆家的当家人，你救我啊！”隆夫人毕竟心软，垂下头去一言不发。七舅爷仍然哭喊着：“当家人，救我！”隆延宗一挥手，三名士兵举起枪，瞄准射击。

盼娣劝道：“奶奶，咱们回去吧，没什么好看的……”隆夫人点了点头，转身欲走。高柴禾垛子说道：“下面要枪决的是，汉奸、特务队队长，隆牢生！把罪犯押上来！”

听到牢生的名字，隆夫人一惊，站住了脚步，看向盼娣，问：“说要枪毙谁？”盼娣不敢看隆夫人的眼睛，说：“是个罪大恶极的汉奸……”隆夫人摇摇头：“不对，我听见说的是我孙子的名字！”

牢生被押来，浑身瑟瑟发抖，他被绑在柱子上，毫不反抗。高柴禾垛子喊

道："准备枪决！"一名士兵举起了枪。牢生目光茫然，他仿佛谁都不想看见。

突然，瑛娘的一声大喊打破了沉寂："枪下留人！"她跌跌撞撞跑来，身后跟着的是一瘸一拐的隆福。瑛娘径直扑到了牢生身上。牢生有些哽咽，却一个字也没说出口。"我的儿！"瑛娘上前摸着牢生的脸。牢生回避着。瑛娘转回身来，说："你们凭什么枪毙我儿子？"士兵连忙放下了枪。高柴禾垛子看向隆延宗，两人也不知该如何处置。

人群中有人纷纷说道："他是汉奸！我爹就死在他的枪下！""对！汉奸人人得而诛之！""隆家二少奶奶，请你让开！"

瑛娘说："汉奸？日本鬼子塞给他一个官当，他就成了汉奸？牢生他是不会杀人的，他也不可能开枪杀人！"一个老太太说："柳瑛娘，我知道你是好人，也知道你是个可怜人……可你说你儿子不会杀人，那你可错了，他亲手开枪打死我老头子，我亲眼所见！"瑛娘愣住了，猛地回头看着牢生，牢生的目光中没有求生的渴望，只有恐惧。

瑛娘眼前闪过招娣被枪毙时的情景，说："如果牢生他真的开了枪，也一定是鬼子逼他的！孝兴的父老乡亲们，他还是个孩子，他三个月大的时候，我抱着他从监狱里出来，去寻找我失散的大闺女、二闺女，半路上却被时少卿暗算，偷走了他！自那日至今，我们骨肉分离十七年，再相遇时，我一眼便认出了他，可他不知道我是他的娘啊！"牢生闭上了眼睛。隆福老泪纵横。瑛娘接着说："他这么小，鬼子为什么让他当特务队长？为什么逼着他开枪杀人？就是因为他是隆家的人，鬼子要让孝兴百姓恨隆家，恨孩子他三叔！可恨的是鬼子，可恨的是时少卿，不是我儿牢生！父老乡亲们，求求你们，给我儿一条生路吧！"瑛娘扑通跪倒，向着四方磕头恳求宽恕。隆夫人潸然泪下。

隆福老泪横流，说："隆家就这么一个孙少爷，求大伙看在隆家老祖宗的面子上，看在三少爷杀鬼子为国立功的分上，放过孙少爷吧！"隆小四也说："隆牢生当特务队长，可他没干啥坏事，枪毙人都是池田逼的。我可以作证。"高柴禾垛子尴尬道："佘局长都这么说，算了算了，这事儿我看就算了！"

一个男子大喊："不行！我爷爷就是他从我们家炕头上抓走的，也是他亲手枪毙的！就因为他是隆家的孙少爷，当汉奸白当？杀人白杀？你们官官相护，我不服！"一个子弟兵抱拳道："总司令，恕我冒犯，当时我们要回孝兴锄奸，被您拦住了，您说要亲手杀了这个汉奸替我们报仇，难道您是骗我们的？"隆延宗闻言有些尴尬。一个妇人说道："我儿子参加了孝兴子弟军，死在了战场上。孩子他爹，也被这个汉奸枪毙了，就剩下我这么一个寡妇，没人为我鸣冤了吗，我不服！"人群中有人喊着："严惩汉奸！"另有人大喊："枪毙隆牢生！"众人

都附和道："枪毙他！枪毙他！"

隆延宗向前走去，一伸手，全场安静了下来。隆延宗说："二嫂，今天我们在鬼子手里解放了孝兴城，父老乡亲欢欣鼓舞，惩处汉奸，大快人心！隆牢生是特务队长，是杀害孝兴父老的刽子手，不枪毙他，难平民愤！他是隆家的子孙，可隆家有祖训！凡我隆氏后人，应忠君报国，沥胆披肝、持节尽忠者祖宗庇佑，荫泽子孙；动摇宗祐，误国覆邦者，遭五雷轰顶，断子绝孙。我想您一定是听过的，请您让开，不要耽误公务！"

瑛娘说："他三叔，就在这里，日本鬼子枪毙招娣和高棒子高团长，我亲眼所见，牢生被逼着举起了枪，可是他没有开枪！那一天有很多父老乡亲也在场，大伙儿应该也看见了！"一个妇人说："你闺女是他亲姐姐，他当然下不了手！打死我男人，他可开了枪！"一个老者附和："就是，柳瑛娘，你这话说得不在理啊！"瑛娘无语。

隆延宗一抱拳："三叔公，身为一县之长，孝兴子弟军的总司令，我要大义灭亲，请您明示？"众人看向三叔公。三叔公支吾这："这，这事……我可……我可……"三叔公摇着手，示意不表态。隆延宗点点头，向远处抱拳："娘，隆家出了这样的不肖子孙，给祖宗丢人，让祠堂蒙羞！枪毙汉奸是父老乡亲的心声，您不会反对吧？"瑛娘看向隆夫人。隆夫人也是一愣，半天没说出话来。瑛娘叫道："娘——"隆夫人叹了口气："瑛娘啊，我老了，一只脚已经踏进棺材了，当家人的位子也已经传给你了，以后不管什么事，我都不再做主，不再说话了！延宗啊，你权当我不在吧！"隆夫人转头去哭泣着。瑛娘闭上了眼睛。

隆延宗狠了狠心，说："多谢娘！二嫂，你还不让开？"瑛娘一咬牙："隆延宗，恕我不能从命。自从牢生回到孝兴，我虽没和他朝夕相处，但也见过几面。这孩子心地善良，当汉奸绝不是他的本意，开枪杀人也一定是别人逼的！父老乡亲们，我是个当娘的，他身上流着我的血，他的命是我给的。十月怀胎，十七年的日夜思念，我若眼睁睁地看着他被枪毙，还配是个娘吗？"牢生闭上了眼睛，眼泪淌了下来。瑛娘接着说道："当年，若不是我把孩子丢了，他不可能是今天这个样子，错不在孩子，在我这个当娘的！今日我只求代儿受过，开枪吧，打死我，给牢生一条生路，我求大伙儿了！"说着，瑛娘不住地作揖。

突然，牢生忽然睁开眼睛，用日语喝道："你这个支那女人让开，我不需要你的同情！"所有人都将目光投向牢生，瑛娘回头诧异地看着他。牢生说："我刚才说的是，请你让开，我不需要你的同情！我是日本人，根本不是你的儿子！"瑛娘站起身说："你说什么？"牢生咬着牙说："我生在日本，长在日本，几岁的时候死了父母，被时少卿收养。是的，我知道他在中国带了一个男孩

到日本，那个男孩叫隆牢生。可是，隆牢生早就死了……柳瑛娘，你怎么这么笨呢，时少卿是个大男人，他怎么可能把一个三个月大，没有母亲哺乳的孩子养大成人？我本来就是他请来的替身，演员，我是来骗你的，不是你的儿子！”让瑛娘万万没有想到，众人也都惊诧不已。

三叔公一拍大腿，说：“太好了，太好了！这是个小日本鬼子！瑛娘啊，延宗啊，你们都不用为难了……”高柴禾垛子点点头说：“三老太爷说得对，是个小鬼子就对了嘛，枪毙，枪毙，立刻枪毙！”隆福也劝道：“二少奶奶，您快下来吧！”隆夫人也说：“盼娣，快把你娘拉下来！”瑛娘始终看着牢生的脸，牢生也看着她。直到瑛娘被拉开，牢生还是一直看着她。

高柴禾垛子说：“现在执行枪决，本旅长亲自来！”说着，他就要走下台子。“不！我来！”隆延宗下台从士兵的手中接过了枪。

瑛娘与牢生久久对视。子弹上了膛，隆延宗举起枪。牢生的眼里有不舍，可他却满足地微笑着。隆延宗做好了射击姿势，瑛娘突然推开盼娣、念娣，就在隆延宗射击的瞬间，她扑向了牢生。

子弹射在瑛娘胸膛上，隆延宗惊呆了，喊道：“二嫂——”高柴禾垛子快跑几步，惊呼道：“瑛娘——”瑛娘踉跄着后退了两步，撞在牢生的身上。可她又强撑起身体向前走了两步，伸手示意大家不要过来。

隆延宗饱含泪水说：“你这是为什么？”血从瑛娘的胸口漫了出来。瑛娘说：“他刚才说的那番话不是真的，他就是牢生。他是不想让我替他死，不想让隆家祖宗蒙羞！”三叔公说：“瑛娘，你怎么知道？”隆夫人也问：“就是啊，瑛娘，你不是没见过他几回吗？”瑛娘喘息着说：“三叔公、娘，就算他说的是真的，我也要替他挨这一枪！因为我早就把他当作牢生了，我是他的娘！隆县长，父老乡亲们，还要再开几枪，都冲我来，给孩子一条生路吧！”盼娣、念娣、五儿、晁天宝大喊：“娘！”瑛娘忍着疼痛，竭力喊出声说：“你们别怪三叔，娘愿意替牢生死！”整个院子里一片寂静，所有人都不言语了。

牢生低声抽泣着，喃喃道：“娘……”瑛娘已无力回身，但她还是听见了牢生的那声“娘”。她试图回身去看，可一扭身便栽倒在了地上。牢生再也忍不住了，大喊：“娘！”瑛娘倒在地上，用力向牢生的方向望着，望着，望着……众人如梦方醒，纷纷行动起来。

隆家祠堂被布置成了临时抢救的手术室，瑛娘躺在手术台上，医生、护士在她身边忙碌着。盼娣说：“他承认了，他就是牢生，刚才他是在骗大伙。”瑛娘微弱地笑着：“我是娘，娘和孩子是一条心。”念娣握着瑛娘的手，说：“娘，您可得挺住，医生说子弹没打到心脏，他们能把您救活！”瑛娘摇摇头：“不，不要救我，让我为死难的孝兴父老们偿命吧……”盼娣含着泪说：“娘，父老乡亲们已经原谅牢生了！”瑛娘欣慰地闭着眼睛。

她看不见，祠堂院里站满了人，隆夫人、隆福、隆小四、高柴禾垛子、三叔公、隆延宗、五儿、晁天宝……而牢生就跪在祠堂门前，双手合十祈祷着，泪水不断地滴落在青石板上。他知道，隆家祠堂里，手术就要开始了。

瑛娘眼前有些迷离，她仿佛看到了八岁的盼娣、六岁的招娣、两岁的念娣、刚刚出生的牢生、几个月大的五儿……她看见自己陪孩子们玩耍，看见自己给孩子唱歌谣，看见自己失去家园，带着孩子们逃难，看见自己与长大后的孩子们重逢……